OUTLANDER

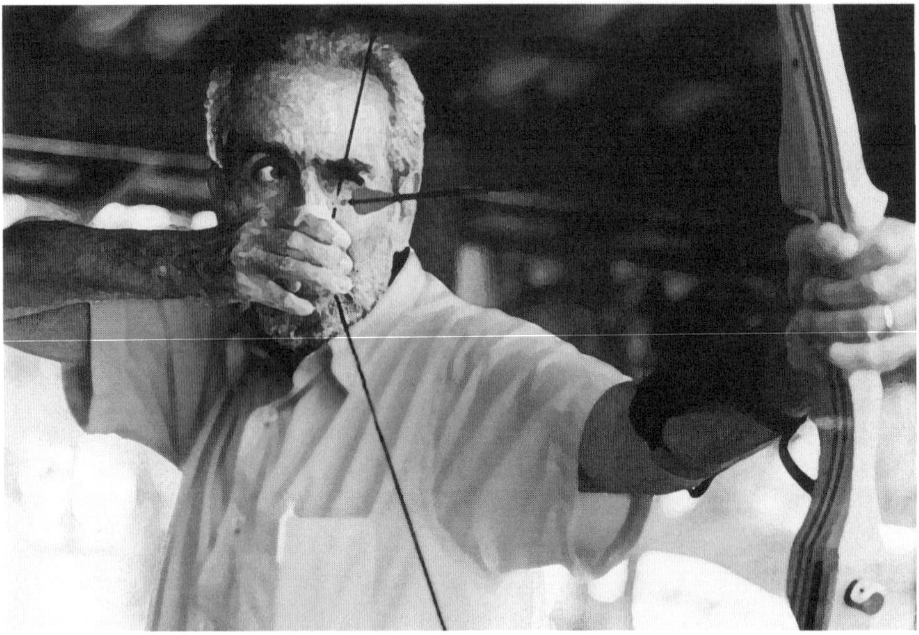

O Arqueiro

Geraldo Jordão Pereira (1938-2008) começou sua carreira aos 17 anos, quando foi trabalhar com seu pai, o célebre editor José Olympio, publicando obras marcantes como *O menino do dedo verde*, de Maurice Druon, e *Minha vida*, de Charles Chaplin.

Em 1976, fundou a Editora Salamandra com o propósito de formar uma nova geração de leitores e acabou criando um dos catálogos infantis mais premiados do Brasil. Em 1992, fugindo de sua linha editorial, lançou *Muitas vidas, muitos mestres*, de Brian Weiss, livro que deu origem à Editora Sextante.

Fã de histórias de suspense, Geraldo descobriu *O Código Da Vinci* antes mesmo de ele ser lançado nos Estados Unidos. A aposta em ficção, que não era o foco da Sextante, foi certeira: o título se transformou em um dos maiores fenômenos editoriais de todos os tempos.

Mas não foi só aos livros que se dedicou. Com seu desejo de ajudar o próximo, Geraldo desenvolveu diversos projetos sociais que se tornaram sua grande paixão.

Com a missão de publicar histórias empolgantes, tornar os livros cada vez mais acessíveis e despertar o amor pela leitura, a Editora Arqueiro é uma homenagem a esta figura extraordinária, capaz de enxergar mais além, mirar nas coisas verdadeiramente importantes e não perder o idealismo e a esperança diante dos desafios e contratempos da vida.

OUTLANDER

A VIAJANTE DO TEMPO

LIVRO UM

DIANA GABALDON

ARQUEIRO

Título original: *Outlander*

tradução: Geni Hirata

preparo de originais: Flávia de Lavor

revisão: Ana Kronemberger e Rafaella Lemos

capa: Saída de Emergência

adaptação de miolo e de capa: Ana Paula Daudt Brandão

impressão e acabamento: Associação Religiosa Imprensa da Fé

CIP-BRASIL. CATALOGAÇÃO NA PUBLICAÇÃO
SINDICATO NACIONAL DOS EDITORES DE LIVROS, RJ

G111o Gabaldon, Diana
Outlander: a viajante do tempo/ Diana Gabaldon;
tradução de Geni Hirata. São Paulo: Arqueiro, 2018.
752 p.; 16 x 23 cm. (Outlander ; 1)

Tradução de: Outlander
Continua com: Outlander: a libélula no âmbar
ISBN 978-85-8041-821-7

1. Ficção americana. I. Hirata, Geni. II. Título. III. Série.

17-46594 CDD: 813
CDU: 821.111(73)-3

Rua Artur de Azevedo, 1.767 – Conj. 177 – Pinheiros
05404-014 – São Paulo – SP
Tel.: (11) 2894-4987
E-mail: atendimento@editoraarqueiro.com.br
www.editoraarqueiro.com.br

À memória de minha mãe,
que me ensinou a ler –
Jacqueline Sykes Gabaldon

Pessoas desaparecem o tempo todo. Pergunte a qualquer policial. Melhor ainda, pergunte a um jornalista. Os desaparecimentos fazem parte do dia a dia deles.

Adolescentes fogem de casa. Crianças desgarram-se dos pais e nunca mais são vistas. Donas de casa chegam ao limite da paciência, pegam o dinheiro das compras e um táxi para a estação de trem. Banqueiros internacionais mudam de nome e desaparecem na fumaça de seus charutos importados.

Muitos dos desaparecidos serão encontrados, por fim, vivos ou mortos. Afinal, os desaparecimentos têm explicação.

Quase sempre.

PARTE I

Inverness, 1945

1

RECOMEÇO

Não era um lugar muito provável para desaparecimentos, ao menos à primeira vista. A pousada da sra. Baird era igual a milhares de outros estabelecimentos que ofereciam hospedagem e café da manhã nas Terras Altas, a região montanhosa da Escócia, em 1945 – limpa e tranquila, com papel de parede floral desbotado, assoalhos reluzentes e um aquecedor de água operado com moedas no banheiro. A sra. Baird era atarracada e afável, e não fazia nenhuma objeção ao fato de Frank cobrir sua minúscula sala de visitas decorada com raminhos de rosas com as dezenas de livros e papéis com que ele sempre viajava.

Encontrei a sra. Baird no vestíbulo quando eu estava saindo. Ela me parou, pôs a mão rechonchuda em meu braço e deu leves toques nos meus cabelos.

– Nossa, sra. Randall. Não pode sair desse jeito! Vamos, deixe-me ajeitar aqui um pouco para você. Pronto! Assim está melhor. Sabe, minha prima estava me falando de um novo permanente que ela fez, fica lindo e dura que é uma beleza. Talvez devesse experimentar esse tipo da próxima vez.

Não tive coragem de lhe dizer que a rebeldia dos meus cachos castanho-claros era obra exclusiva da natureza e não devida a qualquer negligência por parte dos fabricantes de permanente. Suas próprias ondas firmemente marcadas não sofriam de tal perversidade.

– Sim, farei isso, sra. Baird – menti. – Só estou indo à vila me encontrar com Frank. Voltaremos para o chá.

Saí apressadamente antes que ela pudesse detectar quaisquer outros defeitos em minha aparência indisciplinada. Após quatro anos como enfermeira do Exército britânico, eu estava livre de uniformes e restrições, cedendo ao desejo de usar vestidos leves de algodão, vivamente estampados, totalmente inadequados para as acidentadas caminhadas através das urzes.

Não que eu tivesse originalmente planejado fazer muitas dessas caminhadas; meus pensamentos estavam mais voltados para dormir até tarde todas as manhãs e passar longas tardes preguiçosas na cama com Frank – e não para dormir. Entretanto, era difícil manter o adequado estado de espírito lânguido e romântico com a sra. Baird passando o aspirador de pó minuciosamente do lado de fora do nosso quarto.

– Esse deve ser o pedaço de carpete mais sujo de toda a Escócia – observara Frank naquela manhã enquanto estávamos na cama ouvindo o ronco feroz do aspirador de pó no corredor.

– Quase tão sujo quanto a mente da proprietária – concordei. – Talvez devêssemos ter ido para Brighton, no fim das contas.

Escolhemos as Terras Altas como roteiro de férias antes de Frank assumir o cargo de professor de história em Oxford, considerando que a Escócia de certa forma fora menos atingida pelos horrores físicos da guerra do que o resto da Grã-Bretanha e estava menos suscetível à frenética alegria pós-guerra que contagiava pontos turísticos mais populares.

Mesmo sem discutir o assunto, acho que nós dois sentimos que era um local simbólico para restabelecermos nosso casamento. Nós nos casamos e passamos uma lua de mel de dois dias nas Terras Altas, pouco antes da deflagração da guerra sete anos atrás. Um refúgio tranquilo onde pudéssemos redescobrir um ao outro, pensamos, sem perceber que, enquanto o golfe e a pesca são os esportes ao ar livre mais praticados da Escócia, a fofoca é o esporte de salão mais popular. E do jeito que chove na Escócia, as pessoas passam muito mais tempo dentro de casa.

– Aonde você vai? – perguntei, quando Frank atirou os pés para fora da cama.

– Detestaria ver a pobre velhinha decepcionada conosco – respondeu.

Sentando-se na beirada da cama antiga, começou a balançar-se devagar para cima e para baixo, criando um rangido rítmico e penetrante. O ronco do aspirador de pó no corredor parou bruscamente. Após um ou dois minutos balançando-se, ele deu um gemido alto e teatral e deixou-se cair para trás com uma vibração de protesto das molas. Não pude conter uma risadinha, abafada no travesseiro para não perturbar o silêncio sepulcral do lado de fora.

Frank ergueu as sobrancelhas para mim.

– Você deveria gemer em êxtase, não dar risadinhas – repreendeu-me num sussurro. – Ela vai achar que eu não sou um bom amante.

– Você vai ter que continuar por mais tempo do que isso se espera gemidos empolgados – respondi. – Dois minutos não merecem mais do que uma risadinha.

– Que mulherzinha sem consideração. Eu vim aqui descansar, lembra?

– Preguiçoso. Nunca vai conseguir colocar o próximo ramo familiar em sua árvore genealógica se não mostrar um pouco mais de empenho.

A paixão de Frank por genealogia era outra razão para termos escolhido as Terras Altas. Segundo um dos encardidos pedaços de papel que ele carregava de um lado para o outro, um antepassado seu tivera alguma coisa a ver com os acontecimentos naquela região em meados do século XVIII. Ou seria século XVII?

– Se eu acabar como um toco sem descendentes na minha árvore genealógica, sem dúvida será por culpa de nossa incansável anfitriã lá fora. Afinal, estamos casados há quase oito anos. O pequeno Frank Jr. será perfeitamente legítimo sem precisar ser concebido na presença de uma testemunha.

– Se vier a ser concebido – falei, pessimista. Ficáramos decepcionados mais uma vez na semana anterior à partida para nosso retiro nas Terras Altas.

– Com todo este ar puro revigorante e esta comida saudável? Como poderíamos falhar?

O jantar na noite anterior fora arenque frito. O almoço fora arenque em conserva. E o cheiro penetrante que agora bafejava pelo vão da escada sugeria, com elevado grau de certeza, que o café da manhã deveria ser arenque defumado.

– A menos que você esteja pensando em mais uma edificante performance para a sra. Baird – sugeri –, é melhor se vestir. Não vai se encontrar com aquele pastor às dez? – O reverendo Reginald Wakefield, o vigário da paróquia local, deveria fornecer algumas fascinantes certidões de batismo para inspeção de Frank, sem mencionar a esfuziante perspectiva de que pudesse ter desenterrado alguns bolorentos despachos do Exército ou algo parecido que mencionassem o tal antepassado famoso.

– Como é mesmo o nome daquele avô do seu tataravô? – perguntei. – Aquele que andou fazendo besteira por aqui durante uma das rebeliões.Não consigo me lembrar se era Willy ou Walter.

– Na verdade, era Jonathan.

Frank aceitava placidamente meu total desinteresse por sua história familiar, mas permanecia sempre alerta, pronto para se aproveitar da menor expressão de curiosidade como desculpa para me contar todos os fatos conhecidos até a presente data sobre os antigos Randall e suas conexões. Seus olhos assumiram o brilho febril de professor fanático enquanto abotoava a camisa.

– Jonathan Wolverton Randall. Wolverton pelo tio de sua mãe, um cavaleiro insignificante de Sussex. Era, entretanto, conhecido pelo apelido um tanto arrojado de "Black Jack", que adquirira no Exército, provavelmente durante a época em que serviu aqui.

Deixei-me cair na cama com o rosto enfiado no travesseiro fingindo roncar. Ignorando-me, Frank continuou com sua exegese erudita.

– Ele recebeu sua patente oficial em meados dos anos 1730 e serviu como capitão dos dragões. Segundo aquelas cartas antigas que a prima May me enviou, ele se saiu muito bem no Exército. Uma boa escolha para um segundo filho, como você sabe. Seu irmão mais novo também seguiu a tradição tornando-se um vigário, mas ainda não encontrei muita coisa sobre ele. De qualquer modo, Jack Randall foi altamente elogiado pelo duque de Sandringham por suas atividades antes e durante a Conspiração Jacobita de 1745, a segunda, como você sabe - detalhou ele, em proveito dos ignorantes em sua plateia. Ou seja, eu. - Com o príncipe Charles Edward e toda aquela gente.

- Não estou totalmente certa de que os escoceses achem que perderam essa - interrompi, sentando-me e tentando domesticar meus cabelos. - Ouvi perfeitamente o barman daquele pub ontem à noite se referir a nós como *sassenachs*.

- Bem, por que não? - disse Frank tranquilamente. - Afinal, significa apenas "ingleses" ou, na pior das hipóteses, "forasteiros", e é o que nós somos.

- Sei o que significa. Foi o tom que ele usou que me incomodou.

Frank procurou um cinto na gaveta da cômoda.

- Ele só estava zangado porque eu disse que a cerveja estava aguada. Eu disse a ele que a verdadeira cerveja das Terras Altas exige que uma botina velha seja acrescentada ao tonel e que o produto final seja coado por uma cueca usada.

- Ah, isso explica o total da conta.

- Bem, eu disse isso com um pouco mais de tato, mas só porque a língua gaélica não possui uma palavra específica para ceroulas.

Peguei as minhas próprias calcinhas, intrigada.

- Por que não? Os antigos celtas da Escócia não usavam roupa de baixo?

Frank lançou-me um olhar malicioso.

- Nunca ouviu aquela velha canção sobre o que o escocês usa por baixo do kilt?

- Provavelmente não aqueles elegantes calções até os joelhos - respondi secamente. - Talvez, enquanto você fica brincando por aí com vigários, eu saia em busca de algum habitante local usando saiote escocês e pergunte a ele.

- Bem, tente não ser presa, Claire. O reitor do St. Giles College não iria gostar nada disso.

Na realidade, não havia ninguém perambulando de kilt pela praça central ou pelas lojas que a rodeavam. No entanto, havia várias outras pessoas por lá, a maioria donas de casa do tipo da sra. Baird fazendo as compras diárias. Eram tagarelas e fofoqueiras, e suas figuras, de vestido estampado, enchiam as lojas de um calor aconchegante; um antídoto contra a névoa fria da manhã no lado de fora.

Ainda sem minha própria casa para manter, havia pouca coisa que eu precisava comprar, mas gostava de dar uma olhada nas prateleiras recém-abastecidas pelo simples prazer de ver muitos artigos novamente à venda. Fora um longo período de racionamento, de privação de coisas simples como sabão e ovos, e mais tempo ainda sem os pequenos luxos da vida, como a água de colônia L'Heure Bleu.

Meus olhos se demoraram numa vitrine repleta de utensílios domésticos – toalhas de chá e paninhos bordados para cobrir bules, jarras e copos, uma pilha de fôrmas para tortas caseiras e um conjunto de três vasos de plantas.

Jamais tive um vaso de planta em minha vida. Durante os anos de guerra, vivi, é claro, nos alojamentos de enfermeiras, primeiro no Pembroke Hospital, depois numa base militar na França. No entanto, mesmo antes disso, nunca moramos tempo suficiente num só lugar para justificar a compra de um artigo como esse. Se eu tivesse uma peça assim, refleti, tio Lamb a teria enchido de cacos de louças muito antes que eu pudesse chegar perto dela com um buquê de margaridas.

Quentin Lambert Beauchamp. "Q" para seus alunos de arqueologia e para os amigos. "Dr. Beauchamp" nos círculos acadêmicos em que ele transitava, lecionava e ganhava a vida. Mas sempre tio Lamb para mim.

O único irmão de meu pai e meu único parente vivo na época se vira de repente às voltas comigo, uma menina de 5 anos, quando meus pais morreram num acidente de carro. Na época, às vésperas de uma viagem para o Oriente Médio, ele interrompeu seus preparativos o tempo suficiente para providenciar o funeral, desfazer-se dos bens de meus pais e matricular-me num internato para meninas. Para o qual me recusei terminantemente a ir.

Diante da necessidade de arrancar meus dedos gorduchos da maçaneta do carro e me arrastar pelos calcanhares pelas escadas da escola, tio Lamb, que detestava conflitos pessoais de qualquer natureza, suspirou exasperado, depois finalmente encolheu os ombros e jogou sua sensata decisão pela janela, juntamente com meu recém-adquirido chapéu de palha.

– Maldito chapéu – resmungou, olhando pelo espelho retrovisor e vendo-o rolar alegremente para longe, enquanto o carro continuava descendo o caminho, roncando em alta velocidade. – Sempre detestei chapéus femininos mesmo.

Fixou em mim um olhar feroz e continuou:

– Só digo uma coisa – disse, em tom ameaçador. – Você não pode brincar de boneca com minhas estatuetas de túmulos persas. Qualquer coisa, menos isso. Entendeu?

Fiz que sim com a cabeça, feliz. E fui com ele para o Oriente Médio, para a América do Sul, para dezenas de sítios arqueológicos em todo o mundo. Aprendi a ler e escrever com os rascunhos dos artigos científicos, a cavar latrinas e ferver água e a fazer um sem-número de outras coisas inadequadas para uma jovem bem-nascida – até encontrar o historiador atraente, de cabelos escuros, que tinha ido consultar tio Lamb a respeito de uma questão da filosofia francesa relacionada à prática religiosa egípcia.

Mesmo depois de nosso casamento, Frank e eu continuamos levando a vida nômade de um jovem professor universitário, dividido entre congressos pela Europa e apartamentos temporários, até que a deflagração da guerra o enviou para o Treinamento de Oficiais na Unidade de Inteligência do MI6 e a mim para o treinamento de enfermeiras. Embora estivéssemos casados havia quase oito anos, a nova casa em Oxford seria nosso primeiro lar de verdade.

Enfiando a bolsa firmemente debaixo do braço, entrei com passos firmes na loja e comprei os vasos.

Encontrei-me com Frank no cruzamento da High Street com a Gereside Road e começamos a subir por esta última. Ele ergueu as sobrancelhas diante das minhas compras.

– Vasos? – Sorriu. – Ótimo. Talvez agora você pare de colocar flores nos meus livros.

– Não são flores, são espécimes. E foi você quem sugeriu que eu me interessasse por botânica para ocupar minha mente, agora que não sou mais enfermeira – lembrei a ele.

– É verdade. – Assentiu com bom humor. – Mas eu não sabia que teria galhinhos e folhas caindo no meu colo toda vez que abrisse uma obra de referência. O que era aquela coisa horrível, marrom e esfarelada, que você colocou no meu livro de Tuscum e Banks?

– Sabugueiro. Boa para hemorroidas.

– Preparando-se para a minha iminente velhice, não é? Hum, muito gentil de sua parte, Claire.

Atravessamos o portão juntos, rindo, e Frank parou para que eu subisse os estreitos degraus da entrada à sua frente.

De repente, agarrou-me pelo braço.

– Cuidado! Não pise nisso aí!

Parei com o pé cuidadosamente erguido acima de uma grande mancha vermelho-amarronzada no degrau superior.

– Que estranho – disse. – A sra. Baird esfrega os degraus todas as manhãs. O que você acha que pode ser isso?

Frank se inclinou sobre o degrau, delicadamente procurando sentir o cheiro.

– Assim de improviso, eu diria que se trata de sangue.

– Sangue! – Recuei um passo. – De quem? – Olhei aflita para a casa. – Você acha que a sra. Baird sofreu algum tipo de acidente? – Não podia imaginar nossa imaculada anfitriã deixando manchas de sangue secando na soleira da porta, a não ser que uma enorme catástrofe tivesse ocorrido. Imaginei por um instante se a sala de visitas não estaria abrigando um assassino ensandecido, preparando-se naquele mesmo instante para saltar sobre nós com um grito arrepiante.

Frank balançou a cabeça. Ficou na ponta dos pés para espreitar o jardim do vizinho por cima da cerca viva.

– Acho que não. Há uma mancha igual a essa na entrada da casa dos Collins também.

– É mesmo? – Cheguei mais perto de Frank, tanto para olhar por cima da cerca quanto em busca de apoio moral. As Terras Altas dificilmente pareceriam um lugar provável para um assassinato em massa. Por outro lado, eu duvidava que essas pessoas usassem qualquer tipo de critério lógico ao escolher o local do crime. – Isso é um tanto... desagradável – observei. Não havia nenhum sinal de vida na casa ao lado. – O que você acha que aconteceu?

Frank franziu a testa, pensando, depois bateu a mão rapidamente na perna, como se tivesse uma súbita inspiração.

– Acho que sei! Espere um instante. – Partiu em direção ao portão e começou a descer a rua quase correndo, deixando-me desamparada na entrada da casa.

Voltou logo depois, radiante com a confirmação.

– Sim, isso mesmo, tem que ser. Aconteceu em todas as casas deste lado da rua.

– O quê? A visita de um maníaco homicida? – perguntei um pouco rispidamente, ainda nervosa por ter sido bruscamente abandonada sozinha, na companhia apenas de uma grande mancha de sangue.

Frank riu.

– Não, um sacrifício ritual. Fascinante! – Estava de quatro na grama, examinando atentamente a poça de sangue.

Aquilo não me parecia nada melhor do que um maníaco homicida. Agachei-me ao lado dele, contorcendo o nariz diante do cheiro. Ainda era cedo para moscas, mas dois mosquitos das Terras Altas, grandes e lentos, giravam em torno da mancha.

– O que quer dizer com "sacrifício ritual"? – indaguei. – A sra. Baird frequenta a igreja, assim como todos os seus vizinhos. Isso aqui não é o Monte dos Druidas ou algo semelhante, sabe?

Levantou-se, limpando os pedacinhos de grama das calças.

– Você é que não sabe, meu bem – disse ele. – Não há nenhum lugar na Terra com mais magia e superstições antigas influenciando o cotidiano das pessoas do que as Terras Altas. Com ou sem igreja, a sra. Baird acredita nas lendas dos povos antigos, assim como todos os seus vizinhos. – Apontou para a mancha com o bico do sapato perfeitamente engraxado. – O sangue é de um galo preto – explicou, satisfeito. – As casas são novas, você sabe. Pré-fabricadas.

Olhei-o friamente.

– Se você acha que isso explica tudo, pense melhor. Que diferença faz a idade das casas? E, afinal, onde está todo mundo?

– No pub, eu acho. Vamos até lá verificar? – Tomando-me pelo braço, conduziu-me pelo portão e começamos a descer a Gereside Road.

– Antigamente – explicou ele conforme andávamos –, e não faz tanto tempo assim, quando construíam uma casa, era costume matar alguém e enterrá-lo nos alicerces, como uma oferenda aos espíritos da terra. Sabe, "Ali ele lançará os alicerces em seu primogênito e em seu filho mais novo erguerá os portões". Isso é antigo como os montes.

Estremeci diante da citação.

– Nesse caso, suponho que seja bem mais moderno e compreensível que estejam usando galinhas. Já que as casas são relativamente novas, nada foi enterrado debaixo delas e os moradores agora estão tentando remediar a omissão.

– Exatamente. – Frank parecia satisfeito com meu progresso e deu uns tapinhas nas minhas costas. – Segundo o vigário, muitos dos habitantes locais acham que a guerra foi em parte causada pelo fato de as pessoas estarem abandonando suas raízes e deixando de tomar as devidas precauções, como enterrar oferendas sob os alicerces das casas ou queimar espinhas de peixes na lareira. Exceto de hadoques, é claro – acrescentou ele, contentemente distraído. – Sabia? Ou você nunca mais pescará um. Em vez disso, sempre enterre as espinhas de um hadoque.

– Vou me lembrar disso – prometi. – Diga-me o que se deve fazer para nunca mais ver um arenque e eu o farei imediatamente.

Ele balançou a cabeça, absorto em um de seus acessos de lembrança, aqueles breves períodos de êxtase erudito quando ele perdia o contato com o mundo à sua volta, completamente empenhado em evocar conhecimentos de todas as fontes.

– Não sei nada sobre arenques – disse, distraído. – Mas para ratos, penduram-se ramos de choupo-tremedor por toda parte. "Choupo-tremedor na casa, e você nunca verá um rato", como se diz. Quanto a corpos nos alicerces... é daí que vêm muitos dos fantasmas locais. Conhece Mountgerald, a casa grande no final da High Street? Há um fantasma lá, um operário que trabalhava na construção da casa e foi assassinado em sacrifício para os alicerces em algum momento do século XVIII. Isso, na verdade, é bastante recente – acrescentou, pensativo.

– Diz-se que, por ordem do dono da casa, uma parede foi construída primeiro, depois um bloco de pedra foi empurrado de cima da parede sobre um dos operários. Provavelmente algum sujeito de que ninguém gostava foi escolhido para o sacrifício. Então ele foi enterrado no porão e o resto da casa foi construído sobre ele. Agora assombra o porão onde foi assassinado, exceto na data de aniversário de sua morte e nos quatro Dias Antigos.

– Dias Antigos?

– As festividades dos povos antigos da região – explicou ele, ainda perdido em suas anotações mentais. – Hogmanay, ou seja, o Ano-Novo, o Midsummer Day, que é o solstício de verão, o Beltane, festival da primavera, e o All Hallows, que corresponde ao nosso Halloween. Os druidas, os beakers da Idade da Pedra e os antigos pictos... Todos celebravam as festas dos fogos e as festas do sol, pelo que sabemos. De qualquer modo, os fantasmas estão à solta nos dias sagrados e podem ficar vagando por aí como quiserem, fazer o bem ou o mal, de acordo com sua vontade. – Esfregou o queixo ponderando. – Estamos nos aproximando do Beltane, perto do equinócio da primavera. É melhor ficar de olho da próxima vez que passar pelo pátio da igreja. – Ele pestanejou e eu percebi que tinha saído do transe.

Dei uma risada.

– Então, há muitos fantasmas locais famosos?

Ele deu de ombros.

– Não sei. Vamos perguntar ao vigário na próxima vez que o virmos?

De fato, encontramos o vigário pouco tempo depois. Estava no pub, juntamente com os demais habitantes do vilarejo, tomando uma cerveja leve e clara em comemoração à nova santificação das casas.

Pareceu um pouco envergonhado ao ser flagrado acobertando atos de paganismo, por assim dizer, mas minimizou o fato como sendo apenas um costume local com conotação histórica – como vestir roupas verdes.

– Na verdade, é bem fascinante, sabe – confidenciou ele, e reconheci, com um suspiro, o canto de um estudioso, um som tão característico quanto o trinado de um melro. Atendendo ao chamado de um espírito iluminado, Frank imediatamente entrou na dança de pares da academia e logo estavam mergulhados até o pescoço em arquétipos e comparações entre superstições antigas e religiões modernas. Encolhi os ombros e abri meu próprio caminho pela multidão até o bar e de volta, com um drinque em cada mão.

Sabendo, por experiência própria, o quanto era difícil desviar a atenção de Frank desse tipo de discussão, simplesmente peguei sua mão, envolvi seus dedos em torno da haste da taça e deixei-o entregue a seus próprios interesses.

Encontrei a sra. Baird em um banco junto à janela, compartilhando uma amigável jarra de cerveja preta com um senhor idoso que ela me apresentou como sr. Crook.

– É o senhor de quem lhe falei, sra. Randall – disse ela, os olhos brilhantes com o estímulo do álcool e da companhia. – O que conhece plantas de todas as espécies.

– A sra. Randall se interessa muito por plantas – confidenciou ao seu acompanhante, que inclinou a cabeça numa mistura de educação e surdez. – Prensa-as nos livros e tudo o mais.

– É mesmo? – perguntou o sr. Crook, o tufo branco de sobrancelha erguido em sinal de interesse. – Tenho algumas prensas, as verdadeiras, veja bem, para ervas e similares. Ganhei-as do meu sobrinho, quando veio da universidade passar as férias. Ele as trouxe para mim e não tive coragem de dizer-lhe que nunca uso coisas desse tipo. Deixá-las penduradas é o melhor para as ervas, sabe, ou talvez secá-las em um estrado, dentro de um saco de gaze ou em um pote, mas por que iria querer esmagar as plantinhas até ficarem achatadas eu não faço a menor ideia.

– Bem, para olhá-las, talvez – intercedeu a sra. Baird afavelmente. – A sra. Randall fez lindos arranjos com botões de malva e violetas, que se pode emoldurar e pendurar na parede.

– Hummm. – Diante dessa sugestão, o rosto sulcado do sr. Crook pareceu estar admitindo uma duvidosa possibilidade. – Bem, se tiverem alguma utilidade para a senhora, pode ficar com as prensas, de bom grado. Eu não queria jogá-las fora, mas confesso que não tenho nenhuma utilidade para elas.

Assegurei ao sr. Crook que eu ficaria encantada em usar prensas de plantas e mais encantada ainda se ele me mostrasse onde algumas das plantas mais raras da região poderiam ser encontradas. Fitou-me incisivamente por um instante, a cabeça inclinada para o lado como um velho falcão, mas finalmente pareceu decidir que meu interesse era genuíno. Combinamos que eu deveria encontrá-lo pela manhã para uma excursão aos arbustos locais. Frank pretendia passar o dia em Inverness para consultar uns registros na prefeitura de lá, e fiquei satisfeita de ter uma desculpa para não acompanhá-lo. Para mim, os registros eram todos iguais.

Pouco depois, Frank conseguiu se desvencilhar do vigário e caminhamos de volta para casa na companhia da sra. Baird. Eu mesma hesitei em mencionar o sangue de galo na soleira da porta, mas Frank não sofria de tal acanhamento e interrogou-a avidamente sobre as origens do costume.

– Suponho, então, que seja muito antigo, não? – perguntou, agitando uma vara pelos arbustos ao longo da calçada. O quenopódio e a cinco-em-rama já estavam florescendo e eu podia ver os botões das giestas-das-vassouras avolumando-se. Mais uma semana e estariam floridos.

– Ah, sim. – Cambaleando, a sra. Baird nos acompanhava a passos rápidos. – Mais velho do que podemos imaginar, sr. Randall. Anterior à época dos gigantes.

– Gigantes? – perguntei.

– Sim. Fionn e Feinn.

– Contos folclóricos gaélicos – observou Frank com interesse. – Heróis, sabe. Provavelmente de origem nórdica. Há muita influência nórdica por aqui e ao longo de toda a costa oeste. Alguns nomes dos locais são escandinavos, e não gaélicos.

Revirei os olhos, pressentindo uma nova explosão de conhecimento, mas a sra. Baird sorriu cordialmente e encorajou-o, dizendo que era verdade, ela havia estado no norte e visto a pedra Dois Irmãos e isso era escandinavo, não era?

– Os escandinavos visitaram a costa centenas de vezes entre 500 e 1300 d.C., aproximadamente – disse Frank, olhando sonhadoramente para o horizonte, vendo barcos normandos na nuvem varrida pelo vento. – Vikings. E trouxeram muitos de seus mitos com eles. É um bom país para mitos. As coisas parecem criar raízes aqui.

Nisso eu podia acreditar. O crepúsculo se aproximava, assim como uma tempestade. Na estranha luz sob as nuvens, até as casas totalmente modernas ao longo da rua pareciam tão antigas e sinistras quanto a desgastada pedra do povo picto que ficava a uns 30 metros de distância, guardando a encruzilhada havia mil anos. Parecia uma boa noite para ficar em casa com as persianas fechadas.

Em vez de permanecer confortavelmente sentada na sala de visitas da sra. Baird, vendo imagens estereoscópicas de Perth Harbor, entretanto, Frank preferiu comparecer ao seu compromisso com o sr. Bainbridge, um tabelião com interesse em registros históricos locais, para tomar um xerez. Lembrando-me do encontro anterior que tivera com o sr. Bainbridge, resolvi permanecer em casa com Perth Harbor.

– Procure voltar antes da tempestade – disse a Frank, dando-lhe um beijo de despedida. – E dê lembranças minhas ao sr. Bainbridge.

– Humm, sim. Sim, claro. – Cuidadosamente evitando meus olhos, Frank encolheu os ombros dentro do seu sobretudo e partiu, pegando um guarda-chuva do suporte junto à porta.

Fechei a porta quando ele saiu, mas deixei-a destrancada para que ele pudesse entrar ao voltar. Dirigi-me languidamente de volta à sala de visitas, refletindo que Frank iria sem dúvida fingir que não tinha mulher – uma farsa à qual o sr. Bainbridge iria se unir alegremente. Não que eu, particularmente, pudesse culpá-lo.

No começo, tudo correra muito bem em nossa visita à casa do sr. Bainbridge na tarde do dia anterior. Eu me mostrara recatada, bem-educada, inteligente, mas modesta, elegante e discretamente vestida – tudo que a mulher perfeita do professor universitário deveria ser. Até o chá ser servido.

Agora, virei a minha mão direita, examinando, com tristeza, a grande bolha que se estendia pela base dos quatro dedos. Afinal, não era culpa minha que o sr. Bainbridge, um viúvo, se contentasse com um bule barato de metal, em vez de um bule adequado de louça. Nem que o tabelião, procurando ser gentil, tivesse me pedido para servir o chá. Nem que a luva de panela que ele me deu apresentasse uma parte gasta que permitiu que o cabo em brasa do bule entrasse em contato direto com minha mão quando o segurei.

Não, concluí. Deixar cair o bule foi uma reação perfeitamente normal. Deixá-lo cair no colo do sr. Bainbridge foi apenas um infeliz acidente. Tinha que deixá-lo cair em algum lugar. Foi minha exclamação "Puta que pariu!" em voz mais alta do que o berro de dor do sr. Bainbridge que fez Frank me olhar enfurecido por cima dos pãezinhos.

Quando se recuperou do choque, o sr. Bainbridge mostrou-se muito gentil, examinando minha mão e ignorando as tentativas de Frank de se desculpar pelo meu linguajar, alegando que eu servira em um hospital de campanha por quase dois anos.

– Receio que minha mulher acabou pegando algumas, hum, expressões mais pitorescas dos ianques e de outros – sugeriu Frank com um sorriso nervoso.

– É verdade – concordei, cerrando os dentes enquanto envolvia minha mão com um guardanapo embebido em água. – Os homens tendem a ser muito "pitorescos" quando se está tirando estilhaços do corpo deles.

Com muito tato, o sr. Bainbridge tentou desviar a conversa para o campo neutro da história dizendo que sempre se interessara pelas variações do que fora considerado discurso profano através dos tempos. Havia "Gorblimey", por exemplo, uma corruptela recente da imprecação "God blind me".

– Sim, é claro – disse Frank, aceitando de bom grado o desvio da conversa. – Sem açúcar, obrigado, Claire. E quanto a "Gadzooks"? A parte "Gad" é perfeitamente clara, naturalmente vem de "God", mas "zook"...

– Bem, sabe – interpôs o tabelião –, às vezes eu acho que possa ser uma corruptela de uma antiga palavra escocesa, na verdade, "yeuk". Significa "tentação, ânsia, desejo". Faria sentido, não?

Frank concordou, assentindo e deixando seu pouco erudito topete cair na testa. Empurrou-o para trás automaticamente.

– Interessante – disse –, toda a evolução da blasfêmia.

– Sim, e continua a acontecer – disse, pegando cuidadosamente um torrão de açúcar com a pinça.

– É mesmo? – disse o sr. Bainbridge. – A senhora encontrou algumas variações importantes durante a sua, hum, experiência na guerra?

– Ah, sim – respondi. – A minha favorita eu aprendi com um ianque. Um homem chamado Williamson, de Nova York, acho. Ele a dizia toda vez que eu trocava seu curativo.

– E qual era?

– "Jesus H. Roosevelt Cristo" – disse, deixando o torrão de açúcar cair cuidadosamente no café de Frank.

Depois de passar algum tempo na sala com a sra. Baird, numa conversa amena e nada desagradável, subi ao meu quarto para me aprontar antes de Frank chegar. Sabia que o limite dele era de duas taças de xerez e, portanto, esperava-o de volta logo.

O vento começava a soprar forte e o ar do quarto estava carregado de eletricidade. Passei a escova nos cabelos, fazendo os cachos estalarem com a estática e saltarem, emaranhando-se furiosamente. Meus cabelos teriam que passar sem as cem escovadelas hoje à noite, decidi. Com as atuais condições do tempo, iria apenas escovar os dentes. Fios de cabelo grudavam no meu rosto, agarrando-se teimosamente enquanto eu tentava afastá-los para trás.

Nenhuma água no jarro. Frank a usara, arrumando-se antes de sair para seu encontro com o sr. Bainbridge, e não se dera ao trabalho de enchê-lo novamente na torneira do banheiro. Peguei o frasco de L'Heure Bleu e despejei uma boa porção na palma da mão. Esfregando rapidamente as mãos antes que o perfume evaporasse, passei-as pelos cabelos. Despejei mais um pouco na escova e penteei os cachos para trás das orelhas.

Bem. Assim estava melhor, pensei, girando a cabeça de um lado para o outro para examinar os resultados no espelho manchado. A umidade dissipara a eletricidade dos meus cabelos, de modo que eles agora flutuavam em ondas brilhantes e pesadas em volta do meu rosto. O álcool evaporado deixara um perfume muito agradável no ar. Frank iria gostar, pensei. L'Heure Bleu era sua colônia favorita.

De repente o clarão de um relâmpago bem próximo, seguido imediatamente pelo estrondo de um trovão, fez com que todas as luzes se apagassem. Praguejando baixinho, comecei a tatear dentro das gavetas.

Em algum lugar, eu vira velas e fósforos; a queda de energia elétrica era uma ocorrência tão frequente nas Terras Altas que as velas constituíam um suprimento indispensável em todos os quartos de hotéis e hospedarias. Eu as vira até mesmo nos hotéis mais elegantes, onde eram perfumadas com madressilvas e apresentadas em castiçais de vidro fosco com pingentes brilhantes.

As velas da sra. Baird eram bem mais utilitárias – velas brancas comuns –, mas havia muitas delas, assim como três caixas de fósforos. Não estava inclinada a ser exigente quanto à elegância num momento como aquele.

Coloquei uma vela no suporte de cerâmica azul sobre a penteadeira iluminada pelo relâmpago seguinte, depois acendi outras pelo quarto, até que todo o aposento fosse tomado por uma luminosidade suave e bruxuleante. Muito romântico, pensei, e com certa presença de espírito desliguei o interruptor, de modo que a volta repentina da luz não estragasse o clima em algum momento inoportuno.

As velas não haviam queimado mais do que 1 centímetro quando a porta se abriu e Frank entrou como um furacão. Literalmente, porque a rajada de vento que o seguiu escada acima apagou três velas.

A porta se fechou atrás dele com uma pancada que apagou mais duas. Esforçando-se para enxergar na escuridão repentina, passou a mão pelos cabelos desalinhados. Levantei-me e reacendi as velas, admoestando-o brandamente sobre os modos bruscos de entrar num aposento. Foi somente ao terminar e me virar para perguntar-lhe se gostaria de um drinque que vi que ele parecia um pouco pálido e perturbado.

– O que foi? – perguntei. – Viu um fantasma?

– Bem, sabe – disse ele devagar –, não tenho certeza se não vi. – Distraidamente, ele pegou minha escova e ergueu-a para arrumar seus cabelos. Quando a fragrância repentina de L'Heure Bleu atingiu suas narinas, franziu o nariz e colocou-a de volta sobre a penteadeira, voltando a atenção para o pente que carregava no bolso.

Olhei pela janela, onde os olmos se agitavam de um lado para outro como manguais. Uma persiana aberta batia em algum lugar do outro lado da casa e ocorreu-me que talvez devêssemos fechar as nossas, embora o alvoroço lá fora fosse interessante de observar.

– Acho que o tempo está um pouco ruim para um fantasma – falei. – Eles não gostam de noites calmas e enevoadas em cemitérios?

Frank riu timidamente.

– Bem, provavelmente foram apenas as histórias de Bainbridge e um pouco de xerez a mais do que eu deveria ter tomado. Nada de mais.

Agora eu estava curiosa.

– O que você viu exatamente? – perguntei, sentando-me no banquinho da penteadeira. Indiquei a garrafa de uísque erguendo uma das sobrancelhas e Frank imediatamente foi servir dois drinques.

– Bem, na verdade, apenas um homem – começou ele, medindo uma dose para ele e duas para mim. – Parado na rua lá fora.

– O quê? Do lado de fora desta casa? – perguntei com uma risada. – Então deve ter sido um fantasma; não posso imaginar ninguém parado por aí numa noite como essa.

Frank inclinou o jarro de água sobre o copo, depois olhou acusadoramente para mim quando não saiu nada.

– Não olhe para mim – disse. – Você usou toda a água. Mas eu prefiro o uísque puro mesmo. – Tomei um gole para demonstrar.

Frank pareceu inclinado a dar um pulo no lavatório para pegar água, mas abandonou a ideia e continuou sua história, tomando pequenos goles cautelosamente, como se seu copo contivesse ácido sulfúrico em vez do melhor uísque Glenfiddich de puro malte.

– Sim, ele estava na beirada do jardim, deste lado, parado junto à cerca. Eu pensei – hesitou, olhando dentro do copo –, achei que ele estivesse olhando para a sua janela.

– Minha janela? Que extraordinário! – Não pude conter um ligeiro estremecimento e atravessei o quarto para fechar as persianas, embora fosse um pouco tarde para isso. Frank seguiu-me, ainda falando.

– Sim, eu mesmo pude vê-la lá de baixo. Você estava escovando os cabelos e resmungava porque estavam arrepiados.

– Nesse caso, o sujeito provavelmente estava se divertindo – falei, asperamente.

Frank sacudiu a cabeça, embora sorrisse e alisasse meus cabelos.

– Não, ele não estava rindo. Na verdade, parecia terrivelmente infeliz com alguma coisa. Não que eu tenha podido ver bem seu rosto; foi alguma coisa na maneira como estava ali parado. Eu fui por trás dele e, quando ele não se moveu, perguntei educadamente se poderia ajudá-lo em alguma coisa. Primeiro, ele agiu como se não tivesse me ouvido, e eu achei que talvez não tivesse mesmo, por causa do barulho do vento, então repeti o que dissera e estendi a mão para tocar seu ombro, chamar sua atenção. Mas antes que eu pudesse tocá-lo, ele girou repentinamente nos calcanhares, passou por mim e começou a descer a rua.

– Parece um tanto grosseiro, mas não muito próprio de um fantasma – observei, esvaziando meu copo. – Como ele era?

– Um sujeito grandalhão – disse Frank, franzindo a testa ao se lembrar. – E escocês, em trajes completos das Terras Altas, com a bolsa de pelos usada pelos escoceses na frente do kilt e um lindo broche de um veado correndo prendendo o xale xadrez. Quis perguntar-lhe onde o tinha conseguido, mas se afastou antes que eu tivesse a oportunidade.

Dirigi-me à escrivaninha e servi outra dose de uísque.

– Bem, não é uma aparência muito estranha para essa região, certo? De vez em quando, vejo um homem vestido assim na vila.

– Nããão... – Frank parecia duvidar. – Não, não eram suas roupas que pareciam estranhas. Quando passou por mim, eu poderia jurar que ele estava suficientemente perto para esbarrar na manga do meu casaco, mas não o fez. Fiquei tão intrigado que me virei para observá-lo conforme se afastava. Ele desceu a Gereside Road, mas quase ao chegar à esquina, ele... desapareceu. Foi quando comecei a sentir um calafrio na espinha.

– Talvez sua atenção tenha sido desviada por um instante e ele simplesmente tenha mergulhado nas sombras – sugeri. – Há muitas árvores no fim da rua.

– Posso jurar que não tirei os olhos dele nem por um segundo – murmurou Frank. Ele ergueu os olhos subitamente. – Já sei! Lembro-me agora porque eu o achei tão estranho, embora não tivesse percebido isso na hora.

– O quê? – Eu estava ficando um pouco cansada do fantasma e queria passar para questões mais interessantes, como a cama.

– Estava ventando forte, mas as pregas, sabe, do kilt e do xale quadriculado, elas simplesmente não se mexiam, exceto com o movimento de seus passos.

Fitamo-nos.

– Bem – falei finalmente –, isso é um pouco arrepiante.

Frank deu de ombros e sorriu de repente, descartando o assunto.

– Ao menos terei alguma coisa para contar ao vigário da próxima vez que o encontrar. Talvez seja um famoso fantasma local e ele poderá me contar sua história sangrenta. – Deu uma olhada em seu relógio. – Mas agora eu diria que é hora de ir para a cama.

– É, sim – murmurei.

Observei-o pelo espelho, enquanto procurava um cabide. De repente, parou enquanto desabotoava a camisa.

– Você teve muitos escoceses sob seus cuidados, Claire? – perguntou bruscamente. – No hospital de campanha ou em Pembroke?

– Claro – respondi, um pouco intrigada. – Havia muitos Seaforth e Cameron na base militar em Amiens e, um pouco mais tarde, depois de Caen, tivemos muitos Gordon. Bons sujeitos, na maioria. Muito estoicos a respeito de tudo de um modo geral, mas terrivelmente covardes quando se tratava de injeções. – Sorri, lembrando-me particularmente de um deles.

– Tivemos um, na verdade um sujeito muito rabugento, um gaiteiro dos Seaforth, que não suportava injeção, especialmente nas nádegas. Passava horas no mais terrível desconforto antes de deixar que alguém se aproximasse dele com uma seringa e, mesmo assim, tentava nos fazer dar-lhe a injeção no braço, embora fosse intramuscular. – Ri diante da lembrança do cabo Chisholm. – Ele me disse: "Se vou ficar deitado de barriga para baixo, com minha bunda de fora, quero que a garota fique embaixo de mim, não atrás de mim com uma agulha!"

Frank sorriu, mas pareceu um pouco apreensivo, como sempre acontecia com minhas histórias de guerra menos delicadas.

– Não se preocupe – assegurei-lhe, percebendo sua expressão –, não vou contar essa na hora do chá na sala dos professores.

O sorriso arrefeceu e ele se aproximou, parando atrás de mim, que estava sentada à penteadeira. Beijou o alto da minha cabeça.

– Não se preocupe – disse. – Os professores vão adorá-la, quaisquer que sejam as histórias que contar. Hummm. Seus cabelos estão com um perfume delicioso.

– Gosta?

Em resposta, suas mãos deslizaram para a frente por cima dos meus ombros, segurando meus seios na camisola fina. Eu podia ver seu rosto acima do meu no espelho, o queixo descansando sobre a minha cabeça.

– Gosto de tudo em você – disse ele com a voz rouca. – Você fica linda à luz de velas. Seus olhos são como xerez no cristal e sua pele brilha como marfim. Uma feiticeira à luz de velas, é o que você é. Talvez eu devesse apagar as lâmpadas permanentemente.

– Fica difícil ler na cama – disse, o coração começando a acelerar.

– Posso pensar em coisas melhores para fazer na cama – murmurou.

– É mesmo? – indaguei, levantando-me e virando-me para passar os braços em volta de seu pescoço. – Como o quê, por exemplo?

Algum tempo depois, aconchegados por trás das persianas fechadas, ergui minha cabeça dos seus ombros e disse:

– Por que você me perguntou aquilo? Se eu tive contato com escoceses, quero dizer, deve saber que tive, há todo tipo de homens nesses hospitais.

Ele se mexeu e deslizou a mão pelas minhas costas.

– Humm. Ah, por nada, na verdade. É que, quando vi aquele sujeito lá fora, ocorreu-me que pudesse ser – hesitou, apertando-me mais um pouco em seus braços –, hum, você sabe, que pudesse ser alguém de quem você cuidou, talvez... talvez tivesse ouvido falar que você estava aqui e veio vê-la... algo assim.

– Nesse caso – disse, de modo prático –, por que ele não entraria e pediria para me ver?

– Bem – a voz de Frank pareceu muito descontraída –, talvez ele não quisesse dar de cara comigo.

Ergui-me sobre um dos cotovelos, fitando-o. Havíamos deixado uma vela acesa e eu podia enxergá-lo bem. Virara a cabeça e olhava distraidamente para a cromolitografia do príncipe Charles Edward com a qual a sra. Baird achara apropriado decorar nossa parede.

Agarrei seu queixo e virei seu rosto para mim. Ele arregalou os olhos, simulando surpresa.

– Está querendo dizer – indaguei – que o homem que viu lá fora era alguma espécie de, de... – hesitei, em busca da palavra certa.

– Ligação? – sugeriu, solícito.

– Amorosa de minha parte? – concluí.

– Não, não, claro que não – afirmou de maneira pouco convincente. Retirou minhas mãos de seu rosto e tentou me beijar, mas agora foi a minha vez de virar o rosto. Contentou-se em puxar-me de volta para deitar a seu lado na cama.

– É que... – começou. – Bem, você sabe, Claire, foram seis anos. E nos vimos apenas três vezes e apenas por um dia na última vez. Não seria extraordinário se... quero dizer, todos sabem que médicos e enfermeiras ficam sob um terrível estresse durante as emergências e... bem, eu... é apenas que... bem, eu compreenderia, sabe, se alguma coisa, hum, de natureza espontânea...

Interrompi aquela lenga-lenga desvencilhando-me do seu abraço e saltando para fora da cama.

– Acha que fui infiel a você? – indaguei. – Acha? Porque, se acha, pode sair deste quarto agora mesmo. Ir embora desta casa! Como ousa insinuar tal coisa? – Eu estava furiosa e Frank, sentando-se na cama, estendeu os braços tentando me acalmar.

– Não toque em mim! – retruquei. – Apenas me diga: você acha, diante do fato de um estranho estar olhando para a minha janela, que eu tenha tido algum caso amoroso com um dos meus pacientes?

Frank se levantou da cama e me envolveu em seus braços. Permaneci petrificada como a mulher de Lot, mas ele insistiu, acariciando meus cabelos e esfregando meus ombros da maneira que sabia que eu gostava.

– Não, eu não acho nada disso – disse ele com firmeza. Puxou-me para mais junto dele e eu relaxei um pouco, embora não o suficiente para abraçá-lo.

Após um longo tempo, murmurou nos meus cabelos:

– Não, eu sei que você nunca faria tal coisa. Só quis dizer que ainda que tivesse feito... Claire, não faria nenhuma diferença para mim. Eu a amo. Nada do que você tenha feito jamais vai me impedir de amá-la. – Tomou meu rosto nas mãos – apenas 10 centímetros mais alto do que eu, ele podia olhar diretamente dentro dos meus olhos sem dificuldade – e disse brandamente: – Me perdoa? – Senti seu hálito quente, ligeiramente perfumado com o amargor do Glenfiddich, no meu rosto, e seus lábios, cheios e convidativos, ficaram perturbadoramente próximos.

Outro relâmpago do lado de fora anunciou o súbito irrompimento da tempestade e uma chuva estrondosa começou a açoitar o telhado.

Devagar, passei os braços em torno de sua cintura.

– "O verdadeiro perdão não é forçado" – disse –, "mas cai como o suave sereno do céu..."

Frank riu e olhou para cima; as diversas manchas no teto eram um mau agouro para as perspectivas de podermos dormir secos a noite toda.

– Se esta é uma amostra do seu perdão – disse ele –, detestaria ver a sua vingança.

A tempestade ecoou como um ataque de morteiros, como se respondesse às suas palavras, e nós dois rimos, descontraídos outra vez.

Somente mais tarde, ouvindo sua respiração regular ao meu lado, foi que comecei a pensar. Como eu disse, não havia nenhuma prova que implicasse infidelidade de minha parte. De minha parte. Mas seis anos, como ele dissera, era um longo tempo.

2

MONUMENTO DE PEDRAS

O sr. Crook veio me buscar, como combinado, pontualmente às sete horas da manhã seguinte.

– Assim poderemos pegar o sereno nos botões-de-ouro, não é, menina? – disse ele, piscando para mim como um velho galanteador. Veio numa motocicleta, aproximadamente da sua própria idade, para nos transportar ao campo. As prensas de plantas estavam cuidadosamente amarradas às laterais de sua enorme máquina, como para-choques de um rebocador. Foi uma lenta excursão pelo campo tranquilo, ainda mais sossegado em contraste com o ronco estrondoso da moto do sr. Crook, repentinamente silenciado. Descobri que o velho senhor realmente possuía um grande conhecimento das plantas locais. Não só onde elas podiam ser encontradas, mas suas propriedades medicinais e a maneira de prepará-las. Lamentei não ter levado um bloco de anotações para registrar tudo, mas ouvi atentamente a voz entrecortada e procurei gravar as informações na memória, enquanto guardava nossos espécimes nas pesadas prensas.

Paramos para fazer um lanche ao sopé de uma curiosa colina de topo plano. Verde como a maioria de suas vizinhas, com as mesmas saliências e escarpas rochosas, tinha algo diferente: um caminho bem usado que subia por um dos flancos e desaparecia bruscamente atrás de um afloramento de granito.

– O que há lá em cima? – perguntei, apontando com um sanduíche de presunto. – Parece um local difícil para um piquenique.

– Ah. – O sr. Crook olhou para a colina. – Essa é a Craigh na Dun, menina. Eu pretendia mostrar-lhe depois do lanche.

– É mesmo? Há alguma coisa especial a respeito desta colina?

– Ah, sim – respondeu ele, recusando-se a dar maiores detalhes e dizendo meramente que eu veria quando chegasse lá.

Eu tinha algum receio quanto à sua habilidade de subir um caminho tão íngreme, que logo se desvaneceu quando eu me vi arquejante, seguindo em seu rastro. Finalmente, o sr. Crook estendeu a mão e puxou-me para cima da beira do monte.

– Aí está. – Fez um gesto amplo com a mão, como se fosse o proprietário.

– Ora, é um monumento megalítico! – exclamei, encantada. – Um círculo de pedras em miniatura!

Por causa da guerra, já fazia vários anos que eu viajara à planície de Salisbury, mas Frank e eu visitamos Stonehenge logo depois de casados. Como os outros turistas andando maravilhados entre os enormes blocos de pedra verticais do monumento, ficamos boquiabertos diante da Pedra do Altar ("onde os antigos druidas realizavam seus terríveis sacrifícios humanos", anunciara o sonoro guia turístico com seu sotaque cockney a um grupo de turistas italianos, que cuidadosamente tirava fotografias do bloco de pedra de aparência bastante comum).

Com a mesma paixão pela exatidão que fazia com que Frank arrumasse as gravatas no cabide de modo que as pontas ficassem exatamente da mesma altura, percorremos até mesmo a circunferência do círculo, medindo os passos entre os buracos Z e os buracos Y e contando os dintéis no Círculo de Sarsen, o anel mais externo das monstruosas pedras verticais.

Três horas depois, sabíamos quantos buracos Y e Z havia (59, se quer saber; eu não quis), mas continuávamos sem fazer ideia da finalidade da estrutura, da mesma forma que as dezenas de arqueólogos profissionais e amadores que se arrastaram por aquele sítio nos últimos quinhentos anos.

Não por falta de opiniões, é claro. A vida entre acadêmicos ensinara-me que uma opinião bem expressada em geral é melhor do que um fato mal expressado no que diz respeito a progresso profissional.

Um templo. Um cemitério. Um observatório astronômico. Um local de execução (daí o nome inadequado de "Pedra do Massacre", inclinada para o lado, semienterrada em seu próprio buraco). Um mercado a céu aberto. Gostei dessa última sugestão, visualizando donas de casa megalíticas caminhando entre os dintéis, cestos nos braços, analisando o verniz do último carregamento de vasos e cerâmica vermelha, e ouvindo com ceticismo os proclames de padeiros da Idade da Pedra e de vendedores de contas de âmbar e de pás feitas com ossos de cervos.

A única coisa que, a meu ver, contrariava essa hipótese era a presença de corpos sob a Pedra do Altar e restos humanos incinerados nos buracos Z. A menos que fossem os desafortunados restos mortais de mercadores acusados de roubar os fregueses no peso, parecia um pouco anti-higiênico enterrar pessoas no mercado.

Não havia nenhum sinal de sepultamento no círculo de pedras em miniatura no topo desta colina. Por "miniatura" quero dizer apenas que o círculo de pedras verticais era menor do que Stonehenge. Ainda assim, cada pedra tinha o dobro da minha altura e proporções gigantescas.

Eu ouvira de outro guia turístico em Stonehenge que esses círculos megalíticos ocorrem por toda a Inglaterra e Europa – alguns mais conservados do que outros, diferindo ligeiramente na orientação e na forma, todos de finalidade e origem desconhecidas.

O sr. Crook ficou sorrindo amavelmente, enquanto eu circulava pelas pedras, parando de vez em quando para tocar de leve numa delas, como se o toque de meus dedos pudesse deixar uma impressão nos monumentais blocos de pedra.

Algumas das lajes verticais eram rajadas, listradas de cores quase imperceptíveis. Outras eram pontilhadas de flocos de mica que refletiam a luz do sol matinal com um brilho alegre. Todas eram notavelmente diferentes dos amontoados de pedras nativas que se projetavam das samambaias em volta. Quem quer que tenha construído os círculos de pedra, e para qualquer finalidade que fosse, achou importante ter extraído, modelado e transportado blocos especiais de pedra para a edificação de seu tributo. Modelado – como? Transportado – como e de que distância inimaginável?

– Meu marido ficaria fascinado – disse ao sr. Crook, parando para agradecer-lhe por me mostrar o lugar e as plantas. – Vou trazê-lo aqui depois para que ele o veja.

O idoso cavalheiro elegantemente me ofereceu o braço no alto da trilha. Aceitei-o, concluindo depois de dar uma olhada na íngreme ribanceira que, apesar da idade, ele provavelmente tinha as pernas mais firmes do que as minhas.

Naquela tarde, desci a rua em direção ao povoado para buscar Frank na casa do vigário. Inspirava com satisfação aquela inebriante mistura das Terras Altas de urze, sálvia e giesta, temperadas aqui e ali por fumaça de chaminé e cheiro forte de arenque frito à medida que eu passava pelas poucas casas. A vila ficava aninhada num pequeno declive ao sopé de uma daquelas elevadas escarpas que se erguiam quase verticalmente das charnecas das Terras Altas. As casas junto à rua eram bonitas. A prosperidade florescente do pós-guerra podia ser vista até em uma nova pintura e mesmo a propriedade do pároco, que devia ter pelo menos cem anos, exibia uma borda amarelo-viva em torno dos frouxos caixilhos das janelas.

A governanta do vigário atendeu à porta, uma mulher alta e de ar severo, com três voltas de pérolas artificiais no pescoço. Ouvindo quem eu era, pediu que eu entrasse e me conduziu por um corredor longo, estreito e escuro, coberto de gravuras em sépia de pessoas que podiam ter sido personagens famosos em sua época ou parentes queridos do atual vigário, mas que também podiam muito bem ser membros da família real, pelo que pude divisar de suas feições na escuridão.

O gabinete do vigário, ao contrário, ofuscava com a luz que entrava pelas enormes janelas que cobriam uma das paredes, praticamente do teto ao chão. Um cavalete junto à lareira, ostentando uma pintura a óleo inacabada de penhascos negros contra um céu noturno, mostrava a razão das janelas, que devem ter sido acrescentadas muito depois da construção da casa.

Frank e um homem baixo e gorducho, com um colarinho de padre, debruçavam-se confortavelmente sobre uma pilha de papéis velhos espalhados pela escrivaninha do outro lado da sala. Frank mal levantou a cabeça para me cumprimentar, mas o vigário educadamente abandonou suas explicações e apressou-se a vir apertar minha mão, o rosto redondo radiante de prazer.

– Sra. Randall! – exclamou, apertando minha mão entusiasticamente. – Que prazer revê-la! E chegou bem na hora de ouvir as novidades!

– Novidades? – Lançando um olhar no aspecto encardido e na tipologia dos documentos sobre a escrivaninha, calculei que as novidades em questão deviam datar de 1750. Portanto, não eram exatamente as manchetes do dia.

– Sim, isso mesmo. Estivemos rastreando um ancestral de seu marido, Jack Randall, através dos despachos do Exército na época. – O vigário inclinou-se em minha direção, falando pelo canto da boca como um gângster de filme americano. – Eu, hum, "peguei emprestado" os despachos originais dos arquivos da Sociedade Histórica local. Não vai contar para ninguém?

Achando graça, prometi que não revelaria seu terrível segredo e olhei à minha volta em busca de uma poltrona confortável onde pudesse receber as últimas revelações do século XVIII. A poltrona mais próxima das janelas pareceu-me adequada, mas quando me aproximei para virá-la para a escrivaninha, descobri que já estava ocupada. O ocupante, um garoto com uma surpreendente cabeleira negra e lustrosa, estava enroscado no fundo da poltrona, dormindo profundamente.

– Roger! – O vigário, vindo em meu auxílio, estava tão surpreso quanto eu. O garoto, acordado de repente, ficou de pé num salto, os olhos verdes-musgo arregalados.

– Ora, o que você está fazendo aqui, moleque? – o vigário repreendeu-o afetuosamente. – Ah, adormeceu lendo histórias em quadrinhos outra vez? – Pegou as folhas vivamente coloridas e entregou-as ao menino. – Agora, vá, Roger, tenho assuntos a tratar com os Randall. Ah, espere, esqueci-me de apresentá-lo. Sra. Randall, este é meu filho, Roger.

Fiquei um pouco surpresa. Se houvesse um solteirão inveterado no mundo, eu diria que era o reverendo Wakefield. Ainda assim, segurei a mãozinha educadamente estendida e apertei-a calorosamente, resistindo à necessidade urgente de limpar na saia certo resíduo pegajoso.

O reverendo Wakefield ficou olhando afetuosamente o menino sair marchando em direção à cozinha.

– Filho da minha sobrinha, na verdade – confidenciou. – O avião do pai foi abatido sobre o Canal da Mancha e a mãe foi morta durante um bombardeio, então eu fiquei com ele.

– Muito generoso de sua parte – murmurei, pensando em tio Lamb. Ele, também, morrera durante um bombardeio, num ataque ao auditório do Museu Britânico, onde dava uma palestra. Conhecendo-o como conhecia, acho que seu último sentimento foi de satisfação pelo fato de a ala de antiguidades persas, vizinha à que ele estava, não ter sido atingida.

– De modo algum, de modo algum. – O vigário balançou a mão, encabulado. – É bom ter um pouco de juventude na casa. Vamos, sente-se, por favor.

Frank começou a falar antes mesmo de eu ter colocado a minha bolsa sobre a poltrona.

– Uma sorte incrível, Claire! – exclamou, entusiasmado, folheando a pilha já surrada. – O vigário encontrou toda uma série de despachos militares que mencionam Jonathan Randall.

– Bem, parece que grande parte da importância deve-se ao próprio capitão Randall – observou o vigário, pegando alguns papéis de Frank. – Ele esteve no comando da guarnição em Fort William durante aproximadamente quatro anos, mas parece ter passado muito de seu tempo atormentando o interior da Escócia, acima da fronteira, em nome da Coroa. Este lote – cuidadosamente, ele separou uma pilha de documentos e espalhou-os sobre a escrivaninha – é de relatórios de queixas apresentadas contra o capitão por várias famílias e proprietários, reclamando de tudo, desde interferência dos soldados da guarnição com as criadas ao roubo de cavalos, sem mencionar diversos casos de "insulto" ou "não especificados".

Não pude deixar de rir.

– Quer dizer então que você tem um famoso ladrão de cavalos em sua árvore genealógica? – perguntei a Frank.

Ele deu de ombros, sem se perturbar.

– Ele era o que era e não há nada que eu possa fazer a respeito. Só quero descobrir. As queixas não são incomuns para a época; os ingleses de um modo geral, e o Exército em particular, eram bastante impopulares nas Terras Altas. O que é estranho é que parece que nada aconteceu em decorrência das queixas, nem mesmo das mais graves.

O vigário, incapaz de se manter quieto por mais tempo, interrompeu:

– Isso mesmo. Não que os oficiais naquela época tivessem que se pautar pelos padrões modernos; podiam agir praticamente por conta própria em questões de menor importância. Mas isso é estranho. Não é que as queixas tenham sido investigadas e descartadas; elas simplesmente nunca mais são mencionadas. Sabe do que eu desconfio, Randall? Seu antepassado devia ter um benfeitor. Alguém que podia protegê-lo da censura de seus superiores.

Frank coçou a cabeça, estreitando os olhos para os despachos.

– Talvez tenha razão. No entanto, tinha que ser alguém muito poderoso. No topo da hierarquia militar, talvez, ou um membro da nobreza.

– Sim, ou possivelmente... – O vigário foi interrompido em suas teorias pela entrada da governanta, a sra. Graham.

– Trouxe um pouco de chá, senhores – anunciou, colocando a bandeja com firmeza no meio da escrivaninha, de onde o vigário resgatou os preciosos despachos no momento exato. Ela me examinou de cima a baixo com um olhar perspicaz, com os braços e pernas nervosamente contraídos e o olhar ligeiramente vitrificado.

– Só trouxe duas xícaras, porque pensei que talvez a sra. Randall quisesse acompanhar-me à cozinha. Tenho um pouco de...

Não esperei pela conclusão de seu convite e levantei-me prontamente. Pude ouvir as teorias irrompendo outra vez às minhas costas enquanto atravessávamos a porta de vaivém que levava à cozinha.

O chá era verde, quente e perfumado, com pedaços de folhas dando voltas no líquido.

– Hummm – disse, abaixando a xícara. – Há muito tempo não tomo Oolong.

A sra. Graham assentiu, radiante com o meu prazer por sua bebida. Ela certamente se esmerara, colocando paninhos de renda bordados à mão sob as xícaras de fina porcelana e oferecendo creme espesso e coalhado acompanhando os pãezinhos.

– Sim, eu não o conseguia durante a guerra. No entanto, é o melhor para a leitura. Tive muita dificuldade com o Earl Grey. As folhas se despedaçam tão depressa que fica difícil ler qualquer coisa nelas.

– Ah, a senhora lê folhas de chá? – perguntei, achando engraçado. Nada poderia estar mais distante da concepção popular de uma adivinha cigana do que a sra. Graham, com seu permanente curto grisalho e seu colar de pérolas de três voltas. Um gole de chá percorreu visivelmente o pescoço longo e vigoroso e desapareceu sob as contas reluzentes.

– Ora, certamente, minha querida. Assim como minha avó me ensinou e minha bisavó para ela. Esvazie a sua xícara e eu verei o que tem aí.

Ficou em silêncio por um longo tempo, de vez em quando inclinando a xícara para iluminá-la melhor ou girando-a lentamente nas mãos magras para obter um ângulo diferente.

Colocou a xícara de volta no pires cuidadosamente, como se receasse que fosse explodir no seu rosto. As linhas em torno de sua boca aprofundaram-se e as sobrancelhas se uniram numa expressão intrigada.

– Bem – disse, finalmente. – Essa é uma das mais estranhas que já vi.

– É mesmo? – Eu ainda estava achando engraçado, mas comecei a ficar curiosa. – Vou conhecer um estranho alto e moreno ou fazer uma viagem através do oceano?

– Poderia ser. – A sra. Graham percebeu o tom irônico em minha voz e imitou-o, sorrindo ligeiramente. – E poderia não ser. Isso é que é estranho sobre a sua xícara, minha querida. Tudo nela é contraditório. Há a folha curvada para uma viagem, mas está cruzada pela folha quebrada que significa permanecer no lugar. E há estranhos, sem dúvida, vários deles. E um deles é o seu marido, se eu li as folhas direito.

Meu ar zombeteiro se dissipou um pouco. Após seis anos separados e seis meses juntos, meu marido de certa forma era realmente um estranho. Embora eu não conseguisse entender como uma folha de chá pudesse saber disso.

A sra. Graham continuava com a testa franzida.

– Deixe-me ver sua mão, minha filha – disse ela.

A mão que segurou a minha era ossuda, mas estava surpreendentemente aquecida. Uma fragrância de alfazema emanava da cabeça grisalha e bem arrumada que se inclinava sobre mim. Examinou minha mão cuidadosamente por um longo tempo, de vez em quando traçando uma das linhas com o dedo, como se seguisse um mapa cujas estradas acabassem todas nas águas de uma costa arenosa ou em terras ermas e desertas.

– Bem, o que diz aí? – perguntei, tentando manter um ar despreocupado. – Ou o meu destino é horrível demais para ser revelado?

A sra. Graham ergueu os olhos inquisidores e fitou o meu rosto pensativamente, mas continuou segurando a minha mão. Balançou a cabeça, enrugando os lábios.

– Ah, não, minha querida. Não é o destino que está em sua mão. Apenas a semente dele. – Inclinou a cabeça para um lado, considerando o que dizia. – Como sabe, as linhas da mão vão mudando ao longo do tempo. Em outro momento de sua vida, elas podem ser bastante diferentes do que são agora.

– Não sabia disso. Pensei que a gente nascesse com elas e pronto. – Eu reprimia uma vontade premente de retirar minha mão. – Nesse caso, de que adianta a leitura da mão? – Não queria parecer mal-educada, mas estava achando aquele escrutínio um pouco desconcertante, especialmente depois da leitura das folhas de chá. A sra. Graham sorriu inesperadamente e fechou os meus dedos sobre a palma da minha mão.

– Ora, as linhas de sua mão mostram quem você é, querida. É por isso que mudam, ou deveriam mudar. Em algumas pessoas, não mudam; naquelas suficientemente infelizes para nunca mudarem interiormente, mas são poucas assim. – Apertou minha mão dobrada e deu-lhe um tapinha. – Duvido que você seja uma delas. Sua mão já demonstra mudanças demais para alguém tão jovem. Deve ser por causa da guerra, é claro – disse, como se falasse para si mesma.

Fiquei novamente curiosa e abri a mão voluntariamente.

– O que sou, então, segundo a palma de minha mão?

A sra. Graham franziu o cenho, mas não segurou minha mão outra vez.

– Não sei dizer. É estranho, porque a maioria das mãos tem semelhanças. Veja bem, não estou querendo dizer que se você viu uma, viu todas, mas em geral é assim. Há padrões, sabe?

Sorriu repentinamente, um riso estranhamente simpático, exibindo dentes muito brancos e evidentemente postiços e prosseguiu:

– É assim que a adivinhação funciona. Faço isso para a quermesse da igreja todos os anos. Ou fazia, antes da guerra; acho que voltarei a fazer, agora. Mas uma jovem entra na tenda e lá estou eu, ostentando um turbante com uma pena de pavão que peço emprestada ao sr. Donaldson e "trajes de esplendor oriental", que é o roupão do vigário, repleto de desenhos de pavão e amarelo como o sol. De qualquer forma, eu a examino de cima a baixo enquanto finjo estar olhando sua mão e vejo que usa uma blusa decotada quase até o umbigo, um perfume barato e brincos que vão até o pescoço. Não preciso de uma bola de cristal para lhe dizer que terá um filho antes da festa do ano que vem. – A sra. Graham fez uma pausa, os olhos acinzentados acesos de malícia. – Mas se a mão que você estiver segurando estiver sem anéis, é diplomático prever primeiro que ela se casará em breve.

Eu ri e ela também.

– Então, a senhora não analisa as mãos delas? – perguntei. – Só para verificar os anéis?

Ela pareceu surpresa.

– Ah, claro que examino. É que você já sabe com antecedência o que vai ver. Geralmente. – Fez um sinal com a cabeça indicando minha mão aberta. – Mas nunca vi um padrão assim antes. O polegar grande – nesse momento, ela realmente se inclinou para frente e tocou-o de leve –, isso não mudaria muito. Significa que você tem força de vontade e uma determinação que dificilmente pode ser contrariada. – Piscou os olhos para mim. – Imagino que seu marido já tenha lhe dito isso. Da mesma forma, isso aqui. – Apontou para o montinho carnudo na base do polegar.

– O que é?

– Chama-se Monte de Vênus. – Comprimiu os lábios finos com força, embora não conseguisse impedir os cantos de se elevarem. – Em um homem, eu diria que significa que ele gosta de mulheres. Para uma mulher, é um pouco diferente. Para ser delicada a respeito, farei uma pequena previsão para você e direi que seu marido provavelmente não se afastará muito de sua cama. – Deu uma risadinha surpreendentemente profunda e imoral e eu fiquei levemente corada.

A idosa governanta examinou minha mão cuidadosamente outra vez, batendo com o dedo em riste aqui e ali para enfatizar suas palavras.

– Bem, vejamos, uma linha da vida bem definida; está com boa saúde e é provável que permaneça assim. A linha da vida está interrompida, significando que sua vida sofreu uma grande mudança. Bem, isso é verdade para todos nós, não é? Mas a sua é mais retalhada do que eu normalmente vejo; toda em pedacinhos. E a sua linha do casamento – balançou a cabeça outra vez – é dividida; não é incomum, significa dois casamentos...

Minha reação foi de descrença, que reprimi imediatamente, mas ela percebeu e no mesmo instante ergueu o olhar. Achei que ela devia ser uma adivinha muito perspicaz. Ela assentiu com a cabeça grisalha em minha direção, procurando tranquilizar-me.

– Não, não, menina. Não significa que vá acontecer alguma coisa com seu marido. É que, se fosse isso – e ela enfatizou o "se" apertando ligeiramente a minha mão –, você não seria do tipo que iria definhar e ficar de luto pelo resto da vida. O que significa é que você é uma dessas pessoas capazes de amar novamente se perder seu primeiro amor.

Apertou os olhos míopes para a minha mão, percorrendo delicadamente, com uma unha dura e pontuda, a minha profunda linha do casamento.

– Mas a maioria das linhas do casamento é interrompida, a sua se bifurca. – Ergueu os olhos com um sorriso brincalhão. – Certamente você não é uma bígama em segredo, não é?

Balancei a cabeça, rindo.

– Não. Quando teria tempo para isso? – Em seguida, virei a mão, mostrando a borda externa.

– Ouvi dizer que pequenas marcas no lado da mão indicam quantos filhos você vai ter. – Esperava ter falado em tom casual. O decepcionante lado externo da minha palma era completamente liso. A sra. Graham fez um gesto com a mão, desdenhando a ideia.

– Que nada! Depois de ter um ou dois filhos, vai ter linhas aí. Mais provavelmente vai tê-las no rosto. Não prova nada de antemão.

– Ah, não? – Fiquei tolamente aliviada de ouvir aquilo. Estava prestes a perguntar se as linhas profundas na base do meu pulso significavam alguma coisa (um potencial para o suicídio?), quando fomos interrompidas nesse ponto pelo reverendo Wakefield, que entrou na cozinha carregando as xícaras vazias. Colocou-as na pia e começou uma busca desajeitada e espalhafatosa no armário, obviamente na esperança de que alguém fosse ajudá-lo.

A sra. Graham pôs-se de pé num salto para defender a santidade de sua cozinha e, empurrando o reverendo habilmente para o lado, começou a reunir acompanhamentos de chá na bandeja para levar ao gabinete. Ele me puxou para o lado, fora do caminho.

– Por que não vem ao gabinete tomar outra xícara de chá comigo e com seu marido, sra. Randall? Fizemos uma descoberta extremamente gratificante.

Pude notar que, apesar do aparente comedimento externo, ele estava esfuziante de alegria com o que quer que tivessem descoberto, como um garotinho com um sapo no bolso. Obviamente, eu teria que ir ler a conta da lavanderia do capitão Jonathan Randall, o recibo do conserto das botas ou algum outro documento igualmente fascinante.

Frank estava tão absorto com os papéis corroídos que mal ergueu os olhos quando entrei no gabinete. Entregou-os relutantemente nas mãos gorduchas do vigário e deu a volta para ficar de pé atrás dele e espreitar por cima de seu ombro, como se não pudesse suportar que os papéis ficassem fora de sua vista nem por um instante.

– Sim? – disse educadamente, manuseando os pedaços de papéis encardidos. – Hummm, sim, muito interessante. – Na realidade, a caligrafia manuscrita floreada estava tão desbotada e era tão rebuscada que não parecia valer a pena decifrá-la. Uma folha, mais bem preservada do que o resto, ostentava uma espécie de timbre no topo.

– O duque de... Sandringham, não é? – perguntei, analisando atentamente o timbre, com a figura desbotada de um leopardo deitado e as letras impressas embaixo, mais nítidas do que o texto manuscrito.

– Sim, isso mesmo – disse o vigário, ainda mais radiante. – Um título agora já extinto, como sabe.

Eu não sabia, mas confirmei inteligentemente com um aceno da cabeça, conhecendo como eu conhecia os historiadores no afã desvairado da descoberta. Raramente era necessário mais do que assentir de vez em quando, exclamando "Ah, é mesmo?" ou "Absolutamente fascinante!" a intervalos apropriados.

Após certa dose de troca de deferências entre Frank e o vigário, o último ganhou a honra de me contar a respeito da descoberta. Evidentemente, toda aquela papelada velha indicava que o antepassado de Frank, o famoso Black Jack Randall, não fora apenas um valente soldado da Coroa, mas um agente de confiança – e secreto – do duque de Sandringham.

– Quase um agente provocador, não diria, sr. Randall? – O vigário elegantemente passou a bola de volta para Frank, que não perdeu a oportunidade.

– Sim, é verdade. A linguagem é muito velada, é claro... – Virou as páginas delicadamente com o indicador bem limpo.

– Ah, é mesmo? – exclamei.

– Mas parece, por esses documentos, que Jonathan Randall foi incumbido da tarefa de trazer à luz sentimentos jacobitas, se existia algum, entre as proeminentes famílias escocesas de sua área. O objetivo era eliminar qualquer baronete e chefe de clã que pudesse estar abrigando simpatias secretas nessa direção. Mas isso é estranho. O próprio Sandringham não era suspeito de ser um jacobita? – Frank se virou para o vigário com o cenho franzido, numa expressão inquisidora. A cabeça lisa e careca do vigário se enrugou numa expressão idêntica.

– Ora, sim, acho que tem razão. Mas espere, vamos verificar no Cameron. – Deu um salto em direção às prateleiras de livros, abarrotadas de volumes com capa de couro. – Certamente ele menciona Sandringham.

– Absolutamente fascinante – murmurei, deixando minha atenção se desviar para a enorme placa de cortiça que revestia uma das paredes do gabinete, do chão ao teto.

Estava coberta com uma impressionante diversidade de objetos; a maioria papéis de algum tipo, contas de gás, correspondências, avisos do Conselho Diocesano, páginas soltas de romances, bilhetes de próprio punho do vigário, mas também pequenos itens como chaves, tampas de garrafas e o que pareciam pequenas peças de carro, presas com tachas e barbante.

Dei uma olhada lânguida pela miscelânea, mantendo um dos ouvidos atento à discussão que transcorria atrás de mim. (O duque de Sandringham provavelmente foi um jacobita, concluíram.) Minha atenção foi atraída por um mapa genealógico, pregado com cuidado especial, à parte, com quatro tachas, uma em cada canto. O topo do mapa incluía nomes datados do começo do século XVII. Mas foi o nome na parte inferior do mapa que chamou minha atenção: "Roger W. (MacKenzie) Wakefield."

– Desculpe-me – disse, interrompendo uma discussão final sobre o leopardo no timbre do duque ter um lírio na pata ou um açafrão. – Essa é a árvore genealógica de seu filho?

– Hein? Ah, sim, é, sim. – Tendo a atenção desviada, o vigário se aproximou às pressas, mais uma vez radiante. Desprendeu cuidadosamente o mapa da parede e colocou-o na mesa à sua frente.

– Não queria que ele esquecesse a própria família – explicou. – É uma linhagem muito antiga, do século XVI. – O dedo indicador grosso e curto traçou a linha de descendência quase reverentemente.

– Dei-lhe meu próprio nome porque me pareceu mais adequado, já que ele vive aqui, mas não queria que esquecesse suas origens. – Deu um sorriso contrafeito. – Receio que minha própria família não seja nada de se orgulhar, em termos de genealogia. Vigários e curas, com um ou outro livreiro para variar, e só pode ser rastreada até 1762. Registros bastantes falhos, sabe – disse, abanando a cabeça pesarosamente diante da letargia de seus antepassados.

Já estava ficando tarde quando finalmente deixamos a residência do vigário, que prometeu levar as cartas para a cidade e copiá-las logo de manhã cedo. Frank foi tagarelando alegremente sobre espiões e jacobitas durante a maior parte do caminho de volta à pousada da sra. Baird. Finalmente, entretanto, ele notou meu silêncio.

– O que foi, amor? – perguntou, segurando meu braço atenciosamente. – Não está se sentindo bem? – A pergunta foi feita num tom misto de preocupação e esperança.

– Não, estou perfeitamente bem. Só estava pensando... – hesitei, porque já havíamos discutido a questão anteriormente. – Estava pensando em Roger.

– Roger?

Fiz um gesto de impaciência.

– Francamente, Frank! Como pode ser tão... desligado?! Roger, o filho do reverendo Wakefield.

– Ah. Sim, é claro – disse vagamente. – Uma criança adorável. O que tem ele?

– Bem... é que existem muitas crianças como ele. Órfãs.

Lançou-me um olhar penetrante e balançou a cabeça.

– Não, Claire. Realmente, eu gostaria, mas já lhe disse como eu me sinto a respeito da adoção. É que... eu não iria ficar confortável com uma criança que não fosse... bem, do meu próprio sangue. Sei que isso é ridículo e egoísta da minha parte, mas é assim que eu me sinto. Talvez mude de ideia com o tempo, mas agora... – Andamos alguns passos num silêncio pesado. De repente, ele parou e se virou para mim, tomando minhas mãos.

– Claire – disse com voz rouca –, eu quero o nosso filho. Você é a coisa mais importante do mundo para mim. Quero que seja feliz, acima de tudo, mas quero... bem, quero você para mim. Receio que uma criança de fora, com quem não temos nenhum relacionamento verdadeiro, venha a ser um intruso e eu me ressentiria disso. Mas poder lhe dar um filho, vê-lo crescer em você, vê-lo nascer... eu o veria como se fosse mais uma... extensão de você, talvez. E de mim. Uma parte verdadeira da família. – Seus olhos estavam arregalados, suplicantes.

– Sim, tudo bem. Eu compreendo. – Estava disposta a abandonar o assunto, por enquanto. Virei-me para continuar andando, mas ele tomou-me em seus braços.

– Claire. Eu amo você. – A ternura em sua voz era irresistível e apoiei minha cabeça em seu casaco, sentindo seu calor e a força de seus braços em volta de mim.

– Eu também amo você. – Ficamos ali abraçados por alguns instantes, balançando ligeiramente ao vento que varria a rua. De repente, Frank recuou um pouco, sorrindo para mim.

– Além disso – disse num sussurro, alisando meus cabelos revoltos pelo vento –, nós ainda não desistimos, não é?

Devolvi o sorriso.

– Não.

Tomou minha mão, enfiando-a carinhosamente na dobra do braço, e voltamo-nos na direção de nossa hospedaria.

– Pronta para uma nova tentativa?

– Sim. Por que não? – Caminhamos a passos largos, de mãos dadas, em direção à Gereside Road. Foi a visão de Baragh Mhor, a pedra do povo picto que se ergue na esquina, que me fez lembrar de outro monumento antigo.

– Eu me esqueci! – exclamei. – Tenho algo impressionante para lhe mostrar. – Frank abaixou os olhos para mim e puxou-me mais para junto de si. Apertou minha mão.

– Eu também – disse, rindo. – Você pode me mostrar o seu amanhã.

No entanto, quando o amanhã chegou, tínhamos outras coisas para fazer. Eu me esquecera de que havíamos planejado uma viagem de um dia ao Great Glen, o extenso vale do lago Ness.

Era uma longa viagem através do vale e saímos bem cedo, antes do nascer do sol. Depois da corrida no amanhecer gelado para o carro que nos aguardava, era reconfortante relaxar sob a manta que cobria nossas pernas e sentir o calor retornando aos pés e às mãos. Com ele, veio uma deliciosa sonolência e senti-me adormecer tranquilamente no ombro de Frank, a cabeça do motorista em silhueta contra o céu vermelho da aurora sendo a minha última visão consciente.

Já passava das nove horas quando chegamos e o guia que Frank contratara nos aguardava na margem do lago com um pequeno barco.

– Se estiver de acordo, senhor, pensei em darmos uma volta no lago até o Castelo Urquhart. Talvez possamos fazer um lanche lá, antes de continuar. – O guia, um homenzinho austero, vestindo uma camisa de algodão e calças de sarja surradas, guardou um cesto de piquenique cuidadosamente sob o banco e me ofereceu a mão calejada para me ajudar a descer para o fundo do barco.

Era um lindo dia, com a florescente vegetação das margens íngremes refletindo-se nebulosamente na superfície ondulada do lago. Nosso guia, apesar do ar severo, era comunicativo e bem informado, apontando ilhas, castelos e ruínas que ladeavam o lago longo e estreito.

– Lá está. Aquele é o Castelo Urquhart. – Apontou para uma muralha lisa de pedra, pouco visível entre as árvores. – Ou o que restou dele. Foi amaldiçoado pelas bruxas do vale e presenciou uma desgraça atrás da outra.

Contou-nos a história de Mary Grant, filha do senhor do Castelo Urquhart, e de seu amante, Donald Donn, poeta e filho de MacDonald de Bohuntin. Eles eram proibidos de se encontrar por causa da objeção do pai dela aos hábitos de Donald de "surrupiar" qualquer cabeça de gado que achasse (uma profissão antiga e honrada das Terras Altas, segundo nos assegurou o guia), mas desobedeciam à ordem. O pai ficou sabendo, Donald foi atraído para um falso local de encontro e capturado. Condenado à morte, suplicou para ser decapitado como um cavalheiro, em vez de enforcado como um criminoso. Seu pedido foi atendido e o jovem se dirigiu ao cadafalso repetindo "O Diabo se apossará do Senhor de Grant e Donald Donn não será enforcado". Não foi e a lenda diz que, quando sua cabeça decapitada rolou do cadafalso, ela falou, dizendo: "Mary, levante a minha cabeça."

Estremeci e Frank passou o braço ao meu redor.

– Resta um trecho de um de seus poemas – disse ele serenamente. – De Donald Donn. Diz o seguinte:

> "Amanhã deverei estar numa colina, sem a cabeça.
> Não tem compaixão de minha triste donzela,
> Minha Mary, de cabelos louros e olhos meigos?"

Segurei sua mão e apertei-a de leve.

À medida que as histórias de traição, assassinato e violência eram recontadas, parecia que o lago fazia jus à sua sinistra reputação.

– E o monstro? – perguntei, espreitando pela beirada do barco as profundezas sombrias. Parecia perfeitamente adequado àquele cenário.

Nosso guia deu de ombros e cuspiu na água.

– Bem, o lago é estranho, quanto a isso não resta dúvida. Há histórias, é verdade, de algo antigo e maligno que um dia viveu nas profundezas do lago. Sacrifícios foram feitos a ele. Vacas, e às vezes até mesmo criancinhas, lançadas às águas em cestos de vime. – Cuspiu outra vez. – E alguns dizem que o lago não tem fundo. Tem um buraco no centro mais profundo do que qualquer outro na Escócia. Por outro lado – os olhos enrugados do guia apertaram-se um pouco mais –, houve uma família aqui de Lancashire há alguns anos que foi correndo à delegacia em Invermoriston, gritando que havia visto o monstro sair da água e se esconder no meio das samambaias. Disseram que era uma terrível criatura, coberta de pelos vermelhos e chifres assustadores, e mastigava alguma coisa, com o sangue escorrendo da boca. – Ergueu uma das mãos, estancando minha exclamação horrorizada. – O policial que mandaram para investigar voltou e disse que, bem, exceto pelo sangue gotejante, era uma descrição bem precisa – fez uma pausa para causar impacto –, de uma bela vaca das Terras Altas, ruminando samambaias!

Seguimos de barco até a metade do lago antes de desembarcar para um lanche tardio. Encontramos o carro lá e voltamos nele pelo vale, não vendo nada mais sinistro do que uma raposa-vermelha na estrada, que nos olhou espantada, com um pequeno animal pendendo frouxamente de suas mandíbulas, quando viramos uma curva em grande velocidade. Ela saltou para a beira da estrada e fugiu, rápida como uma sombra.

Já estava bem tarde quando finalmente cambaleamos pelo caminho de entrada da pousada, mas permanecemos agarrados um ao outro na soleira da porta enquanto Frank tateava os bolsos em busca da chave, ainda rindo dos acontecimentos do dia.

Somente quando já nos despíamos para ir dormir é que eu me lembrei de mencionar o círculo de pedras em miniatura, em Craigh na Dun. Seu cansaço desapareceu instantaneamente.

– Verdade? E você sabe onde fica? Que maravilha, Claire! – Ficou exultante e começou a remexer em sua mala.

– O que está procurando?

– O despertador – respondeu, retirando-o.

– Para quê? – perguntei, espantada.

– Quero me levantar bem cedo para vê-las.

– Quem?

– As bruxas.

– Bruxas? Quem lhe disse que há bruxas?

– O vigário – respondeu Frank, claramente divertindo-se com a história. – A governanta dele é uma das bruxas.

Pensei na digna sra. Graham e torci o nariz com ar zombeteiro.

– Não seja ridículo!

– Bem, na verdade, não são bruxas. Existem bruxas por toda a Escócia há centenas de anos. Eram queimadas até quase o limiar do século XIX. Mas este grupo na verdade pretende ser de druidisas ou algo parecido. Não creio que seja realmente uma congregação de bruxas, quero dizer, não são adoradoras do diabo. Mas o vigário disse que há um grupo local que ainda observa rituais nos dias das antigas festas do sol. Ele não pode se dar ao luxo de se interessar muito por tais acontecimentos, sabe, por causa de sua posição, mas também é um homem curioso demais para ignorá-los completamente. Ele não sabia onde as cerimônias eram realizadas, mas se há um círculo de pedras próximo, deve ser lá. – Esfregou as mãos em expectativa. – Que sorte!

Acordar uma vez de madrugada para se aventurar num passeio já é uma travessura. Duas vezes em dois dias cheira a masoquismo.

Desta vez, nem sequer tínhamos um bom carro aquecido com mantas e garrafas térmicas. Segui Frank aos tropeções colina acima, dando topadas em raízes e pedras. Estava frio e enevoado, e enfiei as mãos mais fundo nos bolsos do meu cardigã.

Um último impulso no topo da colina e o monumento megalítico estava diante de nós, os blocos de pedra quase invisíveis na meia-luz que antecedia o alvorecer. Frank parou imóvel, fascinado, admirando-os, enquanto eu me deixava cair sobre uma rocha convenientemente situada, arfando.

– Lindo – murmurou ele. E deslizou silenciosamente até a borda externa do círculo, a figura indistinta desaparecendo entre os vultos maiores das pedras. Lindas elas eram e muito estranhas também. Estremeci e não inteiramente por causa do frio. Se quem quer que as tenha erguido tinha a intenção de impressionar, sabia o que estava fazendo.

Frank voltou num instante.

– Ninguém aqui ainda – sussurrou de repente por trás de mim, fazendo-me dar um salto. – Venha, encontrei um lugar de onde podemos observar.

A luz começava a subir do leste, apenas um matiz de cinza-claro no horizonte, mas o suficiente para impedir que eu tropeçasse enquanto Frank me conduzia por uma fresta que encontrara em alguns arbustos de amieiro perto do alto da trilha. Havia uma pequena clareira dentro do amontoado de arbustos, espaço apenas suficiente para ficarmos de pé, lado a lado. No entanto, a trilha era perfeitamente visível, assim como o interior do círculo de pedras, a não mais do que 6 metros de distância. Não pela primeira vez, eu me perguntava que tipo de trabalho Frank realizara durante a guerra. Ele sem dúvida parecia saber se mover silenciosamente no escuro.

Sonolenta como estava, só queria me enroscar sob um arbusto aconchegante e voltar a dormir. Entretanto, não havia lugar para isso e, assim, continuei de pé, espreitando a trilha íngreme em busca das druidisas que estavam para chegar. Estava ficando com torcicolo e meus pés doíam, mas não deveria demorar muito mais; o fio de luz a leste tornara-se rosa-claro e calculei que deveria faltar menos de meia hora para o raiar do dia.

A primeira locomovia-se quase tão silenciosamente quanto Frank. Ouviu-se apenas um leve farfalhar quando seus pés deslocaram um cascalho perto do topo da colina e, em seguida, a cabeça grisalha bem penteada surgiu silenciosamente no campo de visão. A sra. Graham. Então, era verdade. A governanta do vigário estava adequadamente vestida com uma saia de tweed e um casaco de lã, carregando uma trouxa branca embaixo do braço. Desapareceu atrás de uma das pedras verticais, silenciosa como um fantasma.

Elas chegaram bem rapidamente depois disso, sozinhas, em duas ou em três, com risinhos e sussurros contidos ao longo da trilha, mas que eram rapidamente silenciados quando avistavam o círculo.

Reconheci algumas delas. Lá vinha a sra. Buchanan, a agente dos correios da vila, cabelos louros recentemente ondulados com permanente e o aroma de Evening in Paris desprendendo-se fortemente de seus cachos. Reprimi o riso. Então era assim uma druidisa moderna!

Eram quinze ao todo, todas mulheres, variando em idade dos 60 anos da sra. Graham a uma jovem de 20 e poucos anos, que eu vira empurrando um carrinho de bebê pelas lojas havia dois dias. Todas estavam vestidas para uma caminhada difícil, com trouxas embaixo do braço. Com um mínimo de conversa, desapareceram atrás das pedras ou de arbustos, emergindo de mãos vazias e braços nus, completamente vestidas de branco. Senti o aroma de sabão em pó quando uma delas roçou nosso aglomerado de arbustos e reconheci os trajes como lençóis, enrolados em torno do corpo e amarrados em um dos ombros.

Reuniram-se fora do círculo de pedras, em uma fila da mais velha para a mais nova, e ficaram paradas em silêncio, à espera. A luz no leste tornou-se mais forte.

Quando o sol começou a subir lentamente no horizonte, a fila de mulheres moveu-se, caminhando devagar entre duas das pedras. A líder levou-as diretamente para o centro do círculo e começaram a dar voltas, ainda movendo-se lentamente, majestosas como cisnes em uma procissão circular.

De repente, a líder parou, ergueu os braços e deu um passo para o centro do círculo. Erguendo o rosto para o par de pedras mais a leste, deu um brado forte. Não foi um grito, mas suficientemente claro para ser ouvido em todo o círculo.

A névoa imóvel captou as palavras e as fez ecoar, com se viessem de toda parte, das próprias pedras.

Qualquer que tenha sido o brado, foi repetido pelas dançarinas. Porque agora eram dançarinas. Sem se tocar, mas mantendo os braços estendidos em direção umas das outras, elas balançavam-se e ziguezagueavam, ainda movendo-se em círculos. De repente, o círculo se dividiu ao meio. Sete das dançarinas passaram a se mover no sentido horário, ainda num movimento circular. As outras se moviam na direção oposta. Os dois semicírculos passavam um pelo outro a uma velocidade cada vez maior, às vezes formando um círculo completo, às vezes uma linha dupla. E, no centro, a líder mantinha-se imóvel, repetindo de vez em quando aquele brado triste e agudo, em uma língua há muito esquecida.

Deveriam parecer ridículas e talvez fossem. Um bando de mulheres enroladas em lençóis, muitas delas corpulentas e desajeitadas, desfilando em círculos no alto de uma colina. Mas os cabelos de minha nuca ficaram em pé ao som daquele grito.

Pararam todas ao mesmo tempo e voltaram-se de frente para o sol, formando dois semicírculos, com um caminho perfeitamente definido entre as duas metades do círculo assim formado. Conforme o sol subia no horizonte, sua luz fluía entre as pedras do leste, estendia-se entre as metades do círculo e atingia a majestosa pedra dividida ao meio do outro lado do monumento.

As dançarinas ficaram paradas por alguns instantes, imóveis nas sombras de cada lado do raio de luz. Então a sra. Graham disse alguma coisa na mesma língua estranha, mas desta vez num tom de voz normal. Girou nos calcanhares e caminhou, empertigada, as ondas grisalhas dos cabelos brilhando ao sol, ao longo da faixa de luz. Sem uma palavra, as dançarinas seguiram-na. Passaram uma a uma pela fenda na pedra principal e desapareceram em silêncio.

Ficamos agachados nos amieiros até as mulheres, agora rindo e conversando normalmente, recuperarem suas roupas e partirem em grupo colina abaixo, para tomar café na casa do vigário.

– Meu Deus! – Estiquei-me, tentando desfazer a rigidez das minhas pernas e costas. – Que cena, hein?

– Maravilhosa! – exclamou Frank, entusiasmado. – Eu não teria perdido isso por nada no mundo. – Deslizou como uma cobra para fora dos arbustos, deixando-me sozinha para me desvencilhar do mato, enquanto ele andava de um lado para outro no interior do círculo, o nariz voltado para o solo como um cão de caça.

– O que está procurando? – perguntei. Entrei no círculo com alguma hesitação, mas o dia já nascera completamente e as pedras, embora ainda impressionantes, haviam perdido muito do ar ameaçador da penumbra do alvorecer.

– Marcas – respondeu, arrastando-se de quatro, os olhos atentos à relva curta. – Como sabiam onde começar e onde parar?

– Boa pergunta. Eu não estou vendo nada. – Lançando um olhar ao solo, entretanto, o que realmente vi foi uma planta interessante que crescia na base de uma das pedras verticais. Miosótis? Não, provavelmente não. Eram flores de um azul-escuro com centros cor de laranja. Intrigada, comecei a caminhar em direção a ela. Frank, com a audição mais aguçada do que a minha, ficou de pé num salto e agarrou meu braço, tirando-me apressadamente do círculo um segundo antes de uma das dançarinas da manhã surgir do outro lado.

Era a srta. Grant, a mulher gorducha que, tendo em vista sua figura, administrava a confeitaria da High Street na cidade. Olhou à sua volta apertando os olhos, depois remexeu no bolso à procura dos óculos. Pendurando-os no nariz, deu uma volta pelo círculo, finalmente lançando-se sobre a presilha de cabelo que havia perdido e pela qual voltara. Tendo recolocado-a no lugar em suas mechas grossas e brilhantes, não parecia com nenhuma pressa de retornar ao trabalho. Em vez disso, sentou-se em uma rocha, recostou-se em uma das pedras gigantes em clima de camaradagem e acendeu um cigarro.

Frank deu um suspiro abafado de exasperação a meu lado.

– Bem – disse, resignado –, é melhor irmos. Ela pode ficar lá sentada pelo resto da manhã, ao que parece. E não vi nenhuma marca óbvia, de qualquer modo.

– Talvez possamos voltar mais tarde – sugeri, ainda curiosa com a trepadeira de flores azuis.

– Sim, está bem. – Mas ele obviamente havia perdido o interesse no círculo em si, estando agora absorto nos detalhes da cerimônia. Interrogou-me implacavelmente no caminho de volta, incitando-me a lembrar o mais detalhadamente possível as palavras exatas dos brados e o compasso da dança.

– Escandinavo – disse finalmente, com satisfação. – As raízes das palavras são do escandinavo antigo, tenho quase certeza. Mas a dança – balançou a cabeça, ponderando. Não, a dança é muito mais antiga. Não que não existam danças vikings em círculo – disse, erguendo as sobrancelhas com ar de censura, como se eu tivesse sugerido isso. – Mas aquela mudança de lugar com a fileira dupla, isso é... hummm, é como... bem, alguns dos desenhos nas cerâmicas dos beakers, mostram um padrão parecido, mas por outro lado... hummm.

Entrou em um de seus transes eruditos, murmurando para si mesmo de vez em quando. O transe foi quebrado somente quando tropeçou inesperadamente em um obstáculo perto da base do monte. Lançou os braços no ar com um grito de surpresa quando tropeçou e rolou desajeitadamente pelos últimos metros da trilha, indo parar numa moita de erva-cicutária.

Disparei ladeira abaixo atrás dele, mas encontrei-o já sentado entre os ramos trêmulos da planta quando consegui chegar ao sopé da colina.

– Você está bem? – perguntei, embora pudesse ver que estava.

– Acho que sim. – Passou a mão, aturdido, pela testa, alisando os cabelos escuros para trás. – Em que foi que eu tropecei?

– Nisto. – Ergui uma lata de sardinha, descartada por algum visitante anterior. – Uma das ameaças da civilização.

– Ah. – Pegou-a da minha mão, olhou seu interior, depois a atirou por cima do ombro. – Pena que está vazia. Estou com fome depois desta excursão. Vamos ver o que a sra. Baird pode arranjar para um café da manhã tardio?

– Vamos – concordei, arrumando as últimas mechas de cabelo para ele. – Mas, em vez disso, podemos almoçar cedo. – Nossos olhos se encontraram.

– Ah – repetiu, num tom completamente diferente. Passou a mão lentamente pelo meu braço e pelo lado do meu pescoço, o polegar tocando delicadamente o lóbulo da minha orelha. – Podemos, sim.

– Se você não estiver com muita fome – falei. A outra mão deslizou para as minhas costas. Com a mão espalmada, pressionou-me gentilmente contra ele, os dedos descendo cada vez mais. Sua boca abriu-se ligeiramente e ele respirou, bem de leve, pela gola do meu vestido, seu hálito morno fazendo cócegas nos meus seios.

Deitou-me cuidadosamente na grama, as flores da erva-cicutária parecendo plumas flutuando no ar em volta da minha cabeça. Inclinou-se e beijou-me, devagar, e continuou me beijando enquanto desabotoava minha blusa, um botão de cada vez, provocando, parando para enfiar a mão dentro do meu vestido e brincar com os bicos enrijecidos dos meus seios. Finalmente, fiquei com o vestido aberto do pescoço à cintura.

– Ah – disse mais uma vez, num tom diferente. – Como veludo branco. – Sua voz era rouca e seus cabelos haviam caído para a frente outra vez, mas ele não fez nenhuma tentativa de arrumá-los para trás.

Soltou o fecho do meu sutiã com um eficiente toque do polegar e inclinou-se para prestar uma hábil homenagem aos meus seios. Depois recuou e, segurando meus seios com as duas mãos, juntou as palmas lentamente até se encontrarem entre as duas protuberâncias e, sem parar, afastou-as novamente, traçando a linha das minhas costelas para trás. Para cima outra vez, para baixo e ao redor, até eu gemer e curvar-me para ele. Mergulhou os lábios nos meus e apertou-me contra seu corpo, até nossos quadris encaixarem-se perfeitamente. Inclinou a cabeça para mim, mordendo de leve o lóbulo da minha orelha.

A mão que acariciava minhas costas desceu cada vez mais, parando repentinamente com a surpresa. Tateou de novo, depois Frank ergueu a cabeça e olhou para mim, rindo.

– O que é isso? – perguntou, imitando um policial da vila. – Ou melhor, o que não é isso?

– Estou sempre preparada – respondi, afetadamente. – As enfermeiras aprendem a se antecipar às contingências.

– Realmente, Claire – murmurou, deslizando a mão por baixo da minha saia e subindo pela coxa até o calor macio e desprotegido entre minhas pernas –, você é a pessoa mais terrivelmente prática que já conheci.

Frank surgiu por trás de mim quando eu estava sentada na sala de visitas naquela noite, com um grande livro aberto no colo.

– O que está fazendo? – perguntou. As mãos descansaram delicadamente sobre meus ombros.

– Procurando por aquela planta – respondi, colocando o dedo entre as páginas para marcar o lugar. – A que vi no círculo de pedras. Veja... – Abri o livro. – Poderia estar nas *Campanulaceae* ou nas *Gentianaceae*, nas *Polemoniaceae*, nas *Boraginaceae*. Esta é bem provável, eu acho, miosótis, mas poderia até mesmo ser uma variante desta, a *Anemone patens*. – Apontei para a ilustração colorida de uma pulsatila. – Não acho que seja uma genciana de qualquer espécie; as pétalas não eram bem redondas, mas...

– Bem, por que não volta lá e pega uma amostra? – sugeriu. – O sr. Crook poderia lhe emprestar seu calhambeque, talvez, ou... Não, tenho uma ideia melhor. Peça o carro da sra. Baird emprestado, é mais seguro. É uma caminhada curta da estrada ao sopé da colina.

– E depois mais ou menos mil metros de subida até o topo – disse. – Por que está tão interessado nessa planta? – Girei o corpo para olhar para ele. O abajur da sala contornava sua cabeça com uma fina linha dourada, como a gravura medieval de um santo.

– Não é na planta que estou interessado. Mas se você for até lá de qualquer modo, gostaria que desse uma olhada pelo lado de fora do círculo.

– Tudo bem – respondi, prestativa. – Para procurar o quê?

– Vestígios de fogo – disse ele. – Em tudo que pude ler sobre Beltane, o fogo é sempre mencionado nos rituais, mas as mulheres que vimos hoje de manhã não o usaram. Imagino se talvez não tenham acendido o fogo de Beltane na noite anterior, depois voltado de manhã para a dança. Embora, historicamente, fossem os cuidadores de gado que deveriam acender o fogo. Não havia nenhum sinal de fogueira no interior do círculo – acrescentou. – Mas viemos embora antes de eu pensar em verificar a parte de fora.

– Está bem – concordei novamente, bocejando. O fato de acordar cedo dois dias seguidos estava cobrando sua dívida. Fechei o livro e me levantei. – Desde que eu não tenha que me levantar antes das nove.

Na verdade, eram quase onze horas quando cheguei ao círculo de pedras. Chuviscava e eu estava inteiramente molhada, não tendo pensado em levar uma capa. Fiz um exame superficial do lado de fora do círculo, mas se alguma vez houve uma fogueira ali, alguém se dera ao trabalho de remover todos os vestígios.

A planta foi mais fácil de encontrar. Estava onde eu me lembrava de tê-la visto, junto à base da pedra vertical mais alta. Peguei várias amostras da trepadeira e guardei-as provisoriamente no meu lenço, pretendendo lidar com elas adequadamente quando voltasse ao minúsculo carro da sra. Baird, onde deixara as pesadas prensas.

A pedra mais alta do círculo era fendida, com uma fissura vertical dividindo-a em duas partes enormes. Estranhamente, as duas partes haviam sido afastadas de algum modo. Embora fosse possível ver que as duas superfícies de frente uma para a outra se encaixavam, estavam separadas por uma brecha de quase 1 metro.

Havia um zumbido profundo vindo de algum lugar bem próximo. Imaginei que deveria haver uma colmeia alojada em algum nicho da rocha e coloquei a mão sobre a pedra, a fim de inclinar-me para dentro da fenda.

A pedra soltou um grito.

Recuei o mais depressa que pude, tão depressa que tropecei na relva curta e caí sentada com toda a força. Fitei a pedra, espantada, suando.

Nunca ouvira um som semelhante de nenhum ser vivo. Não é possível descrevê-lo, exceto dizer que era o tipo de grito que se poderia esperar de uma pedra. Era horrível.

As outras pedras começaram a gritar. Ouvi sons de batalha, os gritos de homens morrendo e cavalos feridos.

Balancei a cabeça violentamente para clareá-la, mas o barulho continuou. Levantei-me aos tropeções e cambaleei em direção à margem do círculo. Os sons estavam por todo lado à minha volta, fazendo meus dentes doerem e minha cabeça girar. Minha visão começou a ficar turva.

Não sei agora se caminhei em direção à fenda na pedra principal ou se isso foi acidental, um deslocamento cego pelo nevoeiro de barulho.

Certa vez, viajando à noite, adormeci no banco do carona de um carro em movimento, embalada pelo barulho e pelo deslocamento, até a ilusão de uma serena ausência de peso. O motorista do carro entrou numa ponte a uma velocidade alta demais e perdeu o controle do carro. Acordei do meu sonho de estar flutuando direto no clarão de faróis e na sensação nauseante de estar caindo em alta velocidade. Essa transição brusca é o mais próximo que posso chegar para descrever a sensação que experimentei, mas ainda deixa muito a desejar.

Poderia dizer que meu campo de visão contraiu-se a um único ponto escuro, depois desapareceu completamente, sem deixar nenhuma escuridão, mas apenas um brilhante vazio. Poderia dizer que senti como se estivesse girando ou como se estivesse sendo virada do avesso. Tudo isso é verdade, mas nenhuma dessas comparações transmite a sensação que tive de total perturbação, de estar sendo atirada com força contra alguma coisa que não estava lá.

A verdade é que nada se movia, nada mudava, nada parecia acontecer e, ainda assim, eu experimentava uma sensação de terror tão grande que perdi completamente a noção de quem ou o quê eu era, de onde me encontrava. Estava no âmago do caos e nenhuma força física ou mental era útil contra isso.

Não conseguiria dizer realmente se perdi a consciência, mas sem dúvida não tive noção de mim mesma durante algum tempo. "Acordei", se essa for a palavra, quando tropecei numa pedra perto da base do monte. Praticamente resvalei pelos poucos metros restantes e acabei num espesso tufo de capim ao pé da colina.

Estava enjoada e tonta. Arrastei-me até um aglomerado de carvalhos novos e apoiei-me contra um deles para me equilibrar. Havia uma gritaria confusa perto dali, que me fez lembrar dos sons que eu ouvira – e sentira – no círculo de pedras. Não havia, entretanto, o tom estridente de violência inumana. Aquele era o som normal de conflito humano e eu segui em sua direção.

3

O HOMEM NO BOSQUE

Os homens estavam a alguma distância quando os avistei. Dois ou três, trajando kilts, corriam como demônios por uma pequena clareira. Ouviam-se uns estampidos distantes que eu, meio aturdida, identifiquei como tiros.

Eu tinha absoluta certeza de que ainda estava tendo alucinações quando ao barulho de tiros seguiu-se o aparecimento de cinco ou seis soldados ingleses, vestindo antigos casacos vermelhos e calças na altura dos joelhos, brandindo mosquetes. Pisquei os olhos e fiquei olhando, paralisada. Ergui a mão e estendi dois dedos diante do rosto. Eu via dois dedos, correta e distintamente. Nenhuma perturbação visual. Cautelosamente, inspirei, sentindo o cheiro do ar. O aroma pungente de árvores na primavera e uma leve fragrância de trevos de um punhado junto aos meus pés. Nenhuma ilusão olfativa.

Apalpei minha cabeça. Nenhum ponto dolorido. Portanto, uma concussão cerebral era improvável. Pulso um pouco acelerado, mas regular.

O som de gritos distantes mudou bruscamente. Ouviu-se um trovão de cascos e vários cavalos surgiram, lançando-se em minha direção, montados por escoceses de kilts, entoando canções em gaélico. Esquivei-me rapidamente do caminho, com uma agilidade que pareceu provar que não estava fisicamente ferida, qualquer que fosse meu estado mental.

Então me ocorreu, quando um dos homens de casaco vermelho, derrubado por um escocês em disparada, levantou-se e brandiu o punho cerrado teatralmente na direção dos cavalos. É claro. Um filme! Balancei a cabeça diante da minha própria lentidão mental. Estavam filmando alguma história, vestidos a caráter, apenas isso. Um daqueles filmes românticos sobre o príncipe escocês Charles Edward, sem dúvida.

Muito bem. Independente do mérito artístico, a produção do filme não iria me agradecer por introduzir um tom de inautenticidade histórica em suas cenas. Voltei para dentro do bosque, pretendendo fazer um amplo círculo em torno da clareira e sair na estrada onde eu havia deixado o carro. Entretanto, a ida foi mais difícil do que eu esperava. O bosque era jovem, denso, de mato rasteiro que se agarrava em minhas roupas. Tinha que avançar cuidadosamente pelo meio das árvores novas e espigadas, desenredando minha saia das amoreiras selvagens conforme prosseguia.

Se ele fosse uma cobra, eu teria pisado nele. Estava parado tão silenciosamente entre as árvores novas que parecia uma delas, e eu não o vi até sua mão surgir de repente e me agarrar pelo braço.

A outra mão tapou minha boca enquanto eu era arrastada para trás, para dentro do bosque de carvalhos, debatendo-me ferozmente em pânico. Meu captor, quem quer que fosse, não parecia muito mais alto do que eu, mas tinha braços extremamente fortes. Senti um leve perfume floral, como de colônia de alfazema e de algo mais picante, misturados ao cheiro mais forte de suor masculino. No entanto, enquanto as folhagens chicoteavam de volta à posição inicial ao longo de nossa passagem, notei algo familiar a respeito da mão e do antebraço agarrados em torno da minha cintura.

Balancei a cabeça, livrando-me da restrição à minha boca.

– Frank! – exclamei. – Que brincadeira é essa, pelo amor de Deus? – Estava dividida entre o alívio de encontrá-lo ali e a irritação com o gracejo. Perturbada como estava pela minha experiência nas pedras, não sentia disposição para brincadeiras de mau gosto.

As mãos me soltaram, mas no momento em que me voltei para ele pressenti que alguma coisa estava errada. Não se tratava apenas da colônia desconhecida, mas de algo mais sutil. Fiquei parada, imóvel, sentindo os cabelos da minha nuca se arrepiarem.

– Você não é Frank – disse, num sussurro.

– Não, não sou – concordou ele, examinando-me com grande interesse. – Embora tenha um primo com este nome. Duvido, no entanto, que seja com ele que você tenha me confundido, madame. Nós não somos muito parecidos.

Com quem quer que seu primo se parecesse, ele próprio poderia ser irmão de Frank. Havia a mesma constituição física ágil, esbelta, e boa ossatura; os mesmos contornos bem delineados do rosto; as sobrancelhas uniformes e os grandes olhos castanho-claros; e os mesmos cabelos escuros, lisos e macios, penteados para o lado, sobre a fronte.

Mas os cabelos deste homem eram compridos, amarrados na nuca com uma tira de couro. E a pele curtida e bronzeada evidenciava os meses – não, anos – de exposição ao tempo, muito diferente da cor dourada clara que Frank adquirira em nossas férias na Escócia.

– Quem é você? – perguntei, extremamente confusa. Embora Frank tivesse muitos parentes e conexões, eu achava que conhecia todo o ramo britânico de sua família. Certamente, não havia ninguém que se parecesse com este homem. E certamente Frank teria mencionado qualquer parente próximo que vivesse nas Terras Altas. Não só o teria mencionado, como teria insistido que o visitássemos, armado com a costumeira coleção de mapas genealógicos e cadernos de notas, ansioso por qualquer migalha de história familiar sobre o famoso Black Jack Randall.

O estranho ergueu as sobrancelhas diante da minha pergunta.

– Quem sou eu? Devo lhe fazer a mesma pergunta, madame, e com uma justificativa consideravelmente maior. – Seus olhos vasculharam-me lentamente da cabeça aos pés, viajando com uma aprovação insolente pelo fino vestido de algodão estampado de peônias que eu estava usando e demorando-se com um estranho olhar divertido em minhas pernas. Não compreendi o motivo daquele olhar, mas deixou-me extremamente nervosa e eu recuei um ou dois passos, até bater bruscamente em uma árvore.

O homem finalmente desviou o olhar e se virou. Foi como se tivesse tirado as mãos de cima de mim e eu deixei escapar um suspiro de alívio, sem perceber que até então estivera prendendo a respiração.

Ele se virara para pegar seu casaco, atirado no galho mais baixo de um dos carvalhos novos. Sacudiu algumas folhas esparsas do casaco e começou a vesti-lo.

Devo ter arfado, porque ele ergueu os olhos para mim outra vez. O casaco era vermelho-escuro, com uma longa cauda e sem lapelas, com galões na frente. O forro cor de camurça dos punhos virados para cima estendia-se por uns 15 centímetros da manga, e um pequeno cadarço dourado, retorcido, brilhava de uma das dragonas. Era um casaco dos dragões, o casaco de um oficial da cavalaria. Então, ocorreu-me: claro, ele era um ator, da companhia que eu vira do outro lado do bosque. Embora a espada curta que ele amarrava à cintura parecesse muito mais real do que qualquer artefato cenográfico que eu já vira.

Encostei-me com mais força contra o tronco da árvore às minhas costas. A solidez do tronco era real e isso me tranquilizou outra vez. Cruzei os braços defensivamente.

– Quem é você afinal? – indaguei novamente. A pergunta desta vez saiu como um grasnido que soou assustador até para os meus ouvidos.

Como se não me ouvisse, ele ignorou a pergunta, amarrando sem pressa os galões da frente do seu casaco. Somente quando terminou é que voltou sua atenção para mim outra vez. Fez uma mesura cínica, a mão sobre o coração.

– Eu sou Jonathan Randall, capitão da Oitava Companhia dos Dragões de Sua Majestade. A seu serviço, madame.

Desatei a correr. Minha respiração roncava no peito à medida que eu abria caminho entre a cortina de carvalhos e amieiros, ignorando amoreiras selvagens, urtigas, pedras, troncos caídos, tudo que estivesse em meu caminho. Ouvi um grito às minhas costas, mas estava apavorada demais para verificar de onde vinha.

Corri às cegas, os galhos das árvores arranhando meu rosto e meus braços, os tornozelos torcendo-se conforme eu pisava em buracos e tropeçava em pedras. Não havia lugar em minha mente para qualquer forma de pensamento racional. Eu só queria fugir daquele homem.

Algo pesado atingiu com força os meus quadris e eu fui lançada para a frente, caindo estirada, com um baque surdo, que tirou o ar dos meus pulmões. Mãos rudes me viraram de frente e o capitão Jonathan Randall ergueu-se sobre os joelhos acima de mim. Respirava pesadamente e perdera sua espada na corrida. Parecia desalinhado, sujo e bastante contrariado.

– Que diabos pretende fugindo desse jeito? – indagou. Uma grossa mecha de cabelos castanho-escuros soltara-se e ondulava em sua testa, aumentando de forma desconcertante sua semelhança com Frank.

Inclinou-se para a frente e agarrou-me pelos braços. Ainda tentando recuperar o fôlego, debati-me para me libertar, mas tudo que consegui foi arrastá-lo para cima de mim.

Ele perdeu o equilíbrio e caiu com todo o peso do corpo sobre o meu, achatando-me outra vez. Para minha surpresa, isso fez sua contrariedade desaparecer por completo.

– Ah, então é assim, hein? – disse, com um risinho. – Bem, gostaria muito de servi-la, benzinho, mas acontece que você escolheu um momento um tanto inoportuno. – Seu peso pressionava meus quadris contra o solo. E uma pequena pedra cravava-se dolorosamente na base da minha coluna. Retorci-me para desalojá-la. Ele apertou os quadris com mais força contra os meus e suas mãos prenderam meus ombros no chão. Abri a boca, indignada.

– O que você... – comecei a dizer, mas ele abaixou a cabeça e beijou-me, interrompendo os meus protestos. Enfiou a língua na minha boca e explorou-a com uma ousada familiaridade, girando e mergulhando, recolhendo-se e arremessando-se outra vez. Em seguida, da mesma forma repentina como iniciara, afastou-se.

Deu uns tapinhas na minha bochecha.

– Muito bom, benzinho. Talvez mais tarde, quando eu tiver tempo de folga para cuidar de você.

A essa altura, eu já havia recuperado o fôlego e usei-o. Gritei diretamente dentro do seu ouvido e ele deu um salto para trás como se eu tivesse lhe dado um choque elétrico. Aproveitei o movimento para erguer o joelho e cravá-lo na lateral do seu corpo, fazendo-o se esparramar na camada de folhas.

Consegui levantar-me com dificuldade. Ele rolou sobre si mesmo agilmente e surgiu ao meu lado. Olhei desesperadamente à minha volta, procurando uma saída, mas havíamos sido levados para a base de um desses elevados penhascos de granito que se erguem bruscamente do solo nas Terras Altas escocesas. Ele me encurralara num lugar em que uma reentrância na superfície rochosa formava uma caixa de pedra de pouca profundidade. Ele bloqueou a entrada para o declive, os braços abertos e firmemente apoiados nas paredes da rocha, uma mistura de raiva e curiosidade na expressão do belo rosto moreno.

– Com quem você estava? – perguntou. – Um tal de Frank? Não tenho nenhum homem com este nome na minha companhia. Ou é alguém que mora aqui perto? – Sorriu com escárnio. – Sua pele não cheira a estrume, portanto não estava com um camponês. Aliás, você parece mais cara do que um fazendeiro local poderia pagar.

Cerrei os punhos e o queixo. O que quer que aquele palhaço tivesse em mente, eu não iria aturar.

– Não faço a menor ideia do que você está falando e agradeço se me deixar passar agora mesmo! – falei, adotando meu melhor tom de enfermeira-chefe. Geralmente, surtia um bom efeito em ordenanças recalcitrantes e estudantes de medicina, mas pareceu apenas divertir o capitão Randall. Eu reprimia resolutamente os sentimentos de medo e desorientação que batiam no meu peito como um bando de galinhas em pânico.

Ele sacudiu a cabeça lentamente, examinando-me minuciosamente mais uma vez.

– Não neste momento, benzinho. Estou me perguntando – disse, em tom casual –, por que uma prostituta fora da sua terra, em roupas de baixo, estaria usando sapatos? Aliás, sapatos muito bons – acrescentou, olhando para os meus simples mocassins marrons.

– Uma o quê?! – exclamei.

Ignorou-me completamente. Seu olhar retornou ao meu rosto e, repentinamente, deu um passo para a frente e agarrou meu queixo com uma das mãos. Agarrei seu pulso e dei um puxão.

– Solte-me! – Ele tinha dedos de aço. Indiferente aos meus esforços para me libertar, virou meu rosto de um lado para o outro, de modo que a luz mortiça da tarde incidisse sobre ele.

– A pele de uma dama, posso jurar – murmurou para si mesmo. Inclinou-se para a frente e cheirou. – E um aroma francês nos cabelos. – Soltou-me e eu esfreguei meu queixo, indignada, como se quisesse apagar o toque de sua mão que ainda sentia em minha pele.

– O resto deve ter conseguido com dinheiro do seu benfeitor – resmungou para si mesmo –, mas também fala como uma dama.

– Muito obrigada! – retorqui. – Saia da minha frente. Meu marido está à minha espera; se eu não voltar em dez minutos, ele virá à minha procura.

– Ah, seu marido? – A expressão de admiração e escárnio retrocedeu um pouco, mas não desapareceu inteiramente. – E qual é o nome de seu marido, pode me dizer? Onde está ele? E por que permite que sua mulher ande sozinha pelos bosques desertos quase despida?

Eu continuava a pressionar aquela parte do meu cérebro que estava se debatendo para dar algum sentido àquela tarde. Consegui um momento de lucidez suficientemente longo para me dizer que, por mais absurdas que eu considerasse suas conjecturas, dar a esse homem o nome de Frank, o mesmo nome dele, só iria levar a mais confusões. Assim, sem responder, fiz menção de passar por ele. Bloqueou minha passagem com um braço musculoso e agarrou-me com a outra mão.

Ouviu-se um chiado repentino acima de nossas cabeças, seguido imediatamente por uma figura indistinta diante dos meus olhos e um baque surdo. O capitão Randall estava no chão aos meus pés, sob uma massa arquejante que parecia uma trouxa de farrapos velhos de tecido xadrez. Um punho moreno e maciço como uma rocha se ergueu da massa e abateu-se com força considerável, chocando-se resolutamente com alguma protuberância óssea, pelo barulho resultante. As pernas agitadas do capitão, em botas marrons longas e brilhantes, relaxaram imediatamente.

Vi-me diante de um par de penetrantes olhos negros. A mão robusta que temporariamente distraíra as indesejadas atenções do capitão prendeu-se como um molusco no meu antebraço.

– E quem diabos é você? – perguntei, estarrecida. Meu salvador, se podia chamá-lo assim, era alguns centímetros mais baixo do que eu e de constituição pequena, mas os braços nus que se projetavam da camisa rasgada eram musculosos e toda a sua estrutura dava a impressão de ser feita de algum material elástico, como molas de cama. Também não possuía nenhuma beleza – pele com marcas de varíola, fronte baixa e maxilar estreito.

– Por aqui. – Deu um puxão em meu braço e eu, estupefata com a sucessão dos últimos acontecimentos, segui obedientemente.

Meu novo companheiro abriu caminho rapidamente através de uma cortina de amieiros, deu a volta bruscamente numa grande rocha e de repente estávamos em uma trilha. Tomada por urzes e tojos, ziguezagueando de forma que nunca fosse visível a mais de 2 metros à frente, ainda assim era indubitavelmente uma trilha, um aclive íngreme que levava ao topo da colina.

Foi somente quando avançávamos cautelosamente pelo outro lado da colina que consegui reunir fôlego e presença de espírito suficientes para perguntar aonde estávamos indo. Não recebendo nenhuma resposta do meu companheiro, repeti num tom mais alto:

– Para onde afinal estamos indo?

Para minha considerável surpresa, virou-se para mim, o rosto contorcido, e arrastou-me para fora da trilha. Quando abria minha boca para protestar, ele espalmou a mão sobre ela e derrubou-me no chão, rolando o corpo para cima do meu.

Ah, outra vez, não!, pensei, e contorcia-me desesperadamente para me libertar quando notei o que ele ouvira e, de repente, fiquei imóvel. Vozes iam e vinham, acompanhadas pelo barulho de passos pesados. Eram, sem dúvida, vozes inglesas. Lutei violentamente para liberar minha boca. Enfiei os dentes em sua mão e só tive tempo de registrar o fato de que ele andara comendo arenque em conserva com as mãos, antes de alguma coisa se abater contra a parte de trás de minha cabeça e tudo ficar escuro.

A cabana de pedra surgiu de repente em meio à neblina noturna. As janelas estavam trancadas, mostrando apenas um fio de luz. Sem a menor ideia de quanto tempo ficara desacordada, não sabia a que distância ficava esse lugar da colina de Craigh na Dun ou da cidade de Inverness. Estávamos a cavalo, eu na frente do meu captor, as mãos amarradas ao arção da sela. Entretanto, não havia nenhuma estrada, de modo que avançávamos muito lentamente.

Calculei que não ficara inconsciente muito tempo; não demonstrava nenhum sintoma de concussão ou outros efeitos colaterais da pancada, a não ser uma região dolorida na base do crânio. Meu captor, um homem de poucas palavras, respondia às minhas perguntas, reclamações e observações de mau humor, com o mesmo ruído escocês que servia para todas as ocasiões e que melhor pode ser representado foneticamente como "Mmmmhum". Se eu tivesse alguma dúvida quanto à sua nacionalidade, esse som seria suficiente para afastá-la.

Meus olhos haviam se adaptado gradualmente à penumbra do anoitecer conforme o cavalo tropeçava pelas pedras e pelas tojeiras, de modo que foi um choque sair da semiescuridão para o que parecia uma luz incandescente no interior da cabana. À medida que a visão ficou menos ofuscada, pude ver que de fato o único aposento era iluminado apenas pelo fogo na lareira, por várias velas e um lampião perigosamente antigo.

– O que tem aí, Murtagh?

O homem com cara de fuinha agarrou-me pelo braço e empurrou-me para a luz do fogo.

– Uma vagabunda *sassenach*, Dougal, pelo modo de falar.

Havia vários homens no aposento, todos me olhando fixamente, alguns com curiosidade, outros com inegável malícia. Meu vestido rasgara-se em vários lugares durante as atividades da tarde e eu avaliei apressadamente os danos. Olhando para baixo, podia ver claramente a curva de um dos seios através de um rasgão e tinha certeza que o grupo de homens também. Decidi que fazer uma tentativa de juntar os pedaços rasgados só iria chamar mais ainda a atenção; em vez disso, escolhi um rosto qualquer e fitei-o corajosamente, na esperança de desviar os olhares.

– Ei, bonita, *sassenach* ou não – disse o homem, um tipo gordo, seboso, sentado junto ao fogo. Segurava um pedaço de pão e não se deu ao trabalho de largá-lo quando se levantou e caminhou na minha direção. Ergueu meu queixo com as costas da mão, afastando os cabelos do meu rosto. Alguns farelos de pão caíram pela gola do meu vestido. Os outros homens amontoaram-se ao redor, um bando em tecido quadriculado escocês e costeletas, com o forte odor de suor e álcool. Foi somente então que eu vi que todos eles usavam kilt – estranho, mesmo para aquela parte das Terras Altas. Eu teria me deparado com a reunião de uma associação de clãs ou talvez com uma reunião política?

– Venha cá, dona. – Um homem corpulento, de barba preta, permaneceu sentado a uma mesa junto à janela enquanto me chamava. Pelo ar de comando, devia ser o chefe do bando. Os homens abriram caminho relutantemente quando Murtagh empurrou-me para a frente, aparentemente respeitando seus direitos de captor.

O homem moreno analisou-me cuidadosamente, o rosto sem expressão. Era bem-apessoado, pensei, e não parecia inamistoso. No entanto, havia rugas de tensão entre suas sobrancelhas e não era um rosto que alguém gostaria de contrariar.

– Qual é o seu nome, dona? – Sua voz era suave para um homem do seu tamanho, não a voz grave e profunda que eu esperaria de um tórax tão volumoso.

– Claire... Claire Beauchamp – respondi, resolvendo de improviso usar meu nome de solteira. Se fosse resgate o que tinham em mente, não queria ajudá-los dando um nome que pudesse levar a Frank. E não tinha certeza se queria que aqueles homens de aparência grosseira soubessem quem eu era antes de eu descobrir quem eram eles. – E exatamente o que você acha que está... – O homem moreno ignorou-me, estabelecendo um padrão do qual eu iria me cansar muito em breve.

– Beauchamp? – As grossas sobrancelhas ergueram-se e todo o grupo se agitou de surpresa. – Um nome francês, não é? – Ele de fato havia pronunciado o nome corretamente em francês, embora eu o tivesse dito na pronúncia inglesa comum de "Beecham".

– Sim, isso mesmo – respondi, um pouco surpresa.

– Onde encontrou essa moça? – indagou Dougal, virando-se para Murtagh, que se revigorava bebendo de um frasco de couro.

O homenzinho moreno encolheu os ombros.

– Ao sopé da Craigh na Dun. Estava discutindo com certo capitão dos dragões que por acaso eu conhecia – acrescentou, erguendo significativamente uma das sobrancelhas. – Parecia haver uma dúvida se a madame era ou não uma prostituta.

Dougal examinou-me de cima a baixo mais uma vez, atentando para cada detalhe do meu vestido de algodão estampado e meus sapatos de caminhada.

– Sei. E qual era a posição da madame nessa discussão? – perguntou, com uma ênfase sarcástica na palavra "madame" que não me agradou. Observei que, embora seu escocês fosse menos carregado do que o do homem chamado Murtagh, seu sotaque ainda era bastante pronunciado, dando à palavra um som aberto.

Murtagh pareceu achar graça; ao menos, um dos cantos de sua boca fina curvou-se para cima.

– Ela disse que não era. O próprio capitão parecia não ter certeza, mas estava disposto a fazer um teste.

– Poderíamos fazer o mesmo, por falar nisso. – O homem gordo, de barba preta, deu um passo em minha direção, rindo, as mãos puxando o cinto. Recuei depressa o mais que pude, o que não era muito longe, dadas as dimensões da cabana.

– Chega, Rupert. – Dougal ainda me olhava preocupado, mas sua voz tinha o tom da autoridade e Rupert parou onde estava, fazendo uma careta engraçada de decepção.

– Eu não admito estupros e, de qualquer forma, não temos tempo para isso. – Fiquei contente de ouvir essa declaração de política, por mais duvidosa que sua base moral pudesse ser, mas continuei um pouco nervosa diante dos olhares abertamente lascivos em alguns dos outros rostos. Tinha a sensação absurda de estar em público vestida com minhas roupas de baixo. E embora eu não fizesse a menor ideia de quem ou o quê esses bandidos das Terras Altas estavam perseguindo ou tramando, eles pareciam bastante perigosos. Mordi a língua, reprimindo algumas observações mais ou menos imprudentes que afloravam à minha boca.

– O que acha, Murtagh? – perguntou Dougal ao meu captor. – Pelo menos, ela não parece gostar de Rupert.

– Isso não prova nada – objetou um homem baixo e careca. – Ele não lhe ofereceu nenhum dinheiro. Não pode esperar que uma mulher aceite alguém como

Rupert sem um pagamento substancial, antecipado – acrescentou, para grande hilaridade de seus companheiros. Dougal, no entanto, calou a barulheira com um gesto brusco e fez um sinal com a cabeça indicando a porta. O sujeito careca, ainda rindo, saiu obedientemente para a escuridão.

Murtagh, que não se juntara à risada geral, franzia o cenho enquanto me examinava. Balançou a cabeça, fazendo a franja lisa se agitar na testa.

– Não – disse definitivamente. – Não faço a menor ideia do que ela possa ser, ou quem, mas aposto a minha melhor camisa que não é uma prostituta. – Torci, nesse caso, para que sua melhor camisa não fosse a que ele estava vestindo, que mal parecia valer a aposta.

– Bem, você deve saber, Murtagh, você conheceu muitas – debochou Rupert, mas foi bruscamente silenciado por Dougal.

– Resolveremos isso mais tarde – disse asperamente. – Temos uma boa distância para percorrer hoje à noite e temos que fazer alguma coisa por Jamie primeiro; ele não pode viajar assim.

Encolhi-me nas sombras junto à lareira, esperando não ser mais notada. O homem chamado Murtagh desamarrara minhas mãos antes de me conduzir para dentro da cabana. Talvez eu conseguisse fugir enquanto estivessem ocupados em algum outro lugar. A atenção dos homens se voltara para um jovem agachado em um banco no canto. Ele mal erguera os olhos durante o meu aparecimento e interrogatório, mas manteve a cabeça abaixada, a mão segurando o ombro oposto, balançando-se levemente para frente e para trás de dor.

Dougal retirou delicadamente a mão agarrada ao ombro. Um dos homens puxou para trás o xale quadriculado do jovem, revelando uma camisa de linho suja de terra e manchada de sangue. Um homem pequeno, com um grande bigode, surgiu por trás do rapaz com uma faca e, segurando a camisa pelo colarinho, cortou-a na frente e ao longo da manga, de modo que a camisa se abriu e caiu do ombro ferido.

Soltei uma arfada, como vários dos homens. O ombro estava ferido; havia um sulco profundo e dilacerado na parte superior e o sangue escorria livremente pelo peito do rapaz. Porém, mais chocante era a própria junta do ombro. Um terrível calombo erguia-se na articulação e o braço estava pendurado num ângulo impossível.

Dougal grunhiu.

– Hummm. Desconjuntado, pobre diabo.

O jovem ergueu os olhos pela primeira vez. Embora contorcido de dor e com uma barba ruiva por fazer, era um rosto forte e bem-humorado.

– Caí em cima da mão quando a bala do mosquete me arrancou da sela. Caí com todo o peso do corpo sobre a mão e craque!, desconjuntou-se.

– Desconjuntou mesmo. – O homem de bigode, um escocês, e educado, a julgar pelo seu sotaque, examinava o ombro, levando o rapaz a fazer uma careta de dor. – O ferimento não é problema. A bala atravessou direto e está limpo, o sangue está escorrendo livremente. – O homem pegou um chumaço de pano sujo da mesa e usou-o para estancar o sangue. – Mas não sei bem o que fazer com o deslocamento. Precisamos de um cirurgião para colocar o braço de volta no lugar certo. Você não pode cavalgar assim, não é, Jamie?

Bala de mosquete?, pensei, aturdida.

O jovem sacudiu a cabeça, pálido.

– Já dói muito aqui sentado. Não poderia conduzir um cavalo. – Apertou os olhos e cravou os dentes com força no lábio inferior.

Murtagh falou com impaciência.

– Bem, não podemos deixá-lo para trás, não é? Os soldados ingleses não são grande coisa para rastrear no escuro, mas vão encontrar este lugar mais cedo ou mais tarde, com ou sem janelas fechadas. E Jamie não consegue se fazer passar por um camponês inocente, com esse enorme ferimento.

– Não se preocupe – disse Dougal, interrompendo-o. – Não pretendo deixá-lo para trás.

O homem de bigode suspirou.

– Então, não há outro jeito. Vamos ter que tentar recolocar o braço no lugar. Murtagh, você e Rupert segurem-no; eu vou tentar.

Fiquei observando com pena do jovem enquanto o homem de bigode pegava o braço do rapaz pelo pulso e pelo cotovelo e começava a forçá-lo para cima. O ângulo estava totalmente errado; devia estar causando uma dor lancinante. O suor escorria pelo rosto do jovem, mas ele não emitiu nenhum som além de um gemido baixo. De repente, ele desabou com todo o peso para a frente e só não caiu no chão por causa dos homens que o seguravam.

Um dos homens abriu um frasco de couro e pressionou-o contra seus lábios. O cheiro penetrante da bebida forte e pouco refinada chegou até onde eu estava. O jovem tossiu e engasgou, mas assim mesmo engoliu, deixando o líquido cor de âmbar escorrer da boca sobre o que restava de sua camisa.

– Pronto para outra tentativa, rapaz? – perguntou o homem de bigode. – Ou talvez Rupert devesse tentar – sugeriu, voltando-se para o rufião atarracado, de barba preta.

Rupert, assim convidado, flexionou as mãos como se fosse praticar arremesso de dardo e pegou o pulso do rapaz, obviamente pretendendo colocar a junta no lugar pela força bruta; uma operação obviamente capaz de arrancar o braço do rapaz como o cabo de uma vassoura.

– Não se atreva a fazer isso! – Qualquer pensamento de fuga desapareceu diante da indignação profissional. Lancei-me para a frente, sem me importar com os olhares espantados dos homens à minha volta.

– O que quer dizer? – retorquiu o careca, claramente irritado com a minha intromissão.

– Quero dizer que vai quebrar o braço dele se fizer desse modo – retruquei. – Saiam do caminho, por favor. – Afastei Rupert com o cotovelo e eu mesma segurei o pulso do paciente. O paciente parecia tão surpreso quanto os outros, mas não resistiu. Sua pele estava muito quente, mas não febril, considerei.

– É preciso colocar o osso da parte superior do braço no ângulo certo antes de encaixá-lo na junta outra vez – falei, grunhindo enquanto puxava o pulso para cima e o cotovelo para dentro. O rapaz era alto e forte; seu braço pesava como chumbo.

– Essa é a pior parte – avisei ao paciente. Encaixei minha mão no seu cotovelo, pronta para dar um tranco para cima.

Sua boca contorceu-se, no que não parecia exatamente um sorriso.

– Não pode doer muito mais do que já está doendo. Vá em frente.

A essa altura, o suor porejava no meu próprio rosto. Recolocar um ombro no lugar é uma tarefa árdua mesmo nas melhores condições. Num homem grande que passara horas com o deslocamento, os músculos agora estavam inchados e cobrindo a junta. A tarefa iria exigir todas as minhas forças. O fogo estava perigosamente perto; esperava que nós dois não caíssemos nele se a junta voltasse ao lugar com um tranco.

De repente, o ombro fez um suave clique e a articulação voltou ao lugar. O paciente ficou admirado. Colocou a mão no ombro, incrédulo, para explorá-lo.

– Não dói mais! – Um amplo sorriso de alívio e satisfação se espalhou por seu rosto e os homens irromperam em exclamações de admiração e aplausos.

– Vai doer. – Eu suava do esforço, mas fiquei satisfeita e orgulhosa com o resultado. – Ficará dolorido por algum tempo. Não deve de jeito nenhum estender a junta nos próximos dois ou três dias; quando voltar a usar o braço, comece bem devagar. Pare imediatamente se começar a doer e use compressas quentes diariamente.

Percebi, no meio dessas recomendações, que enquanto o paciente ouvia respeitosamente, os outros homens olhavam-me com expressões que iam da absoluta admiração à óbvia suspeita.

– Sou enfermeira – expliquei, ficando um pouco na defensiva.

Os olhos de Dougal, assim como os de Rupert, recaíram sobre meu colo e lá permaneceram com uma espécie de horrorizado fascínio. Trocaram olhares, depois Dougal olhou de novo para o meu rosto.

– Que assim seja – disse, erguendo as sobrancelhas para mim. – Para uma ama, você parece ter alguma habilidade de cura. Pode estancar o ferimento do rapaz o suficiente para ele montar a cavalo?

– Posso fazer um curativo no ferimento, sim – respondi com considerável rispidez. – Desde que tenha alguma coisa para cobri-lo. Mas o que quer dizer com "ama"? E por que acha que eu iria querer ajudá-lo?

Fui ignorada enquanto Dougal se virava e falava com uma mulher agachada no canto numa língua que eu indistintamente reconheci como sendo o gaélico. Cercada pelo bando de homens, eu não havia notado a sua presença. Vestia-se de modo estranho, pensei, numa saia longa e esfarrapada e uma blusa de mangas compridas semicoberta por uma espécie de corpete ou colete. Tudo parecia meio encardido, inclusive seu rosto. Entretanto, olhando à minha volta, pude notar que a cabana não só não tinha eletricidade como também não possuía água encanada. Talvez houvesse uma desculpa para a sujeira.

A mulher fez uma rápida mesura e, passando rapidamente por Rupert e Murtagh, começou a remexer num baú de madeira pintada que estava junto à lareira, finalmente surgindo com uma pilha de trapos.

– Não, isso não serve – falei, manipulando-os com cuidado. – Primeiro, o ferimento tem que ser desinfetado, depois coberto com um pano limpo se não houver ataduras esterilizadas.

Levantaram as sobrancelhas por todo o aposento.

– Desinfetado? – disse o homenzinho, cautelosamente.

– Sim, isso mesmo – retruquei com firmeza, achando-o um pouco simplório, apesar do seu sotaque educado. – Toda a sujeira tem que ser removida do ferimento e ele tem que ser tratado com um composto que desencoraje a proliferação de germes e promova a cura.

– Como o quê, por exemplo?

– Como iodo – respondi. Não vendo nenhum sinal de compreensão nos rostos à minha frente, tentei de novo. – Mertiolate? Ácido carbólico diluído? – sugeri. – Ou talvez apenas álcool? – Olhares de alívio. Finalmente, eu encontrara uma palavra que pareciam reconhecer.

Murtagh enfiou o frasco de couro em minhas mãos. Suspirei com impaciência. Sabia que as Terras Altas eram primitivas, mas aquilo era quase inacreditável.

– Olhe – disse, com toda a paciência que pude reunir. – Por que vocês simplesmente não o levam até a cidade? Não deve ficar muito longe e tenho certeza que haverá um médico lá que poderá cuidar dele.

A mulher me olhou boquiaberta.

– Que cidade?

O homem grandalhão chamado Dougal ignorava a discussão, espreitando cautelosamente a escuridão lá fora pela borda da cortina. Deixou-a cair de volta no lugar e caminhou silenciosamente para a porta. Os homens fizeram silêncio quando ele desapareceu na noite.

Em poucos instantes, estava de volta. Trazendo o careca que havia saído e o aroma pungente e frio dos pinheiros escuros com ele. Balançou a cabeça em resposta aos olhares interrogativos dos homens.

– Não, nada por perto. Vamos imediatamente, enquanto é seguro.

Vendo-me, parou por um instante, pensando. De repente, indicou-me com um movimento da cabeça, a decisão tomada.

– Ela virá conosco. – Remexeu na pilha de panos sobre a mesa e escolheu uma tira esfarrapada; parecia um lenço de pescoço que já vira dias melhores.

O homem de bigode não pareceu inclinado a concordar com isso, aonde quer que estivessem indo.

– Por que nós simplesmente não a deixamos aqui?

Dougal lançou-lhe um olhar impaciente, mas deixou a explicação a cargo de Murtagh.

– Onde quer que os soldados ingleses estejam agora, estarão aqui ao amanhecer, o que não falta muito, se pensarmos bem. Se esta mulher for uma espiã inglesa, não podemos nos arriscar a deixá-la aqui para lhes dizer para onde fomos. E se ela não estiver em bons termos com eles – olhou para mim em dúvida –, certamente não podemos deixar uma mulher sozinha aqui em suas roupas de baixo. – Animou-se um pouco, manuseando o tecido da minha saia. – Ela deve valer um bocado para um resgate. Apesar da pouca roupa, é coisa fina.

– Além do mais – acrescentou Dougal, interrompendo –, ela pode ser útil no caminho; parece saber um pouco de cuidados médicos. Mas não temos tempo para isso agora. Receio que você tenha que passar sem ser "desinfetado", Jamie – disse, dando um tapa de leve nas costas do jovem. – Pode cavalgar com uma das mãos?

– Posso.

– Bom rapaz. Tome – falou, atirando o pano ensebado para mim. – Enfaixe o ferimento dele, depressa. Vamos partir imediatamente. Vocês dois, peguem os cavalos – disse, virando-se para o cara de fuinha e o gordo chamado Rupert.

Revirei o farrapo nas mãos com repugnância.

– Não posso usar isto – reclamei. – Está imundo.

Sem vê-lo se mover, deparei-me com o grandalhão agarrando-me pelo ombro, os olhos escuros a poucos centímetros dos meus.

– Ande logo – ordenou.

Libertando-me com um empurrão, caminhou a passos largos em direção à porta e desapareceu atrás de seus dois capangas. Bastante abalada, voltei à tarefa de enfaixar o ferimento à bala da melhor forma possível. A ideia de usar o lenço de pescoço imundo era algo que minha formação de enfermeira não me deixava considerar. Tentei esconder minha confusão e pavor tentando encontrar algo mais adequado e, após uma busca rápida e inútil na pilha de farrapos, finalmente decidi-me por tiras de raiom rasgadas da bainha da minha combinação. Embora estivessem longe de esterilizadas, era sem dúvida o material mais limpo à mão.

O linho da camisa do meu paciente estava velho e gasto, mas ainda assim surpreendentemente forte. Com certo esforço, rasguei o resto da manga e usei-a para improvisar uma tipoia. Dei um passo atrás para analisar o resultado do curativo improvisado e esbarrei no grandalhão, que entrara silenciosamente para observar.

Olhou com ar de aprovação para a minha obra.

– Bom trabalho, dona. Vamos, estamos prontos.

Dougal entregou uma moeda para a mulher e me conduziu apressadamente para fora da cabana, seguido mais lentamente de Jamie, ainda um pouco pálido. Tendo se levantado do banquinho baixo, meu paciente mostrou ser bastante alto; ultrapassava Dougal em vários centímetros, ele próprio um homem bem alto.

Rupert, o sujeito de barba preta, e Murtagh seguravam seis cavalos, sussurrando-lhes palavras carinhosas em gaélico no escuro. Era uma noite sem lua, mas a luz das estrelas refletia nas tachas de metal das selas em lampejos prateados. Ergui os olhos e quase perdi a respiração, maravilhada; o céu noturno estava esplendorosamente coberto de estrelas, de uma forma que eu jamais vira. Olhando para a floresta à minha volta, compreendi. Sem nenhuma cidade nas proximidades para velar o céu com sua luz, as estrelas dominavam a noite sem concorrência.

Então parei de repente, sentindo muito mais frio do que o frescor da noite justificava. Nenhuma luz urbana. "Que cidade?", a mulher lá dentro perguntara. Acostumada como eu estava a blecautes e ataques aéreos dos anos de guerra, a ausência de luz não me perturbara no começo. Mas estávamos em tempos de paz e as luzes de Inverness deveriam estar visíveis por vários quilômetros.

Os homens eram figuras indistintas na escuridão. Pensei em tentar escapar silenciosamente para o meio das árvores, mas Dougal, aparentemente adivinhando meus pensamentos, agarrou-me pelo cotovelo e me empurrou em direção aos cavalos.

– Jamie, monte – disse. – A moça vai cavalgar com você. – Apertou meu cotovelo. – Pode segurar as rédeas se Jamie não conseguir apenas com uma das mãos, mas tenha cuidado de se manter sempre perto de nós. Se tentar alguma outra coisa, cortarei sua garganta. Compreendeu?

Assenti, a garganta seca demais para responder. Sua voz não era particularmente ameaçadora, mas eu acreditava em cada palavra. Eu era a menos inclinada a "tentar alguma coisa", já que não fazia a menor ideia do que poderia tentar. Não sabia onde estava, quem eram meus acompanhantes, por que estávamos partindo com tanta pressa ou para onde nos dirigíamos, mas não tinha nenhuma alternativa razoável a não ser acompanhá-los. Estava preocupada com Frank, que havia muito tempo já devia ter começado a me procurar, mas aquele não parecia o momento mais adequado para mencioná-lo.

Dougal deve ter pressentido o meu movimento de cabeça, porque largou meu braço e se abaixou ao meu lado. Fiquei parada, olhando estupidamente para ele, até ele dizer entre dentes:

– O pé, dona! Me dê o seu pé! Seu pé esquerdo! – acrescentou, contrariado. Rapidamente, tirei meu pé direito de sua mão e ergui o esquerdo. Resmungando baixinho, ele me ergueu para a sela, na frente de Jamie, que me apertou contra si com o braço bom.

Apesar da estranheza geral da minha situação, senti-me grata pelo calor do jovem escocês. Cheirava fortemente a lenha queimada, sangue e suor masculino, mas o frio da noite atravessava meu vestido fino e fiquei contente em poder recostar-me contra ele.

Sem mais do que um leve tinir dos freios, partimos na noite estrelada. Não havia conversa entre os homens, somente uma cautelosa vigilância geral. Os cavalos começaram a trotar assim que chegamos à estrada e eu mesma sacolejava desconfortavelmente demais para querer dizer qualquer coisa, mesmo supondo que alguém estivesse disposto a me ouvir.

Meu companheiro parecia não estar tendo muita dificuldade, apesar de não poder usar a mão direita. Eu podia sentir suas coxas atrás das minhas, às vezes mexendo-se e pressionando para guiar o cavalo. Agarrei-me à borda da pequena sela para me manter sentada. Eu já montara antes, mas não era nem de longe o cavaleiro que esse Jamie era.

Após algum tempo, chegamos a uma encruzilhada, onde paramos por um instante enquanto o careca e o líder confabulavam em voz baixa. Jamie largou as rédeas sobre o pescoço do cavalo, deixando que se afastasse para a margem da estrada para pastar, e começou a remexer-se e contorcer-se atrás de mim.

– Cuidado! – adverti. – Não se remexa assim ou a atadura sairá! O que está tentando fazer?

– Soltar meu xale para cobri-la – respondeu. – Você está tremendo de frio. Mas não consigo fazer isso só com uma das mãos. Pode alcançar o prendedor do meu broche para mim?

Depois de muitos esforços desajeitados, conseguimos soltar o xale. Com uma destreza surpreendente, ele fez o tecido girar e recair, como uma manta, em torno dos seus ombros. Em seguida, puxou as pontas por cima dos meus ombros e prendeu-as cuidadosamente embaixo das bordas da sela, de modo que nós dois ficamos confortavelmente cobertos.

– Pronto! – disse. – Não queremos que você congele antes de chegarmos lá.

– Obrigada – falei, agradecida pela proteção. – Mas para onde estamos indo?

Eu não podia ver seu rosto, atrás e acima de mim, mas ele fez uma pausa antes de responder.

Finalmente, deu uma pequena risada.

– Para lhe dizer a verdade, dona, eu não sei. Acho que vamos descobrir quando chegarmos, não é?

Algo parecia ligeiramente familiar naquela região rural que estávamos atravessando. Eu não conhecia aquela grande formação rochosa à nossa frente, a que parecia um rabo de galo?

– Cocknammon Rock! – exclamei.

– Sim, acho que sim – disse meu acompanhante, pouco interessado naquela revelação.

– Os ingleses não a usavam para emboscadas? – perguntei, tentando me lembrar dos detalhes sombrios da história local com que Frank passara horas me regalando na semana anterior. – Se houver uma patrulha inglesa na vizinhança... – hesitei. Se houvesse uma patrulha inglesa, talvez fosse um erro eu chamar atenção para isso. No entanto, no caso de uma emboscada, eu não seria distinguida de meu companheiro, cobertos como estávamos com um único xale. Além do mais, pensei novamente no capitão Jonathan Randall e estremeci involuntariamente. Tudo que eu vira desde que entrara na fenda da pedra apontava para a conclusão inteiramente irracional de que o homem que eu encontrara no bosque era na verdade o antepassado de Frank. Lutei obstinadamente contra esse pensamento, mas não era capaz de formular nenhum outro que combinasse com os fatos.

No início, imaginei que estivesse apenas sonhando mais vividamente do que o normal, mas o beijo de Randall, rudemente familiar e imediatamente físico, dissipara essa impressão. Nem eu imaginava que tivesse sonhado que fora acertada com um golpe na cabeça por Murtagh; o ponto dolorido no meu couro cabeludo igualava a parte interna das minhas coxas roçando contra a sela, o que não tinha nada de fantasioso. E o sangue; sim, estava suficientemente familiarizada com sangue para já ter sonhado com ele. Mas nunca sonhei com o cheiro do sangue; aquele cheiro forte, penetrante, morno, que eu ainda sentia no homem atrás de mim.

Ele estalou a língua para tocar o cavalo e emparelhou com o líder, entabulando uma tranquila conversa em gaélico com a sombra corpulenta. Os cavalos reduziram a marcha.

A um sinal do líder, Jamie, Murtagh e o homem pequeno e careca deixaram-se ficar para trás, enquanto os outros dois incitaram os cavalos com as esporas e galoparam em direção à rocha, uns 400 metros à nossa direita. Uma lua crescente surgira no céu e a claridade era suficiente para distinguir as folhas de malva que cresciam nas margens da estrada, mas as sombras nas reentrâncias da rocha poderiam esconder qualquer coisa.

No exato instante em que as figuras a galope passaram diante da enorme pedra, o lampejo do disparo de um mosquete brilhou de uma cavidade na parede da rocha. Um grito de gelar o sangue nas veias partiu de trás de mim e o cavalo deu um salto para a frente, como se tivesse sido espetado com uma vara pontuda. De repente, estávamos correndo desabalados em direção à rocha, através das urzes, Murtagh e os outros homens ao lado, berros horripilantes cortando o ar da noite.

Agarrei-me com todas as forças ao arção da sela. De repente, puxando as rédeas e freando perto de um grande arbusto de tojo, Jamie me agarrou pela cintura e, sem nenhuma cerimônia, descarregou-me sobre ele. O cavalo girou bruscamente e disparou outra vez, dando a volta na rocha para vir pelo lado sul. Pude ver o cavaleiro se agachar bem baixo na sela enquanto o cavalo desaparecia nas sombras da rocha. Quando surgiu novamente, ainda galopando, a sela estava vazia.

As superfícies da rocha estavam cravejadas de sombras; podia ouvir gritos e um ou outro tiro de mosquete, mas não conseguia saber se os movimentos que via eram dos homens ou apenas as sombras dos carvalhos atrofiados que brotavam nas fendas da pedra.

Desembaracei-me do arbusto com alguma dificuldade, tirando fragmentos espinhosos de tojo da minha saia e dos meus cabelos. Lambi um arranhão em minha mão, perguntando-me o que deveria fazer agora. Poderia esperar que a batalha se decidisse. Se os escoceses vencessem, ou ao menos sobrevivessem, imaginei que poderiam voltar à minha procura. Caso contrário, eu tinha a possibilidade de me aproximar dos ingleses, que poderiam presumir que, se eu estava viajando com os escoceses, deveria estar mancomunada com eles. Mancomunada para fazer o que eu não fazia a menor ideia, mas era óbvio pelo comportamento dos homens na cabana que estavam empenhados em alguma coisa que os ingleses deveriam desaprovar inteiramente.

Talvez fosse melhor evitar os dois lados do conflito. Afinal, agora que eu sabia onde estava, tinha alguma chance de voltar a uma cidade ou vila que conhecesse, ainda que tivesse que percorrer todo o trajeto a pé. Parti decididamente em direção à estrada, tropeçando em incontáveis pedaços de granito, os filhotes bastardos de Cocknammon Rock.

O luar tornava a caminhada enganadora. Embora pudesse ver cada detalhe do solo, não tinha percepção de profundidade; plantas rasteiras e pedras pontiagudas pareciam ter a mesma altura, fazendo com que eu levantasse meus pés absurdamente alto sobre obstáculos inexistentes e desse topadas nas pedras protuberantes. Andava o mais rápido que conseguia, atenta aos sons de perseguição atrás de mim.

Os ruídos da batalha haviam desaparecido quando cheguei à estrada. Percebi que ficaria muito exposta na estrada, mas precisava segui-la se quisesse encontrar o caminho para uma cidade. Não tinha nenhuma noção de direção no escuro e nunca aprendera com Frank sua habilidade de se orientar pelas estrelas. Pensar nele me deu vontade de chorar, então tentei me distrair, procurando compreender os acontecimentos daquela tarde.

Parecia inconcebível, mas todas as evidências indicavam que eu estava em algum lugar onde os costumes e a política do final do século XVIII ainda vigoravam. Eu teria imaginado que tudo não passava de algum tipo de espetáculo à fantasia, se não fosse pelos ferimentos do jovem a quem chamavam de Jamie. Aquele ferimento fora realmente provocado por algo muito semelhante a um tiro de mosquete, a julgar pelos estragos que deixara. O comportamento dos homens na cabana também não era consistente com nenhum tipo de representação teatral. Eram homens sérios e as adagas e espadas eram reais.

Poderia ser algum enclave isolado do resto do mundo, talvez, onde os aldeões reencenavam parte de sua história periodicamente? Ouvi falar de coisas semelhantes na Alemanha, embora nunca na Escócia. *Você também nunca ouviu falar dos atores atirarem uns contra os outros com mosquetes, ouviu?*, escarnecia a parte incomodamente racional da minha mente.

Olhei para trás, para a rocha, a fim de verificar a minha posição, depois para a frente, para o horizonte, e meu sangue congelou nas veias. Não havia nada lá senão os galhos pontiagudos dos pinheiros, impenetravelmente negros contra a vastidão de estrelas. Onde estavam as luzes de Inverness? Se esta era Cocknammon Rock atrás de mim – como eu sabia que era –, então a cidade deveria estar a menos de 5 quilômetros a sudoeste. A essa distância, eu deveria poder ver o clarão de suas luzes contra o céu. Se ela estivesse lá.

Balancei a cabeça com irritação, abraçando meus cotovelos contra o frio. Mesmo admitindo por um instante a ideia completamente implausível de que eu estivesse em outro tempo que não o meu, Inverness já existia no lugar atual há cerca de seiscentos anos. Ela estava lá. Mas, aparentemente, não tinha luz. Nas circunstâncias atuais, isso indicava que não existia luz elétrica. Mais uma prova, se eu precisasse. Mas prova de quê, exatamente?

Uma figura saiu da escuridão tão perto de mim que eu quase esbarrei nela. Contendo um grito, virei-me para correr, mas a mão grande e forte agarrou meu braço, impedindo-me de fugir.

– Não se preocupe, dona. Sou eu.

– Era o que eu temia – disse asperamente, embora na realidade ficasse aliviada por ser Jamie. Eu não sentia tanto medo dele quanto dos outros homens, embora parecesse igualmente perigoso. Ainda assim, ele era jovem, até mais novo do que eu, concluí. Era difícil para mim sentir medo de alguém a quem havia tão pouco tempo eu tinha tratado como meu paciente. – Espero que não tenha usado esse ombro – falei, no tom de censura de uma enfermeira-chefe de hospital. Se eu pudesse estabelecer certa entonação de autoridade, talvez pudesse convencê-lo a me deixar partir.

– Aquele confronto não ajudou muito – admitiu, massageando o ombro com a mão livre.

Nesse momento, ele entrou numa faixa de luar e eu pude ver a enorme mancha de sangue na frente de sua camisa. *Sangramento arterial,* pensei imediatamente; *mas, então, como ele ainda está de pé?*

– Você está ferido! – exclamei. – Você abriu o ferimento do ombro ou é um novo? Sente-se, deixe-me ver! – Empurrei-o para uma pilha de pedras, repensando rapidamente os procedimentos para tratamento emergencial em campo. Nenhum recurso à mão, a não ser o que eu estava usando. Estava pegando o que restava da minha combinação, pretendendo usá-la para estancar o sangramento, quando ele riu.

– Não, não se preocupe, dona. Esse não é meu sangue. Pelo menos, grande parte dele – acrescentou, cuidadosamente afastando o tecido encharcado do seu corpo.

Engoli em seco, um pouco tonta.

– Ah – balbuciei.

– Dougal e os outros estão esperando na estrada. Vamos. – Segurou-me pelo braço, menos um gesto cavalheiresco do que uma forma de me forçar a acompanhá-lo. Resolvi arriscar e finquei os calcanhares no chão.

– Não! Eu não vou com vocês!

Ele parou, surpreso com a minha resistência.

– Vai, sim.

Não parecia contrariado com a minha recusa; na verdade, parecia achar engraçado que eu me recusasse a ser sequestrada outra vez.

– E se eu não for? Vai cortar a minha garganta? – perguntei, forçando a discussão. Ele considerou as alternativas e respondeu calmamente.

– Ora, não. Você não parece pesada. Se não andar, vou pegá-la e carregá-la no ombro. Quer que eu faça isso? – Deu um passo em minha direção e eu recuei apressadamente. Não tinha a menor dúvida de que ele faria exatamente isso, ferido ou não.

– Não! Não pode fazer isso; vai machucar o ombro outra vez.

Não era possível distinguir suas feições com clareza, mas o luar fez seus dentes brilharem quando ele riu.

– Bem, então, já que não deseja que eu me machuque, suponho que isso signifique que vai me acompanhar?

Busquei desesperadamente uma resposta, mas não consegui encontrar nenhuma a tempo. Tomou meu braço com firmeza outra vez e partimos em direção à estrada.

Jamie me segurava com força, erguendo-me e equilibrando-me quando eu tropeçava em pedras e plantas. Ele próprio caminhava como se a charneca cheia de tocos e buracos fosse uma estrada pavimentada em plena luz do dia. Ele tem sangue de gato, refleti amargamente, sem dúvida foi assim que conseguiu se aproximar tão silenciosamente de mim no escuro.

Os outros homens estavam, como anunciado, esperando com os cavalos a pouca distância; aparentemente, não houve perdas ou feridos, pois estavam todos presentes. Erguendo-me com dificuldade e de modo vexatório, deixei-me cair na sela outra vez. Minha cabeça deu uma pancada involuntária no ombro ferido de Jamie e ele prendeu a respiração com um chiado.

Tentei disfarçar meu ressentimento por ter sido recapturada e meu remorso por tê-lo machucado com um ar de ameaçadora impertinência.

– Bem feito, brigando por aí e correndo atrás dos outros no meio do mato e das pedras. Eu lhe disse para não mexer a articulação; agora, provavelmente está com algum músculo distendido, além de contusões.

Ele parecia se divertir com minha repreensão.

– Bem, não tive muita escolha. Se não movesse meu ombro, nunca mais ia mover nada. Posso dar conta de um soldado inglês com uma das mãos, talvez até mesmo de dois – disse, gabando-se um pouco –, mas não de três. Além do mais – continuou, puxando-me para junto de sua camisa coberta de sangue –, você pode cuidar disso para mim quando chegarmos onde estamos indo.

– É o que você pensa – respondi friamente, afastando-me do tecido pegajoso. Ele estalou a língua para o cavalo e partimos outra vez. Os homens estavam exaltados e bem-humorados após a luta e havia muito riso e brincadeiras. Minha pequena participação em abortar a emboscada foi muito elogiada e fizeram brindes em minha honra com os frascos que vários dos homens carregavam.

Ofereceram-me um pouco do conteúdo, mas logo recusei com a justificativa de que já achava bastante difícil me manter na sela estando sóbria. Da discussão dos homens, compreendi que se tratara de uma pequena patrulha de cerca de dez soldados ingleses, armados com mosquetes e sabres.

Alguém passou um frasco para Jamie e pude sentir o cheiro da bebida forte enquanto ele tomava um gole. Eu não estava com sede, mas o leve aroma de mel me fez lembrar que estava faminta e já havia algum tempo. Meu estômago roncou com um barulho alto e constrangedor, protestando contra a minha negligência.

– Ei, Jamie, meu rapaz! Com fome, hein? Ou tem uma gaita de foles aí com você? – gritou Rupert, confundindo a origem do ruído.

– Com fome suficiente para comer um monte de gaitas de foles, eu acho! – gritou Jamie, elegantemente assumindo a culpa. Um instante depois, sua mão surgiu à minha frente com um frasco.

– É melhor tomar – sussurrou para mim. – Não vai encher sua barriga, mas vai fazer você esquecer que está com fome.

E muitas outras coisas também, eu esperava. Inclinei o frasco e engoli.

Meu acompanhante tinha razão; o uísque criou um leve e agradável calor que queimou confortavelmente no meu estômago, encobrindo a fome aguda. Prosseguimos sem outros incidentes por vários quilômetros, revezando tanto as rédeas quanto o frasco de uísque. Entretanto, perto de uma cabana em ruínas, a respiração regular do meu acompanhante mudou gradativamente para uma respiração arquejante e entrecortada. Nosso precário equilíbrio, até aqui controlado num balanço sóbrio, tornou-se muito mais errático. Fiquei confusa; se eu não estava bêbada, parecia improvável que ele estivesse.

– Parem! Ajudem! – gritei. – Ele vai cair! – Lembrei-me da minha última descida repentina e não estava inclinada a repeti-la.

Vultos escuros fizeram a volta e aglomeraram-se ao nosso redor, num sussurro confuso de vozes. Jamie deslizou de cima do cavalo de cabeça, como um saco de pedras, felizmente aterrissando nos braços de alguém. Quando finalmente consegui desmontar, o resto dos homens já descera dos cavalos e o deitara no chão.

– Está respirando – disse alguém.

– Bem, grande ajuda – retruquei, buscando freneticamente sentir seu pulso na escuridão. Encontrei-o finalmente, rápido, mas bastante forte. Colocando a mão em seu peito e o ouvido junto à sua boca, pude sentir uma subida e uma descida regular, menos arquejante. Levantei-me. – Acho que ele apenas desmaiou. Coloque um alforje sob seus pés e, se houver água, tragam um pouco. – Fiquei surpresa de ver que minhas ordens foram obedecidas de imediato. Aparentemente, o jovem era importante para eles. Ele resmungou e abriu os olhos, as olheiras negras sob a luz das estrelas. Na luz fraca, seu rosto parecia uma caveira, a pele branca estendida sobre os ossos proeminentes em torno das órbitas.

– Estou bem – disse, tentando se sentar. – Só um pouco tonto.

Coloquei a mão em seu peito e obriguei-o a se deitar outra vez.

– Deite-se quieto – ordenei. Fiz um rápido exame com as mãos, ergui-me sobre os joelhos e me virei para uma figura que assomava acima de mim e que deduzi, pelo tamanho, que deveria ser o líder, Dougal. – O ferimento de bala está sangrando outra vez e o idiota foi esfaqueado também. Acho que não é grave, mas ele perdeu muito sangue. Sua camisa está ensopada, mas não sei quanto desse sangue é dele. Precisa repousar e ficar quieto; deveríamos acampar aqui pelo menos até amanhecer.

A figura fez um movimento negativo.

– Não. Estamos mais longe do que a guarnição se aventuraria, mas ainda temos que nos preocupar com a patrulha. Ainda temos mais de 30 quilômetros de viagem. – A cabeça sem feições se inclinou para trás, estimando o movimento das estrelas. – Cinco horas, pelo menos, e mais provável sete. Podemos ficar o tempo suficiente para você estancar o sangramento e fazer um novo curativo; não muito mais do que isso.

Comecei a trabalhar, resmungando comigo mesma, enquanto Dougal, com um sussurro, despachou uma das outras sombras para montar guarda junto aos cavalos perto da estrada. Os outros homens relaxaram, bebendo de seus frascos e conversando em voz baixa. Murtagh, com seu rosto de fuinha, ajudava-me, rasgando tiras de linho, buscando mais água e erguendo o paciente para que a atadura fosse colocada, já que Jamie estava terminantemente proibido de se mexer, apesar de alegar que estava perfeitamente bem.

– Você não está bem e não é de admirar – retruquei, dando vazão ao meu medo e irritação. – Que tipo de idiota é esfaqueado e não para nem para cuidar do ferimento? Não podia ter dito que estava sangrando? Tem sorte de não estar morto, andando por aí a noite toda, brigando, lutando e se atirando de cima de cavalos... fique quieto, seu tolo desgraçado.

As tiras de linho e de raiom com que eu trabalhava eram irritantemente enganosas no escuro. Escorregavam, escapando da minha mão, como peixes arremessando-se para águas profundas. Apesar do frio, o suor escorria pelo meu pescoço. Finalmente, consegui amarrar uma das pontas e tentei alcançar a outra, que insistia em deslizar para trás do meu paciente.

– Volte aqui, seu... Ah, seu desgraçado maldito filho da mãe! – Jamie mexera-se e a ponta que já estava amarrada se soltou.

Fez-se um momento de silêncio chocado.

– Nossa! – exclamou o gordo de nome Rupert. – Nunca ouvi uma mulher usar essa linguagem em toda a minha vida.

– Então você não conheceu minha tia Grisel – disse outra voz, seguida de uma risada geral.

– Seu marido devia lhe ensinar, dona – retorquiu uma voz austera saída da escuridão atrás de uma árvore. – São Paulo disse: "Que uma mulher fique em silêncio e..."

– Meta-se com sua vida – falei entre dentes, o suor escorrendo por trás de minhas orelhas – e São Paulo também. – Limpei a testa com a manga do meu vestido. – Vire-o para a esquerda. E se você – dirigindo-me a meu paciente – mover um músculo sequer enquanto eu estiver amarrando essa atadura, vou esganá-lo.

– Ah, está bem – respondeu docilmente.

Puxei com força demais a última atadura e o curativo inteiro se soltou.

– Maldito, vá para o inferno! – berrei, batendo a mão no chão, frustrada. Fez-se outro momento de silêncio escandalizado e, em seguida, enquanto eu tateava no escuro procurando as pontas soltas da atadura, ouviram-se novos comentários a respeito da minha linguagem nada feminina.

– Talvez devêssemos enviá-la para Ste. Anne, Dougal – sugeriu uma das figuras sem rosto agachada junto à estrada. – Não ouvi Jamie falar palavrões nem uma vez desde que deixamos a costa e ele costumava ter uma boca de deixar qualquer marinheiro envergonhado. Quatro meses em um mosteiro devem ter surtido algum efeito. Você já nem usa o nome de Deus em vão, não é, rapaz?

– Você também não usaria se tivesse que pagar penitência por isso deitado por três horas no meio da noite no chão de pedra de uma capela, em fevereiro, vestindo apenas a sua camisa – respondeu meu paciente.

Todos os homens riram, enquanto ele continuava.

– A penitência foi apenas de duas horas, mas foi preciso mais uma para conseguir me levantar do chão; eu achei que meu... hum, eu achei que tinha congelado até os ossos, mas só estava endurecido.

Aparentemente, sentia-se melhor. Sorri involuntariamente, mas ainda assim falei com firmeza:

– Você fique quieto aí ou vou machucá-lo.

Tocou com cuidado o curativo e eu afastei sua mão com um tapa.

– Ah, ameaças, hein? – perguntou com insolência. – E mesmo depois de eu ter compartilhado minha bebida com você!

O frasco terminou de percorrer a roda de homens. Ajoelhando-se ao meu lado, Dougal inclinou-o cuidadosamente para que o paciente bebesse. O cheiro penetrante e queimado do uísque nada refinado se elevou no ar e eu coloquei a mão no frasco, retendo-o.

– Nada de mais bebida alcoólica – falei. – Ele precisa de chá ou, na pior das hipóteses, água. Não de álcool.

Dougal puxou o frasco da minha mão, ignorando-me completamente, e despejou um grande gole pela garganta do meu paciente, fazendo-o tossir. Esperando apenas o suficiente para que o homem deitado no chão recuperasse o fôlego, repetiu a dose.

– Pare com isso! – Tentei pegar o uísque outra vez. – Quer que ele fique tão bêbado que não consiga ficar em pé?

Fui rudemente afastada com uma cotovelada.

– Uma bruxa mal-humorada, não é? – disse meu paciente, achando graça.

– Cuide de sua vida, dona – ordenou Dougal. – Ainda temos um bom caminho para percorrer esta noite e ele vai precisar de todas as forças que a bebida puder lhe dar.

Assim que as ataduras foram bem amarradas, Jamie tentou sentar-se. Empurrei-o de costas outra vez e finquei o joelho no seu peito para mantê-lo na posição.

– Você não vai se mexer – disse, furiosa. Agarrei a bainha do kilt de Dougal e puxei-a rudemente, fazendo com que se ajoelhasse novamente ao meu lado.

– Olhe isso – ordenei, no melhor tom de enfermeira-chefe. Enfiei em sua mão a trouxa encharcada da camisa descartada. Ele deixou-a cair no chão com uma exclamação de nojo.

Peguei sua mão e coloquei-a no ombro do paciente.

– E olhe aqui. Algum tipo de lâmina atravessou o músculo trapézio.

– Uma baioneta – acrescentou o paciente, solícito.

– Uma baioneta! – exclamei. – E por que não me disse?

Encolheu os ombros e reprimiu um leve grunhido de dor.

– Senti quando entrou, mas não sabia se o ferimento tinha sido grande. Não doeu muito.

– Está doendo agora?

– Está – respondeu laconicamente.

– Ótimo – retruquei, completamente irritada. – Você merece. Talvez isso lhe ensine a não sair por aí correndo, sequestrando mulheres e matando pessoas e... – senti-me ridiculamente à beira das lágrimas e parei, lutando para me controlar.

Dougal estava ficando impaciente com aquela conversa.

– Bem, você consegue manter um pé de cada lado do cavalo, rapaz?

– Ele não pode ir a lugar algum! – protestei, indignada. – Ele devia estar no hospital! Certamente, não pode...

Meus protestos, como sempre, foram completamente ignorados.

– Pode montar? – repetiu Dougal.

– Sim, se você tirar a moça de cima do meu peito e me arranjar uma camisa limpa.

4

CHEGO AO CASTELO

O resto da viagem transcorreu sem novos incidentes, se não considerarmos incidentes cavalgar mais de 30 quilômetros por uma região agreste à noite, em geral sem o benefício de estradas, na companhia de homens de kilt armados até os dentes e compartilhando um cavalo com um ferido. Ao menos, não fomos emboscados por ladrões de estrada, não nos deparamos com nenhum animal feroz e não choveu. Pelos padrões a que estava ficando acostumada, foi bastante sem graça.

O alvorecer se aproximava com raios e faixas de luz sobre a charneca enevoada. Nosso destino assomou à frente, uma enorme construção de pedra escura delineada contra a luz cinzenta.

A vizinhança já não era tranquila e deserta. Havia um pequeno fluxo de pessoas grosseiramente vestidas dirigindo-se ao castelo. Deslocaram-se para a margem da estrada estreita para deixar os cavalos passarem, olhando com espanto para minhas roupas, que obviamente consideravam estranhas.

Como se poderia esperar, a neblina era espessa, mas havia luz suficiente para revelar uma ponte de pedra, formando um arco sobre um riacho que corria em frente ao castelo, em direção a um lago que brilhava foscamente a uns 400 metros de distância.

O castelo em si era sólido e de linhas bruscas. Nada de pequenas torres excêntricas ou muralhas denteadas. Parecia mais uma enorme fortaleza, com grossos muros de pedra e janelas altas e estreitas, não mais do que uma fenda. Diversas chaminés soltavam fumaça acima das pedras lisas do telhado de ardósia, contribuindo para a impressão cinzenta geral.

Os portões de entrada do castelo eram suficientemente largos para deixarem passar duas carroças lado a lado. Digo isso sem receio de contradição, porque foi exatamente o que aconteceu quando atravessamos a ponte. Uma das carroças puxadas a bois estava carregada de barris e a outra de feno. Nossa pequena procissão de cavaleiros se aglomerou na ponte, esperando impacientemente que as carroças terminassem sua difícil entrada.

Arrisquei uma pergunta enquanto os cavalos avançavam com cuidado pelas pedras escorregadias do pátio molhado. Não falara com meu acompanhante desde que refizera o curativo de seu ombro à beira da estrada. Ele também permanecera em silêncio, exceto por um ou outro gemido de desconforto quando um passo em falso do cavalo o sacudia.

– Onde estamos? – perguntei, a voz rouca do frio e da falta de uso.

– Na fortaleza Leoch – respondeu laconicamente.

Castelo Leoch. Bem, ao menos agora eu sabia onde estava. Quando o conheci, o Castelo Leoch era uma ruína pitoresca, uns 50 quilômetros ao norte de Bargrennan. Era bem mais pitoresco agora, com os porcos fuçando a terra sob as muralhas da fortaleza e o penetrante mau cheiro de esgoto não tratado. Eu estava começando a aceitar a ideia fantástica de que estava provavelmente em algum momento do século XVIII.

Tinha certeza de que tanta sujeira e caos não existiam em nenhum lugar da Escócia de 1945, com ou sem crateras de bombas. E definitivamente estávamos na

Escócia; o sotaque das pessoas no pátio do castelo não deixava nenhuma dúvida a respeito disso.

– Olá, Dougal! – gritou um cavalariço, correndo para agarrar o cabresto do cavalo do líder. – Chegou cedo, hein! Não esperávamos vê-lo antes do Grande Encontro!

O líder de nosso pequeno grupo desceu da sela, deixando as rédeas com o jovem imundo.

– Sim, bem, tivemos sorte, tanto boa quanto má. Vou ver meu irmão. Pode chamar a sra. Fitz para dar comida aos rapazes? Estão precisando de uma refeição e de camas.

Fez sinal para que Murtagh e Rupert o acompanhassem e, juntos, desapareceram sob um arco pontiagudo.

O resto de nós desmontou e ficou parado no pátio úmido, soltando o vapor da respiração, por mais uns dez minutos até que a sra. Fitz, quem quer que fosse, resolveu aparecer. Um punhado de crianças curiosas se juntou à nossa volta, especulando sobre a minha possível origem e função. Os mais ousados começavam a reunir coragem para tocar a minha saia quando uma mulher robusta e decidida, vestida de linho rústico marrom-escuro, tecido em tear manual, surgiu com grande estardalhaço e botou as crianças em fuga.

– Willy, querido! – gritou. – Que bom ver você! E Neddie! – Deu um caloroso beijo de boas-vindas no homenzinho careca que quase o derrubou. – Imagino que estejam mortos de fome. Há muita comida na cozinha. Vão lá e sirvam-se. – Virando-se para mim e Jamie, deu um salto para trás como se tivesse sido mordida por uma cobra. Olhou-me estupefata, depois se virou para Jamie em busca de uma explicação para aquela aparição.

– Claire – disse ele, com uma ligeira inclinação da cabeça em minha direção. – E a sra. FitzGibbons – acrescentou, com uma inclinação para o outro lado. – Murtagh encontrou-a ontem e Dougal disse que deveríamos trazê-la conosco – acrescentou, deixando claro que não adiantava culpá-lo.

A sra. FitzGibbons fechou a boca e olhou-me da cabeça aos pés com um ar de sábia avaliação. Aparentemente, concluiu que eu parecia bastante inofensiva, independente da minha aparência estranha e escandalosa, porque sorriu – afavelmente, apesar da ausência de vários dentes – e tomou-me pelo braço.

– Bem, Claire. Seja bem-vinda. Venha comigo e encontraremos algo um pouco mais... hummm. – Examinou minha saia curta e sapatos inadequados, balançando a cabeça.

Conduzia-me com firmeza para longe dos demais quando me lembrei do meu paciente.

– Ah, espere, por favor! Esqueci-me de Jamie!

A sra. FitzGibbons surpreendeu-se.

– Ora, Jamie pode se defender sozinho. Ele sabe onde encontrar comida e alguém achará uma cama para ele.

– Mas ele está ferido. Levou um tiro ontem e foi esfaqueado à noite. Fiz uma atadura para que ele pudesse cavalgar, mas não tive tempo de limpar o ferimento ou fazer um curativo adequado. Tenho que cuidar disso agora, antes que infeccione.

– Infeccione?

– Sim, quer dizer, antes que inflame, sabe, fique inchado e com pus e ele tenha febre.

– Ah, sim, entendi. Mas quer dizer que você sabe o que fazer nesse caso? É uma feiticeira, então? Uma Beaton?

– Algo assim. – Não fazia a menor ideia do que uma Beaton poderia ser, nem tinha nenhuma vontade de entrar em detalhes a respeito das minhas qualificações médicas, ali parada na garoa fria que começara a cair. A sra. FitzGibbons pareceu ser da mesma opinião, pois chamou Jamie, que partia na direção oposta, e, tomando-o pelo braço também, nos arrastou para dentro do castelo.

Após uma longa caminhada por corredores estreitos e frios, mal iluminados por janelas que não passavam de fendas nas paredes, chegamos a um aposento razoavelmente grande, equipado com uma cama, uns dois bancos e – mais importante – uma lareira.

Ignorei meu paciente temporariamente, até descongelar minhas mãos. A sra. FitzGibbons, aparentemente imune ao frio, fez Jamie sentar-se em um dos bancos junto à lareira e delicadamente retirou os restos de sua camisa esfarrapada, substituindo-a por uma coberta quente que tirou da cama. Estalou a língua em desaprovação ao ver seu ombro, que estava roxo e inchado. Ela cutucou meu desajeitado curativo.

Virei-me do fogo.

– Acho que vai ter que ser molhado para ser retirado e depois o ferimento terá que ser limpo com uma solução para... para evitar febres.

A sra. FitzGibbons teria sido uma ótima enfermeira.

– De que você vai precisar? – perguntou simplesmente.

Pensei com cuidado. O que, em nome de Deus, as pessoas usavam para evitar infecções antes do surgimento dos antibióticos? E daquelas limitadas fórmulas, quais poderiam estar disponíveis em um primitivo castelo escocês logo ao amanhecer?

– Alho! – exclamei, triunfante. – Alho e, se tiver, hamamélis. Também vou precisar de várias tiras limpas e de uma chaleira para ferver água.

– Ah, sim, acho que podemos arranjar isso; talvez um pouco de confrei também. Que tal um pouco de chá de eupatório ou de camomila? Parece que esse rapaz atravessou uma longa noite.

O jovem, na verdade, mal conseguia permanecer sentado, cansado demais para protestar contra o fato de estarmos discutindo a seu respeito como se ele fosse um objeto inanimado.

Logo a sra. FitzGibbons estava de volta, com um avental cheio de cabeças de alho, saquinhos de gaze de ervas secas e tiras de linho. Uma pequena chaleira preta de ferro pendia do braço carnudo e ela segurava um grande garrafão empalhado de água como se não passasse de penugem de ganso.

– Bem, minha querida, o que quer que eu faça? – disse animadamente. Pedi que fervesse água e fosse descascando os dentes de alho, enquanto eu inspecionava o conteúdo dos pacotes de ervas. Lá estavam a hamamélis que pedira, o eupatório e o confrei para chá e algo que identifiquei experimentalmente como casca de cerejeira.

– Analgésico – murmurei alegremente, lembrando-me do sr. Crook explicando-me as propriedades das cascas e ervas que encontrávamos. Ótimo, íamos precisar disso.

Atirei vários dentes de alho na água fervente com um pouco da hamamélis, em seguida acrescentei as tiras de pano na mistura. O confrei, o eupatório e a casca de cerejeira estavam em infusão numa pequena panela de água quente colocada junto ao fogo. Os preparativos haviam me animado um pouco. Se não sabia ao certo onde estava, ou por que estava ali, ao menos sabia o que fazer nos próximos quinze minutos.

– Obrigada... ahn, sra. FitzGibbons – falei respeitosamente. – Posso dar conta sozinha agora, se tem outras coisas para fazer. – A corpulenta senhora riu, os seios erguendo-se.

– Ah, menina! Tenho realmente muitas coisas para fazer! Mandarei um pouco de sopa aqui para vocês. Mande me chamar se precisar de alguma coisa. – Saiu gingando em direção à porta com uma velocidade surpreendente e desapareceu para cuidar de seus afazeres.

Retirei as ataduras com o maior cuidado possível. Ainda assim, o chumaço de raiom grudara na carne e saiu com um pequeno estalido de sangue seco. Gotículas de sangue afloraram nas bordas do ferimento e eu pedi desculpas por estar machucando-o, embora ele não tivesse se mexido ou emitido nenhum som.

Ele sorriu ligeiramente, talvez com um leve toque de flerte.

– Não se preocupe, dona. Já sofri ferimentos muito mais graves e causados por pessoas bem menos bonitas.

Inclinou-se para frente para que eu pudesse lavar o ferimento com a decocção de alho e a coberta escorregou de seus ombros.

Vi imediatamente que, fosse ou não um elogio, seu comentário era a afirmação de um fato verdadeiro; ele sofrera ferimentos muito mais graves. A parte de cima de suas costas era coberta de linhas brancas esmaecidas entrecruzadas. Ele havia sido cruelmente açoitado. E mais de uma vez. Havia pequenos vergões de tecido cicatrizado em alguns pontos, onde as chicotadas se cruzavam, e áreas irregulares onde vários golpes haviam atingido o mesmo ponto, esfolando a pele e cortando o músculo.

Eu já vira, é claro, uma grande variedade de ferimentos e machucados, sendo uma enfermeira no campo de batalha, mas havia algo terrivelmente brutal naquelas cicatrizes. Devo ter prendido a respiração ao vê-las, porque ele virou a cabeça e viu a expressão no meu rosto. Encolheu o ombro bom.

– Soldados ingleses. Açoitaram-me duas vezes no espaço de uma semana. Teriam feito isso duas vezes no mesmo dia, acho, se não tivessem medo de me matar. Não há graça em açoitar um homem morto.

Tentei manter a voz firme enquanto limpava seu ferimento.

– Não imagino que alguém possa fazer isso por prazer.

– Não? Deveria tê-lo visto.

– Quem?

– O capitão inglês que arrancou a pele das minhas costas. Se não exatamente feliz, então estava pelo menos muito satisfeito consigo mesmo. Mais do que eu – acrescentou ironicamente. – Seu nome era Randall.

– Randall! – Não consegui disfarçar a surpresa em minha voz. Olhos azuis e frios fitaram os meus.

– Conhece o sujeito? – A voz ficou repentinamente desconfiada.

– Não, não! Conheci uma família com este nome há muito, muito tempo. – Em meu nervosismo, deixei cair o pano com que limpava o ferimento.

– Droga, agora vai ter que ser fervido outra vez. – Peguei-o do chão e saí às pressas em direção à lareira, tentando esconder o estado de confusão em que me encontrava. Seria possível que esse capitão Randall fosse o ancestral de Frank, o soldado com excelentes referências, galante no campo de batalha, digno de louvores de duques? E se assim fosse, poderia alguém aparentado do meu amável e gentil Frank ser capaz de infligir as horripilantes marcas nas costas daquele rapaz?

Procurei me manter ocupada junto ao fogo, despejando mais alguns punhados de hamamélis e alho na água, colocando mais panos para ferver. Quando achei que já era capaz de controlar minha voz e meu rosto, voltei para perto de Jamie com o pano na mão.

– Por que foi açoitado? – perguntei bruscamente.

Não foi muito educado perguntar, mas eu queria saber e estava cansada demais para fazer uma colocação menos brusca.

Ele suspirou, remexendo o ombro nervosamente sob os meus cuidados. Também estava cansado e eu sem dúvida estava machucando-o, por mais delicada que procurasse ser.

– A primeira vez foi por fuga e a segunda foi por roubo, ou ao menos era o que dizia a acusação.

– De que estava fugindo?

– Dos ingleses – disse ele, erguendo a sobrancelha ironicamente. – Se quer saber de onde, Fort William.

– Imaginei que fosse dos ingleses – retruquei, com a mesma aridez do seu tom de voz. – O que estava fazendo em Fort William para começo de conversa?

Esfregou a testa com a mão livre.

– Ah, sim. Acho que foi obstrução.

– Obstrução, fuga e roubo. Você parece um sujeito perigoso – falei em tom de brincadeira, esperando distraí-lo do que eu estava fazendo.

Funcionou ao menos um pouco; um dos cantos de sua boca se ergueu e um olho azul-escuro brilhou por cima do seu ombro em minha direção.

– Ah, sou mesmo – disse ele. – É de admirar que se sinta segura no mesmo quarto comigo, sendo você uma dona inglesa.

– Bem, no momento você parece bastante inofensivo. – Isto era totalmente falso; sem camisa, com cicatrizes e sujo de sangue, com a barba por fazer e olheiras roxas da longa viagem noturna, ele estava assustador. E cansado ou não, parecia inteiramente capaz de causar mais desordem, caso a necessidade se apresentasse.

Riu, um riso surpreendentemente profundo e contagiante.

– Inofensivo como um pombo – concordou. – Estou faminto demais para ser uma ameaça para qualquer coisa que não seja uma refeição. Mas deixe um pão que acabou de assar passar por perto e não respondo pelas consequências. Aaai!

– Perdão – murmurei. – O ferimento da lâmina foi fundo e está sujo.

– Tudo bem. – Mas ele ficara pálido sob o tom acobreado da barba espetada. Tentei trazê-lo de volta à conversa.

– O que exatamente significa obstrução? – perguntei despreocupadamente. – Devo dizer que não parece um crime grave.

Ele respirou fundo, fixando os olhos resolutamente na perna esculpida da cama, enquanto eu limpava mais fundo.

– Ah. Bem, suponho que seja qualquer coisa que os ingleses digam que é. No meu caso, significava defender minha família e minha propriedade e quase ser morto por isso.

Apertou os lábios, como se não quisesse prosseguir, mas após um instante continuou, como se procurasse concentrar sua atenção em qualquer outra coisa que não fosse o seu ombro.

– Foi há quase quatro anos. Criaram um imposto para os proprietários de terras próximas de Fort William: alimentos para a guarnição, cavalos para transporte e coisas assim. Ninguém gostava, mas a maioria dava o que tinha que dar. Pequenos grupos de soldados passavam de casa em casa com um oficial e uma ou duas carroças, recolhendo alimentos e objetos. E, um dia em outubro, o capitão Randall veio até L... – ele se conteve rapidamente, com um rápido olhar em minha direção – ...a nossa propriedade.

Assenti, encorajando-o a continuar, os olhos fixos no meu trabalho.

– Nós pensávamos que eles não iriam tão longe; o lugar fica a uma boa distância do forte e o caminho é difícil. Mas eles foram.

Fechou os olhos por um instante.

– Meu pai não estava, porque tinha ido a um enterro na fazenda vizinha. Eu estava no campo com a maior parte dos homens, pois a colheita se aproximava e havia muito o que fazer. Assim, minha irmã estava sozinha em casa, exceto por duas ou três empregadas, e todas correram para cima, para se esconder sob as cobertas quando viram os soldados ingleses. Achavam que os soldados eram enviados do diabo... e não posso dizer que estavam erradas.

Descartei o pano. A pior parte estava feita; agora, tudo que precisávamos era de algum tipo de emplastro – sem iodo ou penicilina, era o melhor que eu podia fazer contra infecção – e um bom curativo. Com os olhos ainda fechados, o jovem não pareceu notar.

– Eu voltei para casa pelos fundos, para pegar arreios na estrebaria, e ouvi gritos, minha irmã gritando dentro de casa.

– Ah? – Procurei tornar minha voz o menos perturbadora possível. Queria muito saber mais a respeito desse capitão Randall; até agora, esta história pouco fizera para dissipar minha impressão original a seu respeito.

– Entrei pela cozinha e encontrei dois deles assaltando a despensa, enchendo as sacolas de farinha e toucinho. Acertei um na cabeça e atirei o outro pela janela, com sacola e tudo. Em seguida, irrompi na sala, onde encontrei dois soldados com minha irmã, Jenny. Seu vestido estava um pouco rasgado e um deles tinha o rosto arranhado.

Abriu os olhos e sorriu, um pouco sombriamente.

– Não parei para fazer perguntas. Nós nos atracamos e eu estava me saindo bem, pois só havia dois deles, quando Randall entrou.

Randall parou a briga simplesmente apontando uma pistola para a cabeça de Jenny. Forçado a se render, Jamie foi rapidamente dominado e amarrado pelos dois soldados. O capitão sorriu para seu prisioneiro e disse:

– Ora, ora. Temos dois gatos selvagens aqui. Acho que um pouco de trabalho forçado vai curar seu temperamento, mas, se não o fizer, bem, vai conhecer outro gato, chamado chicote. Mas há outras curas para outros gatos, não é, minha gatinha?

Jamie parou por um instante, o maxilar cerrado.

– Ele segurava o braço de Jenny dobrado para trás, mas soltou-a, para levar a mão à frente e enfiá-la em seu vestido, em volta dos seios. – Lembrando-se da cena, sorriu inesperadamente. – Jenny pisou no pé dele com toda a força e enfiou o cotovelo em sua barriga. Ele se dobrou ao meio, sem ar, e ela girou e deu uma boa joelhada entre suas pernas.

Deu uma pequena risada, um som nasalado, achando graça.

– Bem, com isso ele deixou a pistola cair e ela tentou pegá-la, mas um dos soldados alcançou-a primeiro.

Eu terminara de cobrir o ferimento e fiquei parada em silêncio atrás dele, a mão pousada em seu ombro bom. Parecia importante que ele me contasse tudo, mas temia que parasse se fosse lembrado da minha presença.

– Depois de recuperar fôlego, Randall fez seus homens nos arrastarem para fora. Eles arrancaram minha camisa, amarraram-me ao mastro da carroça e Randall golpeou-me nas costas com a parte plana de seu sabre. Ele estava furioso, mas um pouco cansado, pode-se dizer. Doeu-me um pouco, mas ele não conseguiu continuar batendo por muito tempo.

A breve expressão divertida desaparecera por completo e o ombro sob a minha mão estava rígido de tensão.

– Quando parou, virou-se para Jenny – um dos dragões a mantinha presa – e perguntou-lhe se queria ver mais ou se preferia ir para dentro de casa com ele e lhe oferecer uma diversão melhor. – O ombro remexeu-se nervosamente. – Eu não podia me mover muito, mas gritei para ela que não estava ferido, e na verdade não estava muito, e que ela não deveria ir com ele, ainda que cortassem minha garganta diante de seus olhos.

Jamie fez uma pausa e continuou:

– Eles a seguravam atrás de mim, de modo que não podia vê-la, mas pelo barulho, ela cuspiu no rosto dele. Ela deve ter feito isso mesmo, porque em seguida ele agarrou um punhado do meu cabelo, puxou minha cabeça para trás e colocou a faca na minha garganta.

– "Estou pensando seriamente em aceitar sua sugestão", disse Randall entre dentes e enfiou a ponta da faca sob a minha pele, o suficiente para tirar sangue. Eu podia ver a adaga junto ao meu rosto e o desenho que meu sangue fazia na terra embaixo da carroça.

O tom de sua voz era quase irreal e percebi que, de cansaço e dor, ele havia resvalado para uma espécie de estado hipnótico. Talvez nem se lembrasse de que eu estava ali.

– Fiz menção de gritar para a minha irmã, dizer-lhe que eu preferia morrer a vê-la desonrar-se com aquele canalha. Randall tirou a adaga da minha garganta e enfiou a lâmina entre meus dentes, de modo que eu não pudesse gritar. – Limpou a boca, como se ainda sentisse o gosto amargo do aço. Parou de falar, os olhos fixos diretamente à sua frente.

– Mas o que aconteceu depois disso? – Eu não deveria ter falado, mas precisava saber.

Ele estremeceu, como se acordasse, e esfregou a mão grande e pesada pela nuca, exausto.

– Ela foi com ele – disse bruscamente. – Achou que ele me mataria e talvez tivesse razão. Depois disso, não sei o que aconteceu. Um dos dragões me golpeou na cabeça com a coronha de seu mosquete. Quando acordei, estava amarrado na carroça com as galinhas, sacolejando pela estrada em direção a Fort William.

– Entendo – disse em voz baixa. – Lamento muito. Deve ter sido terrível para você.

Sorriu repentinamente, sem vestígios do torpor do cansaço.

– Ah, sim. As galinhas são uma péssima companhia, especialmente numa viagem longa.

Percebendo que o curativo estava pronto, ergueu o ombro experimentalmente, sobressaltando-se ao fazê-lo.

– Não faça isso! – exclamei, assustada. – Você realmente não deve mexer o braço. Na realidade – olhei para a mesa para verificar se restavam algumas tiras de pano seco –, vou prender seu braço junto ao corpo. Não se mexa.

Ele não falou mais, mas relaxou um pouco sob minhas mãos quando percebeu que não iria doer. Senti uma estranha sensação de intimidade com aquele jovem escocês desconhecido, em parte, pensei, por causa da terrível história que acabara de me contar e em parte por nossa longa cavalgada na escuridão, os corpos pressionados um contra o outro num silêncio sonolento. Eu não dormira com muitos homens além de meu marido, mas notara que dormir, realmente dormir com alguém, dava aquela sensação de intimidade, como se seus sonhos fluíssem de você para se misturar com os dele e envolvessem a ambos num manto de conhecimento inconsciente. Uma espécie de regressão, pensei. Em tempos antigos, mais primitivos (*como estes?*, perguntou outra parte de minha mente), era um ato de confiança dormir na presença de outra pessoa. Se a confiança fosse mútua, o simples sono era capaz de uni-los mais do que a junção de corpos.

Terminada a tipoia, ajudei-o a vestir a camisa de linho cru, colocando-a sobre o ombro ferido. Levantou-se para enfiá-la embaixo do kilt apenas com uma das mãos e sorriu para mim.

– Muito obrigado, Claire. Você tem mãos boas. – Estendeu o braço para tocar meu rosto, mas pareceu desistir da ideia; abanou a mão e deixou-a cair ao lado do corpo. Aparentemente, ele também sentira aquela estranha onda de intimidade. Desviei o olhar apressadamente, agitando a mão num gesto que dizia não-tem-de-quê.

Meu olhar vagou pelo aposento, passando pela lareira enegrecida de fumaça, pelas janelas estreitas, sem vidraça, e pelos maciços móveis de carvalho. Nenhum acessório elétrico. Nenhum tapete. Nenhum metal brilhante na armação da cama.

Parecia, na verdade, um castelo do século XVIII. Mas, e quanto a Frank? O homem que eu encontrara no bosque parecia-se com ele de maneira perturbadora, porém, a descrição que Jamie fizera do capitão Randall era completamente estranha a tudo que eu sabia de meu gentil e pacífico marido. No entanto, se fosse verdade – e eu estava começando a admitir até para mim mesma que pudesse ser –, ele poderia ser na realidade praticamente qualquer coisa. Um homem que eu conhecia apenas de um mapa genealógico não estava necessariamente fadado a se comportar como seus descendentes.

Mas era com o próprio Frank que eu estava preocupada no momento. Se eu estivesse, de fato, no século XVIII, onde estaria ele? O que faria quando eu não aparecesse na pousada da sra. Baird? Eu jamais voltaria a vê-lo? Pensar em Frank foi a gota d'água. Desde o instante em que dei um passo para dentro da rocha e a vida comum deixou de existir, fora atacada, ameaçada, sequestrada e arrastada. Não comia ou dormia direito havia mais de 24 horas. Tentei me controlar, mas meus lábios tremeram e meus olhos se encheram de lágrimas contra a minha vontade.

Virei-me para o fogo para esconder o rosto, mas era tarde demais. Jamie segurou minha mão, perguntando gentilmente o que era. A luz do fogo reluziu na minha aliança de ouro e eu comecei a soluçar.

– Ah, eu... eu vou ficar bem, está tudo bem, sinceramente, é que... meu... meu marido... eu não...

– Ah, dona, então você ficou viúva? – Sua voz era tão repleta de cuidado e atenção que eu perdi inteiramente o controle.

– Não... sim... quero dizer, eu não... sim, acho que fiquei! – Dominada pela emoção e pelo cansaço, desmoronei sobre ele, chorando histericamente.

O rapaz tinha bons sentimentos. Em vez de pedir ajuda ou se retirar perplexo, sem saber o que fazer, ele se sentou, puxou-me com firmeza para seu colo com o braço bom e ficou embalando-me suavemente, murmurando palavras carinhosas em gaélico ao meu ouvido e alisando meus cabelos com uma das mãos. Chorei amargamente, sucumbindo por um momento ao medo, à confusão e ao desânimo, mas aos poucos comecei a me acalmar, enquanto Jamie acariciava afetuosamente meu pescoço e minhas costas, oferecendo-me o conforto de seu peito largo e aconchegante. Meus soluços diminuíram e comecei a serenar, recostando-me, exausta, na curva de seu ombro. Não era de admirar que fosse tão bom com cavalos, pensei indistintamente, sentindo seus dedos acariciando-me suavemente atrás das orelhas, ouvindo as palavras tranquilizadoras e incompreensíveis. Se eu fosse um cavalo, deixaria que me conduzisse para onde quisesse.

Esse pensamento absurdo coincidiu infelizmente com a minha clara percepção de que o jovem, afinal, não estava completamente exausto. Na verdade, estava começando a ficar embaraçosamente óbvio para ambos. Tossi e pigarreei, limpando os olhos com a manga do vestido, enquanto saía de seu colo.

– Sinto muito... isto é, quero dizer, obrigada por... mas eu... – Estava balbuciando, afastando-me dele com o rosto em chamas. Ele também estava um pouco afogueado, mas não envergonhado. Pegou a minha mão, puxou-me de volta e, com cuidado para não me tocar de outra forma, colocou a mão sob meu queixo e forçou-me a erguer a cabeça e fitá-lo.

– Não precisa ter medo de mim – disse serenamente. – Nem de ninguém aqui, enquanto eu estiver com você.

Soltou a mão e virou-se para a lareira.

– Você precisa de alguma coisa quente, dona – disse, de modo prático –, e de algo para comer também. A barriga cheia vai ajudar mais do que qualquer outra coisa.

Ri meio trêmula diante de seus esforços de servir sopa com uma das mãos e fui ajudá-lo. Tinha razão; a comida realmente ajudou. Tomamos a sopa e comemos pão num silêncio amigável, compartilhando a crescente sensação de saciedade, conforto e bem-estar.

Por fim, ele se levantou, pegando a coberta caída no chão. Colocou-a de novo sobre a cama e fez um sinal para que eu fosse me deitar.

– Durma um pouco, Claire. Está exausta e é provável que logo alguém queira falar com você.

Era um lembrete sinistro de minha precária posição, mas eu estava cansada demais para me importar. Manifestei não mais do que um protesto por mera formalidade por ocupar a cama; nunca vira algo tão convidativo. Jamie assegurou-me de que poderia encontrar uma cama em outro lugar. Deixei-me cair pesadamente na pilha de cobertas e adormeci antes que ele alcançasse a porta.

5

MACKENZIE

Acordei num estado de total confusão. Lembrava-me vagamente de que algo estava errado, mas não conseguia saber o quê. Eu dormira tão profundamente que, por um instante, não consegui nem lembrar quem eu era, muito menos onde estava. Estava aquecida, mas o aposento ao meu redor estava gelado. Tentei me enfiar de novo no meu casulo de cobertores, mas a voz que me acordara continuava a importunar.

– Vamos, mocinha! Vamos, precisa se levantar! – A voz era grave e amistosamente assustadora, como o latido de um cão. Com relutância, abri um dos olhos apenas o suficiente para ver uma montanha de tecido rústico marrom.

Sra. FitzGibbons! A visão sacudiu-me de volta à plena consciência e a memória retornou. Então, ainda era verdade.

Enrolando um cobertor ao redor do corpo contra o frio, arrastei-me para fora da cama e dirigi-me para a lareira o mais rápido possível. A sra. FitzGibbons tinha uma xícara de caldo quente à minha espera; tomei pequenos goles, sentindo-me uma sobrevivente de algum grande bombardeio aéreo, enquanto ela colocava uma pilha de roupas sobre a cama. Uma blusa larga e comprida, semelhante a uma camisola, de linho bege, com um fino debrum de renda, uma anágua de algodão fino, duas sobressaias em tons de marrom e um corpete amarelo-limão claro. Meias compridas de lã, listradas de marrom, e um par de sapatilhas amarelas completavam a vestimenta.

Sem aceitar protestos e com grande alvoroço, a mulher me fez sair de minhas roupas inadequadas e supervisionou todo o processo enquanto eu me vestia. Por fim, deu um passo atrás, examinando com satisfação o resultado de seu trabalho.

– O amarelo lhe cai bem, moça. Achei que cairia. Vai bem com os cabelos castanhos e ressalta o dourado de seus olhos. Mas fique onde está, está precisando de umas fitas. – Revirando um bolso que parecia um saco de aniagem, apresentou um punhado de fitas e algumas bijuterias.

Espantada demais para resistir, deixei que arrumasse meus cabelos, prendendo para trás os cachos laterais com uma fita amarelada, estalando a língua e reclamando da inconveniência pouco feminina do corte curto dos meus cabelos, na altura dos ombros.

– Pelo amor de Deus, minha querida, o que estava pensando para cortar seu cabelo tão curto? Estava disfarçada? Ouvi falar de algumas moças que fazem isso para esconder sua condição feminina quando estão viajando e para ficar a salvo dos malditos ingleses. Que desgraça quando as moças já não podem viajar pelas estradas em segurança.

Continuou a tagarelar, ajeitando aqui e ali, prendendo um cacho ou arrumando um laço. Finalmente, eu estava vestida a seu gosto.

– Ora, veja só, está muito bom. Agora você tem tempo apenas para comer alguma coisa e depois devo levá-la a ele.

– Ele? – exclamei. Não gostei de ouvir aquilo. Quem quer que "ele" fosse, era provável que fizesse perguntas difíceis de responder.

– Ora, o próprio MacKenzie, sem dúvida. Quem mais poderia ser?

Quem mais, na verdade? O Castelo Leoch, eu me recordava vagamente, ficava no centro das terras do clã MacKenzie. Obviamente, o chefe do clã ainda era o MacKenzie. Comecei a compreender por que o nosso pequeno grupo de cavaleiros viajara à noite para chegar ao castelo; devia ser um lugar de inexpugnável segurança para homens perseguidos pelos súditos da Coroa. Nenhum oficial inglês com o mínimo de bom senso conduziria seus homens para o interior das terras de um clã. Seria arriscar-se à morte numa emboscada no primeiro bosque que atravessassem. Somente um exército de bom tamanho viria até os portões do castelo. Eu tentava me lembrar se o exército inglês de fato chegara a vir tão longe, quando repentinamente percebi que o destino final do castelo era muito menos relevante do que o meu futuro imediato.

Não tinha nenhum apetite para os bolos e o mingau que a sra. FitzGibbons trouxera para o meu desjejum, mas esfarelei um pedaço e fingi comer, a fim de ganhar algum tempo para pensar. Quando ela voltou para me conduzir ao MacKenzie, eu já havia bolado um plano rudimentar.

O senhor daquela propriedade recebeu-me em um aposento situado no alto de um lance de escadas de pedra. Ficava numa torre: redonda, ricamente decorada com quadros e tapeçarias pendurados nas paredes curvas. Enquanto o resto do castelo parecia confortável, apesar de um pouco espartano, aquela sala era luxuosamente mobiliada, abarrotada de móveis ricamente ornamentados e confortavelmente aquecida e iluminada por uma lareira e velas contra a chuva fina do dia lá fora. As paredes externas do castelo ostentavam apenas as altas fendas das janelas, apropriadas para resistirem a um ataque, porém, a parede interna era guarnecida de longas janelas de caixilhos, que deixavam entrar a escassa luz do dia.

Quando entrei, minha atenção foi atraída de imediato para uma enorme gaiola de metal, engenhosamente construída para ajustar-se à curva da parede do chão ao teto, repleta de dezenas de pequenos pássaros: tentilhões, trigueirões, canários e diversos outros tipos de pássaros canoros. Aproximando-me, minha vista encheu-se de corpos roliços e macios e olhos brilhantes, incrustados como joias em um cenário verde aveludado, lançando-se entre as folhas de carvalhos, olmos e castanheiras, cuidadosamente podados, plantados em vasos protegidos com palha e arranjados no assoalho da gaiola. A alegre algazarra dos pássaros era acentuada pelo agitar das asas e pelo farfalhar das folhas, conforme os habitantes esvoaçavam e saltitavam no seu ambiente.

– Criaturinhas agitadas, não? – soou uma voz grave e agradável atrás de mim e eu me virei com um sorriso que ficou congelado em meu rosto.

Colum MacKenzie tinha o mesmo rosto largo e testa alta de seu irmão Dougal, embora a força vital que conferia a Dougal um ar ameaçador aqui fosse abrandada em algo mais afável, porém não menos vigoroso. Mais moreno, com olhos cinzentos, e não castanho-claros, Colum dava aquela mesma impressão de intensidade, de proximidade excessiva para que você pudesse se sentir à vontade. No momento, entretanto, meu desconforto devia-se ao fato de a cabeça tão bem delineada e o tronco longo terminarem em pernas horrivelmente arqueadas, curtas e atrofiadas. O homem que facilmente deveria ultrapassar 1,80 metro, mal chegava aos meus ombros.

Ele manteve os olhos fitos nos pássaros, discretamente proporcionando-me um instante muito necessário para recuperar o controle das feições do meu rosto. Naturalmente, ele devia estar acostumado à reação das pessoas que o viam pela primeira vez. Olhando em torno do aposento, perguntei a mim mesma com que frequência ele conhecia novas pessoas. Aquela sala era obviamente um santuário; o mundo construído por um homem para quem o mundo exterior não era desejado – ou não estava disponível.

– Seja bem-vinda, senhora – disse ele, com uma pequena mesura. – Meu nome é Colum ban Campbell MacKenzie, senhor deste castelo. Soube por meu irmão que ele, hum, encontrou-a a alguma distância daqui.

– Ele me sequestrou, se quer saber – respondi. Gostaria de manter a conversa cordial, mas o desejo de ir embora daquele castelo e voltar à colina com o círculo de pedras era mais forte. O que quer que tivesse me acontecido, a resposta estava lá. Isso se houvesse uma resposta.

As espessas sobrancelhas do senhor do castelo se ergueram ligeiramente e um sorriso curvou os lábios bem delineados.

– Bem, talvez – concordou. – Dougal às vezes é um pouco... impetuoso.

– Bem. – Abanei a mão, indicando um educado abrandamento da questão. – Estou preparada para admitir que pode ter havido um mal-entendido. Mas agradeceria muito se me devolvesse... ao lugar de onde me tiraram.

– Hummm. – Sobrancelhas ainda erguidas, Colum indicou uma cadeira. Sentei-me relutantemente e ele fez um sinal com a cabeça para um dos criados, que desapareceu porta afora.

– Mandei buscar um lanche, senhora... Beauchamp, não é? Pelo que sei, meu irmão e seus homens a encontraram em... hum, numa situação difícil. – Ele parecia estar reprimindo um sorriso e imaginei a que ponto lhe haviam descrito meu suposto estado de nudez.

Respirei fundo. Chegara a hora da explicação que eu planejara. Enquanto imaginava o que iria dizer, lembrara-me de Frank ter me contado, durante seu treinamento de oficial, sobre um curso que fizera sobre como enfrentar um interrogatório. O princípio básico, até onde eu me lembrava, era ater-se à verdade até onde fosse humanamente possível, alterando somente aqueles detalhes que deviam ser mantidos em segredo. Menos chance, explicou o instrutor, de escorregar nos aspectos menos importantes da história inventada. Bem, teríamos que ver até onde isso seria eficaz.

– Bem, sim. Sabe, eu tinha sido atacada.

Ele balançou a cabeça, o rosto vivamente interessado.

– É mesmo? Atacada por quem?

Diga a verdade.

– Por soldados ingleses. Em particular, por um homem chamado Randall.

O rosto aristocrático mudou repentinamente ao ouvir o nome. Embora Colum continuasse a parecer interessado, havia uma crescente intensidade no contorno da boca e um aprofundamento das rugas que a confinavam. Obviamente, o nome lhe era familiar. O chefe dos MacKenzie se reclinou um pouco na cadeira e uniu os dedos, examinando-me cuidadosamente por cima deles.

– Ah? – disse. – Conte-me mais.

Assim, contei mais. Fiz um relato detalhado do confronto entre os escoceses e os homens de Randall, já que ele poderia confirmar a história com Dougal. Contei-lhe os fatos principais da minha conversa com Randall, já que eu não sabia quanto o homem chamado Murtagh ouvira.

Assentiu, absorvido, prestando toda a atenção.

– Sei – disse. – Mas como a senhora foi parar naquele lugar? É muito longe da estrada para Inverness. Suponho que pretendia pegar o navio lá.

Concordei e respirei fundo. Agora obrigatoriamente entrávamos nos domínios da invenção. Desejei ter prestado mais atenção às observações de Frank a respeito de assaltantes de estrada, mas teria que fazer o melhor possível. Eu era uma viúva de Oxfordshire, respondi (verdade, até certo ponto), viajando com um criado, ao encontro de parentes distantes na França (parecia bastante distante para ser seguro). Fomos atacados por ladrões de estrada e meu criado ou fora assassinado ou fugira. Eu mesma corri para dentro do bosque em meu cavalo, mas fui pega a alguns quilômetros da estrada. Para conseguir fugir dos bandidos, fora obrigada a abandonar meu cavalo e tudo que eu possuía. E, enquanto vagava pelo bosque, me deparei com o capitão Randall e seus homens.

Recostei-me um pouco para trás, satisfeita com a história. Simples, clara, verdadeira em todos os detalhes que poderiam ser verificados. O rosto de Colum não expressava nada além de uma educada atenção. Estava abrindo a boca para me fazer uma pergunta, quando ouvimos um leve ruído junto à porta. Um homem, um dos que eu vira no pátio quando chegamos, estava parado na soleira, segurando uma pequena caixa de couro numa das mãos.

O chefe do clã MacKenzie pediu licença educadamente e deixou-me examinando os pássaros, com a certeza de que ele logo voltaria para continuarmos nossa muito interessante conversa.

Tão logo a porta se fechou atrás dele, aproximei-me da estante de livros, correndo a mão pelas encadernações em couro. Havia talvez umas duas dúzias de livros naquela prateleira; mais na parede oposta. Rapidamente, folheei as primeiras páginas de cada volume. Vários deles não tinham nenhuma data de publicação; os que tinham, eram todos datados de 1720 a 1742. Colum MacKenzie obviamente gostava de luxo, mas o resto de seu aposento não dava nenhuma indicação de que fosse um colecionador de antiguidades. As encadernações eram novas, sem nenhuma rachadura no couro ou páginas manchadas no miolo.

Agora, inteiramente desprovida dos escrúpulos mais básicos, revirei a escrivaninha de oliveira, atenta a quaisquer passos que retornassem.

Encontrei o que procurava na gaveta central. Uma carta inacabada, escrita numa caligrafia cursiva e floreada, ainda mais ilegível pela ortografia excêntrica e a ausência total de pontuação. O papel era novo e limpo e a tinta vivamente preta. Legível ou não, a data no alto da folha saltou aos meus olhos como se escrita a fogo: 20 de abril de 1743.

Quando retornou, instantes mais tarde, Colum encontrou sua hóspede sentada junto à janela, as mãos dignamente unidas sobre o colo. Sentada, porque minhas pernas já não me mantinham em pé. As mãos entrelaçadas, para esconder o tremor que quase me impediu de recolocar a carta no seu devido lugar.

Ele trazia a bandeja com o lanche; canecas de cerveja e biscoitos de aveia besuntados de mel. Apenas belisquei o que me fora oferecido; meu estômago estava embrulhado demais para que eu pudesse sentir qualquer apetite.

Após uma rápida desculpa por sua ausência, condoeu-se de minha má sorte. Em seguida, reclinou-se, analisou-me especulativamente e perguntou:

– Mas como foi, sra. Beauchamp, que os homens de meu irmão encontraram-na vagando em suas roupas de baixo? Ladrões de estrada relutariam em molestá-la, já que provavelmente a prenderiam para pedir resgate. E mesmo com tudo que já ouvi falar desse capitão Randall, ficaria surpreso de ouvir que um oficial do Exército inglês tivesse o hábito de estuprar viajantes perdidas.

– Ah, é mesmo? – retorqui. – Bem, o que quer que tenha ouvido a respeito dele, asseguro-lhe que ele é inteiramente capaz disso. – Eu havia esquecido o detalhe das roupas quando planejei minha história e perguntei a mim mesma em que ponto de nosso encontro o homem chamado Murtagh encontrara a mim e ao capitão.

– Ah, bem – disse Colum. – É possível, reconheço. O sujeito tem má reputação, de fato.

– Possível? – perguntei. – Por quê? Não acredita no que lhe disse? – O rosto do líder dos MacKenzie exibia um ligeiro, mas inequívoco ceticismo.

– Não disse que não acreditava na senhora – respondeu sem se alterar. – Mas não chefio um grande clã por mais de vinte anos sem aprender a não engolir toda história que me contam.

– Bem, se não acredita que eu sou quem digo ser, quem diabos acha que eu sou? – indaguei.

Ele piscou, desconcertado com o meu linguajar. Logo em seguida, as feições bem delineadas se recompuseram.

– Isso é o que vamos ver. Enquanto isso, a senhora é uma hóspede bem-vinda à Leoch. – Ergueu a mão dispensando-me educadamente e o criado sempre parado junto à porta aproximou-se, evidentemente para me acompanhar de volta aos meus aposentos.

Colum não pronunciou as palavras a seguir, mas era como se o tivesse feito. Elas ficaram pairando no ar às minhas costas tão claramente como se tivessem sido ditas, enquanto eu me afastava:

"Até eu descobrir quem você realmente é."

PARTE II

Castelo Leoch

6

O CONSELHO DE COLUM

O garoto a quem a sra. FitzGibbons se referia como "o jovem Alec" veio me buscar para o jantar, que era servido num salão comprido e estreito com mesas ao longo de cada parede. Um fluxo contínuo de criados que saíam dos arcos em cada ponta do salão carregava travessas, tábuas de trinchar carne e jarros. Os raios de sol do entardecer do começo do verão infiltravam-se pelas janelas altas e estreitas; castiçais ao longo das paredes abaixo das janelas sustentavam archotes a serem acesos quando escurecesse.

Estandartes e tartãs pendiam das paredes entre as janelas, padrões de tecido xadrez e brasões de todos os tipos salpicando as pedras de cores. Em contraste, a maioria das pessoas reunidas embaixo para jantar vestia-se em tons práticos de cinza e marrom ou no suave padrão de xadrez marrom e verde dos kilts de caça, em tons escuros, adequados para se esconder no meio das urzes.

Eu podia sentir olhares curiosos sondando minhas costas enquanto o Jovem Alec me conduzia para o extremo oposto do salão, mas a maior parte dos comensais manteve os olhos educadamente em seus pratos. Havia pouca cerimônia ali; as pessoas comiam como lhes aprouvesse, servindo-se das travessas ou levando seus pratos de madeira até o final do salão, onde dois rapazes giravam a carcaça de um carneiro em um espeto na enorme lareira. Havia umas quarenta pessoas sentadas para jantar e talvez mais dez para servir. O vozerio da conversa enchia o ar, a maior parte em gaélico.

Colum já estava sentado a uma mesa na cabeceira do salão, as pernas atrofiadas fora de vista, embaixo do carvalho arranhado. Cumprimentou-me cortesmente com um aceno da cabeça quando entrei e fez sinal para que eu fosse me sentar à sua esquerda, ao lado de uma mulher ruiva, bonita e roliça, que ele me apresentou como sua esposa, Letitia.

– E este é meu filho, Hamish – disse, descansando a mão no ombro de um bonito garoto ruivo de 7 ou 8 anos, que tirou os olhos da travessa à sua frente apenas o tempo suficiente para me cumprimentar com um rápido gesto da cabeça.

Olhei para o garoto com interesse. Parecia-se a todos os outros homens MacKenzie que eu vira, com as mesmas maçãs do rosto planas e largas e olhos fundos.

Na realidade, levando em consideração a diferença na cor da pele e dos cabelos, ele poderia ser uma versão menor de seu tio Dougal, sentado ao seu lado. As duas adolescentes sentadas perto de Dougal, que deram risinhos e cutucaram-se quando foram apresentadas a mim, eram suas filhas, Margaret e Eleanor.

Dougal lançou-me um sorriso breve mas amistoso antes de arrancar a travessa da frente de uma de suas filhas que pretendia se servir e empurrá-la para mim.

– Não tem educação, menina? – repreendeu-a. – As visitas primeiro!

Com certa hesitação, peguei a enorme colher feita de chifre que me era oferecida. Não sabia ao certo que tipo de comida serviriam e fiquei bastante aliviada ao descobrir que a travessa continha uma fileira dos caseiros e totalmente familiares arenques defumados.

Nunca havia tentado comer arenque com uma colher, mas não vi nada semelhante a um garfo e me lembrei vagamente de que talheres com dentes só seriam usados dali a muitos anos.

A julgar pelo comportamento dos comensais nas outras mesas, sempre que a colher se mostrava impraticável, a sempre útil adaga era usada para fatiar a carne e remover os ossos. Não dispondo de uma adaga, resolvi mastigar cuidadosamente e inclinei-me para a frente para pegar um arenque com a colher, mas deparei-me com os olhos azul-escuros de Hamish fitando-me acusadoramente.

– Você ainda não fez a oração – disse severamente, com uma expressão carrancuda no pequeno rosto. Obviamente, ele me considerava uma pagã desmiolada, se não simplesmente depravada.

– Hum, talvez você pudesse fazer a gentileza de dizê-la para mim? – arrisquei.

Os olhos azuis se arregalaram de surpresa, mas após alguns instantes de reflexão, ele assentiu e uniu as mãos diligentemente. Olhou à volta da mesa para assegurar-se de que todos estivessem numa atitude adequadamente reverente antes de abaixar a cabeça. Satisfeito, entoou:

Alguns têm carne que não podem comer,
E outros poderiam comer, mas não têm carne.
Nós temos carne e podemos comer
E assim damos graças a Deus. Amém.

Erguendo os olhos das minhas mãos respeitosamente entrelaçadas, encontrei os de Colum e dei um sorriso que o cumprimentava pelo sangue-frio de seu rebento. Ele próprio reprimiu um sorriso e assentiu solenemente em direção ao filho.

– Muito bem, rapaz. Pode passar o pão?

A conversa à mesa limitava-se a alguns pedidos ocasionais de mais comida, já que todos dedicavam-se seriamente a comer. Eu quase não tinha apetite, devido em parte ao choque das circunstâncias em que me encontrava e em parte ao fato de que não gostava muito de arenque no fim das contas. No entanto, a carne de carneiro estava muito boa e o pão, delicioso, quente e crocante, com grandes bocados de manteiga fresca sem sal.

– Espero que o sr. MacTavish esteja se sentindo melhor – arrisquei, durante uma pequena pausa. – Não o vi quando entrei.

– MacTavish? – As delicadas sobrancelhas de Letitia curvaram-se em torno dos redondos olhos azuis. Senti, mais do que vi, os olhos de Dougal erguerem-se ao meu lado.

– O jovem Jamie – disse secamente, antes de retornar sua atenção para o osso de carneiro em suas mãos.

– Jamie? Ora, o que aconteceu com o rapaz? – Seu semblante rechonchudo se contraiu de preocupação.

– Só um arranhão, minha querida – Colum tranquilizou-a. Olhou para seu irmão do outro lado da mesa. – Mas onde está ele, Dougal? – Imaginei que talvez os olhos azul-escuros abrigassem um leve traço de suspeita.

Seu irmão deu de ombros, os olhos ainda no prato.

– Mandei-o à estrebaria para ajudar o velho Alec com os cavalos. Pareceu-me o melhor lugar para ele, considerando sua situação. – Ergueu os olhos para fitar diretamente o irmão. – Ou você tinha outra ideia?

Colum pareceu em dúvida.

– A estrebaria? Sim, bem... você confia nele?

Dougal passou a mão pela boca despreocupadamente e estendeu-a para pegar um pedaço de pão.

– Você é quem sabe, Colum, se não concordar com minhas ordens.

Os lábios de Colum estreitaram-se um pouco.

– Não, acho que ele vai se dar bem lá – disse, antes de retornar à sua refeição.

Eu também tinha as minhas dúvidas se a estrebaria seria o lugar adequado para um paciente ferido à bala, mas tive receio de emitir qualquer opinião naquela companhia. Decidi procurar o rapaz em questão pela manhã, só para me assegurar de que estava recebendo um mínimo dos cuidados necessários.

Recusei o pudim e pedi licença para me retirar, alegando que estava muito cansada, o que não era nenhuma mentira. Estava tão exausta que mal prestei atenção quando Colum disse:

– Boa noite, então, sra. Beauchamp. Enviarei alguém para trazê-la ao Conselho no salão pela manhã.

Uma das criadas, ao me ver no corredor tateando no escuro, gentilmente me acompanhou, iluminando o caminho até meus aposentos. Acendeu a vela sobre a minha mesa com a que ela estava carregando e uma luz suave bruxuleou nas pedras maciças das paredes, dando-me por um instante a sensação de estar num mausoléu. Depois que saiu, no entanto, puxei a cortina bordada que encobria a janela e a sensação se desfez com a entrada do ar fresco. Tentei pensar em tudo o que acontecera, mas minha mente recusava-se a considerar qualquer outra atividade que não dormir. Deslizei para debaixo das cobertas, apaguei a vela e adormeci observando a lua erguendo-se lentamente no céu.

Foi a enorme e pesada sra. FitzGibbons quem chegou novamente para me acordar pela manhã, carregando o que parecia ser uma coleção completa dos artigos de toalete disponíveis a uma dama escocesa bem-nascida. Um lápis de grafite para escurecer as sobrancelhas e as pestanas, potes de pó de arroz e de raiz de íris em pó, até mesmo um bastão do que imaginei ser kohl, embora nunca tivesse visto algum, e uma delicada tigela de porcelana de ruge francês, com uma tampa gravada com uma fileira de cisnes dourados.

A sra. FitzGibbons também trazia uma sobressaia listrada de verde e um corpete de seda, com meias amarelas de tecido fino, ao contrário das meias rústicas que me dera no dia anterior. O que quer que "Conselho" significasse, parecia ser uma ocasião de certa importância. Senti-me tentada a insistir em comparecer usando as minhas próprias roupas, só para contrariar, mas a lembrança da reação do gordo Rupert diante do meu vestido foi o suficiente para me conter.

Além do mais, eu até que gostava de Colum, apesar do fato de que tudo indicasse que ele pretendia me manter ali por tempo indeterminado. Bem, isso é o que iríamos ver, pensei, enquanto fazia o melhor que podia com o ruge. Dougal dissera que o rapaz de quem eu cuidara estava na estrebaria, não? E estrebarias tinham cavalos, com os quais se poderia fugir. Decidi procurar Jamie MacTavish, tão logo essa questão do Conselho tivesse acabado.

O Conselho, como se viu, era apenas isso mesmo; uma reunião no salão onde o jantar fora servido na noite anterior. Agora, entretanto, estava transformado; as mesas, os bancos compridos e as banquetas haviam sido encostados nas paredes, a mesa principal na cabeceira do salão fora retirada e substituída por uma cadeira imponente, de madeira escura esculpida, coberta com o que eu presumi que devia ser o tartã dos MacKenzie, o padrão exclusivo de tecido xadrez verde-escuro e preto, com finas linhas vermelhas e brancas sobrepostas, que simbolizava o clã. Ramos de azevim decoravam as paredes e via-se palha fresca espalhada pelas lajes de pedra do assoalho.

Um jovem gaiteiro soprava seu instrumento atrás da cadeira vazia, com numerosos suspiros e chiados. Perto dele, estavam o que eu presumi serem os membros mais íntimos do séquito de Colum: um homem de rosto fino, vestindo calças justas de tecido xadrez e uma camisa larga de pregas, displicentemente encostado na parede; um homenzinho quase careca com um elegante casaco de brocado, claramente uma espécie de escrivão, já que estava sentado a uma pequena mesa equipada com tinteiro feito de chifre, penas de escrever e papel; dois homens musculosos trajando kilts, com atitude de guardas; e, ao lado, um dos maiores homens que eu já vira.

Fiquei olhando estarrecida para o gigante. Cabelos pretos e grossos caídos na testa, quase se unindo às sobrancelhas salientes. Um emaranhado similar cobria os antebraços, expostos pelas mangas enroladas de sua camisa. Ao contrário da maioria dos homens, o gigante não parecia armado, a não ser por um pequeno punhal que carregava preso à meia comprida. Mal se via o cabo grosso e curto em meio aos tufos de cabelos pretos encaracolados que cobriam suas pernas acima das meias xadrez alegremente coloridas. Um largo cinto de couro cingia o que devia ser uma cintura de 1 metro, mas não ostentava nenhuma espada ou adaga. Apesar do seu tamanho, o sujeito tinha uma expressão amistosa e aparentava estar fazendo pilhéria com o homem de rosto fino, que parecia uma marionete em comparação a seu imenso interlocutor.

De repente, o gaiteiro começou a tocar, com uma ruidosa expiração preliminar, seguida imediatamente de um rangido agudo e dissonante que finalmente se reduziu a algo semelhante a uma canção.

Havia umas trinta ou quarenta pessoas presentes, todas parecendo um pouco mais bem-vestidas e arrumadas do que os comensais na noite anterior. Todas as cabeças voltaram-se para o extremo oposto do salão, onde, após uma pausa para a música tomar corpo, Colum entrou, seguido a poucos passos por seu irmão Dougal.

Os dois MacKenzie estavam claramente vestidos para uma cerimônia, em kilts verde-escuros e casacos bem talhados, o de Colum de um verde pálido e o de Dougal de um tom marrom-dourado, ambos com o xale axadrezado atravessado no peito e preso num dos ombros com um grande broche cravejado de pedras preciosas. Os cabelos pretos de Colum estavam soltos hoje, cuidadosamente untados e penteados sobre os ombros. Os de Dougal continuavam presos na nuca em uma trança quase da mesma cor castanho-dourada e acetinada de seu casaco.

Colum percorreu lentamente toda a extensão do salão, acenando com a cabeça e sorrindo para os rostos em cada lado. Olhando para o outro lado do salão, eu podia ver outra entrada em arco, próxima ao local onde estava sua cadeira. Obviamente, ele poderia ter entrado por esse arco, em vez do outro, no extremo oposto do salão. Então era deliberada essa exibição de suas pernas aleijadas e do andar desajeitado ao longo de todo o percurso até sua cadeira. Também intencional era o contraste com seu irmão mais novo, alto e empertigado, que não olhava nem para a direita nem para a esquerda, mas em frente, caminhando diretamente atrás de Colum até a cadeira de madeira e assumindo sua posição de pé logo atrás do irmão.

Colum sentou-se e aguardou um instante. Em seguida ergueu uma das mãos. O gemido da gaita de foles extinguiu-se lentamente num lamento patético e o Conselho começou.

Logo ficou evidente que aquela era uma reunião regular em que o senhor do Castelo de Leoch dispensava justiça aos rendeiros e arrendatários de suas terras, ouvindo os casos e resolvendo disputas. Havia uma agenda; o escriba careca lia os nomes em voz alta e, a cada vez, as partes interessadas adiantavam-se.

Embora alguns casos fossem apresentados em inglês, a maior parte dos procedimentos transcorria em gaélico. Eu já notara que a linguagem corporal era bastante usada: o revirar de olhos e o bater de pés para dar ênfase, tornando difícil julgar a seriedade de um caso pelo comportamento dos participantes.

No momento em que eu compreendi que um dos homens, um espécime gasto pelo tempo, com uma enorme bolsa presa no cinto, feita com a pele inteira de um texugo, acusava seu vizinho de nada menos do que assassinato, incêndio criminoso e roubo de sua mulher, Colum ergueu as sobrancelhas e disse algo rapidamente em gaélico que fez com que tanto o queixoso quanto o acusado se dobrassem de rir. Enxugando os olhos, o queixoso finalmente assentiu com a cabeça e ofereceu a mão a seu adversário, enquanto o escrivão registrava tudo rapidamente, a pena rangendo como as patas de um rato.

Eu era a quinta na agenda. Uma posição, pensei, calculadamente planejada para indicar para as pessoas ali reunidas o grau de importância da minha presença no castelo.

Em meu benefício, falou-se em inglês durante a minha apresentação.

– Sra. Beauchamp, poderia adiantar-se? – chamou-me o escrivão.

Apressada por um empurrão desnecessário da mão gorducha da sra. Fitz-Gibbons, saí com um tropeção para o espaço livre diante de Colum e, de forma um tanto desajeitada, fiz uma mesura, como vira outras mulheres fazerem. Os sapatos que haviam me dado não faziam diferença entre pé direito e pé esquerdo, sendo apenas um couro moldado numa forma oval alongada, o que tornava difícil executar movimentos graciosos. Um zum-zum de interesse percorreu a multidão quando Colum fez a deferência de levantar-se de sua cadeira. Ofereceu-me a mão, que aceitei para não cair de cara no chão.

Ao me levantar de minha reverência, amaldiçoando mentalmente as sapatilhas, vi-me diante do peito de Dougal. Como meu captor, tudo indicava que cabia a ele fazer o pedido formal para o meu acolhimento – ou cativeiro, dependendo do ponto de vista. Aguardei com interesse para ver como os irmãos decidiriam explicar minha situação.

– Senhor – começou Dougal, inclinando-se formalmente para Colum –, rogamos sua indulgência e clemência com respeito a uma senhora necessitada de socorro e refúgio. Claire Beauchamp, uma senhora inglesa de Oxford, tendo sido atacada por ladrões de estrada e seu criado morto traiçoeiramente, fugiu para a floresta de suas terras, onde foi descoberta e resgatada por mim e meus homens. Suplicamos que o Castelo Leoch possa oferecer refúgio a essa senhora até que – fez uma pausa e um sorriso cínico entortou sua boca – seus contatos ingleses possam ser informados de seu paradeiro e que seu transporte em segurança possa ser providenciado.

Não me passou despercebida a ênfase em "ingleses" e nem a nenhum dos presentes, eu tinha certeza. Assim, eu deveria ser tolerada, mas mantida sob suspeita. Se ele tivesse dito franceses, eu teria sido considerada uma intrusa amistosa ou, na pior das hipóteses, neutra. Fugir do castelo poderia ser mais difícil do que eu esperava.

Colum fez uma reverência cortês para mim e ofereceu-me a hospitalidade ilimitada de sua humilde casa, ou algo nesse sentido. Fiz uma nova mesura, com um pouco mais de sucesso, e retirei-me para junto dos outros, seguida de olhares curiosos, porém mais ou menos amistosos.

Até esse ponto, os casos pareciam ser do interesse principalmente das partes envolvidas. Os espectadores conversavam entre si em voz baixa, aguardando sua vez. Minha própria apresentação fora recebida com um murmúrio interessado de especulação e, acredito, de aprovação.

Agora, entretanto, um burburinho nervoso percorria o salão. Um homem forte adiantou-se para o centro do espaço vazio, arrastando uma jovem pela mão. Ela aparentava ter uns 16 anos, com um rosto bonito e emburrado e longos cabelos louros amarrados na nuca com uma fita azul. Adiantou-se aos tropeções para o meio do espaço e ficou parada ali sozinha, enquanto o homem atrás dela protestava em gaélico, agitando os braços e apontando para ela para exemplificar ou acusá-la. Murmúrios percorriam a multidão enquanto ele falava.

A sra. FitzGibbons, o corpo volumoso assentado numa banqueta forte, espichava o pescoço com interesse. Inclinei-me para a frente e perguntei em seu ouvido:

– O que ela fez?

A enorme mulher respondeu sem mover os lábios ou desviar os olhos da cena.

– O pai dela a acusa de comportamento licencioso; de encontrar-se inapropriadamente com rapazes contra as suas ordens – balbuciou a sra. FitzGibbons, inclinando o corpo volumoso para trás. – Seu pai quer que o MacKenzie a castigue por desobediência.

– Castigar? Como? – sussurrei, o mais baixo possível.

– Shhh.

No centro, as atenções agora se voltavam para Colum, que ponderava sobre a jovem e o pai. Olhando de uma para o outro, começou a falar. Franzindo a testa, bateu bruscamente com os nós dos dedos no braço da cadeira e um estremecimento percorreu a multidão.

– Ele já decidiu – murmurou a sra. FitzGibbons, desnecessariamente.

O que ele havia decidido também era claro; o gigante mexeu-se pela primeira vez, desabotoando vagarosamente seu cinto de couro. Os dois guardas seguraram a aterrorizada jovem pelos braços e viraram-na de modo que ficasse de costas para Colum e seu pai. Ela começou a chorar, mas não fez nenhum apelo. A plateia observava com a espécie de intenso entusiasmo presente em execuções públicas e acidentes de trânsito. Repentinamente, uma voz gaélica ergueu-se na multidão, audível acima da movimentação e do burburinho.

As cabeças se voltaram para localizar a pessoa que falara. A sra. FitzGibbons se levantou, ficando até mesmo na ponta dos pés, para ver. Eu não fazia a menor ideia do que fora dito, mas achei que conhecia aquela voz grave mas suave, com um jeito pronunciado de cortar as consoantes finais.

A multidão apartou-se e Jamie MacTavish surgiu no espaço vazio. Inclinou a cabeça respeitosamente para MacKenzie, em seguida continuou a falar. O que quer que tenha dito, pareceu gerar mais controvérsia. Colum, Dougal, o pequeno escrivão e o pai da jovem, todos pareciam estar avaliando a situação.

– O que foi? – murmurei para a sra. FitzGibbons. Meu paciente parecia muito melhor do que na última vez em que o vira, embora ainda um pouco pálido, pensei. Arranjara uma camisa limpa; a manga direita vazia fora dobrada e enfiada na cintura de seu kilt.

A sra. FitzGibbons acompanhava os acontecimentos com grande interesse.

– O rapaz está se oferecendo para receber o castigo pela jovem – disse distraidamente, tentando espreitar pelos lados da cabeça do espectador à nossa frente.

– O quê? Mas ele está ferido! Certamente não vão deixá-lo fazer uma coisa dessas! – falei o mais baixo que pude sob o zumbido da multidão.

A sra. FitzGibbons balançou a cabeça.

– Não sei. Estão discutindo isso agora. Veja bem, é permitido que um homem de seu próprio clã se ofereça por ela, mas o rapaz não é um MacKenzie.

– Não é? – Fiquei surpresa, tendo suposto ingenuamente que todos os homens do grupo que me capturara pertencessem ao Castelo Leoch.

– Claro que não – respondeu a sra. FitzGibbons com impaciência. – Não vê o tartã dele?

Agora via, uma vez que ela chamara minha atenção para isso. Embora Jamie também usasse um tartã de caça em tons de verde e marrom, as cores eram diferentes dos tartãs dos outros homens presentes. O marrom era mais escuro, quase um tom de casca de árvore, com uma fina listra azul.

Tudo indicava que a contribuição de Dougal fora o argumento definitivo. O grupo de conselheiros se dispersou e a multidão fez silêncio, aguardando os próximos acontecimentos. Os dois guardas soltaram a jovem, que correu de volta para o meio da multidão, e Jamie deu um passo à frente para tomar o lugar dela entre os guardas. Observei horrorizada quando fizeram menção de segurar seus braços, mas ele falou em gaélico para o homem com o cinto de couro e os dois guardas se afastaram. Surpreendentemente, um sorriso largo e insolente iluminou seu rosto por um instante. Mais estranho ainda, viu-se um breve sorriso de resposta no rosto do gigante.

– O que ele disse? – indaguei à minha intérprete.

– Ele prefere os punhos em vez da correia. Um homem pode fazer essa escolha, mas uma mulher não.

– Punhos? – Não tive tempo para novas perguntas. O carrasco afastou para trás o punho cerrado como um tacape e arremessou-o no estômago de Jamie, fazendo com que se dobrasse e soltasse a respiração com uma arfada. O homem esperou que ele se erguesse outra vez antes de administrar-lhe uma série de golpes vigorosos nas costelas e braços. Jamie não fez nenhum esforço para se defender, meramente tentando equilibrar-se para se manter de pé diante do ataque.

O soco seguinte foi no rosto. Contraí-me e apertei os olhos involuntariamente quando a cabeça de Jamie foi atirada para trás. O carrasco demorava-se entre um golpe e outro, com cuidado para não nocautear sua vítima ou bater muitas vezes no mesmo lugar. Era um espancamento científico, habilmente conduzido para infligir dor, mas não para aleijar ou mutilar. Um dos olhos de Jamie estava inchando e ele respirava com dificuldade, mas, fora isso, não parecia em muito mau estado.

Eu estava angustiada de apreensão, com medo de que algum dos golpes reabrisse o ferimento no ombro. Minhas ataduras continuavam no lugar, mas não durariam muito diante deste tipo de tratamento. Por quanto tempo aquilo iria continuar? O salão estava em silêncio, exceto pelos baques surdos de carne contra carne e um ou outro gemido leve.

– O pequeno Angus interromperá quando ele sangrar – sussurrou a sra. Fitz, aparentemente adivinhando minha pergunta não proferida. – Em geral, quando o nariz é quebrado.

– Isso é uma selvageria! – exclamei entre dentes, furiosa. Diversas pessoas ao nosso redor olharam-me com severidade.

Agora, aparentemente o carrasco decidira que a punição já transcorrera pelo tempo devido. Deu um passo para trás e desfechou um golpe fulminante. Jamie cambaleou e caiu de joelhos. Os dois guardas apressaram-se em colocá-lo de pé e, quando ele levantou a cabeça, pude ver o sangue jorrando de sua boca. A multidão explodiu num zumbido de alívio e o carrasco recuou, satisfeito com o seu desempenho.

Um guarda segurou Jamie pelo braço, amparando-o enquanto ele sacudia a cabeça para desanuviá-la. A jovem desaparecera. Jamie ergueu a cabeça e olhou nos olhos do enorme carrasco. Surpreendentemente, riu outra vez, da melhor forma que podia. Os lábios, sangrando, se moveram:

– Obrigado – disse, com dificuldade, e inclinou-se formalmente para o homem maior do que ele, antes de se virar para ir embora. A atenção da multidão voltou para MacKenzie e o próximo caso diante dele.

Vi Jamie abandonar o salão pela porta na parede oposta. Tendo agora mais interesse nele do que nos procedimentos, despedi-me da sra. FitzGibbons com uma rápida palavra e abri caminho pelo salão para segui-lo.

Encontrei-o num pequeno pátio interno, recostado contra uma fonte e tocando de leve a boca com a ponta da camisa.

– Tome, use isto – falei, oferecendo-lhe um lenço do meu bolso.

– Unh.

Aceitou-o com um ruído que entendi como sendo um agradecimento. Um sol pálido e fraco já saíra e eu examinei o jovem cuidadosamente à sua luz. Um lábio cortado e um olho extremamente inchado pareciam ser os principais danos, embora houvesse marcas no maxilar e no pescoço que logo se transformariam em hematomas.

– Sua boca está cortada por dentro também?

– Hum-hum. – Inclinou-se e eu puxei seu maxilar inferior, virando delicadamente o lábio para baixo para examinar o interior da boca. Havia um corte profundo na mucosa brilhante da bochecha e umas duas perfurações pequenas na membrana rósea da parte interna do lábio. O sangue misturado à saliva se acumulou e escorreu.

– Água – disse ele com dificuldade, tentando enxugar o fio de sangue que escorria pelo queixo.

– Certo. – Felizmente, havia um balde e um copo de chifre na borda da fonte. Ele lavou a boca e cuspiu várias vezes, depois jogou água no resto do rosto.

– Por que fez aquilo? – perguntei com curiosidade.

– O quê? – disse ele, endireitando-se e enxugando o rosto na manga da camisa. Tocou de leve o lábio rachado, encolhendo-se ligeiramente.

– Oferecer-se para receber a punição no lugar daquela garota. Você a conhece? – Senti certa timidez em perguntar, mas eu realmente queria saber o que havia por trás daquele gesto quixotesco.

– Sei quem é. Mas nunca falei com ela.

– Então, por que fez isso?

Encolheu os ombros, um movimento que também o fez contrair-se.

– Teria sido uma vergonha para a garota, levar uma surra em pleno Conselho. Era mais fácil para mim.

– Mais fácil? – repeti, incrédula, olhando para seu rosto surrado. Ele apalpava as costelas doloridas com a mão livre, mas ergueu os olhos e deu um sorriso enviesado.

– Sim. Ela é muito jovem. Teria sido envergonhada diante de todo mundo que a conhece e levaria muito tempo até superar isso. Estou dolorido, mas nada realmente grave; vou me recuperar em um ou dois dias.

– Mas por que você? – perguntei. Olhou-me como se achasse a pergunta estranha.

– Por que não eu? – retrucou.

Por que não?, tive vontade de dizer. Porque você não a conhecia, ela não significava nada para você. Porque você já estava ferido. Porque é preciso uma coragem especial para ficar parado diante de uma multidão e deixar alguém surrá-lo no rosto, qualquer que fosse o motivo.

– Bem, um trapézio perfurado por uma bala de mosquete poderia ser considerado um bom motivo – respondi secamente.

– Trapézio, hein? Não sabia disso.

– Ah, aí está você, rapaz! Vejo que já encontrou quem cuide de você; talvez não precise de mim. – A sra. FitzGibbons veio gingando, espremendo-se um pouco pela passagem estreita que dava para o pátio. Segurava uma bandeja com alguns potes, uma tigela larga e uma toalha de linho limpa.

– Não fiz nada além de ir buscar um pouco d'água – falei. – Acho que não está muito ferido, mas não sei o que podemos fazer por ele além de lavar seu rosto.

– Ah, ora, sempre há alguma coisa, sempre há alguma coisa que pode ser feita – disse ela, descontraidamente. – Ora, esse olho, rapaz, deixe-me vê-lo. – Jamie sentou-se obedientemente na borda da fonte e virou o rosto para ela. Os dedos rechonchudos pressionaram delicadamente o inchaço arroxeado, deixando marcas brancas que desapareceram rapidamente.

– Ainda está sangrando sob a pele. As sanguessugas vão ser úteis. – Levantou a tampa da tigela, revelando várias lesmas escuras e pequenas, de 3 a 5 centímetros, cobertas com um líquido de aspecto asqueroso. Com a mão em concha, retirou duas delas e aplicou uma na pele logo abaixo do osso da sobrancelha e a outra abaixo do olho.

– Veja bem – explicou-me –, quando uma contusão se estabelece, as sanguessugas não adiantam mais. Mas quando se tem um inchaço como esse, que ainda está se formando, significa que o sangue está fluindo sob a pele e as sanguessugas podem extraí-lo.

Fiquei observando, fascinada e com nojo.

– Não dói? – perguntei a Jamie. Ele balançou a cabeça, fazendo as sanguessugas balançarem-se de forma repugnante.

– Não. Dão uma sensação fria, só isso.

A sra. Fitz estava ocupada com suas botijas e seus frascos.

– Muita gente não sabe usar sanguessugas – informou-me. – Às vezes são muito úteis, mas é preciso saber usá-las. Quando usadas numa contusão antiga, só retiram o sangue saudável, e isso não adianta nada para o hematoma. Além disso, é preciso ter cuidado para não usar muitas de uma vez; elas enfraquecem uma pessoa que está muito doente ou que já perdeu muito sangue.

Ouvi respeitosamente, absorvendo todas as informações, embora eu sinceramente esperasse que nunca me pedissem para usar aquilo.

– Agora, rapaz, faça um bochecho com isso; vai limpar os cortes e aliviar a dor. Chá de casca de salgueiro – explicou-me –, com uma pitada de raiz de íris moída. – Assenti; lembrava-me vagamente de ter ouvido em uma antiga aula de botânica que a casca do salgueiro continha ácido salicílico, o ingrediente ativo da aspirina.

– A casca de salgueiro não aumenta a possibilidade de sangramento? – perguntei.

A sra. Fitz confirmou:

– Sim. Às vezes, sim. É por isso que, em seguida, você dá um punhado de erva-de-são-joão embebida em vinagre; isso estanca o sangramento, se tiver sido colhida na lua cheia e bem moída.

Jamie obedientemente lavou a boca com a solução adstringente, os olhos lacrimejando com o cheiro penetrante do vinagre aromatizado.

As sanguessugas já estavam gordas a essa altura, inchadas e com o tamanho quadruplicado. A pele escura e enrugada agora estava lisa e brilhante; pareciam pedras redondas e polidas. De repente, uma das sanguessugas se desprendeu, saltando no chão e parando junto aos meus pés. A sra. Fitz pegou-a habilmente, abaixando-se com facilidade apesar do seu volume, e colocou-a de volta na tigela. Segurando delicadamente a outra sanguessuga logo atrás das mandíbulas, puxou-a devagar fazendo a cabeça esticar-se.

– Não pode puxar com muita força – disse ela. – Às vezes, estouram. – Estremeci involuntariamente diante da ideia. – Mas quando estão quase cheias, em geral saem facilmente. Se não saírem, deixe-as mais algum tempo e cairão sozinhas.

De fato, a sanguessuga saiu com facilidade, deixando uma gota de sangue onde estivera presa. Enxuguei o minúsculo ferimento com a ponta da toalha imersa na solução de vinagre. Para minha surpresa, as sanguessugas funcionaram; o inchaço fora substancialmente reduzido e o olho estava ao menos parcialmente aberto, embora a pálpebra ainda estivesse intumescida. A sra. Fitz examinou-o e concluiu que não deveria usar outra sanguessuga.

– Você vai ficar com uma aparência horrível amanhã, rapaz, não resta a menor dúvida – disse ela, balançando a cabeça –, mas ao menos poderá ver um pouco com este olho. O que você precisa agora é colocar um pouco de carne crua em cima dele e pingar uma gota de caldo de carne com cerveja, para fortalecer o olho. Vá até a cozinha mais tarde e eu arranjarei um pouco para você.

Ela pegou sua bandeja e parou por um instante.

– O que você fez foi de bom coração, rapaz. Laoghaire é minha neta, você sabe; eu lhe agradeço por ela. Embora ela deva agradecer pessoalmente a você, se tiver um pouco de educação. – Deu uns tapinhas afetuosos no rosto de Jamie e saiu caminhando pesadamente.

Examinei-o com cuidado; o arcaico tratamento médico fora surpreendentemente eficaz. O olho ainda estava um pouco inchado, mas apenas levemente arroxeado, e o corte no lábio reduzira-se a uma linha limpa, sem sangue, somente um pouco mais escura do que o tecido em volta.

– Como se sente? – perguntei.

– Bem. – Devo ter olhado de esguelha, com um ar de descrença, porque ele sorriu, ainda tomando cuidado com a boca. – São apenas machucados, sabe. Parece que tenho que lhe agradecer outra vez; com essa, são três vezes em três dias que você cuidou de mim. Deve estar achando que sou um pouco atrapalhado.

Toquei um hematoma em seu queixo.

– Atrapalhado, não. Um pouco insensato, talvez.

Uma movimentação na entrada do pátio chamou minha atenção; um lampejo de azul e amarelo. A jovem chamada Laoghaire recuou timidamente ao me ver.

– Acho que alguém quer falar com você a sós – falei. – Vou embora. Mas as ataduras do ombro podem ser retiradas amanhã. Irei à sua procura.

– Sim. Mais uma vez, obrigado. – Apertou minha mão levemente em despedida. Ao sair, olhei a jovem com curiosidade. Era ainda mais bonita de perto, com meigos olhos azuis e uma pele lisa e suave como uma pétala de rosa. Iluminou-se ao olhar para Jamie. Deixei o pátio, imaginando se seu gesto cavalheiresco fora assim tão altruísta quanto eu imaginara.

Na manhã seguinte, acordada ao raiar do dia pela algazarra dos pássaros no lado de fora e das pessoas no lado de dentro, vesti-me e percorri o caminho pelos corredores frios até o salão. Devolvido à sua identidade normal como refeitório, enormes caldeirões de mingau eram servidos, com pães assados na lareira e untados com melado. O forte aroma dos alimentos sendo preparados era quase palpável. Ainda estava tonta e confusa, mas um desjejum quente e reforçado reanimou-me o suficiente para fazer uma pequena exploração.

Encontrando a sra. FitzGibbons mergulhada até os cotovelos rechonchudos em massa enfarinhada, anunciei que queria encontrar Jamie, a fim de retirar as ataduras e examinar a cicatrização do ferimento à bala. Ela convocou um de seus criados com um aceno da mão redonda e branca de farinha.

– Jovem Alec, vá procurar Jamie, o novo domador de cavalos. Diga-lhe para vir com você para fazer o curativo no ombro. Estaremos no canteiro de ervas. – Um sonoro estalo de dedos fez o rapaz sair correndo para localizar meu paciente.

Passando a tarefa de sovar a massa para uma criada, a sra. Fitz lavou as mãos e se virou para mim.

– Ainda vai levar algum tempo até voltarem. Gostaria de dar uma olhada no canteiro de ervas? Parece que você tem algum conhecimento de plantas e, se quiser, pode dar uma mãozinha lá quando tiver tempo.

O canteiro de ervas, um valioso repositório de plantas aromáticas e medicinais, ficava protegido em um pátio interno, suficientemente grande para receber sol, mas bastante abrigado dos ventos da primavera e com sua própria fonte. Moitas de alecrim limitavam o canteiro a oeste, camomila ao sul e uma fileira de pau-roxo delimitava o canteiro ao norte, com a própria parede do castelo na extremidade leste, um abrigo adicional aos ventos frequentes. Identifiquei corretamente os estiletes verdes do açafrão e as folhas macias da azedinha francesa brotando da terra escura e adubada. A sra. Fitz mostrou-me a dedaleira, a beldroega e a betônica, além de algumas outras plantas que eu não conhecia.

O final da primavera era hora de plantio. A cesta que a sra. Fitz trazia no braço carregava uma profusão de dentes de alho, a primeira colheita do verão. A roliça senhora entregou-me o cesto, juntamente com uma pazinha para escavar. Tudo indicava que eu já ficara tempo suficiente à toa no castelo; até Colum encontrar uma função para mim, a sra. Fitz sempre teria trabalho para mais duas mãos.

– Tome, querida. Plante-os aqui, ao longo do lado sul, entre o tomilho e a dedaleira.

Mostrou-me como dividir as cabeças em brotos individuais sem desfazer o invólucro duro e, depois, como plantá-los. Era bastante simples, bastava enfiar cada dente no chão, a parte rombuda para baixo, enterrado cerca de 4 centímetros abaixo da superfície. Ergueu-se, limpando as volumosas saias.

– Guarde algumas cabeças – avisou-me. – Divida-as e plante os dentes separados aqui e lá, por todo o canteiro. O alho não deixa que as outras plantas sejam atacadas por bichinhos. Cebolas e milefólios surtem o mesmo efeito. E tire as pontas mortas dos cravos-da-índia, mas guarde-as, são úteis.

Havia muitos pés de cravos-da-índia espalhados pelo canteiro, irrompendo em flores douradas. Nesse instante, o Jovem Alec, que ela enviara à procura de Jamie, chegou, quase sem fôlego da corrida. Informou que o paciente recusara-se a largar o trabalho.

– Ele disse – informou o rapaz, arquejante – que já não sente dor e que não precisa mais de curativos, mas mandou agradecer seu interesse.

A sra. Fitz encolheu os ombros diante da notícia não muito tranquilizadora.

– Bem, se ele não quer vir, tudo bem. Mas, se quiser, vá até o curral por volta do meio-dia, dona. Ele pode não parar para ser atendido, mas vai parar para comer, se eu conheço bem os rapazes. O Jovem Alec virá buscá-la e a levará até lá.

Deixando-me com a tarefa de plantar o restante do alho, ela partiu como um galeão, o Jovem Alec bamboleando atrás dela.

Trabalhei alegremente durante toda a manhã, plantando alho, retirando as pontas de flores mortas, arrancando ervas daninhas e levando adiante a batalha sem fim de um jardineiro contra caracóis, lesmas e pragas similares. Aqui, entretanto, a batalha era travada com as mãos vazias, sem nenhuma ajuda de pesticidas. Estava tão absorta em meu trabalho que não notei a chegada do Jovem Alec até ele tossir educadamente para chamar minha atenção. Não sendo afeito a muitas palavras, esperou apenas o tempo suficiente para eu me levantar e limpar minha saia, antes de desaparecer pelo portão do pátio.

O curral aonde ele me levou ficava um pouco distante da estrebaria, em uma campina gramada e cercada. Três cavalos jovens saltitavam alegremente no prado. A outra, uma égua baia, jovem e reluzente, estava amarrada à cerca, com um cobertor leve sobre o dorso.

Jamie aproximava-se cautelosamente pelo lado da égua, que observava sua aproximação com uma boa dose de desconfiança. Ele colocou o braço livre levemente em seu dorso, falando baixinho, pronto para recuar se a égua se opusesse. Ela revirou os olhos e resfolegou, mas não se mexeu. Movendo-se lentamente, encostou-se no cobertor, ainda sussurrando para a égua, e gradualmente, bem devagar, descansou o peso do corpo sobre as costas do animal. Ela retrocedeu um pouco e arrastou as patas, mas ele insistiu, erguendo a voz apenas de leve.

Nesse exato instante, a égua virou a cabeça e nos viu chegando. Pressentindo alguma ameaça, recuou, relinchando, e virou-se para nos olhar diretamente, imprensando Jamie contra a cerca. Resfolegando e corcoveando, ela saltava e procurava se livrar da corda que a prendia. Jamie rolou por baixo da cerca, fora do alcance dos coices. Levantou-se com dificuldade, praguejando em gaélico, e virou-se para ver o que havia causado aquele contratempo em seu trabalho.

Quando viu quem era, sua expressão furiosa mudou imediatamente para um amável cumprimento de boas-vindas, embora eu receie que nosso aparecimento não tenha sido tão oportuno quanto era de se desejar. O cesto com o lanche, providencialmente enviado pela sra. Fitz, que realmente conhecia os jovens, contribuiu bastante para recuperar seu bom humor.

– Ah, acalme-se, maldito animal – advertiu para a égua, ainda bufando e dando pinotes. Liberando o Jovem Alec com um sopapo amigável, recuperou o cobertor que caíra da égua e, sacudindo a poeira do curral, gentilmente estendeu-o para que eu me sentasse.

Diplomaticamente, evitei qualquer referência ao recente contratempo com a égua e, em vez disso, servi-lhe cerveja e pedaços de pão e de queijo.

Ele comeu com uma concentração tão absoluta que me fez lembrar de sua ausência do jantar duas noites atrás.

– Dormi direto – disse ele rindo quando lhe perguntei por onde andara. – Fui dormir assim que a deixei no castelo e só acordei ontem de manhã. Trabalhei um pouco ontem, após o Conselho, depois me sentei em um fardo de feno para descansar um pouco antes do jantar. Acordei hoje de manhã ainda sentado lá, com um cavalo mordiscando a minha orelha.

Achei que o descanso fizera-lhe bem; as contusões da surra do dia anterior estavam escuras, mas a pele ao redor tinha uma boa cor saudável e ele certamente estava com um bom apetite.

Observei-o terminar toda a comida, catando farelos de pão da camisa com a ponta do dedo molhada e jogando-os dentro da boca.

– Está com um apetite saudável – falei, rindo. – Aposto que poderia comer capim se não tivesse outra coisa.

– Já comi – disse ele, sério. – Não tem gosto ruim, mas não alimenta muito.

Fiquei perplexa, depois achei que estivesse brincando comigo.

– Quando? – perguntei.

– Durante o inverno, no ano retrasado. Eu estava vivendo precariamente, sabe, na floresta, com os... com um grupo de rapazes, fazendo incursões na fronteira. Não tivemos sorte por mais de uma semana e não havia mais nenhuma comida. De vez em quando, conseguíamos um pouco de mingau na casa de um ou outro camponês, mas eles mesmos são tão pobres que raramente podem oferecer alguma coisa. Mas, veja bem, eles sempre acham alguma coisa para dar a um estranho, mas vinte estranhos é demais, mesmo para a hospitalidade de um habitante das Terras Altas.

Abriu um largo sorriso repentinamente.

– Já ouviu falar... bem, não teria ouvido. Eu ia perguntar se você já tinha ouvido a oração de graças que dizem nas pequenas fazendas.

– Não. Como é?

Ele sacudiu a cabeça para afastar os cabelos dos olhos e recitou:

Corra, corra, à volta da mesa,
Coma tanto quanto puder.
Coma muito, não surrupie nada,
Corra, corra. Amém.

– "Não surrupie nada?" – perguntei, achando graça.

Ele bateu na bolsa presa ao cinto.

– Coloque a comida na barriga, não na bolsa – explicou.

Pegou uma longa lâmina de grama e puxou-a delicadamente de sua base.

Enrolou-a devagar entre as palmas da mão, fazendo as minúsculas sementes voarem da haste.

– Era fim de inverno, e um inverno ameno, o que foi sorte, ou não teríamos sobrevivido. Sempre podíamos capturar alguns coelhos com armadilhas, às vezes os comíamos crus, se não pudéssemos nos arriscar a acender um fogo, e de vez em quando um cervo, mas não achávamos caça havia vários dias nessa época de que estou falando.

Dentes brancos e retos mastigaram o talo de grama. Eu mesma arranquei um talo e mordisquei a ponta. Era adocicado e ligeiramente ácido, mas só havia mais ou menos uns 2 centímetros de talo macio o suficiente para comer; não dava para sustentar ninguém.

Jogando fora o talo parcialmente comido, Jamie arrancou outro e continuou sua história.

– Nevara um pouco alguns dias antes; apenas uma crosta sob as árvores e lama em todo o resto. Eu procurava cogumelos, sabe, aqueles enormes, cor de laranja, que crescem na base das árvores às vezes. Enfiei o pé em uma crosta de neve e por baixo havia um bom pedaço de terra com grama, crescendo num espaço aberto entre as árvores; acho que batia um pouco de sol ali às vezes. Geralmente, os veados encontram esses trechos de grama. Eles tiram a neve com as patas e comem a grama até as raízes. Não haviam encontrado aquela ali ainda e achei que se eles conseguiam atravessar o inverno dessa forma, por que não eu? Estava tão faminto que poderia ter cozinhado minhas botas e comido, se não precisasse delas para andar. Assim, comi a grama, até as raízes, como os veados fazem.

– Há quanto tempo você não comia? – perguntei, fascinada e horrorizada.

– Três dias sem nada; uma semana sem nada além de um punhado de aveia com um pouco de leite. Sim – disse, olhando pensativamente o talo de grama em sua mão –, a grama de inverno é dura e azeda, não como esta aqui, mas eu não me importei.

Riu para mim repentinamente e prosseguiu:

– Também não dei muita importância ao fato de que um cervo tem quatro estômagos, enquanto eu só tinha um. Tive cólicas terríveis e gases durante dias. Um dos homens mais velhos disse-me mais tarde que, para comer grama, é preciso cozinhá-la na água primeiro, mas eu não sabia disso na hora. Não teria feito diferença; estava faminto demais para esperar.

Levantou-se e me deu a mão para me ajudar a ficar de pé.

– É melhor voltar ao trabalho. Obrigado pela comida, dona. – Entregou-me o cesto e dirigiu-se para o curral, o sol brilhando em seus cabelos como num tesouro de moedas de ouro e cobre.

Voltei lentamente para o castelo, pensando nos homens que viviam na lama fria e comiam grama. Não me ocorreu, até chegar ao pátio, que eu me esquecera completamente de seu ombro.

7

O CONSULTÓRIO DE DAVIE BEATON

Para minha surpresa, um dos soldados de kilt de Colum esperava por mim junto ao portão quando retornei ao castelo. O sr. MacKenzie ficaria agradecido, disse-me, se o aguardasse em seus aposentos.

Os longos postigos das janelas estavam abertos no santuário particular do chefe dos MacKenzie e o vento sacudia os ramos das árvores cativas com uma agitação e um murmúrio que davam a ilusão de se estar ao ar livre.

O próprio MacKenzie estava sentado à sua escrivaninha quando entrei, mas parou de escrever imediatamente e se levantou para me cumprimentar. Após algumas indagações quanto à minha saúde e ao meu bem-estar, levou-me à gaiola junto à parede, onde ficamos admirando os minúsculos habitantes trinando e saltitando pela folhagem, animados com o vento.

– Dougal e a sra. FitzGibbons falaram-me sobre sua grande habilidade de curar – observou Colum descontraidamente, enfiando um dedo pela tela da gaiola. Aparentemente acostumado a isso, um pequeno trigueirão cinza lançou-se para baixo e pousou com precisão, as pequenas garras firmemente presas ao dedo e as asas ligeiramente abertas para manter o equilíbrio. Ele acariciou delicadamente a cabeça do pássaro com o nodoso dedo indicador da outra mão. Vi a pele grossa em torno da unha e fiquei intrigada; não parecia provável que ele fizesse muito trabalho manual.

Encolhi os ombros.

– Não é preciso muita habilidade para fazer curativo em um ferimento superficial.

Ele sorriu.

– Talvez não, mas é preciso um pouco de habilidade para fazer isso em total escuridão ao lado da estrada, hein? E a sra. Fitz diz que você consertou um dedo quebrado de um de seus rapazes e que também tratou do braço escaldado de uma das cozinheiras hoje de manhã.

– Isso também não é muito difícil – repliquei, imaginando onde ele estaria querendo chegar. Fez um sinal para um dos criados, que rapidamente foi pegar uma pequena tigela de uma das gavetas da escrivaninha. Retirando a tampa, Colum começou a espalhar sementes através da tela da gaiola. Os passarinhos lançaram-se dos galhos como um bando de bolas de críquete arremessadas no meio da quadra e o trigueirão fez o mesmo, unindo-se a seus companheiros no chão da gaiola.

– Não tem nenhuma ligação com o clã dos Beaton, tem? – perguntou.

Lembrei-me da sra. FitzGibbons ter perguntado: *É uma feiticeira, então? Uma Beaton?*

– Nenhuma. O que o clã Beaton tem a ver com tratamento médico?

Colum olhou-me surpreso.

– Então nunca ouviu falar deles? Os curandeiros do clã Beaton são famosos em toda a região das Terras Altas. Muitos deles são curandeiros viajantes. Na verdade, tivemos um aqui conosco durante algum tempo.

– Tiveram? O que aconteceu com ele? – perguntei.

– Morreu – respondeu Colum sem rodeios. – Pegou uma febre que o levou em menos de uma semana. Desde então, não tivemos mais nenhum curandeiro, exceto a sra. Fitz.

– Ela parece muito competente – retruquei, pensando no tratamento eficaz dos machucados do jovem Jamie. Pensar nisso me fez lembrar do que os causara e senti uma onda de ressentimento em relação a Colum. Ressentimento e cautela também. Este homem, disse a mim mesma, era a lei, o júri e o juiz para o povo que vivia em seus domínios, e obviamente acostumara-se a impor sua vontade.

Ele assentiu, ainda atento aos pássaros. Espalhou o restante dos grãos, favorecendo um pequeno pássaro canoro cinza-azulado que chegara atrasado.

– Ah, sim. Ela é de grande ajuda nessas questões, mas já tem mais do que suficiente para cuidar, administrando o castelo inteiro e todos que vivem aqui, inclusive eu – disse ele, com um repentino sorriso encantador. – Eu estava imaginando – continuou ele, aproveitando-se rapidamente do meu sorriso em resposta –, vendo que não tem muito com que ocupar seu tempo no momento, que talvez quisesse dar uma olhada nas coisas que Davie Beaton deixou. Talvez conheça o uso de alguns dos seus remédios e poções.

– Bem... creio que sim. Por que não? – De fato, eu estava ficando ligeiramente entediada com o vaivém entre a horta, a despensa e a cozinha. Fiquei curiosa para ver a parafernália que o falecido sr. Beaton considerava útil.

– Angus ou eu poderíamos acompanhar a senhora até lá embaixo, senhor – sugeriu o criado respeitosamente.

– Não se preocupe, John – disse Colum, dispensando educadamente o criado com um gesto da mão. – Eu mesmo acompanharei a sra. Beauchamp.

A descida da escada era obviamente lenta e dolorosa para ele. Igualmente óbvio era que ele não queria ajuda e eu não lhe ofereci.

O consultório do finado Beaton ficava num canto remoto do castelo, oculto atrás das cozinhas. Encontrava-se próximo apenas do cemitério, onde seu ex-proprietário agora repousava. Situado na parede externa do castelo, o aposento era dotado apenas de uma daquelas janelas estreitas e compridas, bem alta, de modo que uma faixa plana de luz do sol cortava o ar, separando as trevas do teto alto e abobadado da escuridão ainda mais sombria ao rés do chão.

Espreitando os recessos turvos do aposento à frente de Colum, divisei uma cômoda alta com dezenas de gavetas minúsculas, cada qual com uma etiqueta em uma escrita floreada. Potes, caixas e frascos de todas as formas e tamanhos estavam cuidadosamente arrumados nas prateleiras acima de uma bancada onde o finado Beaton evidentemente costumava preparar os remédios, a julgar pelos resíduos das manchas e por uma vasilha para triturar, cheia de crostas.

Colum entrou na sala à minha frente. Partículas reluzentes, alvoroçadas por sua entrada, giraram para cima, para a faixa de luz do sol, como poeira erguida pela violação de um túmulo. Parou por um instante, deixando que seus olhos se acostumassem à escuridão, depois caminhou lentamente para a frente, olhando de um lado para outro. Achei que talvez fosse a primeira vez que ele entrava naquele aposento.

Observando seu avanço hesitante ao atravessar a sala estreita, eu disse:

– A massagem pode ajudar um pouco. Quero dizer, com a dor.

Captei um lampejo nos olhos verdes e por um instante desejei não ter falado, mas a centelha desapareceu quase imediatamente, substituída por sua expressão gentil de costume.

– Tem que ser feita vigorosamente – falei –, na base da coluna, especialmente.

– Eu sei – disse ele. – Angus Mhor faz isso para mim, à noite. – Fez uma pausa, manuseando um dos frascos. – Parece que a senhora realmente conhece um pouco da arte de curar.

– Um pouco – respondi com cautela, esperando que ele não resolvesse me colocar à prova perguntando para que serviam os diversos medicamentos. O rótulo no frasco que ele segurava dizia PURLES OVIS. Difícil adivinhar o que seria aquilo. Felizmente, ele recolocou o frasco no lugar e passou o dedo cuidadosamente pela poeira numa grande arca junto à parede.

– Faz algum tempo que ninguém entra aqui – disse ele. – Vou falar com a sra. Fitz para mandar algumas de suas meninas para fazer uma limpeza, não acha?

Abri a porta de um armário e tossi com a nuvem de poeira que se levantou.

– Acho que é melhor – concordei.

Havia um livro na prateleira mais baixa do armário, um volume grosso encadernado em couro azul. Erguendo-o, descobri um livro menor embaixo, este simplesmente encadernado em tecido preto, bem desgastado nas bordas.

Verifiquei que esse segundo livro era o registro diário de Beaton, onde ele anotava ordenadamente os nomes dos pacientes, detalhes de seus males e o curso do tratamento prescrito. Um homem metódico, pensei com aprovação. Uma anotação dizia: "2 de fevereiro, 1741 d.C. Sarah Graham MacKenzie, ferimento no polegar por ter ficado preso na borda da bobina de fiar. Aplicação de infusão de menta, seguida de uma cataplasma de uma parte de cada: milefólio, erva-de-são--joão, tatuzinho moído e orelha-de-rato, misturados em uma base de argila fina." Tatuzinho? Orelha-de-rato? Algumas das ervas nas prateleiras, sem dúvida.

– O polegar de Sarah MacKenzie sarou direito? – perguntei a Colum, fechando o livro.

– Sarah? Ah – disse ele pensativamente. – Não, acho que não.

– É mesmo? Imagino o que terá acontecido – retruquei. – Talvez eu possa dar uma olhada depois.

Ele balançou a cabeça e eu achei ter visto o vislumbre de um sorriso amargo nos contornos de seus lábios cheios e bem delineados.

– Por que não? – perguntei. – Ela não está mais no castelo?

– Acho que pode-se dizer que sim – respondeu. O sorriso agora era evidente. – Ela está morta.

Fiquei olhando-o fixamente enquanto ele atravessava cuidadosamente o assoalho de pedra empoeirado em direção à porta.

– Espero que você se saia melhor como curandeira do que o finado Davie Beaton, sra. Beauchamp – disse ele. Virando-se e parando à porta, olhou-me sarcasticamente. O facho de luz do sol projetava-se diretamente sobre ele. – Dificilmente poderia se sair pior – completou, desaparecendo na escuridão.

Fiquei andando de um lado para outro no minúsculo aposento, examinando tudo. A maior parte parecia imprestável, mas devia haver algumas coisas que mereciam ser salvas. Abri uma das gavetinhas da cômoda do boticário, liberando uma lufada de cânfora. Bem, isso era útil, certamente. Fechei a gavetinha e esfreguei os dedos empoeirados na saia. Talvez eu devesse esperar até que as ajudantes da sra. Fitz tivessem limpado o lugar para continuar minhas investigações.

Espreitei o corredor. Deserto. Tampouco ouvi ruído. Mas eu não era tão ingênua a ponto de pensar que não houvesse alguém nas proximidades. Quer fosse por ordens ou por tato, eram bastante discretos a respeito, mas eu sabia que era permanentemente vigiada. Quando eu ia para a horta, alguém me acompanhava. Quando subia para o meu quarto, via alguém casualmente olhar para cima, do pé das escadas, para ver que direção eu tomava. E quando chegamos de nossa cavalgada, não deixei de perceber os guardas armados abrigados da chuva sob o ressalto do telhado. Não, definitivamente eu não poderia simplesmente sair e ir embora dali, e muito menos esperar que me fornecessem transporte e meios para partir.

Suspirei. Ao menos, estava sozinha no momento. E solidão era algo que eu desejava muito, ao menos por algum tempo.

Tentara inúmeras vezes pensar em tudo o que me acontecera desde que atravessara o monumento de pedras. No entanto, tudo ocorria tão depressa naquele lugar que mal tivera um instante comigo mesma, a não ser quando estava dormindo.

Aparentemente, agora eu poderia ter um momento só para mim. Afastei a arca empoeirada da parede e sentei-me sobre ela, recostando as costas nas pedras. Eram muito sólidas. Estendi os braços e descansei as palmas das mãos sobre elas, pensando no círculo de pedras, tentando me lembrar de cada detalhe do que se passara.

As pedras gritando eram na verdade a última cena da qual eu podia dizer que realmente me lembrava. E, mesmo sobre elas, tinha dúvidas. A gritaria continuara o tempo inteiro, sem parar. Era possível, pensei, que o barulho viesse não das pedras propriamente, mas de... o que quer que fosse... em que eu entrara. Seriam as pedras um portal de algum tipo? E para onde se abriam? Simplesmente não havia palavras para descrever o que eram. Uma fenda no tempo, talvez, porque obviamente eu existia naquela época e existia agora, e as pedras eram a única conexão.

E os sons. Eram devastadores, mas pensando melhor agora, que algum tempo já transcorrera, pareciam muito semelhantes aos sons de uma batalha. O hospital de campanha onde eu servira fora bombardeado três vezes. Mesmo sabendo que as frágeis paredes de nossas estruturas temporárias não nos protegeriam, médicos, enfermeiras e serventes corriam todos para dentro ao primeiro alarme, aconchegando-se para ter coragem. É preciso muita coragem quando há balas de canhão chiando acima de nossas cabeças e bombas explodindo ao redor. O tipo de terror que eu sentira na época era o que mais se assemelhava ao que sentira no monumento de pedras.

Agora eu percebia que me lembrava de alguns pontos da viagem através da pedra. Detalhes muito pequenos. Lembrei-me de uma sensação de luta física, como se tivesse ficado presa em algum tipo de corrente. Sim, lutara com todas as forças contra aquilo, o que quer que fosse. Havia imagens na corrente também, pensei. Não exatamente figuras, mas algo como pensamentos incompletos. Alguns eram aterrorizantes e eu lutara para fugir deles enquanto eu... bem, "passava". Teria lutado em direção a outros? Tinha certa consciência de lutar em direção a uma espécie de superfície. Eu teria na verdade escolhido esta época em particular porque oferecia um tipo de refúgio daquele turbilhão voraz?

Balancei a cabeça. Não obtinha respostas com meus pensamentos. Nada estava claro, exceto o fato de que eu teria que voltar ao círculo de pedras.

– Madame? – Uma suave voz escocesa vinda da porta me fez erguer o olhar. Duas jovens, talvez com 16 ou 17 anos, permaneciam timidamente paradas no corredor. Estavam vestidas grosseiramente, com tamancos nos pés e xales tecidos à mão cobrindo os cabelos. A que falara carregava uma vassoura e vários panos dobrados, enquanto sua companheira segurava um balde com água fervente. Eram as ajudantes da sra. Fitz, para limpar o consultório.

– Não estamos incomodando, madame? – perguntou uma delas, ansiosamente.

– Não, não – assegurei-lhes. – Eu já estava mesmo de saída.

– A senhora perdeu a refeição do meio-dia – informou-me a outra. – Mas a sra. Fitz pediu-me para lhe dizer que há comida para a senhora na cozinha quando quiser ir até lá.

Olhei pela janela ao fim do corredor. O sol, de fato, já ultrapassara o zênite e tomei consciência da crescente ânsia de fome no meu estômago.

Sorri para as jovens.

– Vou fazer isso. Obrigada.

Levei o almoço para o campo outra vez, temendo que Jamie não comesse nada até o jantar. Sentada na grama, vendo-o comer, perguntei-lhe por que levara uma vida desgovernada, atravessando a fronteira para roubar gado. A essa altura, eu já vira o suficiente, tanto das pessoas que iam e vinham da aldeia mais próxima quanto dos habitantes do castelo, para ser capaz de dizer que Jamie era mais bem-nascido e recebera uma educação muito melhor do que a maioria. Era provável que viesse de uma família bastante rica, a julgar pela breve descrição que me dera de sua propriedade rural. Por que estaria tão longe de casa?

– Sou um fora da lei – disse, como se estivesse surpreso por eu não saber. – Os ingleses colocaram uma recompensa de 10 libras pela minha cabeça. Não tanto como um assaltante de estrada – disse, com zombaria –, mas como um ladrão de galinhas.

– Só por obstrução? – perguntei, incrédula. Dez libras significavam metade da renda anual de uma pequena fazenda; eu não podia imaginar que um único fugitivo pudesse valer tanto para o governo inglês.

– Ah, não. Assassinato. – Engasguei com um bocado de pão e picles. Jamie bateu nas minhas costas para me ajudar até eu poder falar outra vez.

Com os olhos lacrimejantes, perguntei:

– Q-quem você m-matou?

Deu de ombros.

– Bem, é um pouco estranho. Eu na verdade não matei o homem por cujo assassinato sou procurado. Mas, veja bem, matei alguns soldados ingleses ao longo do caminho, de modo que suponho que não seja injusto.

Parou e remexeu os ombros, como se roçasse em alguma parede invisível. Eu já o vira fazer isso antes, na minha primeira manhã no castelo, quando cuidei de seu ferimento e vi as cicatrizes em suas costas.

– Foi em Fort William. Passei um ou dois dias em que mal podia me mexer, depois de ter sido chicoteado pela segunda vez e, depois, tive febre por causa dos ferimentos. Quando pude ficar de pé outra vez, alguns... amigos tentaram me tirar do forte por meios que prefiro não comentar. De qualquer modo, houve certo tumulto quando partimos e um sargento-mor inglês foi morto com um tiro. Por coincidência, era o homem que havia me açoitado pela primeira vez. Mas não fui eu que atirei nele; não tinha nada pessoal contra ele e, de qualquer modo, estava fraco demais para fazer mais do que me agarrar ao cavalo. – A boca expressiva estreitou-se e contraiu-se. – Embora, se fosse o capitão Randall, talvez eu tivesse feito o esforço.

Relaxou os músculos outra vez, fazendo a camisa de linho cru ficar esticada nas costas, e em seguida, deu de ombros e prosseguiu:

– Mas isso foi o que aconteceu. É por essa razão que não me afasto muito do castelo sozinho. Aqui no meio das Terras Altas, há pouca chance de esbarrar com guardas ingleses, embora eles atravessem a fronteira com frequência. E depois há a patrulha, embora também não se aproxime do castelo. Colum não precisa muito dos serviços deles, tendo seus próprios homens. – Sorriu, passando a mão pelos cabelos curtos e brilhantes até ficarem espetados como os pelos de um porco-espinho. – Não sou exatamente uma pessoa que passe despercebida, você sabe. Duvido que haja informantes no próprio castelo, mas deve haver um ou outro no campo que ficaria muito feliz de ganhar algum dinheiro informando aos ingleses onde estou se soubesse que sou procurado. – Sorriu. – Deve ter percebido que meu nome não é MacTavish.

– O senhor do castelo sabe?

– Que sou um fora da lei? Ah, sim, Colum sabe. É provável que a maior parte das pessoas desta região das Terras Altas saiba; o que aconteceu em Fort William causou muita agitação na época e as notícias correm depressa por aqui. O que não devem saber é que Jamie MacTavish é o homem procurado; desde que ninguém que me conheça pelo meu verdadeiro nome me veja. – Seus cabelos ainda estavam ridiculamente espetados. Tive o impulso repentino de alisá-los, mas me contive.

– Por que usa os cabelos cortados tão curtos? – perguntei repentinamente, corando em seguida. – Desculpe, não é da minha conta. Só fiquei curiosa, já que a maioria dos outros homens que vi aqui usa cabelos compridos...

Ele abaixou as mechas pontiagudas, parecendo um pouco acanhado.

– Eu também costumava usar os meus longos. Estão curtos agora porque os monges tiveram que raspar a parte de trás da minha cabeça e meus cabelos só tiveram alguns meses para crescer de novo. – Dobrou-se para a frente na cintura, convidando-me a inspecionar o local.

Mostrando a nuca, falou:

– Está vendo aqui atrás? – Eu certamente podia sentir a cicatriz do ferimento e também vê-la quando afastei os cabelos espessos. A marca tinha cerca de 15 centímetros de tecido recém-cicatrizado, ainda rosado e ligeiramente alto. Pressionei delicadamente ao longo de todo o comprimento. Bem cicatrizado e um bom trabalho fora feito por quem suturara; um ferimento como aquele deve ter aberto e sangrado consideravelmente.

– Você tem dores de cabeça? – perguntei profissionalmente. Ele se endireitou, alisando os cabelos por cima da cicatriz. Assentiu.

– Às vezes, embora nada parecido com o que sentia no começo. Fiquei cego por mais ou menos um mês depois do que aconteceu e minha cabeça doía insuportavelmente o tempo inteiro. A dor começou a desaparecer quando minha visão retornou. – Piscou diversas vezes, como se testasse sua capacidade de ver. – Às vezes, turva um pouco – explicou –, quando estou muito cansado. As coisas ficam com contornos indistintos.

– É de se admirar que não tenha morrido – comentei. – Você deve ter uma cabeça bem dura.

– Isso eu tenho. Dura que nem pedra, segundo minha irmã. – Nós dois rimos.

– Como aconteceu? – perguntei. Ele franziu a testa e uma expressão de dúvida tomou conta de seu rosto.

– Bem, eu também não sei – respondeu devagar. – Não me lembro de nada. Eu estava perto do Carryarick Pass com alguns rapazes de Loch Laggan. A última coisa que sei é que estava abrindo caminho por uma subida difícil, em meio a um mato cerrado; lembro-me de ter espetado a mão num azevinho e pensado que as gotas de sangue pareciam amoras silvestres. Depois disso, só me lembro de acordar na

França, no Mosteiro de Ste. Anne de Beaupré, com a cabeça latejando como um tambor e alguém que eu não conseguia ver dando-me algo frio para beber.

Esfregou a parte de trás da cabeça como se ainda doesse.

– Às vezes, acho que me lembro de pequenas coisas: um lampião acima da minha cabeça, balançando de um lado para o outro, um gosto doce e oleoso nos lábios, pessoas falando comigo. Mas não sei se isso foi real. Sei que os monges me deram ópio e eu sonhava praticamente o tempo inteiro. – Pressionou os dedos sobre as pálpebras cerradas. – Havia um sonho que sempre se repetia. Três raízes crescendo dentro de minha cabeça, grandes e retorcidas, crescendo e inchando, saindo pelos meus olhos, enfiando-se pela minha garganta para me sufocar. Continuava assim, sem parar, com as raízes enroscando-se e enrolando-se, e ficando cada vez maiores. Finalmente, cresciam tanto que explodiam meu crânio e eu acordava ouvindo o barulho de ossos estilhaçando-se. – Abriu um amplo sorriso. – Uns estalidos gosmentos, como tiros embaixo d'água.

– Credo!

Uma sombra recaiu de repente sobre nós e uma bota grande e pesada cutucou Jamie nas costelas.

– Filho da mãe preguiçoso – disse o recém-chegado sem compaixão. – Empanturrando-se enquanto os cavalos ficam largados por aí. E quando essa potranca vai ser domada, hein, rapaz?

– Não enquanto eu estiver com fome, Alec – replicou Jamie. – Enquanto isso, coma um pouco; tem bastante. – Estendeu um pedaço de queijo para a mão nodosa nas articulações por causa de artrite. Os dedos, permanentemente curvados, quase como uma garra, fecharam-se lentamente sobre o queijo, enquanto seu proprietário deixava-se cair na grama.

Com modos inesperadamente educados, Jamie apresentou o visitante; Alec MacMahon MacKenzie, estribeiro-mor do Castelo Leoch.

Uma figura atarracada de calças de couro até os joelhos e uma camisa rústica, o estribeiro-mor tinha um ar de autoridade suficiente, pensei, para dominar o mais recalcitrante garanhão. Um "olho como o de Marte, para ameaçar ou comandar", a citação veio no mesmo instante à minha mente. E era um único olho, o outro estando coberto com uma venda de pano preto. Como se para compensar a perda, as sobrancelhas cresciam profusamente de um ponto central, ostentando longos fios grisalhos como antenas de um inseto que se balançavam ameaçadoramente dos tufos castanhos básicos.

Após um curto sinal de cumprimento com a cabeça, o Velho Alec (pois assim Jamie se referia a ele, sem dúvida para distingui-lo do Jovem Alec que fora meu guia), ignorou-me, dividindo sua atenção entre a comida e os três potros que sacudiam a cauda no prado lá embaixo. Aos poucos, fui perdendo o interesse na conversa, durante uma longa discussão envolvendo o parentesco de vários ilustres cavalos, que não estavam entre aqueles presentes, detalhes de registros de pedigree de toda a cocheira durante vários anos e inúmeros pontos incompreensíveis da conformação equina, referente a jarretes, cernelhas, espáduas e outros itens de anatomia. Como os únicos pontos de um cavalo que eu notava eram focinho, rabo e orelhas, aquelas sutilezas nada significavam para mim.

Reclinei-me sobre os cotovelos e fiquei me aquecendo no calor agradável do sol de primavera. Havia uma paz curiosa neste dia, uma sensação de coisas seguindo tranquilamente seu curso, sem se preocupar com os transtornos e tumultos das preocupações humanas. Talvez fosse a paz que sempre se encontra ao ar livre, longe de prédios e do vozerio. Talvez fosse o resultado da jardinagem, aquela serena sensação de prazer em tocar coisas vivas, a satisfação de ajudá-las a florescer. Talvez fosse apenas o alívio de finalmente ter encontrado uma atividade para exercer, em vez de ficar vagando pelo castelo sentindo-me deslocada, tão visível quanto um borrão de tinta no pergaminho.

Apesar do fato de não tomar parte na conversa sobre cavalos, eu não me sentia deslocada ali em absoluto. O Velho Alec agia como se eu fosse apenas parte da paisagem e, apesar de Jamie lançar um olhar em minha direção de vez em quando, ele também, gradualmente, passou a me ignorar, conforme a conversa entre eles resvalava para os ritmos escorregadios do gaélico, sinal seguro do envolvimento emocional de um escocês com o assunto em pauta. Como eu não entendia nada do que estava sendo dito, o som era tão tranquilizador quanto o zumbido de abelhas nas flores das urzes. Estranhamente satisfeita e sonolenta, afastei todos os pensamentos sobre as suspeitas de Colum, a gravidade de minha situação e outras ideias perturbadoras. "*A cada dia uma tribulação*", pensei preguiçosamente, resgatando a citação bíblica dos recessos da memória.

Pode ter sido o frio causado por uma nuvem que encobriu o sol ou a alteração do tom da conversa dos homens que me despertou algum tempo depois. Voltaram a falar em inglês, em tom grave, não mais aquele bate-papo descontraído dos aficionados por cavalos.

– Falta apenas uma semana para o Grande Encontro, rapaz – dizia Alec. – Já resolveu o que vai fazer?

Jamie deixou escapar um longo suspiro.

– Não, Alec, ainda não. Às vezes, penso de uma maneira, às vezes, de outra. É bom estar aqui, trabalhando com os animais e com você. – A voz do jovem pareceu ostentar um sorriso, que desapareceu quando continuou a falar. – E Colum me prometeu que... bem, você não sabe de nada sobre isso. Mas beijar o ferro da espada, mudar meu nome para MacKenzie e renegar toda a minha origem? Não, não consigo me decidir a fazer isso.

– Teimoso como seu pai, é o que você é – observou Alec, embora as palavras carregassem um tom de ressentida aprovação. – Às vezes, você parece muito com ele, apesar de ser alto e claro como a família de sua mãe.

– Você o conheceu? – Jamie pareceu interessado.

– Ah, um pouco. Foi mais de ouvir falar. Estou aqui em Leoch desde antes do casamento de seus pais, você sabe. E ouvir Dougal e Colum falarem de Black Brian, parecia que ele era o próprio diabo, se não pior. E a sua mãe a Virgem Maria, raptada e levada para o inferno por ele.

Jamie riu.

– E eu sou como ele, então?

– Tudo isso e muito mais, rapaz. Sim, entendo por que não pode admitir ser um homem de Colum. Mas há considerações em contrário, não? Se for preciso lutar pelos Stuart, digamos, e Dougal conseguir o que quer. Fique no lado certo nesta luta, rapaz, e terá suas terras de volta e muito mais, independentemente do que Colum faça.

Jamie respondeu com o que eu considerava um "ruído escocês", aquele som indeterminado, grave, do fundo da garganta, que pode ser interpretado praticamente de qualquer modo. Esse som específico parecia indicar alguma dúvida quanto à probabilidade de um resultado tão desejável.

– Sim – disse –, e se Dougal não conseguir fazer valer sua vontade, o que acontece? Ou se a luta for contra a casa dos Stuart?

Alec emitiu seu próprio som gutural.

– Então, você permanece aqui, rapaz. Vai ser o estribeiro-mor em meu lugar; não vou durar muito mais e nunca vi ninguém melhor com cavalos do que você.

O grunhido modesto de Jamie indicou agradecimento pelo elogio.

O homem mais velho continuou, sem dar ouvidos a tais interrupções.

– Os MacKenzie são seus parentes, também; não se trata de renegar o seu sangue. E ainda há outras considerações – sua voz adquiriu um tom de zombaria –, como a srta. Laoghaire, talvez?

Obteve outro grunhido em resposta, este indicando constrangimento e rejeição da ideia.

– Ora, vamos, rapaz, um jovem não se deixa surrar por uma garota pela qual não sente nada. E você sabe que o pai dela não vai deixar que se case fora do clã.

– Ela é muito nova, Alec, e fiquei com pena dela – disse Jamie, defendendo-se. – Não há nada além disso. – Desta vez, coube a Alec emitir o ruído escocês, um resfolegar gutural, repleto de incredulidade e ironia.

– Conte essa para outro, rapaz; você não engana ninguém. Bem, ainda que não seja por Laoghaire – e, veja bem, você poderia se sair muito pior –, você seria uma opção de casamento muito melhor se tivesse um pouco de dinheiro e um futuro; como teria, se fosse o próximo estribeiro-mor. Poderia escolher a garota que quisesse, se uma delas não escolhesse você primeiro! – Alec resfolegou com aquela risada meio engasgada de um homem que raramente ri. – Pior que moscas no mel, rapaz! Sem um tostão e sem nome como está agora, as moças ainda suspiram por você... Eu tenho visto! – Mais respiração ruidosa e irônica. – Até essa *sassenach* não consegue ficar longe de você e ela acaba de ficar viúva!

Para evitar o que prometia ser uma série de observações pessoais cada vez mais desagradáveis, resolvi que era hora de ficar oficialmente acordada. Espreguiçando-me e bocejando, sentei-me, esfregando os olhos ostensivamente para evitar olhar para qualquer um dos interlocutores.

– Hummm. Acho que peguei no sono – disse, piscando repetidamente para eles. Jamie, meio vermelho em torno das orelhas, mostrava-se exageradamente interessado em arrumar o que restara do piquenique. O Velho Alec me fitou, aparentemente notando a minha presença pela primeira vez.

– Se interessa por cavalos, dona? – perguntou. Naquelas circunstâncias, não poderia dizer que não.

Concordando que os cavalos eram muito interessantes, fui brindada com uma exegese detalhada sobre a potranca no curral, agora sonolentamente parada, o rabo abanando-se preguiçosamente de vez em quando por causa de uma ou outra mosca.

– Pode vir observá-los quando quiser, dona – concluiu Alec –, desde que não se aproxime tanto que perturbe os animais. Sabe, eles precisam trabalhar. – Isso tinha a óbvia intenção de me dispensar, mas fiquei irredutível, lembrando-me do meu propósito original quando fui até lá.

– Sim, terei mais cuidado da próxima vez – prometi. – Mas antes de voltar para o castelo, queria verificar o ombro de Jamie e retirar as ataduras.

Alec assentiu devagar, mas, para minha surpresa, foi Jamie quem recusou meus cuidados, virando-se para voltar ao curral.

– Ah, isso vai ter que esperar um pouco, dona – disse ele, desviando o olhar. – Há muito que fazer ainda hoje; talvez mais tarde, depois da ceia, hein? – Era estranho; antes, não estava com nenhuma pressa de voltar ao trabalho. De qualquer modo, não podia forçá-lo a se submeter aos meus cuidados se ele não queria. Dando de ombros, concordei em encontrá-lo depois do jantar e virei-me para começar a subir a colina em direção ao castelo.

Enquanto subia, considerei o formato da cicatriz na cabeça de Jamie. Não era uma linha reta, como seria feita por uma espada larga inglesa. O ferimento era curvo, como se tivesse sido feito por uma lâmina bem curva. Uma lâmina como a de um machado Lochaber, o antigo machado de guerra dos escoceses? Mas até onde eu sabia, essas armas assassinas foram – não, eram, corrigi a mim mesma – carregadas apenas por membros de clãs.

Somente quando já me afastara consideravelmente é que me ocorreu. Para um jovem fugitivo, com inimigos desconhecidos, Jamie confiara demais em uma estranha.

Deixando a cesta de piquenique na cozinha, voltei ao consultório do finado Beaton, agora imaculadamente limpo, após a visita das vigorosas auxiliares da sra. Fitz. Até as dezenas de frascos no armário reluziam na luz turva que entrava pela janela.

O armário parecia um bom lugar por onde começar, com um inventário das ervas e medicamentos já existentes. Eu havia passado algum tempo na noite anterior, antes do sono me dominar, folheando o livro encadernado de couro azul que pegara no consultório. Tratava-se do *Guia Prático do Médico*, uma relação de receitas para o tratamento de diversos sintomas e doenças, cujos ingredientes estariam aparentemente dispostos diante de mim.

O livro se dividia em várias seções: "Quebra-febres, vomitórios, eletuários", "Trociscos", "Emplastros diversos e suas aplicações", "Decocções e teriaga" além de uma extensa seção ameaçadoramente intitulada com uma única palavra: "Purgantes."

Lendo algumas das receitas, a razão para a falta de êxito do falecido Davie Beaton tornou-se óbvia. "Para dor de cabeça", dizia um dos registros, "pegue uma bola de estrume de cavalo, que deve ser cuidadosamente seca, socada até transformar-se em pó e este inteiramente bebido, misturado a cerveja quente." "Para convulsões em crianças, cinco sanguessugas a serem aplicadas atrás da orelha." E algumas páginas mais adiante, "decocções feitas das raízes de quelidônia, açafroeiro-da-índia e suco de duzentos tatuzinhos são de grande utilidade em casos de icterícia". Fechei o livro, admirada com o grande número de pacientes do falecido doutor que, segundo seu meticuloso livro de registro, não só sobreviveram ao tratamento que lhes fora prescrito, como realmente se curaram de seus males originais.

Havia um grande pote de vidro marrom contendo várias bolas de aparência suspeita e, diante das receitas de Beaton, eu fazia uma boa ideia do que deveriam ser. Virando-o, li triunfantemente a etiqueta escrita à mão: ESTRUME DE CAVALO. Imaginando que tal substância não devia melhorar com o tempo de armazenamento, separei o pote cuidadosamente sem abri-lo.

Investigações subsequentes mostraram que PURLES OVIS era uma versão latinizada de uma substância similar, desta vez proveniente de ovelhas. Orelha-de-rato também demonstrou ser de natureza animal, em vez de herbácea; afastei um frasco de minúsculas orelhas rosadas e secas com um estremecimento.

Eu estava intrigada com os "tatuzinhos" – a erva também chamada de "baratinha" – que parecia ser um ingrediente importante em vários remédios, de modo que fiquei satisfeita ao ver um frasco transparente, fechado com uma rolha de cortiça, com esse nome na etiqueta. O frasco estava cheio até a metade com o que pareciam ser pequenas pílulas cinza. Não tinham mais do que meio centímetro de diâmetro e eram tão perfeitamente redondas que me admirei das habilidades farmacêuticas de Beaton. Aproximei o frasco do rosto, intrigada com a leveza. Então, vi as finas estrias transversais de cada "pílula" e as pernas microscópicas, dobradas para dentro do vinco central. Devolvi o frasco rapidamente à prateleira, limpando a mão no meu avental, e fiz mais uma anotação na lista mental que estava compilando. Para "tatuzinhos", leia-se "bichos-de-conta".

Havia diversas substâncias mais ou menos inofensivas nos potes de Beaton, bem como diversos contendo ervas secas ou extratos que poderiam ser úteis. Encontrei um pouco do pó de raiz de íris e o vinagre aromatizado que a sra. Fitz usara para tratar dos ferimentos de Jamie MacTavish. Também encontrei angélica, absinto, alecrim e algo etiquetado como ABIES FÉTIDO. Abri o frasco cautelosamente, mas não se tratava de nada além das pontas tenras de galhos de abeto e uma agradável fragrância balsâmica desprendeu-se do frasco destampado. Deixei-o aberto e coloquei-o sobre a mesa para perfumar o ar na salinha escura enquanto eu continuava com meu inventário.

Joguei fora potes de caramujos secos; ÓLEO DE MINHOCAS – que parecia ser exatamente isso; VINUM MILLEPEDATUM – embuás miriápodes, triturados em pedaços e embebidos em vinho; PÓ DE MÚMIA EGÍPCIA – um pó de aparência indefinida, cuja origem me pareceu mais provável ser de um sedimento de beira de rio do que o túmulo de um faraó; SANGUE DE POMBOS, ovos de formiga, vários sapos secos laboriosamente envolvidos em musgo e CRÂNIO HUMANO EM PÓ. *De quem?*, me perguntei.

Levei quase a tarde inteira para terminar minhas inspeções do armário e da cômoda de muitas gavetas. Quando terminei, havia uma grande pilha de frascos, caixas e potes descartados do lado de fora do consultório para ser levada para o lixo e uma coleção bem menor de itens possivelmente úteis novamente guardados no armário.

Durante um bom tempo, considerei um grande pacote de teias de aranha, hesitando sobre o que fazer com elas. Tanto o Guia de Beaton quanto minhas próprias lembranças vagas de medicina popular diziam que teia de aranha era eficaz em curativos. Enquanto minha própria tendência era de considerar tais usos extremamente anti-higiênicos, minha experiência com ataduras de linho à beira da estrada mostrara-me a necessidade de ter alguma substância adesiva e com propriedades absorventes para curativos. Finalmente, coloquei o pacote de teias de aranha de volta no armário, decidindo ver se haveria algum meio de esterilizá-las. *Sem fervê-las*, pensei. Talvez o vapor pudesse limpá-las sem destruir a capacidade adesiva.

Esfreguei as mãos no avental, examinando a ideia. Já havia inventariado praticamente tudo – exceto a arca de madeira junto à parede. Abri a tampa e recuei imediatamente diante do mau cheiro liberado.

A arca era o repositório do lado cirúrgico das atividades de Beaton. Dentro, havia serras, facas, bisturis e outros instrumentos de aparência sinistra, parecendo mais adequados à construção de prédios do que aos delicados tecidos humanos. O cheiro fétido aparentemente provinha do fato de que Davie Beaton não via necessidade de limpar seus instrumentos entre uma utilização e outra. Fiz uma careta de nojo diante das manchas escuras em algumas das lâminas e fechei a arca batendo a tampa com força.

Arrastei a arca em direção à porta, pretendendo dizer à sra. Fitz que os instrumentos, uma vez adequadamente fervidos, deveriam ser dados ao carpinteiro do castelo, se houvesse tal personagem.

Um movimento atrás de mim alertou-me a tempo de evitar dar de encontro com a pessoa que acabava de entrar. Virei-me e vi dois homens, um sustentando o outro, que mancava de um dos pés. O pé machucado estava envolvido num monte de trapos, manchados de sangue vivo.

Olhei à minha volta, em seguida fiz um gesto indicando a arca, por falta de melhores acomodações.

– Sente-se – disse. Tudo indicava que a nova médica do Castelo Leoch começara a atender seus pacientes.

8

UM ENTRETENIMENTO NOTURNO

Fiquei deitada na cama, sentindo-me completamente exausta. Por estranho que pareça, eu gostara de vasculhar a memorabilia do finado Beaton e de tratar daqueles poucos pacientes. Apesar dos parcos recursos, fizera-me sentir realmente segura e útil outra vez. Sentir carne e ossos sob meus dedos, tomar o pulso, inspecionar línguas e olhos, toda a rotina familiar, contribuíra muito para aplacar a sensação oca de pânico que me acompanhava desde a minha queda através da rocha. Por mais estranhas que minhas circunstâncias pudessem parecer, e por mais deslocada que eu estivesse, de certo modo era reconfortante que aquelas fossem realmente outras pessoas. Com cabelos e pele quente, com corações cujos batimentos podiam ser sentidos e pulmões que respiravam de modo audível. Algumas imundas, cheias de piolhos e cheirando mal, mas isso não era nenhuma novidade para mim. Certamente, não era pior do que um hospital de campanha e os ferimentos eram – ainda bem – infinitamente menores. Era muito gratificante ser capaz outra vez de aliviar a dor, restaurar uma junta, consertar danos. Assumir responsabilidade pelo bem-estar de outras pessoas me fez sentir menos vitimada pelos caprichos de um destino impossível que me trouxera até ali – e agradecia a Colum por isso.

Colum MacKenzie. Eis um homem estranho. Culto, gentil diante de uma falta e também atencioso, com uma reserva que apenas escondia o âmago de aço. Esse interior de aço era muito mais visível em seu irmão Dougal. Este era um guerreiro nato. E, no entanto, ao vê-los juntos, ficava evidente quem era o mais forte. Colum era um líder, com ou sem pernas tortas.

Síndrome de Toulouse-Lautrec. Nunca vira um caso antes, mas já o haviam descrito a mim. Com o nome de sua vítima mais famosa (que ainda não havia nascido, lembrei a mim mesma), é uma doença degenerativa dos ossos e dos ligamentos. As pessoas acometidas dessa enfermidade parecem normais até a adolescência, quando os longos ossos das pernas, sob a pressão de sustentar um corpo ereto, começam a desfazer-se e desmoronar sobre si mesmos.

A compleição pálida, prematuramente enrugada, é outro efeito aparente da má circulação que caracteriza a doença. Igualmente, os dedos das mãos e dos pés, ressecados e cheios de calosidades, que eu já notara. À medida que as pernas entortam-se e arqueam-se, a espinha ficava sob grande pressão e em geral também entorta, causando imenso desconforto à vítima. Reli mentalmente a descrição no livro médico, alisando languidamente os cachos do meu cabelo com os dedos.

Baixa contagem de leucócitos aumenta a suscetibilidade à infecção e à artrite precoce. Devido à má circulação e à degeneração dos ligamentos, as vítimas são invariavelmente estéreis e, em geral, também impotentes.

Parei repentinamente, pensando em Hamish. Meu filho, dissera Colum, apresentando orgulhosamente o menino. Hummm, pensei comigo mesma. Então, talvez não impotente. Ou talvez, sim. Felizmente para Letitia, a maior parte dos homens do clã MacKenzie possuía um alto grau de semelhança física.

Fui arrancada dessas interessantes ruminações por uma repentina batida na porta. Um daqueles onipresentes garotos estava do lado de fora, trazendo um convite do próprio Colum. Haveria um espetáculo de música no salão, disse, e Colum MacKenzie se sentiria honrado com minha presença, se eu fizesse a gentileza de descer.

Estava curiosa para ver Colum de novo, à luz das minhas recentes especulações. Assim, com uma rápida olhada no espelho e um gesto inútil para assentar meus cabelos, fechei a porta atrás de mim e segui meu acompanhante pelos corredores sinuosos e frios.

O salão parecia diferente à noite, muito festivo, com tochas de pinheiro estalando ao longo de todas as paredes, às vezes lançando uma chama azul de terebintina. A imensa lareira, com seus múltiplos espetos e caldeirões, diminuíra sua atividade desde o frenesi do jantar. Agora, apenas um único fogo queimava na lareira, sustentado por duas toras enormes e de combustão lenta e os espetos haviam sido dobrados de volta para dentro da cavernosa chaminé.

As mesas e os bancos ainda estavam ali, mas ligeiramente empurrados para trás, a fim de criar um espaço livre junto à lareira; aparentemente, aquele deveria ser o centro do entretenimento, pois a enorme cadeira esculpida de Colum estava colocada num dos lados. O próprio Colum a ocupava, uma manta de lã sobre as pernas e uma mesinha com uma bela garrafa ornamental para servir vinho e taças à mão.

Vendo-me hesitar no arco da entrada, fez um sinal amistoso para que eu me sentasse a seu lado, indicando um banco próximo.

– Fico satisfeito que tenha vindo, sra. Claire – disse ele, de modo agradavelmente informal. – Gwyllyn ficará contente de ter uma nova ouvinte para as suas canções, embora sempre estejamos ávidos para ouvi-lo.

O chefe dos MacKenzie parecia cansado, pensei; os ombros largos estavam um pouco curvados e as rugas prematuras de seu rosto pareciam mais pronunciadas.

Murmurei alguma coisa casual e olhei à minha volta. As pessoas começavam a chegar, algumas às vezes saíam, parando em pequenos grupos para conversar, gradualmente assumindo seus lugares nos bancos arrumados junto às paredes.

– Como disse? – Virei-me, tendo perdido as palavras de Colum no vozerio crescente, e deparei-me com ele oferecendo-me a garrafa de vinho, uma linda peça no formato de um sino, de cristal verde-água. O líquido, visto através do cristal, parecia verde como as profundezas do mar, mas uma vez servido mostrava ter uma adorável cor rosa-clara, com um delicioso buquê. O sabor correspondia plenamente à promessa e cerrei os olhos de felicidade, deixando os vapores do vinho tocarem o céu da minha boca antes de relutantemente permitir que cada gole do néctar descesse lentamente pela minha garganta.

– Bom, não? – A voz grave carregava um tom de divertimento e eu abri os olhos para ver Colum sorrindo para mim com aprovação.

Abri a boca para responder e descobri que a suave delicadeza do sabor era enganadora; o vinho era suficientemente forte para causar uma leve paralisia das cordas vocais.

– Ma-maravilhoso – consegui emitir.

Colum balançou a cabeça, concordando.

– Sim, é verdade. Do Reno, sabe. Não conhece?

Sacudi a cabeça, enquanto ele inclinava a garrafa sobre minha taça, enchendo-a com o resplandecente líquido rosa. Segurou sua própria taça pela haste, girando-a diante do rosto de modo que a luz do fogo iluminasse o conteúdo com pitadas de cinabre.

– Entretanto, conhece um bom vinho – disse Colum, inclinando a taça para desfrutar o encorpado aroma de frutas. – Mas é natural, imagino, sendo sua família francesa. Ou parcialmente francesa, deveria dizer – corrigiu-se com um rápido sorriso. – De que parte da França é sua família?

Hesitei por um instante, em seguida lembrei que devia me manter fiel à verdade, até onde fosse possível, e respondi:

– São laços antigos, mas não muito próximos. Esses parentes que devo ter lá são do norte, perto de Compiègne. – Fiquei ligeiramente espantada ao perceber, neste momento, que meus parentes de fato ficavam perto de Compiègne. Realmente, fiel à verdade.

– Ah. Então, a senhora mesma nunca esteve lá?

Inclinei a taça, balançando a cabeça ao fazê-lo. Cerrei os olhos e respirei fundo, inalando o aroma do vinho.

– Não – disse, os olhos ainda cerrados. – Também não conheço nenhum dos meus parentes que vivem lá. – Abri os olhos para vê-lo observando-me atentamente. – Eu lhe disse isso.

Ele assentiu, não parecendo nem um pouco perturbado:

– É verdade.

Seus olhos eram de um belo tom cinza-claro, emoldurados por espessas pestanas negras. Um homem muito atraente, Colum MacKenzie, pelo menos até a cintura. Meu olhar passou por ele e recaiu sobre o grupo mais próximo da lareira, onde pude ver sua mulher, Letitia, reunida com várias mulheres, todas envolvidas numa animada conversa com Dougal MacKenzie. Também um homem muito atraente, e completo.

Voltei minha atenção de novo para Colum e o vi fitando distraidamente uma das tapeçarias penduradas na parede.

– E também já lhe disse – falei bruscamente, despertando-o de seu alheamento momentâneo – que gostaria de partir para a França o mais cedo possível.

– É verdade – repetiu, amavelmente, e pegou a garrafa de bebida com um arqueamento interrogativo da sobrancelha.

Segurei minha taça com firmeza, fazendo um sinal de que só queria um pouco, mas ele encheu o delicado recipiente quase até a borda outra vez.

– Bem, como eu lhe disse, sra. Beauchamp – falou, os olhos fixos no vinho –, acho que deveria ficar por aqui um pouco, até que as providências adequadas para o seu transporte possam ser tomadas. Afinal, não é preciso pressa. Ainda estamos na primavera e temos alguns meses antes de as tempestades de outono tornarem a travessia do canal arriscada. – Ergueu os olhos e a garrafa ao mesmo tempo e fitou-me com um olhar astuto.

– Mas se me der os nomes de seus parentes na França, posso enviar uma mensagem para que fiquem avisados da sua chegada, hein?

Depois do blefe, não tinha muita escolha senão murmurar algo do tipo sim-bem-talvez-mais tarde e pedir licença apressadamente sob o pretexto de visitar o lavatório antes do início da apresentação de canto. Colum tinha as cartas, mas o jogo ainda não terminara.

Meu pretexto não era inteiramente fictício e levei algum tempo, vagando pelos corredores escuros do castelo, para encontrar o lugar que estava procurando. Tateando pelo caminho de volta, com a taça de vinho ainda na mão, encontrei a porta iluminada para o salão, mas então percebi que chegara à entrada inferior e agora estava no extremo oposto do salão em relação a Colum. Nas atuais circunstâncias, isso me era bem conveniente, e entrei discretamente no comprido salão, esforçando-me para me confundir com pequenos grupos de pessoas conforme avançava ao longo da parede em direção a um dos bancos.

Lançando um olhar para o extremo superior do salão, vi um homem mais esbelto que devia ser o bardo Gwyllyn, a julgar pela pequena harpa que carregava. A um sinal de Colum, um criado apressou-se a trazer um banquinho para o músico, no qual ele sentou-se e começou a afinar a harpa, tocando levemente as cordas, o ouvido junto ao instrumento. Colum serviu outra taça de vinho de sua própria garrafa e, com outro sinal, despachou-a pelo criado na direção do bardo.

– Ah, ele pediu seu cachimbo, e sua taça e seu violeirooo – cantarolei irreverentemente e baixinho, provocando um olhar de estranheza na jovem Laoghaire. Ela estava sentada sob uma tapeçaria ostentando um caçador com seis cachorros alongados e vesgos, numa perseguição errática de uma única lebre.

– Um pouco de exagero, não acha? – disse despreocupadamente, indicando a cena com um gesto da mão e deixando-me cair sentada a seu lado no banco.

– Ah! Hã, sim – respondeu cautelosamente, afastando-se um pouco. Tentei envolvê-la numa conversa amistosa, mas ela respondia quase sempre em monossílabos, ruborizando e sobressaltando-se quando eu falava com ela. Assim, logo desisti, voltando minha atenção para a cena no outro lado do salão.

Satisfeito com a afinação da harpa, Gwyllyn retirou do casaco três flautas de madeira de tamanhos diferentes, colocando-as sobre uma mesinha providencialmente posta a seu lado.

De repente, notei que Laoghaire não compartilhava meu interesse pelo bardo e seus instrumentos. Ela endireitara-se ligeiramente e espreitava por cima do meu ombro em direção à entrada em arco mais baixa, ao mesmo tempo inclinando-se para trás, para as sombras da tapeçaria, para evitar ser notada.

Seguindo a direção do seu olhar, vi a figura alta, de cabelos avermelhados, de Jamie MacTavish, que acabava de entrar no salão.

– Ah! O herói galante! Gosta dele, não? – perguntei à jovem ao meu lado. Ela balançou a cabeça energicamente, mas as faces brilhantes e rosadas eram uma resposta mais convincente. – Bem, vamos ver o que podemos fazer, hein? – completei, sentindo-me expansiva e magnânima. Levantei-me e acenei animadamente para atrair sua atenção.

Percebendo meu sinal, o jovem abriu caminho pela multidão, sorrindo. Eu não sabia o que se passara entre eles no pátio, mas achei que sua maneira de cumprimentar a jovem era calorosa, embora ainda formal. A mesura que fez para mim foi ligeiramente mais relaxada; após a forçada intimidade de nosso relacionamento até o momento, seria difícil me tratar como uma estranha.

Algumas notas experimentais do lado superior do salão anunciaram o iminente começo da apresentação e nós tomamos nossos lugares apressadamente, Jamie sentando-se entre Laoghaire e mim.

Gwyllyn era um homem de aparência insignificante, de ossatura pequena e cabelos ralos, mas ficava invisível quando começava a cantar. Servia apenas como foco, um ponto para descansar os olhos enquanto os ouvidos deliciavam-se com seu canto. Começou com uma canção simples, algo em gaélico com um forte repique rimado nos versos, acompanhado pelo mais leve toque das cordas da harpa, de modo que a vibração de cada corda parecia carregar o eco das palavras de um verso para o outro. A voz também era enganadoramente simples. A princípio, achava-se que não havia nada de mais no seu canto dolente – agradável, mas sem muita força. No entanto, em seguida descobria-se que o som atravessava-o diretamente e cada sílaba era límpida, quer você a entendesse ou não, ecoando pungentemente dentro de sua cabeça.

A canção foi recebida com uma calorosa onda de aplausos e o cantor imediatamente iniciou outra, desta vez em gaélico. Soava como uma espécie de melodioso gargarejo para mim, mas as pessoas ao meu redor pareciam entender bem a letra; sem dúvida, não era a primeira vez que a ouviam.

Durante uma breve pausa para uma nova afinação, perguntei a Jamie em voz baixa:

– Gwyllyn já está há muito tempo no castelo? – Em seguida, lembrando-me, disse: – Ah, mas você não saberia, não é? Havia me esquecido que você mesmo é muito novo aqui.

– Já estive aqui antes – respondeu, voltando sua atenção para mim. – Passei um ano em Leoch quando tinha mais ou menos 16 anos e Gwyllyn já estava aqui naquela época. Colum aprecia muito a sua música. Paga bem ao bardo para que permaneça aqui. É preciso, porque o galês seria bem-vindo junto à lareira de qualquer senhor onde escolhesse cantar.

– Lembro-me de quando você esteve aqui, antes. – Era Laoghaire, ainda ruborizada, mas decidida a entrar na conversa. Jamie voltou-se para ela, com um leve sorriso.

– Ah, então você se lembra? Você mesma não devia ter mais do que 7 ou 8 anos. Acho que não era grande coisa na época, para ser lembrado. – Voltando-se educadamente para mim, perguntou: – Você sabe galês, então?

– Bem, mas eu me lembro – disse Laoghaire, continuando. – Você era, hã... quero dizer... então, você não se lembra de mim naquela época? – Suas mãos brincavam nervosamente com as pregas da saia. Notei que roía as unhas.

A atenção de Jamie foi atraída para um grupo de pessoas do outro lado do aposento, discutindo em gaélico.

– Hein? – disse vagamente. – Não, acho que não. De qualquer forma – continuou, com um sorriso, repentinamente voltando sua atenção para ela outra vez –, é provável que não fosse me lembrar mesmo. Um adolescente de 16 anos é muito cheio de si para prestar atenção ao que acha que não passa de um bando de meninas de nariz sardento.

Entendi que ele fez essa observação com a intenção de depreciar a si mesmo, e não sua interlocutora, mas o efeito não foi o desejado. Achei que uma pequena pausa para permitir que Laoghaire se recobrasse fazia-se necessária e interrompi apressadamente dizendo:

– Não, não sei nada de galês. Tem alguma ideia do que ele estava dizendo?

– Ah, sim. – E Jamie lançou-se no que parecia ser a recitação palavra por palavra da canção, traduzida para o inglês. Aparentemente, tratava-se de uma antiga balada sobre um jovem que amava uma jovem (o que mais poderia ser?), mas sentindo-se indigno dela por ser pobre, partiu para fazer fortuna no mar. O jovem sofreu um naufrágio, deparou-se com serpentes marinhas que o ameaçaram e sereias que o encantaram, teve aventuras e voltou finalmente para casa somente para encontrar a jovem casada com seu melhor amigo, que embora um pouco mais pobre, aparentemente também tinha mais juízo.

– E quem você seria? – perguntei, em tom de troça. – Seria o jovem que não casaria sem dinheiro ou ficaria com a jovem sem se importar com o dinheiro? – Essa pergunta pareceu interessar também a Laoghaire, que inclinou a cabeça para ouvir a resposta, enquanto fingia prestar grande atenção a uma canção que Gwyllyn começara a tocar na flauta.

– Eu? – Jamie pareceu divertir-se com a pergunta. – Bem, como não tenho nenhum dinheiro, e bem pouca chance de jamais ganhar algum, acho que ficaria feliz de achar uma jovem que quisesse casar comigo assim mesmo. – Balançou a cabeça, rindo. – Não tenho estômago para serpentes marinhas.

Abriu a boca para dizer mais alguma coisa, mas foi silenciado por Laoghaire, que colocou a mão timidamente em seu braço, depois corou e retirou-a bruscamente como se a pele dele estivesse em brasa.

– Sshh – disse. – Quero dizer... ele vai contar histórias. Não quer ouvir?

– Ah, sim. – Jamie chegou um pouco mais para a frente do banco em expectativa, percebeu que bloqueava a minha visão e insistiu para que eu sentasse do outro lado dele, deslocando Laoghaire para mais longe no banco. Pude notar que a jovem não ficou muito satisfeita com o novo arranjo e eu tentei protestar, dizendo que estava bem onde estava, mas ele se manteve firme.

– Não, você vai ver e ouvir melhor daqui. E depois, se ele cantar em gaélico, posso sussurrar no seu ouvido o que ele está dizendo.

Cada parte da atuação do bardo fora saudada com calorosos aplausos, embora as pessoas conversassem em voz baixa enquanto ele tocava, produzindo um zumbido grave abaixo dos acordes melodiosos e agudos da harpa. Agora, entretanto, uma espécie de silêncio de suspense abateu-se sobre o salão. A voz de Gwyllyn era tão clara quanto seu canto, cada palavra lançada para alcançar sem esforço o lado oposto do salão alto e bafejado por correntes de ar.

– Era uma vez, há duzentos anos... – Falava em inglês e tive uma sensação repentina de déjà vu. Era exatamente a mesma maneira de falar de nosso guia no lago Ness, contando lendas do Great Glen.

No entanto, não era uma história de fantasmas e heróis que ele contava, mas uma história do Povo Pequeno, de fadas e duendes.

– Havia um clã do Povo Pequeno que vivia perto de Dundreggan – começou. – E a colina que havia lá tinha o nome do dragão que vivia nela, que Fionn matou e enterrou ali mesmo, dando o nome ao local. Depois da morte de Fionn e de Feinn, o Povo Pequeno que foi morar na colina precisou das mães de seres humanos para serem amas de leite dos próprios filhos das fadas, pois o ser humano tem algo que as fadas não têm e o Povo Pequeno achou que isso deveria passar pelo leite das mães para suas próprias crianças.

"Ora, Ewan MacDonald de Dundreggan estava lá fora no escuro, cuidando de seus animais, na noite em que sua mulher deu à luz seu primeiro filho. Um sopro do vento noturno passou por ele e, na corrente do vento, ele ouviu o suspiro de sua mulher. Ela suspirou como suspirara antes da criança nascer e, ouvindo-a ali, Ewan MacDonald virou-se e lançou sua faca no vento em nome da Trindade. E sua mulher caiu sã e salva no chão a seu lado."

Ao final, a história foi recebida com uma espécie de "ah" coletivo, rapidamente seguido por histórias sobre a inteligência e a ingenuidade do Povo Pequeno, além de outras sobre as interações com o mundo dos homens. Algumas eram em gaélico, outras em inglês, aparentemente segundo a que melhor se adequasse ao ritmo das palavras, pois todas elas possuíam uma beleza no desenrolar dos versos que ia além do conteúdo da história propriamente dita. Como prometera, Jamie traduziu o gaélico para mim em voz baixa, tão rapidamente e com tanta facilidade que achei que já devia ter ouvido essas histórias muitas vezes antes.

Houve uma que particularmente chamou minha atenção, sobre o homem que ficava na escuridão da noite em uma colina de fadas e que ouviu o canto "triste e lamurioso" de uma mulher vindo das pedras da colina. Ele ouviu com mais atenção e entendeu a letra da canção:

Sou a mulher do Senhor de Balnain
As fadas me levaram outra vez.

Assim, o homem correu para a casa de Balnain e descobriu que o proprietário fora embora e que a mulher e o filho haviam desaparecido. O homem imediatamente procurou um padre e levou-o até o monte das fadas. O padre benzeu as pedras da colina e aspergiu água benta sobre elas. De repente, a noite ficou mais escura e ouviu-se um barulho ensurdecedor, como o de um trovão. Então, a lua saiu de trás de uma nuvem e iluminou a mulher, a esposa de Balnain, que jazia exausta na grama com o filho nos braços. A mulher estava cansada, como se tivesse viajado para longe, mas não sabia dizer onde estivera nem como chegara lá.

Outras pessoas no salão tinham histórias para contar e Gwyllyn ficou descansando em seu banquinho, apreciando o vinho em pequenos goles, enquanto outros contadores de histórias se revezavam junto à lareira, mantendo a plateia embevecida.

Algumas, mal ouvi. Eu mesma estava arrebatada, mas pelos meus próprios pensamentos, que giravam, formando padrões sob a influência do vinho, da música e das lendas de fadas.

"Houve uma época, há duzentos anos..."

São sempre duzentos anos nas histórias das Terras Altas, disse a voz do reverendo Wakefield em minha memória. *O mesmo que o nosso indefinido "Era uma vez".*

E mulheres presas nas pedras de colinas de fadas, viajando para longe e chegando exaustas, que não sabiam onde haviam estado, nem como haviam chegado lá.

Pude sentir os pelos nos meus braços se eriçarem, como se estivesse com frio, e esfreguei-os nervosamente. Duzentos anos. De 1945 a 1743. Sim, bem próximo. E mulheres que viajavam através das rochas. *Seriam sempre mulheres?*, perguntei-me repentinamente.

Outra coisa me ocorreu. As mulheres voltavam. Água benta, feitiço ou faca, elas voltavam. Assim, talvez, apenas talvez, fosse possível. Preciso voltar ao monumento de pedras em Craigh na Dun. Senti uma agitação crescente que me deixou um pouco zonza e estendi o braço para a taça de vinho para me acalmar.

– Cuidado! – Meus dedos trêmulos atrapalharam-se na borda da taça de cristal quase cheia que eu descuidadamente colocara no banco ao meu lado. O longo braço de Jamie passou como uma flecha por cima do meu colo, salvando a taça por pouco de um desastre. Ergueu-a, segurando-a delicadamente pela haste entre dois dedos grandes, e passou-a suavemente de um lado para o outro sob o nariz. Entregou-me a taça, as sobrancelhas erguidas.

– Do Reno – expliquei.

– Eu sei – disse ele, ainda parecendo intrigado. – De Colum, não?

– Isso mesmo. Gostaria de experimentar? É muito bom. – Estendi a taça, com pouca firmeza. Após um instante de hesitação, ele aceitou a taça e experimentou um pequeno gole.

– Sim, muito bom – disse, devolvendo-me a taça. – Também duplamente forte. Colum toma-o à noite, porque suas pernas doem. Quanto tomou? – perguntou, olhando-me com os olhos semicerrados.

– Duas, não, três taças – respondi, com alguma dignidade. – Está querendo dizer que estou bêbada?

– Não – respondeu, as sobrancelhas ainda erguidas. – Estou impressionado que não esteja. Muitas pessoas que bebem com Colum estão debaixo da mesa depois da segunda taça. – Estendeu o braço e tirou a taça da minha mão novamente. – Mesmo assim – acrescentou com firmeza –, acho melhor não tomar mais ou não vai conseguir subir as escadas. – Inclinou a taça e ele mesmo a esvaziou. Em seguida, entregou a taça vazia a Laoghaire sem olhar para ela.

– Leve isso de volta, por favor, menina – disse, informalmente. – Já é tarde. Acho que vou acompanhar a sra. Beauchamp aos seus aposentos. – E colocando a mão sob meu cotovelo, me fez girar em direção à passagem em arco, deixando a garota fitando-nos com uma expressão que me fez sentir aliviada de saber que olhares não podem matar.

Jamie acompanhou-me ao meu quarto e, para minha surpresa, entrou atrás de mim. A surpresa desapareceu quando ele fechou a porta e imediatamente tirou a camisa. Eu me esquecera das ataduras, que havia dois dias eu pretendia remover.

– Vou gostar de me livrar disso – disse, esfregando a tipoia de raiom e linho sob seu braço. – Está me irritando há dias.

– Então, surpreende-me que você mesmo não a tenha tirado – retruquei, começando a desatar os nós.

– Fiquei com medo, depois do pito que levei quando a colocou – disse ele, rindo descaradamente para mim. – Achei que ia levar umas palmadas se mexesse aí.

– Vai levar agora se não se sentar e ficar quieto – respondi, fingindo estar zangada. Coloquei as duas mãos em seu ombro bom e, um pouco sem firmeza, empurrei-o para baixo, sobre o banquinho do quarto.

Retirei a tipoia e cuidadosamente examinei a região da articulação do ombro. Ainda estava ligeiramente inchada, com hematomas, mas felizmente não encontrei nenhuma evidência de músculos distendidos.

– Se estava tão ansioso para se livrar das ataduras, por que não deixou que eu as tirasse para você ontem à tarde? – Seu comportamento no campo me intrigara na ocasião e mais ainda agora, que podia ver as áreas de pele avermelhada onde as pontas ásperas das ataduras de linho roçaram tanto sua pele que quase a deixaram em carne viva. Levantei o curativo cautelosamente, mas tudo estava bem.

Ele me olhou de viés, depois abaixou os olhos um pouco timidamente.

– Bem, é que... ah, é que eu não queria tirar minha camisa diante de Alec.

– É recatado, não? – perguntei secamente, fazendo com que erguesse o braço para testar a extensão da junta. Ele piscou rapidamente com o movimento, mas sorriu diante da minha observação.

– Se fosse, eu não estaria aqui sentado quase nu no seu quarto, não é? Não, são as marcas nas minhas costas. – Vendo minhas sobrancelhas erguidas, continuou com a explicação. – Alec sabe quem eu sou, quero dizer, ouviu dizer que fui chicoteado, mas ele não viu. E saber algo assim não é o mesmo que ver com seus próprios olhos. – Apalpou o ombro machucado, desviando os olhos. Franziu a testa, fitando o chão. – É que... talvez você não compreenda o que quero dizer. Mas quando você sabe que um homem sofreu algum mal, trata-se apenas de uma das coisas que sabe a respeito dele e não faz muita diferença na maneira como você o vê. Alec sabe que fui açoitado, como sabe que tenho cabelos ruivos, e isso não faz diferença na maneira como ele me trata.

Ergueu os olhos, buscando algum sinal de compreensão em meu rosto.

– Mas quando você realmente vê, é como – hesitou, buscando as palavras –, é um pouco... pessoal, talvez, é o que quero dizer. Eu acho... se ele visse as cicatrizes, ele não conseguiria mais me ver sem pensar nas minhas costas. E eu veria que ele estava pensando nisso, o que me faria lembrar e... – interrompeu-se, encolhendo os ombros. – Bem. É uma explicação bem ruim, não? Acho que sou muito suscetível a esse respeito, de qualquer modo. Afinal, eu mesmo não posso ver minhas costas; talvez não seja tão ruim quanto eu imagino.

Eu já vira homens feridos andando de muletas na rua e as pessoas desviarem o olhar ao passar por eles e achei que não era uma explicação ruim de maneira alguma.

– Não se importa que eu veja suas costas?

– Não, não me importo. – Pareceu ligeiramente surpreso e parou por um instante para pensar naquilo. – Acho que... é que você tem um jeito de me dizer que sente muito, sem me fazer sentir pena de mim mesmo.

Continuou pacientemente sentado, sem se mover, enquanto eu dava a volta por trás dele, inspecionando suas costas. Eu não sabia o que ele achava, mas era uma visão difícil. Mesmo à luz de velas e já as tendo visto antes, fiquei horrorizada. Antes, eu vira apenas um ombro. As cicatrizes cobriam suas costas inteiras, dos ombros à cintura. Embora muitas houvessem esmaecido, quase não passando de finas linhas brancas, as piores formavam espessos cordões prateados, retalhando os músculos bem torneados. Pensei com alguma tristeza que deviam ter sido costas muito bonitas em outra época. Sua pele era clara e viçosa e o contorno de ossos e músculos ainda era firme e gracioso, os ombros retos e quadrados, a espinha dorsal um sulco reto, liso e profundo, entre as colunas arredondadas de músculos que se erguiam de cada lado.

Jamie estava certo. Vendo aquele dilaceramento gratuito, não podia evitar uma imagem mental do processo que o causara. Tentei não imaginar os braços musculosos erguidos, estirados e amarrados, as cordas cortando os pulsos, a cabeça pressionada com força contra o poste, em agonia, mas as marcas traziam essas imagens prontamente à imaginação. Teria ele gritado? Afastei apressadamente a ideia. Eu ouvira as histórias sobre a Alemanha do pós-guerra, é claro, soubera de atrocidades muito piores do que esta, mas ele tinha razão; saber não é o mesmo que ver.

Involuntariamente, estendi a mão, como se eu pudesse curá-lo e apagar as marcas com um toque dos dedos. Ele suspirou profundamente, mas não se moveu, enquanto eu percorria as cicatrizes profundas, uma a uma, como se quisesse mostrar-lhe a extensão dos danos que ele não podia ver. Finalmente, descansei as mãos o mais levemente possível sobre seus ombros em silêncio, procurando as palavras.

Ele colocou a própria mão sobre a minha e apertou-a levemente, como se compreendesse o que eu não conseguia dizer.

– Coisas piores aconteceram a outros, dona – disse serenamente. Em seguida, soltou a mão e o encanto se desfez. – Sinto que está sarando bem – continuou ele, tentando olhar de lado e ver o ombro ferido. – Quase não dói mais.

– Ótimo – respondi, limpando a garganta de alguma obstrução que parecia ter se instalado ali. – Está realmente sarando bem; formou uma casca boa e não há nenhuma secreção. Basta mantê-lo limpo e não usar o braço mais do que o necessário por mais dois ou três dias. – Dei um tapinha no ombro bom, significando que estava dispensado. Ele recolocou a camisa sem ajuda, enfiando as longas pontas para dentro do kilt.

Houve um momento embaraçoso quando ele parou junto à porta, procurando alguma coisa para dizer em despedida. Finalmente, convidou-me para ir à estrebaria no dia seguinte e ver um potro recém-nascido. Prometi que iria e nos despedimos, ambos dizendo boa-noite ao mesmo tempo. Rimos e balançamos a cabeça ridiculamente um para o outro enquanto eu fechava a porta. Fui imediatamente para a cama e adormeci numa espécie de névoa provocada pelo vinho, começando a ter sonhos perturbadores dos quais não me lembrava mais pela manhã.

• • •

No dia seguinte, depois de uma longa manhã tratando dos novos pacientes, vasculhando a despensa à cata de ervas úteis para reabastecer o armário de suprimentos médicos e – com alguma cerimônia – registrar os detalhes no livro preto de Davie Beaton, deixei minha salinha em busca de ar fresco e exercício.

Não havia ninguém por perto no momento e aproveitei a oportunidade para explorar os andares superiores do castelo, espiando quartos vazios e escadas em caracol, mapeando o castelo mentalmente. Era um projeto muito irregular, para dizer o mínimo. Vários anexos haviam sido acrescentados aqui e ali ao longo dos anos, até ficar difícil dizer se teria havido um projeto original. Nesse corredor, por exemplo, havia uma alcova construída sob as escadas, aparentemente sem nenhuma serventia além de preencher um espaço vazio pequeno demais para um aposento completo.

A alcova ficava parcialmente oculta por uma cortina de linho listrado; eu teria passado sem parar se um lampejo branco lá dentro não tivesse atraído a minha atenção. Parei junto à abertura e espreitei lá dentro para ver o que era. Era a manga da camisa de Jamie, envolvendo as costas de uma jovem, atraindo-a para si para beijá-la. Ela sentou-se em seu colo e seus cabelos louros capturaram a luz do sol que penetrava por uma fenda, refletindo a luz como a superfície de um rio de trutas numa manhã luminosa.

Parei, sem saber o que fazer. Não tinha o menor desejo de espioná-los, mas receei que o barulho dos meus passos nas pedras do corredor chamaria a atenção deles. Enquanto hesitava, Jamie separou-se do abraço e ergueu os olhos. Seus olhos encontraram os meus e seu rosto mudou do alarme para o reconhecimento. Com uma sobrancelha erguida e um dar de ombros ligeiramente irônico, ajeitou a jovem com mais firmeza sobre os joelhos e inclinou-se para fazer o que tinha que fazer. Por minha vez, também dei de ombros e saí de mansinho. Não era da minha conta. Não tinha dúvidas, entretanto, que tanto Colum quanto o pai da jovem considerariam aquela "ligação" altamente imprópria. A próxima surra poderia muito bem ser por culpa dele mesmo, se não fossem mais cuidadosos na escolha de um local de encontro.

Ao encontrá-lo durante o jantar naquela noite com Alec, sentei-me em frente a eles na longa mesa. Jamie cumprimentou-me amavelmente, mas com uma expressão vigilante nos olhos. O Velho Alec brindou-me com seu costumeiro "Mmmhum". As mulheres, como ele me explicara na estrebaria, não possuem uma apreciação natural por cavalos e, portanto, é difícil conversar com elas.

– Como vai o trabalho com os cavalos? – perguntei, para interromper a laboriosa mastigação do outro lado da mesa.

– Bastante bem – respondeu Jamie cautelosamente.

Olhei para ele por cima de uma travessa de nabos cozidos.

– Sua boca parece um tanto inchada, Jamie. Levou uma pancada de um cavalo? – perguntei maldosamente.

– Sim – respondeu ele, estreitando os olhos –, virou a cabeça quando eu não estava olhando. – Falou serenamente, mas senti um pé grande pisar no meu por baixo da mesa. No momento, ficou parado ali de leve, mas a ameaça era explícita.

– Hummm, essas potrancas podem ser perigosas – disse, com ar de inocência.

O pé pressionou o meu com mais força quando Alec disse:

– Potranca? Não está trabalhando com potrancas no momento, está, rapaz?

Usei meu outro pé como alavanca; não obtendo sucesso, usei-o para chutar seu tornozelo com força. Jamie deu um solavanco repentino.

– O que há com você? – perguntou Alec.

– Mordi a língua – balbuciou Jamie, fitando-me por cima da mão que levara à boca.

– Desajeitado, hein? O que mais se poderia esperar de um idiota que não consegue nem se desviar de um cavalo... – Alec continuou por vários minutos, acusando seu assistente incansavelmente de desajeitado, preguiçoso, estúpido e incapaz de um modo geral. Jamie, provavelmente a pessoa menos desajeitada que eu já vira na vida, manteve a cabeça baixa e continuou comendo impassível durante toda a descompostura, embora as faces ardessem, vermelhas. Mantive os olhos no meu prato recatadamente durante o resto da refeição.

Recusando uma segunda porção de ensopado, Jamie deixou a mesa bruscamente, pondo um fim à repreensão de Alec. O velho chefe da cavalariça e eu mastigamos silenciosamente por alguns minutos. Limpando o prato com o seu último pedaço de pão, o Velho Alec enfiou-o dentro da boca e reclinou-se para trás, examinando-me ironicamente com seu único olho azul.

– Não devia infernizar o pobre rapaz, sabia? – disse em tom de conversa. – Se o pai dela ou Colum ficarem sabendo, o jovem Jamie pode acabar com mais do que um olho roxo.

– Com uma esposa, por exemplo? – respondi, olhando-o diretamente no olho. Ele assentiu devagar.

– Poderia ser. E essa não é a esposa que serviria para ele.

– Não? – Fiquei um pouco surpresa com aquilo, depois de ter ouvido as observações de Alec na estrebaria.

– Não, ele precisa de uma mulher, não de uma criança. E Laoghaire continuará a ser uma criança mesmo quando tiver 50 anos. – A boca amarga e enrugada curvou-se numa espécie de sorriso. – Você pode achar que vivi numa estrebaria toda a minha vida, mas eu tive uma esposa que era uma mulher e eu sei muito bem a diferença. – O olho azul brilhou quando ele fez menção de se levantar. – E você também, dona.

Estendi a mão num impulso para impedi-lo de ir.

– Como você sabia... – comecei a dizer. O Velho Alec bufou com escárnio.

– Posso ter só um olho, dona, mas não significa que seja cego. – Saiu, rangendo os ossos e bufando. Encontrei as escadas e subi para o meu quarto, considerando o que o velho estribeiro-mor quis dizer com sua última observação.

9

O GRANDE ENCONTRO

Minha vida parecia estar adquirindo forma, ainda que não fosse uma rotina formal. Levantando-me ao raiar do dia com o resto dos habitantes do castelo, fazia o desjejum no salão e, em seguida, se a sra. Fitz não tivesse pacientes para mim, ia trabalhar nos imensos jardins e hortas do castelo. Diversas outras mulheres trabalhavam lá regularmente, com uma tropa de ajudantes de diversos tamanhos, que iam e vinham, rebocando lixo, apetrechos e cargas de estrume fertilizante. Geralmente, eu trabalhava o dia inteiro nas hortas, às vezes indo à cozinha para ajudar a preparar uma colheita recente, para consumo imediato ou conservas, a menos que alguma emergência médica me chamasse de volta ao Sarcófago, como eu chamava a sala de horrores do finado Beaton.

De vez em quando, eu aceitava o convite de Alec e visitava o estábulo e o cercado, apreciando a visão dos cavalos soltando a emaranhada cobertura de inverno, em tufos, tornando-se fortes e lustrosos com a grama da primavera.

Em algumas noites, eu ia diretamente para a cama após o jantar, exausta com a labuta do dia. Outras vezes, quando conseguia manter os olhos abertos, unia-me aos outros no salão para o entretenimento da noite – histórias, canções ou a música de harpas e gaita de foles. Eu podia ficar ouvindo Gwyllyn, o bardo galês, durante horas, encantada, apesar da minha total ignorância sobre o que ele estaria dizendo na maior parte das vezes.

À medida que os moradores do castelo se acostumavam com a minha presença e eu com a deles, algumas das mulheres começaram a fazer tímidas tentativas de aproximação e a me incluir em suas conversas. A curiosidade a meu respeito era evidente, mas eu respondia a todas as suas perguntas veladas com variações da história que contara a Colum e, depois de algum tempo, aceitaram-na como tudo que provavelmente iriam conseguir saber sobre mim. No entanto, ao descobrirem que eu sabia um pouco de medicina e farmácia, ficaram mais interessadas e começaram a fazer perguntas sobre as doenças de seus filhos, maridos e animais, na maioria dos casos fazendo pouca distinção entre os dois últimos em nível de importância.

Além das perguntas e dos mexericos normais, falava-se muito do próximo Grande Encontro que eu ouvira o Velho Alec mencionar no campo. Concluí que era uma ocasião importante e fiquei cada vez mais convencida disso com a proporção dos preparativos. Um fluxo permanente de víveres era entregue nas grandes cozinhas e havia mais de vinte carcaças sem pele penduradas no abatedouro, por trás de uma cortina de fumaça aromática que mantinha as moscas afastadas. Barris de cerveja eram entregues por grandes carroças e transportadas por carroças menores para as adegas do castelo, sacas de trigo refinado eram trazidas do moinho do vilarejo para os pães, bolos e pastelões, e inúmeros cestos de cerejas e damascos eram colhidos diariamente nos pomares fora das muralhas do castelo.

Fui convidada a participar de uma dessas expedições para colher frutas com diversas mulheres jovens e aceitei com entusiasmo, ansiosa para sair da sombra ameaçadora das paredes do castelo.

O pomar era lindo e eu adorei ficar andando em meio à névoa fria da manhã escocesa, enfiando a mão entre as folhas úmidas das árvores frutíferas para colher cerejas viçosas e damascos polpudos e macios, apertando-os delicadamente para ver se estavam maduros. Pegávamos apenas os melhores frutos, colocando-os em nossos cestos em montes suculentos, comendo o máximo que conseguíamos e levando o restante de volta, para serem transformados em tortas. As enormes prateleiras da despensa já estavam quase cheias de doces, licores, presuntos e iguarias diversas.

– Quantas pessoas costumam vir ao Grande Encontro? – perguntei a Magdalen, uma das moças com quem fizera amizade.

Ela enrugou o nariz sardento e arrebitado, pensando.

– Não sei ao certo. O último Grande Encontro em Leoch foi há mais de vinte anos e então, ah, talvez uns duzentos homens tenham vindo quando o velho Jacob morreu e Colum tornou-se o chefe do clã. Talvez venham mais este ano; tem sido um ano bom para as colheitas e as pessoas terão um pouco mais de dinheiro para gastar, de modo que muitos poderão trazer a mulher e os filhos.

Os visitantes já começavam a chegar ao castelo, embora eu tivesse ouvido que a programação oficial do Grande Encontro – o juramento, o *tynchal* e os jogos – só começaria dentro de alguns dias. Os arrendatários e locatários mais ilustres de Colum seriam hospedados no próprio castelo, enquanto os soldados e rendeiros, mais pobres, armavam um acampamento num terreno baldio, abaixo do rio que alimentava o lago do castelo. Funileiros ambulantes, ciganos e mascates de miudezas haviam montado uma espécie de feira improvisada perto da ponte. Tanto os habitantes do castelo quanto os do vilarejo mais próximo começaram a visitar o local à noite, após a faina do dia, para comprar utensílios e apetrechos, ver os malabaristas e se atualizar com as fofocas mais recentes.

Fiquei atenta às idas e vindas e firmei o propósito de fazer visitas frequentes à estrebaria e ao pasto. Havia cavalos em abundância agora, pois os animais dos visitantes tinham sido acomodados na estrebaria do castelo. No meio da confusão e do alvoroço do Grande Encontro, eu não deveria ter dificuldade em encontrar minha oportunidade de fugir.

Foi numa das expedições para colher frutas no pomar que conheci Geillis Duncan. Encontrando uma pequena área de *Ascaria* sob as raízes de um amieiro, comecei a procurar mais. Os chapéus vermelhos dos cogumelos cresciam em pequenos amontoados, apenas quatro ou cinco por grupo, mas havia vários aglomerados espalhados pela grama alta nessa parte do pomar. As vozes das mulheres colhendo frutas ficaram cada vez mais distantes enquanto eu avançava para a periferia do pomar, inclinando-me ou ficando de quatro no chão para recolher os talos frágeis.

– Esse tipo é venenoso – disse uma voz atrás de mim. Ergui-me do canteiro de *Ascaria*, batendo a cabeça com força num galho do pinheiro sob o qual os cogumelos cresciam.

Quando minha vista clareou, pude ver que as gargalhadas vinham de uma mulher alta e jovem, talvez alguns anos mais velha do que eu, de cabelo louro e pele clara, com os mais lindos olhos verdes que eu já vira.

– Desculpe-me por estar rindo de você – disse ela, ainda rindo enquanto descia para o buraco onde eu estava. – Não consegui me conter.

– Imagino que devia estar muito engraçada mesmo – retruquei um pouco indelicadamente, esfregando o local dolorido no alto da cabeça. – E obrigada pelo aviso, mas sei que esses cogumelos são venenosos.

– Ah, sabe? E de quem é que está planejando se livrar, então? Seu marido, talvez? Diga-me se funcionar e eu experimentarei no meu. – Seu sorriso era contagiante e eu me peguei sorrindo também.

Expliquei que, embora os chapéus dos cogumelos crus fossem realmente venenosos, podia-se fazer um preparado em pó com o cogumelo seco que era muito eficaz para estancar sangramentos quando aplicado sobre ferimentos. Ou assim dissera a sra. Fitz; eu estava mais inclinada a confiar nela do que no *Guia do Médico*, de Beaton.

– Ora, vejam só! – disse ela, ainda sorrindo. – E você sabia que estas aqui – abaixou-se e surgiu com um punhado de minúsculas flores azuis com folhas em forma de coração – podem provocar sangramento?

– Não – falei espantada. – Por que alguém iria querer provocar um sangramento?

Olhou-me com uma expressão de exasperada paciência.

– Para se livrar de um filho que não deseja. Faz sua menstruação descer, mas somente se usá-las no começo da gestação. Mais tarde, pode matar você e a criança.

– Parece saber muito sobre isso – observei, ainda melindrada por ter parecido estúpida.

– Um pouco. As moças da aldeia vêm a mim de vez em quando para coisas desse tipo e, às vezes, mulheres casadas também. Dizem que sou uma bruxa – disse ela, arregalando os olhos brilhantes num espanto fingido. Logo deu uma risada. – Mas meu marido é o procurador fiscal do distrito, de modo que não dizem isso em voz alta. Agora, o rapaz que você trouxe com você – continuou ela, meneando a cabeça com aprovação –, ali está um por quem foram compradas algumas poções do amor. Ele é seu?

– Meu? Quem? Está falando de Jamie? – Estava perplexa.

A mulher parecia se divertir. Sentou-se em um tronco caído, enrolando preguiçosamente um cacho dos cabelos louros em volta do dedo indicador.

– Ah, sim. Há muitas que gostariam de conquistar um rapaz com aqueles olhos e aqueles cabelos, qualquer que seja o preço por sua cabeça ou o fato de não ter nenhum dinheiro. Seus pais devem pensar de modo diferente, é claro. Quanto a mim, sou uma pessoa prática. Casei-me com um homem com uma boa casa, boas economias e uma boa posição. Quanto aos cabelos, não os tem, e os olhos, nunca os notei, mas ele não me dá muito trabalho.

Estendeu para mim o cesto que carregava para que eu o olhasse. Havia quatro raízes bulbosas no fundo.

– Raízes de malva – explicou ela. – Meu marido sofre de um problema no estômago de vez em quando. Peida que nem um boi.

Achei melhor parar a conversa por ali antes que as coisas saíssem do controle.

– Não me apresentei – falei, estendendo a mão para ajudá-la a se levantar do tronco. – Meu nome é Claire. Claire Beauchamp.

A mão que pegou a minha era esbelta, com dedos longos e finos, embora eu notasse que as pontas eram manchadas, provavelmente com o sumo das plantas e frutas silvestres que jaziam ao lado das raízes de malva em seu cesto.

– Sei quem é – disse ela. – A aldeia está fervilhando de conversas a seu respeito desde que chegou ao castelo. Meu nome é Geillis, Geillis Duncan. – Olhou dentro do meu cesto. – Se é *balgan-buachrach* o que você está procurando, posso lhe mostrar onde crescem mais.

Aceitei a oferta e andamos durante algum tempo pelas ravinas próximas ao pomar, examinando embaixo de troncos apodrecidos e rastejando pela beirada dos pequenos e reluzentes lagos, onde os minúsculos chapéus-de-sapo cresciam em profusão. Geillis era conhecedora das plantas locais e de seus usos medicinais, embora tenha sugerido algumas aplicações que considerei questionáveis, para dizer o mínimo. Achei muito improvável, por exemplo, que a sanguinária fosse uma erva eficaz para fazer crescer verrugas no nariz de uma rival e duvidava muito que a betônica verdadeira fosse útil para transformar sapos em pombos. Ela deu essas explicações com um olhar malicioso que sugeria que ela estava testando meus próprios conhecimentos ou talvez a suspeita local de bruxaria.

Apesar da provocação ocasional, era uma companhia agradável, com uma vivacidade sagaz e uma visão otimista – ainda que cínica – da vida. Ela parecia saber tudo sobre todas as pessoas da vila, do campo e do castelo, e nossas explorações eram pontuadas por períodos de descanso durante os quais ela me entretinha com queixas sobre o problema estomacal de seu marido e bisbilhotices divertidas, embora um pouco maliciosas.

– Dizem que o pequeno Hamish não é filho de seu pai – disse ela em determinado momento, referindo-se ao filho único de Colum, o garoto ruivo de cerca de 8 anos que eu vira no jantar no salão.

Não fiquei particularmente alarmada com essa fofoca, já tendo tirado minhas próprias conclusões sobre o assunto. Só fiquei surpresa que houvesse apenas uma criança de paternidade discutível, concluindo que Letitia tivera muita sorte ou fora bastante inteligente para procurar alguém como Geillis a tempo. Imprudentemente, eu disse isso a ela.

A mulher lançou os longos cabelos louros para trás e riu.

– Não, eu não. A boa Letitia não precisa de ajuda nessas questões, acredite. Se as pessoas estiverem buscando uma bruxa nestas redondezas, seria melhor procurar no castelo do que na vila.

Ansiosa para mudar para um assunto mais seguro, agarrei-me ao primeiro pensamento que passou pela minha cabeça.

– Se o pequeno Hamish não é filho de Colum, de quem deve ser? – perguntei, arrastando-me por um monte de pedras.

– Ora, do rapaz, é claro. – Virou-se para me encarar, a boca pequena zombeteira e os olhos verdes brilhantes de malícia. – Do jovem Jamie.

Voltando sozinha para o pomar, encontrei-me com Magdalen, os cabelos saindo por baixo do lenço e os olhos arregalados de preocupação.

– Ah, aí está você – disse ela, dando um suspiro de alívio. – Estávamos voltando ao castelo, quando dei por sua falta.

– Muita gentileza sua voltar para me buscar – disse, pegando o cesto de cerejas que deixara na grama. – Mas eu sei o caminho.

Ela balançou a cabeça.

– Devia ter cuidado, minha querida, andando sozinha pelo bosque, com todos os funileiros e ambulantes que vieram para o Grande Encontro. Colum deu ordens... – Parou repentinamente, a mão sobre a boca.

– De que me vigiassem? – sugeri afavelmente. Ela assentiu com relutância, decerto temendo que eu ficasse ofendida.

Dei de ombros e tentei tranquilizá-la com um sorriso.

– Bem, acho que isso é natural. Afinal, ele não tem a palavra de ninguém, a não ser a minha própria, de quem eu sou ou como cheguei aqui. – A curiosidade superou meu bom senso. – Quem ele pensa que sou? – perguntei. Mas a jovem só conseguiu balançar a cabeça.

– Você é inglesa – foi tudo que disse.

Não voltei ao pomar no dia seguinte. Não porque tivesse recebido ordem de permanecer no castelo, mas porque houve um repentino surto de intoxicação alimentar entre os habitantes do castelo que exigiu meus cuidados médicos. Depois de fazer o que era possível pelos doentes, saí no encalço da origem do problema.

Verifiquei que se tratava de carne bovina contaminada proveniente do abatedouro. Fui lá no dia seguinte e estava dando ao principal defumador minha opinião quanto aos métodos adequados de preservação da carne, quando a porta se abriu de repente, lançando uma espessa onda de fumaça sufocante sobre mim.

Virei-me, os olhos lacrimejando, e vi Dougal MacKenzie assomando em meio às nuvens de fumaça de madeira de carvalho.

– Além de médica, agora supervisiona o abate, dona? – perguntou ele com ironia. – Logo terá todo o castelo sob seu domínio e a sra. Fitz estará procurando emprego em outro lugar.

– Não tenho a menor vontade de ter nada a ver com seu castelo imundo – retorqui, limpando meus olhos cheios d'água e deixando meu lenço cheio de manchas de carvão. – Tudo que eu quero é ir embora daqui, o mais rápido possível.

Ele inclinou a cabeça respeitosamente, ainda rindo.

– Bem, acho que estou na posição de atender seu pedido, dona – disse. – Ao menos, temporariamente.

Deixei cair o lenço e olhei-o fixamente.

– O que quer dizer?

Ele tossiu e abanou a fumaça, agora fluindo em sua direção. Levou-me para fora do matadouro e voltou-se na direção da estrebaria.

– Você dizia ontem a Colum que precisava de betônica e outras ervas estranhas?

– Sim, para preparar alguns remédios para as pessoas que estão com intoxicação alimentar. O que tem isso? – perguntei, ainda desconfiada.

Ele deu de ombros com bom humor.

– Apenas que vou descer até o ferreiro na vila, levando três cavalos para ferrar. A mulher do fiscal é entendida em ervas e tem um estoque à mão. Sem dúvida, tem os espécimes de que precisa. E se quiser, madame, pode montar um dos cavalos e ir comigo até a vila.

– A mulher do fiscal? A sra. Duncan? – Senti-me mais contente no mesmo instante. Só a perspectiva de escapar do castelo, ainda que por pouco tempo, era irresistível.

Limpei o rosto apressadamente e enfiei o lenço sujo no meu cinto.

– Vamos – disse.

Apreciei a curta cavalgada até a vila de Cranesmuir, apesar do dia escuro e nublado. O próprio Dougal estava bem-humorado e conversou e brincou agradavelmente durante todo o trajeto.

Paramos primeiro no ferreiro, onde ele deixou os três cavalos extras, colocando-me atrás dele na sela para o percurso até a casa dos Duncan. Era uma imponente mansão, parcialmente em madeira, de quatro andares, os dois primeiros com elegantes janelas de vitrais e painéis em forma de losango em tons pastel de roxo e verde.

Geillis nos saudou encantada, satisfeita por ter companhia num dia tão lúgubre.

– Que maravilha! – exclamou ela. – Ando querendo uma desculpa para ir ao depósito separar algumas coisas. Anne!

Uma criada baixa, de meia-idade, com um rosto parecendo uma maçã desidratada, surgiu por uma porta que eu não notara, escondida como estava na curva da chaminé.

– Leve a sra. Claire lá em cima ao depósito – ordenou Geillis – e depois vá buscar um balde de água da fonte. Da fonte, veja bem, não do poço da praça! – Virou-se para Dougal. – Tenho guardado o tônico que prometi a seu irmão. Pode vir até a cozinha comigo por um instante?

Segui o traseiro em forma de abóbora da criada por um lance de escadas estreitas de madeira, emergindo repentinamente num sótão grande e arejado. Ao contrário do resto da casa, esse aposento tinha janelas de caixilhos, os postigos agora fechados por causa da umidade externa, mas ainda assim proporcionando muito mais luz do que havia na elegante e sombria sala de visitas no andar térreo.

Era evidente que Geillis conhecia seu ofício como herbanária. O aposento estava equipado com longas molduras de secagem forradas de gaze, ganchos acima da pequena lareira para secagem por calor e prateleiras abertas ao longo das paredes, furadas para permitir a circulação do ar. Um delicioso e condimentado aroma de manjericão, alecrim e alfazema enchia o ar. Uma bancada longa e surpreendentemente moderna ia de uma ponta à outra de uma das paredes, exibindo uma notável variedade de pilões, almofarizes, tigelas e colheres, tudo imaculadamente limpo.

Passou-se algum tempo antes de Geillis aparecer, afogueada com a subida das escadas, mas sorrindo diante da perspectiva de uma longa tarde de conversa fiada e preparação de ervas.

Começou a chover um pouco, as gotas salpicando os longos batentes das janelas, mas o fogo ardia na pequena lareira do depósito e o aposento estava muito aconchegante. Gostei imensamente da companhia de Geillis; ela possuía uma visão irônica, cínica, que era um revigorante contraste com as mulheres meigas e tímidas do castelo. E, obviamente, ela era bem-educada para uma mulher numa pequena vila.

Ela também conhecia cada escândalo que ocorrera tanto na vila quanto no castelo nos últimos dez anos e contou-me inúmeras histórias divertidas. Estranhamente, fez poucas perguntas a meu respeito. Achei que essa não era sua maneira de agir; ela iria descobrir o que queria saber a meu respeito através de outras pessoas.

Durante algum tempo, eu tinha consciência de barulhos vindos da rua lá fora, mas atribuíra-os ao tráfego dos habitantes da vila vindos da missa de domingo. A igreja ficava no final da rua e a rua principal ia da igreja à praça, dali espalhando-se como um leque de pequenas vielas e caminhos.

Na realidade, eu me distraíra no caminho para o ferreiro imaginando uma vista aérea da vila como a representação do esqueleto de um antebraço e sua mão; a rua principal era o rádio, ao longo do qual ficavam lojas, escritórios e as residências dos mais abastados. A travessa de St. Margaret era o cúbito, uma rua mais estreita que corria paralelamente à principal, ocupada por ferreiros, curtumes e por artesãos e negócios menos elegantes. A praça da vila (que, como todas as praças de vila que eu já vira, era mais ou menos retangular) formava os carpos e metacarpos da mão, enquanto as diversas ruelas de pequenas casas constituíam as juntas falangianas dos dedos.

A casa dos Duncan ficava na praça, como era próprio à residência do procurador fiscal. Era uma questão de conveniência e também de status. A praça podia ser usada para as questões judiciais que, por força do interesse público ou da necessidade legal, ultrapassavam os estreitos limites do escritório de Arthur Duncan. E era, como Dougal explicou, conveniente para o pelourinho, uma geringonça tosca de madeira que ficava sobre uma pequena plataforma de pedra no centro da praça, ao lado do poste de madeira usado – com bem-sucedida economia de propósitos – como poste de açoite, mastro de enfeites para as festividades de maio, mastro de bandeira e lugar para amarrar o cavalo, dependendo das necessidades.

O barulho do lado de fora se tornou muito mais alto e muito mais desordenado do que parecia apropriado a pessoas voltando comportadamente da igreja para casa para o jantar. Geillis largou os jarros com uma exclamação de impaciência e abriu a janela de par em par para ver o que estava causando aquela baderna.

Juntando-me a ela, pude ver uma multidão, pessoas vestidas com suas roupas dominicais, de bata, saia, casaco e gorro, conduzidas pela figura troncuda do padre Bain, o sacerdote que atendia tanto a vila quanto o castelo. Tinha em sua custódia um garoto, talvez de uns 12 anos, cujas calças justas de xadrez, esfarrapadas, e camisa suja e fedida o identificavam como filho de um curtidor. O padre segurava o rapaz pela nuca, uma posição difícil de manter devido ao fato de o garoto ser ligeiramente mais alto do que seu temível captor. A multidão seguia os dois de perto, resmungando críticas e comentários como uma nuvem de trovoada que passa no rasto de um relâmpago.

Enquanto olhávamos da janela de cima, o padre Bain e o garoto desapareceram abaixo de nós, entrando na casa. A multidão permaneceu do lado de fora, murmurando e empurrando. Uns poucos mais ousados meteram a cara nos peitoris das janelas, tentando espreitar dentro da casa.

Geillis fechou a janela com uma forte pancada, provocando uma interrupção no burburinho lá embaixo.

– Roubo, muito provavelmente – disse ela laconicamente, voltando à mesa de ervas. – Geralmente é, quando se trata de filhos de curtidores.

– O que vai acontecer com ele? – perguntei com curiosidade. Ela encolheu os ombros, esmigalhando alecrim seco entre os dedos diretamente dentro do pilão.

– Depende se Arthur está ou não com dispepsia hoje, eu acho. Se ele tomou um bom desjejum, o rapaz pode sair apenas com umas chicotadas. Mas se estiver com gases ou constipado – fez uma careta de desgosto –, o rapaz perderá uma orelha ou uma das mãos, provavelmente.

Fiquei horrorizada, mas hesitante em interferir diretamente na questão. Eu era uma forasteira e uma intrusa inglesa. Embora pensasse que poderia ser tratada com certo respeito como moradora do castelo, tinha visto muitos aldeões furtivamente fazerem o sinal da cruz quando eu passava. Minha interferência poderia facilmente piorar a situação do garoto.

– Você pode fazer alguma coisa? – perguntei a Geillis. – Falar com seu marido, quero dizer; pedir-lhe para ser, hum, tolerante?

Geillis ergueu os olhos de seu trabalho, surpresa. Obviamente a ideia de interferir nos negócios de seu marido jamais lhe passara pela cabeça.

– Por que você deveria se importar com o que vai acontecer a ele? – perguntou ela, apenas por curiosidade, sem nenhum significado hostil.

– Claro que me importo! – exclamei. – É apenas um garoto. O que quer que tenha feito, não merece ser mutilado para a vida inteira!

Ela ergueu as sobrancelhas claras; evidentemente esse argumento não era convincente. Ainda assim, deu de ombros e entregou-me o pilão.

– Qualquer coisa para satisfazer uma amiga – disse ela, revirando os olhos. Passou a vista pelas prateleiras e selecionou uma garrafa com uma substância verde, rotulada numa elegante caligrafia cursiva e floreada, EXTRATO DE MENTA.

– Vou dar uma dose para Arthur e, enquanto estiver fazendo isso, verei o que pode ser feito pelo garoto. Mas pode ser tarde demais – avisou ela. – E se aquele padre pustulento tiver alguma coisa a ver com isso, vai querer a punição mais severa possível. Mesmo assim, vou tentar. Continue a socar; o alecrim leva muito tempo.

Peguei o pilão depois que ela saiu e comecei a socar e triturar automaticamente, prestando pouca atenção aos resultados. A janela fechada bloqueava tanto o barulho da chuva quanto o da multidão; misturavam-se em um sussurro de ameaça, reverberante e surdo. Como qualquer estudante, eu lera Dickens. E autores mais antigos também, com suas descrições da justiça cruel daqueles tempos, aplicada a todos os malfeitores, independente de idade ou circunstâncias. Mas ler, da confortável distância de cem a duzentos anos, relatos de enforcamentos de crianças e mutilações judiciais era muito diferente do que ficar tranquilamente socando ervas alguns metros acima de tal ocorrência.

Eu teria a coragem de interferir diretamente se a sentença fosse contra o garoto? Aproximei-me da janela, levando o pilão comigo, e espreitei lá fora. A multidão aumentara, conforme comerciantes e donas de casa, atraídos pelo tumulto, passavam pela rua para averiguar. Os recém-chegados se aglomeravam enquanto os espectadores repassavam os detalhes em alvoroço e, em seguida, fundiam-se na multidão, mais rostos voltados ansiosos para a porta da casa.

Olhando para o ajuntamento, aguardando pacientemente na garoa à espera do veredito, tive de repente a compreensão vívida de um fato. Como tantos, eu ouvira, perplexa, os relatos divulgados da Alemanha do pós-guerra; as histórias de deportações e genocídios, de campos de concentração e incinerações. E como tantos outros haviam feito e fariam, ainda por muitos anos, perguntei a mim mesma: "Como o povo deixou que isso acontecesse? Deviam saber, deviam ter visto os caminhões, o vaivém, as cercas, a fumaça. Como puderam ficar assistindo sem fazer nada?" Bem, agora eu sabia.

Nesse caso, não era nem uma questão de vida ou morte. E o apoio de Colum provavelmente evitaria qualquer ataque físico à minha pessoa. Mas as minhas mãos ficaram pegajosas em torno da tigela de porcelana ao me imaginar descendo as escadas, sozinha e sem nenhum poder, para confrontar aquela multidão de cidadãos virtuosos e inabaláveis, ávidos pela empolgação do castigo e do sangue para aliviar o tédio da existência.

As pessoas são gregárias por necessidade. Desde a época dos primeiros habitantes das cavernas, os seres humanos – sem pelos, fracos e desamparados, a não ser pela inteligência – sobreviveram unindo-se em grupos; sabendo, como tantas outras criaturas haviam descoberto, que há proteção em ajuntamentos. E esse conhecimento, impregnado nos ossos, é que está por trás da autoridade das aglomerações. Porque dar um passo fora do grupo, sem falar em colocar-se contra ele, significava a morte para a criatura que ousasse fazê-lo há incontáveis milhares de anos. Para opor-se a uma multidão era preciso mais do que a coragem comum; algo que fosse além do instinto humano. E eu temia não ter essa força e, ao temer, sentia vergonha.

Pareceu que uma eternidade havia se passado até a porta se abrir e Geillis entrar, tranquila e controlada como sempre, com um pequeno bastão de carvão na mão.

– Vamos ter que filtrar depois de ferver – observou ela, como se continuasse nossa conversa anterior. – Acho que vamos coar a mistura pelo carvão sobre musselina; é o melhor.

– Geillis – falei, com impaciência. – Não tente me enganar. O que aconteceu com o garoto do curtume?

– Ah, isso. – Ergueu um dos ombros como se descartasse o assunto, mas um sorriso malicioso esquivava-se nos cantos dos seus lábios. Então, deixou de lado a fachada e riu. – Você devia ter me visto – disse ela, com uma risadinha. – Eu fui muito boa, tenho que confessar. Uma esposa toda solícita, cheia de bondade feminina, com uma pitada de compaixão maternal. "Ah, Arthur" – dramatizou ela –, "se a nossa própria união tivesse sido abençoada..." Sem muita chance, se tenho algo a dizer a respeito – acrescentou ela, deixando cair a máscara de sentimentalismo por um instante com uma inclinação da cabeça em direção às prateleiras de ervas – "... como você se sentiria, meu bem, se seu próprio filho fosse levado assim? Sem dúvida foi a fome que fez o pobre rapaz entregar-se ao roubo. Ah, Arthur, não poderia encontrar em seu coração a piedade, ainda mais sendo você a alma da justiça?" – Deixou-se cair em um banco, rindo e batendo o punho levemente na perna. – Que pena que não haja um lugar para se representar aqui!

O barulho da multidão lá fora mudara e aproximei-me da janela para ver o que estava acontecendo, ignorando a satisfação de Geillis com seu próprio desempenho.

O público se dividiu e o filho do curtidor saiu, andando devagar entre o padre e o juiz. Arthur Duncan exultava de benevolência, fazendo reverência e cumprimentando com um aceno de cabeça os membros mais eminentes do grupo. O padre Bain, ao contrário, parecia uma batata contrariada, o rosto moreno contraído de ressentimento.

A pequena procissão seguiu até o centro da praça, onde a autoridade policial da vila, um tal de John MacRae, destacou-se da multidão para ir ao encontro deles. Esse personagem vestia-se, como convinha ao seu ofício, de maneira sóbria e elegante, com calças escuras amarradas na altura dos joelhos e casaco e chapéu de veludo cinza (no momento, removido e cuidadosamente protegido da chuva sob a cauda de seu casaco). Ele não era, como eu inicialmente presumira, o carcereiro da vila, embora num aperto ele realmente desempenhasse essa função. Seus deveres eram basicamente os de policial, fiscal de costumes e, quando necessário, carrasco; carregava uma concha de madeira pendurada no cinto, com a qual podia retirar uma porcentagem de cada saca de grãos vendida no mercado de quinta-feira; a remuneração pelos seus préstimos.

Eu descobrira tudo isso com o próprio. Ele estivera no castelo havia apenas alguns dias para ver se eu podia tratar de um persistente panarício em seu polegar. Eu o lancetei com uma agulha esterilizada e apliquei uma pomada de broto de álamo, constatando que MacRae era um homem tímido, de fala mansa, com um sorriso simpático.

Mas não havia nenhum sinal de sorriso agora; o rosto de MacRae estava carrancudo, como era apropriado. *Faz sentido*, pensei, *ninguém quer ver um carrasco sorridente.*

O vilão foi levado para a plataforma no centro da praça. O garoto estava pálido e assustado, mas não se mexeu quando Arthur Duncan, procurador fiscal da paróquia de Cranesmuir, ajeitou sua gordura para tentar conferir à sua aparência um ar de dignidade e se preparou para proferir a sentença.

– O idiota já havia confessado quando cheguei – disse uma voz junto ao meu ouvido. Geillis espreitava com interesse por cima do meu ombro. – Não consegui livrá-lo completamente. Ainda assim, consegui a pena mais leve possível; somente uma hora no pelourinho e uma orelha pregada.

– Uma orelha pregada! Pregada em quê?

– Ora, no pelourinho, é claro. – Lançou-me um olhar intrigado, mas voltou para a janela para observar a execução da pena leve obtida graças à sua piedosa intervenção.

Havia tantos corpos se espremendo em volta do pelourinho que o vilão quase não podia ser visto, mas a multidão recuou um pouco para dar espaço suficiente ao policial para que pudesse pregar a orelha do garoto. Este, pálido e pequeno nas garras do pelourinho, tinha os dois olhos cerrados com força e os mantinha assim, tremendo de medo. Emitiu um grito agudo e alto quando o prego foi inserido, audível até mesmo através das janelas fechadas, e eu mesma estremeci um pouco.

Retornamos ao nosso trabalho, como a maioria das pessoas na praça, mas eu não conseguia deixar de me levantar para olhar para fora de vez em quando. Alguns ociosos que passavam por ali paravam para zombar da vítima e atirar-lhe bolas de lama e, ocasionalmente, um cidadão mais sóbrio era visto aproveitando um momento dos afazeres diários para cuidar do aperfeiçoamento moral do delinquente por meio de algumas palavras selecionadas de censura e conselho.

Ainda faltava uma hora para o tardio pôr do sol de primavera e tomávamos chá na sala de visitas no andar térreo, quando uma batida na porta anunciou a chegada de um visitante. O dia estava tão escuro por causa da chuva que mal se conseguia saber o nível do sol. A casa dos Duncan, no entanto, era equipada com um relógio, um magnífico aparelho de painéis de imbuia, pêndulos de bronze e um mostrador decorado com querubins, e esse instrumento indicava seis e meia.

A copeira abriu a porta que dava para a sala de visitas e sem cerimônia anunciou: "Por aqui." Jamie MacTavish agachou-se automaticamente ao passar pela porta, os cabelos brilhantes escurecidos pela chuva, assumindo um tom de bronze envelhecido. Usava um reles casaco velho contra a chuva e carregava uma grossa capa de montar de veludo verde dobrada sob um dos braços.

Fez um cumprimento com a cabeça quando me levantei e o apresentei a Geillis.

– Sra. Duncan, sra. Beauchamp. – Apontou em direção à janela. – Vejo que tiveram um acontecimento aqui esta tarde.

– Ele ainda está lá? – perguntei, espreitando pela janela. O garoto era apenas uma figura escura, vista através da distorção dos painéis ondulados da sala. – Deve estar encharcado.

– Está. – Jamie abriu a capa e segurou-a para mim. – Você também ficaria, foi o que Colum pensou. Eu tinha coisas para fazer na vila, então ele enviou a capa para você. Deve voltar comigo.

– Foi muita gentileza dele – falei distraída, pois minha mente ainda continuava no garoto. – Por quanto tempo mais ele deve ficar lá? – perguntei a Geillis. – O garoto no pelourinho – acrescentei impacientemente, vendo seu olhar sem expressão.

– Ah, ele – disse ela, franzindo ligeiramente a testa diante da introdução de um tópico tão sem importância. – Uma hora, eu lhe disse. O policial já deveria tê-lo libertado do pelourinho.

– Ele o fez – assegurou Jamie. – Eu o vi quando atravessava o gramado. É que o garoto ainda não teve coragem de arrancar o prego de sua orelha.

Fiquei boquiaberta.

– Quer dizer que o prego não será tirado de sua orelha? Ele tem que rasgar a própria orelha para se ver livre?

– Ah, sim. – disse Jamie, animadamente e despreocupado. – Ele ainda está um pouco nervoso, mas acho que vai resolver isso logo. Está chovendo lá fora e logo estará escuro também. Nós temos que ir ou só pegaremos as sobras do jantar. – Fez uma mesura para Geillis e virou-se para ir embora.

– Espere um instante – disse-me ela. – Já que tem um rapaz forte e grande como ele para levá-la para casa, tenho uma caixa de repolho-do-brejo seco e outras plantas que prometi à sra. FitzGibbons no castelo. Talvez o sr. MacTavish pudesse fazer a gentileza de levar?

Jamie concordou e ela mandou um criado ir buscar a caixa em seu depósito, entregando-lhe a enorme chave de ferro forjado. Enquanto o criado não voltava com a caixa, ela sentou-se a uma pequena escrivaninha no canto da sala. Quando a caixa, uma arca de madeira de bom tamanho, com tiras de latão, foi trazida, ela terminara de escrever seu bilhete. Enxugou-o rapidamente, dobrou-o e selou-o com uma bolha de cera da vela e enfiou-o na minha mão.

– Pronto – disse ela. – É a conta pela caixa. Pode entregá-la a Dougal para mim? É ele que lida com os pagamentos. Não entregue a mais ninguém ou não serei paga tão cedo.

– Sim, claro.

Abraçou-me calorosamente e, com advertências para evitar o frio, acompanhou-nos até a porta.

Fiquei abrigada sob a beirada do telhado enquanto Jamie amarrava a caixa à sela do cavalo. A chuva havia se intensificado e um lençol d'água escorria das calhas.

Observei as costas largas e os braços musculosos levantarem a pesada caixa sem nenhum esforço aparente. Em seguida, olhei para o pelourinho, onde o garoto do curtume, apesar do encorajamento da multidão que voltara a se reunir, continuava firmemente preso. Apesar de não se tratar de uma linda jovem de cabelos platinados, os atos anteriores de Jamie no tribunal de Colum fizeram-me pensar que talvez ele não fosse indiferente ao infortúnio do garoto.

– Hum, sr. MacTavish – comecei, hesitante. Não houve resposta. O belo rosto não alterou a expressão; a boca larga continuou relaxada, os olhos azuis focalizados na tira que amarrava. – Ah, Jamie? – tentei outra vez, um pouco mais alto, e ele ergueu os olhos imediatamente. Então, o nome dele realmente não era MacTavish. Imaginei qual seria seu verdadeiro nome.

– Sim? – disse.

– Você é bastante grande, não? – falei. Um ligeiro sorriso fez seus lábios se curvarem e ele assentiu, claramente imaginando aonde eu queria chegar.

– Bastante grande para a maioria dos casos – respondeu ele.

Fiquei animada e aproximei-me dele casualmente, de modo que a nossa conversa não pudesse ser ouvida por nenhum transeunte da praça.

– Tem força nos dedos ? – perguntei.

Flexionou uma das mãos e o sorriso se ampliou.

– Ah, certamente. Tem algumas castanhas que quer quebrar? – Olhou para mim com um brilho maroto e alegre no olhar.

Olhei rapidamente para o bando de espectadores na praça.

– Na verdade, era para tirar alguém da fogueira, acho. – Ergui os olhos e me deparei com seu olhar azul e indagador. – Poderia fazer isso?

Ficou parado olhando para mim por uns instantes, ainda sorrindo. Depois deu de ombros. – Sim, se o prego for suficientemente longo para eu segurá-lo. Mas você consegue desviar a atenção da multidão? Uma interferência não seria vista com bons olhos, ainda mais sendo eu um estranho.

Eu não previra a possibilidade de que meu pedido pudesse colocá-lo em perigo de alguma forma e hesitei, mas ele parecia disposto a entrar no jogo, apesar disso.

– Bem, se nós dois nos aproximássemos para olhar mais de perto e então eu desmaiasse diante do que via... o que você acha?

– Sendo você uma pessoa tão desacostumada com sangue e tudo o mais? – Ergueu uma das sobrancelhas sarcasticamente e riu. – Sim, acho que serve. Se você puder fingir cair da plataforma, melhor ainda.

Na verdade, eu estava um pouco receosa de olhar, mas não era uma visão tão assustadora quanto temera. A orelha estava firmemente pregada pela parte superior, perto da borda, e havia uns 5 centímetros do prego quadrado, sem cabeça, livre acima do apêndice pregado. Quase não havia sangue e era evidente pelo rosto do garoto que, embora estivesse desconfortável e assustado, não estava sentindo muita dor. Comecei a achar que Geillis talvez tivesse razão em considerar aquela uma pena bastante leve, levando-se em conta o estado geral da atual jurisprudência escocesa, embora isso não alterasse nem um pouco minha opinião quanto à barbaridade do ato praticado.

Jamie foi se aproximando despreocupadamente pelas beiradas da multidão de curiosos. Balançou a cabeça, como se repreendesse o garoto.

– Ora, garoto – disse ele. – Tsc. Se meteu numa grande enrascada, hein? – Colocou a mão grande e firme sobre a madeira do pelourinho, a pretexto de olhar a orelha mais de perto. – Muito bem, rapaz – disse ele, com menosprezo –, não precisa fazer uma tempestade em copo d'água. Um puxão de cabeça e tudo vai estar terminado. Vamos, quer que eu o ajude? – Estendeu o braço como se fosse agarrar o garoto pelos cabelos e puxar sua cabeça com toda a força. O garoto deu um berro de medo.

Reconhecendo a minha deixa, dei um passo para trás, tomando o cuidado de pisar com toda a força nos dedos da mulher atrás de mim, que ganiu de dor quando o salto da minha bota esmigalhou seus metatarsos.

– Desculpe-me – disse, arfando. – Estou... tão tonta! Por favor... – Virei as costas para o pelourinho e dei dois ou três passos, cambaleando astuciosamente e agarrando-me às mangas das roupas das pessoas mais próximas. A beirada da plataforma estava a apenas 15 centímetros de distância. Segurei com força em uma jovem de compleição frágil que eu escolhera para esse fim e mergulhei de cabeça no chão, levando-a comigo.

Rolamos na grama molhada numa confusão de saias e gritos. Largando finalmente a sua blusa, relaxei dramaticamente com os braços abertos, a chuva tamborilando no meu rosto virado para cima.

Fiquei, de fato, um pouco sem ar com o impacto – a jovem caíra em cima de mim – e tentei recuperar o fôlego, ouvindo a algazarra de vozes preocupadas, reunidas à minha volta. Especulações, sugestões e interjeições de espanto recaíam sobre mim, com mais força do que as gotas d'água do céu, mas foram dois braços conhecidos que me ergueram e me colocaram sentada, e um par de olhos azuis gravemente preocupados que eu vi quando abri os meus próprios. Um leve adejar de pálpebras disse-me que a missão fora cumprida e, de fato, pude ver o filho do curtidor, com um pano apertado contra a orelha, fugindo a toda velocidade na direção de casa, sem ser notado pela multidão que voltara as atenções para esta nova sensação.

Os habitantes da vila, tão ávidos pelo sangue do garoto, foram extremamente gentis comigo. Fui cuidadosamente erguida e levada para a casa dos Duncan, onde fui cumulada de conhaque, chá, cobertores quentes e simpatia. Só permitiram que eu partisse quando Jamie afirmou categoricamente que tínhamos que ir, tirou-me do sofá carregando-me no colo e dirigiu-se para a porta, sem dar ouvidos aos protestos dos meus anfitriões.

Montada outra vez à frente dele, meu próprio cavalo conduzido pela rédea, tentei agradecê-lo pela ajuda.

– Não foi nada, dona – disse ele, rejeitando meus agradecimentos.

– Mas foi um risco para você – falei, insistindo. – Não percebi que colocaria você em perigo quando lhe pedi para me ajudar.

– Ah – respondeu ele, enigmaticamente. Um instante depois, com um ar de divertimento, disse: – Não esperava que eu fosse menos corajoso do que uma inglesinha, esperava?

Fez os cavalos trotarem quando as sombras da noite recaíram sobre a estrada. Não falamos muito durante o resto da viagem de volta. Quando chegamos ao castelo, deixou-me no portão com não mais do que uma despedida ligeiramente irônica: "Boa noite, sra. Sassenach." No entanto, senti que tivera início uma amizade um pouco mais profunda do que a troca de conversa fiada e de intrigas sobre a vida alheia embaixo das macieiras.

10

O JURAMENTO

Houve um incrível alvoroço nos dois dias seguintes, com idas e vindas e preparativos de toda espécie. Minha prática médica caiu drasticamente; as vítimas de intoxicação alimentar se recuperaram e todos pareciam ocupados demais para ficar doentes. Fora um leve surto de farpas nos dedos entre os rapazes que pegavam lenha nos bosques para as fogueiras e um surgimento similar de queimaduras entre as atarefadas cozinheiras, também não houve acidentes.

Eu mesma estava empolgada. Esta era a noite. A sra. Fitz dissera-me que todos os guerreiros do clã MacKenzie estariam no salão, para fazer seus juramentos de lealdade a Colum. Com uma cerimônia dessa importância acontecendo no interior do castelo, ninguém estaria vigiando a estrebaria.

Durante as horas que ajudava nas cozinhas e nos pomares, eu conseguira armazenar alimentos suficientes para me sustentar por vários dias. Eu não possuía nenhum recipiente de água, mas inventara um substituto usando um dos frascos de vidro mais pesados do consultório. Tinha botas resistentes e um manto grosso, cortesias de Colum. Teria um bom cavalo; em minha visita durante a tarde à estrebaria, decidi qual pretendia levar. Não tinha nenhum dinheiro, mas meus pacientes haviam me dado um punhado de pequenas bugigangas, fitas, pequenas esculturas ou joias. Se necessário, poderia trocá-las por qualquer outra coisa que precisasse.

Sentia-me mal por abusar da hospitalidade e da amizade dos habitantes do castelo partindo sem uma palavra ou bilhete de despedida, mas afinal o que eu poderia dizer? Considerei o problema por algum tempo, mas finalmente resolvi simplesmente ir embora. Para começar, eu não tinha papel para escrever e não estava disposta a correr o risco de visitar os aposentos de Colum para procurar.

Uma hora depois do anoitecer, aproximei-me da estrebaria cautelosamente, os ouvidos atentos a qualquer sinal de presença humana, mas parecia que todos estavam no salão, preparando-se para a cerimônia. A porta emperrou, mas cedeu com um leve empurrão, as dobradiças de couro permitindo que ela se abrisse silenciosamente para dentro.

O ar dentro do estábulo era quente e animado pelos leves movimentos dos cavalos em repouso. Também estava escuro como o interior do chapéu de um coveiro, como tio Lamb costumava dizer. As poucas janelas para ventilação eram fendas estreitas, pequenas demais para deixar entrar a fraca claridade das estrelas lá fora. Com as mãos estendidas, caminhei lentamente para a parte principal da estrebaria, arrastando os pés na palha.

Tateava cuidadosamente à minha frente, procurando a borda de uma baia para me guiar. Minhas mãos encontravam apenas o vazio, mas minhas pernas esbarraram em uma sólida obstrução no solo e eu caí de cabeça para frente com um grito de espanto que repercutiu nas vigas do telhado da antiga construção de pedras.

A obstrução rolou no chão com uma imprecação de surpresa e agarrou-me com força pelos braços. Vi-me presa contra um grande corpo masculino, sua respiração roçando em minha orelha.

– Quem é você? – perguntei, arfando e com um solavanco para trás. – E o que está fazendo aqui? – Ouvindo minha voz, o atacante invisível relaxou os braços, soltando-me.

– Devo fazer a mesma pergunta a você, Sassenach – disse a voz grave e terna de Jamie MacTavish e relaxei um pouco, aliviada. Houve um movimento na palha e ele se sentou.

– Embora eu ache que posso adivinhar – acrescentou secamente. – Até onde acha que conseguiria ir, dona, numa noite escura, com um cavalo estranho, com metade do clã MacKenzie em seu encalço pela manhã?

Eu estava despenteada, confusa e irritada.

– Não iriam atrás de mim. Estão todos lá no salão. E se um entre cinco estiver sóbrio o suficiente para ficar em pé de manhã, quanto mais cavalgar um cavalo, eu ficaria muito surpresa.

Ele riu e, levantando-se, estendeu a mão para me ajudar a ficar em pé. Tirou a palha da parte de trás da minha saia batendo com um pouco mais de força do que eu achava estritamente necessário.

– Ah, esse é um raciocínio certo de sua parte, Sassenach – disse ele, parecendo ligeiramente surpreso que eu fosse capaz de raciocinar. – Ou seria – acrescentou –, se Colum não tivesse guardas a postos ao redor de todo o castelo e espalhados pelos bosques. Ele nunca deixaria o castelo desprotegido com os guerreiros de todo o clã lá dentro. Considerando-se que pedra não queima tão bem quanto madeira...

Imaginei que estivesse se referindo ao hediondo Massacre de Glencoe, quando um homem chamado John Campbell, por ordens do governo, matara 38 membros do clã MacDonald e ateara fogo à casa onde estavam. Calculei rapidamente. Isso teria ocorrido há apenas cinquenta e poucos anos; bastante recente para justificar quaisquer precauções defensivas da parte de Colum.

– De qualquer forma, dificilmente poderia ter escolhido uma noite pior para fugir – continuou MacTavish. Parecia inteiramente despreocupado com o fato de que eu tinha realmente tentado escapar, mas apenas com as razões pelas quais não iria dar certo, o que me pareceu um pouco estranho. – Além dos guardas, e do fato de que os melhores cavaleiros num raio de muitos quilômetros estão aqui, o caminho para o castelo deve estar cheio de gente que vem do campo para o *tynchal* e os jogos.

– *Tynchal*?

– Uma caçada. Geralmente veados, talvez um javali desta vez. Um dos rapazes da estrebaria disse ao Velho Alec que há um grande na floresta a leste. – Colocou a mão grande e forte no meio das minhas costas e virou-me na direção do esmaecido retângulo da porta aberta. – Vamos – disse ele. – Vou levá-la de volta ao castelo.

Afastei-me dele com um safanão.

– Não precisa se preocupar, posso achar o caminho sozinha.

Segurou meu cotovelo com firmeza.

– Acredito que sim. Mas não vai querer encontrar nenhum dos guardas de Colum sozinha.

– E por que não? – retruquei. – Não estou fazendo nada de errado; não há nenhuma lei proibindo caminhar fora do castelo, há?

– Não. Duvido que quisessem lhe causar algum mal – disse ele, espreitando as sombras cuidadosamente. – Mas não é nada incomum que um homem leve um pouco de bebida para lhe fazer companhia quando está montando guarda. E a bebida pode ser uma grande companheira, mas não costuma ser boa conselheira, quando uma pequena e meiga jovem como você surge diante de um homem na escuridão.

– Eu apareci diante de você sozinha no escuro – lembrei a ele, com certa ousadia. – E não sou particularmente pequena, nem muito meiga, ao menos no momento.

– Sim, bem, estava dormindo, não bêbado – respondeu resumidamente. – E tirando a questão do seu temperamento, você é bem menor do que a maioria dos guardas de Colum.

Deixei aquele comentário de lado como uma linha de argumentação improdutiva e tentei uma nova direção.

– E por que você estava dormindo na estrebaria? – perguntei. – Não tem uma cama em algum lugar? – Havíamos chegado aos limites externos das hortas e eu podia ver seu rosto na luz fraca. Ele estava atento, verificando cuidadosamente os arcos de pedra conforme avançávamos, mas diante da minha pergunta, lançou um olhar penetrante na minha direção.

– Sim – disse ele. Continuou a caminhar com passos largos, ainda agarrando meu cotovelo, mas continuou depois de uns instantes: – Achei melhor ficar fora do caminho.

– Porque não pretende jurar lealdade à Colum MacKenzie? – arrisquei. – E não quer aturar nenhum rebuliço por causa disso?

Olhou para mim, achando graça nas minhas palavras.

– Mais ou menos – admitiu ele.

Um dos portões laterais fora deixado totalmente escancarado em sinal de boas-vindas e um lampião pendurado no alto de um parapeito de pedra a seu lado lançava uma claridade amarela sobre o caminho. Já havíamos quase atingido esse farol quando, de repente, minha boca foi tampada por alguém vindo por trás e eu fui bruscamente arrancada do chão.

Esperneei e mordi, mas meu captor usava uma luva grossa e, como Jamie dissera, era bem maior do que eu.

O próprio Jamie parecia estar tendo um pouco de dificuldades, a julgar pelos ruídos. Os grunhidos e imprecações sufocadas cessaram bruscamente com um baque surdo e um sonoro palavrão em gaélico.

A luta no escuro cessou e ouviu-se uma risada desconhecida.

– Por Deus, é o rapaz; o sobrinho de Colum. Está chegando tarde para o juramento, não, rapaz? E quem é esse com você?

– É uma garota – respondeu o homem que me segurava. – E bastante apetitosa, também, a julgar pelo peso. – A mão soltou minha boca e administrou um beliscão em outra parte. Dei um guincho de indignação, levantei a mão por cima do ombro, agarrei seu nariz e dei um puxão. O sujeito me colocou no chão com uma pequena blasfêmia, bem inadequada para a ocasião que estava sendo celebrada no castelo. Dei um passo para trás diante da baforada de vapores de uísque, sentindo uma repentina satisfação pela presença de Jamie. Talvez, afinal de contas, tenha sido prudente ele me acompanhar.

Ele não parecia estar pensando dessa forma, ao fazer uma tentativa vã de libertar-se dos dois cavaleiros que o seguravam. Não havia nada de hostil em suas ações, mas havia uma considerável firmeza. Começaram a se mover decididamente em direção ao portão aberto, arrastando seu prisioneiro.

– Não, deixem ir me aprontar primeiro, rapazes – protestou ele. – Não posso comparecer ao juramento vestido deste jeito.

Sua tentativa de escapar foi frustrada pelo súbito aparecimento de Rupert, exuberante em sua opulência, com uma camisa de babados e casaco bordado a ouro, que saltou do portão estreito como a rolha de uma garrafa.

– Não se preocupe com isso, rapaz – disse ele, inspecionando Jamie com um olhar brilhante. – Vamos vesti-lo adequadamente lá dentro. – Atirou a cabeça para um lado, indicando o portão, e Jamie desapareceu, sob coação. A mão musculosa do meu captor agarrou meu cotovelo e eu o segui, a contragosto.

Rupert parecia estar muito bem-humorado, como os outros homens que vi dentro do castelo. Havia talvez uns sessenta ou setenta homens, todos em seus melhores trajes, ornamentados com adagas, espadas, pistolas e a bolsa de pelo usada no cinto do kilt, andando de um lado para outro no pátio mais próximo à entrada do grande salão. Rupert acenou indicando uma porta na parede e os homens empurraram Jamie para dentro de uma pequena sala iluminada. Aparentemente, era usada como depósito; uma miscelânea de artigos de toda ordem enchia as mesas e prateleiras que mobiliavam a sala.

Rupert inspecionou Jamie com um olhar crítico, percebendo as hastes de palha em seus cabelos e as manchas em sua camisa. Vi seu olhar relancear para as palhas nos meus próprios cabelos e um riso cínico atravessou seu rosto.

– Não é de admirar que esteja atrasado, rapaz – disse ele, cutucando Jamie nas costelas. – Não o culpo nem um pouco. Willie! – gritou para um dos homens que estavam do lado de fora. – Precisamos de algumas roupas aqui. Algo adequado para o sobrinho do chefe. Vá providenciar, rapaz, depressa!

Jamie olhou em volta, com os lábios semicerrados, para os homens que o rodeavam. Seis membros do clã, todos arrebatados diante da perspectiva do juramento e transbordando de um desenfreado orgulho MacKenzie. Evidentemente, os ânimos haviam sido exacerbados por um amplo consumo da cerveja do barril que eu vira no pátio. Os olhos de Jamie recaíram sobre mim, a expressão ainda enfurecida. Isso era culpa minha, pareciam dizer.

Ele podia, é claro, anunciar que não pretendia prestar juramento de lealdade a Colum e voltar para sua cama quente na estrebaria. Isto é, se quisesse levar uma surra ou ter a garganta cortada. Ergueu uma sobrancelha para mim, encolheu os ombros e submeteu-se com uma boa dose de boa vontade aos cuidados de Willie, que veio correndo com uma pilha de linho branco nos braços e uma escova de cabelos na mão. A pilha era encimada por um gorro de veludo azul, adornado com uma insígnia de metal com um ramo de azevinho. Peguei o gorro para examiná-lo, enquanto Jamie lutava para entrar numa camisa limpa e escovava os cabelos com uma ferocidade reprimida.

A insígnia era redonda e a gravação surpreendentemente refinada. Havia cinco vulcões no centro, jorrando chamas realistas. Na borda, lia-se um lema: *Luceo non Uro.*

– Eu brilho, não queimo – traduzi em voz alta.

– Sim, dona. O lema dos MacKenzie – disse Willie, balançando a cabeça como um sinal de aprovação para mim. Tomou o gorro das minhas mãos e enfiou-o nas de Jamie, antes de sair apressado em busca de mais roupas.

– Hum... desculpe-me – falei em voz baixa, aproveitando a ausência de Willie para me aproximar. – Não era minha intenção...

Jamie, que estivera olhando a insígnia no gorro com desaprovação, voltou-se para mim e a linha irada de sua boca relaxou.

– Ah, não se preocupe por minha causa, Sassenach. Teria acontecido mais cedo ou mais tarde. – Retirou a insígnia do gorro e sorriu melancolicamente para mim, manuseando-a especulativamente na mão. – Sabe qual é meu próprio lema, dona? – perguntou ele. – Do meu clã, quero dizer?

– Não – respondi, surpresa. – Qual é?

Lançou a insígnia uma vez no ar, pegou-a e colocou-a cuidadosamente dentro da bolsa em sua cintura. Olhou um tanto desolado em direção à arcada aberta, onde os membros do clã MacKenzie aglomeravam-se em filas desordenadas.

– *Je suis prest* – respondeu, num francês surpreendentemente bom. Olhou para trás e viu Rupert e outro MacKenzie grandalhão que eu não conhecia, os rostos afogueados de animação e bebida, avançando com um propósito determinado. Rupert segurava um longo tecido estampado com o tartã dos MacKenzie.

Sem rodeios, o outro homem estendeu a mão para a fivela do kilt de Jamie.

– É melhor ir embora, Sassenach – avisou Jamie laconicamente. – Não é lugar para mulheres.

– Estou vendo – respondi secamente e fui recompensada com um sorriso retorcido enquanto seus quadris eram enrolados no novo kilt e o velho era arrancado habilmente por baixo, preservando o recato. Rupert e o amigo seguraram-no firmemente pelos braços e empurraram-no em direção à arcada.

Saí no mesmo instante e me dirigi para as escadas que levavam à galeria dos menestréis, evitando cuidadosamente o olhar de qualquer membro do clã ao passar. Uma vez dobrado o corredor, parei, encolhendo-me contra a parede para não ser notada. Esperei um instante, até o corredor ficar temporariamente deserto, em seguida passei furtivamente pela porta da galeria, fechando-a rapidamente atrás de mim, antes que outra pessoa qualquer dobrasse o corredor e visse aonde eu estava indo. As escadas estavam fracamente iluminadas pela claridade que vinha de cima e não tive dificuldades em manter os pés firmemente nas lajes de pedra desgastadas. Subi em direção ao barulho e à luz, pensando naquela última e breve troca de palavras.

Je suis prest. Estou pronto. Esperava que ele realmente estivesse.

A galeria estava iluminada por tochas de pinheiro, chamas brilhantes que se erguiam diretamente para cima em seus suportes, delineadas em negro pela fuligem que suas antecessoras haviam deixado nas paredes. Diversos rostos se voltaram, piscando os olhos, para me olhar quando saí das cortinas ao fundo da galeria; parecia que todas as mulheres do castelo estavam ali em cima. Reconheci

Laoghaire, Magdalen e algumas das outras mulheres que eu conhecera nas cozinhas e, é claro, a figura robusta da sra. FitzGibbons, em posição de honra junto à balaustrada.

Ao me ver, acenou amavelmente para mim e as mulheres apertaram-se para me deixar passar. Quando cheguei à frente, pude ver toda a extensão do salão abaixo.

As paredes estavam decoradas com ramos de murta, teixo e azevinho e sua fragrância erguia-se até a galeria, misturada à fumaça das tochas e ao pungente odor dos homens. Havia dezenas deles, vindo, indo, parados em pequenos grupos espalhados pelo salão e todos trajando alguma versão do tartã do clã, fosse apenas o xale ou um gorro de tartã usado com uma camisa comum de trabalho e calças rotas, amarradas nos joelhos. Os padrões de xadrez eram muito variados, mas as cores eram basicamente as mesmas – tons de verde-escuro e branco.

A maioria dos homens usava traje completo, como Jamie agora, com kilt, xale do mesmo xadrez, gorro e – na maior parte dos casos – insígnias. Eu o vi de relance, parado junto à parede, ainda com um ar ameaçador. Rupert desapareceu na multidão, mas dois outros MacKenzie mais musculosos ladeavam Jamie, obviamente guardas.

A confusão no salão gradualmente começava a se organizar, à medida que os residentes do castelo empurravam e conduziam os recém-chegados para seus lugares no extremo inferior do aposento.

Era uma noite especial; o jovem que tocava a gaita de foles fora reforçado por dois outros gaiteiros, um deles um homem cuja postura e gaitas montadas em marfim indicavam ser um mestre. Esse homem fez um sinal com a cabeça para os outros dois e logo o salão se encheu do arrebatado bordão da música de gaita de foles. Muito menores do que as majestosas gaitas nortistas usadas nos campos de batalha, essas versões faziam uma algazarra muito eficaz.

Os cantores lançavam um vibrato acima dos acordes graves e prolongados das gaitas, fazendo o sangue dos ouvintes alvoroçar-se nas veias. As mulheres agitaram-se à minha volta e lembrei-me de um verso de "Maggie Lauder":

Ah, eles me chamam de Rab, o Cantador,
e todas as moças ficam loucas,
Quando solto a minha voz.

Se não loucas, as mulheres à minha volta demonstravam grande apreciação e ouviam-se muitos murmúrios de admiração, enquanto se debruçavam sobre o parapeito, apontando para um ou outro homem que andava pelo salão exibindo seus melhores trajes. Uma das jovens localizou Jamie e, com uma exclamação abafada, fez sinal para que suas amigas fossem ver. Houve um murmúrio e um burburinho consideráveis com sua aparição.

Em parte, era admiração por sua bela aparência, porém tratava-se mais de especulação sobre seu comparecimento ao juramento. Notei que Laoghaire em particular iluminou-se como uma vela ao observá-lo e lembrei-me do que Alec dissera "Sabe que o pai dela não vai permitir que ela se case fora do clã". E ele era sobrinho de Colum, não era? O rapaz devia ser um bom partido. Fora o detalhe da condenação, é claro.

A música das gaitas elevou-se a um volume intenso e em seguida, bruscamente, parou. No silêncio sepulcral do salão, Colum MacKenzie entrou pela arcada superior e caminhou com passos decididos para uma pequena plataforma que fora erguida na cabeceira do aposento. Se não fazia nenhum esforço para ocultar sua deficiência, também não a exibia. Estava magnífico num casaco azul-celeste profusamente bordado a ouro, abotoado com botões de prata e com punhos de seda cor-de-rosa, virados para cima até quase os cotovelos. Um kilt de tartã de fina lã descia até abaixo dos joelhos, cobrindo a maior parte de suas pernas e das meias axadrezadas que as cobriam. Seu gorro era azul, mas a insígnia de prata sustentava plumas, não azevinho. O salão inteiro prendeu a respiração quando ele assumiu o centro do palco. O que quer que fosse, Colum MacKenzie também era um showman.

Encarou diretamente o clã reunido, ergueu os braços e cumprimentou-os com um grito ressonante.

– *Tulach Ard*!

– Tulach Ard! – responderam os membros do clã com um rugido. A mulher ao meu lado estremeceu.

Em seguida, Colum fez um breve discurso em gaélico. Suas palavras eram recebidas com periódicos urros de aprovação. Então a cerimônia de juramento propriamente dita começou.

Dougal MacKenzie foi o primeiro a avançar até a plataforma de Colum. A pequena tribuna dava a Colum altura suficiente para que os irmãos se olhassem frente a frente nos olhos. Dougal estava ricamente vestido, mas em veludo castanho, sem nenhum bordado a ouro, de modo a não desviar a atenção da magnificência de Colum.

Dougal sacou sua adaga com um gesto floreado e abaixou-se sobre um dos joelhos, segurando a adaga para cima, pela lâmina. Sua voz soou menos estrondosa do que a de Colum, mas suficientemente alta para que cada palavra reverberasse pelo salão.

– Juro pela cruz de nosso Senhor Jesus Cristo e pela lâmina sagrada que seguro, dar-lhe minha fidelidade e prometer-lhe minha lealdade ao nome do clã MacKenzie. Se alguma vez minha mão erguer-se contra o senhor em rebelião, rogo que essa lâmina sagrada seja cravada em meu coração.

Abaixou a adaga, beijou-a na junção do cabo e do metal e enfiou-a novamente na bainha. Ainda ajoelhado, estendeu as mãos postas a Colum, que as tomou entre as suas e levou-as aos lábios, aceitando o juramento assim oferecido. Em seguida, ajudou Dougal a se levantar.

Virando-se, Colum pegou uma taça de prata da mesa coberta com tartã atrás dele. Ergueu a pesada taça de duas alças com as duas mãos, bebeu e ofereceu-a a Dougal. Este tomou um bom gole e lhe devolveu a taça. Em seguida, com uma mesura final para o senhor do clã MacKenzie, afastou-se para o lado, para dar lugar ao próximo homem da fila.

O mesmo processo foi encenado repetidamente, da promessa ao brinde cerimonial. Vendo o número de homens na fila, fiquei mais uma vez impressionada com a capacidade de Colum. Eu estava tentando calcular quantos litros de bebida ele teria que consumir até o final da noite, considerando-se um gole para cada juramento, quando vi Jamie aproximar-se da frente da fila.

Dougal, terminado seu próprio juramento, assumira uma posição atrás de Colum. Viu Jamie antes de Colum, que estava ocupado com outro homem, e eu notei sua repentina expressão de surpresa. Deu um passo para junto de seu irmão e sussurrou-lhe alguma coisa. Colum manteve o olhar fixo no homem à sua frente, mas vi que se empertigou ligeiramente. Também ficou surpreso e achei que parecia não muito satisfeito.

O nível de comoção no recinto, alto desde o início, elevara-se com o decorrer da cerimônia. Se Jamie se recusasse a fazer o juramento a essa altura, acho que poderia ser rapidamente estraçalhado pelos já incitados homens do clã à sua volta. Limpei as palmas das mãos disfarçadamente na saia, sentindo-me culpada por tê-lo colocado naquela difícil situação.

Ele parecia sereno. Apesar do calor dominante no salão, ele não estava suando. Aguardou pacientemente na fila, sem dar nenhum sinal de ter consciência de estar cercado de centenas de homens armados até os dentes que não demorariam em se ressentir de qualquer insulto feito a MacKenzie e seu clã. *Je suis prest*, de fato. Ou talvez tivesse decidido afinal seguir o conselho de Alec?

Minhas unhas perfuravam as palmas das minhas mãos quando chegou a vez dele.

Agachou-se cortesmente sobre um dos joelhos e fez uma profunda mesura. Entretanto, em vez de sacar sua adaga para o juramento, pôs-se de pé e fitou Colum de frente. Totalmente erguido, ficava ombro a ombro com a maioria dos homens no salão e ultrapassava Colum em sua plataforma por vários centímetros. Virei os olhos para Laoghaire. Ela empalidecera quando ele se levantou. E vi que também cerrara os punhos com força.

Todos os olhares no salão se concentravam nele, mas falou como se fosse apenas ao homem diante de si. Sua voz era grave como a de Colum e cada palavra claramente audível.

– Colum MacKenzie, venho à sua presença como um parente e um aliado. Não lhe faço nenhum juramento, pois meu juramento está prometido ao nome que carrego. – Ouviu-se um murmúrio baixo e ameaçador da multidão, mas ele ignorou-o e continuou. – Mas lhe dou voluntariamente tudo o que possuo; minha ajuda e minha boa vontade, onde e quando precisar. Dou-lhe minha obediência, como parente e como senhor dos MacKenzie, fiel à sua palavra, enquanto meus pés permanecerem nas terras do clã MacKenzie.

Parou de falar e ficou imóvel, imponente e ereto, os braços relaxados ao longo do corpo. A bola agora estava com Colum, pensei. Uma palavra dele, um sinal, e pela manhã as mulheres estariam esfregando o sangue do rapaz das lajes de pedra do assoalho.

Ele permaneceu imóvel por um momento, depois sorriu e estendeu as mãos. Após um instante de hesitação, Jamie colocou suas próprias mãos sobre as palmas de Colum.

– Ficamos honrados com sua oferta de amizade e boa vontade – disse Colum com clareza. – Aceitamos sua obediência e o consideramos de boa-fé como um aliado do clã MacKenzie.

Houve um arrefecimento da tensão no recinto e um suspiro de alívio quase audível na galeria quando Colum bebeu da taça e ofereceu-a a Jamie. O jovem aceitou-a com um sorriso. Em vez do tradicional gole cerimonial, ele ergueu cuidadosamente a taça quase cheia, inclinou-a e bebeu. E continuou bebendo. Uma exclamação entrecortada, misto de respeito e divertimento, elevou-se entre os espectadores, quando os poderosos músculos da garganta continuaram a se mover. Certamente, logo ele teria que parar para respirar, pensei, mas não. Esvaziou a pesada taça até a última gota, abaixou-a com uma explosiva arfada para recuperar o fôlego e entregou-a de volta a Colum.

– A honra é minha – disse ele, um pouco rouco –, de ser aliado de um clã com um gosto tão refinado para uísque.

Ouviu-se um grande alarido diante dessas palavras e ele encaminhou-se para a arcada, interrompido a todo instante para apertos de mãos e tapas nas costas de congratulações enquanto passava. Aparentemente, Colum não era o único membro da família com uma queda para uma boa encenação teatral.

O calor na galeria era sufocante e a fumaça que subia do salão já fazia minha cabeça doer antes do término da cerimônia de juramento com algumas palavras comoventes de Colum, segundo presumi. Insensível às seis taças de uísque compartilhadas, a voz forte ainda ressoou pelas pedras do salão. Ao menos suas pernas não o fariam sofrer esta noite, pensei, apesar de permanecer em pé por tanto tempo.

Um brado estrondoso se elevou do andar de baixo, uma explosão de sons agudos de gaitas de foles, e o cenário solene dissolveu-se numa onda crescente de turbulenta gritaria. Uma algazarra ainda maior saudou os barris de cerveja e de uísque que eram trazidos em suportes, acompanhados por travessas fumegantes de pães, carnes e pratos de miúdos. A sra. Fitz, que deve ter organizado aquela parte dos procedimentos, inclinou-se precariamente sobre a balaustrada, mantendo um olho vigilante no comportamento dos serviçais, a maioria rapazes jovens demais para prestarem um juramento formal.

– E onde estão os faisões? – murmurou entre dentes, inspecionando as travessas que chegavam. – Ou as enguias recheadas? Aquele Mungo Grant desgraçado, vou arrancar o couro dele se tiver queimado as enguias! – Decidindo-se, virou e começou a se espremer em direção ao fundo da galeria, obviamente disposta a não deixar a administração de algo tão crucial quanto o banquete nas mãos inexperientes de Mungo Grant.

Aproveitando a oportunidade, fui me esgueirando atrás dela, aproveitando a esteira de bom tamanho que ela deixava no meio da multidão. Outras, claramente gratas por uma oportunidade para ir embora, juntaram-se a mim no êxodo.

A sra. Fitz, virando-se ao pé das escadas, viu o bando de mulheres acima e repreendeu-as furiosamente.

– Vocês, meninas, vão para seus quartos imediatamente – ordenou ela. – Se não ficarem aí em cima fora de vista, é melhor fugir para seus próprios aposentos. Mas não se demorem pelos corredores, nem fiquem espreitando pelos cantos. Não há um único homem neste lugar que já não esteja bêbado e estarão muito mais em uma hora. Não é um lugar para moças esta noite.

Abrindo a porta de par em par, espreitou cautelosamente o corredor. Não havendo obstáculos à vista, enxotou as mulheres porta afora, uma de cada vez, enviando-as apressadamente para seus quartos nos andares de cima.

– Precisa de ajuda? – perguntei quando fiquei ao seu lado. – Quer dizer, na cozinha.

Ela balançou a cabeça, mas sorriu diante da oferta.

– Não, não há necessidade, menina. Vá andando você também, não está mais segura do que as outras. – Com um amável empurrão nas minhas costas, abaixo da cintura, me fez atravessar zunindo a passagem mal iluminada.

Estava disposta a seguir seu conselho após o encontro com os guardas do lado de fora. Os homens no salão estavam fazendo baderna, dançando e bebendo, sem nenhuma ideia de contenção ou controle. Não era lugar para uma mulher, concordei.

Encontrar meu caminho de volta para o quarto era outra questão. Estava numa parte desconhecida do castelo e embora soubesse que o andar de cima possuía uma passagem que o ligava ao corredor que levava aos meus aposentos, não conseguia encontrar nada que se assemelhasse a escadas.

Dobrei um corredor e dei de frente com um grupo de homens do clã. Não os conhecia, deviam ser procedentes de terras distantes e desabituados aos modos gentis e bem-educados de um castelo. Ou assim deduzi pelo fato de um dos homens, aparentemente à cata de latrinas, ter desistido de procurar e resolvido se aliviar no próprio corredor quando me deparei com eles.

Girei nos calcanhares no mesmo instante, pretendendo voltar pelo mesmo caminho por onde viera, com ou sem escadas. Mas várias mãos estenderam-se para me impedir e eu me vi imprensada contra a parede do corredor, cercada por homens barbudos das Terras Altas, com uísque no hálito e estupro na mente.

Não vendo razão para preliminares, o homem à minha frente agarrou-me pela cintura e enfiou a outra mão no meu corpete. Inclinou-se para mais perto e esfregou o rosto barbudo na minha orelha.

– E agora que tal um beijinho para os jovens corajosos do clã MacKenzie? Tulach Ard!

– Erin go bragh – respondi rispidamente, empurrando-o com todas as minhas forças. Trôpego com a bebida, cambaleou para trás, caindo sobre um de seus companheiros. Esquivei-me para o lado e fugi, livrando-me dos meus sapatos desajeitados enquanto corria.

Outra figura assomou diante de mim e eu hesitei. Entretanto, parecia haver apenas um homem à minha frente e pelo menos dez às minhas costas, aproximando-se rapidamente apesar da carga de bebida. Corri para a frente, pretendendo esquivar-me dele. No entanto, ele se colocou com firmeza na minha frente e eu estanquei, tão repentinamente que tive que colocar as mãos em seu peito para evitar uma colisão. Era Dougal MacKenzie.

– Que diabos...? – começou ele. Depois viu os homens atrás de mim. Puxou-me para trás dele e gritou alguma coisa em gaélico para meus perseguidores. Eles protestaram na mesma língua, mas após uma breve troca de palavras como rosnados de lobos, desistiram e foram embora em busca de melhor diversão.

– Obrigada – agradeci, um pouco zonza. – Obrigada. Eu vou... já vou. Não deveria estar aqui embaixo. – Dougal olhou-me e segurou meu braço, puxando-me e fazendo-me encará-lo. Estava desalinhado e obviamente andara participando da baderna no salão.

– É verdade, dona – disse ele. – Não deveria estar aqui. Já que está, bem, terá que pagar uma pena por isso – murmurou, os olhos brilhando na semiescuridão. E sem aviso prévio, puxou-me com força contra seu corpo e beijou-me. Beijou-me com força suficiente para machucar meus lábios e forçá-los a se abrirem. Sua língua moveu-se contra a minha, o gosto de uísque forte na boca. Suas mãos agarraram-me com firmeza pelo traseiro e me pressionaram contra ele, fazendo-me sentir sua rígida ereção embaixo do kilt e através das minhas camadas de saias e anáguas.

Soltou-me tão repentinamente quanto me agarrara. Meneou a cabeça e fez um gesto com a mão indicando o corredor, respirando com certa dificuldade. Uma mecha de cabelos castanho-avermelhados caíra sobre a testa e ele ajeitou-a para trás com uma das mãos.

– Vá indo, dona – disse ele. – Antes que pague um preço maior.

Eu fui, descalça.

Tendo em vista os acontecimentos da noite anterior, esperava que a maioria dos habitantes do castelo dormisse até tarde na manhã seguinte, talvez cambaleando até o salão para uma revigorante caneca de cerveja quando o sol estivesse alto – se é que em algum momento resolveriam sair de seus quartos, é claro. Mas os escoceses das Terras Altas do clã MacKenzie eram um bando mais valente do que eu imaginara, pois o castelo parecia uma colmeia efervescente muito antes do raiar do dia, com vozes barulhentas indo e vindo pelos corredores, além de um enorme clangor de armas e baques surdos de botas conforme os homens se preparavam para o *tynchal.*

Estava frio e nevoento, mas Rupert, que encontrei no pátio quando me dirigia ao salão, assegurou-me de que aquelas eram as melhores condições do tempo para caçar javali.

– Essas feras têm a pele muito grossa, o frio não é empecilho para elas – explicou ele, afiando uma lança com entusiasmo em uma pedra de amolar movida a pedais – e elas se sentem seguras com a neblina cerrada ao redor delas. Não conseguem ver os homens se aproximando.

Abstive-me de salientar que os caçadores tampouco seriam capazes de ver o javali do qual estavam se aproximando, até estarem perto demais.

Quando o sol começou a cortar a neblina com seus raios dourados e cor de sangue, o grupo de caçadores se reuniu no átrio, reluzentes com as gotículas da umidade do ar e com os olhos brilhantes de expectativa. Fiquei contente de ver que não se esperava que as mulheres participassem; bastava que oferecessem bolo e doses de cerveja aos heróis de partida. Vendo o grande número de homens que partia para a floresta a leste, armados até os dentes com lanças, machados, arcos, aljavas e adagas, senti um pouco de pena do javali.

Essa atitude foi revista e modificada para respeito e temor uma hora mais tarde, quando fui convocada às pressas à margem da floresta para tratar dos ferimentos de um homem que, segundo concluí, se deparara inesperadamente com a fera no nevoeiro.

– Nossa! – exclamei, ao examinar um ferimento aberto, dilacerado, que ia do joelho ao tornozelo. – Um animal fez isso? O que ele tem, dentes de aço inoxidável?

– Hein? – A vítima estava branca de choque e abalada demais para responder, mas um dos companheiros que ajudara a tirá-lo da floresta lançou-me um olhar curioso.

– Deixe pra lá – disse e puxei com força a atadura de compressão com a qual eu envolvera a perna ferida. – Levem-no para o castelo e peçam à sra. Fitz para providenciar um caldo quente e cobertores. Isso vai ter que ser costurado e não tenho recursos para fazer isso aqui.

Os gritos rítmicos dos mesmos batedores ainda ecoavam na névoa da encosta da colina. De repente, ouviu-se um grito lancinante que se ergueu acima da neblina e das árvores e um faisão assustado irrompeu de seu esconderijo nas proximidades batendo as asas assustadoramente.

– Nosso Senhor Jesus Cristo, o que foi isso agora? – Agarrando um monte de ataduras, abandonei meu paciente aos cuidados de seus companheiros e entrei pela floresta numa corrida desenfreada.

O nevoeiro estava ainda mais denso sob os galhos das árvores e eu não conseguia ver mais do que dois ou três passos à frente, mas o barulho de vozes e movimentos agitados no meio dos arbustos guiou-me na direção certa.

Passou roçando por mim, vindo de trás. Atenta ao vozerio, não o ouvi e não o vi até ter passado, um corpo volumoso e escuro movendo-se a uma velocidade incrível, os cascos fendidos, absurdamente pequenos, quase silenciosos nas folhas encharcadas.

Fiquei tão impressionada com a inesperada aparição que no começo não me ocorreu sentir medo. Fiquei simplesmente parada, fitando a névoa onde o vulto negro enfurecido desaparecera. Em seguida, erguendo a mão para puxar para trás os cachos úmidos que caíam sobre meu rosto, vi a mancha vermelha no dorso. Olhando para baixo, vi uma mancha igual em minha saia. A fera estava ferida. O grito teria vindo do javali, talvez?

Achei que não; eu conhecia o som do ferimento mortal. E o porco selvagem movia-se bem, com todas as suas forças, quando passou por mim. Respirei fundo e continuei pela cortina de névoa, à procura de um homem ferido.

Encontrei-o no sopé de uma pequena elevação, cercado por homens de kilt. Haviam estendido seus xales sobre ele para mantê-lo aquecido, mas o tecido que cobria suas pernas estava sombriamente empapado de sangue. Uma faixa larga de lama preta raspada da encosta mostrava por onde ele viera escorregando ao longo da descida e uma balbúrdia de folhas enlameadas e terra revolvida marcava o lugar onde ele encontrara o javali. Caí de joelhos ao lado do ferido, tirei a coberta e comecei a trabalhar.

Mal havia começado quando os gritos dos homens à nossa volta me fizeram virar e ver o vulto assustador surgir, mais uma vez silenciosamente, do meio das árvores.

Desta vez, tive tempo de ver o punho da adaga projetando-se do flanco do animal, talvez obra do homem no chão diante de mim. E o vil marfim amarelo das presas, manchado de vermelho como os olhos enfurecidos.

Os homens ao meu redor, tão perplexos quanto eu, começaram a se mexer e pegar suas armas. Mais rápido do que os outros, um homem alto pegou uma lança das mãos de um companheiro que estava petrificado e saiu para o meio da clareira.

Era Dougal MacKenzie. Caminhou quase despreocupadamente, carregando a lança abaixada, segura com as duas mãos, como se estivesse prestes a levantar uma pá de terra. Estava concentrado na fera, falando com ela em voz baixa, murmurando em gaélico, como se quisesse atrair o animal para fora da proteção da árvore junto à qual estava parado.

A primeira investida foi repentina como uma explosão. A fera passou disparada por ele, tão perto que o tartã marrom de caça ondulou com o deslocamento de ar provocado. Girou imediatamente e voltou, uma nódoa indistinta de fúria muscular. Dougal saltou para o lado como um toureiro, perfurando a fera com a lança. Meia-volta, para a frente e outra vez. Era mais uma dança do que uma luta, os dois adversários baseados na força, mas tão ágeis que pareciam flutuar acima do solo.

Tudo durou apenas pouco mais de um minuto, embora tivesse parecido muito mais tempo. Terminou quando Dougal, desviando-se das presas dilacerantes, ergueu a ponta da lança curta e forte e enfiou-a diretamente entre as espáduas curvas do animal. Ouviu-se o golpe seco da espada e um guincho estridente que fez os pelos dos meus braços se eriçarem. Os olhos miúdos reviraram-se de um lado para o outro, girando freneticamente em busca de vingança, e os cascos delicados afundaram-se na lama, conforme o javali cambaleava e oscilava. Os guinchos continuaram, elevando-se a um volume indescritível quando o corpo pesado caiu para um lado, fazendo com que a adaga protuberante fosse enfiada até o punho na carne peluda. Os pequenos cascos escavaram o chão, revirando grossos torrões de terra úmida.

Os guinchos cessaram bruscamente. Fez-se silêncio por um instante, seguido por um ronco semelhante ao de um porco, e o volumoso animal ficou imóvel.

Dougal não esperou para se certificar da morte, deu a volta no animal que se contorcia e voltou para junto do homem que fora ferido. Ajoelhou-se e passou o braço por trás dos ombros da vítima, assumindo o lugar do homem que estava sustentando-o. O sangue salpicara as proeminentes maçãs do rosto e gotículas de sangue seco grudaram seus cabelos de um lado.

– Vamos, Geordie – disse ele, a voz rouca repentinamente suave. – Vamos. Eu o peguei, companheiro. Está tudo bem.

– Dougal? É você, amigo? – O ferido voltou a cabeça na direção dele, esforçando-se para abrir os olhos.

Fiquei surpresa, ouvindo enquanto rapidamente verificava o pulso e os sinais vitais do ferido. Dougal, o bárbaro, Dougal, o cruel, falava em voz branda com a vítima, repetindo palavras de conforto, abraçando-a com força contra o corpo, alisando os cabelos em desalinho.

Sentei nos calcanhares e estendi a mão novamente para a pilha de panos no chão ao meu lado. Havia um corte profundo, de pelo menos 20 centímetros ao longo da coxa, a partir da virilha, de onde o sangue fluía sem parar. No entanto, não estava jorrando; a artéria femoral não fora cortada, o que significava que havia uma boa chance de estancá-lo.

O que não podia ser estancado era o vazamento da barriga de Geordie, onde as presas afiadas haviam dilacerado pele, músculos, mesentério e intestinos. Não havia grandes vasos cortados ali, mas o intestino fora perfurado; podia vê-lo perfeitamente através do rasgão na pele. Esse tipo de ferimento abdominal geralmente era fatal, mesmo com uma moderna sala de cirurgia, suturas e antibióticos à mão. O conteúdo das entranhas rompidas, vazando na cavidade abdominal, simplesmente contaminava toda a região e uma infecção era certeza mortal. E ali, com nada além de dentes de alho e flores de milefólio para tratamento...

Meu olhar encontrou-se com o de Dougal quando ele também olhou para o terrível ferimento. Seus lábios moveram-se, balbuciando sem som por cima da cabeça do ferido as palavras: "Ele conseguirá sobreviver?"

Balancei a cabeça sem proferir nenhuma palavra. Ele parou por um instante, segurando Geordie, depois estendeu a mão e deliberadamente desamarrou o torniquete improvisado que eu colocara em torno da perna do ferido. Olhou para mim, desafiando-me a protestar, mas não fiz nenhum gesto a não ser um breve sinal com a cabeça. Eu podia estancar o sangramento e permitir que Geordie fosse transportado em maca de volta ao castelo. Voltaria ao castelo para ficar prolongando uma crescente agonia, à medida que a barriga supurasse até que a infecção se espalhasse o suficiente para matá-lo, degenerando-se talvez durante dias em longo sofrimento. Uma morte mais digna, talvez, era o que Dougal estava lhe proporcionando – morrer de forma limpa sob o céu, o sangue de seu coração manchando as mesmas folhas tingidas do sangue do animal que o matara. Arrastei-me pelas folhas úmidas até a cabeça de Geordie e segurei parte de seu peso no meu próprio braço.

– Logo estará melhor – falei e minha voz era firme, como sempre fora treinada para ser. – A dor vai passar logo.

– Sim. Está melhor... agora. Não consigo mais sentir a minha perna... nem minhas mãos... Dougal... está aí? Está aí, companheiro? – As mãos entorpecidas agitavam-se cegamente diante do seu rosto. Dougal segurou-as com firmeza entre suas próprias mãos e aproximou-se, murmurando ao seu ouvido.

As costas de Geordie arquearam-se de repente e seus calcanhares afundaram-se no solo lamacento, o corpo em violento protesto contra o que sua mente já começara a aceitar. Arquejava profundamente de vez em quando, como um homem que está sangrando até a morte luta por ar, faminto do oxigênio que seu corpo exige.

A floresta estava em completo silêncio. Nenhum pássaro cantava no nevoeiro e os homens que esperavam pacientemente acocorados nas sombras das árvores estavam tão silenciosos quanto as próprias árvores. Dougal e eu nos debruçamos sobre o corpo agitado, murmurando e confortando, compartilhando a difícil, dolorosa e necessária tarefa de assistir um homem em sua morte.

A subida da colina em direção ao castelo transcorreu em silêncio. Caminhei ao lado do morto, carregado numa maca improvisada com galhos de pinheiro. Atrás de nós, sustentado de maneira semelhante, vinha o corpo de seu inimigo. Dougal caminhava à frente, sozinho.

Quando atravessamos o portão e entramos no pátio principal, avistei a figura pequena e atarracada do padre Bain, o sacerdote da vila, apressando-se tardiamente para ajudar um falecido membro da congregação.

Dougal parou, estendendo a mão para me deter quando me virei em direção às escadas que levavam ao consultório. Os carregadores com o corpo de Geordie coberto por xales de xadrez passaram por nós, em direção à capela, deixando-nos sozinhos no corredor deserto. Dougal segurou-me pelo pulso, olhando-me intensamente.

– Você já viu homens morrerem antes – disse ele sem rodeios. – De morte violenta. – Não era uma pergunta, era quase uma acusação.

– Muitos – respondi, igualmente sem rodeios. E libertando-me de sua mão, deixei-o ali parado e fui cuidar dos meus pacientes vivos.

A morte de Geordie, embora terrível, colocou apenas um amortecedor temporário nas comemorações. Uma pródiga missa funerária foi rezada por ele naquela tarde na capela do castelo e os jogos começaram na manhã seguinte.

Eu vi poucos deles, estando ocupada em remendar os participantes. Tudo que eu podia dizer ao certo dos autênticos jogos das Terras Altas é que eram disputados com sofreguidão. Tratei um perna de pau que havia conseguido se cortar tentando dançar entre espadas, imobilizei a perna quebrada de uma vítima azarada que ficara no caminho de um martelo atirado de forma imprudente e ministrei óleo de rícino e xarope de capuchinha a inúmeras crianças que haviam abusado dos doces. No fim do dia, eu estava à beira da exaustão.

Subi na mesa do consultório a fim de esfriar a cabeça pela minúscula janela e respirar um pouco de ar puro. Os gritos, as risadas e a música que vinham do campo onde os jogos estavam sendo realizados haviam emudecido. Ótimo. Nenhum paciente novo, portanto, ao menos até o dia seguinte. O que Rupert dissera que fariam em seguida? Competição de arco e flecha? Hummm. Verifiquei o suprimento de ataduras e, exausta, fechei a porta do consultório atrás de mim.

Deixando o castelo, desci a colina em direção à estrebaria. Precisava de uma boa companhia que não fosse humana, não falasse e não sangrasse. Também tinha em mente que eu devia procurar Jamie, qualquer que fosse seu sobrenome, e tentar me desculpar novamente por envolvê-lo no juramento. Na verdade, ele se saíra muito bem, mas certamente nem sequer teria ido lá, preferindo ficar entregue a seus próprios afazeres. Quanto ao mexerico que Rupert agora devia estar espalhando sobre nossa suposta travessura amorosa, eu preferia não pensar.

Quanto à gravidade da minha própria situação, preferia não pensar nisso também, mas não poderia deixar de fazê-lo, mais cedo ou mais tarde. Tendo fracassado tão espetacularmente na minha tentativa de fuga no começo do Grande Encontro, imaginava se as chances seriam melhores no final do evento. É verdade que a maior parte dos cavalos estaria indo embora, com seus donos. Mesmo assim, haveria um bom número de cavalos do castelo ainda disponível. Com sorte, o desaparecimento de um seria contabilizado como um roubo aleatório; havia muitos vagabundos pela área da feira e do campo de jogos com aparência de salteadores. E, na confusão da partida, poderia se passar algum tempo até alguém descobrir que eu havia desaparecido.

Fui caminhando devagar ao longo da cerca do estábulo, considerando diferentes rotas de fuga. A dificuldade é que eu tinha apenas uma vaga ideia de onde estava, com referência ao local para onde queria ir. E como agora eu era praticamente conhecida de todo MacKenzie entre Leoch e a fronteira, graças à minha prática médica durante os festejos, não poderia pedir informações pelo caminho.

Perguntei-me de repente se Jamie teria contado a Colum ou a Dougal sobre minha tentativa frustrada de fugir na noite do juramento. Nenhum dos dois mencionara o fato para mim, portanto era provável que não tivesse dito nada.

Não havia nenhum cavalo no cercado. Abri a porta da estrebaria e meu coração deu um pequeno salto ao ver Dougal e Jamie sentados lado a lado num fardo de feno. Pareceram quase tão surpresos com a minha chegada quanto eu com a presença deles, mas levantaram-se educadamente e me convidaram a sentar.

– Tudo bem – recusei, recuando em direção à porta. – Não pretendia interromper a conversa de vocês.

– Não, dona – disse Dougal. – O que eu acabava de dizer a Jamie diz respeito a você também.

Lancei um olhar de relance para Jamie, que respondeu com um movimento quase imperceptível da cabeça. Então ele não havia contado a Dougal sobre a minha tentativa de fuga.

Sentei-me, um pouco temerosa de Dougal. Lembrava-me da pequena cena no corredor na noite do juramento, embora desde então ele não tivesse se referido a isso nem com palavras, nem com gestos.

– Vou partir dentro de dois dias – disse ele bruscamente. – E vou levar vocês dois comigo.

– Nos levar para onde? – perguntei, assustada. Meu coração começou a bater com força.

– Pelas terras dos MacKenzie. Colum não viaja, portanto cabe a mim visitar os locatários e rendeiros que não podem vir ao Grande Encontro. E para cuidar de pequenos negócios aqui e ali... – Fez um gesto amplo com a mão, descartando esses negócios como trivialidades.

– Mas por que eu? Por que nós, quero dizer? – perguntei.

Ele parou um instante considerando a pergunta antes de responder.

– Bem, Jamie é um rapaz muito útil com cavalos. E quanto a você, dona, Colum achou por bem levá-la até Fort William. O comandante de lá pode ser capaz de... ajudá-la a encontrar sua família na França.

Ou ajudar vocês, pensei, *a descobrir quem eu sou realmente.* E quanto mais estariam escondendo de mim? Dougal fitava-me, obviamente imaginando como eu receberia essa notícia.

– Tudo bem – respondi serenamente. – Parece uma boa ideia.

Externamente tranquila, por dentro regozijando-me. Que sorte! Agora não iria precisar fugir do castelo. O próprio Dougal me levaria por boa parte do caminho. De Fort William, poderia encontrar meu caminho sem maiores dificuldades. Para Craig na Dun. Ao monumento megalítico. E, com sorte, de volta para casa.

PARTE III

Na estrada

11

CONVERSAS COM UM ADVOGADO

Atravessamos os portões do Castelo Leoch dois dias depois, pouco antes do amanhecer. Em grupos de dois, três e quatro, ao som das exclamações de despedidas e dos gritos dos gansos selvagens no lago, os cavalos cruzaram cuidadosamente a ponte de pedras. Eu olhava para trás de vez em quando, até o vulto do castelo desaparecer atrás de uma cortina de névoa reluzente. A ideia de que talvez eu nunca mais visse a sombria construção de pedra ou seus habitantes me fez experimentar uma estranha sensação de pesar.

O barulho dos cascos dos cavalos parecia abafado no nevoeiro. As vozes transportavam-se estranhamente pelo ar úmido, de modo que os chamados em uma das pontas da longa fila às vezes eram facilmente ouvidos na outra ponta, enquanto os sons de uma conversa próxima perdiam-se em murmúrios interrompidos. Era como cavalgar pelo meio de uma neblina povoada de fantasmas. Vozes sem corpo flutuavam no ar, soando distantes, depois espantosamente perto.

Meu lugar era no meio do grupo, flanqueada de um lado por um soldado cujo nome eu não sabia e, do outro, por Ned Gowan, o pequeno escriba que eu vira trabalhando no Conselho de Colum. Ele era mais do que um escriba, como descobri, quando começamos a conversar na estrada.

Ned Gowan era advogado. Nascido, criado e educado em Edimburgo, era o advogado típico. Um homem franzino e idoso, de hábitos organizados e meticulosos, usava um casaco de casimira de boa qualidade, finas meias de lã, uma camisa de linho com um discreto peitilho de renda e calças presas abaixo do joelho de um tecido que era um compromisso bem calculado com os rigores de viagens e o status de sua profissão. Um pequeno par de óculos de armação de ouro, um elegante laço de cabelo e um chapéu de duas pontas, de feltro azul, completavam a figura. Era a imagem tão perfeita de um homem da lei que eu não conseguia olhar para ele sem sorrir.

Cavalgava a meu lado em uma égua tranquila cuja sela estava carregada com duas enormes sacolas de couro gasto. Explicou-me que uma transportava as ferramentas do seu ofício: tinteiro, penas de escrever e papel.

– E para que serve a outra? – perguntei, examinando-a. Enquanto a primeira sacola estava rechonchuda com seu conteúdo, a segunda parecia quase vazia.

– Ah, são para os tributos do senhorio – respondeu o advogado, dando umas palmadinhas na sacola flácida.

– Então, ele deve estar esperando muito dinheiro, não? – sugeri. O sr. Gowan encolheu os ombros afavelmente.

– Nem tanto, minha querida. A maior parte será paga com níqueis, centavos e outras moedinhas. E essas, infelizmente, ocupam mais espaço que outras espécies mais valiosas. – Sorriu, uma rápida curva dos lábios finos e ressequidos. – Quanto a isso, uma pesada quantidade de cobre e prata ainda é mais fácil de ser transportada do que o grosso da renda do nosso senhorio.

Voltou-se para lançar um olhar significativo por cima do ombro para as duas grandes carroças puxadas por mulas que acompanhavam o grupo.

– Sacas de grãos e feixes de nabos ao menos têm a vantagem de ausência de mobilidade. Quanto a aves, se devidamente engaioladas, não tenho nada contra. Nem contra cabras, embora demonstrem certa inconveniência com seus hábitos onívoros; uma delas comeu um lenço meu no ano passado, embora tenha que admitir que a culpa foi minha em deixar o tecido despontando imprudentemente de um dos bolsos do meu casaco. – Os lábios finos cerraram-se numa linha determinada. – Este ano, no entanto, dei ordens explícitas. Não aceitaremos porcos vivos.

A necessidade de proteger os alforjes do sr. Gowan e as duas carroças explicava a presença dos vinte e poucos homens que integravam o resto do grupo de coleta de tributos, imaginei. Todos estavam armados e montados, e havia alguns animais de carga, transportando o que presumi tratar-se de suprimentos para o sustento do grupo. A sra. Fitz, entre despedidas e advertências, dissera-me que as acomodações seriam primitivas ou inexistentes, com muitas noites em acampamentos ao longo da estrada.

Eu estava muito curiosa para saber o que levara um homem com as óbvias qualificações do sr. Gowan a aceitar um cargo nas remotas Terras Altas da Escócia, longe das conveniências da vida civilizada à qual devia estar acostumado.

– Bem, quanto a isso – disse ele, em resposta às minhas perguntas –, quando eu era jovem, possuía um pequeno escritório de advocacia em Edimburgo. Com cortinas de renda na janela e uma placa de latão reluzente na porta, com meu nome gravado. Mas fiquei cansado de fazer testamentos e redigir escrituras, e de ver os mesmos rostos na rua, dia após dia. Assim, fui embora – concluiu com simplicidade.

Comprara um cavalo e alguns suprimentos e partira, sem ideia de para onde iria ou o que faria quando lá chegasse.

– Veja bem, devo admitir – disse ele, tocando o nariz afetadamente com um lenço bordado com seu monograma – um certo gosto por... aventura. Entretanto, nem minha compleição física, nem meus antecedentes familiares me habilitaram para a vida de um salteador de estradas ou de um homem do mar, que eram as ocupações mais aventurescas que eu podia vislumbrar na época. Como alternativa, resolvi que o melhor caminho para mim estava nas Terras Altas. Achei que talvez, com o tempo, pudesse convencer algum chefe de clã a... bem, permitir que o servisse de algum modo.

E no curso de suas viagens, ele havia, de fato, encontrado tal chefe.

– Jacob MacKenzie – continuou ele, com um sorriso afetuoso, nostálgico. – Velho patife desgraçado. – O sr. Gowan meneou a cabeça em direção à frente da comitiva, onde os cabelos brilhantes de Jamie MacTavish reluziam na neblina. – Seu neto parece-se muito com ele, sabe. Nós nos encontramos pela primeira vez na ponta de uma pistola, Jacob e eu, quando ele me roubava. Entreguei meu cavalo e minhas sacolas sem resistência, não tendo mesmo outra escolha. Mas acredito que ele ficou um tanto surpreso quando insisti em acompanhá-lo, a pé se necessário.

– Jacob MacKenzie. Seria o pai de Colum e Dougal? – perguntei.

O idoso advogado confirmou, assentindo.

– Sim. Claro, ele não era um proprietário de terras na época. Isso aconteceu alguns anos mais tarde... com uma pequena ajuda de minha parte – acrescentou ele modestamente. – As coisas eram menos... civilizadas naquela época – disse com nostalgia.

– Ah, eram? – exclamei educadamente. – E Colum, hum, herdou-o, por assim dizer?

– Algo assim – disse o sr. Gowan. – Houve certa confusão quando Jacob morreu. Colum era o herdeiro de Leoch, sem dúvida, mas ele... – O advogado parou, olhando para a frente e para trás, para se certificar de que ninguém estivesse perto para ouvi-lo. O soldado havia se adiantado para emparelhar com alguns companheiros e uns quatro corpos de cavalos nos separavam do carroceiro que conduzia a carroça mais próxima. – Colum era um homem perfeito aos 18 anos – continuou sua história – e prometia ser um grande líder. Casou-se com Letitia como parte de uma aliança com os Cameron. Eu redigi o contrato de casamento – acrescentou ele, como uma nota de rodapé. – Mas logo após o casamento ele sofreu uma queda grave, durante um ataque surpresa. Quebrou o osso longo da coxa e ele nunca se remendou direito.

Assenti. Não poderia mesmo, é claro.

– E depois – continuou o sr. Gowan com um suspiro –, levantou-se da cama cedo demais e levou um tombo das escadas que quebrou a outra perna. Teve que ficar na cama quase um ano, mas logo ficou claro que os danos eram irreversíveis. Foi quando Jacob morreu, infelizmente.

O homem franzino fez uma pausa para ordenar os pensamentos. Olhou novamente para a frente, como se procurasse alguém. Não encontrando, acomodou-se na sela outra vez.

– Foi nessa época que houve toda aquela confusão sobre o casamento de sua irmã também – disse ele. – E Dougal... bem, receio que Dougal não se comportou muito bem nesse caso. Caso contrário, teria sido nomeado chefe na ocasião, mas as pessoas viram que ele ainda não tinha juízo para isso. – Balançou a cabeça. – Ah, houve um grande tumulto sobre tudo isso. Havia primos, tios e arrendatários. Foi necessário um Grande Encontro para resolver a questão.

– Mas escolheram Colum, afinal? – Eu me admirava mais uma vez com a força da personalidade de Colum MacKenzie. E, lançando um olhar ao homenzinho encarquilhado que cavalgava a meu lado, pensei ainda que Colum também tivera sorte ao escolher seus aliados.

– Sim, mas somente porque os irmãos permaneceram firmemente unidos. Não havia dúvida, veja bem, sobre a coragem de Colum, nem mesmo de sua capacidade mental, mas apenas sobre seu corpo. Era óbvio que ele jamais poderia liderar seus homens em uma batalha outra vez. Mas havia Dougal, forte e saudável, ainda que um pouco imprudente e exaltado. Ele colocou-se atrás do trono do irmão e prometeu seguir a palavra de Colum e ser suas pernas e seu braço armado no campo. Assim, foi sugerido que Colum pudesse se tornar o chefe do clã, como faria normalmente, e Dougal fosse nomeado comandante de guerra, para liderar o clã em tempos de batalhas. Não era uma situação sem precedentes – acrescentou ele, para ser mais preciso.

A modéstia com que disse "Foi sugerido..." deixou claro de quem fora a sugestão.

– E você é um homem de quem? – perguntei. – Colum ou Dougal?

– Meus interesses devem estar com o clã MacKenzie como um todo – disse o sr. Gowan prudentemente. – Mas, formalmente, fiz meu juramento a Colum.

Formalmente uma ova, pensei. Eu vira aquela cerimônia de juramento, embora não me lembre especificamente da figura pequena do advogado entre tantos homens. Nenhum homem poderia estar presente naquela cerimônia e permanecer impassível, nem mesmo um advogado nato. E o homenzinho na égua baia, por mais ressequidos que fossem seus ossos, e afundado em leis até a medula, tinha por seu próprio testemunho a alma de um romântico.

– Ele deve considerá-lo uma grande ajuda – falei diplomaticamente.

– Ah, faço alguma coisa de vez em quando – disse ele, com modéstia. – Como faço pelos outros. Caso precise de meus préstimos, minha querida – acrescentou, radiante de contentamento –, sinta-se à vontade para pedir o meu auxílio. Pode confiar em minha discrição, asseguro-lhe. – Fez uma mesura graciosamente antiquada de sua sela.

– Na mesma extensão de sua lealdade a Colum MacKenzie? – perguntei, arqueando as sobrancelhas. Os pequenos olhos castanhos fitaram os meus diretamente e eu vi tanto a astúcia quanto o humor que se escondiam em suas turvas profundezas.

– Ah, bem – disse ele, sem se desculpar. – Vale tentar.

– Acho que sim – retruquei, mais com vontade de rir do que com raiva. – Mas eu lhe asseguro, sr. Gowan, que não tenho nenhuma necessidade de sua discrição, ao menos no momento.

É contagiante, pensei, ao ouvir a mim mesma. *Estou falando exatamente como ele.*

– Sou uma dama inglesa – acrescentei com firmeza – e nada mais. Colum está perdendo o tempo dele, e o seu, tentando extrair segredos de mim que não existem. – *Ou que realmente existem, mas não podem ser revelados,* pensei. A discrição do sr. Gowan podia ser ilimitada, mas não sua fé. – Ele não o enviou conosco apenas para me coagir a revelações prejudiciais, enviou? – perguntei, atingida repentinamente pelo pensamento.

– Ah, não. – O sr. Gowan deu uma pequena risada diante da ideia. – Não, ora essa, minha querida. Eu desempenho uma função essencial, lidando com os recibos e com a contabilidade para Dougal, e realizando algumas pequenas exigências legais que os homens do clã nas áreas mais remotas possam ter. E receio que, mesmo na minha idade avançada, não superei completamente a necessidade de ir em busca de aventuras. As coisas são muito mais pacatas hoje do que costumavam ser – soltou um suspiro que devia ser de arrependimento –, mas sempre há a possibilidade de assalto nas estradas ou ataques perto das fronteiras.

Bateu levemente no segundo alforje em sua sela.

– Esta sacola não está inteiramente vazia, sabe. – Levantou a aba o suficiente para que eu pudesse ver as coronhas reluzentes de um par de pistolas de cabos ornamentados, habilmente instaladas em presilhas gêmeas que as mantinham ao alcance fácil da mão.

Examinou-me com um olhar que assimilava cada detalhe das minhas roupas e aparência.

– Você mesma deveria andar armada, minha querida – disse ele em tom de ligeira reprovação. – Embora imagine que Dougal não acharia conveniente... ainda. Vou falar com ele sobre isso – prometeu.

Passamos o resto do dia em agradável conversa, vagando pelas reminiscências dos bons tempos de outrora quando os homens eram homens e a erva daninha da civilização era menos avassaladora nas trevas agradáveis e incultas das Terras Altas.

Ao cair da noite, armamos um acampamento numa clareira perto da estrada. Eu tinha um cobertor, enrolado e amarrado atrás da minha sela, e com isso preparei-me para passar minha primeira noite de liberdade do castelo. Entretanto, quando deixei a fogueira e me encaminhei para um lugar atrás de uma árvore, tinha consciência dos olhares que me seguiam. Mesmo ao ar livre, ao que parecia, a liberdade tinha limites bem definidos.

Chegamos à primeira parada por volta de meio-dia do segundo dia. Não passava de um aglomerado de três ou quatro cabanas erguidas fora da estrada, junto a um pequeno vale. Um banco foi trazido de uma das pequenas casas para uso de Dougal e uma prancha – providencialmente trazida em uma das carroças – foi colocada sobre dois outros para servir como uma superfície sobre a qual o sr. Gowan poderia escrever.

Ele retirou um enorme quadrado de linho engomado do bolso da aba de seu casaco e estendeu-o cuidadosamente sobre um tronco, temporariamente retirado de sua função normal de apoio para rachar lenha. Sentou-se sobre ele e começou a arrumar o tinteiro, os livros de contabilidade e um bloco de recibos, tão composto em seus gestos como se ainda estivesse atrás de suas cortinas de renda em Edimburgo.

Um a um, os homens das pequenas fazendas das proximidades foram aparecendo, para conduzir seus negócios anuais com o representante do proprietário. Era um trabalho calmo e conduzido com bem menos formalidade do que os trâmites no Conselho do Castelo Leoch. Cada homem aproximava-se, recém-chegado do campo ou dos estábulos, e, puxando um banco, sentava-se ao lado de Dougal em aparente igualdade, explicando, queixando-se ou apenas conversando.

Alguns vinham acompanhados de um ou dois filhos vigorosos, carregando sacas de grãos ou de lã. Ao final de cada conversa, o infatigável Ned Gowan lavrava um recibo pelo pagamento do aluguel anual, registrava a transação cuidadosamente no livro-razão e estalava os dedos para um dos ajudantes, que obedientemente carregava o pagamento para uma das carroças. Com menos frequência, uma pequena pilha de moedas desaparecia nas profundezas de sua sacola de couro com um leve tinido de metal. Enquanto isso, os soldados descansavam sob as árvores ou desapareciam na floresta da encosta – para caçar, supus.

Variações dessa cena se repetiram muitas vezes nos dias seguintes. De vez em quando, eu era convidada a uma cabana para tomar cidra ou leite e todas as mulheres amontoavam-se no único cômodo pequeno para conversar comigo. Algumas vezes, um aglomerado de casinhas rústicas era grande o suficiente para comportar uma taberna ou mesmo uma estalagem, que se tornava o quartel-general de Dougal naquele dia.

Uma vez ou outra, os aluguéis incluíam um cavalo, uma ovelha ou outro animal doméstico vivo. Em geral, essas formas de pagamento eram trocadas com alguém na vizinhança por algo mais fácil de transportar. No entanto, se Jamie julgasse que um cavalo era bastante bom para ser incluído na estrebaria do castelo, este era acrescentado à nossa comitiva.

Eu me perguntava sobre a presença de Jamie no grupo. Embora o rapaz obviamente conhecesse cavalos muito bem, a maioria dos homens do grupo também conhecia, inclusive o próprio Dougal. Considerando-se ainda que os cavalos constituíam uma forma rara de pagamento e que geralmente não eram nada de especial em termos de raça, perguntava-me por que acharam necessário trazer um especialista. Foi uma semana depois de nossa partida, numa vila com um nome impronunciável, que eu descobri o verdadeiro motivo de Dougal querer a presença de Jamie.

A vila, embora pequena, era grande o suficiente para ostentar uma taberna com duas ou três mesas e vários bancos bambos. Ali, Dougal concedeu suas audiências e recolheu os aluguéis. Após um almoço um tanto indigesto de carne salgada e nabos, ele fez as honras, pagando cerveja para os arrendatários que haviam se demorado por ali após as transações, além de alguns aldeões que vinham ao final da jornada diária de trabalho para observar os estranhos e ouvir as novidades que tivessem para contar.

Fiquei sentada quieta numa cadeira no canto, bebendo cerveja amarga e aproveitando a trégua do lombo do cavalo. Eu quase não estava prestando atenção à conversa de Dougal, que ia e vinha entre o inglês e o gaélico, abrangendo de fofocas, assuntos de lavoura e criação de animais ao que soava como piadas grosseiras e conversa fiada.

Eu imaginava indolentemente quanto tempo levaria, naquele passo, para chegar a Fort William. Uma vez lá, qual seria exatamente a melhor forma de me desgarrar dos escoceses do Castelo Leoch sem me tornar igualmente enredada na guarnição militar inglesa. Perdida em meus próprios pensamentos, não notara que Dougal falava sozinho havia algum tempo, como se fizesse uma espécie de discurso. Seus ouvintes seguiam-no atentamente, com uma ou outra exclamação ou interjeição. Voltando aos poucos a tomar consciência do ambiente à minha volta, percebi que ele habilmente inflamava os ânimos de sua plateia a respeito de alguma coisa.

Olhei ao redor. O gordo Rupert e o pequeno advogado, Ned Gowan, estavam sentados atrás de Dougal, recostados à parede, as canecas de cerveja esquecidas no banco ao lado, ouvindo atentamente. Jamie, com a testa franzida e olhando para dentro de sua própria caneca, inclinou-se para a frente com os cotovelos sobre a mesa. O que quer que Dougal estivesse dizendo, ele não parecia estar prestando atenção.

Sem aviso prévio, Dougal se levantou, agarrou o colarinho da camisa de Jamie e puxou. Velha e de má qualidade, a camisa rasgou facilmente nas costuras. Tomado inteiramente de surpresa, Jamie ficou paralisado. Seus olhos estreitaram-se e eu vi seu maxilar travar-se com força, mas ele não se mexeu quando Dougal afastou as tiras de pano rasgadas para exibir suas costas para os espectadores.

Houve um grito sufocado de espanto e horror diante das cicatrizes, seguido de um burburinho de agitada indignação. Abri a boca, mas ouvi a palavra "Sassenach", pronunciada num tom nada amistoso, e fechei-a novamente.

Jamie, com o rosto petrificado, levantou-se e afastou-se do pequeno ajuntamento que se formou ao seu redor. Retirou cuidadosamente os remanescentes de sua camisa, enrolando-a numa trouxa. Uma mulher pequena e idosa, que chegava à altura de seu cotovelo, balançava a cabeça e batia de leve em suas costas, fazendo o que pareciam ser comentários de conforto em gaélico. Se fossem, certamente não pareciam estar surtindo o efeito desejado.

Ele respondeu sucintamente a algumas perguntas dos homens presentes. As duas ou três jovens que haviam chegado para pegar cerveja para o jantar de suas famílias amontoaram-se junto à parede oposta, cochichando entre si, com olhares frequentes e arregalados para o outro lado da sala.

Com um olhar para Dougal que poderia por direito transformá-lo em pedra, Jamie atirou o que restou de sua camisa em um canto da lareira e deixou o aposento com três passadas largas, livrando-se dos murmúrios de comiseração da multidão.

Privados do espetáculo, todas as atenções voltaram-se outra vez para Dougal. Eu não entendi a maior parte dos comentários, embora o pouco que tenha captado parecesse de natureza altamente anti-inglesa. Fiquei dividida entre a vontade de seguir Jamie lá fora e permanecer discretamente onde estava. Mas eu duvidava que ele quisesse companhia e, assim, encolhi-me no canto e mantive a cabeça abaixada, estudando meu reflexo pálido e indistinto na superfície da caneca de cerveja.

O tilintar de metal me fez erguer a cabeça. Um dos homens, um sitiante robusto, de calças de couro, atirara algumas moedas em cima da mesa diante de Dougal e parecia estar fazendo seu próprio discurso. Deu um passo para trás, os polegares enfiados no cinto, como se desafiasse os outros a fazerem alguma coisa. Após um momento de hesitação, um ou dois corajosos fizeram o mesmo, seguidos de mais alguns, tirando moedas de cobre da bolsa presa à cintura do kilt. Dougal agradeceu-lhes fervorosamente, fazendo um gesto para o estalajadeiro para que trouxesse nova rodada de cerveja. Notei que o advogado Ned Gowan guardava as novas contribuições cuidadosamente em uma bolsa separada daquela usada para os aluguéis dos MacKenzie destinados aos cofres de Colum. Compreendi, então, qual devia ser o propósito da pequena encenação de Dougal.

As rebeliões, como a maioria das propostas de negócios, exigem algum capital. A criação e a manutenção de um exército requerem ouro, assim como o sustento de seus líderes. Do pouco que eu me lembrava da história do príncipe Charles Edward, o Jovem Pretendente ao trono, parte de seu sustento viera da França, mas parte das finanças por trás de seu malsucedido levante viera dos bolsos rasos e esfarrapados das pessoas que ele se propunha a governar. Assim, Colum ou Dougal, ou ambos, eram jacobitas; partidários do Jovem Pretendente e contrários ao ocupante legal do trono da Inglaterra, George II.

Por fim, os últimos arrendatários foram embora para suas casas e Dougal levantou-se e espreguiçou-se, parecendo satisfeito, como um gato que tivesse tomado um prato de leite, senão de creme. Avaliou o peso da pequena bolsa e atirou-a para Ned Gowan para que fosse guardada.

– Ah, muito bem – comentou ele. – Não se pode esperar muito de um lugar pequeno como este. Mas, se conseguirmos outras tantas como esta, teremos uma quantia respeitável no final.

– "Respeitável" não é exatamente a palavra que eu usaria – falei, erguendo-me do meu canto de observação.

Dougal virou-se, como se somente agora percebesse a minha presença.

– Não? – disse ele, a boca curva, achando graça. – Por que não? Tem alguma objeção a que súditos leais deem uma pequena contribuição para apoiar seu soberano?

– Nenhuma – retorqui, olhando-o nos olhos. – Independente de quem seja o soberano. São os seus métodos de coleta que eu não aprecio.

Dougal examinou-me cuidadosamente, como se minhas feições pudessem lhe dizer alguma coisa.

– Independente de quem seja o soberano? – repetiu ele em voz baixa. – Pensei que não soubesse gaélico.

– E não sei – respondi laconicamente. – Mas tenho a inteligência com que nasci e dois ouvidos em bom estado. O que quer que "à saúde do rei George" seja em gaélico, duvido muito que soe como "Bragh Stuart".

Ele atirou a cabeça para trás e riu.

– Não soa mesmo – concordou. – Eu lhe diria em gaélico o que penso do seu soberano e governante, mas não é uma palavra adequada para os lábios de uma dama, *sassenach* ou não.

Inclinando-se, pegou a camisa enrolada e atirada nas cinzas da lareira e sacudiu a maior parte da fuligem.

– Já que não gosta de meus métodos, talvez queira remediá-los – sugeriu ele, atirando a camisa rasgada em minhas mãos. – Arranje uma agulha com a dona da casa e conserte-a.

– Conserte-a você mesmo! – Enfiei-a de novo em seus braços e me virei para ir embora.

– Como quiser – disse Dougal afavelmente às minhas costas. – Então Jamie pode consertar a própria camisa, se não está disposta a ajudar.

Parei, virei-me relutantemente e estendi a mão.

– Está bem – comecei, mas fui interrompida pela mão grande de Jamie, que passou por cima do meu ombro e arrancou a camisa da mão de Dougal. Dividindo um olhar sem brilho entre nós dois, Jamie enfiou a camisa embaixo do braço e saiu da sala tão silenciosamente quanto havia entrado.

Encontramos abrigo para aquela noite na casa de um rendeiro. Ou devo dizer que eu encontrei. Os homens dormiram do lado de fora, espalhados em diversos montes de feno, camas em carroças e canteiros de samambaias. Em deferência à minha condição feminina ou ao meu estado de semiprisioneira, ofereceram-me uma cama dura no chão dentro da casa, perto da lareira.

Embora meu catre parecesse imensamente preferível à única cama de estrado onde toda a família de seis pessoas dormia, invejava os homens lá fora, em suas camas improvisadas ao ar livre. O fogo não estava apagado, apenas reduzido para a noite, e o ar na cabana era sufocante com o calor, os cheiros e os sons dos seus habitantes, remexendo-se, tossindo, resmungando, roncando, suando e expelindo ventosidades.

Após algum tempo, desisti de tentar dormir naquela atmosfera abafada. Levantei-me e saí silenciosamente, levando um cobertor comigo. O ar do lado de fora estava tão fresco em contraste com o ar congestionado no interior da casa que me recostei contra a parede de pedra, inspirando profundamente aquela aragem fria e deliciosa.

Havia um guarda, sentado e silenciosamente vigilante sob uma árvore junto ao caminho, mas apenas relanceou o olhar para mim. Aparentemente decidindo que eu não iria muito longe em minha roupa de baixo, voltou a descascar um pequeno objeto em suas mãos. A lua brilhava e a lâmina da minúscula *sgian dhu* tremeluziu nas sombras da árvore.

Dei a volta na cabana e subi um pequeno monte que havia atrás, com cuidado para não tropeçar em formas adormecidas na grama. Encontrei um lugar reservado e agradável entre duas pedras grandes e fiz um ninho confortável para mim mesma com um monte de capim e o cobertor. Estendida ao comprido no chão, fiquei observando a lua cheia em sua lenta jornada através do céu.

Dessa mesma forma, eu observara a lua se levantar pela janela do Castelo Leoch em minha primeira noite como hóspede compulsória de Colum. Um mês, portanto, desde a minha calamitosa passagem pelo círculo de pedras. Pelo menos, eu agora sabia por que as pedras haviam sido colocadas ali.

Provavelmente sem nenhuma importância por si mesmas, eram, entretanto, sinalizadores. Assim como uma placa adverte contra um deslizamento de pedras na beira de um penhasco, as pedras verticais destinavam-se a assinalar um local de perigo. Um local onde... o quê? A crosta do tempo era fina demais? Onde um portal de algum tipo estava aberto? Não que os construtores dos círculos soubessem o que estavam marcando. Para eles, seria um local de terrível mistério e poderosa magia; um lugar onde as pessoas desapareciam sem deixar vestígios. Ou apareciam, talvez, do nada.

Era uma ideia. O que teria acontecido, imaginava, se alguém estivesse presente na colina de Craigh na Dun quando fiz minha brusca aparição? Suponho que devia depender da época em que a pessoa entrava. Aqui, se um colono me encontrasse em tais circunstâncias, sem dúvida eu teria sido considerada uma bruxa ou uma fada. Mais provavelmente uma fada, surgindo naquela colina em particular, com a sua reputação.

E deve ser exatamente daí que veio a sua reputação. Se as pessoas através dos anos houvessem desaparecido repentinamente, ou igualmente surgido de repente em determinado local, esta seria uma boa razão para adquirir uma fama de mágica.

Tirei um pé de baixo da coberta e remexi os dedos ao luar. *Não era uma atitude muito própria de uma fada,* pensei de maneira crítica. Com 1,70 metro, eu era uma mulher bastante alta para esta época; da altura de muitos homens. Como dificilmente poderia passar por um duende, seria, portanto, considerada uma bruxa ou um espírito maligno de algum tipo. Do pouco que eu sabia a respeito dos métodos correntes para lidar com tais manifestações, só podia agradecer pelo fato de ninguém ter presenciado a minha aparição.

Imaginava languidamente o que ocorreria se tivesse acontecido o contrário. E se alguém desaparecesse desta época e surgisse na minha? Isso, afinal, era exatamente o que eu estava pretendendo fazer, se houvesse alguma maneira de tornar isso possível. Como um escocês moderno, como a sra. Buchanan, a agente dos correios, reagiria se alguém como Murtagh, por exemplo, surgisse repentinamente da terra sob seus pés?

A reação mais provável, pensei, seria correr, chamar a polícia, ou talvez não fazer nada, além de contar aos amigos e vizinhos sobre o acontecimento mais extraordinário que presenciara no outro dia...

E quanto ao visitante? Bem, ele poderia conseguir se encaixar nessa nova época sem chamar muita atenção, se fosse cauteloso e tivesse sorte. Afinal, eu estava conseguindo passar, com certo grau de sucesso, como residente normal desta época e lugar, embora minha aparência e linguagem certamente tenham levantado muitas suspeitas.

E se, entretanto, alguém fosse muito diferente ou saísse proclamando aos berros o que lhe acontecera? Se tivesse saído em tempos primitivos, é provável que um evidente estranho fosse simplesmente morto ali mesmo sem mais perguntas. E em tempos mais esclarecidos, provavelmente teria sido considerado louco e internado em alguma instituição se não se calasse.

Esse tipo de acontecimento podia estar se desenrolando desde o início dos tempos, refleti. Mesmo quando diante de testemunhas, não haveria nenhuma pista; nada para contar o que acontecera, porque a única pessoa que sabia é quem havia desaparecido. E quanto ao desaparecido, provavelmente ficaria de boca fechada no outro lado da conexão.

Mergulhada em meus pensamentos, não notei o fraco murmúrio de vozes ou o movimento de passos pela grama e fiquei absolutamente surpresa ao ouvir uma voz a apenas alguns metros de distância.

– Para o inferno, Dougal MacKenzie – disse a voz. – Parente ou não, eu não lhe devia isso. – A voz era em tom baixo, mas carregada de raiva.

– Ah, não? – disse a outra voz, achando graça. – Estou me lembrando de certo juramento, prometendo sua obediência. "Enquanto meus pés permanecerem nas terras do clã MacKenzie", acho que foi o que ouvi. – Ouviu-se uma batida surda, como a de um pé sobre a terra dura. – E essa terra é dos MacKenzie, rapaz.

– Dei minha palavra a Colum, não a você. – Então era o jovem Jamie MacTavish e eu sabia exatamente o que o enfurecia.

– Somos um só, rapaz, e você sabe muito bem disso. – Ouviu-se o som de um leve tapa, como se Dougal batesse de leve no rosto de Jamie. – Sua obediência é para o chefe do clã e, fora de Leoch, eu sou a cabeça, os braços e as mãos, bem como as pernas de Colum.

– E nunca vi um caso mais evidente da mão direita não saber o que a esquerda está fazendo – veio a resposta rápida. Apesar da contrariedade do tom, havia um laivo de sagacidade e astúcia que se divertia com esse embate de egos. – O que acha que a direita vai dizer quando souber que a esquerda recolhe dinheiro para os Stuart?

Fez-se uma breve pausa antes de Dougal responder.

– Os MacKenzie, os MacBeolain e os MacVinich são homens livres. Ninguém pode forçá-los a contribuir contra a sua vontade e ninguém pode impedi-los tampouco. E quem sabe? Pode ser que Colum contribua mais para o príncipe Charles Edward do que todos eles juntos, no fim das contas.

– Pode ser – concordou a voz mais grave. – Também pode chover de baixo para cima amanhã. Isso não significa que vou ficar no alto da escada esperando com meu baldinho virado para baixo.

– Não? Você tem mais a ganhar de um trono Stuart do que eu, rapaz. E nada dos ingleses, a não ser a forca. Se não se importa com seu próprio pescoço...

– Meu pescoço é problema meu – interrompeu Jamie bruscamente. – Assim como as minhas costas.

– Não enquanto estiver viajando comigo, meu rapaz – disse a voz sarcástica do tio. – Se quiser ouvir o que Horrocks tem a lhe dizer, fará o que eu mandar. E será o mais sensato. Você pode ser muito bom com uma agulha, mas só tem uma camisa limpa.

Ouviu-se um movimento arrastado, como se alguém se levantasse de seu lugar em uma pedra e seguisse pela grama. No entanto, apenas os passos de uma só pessoa se aproximavam. Sentei-me o mais silenciosamente possível e espreitei cautelosamente pela borda de uma das rochas que me escondiam.

Jamie continuava lá, agachado sobre uma pedra a alguns passos de distância, os cotovelos apoiados nos joelhos, o queixo enterrado nas mãos. Estava quase de costas para mim. Comecei a retroceder cautelosamente, não querendo me intrometer em sua solidão, quando ele falou repentinamente.

– Sei que está aí – disse ele. – Saia, se quiser. – Pelo seu tom de voz, era uma questão completamente indiferente para ele. Levantei-me e comecei a sair, quando percebi que estava em minhas roupas de baixo. Refletindo que ele já tinha muito com que se preocupar, além de ficar constrangido por minha causa, enrolei-me discretamente no cobertor antes de emergir.

Sentei-me ao lado dele e recostei-me numa pedra, observando-o um pouco timidamente. Fora um leve aceno com a cabeça, ele ignorou-me, absorto em seus próprios e não muito agradáveis pensamentos, a julgar pela carranca sombria em seu rosto. Um dos pés batia nervosamente na pedra onde estava sentado e torcia os dedos, fechando-os, estendendo-os em seguida, com uma força que fazia várias articulações estalarem.

Foram os estalidos dos nós dos dedos que me fizeram lembrar do capitão Manson. Oficial responsável pelos suprimentos no hospital de campanha onde eu trabalhava, o capitão Manson, enfrentava escassez de materiais, encomendas que não chegavam e as infindáveis idiotices da burocracia do Exército como seus próprios problemas pessoais. Normalmente um homem agradável e tranquilo, quando as frustrações tornavam-se muito grandes, ele se retirava para seu escritório particular e socava a parede atrás da porta com toda a força que conseguia reunir. Os visitantes na sala de recepção observavam fascinados a frágil parede de fibras prensadas estremecer sob o impacto de seus golpes. Alguns instantes depois, o capitão Manson emergia novamente, com os nós dos dedos feridos, mas outra vez sossegado, para lidar com a crise do momento. Quando foi transferido para outra unidade, a parede atrás da porta estava coberta com dezenas de marcas de socos.

Vendo o jovem na pedra tentando desconjuntar os próprios dedos, fui levada a me lembrar de como o capitão enfrentava os seus problemas.

– Você precisa bater em alguma coisa – falei.

– Hein? – Ergueu os olhos, surpreso, aparentemente esquecido da minha presença.

– Bata em alguma coisa – aconselhei. – Vai se sentir muito melhor depois.

Sua boca se moveu como se estivesse prestes a dizer alguma coisa, mas, em vez disso, levantou-se da pedra e caminhou resolutamente para uma cerejeira robusta e aplicou-lhe um forte soco. Aparentemente encontrando no impacto certo paliativo para seus sentimentos, golpeou o tronco da árvore várias vezes, fazendo-o sacudir e lançar uma chuva de pétalas cor-de-rosa sobre sua cabeça.

Sugando o nó de um dedo ferido, voltou instantes depois.

– Obrigado – disse ele, com um sorriso enviesado. – Talvez, afinal eu consiga dormir esta noite.

– Machucou a mão? – Levantei-me para examiná-la, mas ele balançou a cabeça, esfregando os nós dos dedos delicadamente com a palma da outra mão.

– Não, não foi nada.

Permanecemos de pé por um instante, num silêncio constrangedor. Eu não queria fazer referência à cena que ouvira nem aos acontecimentos anteriores da noite. Por fim, rompi o silêncio:

– Não sabia que você era canhoto.

– Canhoto? Ah, sim, sempre fui. O professor costumava amarrar minha mão esquerda ao meu cinto atrás das costas, para me obrigar a escrever com a outra.

– E você consegue? Escrever com a direita, quero dizer.

Ele assentiu, levando a mão machucada novamente à boca.

– Sim. Mas isso faz minha cabeça doer.

– Você também luta com a mão esquerda? – perguntei, querendo distraí-lo.

– Com a espada. – Ele não carregava nenhuma arma no momento, exceto sua adaga e sua *sgian dhu*, mas durante o dia ele geralmente carregava tanto a espada quanto as pistolas, como a maioria dos homens no grupo.

– Não, uso bem a espada em qualquer uma das mãos. Um espadachim canhoto fica em desvantagem, sabe, com uma espada pequena, porque você luta com seu lado esquerdo virado para o adversário e seu coração fica desse lado.

Com energia demais para se manter quieto, começou a andar em passos largos de um lado para outro na clareira gramada, fazendo gestos ilustrativos com uma espada imaginária.

– Com uma espada grande, não faz diferença – disse ele. Estendeu os dois braços para frente, as mãos unidas e fez um movimento amplo e gracioso, em arco, pelo ar. – Em geral usa-se as duas mãos – explicou. – Ou se estiver bem próximo do inimigo para usar apenas uma das mãos, não faz muita diferença qual delas usar, porque você vem de cima e atinge o sujeito no ombro. Não na cabeça – acrescentou ele instrutivamente –, porque a lâmina pode escorregar facilmente. Mas corte-o no ponto certo – ele golpeou a junção do pescoço com o ombro usando o lado da mão – e ele estará morto. E se não for um golpe certeiro, ainda assim o sujeito não poderá mais lutar naquele dia, provavelmente nunca mais.

Levou a mão esquerda à cintura e sacou sua adaga em um movimento como o de água entornando de um copo.

– Agora, para lutar com uma espada e uma adaga ao mesmo tempo – disse ele –, se não tiver nenhum escudo para proteger a mão que segura a adaga, você deve favorecer seu lado direito, com a espada pequena nessa mão, e vir de baixo com a adaga, se estiver lutando de perto. Mas se a mão da adaga estiver bem protegida, pode vir de qualquer um dos lados e girar o corpo – ele agachava e rodopiava, ilustrando – para manter a lâmina do inimigo à distância e usar a adaga somente se tiver perdido a espada ou não puder mais usar o braço que a empunhava.

Agachou-se quase ao rés do chão e ergueu a lâmina numa estocada rápida e mortífera, que parou a 1 centímetro do meu peito. Dei um passo para trás involuntariamente e ele se endireitou imediatamente, guardando a adaga na bainha com um sorriso de desculpas.

– Perdão. Estou me exibindo. Não quis assustá-la.

– Você é muito bom nisso – comentei, sinceramente. – Quem o ensinou a lutar? Imagino que tenha precisado de outro lutador canhoto para ensiná-lo.

– Sim, era um lutador canhoto. O melhor que já vi. – Sorriu brevemente, sem humor. – Dougal MacKenzie.

A essa altura, a maioria das flores de cerejeira já havia caído de seus cabelos; somente algumas pétalas cor-de-rosa agarravam-se a seus ombros e estendi a mão para tirá-las. A costura de sua camisa havia sido habilmente refeita, reparei, ainda que toscamente. Até um rasgo no tecido fora remendado.

– Ele fará isso outra vez? – perguntei, sem conseguir me conter.

Ele fez uma pausa antes de responder, mas não fingiu não entender o que eu queria dizer.

– Ah, sim – disse ele finalmente, meneando a cabeça. – Ele faz o que bem entende, sabe.

– E vai deixá-lo? Vai deixar que use você dessa forma?

Ele olhou além de mim, para baixo da colina, em direção à taberna, onde uma única luz ainda brilhava pelas frestas dos troncos de madeira. Seu rosto estava impassível e indecifrável como uma parede.

– Por enquanto.

Continuamos em nossas andanças, deslocando-nos não mais do que alguns quilômetros por dia, parando muitas vezes para que Dougal pudesse conduzir seus negócios numa encruzilhada ou numa cabana, onde diversos arrendatários reuniam-se com suas sacas de grãos e punhados de moedas cuidadosamente economizadas. Tudo era registrado nos livros pela pena ágil de Ned Gowan e os recibos necessários eram distribuídos de sua sacola de papéis e pergaminhos.

Quando alcançávamos uma vila ou aldeia grande o bastante para ostentar uma estalagem ou taberna, Dougal mais uma vez encenava seu ato, pagando bebidas, contando histórias, fazendo discursos e, finalmente, se julgasse as perspectivas bastante boas, forçando Jamie a ficar de pé e mostrar suas cicatrizes. E mais algumas moedas seriam acrescentadas à segunda sacola, a bolsa que deveria ir para a França e para a corte do Pretendente.

Tentei julgar essas cenas à medida que se desenrolavam e saía antes que atingissem o clímax, a crucificação pública não tendo sido nunca do meu agrado. Embora a reação inicial diante da visão das costas de Jamie fosse de horrorizada compaixão, seguida de explosões de investidas contra o exército inglês e o rei George, em geral havia um leve sabor de desprezo que até eu conseguia perceber. Em uma ocasião, ouvi um homem observar em voz baixa para um amigo em inglês: "Que visão horrível, não? Cristo, eu preferia morrer a deixar um *sassenach* fazer isso comigo."

Com raiva e triste, Jamie tornou-se a cada dia mais infeliz. Enfiava a camisa assim que possível, evitando perguntas e comiseração, e com uma desculpa para deixar o grupo, evitava a todos até prosseguirmos viagem na manhã seguinte.

O ponto de colapso aconteceu alguns dias mais tarde, em um vilarejo chamado Tunnaig. Dessa vez, Dougal ainda exortava a multidão, uma das mãos no ombro nu de Jamie, quando um dos espectadores, um rapaz grosseiro, de cabelos castanhos longos e ensebados, fez um comentário pessoal para Jamie. Não pude entender o que foi dito, mas o efeito foi instantâneo. Jamie livrou-se da mão de Dougal com um safanão e golpeou o rapaz no estômago, deixando-o estirado no chão.

Eu estava aprendendo a assimilar algumas palavras em gaélico, embora ainda não pudesse absolutamente dizer que entendia a língua. Entretanto, notara que em geral conseguia entender o que estava sendo dito pela atitude da pessoa que falava, quer entendesse as palavras ou não.

"Levante-se e repita o que disse" parece o mesmo dito em qualquer pátio de escola, bar ou beco do mundo.

Da mesma forma, "Tem razão, companheiro" e "Peguem-no, rapazes!".

Jamie desapareceu sob uma avalanche de roupas sujas de trabalho quando a mesa virou e caiu com um estrondo sob o peso do sujeito de cabelos castanhos e dois amigos dele. Espectadores inocentes comprimiram-se contra as paredes da taberna e prepararam-se para se divertir com o espetáculo. Aproximei-me de Ned e Murtagh, olhando a arquejante massa humana com inquietação. Um lampejo solitário de cabelos ruivos aparecia ocasionalmente no emaranhado de braços e pernas.

– Não deveria ajudá-lo? – murmurei para Murtagh, pelo canto da boca. Ele pareceu surpreso com a ideia.

– Não, por quê?

– Ele pedirá ajuda, se precisar – disse Ned Gowan, observando tranquilamente ao meu lado.

– Como queiram. – Aquiesci sem muita certeza.

Tinha minhas dúvidas de que Jamie conseguiria pedir ajuda se precisasse; no momento, estava sendo estrangulado por um robusto rapaz de verde. Minha opinião pessoal era de que Dougal logo ficaria sem sua principal peça de exibição, mas ele não parecia preocupado. Na realidade, nenhum dos espectadores parecia nem um pouco preocupado com as lesões corporais que estavam acontecendo no chão a nossos pés. Algumas apostas foram feitas, mas a atmosfera geral era de tranquilo divertimento.

Fiquei contente de perceber que Rupert barrou como que por acaso o caminho de dois homens que pareciam estar alimentando a ideia de entrar na briga. Quando deram um passo em direção à refrega, ele interpôs-se no caminho, pretensamente distraído, a mão pousada na adaga. Os dois homens recuaram, decidindo não interferir nos acontecimentos.

A sensação geral parecia ser a de que três contra um era uma proporção razoável. Considerando-se que esse um era forte e grande, um consumado lutador e obviamente tomado por uma fúria insana, isso poderia ser verdade.

A competição pareceu se igualar com a saída repentina do sujeito de verde, escorrendo sangue em consequência de uma cotovelada em cheio no nariz.

A contenda continuou por mais algum tempo, mas a conclusão tornou-se cada vez mais óbvia, quando um segundo participante caiu e rolou para debaixo da mesa, gemendo e segurando a virilha com as duas mãos. Jamie e seu adversário inicial ainda trocavam socos no meio da sala, mas os espectadores que haviam apostado em Jamie já recolhiam seus prêmios. Um golpe de antebraço na traqueia, acompanhado de um violento soco nos rins, mostraram ao sujeito de cabelos castanhos que a discrição é a melhor parte da coragem.

Acrescentei uma tradução mental de "Chega, eu desisto" à minha crescente lista de frases em gaélico/inglês.

Jamie ergueu-se lentamente de cima do seu último oponente aos brados e vivas da multidão. Meneando a cabeça em agradecimento, sem fôlego, cambaleou até um dos bancos que ainda estavam de pé e deixou-se cair sentado, escorrendo sangue e suor, para aceitar uma caneca de cerveja do taberneiro. Tomando-a de um gole só, colocou a caneca vazia no banco e inclinou-se para a frente, arquejante, os cotovelos nos joelhos e as cicatrizes em suas costas desafiadoramente expostas.

Pela primeira vez, ele não pareceu ter pressa para recolocar a camisa; apesar do frio no local, permaneceu seminu, somente vestindo a camisa quando chegou a hora de buscarmos acomodações para passar a noite. Saiu debaixo de um coro de cumprimentos respeitosos, parecendo mais relaxado do que nos últimos dias, apesar da dor dos cortes, arranhões e contusões diversas.

• • •

– Um queixo ralado, um supercílio cortado, um lábio cortado, um nariz sangrando, seis nós dos dedos esmagados, um polegar torcido e dois dentes frouxos. Além de mais contusões do que eu poderia contar. – Terminei meu inventário com um suspiro. – Como se sente? – Estávamos sozinhos no pequeno barracão atrás da estalagem onde eu o levara para administrar os primeiros socorros.

– Bem – disse ele, rindo. Fez menção de se levantar, mas parou bruscamente, com uma careta de dor. – Sim, bem. Talvez as costelas doam um pouco.

– Claro que doem. Você está cheio de hematomas. Outra vez. Por que faz isso consigo mesmo? Do quê, em nome de Deus, acha que é feito? De ferro? – perguntei com irritação.

Riu melancolicamente e tocou o nariz inchado.

– Não. Quem me dera.

Suspirei outra vez e apalpei-o cuidadosamente.

– Não acho que estejam quebradas; são apenas contusões. Mas vou enfaixá-las, por precaução. Fique em pé ereto, enrole a camisa para cima e estenda os braços para os lados. – Comecei a rasgar em tiras uma velha manta que eu conseguira com a mulher do estalajadeiro. Resmungando baixinho sobre gesso e outras amenidades da vida civilizada, improvisei uma atadura, apertando-a e prendendo-a com o broche de seu xale.

– Não consigo respirar – queixou-se ele.

– Se respirar, vai doer. Não se mova. Onde aprendeu a lutar assim? Com Dougal também?

– Não. – Contraiu-se com o vinagre que eu estava aplicando no corte do supercílio. – Meu pai me ensinou.

– É mesmo? Quem era seu pai, o campeão de boxe do lugar?

– O que é boxe? Não, ele era um fazendeiro. Também criava cavalos. – Jamie inspirou com força e prendeu a respiração, quando continuei com a aplicação de vinagre em seu queixo ralado. – Quando eu tinha 9 ou 10 anos, ele disse que achava que eu ia ser grandalhão como a família da minha mãe e que, portanto, teria que aprender a lutar. – Respirava com mais facilidade agora e estendeu uma das mãos para deixar que eu passasse pomada de cravo-da-índia nas articulações dos dedos.

– Ele disse: "Se você é grande, metade dos homens que encontrar vai temê-lo e a outra metade vai querer desafiá-lo. Derrube um deles e o resto o deixará em paz. Mas aprenda a fazer isso de maneira rápida e limpa ou vai ficar lutando toda a sua vida." Assim, ele me levava para o celeiro e me derrubava na palha, até eu aprender a me defender. Ai! Isso arde.

– Arranhões de unhas são ferimentos detestáveis – falei, esfregando seu pescoço. – Especialmente se o patife não lava as mãos com regularidade. E duvido que aquele sujeito de cabelos sebosos tome banho uma vez por ano. "De maneira rápida e limpa" não é exatamente como eu descreveria o que você fez hoje à noite, mas foi realmente impressionante. Seu pai teria orgulho de você.

Falei com certo sarcasmo e fiquei surpresa ao ver seu rosto tornar-se sombrio.

– Meu pai está morto – disse ele sem rodeios.

– Sinto muito. – Terminei a limpeza dos ferimentos e disse-lhe em voz baixa: – Mas falei sinceramente. Ele teria se orgulhado de você.

Não respondeu, mas esboçou um meio sorriso. De repente, parecia muito jovem e perguntei-me que idade deveria ter. Estava prestes a perguntar quando uma tosse áspera atrás de mim anunciou a chegada de um visitante ao barracão.

Era o homenzinho nervoso chamado Murtagh. Fitou as costelas atadas de Jamie com um ar divertido e lançou uma pequena e velha bolsa de couro no ar. Jamie estendeu a mão enorme e pegou-a com facilidade, fazendo o conteúdo da bolsa tilintar.

– E o que é isso? – perguntou ele.

Murtagh ergueu uma sobrancelha sem forma definida.

– Sua parte das apostas, o que mais poderia ser?

Jamie balançou a cabeça e se preparou para atirar a bolsa de volta.

– Não apostei nada.

Murtagh ergueu uma das mãos para impedi-lo.

– Você fez o trabalho. É um sujeito muito popular no momento, ao menos entre aqueles que o apoiaram.

– Mas não com Dougal, imagino – intrometi-me.

Murtagh era um desses homens que sempre parecia um pouco surpreso de descobrir que uma mulher tinha voz, mas assentiu educadamente.

– Sim, isso é verdade. Ainda assim, não vejo como isso deva perturbá-lo – disse a Jamie.

– Não? – Os dois homens trocaram um olhar, com uma mensagem que eu não compreendi. Jamie soltou o ar dos pulmões devagar entre os dentes, assentindo devagar para si mesmo.

– Quando? – perguntou ele.

– Uma semana. Dez dias, talvez. Perto de um lugar chamado Lag Cruime. Conhece?

Jamie meneou a cabeça novamente, confirmando. Parecia mais contente do que eu o via há algum tempo.

– Conheço.

Olhei de um rosto para o outro, ambos fechados, escondendo um segredo. Então, Murtagh descobrira alguma coisa. Algo a ver com o misterioso "Horrocks", talvez? Encolhi os ombros. Qualquer que fosse o motivo, parecia que os dias de Jamie como peça de exibição haviam acabado.

– Suponho que Dougal sempre possa fazer um número de sapateado – falei.

– Hein? – Os olhares secretos transformaram-se em olhares de espanto.

– Nada. Durmam bem. – Peguei minha caixa de suprimentos médicos e fui procurar meu próprio descanso.

12

O COMANDANTE DA GUARNIÇÃO

Estávamos nos aproximando de Fort William e eu comecei a pensar seriamente no meu plano de ação, quando chegássemos lá.

Iria depender do comandante da guarnição. Se acreditasse que eu era uma respeitável senhora em apuros, poderia me fornecer uma escolta temporária em direção à costa e ao meu suposto embarque para a França.

Mas ele poderia suspeitar de mim, surgindo na companhia dos MacKenzie. Ainda assim, eu evidentemente não era escocesa; e se ele imaginasse que eu fosse algum tipo de espiã? Obviamente, era isso que Colum e Dougal pensavam – que eu fosse uma espiã inglesa.

O que me fazia imaginar o que eu supostamente deveria estar espionando. Bem, atividades antipatrióticas, suponho; entre as quais, sem dúvida, incluía-se coletar dinheiro para apoiar o príncipe Charles Edward Stuart.

Entretanto, nesse caso, por que Dougal permitira que eu presenciasse suas atividades? Poderia facilmente mandar que eu saísse antes dessa parte dos procedimentos. Claro, tudo se desenrolara em gaélico, argumentei comigo mesma.

No entanto, talvez esse fosse o ponto. Lembro-me do estranho brilho em seus olhos e da frase "Pensei que não soubesse gaélico". Talvez fosse um teste, para ver se eu realmente ignorava a língua. Porque um espião inglês dificilmente seria enviado às Terras Altas sendo incapaz de falar com metade da população do lugar.

Não, a conversa entre Dougal e Jamie que eu ouvira parecia indicar que Dougal realmente era um jacobita, embora Colum aparentemente não fosse – ainda.

Minha cabeça estava começando a zumbir com todas essas suposições e fiquei satisfeita ao constatar que nos aproximávamos de uma vila razoavelmente grande. Era provável que isso também significasse uma boa hospedaria e um bom jantar.

A hospedaria era realmente confortável, pelos padrões a que me acostumara. Se a cama era aparentemente projetada para anões – e, aliás, mordidos por pulgas – ao menos ficava num quarto isolado. Nas diversas estalagens menores, eu dormira num estrado numa sala comum a todos, cercada por formas masculinas roncando e sombras dobradas de vultos envoltos em seus xales.

Em geral, eu adormecia logo, quaisquer que fossem as condições, cansada de um dia na sela e uma noite de politicagem de Dougal. Na primeira noite em uma estalagem, no entanto, permanecera acordada por mais de meia hora, fascinada pela notável variedade de ruídos que os aparelhos respiratórios masculinos eram capazes de produzir. Um dormitório inteiro cheio de estudantes de enfermagem não chegava nem perto.

Ocorreu-me, ouvindo o coro, que os homens numa enfermaria de hospital raramente roncam. Sim, respiram pesadamente. Soltam arfadas, gemem ocasionalmente e, às vezes, soluçam ou choram durante o sono. Mas não havia comparação com aquele saudável pandemônio. Talvez homens feridos ou doentes não pudessem dormir profundamente o bastante para relaxarem naquela espécie de algazarra.

Se minhas observações estivessem corretas, podia concluir que meus companheiros gozavam da mais perfeita saúde. Sem dúvida, assim pareciam, braços e pernas descontraidamente espraiados, rostos relaxados e brilhando à luz do fogo. O completo abandono de seu sono em tábuas duras de madeira era a satisfação de um apetite tão forte quanto aquele com que se sentavam à mesa de jantar. Obscuramente reconfortada pela cacofonia, puxei minha capa de viagem em volta dos ombros e também fui dormir.

Em comparação, agora me sentia um pouco solitária no esplendor de meu sótão minúsculo e fedorento. Apesar de ter removido as roupas de cama e batido o colchão para desencorajar coabitantes indesejáveis, tinha certa dificuldade em dormir, tão silencioso e escuro o quarto pareceu depois que apaguei a vela.

Ouviam-se alguns ecos fracos da sala comum dois andares abaixo e um breve ruído de agitação e movimento, mas serviam apenas para realçar meu próprio isolamento. Era a primeira vez que me deixavam tão completamente sozinha desde a minha chegada ao castelo e não estava certa se gostava da situação.

Pairava nervosamente à beira do sono quando meus ouvidos captaram um sinistro ranger das tábuas do assoalho no corredor do lado de fora do meu quarto. Os passos eram vagarosos e incertos, como se o intruso hesitasse em seu caminho, escolhendo a tábua de aparência mais firme a cada novo passo. Sentei-me na cama com um pulo, tateando em busca da vela e da caixa de sílex junto à cama.

Minha mão, na busca às cegas, bateu na caixa de sílex, derrubando-a no chão com uma pancada fraca. Fiquei paralisada e os passos do lado de fora também.

Ouviu-se um leve arranhar na porta, como se alguém procurasse o trinco. Eu sabia que a porta estava destrancada; embora tivesse suportes para o trinco, eu vasculhara o quarto inutilmente à cata do trinco antes de ir para a cama. Agarrei o castiçal, arranquei o toco de vela e deslizei da cama tão silenciosamente quanto pude, brandindo a pesada peça de cerâmica.

A porta rangeu levemente nas dobradiças quando cedeu. A única janela do quarto estava hermeticamente fechada tanto contra os elementos do tempo quanto contra a luz; mesmo assim, pude divisar, ainda que vagamente, o contorno turvo da porta ao se abrir. O contorno cresceu e em seguida, para minha surpresa, encolheu-se e desapareceu quando a porta foi novamente fechada. Tudo ficou silencioso outra vez.

Fiquei contra a parede pelo que me pareceu uma eternidade, prendendo a respiração e tentando ouvir em meio ao barulho das batidas do meu coração. Por fim, avancei centímetro a centímetro em direção à porta, cuidadosamente dando a volta pelos cantos do quarto ao longo das paredes, considerando que as tábuas do assoalho deviam ser bem mais firmes ali. A cada passo, descia o pé devagar, colocando meu peso sobre ele, depois parando e tateando com os dedos dos pés descalços em busca da junção entre as duas tábuas, antes de apoiar o outro pé com a firmeza que eu julgasse possível.

Quando alcancei a porta, parei, o ouvido pressionado contra as tábuas finas, as mãos agarradas ao batente, alerta contra uma súbita invasão. Achei que ouvia uns sons leves, mas não tinha certeza. Seriam apenas os sons da movimentação lá embaixo ou seria a respiração presa de alguém do outro lado da porta?

O fluxo constante de adrenalina estava me deixando tonta. Cansando-me finalmente daquela tolice, agarrei meu castiçal com firmeza, abri a porta com um safanão e me precipitei no corredor.

Digo "me precipitei", mas, na verdade, dei dois passos, pisei com força em algo macio e caí de cabeça no corredor, ralando os nós dos dedos e batendo a cabeça dolorosamente em algo sólido.

Sentei-me, segurando minha testa com as duas mãos, sem a menor preocupação de que pudesse ser assassinada a qualquer momento.

A pessoa em quem eu pisara praguejava com a respiração entrecortada. Através da névoa de dor, percebi vagamente que ele (presumi pelo tamanho e pelo cheiro de suor que meu visitante era um homem) se levantara e tateava para encontrar o fecho das persianas na parede acima de nós.

Uma repentina lufada de ar fresco me fez encolher e fechar os olhos. Quando os abri novamente, a luz do céu noturno era suficiente para eu ver o intruso.

– O que você está fazendo aqui? – perguntei de modo acusador.

Ao mesmo tempo, Jamie perguntou, também num tom de acusação:

– Quanto é que você pesa, Sassenach?

Ainda um pouco confusa, respondi sem pensar:

– Cinquenta e sete quilos. – Só então pensei em perguntar: – Por quê?

– Você quase esmagou meu fígado – respondeu ele, apalpando cuidadosamente a área afetada. – Sem mencionar que quase me matou de susto! – Estendeu a mão para baixo e me içou. – Você está bem?

– Não, bati a cabeça. – Esfregando o local, olhei intrigada o corredor inteiramente vazio, sem nenhum objeto ou peça de mobília. – Onde foi que bati com a cabeça? – perguntei.

– Na minha cabeça – disse ele com certa irritação.

– Bem feito – retruquei, cruelmente. – O que estava fazendo, se esgueirando dissimuladamente do lado de fora da minha porta?

Lançou-me um olhar furioso.

– Eu não estava "me esgueirando dissimuladamente", pelo amor de Deus. Eu estava dormindo, ou tentando. – Esfregou o que parecia ser um galo se formando em sua têmpora.

– Dormindo? Aqui? – Olhei de um lado para o outro do imundo corredor com exagerada surpresa. – Você sem dúvida escolhe os locais mais estranhos; primeiro, a estrebaria, agora isto.

– Talvez lhe interesse saber que há um pequeno grupo de dragões ingleses na taberna aí embaixo – informou-me com frieza. – Estão meio bêbados e se divertindo um pouco desregradamente com duas mulheres da cidade. Como só há duas mulheres e cinco homens, alguns dos soldados pareciam um tanto inclinados a se aventurarem nos andares de cima em busca de... hum, parceiras. Achei que você não iria gostar muito de tais atenções. – Atirou seu xale xadrez por cima do ombro e virou-se na direção das escadas. – Se me enganei nessa impressão, peço desculpas. Não tinha intenção de perturbar seu descanso. Boa noite.

– Espere um instante. – Ele parou, mas não se virou, forçando-me a dar a volta em torno dele para olhá-lo de frente. Retribuiu o olhar, educadamente, mas com frieza.

– Obrigada – falei. – Foi muita gentileza sua. Desculpe-me por ter pisado em você.

Ele sorriu, o rosto mudando de uma máscara hostil para sua expressão habitual de bom humor.

– Não foi nada, Sassenach – disse ele. – Quando a dor de cabeça passar e a costela fraturada sarar, ficarei novo em folha.

Virou-se e empurrou a porta do meu quarto, que se fechara na esteira da minha saída apressada, devido ao fato de que o construtor aparentemente erguera a estalagem sem o benefício de um fio de prumo. Não havia um único ângulo reto no local.

– Volte para a cama, então – sugeriu ele. – Estarei aqui.

Olhei para o chão. Além de essencialmente duro e frio, as tábuas de carvalho estavam manchadas de cusparadas, líquidos entornados e outras formas de imundície que eu não queria nem imaginar. A marca do construtor na verga da porta dizia 1732 e obviamente essa fora a única vez que as tábuas do assoalho haviam sido limpas.

– Não pode dormir aqui fora – falei. – Entre, ao menos o chão do quarto não está tão ruim.

Jamie ficou paralisado, a mão no batente da porta.

– Dormir no quarto com você? – Pareceu verdadeiramente chocado. – Eu não poderia fazer isso! Sua reputação ficaria arruinada!

Ele falava a sério. Comecei a rir, mas diplomaticamente transformei a risada num acesso de tosse. Dadas as exigências da viagem, a superlotação das hospedarias e a crueza ou completa ausência de instalações sanitárias, eu estava tão acostumada à intimidade física com esses homens, inclusive Jamie, que achei hilariante a ideia de tanto pudor.

– Você já dormiu no mesmo aposento que eu outras vezes – ressaltei, quando me recobrei. – Você e mais outros vinte homens.

Ele gaguejou um pouco.

– Não é a mesma coisa! Quer dizer, eram locais totalmente públicos e... – Parou, acometido por um terrível pensamento. – Você não pensou que eu quis dizer que você estivesse sugerindo alguma coisa imprópria, pensou? – perguntou ele ansiosamente. – Acredite, eu...

– Não, não. Absolutamente. – Apressei-me a tranquilizá-lo, assegurando-lhe que não me ofendera.

Vendo que não conseguiria persuadi-lo, insisti para que ao menos ele usasse os cobertores da minha cama para se deitar. Ele concordou com alguma relutância e somente depois de eu afirmar várias vezes que de qualquer modo eu não iria usá-los, que pretendia dormir como sempre enrolada na minha grossa manta de viagem.

Tentei agradecer-lhe novamente, quando parei junto à cama improvisada, antes de retornar ao meu fétido santuário, mas ele descartou meus agradecimentos com um gesto gracioso da mão.

– Não foi uma gentileza inteiramente desinteressada de minha parte, sabe – observou ele. – Eu mesmo não queria ser notado.

Havia me esquecido que ele tinha suas próprias razões para se manter longe dos soldados ingleses. Também não me passou despercebido, no entanto, que isso poderia ter sido conseguido bem mais facilmente, sem falar mais confortavelmente, se ele dormisse na aquecida e arejada estrebaria, em vez de no chão diante da minha porta.

– Mas se alguém realmente vier aqui em cima – protestei –, irá encontrá-lo.

Estendeu o braço longo para segurar a persiana giratória e fechou-a. O corredor mergulhou na escuridão e Jamie não parecia mais do que um vulto sem formas definidas.

– Não podem ver meu rosto – ressaltou ele. – E nas condições em que estão, meu nome também não despertaria nenhum interesse, ainda que lhes desse meu nome verdadeiro, o que não pretendo fazer.

– É verdade – falei, sem muita convicção. – Mas será que não se perguntarão o que você está fazendo aqui em cima no escuro? – Eu não podia ver nada da expressão do seu rosto, mas o tom de sua voz dizia-me que ele estava sorrindo.

– De jeito nenhum, Sassenach. Vão achar apenas que estou esperando a minha vez.

Com isso, ri e entrei. Enrolei-me na cama e fui dormir, admirada com a mente que podia fazer piadas tão lascivas ao mesmo tempo que se horrorizava com a ideia de dormir no mesmo quarto que eu.

Quando acordei, Jamie já fora embora. Descendo para o desjejum, encontrei Dougal ao pé da escada, aguardando-me.

– Coma rapidamente, dona – disse ele. – Você e eu vamos a Brockton.

Absteve-se de me dar maiores informações, mas parecia um pouco nervoso. Comi rapidamente e logo estávamos trotando pela névoa do começo da manhã. Os pássaros agitavam-se nos arbustos e o ar anunciava um quente dia de verão.

– Quem vamos ver? – perguntei. – Pode me dizer, porque se eu não conhecer, ficarei surpresa, e se conhecer, sou inteligente o bastante para fingir que estou surpresa, de qualquer modo.

Dougal olhou-me de soslaio, considerando o que eu dissera, mas decidiu que meu argumento fazia sentido.

– O comandante da guarnição de Fort William – disse ele.

Senti um pequeno choque. Não estava preparada para isso. Achava que ainda teríamos três dias até alcançarmos o forte.

– Mas estamos muito longe de Fort William! – exclamei.

– Mmmhum.

Pelo visto, este comandante de guarnição era do tipo irrequieto. Não satisfeito em permanecer em casa cuidando de sua guarnição, saía para inspecionar o campo com um grupo de dragões. Os soldados que estiveram em nossa hospedaria na noite anterior faziam parte deste grupo e disseram a Dougal que o comandante no momento estava instalado na hospedaria em Brockton.

Esse fato criava um novo problema e eu fiquei em silêncio pelo resto do percurso, analisando-o. Eu contara em poder me afastar da companhia de Dougal em Fort William, que achava ficar a um dia de viagem da colina de Craigh na Dun. Mesmo não estando preparada para acampar e não tendo comida nem outros recursos, achava que poderia cobrir essa distância sozinha e achar meu caminho até o círculo de pedras. Quanto ao que aconteceria depois – bem, só poderia saber indo até lá.

No entanto, esse novo acontecimento colocou um obstáculo inesperado nos meus planos. Se eu me separasse de Dougal aqui, como provavelmente aconteceria, estaria a quatro dias de viagem da colina, não somente um. Além disso, eu não tinha bastante confiança em meu senso de direção, quanto mais em minha resistência física, para me arriscar sozinha a pé entre os pântanos e penhascos desertos. As últimas semanas de viagem em condições precárias me deram um cauteloso respeito pelos rochedos acidentados e riachos traiçoeiros das Terras Altas, sem falar de um ou outro animal selvagem. Não tinha nenhuma vontade em particular de me deparar com um javali, por exemplo, cara a cara em alguma ravina deserta.

Chegamos a Brockton no meio da manhã. A neblina se dissipara e o dia estava ensolarado o suficiente para me incutir uma sensação de otimismo. Talvez fosse uma tarefa simples, afinal de contas, persuadir o comandante da guarnição a me fornecer uma pequena escolta que me levasse até a colina.

Eu pude compreender por que o comandante escolhera Brockton para seu quartel-general temporário. A vila era bastante grande para abrigar duas tabernas, uma delas um imponente edifício de três andares com uma estrebaria anexa. Paramos ali, entregando nossos cavalos aos cuidados do cavalariço, que se movia tão lentamente que parecia fossilizado. Ele mal conseguira chegar à porta da estrebaria quando já estávamos lá dentro e Dougal pedira algo para comer ao dono da taberna.

Fui deixada no térreo, diante de um prato de bolachas de aveia velhas, enquanto Dougal subia as escadas até o quarto particular do comandante. Tive uma sensação estranha ao vê-lo se afastar. Havia três ou quatro soldados ingleses na taberna, que me olharam especulativamente, conversando entre si em voz baixa. Após um mês entre os escoceses do clã MacKenzie, a presença dos dragões ingleses deixava-me inexplicavelmente nervosa. Disse a mim mesma que estava sendo tola. Afinal, eram meus próprios compatriotas, em outra época ou não.

Ainda assim, sentia falta da companhia agradável do sr. Gowan e a familiaridade reconfortante de Jamie não-sei-o-quê. Lamentava que não tivera a oportunidade de me despedir de ninguém antes de partir de manhã, quando ouvi a voz de Dougal chamando da escada atrás de mim. Ele estava no topo, acenando para que eu subisse.

Parecia um pouco mais sombrio do que o normal quando se afastou para o lado sem dizer nenhuma palavra e fez sinal para que eu entrasse no aposento. O comandante da guarnição estava parado junto à janela aberta, sua figura esbelta e ereta em silhueta contra a luz. Deu uma risada curta ao me ver.

– Sim, foi o que eu pensei. Tinha que ser você, pela descrição do MacKenzie. – A porta fechou-se atrás de mim e eu fiquei sozinha com o capitão Jonathan Randall da Oitava Companhia dos Dragões de Sua Majestade.

Dessa vez, trajava um uniforme vermelho e castanho-amarelado, limpo, com um peitilho enfeitado de renda e uma peruca perfeitamente cacheada e empoada. Mas o rosto era o mesmo – o rosto de Frank. Minha respiração ficou presa na garganta. Agora, entretanto, notei as pequenas rugas de crueldade em torno de sua boca e o toque de arrogância na postura dos ombros. Ainda assim, sorriu afavelmente e convidou-me a sentar.

O quarto estava escassamente mobiliado, apenas com uma mesa, uma cadeira, uma longa mesa de reunião e algumas banquetas. O capitão Randall fez um sinal para um jovem cabo que montava guarda perto da porta e uma caneca de cerveja foi desajeitadamente servida e colocada à minha frente.

O capitão mandou o cabo de volta à sua posição com um gesto da mão e serviu-se ele próprio da cerveja. Em seguida, acomodou-se elegantemente em uma das banquetas do outro lado da mesa, diante de mim.

– Muito bem – disse ele, gentilmente. – Por que não me conta quem você é e como veio parar aqui?

Não tendo outra escolha no momento, repeti a mesma história que contara a Colum, omitindo apenas as referências menos diplomáticas a seu próprio comportamento, que de qualquer modo ele conhecia. Eu não fazia a menor ideia de quanto Dougal lhe contara e não queria me arriscar a cometer um erro grave.

O capitão pareceu amável, mas cético durante toda a narração. Deu-se menos ao trabalho de ocultar seus sentimentos do que Colum, refleti. Inclinou-se para trás em sua banqueta, considerando.

– Oxfordshire, você diz? Não há nenhum Beauchamp em Oxfordshire que eu conheça.

– Como poderia saber? – retorqui. – Você mesmo é de Sussex.

Seus olhos se arregalaram de surpresa. Eu podia morder a língua.

– E posso lhe perguntar como é exatamente que você sabe disso? – perguntou ele.

– Hum, sua voz. Sim, é o seu sotaque – respondi apressadamente. – Claramente Sussex.

As graciosas sobrancelhas escuras quase tocaram os cachos de sua peruca.

– Nem meus tutores, nem meus pais ficariam muito satisfeitos em saber que minha maneira de falar reflete com tanta clareza meu local de nascimento, madame – disse ele secamente. – Eles se deram a muito trabalho e gastos consideráveis para consertar isso. Mas, sendo a especialista em padrões locais de linguagem que você é – virou-se para o homem parado junto à parede – sem dúvida também pode identificar o local de origem de meu cabo. Cabo Hawkins, poderia me fazer o favor de recitar alguma coisa? Qualquer coisa serve – acrescentou, vendo a confusão no rosto do sujeito. – Um verso popular, por exemplo.

O cabo, um jovem de ombros largos, com uma expressão idiota no rosto carnudo, olhou desesperadamente à volta do aposento em busca de inspiração, depois se colocou em posição de sentido e entoou:

A viçosa Meg, ela lavava minhas roupas,
E levou todas embora.
Esperei assim com grande aflição,
E depois eu a fiz pagar por isso.

– Ah, já chega, cabo, obrigado. – Randall fez um gesto para que se retirasse e o cabo recolheu-se junto à parede, suando em bicas.

– E então? – Randall voltou-se para mim, aguardando uma resposta.

– Cheshire – arrisquei.

– Quase. Lancashire. – Estreitou os olhos, examinando-me. Unindo as mãos atrás das costas, caminhou até a janela e olhou para fora. *Verificando se Dougal trouxera homens com ele?*, pensei.

Repentinamente, ele girou nos calcanhares, novamente de frente para mim, com um repentino:

– *Parlez-vous français?*

– *Très bien* – respondi prontamente. – O que tem isso?

A cabeça inclinada para um lado, examinou-me atentamente.

– Duvido que seja francesa – disse ele, como se falasse consigo mesmo. – Poderia ser, creio, mas eu nunca encontrei um francês que pudesse diferenciar um londrino de um habitante da Cornualha.

As unhas cuidadosamente manicuradas tamborilaram na madeira do tampo da mesa.

– Qual era mesmo seu nome de solteira, sra. Beauchamp?

– Olhe, capitão – falei, sorrindo o mais graciosamente possível –, por mais divertido que seja brincar de adivinhação com o senhor, eu realmente gostaria de concluir essas preliminares e preparar a continuação da minha viagem. Já fiquei bastante tempo retida e...

– Você não ajuda em nada o seu caso adotando essa atitude frívola, madame – interrompeu ele, estreitando os olhos. Eu já vira Frank fazer isso quando contrariado com alguma coisa e senti uma fraqueza nos joelhos. Coloquei as mãos nas coxas para me controlar.

– Não tenho nenhum caso a ser ajudado – respondi, reunindo toda a coragem que podia. – Não estou reivindicando nada a você, à guarnição, nem mesmo aos MacKenzie. Tudo que quero é que me permitam retomar minha viagem em paz. E não vejo nenhuma razão pela qual você teria alguma objeção quanto a isso.

Olhou-me fixamente, os lábios apertados de irritação.

– Ah, não vê? Bem, considere minha posição por um instante, madame, e talvez minhas objeções se tornem mais claras. Um mês atrás, eu estava com meus homens numa perseguição violenta a um bando de bandidos escoceses não identificados que havia fugido com um pequeno rebanho de gado de uma propriedade perto da fronteira, quando...

– Ah, então era isso que estavam fazendo! – exclamei. – Fiquei me perguntando – acrescentei, frouxamente.

O capitão Randall respirou pesadamente, depois resolveu desistir do que quer que pretendia dizer, a fim de continuar sua história.

– No meio dessa perseguição por força da lei – continuou ele, medindo as palavras –, encontrei uma inglesa semivestida, em um lugar onde nenhuma inglesa deveria estar, ainda que acompanhada de uma escolta adequada, que resiste às minhas perguntas, ataca a minha pessoa...

– Você me atacou primeiro! – falei, indignada.

– Cujo cúmplice me deixa inconsciente com um ataque covarde e que depois foge do local, obviamente com a ajuda de alguém. Meus homens e eu fizemos uma busca rigorosa naquela área e asseguro-lhe, madame, não havia sinal de seu criado assassinado, sua bagagem saqueada, suas roupas arrancadas, nem o menor sinal de que haja alguma verdade em sua história!

– Ah? – exclamei, debilmente.

– Sim. Além disso, não tinha havido nenhuma denúncia de bandidos naquela região nos últimos quatro meses. E agora, madame, você aparece na companhia do comandante de guerra do clã MacKenzie, que me diz que seu irmão Colum está convencido de que é uma espiã, provavelmente trabalhando para mim!

– Bem, não sou, sou? – disse, razoavelmente. – Ao menos, sabe disso.

– Sim, eu sei disso – repetiu ele, demonstrando exagerada paciência. – O que não sei é quem diabos você é! Mas pretendo descobrir, madame, não tenha dúvidas quanto a isso. Sou o comandante desta guarnição. Como tal, tenho o poder de tomar certas medidas a fim de garantir a segurança desta região contra traidores, espiões e qualquer outra pessoa cujo comportamento eu considere suspeito. E essas medidas, madame, estou plenamente preparado para tomar.

– E exatamente quais seriam essas medidas? – perguntei. Queria realmente saber, embora suponho que o tom da minha pergunta deva ter soado um pouco provocante.

Ele se levantou, olhou-me pensativamente por um instante, depois deu a volta na mesa, estendeu a mão e me colocou de pé.

– Cabo Hawkins – chamou ele, ainda olhando-me fixamente –, vou precisar de sua assistência por um instante.

O jovem junto à parede pareceu profundamente perturbado, mas aproximou-se de nós.

– Fique atrás da senhora, por favor, cabo – disse Randall, parecendo entediado. – E segure-a com firmeza pelos dois braços.

Ele afastou o braço para trás e desfechou um soco na boca do meu estômago.

Não emiti nenhum som, porque fiquei totalmente sem ar. Sentei-me no chão, dobrei o corpo, lutando para conseguir inspirar algum ar para os pulmões. Eu estava chocada muito além da dor do golpe em si, que já se fazia sentir, juntamente com uma onda de vertigem e enjoo. Numa vida bastante cheia de acontecimentos, ninguém jamais me golpeara de propósito.

O capitão se agachou diante de mim. Sua peruca estava ligeiramente inclinada, mas fora isso e certo brilho em seus olhos, não demonstrava nenhuma alteração de sua controlada elegância habitual.

– Espero que não esteja grávida, madame – disse ele em tom casual –, porque se estiver, não será por muito tempo.

Eu estava começando a emitir um estranho chiado, conforme os primeiros bocados de oxigênio conseguiram passar dolorosamente pela minha garganta. Rolei sobre as mãos e os joelhos e tateei fracamente em busca da borda da mesa. O cabo, após um olhar nervoso para o capitão, estendeu a mão para me ajudar a ficar em pé.

Ondas de escuridão pareciam tomar conta do aposento. Deixei-me cair na banqueta e fechei os olhos.

– Olhe para mim. – A voz era tão suave e calma como se ele estivesse me oferecendo chá. Abri os olhos e olhei para ele através de uma ligeira névoa. Tinha as mãos apoiadas nos quadris elegantemente trajados.

– Tem alguma coisa a me dizer agora, madame? – perguntou ele.

– Sua peruca está torta – disse, e fechei os olhos outra vez.

13

UM CASAMENTO É ANUNCIADO

Sentei-me a uma mesa na taberna lá embaixo, fitando uma xícara de leite e tentando conter a ânsia de vômito.

Dougal deu uma olhada em meu rosto quando desci, apoiada no jovem cabo musculoso, e passou por mim a passos largos e determinados, subindo as escadas até o aposento de Randall. As portas e assoalhos da hospedaria eram fortes e bem construídos, mas ainda assim eu podia ouvir vozes altercadas no andar de cima.

Levantei a xícara de leite, mas minhas mãos ainda tremiam demais para que eu pudesse bebê-lo.

Gradualmente, comecei a me recuperar dos efeitos físicos do soco no estômago, mas não do choque. Eu sabia que o sujeito não era meu marido, mas a semelhança era tão forte e meus hábitos tão enraizados que me sentira inclinada a confiar nele e falei com ele como teria falado com Frank, esperando civilidade, se não franca solidariedade. O que estava me deixando enjoada agora era ver esses sentimentos bruscamente virados do avesso pelo seu ataque perverso.

Enjoada e amedrontada também. Eu vira seus olhos quando se agachou ao meu lado no chão. Algo se movera em suas profundezas, apenas por um segundo. Desapareceu num relâmpago, mas eu jamais queria ver aquele olhar outra vez.

O barulho de uma porta se abrindo no andar de cima me tirou dos meus devaneios. As pancadas surdas de passos pesados foram seguidas pela pronta aparição de Dougal, seguido de perto pelo capitão Randall. Tão perto, na verdade, que o capitão parecia estar perseguindo o escocês e parou bruscamente quando Dougal, avistando-me, estancou de repente ao pé da escada.

Com um olhar fulminante por cima do ombro ao capitão Randall, Dougal caminhou rapidamente para onde eu estava, atirou uma moeda sobre a mesa como pagamento e me colocou de pé com um safanão, sem dizer uma só palavra. Estava me empurrando porta afora antes de eu ter tido tempo de registrar qualquer outra coisa além da expressão extraordinária de especulativa cobiça no rosto do oficial inglês.

Estávamos montados e partindo antes que eu tivesse tempo de enfiar minhas saias volumosas em torno das minhas pernas e o tecido encapelava-se à minha volta como um paraquedas assentando-se. Dougal permaneceu silencioso, mas os cavalos pareciam perceber seu senso de pressa; estávamos quase galopando quando chegamos à estrada principal.

Perto de uma encruzilhada marcada com uma cruz picta, Dougal repentinamente puxou as rédeas e parou. Desmontando, agarrou as bridas dos dois cavalos e amarrou-as frouxamente em uma pequena árvore. Ajudou-me a descer, desapareceu repentinamente no meio dos arbustos, acenando para que eu o seguisse.

Segui o balanço de seu kilt colina acima, desviando-me conforme os galhos que ele afastava do caminho ricocheteavam pela trilha, zumbindo acima de minha cabeça. A encosta da colina estava coberta de carvalhos e pequenos pinheiros. Eu podia ouvir abelharucos no bosque à esquerda e um bando de gaios gritando uns com os outros enquanto se alimentavam, mais adiante. O capim tinha o verde viçoso do começo do verão, moitas robustas desenvolvendo-se no meio das pedras e forrando o solo sob os carvalhos. Nada crescia embaixo dos pinheiros, é claro; as agulhas formavam uma camada de vários centímetros, oferecendo proteção às minúsculas criaturas rastejantes que se escondiam ali do sol e dos predadores.

Os cheiros penetrantes faziam minha garganta arder. Eu já estivera nessas colinas antes e sentira esses mesmos aromas de primavera. Mas, na ocasião, a fragrância do mato e dos pinheiros diluía-se com o cheiro dos vapores da gasolina da estrada lá embaixo e as vozes dos turistas do dia substituíam o canto dos gaios.

Na última vez que percorri uma dessas trilhas, o chão estava coberto de embalagens de sanduíches e tocos de cigarro, em vez de violetas e flores de malva. Embalagens de sanduíches pareciam um preço bem razoável a pagar, creio, por algumas bênçãos da civilização, como antibióticos e telefones, mas, no momento, estava disposta a me contentar com as violetas. Precisava extremamente de um pouco de paz, e havia paz ali.

Dougal virou bruscamente para o lado logo abaixo do topo da colina e desapareceu numa vegetação cerrada de giestas. Avançando atrás dele com certa dificuldade, encontrei-o sentado numa pedra plana ao lado de um pequeno lago. Um bloco de pedra gasto pelo tempo erguia-se inclinadamente atrás dele, com uma figura humana débil e indistinta gravada na superfície manchada. Deve ser o lago de um santo, pensei. Esses pequenos santuários dedicados a um ou outro santo pontilhavam as Terras Altas e geralmente eram encontrados em locais mais retirados, embora mesmo ali, remanescentes de tiras de pano rasgadas esvoaçassem dos galhos de uma sorveira que pendia sobre a água; promessas de visitantes que faziam súplicas ao santo, por saúde ou uma viagem segura, talvez.

Dougal saudou meu aparecimento com um sinal da cabeça. Fez o sinal da cruz, abaixou a cabeça e, com as duas mãos em concha, pegou água do lago. A água tinha uma estranha cor escura e um cheiro ainda pior – provavelmente uma fonte de água sulfurosa, pensei. Mas o dia estava quente e eu estava com sede, de modo que segui o exemplo de Dougal. A água tinha um gosto um pouco amargo, mas era fria e não de todo desagradável ao paladar. Bebi um pouco, depois joguei água no rosto. A estrada estava empoeirada.

Ergui os olhos, o rosto pingando, para deparar-me com ele observando-me com uma expressão muito estranha. Algo entre curiosidade e avaliação.

– Uma subida um pouco grande para um gole d'água, não? – comentei. Havia garrafas de água nos cavalos. E eu duvidava que Dougal pretendesse fazer um pedido ao padroeiro da fonte pelo nosso retorno seguro de volta à estalagem. Considerava-o um crente em métodos mais mundanos.

– Você conhece bem o capitão? – perguntou ele repentinamente.

– Menos do que você – retorqui. – Só o encontrei uma vez antes e por acaso. Não nos demos bem.

Surpreendentemente, o rosto severo abrandou-se um pouco.

– Bem – admitiu ele –, eu mesmo não posso dizer que gosto do sujeito. – Tamborilou os dedos na borda de pedra da fonte, pensando. – No entanto, é muito bem considerado por algumas pessoas – disse, olhando-me. – Um soldado corajoso e um bom guerreiro, pelo que ouço dizer.

Ergui as sobrancelhas.

– Não sendo um general inglês, não estou impressionada.

Ele riu, exibindo dentes extremamente brancos. O barulho perturbou três gralhas na árvore acima de nós, que saíram batendo as asas, queixando-se com seus gritos roucos.

– Você é uma espiã dos ingleses ou dos franceses? – perguntou ele, com mais uma desconcertante mudança de assunto. Ao menos, estava sendo direto, para variar.

– Claro que não – disse irritada. – Sou apenas Claire Beauchamp e nada mais. – Molhei meu lenço na água e usei-o para limpar o pescoço. Pequenas gotas refrescantes escorreram pelas minhas costas, por baixo da sarja cinza do meu vestido de viagem. Pressionei o tecido molhado no meu peito e o espremi, produzindo um efeito similar.

Dougal permaneceu em silêncio por vários minutos, observando-me intensamente enquanto eu conduzia minhas abluções aleatórias.

– Você viu as costas de Jamie – disse ele repentinamente.

– Dificilmente poderia ter deixado de ver – respondi com certa frieza. Eu desistira de tentar adivinhar o que ele queria com essas perguntas desconexas. Provavelmente, me diria quando estivesse pronto. – Está perguntando se eu sabia que Randall fez aquilo? Ou você mesmo já sabia?

– Sim, eu sabia muito bem disso – respondeu ele, avaliando-me calmamente –, mas não tinha certeza se você sabia.

Encolhi os ombros, deixando implícito que o que eu sabia ou deixava de saber não era problema dele.

– Eu estava lá, sabe – disse ele distraidamente.

– Onde?

– Em Fort William. Eu tinha algo a fazer lá, com a guarnição. O funcionário lá sabia que Jamie era meu parente e mandou me avisar quando o prenderam. Então fui até lá para ver o que podia ser feito por ele.

– Pelo visto, não teve muito sucesso – falei, incisivamente.

Dougal encolheu os ombros.

– Infelizmente, não. Se fosse o sargento-mor que costumava estar no comando, talvez tivesse conseguido salvar Jamie, ao menos da segunda rodada, mas Randall era novo no comando. Ele não me conhecia e não estava disposto a ouvir o que eu tinha a dizer. Percebi, na época, que ele queria fazer de Jamie um exemplo, para mostrar a todos desde o início que não haveria misericórdia com ele. – Bateu de leve na espada curta que carregava na cintura. – É um princípio bastante legítimo, quando se está no comando de homens. Ganhe o respeito deles. Ganhe o respeito deles antes de tudo. E, se não puder, ganhe seu temor.

Lembrei-me da expressão no rosto do cabo de Randall e achei que sabia o caminho que o capitão escolhera.

Os olhos profundos de Dougal fitavam meu rosto com interesse.

– Você sabia que tinha sido Randall. Jamie lhe contou?

– Um pouco – respondi cautelosamente.

– Ele deve ter grande consideração por você – disse ele pensativo. – Em geral, ele não fala a respeito disso com ninguém.

– Não consigo imaginar o motivo – retruquei sarcasticamente. Eu ainda prendia a respiração toda vez que chegávamos a uma nova taberna ou hospedaria, até ficar claro que o grupo se instalara para uma noite de bebidas e conversa fiada junto à lareira. Dougal sorriu com cinismo, obviamente entendendo o que eu queria dizer.

– Bem, não era necessário me dizer, era? Uma vez que eu já sabia. – Passou a mão languidamente pela água estranhamente escura, provocando vapores de enxofre. – Não sei como é em Oxfordshire – disse ele, com uma ênfase sarcástica que me fez estremecer ligeiramente –, mas por aqui, as mulheres geralmente não são expostas a visões como a de um açoite. Já viu um?

– Não, e na verdade não quero – respondi incisivamente. – Mas posso imaginar o que seria preciso para causar marcas como as que Jamie tem nas costas.

Dougal balançou a cabeça, atirando um pouco da água do lago numa gralha curiosa que se aventurou mais perto.

– Nisso você está errada, dona, e perdoe-me por dizer isso. Imaginar é uma coisa, mas não é o mesmo que ver um homem ter suas costas retalhadas. Uma visão terrível. É para alquebrar um homem e em geral se consegue.

– Não com Jamie. – Falei com um pouco mais de veemência do que pretendia. Jamie era meu paciente e, até certo ponto, meu amigo também. Não tinha nenhuma intenção de discutir sua história pessoal com Dougal, embora pudesse admitir, se pressionada, certa curiosidade mórbida. Nunca conhecera ninguém mais franco e ao mesmo tempo mais misterioso do que o alto e jovem MacTavish.

Dougal deu uma risada curta e passou a mão molhada pelos cabelos, grudando para trás as mechas que haviam se desprendido durante nossa fuga – pois isso é o que me parecera – da taberna.

– Bem, Jamie é teimoso como o resto da família. São como rochas, todos eles, e ele é o pior. – Mas havia um indisfarçável tom de respeito em sua voz, por mais que quisesse esconder. – Jamie contou-lhe que foi açoitado por tentativa de fuga?

– Sim.

– Sim, ele escalou o muro do forte logo depois do anoitecer, no mesmo dia em que os dragões o trouxeram. Era uma ocorrência bastante frequente ali, as acomodações dos presos não sendo tão seguras quanto o desejável. Assim, os ingleses mantinham patrulhas perto dos muros todas as noites. O funcionário da guarnição disse-me que Jamie lutou com todas as forças, pela sua aparência quando o trouxeram de volta, mas eram seis contra um e todos os seis com mosquetes, de modo que não levou muito tempo. Jamie passou a noite acorrentado e foi para o poste de açoite logo de manhã. – Parou, procurando indícios de iminente desmaio ou enjoo. – Os açoites eram executados logo de manhã, depois da reunião da tropa, de modo a que todos já começassem o dia adequadamente enquadrados no espírito do capitão. Havia três a serem açoitados naquele dia e Jamie era o último.

– Você realmente viu a punição?

– Ah, sim. E vou lhe dizer, dona, ver homens serem açoitados não é uma visão agradável. Tive a sorte de nunca experimentar esse sofrimento, mas imagino que seja terrível. Ver acontecer a outra pessoa, enquanto espera a sua própria vez, deve ser pior ainda.

– Não duvido – murmurei.

Dougal assentiu.

– Jamie tinha uma expressão bastante sombria, mas não moveu um único fio de cabelo, mesmo ouvindo os urros de dor e outros ruídos. Sabia que se pode ouvir a carne sendo dilacerada?

– Ugh!

– Foi assim que me senti também, dona – disse ele, fazendo uma careta diante da lembrança. – Sem falar no sangue e nas escoriações. Ech! – Cuspiu, evitando cuidadosamente o lago e sua borda. – Revirou meu estômago ver aquilo, e não sou de modo algum um homem fraco.

Dougal continuou sua história macabra.

– Chegando a vez de Jamie, ele caminha até o poste – alguns homens têm que ser arrastados, mas ele não – e estende as duas mãos para que o cabo possa abrir as algemas que está usando. O cabo faz menção de puxá-lo pelo braço, como se tivesse que arrastá-lo à posição, mas Jamie livra-se dele e dá um passo para trás. Eu pensei que ele fosse arrancar em disparada, mas em vez disso ele apenas tira a camisa. Está rasgada e imunda como um esfregão, mas ele a dobra cuidadosamente como se fosse sua melhor camisa de domingo e coloca-a no chão. Em seguida, caminha até o poste ereto como um soldado e levanta as mãos para serem atadas.

Dougal balançou a cabeça, admirado. A luz do sol filtrando-se através das folhas de sorveira marcava-o com sombras rendadas, de modo que parecia um homem visto através de um pano decorativo de mesa. Sorri diante da ideia e ele meneou a cabeça em aprovação, achando que era minha reação à sua história.

– Sim, dona, coragem assim é extremamente rara. Não era ignorância, veja bem; ele acabara de ver dois homens serem açoitados e sabia que o mesmo tratamento o aguardava. Ele simplesmente decidiu que não havia jeito de escapar. A bravura no campo de batalha não é nada impossível para um escocês, mas dominar o medo com sangue-frio é raro em qualquer homem. Ele tinha apenas 19 anos na época – acrescentou Dougal como uma reflexão tardia.

– Deve ter sido terrível ficar observando – falei ironicamente. – Admiro-me que não tenha ficado nauseado.

Dougal percebeu a ironia e não reagiu.

– Quase fiquei, dona – disse ele, erguendo as sobrancelhas escuras. – A primeira chicotada arrancou sangue e as costas do rapaz ficaram metade vermelha e metade azul em um minuto. Mas ele não gritou, não implorou misericórdia, nem se contorceu para tentar se esquivar. Apenas pressionou a cabeça com força contra o poste e ficou imóvel. Contraía-se a cada chicotada, é claro, mas nada além disso. Duvido que eu fosse capaz disso – admitiu –, nem há muitos que sejam. Desmaiou no meio da punição e eles o acordaram com água de um jarro e foram até o fim.

– Realmente abominável – comentei. – Por que está me contando tudo isso?

– Ainda não terminei de contar tudo.

Dougal tirou a adaga da cintura e começou a limpar as unhas com a ponta. Era um homem meticuloso e exigente, apesar das dificuldades de se manter limpo na estrada.

– Jamie estava pendurado pelas cordas, o sangue escorrendo e manchando seu kilt. Não achava que ele tivesse desmaiado, estava apenas nauseado demais para ficar em pé naquele instante. Mas, nesse exato momento, o capitão Randall desceu ao pátio. Não sei por que ele não estava lá desde o início; alguns negócios o fizeram se atrasar, talvez. De qualquer modo, Jamie o viu aproximar-se e teve a presença de espírito de fechar os olhos e deixar a cabeça cair, como se estivesse inconsciente.

Dougal franziu as sobrancelhas, concentrando-se implacavelmente em um recalcitrante pedaço de pele na base da unha.

– O capitão ficou decepcionado por já terem açoitado Jamie; pelo visto, era um prazer que tinha reservado para si próprio. No entanto, não havia mais o que fazer por enquanto. Então, começou a fazer perguntas sobre como Jamie viera a escapar.

Levantou a adaga, examinando-a para ver se havia dentes, em seguida começou a amolar o gume na pedra em que estava sentado.

– Deixou vários soldados tremendo nas botas antes de terminar. O sujeito sabe aterrorizar com as palavras, tenho que admitir.

– Isso é verdade – concordei secamente.

A adaga continuava a ser ritmadamente raspada na pedra. De vez em quando, uma fagulha fraca saltava do metal quando atingia alguma aspereza na rocha.

– Bem, no curso dessa investigação, descobriu que Jamie tinha uma ponta de pão e um pedaço de queijo com ele quando foi pego, levara com ele quando escalou o muro. Com isso, o capitão pensou um instante, depois exibiu um sorriso que eu teria detestado ver no rosto de minha avó. Então, declara que, sendo o roubo um crime grave, a penalidade devia ser proporcional, e sentencia Jamie na hora a mais cem chicotadas.

Encolhi-me involuntariamente.

– Isso iria matá-lo!

Dougal assentiu, concordando.

– Sim, foi o que o médico da guarnição disse. Disse que não iria permitir tal coisa; em sã consciência, deve-se conceder dez dias ao prisioneiro para que ele se cure antes de ser açoitado novamente.

– Ora, que gesto humanitário da parte dele – falei. – Sã consciência, pelo amor de Deus! E o que o capitão Randall achou disso?

– No começo, não ficou nem um pouco satisfeito, mas aceitou. Tomada a decisão, o sargento-mor, que conhecia um desmaio de verdade, desamarrou Jamie. O rapaz cambaleou um pouco, mas manteve-se em pé, e alguns dos homens presentes aplaudiram e deram vivas, o que não agradou nem um pouco o capitão. Também não ficou nada satisfeito quando o sargento pegou a camisa de Jamie e entregou-a de volta ao rapaz, embora tenha sido um gesto muito louvado pelos homens.

Dougal virou a lâmina de um lado para o outro, examinando-a com olhar crítico. Em seguida, colocou-a sobre os joelhos e olhou-me diretamente nos olhos.

– Sabe, dona, é bastante fácil ser corajoso, sentado numa taberna aconchegante com um copo de cerveja. Não é tão fácil, agachado num descampado frio, com balas de mosquete zunindo junto à sua cabeça e as urzes espetando seu traseiro. E é menos fácil ainda quando você está cara a cara com seu inimigo, com seu próprio sangue escorrendo pelas pernas.

– Imagino que não – disse. Eu realmente estava um pouco tonta, apesar de tudo. Mergulhei as duas mãos na água, deixando que o líquido escuro esfriasse meus pulsos.

– Eu voltei para falar com Randall durante a semana – disse Dougal em defesa própria, como se sentisse necessidade de justificar a ação. – Conversamos durante um bom tempo e eu até lhe ofereci compensação...

– Ah, estou realmente impressionada – murmurei, mas desisti diante de seu olhar furioso. – Não, falo a sério. Foi bondade sua. Imagino que Randall tenha recusado sua oferta, não?

– Sim, foi o que fez. E eu ainda não sabia o motivo, pois não tenho visto oficiais ingleses serem tão escrupulosos quando se trata de seu bolso, e roupas como as do capitão são bastante caras.

– Talvez ele tenha... outras fontes de renda – sugeri.

– Tem, sim, de fato – confirmou Dougal, mas com um olhar penetrante em minha direção. – Ainda assim... – hesitou, depois prosseguiu, mais devagar. – Voltei lá novamente para dar apoio a Jamie quando ele fosse castigado outra vez, embora não houvesse muito que eu pudesse fazer por ele a essa altura, pobre rapaz. Da segunda vez, Jamie era o único prisioneiro a ser açoitado. Os guardas haviam retirado sua camisa antes de trazê-lo para fora, logo após o raiar do dia em uma fria manhã de outubro. Eu podia ver que o rapaz estava apavorado – disse Dougal –, embora caminhasse sem auxílio e não permitisse que o guarda o tocasse. Podia vê-lo tremer, tanto de frio quanto de pavor, a pele dos braços e do peito arrepiada, mas o rosto também molhado de suor.

Alguns minutos depois, Randall apareceu, o chicote enfiado debaixo do braço e as bolas de chumbo nas pontas das tiras de couro retinindo ao se chocarem umas contra as outras, enquanto ele caminhava. Olhou Jamie de alto a baixo friamente, depois fez um sinal para que o sargento-mor virasse o prisioneiro e mostrasse suas costas.

O rosto de Dougal se contraiu.

– Uma visão dolorosa... ainda em carne viva, os lanhos apenas parcialmente fechados, com as marcas enegrecidas e o resto amarelo de hematomas. A ideia de um chicote se abater sobre tais ferimentos foi suficiente para me fazer encolher, juntamente com a maioria das outras pessoas.

Randall voltou-se para o sargento-mor e disse: "Belo trabalho, sargento Wilkes. Vamos ver se consigo me sair tão bem." Com imensa mesquinhez e meticulosidade, mandou chamar o médico da guarnição e fez com que ele certificasse oficialmente que Jamie estava em condições de ser açoitado outra vez.

– Já viu um gato brincar com um ratinho? – perguntou Dougal. – Foi assim. Randall circulou em volta do rapaz, fazendo um ou outro comentário, nenhum agradável. E Jamie continuou ali firme como um carvalho, sem dizer nada e mantendo os olhos fixos no poste, sem olhar para Randall em nenhum momento. Pude ver que o rapaz agarrava os cotovelos para tentar parar de tremer e Randall também viu. Sua boca retesou-se e ele disse: "Pensei que este fosse o jovem que há apenas uma semana gritava que não tinha medo de morrer. Certamente, um homem que não tem medo de morrer não teme algumas chicotadas, não é?" E enfiou o cabo do chicote na barriga de Jamie. Jamie, então, olhou Randall nos olhos e disse: "Não, mas tenho medo de morrer congelado antes que você pare de falar."

Dougal suspirou.

– Bem, foi um discurso corajoso, mas totalmente imprudente. Flagelar um homem não é um negócio agradável, mas há maneiras de tornar isso pior do que deveria ser; bater de lado para cortar mais fundo ou golpear com força em cima dos rins, por exemplo. – Balançou a cabeça. – Terrível.

Franziu o cenho, escolhendo com cuidado as palavras.

– O rosto de Randall estava... concentrado, pode-se dizer... e como que excitado, como acontece quando um homem olha para uma mulher que lhe agrada, se entende o que quero dizer. Era como se estivesse fazendo algo muito pior a Jamie do que apenas esfolá-lo vivo. O sangue escorria pelas pernas do rapaz no 15º golpe e as lágrimas escorriam pelo seu rosto com o suor.

Oscilei um pouco e estendi a mão para me apoiar na pedra da beirada da fonte.

– Bem – disse ele bruscamente, percebendo a expressão no meu rosto –, não direi mais nada, exceto que ele sobreviveu a isso. Depois, o cabo desamarrou suas mãos, ele quase caiu, mas o cabo e o sargento-mor o agarraram, cada um de um lado pelos braços, e o ampararam até ele conseguir ficar de pé. Ele tremia ainda mais, do choque e do frio, mas mantinha a cabeça erguida e seus olhos flamejavam. Eu podia ver a 6 metros de distância. Manteve os olhos fixos em Randall enquanto o ajudavam a descer da plataforma, deixando pegadas de sangue, como se encarar o capitão fosse a única coisa capaz de mantê-lo em pé. O rosto de Randall estava quase tão pálido quanto o de Jamie e seus olhos estavam pregados nos do rapaz, como se qualquer um deles fosse cair se desviasse o olhar. – Os próprios olhos de Dougal estavam fixos, ainda vendo a cena assustadora.

Tudo estava silencioso na pequena clareira, exceto pela leve agitação do vento nas folhas da sorveira. Fechei os olhos e fiquei ouvindo-o durante algum tempo.

– Por quê? – perguntei finalmente. – Por que me contou tudo isso?

Dougal observava-me intensamente quando abri os olhos. Mergulhei uma das mãos na fonte outra vez e apliquei a água fria nas minhas têmporas.

– Achei que poderia servir para o que você poderia chamar de ilustração de caráter – disse ele.

– De Randall? – exclamei com uma risada curta, sem júbilo. – Não preciso de mais nenhuma evidência do caráter dele, obrigada.

– De Randall – concordou ele – e de Jamie também.

Olhei para ele, repentinamente pouco à vontade.

– Veja bem, eu recebi ordens – enfatizou a palavra sarcasticamente – do bom capitão.

– Ordens de fazer o quê? – perguntei, a aflição aumentando.

– De apresentar a pessoa de uma súdita inglesa, de nome Claire Beauchamp, no Fort William, na segunda-feira, 18 de junho. Para interrogatório.

Devo ter me mostrado realmente alarmada, porque ele se pôs de pé num salto e se aproximou de mim.

– Coloque a cabeça entre os joelhos, dona – instruiu ele, empurrando a parte de trás do meu pescoço –, até a sensação de desmaio passar.

– Sei o que é preciso fazer – disse, irritada, mas obedecendo ainda assim. Fechei os olhos, sentindo o sangue que fugira começar a pulsar nas minhas têmporas outra vez. A sensação fria e úmida no meu rosto e nas orelhas começou a desaparecer, embora minhas mãos ainda estivessem geladas. Concentrei-me em respirar regularmente, contando: inspirar, um-dois-três-quatro; expirar, um-dois; inspirar, um-dois-três-quatro...

Finalmente, sentei-me, sentindo-me mais ou menos de posse das minhas faculdades. Dougal retomara seu lugar na beira da fonte e esperava pacientemente, observando-me para ter certeza de que eu não cairia para trás, dentro da fonte.

– Há uma maneira de fugir disso – disse ele bruscamente. – A única que consigo ver.

– Conte-me – pediu, com uma tentativa pouco convincente de sorrir.

– Então, muito bem. – Inclinou-se para a frente, voltado para mim, para explicar. – Randall tem o direito de levá-la a interrogatório porque é súdita da Coroa inglesa. Bem, então, temos que mudar isso.

Fitei-o, sem compreender.

– O que quer dizer? Você também é um súdito da Coroa, não? Como poderia mudar isso?

– A lei escocesa e a lei inglesa são muito semelhantes – disse ele, franzindo a testa –, mas não são iguais. E um oficial inglês não pode forçar um escocês, a menos que tenha prova concreta de um crime cometido ou base para graves suspeitas. Mesmo com suspeitas, ele não pode retirar um súdito escocês das terras do seu clã sem a permissão do senhor desse clã.

– Andou conversando com Ned Gowan – falei, começando a me sentir um pouco tonta outra vez.

Meneou a cabeça, confirmando.

– Sim, conversei. Achei que chegaríamos a esse ponto, sabe. E o que ele me disse é o que eu imaginava; a única maneira de me recusar legalmente a entregá-la a Randall é mudá-la de inglesa para escocesa.

– Escocesa? – exclamei, a sensação de vertigem rapidamente substituída por uma terrível suspeita.

Suas palavras seguintes confirmaram minha suspeita.

– Sim – disse, assentindo diante da expressão do meu rosto. – Você tem que se casar com um escocês. Com o jovem Jamie.

– Eu não poderia fazer isso!

– Bem – ele franziu a testa, considerando a minha reação. – Suponho que possa aceitar Rupert, em vez de Jamie. Ele é viúvo e arrendatário de uma pequena fazenda. No entanto, ele é bem mais velho e...

– Também não quero me casar com Rupert! Essa é... é a mais absurda... – As palavras me faltavam. Levantando-me, agitada e abalada, comecei a andar de um lado para outro na pequena clareira, esmagando os frutos caídos da sorveira sob os pés.

– Jamie é um bom rapaz – argumentou Dougal, ainda sentado na pedra da fonte. – No momento, não tem nenhuma propriedade, é verdade, mas tem um bom coração. Nunca seria cruel com você. E é um ótimo lutador, com muita razão para odiar Randall. Se casar com ele, lutará até o último suspiro para protegê-la.

– Mas... mas eu não posso me casar com ninguém! – exclamei.

Os olhos de Dougal aguçaram-se de repente.

– Por que não, dona? Ainda tem um marido vivo?

– Não. É que... isso é ridículo! Essas coisas não acontecem!

Dougal relaxara quando respondi que não. Agora, ergueu os olhos para o sol e se preparava para partir.

– É melhor irmos andando, dona. Temos providências a tomar. Terá que haver uma permissão oficial – murmurou ele, como se falasse consigo mesmo. – Mas Ned pode resolver isso.

Segurou-me pelo braço, ainda murmurando consigo mesmo. Desvencilhei-me de sua mão.

– Não vou me casar com ninguém – disse com firmeza.

Ele não se deixou perturbar, erguendo meramente as sobrancelhas.

– Quer que eu a entregue a Randall?

– Não! – Algo me ocorreu. – Então, pelo menos acredita em mim quando digo que não sou uma espiã inglesa?

– Agora acredito. – Falou com certa ênfase.

– Por que agora e não antes?

Meneou a cabeça indicando a fonte e a figura quase indistinta gravada na pedra. Devia ter centenas de anos, muito mais antiga do que a sorveira gigante que sombreava a fonte e lançava suas flores brancas na água escura.

– Fonte de St. Ninian. Você bebeu a água antes que eu lhe pedisse.

A essa altura, eu estava completamente confusa.

– O que isso tem a ver?

Ele pareceu surpreso, depois sua boca se contorceu num sorriso.

– Não sabia? Também a chamam de fonte do mentiroso. A água tem cheiro dos vapores do inferno. Qualquer um que beba da água e depois conte uma mentira, terá as entranhas arrancadas.

– Compreendo – falei entre dentes. – Bem, minhas entranhas estão perfeitamente intactas. Portanto, pode acreditar em mim quando digo que não sou uma espiã, francesa ou inglesa. E pode acreditar em outra coisa, Dougal MacKenzie. Não vou me casar com ninguém!

Ele não estava ouvindo. Na realidade, já abrira caminho pelos arbustos que encobriam a fonte. Somente um galho de carvalho agitado marcava sua passagem. Fumegando de raiva, segui-o.

Continuei protestando por mais algum tempo na viagem de volta para a estalagem. Dougal finalmente advertiu-me a poupar minhas palavras e depois disso prosseguimos em silêncio.

Ao chegar à estalagem, atirei as rédeas do meu cavalo no chão, saí batendo os pés e subi as escadas para o refúgio do meu quarto.

A ideia toda não só era ultrajante, como impensável. Eu andava de um lado para outro no quarto estreito, sentindo-me cada vez mais como um rato em uma armadilha. Por que diabos eu não tivera a coragem de fugir dos escoceses antes, qualquer que fosse o risco?

Sentei-me na cama e tentei pensar com calma. Considerada estritamente do ponto de vista de Dougal, sem dúvida a ideia era digna de mérito. Se ele simplesmente se recusasse a me entregar a Randall, sem nenhuma desculpa, o capitão poderia facilmente tentar me resgatar à força. E quer ele acreditasse em mim ou não, Dougal compreensivelmente poderia não querer entrar em atrito com um monte de dragões por minha causa.

Além disso, vista a sangue-frio, a ideia também tinha certo benefício para mim. Se eu fosse casada com um escocês, provavelmente não seria mais vigiada e guardada. Seria muito mais fácil fugir quando chegasse a hora. E se fosse Jamie – bem, ele gostava de mim, sem dúvida. E conhecia as Terras Altas como a palma de sua mão. Talvez me levasse a Craigh na Dun ou ao menos naquela direção. Sim, provavelmente o casamento era a melhor forma de atingir meu objetivo.

Essa era a maneira de encarar a situação a sangue-frio. Meu sangue, no entanto, estava longe de estar frio. Eu estava fervendo de raiva e agitação e não conseguia me acalmar, andando de um lado para outro, furiosa, buscando uma saída. Qualquer saída. Após uma hora nesse estado, meu rosto estava afogueado e minha cabeça latejava. Levantei-me e abri as persianas, enfiando a cabeça para fora na brisa fresca.

Ouviu-se uma batida decidida na porta atrás de mim. Dougal entrou quando eu colocava a cabeça para dentro. Segurava uma folha rígida de papel como uma salva e vinha seguido de Rupert e do imaculado Ned Gowan, fechando a raia como se fossem cavalariços reais.

– Por favor, entrem – falei graciosamente.

Ignorando-me como sempre fazia, Dougal removeu um urinol de seu lugar em cima da mesa e espalhou as folhas de papel sem cerimônia sobre a áspera superfície de carvalho.

– Tudo arranjado – disse ele, com o orgulho de alguém que conduziu um projeto difícil à sua conclusão com sucesso. – Ned já redigiu os documentos; nada como um advogado, desde que ele esteja do seu lado. Hein, Ned?

Todos os homens riram, evidentemente de bom humor.

– Na verdade, não foi difícil – disse Ned modestamente. – É apenas um contrato simples. – Folheou os papéis com o dedo de um proprietário, em seguida parou, franzindo a testa com um pensamento repentino. – Não tem nenhuma propriedade na França, tem? – perguntou ele, olhando-me com preocupação por cima dos pequenos óculos que usava para leitura.

Balancei a cabeça e ele relaxou, arrumando os papéis novamente numa pilha e batendo-os cuidadosamente para que todas as pontas coincidissem.

– Então, é isso. Você só precisa assinar aqui no pé da página e Dougal e Rupert no lugar das testemunhas.

O advogado colocou sobre a mesa o tinteiro que trouxera e, retirando habilmente uma pena de escrever limpa do bolso, entregou-a a mim com um gesto cerimonioso.

– E o que é isso exatamente? – perguntei. Era uma pergunta de natureza retórica, pois a folha de cima da pilha dizia CONTRATO DE CASAMENTO numa caligrafia perfeitamente legível, as letras com 5 centímetros de altura e fortemente negras, de um lado ao outro da página.

Dougal reprimiu um suspiro de impaciência diante da minha recalcitrância.

– Sabe muito bem do que se trata – disse ele em poucas palavras. – E a menos que tenha alguma outra ideia brilhante para escapar das garras de Randall, vai assiná-lo e acabar com isso. O tempo é curto.

Ideias brilhantes estavam particularmente em falta no momento, apesar da hora que eu despendera martelando o problema. Realmente, começava a parecer que essa incrível alternativa era o melhor que eu podia fazer, por mais que esperneasse.

– Mas eu não quero me casar! – disse teimosamente. Ocorreu-me também que o meu ponto de vista não era o único envolvido. Lembrei-me da garota de cabelos louros que vira Jamie beijando na alcova do castelo. – E talvez Jamie não queira casar comigo! O que me diz?

Dougal descartou a questão como insignificante.

– Jamie é um soldado, fará o que mandarem. E você também – disse ele enfaticamente. – A menos, é claro, que prefira uma prisão inglesa.

Olhei-o furiosa, resfolegando. Eu estivera num redemoinho desde a nossa brusca partida do escritório de Randall e agora meu nível de agitação aumentara substancialmente, confrontada com uma escolha em preto e branco, por assim dizer.

– Quero falar com ele – disse de repente. As sobrancelhas de Dougal ergueram-se instantaneamente.

– Jamie? Por quê?

– Por quê? Porque você está me forçando a casar com ele e, pelo que vejo, nem comunicou a ele!

Obviamente, isso era uma irrelevância, no que dizia respeito a Dougal, mas por fim cedeu e, acompanhado de seus servos favoritos, foi buscar Jamie na taberna lá embaixo.

Jamie apareceu logo depois, parecendo desnorteado.

– Você sabia que Dougal quer que nos casemos? – perguntei sem rodeios.

Sua expressão desanuviou-se.

– Ah, sim. Sabia.

– Mas, certamente – falei –, um jovem como você, quer dizer, não há ninguém mais em quem você esteja, hum, interessado? – Ficou parado, o rosto inexpressivo por um instante, depois pareceu compreender.

– Ah, se estou prometido? Não, não sou um grande partido para uma jovem. – Continuou apressadamente, como se achasse que aquilo poderia ser tomado como uma ofensa. – Quer dizer, não tenho nenhuma propriedade e nada mais do que o soldo de um soldado para viver.

Esfregou o queixo, lançando-me um olhar dúbio.

– E depois, há essa pequena dificuldade que minha cabeça está a prêmio. Nenhum pai quer ver a filha casada com um homem que pode ser preso e enforcado a qualquer momento. Já pensou nisso?

Com um gesto da mão, descartei o problema da condenação como uma questão de menor importância, comparada àquela monstruosa ideia. Fiz uma última tentativa.

– O fato de eu não ser virgem o incomoda? – Ele hesitou por um instante antes de responder.

– Bem, não – disse ele devagar –, desde que não a incomode o fato de eu ser. – Riu diante da minha expressão de queixo caído e recuou em direção à porta. – Imagino que um de nós dois deva saber o que está fazendo – concluiu ele.

A porta fechou suavemente atrás dele; obviamente, o período de namoro estava encerrado.

Os papéis devidamente assinados, desci cautelosamente as escadas íngremes da estalagem e sentei-me à uma mesa de bar na taberna.

– Uísque – disse à criatura velha e desgrenhada atrás do balcão. Fitou-me com olhos remelentos, mas um sinal de Dougal com a cabeça fez com que trouxesse uma garrafa e um copo. Este último era grosso e esverdeado, lascado na borda, mas era aberto na parte de cima e isso era tudo que importava no momento.

Quando o efeito abrasador de engolir a bebida passou, provocou-me certa calma espúria. Senti-me desligada, observando detalhes à minha volta com uma intensidade peculiar: o pequeno vitral acima do bar, lançando sombras coloridas sobre o proprietário mal encarado e suas mercadorias, a curva do cabo de uma concha de sopa com fundo de cobre que estava pendurada na parede ao meu lado, uma mosca de barriga verde esperneando nas beiradas de uma poça pegajosa em cima da mesa. Com certa dose de solidariedade, empurrei-a para fora da poça com o fundo do meu copo.

Gradualmente, tomei consciência de vozes alteradas por trás de uma porta fechada no outro lado do salão. Dougal desaparecera lá dentro depois da conclusão de seus negócios comigo, provavelmente para concretizar as providências com o outro lado contratante. Fiquei satisfeita de ouvir, a julgar pelas vozes altercadas, que meu futuro marido estava se encrespando, apesar de sua aparente falta de objeções anterior. Talvez não tenha querido me ofender.

– Fique firme, rapaz – murmurei e tomei outro gole.

Algum tempo depois, percebi vagamente a mão de alguém abrindo meus dedos a fim de remover o copo esverdeado. Outra mão segurou-me com firmeza pelo cotovelo.

– Cristo, está bêbada como um gambá – disse uma voz no meu ouvido. A voz arranhava desagradavelmente, pensei, como se o dono tivesse comido uma lixa.

Ri baixinho diante da ideia.

– Fique quieta, mulher! – disse a desagradável voz áspera. Tornou-se mais fraca quando o dono da voz virou-se para falar com outra pessoa. – Bêbada como um gambá e falando como um papagaio... o que espera...

Outra voz interrompeu a primeira, mas não pude ouvir o que dizia; as palavras estavam vagas e indistintas. Entretanto, era um som agradável, grave e de certa forma tranquilizador. Aproximou-se e pude entender algumas palavras. Esforcei-me para me concentrar, mas minha atenção começara a divagar outra vez.

A mosca achara seu caminho de volta à poça e debatia-se no meio, irremediavelmente atolada. A luz filtrada pela janela de vitral recaía sobre ela, reluzindo como faíscas na barriga verde esticada. Meu olhar fixou-se no minúsculo ponto verde, que parecia pulsar conforme a mosca contorcia-se e debatia-se.

– Minha irmã... você não tem a menor chance – falei, e a faísca se apagou.

14

UM CASAMENTO É CELEBRADO

Havia um teto baixo, de vigas largas, acima de mim quando acordei e uma colcha grossa cuidadosamente cobrindo-me até o queixo. Eu parecia estar vestida apenas com minhas roupas de baixo. Comecei a me sentar para procurar minhas roupas, mas mudei de ideia no meio da operação. Deitei-me novamente, bem devagar, fechei os olhos e segurei a cabeça para impedir que saísse rolando do travesseiro e batesse no chão.

Acordei novamente, algum tempo depois, quando a porta do quarto se abriu. Entreabri um olho, cautelosamente. Um vulto ondulante definiu-se aos poucos na figura circunspecta de Murtagh, olhando-me com desaprovação do pé da cama. Fechei o olho. Ouvi um ruído escocês abafado, provavelmente indicando uma expressão horrorizada, mas quando olhei de novo ele se fora.

Estava começando a recair num agradável estado de inconsciência quando a porta se abriu novamente, dessa vez revelando uma mulher de meia-idade que deduzi tratar-se da mulher do estalajadeiro, carregando um jarro de água e uma bacia. Entrou alegremente no quarto, fazendo barulho, e abriu as persianas com uma forte batida, que reverberou pela minha cabeça como a colisão de um tanque. Avançando sobre a cama como uma divisão panzer, arrancou a colcha do frágil aperto da minha mão e atirou-a para o lado, deixando-me trêmula e exposta.

– Vamos, meu bem – disse ela. – Temos de aprontá-la agora. – Passou um braço troncudo pelos meus ombros e me içou à posição sentada. Segurei a cabeça com uma das mãos e o estômago com a outra.

– Aprontar? – falei, com um gosto de ressaca na boca.

A mulher começou a lavar meu rosto com energia.

– Ah, sim – disse ela. – Não vai querer perder seu próprio casamento, vai?

– Vou, sim – respondi, mas fui ignorada enquanto ela me despia sem a menor cerimônia e me colocava de pé no meio do assoalho para cuidados mais íntimos.

Um pouco depois, sentei-me na cama, totalmente vestida, sentindo-me confusa e beligerante, mas graças a uma taça de vinho do Porto oferecida pela dona da casa, consegui pelo menos parecer funcional. Bebi cuidadosamente uma segunda dose, enquanto a mulher enfiava um pente pelos cachos desgrenhados do meu cabelo.

Dei um salto e estremeci, entornando o Porto, quando a porta se abriu com um estrondo mais uma vez. Uma coisa atrás da outra, pensei com ódio. Dessa vez, era uma visita dupla, Murtagh e Ned Gowan, com os mesmos olhares de desaprovação. Troquei olhares com Ned enquanto Murtagh entrava no quarto e, rodeando a cama bem devagar, inspecionava-me de todos os ângulos. Voltou-se para Ned e murmurou alguma coisa num tom de voz baixo demais para que eu pudesse ouvir. Com um último olhar de desespero em minha direção, fechou a porta atrás deles.

Finalmente, meus cabelos estavam penteados ao agrado da mulher, puxados para trás e enrolados num coque no alto da cabeça, com alguns cachos soltos caindo nas costas e anéis à frente de minhas orelhas. Parecia que meu couro cabeludo iria se soltar com a tensão dos cabelos puxados para trás e para cima, mas o efeito no espelho que a mulher me ofereceu era inegavelmente apropriado. Comecei a me sentir um pouco mais humana e até consegui agradecer-lhe por seus esforços. Deixou o espelho comigo e foi embora, comentando que era uma bênção se casar no verão já que haveria muitas flores para os meus cabelos.

– Nós que estamos prestes a morrer – falei à minha imagem refletida, esboçando uma saudação no espelho. Deixei-me cair sobre a cama, cobri o rosto com um pano úmido e voltei a dormir.

Estava tendo um sonho bastante agradável, algo a ver com campos cobertos de flores silvestres, quando percebi que o que eu considerara uma brisa refrescante esvoaçando as mangas do meu vestido era um par de mãos não tão delicadas. Sentei-me num solavanco, chacoalhando cegamente.

Quando consegui abrir os olhos, vi que meu pequeno quarto agora parecia a uma estação do metrô, com rostos de parede a parede: Ned Gowan, Murtagh, o estalajadeiro, a mulher do estalajadeiro e um rapaz magro, que vinha a ser o filho do estalajadeiro, com os braços cheios de diversos tipos de flores, responsáveis pelo aroma em meu sonho. Havia também uma mulher jovem, armada com um cesto de vime redondo, que me sorriu amavelmente, exibindo a ausência de vários dentes importantes.

Essa mulher, como se viu em seguida, era a costureira da vila, recrutada para reparar as deficiências do meu guarda-roupa fazendo ajustes num vestido, obtido sem aviso prévio de algum contato local do dono da estalagem. Ned carregava o vestido em questão, pendurado de uma das mãos como um animal morto. Alisado sobre a cama, viu-se que era um vestido longo, com um decote na frente, de cetim grosso, na cor creme, com um corpete separado que se abotoava com dezenas de botões recobertos com o mesmo tecido, cada qual bordado com uma flor-de-lis em fio de ouro. A linha do decote e as mangas em forma de sino eram ricamente ornamentadas com rendas, assim como a sobressaia bordada, de veludo cor de chocolate. O estalajadeiro estava semienterrado nas anáguas que carregava, as costeletas eriçadas quase desaparecidas sob as camadas vaporosas.

Olhei para a mancha de vinho do Porto na minha saia de sarja cinza e a vaidade venceu. Se eu devia de fato me casar, não queria fazê-lo parecendo uma criada da vila.

Após um curto espasmo de atividade frenética, comigo parada como um manequim de costureira e todos os outros correndo de um lado para outro pegando, carregando, criticando e tropeçando uns nos outros, o produto final ficou pronto, completo com ásteres brancas e rosas amarelas presas nos meus cabelos e um coração batendo loucamente por baixo do corpete de renda. O ajuste não estava absolutamente perfeito e o vestido ainda tinha um cheiro um pouco forte da proprietária anterior, mas o cetim era pesado e fazia um ruge-ruge fascinante em torno dos meus pés, sobre as camadas de anáguas. Senti-me uma rainha e bastante bonita.

– Não pode me obrigar a fazer isso, você sabe – sibilei ameaçadoramente para as costas de Murtagh enquanto o seguia pelas escadas, mas tanto ele quanto eu sabíamos que minhas palavras não passavam de bravata vazia. Se alguma vez eu tivera a força de caráter de desafiar Dougal e arriscar a sorte com os ingleses, ela se esvaíra com o uísque.

Dougal, Ned e os outros estavam no salão principal da taberna ao pé das escadas, bebendo e trocando amenidades com alguns habitantes da vila que não pareciam ter nada melhor a fazer com sua tarde do que ficar por ali à toa, embebedando-se.

Dougal avistou-me descendo devagar e repentinamente parou de falar. Os outros também fizeram silêncio e eu flutuei até o térreo numa gratificante aura de reverente admiração. Os olhos fundos de Dougal cobriram-me lentamente da cabeça aos pés e retornaram ao meu rosto com um aceno de reconhecimento sem nenhum sinal de rancor.

Em virtude dos acontecimentos, já fazia algum tempo desde que um homem olhara para mim daquela forma e eu também respondi com um gracioso aceno de cabeça.

Após o primeiro instante de silêncio, os demais presentes na taberna começaram a expressar sua admiração e até Murtagh se permitiu um ligeiro sorriso, meneando a cabeça, satisfeito com os resultados de seus esforços. *E quem foi que o nomeou editor de moda?* , pensei irritada. Ainda assim, tinha que admitir que ele era o responsável por eu não me casar de sarja cinza.

Casar. Ah, meu Deus. Temporariamente encorajada pelo vinho do Porto e pelas rendas de cor creme, conseguira momentaneamente ignorar o significado da ocasião. Segurei com força o corrimão quando a súbita compreensão me atingiu como um soco no estômago.

Relanceando os olhos pela multidão, entretanto, notei uma flagrante ausência. Meu noivo não estava em nenhum lugar à vista. Alentada pelo pensamento de que ele pudesse ter escapado por alguma janela e estar a quilômetros de distância a essa altura, aceitei uma última taça de vinho do proprietário antes de seguir Dougal para fora.

Ned e Rupert foram buscar os cavalos. Murtagh desaparecera em algum lugar, talvez atrás de pistas de Jamie.

Dougal segurava-me pelo braço; ostensivamente para me apoiar, com receio de que eu tropeçasse em minhas sapatilhas de cetim, mas na verdade para evitar qualquer tentativa de fuga de última hora.

Era um "quente" dia escocês, significando com isso que a névoa não estava suficientemente forte para ser qualificada de garoa, mas não muito longe disso, tampouco. De repente, a porta da estalagem se abriu e o sol surgiu na pessoa de Jamie. Se eu era uma noiva radiante, o noivo era sem dúvida resplandecente. Fiquei de boca aberta e assim permaneci.

Um escocês das Terras Altas em roupas de gala é uma visão impressionante – qualquer um, por mais velho, feio ou desgracioso que seja. Um jovem escocês das Terras Altas, alto, empertigado e de forma alguma feio, visto de perto é de fazer perder o fôlego.

Os fartos cabelos vermelho-dourados haviam sido escovados até adquirirem um aspecto brilhante e macio que roçava o colarinho de uma elegante camisa de linho fino com a frente de pregas, mangas em forma de sino, punhos de babados enfeitados de renda, combinando com a cascata de babados e renda do jabô engomado, preso na altura da garganta e ornamentado com um alfinete de rubi.

Seu tartã era de um xadrez vermelho-vivo e preto que ofuscava o mais sereno verde e branco dos MacKenzie. A lã flamejante, amarrada por um broche redondo de prata, caía de seu ombro direito num drapejo gracioso, preso por um cinto de espada cravejado de tachas de prata, antes de continuar seu volteio pelas panturrilhas elegantemente recobertas por meias de lã e parando logo acima das botas de couro preto com fivela de prata. Espada, adaga e bolsa de pele de texugo completavam o traje.

Com quase 1,90 metro de altura, de ombros largos e traços marcantes, ele estava longe da aparência do sujo domador de cavalos com quem eu estava acostumada – e sabia disso. Com um gesto elegante, fez uma reverência impecável para mim, murmurando "A seu serviço, madame", os olhos brilhando de malícia.

– Ah! – exclamei, quase desmaiando.

Nunca antes vira o taciturno Dougal embaraçado, sem conseguir encontrar palavras. Com as sobrancelhas grossas franzidas num rosto afogueado, ele parecia, a seu modo, tão surpreso quanto eu com essa aparição.

– Está louco, homem? – disse ele, finalmente. – E se alguém o vir?

Jamie arqueou uma sobrancelha sarcasticamente para o homem mais velho.

– Ora, tio – disse ele. – Insultos? E além do mais no dia do meu casamento? Não ia querer que eu envergonhasse minha mulher, não é? Além disso – acrescentou com um brilho malicioso nos olhos –, acho que o casamento nem seria legítimo se eu não me casasse no meu próprio nome. E você quer que seja, não é?

Com um evidente esforço, Dougal recuperou seu autocontrole.

– Se já terminou, Jamie, podemos continuar – disse ele.

Mas Jamie ainda não havia terminado, ao que parecia. Ignorando a fúria de Dougal, retirou um colar de contas brancas da bolsa. Deu um passo à frente e fechou o colar em volta do meu pescoço. Olhando para baixo, pude ver que era um colar de pequenas pérolas barrocas, aquelas contas de forma irregular que são produto de moluscos de água doce, entremeadas com minúsculas contas de ouro. Pérolas menores pendiam das contas de ouro.

– São apenas pérolas escocesas – disse ele, desculpando-se –, mas ficam lindas em você. – Seus dedos demoraram-se um pouco no meu pescoço.

– Essas pérolas eram de sua mãe! – disse Dougal, olhando para as pérolas com ar ameaçador.

– Sim – disse Jamie calmamente. – E agora são de minha mulher. Podemos ir?

Aonde quer que estivéssemos indo, ficava a alguma distância da vila. Formávamos um grupo de casamento um tanto carrancudo, o casal de noivos rodeados pelos demais como condenados sendo escoltados para alguma prisão distante. A única conversa foi uma desculpa de Jamie, em voz baixa, por ter chegado atrasado, explicando que houve alguma dificuldade em encontrar uma camisa limpa e um casaco grande que coubesse nele.

– Acho que esta pertence ao filho do escudeiro local – disse ele, agitando o jabô de renda. – Um pouco almofadinha, me parece.

Desmontamos e deixamos os cavalos no sopé de um pequeno monte. Uma trilha em meio às urzes levava para cima.

– Tomou todas as providências? – ouvi Dougal perguntar em voz baixa para Rupert, quando amarravam os animais.

– Ah, sim. – Viu-se um clarão de dentes na barba negra. – Foi um pouco difícil convencer o padre, mas nós lhe mostramos a licença especial. – Bateu na bolsa à cintura, que retiniu musicalmente, dando-me uma ideia da natureza da licença especial.

Em meio à garoa e à névoa, avistei a capela projetando-se das urzes. Com uma sensação de completa incredulidade, vi a cúpula arredondada e as estranhas janelas com muitas vidraças pequenas que eu vira na brilhante manhã ensolarada do meu casamento com Frank Randall.

– Não! – exclamei. – Aqui não! Não posso!

– Shh, vamos, shh. Não se preocupe, dona, não se preocupe. Tudo vai dar certo. – Dougal colocou a mão grande sobre meu ombro, produzindo sons tranquilizadores em escocês, como se eu fosse um cavalo arisco. – É natural um pouco de nervosismo – disse para todos nós. A outra mão firme na minha cintura instava-me a continuar subindo a trilha. Meus sapatos afundavam-se na camada úmida de folhas caídas.

Jamie e Dougal caminhavam junto a mim, um de cada lado, para evitar uma fuga. Suas dominantes presenças eram intimidadoras e senti uma crescente sensação de histeria. Duzentos anos à frente, mais ou menos, eu me casara naquela capela, encantada na época com sua natureza antiga e pitoresca. A capela agora estava estalando de nova, as tábuas ainda não estavam assentadas com aquele charme que iria adquirir ao longo do tempo, e eu estava prestes a me casar com um escocês de 23 anos, católico e virgem, com a cabeça a prêmio, cujo...

Virei-me para Jamie, repentinamente em pânico.

– Não posso me casar com você! Eu nem sei seu sobrenome!

Olhou para mim e arqueou uma sobrancelha ruiva.

– Ah. É Fraser. James Alexander Malcolm MacKenzie Fraser. – Pronunciou-o formalmente, cada nome devagar e distintamente.

Completamente perturbada, eu disse, estendendo a mão tolamente.

– Claire Elizabeth Beauchamp.

Aparentemente tomando o gesto como um pedido de apoio, segurou minha mão e enfiou-a firmemente na dobra do seu braço. Assim, irremediavelmente presa, continuei caminhando em silêncio para o meu casamento.

Rupert e Murtagh esperavam por nós na capela, montando guarda ao lado do padre prisioneiro, um jovem sacerdote alto e magro, com um nariz vermelho e uma expressão justificadamente aterrorizada. Rupert indolentemente tirava lascas de um raminho de salgueiro com uma faca grande e, embora tivesse posto de lado suas pistolas de cabo de chifre quando entrou na igreja, elas permaneciam ao alcance da mão na beira da pia batismal.

Os outros homens também se desarmaram, como era próprio na casa de Deus, deixando uma pilha de letalidade impressionantemente rutilante no banco da igreja. Somente Jamie conservou sua adaga e sua espada, provavelmente como uma parte cerimonial de seu traje.

Ajoelhamo-nos diante do altar de madeira, Murtagh e Dougal assumiram seus lugares como testemunhas e a cerimônia começou.

O formato da cerimônia de casamento católica não mudou muito em várias centenas de anos e as palavras unindo-me ao estranho ruivo a meu lado eram basicamente as mesmas que haviam consagrado meu casamento com Frank. Sentia-me como uma concha oca e fria. As palavras balbuciadas pelo jovem padre ecoavam em algum lugar vazio da boca do meu estômago.

Levantei-me automaticamente quando chegou a hora dos votos, observando numa espécie de entorpecido fascínio meus dedos gelados desaparecerem nas mãos poderosas do meu noivo. Seus dedos estavam tão frios quanto os meus e ocorreu-me pela primeira vez que, apesar da aparência exterior calma, ele devia estar tão nervoso quanto eu.

Até então eu evitara olhar para ele, mas agora ergui os olhos e deparei-me com ele fitando-me intensamente. Seu rosto estava lívido e cuidadosamente impassível; tinha a mesma expressão de quando eu tratara o ferimento em seu ombro. Tentei sorrir, mas os cantos da minha boca oscilaram precariamente. A pressão dos seus dedos nos meus aumentou. Tive a impressão de que um estava sustentando o outro; se um de nós soltasse a mão ou desviasse os olhos, ambos cairiam. Estranhamente, a sensação era reconfortante. Onde quer que estivéssemos nos metendo, ao menos estávamos juntos nisso.

– Eu a aceito, Claire, como minha esposa... – Sua voz não tremia, mas sua mão sim. Segurei seus dedos com mais força. Nossos dedos rígidos apertavam-se como tábuas num torno de bancada. – ... amar, honrar e proteger... nos bons e nos maus momentos... – As palavras vinham de longe. O sangue esvaía-se da minha cabeça. O corpete com barbatanas era infernalmente justo e, embora eu sentisse frio, o suor escorria pelo meu corpo por baixo do cetim. Esperava não desmaiar.

Havia uma pequena janela de vitral bem alta na parede ao lado do santuário, uma representação rústica de São João Batista com sua capa de pele de urso. Sombras verdes e azuis flutuavam sobre a manga do meu vestido, fazendo-me lembrar do salão da taberna e desejei um drinque fervorosamente.

Minha vez. Gaguejei um pouco, o que me deixou furiosa.

– Eu o re-recebo, James... – Empertiguei-me. Jamie terminara a sua parte com bastante credibilidade. Eu poderia tentar fazer o mesmo. – ... para amar e proteger, de hoje em diante... – Minha voz fortaleceu-se. – Até que a morte nos separe. – As palavras ressoaram na capela silenciosa com um caráter surpreendentemente definitivo. Tudo estava imóvel, como uma imagem congelada. Então o sacerdote pediu a aliança.

Houve uma agitação repentina e, de relance, vi a expressão arrasada no rosto de Murtagh. Mal registrei o fato de que alguém se esquecera de providenciar um anel, quando Jamie soltou minha mão o tempo suficiente para retirar um anel do próprio dedo.

Eu ainda usava a aliança de Frank na mão esquerda. Os dedos da minha mão direita pareciam congelados, descorados e rígidos na mancha de luz azul, quando um largo aro de metal passou pelo meu dedo anular. Ficou solto no dedo e teria caído se Jamie não dobrasse meus dedos e envolvesse minha mão fechada outra vez na sua.

Mais murmúrios do padre e Jamie inclinou-se para me beijar. Era óbvio que ele pretendia apenas um breve e formal toque de lábios, mas sua boca era macia e quente e eu instintivamente me aproximei e correspondi. Percebi vagamente alguns ruídos, gritos escoceses de entusiasmo e incentivo da plateia, mas na verdade não notei nada além da envolvente e cálida solidez dos seus lábios.

Separamo-nos, ambos um pouco mais serenos, e sorri nervosamente. Vi Dougal tirar a adaga de Jamie da bainha e perguntei-me qual seria a razão. Ainda olhando para mim, Jamie estendeu a mão direita, palma para cima. Prendi o ar de repente quanto a ponta da adaga fez um corte profundo em seu pulso, deixando uma linha escura do sangue que aflorava. Não houve tempo de recuar antes que a minha própria mão fosse agarrada e eu sentisse o corte ardente da lâmina. Rapidamente, Dougal pressionou meu pulso ao de Jamie e enfaixou-os juntos com uma tira de linho branco.

Devo ter cambaleado um pouco, porque Jamie segurou-me pelo braço com a mão esquerda livre.

– Aguente firme, moça – disse ele baixinho. – Falta pouco agora. Repita as palavras depois de mim. – Era um pequeno texto em gaélico, duas ou três frases. As palavras não significavam nada para mim, mas as repeti obedientemente depois de Jamie, tropeçando nas vogais escorregadias. A tira de linho foi desamarrada, os cortes enxugados e limpos, e estávamos casados.

Havia uma sensação geral de alívio e satisfação no caminho de volta pela trilha. Parecia uma alegre festa de casamento qualquer, apesar de pequena, e composta inteiramente de homens, à exceção da noiva.

Estávamos quase ao sopé da colina, quando a falta de comida, os vestígios de uma ressaca e o estresse geral do dia me venceram e desmaiei. Deitei-me nas folhas úmidas, a cabeça no colo do meu novo marido. Ele colocou de lado o pano úmido com que estivera limpando meu rosto.

– Foi tão ruim assim? – perguntou ele, rindo para mim, mas seus olhos guardavam uma expressão incerta que me sensibilizou, apesar de tudo. Sorri tremulamente em resposta.

– Não é você – afirmei. – É que... acho que não comi nada desde o desjejum de ontem. E receio que tenha bebido muito.

Sua boca se contraiu.

– Ouvi dizer. Bem, isso eu posso remediar. Não tenho muito a oferecer a uma esposa, como disse, mas prometo que vou mantê-la alimentada. – Sorriu e timidamente afastou com o dedo indicador um cacho caído em meu rosto.

Comecei a me sentar e fiz uma careta diante de uma leve queimação no meu pulso. Havia me esquecido dessa última parte da cerimônia. O corte se abrira, sem dúvida em resultado da queda que eu sofrera. Peguei o pano de Jamie e amarrei-o desajeitadamente em volta do pulso.

– Achei que tivesse sido isso que a fez desmaiar – disse ele, observando. – Eu deveria tê-la avisado; não percebi que não estava esperando por isso até ver seu rosto.

– O que era, exatamente? – perguntei, tentando enfiar as pontas por baixo do pano.

– É um pouco pagão, mas é tradição por aqui fazer um voto de sangue, juntamente com a cerimônia normal. Alguns padres não a aceitam, mas acho que esse não iria se opor a nada. Parecia tão assustado quanto eu – disse ele, sorrindo.

– Um voto de sangue? O que as palavras significavam?

Jamie segurou minha mão direita e delicadamente prendeu a ponta da atadura improvisada.

– São versos, mais ou menos, quando traduzidos para o inglês. Dizem o seguinte:

Você é sangue do meu sangue e ossos dos meus ossos.
Dou-lhe meu corpo, para que nós dois sejamos um só.
Dou-lhe meu espírito, até o fim de nossas vidas.

Encolheu os ombros.

– Mais ou menos como os votos normais, apenas um pouco mais... ah, primitivos.

Olhei para meu pulso enfaixado.

– Sim, acho que se pode dizer isso.

Olhei ao redor; estávamos sozinhos na trilha, sob um álamo. As folhas arredondadas, mortas, espalhavam-se pelo chão, brilhando na umidade como moedas enferrujadas. Estava muito silencioso, exceto pelo respingo ocasional de gotas d'água caindo das árvores.

– Onde estão os outros? Voltaram para a hospedaria?

Jamie fez uma careta.

– Não. Eu mandei que se afastassem para poder cuidar de você, mas estarão esperando por nós logo ali embaixo. – Indicou com um movimento do queixo, à moda de um homem do campo. – Não vão nos deixar sozinhos até que tudo esteja oficializado.

– É mesmo? – disse, sem compreender. – Estamos casados, não estamos?

Ele pareceu constrangido, desviando o rosto e cuidadosamente afastando folhas mortas de seu kilt.

– Mmmmhum. Sim, estamos casados, sem dúvida. Mas não está sacramentado, sabe, enquanto não for consumado. – Um rubor lento e intenso subiu de seu jabô de renda.

– Mmmmhum – repeti. – Vamos procurar alguma coisa para comer.

15
REVELAÇÕES DO QUARTO NUPCIAL

Na hospedaria, a comida já estava servida, na forma de um modesto banquete de casamento, incluindo vinho, pães frescos e rosbife.

Dougal segurou-me pelo braço quando me dirigi às escadas para lavar o rosto antes de comer.

– Quero este casamento consumado, sem que paire nenhuma dúvida – instruiu-me com firmeza à meia-voz. – Não pode haver dúvida de que se trata de uma união legal, sem deixar brechas para uma anulação, ou todos nós estaremos arriscando nosso pescoço.

– Parece-me que você está fazendo isso de qualquer forma – observei, mal-humorada. – O meu, principalmente.

Dougal deu uns tapinhas com firmeza no meu traseiro.

– Não se preocupe com isso; faça a sua parte. – Olhou-me de cima a baixo com ar crítico, como se julgasse minha capacidade de desempenhar meu papel adequadamente.

– Conheci o pai de Jamie. Se o rapaz for parecido com ele, você não vai ter nenhum problema. Ah, Jamie! – Atravessou a sala apressadamente, para onde Jamie acabara de chegar, depois de ter ido guardar os cavalos na estrebaria. Pela expressão no rosto do rapaz, ele também estava recebendo suas ordens.

Como, em nome de Deus, isso veio a acontecer? Perguntei a mim mesma algum tempo depois. Havia seis semanas, eu estava inocentemente colhendo flores silvestres numa colina da Escócia para levar para casa para o meu marido. Agora, estava trancada num quarto de uma hospedaria rural. Aguardando um marido completamente diferente, que eu mal conhecia, com ordens rígidas de consumar um casamento forçado, sob o risco de minha própria vida e liberdade.

Sentei-me na cama, tensa e aterrorizada em minhas finas roupas emprestadas. Ouviu-se um leve ruído quando a pesada porta do quarto se abriu e, em seguida, se fechou novamente.

Jamie recostou-se na porta, observando-me. O ar de constrangimento entre nós dois aprofundou-se. Foi Jamie quem finalmente quebrou o silêncio.

– Não precisa ter medo de mim – disse ele suavemente. – Não ia pular em cima de você. – Ri involuntariamente.

– Bem, não achei que o faria. – Na verdade, não achei que fosse tocar em mim, a menos que eu o convidasse; o fato é que eu teria que convidá-lo a fazer consideravelmente mais do que isso, e logo.

Olhei para ele, em dúvida. Acho que seria mais difícil se eu não o achasse atraente; na realidade, acontecia o oposto. Ainda assim, eu não dormira com nenhum outro homem além de Frank em mais de oito anos. Não apenas isso, este jovem, como ele mesmo dissera, era completamente inexperiente. Eu nunca deflorara ninguém antes. Mesmo descartando minhas objeções a todo o arranjo, e considerando a questão de um ponto de vista inteiramente prático, como deveríamos começar? Naquele passo, ainda estaríamos ali de pé, olhando um para o outro, daqui a três ou quatro dias.

Pigarreei e bati na cama a meu lado.

– Ah, gostaria de se sentar?

– Sim. – Atravessou o quarto, locomovendo-se como um gato gigante. No entanto, em vez de sentar-se ao meu lado, puxou um banco e sentou-se diante de mim. Um pouco sem jeito, ele estendeu os braços e tomou minhas mãos entre as suas. Eram mãos grandes, de dedos fortes, e muito quentes, as costas das mãos ligeiramente cobertas de pelos ruivos. Senti um leve choque ao contato e lembrei-me de uma passagem do Velho Testamento: "Pois a pele de Jacó era lisa e macia, enquanto seu irmão Esaú era um homem cabeludo." As mãos de Frank eram longas e esbeltas, quase sem pelos e com uma aparência aristocrática. Sempre adorei observá-las quando ele fazia uma palestra.

– Fale-me de seu marido – disse Jamie, como se lesse a minha mente. Quase retirei as minhas mãos, de susto.

– O quê?

– Olhe, moça, teremos três ou quatro dias juntos aqui. Embora eu não tenha a pretensão de saber tudo que há para saber, vivi boa parte da minha vida numa fazenda e, a menos que as pessoas sejam muito diferentes dos outros animais, não vai levar tanto tempo assim para fazermos o que temos que fazer. Temos um pouco de tempo para conversar e deixarmos de ter medo um do outro. – Essa avaliação franca de nossa situação relaxou-me um pouco.

– Você está com medo de mim? – Não parecia. No entanto, talvez estivesse nervoso. Embora não fosse nenhum rapazinho tímido de 16 anos, essa era sua primeira vez. Ele olhou-me nos olhos e sorriu.

– Sim. Mais apavorado do que você, acho. É por isso que estou segurando suas mãos; para impedir as minhas de tremerem. – Eu não acreditei, mas apertei suas mãos com força, agradecida.

– É uma boa ideia. É mais fácil conversar enquanto estamos nos tocando. Mas por que você me perguntou sobre meu marido? – Perguntava-me, um pouco desesperada, se ele queria que eu falasse da minha vida sexual com Frank, para saber o que eu esperava dele.

– Bem, sei que deve estar pensando nele. Seria difícil não estar, nestas circunstâncias. Não quero que você jamais pense que não pode falar dele comigo. Embora eu seja seu marido agora, e é estranho dizer isso, não é direito que você deva esquecê-lo ou mesmo tentar isso. Se você o amava, ele deve ter sido um bom homem.

– Sim, ele... foi. – Minha voz tremia e Jamie acariciou as costas das minhas mãos com seus polegares.

– Então, terei que fazer o melhor possível para honrar seu espírito cuidando de sua mulher. – Ergueu minhas mãos e beijou cada uma formalmente.

Pigarreei.

– Foram palavras muito galantes, Jamie.

Ele riu repentinamente.

– Sim. Pensei nisso enquanto Dougal fazia brindes lá embaixo.

Respirei fundo.

– Eu tenho umas perguntas – falei.

Abaixou os olhos, disfarçando um sorriso.

– Suponho que sim – concordou ele. – Acho que tem direito a um pouco de curiosidade, nas circunstâncias atuais. O que quer saber? – Ergueu os olhos de repente, os brilhantes olhos azuis cheios de malícia à luz da lamparina. – Por que ainda sou virgem?

– Hum, eu deveria dizer que isso é mais ou menos problema seu – murmurei. Parecia que estava ficando muito quente no quarto de repente e eu libertei uma das minhas mãos para pegar meu lenço. Ao fazê-lo, senti algo duro no bolso do meu vestido.

– Ah, me esqueci! Ainda estou com seu anel. – Tirei-o do bolso e o devolvi a ele. Era um pesado aro de ouro, com um cabochão de rubi incrustado. Em vez de recolocá-lo no dedo, abriu a bolsa na cintura e guardou-o.

– Foi o anel de casamento do meu pai – explicou ele. – Eu não o uso sempre, mas hoje... bem, quis homenageá-la arrumando-me o melhor possível. – Ficou ligeiramente ruborizado com essa confissão e fingiu estar às voltas para fechar a bolsa.

– Você realmente me prestou uma grande homenagem – retorqui, sorrindo involuntariamente. Acrescentar um anel de rubi ao fulgurante esplendor de seu traje era desnecessário, mas fiquei sensibilizada com a vontade de agradar que havia por trás desse gesto.

– Vou comprar um que sirva em você assim que puder – prometeu.

– Não tem importância – falei, sentindo-me um pouco culpada. Quero dizer, afinal, eu pretendia ir embora assim que pudesse. – Hum, tenho uma pergunta importante – prossegui, retomando o fio da meada. – Se não se importar em me dizer. Por que concordou em se casar comigo?

– Ah. – Ele soltou minhas mãos e endireitou-se um pouco no banco.

Parou por um instante antes de responder, alisando o tecido de lã sobre suas coxas. Eu podia ver a longa linha do músculo rígida sob a prega do tecido grosso.

– Bem, para começar, eu perderia a oportunidade de conversar com você – disse, sorrindo.

– Não, de verdade – insisti. – Por quê?

Ficou sério.

– Antes de eu lhe responder, Claire, há uma única coisa que vou lhe pedir – disse ele devagar.

– O que é?

– Sinceridade.

Devo ter me contraído, porque ele se inclinou para a frente ansiosamente, as mãos nos joelhos.

– Sei que há coisas que você gostaria de não me contar, Claire. Talvez coisas que não possa me contar.

Você não sabe o quanto está certo, pensei.

– Jamais vou pressioná-la, nunca, ou insistir em saber coisas que são apenas suas – continuou ele, seriamente. Abaixou os olhos para as mãos, agora pressionadas uma contra a outra, palma com palma. – Há coisas que não posso contar a você, ao menos não por enquanto. E não lhe peço nada que não me possa dar. Mas o que eu lhe pediria é que, quando realmente me contar alguma coisa, que seja verdade. E eu prometerei fazer o mesmo. Não temos nada entre nós no momento, a não ser, talvez, respeito. E acho que o respeito pode ter espaço para segredos, mas não para mentiras. Concorda? – Estendeu as mãos, palmas para cima, convidando-me. Eu podia ver a linha escura do voto de sangue em seu pulso. Coloquei minhas próprias mãos de leve sobre as dele.

– Sim, concordo. Eu serei franca. – Seus dedos fecharam-se suavemente sobre os meus.

– E eu lhe darei o mesmo. Agora – respirou fundo –, você perguntou por que me casei com você.

– Só estou um pouquinho curiosa – disse.

Ele sorriu, a boca larga assumindo o humor latente nos olhos.

– Bem, não posso dizer que a culpo. Tive várias razões. E na realidade, há uma, talvez duas, que não posso lhe contar ainda, embora o faça com o tempo. A razão principal, no entanto, é a mesma pela qual você se casou comigo, imagino; para mantê-la a salvo das mãos de Black Jack Randall.

Estremeci ligeiramente à lembrança do capitão e as mãos de Jamie apertaram as minhas.

– Você está a salvo – disse ele com firmeza. – Tem meu nome e minha família, meu clã e, se necessário, a proteção do meu corpo também. O sujeito não vai colocar as mãos em você de novo enquanto eu viver.

– Obrigada – falei. Olhando para aquele rosto forte, jovem, determinado, com as maçãs do rosto pronunciadas e o maxilar sólido, senti pela primeira vez que esse esquema absurdo de Dougal podia na verdade ter sido uma ideia razoável.

A proteção do meu corpo. A frase atingiu-me com um impacto particular ao olhar para ele – os ombros largos e decididos e a lembrança de sua graciosa ferocidade, "se exibindo" com a espada à luz da lua. Ele falava a sério; e embora jovem, sabia o que estava dizendo e carregava as cicatrizes como prova. Não era mais velho do que muitos dos pilotos e dos homens da infantaria de quem eu cuidara e ele sabia tão bem quanto eles o preço do compromisso. Não era nenhuma promessa romântica que ele me fazia, mas a promessa franca de guardar minha segurança ao custo da sua própria. Eu só esperava poder lhe dar alguma coisa em troca.

– Isso é muito gentil de sua parte – respondi, com absoluta sinceridade. – Mas isso valeria, hum, valeria um casamento?

– Sim – disse ele, assentindo. Sorriu novamente, um pouco melancolicamente desta vez. – Tenho boas razões para conhecer o sujeito, você sabe. Eu não deixaria um cachorro cair nas mãos dele se pudesse evitar, quanto mais uma mulher indefesa.

– Que lisonjeiro – observei com uma careta e ele riu. Levantou-se e aproximou-se da mesa perto da janela. Alguém, talvez a proprietária, havia oferecido um buquê de flores silvestres, colocado na água num copo de uísque. Atrás das flores, uma garrafa de vinho e dois copos.

Jamie serviu dois copos e voltou, entregando-me um e retomando seu lugar.

– Não tão bom quanto a reserva especial de Colum – disse ele com um sorriso –, mas nada mau, também. – Ergueu o copo. – À sra. Fraser – disse suavemente e eu senti um baque de pânico outra vez. Sufoquei-o com firmeza e ergui meu próprio copo.

– À sinceridade – completei, e ambos bebemos.

Abaixando meu copo, continuei:

– Bem, essa é uma das razões. Há outras que possa me contar?

Ele examinou o copo de vinho.

– Talvez seja eu apenas querer ir para a cama com você. – Ergueu os olhos repentinamente. – Já pensou nisso?

Se ele pretendia me desconcertar, estava conseguindo, mas decidi não demonstrar.

– Bem, você quer? – perguntei corajosamente.

– Para ser honesto, sim, quero. – Os olhos azuis continuavam me olhando com firmeza por cima da borda do copo.

– Não precisava se casar comigo para isso – retorqui.

Ele pareceu sinceramente escandalizado.

– Não acha que eu a tomaria sem lhe oferecer casamento!

– Muitos homens o fariam – falei, achando graça de sua inocência.

Ele gaguejou por um instante, parecendo desconcertado. Em seguida, recuperando a serenidade, disse com dignidade formal:

– Talvez eu seja pretensioso em dizer isso, mas gostaria de pensar que não sou "muitos homens" e que não coloco meu comportamento necessariamente no denominador comum mais baixo.

Um pouco emocionada com suas palavras, assegurei-lhe de que até agora eu achava seu comportamento tão gentil quanto elegante e pedi desculpas por qualquer dúvida que inadvertidamente pudesse ter lançado em suas motivações.

Com essa observação precariamente diplomática, fizemos uma pausa enquanto ele enchia nossos copos outra vez.

Tomamos o vinho em silêncio por alguns instantes, ambos sentindo-nos um pouco tímidos após a franqueza da última conversa. Então, aparentemente, havia alguma coisa que eu podia lhe oferecer. Eu não poderia, a bem da verdade, dizer que o pensamento não me ocorrera, antes mesmo da absurda situação em que havíamos nos envolvido. Ele era um jovem muito atraente. E houve aquele momento, logo depois da minha chegada ao castelo, quando ele me segurara no colo e...

Inclinei meu copo e sorvi o último gole. Bati de leve na cama ao meu lado outra vez.

– Sente-se aqui comigo – pedi. – E... – vacilei, à procura de algum tópico neutro de conversa para nos deixar mais à vontade, sem o constrangimento da proximidade –, fale-me de sua família. Onde você passou a infância?

A cama afundou sob seu peso e eu me segurei para não rolar para cima dele.

Ele se sentou perto o suficiente para a manga de sua camisa roçar em meu braço. Deixei minha mão descansar, aberta e relaxada, sobre a minha coxa. Ele tomou-a naturalmente ao sentar-se e recostamo-nos contra a parede, sem olharmos para nossas mãos, mas tão conscientes da ligação como se fôssemos um só.

– Bem, por onde devo começar? – Colocou seus pés um tanto avantajados sobre o banco, cruzando-os na altura dos tornozelos. Achando engraçado, reconheci o homem das Terras Altas instalando-se bem para uma vagarosa dissecação daquele emaranhado de família e relações de clãs que forma o pano de fundo de quase qualquer evento significativo nas Terras Altas escocesas.

Frank e eu passamos uma noite no pub da vila, encantados com uma conversa entre dois velhos esquisitões, na qual a responsabilidade pela recente destruição de um antigo celeiro vinha de longa data, através das complexidades de uma rixa de famílias do local, até onde pude deduzir, de 1790. Com a espécie de pequenos choques com que já estava ficando acostumada, percebi que essa briga em particular, cujas origens imaginei que estivessem ocultas na névoa do tempo, ainda não havia começado. Reprimindo a confusão mental que essa percepção causara, forcei minha atenção ao que Jamie dizia.

– Meu pai era um Fraser, é claro; um meio-irmão mais novo do atual Senhor de Lovat. Mas minha mãe era uma MacKenzie. Você sabe que Dougal e Colum são meus tios? – Meneei a cabeça.

A semelhança física era evidente, apesar da diferença de cor de pele e cabelos. As maçãs do rosto salientes, o nariz reto, cinzelado, eram uma herança MacKenzie.

– Sim, bem, minha mãe era irmã deles e havia mais duas irmãs, além dela. Minha tia Janet morreu, como minha mãe, mas minha tia Jocasta casou-se com um primo de Rupert e mora perto da margem do lago Eilean. Tia Janet teve seis filhos, quatro meninos e duas meninas, tia Jocasta teve três, todas meninas, Dougal tem quatro meninas, Colum tem apenas o pequeno Hamish e meus pais tiveram eu e minha irmã, que tem o nome de minha tia Janet, mas nós sempre a chamamos de Jenny.

– Rupert também é um MacKenzie? – perguntei, já me esforçando para compreender a posição de cada um.

– Sim. Ele é... – Jamie parou um instante, pensativo. – Ele é primo em primeiro grau de Dougal, Colum e Jocasta, o que o torna meu primo em segundo grau. O pai de Rupert e meu avô Jacob eram irmãos, juntamente com...

– Espere um minuto. Não vamos voltar mais do que o necessário ou vou ficar mais confusa. Ainda nem chegamos nos Fraser e já perdi a pista de seus primos.

Ele esfregou o queixo, calculando.

– Humm. Bem, do lado dos Fraser é um pouco mais complicado, porque meu avô Simon casou-se três vezes, de modo que meu pai teve dois conjuntos de meios-irmãos e meias-irmãs. Vamos deixar de lado por enquanto que eu tenho seis tios e três tias Fraser ainda vivos, e deixaremos de fora todos os primos desse grupo.

– Sim, certo. – Inclinei-me para a frente e servi mais um copo de vinho para cada um de nós.

Os territórios dos clãs MacKenzie e Fraser, como vim a saber, eram vizinhos por alguma distância, compartilhando a mesma fronteira, correndo lado a lado da costa marítima e continuando pela parte inferior do lago Ness. Essa fronteira compartilhada, como as fronteiras tendem a ser, era uma linha indefinida e não mapeada, indo e vindo de acordo com o tempo, o costume e as alianças. Juntamente com essa fronteira, no extremo sul das terras do clã Fraser, ficava a pequena propriedade Broch Tuarach, de Brian Fraser, pai de Jamie.

– É um solo bastante rico, há uma boa pesca e um bom trecho de floresta para caça. Deve abranger, talvez, sessenta chácaras e a pequena vila, que se chama Broch Mordha. Depois há, é claro, a mansão. Essa é moderna – disse ele com certo orgulho. – E há ainda a antiga sede, que usamos agora para os animais e os grãos. Dougal e Colum não ficaram nada satisfeitos de sua irmã se casar com um Fraser e insistiram que ela não fosse uma arrendatária nas terras dos Fraser, mas que vivesse em uma propriedade livre. Assim, Lallybroch – é como as pessoas que moram lá a chamam – foi dada a meu pai, mas havia uma cláusula na escritura determinando que as terras deveriam passar apenas para os filhos de minha mãe, Ellen. Se ela morresse sem filhos, as terras voltariam para lorde Lovat após a morte de meu pai, quer meu pai tivesse filhos com outra mulher ou não. Mas ele não se casou outra vez e eu sou filho de minha mãe. Portanto, Lallybroch é minha, qualquer que seja o seu valor.

– Achei que estivesse me dizendo ontem que não possuía nenhuma propriedade. – Tomei um gole do vinho, achando-o bastante bom; parecia estar ficando melhor a cada gole. Achei que talvez fosse melhor parar logo.

Jamie balançou a cabeça de um lado para o outro.

– Bem, pertence a mim, sem dúvida. Mas o problema é que não me adianta muito atualmente, já que não posso ir lá. – Fez uma expressão de desculpas. – Há a pequena questão de que minha cabeça está a prêmio, você sabe.

Depois da fuga de Fort William, ele fora levado para a casa de Dougal, Beannachd (significa "Abençoada", explicou), para se recuperar dos ferimentos e da febre que provocavam. De lá, fora para a França, onde passara dois anos lutando no exército francês, perto da fronteira com a Espanha.

– Você passou dois anos no exército francês e continuou virgem? – disse intempestivamente, incrédula. Eu tivera muitos franceses sob os meus cuidados e duvidava muito que a atitude dos gauleses em relação a mulheres tivesse mudado muito em duzentos anos.

Um dos cantos da boca de Jamie se retorceu e ele me olhou de esguelha.

– Se tivesse visto as prostitutas que prestam seus serviços ao exército francês, Sassenach, você se admiraria se eu tivesse coragem de tocar numa delas, que dirá ir para a cama com ela.

Engasguei, cuspindo vinho e tossindo, até que ele foi obrigado a bater nas minhas costas. Consegui me acalmar, ofegante e com o rosto afogueado, insistindo para que ele continuasse sua história.

Retornara à Escócia havia um ano e pouco e passou seis meses sozinho ou com um bando de "desgarrados" – homens sem clã –, vivendo com o que podia conseguir na floresta ou roubando gado das terras situadas na fronteira.

– Então, alguém me atingiu na cabeça com um machado ou algo parecido – disse ele, estremecendo. – E tenho que aceitar a palavra de Dougal sobre o que aconteceu nos dois meses seguintes, já que eu estava quase inconsciente.

Dougal estava numa propriedade próxima na ocasião do ataque. Chamado pelos amigos de Jamie, ele conseguira transportar o sobrinho para a França.

– Por que a França? – perguntei. – Certamente era correr um risco muito grande levá-lo para tão longe.

– Era um risco maior ainda me deixar onde estava. Havia patrulhas de ingleses por toda a região. Nós estivemos bem ativos por ali, sabe, eu e meus companheiros. Suponho que Dougal não quisesse que me encontrassem, inconsciente, na cabana de algum camponês.

– Ou na casa dele – completei, um pouco cinicamente.

– Imagino que ele teria me levado para lá, se não fosse por duas coisas – retrucou Jamie. – Primeiro, ele tinha um visitante inglês na época. Segundo, achou, pelo meu estado, que eu iria morrer de qualquer modo, então me enviou para o mosteiro.

O Mosteiro de Ste. Anne de Beaupré, na costa francesa, era o domínio, ao que parece, do antigo Alexander Fraser, agora abade daquele santuário de aprendizagem e adoração. Um dos seis tios Fraser de Jamie.

– Ele e Dougal não se dão particularmente bem – explicou Jamie –, mas Dougal podia ver que pouco se poderia fazer por mim aqui, ao passo que se houvesse possibilidade de me ajudar, seria lá.

E foi. Ajudado pelos conhecimentos médicos dos monges e por sua própria constituição física forte, Jamie sobrevivera e aos poucos se recuperara, sob os cuidados dos santos irmãos de São Domingos.

– Quando estava bem outra vez, voltei – explicou ele. – Dougal e seus homens me encontraram na costa e nos dirigíamos às terras dos MacKenzie quando nós, hum, a encontramos.

– O capitão Randall disse que estavam roubando gado – falei.

Sorriu, imperturbável diante da acusação.

– Bem, Dougal não é homem de deixar passar uma oportunidade de ter algum lucro – observou ele. – Deparamo-nos com um belo rebanho pastando em um campo, sem ninguém por perto. Assim... – Encolheu os ombros, com uma aceitação fatalista das circunstâncias inevitáveis da vida.

Pelo visto, eu chegara no fim do confronto entre os homens de Dougal e os dragões de Randall. Vendo os ingleses em seu encalço, Dougal enviara metade de seus homens para contornarem um bosque, tocando o gado à sua frente, enquanto o resto dos escoceses se escondia entre as árvores novas, prontos para emboscar os ingleses quando passassem.

– Funcionou muito bem – disse Jamie, com aprovação. – Surgimos diante deles e passamos direto pelo meio, gritando. Foram atrás de nós, é claro, e nós os lançamos em uma perseguição colina acima, através de riachos, por cima de rochas e tudo mais. E, durante todo o tempo, o resto dos homens de Dougal atravessava a fronteira com o gado. Deixamos os ingleses para trás e nos abrigamos na cabana onde a vi pela primeira vez, esperando clarear o dia.

– Compreendo – disse. – Mas por que você voltou para a Escócia afinal? Imagino que estaria muito mais seguro na França.

Ele abriu a boca para responder, depois reconsiderou, tomando um gole de vinho. Aparentemente, eu estava me aproximando perigosamente da fronteira de sua própria área secreta.

– Bem, essa é uma longa história, Sassenach – respondeu ele, evitando a questão. – Eu lhe contarei mais tarde, mas por enquanto, que tal falarmos de você? Quer me falar de sua própria família? Se achar que pode, é claro – acrescentou apressadamente.

Pensei por um instante, mas realmente parecia haver pouco risco em contar-lhe sobre meus pais e tio Lamb. Havia, afinal, certa vantagem na escolha e profissão de tio Lamb. Um estudioso de antiguidades fazia tanto – ou tão pouco – sentido no século XVIII quanto no século XX.

Assim, contei-lhe, omitindo apenas pequenos detalhes como automóveis e aviões e, é claro, a guerra. Enquanto falava, ele ouvia atentamente, fazendo perguntas de vez em quando, demonstrando consternação com a morte de meus pais e interesse em tio Lamb e suas descobertas.

– E então conheci Frank – encerrei. Fiz uma pausa, sem saber ao certo o que mais eu poderia contar sem entrar em território perigoso. Para minha sorte, Jamie me salvou.

– E você preferia não falar dele agora – disse ele, compreensivo.

Assenti sem pronunciar nenhuma palavra, minha visão turvando-se um pouco. Jamie soltou minha mão e, passando o braço à minha volta, puxou minha cabeça delicadamente para o seu ombro.

– Tudo bem – disse ele, acariciando meus cabelos. – Está cansada, Sassenach? Quer que a deixe dormir?

Por um instante, fiquei tentada a dizer que sim, mas senti que seria uma atitude tanto injusta quanto covarde. Pigarreei e me sentei direito na cama, balançando a cabeça.

– Não – disse, respirando fundo. Ele cheirava levemente a sabonete e vinho. – Estou bem. Diga-me... diga-me, quais eram as suas brincadeiras quando você era criança?

O quarto era equipado com uma grossa vela de doze horas, os anéis de cera escura marcando as horas. Conversamos durante três dos anéis, somente soltando as mãos um do outro para servir vinho ou levantando para fazer uma visita ao tamborete privado atrás de uma cortina no canto. Ao retornar de uma dessas visitas, Jamie bocejou e espreguiçou-se.

– Está muito tarde – falei, levantando-me também. – Talvez devêssemos ir para a cama.

– Tudo bem – disse ele, esfregando a nuca. – Para a cama? Ou dormir? – Arqueou uma sobrancelha interrogativamente e o canto de sua boca se curvou.

Na verdade, eu estava me sentindo tão à vontade com ele que quase havia me esquecido do motivo de estarmos ali. Diante dessas palavras, senti um repentino pânico.

– Bem... – respondi, com voz fraca.

– Seja como for, não pretende dormir com essa roupa, não é? – perguntou ele, à sua maneira prática de sempre.

– Bem, não, acho que não. – Na realidade, na corrida dos acontecimentos, eu nem pensara numa roupa de dormir especial, que, de qualquer forma, eu não possuía. Sempre dormia com minha camisola de baixo ou com nada, dependendo da temperatura.

Jamie não tinha nada além das roupas que estava usando; obviamente, iria dormir com sua camisa ou nu, uma situação que provavelmente levaria os acontecimentos a uma definição rápida.

– Bem, então, venha até aqui e eu a ajudarei com essas rendas e laços.

Suas mãos, de fato, tremiam um pouco quando começou a me despir. Entretanto, perdeu um pouco da inibição na luta com as dezenas de minúsculos colchetes que fechavam o corpete.

– Ráa! – exclamou triunfalmente quando o último se soltou e nós dois rimos.

– Agora, deixe-me ajudá-lo – falei, decidindo que não fazia sentido continuar adiando. Ergui os braços e desabotoei sua camisa, deslizando minhas mãos por dentro e pelos seus ombros. Desci as palmas das mãos lentamente pelo seu peito, sentindo os pelos enrolados e as suaves endentações nas aréolas dos mamilos. Ele ficou parado, imóvel, mal respirando, enquanto eu ficava de joelhos para desabotoar o cinto tacheado em volta de seus quadris.

Se tiver que ser em alguma hora, é melhor que seja agora, pensei, e deliberadamente deslizei as mãos por suas coxas, rígidas e esbeltas sob o kilt. Embora, a essa altura, eu já soubesse muito bem o que a maioria dos escoceses usava por baixo dos kilts – nada – ainda assim era um choque encontrar apenas Jamie.

Ele me levantou e inclinou-se para me beijar. Isso continuou por um longo tempo e suas mãos caminharam para baixo, encontrando o fecho da minha anágua. Ela caiu no chão, em um monte revolto de babados engomados, deixando-me apenas com a camisola de baixo.

– Onde aprendeu a beijar assim? – perguntei, um pouco ofegante. Ele exibiu um largo sorriso e puxou-me para junto dele outra vez.

– Eu disse que era virgem, não um monge – respondeu ele, beijando-me outra vez. – Se eu achar que preciso de orientação, pedirei.

Pressionou-me com firmeza contra seu corpo e pude sentir que ele estava mais do que pronto para continuar com o assunto em pauta. Com alguma surpresa, percebi que eu também estava pronta. De fato, quer fosse o resultado da hora avançada da noite, do vinho, atração que sentia por ele ou simplesmente de privação, eu também o desejava ardentemente.

Soltei sua camisa à cintura e deslizei minhas mãos para cima, pelo seu peito, acariciando seus mamilos com meus polegares. Enrijeceram-se no mesmo instante e ele repentinamente me esmagou contra seu peito.

– Uuuf! – soltei, esforçando-me para respirar. Soltou-me, desculpando-se.

– Não, não se preocupe; beije-me outra vez. – Ele o fez, dessa vez abaixando as alças da minha camisola pelos meus ombros. Recuou ligeiramente, segurando meus seios nas mãos e acariciando os mamilos como eu fizera com ele.

Tentei abrir a fivela que segurava seu kilt; seus dedos guiaram os meus e a fivela se soltou.

De repente, ele me ergueu nos braços e se sentou na cama, segurando-me em seu colo. Falou com a voz rouca.

– Diga-me se eu estiver sendo muito rude ou diga-me para parar, se quiser. A qualquer momento, até estarmos unidos; não acho que consiga parar depois disso.

Em resposta, passei meus braços pelo seu pescoço e o puxei para cima de mim. Guiei-o até a abertura escorregadia entre minhas pernas.

– Deus do Céu – disse James Fraser, que nunca usava o santo nome de Deus em vão.

– Não pare agora – pedi.

Deitados lado a lado depois, pareceu-lhe natural aconchegar minha cabeça em seu peito. Nós nos encaixávamos bem, e a maior parte de nosso constrangimento inicial desaparecera, perdido numa excitação compartilhada e na novidade de explorar um ao outro.

– Foi como você esperava que fosse? – perguntei com curiosidade. Ele riu baixinho, provocando uma ressonância profunda em meu ouvido.

– Quase. Eu pensei... Nada, não tem importância.

– Não, diga-me. O que achou?

– Não vou lhe dizer. Vai rir de mim.

– Prometo não rir. Diga-me. – Acariciou meus cabelos, alisando os cachos para trás de minha orelha.

– Ah, está bem. Eu não havia percebido que era feito cara a cara. Achei que fosse por trás, como... como os cavalos, sabe.

Foi difícil cumprir minha promessa, mas não ri.

– Sei que parece tolice – disse ele, na defensiva. – É que... bem, você sabe como a gente coloca ideias na cabeça quando se é garoto e depois elas permanecem lá?

– Você nunca viu pessoas fazendo amor? – Fiquei surpresa com esta revelação, tendo visto as cabanas dos camponeses, onde toda a família compartilhava um único quarto. Embora a família de Jamie não fosse de camponeses, ainda assim deveria ser uma rara criança escocesa que nunca acordou e viu seus pais fazendo amor ali perto.

– Claro que sim, mas geralmente sob as cobertas. Eu não podia ver nada, exceto que o homem ficava por cima. Isso eu sabia.

– Hummm. Eu reparei.

– Eu a esmaguei? – perguntou ele, um pouco ansioso.

– Não muito. Mas, realmente, era isso que você pensava? – Não ri, mas não pude deixar de abrir um amplo sorriso. Ele ficou ligeiramente vermelho em volta das orelhas.

– Sim. Eu vi um homem pegar uma mulher, uma vez, a céu aberto. Mas aquilo... bem, foi um estupro, é o que foi, e ele a pegou por trás. Aquilo me deixou impressionado e, como eu disse, a ideia se fixa.

Continuava me abraçando, usando sua técnica de amansar cavalos outra vez. Aos poucos, entretanto, mudou para uma exploração mais determinada.

– Quero lhe perguntar uma coisa – disse ele, correndo a mão pelas minhas costas.

– O que é?

– Você gostou? – perguntou ele, um pouco timidamente.

– Sim, gostei – respondi, com absoluta sinceridade.

– Ah. Achei que sim, embora Murtagh tenha me dito que as mulheres em geral não gostam muito, de modo que eu deveria acabar o mais rápido possível.

– E o que Murtagh saberia sobre isso? – perguntei, indignada. – Quanto mais devagar, melhor, no que diz respeito à maioria das mulheres. – Jamie deu outra risadinha.

– Bem, você deve saber melhor do que Murtagh. Recebi muitos conselhos ontem à noite, de Murtagh, Rupert e Ned. Boa parte me pareceu muito improvável e, assim, resolvi que era melhor usar meu próprio discernimento.

– Até agora não o orientou errado – falei, enrolando um dos pelos do seu peito em torno do meu dedo. – Que outras pérolas de sabedoria eles lhe deram? – A pele dele era de um dourado ruivo à luz de vela; para meu divertimento, ele ficou ainda mais vermelho.

– Eu não poderia repetir a maior parte. Como eu disse, acho que provavelmente estavam errados, de qualquer forma. Já vi muitos animais acasalarem e a maioria parece saber o que fazer sem precisar de nenhum conselho. Suponho que as pessoas possam fazer o mesmo.

Particularmente, achei engraçada a ideia de alguém obter indicações de técnicas sexuais do quintal e da floresta, em vez de vestiários e revistas especializadas.

– Que tipos de animais você viu?

– Ah, todos os tipos. Nossa fazenda ficava ao lado de uma floresta, sabe, e eu passava boa parte do tempo lá, caçando ou procurando vacas extraviadas e coisas assim. Vi cavalos e vacas, é claro, porcos, galinhas, pombos, cachorros, gatos, cervos, esquilos, coelhos, javalis, ah, e uma vez até um casal de cobras.

– Cobras?

– Sim. Sabia que as cobras têm dois órgãos sexuais? As cobras macho, quero dizer.

– Não, não sabia. Tem certeza?

– Sim, e ambos bifurcados, assim. – Afastou os segundo e terceiro dedos, ilustrando.

– Parece muito desconfortável para a cobra fêmea – falei, rindo.

– Bem, ela parecia estar se divertindo – disse Jamie. – Até onde eu podia ver; as cobras não têm muita expressão facial.

Enterrei a cabeça em seu peito, resfolegando com a risada abafada. Seu agradável cheiro de almíscar misturava-se ao aroma pungente do linho.

– Tire a camisa – pedi, sentando-me e puxando a bainha de sua roupa.

– Por quê? – perguntou ele, mas sentou-se e obedeceu. Ajoelhei-me diante dele, admirando seu corpo nu.

– Porque eu quero olhar para você – Ele tinha uma bela constituição, de ossos longos e graciosos e músculos lisos que fluíam suavemente das curvas do peito e dos ombros para as ligeiras concavidades da barriga e das coxas. Ergueu as sobrancelhas.

– Muito bem, vamos ser justos. Agora, tire as suas. – Estendeu os braços e ajudou-me a sair de minha camisola amassada, puxando-a pelas minhas pernas. Depois de tirá-la, segurou-me pela cintura, analisando-me com intenso interesse. Quase fiquei constrangida enquanto ele me examinava.

– Nunca viu uma mulher nua antes? – perguntei.

– Sim, mas nunca tão de perto. – Seu rosto abriu-se num largo sorriso. – E não uma que fosse minha. – Acariciou meus quadris com as duas mãos. – Você tem bons quadris largos; daria uma boa reprodutora, eu acho.

– O quê?! – Afastei-me, indignada, mas ele me puxou de volta e deixou-se cair de costas, puxando-me para cima dele. Segurou-me até eu parar de me debater, depois me ergueu o suficiente para encontrar meus lábios outra vez.

– Sei que uma vez é o suficiente para tornar o casamento legal, mas... – Parou, encabulado.

– Quer fazer de novo?

– Você se importaria muito?

Também não ri dessa vez, mas senti minhas costelas estalarem sob o peso.

– Não – disse, com seriedade. – Não me importaria.

• • •

– Está com fome? – perguntei em voz baixa, algum tempo depois.

– Faminto. – Inclinou a cabeça para morder de leve meu seio, em seguida ergueu os olhos com um sorriso. – Mas também preciso de comida. – Rolou para a beirada da cama. – Há pão e carne na cozinha, espero, e provavelmente vinho também. Vou trazer alguma coisa para a nossa ceia.

– Não, não se levante. Eu vou buscar. – Saltei da cama e me dirigi para a porta, jogando um xale por cima da minha camisola por causa do frio no corredor.

– Espere, Claire! – chamou Jamie. – É melhor deixar que eu... – Mas eu já abrira a porta.

Minha aparição à porta foi saudada com uma retumbante ovação de uns quinze homens, descansando em volta da lareira no salão principal embaixo, bebendo, comendo e jogando dados. Fiquei parada, perplexa, apoiada no parapeito por um instante, quinze rostos maliciosos, tremeluzindo das sombras provocadas pelo fogo na lareira, voltados para mim.

– Ei, dona! – gritou Rupert. – Ainda está conseguindo andar? Então Jamie não está fazendo o serviço direito?

Esse gracejo foi acompanhado de estrondosas gargalhadas e diversos comentários ainda mais grosseiros relativos à perícia de Jamie.

– Se já deixou Jamie exausto, terei prazer em assumir o lugar dele! – ofereceu-se um jovem baixinho, de cabelos escuros.

– Não, não, ele não é bom, dona, fique comigo! – berrou outro.

– Ela não vai escolher nenhum de vocês, rapazes! – gritou Murtagh, completamente bêbado. – Depois de Jamie, ela vai precisar de algo assim para satisfazê-la! – Brandiu um enorme osso de carneiro acima da cabeça, fazendo o salão estremecer com as gargalhadas.

Girei nos calcanhares e voltei para o quarto, bati a porta e fiquei parada com as minhas costas na porta, olhando espantada para Jamie, deitado nu na cama, sacudindo-se de rir.

– Eu tentei avisá-la – disse ele, ofegante. – Devia ver a sua cara!

– Exatamente o que todos aqueles homens estão fazendo lá fora?

Jamie deslizou graciosamente de nosso leito nupcial e começou a vasculhar de joelhos a pilha de roupas atiradas ao chão.

– Testemunhas – disse laconicamente. – Dougal não vai correr nenhum risco de este casamento ser anulado. – Levantou-se com seu kilt nas mãos, rindo para mim, enquanto o enrolava em torno dos quadris. – Acho que a sua reputação está irremediavelmente perdida, Sassenach.

Começou a se dirigir para a porta, sem camisa.

– Não vá lá fora! – falei, tomada de pânico. Ele se virou para me dar um sorriso tranquilizador, com a mão no trinco da porta.

– Não se preocupe, Sassenach. Se eles são testemunhas, é melhor que vejam alguma coisa. Além disso, não tenho a menor intenção de passar fome pelos próximos três dias por medo de caçoarem de mim.

Saiu do quarto para outro coro de exclamações obscenas, deixando a porta entreaberta. Eu podia ouvir seu progresso em direção à cozinha, pontuado por gritos de congratulações e perguntas e conselhos irreverentes.

– Como foi sua primeira vez, Jamie? Você sangrou? – gritou a voz áspera, facilmente identificável, de Rupert.

– Não, mas você vai, velho filho da mãe, se não calar a boca – veio a resposta afiada de Jamie em carregado sotaque escocês. Urros de satisfação saudaram a pilhéria e a zombaria continuou, seguindo Jamie pelo corredor até a cozinha e de volta pelas escadas.

Abri um pouco mais a porta para deixá-lo entrar, o rosto vermelho como fogo e as mãos carregadas de comida e bebida. Entrou de lado, seguido por uma explosão final de gargalhadas vinda do salão. Abafei-a com uma decidida pancada da porta e da tranca.

– Trouxe o suficiente para não precisarmos sair por um bom tempo – disse Jamie, colocando pratos sobre a mesa, evitando cuidadosamente me olhar. – Quer um pouco?

Estendi o braço para além dele e peguei a garrafa de vinho.

– Agora não. O que eu preciso é de um drinque.

Havia uma poderosa urgência nele que me excitava e me levava a corresponder, apesar de sua falta de experiência. Não querendo dar aula nem ressaltar minha própria experiência, deixava-o agir como achava melhor, apenas oferecendo uma ou outra sugestão, como colocar seu peso nos cotovelos e não sobre meu peito.

Embora ainda faminto e desajeitado demais para ternura, ele fazia amor com uma espécie de incansável alegria que me fazia pensar que a virgindade masculina devia ser um bem altamente subestimado. No entanto, ele demonstrava uma preocupação com minha segurança que eu achava ao mesmo tempo atraente e irritante.

Em certo momento, em nossa terceira vez, curvei-me contra ele e gritei. Ele recuou imediatamente, surpreso e pedindo desculpas.

– Sinto muito – disse ele. – Não quis machucá-la.

– Não machucou. – Espreguicei-me languidamente, sentindo-me maravilhosamente bem.

– Tem certeza? – disse ele, inspecionando-me para verificar se havia algum dano. De repente, ocorreu-me que alguns pontos mais refinados haviam sido deixados de fora de sua apressada educação sexual a cargo de Murtagh e Rupert.

– Isso acontece toda vez? – perguntou, fascinado, depois que o esclareci. Sentia-me como a Mulher de Bath ou uma gueixa japonesa. Nunca me visualizara como instrutora nas artes do amor, mas tinha que admitir a mim mesma que o papel tinha seus atrativos.

– Não, não toda vez – falei, achando graça. – Somente quando o homem é um bom amante.

– Ah. – Suas orelhas ficaram levemente rosadas. Fiquei um pouco alarmada ao ver o olhar de franco interesse ser substituído por outro de crescente determinação.

– Você me dirá o que fazer da próxima vez? – perguntou ele.

– Você não tem que fazer nada especial – assegurei-lhe. – Apenas vá devagar e preste atenção. Por que esperar, então? Você ainda está pronto.

Ele ficou surpreso.

– Você não precisa esperar? Eu não posso fazer isso de novo logo depois.

– Bem, as mulheres são diferentes.

– Ah, eu notei – murmurou ele.

Envolveu meu pulso com o indicador e o polegar.

– É que... você é tão pequena. Tenho medo de machucá-la.

– Você não vai me machucar – falei impacientemente. – E se machucasse, eu não me importaria. – Vendo a perplexidade e incompreensão em seu rosto, resolvi mostrar-lhe o que eu queria dizer.

– O que está fazendo? – perguntou ele, chocado.

– Exatamente o que está vendo. Fique imóvel. – Após alguns instantes, comecei a usar os dentes, pressionando cada vez com mais força, até ele prender a respiração com um som agudo e sibilante. Parei.

– Eu o machuquei? – perguntei.

– Sim. Um pouco. – Sua voz parecia estrangulada.

– Quer que eu pare?

– Não!

Continuei, sendo deliberadamente rude, até que ele teve uma súbita convulsão, com um gemido que parecia que eu havia arrancado seu coração do peito. Ficou deitado de costas, tremendo e respirando pesadamente. Murmurou alguma coisa em gaélico, os olhos fechados.

– O que disse?

– Eu disse – respondeu ele, abrindo os olhos – que achei que meu coração fosse explodir.

Sorri, satisfeita comigo mesma.

– Ah, Murtagh e companhia não lhe contaram sobre isso também, não é?

– Sim, contaram. Foi uma das coisas em que não acreditei.

Ri.

– Nesse caso, talvez seja melhor você não me contar o que mais eles lhe disseram. Mas viu o que eu quis dizer sobre não me importar se você for um pouco rude?

– Sim. – Inspirou fundo e expirou lentamente. – Se eu fizesse o mesmo com você, sentiria a mesma coisa?

– Bem, sabe – disse, devagar –, na realidade, não sei. – Eu estava fazendo o possível para manter meus pensamentos sobre Frank afastados, achando que não deveria haver mais do que duas pessoas na cama de um casal, independente de como foram parar ali. Jamie era muito diferente de Frank, tanto no corpo quanto na mente, mas na verdade há apenas um número limitado de maneiras em que dois corpos podem se unir e nós ainda não havíamos estabelecido esse território de intimidade no qual o ato de amor assume variedades infinitas. Os clamores da carne eram inevitáveis, mas havia alguns territórios ainda inexplorados.

As sobrancelhas de Jamie se arquearam numa expressão de zombeteira ameaça.

– Ah, quer dizer que existe algo que você não sabe? Bem, nós descobriremos, não é? Assim que eu tiver forças para isso. – Fechou os olhos novamente. – Em algum momento da semana que vem.

Acordei pouco antes do amanhecer, tremendo e paralisada de terror. Não consegui me lembrar do sonho que me acordou, mas o brusco mergulho na realidade foi igualmente assustador. Tinha sido possível esquecer minha situação por algum tempo na noite anterior, abandonada aos prazeres de uma intimidade recém-encontrada. Agora eu estava sozinha, ao lado de um estranho adormecido, a quem minha vida estava inextricavelmente ligada, à deriva num lugar repleto de ameaças ocultas.

Devo ter emitido algum som de angústia, pois houve uma repentina convulsão de cobertas quando o estranho em minha cama saltou para o chão com a assustadora instantaneidade de um faisão que alça voo sob os seus pés. Pousou, agachado, perto da porta do quarto, quase invisível na meia-luz que precede o alvorecer.

Parando para ouvir atentamente junto à porta, ele fez uma rápida inspeção do quarto, planando silenciosamente da porta para a janela e para a cama. O ângulo de seu braço dizia-me que segurava uma arma de alguma espécie, embora não a pudesse ver na escuridão. Sentando-se ao meu lado, satisfeito de ver que tudo estava em segurança, guardou a faca ou o que quer que fosse em seu esconderijo acima da cabeceira.

– Você está bem? – sussurrou ele. Seus dedos roçaram meu rosto suado.

– Sim. Desculpe-me por tê-lo acordado. Tive um pesadelo. Que diabos... – comecei a perguntar o que o fizera saltar tão bruscamente.

Sua mão grande e quente deslizou pelo meu braço nu, interrompendo minha pergunta.

– Não é de admirar; você está congelada. – A mão me empurrou para baixo da pilha de colchas e para o espaço aquecido recentemente desocupado. – Minha culpa – murmurou ele. – Tirei todas as cobertas. Acho que ainda não estou acostumado a compartilhar uma cama. – Envolveu as cobertas confortavelmente ao nosso redor e deitou-se novamente ao meu lado. Um momento depois, estendeu a mão para tocar meu rosto de novo. – Sou eu? – perguntou ele em voz baixa. – Você não consegue me suportar?

Dei uma risadinha engasgada, quase um soluço.

– Não, não é você.

Estendi a mão no escuro, tateando em busca de sua mão para pressioná-la de maneira tranquilizadora. Meus dedos encontraram um emaranhado de colchas e corpo aquecido, mas finalmente encontrei a mão que procurava. Ficamos deitados, lado a lado, olhando para o teto baixo de vigas grossas.

– E se eu dissesse que não consigo suportá-lo? – perguntei de repente. – O que você poderia fazer? – A cama rangeu quando ele encolheu os ombros.

– Dizer a Dougal que você queria uma anulação com base na não consumação, suponho.

Desta vez, ri sem me conter.

– Não-consumação! Com todas essas testemunhas?

O quarto estava começando a ficar claro o suficiente para ver o sorriso voltado para mim.

– Ah, bem, com ou sem testemunhas, somente eu e você podemos dizer com certeza, não é? E eu preferia ficar constrangido do que casado com alguém que me odiasse.

Virei-me para ele.

– Eu não odeio você.

– Eu também não a odeio. E há muitos casamentos que começaram com menos do que isso.

Delicadamente, ele me virou e se encaixou em minhas costas, de modo que ficássemos aninhados um ao outro. Sua mão segurou meu seio, não como um convite ou uma exigência, mas porque parecia ser ali o lugar dela.

– Não tenha medo – sussurrou ele em meu ouvido. – Agora somos dois.

Senti-me aquecida, acalmada e segura pela primeira vez em muitos dias. Somente quando começava a adormecer sob os primeiros raios da luz do dia é que me lembrei da faca acima de minha cabeça e me perguntei outra vez que ameaça faria um homem dormir armado e alerta no seu quarto de núpcias.

16

UM BELO DIA

A intimidade arduamente conquistada da noite pareceu ter evaporado com o orvalho e havia um considerável constrangimento entre nós pela manhã. Após um desjejum praticamente em silêncio feito em nosso próprio quarto, subimos a pequena colina atrás da estalagem, trocando gentilezas um pouco formais de vez em quando.

No topo da colina, sentei-me num tronco de árvore para descansar, enquanto Jamie sentava-se no chão, as costas apoiadas num pinheiro novo, a alguns passos de distância. Algum pássaro agitava-se num arbusto atrás de mim, um pintassilgo, creio, ou talvez um tordo. Fiquei ouvindo seus trinados indolentes, observando as nuvenzinhas fofas passarem flutuando e considerando a situação.

O silêncio estava se tornando realmente difícil de suportar, quando Jamie disse repentinamente:

– Espero... – Parou e enrubesceu. Embora sentisse que eu é quem deveria enrubescer, fiquei contente de que pelo menos um de nós fosse capaz disso.

– O quê? – perguntei, da forma mais encorajadora possível.

Ele balançou a cabeça, ainda corado.

– Não foi nada.

– Fale. – Estendi a perna e cutuquei sua coxa com a ponta do pé. – Sinceridade, lembra-se? – Era injusto, mas eu realmente não podia mais suportar olhares nervosos e pigarros na garganta.

Suas mãos entrelaçadas apertaram-se em volta dos joelhos e ele se balançou um pouco, mas fixou o olhar diretamente em mim.

– Eu ia dizer – falou ele suavemente – que esperava que o homem que teve a honra de se deitar com você pela primeira vez tenha sido tão generoso quanto você foi comigo. – Sorriu, um pouco timidamente. – Mas, pensando melhor, não soava muito bem. O que eu queria dizer... bem, tudo que eu queria dizer era obrigado.

– Generosidade não teve nada a ver com isso! – retruquei, olhando para baixo e limpando energicamente uma mancha inexistente no meu vestido. Uma bota grande intrometeu-se no meu reduzido campo de visão e cutucou meu tornozelo.

– Sinceridade, hein? – repetiu ele e eu ergui os olhos, deparando-me com um par de sobrancelhas arqueadas com ironia, acima de um largo sorriso.

– Bem – falei, na defensiva –, não depois da primeira vez, de qualquer modo. – Ele riu e eu descobri para meu horror que eu mesma não estava imune ao rubor, afinal de contas.

Uma sombra fria caiu sobre meu rosto afogueado e um par de mãos fortes e grandes segurou as minhas com força e colocou-me de pé. Jamie tomou meu lugar no tronco e bateu no joelho, convidativo.

– Sente-se – disse ele.

Obedeci com relutância, mantendo o rosto desviado. Ele ajeitou-me confortavelmente contra seu peito e passou os braços em torno da minha cintura. Senti as batidas fortes e regulares de seu coração contra as minhas costas.

– Bem, vejamos – disse ele. – Se ainda não conseguimos conversar à vontade sem nos tocarmos, vamos nos tocar um pouco. Diga-me quando estiver acostumada comigo outra vez. – Inclinou-se para trás para que ficássemos na sombra de um carvalho e me apertou contra ele sem falar nada apenas respirando devagar, de modo que eu sentia seu peito subir e descer e o seu hálito nos meus cabelos.

– Tudo bem – falei, após alguns instantes.

– Ótimo. – Afrouxou os braços e virou-se para olhar diretamente para mim. Assim de perto, eu podia ver os pelos ruivos, curtos e eriçados, da barba por fazer, no rosto e no queixo. Deslizei os dedos por eles; eram como a pelúcia de um sofá antigo, rígidos e macios ao mesmo tempo.

– Desculpe-me – disse ele –, não pude me barbear hoje de manhã. Dougal me deu uma navalha antes do casamento ontem, mas pegou-a de volta. Com receio que eu cortasse a minha garganta depois da noite de núpcias, acho. – Riu para mim e eu sorri de volta.

A referência a Dougal me fez lembrar de nossa conversa na noite anterior.

– Eu estava pensando... ontem à noite, você disse que Dougal e seus homens foram ao seu encontro na costa quando você voltou da França. Por que você voltou com ele, em vez de ir para sua própria casa ou para as terras dos Fraser? Quer dizer, da maneira como Dougal o tratou... – deixei a frase morrer, hesitante.

– Ah – disse ele, remexendo as pernas para acomodar meu peso mais uniformemente.

Eu quase podia ouvi-lo pensando consigo mesmo. Decidiu-se com bastante rapidez.

– Bem, é algo que você deve saber, creio. – Franziu a testa consigo mesmo. – Eu lhe contei porque sou um fora da lei. Bem, durante algum tempo depois... depois que deixei o forte, não me importava muito... com nada. Meu pai morreu nessa época e minha irmã... – Parou outra vez e senti que travava uma luta interna.

Girei o corpo para olhar para ele. O rosto normalmente alegre estava sombrio por alguma emoção forte.

– Dougal me contou – disse ele devagar –, Dougal me contou que... que minha irmã ficou grávida. De Randall.

– Ah, meu Deus.

Olhou-me de viés, desviando o olhar em seguida. Seus olhos brilhavam como safiras e piscou apressadamente uma ou duas vezes.

– Eu... eu não tive forças para voltar – disse ele, em voz baixa. – Vê-la outra vez, depois do que acontecera. Além disso – suspirou, apertando os lábios em seguida –, Dougal me disse que ela... que depois que a criança nasceu, ela... bem, é claro, ela não teve escolha; estava sozinha... droga, eu a deixei sozinha! Ele disse que ela estava morando com outro soldado inglês, alguém da guarnição, mas não sabia quem.

Engoliu com dificuldade, depois continuou com mais firmeza.

– Enviei para ela todo o dinheiro que pude, é claro, mas não... bem, não consegui escrever para ela. O que eu poderia dizer? – Encolheu os ombros, desamparadamente. – Bem, de qualquer modo, após algum tempo cansei de viver como soldado na França. E fiquei sabendo por meio do meu tio Alex que ele ouvira falar de um desertor inglês, de nome Horrocks. O sujeito deixara o Exército e fora trabalhar para Francis MacLean, de Dunweary. Estava bêbado um dia e deixou escapar que estava servindo na guarnição em Fort William quando eu fugi. E ele tinha visto o homem que atirou no sargento-mor naquele dia.

– Então, ele podia provar que não foi você! – Parecia ser uma boa notícia e eu disse isso a Jamie. Ele assentiu.

– Bem, sim. Embora a palavra de um desertor provavelmente não tivesse muito valor. Ainda assim, é um começo. Ao menos, eu mesmo saberia quem foi. E enquanto eu... bem, não vejo como possa voltar a Lallybroch; seria bom se pudesse andar pela Escócia sem o risco de ser enforcado.

– Sim, parece uma boa ideia – falei secamente. – Mas onde entram os MacKenzie nesta história?

Seguiu-se certa dose de complicada análise de relações familiares e alianças de clãs, mas quando a fumaça se dispersou, pareceu que Francis MacLean tinha alguma conexão com o lado dos MacKenzie e informara Colum a respeito de Horrocks, que então enviou Dougal para fazer contato com Jamie.

– Foi assim que aconteceu de ele estar por perto quando fui ferido – concluiu Jamie. Parou, apertando os olhos contra o sol. – Perguntei-me, depois, sabe, se talvez ele mesmo não tenha feito isso.

– Golpeá-lo com um machado? Seu próprio tio? Por que, pelo amor de Deus, ele haveria de fazer isso?!

Ele franziu o cenho como se avaliasse quanto deveria me contar, depois encolheu os ombros.

– Não sei quanto você sabe sobre o clã MacKenzie – disse ele –, embora imagine que não possa ter cavalgado com o velho Ned Gowan durante dias sem ouvir alguma coisa. Ele não consegue fugir do assunto por muito tempo.

Meneou a cabeça diante do meu sorriso de confirmação.

– Bem, você viu Colum. Qualquer um pode ver que ele não vai viver até uma idade avançada. E o pequeno Hamish tem apenas 8 anos; não poderá liderar um clã ainda por uns 10 anos. Então, o que acontece se Colum morre antes de Hamish estar preparado? – Olhou para mim, aguardando a resposta.

– Bem, Dougal seria o chefe do clã, creio – respondi devagar –, ao menos até que Hamish atinja a idade certa.

– Sim, é verdade – assentiu Jamie. – Mas Dougal não tem a capacidade de Colum e há aqueles no clã que não o seguiriam com satisfação se houvesse uma alternativa.

– Compreendo – disse lentamente –, e você é essa alternativa.

Analisei-o cuidadosamente e tive que admitir que havia certa possibilidade ali. Ele era neto do velho Jacob; um MacKenzie de sangue, ainda que pelo lado de sua mãe. Um rapaz forte, atraente, bem-educado, inteligente e com o jeito da família para lidar com pessoas. Lutara na França e provara sua capacidade de liderar homens numa batalha; uma consideração importante. Nem mesmo o prêmio por sua cabeça poderia ser um obstáculo intransponível se ele fosse o chefe dos MacKenzie.

Os ingleses já tinham problemas suficientes nas Terras Altas, com pequenas e constantes rebeliões, incursões pelas fronteiras e clãs em guerra, para não se arriscar a provocar um levante de grandes proporções acusando o chefe de um grande clã de assassinato – que para os membros do clã não seria, de forma alguma, considerado assassinato.

Enforcar um membro sem importância do clã Fraser era uma coisa; invadir o Castelo Leoch e arrastar o senhor do clã MacKenzie para enfrentar a justiça inglesa era inteiramente diferente.

– Você pretende ser o chefe, se Colum morrer? – Afinal, seria uma maneira de sair de suas dificuldades, embora eu suspeitasse que seria um caminho repleto de seus próprios e consideráveis obstáculos.

Ele sorriu diante da ideia.

– Não. Ainda que me sentisse no direito, o que não é o caso, isso dividiria o clã, os homens de Dougal contra aqueles que me seguissem. Não tenho o gosto pelo poder à custa do sangue de outros homens. Mas Dougal e Colum não poderiam saber disso, não é? Assim, devem ter achado mais fácil me matar do que correr o risco.

Minha testa estava franzida, tentando compreender todas as implicações.

– Mas sem dúvida você poderia dizer a Dougal e Colum que não pretende... ah. – Ergui os olhos para ele com considerável respeito. – Mas você já fez isso. No juramento.

Eu já havia considerado como ele lidara bem com uma situação perigosa ali; agora via exatamente quanto era perigosa. Os homens do clã sem dúvida queriam que ele fizesse o juramento; assim como Colum não queria. Fazer aquele juramento era se declarar um membro do clã MacKenzie e, como tal, um candidato em potencial a chefe. Ele se arriscava a sofrer alguma violência ou até a morte por se recusar; corria o mesmo risco, mais particularmente, por concordar.

Vendo o perigo, tomara a prudente decisão de ficar longe da cerimônia. E quando eu, por minha estropiada tentativa de fuga, o levei de volta à beira do abismo, ele pisara com firmeza e segurança numa fina corda bamba e atravessara para o outro lado. *Je suis prest*, de fato.

Assentiu, vendo os pensamentos cruzarem meu rosto.

– Sim. Se eu tivesse feito o juramento naquela noite, provavelmente não chegaria a ver a luz do dia.

Fiquei um pouco abalada com a ideia, assim como com o conhecimento de que eu, inadvertidamente, o expusera a tal perigo. A faca acima da cama de repente não pareceu nada além do que uma sensata precaução. Imaginei quantas noites ele teria dormido armado em Leoch, esperando a visita da morte.

– Sempre durmo armado, Sassenach – disse ele, embora eu não tivesse falado. – Exceto no monastério, ontem foi a primeira noite em meses que não dormi com minha adaga na mão. – Riu, obviamente lembrando-se do que estava em sua mão em vez da arma.

– Como diabos você sabia o que eu estava pensando? – perguntei, ignorando o sorriso. Balançou a cabeça, bem-humorado.

– Você seria uma espiã muito ruim, Sassenach. Tudo que você pensa transparece no seu rosto, claro como o dia. Você olhou para minha adaga e ficou ruborizada. – Analisou-me, de forma avaliadora, a cabeleira brilhante de lado. – Ontem à noite, eu pedi sinceridade, mas não era realmente necessário; você não sabe mentir.

– Muito bem, já que aparentemente sou tão ruim nisso – observei com certa aspereza –, devo presumir que ao menos você não ache que sou uma espiã?

Não respondeu. Olhava por cima do meu ombro em direção à estalagem, o corpo repentinamente tenso como a corda de um arco. Fiquei assustada por um instante, mas logo ouvi os sons que haviam atraído sua atenção. O baque surdo de cascos e o chocalhar estridente dos arreios; um grande grupo de homens a cavalo descia a estrada em direção à estalagem.

Movendo-se cautelosamente, Jamie se agachou atrás de uma cortina de arbustos, num ponto de onde avistava a estrada. Prendi minhas saias e arrastei-me atrás dele o mais silenciosamente possível.

A estrada fazia uma curva fechada depois de um afloramento de rochas e, em seguida, outra curva mais sinuosa em direção ao estreito vale onde ficava a estalagem. A brisa matinal trazia em nossa direção os sons do grupo que se aproximava, mas passou-se um ou dois minutos antes que o primeiro cavalo despontasse em nosso campo de visão.

Era um grupo de vinte a trinta homens, a maioria usando calças justas de couro e vestidos com seus tartãs, numa variedade de cores e padrões de xadrez. Todos, sem exceção, muito bem armados. Cada cavalo carregava ao menos um mosquete amarrado à sela e havia uma abundância de pistolas, adagas e espadas à vista, além de outros armamentos que podiam estar escondidos nos espaçosos alforjes dos quatro cavalos de carga. Seis dos homens ainda levavam montarias extras, sem carga e sem sela.

Apesar dos apetrechos de guerra, os homens pareciam relaxados; conversavam e riam em pequenos grupos enquanto cavalgavam, embora aqui e ali uma cabeça se erguesse, vigilante, examinando os arredores. Contive o impulso de me agachar quando o olhar de um dos homens passou por cima do local onde estávamos escondidos; certamente aquele olhar perscrutador descobriria algum movimento aleatório ou o reflexo do sol nos cabelos de Jamie.

Erguendo os olhos, descobri que o mesmo pensamento ocorrera a Jamie; puxara seu xale sobre a cabeça e os ombros, de modo que o embotado padrão de caça o transformasse realmente em parte dos arbustos. Quando o último homem entrou no pátio da estalagem, Jamie tirou o xale da cabeça e começou a voltar para o caminho que subia a colina.

– Sabe quem são? – perguntei, ofegante, enquanto o seguia pelo meio das urzes.

– Ah, sim. – Jamie subia a trilha íngreme como um cabrito montês, sem perder o fôlego ou a serenidade. Olhando para trás, notou que eu avançava com dificuldade e parou, estendendo a mão para me ajudar. – É a patrulha – disse ele, fazendo um sinal com a cabeça em direção à hospedaria. – Estamos seguros, mas acho que devíamos ficar um pouco mais longe.

Eu ouvira falar do famoso Black Watch, um regimento policial não oficial que mantinha a ordem nas Terras Altas, e também ouvira falar que havia outras patrulhas, cada qual vigiando sua própria região, coletando a "contribuição" dos clientes para garantir a segurança de gado e propriedades. Clientes atrasados nos pagamentos podiam acordar um dia e descobrir que seus animais domésticos haviam desaparecido durante a noite, sem ninguém que lhes dissesse para onde – certamente não os homens da patrulha. Fui tomada por um pânico repentino e irracional.

– Não estão procurando por você, estão?

Surpreso, olhou para trás como se esperasse ver homens galgando a subida da colina em seu encalço, mas não havia ninguém. Ele olhou de novo para mim com um sorriso de alívio e passou o braço em torno de minha cintura para me ajudar a subir.

– Não, duvido. Dez libras não são suficientes para que um grupo como esse tente me caçar. E se soubessem que eu estava na estalagem, não viriam como vieram, arrastando os pés até a porta da estalagem em bloco. – Sacudiu a cabeça com convicção. – Se estivessem perseguindo alguém, enviariam homens para guardar os fundos e as janelas antes de entrarem pela porta da frente. Devem ter parado apenas para um descanso.

Continuamos a subir, para além do local onde a trilha rústica se acabava em moitas de urzes e tojo. Estávamos entre contrafortes ali e as rochas de granito erguiam-se acima da cabeça de Jamie, trazendo a desconfortável lembrança dos megálitos de Craigh na Dun.

Emergimos no topo de uma pequena elevação e as colinas ondeavam-se na distância, em um exuberante declive de rochas e verde por todos os lados. A maioria dos lugares nas Terras Altas me dava uma sensação de estar cercada por árvores, rochas ou montanhas, mas ali estávamos expostos às correntes de ar frio do vento e aos raios do sol, que saíra como se comemorasse nosso casamento pouco ortodoxo.

Experimentei uma inebriante sensação de liberdade por estar fora da influência de Dougal e da companhia claustrofóbica de tantos homens. Fiquei tentada a dizer a Jamie que fugisse e me levasse com ele, mas o bom senso prevaleceu. Nenhum dos dois tinha dinheiro ou comida além do pequeno lanche que ele trazia na bolsa à cintura. Certamente, seríamos perseguidos se não voltássemos à estalagem até o pôr do sol. E embora Jamie pudesse escalar rochas o dia inteiro sem derramar uma gota de suor ou perder o fôlego, eu não estava tão preparada fisicamente. Notando meu rosto vermelho, conduziu-me a uma pedra e sentou-se ao meu lado, fitando com ar de satisfação as colinas ao longe, enquanto esperava que eu me recuperasse. Estávamos a salvo ali.

Pensando na patrulha, coloquei a mão impulsivamente no braço de Jamie.

– Estou muito contente por você não valer muito – falei.

Olhou-me por um instante, esfregando o nariz, que estava começando a ficar vermelho.

– Bem, posso encarar isso de diversos modos, Sassenach, mas, nas circunstâncias atuais, obrigado.

– Eu é que tenho que lhe agradecer por se casar comigo. Devo dizer que prefiro estar aqui do que em Fort William.

– Agradeço o elogio, senhora – disse ele, com uma leve mesura. – Eu também. E enquanto estamos ocupados agradecendo um ao outro – acrescentou –, eu também devo lhe agradecer por ter se casado comigo.

– Hum, bem... – Fiquei ruborizada outra vez.

– Não só por isso, Sassenach – disse ele, o sorriso ampliando-se. – Embora, sem dúvida, por isso também. Mas acho que também salvou a minha vida, ao menos até onde diga respeito aos MacKenzie.

– O que quer dizer?

– Ser metade MacKenzie é uma coisa – explicou ele. – Ser metade MacKenzie com uma mulher inglesa é outra bem diferente. Não há muita chance de uma Sassenach se tornar senhora de Leoch, independente do que os membros do clã pensem de mim. Foi por isso que Dougal me escolheu para casar com você.

Ergueu uma das sobrancelhas, vermelho-dourada à luz do sol matinal.

– Espero que não teria preferido Rupert.

– Não, não teria – respondi enfaticamente.

Ele riu e se levantou, limpando as folhas de pinheiro de seu kilt.

– Bem, minha mãe me disse que eu seria o escolhido de uma bela moça um belo dia. – Estendeu a mão e me ajudou a levantar. – Eu disse a ela – continuou ele – que achava que cabia ao homem escolher.

– E o que ela respondeu? – perguntei.

– Ela revirou os olhos e disse: "Você vai ver, meu belo galinho, você vai ver." – Riu. – E foi o que aconteceu.

Olhou para cima, para onde o sol agora se filtrava pelo meio das folhas dos pinheiros em fios cor de limão.

– E é um belo dia, aliás. Venha, Sassenach. Vou levá-la para pescar.

Subimos ainda mais para o meio das colinas. Desta vez, Jamie se virou para o norte, atravessou um terreno pedregoso e uma greta, até a cabeça de uma minúscula ravina verdejante e cercada de paredes de pedra, repleta do gorgolejar da água do riacho que espirrava de uma dezena de cascatas entre as rochas e mergulhava alegremente ao longo de todo o desfiladeiro em uma série de arroios e lagos abaixo.

Mergulhamos nossos pés na água, movendo-nos da sombra para o sol e de volta para a sombra quando ficávamos com muito calor, falando de uma coisa e outra sem maior importância, ambos cientes do menor movimento do outro, ambos contentes de esperar que o acaso nos levasse àquele momento em que um olhar se demoraria um pouco mais e um toque adquirisse um significado maior.

Acima de um lago salpicado de manchas escuras, Jamie mostrou-me como atrair uma truta. Um pouco agachado para evitar os galhos mais baixos acima de sua cabeça, avançou ao longo de um ressalto da rocha, os braços estendidos para os lados para se equilibrar. Na metade da saliência de pedra, virou-se cuidadosamente e estendeu a mão, instando-me a segui-lo.

Eu já havia prendido a barra das minhas saias para caminhar pelo terreno acidentado e consegui alcançá-lo facilmente. Deitamo-nos estendidos na pedra fria, lado a lado, olhando para a água embaixo, os galhos de salgueiro roçando em nossas costas.

– Basta escolher um bom lugar e esperar. – Explicou ele e mergulhou uma das mãos abaixo da superfície, suavemente, sem agitar a água. Deixou-a descansar no fundo arenoso, logo depois da linha de sombra feita pelo ressalto rochoso. Os longos dedos se curvaram delicadamente em direção à palma da mão, distorcidos pela água, de modo que pareciam ondear delicadamente de um lado para outro, como as folhas de uma planta aquática, embora eu visse pelos músculos imóveis de seu antebraço que ele não estava de forma alguma movendo a mão. A coluna de seu braço curvava-se bruscamente na superfície, parecendo tão deslocado quanto estivera quando o encontrei pela primeira vez, havia pouco mais de um mês. Meu Deus, apenas um mês?

Nós nos conhecemos em um mês e nos casamos em um dia. Unidos por votos e pelo sangue. E pela amizade também. Quando chegasse a hora de partir, esperava não magoá-lo muito. Fiquei satisfeita de não ter que pensar nisso por enquanto; estávamos longe de Craigh na Dun e não havia nenhuma chance no mundo de fugir de Dougal no momento.

– Lá está ela. – A voz de Jamie era baixa, pouco mais do que um sussurro; ele dissera que as trutas têm ouvidos sensíveis.

Do meu ângulo de visão, a truta não passava de um movimento na areia salpicada de manchas. Ali na sombra da rocha não havia como identificar o brilho de escamas. Manchas moviam-se sobre manchas, deslocadas pelo abanar das barbatanas transparentes, invisíveis se não fosse por seu movimento. Os peixinhos que haviam se juntado para beliscar com curiosidade os pelos nos pulsos de Jamie fugiram para a parte iluminada do pequeno lago.

Um dos dedos se curvou devagar, tão devagar que era difícil notar o movimento. Eu sabia que havia se movido apenas pela mudança de posição em relação aos outros dedos. Mais um dos dedos, curvado lentamente. E depois de um longo, longo momento, mais outro.

Eu mal ousava respirar e meu coração batia contra a rocha fria com um ritmo mais acelerado do que a respiração do peixe. Lentamente, os dedos começaram a voltar, um a um, ficando abertos, e a lenta onda hipnótica começou outra vez, um dedo, outro dedo, mais um dedo, apenas uma leve ondulação, como o movimento da borda da barbatana de um peixe.

Como que atraído pelo aceno em câmera lenta, o nariz da truta pressionava-se para fora, uma arfada delicada da boca e das guelras, ocupadas no ritmo da respiração, o interior róseo à mostra, e ocultando-se, alternadamente, à medida que os opérculos pulsavam como um coração.

A boca, abrindo e fechando, tateava e mordia a água. A maior parte do corpo já saíra de debaixo da rocha, pairando sem peso na água, ainda na sombra. Eu podia ver um dos olhos, indo e vindo, num olhar sem expressão e sem direção.

Mais alguns centímetros trariam as ondulantes capas das guelras diretamente para os traiçoeiros dedos que acenavam. Percebi que eu estava agarrando a rocha com as duas mãos, pressionando o rosto com força contra o granito, como se eu pudesse me tornar ainda mais imperceptível.

Houve uma repentina explosão de movimento. Tudo aconteceu tão rápido que não pude ver o que realmente havia ocorrido. A água se agitou furiosamente e jorrou por cima da rocha, a 2 centímetros do meu rosto. Ao mesmo tempo, houve um rebuliço de tecido xadrez quando Jamie atravessou a rocha, rolando por cima de mim, e um forte estalo quando o corpo do peixe voou pelo ar e bateu na margem forrada de folhas.

Jamie lançou-se do ressalto de pedra nas águas rasas da beira do lago, espadanando água para todos os lados, a fim de recuperar o prêmio antes que o assustado peixe conseguisse nadar de volta para o santuário das águas mais fundas. Agarrando a truta pela cauda, bateu-a com perícia contra uma pedra, matando-a instantaneamente. Em seguida, veio arrastando os pés nas águas rasas para mostrá-la a mim.

– Um bom tamanho – disse ele orgulhosamente, estendendo um sólido exemplar de uns 35 centímetros. – Ótimo para o desjejum. – Abriu um largo sorriso para mim, molhado até as coxas, os cabelos caindo no rosto, a camisa manchada de água e folhas mortas. – Eu disse que não ia deixar você passar fome.

Envolveu a truta em camadas de folhas de bardana e lama fria. Em seguida, lavou os dedos na água fria do riacho e, subindo na rocha, entregou-me o pacote cuidadosamente enrolado.

– Pode ser um presente de casamento estranho – disse ele, meneando a cabeça em direção à truta –, mas não sem precedentes, como diria Ned Gowan.

– Há precedentes em dar um peixe de presente à nova esposa? – perguntei, achando graça.

Ele tirou as meias compridas e estendeu-as sobre a rocha, ao sol, para secar. Seus longos dedos dos pés remexeram-se, alegres com o calor.

– É uma antiga canção de amor, das Ilhas. Quer ouvir?

– Sim, claro. Ah, em inglês, se possível – acrescentei.

– Ah, sim. Não tenho voz para música, mas vou dizer a letra. – E afastando os cabelos dos olhos, recitou:

Você, filha do rei de mansões feericamente iluminadas
Na noite de nosso casamento,
Se eu for um homem vivo em Duntulm,
Irei ao seu encontro com presentes.
Você receberá cem texugos, habitantes das margens,
Cem lontras marrons, nativas dos riachos,
Cem trutas prateadas, saltando de seus lagos...

E assim continuava por uma notável lista da flora e da fauna das Ilhas. Tive tempo, ouvindo-o declamar, de refletir sobre a estranheza de estar sentada numa rocha junto a um lago escocês, ouvindo canções de amor gaélicas, com um grande peixe morto no colo. Mais estranho ainda era o fato de eu estar me divertindo muito.

Quando terminou, aplaudi, mantendo a truta presa entre meus joelhos.

– Ah, gostei dessa! Especialmente a parte que diz "Irei ao seu encontro com presentes". Ele parece um amante muito empolgado.

Com os olhos cerrados contra o sol, Jamie riu.

– Acho que eu poderia acrescentar um verso por minha conta: "Pularei dentro de lagos por você."

Nós dois rimos e depois ficamos em silêncio por algum tempo, refestelando--nos ao sol agradavelmente quente do começo do verão. Havia muita paz ali, sem nenhum som além do ímpeto da água corrente mais abaixo de nosso plácido lago. A respiração de Jamie se acalmara. Eu tinha plena consciência do lento movimento de subida e descida de seu peito e da lenta pulsação em seu pescoço. Ele possuía uma pequena cicatriz triangular bem na base da garganta.

Eu podia sentir a timidez e o constrangimento começando a se infiltrar entre nós novamente. Estendi a mão e segurei a dele com força, na esperança de que o toque restabelecesse a intimidade entre nós como fizera antes. Ele passou o braço em volta dos meus ombros, mas isso apenas me fez notar os contornos rígidos de seu corpo sob a camisa fina. Afastei-me, sob o pretexto de colher um ramo das flores cor-de-rosa de gerânio que cresciam de uma fenda na rocha.

– Boas para dor de cabeça – expliquei, enfiando-as no cinto.

– Isso a incomoda – disse ele, inclinando a cabeça para me olhar intensamente. – Não, não quis dizer a dor de cabeça. Frank. Você está pensando nele e isso a incomoda quando toco em você, porque não pode ficar com nós dois na mente. Não é?

– Você é muito perceptivo – falei, surpresa. Ele sorriu, mas não fez nenhum movimento para me tocar outra vez.

– Não é muito difícil perceber isso, Sassenach. Eu sabia quando nos casamos que você o teria frequentemente na lembrança, quisesse ou não.

Não queria, no momento, mas ele tinha razão; era independente da minha vontade.

– Sou muito parecido com ele? – perguntou ele repentinamente.

– Não.

De fato, seria difícil imaginar um contraste maior. Frank era esbelto, ágil e moreno, ao passo que Jamie era corpulento, vigoroso e claro como um raio de sol avermelhado. Embora ambos tivessem a graça compacta dos atletas, a constituição física de Frank era a de um jogador de tênis, o corpo de Jamie era o de um guerreiro, moldado – e surrado – pela abrasão da absoluta adversidade física. Frank ficava um pouco acima do meu 1,70 metro. De frente para Jamie, meu nariz acomodava-se confortavelmente na pequena depressão no meio de seu peito e seu queixo podia descansar facilmente no topo da minha cabeça.

O físico não era a única dimensão em que os dois homens diferiam. Havia quase quinze anos de diferença entre eles, para começar, o que provavelmente explicava algumas diferenças entre a reserva urbana de Frank e a franqueza sincera de Jamie. Como amante, Frank era elegante, sofisticado, atencioso e hábil. Sem a mesma experiência ou pretensão, Jamie simplesmente se entregava a mim por inteiro, sem reservas. E a profundidade da minha resposta a isso me perturbava completamente.

Jamie observava minha luta, não sem simpatia.

– Bem, então, parece que tenho duas opções na questão – disse ele. – Posso deixar que fique cismando sobre o assunto ou...

Inclinou-se para baixo e docemente uniu seus lábios aos meus. Eu já havia beijado meu quinhão de homens, particularmente durante os anos de guerra, quando o flerte e o romance imediato eram os companheiros amenos da morte e da incerteza. Jamie, no entanto, era diferente. Sua extrema delicadeza não era de forma alguma insegura; mas uma promessa de uma força conhecida e contida sob rédeas; um desafio e uma provocação mais notável ainda pela ausência de exigências. Sou seu, dizia. E se você me quiser, então...

Eu queria – e minha boca se abriu sob a dele, aceitando calorosamente tanto a promessa quanto o desafio sem me consultar. Após um longo instante, ele ergueu a cabeça e sorriu para mim.

– Ou posso tentar distraí-la de seus pensamentos – concluiu ele.

Pressionou minha cabeça contra seu ombro, acariciando meus cabelos e alisando os cachos saltitantes atrás de minhas orelhas.

– Não sei se isso vai ajudar – disse ele, serenamente –, mas vou lhe dizer uma coisa: é uma dádiva e um encantamento para mim saber que eu posso lhe dar prazer, que seu corpo pode reagir ao meu. Eu não havia pensado nisso... antes.

Respirei longamente antes de responder.

– Sim – falei. – Ajuda. Eu acho.

Ficamos em silêncio novamente pelo que me pareceu um longo tempo. Por fim, Jamie se afastou e olhou para mim, sorrindo.

– Eu lhe disse que não tenho nem dinheiro nem propriedade, Sassenach?

Assenti, imaginando aonde ele pretendia chegar.

– Eu deveria tê-la avisado antes que acabaríamos dormindo em fardos de feno, sem nada além de cerveja de urzes e mingau de aveia para comer.

– Não me importo – disse.

Ele indicou com a cabeça uma abertura nas árvores, sem tirar os olhos de mim.

– Não tenho um monte de feno aqui comigo, mas há uma boa área de samambaias novas ali adiante. Se quiser praticar, só para ir sabendo como é...

• • •

Pouco tempo depois, acariciei suas costas, molhadas com o esforço e a seiva de samambaias esmagadas.

– Se disser "obrigado" mais uma vez, dou-lhe um tapa.

Em vez disso, recebi um ligeiro ronco como resposta. Uma samambaia pendurada acima de nós roçava seu rosto e uma formiga curiosa arrastava-se por sua mão, fazendo os longos dedos remexerem-se em seu sono.

Afastei-a e apoiei-me em um dos cotovelos, observando-o. Suas pestanas eram longas, vistas assim com seus olhos fechados, e espessas. No entanto, de uma cor estranha; castanho-avermelhadas e escuras nas pontas, eram muito claras, quase louras nas raízes.

A linha firme de sua boca relaxara-se no sono. Enquanto mantinha uma curva de sorriso no canto, seu lábio inferior agora relaxara em uma curva mais cheia que parecia tanto sensual quanto inocente.

– Droga! – exclamei baixinho para mim mesma.

Vinha lutando contra aquilo. Antes mesmo deste ridículo casamento, eu estava mais do que ciente dessa atração. Já acontecera antes, como sem dúvida acontece a praticamente qualquer pessoa. Uma repentina sensibilidade à presença, ao surgimento, de um determinado homem – ou mulher, suponho. A necessidade de segui-lo com os olhos, de provocar pequenos encontros "casuais", de vê-lo inadvertidamente enquanto ele prosseguia com seu trabalho, uma sensibilidade refinada aos pequenos detalhes de seu corpo – as omoplatas sob o tecido da camisa, os ossos protuberantes de seus pulsos, o lugar macio sob seu maxilar, onde os primeiros pelos de sua barba começam a nascer.

Paixão. Era comum entre enfermeiras e médicos, enfermeiras e pacientes, entre qualquer grupo de pessoas que ficam por longos períodos de tempo na companhia umas das outras.

Algumas se entregavam a ela e romances intensos e breves eram frequentes. Se tivessem sorte, o romance se extinguia em poucos meses, sem maiores consequências. Se não tivessem... bem. Gravidez, divórcio, um ou outro caso de doença venérea. Perigosa, a paixão.

Eu a senti diversas vezes, mas tive o bom senso de resistir. E como sempre acontece, após algum tempo a atração diminuía e o homem perdia sua aura dourada e reassumia seu lugar de sempre em minha vida, sem nenhum dano a ele, a mim ou a Frank.

E agora. Agora eu tinha sido forçada a me entregar. E só Deus poderia saber que danos poderiam ser provocados por essa ação. Mas não havia como voltar atrás.

Ele permanecia deitado, à vontade, esparramado sobre o estômago. O sol se refletia em sua cabeleira ruiva e iluminava os pelos curtos e macios que desciam por sua espinha dorsal até a penugem vermelho-dourada que polvilhava suas nádegas e coxas e se aprofundava em um matagal de cachos macios, castanho--avermelhados, que despontavam ligeiramente entre suas pernas abertas.

Sentei-me, admirando suas longas pernas, com a linha suave dos músculos que torneavam as coxas do quadril ao joelho e outra que se prolongava do joelho ao pé longo e elegante. As solas de seus pés eram lisas e rosadas, ligeiramente calejadas por andar descalço.

Meus dedos doíam, querendo percorrer o contorno de sua orelha pequena e bem-feita e o ângulo brusco de seu maxilar. Bem, pensei, a sorte fora lançada e não havia mais razão para me reprimir. Nada do que eu fizesse agora poderia piorar a situação, para nenhum de nós dois. Estendi a mão e toquei-o de leve.

Seu sono era muito leve. Com uma rapidez que me fez saltar, ele se virou, apoiando-se nos cotovelos, como se fosse ficar de pé num salto. Ao me ver, relaxou, sorrindo.

– Madame, a senhora me tem em desvantagem.

Fez uma mesura bastante elegante para um homem estendido por extenso sobre faias, vestido com nada além de algumas manchas matizadas de luz solar, e eu ri. O sorriso permaneceu em seu rosto, mas mudou quando olhou para mim, nua sobre as samambaias. Sua voz ficou repentinamente rouca.

– Na verdade, madame, estou à sua mercê.

– É mesmo? – perguntei, baixinho.

Ele não se moveu, quando estendi minha mão outra vez e a deslizei lentamente pelo seu rosto e pescoço, sobre a curva brilhante do ombro e para baixo. Ele não se moveu, mas fechou os olhos.

– Meu Deus do Céu – disse ele.

Prendeu a respiração com força.

– Não se preocupe – falei. – Não é preciso machucar.

– Obrigado a Deus pelas pequenas graças.

– Fique quieto.

Cravou os dedos com força na terra fofa, mas obedeceu.

– Por favor – disse ele, depois de algum tempo. Erguendo o rosto, vi que os olhos dele estavam abertos agora.

– Não – retruquei, divertindo-me. Fechou os olhos novamente.

– Vai pagar por isso – disse ele pouco tempo depois. Uma leve camada de suor brilhava na linha reta do seu nariz.

– É mesmo? O que vai fazer?

Os tendões de seus antebraços saltaram quando pressionou as palmas das mãos contra o solo e ele falou com esforço, como se tivesse os dentes cerrados.

– Eu não sei, mas... por Cristo e Santa Inês... eu vou... p-pensar em a-alguma coisa! Meu Deus! Por favor!

– Está bem – concordei, soltando-o.

E dei um gritinho quando ele rolou no chão para cima de mim, prendendo-me contra as samambaias.

– Sua vez – disse ele, com grande satisfação.

Retornamos à hospedaria ao anoitecer, parando no topo da colina para nos certificarmos de que os cavalos da patrulha já não estavam mais amarrados no pátio.

A hospedaria parecia convidativa, a luz brilhando através das pequenas janelas e das frestas nas paredes. Os últimos raios do sol também brilhavam atrás de nós, fazendo com que tudo na encosta da colina lançasse uma sombra dupla. Uma brisa se elevava com o resfriamento do dia e as folhas agitadas das árvores faziam as múltiplas sombras dançarem na grama. Eu podia facilmente imaginar que havia fadas na colina, dançando com aquelas sombras, passando entre os troncos mais finos para se confundirem com as profundezas do bosque.

– Dougal também ainda não voltou – observei, quando descíamos a encosta. O grande capão preto que ele sempre montava não estava no pequeno cercado da estalagem. Diversos outros animais também não estavam ali; o de Ned Gowan, por exemplo.

– Não, ele não deve voltar antes de mais um dia, pelo menos. Talvez dois. – Jamie me ofereceu seu braço e descemos a colina devagar, com cuidado por causa das muitas pedras que se projetavam do capim curto.

– Aonde ele foi, afinal? – Na pressa dos acontecimentos recentes, não pensara em questionar sua ausência ou mesmo notá-la.

Jamie me ajudou a transpor a cerca aos fundos da estalagem.

– Tratar de negócios com os pequenos rendeiros das redondezas. Ele só tem um ou dois dias antes da data de entregá-la no forte. – Apertou meu braço, para me tranquilizar. – O capitão Randall não vai ficar muito satisfeito quando Dougal lhe disser que ele não poderá ficar com você e, depois disso, Dougal não vai querer ficar se demorando nesta região.

– Bastante sensato da parte dele – observei. – Muita bondade dele também nos deixar aqui para, hum... nos conhecermos melhor.

Jamie exibiu um riso irônico.

– Não foi bondade. Foi uma das condições que estabeleci para me casar com você. Eu disse que casaria se fosse necessário, mas que jamais consumaria meu casamento embaixo de uma moita, com vinte homens do clã olhando e dando conselhos.

Parei, olhando-o fixamente. Então, esse fora o motivo de toda aquela discussão.

– Uma das condições? – perguntei, devagar. – E quais foram as outras?

Estava ficando escuro demais para eu ver suas feições com clareza, mas achei que ele ficou constrangido.

– Só mais duas – disse ele, finalmente.

– E quais foram?

– Bem – disse ele, chutando um cascalho para fora do caminho. – Exigi que você se casasse comigo adequadamente, de kirk, diante de um padre. Não apenas no papel. Quanto à outra, ele deveria encontrar um traje adequado para você. – Desviou os olhos, evitando meu olhar, e sua voz era tão suave que eu mal podia ouvi-lo. – Eu... eu sabia que você não queria se casar. Queria tornar isso... o mais agradável possível para você. Achei que se sentiria um pouco menos... bem, queria que você tivesse um vestido bonito, só isso.

Abri a boca para dizer alguma coisa, mas ele se virou em direção à estalagem.

– Vamos, Sassenach – disse ele bruscamente. – Estou com fome.

O preço da comida era a companhia, como ficou evidente desde o instante em que surgimos à porta do salão principal da estalagem. Fomos recebidos com estrondosas saudações e apressadamente conduzidos a uma mesa, onde um farto jantar já estava em andamento.

Um pouco mais preparada dessa vez, não me incomodei com as piadas e comentários grosseiros à nossa custa. Fiquei satisfeita em poder permanecer reservada, encolhida no canto e deixando que Jamie lidasse com as brincadeiras indecentes e as especulações obscenas sobre o que andáramos fazendo o dia todo.

– Dormindo – disse Jamie, em resposta a uma pergunta desse tipo. – Não preguei o olho a noite passada. – As sonoras gargalhadas que ressoaram depois disso foram ultrapassadas por outras ainda mais estrondosas quando ele acrescentou em tom confidencial. – Ela ronca, sabe.

Eu dei um puxão em sua orelha e ele me agarrou e me beijou espalhafatosamente, para os aplausos gerais.

Depois do jantar, houve dança ao som do violino do proprietário. Nunca fui uma grande dançarina, tendo a tendência a tropeçar nos próprios pés nos momentos de estresse. Não esperava me sair melhor, com aquelas saias longas e volumosas e calçados tão desajeitados. No entanto, depois de tirar os sapatos, fiquei surpresa de ver que dançava sem a menor dificuldade e com grande prazer.

Com a falta de outras mulheres, a estalajadeira e eu prendemos nossas saias e nos entregamos a danças típicas escocesas sem parar, até eu ter que me recostar no banco de espaldar alto, o rosto vermelho e ofegante.

Os homens eram absolutamente incansáveis, girando como piões de xadrez, sozinhos ou uns com os outros. Por fim, recostaram-se contra a parede, observando, animando com exclamações e batendo palmas, enquanto Jamie segurava minhas duas mãos e me conduzia por algo rápido e frenético chamado "O galo do norte".

Terminando propositalmente ao pé da escada, giramos num abraço, com seu braço em volta da minha cintura. Paramos e ele fez um pequeno discurso, misto de gaélico e inglês, que foi recebido com mais aplausos, particularmente quando ele enfiou a mão na bolsa à cintura e atirou uma pequena bolsa de couro surrado para o proprietário, instruindo-o para servir uísque enquanto o dinheiro desse. Reconheci-a como sua parte das apostas na briga em Tunnaig. Provavelmente, todo o dinheiro que tinha no mundo; achei que não poderia ter sido gasto de uma forma melhor.

Conseguimos chegar à galeria em cima, seguidos por uma chuva de felicitações indelicadas, quando uma voz mais alta do que as outras chamou Jamie pelo nome.

Virando-se, vi o rosto largo de Rupert, mais vermelho do que de costume acima do emaranhado de barba preta, sorrindo para nós.

– Não adianta, Rupert! – gritou Jamie. – Ela é minha.

– Desperdiçada com você, rapaz – retorquiu Rupert, enxugando o rosto na manga da camisa. – Ela vai deixá-lo no chão em uma hora. Não dão conta do recado, esses rapazinhos – disse, dirigindo-se a mim. – Se quiser um homem que não perde tempo dormindo, dona, me avise. Enquanto isso... – Atirou alguma coisa para cima.

Uma sacolinha cheia retiniu no chão aos meus pés.

– Um presente de casamento – disse ele. – Cortesia dos homens do Regimento Shimi Bogil.

– Hein? – Jamie inclinou-se para pegá-la.

– Alguns de nós não passamos o dia por aí à toa nas margens gramadas dos rios, rapaz – disse ele, com ar de reprovação, revirando os olhos libidinosamente em minha direção. – Esse dinheiro foi ganho com suor.

– Ah, sim – disse Jamie, rindo. – Dados ou cartas?

– Ambos. – Um riso maldoso cortou a barba negra. – Nós os depenamos, rapaz. Tiramos o couro deles!

Jamie abriu a boca, mas Rupert ergueu a mão avantajada e calosa.

– Não, rapaz, não precisa agradecer. Só dê uma boa por mim, hein?

Coloquei os dedos nos lábios e joguei um beijo para ele. Batendo a mão no rosto como se tivesse sido atingido por alguma coisa, cambaleou para trás com uma exclamação e girou nos calcanhares em direção ao bar, oscilando como se estivesse bêbado, o que não estava.

Depois de toda a brincadeira lá embaixo, o quarto pareceu um paraíso de paz e sossego. Jamie, ainda rindo consigo mesmo, esparramou-se na cama para recuperar o fôlego.

Soltei meu corpete, que era desconfortavelmente apertado, e me sentei para pentear meus cachos desalinhados e embaraçados com a dança.

– Você tem lindos cabelos – disse Jamie, observando-me.

– O quê? Estes? – Ergui uma das mãos para as minhas mechas que, como sempre, podiam ser educadamente descritas como emaranhadas.

Ele riu.

– Bem, gosto dos outros também – disse ele, deliberadamente sério – mas, sim, estes mesmos.

– Mas é tão... encaracolado – falei, um pouco ruborizada.

– Sim, claro. – Pareceu surpreso. – Ouvi uma das filhas de Dougal dizer a uma amiga no castelo que ela levaria três horas com as pinças quentes para fazer os cabelos dela ficarem parecidos com os seus. Disse que gostaria de arrancar seus olhos por ter essa aparência e não precisar mover um dedo para isso. – Sentou-se e puxou suavemente um cacho, esticando-o de modo que, reto, chegasse quase ao meu seio. – O cabelo de minha irmã Jenny também é ondulado, mas não tanto quanto os seus.

– O cabelo de sua irmã é ruivo como o seu? – perguntei, tentando visualizar a aparência da misteriosa Jenny. Ela parecia estar sempre presente na mente de Jamie.

Sacudiu a cabeça, ainda enrolando os cachos entre seus dedos.

– Não. Os cabelos de Jenny são negros. Negros como a noite. Sou ruivo como minha mãe e Jenny puxou ao meu pai. Brian Dhu, como o chamavam, ou "Black Brian", por causa do seu cabelo e da sua barba.

– Ouvi dizer que o capitão Randall é chamado de "Black Jack" – arrisquei. Jamie riu sem humor.

– Ah, sim. Mas isso se refere à cor de sua alma, não de seus cabelos. – Seus olhos aguçaram-se ao abaixar o olhar para mim.

– Você não está preocupada com ele, está, Sassenach? Não devia estar. – Suas mãos deixaram meus cabelos e seguraram meus ombros possessivamente. – Falo sério, você sabe – disse ele meigamente. – Eu vou protegê-la. Dele e de qualquer outra pessoa. Até a última gota do meu sangue, *mo duinne*.

– *Mo duinne*? – perguntei, um pouco perturbada pela intensidade de suas palavras. Não queria ser responsável por qualquer derramamento de seu sangue, última ou primeira gota.

– Significa "minha morena". – Levou uma mecha dos meus cabelos aos lábios e sorriu, com uma expressão nos olhos que fez com que todas as gotas do meu próprio sangue começassem a perseguir umas às outras em minhas veias. – *Mo duinne* – repetiu ele docemente. – Há muito queria chamá-la assim.

– Uma cor um pouco sem vida, o castanho, sempre achei – falei, de maneira prática, tentando adiar um pouco os acontecimentos. Eu continuava com a sensação de estar sendo levada de roldão, com muito mais rapidez do que gostaria.

Jamie balançou a cabeça, ainda sorrindo.

– Não, eu não diria isso, Sassenach. Nem um pouco sem vida. – Levantou um punhado dos meus cabelos com as duas mãos e espalhou-o. – É como a água em um riacho, quando se encrespa sobre as rochas. Escura nos locais ondeados, com toques de prata na superfície, onde o sol bate.

Nervosa e um pouco ofegante, afastei-me para pegar o pente que deixara cair no chão. Ao levantar, deparei-me com Jamie, olhando-me fixamente.

– Eu disse que não lhe perguntaria nada que não quisesse me dizer – falou ele – e não o farei, mas tiro minhas próprias conclusões. Colum achou que você talvez fosse uma espiã inglesa, embora não conseguisse imaginar, nesse caso, por que não entende o gaélico. Dougal acha que é provável que você seja uma espiã francesa, talvez em busca de apoio ao rei James. Mas nesse caso, ele não pode imaginar por que você estava sozinha.

– E você? – perguntei, puxando com força uma mecha teimosa. – O que acha que eu sou?

Inclinou a cabeça, avaliando, examinando-me com atenção.

– Na aparência, poderia ser francesa. Você possui aqueles belos ossos do rosto das mulheres de Angevin. No entanto, as mulheres francesas em geral têm uma cor de pele amarelada e sua pele parece opala. – Deslizou o dedo lentamente pela curva da minha clavícula e senti minha pele resplandecer sob seu toque.

O dedo se moveu para o meu rosto, desenhando o contorno da têmpora à face, alisando os cabelos para trás da orelha. Permaneci imóvel sob seu escrutínio, tentando não me mexer quando sua mão passou para trás do meu pescoço, o polegar acariciando delicadamente o lóbulo da minha orelha.

– Olhos dourados; vi um par de olhos assim uma vez... em um leopardo. – Balançou a cabeça. – Não, Sassenach. Você poderia ser francesa, mas não é.

– Como sabe?

– Conversei muito com você e também a ouvi falar. Dougal pensa que é francesa porque você fala francês bem, muito bem.

– Obrigada – falei, sarcasticamente. – E o fato de eu falar francês bem prova que não sou francesa?

Sorriu e apertou levemente o meu pescoço.

– *Vous parlez très bien*, mas não tão bem quanto eu – acrescentou ele, voltando ao inglês. Soltou-me de repente. – Passei um ano na França, quando deixei o castelo, e mais dois anos depois, com o Exército. Conheço um francês de nascença quando ouço um. E o francês não é sua língua materna.

Balançou a cabeça devagar e continuou:

– Espanhola? Talvez, mas por quê? A Espanha não tem interesses nas Terras Altas. Alemã? Certamente não. – Deu de ombros. – Quem quer que seja, os ingleses iriam querer descobrir. Não podem se dar ao luxo de terem desconhecidos soltos por aí, com os clãs agitados e o príncipe Charles esperando para voltar da França. E seus métodos de averiguação não são nada agradáveis. Como já sei.

– Então, como sabe que não sou uma espiã inglesa? Dougal achou que eu era, você mesmo disse.

– É possível, embora o inglês que você fala também seja mais do que um pouco estranho. Entretanto, se fosse uma espiã, por que iria preferir se casar comigo a voltar para seu próprio povo? Essa foi mais uma razão para Dougal fazer você se casar comigo, para ver se iria fugir ontem à noite, quando chegasse a hora.

– E eu não fugi. Então, o que isso prova?

Ele riu e se deitou de costas na cama, um braço sobre os olhos para protegê-los da luz do lampião.

– Não faço a mínima ideia, Sassenach. Não faço a mínima ideia. Não consigo imaginar nenhuma explicação razoável para você. Pelo que sei, deve ser alguém do Povo Pequeno. – Lançou-me um olhar de esguelha por baixo do braço. – Não, acho que não. Você é alta demais.

– Não tem medo que eu possa matá-lo durante o sono uma noite, se não souber quem eu sou?

Não respondeu, mas retirou o braço de cima dos olhos e seu sorriso se ampliou. Seus olhos devem ser do lado dos Fraser, pensei. Não eram fundos como os olhos dos MacKenzie, possuíam um ângulo estranho, e as altas maçãs do rosto os faziam parecer quase puxados.

Sem dificuldade para erguer a cabeça, abriu a camisa e afastou o tecido, deixando o peito nu até a cintura. Tirou a adaga da bainha e jogou-a para mim. Caiu com um baque surdo aos meus pés.

Colocou o braço sobre os olhos de novo e esticou a cabeça para trás, mostrando o lugar onde a barba escura por fazer parava repentinamente, logo abaixo do maxilar.

– Direto para cima, logo embaixo do esterno – instruiu ele. – Rápido e limpo, embora seja necessário um pouco de força. Cortar a garganta é mais fácil, mas faz muita sujeira.

Inclinei-me para pegar a adaga.

– Seria bem feito para você se eu o fizesse – observei. – Filho da mãe convencido.

O sorriso visível por baixo da curva do seu braço se ampliou ainda mais.

– Sassenach?

Parei, a adaga ainda nas mãos.

– O quê?

– Eu morreria feliz.

17

ENCONTRO COM UM MENDIGO

Dormimos até bem tarde na manhã seguinte e o sol já estava alto quando deixamos a estalagem, dessa vez rumando para o sul. A maioria dos cavalos já não estava no curral e nenhum dos homens de nosso grupo parecia estar por perto. Perguntei em voz alta aonde teriam ido. Jamie riu.

– Não sei ao certo, mas posso imaginar. A patrulha foi naquela direção ontem – apontou para oeste –, portanto diria que Rupert e os demais foram naquela direção. – Apontou para leste.

Vendo que eu ainda não compreendia, explicou:

– Gado. Os proprietários de terras e arrendatários pagam à patrulha para ficar de olho e recuperar seu gado se forem roubados numa dessas incursões na fronteira. Mas se a patrulha está indo para oeste, em direção a Lag Cruime, qualquer rebanho a leste está desamparado, ao menos um pouco. Adiante ficam as terras dos Grant e Rupert é um dos melhores ladrões de gado que já conheci. Os animais o seguem a qualquer lugar, sem sequer um mugido. E como não há mais diversão por aqui, provavelmente ficou impaciente.

O próprio Jamie parecia um pouco inquieto e andava a passos largos. Havia uma trilha de veado pelo meio das urzes e a caminhada era bastante fácil, de modo que eu conseguia acompanhá-lo sem dificuldade. Após algum tempo, saímos em uma faixa de charneca, onde podíamos caminhar lado a lado.

– E quanto a Horrocks? – perguntei repentinamente. Ouvindo-o mencionar a cidade de Lag Cruime, lembrei-me do desertor inglês e de suas possíveis informações. – Você deveria encontrá-lo em Lag Cruime, não é?

Assentiu.

– Sim. Mas não posso ir lá agora, com Randall e a patrulha indo naquela direção. Perigoso demais.

– Alguém não poderia ir por você? Ou não confia em ninguém o suficiente para isso?

Olhou para mim e sorriu.

– Bem, há você. Já que afinal de contas não me matou ontem à noite, acho que posso confiar em você. Mas receio que não possa ir a Lag Cruime sozinha. Se necessário, Murtagh irá por mim. Mas talvez eu consiga outra coisa... vamos ver.

– Confia em Murtagh? – perguntei, curiosa. Não nutria sentimentos muito amistosos em relação ao homenzinho desmazelado, já que ele era mais ou menos responsável pelas minhas presentes dificuldades, tendo me sequestrado. No entanto, havia sem dúvida algum tipo de amizade entre ele e Jamie.

– Ah, sim. – Olhou para mim, surpreso. – Murtagh me conhece desde pequeno. É primo de segundo grau do meu pai, acho. Seu pai era meu...

– É um Fraser, você quer dizer – interrompi apressadamente. – Pensei que ele fosse um dos MacKenzie. Ele estava com Dougal quando encontrei vocês.

Jamie assentiu.

– Sim. Quando resolvi voltar da França, mandei avisá-lo, pedindo-lhe para me encontrar na costa. – Sorriu ironicamente. – Eu não sabia se tinha sido Dougal quem mandara me matar antes. E não gostava da ideia de me encontrar com vários MacKenzie sozinho. Não queria acabar boiando na praia de Skye, se era isso que tinham em mente.

– Compreendo. Então Dougal não é o único que acredita em testemunhas.

Concordou.

– Muito úteis, as testemunhas.

Do outro lado da charneca havia um trecho de rochas retorcidas, escavadas e talhadas pelo avanço e recuo de geleiras em outras eras. Água de chuva enchia os fossos mais profundos e cardos, tanásias e rainhas-dos-prados cresciam em volta desses pequenos lagos entre montanhas, as flores refletindo-se na água parada.

Estéreis e sem peixes, esses lagos pontilhavam a paisagem e formavam armadilhas para viajantes desavisados, que podiam facilmente tropeçar em um deles no escuro e ter que passar uma noite molhada e desconfortável na charneca. Sentamo-nos ao lado de um desses pequenos lagos para fazer o nosso lanche matinal de pão e queijo.

O lago ao menos tinha pássaros; andorinhas mergulhavam na superfície da água para beber e tarambolas e maçaricos escarafunchavam a terra lamacenta das margens com seus bicos longos, à cata de insetos.

Atirei farelos de pão na lama para os pássaros. Um maçarico olhou desconfiado para um dos pedacinhos de pão, mas enquanto ainda estava tomando uma decisão, uma rápida andorinha passou zunindo sob seu bico e fugiu com a guloseima. O maçarico agitou as penas e voltou à sua laboriosa escavação.

Jamie chamou minha atenção para um maçarico, gritando e arrastando uma asa aparentemente quebrada perto de nós.

– Ela tem um ninho perto daqui – falei.

– Lá. – Ele teve que apontá-lo diversas vezes até que eu finalmente o identificasse; uma depressão rasa, completamente exposta, mas com os quatro ovos pintados tão semelhantes na aparência à margem salpicada de folhas que, quando pisquei os olhos, perdi o ninho de vista outra vez.

Pegando uma vara, Jamie cutucou o ninho devagar, deslocando um dos ovos do lugar. A mãe, agitada, correu até quase diante dele. Ele se sentou sobre os calcanhares, absolutamente imóvel, deixando o pássaro lançar-se de um lado para o outro, berrando. Viu-se o lampejo de um movimento e ele tinha o pássaro nas mãos, repentinamente silencioso.

Falou com o pássaro em gaélico, uma espécie de discurso sereno e sibilante, enquanto acariciava a plumagem macia e furta-cor com um dedo. O pássaro agachou-se em sua mão, completamente imóvel, até os reflexos paralisados em seus olhos negros e redondos.

Colocou o pássaro delicadamente no chão, mas ele não se afastou até Jamie dizer mais algumas palavras e abanar a mão lentamente de um lado para o outro atrás dele, que deu um pequeno salto e precipitou-se para o mato. Observou-o partir e, inconscientemente, fez o sinal da cruz.

– Por que fez isso? – perguntei, curiosa.

– O quê? – Ficou momentaneamente surpreso; acho que havia se esquecido de que eu estava ali.

– Você se benzeu quando o pássaro voou para longe; perguntei-me o porquê.

Encolheu os ombros, ligeiramente envergonhado.

– Ah, bem. É uma velha história, só isso. Porque os maçaricos gritam do jeito que fazem e correm lamentando-se perto de seus ninhos assim. – Apontou para o outro lado do pequeno lago, onde outro maçarico fazia exatamente o mesmo. Observou o pássaro por alguns instantes, distraído. – Eles têm a alma das mães jovens que morreram de parto – disse ele. Olhou de soslaio para mim, timidamente. – Diz a lenda que gritam e correm em volta do ninho porque não conseguem acreditar que os ovos estão sendo chocados em segurança; estão sempre lamentando pelo filho perdido, ou procurando um filho que ficou para trás.

Agachou-se junto ao ninho e cutucou o ovo com a vara, virando aos poucos até que o lado pontudo ficasse voltado para dentro, como os outros. Continuou agachado, mesmo depois de o ovo ter sido recolocado na posição inicial, balançando a vara entre as coxas, fitando as águas imóveis do pequeno lago.

– Acho que é apenas por hábito – disse ele. – Fiz isso pela primeira vez quando era pequeno e acabara de ouvir a história. Não acreditava realmente que tivessem alma, é claro, mesmo naquela época, mas, sabe, apenas como um pouco de respeito... – Ergueu os olhos para mim e sorriu de repente. – Hoje faço isso tão constantemente, que nem notei. Há muitos maçaricos na Escócia. – Levantou-se e atirou fora a vara. – Vamos, venha. Há um lugar que quero lhe mostrar, perto do topo de uma colina lá adiante. – Segurou meu cotovelo para me ajudar a sair do declive e começamos a subir a encosta.

Eu ouvira o que ele dissera ao maçarico que soltou. Embora soubesse apenas algumas palavras em gaélico, já escutara a antiga saudação o bastante para estar familiarizada com ela. "Vá com Deus, Mãe."

Uma jovem mãe morta no parto e uma criança deixada para trás. Toquei seu braço e ele olhou para mim.

– Quantos anos você tinha? – perguntei.

Esboçou um sorriso.

– Oito – respondeu ele. – Desmamado, ao menos.

Não falou mais, apenas conduziu-me morro acima. Estávamos em contrafortes ondulantes agora, cobertos de urzes. À frente, a paisagem do campo mudava bruscamente, com enormes aglomerados de granito erguendo-se da terra, cercados de moitas de sicômoro e larício. Atravessamos o topo da colina e deixamos para trás os maçaricos gritando junto aos pequenos lagos.

• • •

O sol estava ficando quente e depois de uma hora abrindo caminho pela folhagem densa – mesmo com Jamie indo à frente –, eu precisava de um descanso.

Encontramos um lugar sombreado ao pé de uma das formações rochosas. O local lembrava-me um pouco do local onde eu encontrara Murtagh pela primeira vez – e deixara a companhia do capitão Randall. Ainda assim, era agradável ali. Jamie disse-me que estávamos sozinhos, por causa do permanente cantarolar dos pássaros em toda a volta. Se alguém se aproximasse, a maioria dos pássaros pararia de cantar, embora os gaios e as gralhas se esgoelassem e berrassem alarmados.

– Sempre se esconda numa floresta, Sassenach – aconselhou-me. – Se você não se mover muito, os pássaros lhe dirão com tempo de sobra se alguém está se aproximando.

Voltando-se para mim, depois de apontar para uma gralha grasnando na árvore acima de nossas cabeças, seus olhos encontraram-se com os meus. E nos sentamos como se estivéssemos paralisados, ao alcance da mão um do outro, mas sem nos tocar, mal respirando. Após algum tempo, a gralha cansou-se de nós e foi embora. Foi Jamie quem desviou o olhar primeiro, com um estremecimento quase imperceptível, como se sentisse frio.

Cogumelos de chapéus peludos despontavam suas cabeças brancas pelo musgo sob as samambaias. Jamie arrancou um de seu caule e passou o dedo sobre os raios do basídio enquanto reunia suas palavras seguintes. Quando falava cuidadosamente, como agora, perdia o leve sotaque escocês que em geral marcava seu discurso.

– Não quero... isto é... não pretendo insinuar... – Ergueu os olhos de repente e sorriu, com um gesto de desamparo. – Não quero insultá-la falando como se achasse que você tem uma vasta experiência com homens, só isso. Mas seria tolo fingir que você não sabe mais do que eu sobre essas questões. O que quero perguntar é... isso é comum? O que acontece entre nós, quando eu toco em você, quando você... se deita comigo? É sempre assim entre um homem e uma mulher?

Apesar de suas dificuldades, eu sabia exatamente o que ele queria dizer. Seu olhar era direto, fitando meus olhos enquanto aguardava uma resposta. Eu quis desviar os olhos, mas não pude.

– Frequentemente, acontece algo parecido – falei e tive que parar e limpar a garganta. – Mas, não. Não, não é... comum. Não faço a menor ideia do motivo, mas não é. Isso é... diferente.

Relaxou um pouco, como se eu tivesse confirmado algo sobre o qual ele se sentia um pouco ansioso.

– Achei que não. Nunca dormi com outra mulher antes, mas já... bem, já pus a mão em algumas. – Sorriu timidamente e balançou a cabeça. – Não era a mesma coisa. Quero dizer, já tive outras mulheres em meus braços antes, beijei-as e... – Agitou uma das mãos, descartando o resto da frase. – Era realmente muito agradável. Fazia meu coração bater com força e minha respiração faltar e tudo mais. Mas não era nem de longe como é quando a tomo nos braços e a beijo. – Seus olhos, pensei, eram da cor de lagos e céus, e tão insondáveis quanto.

Estendeu o braço e tocou meu lábio inferior, mal roçando os cantos.

– Começa do mesmo jeito, mas depois, após uns instantes – disse ele, falando docemente –, é como se eu tivesse uma chama viva nos braços. – Seu toque tornou-se mais firme, delineando meus lábios e acariciando o contorno do meu maxilar. – E eu só desejo me atirar nessa chama e ser consumido.

Pensei em lhe dizer que seu próprio toque queimava minha pele e enchia minhas veias de fogo. Mas eu já estava acesa e brilhando como ferro em brasa. Fechei os olhos e senti o toque quente mover-se para minha face e para a têmpora, orelha e pescoço, e estremeci quando suas mãos desceram para a minha cintura e me puxaram para junto dele.

Jamie parecia ter uma ideia precisa do local aonde estávamos indo. Finalmente, parou ao pé de uma enorme rocha, com cerca de 6 metros de altura, cheia de saliências e fendas pontiagudas. Tanásias e madressilvas silvestres cresciam nas fendas e oscilavam precariamente como bandeirolas amarelas contra a pedra. Tomou minha mão e meneou a cabeça indicando a rocha à nossa frente.

– Vê os degraus ali, Sassenach? Acha que consegue? – Havia, de fato, protuberâncias fracamente marcadas na pedra, inclinadas contra a face da rocha. Algumas eram proeminências autênticas e outras meramente um apoio para liquens. Eu não sabia dizer se eram naturais ou se tinham recebido alguma ajuda em sua formação, mas achei que era possível subir por elas, ainda que com saias compridas e um corpete apertado.

Com algumas escorregadelas e sustos, e com Jamie empurrando prestativamente por trás de vez em quando, consegui chegar ao topo da rocha e parei para olhar à minha volta. A vista era espetacular. O volume maciço e escuro de uma montanha erguia-se a leste, enquanto bem abaixo, ao sul, os contrafortes estendiam-se por uma vasta e deserta charneca. O alto da rocha se inclinava para dentro em todos os lados, formando uma bacia rasa. No centro da bacia, via-se um círculo enegrecido, com a fuligem remanescente de madeira queimada. Não éramos os primeiros visitantes, portanto.

– Você conhecia este lugar?

Jamie afastou-se um pouco para um dos lados, observando-me, satisfeito com o meu deslumbramento. Encolheu os ombros.

– Ah, sim. Conheço quase tudo nesta parte das Terras Altas. Venha aqui, há um local onde pode se sentar e ver a estrada perto da colina. – A hospedaria também era visível dali, reduzida, em função da distância, de casa de boneca a casinha de blocos de madeira de criança. Havia alguns cavalos amarrados a árvores ao lado da estrada, pequenos pontos marrons e pretos dali de cima.

Nenhuma árvore crescia no topo da rocha e o sol queimava minhas costas. Sentamo-nos lado a lado, as pernas balançando na borda e, como camaradas, compartilhamos uma das garrafas de cerveja que Jamie providencialmente retirou do poço do pátio da estalagem quando partimos.

Não havia árvores, mas as plantas menores, as que podiam crescer nas precárias fendas e criar raízes num solo escasso, brotavam aqui e ali, erguendo o semblante corajosamente para o quente sol de primavera. Havia um pequeno grupo de margaridas abrigando-se sob uma saliência perto de mim e estendi a mão para colher uma.

Ouviu-se um ligeiro zumbido e a margarida saltou do seu cabo e aterrissou no meu colo. Fiquei olhando estupidamente, a mente incapaz de dar sentido àquele comportamento bizarro. Jamie, bem mais rápido em suas percepções, atirara-se deitado na pedra.

– Abaixe-se! – exclamou ele. A mão avantajada agarrou meu cotovelo e me fez deitar estatelada a seu lado. Quando deitei no musgo esponjoso, vi a haste da flecha ainda tremendo acima do meu rosto, onde se fincara numa fenda do afloramento de rocha.

Fiquei paralisada, com medo até de olhar para os lados, e tentei agarrar-me ainda mais ao solo. Jamie estava imóvel ao meu lado, tão quieto que ele mesmo poderia se passar por uma pedra. Até os pássaros e insetos pareciam ter feito uma pausa em suas cantorias e o ar ficou parado, à espera. De repente, Jamie começou a rir.

Sentou-se e, agarrando a flecha pela haste, girou-a cuidadosamente, retirando-a da fenda onde se instalara. Vi que estava guarnecida de penas bifurcadas da cauda de um pica-pau, amarradas com um fio azul, enrolado numa faixa de pouco mais de 1 centímetro de largura abaixo das penas.

Colocando a flecha de lado, Jamie posicionou as mãos em concha em torno da boca e fez uma imitação notavelmente boa do grito de um pica-pau. Abaixou as mãos e esperou. Em um instante, o chamado foi respondido do arvoredo lá embaixo e um largo sorriso espalhou-se em seu rosto.

– Um amigo seu? – arrisquei. Ele confirmou meneando a cabeça, os olhos atentos ao estreito caminho na superfície da parede da rocha.

– Hugh Munro, a menos que outra pessoa tenha passado a fazer flechas como as dele.

Esperamos mais alguns instantes, mas ninguém apareceu no caminho.

– Ah! – exclamou Jamie baixinho, virando-se a tempo de se deparar com uma cabeça, erguendo-se lentamente acima da borda da rocha, atrás de nós.

A cabeça abriu um sorriso semelhante ao daquelas lanternas de Halloween feitas de abóbora recortada como um rosto humano, alegre e banguela, radiante de prazer por ter nos surpreendido. A própria cabeça era mais ou menos do formato de uma abóbora, a impressão reforçada pela pele encouraçada, morena e avermelhada, que recobria não só o rosto, mas o topo redondo e careca de sua cabeça também. Poucas abóboras, entretanto, poderiam se vangloriar de uma barba tão luxuriante e de um par de olhos azuis e brilhantes como aqueles. Mãos robustas, com unhas imundas, plantaram-se sob a barba e agilmente ergueram o resto da lanterna de abóbora à plena vista.

De certa forma, o corpo combinava com a cabeça, com uma aparência nítida de duende de Halloween. Os ombros eram muito largos, mas corcundas e inclinados, um bem mais alto do que o outro. Uma das pernas também parecia um pouco mais curta do que sua companheira, emprestando ao sujeito uma espécie de trejeito manco e saltitante.

Munro, se esse realmente era o amigo de Jamie, estava vestido com o que pareciam ser múltiplas camadas de trapos, as cores desbotadas de tecido tingido com frutas silvestres aparecendo entre os rasgões de uma vestimenta disforme que um dia devia ter sido um guarda-pó feminino.

Não carregava a bolsa de pelo que os escoceses levavam à frente da cintura, presa ao cinto, o qual era, de qualquer modo, não mais do que um pedaço de corda esfiapada de onde pendiam duas carcaças peludas de cabeça para baixo. Em vez disso, carregava uma gorda bolsa de couro atravessada no peito, de qualidade surpreendentemente boa, se considerarmos o resto do traje. Uma coleção de pequenos objetos de metal pendia da tira da bolsa: medalhas religiosas, condecorações militares, o que pareciam ser velhos botões de uniformes, moedas gastas, furadas e costuradas no couro, e três ou quatro pedacinhos retangulares de metal, cinzas e opacos, com marcas enigmáticas gravadas na superfície.

Jamie se levantou enquanto a criatura avançava, saltando agilmente entre as protuberâncias da rocha. Os dois abraçaram-se efusivamente, batendo com força nas costas um do outro, à velha maneira dos homens se cumprimentarem.

– E então, como vão as coisas na casa dos Munro? – perguntou Jamie, afastando-se e examinando o velho companheiro.

Munro abaixou a cabeça e fez um estranho som devorador, sorrindo. Em seguida, erguendo as sobrancelhas, balançou a cabeça em minha direção e abanou as mãos curtas num gesto interrogativo estranhamente gracioso.

– Minha mulher – disse Jamie, enrubescendo ligeiramente com um misto de timidez e orgulho na nova apresentação. – Casado há apenas dois dias.

Munro exibiu um sorriso ainda mais largo diante dessa informação e executou uma mesura notavelmente complexa e elegante, envolvendo o toque rápido na cabeça, no coração e nos lábios e terminando em uma posição quase horizontal no chão aos meus pés. Tendo realizado essa surpreendente manobra, colocou-se de pé num salto com a graça de um acrobata e bateu nas costas de Jamie outra vez, agora para felicitá-lo.

A seguir, Munro iniciou um extraordinário balé com as mãos, apontando para si mesmo, para a floresta lá embaixo, para mim e depois para ele outra vez, com tal variedade de gestos e acenos que eu mal conseguia seguir suas mãos esvoaçantes. Eu já vira conversas de surdos-mudos antes, mas não executada tão agilmente e com tanta graça.

– Então, é assim? – exclamou Jamie. Foi a sua vez de dar tapas de congratulações no outro homem. Não era de admirar que os homens se tornassem insensíveis à dor superficial, pensei. Vinha deste hábito de espancarem-se incessantemente.

– Ele também se casou – explicou Jamie, virando-se para mim. – Há seis meses, com uma viúva... ah, certo, com uma viúva gorda – acrescentou em resposta a um gesto enfático de Munro –, com seis filhos, na vila de Dubhlairn.

– Que bom – disse, educadamente. – Parece que pelo menos eles vão comer bem. – Indiquei os coelhos pendurados em seu cinto.

Munro imediatamente soltou um dos animais mortos e entregou-o a mim, com tal expressão radiante de boa vontade que me senti obrigada a aceitá-lo, sorrindo e esperando secretamente que não abrigasse pulgas.

– Um presente de casamento – disse Jamie. – E muito bem-vindo, Munro. Permita-nos retribuir a gentileza. – Com isso, extraiu uma das garrafas de cerveja de seu leito no musgo e passou-a a ele.

As cortesias assim resolvidas, sentamo-nos novamente, compartilhando com camaradagem uma terceira garrafa. Jamie e Munro lançaram-se em uma troca de notícias, mexericos e conversas que não pareciam menos desenvoltas pelo fato de que apenas um deles falava.

Quase não tomei parte na conversa, sendo incapaz de ler os sinais de Munro, embora Jamie fizesse o melhor possível para me incluir por meio de traduções e referências.

A certa altura, Jamie indicou os pedaços retangulares de chumbo que adornavam a tira da bolsa de Munro.

– Agora é oficial, hein? – perguntou ele. – Ou é somente para quando a caça está escassa?

Munro balançou a cabeça como o palhaço de uma caixa de surpresas.

– O que são? – perguntei, curiosa.

– *Gaberlunzies.*

– Ah, claro – disse. – Desculpe-me por perguntar.

– Um *gaberlunzie* é um mendigo andarilho, com licença para pedir esmolas, Sassenach – explicou Jamie. – A licença vale dentro dos limites de uma paróquia e somente no dia da semana em que é permitido pedir esmolas. Cada paróquia tem a sua, para que os pedintes de uma paróquia não possam se aproveitar muito da caridade da outra.

– Um sistema com certa dose de flexibilidade, pelo que estou vendo – disse, observando o estoque de quatro selos de chumbo de Munro.

– Ah, bem, Munro é um caso especial, sabe. Foi capturado pelos turcos no mar. Passou muitos anos remando numa galé e mais alguns como escravo na Argélia. Foi onde ele perdeu a língua.

– Eles... a cortaram? – Senti uma ligeira tontura.

Jamie não pareceu perturbado com a ideia. Ele aparentemente já conhecia Munro havia algum tempo.

– Ah, sim. E também quebraram sua perna. As costas também, Munro? Não – corrigiu-se, diante de uma série de sinais de Munro. – As costas foi num acidente, que aconteceu quando pulava um muro em Alexandria. Mas os pés, isso foi obra dos turcos.

Eu não queria realmente saber, mas tanto Munro quanto Jamie pareciam estar morrendo de vontade de me contar.

– Está bem – disse, resignada. – O que aconteceu com os pés dele?

Com algo que se aproximava do orgulho, Munro tirou os sapatos surrados e as meias, expondo pés largos, achatados, onde a pele era endurecida e áspera, com áreas brancas e brilhantes, alternadas com áreas vermelhas como se estivessem em carne viva.

– Óleo fervente – disse Jamie. – É como forçam os cristãos capturados a se converterem à religião muçulmana.

– Parece um meio de persuasão muito eficaz – falei. – Então é por isso que várias paróquias lhe dão licença para mendigar? Para compensá-lo por suas provações em nome da cristandade?

– Exatamente. – Jamie estava satisfeito com a minha rápida apreensão da situação. Munro também expressou sua admiração com outro profundo salamaleque, seguido de uma expressiva, embora indelicada sequência de movimentos com as mãos que eu entendi como sendo elogios à minha aparência física também.

– Obrigado, Munro. Sim, ela vai me dar muito orgulho, acho. – Jamie, vendo minhas sobrancelhas arquearem-se, diplomaticamente virou Munro de modo que suas costas ficassem viradas para mim e os dedos esvoaçantes escondidos. – Agora, conte-me o que tem feito nas vilas.

Os dois homens aproximaram-se ainda mais, continuando sua conversa canhestra com mais intensidade ainda. Como a parte de Jamie parecia limitar-se principalmente a grunhidos e exclamações de interesse, eu pouco podia colher do conteúdo da conversa e, assim, passei a me ocupar com um exame das estranhas plantas que brotavam na superfície de nosso poleiro.

Eu havia colhido um punhado de eufrásias e ditamnos quando acabaram de conversar e Munro se levantou para ir embora. Com uma última mesura para mim e um tapa nas costas de Jamie, arrastou-se para a borda da rocha e desapareceu tão rapidamente quanto um dos coelhos que ele abateu deveria ter desaparecido em sua toca.

– Que amigos fascinantes você tem.

– Ah, sim. Um bom sujeito, Hugh. Cacei com ele e outros no ano passado. Ele vive por conta própria, mas agora que é um mendigo oficial, seu trabalho o mantém indo e vindo entre as paróquias; ele sabe tudo que se passa entre as fronteiras de Ardagh e Chesthill.

– Inclusive o paradeiro de Horrocks? – perguntei.

Jamie assentiu.

– Sim. E ele levará uma mensagem para mim, para mudar o local de encontro.

– O que vai deixar Dougal perplexo – observei. – Se estivesse pensando em encostá-lo na parede em relação a Horrocks.

Meneou a cabeça e um sorriso torceu o canto de sua boca.

– Sim, isso também é verdade.

Era quase hora do jantar quando chegamos à hospedaria. Dessa vez, no entanto, o grande cavalo preto de Dougal e seus cinco companheiros estavam parados no pátio, mascando feno com satisfação.

O próprio Dougal estava lá dentro, limpando a poeira da estrada de sua garganta com cerveja. Cumprimentou-me com um aceno da cabeça e virou-se para cumprimentar o sobrinho. Em vez de falar, no entanto, ficou ali parado, a cabeça de lado, examinando Jamie com sarcasmo.

– Ah, é isso – disse ele, finalmente, no tom satisfeito de um homem que solucionou uma difícil charada. – Agora sei do que você me faz lembrar, rapaz. – Virou-se para mim. – Já viu um cervo perto do fim da estação do cio, dona? – disse ele, em tom confidencial. – Os pobres animais não comem nem dormem por várias semanas porque não podem perder tempo, entre derrotar os outros cervos e atender às corças. No final da temporada, são só pele e osso. Os olhos estão fundos e a única parte deles que não treme com paralisia é seu...

O final da frase perdeu-se num coro de gargalhadas enquanto Jamie puxava-me escadas acima. Não descemos para o jantar.

Muito mais tarde, quando estávamos quase adormecendo, senti o braço de Jamie em volta da minha cintura e seu hálito morno no meu pescoço.

– Isso nunca para? O desejo de ter você? – Sua mão acariciou meu seio. – Mesmo quando acabo de sair de você, eu a desejo tanto que sinto um aperto no peito e meus dedos doem querendo tocá-la outra vez.

Segurou meu rosto no escuro, com as duas mãos, os polegares acariciando os arcos das minhas sobrancelhas.

– Quando a seguro com as duas mãos e a sinto tremer assim, esperando que eu a possua... Meu Deus, quero lhe dar prazer até você gritar sob mim. E quando tiro de você meu próprio prazer, sinto como se tivesse lhe dado minha alma junto com meu corpo.

Rolou para cima de mim e abri minhas pernas, contraindo-me ligeiramente quando ele me penetrou. Ele riu baixinho.

– Eu também estou um pouco dolorido. Quer que eu pare? – Envolvi seus quadris com minhas pernas em resposta e o puxei para mais junto de mim.

– Você gostaria de parar? – perguntei.

– Não. Não consigo.

Rimos e nos balançamos juntos, devagar, os lábios e os dedos explorando no escuro.

– Entendo por que a Igreja diz que é um sacramento – disse Jamie sonhadoramente.

– Isto? – perguntei, espantada. – Por quê?

– Ou ao menos sagrado – disse ele. – Sinto-me como o próprio Deus quando estou em você.

Ri com tanta força que ele quase saiu de mim. Parou e segurou meus ombros, prendendo-me na cama.

– O que é tão engraçado?

– É difícil imaginar Deus fazendo isso.

Jamie retomou seus movimentos.

– Bem, se Deus fez o homem à Sua imagem, devo supor que Ele tenha um pênis. – Começou a rir também, perdendo o ritmo outra vez. – Embora você não me lembre muito a Virgem Maria, Sassenach.

Sacolejamo-nos nos braços um do outro, rindo até nos soltarmos e rolarmos cada qual para um lado.

Recompondo-se, Jamie deu um tapinha no meu quadril.

– Fique de joelhos, Sassenach.

– Por quê?

– Se não vai me deixar ser espiritual a respeito disso, vai ter que aturar meus instintos mais básicos. Vou ser um animal. – Mordeu meu pescoço. – Quer que eu seja um cavalo, um urso ou um cachorro?

– Um ouriço.

– Um ouriço? E como um ouriço faz amor? – perguntou ele.

Não, pensei. Não farei isso. Não. Mas fiz.

– Com muito cuidado – respondi, não contendo um risinho silencioso. Então, agora sabemos há quanto tempo esse aí existe, pensei.

Jamie ficou, rolando de rir. Finalmente, rolou para fora da cama e pôs-se de pé, tateando em busca da caixa de sílex sobre a mesa. Ele brilhou como âmbar vermelho contra a escuridão do quarto quando o pavio pegou fogo e a luz aumentou às suas costas.

Deixou-se cair ao pé da cama, rindo para mim, que ainda sacudia a cabeça sobre o travesseiro, com espasmos de riso. Passou as costas da mão pelo rosto e assumiu uma fingida expressão de seriedade.

– Está bem, mulher. Estou vendo que chegou a hora em que terei que exercer minha autoridade como marido.

– Ah, é mesmo?

– Sim. – Mergulhou para a frente, agarrando minhas coxas e abrindo-as. Soltei um gritinho enquanto me contorcia, tentando me libertar, arrastando-me para a cabeceira da cama.

– Não, não faça isso!

– Por que não? – Deitou-se ao comprido entre minhas pernas, erguendo os olhos para mim. Continuou segurando minhas pernas com força, impedindo-me de fechá-las. – Diga-me, Sassenach. Por que não quer que eu faça isso? – Esfregou o rosto na parte interna de uma de minhas coxas, a barba espetada raspando a pele fina. – Seja sincera. Por que não? – Raspou a barba no outro lado, fazendo-me chutar e retorcer-me desesperadamente para me libertar, mas em vão.

Afundei o rosto no travesseiro, frio contra meu rosto afogueado.

– Bem, se quer saber – murmurei –, eu não acho... bem, receio que não... quero dizer, o cheiro... – Minha voz definhou em um silêncio embaraçoso. Houve um movimento repentino entre minhas pernas, quando Jamie ergueu o corpo repentinamente. Passou os braços em torno dos meus quadris, colou o rosto na minha coxa e riu até as lágrimas correrem pelas suas faces.

– Meu Deus, Sassenach – disse ele, finalmente, resfolegando com a risada –, não sabe qual é a primeira coisa que se faz quando se está conhecendo um novo cavalo?

– Não – respondi, completamente perplexa.

Ergueu um dos braços, exibindo um tufo macio de cabelos cor de canela.

– Você esfrega o sovaco no focinho do animal algumas vezes, para lhe dar seu cheiro e fazê-lo acostumar-se com você, para que não fique nervoso. – Ergueu-se sobre os cotovelos, espreitando por cima da elevação da barriga e dos seios. – É o que você devia ter feito comigo, Sassenach. Devia ter esfregado minha cara entre suas pernas logo da primeira vez. Assim, eu não ficaria arisco.

– Arisco!

Abaixou o rosto e esfregou-o deliberadamente para cima e para baixo, resfolegando e respirando forte, imitando um cavalo. Contorci-me e chutei-o nas costelas, com o mesmo efeito de quem chuta uma parede de tijolos. Finalmente, pressionou minhas coxas para baixo outra vez e ergueu os olhos para mim.

– Agora – disse ele, num tom que não admitia oposição –, fique deitada quieta.

Senti-me exposta, invadida, impotente – e como se estivesse prestes a me desintegrar. O hálito de Jamie era ao mesmo tempo quente e frio em minha pele.

– Por favor – falei, sem saber se estava querendo dizer "por favor, pare" ou "por favor, continue". Não importava; ele não pretendia parar.

A consciência fragmentou-se em inúmeras sensações distintas: a aspereza da fronha de linho, empelotada de flores bordadas; o odor rançoso do lampião, misturado ao cheiro mais fraco de rosbife e cerveja e aos vapores ainda mais fracos do perfume das flores murchando no copo de vidro; a madeira fria da parede contra meu pé esquerdo, as mãos firmes nos meus quadris. As sensações giravam em redemoinho e aglutinavam-se por trás de minhas pálpebras cerradas em um sol brilhante que crescia e diminuía e que finalmente explodiu com um estalido sem som que me deixou numa escuridão quente e pulsante.

Indistintamente, de muito, muito longe, ouvi Jamie sentar-se.

– Bem, assim está melhor – disse uma voz, ofegando entre as palavras. – É preciso um pouco de esforço para deixá-la submissa, não é?

A cama rangeu com uma mudança de peso e senti meus joelhos serem afastados.

– Espero que não esteja tão morta quanto parece. Está? – disse a voz, aproximando-se. Arqueei o corpo para cima com um som incompreensível quando tecidos extremamente sensíveis foram firmemente apartados numa nova investida.

– Meu Deus! – exclamei. Ouvi um risinho junto ao meu ouvido.

– Eu só disse que me sentia como Deus, Sassenach – murmurou ele. – Nunca disse que eu era Ele.

Mais tarde, quando o sol nascente começou a obscurecer a chama do lampião, acordei de um sono inebriante com a voz de Jamie murmurando mais uma vez:

– Isso para, Claire? O desejo?

Minha cabeça recostou em seu ombro.

– Não sei, Jamie. Realmente, não sei.

18

ASSALTANTES ATRÁS DAS ROCHAS

O que o capitão Randall disse? – perguntei.

Com Dougal de um lado e Jamie do outro, mal havia espaço para os três cavalos seguirem lado a lado pela estrada estreita. De vez em quando, um dos meus acompanhantes, ou os dois, tinha que se deixar ficar para trás ou se adiantar, para não ficar emaranhado no mato que ameaçava tomar de volta o tosco caminho.

Dougal olhou para mim, depois de novo para a estrada, a fim de guiar seu cavalo em torno de uma enorme pedra. Um riso maldoso espalhou-se lentamente pelas suas feições.

– Não ficou muito satisfeito – disse ele, circunspecto. – Embora eu não tenha certeza se devo lhe contar o que ele realmente disse. Há limites até para a sua tolerância a palavrões, sra. Fraser.

Ignorei o uso sarcástico do meu novo título, bem como o insulto subjacente, embora tenha visto Jamie retesar-se na sela.

– Suponho, hum, que ele não pretenda tomar nenhuma medida a respeito?

– perguntei. Apesar das garantias de Jamie, eu tinha visões de dragões de casacos vermelhos saindo tempestuosamente do mato, massacrando os escoceses e arrastando-me para o covil de Randall para interrogatório. Tinha a inquietante sensação de que os métodos de interrogatório dele deveriam ser criativos, para dizer o mínimo.

– Creio que não – respondeu Dougal despreocupadamente. – Tem mais com que se preocupar do que com uma Sassenach perdida, por mais bonita que seja. – Ergueu uma das sobrancelhas e fez uma pequena mesura em minha direção, como se o elogio fosse um pedido de desculpas. – Ele também tem mais juízo do que irritar Colum sequestrando sua sobrinha – disse ele, de modo mais pragmático.

Sobrinha. Senti um ligeiro calafrio percorrer minha espinha, apesar do tempo quente. Sobrinha do chefe dos MacKenzie. E também do comandante de guerra do clã MacKenzie, cavalgando tão despreocupadamente ao meu lado. E pelo outro ramo da família, eu provavelmente estava agora ligada a lorde Lovat, chefe do clã Fraser, ao abade de uma poderosa abadia francesa e quem saberia com quantos outros Fraser. Não, provavelmente Jonathan Randall acharia que não valia a pena me perseguir. E esse, afinal, fora o motivo deste ridículo arranjo.

Olhei de soslaio para Jamie, agora cavalgando à frente. Suas costas estavam eretas como um amieiro novo e seus cabelos brilhavam sob o sol como um capacete de metal polido.

Dougal seguiu meu olhar.

– Poderia ter sido pior, não? – disse ele, erguendo a sobrancelha com um ar irônico.

Duas noites depois, estávamos acampados numa faixa de charneca, perto de um daqueles estranhos afloramentos de pedra revelados pelas geleiras. Fora um longo dia de viagem, com apenas uma refeição apressada feita sobre a sela, e todos estavam satisfeitos por poderem parar para um jantar adequado. Eu já tentara anteriormente ajudar com a preparação das refeições, mas minha ajuda foi mais ou menos educadamente rejeitada por um taciturno membro do clã que aparentemente detinha essa função.

Um dos homens matara um veado de manhã e uma porção de carne recém-preparada, cozida com nabos, cebolas e o que mais o cozinheiro havia conseguido encontrar, compôs um delicioso jantar. Alimentados e satisfeitos, todos nós nos espalhamos em volta da fogueira, ouvindo histórias e canções. Para minha surpresa, o pequeno Murtagh, que raramente abria a boca para falar, tinha uma bela e limpa voz de tenor. Embora fosse difícil convencê-lo a cantar, os resultados eram recompensadores.

Aconcheguei-me mais perto de Jamie, tentando encontrar um lugar confortável para sentar no duro granito. Havíamos acampado perto do afloramento de pedra, onde uma prateleira larga de granito avermelhado nos fornecia um abrigo natural e a profusão majestosa de rochas atrás de nós formava um bom local para esconder os cavalos. Quando perguntei por que não dormíamos mais confortavelmente na grama flexível da charneca, Ned Gowan informou-me de que estávamos próximos à fronteira sul das terras dos MacKenzie. E, assim, perto dos territórios dos Grant e dos Chisholm.

– Os batedores de Dougal afirmaram que não há sinal de ninguém nas vizinhanças – dissera ele, de pé sobre uma pedra grande para espreitar o horizonte em direção ao pôr do sol –, mas nunca se sabe. Melhor prevenir do que remediar.

Quando Murtagh deu por encerrada sua apresentação, Rupert começou a contar histórias. Embora não tivesse a elegância de Gwyllyn com as palavras, possuía um repertório inesgotável de histórias sobre fadas, fantasmas, os *tannasg* ou maus espíritos e outros habitantes das Terras Altas, como os monstros dos lagos. Esses seres, pelo que entendi, habitavam quase todas as reservas de água, sendo especialmente comuns em vaus e travessias, embora muitos vivessem nas profundezas dos lagos.

– Há um lugar no extremo leste do lago Garve... – disse ele, passando os olhos ao redor do grupo para se certificar de que todos estivessem prestando atenção – que nunca congela. Lá a água é sempre escura, mesmo quando o resto do lago está duro como uma pedra, porque ali é a chaminé do monstro do lago.

O monstro do lago Garve, como tantos iguais a ele, havia roubado uma jovem que fora pegar água, levando-a para viver no fundo do lago e ser sua mulher. Deus livre qualquer moça, e mesmo qualquer homem, de encontrar um belo cavalo à beira d'água e pensar em montá-lo, pois uma vez montado é impossível desmontar e o monstro entrará na água, se transformará em um peixe e nadará para seu esconderijo com o impotente cavaleiro ainda preso em seu dorso.

– Ora, um monstro sob as ondas possui apenas dentes de peixe – disse Rupert, meneando a mão como um peixe ondulante – e se alimenta de caramujos, plantas aquáticas e coisas úmidas e frias. Seu sangue é frio como a água e ele não precisa de fogo, mas uma mulher humana é um pouco mais quente do que isso. – Nesse ponto, piscou para mim com uma malícia indecorosa, para deleite dos ouvintes. – Assim, a mulher do monstro do lago sentia-se triste, com frio e com fome em sua nova casa sob as ondas, já que não gostava de caramujos e plantas aquáticas.

Sendo o monstro do lago um tipo bondoso, vai até a margem, perto da casa de um homem conhecido como construtor. E quando o homem se aproxima da água e vê o belo cavalo dourado com seus freios de prata, brilhando ao sol, não consegue resistir a apoderar-se das rédeas e montar. Como era de se esperar, o monstro carrega-o direto para as profundezas da água e para sua casa fria, própria para peixes. Ali, conta ao construtor que para se libertar terá que construir uma boa lareira, com chaminé, para que a mulher do monstro do lago possa ter um fogo para aquecer as mãos e fritar seu peixe.

Recostei a cabeça no ombro de Jamie, sentindo-me agradavelmente sonolenta e ansiosa para ir para a cama, ainda que ela fosse apenas um cobertor estendido sobre o granito. De repente, senti seu corpo se retesar. Ele colocou a mão em meu pescoço, avisando-me para permanecer imóvel. Olhei em torno do acampamento e não vi nada estranho, mas percebi o ar de tensão passando de homem a homem numa comunicação sem fio.

Olhando na direção de Rupert, notei um movimento de cabeça quase imperceptível quando seus olhos encontraram-se com os de Dougal, embora continuasse a história sem se perturbar:

– Assim, o construtor, não tendo outra escolha, fez o que mandaram que fizesse. O monstro cumpriu sua palavra e levou o homem de volta à margem do lago perto de sua casa. E a mulher do monstro do lago ficou feliz, aquecida e satisfeita com o peixe que frita para o jantar. E a água nunca se congela na extremidade leste do lago Garve porque o calor da chaminé do monstro do lago derrete o gelo.

Rupert estava sentado numa pedra, o lado direito voltado para mim. Enquanto falava, inclinou-se casualmente como se fosse coçar a perna. Sem o menor tropeço em seus movimentos, pegou a faca que estava no chão perto de seu pé e transferiu-a facilmente para o colo, onde ficou escondida nas dobras do seu kilt.

Apertei-me mais contra Jamie e puxei sua cabeça para baixo como um gesto amoroso.

– O que foi? – sussurrei em seu ouvido.

Ele prendeu o lóbulo de minha orelha entre os dentes e respondeu também num sussurro:

– Os cavalos estão irrequietos. Há alguém por perto.

Um dos homens se levantou e caminhou para mais perto da rocha para urinar. Ao retornar, sentou-se em outro lugar, ao lado de um dos carroceiros. Outro homem foi inspecionar a panela de comida, servindo-se de um pedaço de carne de veado. Por todo o acampamento, via-se uma sutil movimentação, enquanto Rupert continuava falando.

Observando atentamente, com o braço de Jamie envolvendo-me com força, finalmente compreendi que os homens estavam se aproximando de onde haviam deixado suas armas. Todos eles dormiam com suas adagas, mas em geral deixavam espadas, pistolas e os escudos redondos de couro em pilhas pequenas e bem arrumadas, perto da borda do acampamento. As próprias pistolas de Jamie estavam no chão, a poucos passos de distância.

Eu podia ver a luz da fogueira dançando na lâmina decorada em estilo damasceno. Embora suas pistolas não fossem mais importantes do que as adagas comuns de cabo de chifre, usadas pela maioria dos homens, tanto a espada larga quanto a espada de dois gumes eram algo especial. Ele as mostrara orgulhosamente para mim em uma de nossas paradas, girando as lâminas reluzentes amorosamente nas mãos.

A espada de dois gumes estava guardada dentro do rolo de seu cobertor; eu podia ver o enorme punho em forma de T, o cabo áspero para a batalha, cuidadosamente lixado com areia. Eu a levantara e quase a deixara cair. Pesava cerca de 7 quilos, Jamie me informara.

Se a espada de dois gumes era sombria e de aparência letal, a espada de lâmina larga era bela. Dois terços do peso da arma maior, era brilhante e mortal, com arabescos islâmicos serpenteando pela lâmina de aço azulado até o guarda-mão espiralado do cabo, esmaltado em tons de vermelho e azul. Eu vira Jamie usá-la num exercício por diversão, primeiro com a mão direita com um dos soldados e depois com a mão esquerda, com Dougal. Era esplêndido vê-lo nessas condições, ágil e seguro, com uma graciosidade ainda mais impressionante se considerado o seu tamanho. Mas minha boca ficou seca diante da ideia de ver essa habilidade usada a sério.

Inclinou-se para mim, plantando um beijo terno logo abaixo da linha do meu maxilar e aproveitando a oportunidade para virar-me ligeiramente, de modo que eu ficasse de frente para um dos amontoados de rochas.

– Daqui a pouco, acho... – murmurou, beijando-me diligentemente. – Vê a pequena abertura na rocha? – Eu via; um espaço com menos de 1 metro de altura, formado por duas lajes grandes tombadas uma ao lado da outra.

Segurou meu rosto e aproximou o seu, acariciando-me amorosamente.

– Quando eu disser para ir, entre e fique lá. Está com o punhal?

Ele havia insistido para que eu carregasse a adaga que atirara para mim naquela noite na hospedaria, apesar da minha própria insistência de que eu não possuía a habilidade nem a inclinação para usá-la. E quando era preciso insistir, Dougal tinha razão. Jamie era teimoso.

Consequentemente, a adaga estava em um dos bolsos fundos do meu vestido. Depois de um dia inteiro com a presença desconfortável de seu peso contra a minha coxa, quase me esquecera inteiramente dela. Ele deslizou a mão de forma brincalhona pela minha perna, certificando-se da presença da adaga.

A seguir, levantou a cabeça, como um felino farejando na brisa. Erguendo os olhos, pude vê-lo relancear um olhar para Murtagh e, em seguida, para mim. O homenzinho não externou nenhum sinal, mas se levantou e espreguiçou-se com força. Quando se sentou outra vez, estava vários passos mais perto de mim.

Um cavalo relinchou nervosamente atrás de nós. Como se fosse um sinal, lançaram-se gritando por cima da rocha. Não ingleses, como eu temera, nem bandidos. Habitantes das Terras Altas, gritando como almas penadas. Do clã dos Grant, suponho. Ou dos Campbell.

Arrastando-me praticamente de joelhos, parti em direção às pedras. Bati a cabeça e ralei os joelhos, mas consegui me esgueirar para dentro da fenda. O coração disparado, tateei em busca da adaga em meu bolso, quase me cortando no processo. Não sabia o que fazer com o punhal longo e perigoso, mas me senti um pouco melhor por tê-lo comigo. Havia uma incrustação de pedra da lua no cabo e era reconfortante sentir o pequeno volume contra a palma da minha mão; ao menos, sabia que, mesmo no escuro, segurava-a corretamente.

A luta foi tão confusa que no começo eu não fazia nenhuma ideia do que estava acontecendo. A pequena clareira estava repleta de corpos gritando, empurrando-se, rolando no chão e correndo de um lado para outro. Felizmente, meu refúgio ficava afastado da zona de combate principal, de modo que eu não corria nenhum perigo no momento. Olhando ao meu redor, vi uma figura pequena, agachada, perto do meu esconderijo, pressionado contra as sombras da rocha. Segurei a adaga com mais força, mas percebi quase imediatamente que era Murtagh.

Então, essa fora a finalidade do olhar de Jamie. Murtagh fora instruído a me guardar. Não conseguia ver Jamie em lugar algum. A maior parte da luta estava ocorrendo nas rochas e nas sombras perto das carroças.

Claro, esse devia ser o objetivo do ataque; as carroças e os cavalos. Os atacantes eram um bando organizado, bem armado e nutrido, pelo pouco que pude ver à luz minguante da fogueira. Se eram os Grant, talvez estivessem procurando despojos ou vingança pelo gado que Rupert e seus amigos haviam surrupiado alguns dias antes. Confrontado com os resultados do ataque improvisado, Dougal ficara ligeiramente aborrecido – não com o assalto propriamente, mas preocupado apenas com o fato de que o gado iria nos atrasar. No entanto, ele conseguira se desvencilhar dele quase imediatamente, em um pequeno mercado numa das vilas.

Logo ficou evidente que os atacantes não estavam muito preocupados em causar danos ao nosso grupo; apenas em pegar os cavalos e as carroças. Um ou dois conseguiram. Agachei-me rapidamente quando um cavalo sem arreios saltou a fogueira e desapareceu na escuridão da charneca, um homem gritando estridentemente agarrado à sua crina.

Mais dois ou três fugiram a pé, carregando sacas dos grãos de Colum, perseguidos por alguns MacKenzie furiosos gritando imprecações em gaélico. Pelos sons, o ataque estava chegando ao fim. Em seguida, um grande grupo de homens surgiu de surpresa na luz da fogueira e a ação intensificou-se outra vez.

Parecia ser uma luta séria, uma impressão nascida dos lampejos das lâminas e do fato de que os participantes grunhiam bastante, mas não berravam. Finalmente, consegui entender. Jamie e Dougal estavam no centro do combate, lutando de costas um para o outro. Cada qual brandia sua espada larga na mão esquerda, adaga na direita e ambos estavam fazendo bom uso delas, até onde eu podia ver.

Estavam cercados por quatro homens – ou cinco; perdi a conta nas sombras – armados com espadas curtas, embora um dos homens tivesse uma espada larga pendurada na cintura e pelo menos mais dois carregassem pistolas que não haviam sacado.

Devia ser Dougal ou Jamie, ou ambos, que queriam. Vivos, de preferência. Para resgate, suponho. Por isso, o uso deliberado de espadas curtas, que poderiam apenas ferir, em vez da espada larga ou das pistolas mais letais.

Dougal e Jamie não sofriam de tais escrúpulos e dedicavam-se à luta com terrível e considerável eficiência. De costas um para o outro, formavam um círculo completo de ameaça, cada homem cobrindo o lado mais fraco do outro. Quando Dougal levou a mão com a adaga para cima com força considerável, pensei que "fraco" podia não ser o termo exato.

Toda a confusão de imprecações, grunhidos e brados avançava em minha direção. Recuei o máximo que pude, mas a fenda não tinha mais do que 60 centímetros de profundidade. Percebi um ligeiro movimento pelo canto do olho. Murtagh decidira tomar parte mais ativa nos acontecimentos.

Eu mal conseguia afastar meu olhar horrorizado de Jamie, mas vi o homenzinho sacar a pistola, até aqui não disparada, bem devagar. Verificou o mecanismo de disparo cuidadosamente, esfregou a arma na manga, firmou-a no antebraço e esperou.

E esperou. Eu tremia de medo por Jamie, que abandonara as maneiras elegantes e desfechava golpes ferozmente de um lado para o outro, fazendo recuar os dois homens que agora o enfrentavam com absoluta fúria. *Por que diabos ele não atirava?*, pensei furiosamente. Então compreendi. Tanto Jamie quanto Dougal estavam na linha de fogo. Lembrei-me que pistolas de sílex às vezes deixavam a desejar em termos de precisão.

Essa suposição foi confirmada no minuto seguinte, quando uma estocada inesperada de um dos adversários de Dougal pegou-o no pulso. A lâmina rasgou todo o comprimento de seu antebraço e ele caiu sobre um dos joelhos. Sentindo seu tio cair, Jamie retraiu sua própria lâmina e deu dois rápidos passos para trás. Isso colocou suas costas perto da superfície de uma rocha, Dougal agachado a seu lado, ao alcance da proteção de sua única lâmina. Também trouxe os atacantes para perto do meu esconderijo e da pistola de Murtagh.

Assim de perto, o estampido da pistola era espantosamente alto. Pegou os atacantes de surpresa, particularmente o que foi atingido. O homem ficou imóvel por um instante, sacudiu a cabeça, atordoado, depois foi se sentando bem devagar, caiu frouxamente para trás e rolou por um ligeiro declive até as brasas quase extintas da fogueira.

Aproveitando-se da surpresa, Jamie derrubou a espada da mão de um dos atacantes. Dougal já estava de pé outra vez e Jamie deslocava-se para o lado, dando-lhe espaço para lutar. Um dos adversários abandonou o combate e correu morro abaixo para arrastar seu companheiro ferido para fora das cinzas da fogueira. Isso ainda deixava três assaltantes e Dougal estava ferido. Eu podia ver manchas escuras espalhando-se na superfície da rocha conforme ele brandia a espada.

Estavam muito perto de mim agora e eu podia ver a expressão do rosto de Jamie, calma e concentrada, absorta na exultação da batalha. De repente, Dougal gritou alguma coisa para ele. Jamie tirou os olhos do rosto do adversário por uma fração de segundo e olhou para baixo. Erguendo os olhos exatamente a tempo de evitar uma estocada, desviou-se para o lado e atirou sua espada.

Seu adversário olhou bastante surpreso para a espada cravada em sua perna. Tocou a lâmina estupidificado, depois a agarrou e puxou. Com a facilidade com que saiu, presumi que o ferimento não tivesse sido profundo. O homem ainda parecia ligeiramente atordoado e ergueu o olhar como se perguntasse o propósito de um comportamento tão inusitado.

Emitiu um berro, deixou cair a espada e correu, mancando pesadamente. Surpresos com o barulho, os outros dois atacantes olharam para os lados, viraram-se e também fugiram, perseguidos por Jamie, que se movia como uma avalanche. Ele conseguira tirar a enorme espada de dois gumes do cobertor enrolado e a agitava com as duas mãos em um arco letal. Apoiando-o, surgiu Murtagh, gritando algo altamente injurioso em gaélico e brandindo tanto a espada quanto a pistola recarregada.

As coisas se acalmaram rapidamente depois disso e uns quinze minutos mais tarde os MacKenzie reuniam-se e avaliavam os danos.

Foram poucos: dois cavalos foram levados e três sacas de grãos, mas os carroceiros, que dormiam com suas cargas, evitaram maiores depredações nas carroças, enquanto os soldados haviam conseguido repelir os supostos ladrões de cavalo. A maior perda parecia ter sido um dos homens.

Pensei, assim que deram por falta dele, que deveria ter sido ferido ou morto no confronto, mas uma busca minuciosa na área não conseguiu encontrá-lo.

– Sequestrado – disse Dougal, contrariado. – Droga, ele vai me custar a renda de um mês em resgate.

– Poderia ter sido pior, Dougal – disse Jamie, enxugando o rosto na manga da camisa. – Pense no que Colum diria se tivesse sido você!

– Se tivessem levado você, rapaz, eu o deixaria por lá e você poderia trocar seu nome para Grant – retorquiu o outro, mas o estado de espírito do grupo ficou substancialmente aliviado.

Peguei a caixa de suprimentos médicos que havia trazido e alinhei os feridos em ordem de gravidade dos ferimentos. Nada realmente grave, constatei com satisfação. O ferimento no braço de Dougal era provavelmente o pior.

Ned Gowan tinha os olhos acesos e efervescia de vitalidade, aparentemente tão intoxicado com a adrenalina da luta que mal notava o dente arrancado pelo cabo de um punhal mal direcionado. No entanto, tivera a presença de espírito suficiente para guardá-lo cuidadosamente embaixo da língua.

– Por via das dúvidas, sabe – explicou ele, cuspindo o dente na palma da mão. A raiz não fora quebrada e a cavidade ainda sangrava um pouco, de modo que corri o risco e pressionei o dente com firmeza no lugar. O advogado ficou bastante pálido, mas não emitiu nenhum som. Entretanto, deu graças a Deus quando lavou a boca com uísque para fins de desinfecção e rapidamente o engoliu.

Eu colocara uma atadura no ferimento de Dougal imediatamente, a fim de estancar o sangue, e constatei satisfeita que o sangramento havia praticamente parado quando a desenrolei. Era um corte limpo, mas profundo. Uma camada fina de gordura amarela despontava nas bordas do corte aberto, que penetrara mais de 2 centímetros no músculo. Nenhum vaso sanguíneo importante fora cortado, graças a Deus, mas teria que ser costurado.

Verificou-se que a única agulha disponível era um objeto robusto como uma sovela fina, usada pelos carroceiros para remendar arreios. Examinei-o em dúvida, mas Dougal meramente estendeu o braço e virou o rosto.

– Não me incomodo com sangue de um modo geral – explicou ele –, mas tenho certa objeção a ver o meu. – Permaneceu sentado numa pedra enquanto eu trabalhava, os dentes cerrados com tanta força a ponto de fazer os músculos de seus maxilares tremerem. A noite estava ficando fria, mas gotículas de suor porejavam de sua testa. Em determinado momento, pediu-me educadamente para parar por um instante, afastou-se e pude notar que vomitava atrás de uma pedra, em seguida, voltou e apoiou o braço no joelho outra vez.

Por sorte, o proprietário de uma taberna resolvera saldar o aluguel deste trimestre na forma de um pequeno barril de uísque, o que foi muito oportuno. Usei-o para desinfetar alguns ferimentos abertos e depois deixava meus pacientes se medicarem como achassem melhor. Eu mesma aceitei uma caneca ao término dos meus serviços. Tomei-a inteira com prazer e deixei-me afundar prazerosamente no cobertor. A lua descia no céu e eu tremia, em parte pela reação e em parte pelo frio. Foi uma sensação maravilhosa sentir Jamie deitar-se ao meu lado e me aconchegar com firmeza em seus braços, junto ao seu corpo grande e quente.

– Acha que voltarão? – perguntei, mas ele balançou a cabeça.

– Não, foi Malcom Grant e seus dois filhos. Foi o mais velho que eu feri na perna. Devem estar em casa em suas próprias camas a essa altura – retorquiu ele. Acariciou meus cabelos e disse, em voz mais suave: – Você fez um belo trabalho esta noite, Sassenach. Fiquei com orgulho de você.

Rolei sobre meu corpo e passei os braços em volta de seu pescoço.

– Não tão orgulhosa quanto eu. Você foi maravilhoso, Jamie. Nunca vi nada parecido.

Resfolegou, tentando diminuir seu próprio mérito, mas achei que ficou satisfeito mesmo assim.

– Foi apenas um assalto, Sassenach. Faço isso desde os 14 anos. É só por diversão, sabe; é diferente quando você está lutando com alguém que realmente quer matá-lo.

– Diversão – repeti, com voz fraca. – Sem dúvida.

Seus braços me envolveram com mais força e uma das mãos que me acariciavam desceu, começando a puxar minha saia para cima. Obviamente, a emoção da luta estava se transformando em um tipo diferente de excitação.

– Jamie! Aqui não! – exclamei, tentando esgueirar-me do seu abraço e puxar minha saia para baixo outra vez.

– Está cansada, Sassenach? – perguntou ele, preocupado. – Não se preocupe, não vai demorar muito. – Agora trabalhava com as duas mãos, puxando o tecido pesado na parte da frente.

– Não! – respondi, pensando na presença dos vinte homens, deitados a alguns metros de distância. – Não estou cansada, é que... Prendi a respiração quando sua mão, tateando às cegas, encontrou seu caminho entre minhas pernas.

– Meu Deus – disse ele baixinho. – Está escorregadio como limo.

– Jamie! Há vinte homens dormindo bem ao nosso lado! – sussurrei como se gritasse.

– Não vão dormir muito se você continuar falando. – Rolou o corpo para cima de mim, prendendo-me na pedra. Encaixou o joelho entre minhas coxas e começou a mover-se suavemente para a frente e para trás. Involuntariamente, minhas pernas começaram a afrouxar. Vinte e sete anos de bom comportamento de nada serviam diante de centenas de milhares de anos de instinto. Embora minha mente pudesse objetar a ser possuída numa rocha nua, ao lado de vários soldados dormindo, meu corpo claramente se considerava espólio de guerra e estava ansioso para completar as formalidades da redenção. Ele me beijou, longa e profundamente, a língua doce e irrequieta em minha boca.

– Jamie – falei, arfando. Ele afastou seu kilt do caminho e pressionou minha mão em seu corpo. – Minha Nossa Senhora! – exclamei, impressionada, a despeito de mim mesma. Minha noção de decência caiu mais um ponto.

– A luta dá um tesão enorme, depois. Você me deseja, não? – disse ele, afastando-se um pouco para olhar para mim. Não adiantava negar, com todas as evidências à mão. Ele estava duro como uma vara de metal contra a minha coxa nua.

– Hum... sim... mas...

Agarrou-me com firmeza pelos ombros, com as duas mãos.

– Fique quieta, Sassenach – disse ele com autoridade. – Não vai levar muito tempo.

Não levou. Comecei a atingir o clímax com a primeira investida forte, em espasmos longos, dilacerantes. Enfiei os dedos com força nas suas costas e permaneci assim, mordendo o tecido de sua camisa para abafar qualquer ruído. Em menos de doze estocadas, senti seus testículos contraírem-se com força contra seu corpo e o fluido quente de sua ejaculação. Deixou-se cair lentamente para o lado e ficou deitado, tremendo.

O sangue ainda latejava em meus ouvidos, fazendo eco à pulsação decrescente entre minhas pernas. A mão de Jamie repousava em meu seio, lânguida e pesada. Virando a cabeça, pude ver o vulto indistinto da sentinela, recostado contra uma rocha do outro lado da fogueira. Educadamente, virara as costas para nós. Fiquei meio chocada ao perceber que eu não estava nem sequer constrangida. Perguntei-me, um pouco indistintamente, se estaria pela manhã e, depois, não pensei em mais nada.

• • •

De manhã, todos se comportaram normalmente, ainda que se movendo com certa rigidez em consequência do combate e de uma noite dormindo nas pedras. Todos estavam de excelente humor, até aqueles levemente feridos.

O humor geral melhorou ainda mais quando Dougal anunciou que viajaríamos somente até o bosque que podíamos avistar de nossa plataforma rochosa. Lá, os cavalos poderiam beber água e pastar e nós mesmos poderíamos descansar um pouco. Imaginei se essa mudança nos planos afetaria o encontro de Jamie com o misterioso Horrocks, mas ele não pareceu perturbado com a declaração.

O dia estava nublado, mas sem garoa, e o ar estava quente. Tão logo o novo acampamento ficou pronto, os cavalos foram tratados e os feridos reexaminados, todos ficaram livres para fazer o que quisessem, dormir na grama, caçar, pescar ou simplesmente esticar as pernas depois de vários dias na sela.

Eu estava sentada embaixo de uma árvore conversando com Jamie e Ned Gowan, quando um dos homens se aproximou e atirou um objeto no colo de Jamie. Era a adaga com o cabo de pedra-da-lua.

– É sua, rapaz? – perguntou ele. – Encontrei-a nas pedras hoje de manhã.

– Devo tê-la deixado cair, na confusão – falei. – Tudo bem; não sei mesmo o que fazer com isto. Provavelmente, teria ferido a mim mesma se tivesse tentado usá-la.

Ned olhou para Jamie com ar de reprovação por cima de seus pequenos óculos.

– Você deu a ela um punhal e não a ensinou a usá-lo?

– Não houve tempo, nas circunstâncias – defendeu-se Jamie. – Mas Ned tem razão, Sassenach. Devia aprender a lidar com armas. Nunca se sabe o que pode acontecer na estrada, como você viu à noite passada.

Assim, fui conduzida ao centro de uma clareira e as aulas começaram. Vendo o movimento, vários MacKenzie se aproximaram para investigar e continuaram ali para dar palpites. Em pouco tempo, eu tinha mais de doze instrutores, todos discutindo os principais pontos da técnica. Após uma longa e amistosa discussão, chegaram à conclusão de que Rupert provavelmente era o melhor de todos com uma adaga e ele assumiu a aula.

Ele procurou um local razoavelmente plano, livre de pedras e pinhas, onde pudesse demonstrar a arte de lutar com adagas.

– Olhe, dona – disse ele. Manteve a adaga equilibrada no dedo médio, quase 3 centímetros abaixo do cabo. – O ponto de equilíbrio, é onde você deve mantê-la, de modo que se encaixe confortavelmente em sua mão. – Experimentei com a minha adaga.

Quando a ajustei adequadamente, ele me mostrou a diferença entre uma punhalada de cima para baixo, com a faca abaixo da mão, e uma estocada de baixo para cima, com a faca acima da mão.

– Geralmente, é preferível o golpe de baixo para cima; de cima para baixo é melhor apenas quando você está vindo de cima, caindo sobre alguém com bastante força.

Analisou-me especulativamente.

– Não, você é uma mulher alta, mas ainda que pudesse atingir o pescoço, não teria força para perfurá-lo, a menos que o alvo esteja sentado. É melhor vir de baixo para cima. – Ergueu a camisa, revelando uma barriga volumosa e peluda, já brilhando de suor. – Agora, veja – disse ele, apontando para o centro, logo abaixo do esterno –, este é o ponto onde você deve mirar, se estiver frente a frente. Mire diretamente para cima e para dentro, com toda a força que conseguir reunir. Irá direto ao coração e mata em um ou dois minutos. O único problema é evitar o osso do meio do peito; ele vai até mais embaixo do que se pensa e se o punhal ficar preso nessa ponta mais macia, quase não vai ferir a vítima, mas você vai perder a arma e ele a pegará. Murtagh! Você tem as costas magras; venha cá e mostraremos à moça como atacar por trás.

Fazendo um relutante Murtagh dar meia-volta, deu um puxão para cima na camisa encardida para mostrar uma espinha dorsal cheia de nós e costelas proeminentes. Enfiou um dedo rombudo sob a última costela da direita, fazendo o outro dar um guincho de surpresa.

– Este é o lugar nas costas, de qualquer um dos lados. Veja, com as costelas e tudo mais, é difícil atingir alguma coisa de importância vital quando você apunhala nas costas. No entanto, se puder enfiar a faca entre as costelas, é diferente, porém é mais difícil do que imagina. Mas aqui, embaixo da última costela, você apunhala para cima e atinge o rim. Vá reto para cima e ele cairá morto como uma pedra.

Rupert, em seguida, me fez tentar apunhalar em diversas posições e posturas. Quando ficou cansado, todos os homens se revezaram para agir como vítimas, obviamente achando meus esforços hilariantes. Obedientemente, deitavam-se na grama e viravam-se de costas para que eu pudesse atacá-los "de surpresa", pulavam sobre mim pelas costas ou fingiam me estrangular para que eu pudesse apunhalá-los na barriga.

Os espectadores me animavam com gritos de encorajamento e Rupert instruiu-me com firmeza a não recuar no último instante.

– Vá com toda a força, dona – disse ele. – Não pode recuar se for para valer. E se algum desses molengas não conseguir sair da frente a tempo, vai ter o que merece.

No começo, eu estava tímida e extremamente desajeitada, mas Rupert era um bom professor, muito paciente e bom na demonstração de movimentos, inúmeras vezes. Revirou os olhos com pretensa libidinagem quando se posicionou atrás de mim e me envolveu pela cintura, mas foi muito sério e eficiente ao segurar meu pulso para me mostrar como rasgar um inimigo na altura dos olhos.

Dougal sentou-se sob uma árvore, cuidando de seu braço ferido e fazendo comentários sarcásticos durante o treinamento, conforme este progredia. No entanto, foi ele quem sugeriu um boneco como alvo.

– Dê-lhe alguma coisa onde ela possa enfiar o punhal – disse ele, quando comecei a mostrar alguma facilidade nos golpes. – É um choque, a primeira vez.

– É verdade – concordou Jamie. – Descanse um pouco, Sassenach, enquanto eu arranjo alguma coisa.

Afastou-se em direção às carroças com dois soldados e pude vê-los reunidos, gesticulando e puxando uma ou outra coisa do chão da carroça. Totalmente exausta, deixei-me cair sob a árvore, ao lado de Dougal.

Ele meneou a cabeça, um leve sorriso no rosto. Como a maioria dos homens, não se dera ao trabalho de fazer a barba durante a viagem e uma barba cerrada, castanho-escura, emoldurava sua boca, acentuando o carnudo lábio inferior.

– Como vão as coisas, então? – perguntou ele, não se referindo à minha habilidade com armas pequenas.

– Bastante bem – respondi cautelosamente, também não me referindo a adagas. Os olhos de Dougal relancearam em direção a Jamie, ocupado com alguma coisa perto das carroças.

– O casamento parece ter feito bem ao rapaz – observou ele.

– É saudável para ele, nas circunstâncias – concordei, um pouco friamente. Seus lábios contorceram-se diante da minha entonação de voz.

– E para você também, dona. Um bom arranjo para todos, ao que parece.

– Particularmente para você e seu irmão. E por falar nele, o que acha que Colum vai dizer quando souber?

O sorriso se ampliou.

– Colum? Ah, bem. Creio que ele vai ter o maior prazer em receber uma sobrinha como você na família.

O boneco ficou pronto e eu voltei ao treinamento. O boneco era uma grande saca de lã, do tamanho do tronco de um homem, com um pedaço de couro de búfalo curtido enrolado à sua volta e amarrado com corda. Serviria para eu praticar os golpes de adaga, primeiro amarrado a uma árvore na altura de um homem, depois atirado para cima de mim ou rolado no chão à minha frente.

O que Jamie não mencionara é que haviam inserido várias peças planas de madeira entre a saca de lã e o couro; para simular ossos, como explicou mais tarde.

As primeiras punhaladas foram tranquilas, embora tivessem sido necessárias várias tentativas até conseguir perfurar o couro. Era mais duro do que parecia. Assim é a pele da barriga de um homem, informaram-me. Na tentativa seguinte, experimentei um golpe direto de cima para baixo e atingi uma das peças de madeira.

Por um momento, pensei que meu braço houvesse repentinamente caído no chão. O choque do impacto reverberou por todo o meu ombro e a adaga caiu dos meus dedos insensíveis. Tudo abaixo do cotovelo ficou dormente, mas um terrível formigamento avisou-me que não seria por muito tempo.

– Jesus Cristo – falei. Fiquei parada, segurando o cotovelo e ouvindo a risada geral.

Finalmente, Jamie me segurou pelo ombro e massageou meu braço até a sensibilidade retornar aos poucos, pressionando o tendão atrás do cotovelo e enfiando o polegar na depressão na base do meu pulso.

– Tudo bem – disse entre dentes, cuidadosamente flexionando minha formigante mão direita. – O que se faz quando se atinge um osso e se perde a faca? Há algum procedimento padrão para isso?

– Ah, sim – respondeu Rupert, rindo. – Saque a pistola com a mão esquerda e mate o filho da mãe com um tiro. – Isso provocou novas gargalhadas, que eu ignorei.

– Tudo bem – falei, mais ou menos calma. Estiquei a mão indicando a longa pistola que Jamie usava no quadril esquerdo. – E então? Vai me mostrar como carregar e disparar?

– Não, não vou. – Falou sério e com firmeza.

Fiquei um pouco eriçada diante da resposta.

– Por que não?

– Porque você é mulher, Sassenach.

Senti meu rosto ficar vermelho.

– Ah, é? – exclamei com ironia. – Acha que as mulheres não são capazes de entender como uma pistola funciona?

Olhou-me sem se alterar, a boca retorcendo-se um pouco enquanto considerava várias respostas.

– Estou com vontade de deixar você experimentar – disse ele finalmente. – Seria bem feito para você.

Rupert estalou a língua, aborrecido com nós dois.

– Não seja tolo, Jamie. Quanto a você, dona – disse ele, virando-se para mim –, não é que as mulheres sejam estúpidas, embora certamente algumas sejam; é que elas são pequenas.

– Hein? – Olhei para ele perplexa por um instante, sem compreender. Jamie soltou a respiração ruidosamente e tirou a pistola da presilha. Vista de perto, era enorme; uma arma prateada de 45 centímetros da boca à coronha.

– Olhe – disse ele, segurando-a diante de mim. – Você a segura aqui, apoia a arma no braço e mira por aqui. E quando você puxa o gatilho, ela dá um coice como uma mula. Sou quase 30 centímetros mais alto do que você, peso uns 40 quilos a mais e sei o que estou fazendo. Ela causa em mim um machucado feio quando atiro e deve deixar você estatelada no chão, de costas, se não pegá-la no rosto.

Girou a pistola e enfiou-a na presilha outra vez e continuou:

– Eu deixaria você ver por si mesma – disse ele, erguendo uma das sobrancelhas –, mas gosto mais de você com todos os dentes. Você tem um sorriso bonito, Sassenach, embora se irrite à toa.

O episódio serviu de lição e eu aceitei sem discutir a opinião dos homens de que mesmo a menor e mais leve das espadas era pesada demais para uma mulher usar com destreza. A pequena *sgian dhu*, a adaga que se carregava na meia, foi considerada aceitável e deram-me uma dessas, um objeto de ferro negro, pontiagudo e afiado, de aparência letal, com uns 8 centímetros de comprimento e um cabo curto. Pratiquei inúmeras vezes retirá-la do seu esconderijo enquanto os homens observavam criticamente, até poder levantar a saia, agarrar a faca e já ficar na posição certa, tudo em um único e suave movimento, terminando com a faca abaixo da mão, pronta para degolar o adversário.

Finalmente, fui aprovada como uma lutadora novata e liberada para o jantar, entre congratulações generalizadas – com uma única exceção. Murtagh sacudiu a cabeça, em dúvida.

– Ainda acho que a única arma boa para mulheres é veneno.

– Talvez – retrucou Dougal –, mas tem suas deficiências num combate corpo a corpo.

19

O MONSTRO DO LAGO

Na noite seguinte, acampamos nas margens do lago Ness. Deu-me uma sensação estranha ver o local outra vez; tão pouco havia mudado. Ou mudaria, eu deveria dizer. Os larícios e amieiros ostentavam um verde mais escuro, porque estávamos em pleno verão, não no fim da primavera. As flores haviam mudado dos suaves tons de rosa e branco das violetas e flores-de-maio para os dourados e amarelos mais quentes dos tojos e giestas. O céu estava mais azul, mas a superfície do lago continuava a mesma; um obscuro azul enegrecido que espelhava as margens acima e mantinha as imagens refletidas encurraladas, em cores embotadas sob o espelho esfumaçado.

Viam-se até mesmo alguns barcos a vela mais acima no lago. Embora, quando um deles se aproximou, tenha constatado que se tratava de uma embarcação de casco de couro curtido estendido sobre uma estrutura de vime, não o esbelto barco de madeira com que eu estava acostumada.

O mesmo cheiro pungente que impregna todos os cursos d'água estava lá; uma mistura penetrante de folhagens de cheiro forte e folhas apodrecidas, água doce, peixes mortos e lama quente. Acima de tudo, havia a mesma sensação estranha pairando no ar. Os homens, assim como os cavalos, pareciam senti-la, e a atmosfera do acampamento era contida e reservada.

Tendo encontrado um lugar confortável para as minhas próprias cobertas de dormir e as de Jamie, caminhei até a beira do lago para lavar o rosto e as mãos antes do jantar.

A margem descia num barranco íngreme até quebrar-se num aglomerado de lajes de pedra que formavam uma espécie de cais irregular. Era muito sossegado ali, fora da vista e dos barulhos do acampamento, e sentei-me sob uma árvore para apreciar um momento de privacidade. Desde o meu apressado casamento com Jamie, já não era seguida a todo instante; ao menos isso eu conseguira.

Arrancava preguiçosamente as pencas de sementes aladas de um galho baixo e atirava-as no lago quando notei as ondulações da água contra as pedras se intensificarem, como se empurradas por um vento que se aproximava.

Uma cabeça grande e chata emergiu na superfície a menos de 3 metros de distância. Pude ver a água escorrendo borbulhante das escamas inclinadas que recobriam uma crista ao longo do pescoço sinuoso. A água estava agitada desde uma distância considerável e pude vislumbrar aqui e ali o movimento maciço e escuro sob a superfície do lago, embora a cabeça em si se mantivesse relativamente imóvel.

Eu mesma fiquei absolutamente imóvel. Estranhamente, não tive medo. Senti uma leve afinidade com a criatura de outra época, mais fora de seu próprio tempo do que eu, os olhos insípidos tão velhos quanto seus antigos mares eocenos, olhos que se tornaram turvos nas profundezas sombrias de seu refúgio reduzido. Havia uma sensação de familiaridade misturada à de irrealismo. A pele luzidia era lisa, azul-escura, com um vívido talho verde brilhando com uma radiância iridescente sob a mandíbula. E os olhos estranhos, sem pupilas, eram de um âmbar profundo e cintilante. Muito, muito bonito.

E tão diferente da réplica menor, cor de lama, de que eu me lembrava, enfeitando o diorama do quinto andar do Museu Britânico. No entanto, o formato era inconfundível. As cores dos seres vivos começam a desbotar com o último suspiro e a pele macia, elástica, e os músculos flexíveis começam a se deteriorar em questão de semanas. Mas os ossos às vezes resistem, ecos fiéis da forma, último e débil testemunho da glória de outrora.

As narinas reguladas por válvulas abriram-se repentinamente com um assustador chiado da respiração; um instante de movimento suspenso e a criatura afundou outra vez, uma turva agitação de águas como única testemunha de sua aparição.

Eu havia me levantado quando a criatura surgiu. Inconscientemente, devo ter me aproximado a fim de observá-la melhor, pois me vi de pé em uma das lajes de pedra que se projetavam acima do espelho d'água, observando as ondas definhadas transformarem-se novamente na placidez do lago.

Fiquei ali parada por um instante, fitando a vastidão do lago insondável.

– Adeus – disse finalmente às águas vazias. Estremeci e virei-me para voltar à margem.

Um homem estava parado no topo do barranco. A princípio, fiquei assustada, depois o reconheci como um dos carroceiros de nosso grupo. Seu nome era Peter, lembrei-me, e o balde em sua mão indicava o motivo de sua presença. Estava prestes a perguntar-lhe se vira o monstro, mas a expressão de seu rosto quando me aproximei era uma resposta mais do que suficiente. Seu rosto estava mais branco do que as margaridas aos seus pés e pequenas gotas de suor escorriam para dentro de sua barba. Via-se o branco de seus olhos ao redor de toda a íris, como os olhos de um cavalo assustado, e suas mãos tremiam tanto que o balde batia em sua perna.

– Tudo bem – falei, quando cheguei perto dele. – Já foi embora.

Em vez de minha afirmação tranquilizá-lo, pareceu motivo de mais alarme. Deixou cair o balde, caiu de joelhos diante de mim e fez o sinal da cruz.

– Te-tenha piedade, senhora – balbuciou ele. Para meu enorme constrangimento, lançou-se no chão e agarrou a barra da minha saia.

– Não seja ridículo – retruquei com certa aspereza. – Levante-se. – Cutuquei-o delicadamente com a ponta do pé, mas ele apenas tremeu e continuou preso ao chão como um cogumelo achatado. – Levante-se – repeti. – Seu tolo, é apenas um... – parei, tentando pensar. Dizer-lhe seu nome em latim provavelmente de nada iria adiantar. – É apenas um pequeno monstro – disse finalmente e, agarrando-o pela mão, puxei-o para que se levantasse. Tive que encher o balde, já que ele (não sem razão) se recusava a se aproximar da água. Seguiu-me de volta ao acampamento, mantendo uma distância cautelosa, e fugiu às pressas imediatamente para cuidar de suas mulas, lançando olhares apreensivos por cima do ombro em minha direção enquanto se afastava.

Como não pareceu disposto a mencionar a criatura para mais ninguém, achei que talvez eu também devesse ficar calada. Embora Dougal, Jamie e Ned fossem homens educados, o resto era em grande parte analfabetos oriundos dos mais longínquos penhascos e ravinas das terras dos MacKenzie. Eram guerreiros destemidos e combatentes corajosos, mas também tão supersticiosos quanto quaisquer membros de tribos primitivas da África ou do Oriente Médio.

Assim, tomei minha sopa em silêncio e fui dormir, ciente o tempo todo do olhar penetrante do carroceiro Peter.

20

CLAREIRAS DESERTAS

Dois dias após o assalto, voltamos novamente para o norte. Aproximávamo-nos do local de encontro com Horrocks e Jamie parecia distraído de vez em quando, talvez considerando a importância que as notícias do desertor inglês poderiam ter.

Eu não vi Hugh Munro outra vez, mas acordei no escuro da noite anterior e vi que Jamie não estava no cobertor ao meu lado. Tentei ficar acordada, esperando que retornasse, mas adormeci quando a lua começou a descer no horizonte. Pela manhã, ele dormia profundamente ao meu lado e sobre o meu cobertor havia um pequeno pacote, embrulhado em uma folha de papel fino, com uma pena da cauda de pica-pau enfiada nele. Abrindo-o cuidadosamente, encontrei um grande pedaço de âmbar bruto. Uma das faces do bloco fora aplainado e polido e, nessa janela, podia-se ver a forma escura e delicada de uma pequena libélula, suspensa num voo eterno.

Alisei o papel do embrulho. Havia uma mensagem gravada na superfície branca encardida, escrita numa letra pequena e surpreendentemente elegante.

– O que diz? – perguntei a Jamie, estreitando os olhos diante das letras e sinais estranhos. – Acho que está em gaélico.

Ele ergueu-se em um dos cotovelos, examinando o papel.

– Não é gaélico – disse ele. – É latim. Munro já foi professor, antes de os turcos o levarem. É um trecho de Catulo:

... da mi basia mille, diende centum,
dein mille altera, dein secunda centum...

Um leve rubor tomou conta dos lóbulos de suas orelhas enquanto traduzia:

Permita, então, que beijos apaixonados permaneçam
Em nossos lábios, comece a contagem
Até mil e cem
E mais cem e mais mil.

– Bem, isso tem mais classe do que o conhecido biscoito da sorte – observei, achando graça.

– O quê? – perguntou Jamie, surpreso.

– Deixa pra lá – respondi apressadamente. – Munro encontrou Horrocks para você?

– Ah, sim. Já está combinado. Vou encontrar-me com ele numa pequena localidade que conheço nas montanhas, 2 ou 3 quilômetros acima de Lag Cruime. Dentro de quatro dias, se nada der errado nesse meio-tempo.

A alusão à possibilidade de as coisas darem errado deixou-me um pouco nervosa.

– Acha que é seguro? Quer dizer, você confia em Horrocks?

Ele sentou-se, esfregando os olhos e piscando para afastar os resquícios de sono.

– Um desertor inglês? Deus do Céu, não. Imagino que ele me venderia a Randall num piscar de olhos, exceto que ele próprio não pode se aproximar dos ingleses. Eles enforcam desertores. Não, não confio nele. Foi por isso que vim com Dougal nesta viagem, em vez de procurar Horrocks sozinho. Se o sujeito estiver tramando alguma coisa, ao menos terei companhia.

– Ah. – Eu não tinha certeza se a presença de Dougal era assim tão tranquilizadora, considerando-se o aparente estado de coisas entre Jamie e seus dois tios conspiradores.

– Bem, se é o que você pensa – falei, em dúvida. – Ao menos, não creio que Dougal fosse aproveitar a oportunidade para dar um tiro em você.

– Na verdade, ele atirou em mim – disse Jamie alegremente, abotoando a camisa. – Você deveria saber, foi você quem tratou o ferimento.

Deixei cair o pente que estava usando.

– Dougal! Pensei que tinham sido os ingleses que haviam atirado em você!

– Bem, os ingleses realmente atiraram em mim, mas não foram eles que me acertaram – corrigiu ele. – E não deveria dizer que foi Dougal quem me acertou.

Provavelmente foi Rupert, ele é o melhor atirador entre os homens de Dougal. Não, quando fugíamos dos ingleses, percebi que estávamos próximos aos limites das terras dos Fraser e pensei em arriscar uma fuga. Assim, esporeei o cavalo e desviei para a esquerda, contornando Dougal e o resto dos homens. Havia um intenso tiroteio, mas a bala que me atingiu veio de trás. Dougal, Rupert e Murtagh estavam às minhas costas naquele momento. E os ingleses estavam todos à minha frente. Na realidade, quando caí do cavalo, rolei morro abaixo e acabei quase no colo deles.

Inclinou-se sobre o balde de água que eu trouxera, lavando o rosto com a água fria. Sacudiu a cabeça para afastar os cabelos dos olhos, piscou para mim, sorrindo, as gotículas brilhantes agarradas às espessas pestanas e sobrancelhas.

– Pensando bem, Dougal teve grande dificuldade em me resgatar de volta. Eu estava estirado no chão, quase inerte, e ele estava de pé acima de mim, puxando-me pelo cinto com uma das mãos para que eu me levantasse e segurando a espada com a outra, lutando corpo a corpo com um dragão que achava que tinha certa cura para meus males. Dougal matou o sujeito e me colocou em cima do seu cavalo. – Balançou a cabeça. – Tudo estava meio confuso para mim na ocasião; só conseguia pensar em como devia ser difícil para o cavalo, tentando subir uma colina como aquela carregando quase 200 quilos nas costas.

Parei, um pouco abalada.

– Mas... se ele quisesse, Dougal poderia ter matado você naquele momento.

Jamie discordou, pegando a navalha que pedira emprestado a Dougal. Puxou o balde um pouco, para que a superfície formasse um espelho improvisado e, fazendo a tortuosa careta que os homens fazem ao se barbearem, começou a deslizar a lâmina pelas faces.

– Não, não na frente dos homens. Além do mais, Dougal e Colum não queriam necessariamente me ver morto, especialmente não Dougal.

– Mas... – Minha cabeça estava começando a girar outra vez, como parecia acontecer sempre que me deparava com as complexidades da vida familiar na Escócia.

As palavras de Jamie ficaram um pouco abafadas, conforme ele esticava o queixo, inclinando a cabeça para atingir os pelos ásperos embaixo do maxilar.

– É por causa de Lallybroch – explicou ele, deslizando a mão livre pelo rosto para sentir um ou outro pelo desgarrado. – Além de ser um rico pedaço de terra, a propriedade fica na cabeça de um desfiladeiro nas montanhas, a única passagem boa para as Terras Altas em 15 quilômetros, em qualquer direção. Se acontecer um novo levante, seria um valioso pedaço de terra para se ter sob controle. E se eu morresse antes de me casar, provavelmente as terras voltariam para os Fraser.

Riu, acariciando o pescoço.

– Não, eu sou um grande problema para os irmãos MacKenzie. Por um lado, se sou uma ameaça para a liderança do pequeno Hamish, querem me ver bem morto. Por outro, se não for, querem a mim e à minha propriedade do lado deles, em caso de guerra, e não com os Fraser. É por isso que estão dispostos a me ajudar com Horrocks, sabe. Não posso fazer muita coisa com Lallybroch enquanto for um fora da lei, embora as terras ainda sejam minhas.

Enrolei os cobertores, balançando a cabeça, atordoada com as circunstâncias complexas – e perigosas – pelas quais Jamie parecia se locomover com tanta facilidade. E me ocorreu repentinamente que agora não apenas Jamie estava envolvido. Ergui os olhos.

– Você disse que se morresse antes de se casar, as terras voltariam para os Fraser. Mas agora você está casado. Portanto, quem...

– Isso mesmo – disse ele, meneando a cabeça para mim com um sorriso enviesado. O sol da manhã iluminava seus cabelos com chamas de ouro e cobre. – Se eu for assassinado agora, Sassenach, Lallybroch é sua.

Era uma bela manhã ensolarada, depois que a neblina se dissipou. Os pássaros se agitavam nas urzes e a estrada era larga naquele local, para variar, e com uma terra fina e macia sob os cascos dos cavalos.

Jamie cavalgava ao meu lado quando subíamos um pequeno monte. Fez um sinal com a cabeça indicando a direita.

– Está vendo aquela ravina lá embaixo?

– Sim. – Era uma pequena área verde de pinheiros, carvalhos e álamos, a certa distância da estrada.

– Há uma fonte com uma lagoa lá, sob as árvores, e uma relva macia. Um lugar muito agradável.

Olhei para ele interrogativamente.

– Um pouco cedo para almoçar, não é?

– Não era exatamente isso que eu tinha em mente. – Jamie, eu descobrira por acaso havia alguns dias, nunca dominara a arte de piscar um único olho. Em vez disso, piscava os dois solenemente, como uma grande coruja vermelha.

– E o que exatamente você tinha em mente? – perguntei. Meu olhar desconfiado deparou-se com olhos azuis, infantis e inocentes.

– Eu estava pensando se você gostaria... na grama... sob as árvores... junto à água... com as saias para cima até as orelhas.

– Hum... – balbuciei.

– Direi a Dougal que vamos buscar água. – Acelerou o cavalo, voltando logo depois com as garrafas de água dos outros cavalos. Ouvi Rupert gritar alguma coisa às nossas costas em gaélico, enquanto descíamos a colina, mas não consegui distinguir as palavras.

Cheguei à clareira primeiro. Descendo do cavalo, relaxei sobre a relva e fechei os olhos contra a claridade do sol. Jamie freou ao meu lado pouco depois e saltou da sela. Deu um tapa no cavalo, as rédeas soltas, mandando-o pastar com o meu, antes de cair de joelhos na relva. Estendi os braços e o puxei para mim.

Era um dia quente, impregnado do cheiro de grama e perfume de flores. O próprio Jamie cheirava a grama recém-aparada, doce e pungente.

– Teremos que ser rápidos. Estarão se perguntando por que estamos levando tanto tempo para pegar água.

– Não vão ficar se perguntando – disse ele, desatando meus cordões com a facilidade adquirida com a prática. – Eles já sabem.

– O que quer dizer?

– Não ouviu o que Rupert disse quando partimos?

– Eu o ouvi, mas não consegui entender. – Meus conhecimentos de gaélico estavam melhorando a ponto de poder compreender as palavras mais comuns, mas ainda estava longe de entender uma conversa.

– Ótimo. Não era adequado aos seus ouvidos. – Tendo libertado meus seios, enterrou o rosto neles, sugando e mordendo delicadamente, até eu não aguentar mais e deslizar sob ele para levantar e tirar minhas saias do caminho. Sentindo-me absurdamente inibida depois daquele encontro selvagem e primitivo sobre a rocha, ficara acanhada de fazer amor perto do acampamento e os bosques eram densos demais para andarmos por eles com segurança um pouco mais longe do acampamento. Nós dois estávamos sentindo a leve e agradável tensão da abstinência e agora, longe de olhos e ouvidos curiosos, unimo-nos com um impacto que fez meus lábios e dedos formigarem com a precipitação do sangue.

Estávamos quase terminando quando Jamie ficou repentinamente paralisado. Abrindo os olhos, vi seu rosto escuro contra o sol, com uma expressão absolutamente indescritível. Havia um objeto negro pressionado contra sua cabeça. Meus olhos finalmente se ajustaram à claridade e vi que se tratava do cano de um mosquete.

– Levante-se, filho da mãe desgraçado. – O cano da arma moveu-se rispidamente, chocando-se contra a têmpora de Jamie. Bem devagar, ele levantou-se. Uma gota de sangue começou a formar-se no local onde o cano do mosquete arranhara a pele.

Eram dois soldados ingleses desertores, a julgar pelos restos esfarrapados dos uniformes. Ambos estavam armados com mosquetes e pistolas e pareciam muito satisfeitos com o que a sorte colocara em seu caminho. Jamie ficou de pé com os braços erguidos, o cano de um mosquete pressionado contra o peito, o rosto cuidadosamente impenetrável.

– Devia tê-lo deixado terminar, Harry – disse um dos homens. Abriu um largo sorriso, com uma boa exibição de dentes estragados. – Parar assim no meio faz mal à saúde de um homem.

Seu comparsa espetou o mosquete no peito de Jamie.

– A saúde dele não é problema meu. E logo também não será mais problema para ele. Estou com vontade de aproveitar um pouco disso – fez um breve aceno com a cabeça em minha direção – e não me importo de vir depois de outro homem, muito menos de um filho da puta escocês como este.

O sujeito dos dentes estragados riu.

– Também não sou tão exigente. Mate-o, então, e ande logo com isso.

Harry, um sujeito baixo, atarracado e estrábico, pensou por um instante, examinando-me especulativamente. Eu ainda estava sentada no chão, os joelhos puxados para junto do corpo e as saias firmemente pressionadas em volta dos tornozelos. Fizera certo esforço para fechar meu corpete, mas ainda estava muito exposta. Finalmente, o homem baixo riu e fez um sinal chamando seu parceiro.

– Não, deixe que ele veja. Venha até aqui, Arnold, e mantenha seu mosquete nele. – Arnold obedeceu, ainda rindo. Harry colocou o mosquete no chão e soltou o cinto com a pistola ao lado dele, preparando-se.

Pressionando minhas saias para baixo, percebi um objeto duro no bolso direito. A adaga que Jamie me dera. Conseguiria usá-la? Sim, decidi, olhando o rosto vesgo e cheio de espinhas de Harry, certamente eu conseguiria.

No entanto, eu teria que esperar até o último segundo possível e tinha minhas dúvidas se Jamie conseguiria se controlar por tanto tempo. Podia ver a ânsia de matar profundamente marcada em suas feições; logo a consideração das consequências não seria mais suficiente para contê-lo.

Não ousava deixar minhas intenções transparecerem muito em meu rosto, mas estreitei os olhos e fitei-o o mais duramente possível, querendo dizer-lhe para não se mexer. Os tendões saltavam em seu pescoço e o rosto estava roxo, tomado pelo sangue que subira, mas percebi um aceno ínfimo de sua cabeça, indicando que compreendera a minha mensagem.

Lutei enquanto Harry pressionava-me contra o chão e tentei puxar minha saia, mais para colocar a mão no cabo da adaga do que realmente para oferecer resistência. Esbofeteou-me com força, ordenando-me que ficasse quieta. Minha face ardeu e meus olhos lacrimejaram, mas a adaga agora estava em minha mão, oculta sob as pregas da saia.

Deitei-me de costas, respirando pesadamente. Concentrei-me em meu objetivo, tentando apagar tudo o mais da minha mente. Teria que ser nas costas; o desgraçado estava perto demais para eu tentar a garganta.

Os dedos imundos enfiavam-se em minhas coxas, afastando-as. Mentalmente, pude ver o dedo rombudo de Rupert golpeando na região das costelas de Murtagh e ouvir sua voz: "Aqui, dona, embaixo da última costela, perto da espinha dorsal. Golpeie com força para cima e diretamente no rim, e ele cairá como uma pedra."

Estava quase na hora; sentia o mau hálito quente e repugnante de Harry em meu rosto e ele apalpava minhas pernas nuas, concentrado em seu objetivo.

– Dê uma boa olhada, rapazinho, e veja como se faz – disse ele, ofegante. – Vou deixar sua vagabunda gemendo e pedindo mais.

Passei meu braço esquerdo em torno do seu pescoço para mantê-lo junto a mim; estendendo a mão com a faca no alto, mergulhei-a com todas as forças que pude reunir. O choque do impacto reverberou pelo meu braço e quase soltei a adaga. Harry ganiu e se contorceu, tentando escapar. Impedida de ver, eu mirara alto demais e a faca resvalara em uma costela.

Não podia desistir agora. Felizmente, minhas pernas libertaram-se do emaranhado das saias. Passei-as com toda força em volta dos quadris suados de Harry, prendendo-o durante os preciosos segundos de que eu precisava para outra tentativa. Apunhalei-o outra vez, com uma força desesperada, e desta vez atingi o lugar certo.

Rupert tinha razão. Harry arqueou-se numa hedionda paródia do ato sexual, depois desabou sem um som sequer, como um peso morto e flácido sobre mim, o sangue jorrando em esguichos cada vez mais fracos do ferimento em suas costas.

A atenção de Arnold fora distraída por um instante pelo espetáculo no chão e um instante era mais do que suficiente para o enlouquecido escocês que mantinha sob sua mira. Quando consegui me recuperar o suficiente para me esgueirar de debaixo do defunto, Arnold se unira a seu comparsa na morte, a garganta cortada com precisão de orelha a orelha pela *sgian dhu* que Jamie carregava na meia.

Jamie se ajoelhou ao meu lado, puxando-me. Nós dois tremíamos de nervosismo e do choque, e permanecemos agarrados um ao outro sem falar por vários minutos. Ainda calado, pegou-me no colo e levou-me para longe dos dois corpos, para uma faixa de terra gramada atrás de uma cortina de álamos.

Colocou-me no solo e sentou-se ao meu lado desajeitadamente, desabando como se seus joelhos tivessem cedido repentinamente. Senti uma solidão gélida, como se o vento do inverno soprasse nos meus ossos, e estendi os braços para ele. Ele ergueu a cabeça dos joelhos, o rosto desfigurado, e fitou-me como se nunca tivesse me visto. Quando coloquei as mãos em seus ombros, puxou-me com força contra seu peito com um som entre um gemido e um soluço.

Possuímo-nos ali mesmo, num silêncio selvagem e angustiado, com movimentos ferozes e terminando em poucos instantes, levados por uma compulsão que eu não compreendia, mas sabia que devia acatar ou nos perderíamos um do outro para sempre. Não foi um ato de amor, mas de necessidade, como se soubéssemos que, se ficássemos sozinhos, nenhum de nós dois conseguiria suportar. Nossa única força residia na fusão, afogando lembranças de morte e de um quase estupro na inundação dos sentidos.

Ficamos agarrados um ao outro na relva, desalinhados, sujos de sangue e tremendo sob o sol. Jamie murmurou alguma coisa, a voz tão baixa que apreendi somente a palavra "desculpa".

– Não foi culpa sua – sussurrei, acariciando seus cabelos. – Está tudo bem, nós dois estamos bem. – Tinha a sensação de estar sonhando, como se nada fosse real à minha volta, e reconheci vagamente os sintomas do choque retardado.

– Não é por isso – disse ele. – Não é por isso. Na verdade, foi culpa minha... Que tolice vir aqui sem tomar as devidas precauções. E deixar você ser... Mas não era isso a que eu estava me referindo. Queria dizer... que lamento muito por usá-la como fiz agora. Possuí-la agora, logo depois de... como um animal. Desculpe-me, Claire... Não sei o que... Não pude evitar, mas... Meu Deus, você está tão fria, *mo duinne*, suas mãos estão geladas. Vamos, deixe-me esquentá-la.

Choque também, pensei confusamente. Era engraçado como o choque fazia algumas pessoas desatarem a falar. Outras apenas tremiam em silêncio. Como eu. Pressionei sua boca contra meu ombro para acalmá-lo.

– Está tudo bem – continuei repetindo. – Está tudo bem.

De repente, uma sombra recaiu sobre nós, sobressaltando-nos. Dougal estava parado ao nosso lado, radiante, os braços cruzados. Educadamente, desviou o olhar enquanto eu atava meus cordões apressadamente, mas olhou para Jamie com o cenho franzido.

– Agora, ouça-me, rapaz, tudo bem que queira se dar ao prazer com sua mulher, mas deixar todos nós esperando por mais de uma hora e estarem tão absortos um com o outro que você nem me ouviu chegar... esse tipo de comportamento vai lhe causar problemas um dia desses, rapaz. Alguém podia vir por trás de vocês, encostar uma pistola em sua cabeça antes de você se dar conta e...

Parou no meio de sua advertência para me fitar com incredulidade, enquanto eu rolava pela grama rindo histericamente. Jamie, vermelho como uma beterraba, levou Dougal para o outro lado dos álamos, explicando-lhe o que se passara com uma voz baixa e controlada. Continuei a me sacudir incontrolavelmente, rindo baixinho, até enfiar um lenço na boca para abafar o som. A liberação repentina das emoções, associada às palavras de Dougal, evocara uma imagem do rosto de Jamie, pego em flagrante como acontecera, que achei totalmente hilariante em meu estado de atordoamento. Ri e gemi até minhas bochechas doerem. Finalmente, sentei-me, limpando os olhos no lenço, e me deparei com Jamie e Dougal de pé, parados acima de mim, exibindo expressões idênticas de desaprovação. Jamie me suspendeu e foi me conduzindo, ainda soluçando e resfolegando ocasionalmente, para onde o resto dos homens esperava com os cavalos.

Afora uma tendência persistente de rir histericamente por nada, eu não parecia sofrer de nenhum efeito danoso de nosso encontro com os desertores, embora tenha me tornado muito cautelosa em me afastar do acampamento. Dougal assegurou-me de que, na realidade, não era tão comum encontrar bandidos nas estradas das Terras Altas, simplesmente porque não havia muitos viajantes que valesse a pena roubar. Ainda assim, sobressaltava-me nervosamente com os sons da floresta e voltava apressadamente das tarefas rotineiras como buscar lenha e água, ansiosa para avistar e ouvir os MacKenzie. Também encontrei um novo alento no som de seus roncos perto de mim à noite e perdi qualquer constrangimento que pudesse sentir a respeito dos discretos gemidos que ocorriam sob nossos cobertores.

Eu ainda sentia medo de ficar sozinha quando, alguns dias mais tarde, chegou o momento do encontro com Horrocks.

– Ficar aqui? – exclamei sem acreditar. – Não! Eu vou com você.

– Não pode – repetiu Jamie pacientemente, mais uma vez. – A maioria dos homens continuará viagem para Lag Cruime com Ned, para coletar os aluguéis, como esperado. Dougal e alguns dos outros irão comigo ao encontro, para o caso de alguma traição de Horrocks. Mas você não pode ser vista abertamente em Lag Cruime; os homens de Randall podem estar por perto e ele seria bem capaz de levá-la à força. E quanto ao encontro com Horrocks, não faço a menor ideia do que pode acontecer. Há um pequeno bosque perto da curva da estrada, é fechado, forrado de grama e há água bem perto. Ficará bem ali, até eu voltar para pegá-la.

– Não – repeti teimosamente. – Eu vou com você. – Certo sentimento de orgulho não me deixava confessar que tinha medo de ficar longe dele. Mas estava disposta a lhe dizer que temia por ele.

– Você mesmo disse que não sabe o que acontecerá no encontro com Horrocks – argumentei. – Não quero ficar esperando aqui, imaginando o dia inteiro o que terá acontecido a você. Deixe-me ir com você – repeti, tentando persuadi-lo. – Prometo ficar fora de vista durante o encontro. Mas não quero ficar aqui sozinha, preocupada o dia todo.

Suspirou com impaciência, mas não argumentou mais. Entretanto, quando chegamos ao bosque, inclinou-se e agarrou as rédeas do meu cavalo, forçando-me a sair da estrada e entrar no mato. Desceu do seu cavalo, atando as duas rédeas a um arbusto. Ignorando minhas veementes objeções, desapareceu no meio das árvores. Teimosamente, recusei-me a apear. Ele não podia me obrigar a ficar.

Surgiu na estrada finalmente. Os outros tinham ido à frente, mas Jamie, lembrando-se de nossa última experiência em clareiras desertas, não quis partir enquanto não tivesse esquadrinhado cuidadosamente o local, examinando metodicamente os quatro cantos do bosque e abrindo caminho pelo capim alto com uma vara. Quando voltou, desamarrou os cavalos e montou novamente na sela.

– É seguro – disse ele. – Cavalgue até o meio do bosque, Claire, e esconda-se e o cavalo também. Virei buscá-la assim que terminar o que tenho que fazer. Não sei quanto tempo vai durar, mas no mais tardar até o pôr do sol.

– Não! Eu vou com você! – Não podia suportar a ideia de ficar presa numa floresta, sem saber o que estava acontecendo. Preferia estar correndo um perigo real a ser deixada durante horas de ansiedade, esperando e imaginando. E sozinha.

Jamie não conseguiu conter mais sua impaciência. Estendeu os braços e agarrou-me pelos ombros.

– Você não prometeu me obedecer? – perguntou ele, sacudindo-me brandamente.

– Sim, mas... – Só porque fui obrigada, ia dizer, mas ele já tocava meu cavalo em direção ao bosque.

– É muito perigoso e eu não quero você lá, Claire. Vou ficar ocupado e, se vier a acontecer, não vou poder lutar e protegê-la ao mesmo tempo. – Vendo meu olhar rebelde, levou a mão ao alforje e começou a vasculhar lá dentro.

– O que está procurando?

– Corda. Se não fizer o que estou dizendo, vou amarrá-la a uma árvore até eu voltar.

– Não faria isso!

– Ah, faço, sim! – Obviamente, falava a sério. Cedi de má vontade e relutantemente tomei as rédeas do meu cavalo. Jamie inclinou-se para me beijar rapidamente no rosto, já se virando para partir.

– Cuide-se, Sassenach. Está com sua adaga? Ótimo. Volto o mais rápido que puder. Ah, mais uma coisa.

– O que é? – perguntei, amuada.

– Se você sair deste bosque antes de eu vir buscá-la, vou esfolar seu traseiro com o cinto da minha espada. Não iria gostar de percorrer a pé todo o caminho até Bargrennan. Lembre-se – disse ele, beliscando delicadamente minha bochecha –, não faço promessas vazias.

Continuei lentamente em direção ao bosque, olhando para trás para vê-lo cavalgando a toda velocidade, inclinado sobre a sela, cavalo e cavaleiro formando um único ser, as pontas de seu xale xadrez esvoaçando às suas costas.

Estava fresco sob as árvores; tanto eu quanto o cavalo demos um suspiro de alívio quando entramos na sombra. Era um daqueles raros dias quentes na Escócia, quando o sol flameja de um céu de musselina azul desbotada e a névoa matinal é dissipada às oito horas. O trinado de pássaros enchia o bosque; um bando de abelharucos ciscava no grupo de carvalhos à esquerda e podia ouvir o que achei ser um tordo a curta distância.

Sempre fui uma entusiasta ornitófila amadora. Se ia ficar abandonada ali até que conviesse ao meu autoritário, dominador, empacado e obstinado marido parar de arriscar o seu estúpido pescoço, aproveitaria o tempo para ver que pássaros conseguiria avistar.

Soltei o cavalo para que pastasse na grama exuberante na borda do bosque, sabendo que ele não iria longe. A grama terminava bruscamente a alguns metros das árvores, sufocada pelas urzes invasoras.

Era uma clareira de diversos tipos de coníferas e de carvalhos novos, perfeita para a observação de pássaros. Caminhei por ela, ainda mentalmente furiosa com Jamie, mas aos poucos me sentindo mais calma, à medida que ouvia o pio característico de um papa-moscas e a garrulice áspera do tordo.

A clareira terminava bruscamente no outro extremo, à beira de um pequeno precipício. Abri caminho entre as árvores novas e o gorjeio dos pássaros foi afogado no barulho de água corrente. Parei à margem de um riacho, um desfiladeiro íngreme e pedregoso, com cascatas lançando-se pelas encostas entalhadas para se espatifarem nos lagos marrons e prateados lá embaixo. Sentei-me na beirada da margem e deixei os pés dependurados acima da água, desfrutando o sol em meu rosto.

Um corvo cruzou o céu acima da minha cabeça, seguido de perto por um par de rabos-ruivos. O volumoso corpo preto ziguezagueava pelo ar, tentando evitar os minúsculos perseguidores. Sorri, observando os furiosos e pequenos pássaros atormentando o corvo de um lado para outro e me perguntei se os corvos, quando entregues aos seus próprios afazeres, realmente voavam em linha reta. Aquele, se mantivesse uma linha reta, voaria diretamente para...

Parei repentinamente.

Estivera tão concentrada em discutir com Jamie que até aquele minuto não me ocorrera que a situação que eu vinha perseguindo há dois meses finalmente se apresentara. Eu estava sozinha. E sabia onde estava.

Olhando para o outro lado do riacho, meus olhos ficaram ofuscados pelo sol da manhã ardendo entre os freixos vermelhos na margem distante. Portanto, aquele era o leste. Meu coração começou a bater com força. O leste ficava para aquele lado, Lag Cruime estava diretamente às minhas costas. Lag Cruime ficava a 6 quilômetros ao norte de Fort William. E Fort William ficava a pouco mais de 4 quilômetros a oeste da colina de Craigh na Dun.

Assim, pela primeira vez desde meu encontro com Murtagh, eu sabia aproximadamente onde estava – a cerca de 10 quilômetros daquela maldita colina e seu desgraçado círculo de pedras. Dez quilômetros – talvez – de casa. De Frank.

Comecei a voltar para a clareira, mas mudei de ideia. Não ousava pegar a estrada. Tão perto de Fort William e dos diversos vilarejos que o circundavam, havia um risco grande de me deparar com alguém. E não podia levar um cavalo pelo curso perigosamente íngreme do riacho. Na realidade, tinha dúvidas se o percurso poderia ser feito a pé; as ribanceiras de pedra eram escarpadas em alguns pontos, mergulhando diretamente nas águas revoltas do riacho, sem nenhuma base segura para pôr o pé, a não ser os topos de algumas rochas espalhadas, projetando-se das corredeiras.

Mas era de longe o caminho mais direto na direção que eu queria. E não ousava fazer um trajeto com muitas voltas; poderia facilmente me perder no mato ou ser alcançada por Dougal e Jamie em seu retorno.

Meu estômago deu um salto repentino quando pensei em Jamie. Deus, como poderia fazer isso? Deixá-lo sem uma palavra de explicação ou desculpas? Desaparecer sem deixar vestígios, depois de tudo que fizera por mim?

Com esse pensamento, finalmente decidi deixar o cavalo. Ao menos, pensaria que não o deixei por vontade própria; acreditaria que fui assassinada por animais selvagens – toquei a adaga no meu bolso – ou talvez sequestrada por bandidos. E não encontrando nenhuma pista do meu paradeiro, finalmente me esqueceria e se casaria de novo. Talvez com a linda e jovem Laoghaire, quando voltasse a Leoch.

Apesar de absurdo, vi que a ideia de Jamie compartilhando a cama de Laoghaire me transtornava tanto quanto a ideia de deixá-lo. Amaldiçoei-me por tal idiotice, mas não conseguia deixar de pensar no rosto redondo e meigo da garota, ruborizado de desejo ardente, e as mãos grandes de Jamie mergulhando naqueles cabelos platinados...

Descerrei os dentes e resolutamente limpei as lágrimas do rosto. Não tinha nem tempo nem energia para reflexões tolas. Tinha que ir, e agora, enquanto podia. Talvez fosse a melhor oportunidade que teria. Esperava que Jamie me esquecesse. Eu sabia que jamais o esqueceria. Mas, por enquanto, precisava afastá-lo da mente ou não conseguiria me concentrar no que pretendia fazer, o que já era bastante complicado.

Cautelosamente, fui escolhendo meu caminho pela margem escarpada até a beira d'água. O barulho da correnteza abafava o som dos pássaros no bosque acima. A descida era difícil, mas ao menos havia espaço para caminhar ali junto à água. A beirada do rio era lamacenta e semeada de pedras, mas transitável. Mais para baixo, vi que teria que entrar na água e seguir precariamente de pedra em pedra, equilibrando-me acima da correnteza, até a margem alargar-se o suficiente para eu voltar à orla outra vez.

Prossegui com extrema cautela, estimando quanto tempo eu teria. Jamie dissera apenas que voltariam antes do pôr do sol. Cinco a seis quilômetros até Lag Cruime, mas eu não tinha como saber em que condições estavam as estradas, nem quanto tempo levaria o assunto a tratar com Horrocks. Se ele estivesse lá. Mas estaria, argumentei comigo mesma. Hugh Munro afirmara que estaria e, por mais estranha que fosse aquela figura grotesca, Jamie obviamente o considerava uma fonte confiável de informação.

Meu pé escorregou na primeira pedra no rio, mergulhando-me até os joelhos na água gelada e ensopando as minhas saias. Voltei para a margem, prendi as saias o mais alto que pude e retirei os sapatos e as meias. Enfiei-os no bolso formado pelas saias presas e pisei na pedra outra vez.

Percebi que me agarrando com os dedos dos pés, podia pular de uma pedra para a outra sem escorregar. Entretanto, minhas saias emboladas dificultavam ver onde deveria pisar em seguida e mais de uma vez escorreguei para dentro da água. Minhas pernas estavam geladas e, conforme meus pés iam ficando dormentes, tornava-se mais difícil me equilibrar.

Felizmente, a margem se alargou outra vez e pisei com satisfação na lama pegajosa e morna. Após curtos períodos de caminhada razoavelmente confortável, alternados com períodos muito mais longos saltitando precariamente de pedra em pedra pela correnteza gelada, descobri para meu alívio que estava ocupada demais para pensar muito em Jamie.

Após algum tempo, já estabelecera uma coreografia. Pisar, firmar-se, parar, olhar em volta, localizar o próximo passo. Pisar, firmar-se, parar e assim por diante. Devo ter ficado confiante demais, ou talvez apenas cansada, porque me descuidei e errei o alvo. Meu pé escorregou irremediavelmente pela frente da pedra coberta de limo. Agitei os braços freneticamente, tentando voltar para a pedra onde estava antes, mas já perdera o equilíbrio. Com saias, anáguas, adaga e tudo, mergulhei na água.

E continuei mergulhando. Embora o rio tivesse apenas cerca de meio metro de profundidade, havia poços fundos de vez em quando, nos locais onde a água revolta cavara depressões profundas no leito rochoso. A pedra onde eu perdera o equilíbrio ficava na borda de um desses poços e, quando atingi a água, afundei como uma verdadeira pedra.

Fiquei tão abalada com o choque da água gelada entrando pelo meu nariz e pela minha boca que nem gritei. Bolhas prateadas lançavam-se do corpete do meu vestido e passavam pelo meu rosto em direção à superfície. O tecido de algodão encharcou-se quase imediatamente e a sensação de congelamento provocada pela água paralisou minha respiração.

Comecei quase imediatamente a lutar para chegar à superfície, mas o peso das minhas roupas me puxava para baixo. Tentei desamarrar os cordões do meu corpete, mas não havia a menor chance de conseguir desatá-los antes de me afogar. Proferi silenciosamente diversas observações depreciativas e mesquinhas sobre costureiras, moda feminina e a estupidez de saias longas, enquanto esperneava freneticamente para manter as pernas desembaraçadas das dobras dos tecidos.

A água era cristalina. Meus dedos tocaram a parede de pedra, deslizando pelas folhas longas, escuras e escorregadias de algas e lentilhas d'água. Escorregadia como limo, é o que Jamie dissera a respeito de minha...

O pensamento arrancou-me do pânico. De repente, compreendi que não deveria ficar me exaurindo tentando espernear para subir à superfície. Aquele poço não podia ter mais do que 2,5 metros a 3 metros de profundidade; o que eu tinha que fazer era relaxar, flutuar até o fundo, firmar os pés e ejetar-me para cima. Com sorte, isso me permitiria tirar a cabeça da água e respirar e, ainda que voltasse a afundar, podia continuar a saltar do fundo até conseguir me aproximar o suficiente da borda para me agarrar a uma pedra.

A descida foi agonizantemente lenta. Como já não lutava para subir, minhas saias encapelaram-se à minha volta, flutuando diante do meu rosto. Continuei batendo nelas para baixo, precisava manter o rosto livre. Meus pulmões pareciam que iam estourar e havia pontos escuros por trás dos meus olhos quando meus pés tocaram o chão liso do poço. Deixei meus joelhos se dobrarem um pouco, pressionando as saias junto ao corpo, depois dei um impulso para cima com todas as minhas forças.

Funcionou, ainda que por pouco. Meu rosto irrompeu na superfície quando atingi o ápice do meu salto e tive apenas o tempo suficiente para a mais breve tragada de ar antes de a água fechar-se sobre mim outra vez. Pressionei os braços ao longo do corpo para minimizar a resistência da água e descer mais rapidamente. *Mais uma vez, Beauchamp*, pensei. Flexione os joelhos, prepare-se, salte!

Fui lançada para cima, os braços estendidos acima da cabeça. Vira um lampejo de vermelho quando irrompi da água na última vez; devia haver uma sorveira-brava projetando-se sobre a água. Talvez eu conseguisse agarrar um galho.

Quando meu rosto saiu da água, algo agarrou minha mão estendida. Algo duro, quente e reconfortantemente sólido. Outra mão.

Tossindo e cuspindo, tateei cegamente com a mão livre, contente demais com o resgate para lamentar a interrupção de minha tentativa de fuga. Contente ao menos até que, ao afastar os cabelos para trás, ergui os olhos para o rosto de Lancashire, carnudo e ansioso, do jovem cabo Hawkins.

21

UNE MAUVAIS QUART D'HEURE APÓS A OUTRA

Delicadamente, removi um filamento de planta aquática ainda úmido da manga da minha blusa e coloquei-o no centro do mata-borrão. Depois, vendo o tinteiro à mão, peguei a folha e mergulhei-a na tinta, usando o resultado para pintar padrões interessantes no espesso papel absorvente do mata-borrão. Empolgando-me no espírito da ação, finalizei a obra-prima com um palavrão, salpiquei-a com areia e sequei-a cuidadosamente antes de pendurá-la na bancada de escaninhos.

Recuei um passo para admirar o efeito, em seguida, olhei ao redor à cata de outras distrações que pudessem tirar minha mente da iminente chegada do capitão Randall.

Nada mau para o escritório particular de um capitão, pensei, examinando as pinturas na parede, os objetos de prata sobre a escrivaninha e o tapete grosso no assoalho. Comecei a andar pelo carpete, a fim de respingá-lo melhor. O percurso até Fort William secara minhas roupas externas bastante bem, mas as camadas inferiores de anáguas ainda gotejavam.

Abri um pequeno armário atrás da escrivaninha e descobri a peruca sobressalente do capitão, perfeitamente arranjada num dos suportes de ferro batido do par ali existente. Cuidadosamente arrumado diante da peruca, via-se um conjunto de prata composto de espelho e escovas, bem como um pente de casco de tartaruga. Levando a peruca em seu suporte para a escrivaninha, delicadamente peneirei em cima dela o conteúdo de areia restante no recipiente antes de devolvê-la ao armário.

Estava sentada atrás da escrivaninha, o pente na mão, analisando meu reflexo no espelho, quando o capitão entrou. Lançou um olhar para minha aparência desalinhada, o armário assaltado e o mata-borrão desfigurado.

Sem piscar, puxou uma cadeira e sentou-se à minha frente, acomodando-se descontraidamente com um dos pés calçados de botas descansando no joelho oposto. Um chicote de montar pendia de uma das mãos elegantes e aristocráticas. Observei a ponta trançada, vermelha e preta, conforme ela balançava lentamente de um lado para o outro acima do tapete.

– A ideia tem seus atrativos – disse ele, observando meus olhos seguindo o balanço do chicote. – Mas, provavelmente consigo pensar em algo melhor, se tiver alguns instantes para me concentrar.

– Diria que sim – retorqui, tirando uma grossa mecha de cabelos de cima dos meus olhos. – Mas não tem permissão para chicotear mulheres, não é?

– Somente em determinadas circunstâncias – respondeu ele educadamente. – Que não correspondem à sua situação... ainda. Mas isso é muito público, sabe. Achei que poderíamos nos conhecer melhor em particular primeiro. – Estendeu a mão para o aparador atrás dele e pegou uma garrafa de bebida.

Tomamos o clarete em silêncio, entreolhando-nos por cima de nossos copos de vinho.

– Havia me esquecido de lhe oferecer minhas felicitações por seu casamento – disse ele, repentinamente. – Desculpe minha falta de boas maneiras.

– Não se preocupe – falei, gentilmente. – Tenho certeza de que a família de meu marido ficará extremamente agradecida por me oferecer sua hospitalidade.

– Ah, duvido um pouco – disse ele, com um sorriso cativante. – De qualquer modo, não estava pensando em contar-lhes onde você está.

– E o que o faz pensar que não sabem? – perguntei, começando a me sentir um pouco derrotada, apesar da minha determinação anterior de desacatá-lo. Lancei um olhar rápido à janela, mas ficava do lado errado do edifício. O sol não era visível dali, mas a luz parecia amarela; talvez já seria o meio da tarde? Quanto tempo levaria até Jamie encontrar meu cavalo abandonado? E quanto tempo depois disso até seguir minha pista até o riacho e perdê-la imediatamente? Desaparecer sem deixar traços tinha suas desvantagens. Na realidade, a menos que Randall decidisse mandar um recado a Dougal sobre meu paradeiro, não havia nenhuma maneira no mundo de os escoceses saberem para onde eu tinha ido.

– Se soubessem – disse o capitão, arqueando uma sobrancelha bem delineada –, provavelmente já estariam aqui. Considerando os tipos de nomes com que Dougal MacKenzie se referiu a mim por ocasião de nosso último encontro, não creio que me considere um acompanhante adequado para um parente dele. E o clã MacKenzie parece considerá-la de tal valor que preferem adotá-la como um dos seus a vê-la cair nas minhas mãos. Não posso imaginar que permitissem que ficasse aqui definhando numa vil prisão.

Examinou-me com desaprovação, captando cada detalhe dos meus trajes ensopados, cabelos desgrenhados e aparência geral desalinhada.

– Só não entendo por que a querem tanto – observou ele. – Ou, se você é tão valiosa para eles, por que diabos a deixariam vagando pelo campo sozinha. Eu pensava que até os bárbaros tomavam conta de suas mulheres melhor do que isso. – Um brilho repentino iluminou seus olhos. – Ou será que você talvez tenha resolvido se separar deles?

Recostou-se na cadeira, intrigado com essa nova possibilidade.

– A noite de núpcias foi mais difícil do que você esperava? – perguntou ele. – Devo confessar que fiquei um pouco desconcertado quando soube que você preferiu ir para a cama com um daqueles selvagens cabeludos, seminus, do que ter novas conversas comigo. Isso demonstra um grande senso de dever, madame, e devo parabenizar quem quer que a tenha contratado pela capacidade que tem de motivá-la. Mas – inclinou-se ainda mais para trás em sua cadeira, equilibrando o copo de vinho sobre o joelho – receio que eu ainda tenha que insistir no nome de seu empregador. Se você realmente se separou dos MacKenzie, a suposição mais provável é que seja uma agente francesa. Mas de quem?

Fitou-me intensamente, como uma cobra tentando hipnotizar um pássaro. No entanto, a essa altura, eu já tomara clarete suficiente para recuperar uma parte da minha valentia e também o encarei sem desviar os olhos.

– Ah – disse, com exagerada cortesia –, então estou incluída nesta conversa? Achei que estivesse indo muito bem sozinho. Por favor, continue.

A linha graciosa de sua boca endureceu-se um pouco e a ruga profunda no canto aprofundou-se mais ainda, mas não disse nada. Colocando os óculos de lado, levantou-se e, retirando a peruca, dirigiu-se ao armário, onde colocou-a no suporte vazio. Eu o vi fazer uma pequena pausa, ao ver os escuros grãos de areia adornando a outra peruca, mas sua expressão não mudou de forma perceptível.

Sem peruca, seus cabelos eram escuros, fartos, lustrosos e de textura fina. Também tinham uma aparência familiar que me perturbou, embora fossem longos até os ombros e amarrados para trás com uma fita de cetim azul. Retirou o laço de fita, pegou o pente na escrivaninha e ajeitou os cabelos amassados pela peruca, depois amarrou de novo a fita cuidadosamente. Prestativamente, segurei o espelho para que ele pudesse avaliar o resultado final. Tirou-o de mim com um gesto ostensivo e recolocou-o no seu lugar junto às perucas, quase batendo a porta do armário.

Eu não sabia se todos esses rodeios tinham o objetivo de me deixar nervosa – e se esse fosse o caso, estava dando certo – ou se ele simplesmente não sabia o que fazer em seguida.

A tensão foi um pouco aliviada pela entrada de um ordenança, trazendo uma bandeja de chá e acompanhamentos. Ainda em silêncio, Randall serviu uma xícara e estendeu-a a mim. Ficamos mais algum tempo em silêncio, tomando o chá.

– Não me diga – falei, finalmente. – Deixe-me adivinhar. É uma nova forma de persuasão que você inventou, tortura pela bexiga. Você me serve bastante líquido até eu prometer lhe contar qualquer coisa em troca de cinco minutos com um urinol.

Ele foi pego de surpresa de tal maneira que não pôde conter o riso. Isso transformou inteiramente sua expressão e pude compreender sem dificuldade por que havia tantos envelopes perfumados com caligrafia feminina no fundo da gaveta esquerda de sua escrivaninha. Tendo deixado a máscara cair, ele não prendeu o riso, mas deixou-o fluir. Quando terminou, fitou-me outra vez, com um esboço de sorriso ainda nos lábios.

– O que quer que você seja, madame, pelo menos é divertida – observou ele. Puxou a corda de um sino pendurada junto à porta e quando o ordenança reapareceu, instruiu-o a me conduzir às necessárias instalações.

– Mas cuidado para não perdê-la no caminho, Thompson – acrescentou ele, abrindo a porta para mim com uma mesura cínica.

Apoiei-me fracamente contra a porta do lavatório aonde fui conduzida. Estar longe de sua presença era um alívio, mas por pouco tempo. Eu já tivera ampla oportunidade de julgar o verdadeiro caráter de Randall, tanto pelas histórias que ouvira quanto por experiência própria. Mas havia aqueles malditos lampejos de Frank que de vez em quando transpareciam pelo exterior cruel e ostentoso. Fora um erro fazê-lo rir, pensei.

Sentei-me, ignorando o mau cheiro enquanto me concentrava no problema imediato. A fuga parecia improvável. Fora o vigilante Thompson, o escritório de Randall ficava num prédio localizado perto do centro do complexo. E embora o forte em si mesmo não fosse mais do que uma área cercada por um muro de pedra, esses muros tinham 3 metros de altura e os portões duplos eram bem guardados.

Pensei em fingir que estava passando mal e permanecer no meu refúgio, mas descartei a ideia – e não só por causa do ambiente desagradável. A dura verdade é que pouco adiantava adiar os acontecimentos, a menos que eu tivesse algo a esperar, o que não tinha. Ninguém sabia onde eu estava e Randall não pretendia dizer a ninguém. Eu era dele enquanto ele estivesse disposto a se divertir comigo. Mais uma vez, arrependi-me de tê-lo feito rir. Um sádico com senso de humor era particularmente perigoso.

Buscando freneticamente alguma coisa útil que eu pudesse saber a respeito do capitão, cheguei a um nome. Entreouvido e descuidadamente recordado, eu esperava ter entendido o nome correto. Era uma carta lamentavelmente pequena para jogar, mas a única que eu possuía. Respirei fundo, soltei o ar apressadamente e saí do meu santuário.

De volta ao escritório, acrescentei açúcar ao meu chá e mexi-o cuidadosamente. Em seguida, creme de leite. Tendo arrastado o cerimonial ao máximo, fui forçada a olhar para Randall. Estava recostado na cadeira, em sua pose favorita, a xícara elegantemente suspensa no ar, para poder me examinar melhor.

– E então? – falei. – Não precisa se preocupar em estragar meu apetite, porque não tenho nenhum. O que pretende fazer comigo?

Sorriu e tomou um gole deliberadamente cuidadoso do chá escaldante antes de responder.

– Nada.

– É mesmo? – Ergui as sobrancelhas, surpresa. – Sua criatividade falhou?

– Eu não gostaria de pensar assim – disse ele, sempre bem-educado. Seus olhos percorreram meu corpo de cima a baixo, de um modo que nada lembrava as boas maneiras.

– Não – continuou, o olhar demorando-se na borda do meu corpete, onde o lenço que eu enfiara ali deixava as elevações dos meus seios bem visíveis –, por mais que eu quisesse lhe dar uma lição muito necessária de boas maneiras, receio que o prazer tenha que ser adiado indefinidamente. Vou mandá-la para Edimburgo com a próxima remessa do malote. E não gostaria que chegasse lá com nenhum dano visível; meus superiores poderiam me considerar displicente.

– Edimburgo? – Não pude disfarçar minha surpresa.

– Sim. Já ouviu falar no Tolbooth, imagino.

Já. Uma das prisões mais notórias e repulsivas da época, era famosa por imundície, crimes, doenças e escuridão. A maioria dos prisioneiros mantidos ali morria antes de serem chamados a julgamento. Engoli com força, forçando para baixo a bílis amarga que subira à minha garganta, misturada ao gole de chá doce.

Randall bebericou seu próprio chá, satisfeito consigo mesmo.

– Deverá se sentir bem confortável lá. Afinal, parece gostar de se cercar de sujeira e umidade. – Lançou um olhar reprovador à barra encharcada de minhas anáguas, caindo abaixo da saia. – Vai se sentir em casa, depois do Castelo Leoch.

Duvidava que a cozinha de Tolbooth fosse tão boa quanto a de Colum. E fora as questões gerais de conforto, eu não podia – não podia – deixar que me enviasse para Edimburgo. Uma vez presa entre os muros de Tolbooth, jamais conseguiria voltar ao círculo de pedras.

Chegara a hora da minha cartada. Agora ou nunca. Ergui minha própria xícara.

– Como quiser – disse calmamente. – O que acha que o duque de Sandringham dirá a respeito?

Entornou o chá quente no colo de pele de veado e emitiu vários ruídos muito gratificantes.

Estalei a língua em sinal de reprovação.

Acalmou-se, olhando-me furiosamente. A xícara permanecia virada, seu conteúdo marrom ensopando o tapete verde-claro, mas ele não fez nenhum movimento em direção à corda da campainha. Um pequeno músculo saltava no lado de seu pescoço.

Eu já encontrara a pilha de lenços engomados na gaveta superior esquerda de sua escrivaninha, juntamente com a caixa de rapé esmaltada. Peguei um lenço e entreguei a ele.

– Espero que não manche – disse gentilmente.

– Não – retrucou ele, ignorando o lenço. Olhou-me atentamente. – Não, não é possível.

– Por que não? – perguntei, fingindo valentia, imaginando o que não seria possível.

– Teriam me informado. E se você estivesse trabalhando para Sandringham, por que diabos agiria de maneira tão ridícula?

– Talvez o duque esteja testando a sua lealdade – sugeri aleatoriamente, preparando-me para ficar de pé num salto se necessário. Seus punhos estavam cerrados ao lado do corpo e o chicote de montar que deixara de lado estava bem ao alcance de sua mão, em cima da escrivaninha.

Bufou em resposta a tal sugestão.

– Você é quem deve estar testando a minha credulidade. Ou minha tolerância à irritação. Ambas, madame, são extremamente ínfimas. – Seus olhos estreitaram-se especulativamente e preparei-me para um salto rápido.

Lançou-se sobre mim e saltei para o lado. Agarrando o bule de chá, atirei-o em cima dele. Desviou-se e o bule atingiu a porta com grande estardalhaço. O ordenança, que devia estar de prontidão do lado de fora, enfiou a cabeça espantada pela porta.

Respirando ruidosamente, o capitão fez um sinal impacientemente para que ele entrasse.

– Segure-a – ordenou ele bruscamente, atravessando o aposento em direção à escrivaninha. Comecei a respirar profundamente, tanto na esperança de me acalmar como na expectativa de não poder fazê-lo dentro de pouco tempo.

Entretanto, em vez de me espancar, ele simplesmente abriu a gaveta inferior da direita, que eu não tivera tempo de investigar, e tirou um longo pedaço de corda fina.

– Que tipo de cavalheiro guarda corda na gaveta da escrivaninha? – perguntei, indignada.

– Um cavalheiro prevenido, madame – murmurou ele, amarrando meus pulsos nas costas.

– Vá embora – disse ele impacientemente ao ordenança, meneando a cabeça em direção à porta. – E não volte, não importa o que ouvir.

Aquilo me pareceu terrivelmente ameaçador e meus temores mostraram-se mais do que justificáveis quando ele enfiou a mão na gaveta mais uma vez.

Existe algo de assustador numa faca. Homens que são destemidos em combate corpo a corpo acovardam-se diante de uma lâmina nua. Eu mesma recuei, até que minhas mãos amarradas colidiram com a parede branca de cal. A temível ponta reluzente desceu e pressionou um ponto entre meus seios.

– Agora – disse ele de forma confortável –, vai me contar tudo o que sabe sobre o duque de Sandringham. – A lâmina pressionou com um pouco mais de força, afundando no tecido do meu vestido. – Leve quanto tempo quiser, minha querida. Não tenho a menor pressa. – Ouviu-se um pequeno estalo quando a ponta perfurou o tecido. Senti a lâmina, fria como o medo, um ponto minúsculo diretamente sobre o meu coração.

Randall lentamente deslizou a faca em semicírculo sob um dos meus seios. O tecido rústico se soltou, caiu com um meneio da blusa branca e meu seio saltou para fora. Randall parecia estar prendendo a respiração; exalou lentamente agora, os olhos fixos nos meus.

Afastei-me um pouco dele, mas quase não havia espaço para manobra. Acabei pressionada contra a escrivaninha, as mãos atadas segurando a borda. Se ele se aproximasse mais, pensei, talvez eu pudesse rolar para trás e chutar a faca de sua mão. Duvidava que pretendesse me matar; certamente não até descobrir exatamente o que eu sabia sobre suas relações com o duque. Por alguma razão, essa conclusão trazia relativamente pouco conforto.

Ele sorriu, com aquela semelhança desalentadora com o sorriso de Frank; aquele sorriso adorável que eu vira encantar estudantes e amolecer o mais empedernido dirigente de universidade. Provavelmente, em outras circunstâncias, eu teria achado aquele homem atraente, mas no momento... não.

Moveu-se com rapidez, enfiando um joelho entre minhas coxas e empurrando meus ombros para trás. Não conseguindo manter o equilíbrio, caí pesadamente de costas sobre a escrivaninha, dando um grito quando aterrissei dolorosamente em cima dos pulsos amarrados. Pressionou o corpo entre minhas pernas, tateando com uma das mãos para erguer minhas saias enquanto a outra segurava meu seio nu, girando e beliscando. Comecei a espernear freneticamente, mas minhas saias me atrapalhavam. Agarrou meu pé e correu a mão pela minha perna, empurrando anáguas úmidas, saia e camisola de baixo para fora do caminho, levantando-as acima de minha cintura. Levou a mão às calças.

Semelhanças com Harry, o desertor, pensei furiosamente. O que em nome de Deus estava acontecendo com o exército britânico? Gloriosas tradições, pelo visto.

No meio de uma guarnição inglesa, era provável que gritos não atraíssem nenhuma atenção útil, mas enchi os pulmões e tentei, mais como um protesto formal do que qualquer outra coisa. Esperei uma bofetada ou um safanão em resposta, para me calar. Em vez disso, inesperadamente, ele pareceu gostar.

– Vamos, doçura, grite – murmurou ele, às voltas com a braguilha. – Vou gostar muito mais se você gritar.

Olhei-o diretamente nos olhos e retruquei, com clareza e absoluta falta de habilidade.

– Vá se danar!

Uma mecha de cabelos negros se soltou e caiu em sua testa num desarranjo devasso. Parecia-se tanto com seu descendente que fui tomada por um terrível impulso de abrir as pernas e corresponder a ele. Torceu meu seio de forma tão bruta que o impulso desapareceu instantaneamente.

Eu estava furiosa, enojada, humilhada e revoltada, mas curiosamente sem muito medo. Senti um movimento pesado, frouxo, contra a minha perna e repentinamente compreendi o porquê. Ele não iria conseguir a menos que eu gritasse – e provavelmente nem assim.

– Ah, é assim, hein? – falei, e fui recompensada com uma forte bofetada. Cerrei a boca com força e virei o rosto, para não me sentir tentada a fazer novos comentários imprudentes. Considerei que, com ou sem estupro, eu corria um sério perigo com aquele homem de temperamento instável. Desviando os olhos de Randall, percebi um repentino lampejo de movimento na janela.

– Agradeço-lhe – disse uma voz fria e inalterada –, se tirar as mãos de cima de minha mulher. – Randall ficou paralisado com uma das mãos ainda em meu seio. Jamie estava agachado no peitoril da janela, uma pistola de cabo de latão apoiada no antebraço.

Randall continuou paralisado por um instante, como se não pudesse acreditar no que estava ouvindo. Conforme voltava a cabeça lentamente em direção à janela, a mão direita, fora da vista de Jamie, deixou meu seio e deslizou sorrateiramente em direção à faca, que colocara sobre a escrivaninha junto à minha cabeça.

– O que foi que você disse? – perguntou ele, incrédulo. Quando agarrou a faca, virou-se o suficiente para ver quem tinha falado. Parou novamente por um instante, olhando fixamente, e em seguida começou a rir.

– Valha-nos Deus, é o jovem gato selvagem escocês! Pensei que tivesse acabado com você de uma vez por todas! Conseguiu se recuperar, hein? E esta é a sua mulher, você disse? Uma vagabunda bem gostosa, exatamente como a sua irmã.

Ainda encoberto pelo corpo parcialmente virado, a mão de Randall que segurava a faca girou; a lâmina agora apontava para a minha garganta. Eu podia ver Jamie por cima de seu ombro, como um felino pronto para dar um salto da janela. O cano da pistola não vacilou nem a expressão do seu rosto se alterou. A única pista para as suas emoções era o rubor escuro que subia por sua garganta; o colarinho estava aberto e a pequena cicatriz em seu pescoço flamejava, escarlate.

Quase descontraidamente, Randall lentamente levantou a faca para que Jamie a visse, a ponta quase tocando a minha garganta. Virou-se um pouco mais na direção dele.

– Talvez ache melhor jogar a pistola aqui, a menos que esteja cansado da vida de casado. Se preferir ser viúvo, naturalmente... – Os olhos fixos uns nos outros como o abraço de um amante, nenhum dos dois se moveu por um longo minuto. Finalmente, o corpo de Jamie relaxou a tensão do ataque. Soltou a respiração com um longo suspiro de resignação e atirou a arma na sala. Ela bateu no chão com um baque metálico e deslizou pelo assoalho até os pés de Randall.

Randall curvou-se e pegou a arma num movimento sinuoso. Assim que a faca saiu do meu pescoço, tentei me sentar, mas ele colocou a mão no meu peito e me empurrou, deixando-me novamente estatelada na escrivaninha. Mantinha-me na posição com uma das mãos, usando a outra para mirar a pistola em Jamie. A faca descartada estava em algum lugar no chão perto dos meus pés. Agora, se ao menos eu pudesse pegá-la com os dedos dos pés... A adaga no meu bolso estava tão fora do meu alcance como se estivesse em Marte.

O sorriso não desaparecera do rosto de Randall desde a aparição de Jamie. Agora ele se ampliou, o suficiente para mostrar os dentes caninos pontudos.

– Bem, assim está melhor. – A mão pesada deixou meu peito para retornar à braguilha de suas calças. – Eu estava ocupado quando você chegou, meu amigo. Vai me desculpar se eu continuar o que estava fazendo antes de cuidar de você.

A vermelhidão havia se espalhado completamente pelo rosto de Jamie, mas ele continuou imóvel, a arma apontada para o seu peito. Enquanto Randall terminava suas manobras, Jamie lançou-se contra a pistola. Tentei gritar, para impedi-lo, mas minha boca estava seca de terror. Os nós dos dedos de Randall empalideceram quando ele apertou o gatilho.

O cão da arma de fogo bateu na câmara vazia e o punho de Jamie se abateu sobre o estômago de Randall. Ouviu-se um estalido quando o outro punho quebrou o nariz do oficial e um fino jato de sangue manchou minha saia. Os olhos de Randall reviraram-se e ele caiu no chão como uma pedra.

Jamie estava atrás de mim, colocando-me de pé, cortando a corda em torno dos meus pulsos.

– Você abriu caminho até aqui blefando com uma arma descarregada? – falei histericamente, rouca.

– Se estivesse carregada, eu teria atirado nele logo que cheguei, não é? – disse Jamie entre dentes.

O ruído de pés aproximava-se pelo corredor em direção ao escritório. A corda se soltou e Jamie me arrastou com um safanão para a janela. Era uma queda de 2,5 metros até o chão, mas os passos estavam quase alcançando a porta. Pulamos juntos.

Aterrissei com um ruído áspero de ossos chacoalhados e rolei numa confusão de saias e anáguas. Jamie levantou-me com um puxão e me pressionou contra a parede do edifício. Passos apressados dobraram a esquina; seis soldados surgiram no campo de visão, mas não olharam em nossa direção.

Assim que se afastaram, Jamie segurou minha mão e se moveu em direção à outra esquina. Andamos rente à parede, parando perto da quina do edifício.

Pude ver onde estávamos agora. A cerca de 6 metros, uma escada levava a uma espécie de passadiço que corria ao longo da parede interna das muralhas do forte. Ele fez um sinal com a cabeça indicando a escada; aquele era o nosso objetivo.

Aproximou a cabeça da minha e sussurrou:

– Quando ouvir uma explosão, corra e suba a escada. Estarei atrás de você.

Assenti, meneando a cabeça. Meu coração parecia um martelo mecânico; olhando para baixo, vi que um dos meus seios ainda estava exposto. Não havia muito que fazer a respeito no momento. Segurei as dobras das saias, pronta para correr.

Ouviu-se um enorme estrondo do outro lado do prédio, como a explosão de um morteiro. Jamie deu-me um empurrão e eu disparei, correndo o mais rápido que podia. Dei um salto para a escada, agarrei-a e subi aos tropeções. Senti a madeira sacudir e estremecer quando o peso de Jamie atingiu a escada abaixo de mim.

Virando-me no topo da escada, tive uma visão completa do forte. Rolos de fumaça negra projetavam-se de um pequeno prédio próximo à muralha dos fundos e de todas as partes corriam homens em sua direção.

Jamie surgiu ao meu lado.

– Por aqui.

Correu agachado ao longo do passadiço e eu o segui. Paramos junto ao mastro da bandeira, preso na muralha. O estandarte agitava-se com força acima de nós, a adriça batendo ritmadamente contra o mastro. Jamie espreitava por cima da muralha, à procura de alguma coisa.

Olhei para o acampamento atrás. Os homens se aglomeravam no pequeno prédio, correndo de um lado para outro e gritando. Mais adiante, vi uma pequena plataforma de madeira, com cerca de 1,5 metro de altura e uma escada. Um pesado poste de madeira erguia-se no centro, com uma viga atravessada em cruz e algemas de corda penduradas nos braços da cruz.

De repente, Jamie deu um assobio; olhando por cima da muralha, vi Rupert, montado e conduzindo o cavalo de Jamie. Olhou para cima ao ouvir o assobio e conduziu os cavalos até junto à muralha abaixo de nós.

Jamie cortava a adriça do mastro. As pesadas dobras vermelhas e azuis da bandeira sucumbiram e deslizaram para baixo, aterrissando com um baque sibilante ao meu lado. Enrolando rapidamente uma das pontas da corda em volta de uma das estacas, Jamie atirou o resto para baixo do lado externo da muralha.

– Vamos! – disse ele. – Segure-se firme com as duas mãos, coloque os pés contra a parede! Vá! – Comecei a descer, escorando os pés na muralha e soltando a corda aos poucos; o cordame fino escorregava e queimava minhas mãos. Caí perto dos cavalos e apressei-me em montar. Jamie saltou sobre a sela atrás de mim no instante seguinte e partimos a galope.

Reduzimos um pouco a marcha a uns 2 ou 3 quilômetros do acampamento, quando se tornou claro que havíamos nos livrado de nossos perseguidores. Após uma breve conferência, Dougal decidiu que seria melhor nos dirigirmos para a fronteira das terras dos MacKintosh, o território mais seguro e próximo do clã.

– Podemos chegar a Doonesbury à noite e provavelmente estaremos em segurança. Amanhã espalharão avisos sobre nós, mas já teremos atravessado a fronteira antes que a notícia chegue até lá.

Estávamos no meio da tarde; partimos em marcha firme, nosso cavalo com carga dupla ficando um pouco para trás. Meu cavalo, eu imaginava, ainda estaria pastando alegremente no bosque, esperando ser conduzido para casa por quem tivesse a sorte de encontrá-lo.

– Como me encontrou? – perguntei. Eu estava começando a tremer em efeito retardado e cruzei os braços ao redor do corpo para me acalmar. Minhas roupas haviam secado completamente a essa altura, mas eu sentia um frio que atingia os ossos.

– Achei melhor não deixar você sozinha e enviei um homem de volta para ficar com você. Ele não a viu partir, mas viu os soldados ingleses atravessarem o rio a vau e você com eles. – A voz de Jamie era fria. Não podia culpá-lo. Meus dentes começavam a ranger.

– S-surpreende-me que não tivesse achado que eu era uma espiã inglesa e m-me deixado lá.

– Era o que Dougal queria fazer. Mas o homem que a viu com os soldados disse que você estava se debatendo. Eu tinha ao menos que verificar. – Olhou para mim, sem mudar a expressão.

– Tem sorte, Sassenach, que eu tenha visto o que vi naquela sala. Ao menos, Dougal tem que admitir que você não está mancomunada com os ingleses.

– D-dougal, hein? E quanto a você? O q-que você acha? – perguntei.

Ele não respondeu, apenas bufou rapidamente. No entanto, finalmente teve pena de mim o suficiente para arrancar o xale e atirá-lo sobre meus ombros, mas não passou o braço ao meu redor nem me tocou além do estritamente necessário. Cavalgou num silêncio amargo, manejando as rédeas com gestos bruscos, muito diferentes de suas maneiras gentis habituais.

Eu mesma, transtornada e abalada, não estava com disposição para aturar mau humor.

– Bem, o que foi, então? Qual é o problema? – perguntei, impaciente. – Não fique emburrado, pelo amor de Deus! – Falei mais rispidamente do que pretendia e senti que ele se retesou ainda mais. De repente, ele virou a cabeça do cavalo para o lado e freou à beira da estrada. Antes que eu soubesse o que estava acontecendo, ele desmontou e me fez descer da sela também. Aterrissei desajeitadamente, cambaleando para manter o equilíbrio quando meus pés atingiram o solo.

Dougal e os demais pararam quando nos viram desmontar. Jamie fez um gesto curto e contundente, mandando-os seguir em frente e Dougal abanou a mão, compreendendo.

– Não demore muito! – gritou ele, e retomaram a viagem.

Jamie esperou até que estivessem fora do alcance de sua voz. Então me puxou com um safanão para que o encarasse. Estava obviamente furioso, à beira da explosão. Senti minha própria ira crescer. Que direito tinha de me tratar assim?

– Emburrado! – disse ele. – Emburrado, não é? Estou usando todo o autocontrole que possuo para não sacudi-la até seus dentes rangerem e você me diz para não ficar emburrado!

– Qual é o seu problema, pelo amor de Deus? – perguntei com raiva. Tentei livrar-me do aperto de suas mãos, mas seus dedos afundaram-se nos meus braços como as garras de uma armadilha.

– Qual é o meu problema? Vou lhe dizer qual é o meu problema, já que quer saber! – disse ele com os dentes cerrados. – Estou cansado de ter que ficar provando a toda hora que você não é uma espiã inglesa. Estou cansado de ter que vigiar você a todo instante, com medo da bobagem que fará em seguida. E estou muito cansado de ver as pessoas tentarem me fazer ficar olhando enquanto estupram você! Não gostei disso nem um pouco!

– E acha que eu gostei? – gritei. – Está tentando dizer que a culpa é minha? – Diante disso, ele realmente me sacudiu.

– É sua culpa! Se tivesse ficado onde mandei que ficasse hoje de manhã, isso nunca teria acontecido! Mas não, você não me ouve, não passo de seu marido. Por que me escutar? Você age como bem entende e, quando vejo, está com as saias para cima e o pior canalha do mundo entre suas pernas, a ponto de possuí-la diante dos meus olhos! – Seu sotaque escocês, geralmente leve, tornava-se mais forte a cada instante, um sinal seguro de que estava furioso, caso eu precisasse de mais alguma indicação.

Nossos narizes já estavam quase se tocando, enquanto gritávamos um com o outro. Jamie estava vermelho de raiva e eu sentia o meu próprio sangue subir.

– É sua própria culpa, por me ignorar e suspeitar de mim o tempo inteiro! Eu lhe contei a verdade sobre quem eu sou! E lhe disse que não haveria perigo de eu ir com você. Mas você quis me ouvir? Não! Sou apenas uma mulher, por que deveria prestar atenção no que eu digo? As mulheres só devem fazer o que lhes mandam e seguir ordens e ficar sentadas docilmente com as mãos cruzadas no colo esperando que os homens voltem e lhes digam o que fazer!

Sacudiu-me outra vez, incapaz de se conter.

– E se você tivesse feito isso, não estaríamos fugindo agora, com cem soldados ingleses no nosso encalço! Meu Deus, mulher, não sei se devo estrangulá-la ou jogá-la no chão e bater em você até deixá-la sem sentidos, mas por Deus, tenho vontade de fazer alguma coisa com você!

Diante disso, fiz um esforço determinado de chutá-lo nos testículos. Ele desviou-se e lançou o próprio joelho entre minhas pernas, evitando com eficácia quaisquer novas tentativas.

– Tente isso de novo e eu vou esbofeteá-la até seus ouvidos zumbirem – rosnou ele.

– Você é um brutamontes e um idiota – falei, arquejando, debatendo-me para escapar de suas mãos, agarradas aos meus ombros. – Acha que saí e fui capturada pelos ingleses de propósito?

– Acho mesmo que você fez isso de propósito, para se vingar de mim pelo que aconteceu na clareira!

Fiquei boquiaberta.

– Na clareira? Com os desertores ingleses?

– Sim! Você acha que eu deveria ter sido capaz de protegê-la e tem razão. Mas não consegui; você teve que fazer isso sozinha e agora está tentando me fazer pagar por isso deliberadamente colocando a si mesma, minha mulher, nas mãos de um homem que tirou meu sangue!

– Sua mulher! Sua mulher! Você não se importa comigo! Sou apenas sua propriedade; só é importante para você porque acha que eu lhe pertenço e não pode suportar que alguém tire alguma coisa que lhe pertence!

– Você me pertence mesmo – trovejou ele, enfiando os dedos nos meus ombros como pregos. – E você é minha mulher, goste ou não!

– Não gosto! Não gosto nem um pouco! Mas isso também não importa, não é? Desde que eu esteja presente para esquentar sua cama, você não se importa com o que penso ou como me sinto! Isso é tudo que uma mulher representa para você, algo onde enfiar seu pau quando tem vontade!

Com isso, seu rosto ficou branco como cera e começou a me sacudir seriamente. Minha cabeça sacolejou violentamente e meus dentes chacoalharam, fazendo-me morder a língua.

– Solte-me! – gritei. – Solte-me, seu – deliberadamente, usei as palavras de Harry, o desertor, tentando feri-lo – filho da mãe no cio! – Ele me soltou e recuou um passo, os olhos flamejando.

– Sua cadela de boca suja! Não vai falar assim comigo!

– Falo do jeito que quiser! Não pode mandar em mim!

– Parece que não! Você faz o que bem entende, não importa quem você magoe com isso, não é? Sua egoísta, teimo...

– É o seu maldito orgulho que está ferido! – gritei. – Salvei nós dois daqueles desertores na clareira e você não pode aceitar isso, não é? Você só ficou lá parado! Se eu não tivesse a faca, nós dois estaríamos mortos agora!

Até colocar em palavras, eu não tinha ideia de que estava com raiva dele por não me proteger dos desertores ingleses. Em circunstâncias mais racionais, esse pensamento jamais teria atravessado minha mente. Não foi culpa dele, teria dito. Foi pura sorte que eu tivesse a adaga, teria dito. Mas agora compreendia que, justo ou não, racional ou não, eu realmente sentia de alguma forma que era responsabilidade dele me proteger e que falhara. Talvez porque ele tão obviamente se sentisse assim.

Ficou parado olhando-me fixamente, arquejando de emoção. Quando voltou a falar, tinha a voz baixa e entrecortada de paixão.

– Viu aquele mastro no pátio do forte?

Meneei ligeiramente a cabeça.

– Bem, eu fui amarrado àquele poste, amarrado como um animal e chicoteado até meu sangue escorrer! Carregarei as cicatrizes até a morte. Se eu não tivesse tido muita sorte esta tarde, isso seria o mínimo que me aconteceria. Provavelmente, teriam me chicoteado e depois me enforcado.

Engoliu em seco e continuou:

– Eu sabia disso e não hesitei nem por um segundo em entrar naquele lugar para ir atrás de você, mesmo achando que talvez Dougal tivesse razão! Sabe onde consegui a arma que usei? – Balancei a cabeça, entorpecida, minha própria raiva começando a esmaecer. – Matei um guarda junto à muralha. Ele atirou em mim; é por isso que estava descarregada. Ele errou e eu o matei com minha adaga; deixei-a cravada no seu peito quando a ouvi gritar. Eu teria matado uma dezena de homens para resgatá-la, Claire.

Sua voz falhou.

– E quando você gritou, corri para você, armado apenas com uma pistola vazia e minhas duas mãos. – Jamie falava com mais calma agora, mas seus olhos ainda faiscavam de dor e raiva. Fiquei em silêncio. Perturbada com o horror do meu encontro com Randall, eu não dera absolutamente nenhum valor à coragem desesperada que ele precisou ter para entrar no forte e me salvar.

Desviou-se bruscamente, os ombros arriados.

– Tem razão – disse ele serenamente. – Sim, tem toda razão.

De repente, a raiva desaparecera de sua voz, substituída por um tom que nunca ouvira nele, nem mesmo na dor física extrema.

– Meu orgulho está ferido. E meu orgulho é praticamente tudo que me resta. – Apoiou os braços em um pinheiro de casca áspera e enterrou a cabeça neles, exausto. Sua voz era tão baixa que eu mal podia ouvi-lo. – Você está me dilacerando, Claire.

Eu estava sentindo algo muito semelhante. Devagar, aproximei-me por trás dele. Ele não se mexeu, mesmo quando passei os braços por sua cintura. Recostei o rosto em suas costas curvadas. Sua camisa estava molhada, suada com a intensidade de seus sentimentos, e ele tremia.

– Sinto muito – falei, simplesmente. – Por favor, perdoe-me. – Ele virou-se e abraçou-me com força. Senti o tremor de seu corpo ceder aos poucos.

– Está perdoada, moça – murmurou ele finalmente nos meus cabelos. Soltando-me, olhou para mim, sério e formal. – Eu também sinto muito. Peço-lhe que me perdoe pelo que eu disse; estava ferido e disse mais do que pretendia. Você também me perdoa? – Depois de seu último discurso, eu não sentia que houvesse qualquer coisa para perdoar, mas assenti e apertei suas mãos.

– Está perdoado.

Num silêncio mais aliviado, montamos outra vez. A estrada era reta e plana por uma longa extensão neste trecho e ao longe pude ver uma pequena nuvem de poeira que devia ser Dougal e seus homens.

Jamie estava comigo outra vez; segurava-me com um dos braços enquanto cavalgávamos e eu me sentia mais segura. Mas uma leve sensação de constrangimento e ofensa ainda perdurava; as coisas ainda não estavam sanadas entre nós. Havíamos perdoado um ao outro, mas nossas palavras ainda pairavam na lembrança, não podendo ser esquecidas.

22

ACERTOS DE CONTAS

Chegamos a Doonesbury bem depois do anoitecer. Era uma parada de carruagens de bom tamanho, com uma hospedaria adjacente, felizmente. Dougal fechou os olhos de desgosto ao pagar o estalajadeiro; seriam necessárias muitas moedas de prata extras para garantir seu silêncio quanto à nossa presença.

O dinheiro, entretanto, também garantiu uma boa refeição, com bastante cerveja. Apesar da comida, o jantar foi sombrio, quase todo transcorrido em silêncio. Ali sentada em meus trajes arruinados, recatadamente coberta com a camisa extra de Jamie, eu obviamente caíra em desgraça. Exceto por Jamie, os homens se comportavam como se eu fosse completamente invisível e até mesmo ele não fez mais do que empurrar o pão e a carne para mim de vez em quando. Foi um alívio finalmente subir para o nosso quarto, apesar de pequeno e confinado.

Afundei na cama com um suspiro, sem me preocupar com o estado das roupas de cama.

– Estou exausta. Foi um longo dia.

– Sim, é verdade. – Jamie abriu o colarinho e os punhos e desafivelou o cinto de sua espada, mas não continuou a se despir. Puxou a tira de couro da bainha da espada e dobrou-a, flexionando o couro e ponderando.

– Venha dormir, Jamie. O que está esperando?

Aproximou-se e ficou de pé ao lado da cama, balançando o cinto devagar de um lado para o outro.

– Bem, moça, receio que ainda tenhamos um assunto para acertar entre nós antes de dormir. – Senti uma repentina pontada de apreensão.

– O que é?

Não respondeu de imediato. Em vez de sentar-se na cama a meu lado, puxou um banco e sentou-se diante de mim.

– Você compreende, Claire, que todos nós quase fomos mortos esta tarde?

Abaixei os olhos para a colcha, envergonhada.

– Sim, eu sei. Minha culpa. Sinto muito.

– Sim, então você compreende. Sabe que se um dos nossos homens tivesse agido assim, colocando todos os demais em perigo, provavelmente teria as orelhas cortadas, seria chicoteado ou mesmo simplesmente morto?

Empalideci.

– Não, não sabia.

– Bem, sei que ainda não está familiarizada com nossos costumes e isso a desculpa um pouco. Ainda assim, eu lhe disse para ficar escondida e, se você tivesse obedecido, nada disso teria acontecido. Agora os ingleses estarão em nosso encalço por toda a parte; agora vamos ter que ficar escondidos durante o dia e viajar durante a noite.

Fez uma pausa.

– E quanto ao capitão Randall... sim, essa é uma outra história.

– Ele estará especialmente à sua procura, quer dizer, agora que sabe que está aqui? – Ele assentiu distraidamente, fitando o fogo na lareira.

– Sim. Ele... a questão com ele é pessoal, entende?

– Sinto muito, Jamie. – Ele descartou meu pedido de desculpas com um gesto da mão.

– Ah, se fosse apenas a mim que você tivesse prejudicado com isso, eu não diria mais nada. Mas já que estamos conversando – lançou-me um olhar penetrante –, vou lhe dizer que quase me matou ver aquele animal com as mãos em você. – Desviou o olhar para o fogo, a expressão sombria, como se revivesse os acontecimentos da tarde.

Pensei em lhe contar sobre as... dificuldades de Randall, mas temia que fosse piorar as coisas. Queria desesperadamente abraçar Jamie e suplicar-lhe que me perdoasse, mas não ousava tocá-lo. Após um longo momento de silêncio, ele suspirou e se levantou, batendo o cinto de leve na perna.

– Muito bem – disse ele. – É melhor acabar logo com isso. Você causou danos consideráveis ao contradizer minhas ordens e vou castigá-la por isso, Claire. Lembra-se do que lhe disse quando a deixei pela manhã? – Eu me lembrava muito bem e rapidamente levantei-me na cama para que minhas costas ficassem contra a parede.

– O que quer dizer?

– Sabe muito bem o que quero dizer – respondeu ele com firmeza. – Ajoelhe-se junto à cama e levante suas saias, moça.

– Não vou fazer isso! – Agarrei com as duas mãos o pé do dossel da cama e fui me encolhendo mais para o canto.

Jamie observou-me por um instante com os olhos apertados, decidindo o próximo passo. Ocorreu-me que não havia nada que pudesse impedi-lo de fazer o que quisesse comigo; pesava uns 40 quilos a mais do que eu. Mas, por fim, ele resolveu conversar em vez de agir, e cuidadosamente colocou o cinto de lado, antes de se arrastar pelas cobertas e sentar-se ao meu lado.

– Veja bem, Claire... – começou ele.

– Eu já pedi desculpas! – explodi. – E sinto muito mesmo. Nunca mais farei isso!

– Bem, essa é a questão – disse ele devagar. – Talvez faça. E isso é porque você não leva as coisas tão a sério quanto elas são. Acho que você vem de um lugar onde tudo é mais fácil. De onde você vem, não é uma questão de vida ou morte desobedecer ordens ou tomar decisões por conta própria. Na pior das hipóteses, pode causar algum desconforto a alguém ou ser um pouco inconveniente, mas provavelmente não vai matar ninguém. – Observei seus dedos alisarem as pregas do kilt xadrez em tons de marrom, enquanto arrumava os pensamentos. – A dura verdade é que um ato simples pode ter consequências muito sérias em lugares e tempos como estes, especialmente para um homem como eu.

Deu uns tapinhas no meu ombro, vendo que eu estava à beira das lágrimas, e continuou:

– Sei que você jamais me colocaria em perigo ou a ninguém mais de propósito. Mas pode facilmente fazê-lo sem intenção, como hoje, porque você não acredita em mim quando lhe digo que algumas coisas são perigosas. Está acostumada a pensar por conta própria e eu sei – olhou-me de viés – que não está acostumada a que um homem lhe diga o que fazer. Mas tem que aprender a agir assim, pelo bem de todos nós.

– Está bem – falei devagar. – Eu compreendo. Você tem razão, é claro. Tudo bem; seguirei suas ordens, mesmo que não concorde com elas.

– Ótimo. – Levantou-se e pegou o cinto. – Agora, saia da cama e acabaremos logo com isso.

Abri a boca, indignada.

– O quê?! Eu disse que seguiria suas ordens!

Suspirou, exasperado, em seguida sentou-se novamente no banco. Olhou-me sem piscar.

– Agora, ouça. Você diz que me compreende e eu acredito. Mas existe uma diferença entre entender com a mente e realmente saber, lá no fundo. – Assenti, com relutância. – Muito bem. Agora, eu vou ter que puni-la e por duas razões: primeiro, para que você realmente saiba. – Sorriu, de repente. – Posso dizer-lhe pela minha própria experiência que uma boa surra faz você ver as coisas sob uma luz mais séria.

Agarrei a coluna de madeira com mais força.

– A outra razão – continuou ele – é por causa dos outros homens. Notou como se comportaram esta noite? Eu notei; o ambiente estava tão desagradável no jantar que foi um alívio vir para o quarto. Existe uma coisa chamada justiça, Claire.

Você agiu mal com todos eles e terá que sofrer por isso. – Respirou fundo. – Sou seu marido; é meu dever resolver isso e é o que pretendo fazer.

Eu tinha fortes objeções a essa proposição em diversos níveis. Qualquer que fosse a justiça dessa situação – e eu tinha que admitir que em parte ele tinha razão –, meu senso de amor-próprio ofendia-se profundamente diante da ideia de levar uma surra, por quem quer que fosse e por qualquer que fosse a razão.

Senti-me profundamente traída pelo fato de que o homem do qual eu dependia como amigo, protetor e amante pretendesse fazer tal coisa comigo. E minha noção de autopreservação estava aterrorizada diante da ideia de me submeter à compaixão de um homem que manejava uma espada de 7 quilos como se fosse um mata-moscas.

– Não vou permitir que bata em mim – falei com firmeza, agarrando-me à coluna do dossel da cama.

– Ah, não? – Ergueu as sobrancelhas ruivas. – Bem, vou lhe dizer, menina, acho que não tem muita escolha. Você é minha mulher, quer goste ou não. Se quisesse quebrar seu braço, deixá-la a pão e água ou trancá-la num quartinho por vários dias – e não pense que não me sinto tentado –, eu poderia, quanto mais esquentar o seu traseiro.

– Vou gritar!

– É provável. Se não antes, certamente durante. Espero que a ouçam até a fazenda mais próxima; você tem bons pulmões. – Riu de forma abominável e atravessou a cama em meu encalço.

Soltou meus dedos com alguma dificuldade e puxou-me com firmeza, arrastando-me para a beirada da cama. Chutei sua canela, mas não causei nenhum dano, já que estava sem sapatos. Grunhindo levemente, conseguiu me colocar com o rosto para baixo na beira da cama, torcendo meu braço para trás para me manter na posição.

– Eu pretendo cumprir minha palavra, Claire! Agora, se cooperar comigo, consideraremos as contas acertadas com doze pancadas.

– E se eu não cooperar? – perguntei com a voz trêmula. Ele apanhou o cinto e bateu-o contra a perna com um desagradável som estalado.

– Então, terei que colocar um joelho em suas costas e espancá-la até meu braço doer, e vou avisá-la, você vai se cansar muito antes de mim.

Virei-me rapidamente para encará-lo, os punhos cerrados.

– Seu bárbaro! Seu... seu sádico! – disse entre dentes, furiosa. – Está fazendo isso por seu próprio prazer! Nunca o perdoarei por isso! – Jamie parou, girando o cinto.

Retorquiu sem se alterar:

– Não sei o que é um sádico. E se eu a perdoo por esta tarde, imagino que vá me perdoar também, assim que puder sentar-se outra vez. Quanto a meu prazer... – Seu lábio se contorceu. – Eu disse que teria que castigá-la. Eu *não* disse que não ia gostar. – Fez sinal com o dedo dobrado para mim.

– Venha cá.

Relutei em deixar o santuário do meu quarto na manhã seguinte e fiquei fazendo hora, amarrando e desamarrando fitas e escovando os cabelos. Não falara com Jamie desde a noite anterior, mas ele notou minha hesitação e instou-me a sair com ele para o desjejum.

– Não precisa temer enfrentar os outros, Claire. Eles vão zombar um pouco de você, é provável, mas não será nada de mais. Levante a cabeça. – Bateu de leve sob meu queixo e eu mordi sua mão, com força, mas não profundamente.

– Oooh! – Retirou os dedos depressa. – Cuidado, menina, não sabe onde eles andaram. – Deixou-me, dando uma risadinha, e foi comer.

Devia estar mesmo de bom humor, pensei amargamente. Se era vingança o que ele queria na noite anterior, ele a tivera.

Fora uma noite extremamente desagradável. Minha relutante aquiescência durara precisamente até o primeiro estalo abrasador do couro na pele. A isso seguiu-se uma luta curta e violenta, que deixou Jamie com o nariz sangrando, três belos arranhões em um dos lados do rosto e um pulso com uma mordida profunda. Como era de se esperar, isso me deixou esmagada contra as cobertas encardidas, com um joelho nas costas, surrada quase até a morte.

Jamie, que o diabo carregue sua maldita alma escocesa, provou ter razão. Os homens foram contidos em seus cumprimentos, mas mostraram-se bastante amigáveis; a hostilidade e o desprezo da noite anterior desapareceram.

Quando eu me servia de ovos no aparador, Dougal se aproximou e passou um braço paternal pelos meus ombros. Sua barba espetou minha orelha quando sussurrou em tom confidencial:

– Espero que Jamie não tenha sido muito duro com você ontem à noite, dona. Parecia que estava sendo assassinada, para dizer o mínimo.

Meu rosto ficou vermelho e quente e eu me virei para que ele não notasse. Após os insolentes comentários de Jamie, decidira manter a boca fechada durante toda a provação. Entretanto, no calor do acontecimento, eu teria desafiado a própria esfinge a ficar de boca fechada enquanto sentia a ponta do couro brandido por Jamie Fraser.

Dougal se virou para falar com Jamie, sentado à mesa, comendo pão e queijo.

– Ora, Jamie, não precisava quase matar a moça. Um lembrete delicado teria sido o suficiente. – Deu uma palmada com firmeza no meu traseiro para ilustrar, fazendo-me encolher involuntariamente. Olhei-o furiosa.

– Um traseiro empolado nunca causou danos permanentes a ninguém – disse Murtagh, com a boca cheia de pão.

– Não, é verdade – disse Ned, rindo. – Venha sentar-se aqui, dona.

– Prefiro ficar de pé, obrigada – respondi com dignidade, fazendo todos desatarem em gargalhadas. Jamie evitou fitar-me nos olhos, cortando diligentemente um pedaço de queijo.

Houve mais algumas chacotas bem-humoradas durante o dia e cada um dos homens arranjou uma desculpa para dar uma palmada no meu traseiro em falsa solidariedade. No cômputo geral, entretanto, foi suportável e de má vontade comecei a considerar que Jamie talvez tivesse razão, embora eu ainda quisesse estrangulá-lo.

Já que sentar estava fora de questão, ocupei a manhã com pequenos afazeres como fazer bainhas e pregar botões, que podiam ser feitos no peitoril da janela, com a desculpa de precisar de luz para costurar. Após o almoço, que comi de pé, todos foram para os seus quartos descansar. Dougal decidira que esperaríamos até ficar completamente escuro antes de partir para Bargrennan, a próxima parada em nossa jornada. Jamie seguiu-me para nosso quarto, mas fechei a porta com firmeza na sua cara. Que dormisse no chão outra vez.

Ele fora bastante diplomático na noite anterior, colocando o cinto de volta na cintura e deixando o quarto sem falar nada assim que terminou. Voltara uma hora mais tarde, depois que apaguei a luz e fui para a cama, mas teve o bom senso de não tentar se deitar na cama comigo. Após espreitar no escuro onde eu permanecia imóvel, suspirou fundo, enrolou-se no seu xale e foi dormir no chão perto da porta.

Furiosa, transtornada e fisicamente desconfortável demais para dormir, eu passara a maior parte da noite acordada, remoendo o que Jamie dissera e com vontade de me levantar e chutá-lo em algum ponto sensível.

Se eu fosse objetiva, o que não estava com a menor disposição de ser, teria admitido que ele tinha razão quando dizia que eu não levava as coisas com a devida seriedade. Mas ele estava errado quando dizia que era porque as coisas eram menos precárias no lugar de onde eu vinha – onde quer que fosse. Na realidade, pensei, o mais provável é que o contrário é que fosse verdadeiro.

Esta época ainda era, de muitas maneiras, irreal para mim; algo saído de uma peça teatral ou de um desfile de fantasias. Comparadas às visões de guerra mecanizada em massa, de onde eu vinha, as pequenas batalhas que vira – alguns poucos homens armados de espadas e mosquetes – pareciam-me pitorescas em vez de assustadoras.

Eu estava tendo problemas com a proporção das coisas. Um homem morto por um mosquete estava tão morto quanto outro atingido por um morteiro. A questão é que o morteiro matava impessoalmente, destruindo dezenas de homens, enquanto o mosquete era disparado por um único homem que podia ver os olhos daquele a quem matava. Isso era homicídio, parecia-me, e não guerra. Quantos homens eram necessários para fazer uma guerra? O bastante, talvez, para que não tivessem que ver uns aos outros? E, no entanto, aquilo obviamente era guerra – ou ao menos uma questão séria – para Dougal, Jamie, Rupert e Ned. Até mesmo o pequeno Murtagh de cara de fuinha tinha razões para uma violência além de sua inclinação natural.

E quanto às razões? Um rei em vez de outro? Um Hanover em vez de um Stuart? Para mim, não passavam de nomes em um diagrama na parede da escola. O que eram, comparados a um mal inimaginável como o Reich de Hitler? Fazia diferença para os que viviam sob aquele reinado, suponho, embora as diferenças pudessem me parecer triviais. Ainda assim, quando o direito de uma pessoa viver como deseja foi considerado trivial? Uma luta para escolher o próprio destino valeria menos do que a necessidade de pôr fim a um grande mal? Revirei-me na cama, irritada, esfregando delicadamente meu traseiro dolorido. Olhei com raiva para Jamie, enroscado como uma bola junto à porta. Respirava regularmente, mas de leve; talvez ele também não conseguisse dormir. Esperava que não.

No começo, ficara inclinada a considerar toda essa notável desventura como um melodrama; coisas assim simplesmente não aconteciam na vida real. Já sofrera muitos choques desde que atravessara o círculo de pedra, mas o pior até o momento fora o dessa tarde.

Black Jack Randall, tão parecido e tão terrivelmente diferente de Frank. O toque de sua mão em meus seios repentinamente formara um elo entre minha antiga vida e esta de agora, reunindo minhas realidades distintas com o estrondo de um trovão. E havia Jamie: seu rosto, paralisado de medo na janela da sala de Randall, tenso de raiva na beira da estrada, contorcido de dor diante de meus insultos.

Jamie. Jamie era real, é verdade, mais real do que qualquer coisa já fora para mim, até mesmo Frank e minha vida em 1945. Jamie, amante terno e pérfido patife.

Talvez esse fosse parte do problema. Jamie preenchia meus sentidos tão completamente que o ambiente em que vivia parecia quase irrelevante. Mas eu não podia mais me dar ao luxo de ignorá-lo. Minha imprudência quase o matara e meu estômago revirou-se com a ideia de perdê-lo. Sentei-me repentinamente, pretendendo acordá-lo e dizer-lhe para vir deitar-se na cama comigo. Mas quando meu peso recaiu por inteiro sobre os resultados de sua obra, logo mudei de ideia e me virei com raiva de barriga para baixo.

Uma noite passada assim, dilacerada entre acessos de raiva e filosofia, deixara-me exausta. Dormi a tarde toda e fui cambaleando, os olhos turvos, para uma ceia leve quando Rupert me acordou pouco antes de escurecer.

Dougal, sem dúvida lamentando a despesa, adquiriu outro cavalo para mim. Um animal forte, embora deselegante, com um olhar bondoso e uma crina curta e espetada. Imediatamente batizei-o de Cardo, o emblema heráldico da Escócia.

Não havia pensado nos efeitos de uma longa viagem a cavalo depois de uma surra grave. Olhei em dúvida para a sela dura do meu cavalo, compreendendo de repente o que me aguardava. Uma manta grossa caiu subitamente sobre a sela e o olho preto e brilhante como o de um rato de Murtagh piscou para mim do outro lado, com um ar de conspiração. Decidi que ao menos sofreria em silêncio digno e cerrei furiosamente os maxilares quando me ergui para a sela.

Parecia haver uma conspiração galante e não declarada entre os homens; revezavam-se parando a intervalos frequentes para se aliviarem, permitindo que eu desmontasse por alguns minutos e sorrateiramente massageasse minhas doloridas nádegas. De vez em quando, alguém sugeria que parássemos para beber água, o que tornava necessário que eu parasse também, já que Cardo carregava as garrafas de água.

Prosseguimos assim sacolejando por algumas horas, mas a dor ficou cada vez pior, fazendo com que eu me remexesse na sela sem parar. Finalmente, resolvi mandar para o inferno o sofrimento digno, eu simplesmente tinha que desmontar por algum tempo.

– Ooopa! – exclamei para o cavalo e desmontei. Fingi examinar sua pata dianteira esquerda, enquanto os outros cavalos paravam em círculo à nossa volta. – Acho que entrou uma pedra no casco dele – menti. – Já tirei, mas acho melhor andar com ele um pouco; não quero que fique manco.

– Não, não podemos deixar que isso aconteça – disse Dougal. – Está bem, ande um pouco, mas alguém tem que ficar com você. É uma estrada bastante tranquila, mas não posso deixá-la andando sozinha. – Jamie apeou imediatamente.

– Caminharei com ela – disse ele serenamente.

– Ótimo. Não se demorem muito. Temos que chegar em Bargrennan antes do amanhecer. Vamos para o Javali Vermelho; o proprietário é amigo. – Com um aceno, reuniu os demais e partiram num trote ligeiro, deixando-nos no rastro de poeira.

• • •

Várias horas de tortura na sela não contribuíram para melhorar meu humor. Que caminhe comigo se quiser. Não iria falar com ele, aquele brutamontes sádico.

Não parecia particularmente um brutamontes à luz da lua crescente, mas endureci meu coração e segui mancando, tomando o cuidado de não olhar para ele.

A princípio, meus músculos maltratados protestaram contra o exercício incomum, mas depois de mais ou menos meia hora comecei a caminhar com bem mais facilidade.

– Amanhã vai se sentir bem melhor – observou Jamie descontraidamente. – Embora só vá poder se sentar facilmente depois de amanhã.

– E o que faz de você um especialista? – disse, lançando-lhe um olhar chispante. – Surra as pessoas frequentemente?

– Bem, não – disse ele, sem se deixar perturbar pela minha atitude. – Foi a primeira vez que fiz isso. Mas tenho considerável experiência na outra ponta.

– Você? – perguntei, admirada. A ideia de alguém pegar um cinto para bater naquela montanha de músculos e tendões era inteiramente impensável.

Riu diante da minha expressão.

– Quando eu era um pouco menor, Sassenach. Já tive meu traseiro surrado mais vezes do que poderia contar, entre as idades de 8 e 13 anos. Foi quando fiquei mais alto do que meu pai e ele não pôde mais me fazer debruçar na cerca.

– Seu pai batia em você?

– Ah, muitas vezes. O professor também, é claro, e Dougal ou um dos outros tios de vez em quando, dependendo de onde eu estivesse e do que andara fazendo.

Comecei a ficar interessada, apesar da minha determinação de ignorá-lo.

– O que você fazia?

Riu outra vez, um som baixo mas contagiante no ar tranquilo da noite.

– Bem, não me lembro de tudo. Diria que, de um modo geral, eu merecia. Ao menos, acho que meu pai nunca me bateu injustamente.

Caminhou sem falar por um minuto, pensando.

– Hummm. Vejamos, houve uma vez por apedrejar as galinhas e outra por montar nas vacas e deixá-las agitadas demais para produzirem leite e depois por comer toda a geleia dos bolos, deixando os bolos para trás. Ah, e por deixar os cavalos saírem da estrebaria porque esqueci de trancar o portão. Por atear fogo na palha do pombal, o que foi um acidente, não fiz de propósito. E por perder meus livros escolares, isso eu fiz de propósito, e... – Parou, dando de ombros, enquanto eu ria mesmo contra minha vontade. – Esse tipo de coisas. Mas geralmente era por abrir a boca quando deveria mantê-la fechada.

Riu diante de uma lembrança.

– Uma vez, minha irmã Jenny quebrou um jarro; eu a deixei irritada, caçoando dela, ela perdeu o espírito esportivo e atirou o jarro em cima de mim. Quando meu pai chegou e quis saber quem fizera aquilo, ela ficou com medo demais para confessar e simplesmente virou para mim, com os olhos arregalados e assustados. Ela tem olhos azuis, como os meus, porém mais bonitos, com pestanas negras ao redor. – Jamie deu de ombros outra vez. – De qualquer modo, eu disse a meu pai que tinha sido eu.

– Foi muito nobre de sua parte – falei, em tom sarcástico. – Sua irmã deve ter ficado agradecida.

– Ah, sim, teria ficado. Só que meu pai estivera o tempo todo do outro lado da porta aberta e tinha visto o que realmente acontecera. Assim, ela levou uma surra por perder a calma e quebrar o jarro, e eu levei duas surras: uma por caçoar dela e outra por mentir.

– Isso não é justo! – exclamei, indignada.

– Meu pai nem sempre era amável, mas geralmente era justo – disse Jamie, imperturbável. – Disse que a verdade é a verdade e as pessoas deviam assumir a responsabilidade pelos seus atos, o que está certo.

Lançou-me um olhar de esguelha e prosseguiu:

– Mas disse também que fora um ato generoso de minha parte assumir a culpa, portanto, embora tivesse que me punir, eu podia escolher entre ser espancado ou ir para a cama sem jantar. – Riu melancolicamente, balançando a cabeça. – Meu pai me conhecia muito bem. Preferi a surra sem nenhuma dúvida.

– Você é um apetite ambulante, Jamie – observei.

– Sim – concordou ele sem rancor. – Sempre fui. Você também, glutão – disse à sua montaria. – Espere um pouco, até pararmos para descansar.

Sacudiu as rédeas, puxando o nariz fuçador do cavalo dos tentadores tufos de grama à margem da estrada.

– Sim, meu pai era justo – continuou ele – e também tinha consideração, embora eu certamente não desse o devido valor a isso na época. Ele não me deixava esperando por uma surra. Se eu fazia alguma coisa errada, era punido imediatamente, ou assim que ele descobrisse o que eu fizera. Ele sempre fazia questão de que eu soubesse por que estava levando uma sova e se eu quisesse dar a minha versão dos fatos, eu podia.

Ah, então é isso que você está pretendendo, pensei. *Seu manipulador, procurando desarmar os ânimos*. Duvidava que ele pudesse me fazer desistir de minha intenção de estripá-lo na primeira oportunidade, mas ele podia tentar.

– Alguma vez venceu uma discussão? – perguntei.

– Não. Em geral, era um caso sem complicações, com o acusado condenado por sua própria boca. Mas, às vezes, conseguia reduzir um pouco a sentença. – Esfregou o nariz. – Uma vez eu disse a ele que bater no filho era um método bem pouco civilizado de fazer valer sua vontade. Ele disse que eu tinha tanto bom senso quanto o poste a meu lado, se tanto. Disse que respeito pelos mais velhos era um dos pilares do comportamento civilizado e, até eu aprender isso, era melhor me acostumar a olhar para os dedos dos pés quando um dos meus bárbaros mais velhos surrasse o meu traseiro.

Desta vez, ri com ele. A estrada era tranquila, com aquela espécie de absoluto silêncio que ocorre quando estamos a quilômetros de qualquer outra pessoa. O tipo de tranquilidade tão difícil de encontrar na minha própria época superpovoada, quando as máquinas haviam disseminado tanto a influência do homem que uma única pessoa podia fazer o barulho de uma multidão. Os únicos sons ali eram o farfalhar das plantas, o pio ocasional de um pássaro noturno e as pancadas surdas das patas dos cavalos.

Eu caminhava com um pouco mais de facilidade agora, à medida que meus músculos contraídos começaram a relaxar com o exercício. Meus sentimentos irritadiços começaram a ceder, também, ouvindo as histórias de Jamie, todas engraçadas e autodepreciativas.

– É claro que eu não gostava de apanhar, mas se tivesse escolha, preferia meu pai ao professor. Na maioria das vezes, na escola, o professor batia nas palmas de nossas mãos com uma correia com a ponta cortada em tiras, em vez de bater nas nádegas. Meu pai dizia que se ele batesse na minha mão, eu não poderia fazer nenhum trabalho, ao passo que se me batesse no traseiro, ao menos não me sentiria tentado a ficar sentado, à toa. Normalmente, tínhamos um professor diferente a cada ano; não ficavam por muito tempo, em geral viravam fazendeiros ou se mudavam para paragens mais ricas. Os professores de escola recebem tão pouco, são sempre magros e famintos. Certa vez, tive um que era gordo e nunca acreditei que fosse mesmo professor; parecia um padre disfarçado.

Pensei no pequeno e gordo padre Bain e sorri, concordando.

– Lembro-me especialmente de um, porque ele nos fazia ficar de pé diante da turma com a mão estendida e começava a dar um longo sermão sobre seus erros antes de começar e entre um golpe e outro. Eu ficava lá parado, com a mão estendida e uma dor lancinante, rezando para que ele parasse a lenga-lenga e prosseguisse logo, antes que eu perdesse a coragem e começasse a chorar.

– Imagino que isso é o que ele queria – comentei, sentindo certa compaixão, a despeito de mim mesma.

– Ah, sim – disse ele com franqueza. – Mas levei algum tempo para perceber isso. E quando percebi, como sempre, não consegui ficar com a boca fechada. – Suspirou.

– O que aconteceu? – A essa altura, já havia esquecido completamente a minha raiva.

– Bem, um dia ele me mandou ficar lá de pé, o que sempre acontecia porque eu não conseguia escrever bem com a mão direita, sempre usava a esquerda. Ele me batia três vezes – levando quase cinco minutos para fazer isso, o filho da mãe – e continuava a me repreender por ser um grosseirão estúpido, preguiçoso e teimoso, antes de me bater outra vez. Minha mão ardia insuportavelmente, porque era a segunda vez naquele dia, e eu morria de medo porque sabia que receberia uma terrível surra quando chegasse em casa. Essa era a regra: se apanhasse na escola, recebia outra surra assim que chegasse em casa, porque meu pai achava que a educação era importante. Seja como for, perdi a calma. – A mão esquerda fechou-se involuntariamente em torno das rédeas, como se protegesse a palma sensível.

Parou e olhou para mim.

– Raramente perco a calma, Sassenach, e em geral me arrependo quando o faço. – E isso, pensei, era o mais próximo de um pedido de desculpas que eu iria conseguir.

– Arrependeu-se dessa vez?

– Bem, cerrei os punhos e fitei-o com raiva. Ele era um homem alto, esquelético, de uns 20 anos, eu acho, embora me parecesse bem mais velho. Então eu disse: “Não tenho medo de você e não vai conseguir me fazer chorar, por mais que me bata!” – Respirou fundo e soltou o ar lentamente. – Acho que foi um erro de julgamento dizer isso enquanto ele ainda segurava a correia.

– Não me diga – comentei. – Ele tentou provar que você estava errado?

– Ah, sim, tentou. – Jamie balançou a cabeça, o rosto escuro contra o céu de nuvens claras. Sua voz soou com certa satisfação soturna na palavra “tentou”.

– Então, ele não conseguiu?

Meneou os cabelos desgrenhados para a frente e para trás.

– Não. Pelo menos não conseguiu me fazer chorar. Mas certamente fez com que eu me arrependesse de não ter ficado com a boca fechada.

Parou por um instante, virando o rosto para mim. As nuvens haviam se apartado um pouco e o luar tocava os contornos de seu maxilar e de sua face, fazendo-o parecer dourado, como um dos arcanjos de Donatello.

– Quando Dougal estava descrevendo minha personalidade para você, antes de nos casarmos, por acaso ele mencionou que eu às vezes sou um pouco teimoso? – Os olhos puxados brilharam, muito mais como Lúcifer do que como Miguel.

Eu ri.

– Isso é dizer pouco. Pelo que me lembro, o que ele disse foi que todos os Fraser são teimosos como rochas e que você é o pior de todos. Na verdade – falei, um pouco secamente –, eu mesma já havia notado.

Sorriu, enquanto puxava o cavalo pelas rédeas contornando uma grande poça no meio da estrada e conduzindo o meu pela gamarra atrás dele.

– Mmmmhum, bem, não diria que Dougal está errado – disse ele, depois de passado o risco. – Mas se eu sou teimoso, também sou sincero. Meu pai também era assim e de vez em quando nos envolvíamos em discussões calorosas, das quais não podíamos sair sem o uso da força, terminando geralmente comigo debruçado sobre a cerca.

De repente, estendeu a mão para agarrar as rédeas do meu cavalo, enquanto o animal recuava e resfolegava.

– Ei, vamos! Quieto! *Stad, mo dhu!* – Seu próprio cavalo, menos assustado, somente puxava bruscamente e atirava a cabeça para trás, inquieto.

– O que foi? – Não via nada, apesar dos pontos iluminados pelo luar que salpicavam de manchas a estrada e o campo. Havia um bosque de pinheiros adiante e os cavalos não pareciam dispostos a se aproximar.

– Não sei. Fique aqui em silêncio. Monte em seu cavalo e segure o meu. Se eu chamá-la, solte a gamarra e corra para mim. – A voz de Jamie era baixa e descontraída, acalmando a mim e aos cavalos. Com um abafado "*Sguir!*" para o cavalo e um tapa no pescoço para fazê-lo ficar mais perto de mim, desapareceu no meio das urzes, a mão na adaga.

Agucei os olhos e os ouvidos para discernir o que ainda perturbava os cavalos; eles se remexiam e batiam os cascos, as orelhas e as caudas agitando-se de um lado para o outro. As nuvens agora haviam se esgarçado e se dispersado com o vento da noite, deixando apenas uns poucos rastros na frente de uma brilhante lua crescente. Apesar da claridade, eu não conseguia ver nada adiante na estrada ou no bosque ameaçador.

Parecia ser tarde da noite e uma estrada pouco convidativa para assaltantes, já bem escassos em qualquer lugar das Terras Altas; havia tão poucos viajantes que não compensava preparar uma emboscada.

O bosque era escuro, mas não inerte. Os pinheiros rugiam baixinho para si mesmos, milhões de folhas roçando o vento. Árvores muito antigas, os pinheiros, misteriosas nas trevas. Gimnospermas, os pinheiros são árvores coníferas, espalhando suas sementes expostas, muito mais antigas e inflexíveis do que os carvalhos e álamos de folhas macias e galhos frágeis. Um lugar adequado para os fantasmas e espíritos malignos de Rupert.

Só você, disse zangada a mim mesma, *conseguiria ficar com medo de um punhado de árvores.* Mas onde estaria Jamie?

A mão que agarrou minha coxa me fez guinchar como um morcego assustado; uma consequência natural de tentar gritar com o coração na boca. Com a fúria irracional dos irracionalmente apavorados, reagi chutando-o no peito.

– Não se aproxime de mim assim sorrateiramente!

– Silêncio – disse ele –, venha comigo. Puxando-me da sela sem a menor cerimônia, colocou-me no chão e apressadamente amarrou os cavalos, que relincharam às nossas costas enquanto ele me conduzia para o mato alto.

– O que é? – sussurrei, tropeçando cegamente em raízes e pedras.

– Silêncio. Não fale. Olhe para baixo e acompanhe meus pés. Pise onde eu pisar e pare quando eu tocá-la.

Devagar e mais ou menos em silêncio, aproximamo-nos do limite do bosque de pinheiros. Estava escuro sob as árvores, apenas migalhas de luz caíam na camada de folhas no chão. Nem mesmo Jamie conseguia andar silenciosamente sobre elas, mas o ruído de folhas secas perdia-se no das verdes acima.

Havia uma brecha nesta forração de folhas, uma enorme massa de granito erguendo-se do chão da floresta. Ali, Jamie colocou-me à sua frente, guiando minhas mãos e meus pés para escalar o inclinado monte de pedras. No topo, havia espaço suficiente para deitarmos de bruços, lado a lado. Jamie aproximou a boca do meu ouvido, mal respirando.

– Nove metros à frente, para a direita. Na clareira. Pode vê-los?

Quando os vi, pude ouvi-los também. Lobos, uma pequena matilha, oito ou dez animais, talvez. Nenhum uivo. A presa morta jazia na escuridão, um borrão negro com uma perna para cima, fina e vibrando sob o impacto de dentes dilacerando a carcaça. Ouvia-se apenas um ou outro rosnado ou latido baixo quando um filhote era violentamente afastado do pedaço de um lobo adulto e os sons alegres de quem se alimenta, mastigando, e o estalido de um osso quebrado.

Quando meus olhos ficaram mais acostumados à cena salpicada de luar, pude divisar várias formas peludas estendidas sob as árvores, saciadas e tranquilas. Tufos de pelos cinzentos brilhavam aqui e ali, enquanto os que ainda estavam sobre a carcaça fuçavam e escavavam por pedaços mais tenros, negligenciados pelos comensais anteriores.

Uma cabeça larga, de olhos amarelos, surgiu de repente numa mancha de luz, as orelhas em pé. O lobo fez um barulho urgente, suave, algo entre um lamento e um rosnado, e fez-se um silêncio repentino sob as árvores abaixo.

Os olhos de açafrão pareciam fixos nos meus. Não havia nenhum medo na postura do animal, nem curiosidade, somente um alerta desconfiado. A mão de Jamie nas minhas costas alertou-me para não me mexer, embora eu não sentisse nenhuma vontade de correr. Eu poderia ter ficado presa aos olhos da loba – tinha certeza de que se tratava de uma fêmea, embora não soubesse por quê – durante horas, acho, mas ela agitou as orelhas uma vez, como se me descartasse, e se inclinou novamente sobre sua caça.

Nós os observamos por alguns minutos, pacíficos à dispersa luz da lua. Finalmente, Jamie indicou com um toque no meu braço que era hora de partir.

Manteve a mão no meu braço para me apoiar enquanto fazíamos nosso caminho de volta pelo meio das árvores até a estrada. Era a primeira vez que eu voluntariamente deixava que ele me tocasse desde meu resgate em Fort William. Ainda encantados com a visão dos lobos, não falamos muito, mas começamos a nos sentir confortáveis um com o outro novamente.

Enquanto caminhávamos, considerando as histórias que ele me contara, não pude deixar de admirar o trabalho que fizera. Sem uma palavra de explicação ou desculpa direta, transmitira-me a mensagem que queria. Eu lhe dei justiça, dizia a mensagem, como fui ensinado. E lhe dei compaixão também, até onde fui capaz. Embora não pudesse lhe poupar dor e humilhação, lhe ofereço minhas próprias dores e humilhações para que possa suportar melhor as suas.

– Você se importava muito? – perguntei repentinamente. – Quer dizer, de ser espancado. Você se recuperava rapidamente?

Apertou minha mão ligeiramente antes de soltá-la.

– Na maioria das vezes, eu esquecia tudo tão logo terminava. Exceto da última vez. Esta levou algum tempo.

– Por quê?

– Ah, bem. Para começar, eu tinha 16 anos e já era um homem... eu achava. Depois porque doeu muito.

– Não precisa me contar se não quiser – disse, notando sua hesitação. – É uma história dolorosa?

– Não tão dolorosa quanto o espancamento – retrucou ele, rindo. – Não, não me importo de lhe contar. Mas é uma longa história.

– Ainda falta muito para chegar a Bargrennan.

– É verdade. Muito bem, então. Lembra-se que eu lhe disse que passei um ano no Castelo Leoch quando tinha 16 anos? Era um acordo entre Colum e meu pai, para eu conhecer o clã da minha mãe. Fui confiado a Dougal por dois anos e depois fui para o castelo por um ano, para aprender boas maneiras, latim e tudo mais.

– Ah. Eu me perguntava por que você tinha morado lá.

– Sim, foi por isso. Eu era grande para a minha idade, ou alto pelo menos; já era um bom espadachim naquele tempo e montava melhor do que a maioria.

– E modesto, também.

– Não muito. Convencido como o diabo e até mais rápido com a língua do que agora.

– O pensamento é assustador – disse, achando graça.

– Pode ser, Sassenach. Descobri que fazia as pessoas rirem com minhas observações e as tornei mais frequentes, sem me importar muito com o que estava dizendo, ou a quem. Às vezes, eu era cruel com os outros rapazes, sem intenção, apenas por não conseguir resistir se atinasse com algo espirituoso para dizer.

Ergueu os olhos para o céu, para calcular a hora. Estava mais escuro, agora que a lua descera. Reconheci Órion flutuando perto do horizonte e senti-me estranhamente reconfortada com a visão familiar.

– Então, um dia eu fui longe demais. Estava com dois outros rapazes, descendo um corredor, quando vi a sra. FitzGibbons na outra extremidade. Ela carregava um cesto grande, quase tão grande quanto ela, que ia batendo para a frente e para trás conforme ela andava. Você sabe como ela é agora; não era muito menor na época. – Esfregou o nariz, envergonhado. – Bem, fiz uma série de comentários deselegantes com relação à sua aparência. Engraçados, mas muito grosseiros. Meus companheiros riram muito. Não percebi que ela também podia me ouvir.

Lembrei-me da rechonchuda senhora do Castelo Leoch. Embora eu nunca a tivesse visto de mau humor, não parecia ser o tipo de pessoa que pudesse ser insultada impunemente.

– O que ela fez?

– Nada... na hora. Eu não sabia que ela ouvira, até ela se levantar no Conselho no dia seguinte e contar a Colum o que acontecera.

– Ah, meu Deus. – Eu sabia que Colum tinha a sra. Fitz em grande consideração e não achava que ele fosse aceitar facilmente qualquer irreverência dirigida a ela. – O que aconteceu?

– O mesmo que aconteceu a Laoghaire... ou quase. – Deu uma risadinha. – Dei uma de valente e me levantei, dizendo que preferia receber minha surra com os punhos. Estava tentando me manter muito calmo e adulto a respeito de tudo aquilo, embora meu coração parecesse um martelo de ferreiro e eu tivesse me sentido um pouco tonto quando olhei as mãos de Angus; pareciam de pedra e eram enormes. Ouvi algumas risadas das pessoas reunidas no salão. Eu não era tão alto na ocasião quanto sou agora e pesava menos da metade. Angus poderia arrancar minha cabeça com um único soco.

Ele fez uma pausa e continuou:

– Bem, tanto Colum quanto Dougal franziram a testa para mim, embora ache que na verdade ficaram um pouco satisfeitos por eu ter tido a ousadia de pedir. Então Colum disse não, que se eu ia me comportar como criança, tinha que ser punido como tal. Fez um sinal com a cabeça e, antes que eu pudesse me mexer, Angus me colocou atravessado sobre seus joelhos, levantou a barra do meu kilt e me esfolou com seu cinto, diante de todo o Conselho.

– Ah, Jamie!

– Mmmmhum. Deve ter notado que Angus é muito profissional em seu trabalho, não? Ele me deu quinze chicotadas e até hoje eu posso me lembrar exatamente onde cada uma bateu. – Estremeceu com a lembrança. – Fiquei com as marcas por uma semana.

Estendeu o braço e arrancou um maço de folhas de um pinheiro próximo, espalhando-as como um leque entre o polegar e os dedos. O cheiro de terebintina intensificou-se repentinamente.

– Bem, também não permitiram que eu simplesmente saísse discretamente para cuidar dos meus machucados. Quando Angus terminou comigo, Dougal me pegou pelo cangote e me levou para o outro extremo do salão. Então fez com que eu percorresse todo o caminho de volta de joelhos no assoalho de pedras. Tive que me ajoelhar diante da cadeira de Colum e pedir perdão à sra. Fitz, depois a Colum, depois a todas as pessoas no salão por minha grosseria e, finalmente, tive que agradecer a Angus pelo castigo. Quase engasguei nessa hora, mas ele foi muito benevolente. Estendeu a mão e me fez levantar. Em seguida, me fizeram sentar num banco perto de Colum e fui ordenado a permanecer ali até o final do Conselho.

Curvou os ombros como se quisesse se proteger.

– Foi a pior hora que já passei. Meu rosto pegava fogo, assim como meu traseiro. Meus joelhos estavam esfolados e eu não podia olhar senão para os meus pés, mas o pior é que estava com uma vontade terrível de fazer xixi. Quase morri; preferia explodir a me molhar todo diante da multidão, depois de tudo que já passara, mas foi por pouco. Minha camisa ficou molhada de suor.

Prendi a vontade de rir.

– Não podia dizer a Colum qual era o problema? – perguntei.

– Ele sabia perfeitamente bem qual era o problema; como todos os demais no salão, pelo jeito que eu me contorcia no banco. As pessoas faziam apostas se eu ia aguentar ou não. – Deu de ombros. – Colum teria me deixado ir, se eu tivesse pedido. Mas, bem, eu era teimoso. – Riu um pouco timidamente, os dentes brancos no rosto escuro. – Preferia morrer a pedir, e quase morri mesmo. Quando finalmente Colum disse que eu podia ir, consegui sair do salão, mas só até a porta mais próxima. Atirei-me atrás da parede e esguichei um verdadeiro rio; achei que nunca mais fosse parar.

Ele espalmou as mãos num gesto de autodepreciação, deixando cair o maço de agulhas de pinheiro.

– Agora você sabe qual foi a pior coisa que já me aconteceu.

Não pude me conter; ri até ter que me sentar na beira da estrada. Jamie esperou pacientemente por um minuto, em seguida deixou-se cair de joelhos.

– Por que está rindo? – perguntou ele. – Não foi nada engraçado. – Mas ele mesmo estava sorrindo.

Balancei a cabeça, ainda rindo.

– Não, não foi. É uma história terrível. É que... posso vê-lo sentado lá, teimoso como uma mula, com os maxilares cerrados e soltando fumaça pelos ouvidos.

Jamie bufou, mas riu um pouco também.

– Sim. Não é fácil ter 16 anos, não é?

– Então você realmente ajudou aquela garota Laoghaire porque teve pena dela – falei, quando consegui me recobrar. – Você sabia como era.

Jamie ficou surpreso.

– Sim, foi o que eu disse. É muito mais fácil levar um soco na cara aos 23 do que levar uma surra de correia no traseiro, em público, aos 16 anos. O orgulho ferido dói mais do que qualquer outra coisa e nessa idade é fácil feri-lo.

– Eu me perguntava por quê. Nunca vira ninguém sorrir na expectativa de ser esmurrado na boca.

– Não poderia fazê-lo depois.

– Hummm. – Concordei, meneando a cabeça. – Pensei... – disse, depois parei, envergonhada.

– Pensou o quê? Ah, sobre mim e Laoghaire, quer dizer – falou ele, adivinhando meu pensamento. – Você, Alec e todo mundo, inclusive ela. Teria feito o mesmo se ela fosse feia. – Cutucou-me nas costelas. – Embora não espere que acredite nisso.

– Bem, na verdade eu os vi juntos naquele dia na alcova – me defendi – e alguém certamente o ensinou a beijar.

Jamie remexeu os pés na terra, envergonhado. Abaixou a cabeça timidamente.

– Ora, bem, Sassenach, não sou melhor que a maioria dos homens. Às vezes, eu tento, mas nem sempre consigo. Sabe aquela passagem de São Paulo, onde ele diz que é melhor casar do que arder? Bem, eu estava ardendo muito.

Ri outra vez, sentindo-me alegre como se eu mesma fosse uma menina de 16 anos.

– Então, você se casou comigo – caçoei – para evitar a chance de pecar?

– Sim. É para isso que serve o casamento. Transforma em sacramento coisas que de outro modo você teria que confessar.

Desabei outra vez.

– Ah, Jamie, eu realmente o amo!

Agora foi a vez de ele rir. Dobrou-se às gargalhadas. Em seguida, sentou-se na beira da estrada, chiando de tanto rir. Aos poucos, deixou-se cair de costas e ficou deitado na grama, ofegante e quase engasgando.

– Qual é o seu problema, afinal? – perguntei, fitando-o. Finalmente ele se sentou, limpando os olhos lacrimejantes. Balancei a cabeça, arfando.

– Murtagh tinha razão em relação às mulheres. Sassenach, arrisquei minha vida por você, cometi roubo, incêndio criminoso, assalto e assassinato por sua causa. Em troca, você me xingou, insultou minha masculinidade, chutou-me nos testículos e arranhou meu rosto. Depois bati em você até quase matá-la e lhe conto todas as coisas mais humilhantes que já me aconteceram e você diz que me ama. – Colocou a cabeça nos joelhos e riu ainda mais. Depois, se levantou e estendeu-me a mão, limpando os olhos com a outra. – Você não é muito sensata, Sassenach, mas gosto de você assim mesmo. Vamos embora.

Estava ficando tarde – ou cedo, dependendo do ponto de vista, e era necessário seguir a cavalo se quiséssemos chegar a Bargrennan ao amanhecer. A essa altura, eu já estava recuperada o suficiente para aguentar me sentar na sela, embora os efeitos ainda fossem sentidos.

Cavalgamos num silêncio amistoso por algum tempo. Entregue a meus próprios pensamentos, considerei pela primeira vez com calma o que aconteceria se e quando eu conseguisse encontrar o caminho de volta ao círculo de pedras. Coagida a me casar com ele e dependente dele por necessidade, inegavelmente eu passara a gostar muito de Jamie.

Mais importantes, talvez, eram seus sentimentos em relação a mim. Ligados inicialmente pelas circunstâncias, depois por amizade e finalmente por uma paixão física profunda e surpreendente, ainda assim ele nunca me fizera nenhuma declaração, mesmo informal, sobre seus sentimentos. Até agora.

Ele arriscou a vida por mim. Isso podia ter sido feito em respeito a seus votos matrimoniais; disse que me protegeria até a última gota de seu sangue, e eu acreditava.

Emocionei-me mais com os acontecimentos das últimas 24 horas, quando repentinamente me confessara suas emoções e sua vida pessoal, com todos os seus defeitos. Se sentisse por mim o que eu achava que sentia, como ficaria caso eu desaparecesse de repente? Os remanescentes do desconforto físico retornaram conforme eu me debatia com esses pensamentos inquietantes.

Estávamos a uns 5 quilômetros de Bargrennan quando Jamie repentinamente quebrou o silêncio.

– Eu não lhe contei como meu pai morreu – disse ele, de repente.

– Dougal disse que ele teve um derrame cerebral, quer dizer, uma apoplexia – disse, surpresa. Imaginei que Jamie, também a sós com seus pensamentos, acabara pensando em seu pai, em consequência de nossa conversa anterior, mas não conseguia imaginar o que o levara a esse assunto em particular.

– Isso mesmo. Mas isso... ele... – Parou, considerando as palavras, depois deu de ombros, abandonando a precaução. Respirou fundo e exalou um suspiro. – Você deve ficar sabendo. Tem a ver... com muitas coisas.

A estrada nesse trecho era larga o suficiente para cavalgarmos confortavelmente lado a lado, desde que ficássemos atentos a pedras salientes; a desculpa que eu dera a Dougal sobre o meu cavalo não fora escolhida por acaso.

– Foi no forte – disse Jamie, escolhendo cuidadosamente seu caminho num trecho ruim da estrada. – Onde estivemos ontem. Onde Randall e seus homens me tiraram de Lallybroch. Onde me açoitaram. Dois dias depois da primeira vez, Randall me chamou a seu escritório. Dois soldados foram me buscar e me levaram da cela até sua sala, a mesma onde eu a encontrei; foi por isso que eu sabia aonde ir. Assim que saímos, encontrei meu pai no pátio. Ele descobrira para onde haviam me levado e fora ver se podia me libertar de alguma forma, ou ao menos ver por si mesmo que eu estava bem.

Jamie cutucou levemente as costelas do cavalo com o salto da bota e estalou a língua, impelindo-o a andar mais depressa. Ainda não havia nenhum vestígio de luz do dia, mas o aspecto da noite mudara. O alvorecer não estava a mais de uma hora de distância.

– Eu não havia percebido o quanto eu me sentira solitário lá, ou apavorado, até vê-lo. Os soldados não permitiram que ficássemos sozinhos, mas me deixaram falar com ele.

Engoliu em seco e continuou:

– Disse-lhe que sentia muito, sobre Jenny, quer dizer, e sobre toda a confusão. Mas ele me mandou calar a boca e me abraçou com força. Perguntou se eu estava muito ferido. Ele sabia que eu fora açoitado, e eu disse que ficaria bem. Os soldados disseram que tínhamos que ir e ele, então, apertou meus braços com força e disse-me para lembrar de rezar. Disse que iria me defender, não importa o que acontecesse, e que eu devia manter a cabeça erguida e tentar não me preocupar. Beijou meu rosto e os soldados me levaram. Foi a última vez que eu o vi.

Sua voz mantinha-se firme, mas um pouco rouca. Eu mesma sentia um nó na garganta e o teria tocado se pudesse, mas a estrada se estreitara numa ravina e fui forçada a ficar atrás dele por um instante. Quando ficamos lado a lado outra vez, ele havia se recuperado.

– Assim – disse ele, respirando fundo –, fui ver o capitão Randall. Ele mandou os soldados saírem para que ficássemos sozinhos e me ofereceu um banco. Disse que meu pai oferecera pagamento de fiança pela minha liberdade, mas que a acusação que pesava sobre mim era grave e eu não podia ser libertado sob fiança sem uma permissão por escrito do duque de Argyll, em cuja circunscrição nos encontrávamos. Imaginei que era para lá que meu pai estava indo então, para falar com Argyll. Enquanto isso, Randall continuou, havia a questão do segundo açoite ao qual eu fora sentenciado.

Parou um minuto, como se não soubesse como continuar.

– Ele... estava estranho, pensei. Muito cordial, mas com alguma intenção oculta que eu não compreendia. Continuava a me observar, como se esperasse que eu fizesse alguma coisa, embora eu continuasse sentado, imóvel. Praticamente se desculpou comigo, dizendo que lamentava muito que nosso relacionamento tivesse sido tão difícil até o momento e que desejava que as circunstâncias tivessem sido diferentes, e assim por diante. – Jamie balançou a cabeça. – Não conseguia imaginar sobre o que ele estava falando; dois dias antes, fizera o possível para me matar de chicotadas. Mas, quando finalmente chegou ao ponto, foi bastante brusco.

– O que ele queria? – perguntei. Jamie olhou para mim, depois desviou o olhar. A escuridão escondia suas feições, mas achei que parecia constrangido.

– A mim – disse ele, sem rodeios.

Dei um salto na sela tão violento de surpresa, que o cavalo arremessou a cabeça para trás e relinchou, em protesto. Jamie estremeceu outra vez.

– Foi muito claro a respeito. Se eu... ah, se eu me entregasse a ele, cancelaria o segundo açoite. Se não... então, eu desejaria nunca ter nascido, disse.

Senti-me enjoada.

– Eu já estava esperando algo assim – disse ele, com uma centelha de humor. – Minha barriga ardia como se eu tivesse engolido vidro moído e, se não estivesse sentado, meus joelhos teriam batido um no outro.

– Mas o que... – Minha voz soou rouca. Limpei a garganta e comecei outra vez. – Mas o que você fez?

Suspirou.

– Bem, não vou mentir para você, Sassenach. Eu considerei a proposta. Minhas costas ainda estavam tão em carne viva das primeiras chicotadas que eu mal conseguia aguentar uma camisa e ficava tonto toda vez que me levantava. A ideia de passar por tudo aquilo outra vez, amarrado e impotente, esperando a próxima chicotada...

Estremeceu involuntariamente.

– Eu não fazia realmente nenhuma ideia – disse ele amargamente –, mas achei que ser molestado seria menos doloroso. Muitos homens morrem sob o açoite às vezes, Sassenach, e pela expressão no seu rosto achei que eu seria um deles se essa fosse a minha escolha. – Suspirou outra vez. – Mas... bem, eu ainda podia sentir o beijo do meu pai no meu rosto e pensei no que ele dissera e... bem, eu simplesmente não poderia fazer aquilo. Não parei para pensar o que a minha morte significaria para meu pai. – Soltou o ar num riso canhestro, como se achasse alguma coisa levemente divertida. – E depois, além disso, pensei, o sujeito já havia violentado minha irmã. Não permitiria que acontecesse comigo também.

Não achei graça. Podia ver Jonathan Randall outra vez, sob uma luz nova e repugnante. Jamie esfregou a nuca, depois levou a mão ao arção.

– Assim, reuni o pouco de coragem que me restava e disse não. Também disse isso em alto e bom som, chamando-o de todos os nomes obscenos de que pude me lembrar, a plenos pulmões.

Seu rosto se contorceu num esgar.

– Tive medo de mudar de ideia se pensasse muito; quis ter certeza de não haver possibilidade de reconsideração. Embora eu suponha – acrescentou ele pensativamente – que não exista maneira diplomática de recusar uma proposta como essa.

– Não – concordei secamente. – Acho que ele não ficaria satisfeito, não importa como você falasse.

– Não ficou mesmo. Esbofeteou-me na boca, para me fazer calar. Caí no chão – ainda estava um pouco fraco – e ele ficou parado ao meu lado, simplesmente olhando para baixo, fitando-me. Tive o bom senso de não tentar me levantar, de modo que fiquei simplesmente caído ali até ele chamar os guardas para me levarem de volta para a cela. – Balançou a cabeça. – Sua expressão permaneceu imutável; apenas disse quando eu saía: "Vejo você na sexta-feira", como se tivéssemos um encontro marcado para discutir negócios ou algo assim.

Os soldados não levaram Jamie de volta à cela que ele compartilhava com três outros prisioneiros. Em vez disso, foi colocado numa solitária para aguardar a sexta-feira sem nenhuma distração, a não ser a visita diária do médico da guarnição, que vinha fazer curativos em suas costas.

– Não era um bom médico – disse Jamie –, mas era um homem bondoso. No segundo dia que ele veio, juntamente com a gordura de ganso e o carvão, levou-me uma pequena Bíblia que pertencera a um prisioneiro que morrera. Disse que entendia que eu era papista e, quer eu achasse ou não algum conforto na palavra de Deus, ao menos poderia comparar minhas provações com as de Jó.

Riu e continuou:

– Por estranho que pareça, eu realmente encontrei certo conforto. O Senhor também teve que suportar o flagelo; e pude refletir que pelo menos eu não seria arrastado e crucificado depois. Por outro lado – disse ele sensatamente – Nosso Senhor também não foi forçado a ouvir propostas indecentes de Pôncio Pilatos.

Jamie guardara a pequena Bíblia. Vasculhou no seu alforje e estendeu-a a mim para que a examinasse. Era um volume surrado, de capa de couro, de cerca de 12 centímetros de comprimento, impresso em papel tão delicado que as páginas eram transparentes. Na folha de rosto, estava escrito ALEXANDER WILLIAM RODERICK MACGREGOR, 1733. A tinta estava desbotada e manchada, e a capa, entortada, como se o livro tivesse se molhado em mais de uma ocasião.

Revirei o pequeno livro na mão, curiosa. Apesar de pequeno, deve ter sido difícil para ele conservá-lo, pelas viagens e aventuras dos últimos quatro anos.

– Eu nunca o vi lendo-o. – Devolvi-lhe o livro.

– Não, não é por isso que o guardo – disse. Enfiou-o de novo no alforje, alisando a borda da capa com o polegar ao fazê-lo. Deu uns tapinhas no alforje distraidamente.

– Tenho uma dívida com Alex MacGregor. Pretendo pagá-la um dia. De qualquer modo – continuou ele, voltando à história –, a sexta-feira finalmente chegou e eu não sei se fiquei triste ou contente. A espera e o medo eram quase piores do que eu imaginava que a dor seria. Mas, quando chegou a hora... – Fez aquele seu gesto habitual de encolher os ombros, soltando a camisa nas costas. – Bem, você viu as cicatrizes. Sabe como foi.

– Só porque Dougal me contou. Disse que estava lá.

Jamie meneou a cabeça, confirmando.

– Sim, ele estava lá. E meu pai também, embora eu não soubesse disso na época. Não conseguia pensar em nada além do meu próprio problema.

– Ah – disse devagar –, e seu pai...

– Humrum. Foi quando aconteceu. Alguns dos homens lá me disseram depois que acharam que eu estava morto, ou quase, e acho que meu pai pensou o mesmo. – Hesitou e sua voz estava rouca quanto continuou. – Quando caí, segundo Dougal me contou, meu pai emitiu um pequeno som e levou a mão à cabeça. Em seguida, caiu como uma pedra. E não se levantou mais.

Os pássaros se agitavam nas urzes, trinando e chamando das folhas ainda escuras das árvores. A cabeça de Jamie estava baixa, o rosto ainda invisível.

– Eu não sabia que ele estava morto – disse ele em voz baixa. – Só me contaram um mês depois, quando acharam que eu já estava forte o suficiente para suportar a notícia. Assim, eu não o enterrei, como um filho deveria ter feito. E nunca vi seu túmulo, porque tenho medo de voltar para casa.

– Jamie – falei. – Ah, Jamie, querido.

Após o que pareceu um longo silêncio, eu disse:

– Mas você não pode, não deve, se sentir responsável. Jamie, não havia nada que você pudesse ter feito; ou feito de modo diferente.

– Não? – disse ele. – Não, talvez não; embora eu me pergunte se isso ainda teria acontecido se eu tivesse feito outra escolha. Mas isso não altera muito o modo como me sinto, e eu sinto como se o tivesse matado com minhas próprias mãos.

– Jamie – repeti, e parei, sentindo-me impotente. Ele continuou em silêncio por alguns instantes, depois se empertigou e ergueu os ombros outra vez.

– Nunca contei isso a ninguém – disse ele subitamente. – Mas achei que agora você deveria saber, quer dizer, sobre Randall. Tem o direito de saber o que existe entre ele e mim.

O que existe entre ele e mim. A vida de um homem de bem, a honra de uma jovem e um desejo lascivo e imoral que encontrava seu escape no sangue e no medo. E pensei, com um aperto no estômago, que agora havia mais um item na balança. Eu. Pela primeira vez, comecei a compreender o que Jamie sentira, agachado na janela da sala de Randall, com uma arma descarregada nas mãos. E comecei a perdoá-lo pelo que me fizera.

Como se lesse meus pensamentos, disse, sem me olhar.

– Você sabe... quer dizer, pode entender, talvez, por que achei necessário bater em você?

Esperei um instante antes de responder. Eu compreendia, sim, mas isso não era tudo.

– Compreendo – disse. – E no que diz respeito a isso, eu o perdoo. O que eu não posso perdoar – disse, a voz erguendo-se levemente a despeito de mim mesma – é o fato de você ter se divertido!

Ele se inclinou para a frente na sela, agarrando-se ao arção, e desatou a rir. Alegrou-se com a liberação da tensão antes de finalmente atirar a cabeça para trás e se virar para mim. O céu estava bem mais claro agora e eu podia ver seu rosto, marcado pelo cansaço, pela tensão e pelo júbilo. Os arranhões em sua face estavam negros à luz turva.

– Me diverti! Sassenach – disse ele, ofegante –, você não sabe o quanto eu me diverti. Você estava tão... Meu Deus, você estava linda. Eu estava com tanta raiva e você lutou tão bravamente. Eu odiava machucá-la, mas ao mesmo tempo queria continuar... Meu Deus – disse, interrompendo-se e assoando o nariz. – Sim, eu me diverti. Embora, falando nisso – continuou ele –, você tenha que me dar crédito por ter exercitado a moderação do meu ímpeto.

Comecei a ficar com raiva de novo. Podia sentir meu rosto afogueado na brisa fresca do alvorecer.

– Exercitado a moderação do seu ímpeto, hein? Tive a impressão de que o que você estava exercitando era o seu braço esquerdo bom. Você quase me aleijou, seu escocês arrogante, filho da mãe!

– Se eu quisesse aleijá-la, Sassenach, você saberia – retorquiu ele secamente. – Estou falando de depois. Eu dormi no chão, se você se lembra.

Fitei-o com os olhos apertados, bufando.

– Ah, então foi essa a moderação, não é?

– Bem, não achei direito copular com você naquele estado, por mais que desejasse. E eu desejava ardentemente – acrescentou ele, rindo outra vez. – Uma pressão terrível nos meus instintos naturais.

– Copular comigo? – repeti, distraída pela expressão.

– Não poderia chamar isso de "fazer amor" naquelas circunstâncias, não é?

– Seja como for que chame a isso – disse sem me alterar –, ainda bem que não tentou ou agora estaria sentindo falta de algumas partes valiosas de sua anatomia.

– Esse pensamento me ocorreu.

– E se acha que merece elogios por ter tão nobremente se contido a não cometer estupro em seguida a uma agressão...– engasguei de raiva.

Cavalgamos uns 800 metros em silêncio. Então, ele soltou um suspiro.

– Vejo que não devia ter começado esta conversa. O que eu estava tentando fazer era dar um jeito de lhe perguntar se me permitiria compartilhar sua cama outra vez, quando chegarmos a Bargrennan. – Parou, envergonhado. – É meio frio no chão.

Cavalguei por uns bons cinco minutos antes de responder. Quando resolvi o que iria dizer, puxei as rédeas do cavalo, atravessando-o na estrada, para forçar Jamie a parar também. Bargrennan estava à vista, os telhados das casas apenas visíveis na aurora.

Fiz meu cavalo ficar paralelo ao dele, de modo que eu não ficasse a mais de 30 centímetros de Jamie. Fitei-o diretamente nos olhos por um minuto antes de responder.

– Me dará a honra de compartilhar minha cama, oh, senhor e mestre? – perguntei formalmente.

Obviamente suspeitando de alguma coisa, meditou um instante, depois assentiu, igualmente formal:

– Sim. Obrigado.

Erguia as rédeas para partir, quando eu o detive.

– Só uma coisa, senhor – disse, ainda formalmente.

– Sim?

Tirei a mão num gesto rápido do bolso oculto de minha saia e a luz da alvorada lançou faíscas da lâmina da adaga pressionada contra o seu peito.

– Se – disse entre dentes cerrados – você algum dia erguer a mão para mim outra vez, James Fraser, vou arrancar seu coração e fritá-lo para o desjejum!

Fez-se um longo silêncio, quebrado apenas pelos movimentos e rangidos dos cavalos e dos arreios. Então, ele estendeu a mão, a palma para cima.

– Dê-me isso. – Quando hesitei, ele disse impacientemente: – Não vou usá-la em você. Dê-me isso!

Segurou a adaga pela lâmina, para cima, de modo que o sol nascente atingisse a pedra-da-lua no cabo e a fizesse brilhar. Segurando a adaga como um crucifixo, recitou alguma coisa em gaélico. Reconheci as palavras da cerimônia de juramento no salão de Colum, mas ele as seguiu com a tradução em inglês para meu proveito:

– Juro, sobre a cruz de meu Senhor Jesus e pelo ferro sagrado que empunho, que lhe dou minha fidelidade e lhe juro lealdade. Se algum dia minha mão for erguida contra você, por raiva ou rebeldia, peço que este metal sagrado possa perfurar meu coração.

Beijou a adaga na junção entre o cabo e a lâmina e devolveu-a a mim.

– Não faço ameaças vãs, Sassenach – disse ele, erguendo uma das sobrancelhas. – E também não faço promessas fúteis. Agora, podemos ir para a cama?

23

RETORNO A LEOCH

Dougal nos aguardava sob o letreiro do Javali Vermelho, andando impacientemente de um lado para o outro do lado de fora.

– Conseguiu chegar, hein? – perguntou ele, observando com aprovação que eu desmontava sem ajuda, apenas cambaleando um pouco. – Uma dona corajosa! Quinze quilômetros sem um gemido. Vá para a sua cama, então; você merece. Jamie e eu vamos levar os cavalos para a estrebaria. – Deu um tapinha de leve no meu quadril, despachando-me. Fiquei feliz com sua sugestão e peguei no sono antes de minha cabeça tocar o travesseiro.

Não me mexi quando Jamie entrou na cama ao meu lado, mas acordei de repente no final da tarde, convencida de que havia algo importante que eu esquecera.

– Horrocks! – exclamei repentinamente, sentando-me ereta na cama com um salto.

– Hum? – Jamie, arrancado de um sono profundo, arremessou-se pelo lado da cama, terminando agachado no chão com a mão na adaga que havia deixado em cima das suas roupas empilhadas. – O quê? – perguntou ele, olhando assustado à sua volta. – O que foi?

Reprimi um risinho ao vê-lo, agachado e nu no chão, os cabelos ruivos arrepiados.

– Você está parecendo um porco-espinho enfurecido – falei.

Lançou-me um olhar maligno e se levantou, recolocando a adaga no banco onde estavam suas roupas.

– Não podia esperar até eu acordar para me dizer isso? – indagou ele. – Achou que causaria mais impressão se me acordasse de um sono profundo gritando no meu ouvido?

– Não gritei – expliquei. – Eu disse "Horrocks". Lembrei-me de repente que havia esquecido de lhe perguntar. Você se encontrou com ele?

Sentou-se na cama e enfiou a cabeça nas mãos. Esfregou o rosto vigorosamente, como se quisesse restabelecer a circulação.

– Ah, sim – respondeu ele, com a voz abafada pelos dedos. – Sim, eu o encontrei.

Pude perceber pelo tom de voz que as informações do desertor não tinham sido boas.

– Ele não lhe contou nada, afinal? – perguntei, interessada. Essa sempre fora uma possibilidade, embora Jamie tivesse ido preparado para abrir mão não só de seu próprio dinheiro e de algum fornecido por Dougal e Colum, mas até mesmo do anel de seu pai, se necessário.

Jamie deitou-se na cama ao meu lado, fitando o teto.

– Não – disse ele. – Não, ele contou, sim. E a um preço razoável.

Rolei na cama, ficando apoiada em um cotovelo, a fim de olhar seu rosto.

– Bem, e então? – perguntei. – Quem realmente atirou no sargento-mor?

Ergueu os olhos para mim e sorriu, um pouco amargamente.

– Randall – respondeu ele, fechando os olhos.

– Randall? – repeti, estupefata. – Mas por quê?

– Não sei – disse ele, os olhos ainda fechados. – Posso imaginar, eu acho, mas não importa muito. Não há a menor chance de provar.

Eu tinha que concordar que isso era verdade. Deixei-me cair novamente na cama ao seu lado e fitei as escuras vigas de carvalho do teto baixo.

– O que pode fazer, então? – perguntei. – Ir para a França? Ou talvez... – uma ideia brilhante me ocorreu – para a América? Você poderia se sair bem no Novo Mundo.

– Atravessar o oceano? – Um estremecimento percorreu seu corpo. – Não. Não, eu não poderia fazer isso.

– Bem, então o quê? – perguntei, virando a cabeça para olhar para ele. Abriu um olho o suficiente para me lançar um olhar enviesado.

– Tinha pensado, para começar, que poderia dormir mais uma hora – disse ele –, mas tudo indica que não. – Resignado, ergueu-se na cama, recostando-se contra a parede. Estava cansada demais para tirar as roupas de cama antes de me deitar e havia uma mancha escura suspeita na colcha perto de seu joelho. Mantive um olhar desconfiado sobre ela enquanto ele falava.

– Você tem razão – concordou ele –, podíamos ir para a França.

Levei um susto, tendo momentaneamente me esquecido de que, qualquer que fosse a decisão que ele tomasse, eu agora estava incluída.

– Mas não há muita coisa para mim lá – disse ele, coçando a coxa distraidamente. – Somente servir no Exército, e essa vida não é para você. Ou para Roma, para me unir à corte do rei James. Isso poderia ser conseguido; tenho alguns tios e primos Fraser com um pé naquele acampamento, que me ajudariam. Não gosto muito de política e menos ainda de príncipes, mas, sim, é uma possibilidade. No entanto, prefiro tentar limpar meu nome na Escócia primeiro. Se conseguir, posso, na pior das hipóteses, acabar como um pequeno rendeiro nas terras dos Fraser; na melhor das hipóteses, talvez possa voltar a Lallybroch. – Seu rosto se anuviou e percebi que estava pensando na irmã. – Se dependesse de mim, eu não iria, mas agora não posso mais pensar apenas em mim.

Olhou para mim e sorriu, a mão acariciando meus cabelos.

– Às vezes me esqueço de que há você agora, Sassenach – disse ele.

Senti-me extremamente desconfortável. Na verdade, sentia-me uma traidora. Ali estava ele, fazendo planos que afetariam sua vida inteira, levando em consideração minha segurança e meu bem-estar, enquanto eu estivera fazendo todo o possível para abandoná-lo por completo, arrastando-o para uma situação de extremo perigo. Não tivera nenhuma dessas intenções, mas o fato permanecia. Mesmo agora, estava pensando que devia tentar convencê-lo a não ir para a França, já que isso me levaria para mais longe do meu próprio objetivo: o círculo de pedras.

– Mas há alguma maneira de permanecer na Escócia? – perguntei, desviando o olhar. Achei que a mancha escura na colcha havia se movido, mas não tinha certeza. Olhei para ela fixamente.

A mão de Jamie viajara pelos meus cabelos e agora começava a afagar meu pescoço suavemente.

– Sim – respondeu ele, pensativo. – Pode ser. É por isso que Dougal esperou por mim; ele tem novidades.

– É mesmo? De que tipo? – Virei a cabeça para olhar para ele outra vez; o movimento levou minha orelha ao alcance de seus dedos e ele começou a acariciá-la, dando-me vontade de arquear o pescoço e ronronar como uma gata. Mas reprimi o impulso, para descobrir o que ele pretendia fazer.

– Um mensageiro de Colum – disse ele. – Não pensava em nos encontrar aqui, mas cruzou com Dougal no caminho por acaso. Dougal deve voltar imediatamente a Leoch e deixar que Ned Gowan lide com o resto dos aluguéis. Sugeriu que voltássemos com ele.

– Voltar para Leoch? – Não era a França, mas não era muito melhor. – Por quê?

– Estão à espera de uma visita em breve, um nobre inglês que já fez negócios com Colum antes. É um homem poderoso e talvez possa ser persuadido a fazer alguma coisa por mim. Não fui processado ou condenado por assassinato. Talvez consiga que essa acusação seja retirada ou um perdão para mim. – Deu um sorriso enviesado. – Aborrece-me ser perdoado por algo que não fiz, mas é melhor do que ser enforcado.

– Sim, é verdade. – A mancha estava se mexendo. Apertei os olhos, tentando focalizá-la. – Quem é o nobre inglês?

– O duque de Sandringham.

Dei um salto, sentando-me ereta na cama, com uma exclamação.

– O que foi, Sassenach? – perguntou Jamie, alarmado.

Apontei um dedo trêmulo para a mancha negra, que agora subia pela sua perna a um passo lento, mas determinado.

– O que é isso?! – perguntei.

Ele olhou para o ponto negro e despreocupadamente o arremessou longe com um peteleco.

– Ah, isso? É apenas um percevejo, Sassenach. Nada para...

Foi interrompido pela minha abrupta saída. À palavra "percevejo", saí em disparada de debaixo das cobertas e fiquei de pé contra a parede, o mais distante possível do fervilhante ninho de insetos pestilentos que eu agora considerava a nossa cama.

Jamie olhou-me de modo apreciativo.

– Porco-espinho enfurecido, hein? – perguntou ele. Inclinou a cabeça, examinando-me de maneira inquisitiva. – Hummm – disse, passando a mão pela cabeça para alisar seus próprios cabelos. – Ao menos, enfurecido. Você também parece uma coisinha bem penugenta quando acorda.

Rolou na cama em minha direção, entendendo a mão para mim.

– Venha cá, meu algodãozinho-do-campo. Não vamos partir antes do pôr do sol. E se não vamos dormir...

Por fim, realmente dormimos um pouco mais, tranquilamente abraçados no assoalho, em cima de uma cama dura, mas sem insetos, composta do meu manto de viagem e do kilt de Jamie.

Foi bom termos dormido enquanto podíamos. Ansioso para chegar ao Castelo Leoch antes do duque de Sandringham, Dougal manteve um passo apressado e uma programação extenuante. Viajando sem as carroças, fazíamos um tempo muito melhor, apesar das más condições das estradas. Entretanto, Dougal nos apressava, parando apenas para um mínimo de descanso.

Quando atravessamos novamente os portões do Castelo Leoch, estávamos quase tão sujos quanto da primeira vez que chegáramos ali e sem dúvida igualmente cansados.

Apeei do meu cavalo no pátio, mas tive que me segurar no estribo para não cair. Jamie me segurou pelo braço. Depois, percebendo que eu não conseguia ficar em pé, pegou-me no colo. Atravessou a arcada comigo nos braços, deixando os cavalos aos cuidados dos cavalariços e dos cocheiros.

– Está com fome, Sassenach? – perguntou ele, parando no corredor. As cozinhas ficavam numa direção, as escadas para os quartos de dormir na outra. Gemi, esforçando-me para manter os olhos abertos. Eu estava com fome, mas sabia que ia acabar de cara na sopa se tentasse comer antes de dormir.

Houve um burburinho num dos lados e eu sonolentamente abri os olhos para ver a figura maciça da sra. FitzGibbons assomando ao nosso lado, incrédula.

– O que houve com a pobre criança? – perguntou a Jamie. – Ela sofreu algum acidente?

– Não, ela apenas se casou comigo – disse ele –, embora possa chamar isso de acidente, se quiser. – Afastou-se para o lado, para abrir caminho em meio a uma crescente multidão de ajudantes das cozinhas, cavalariços, cozinheiros, jardineiros, soldados e diversos outros tipos de habitantes do castelo, todos curiosos, atraídos para a cena pelas exclamações em voz alta da sra. Fitz.

Tomando uma decisão, Jamie forçou o caminho para a direita, em direção às escadas, dando explicações desconexas à avalanche de perguntas que vinham de todos os lados. Piscando como uma coruja contra seu peito, eu não conseguia fazer nada além de menear a cabeça para todas aquelas pessoas que nos acolhiam com boas-vindas, embora a maioria dos rostos parecesse tanto amistosa quanto curiosa.

Quando dobramos uma esquina do corredor, vi alguém que me pareceu bem mais amistoso do que o resto. Era a jovem Laoghaire, o rosto brilhando e radiante ao ouvir a voz de Jamie. Entretanto, ao ver o que ele carregava, seus olhos se arregalaram e a boca rosada se abriu, pasma.

Mas não houve tempo para ela fazer perguntas antes do rebuliço e da comoção à nossa volta estancar repentinamente. Jamie parou também. Erguendo a cabeça, vi Colum, cujo rosto espantado estava agora na altura do meu.

– O que... – começou ele.

– Eles se casaram – disse a sra. FitzGibbons, radiante. – Que lindo! Pode lhes dar sua bênção, senhor, enquanto eu apronto um quarto. – Virou-se e saiu apressada em direção às escadas, deixando uma lacuna substancial na multidão, através da qual pude ver o rosto agora branco como cera da jovem Laoghaire.

Colum e Jamie falavam ao mesmo tempo, perguntas e explicações colidindo no ar. Eu estava começando a acordar, embora fosse exagero afirmar que tivesse pleno domínio das minhas faculdades.

– Bem – dizia Colum, não de forma totalmente aprovadora –, se você se casou, está casado. Tenho que falar com Dougal e Ned Gowan. Há questões legais que precisam ser providenciadas. Você adquire alguns direitos ao se casar, pelos termos do contrato de dote da sua mãe.

Senti Jamie retesar-se um pouco.

– Já que mencionou isso – disse ele casualmente –, creio que seja verdade. E uma das coisas a que tenho direito é a uma parte dos aluguéis trimestrais das terras dos MacKenzie. Dougal trouxe o que coletamos até aqui; poderia dizer a ele para separar minha cota quando acertar as contas? Agora, se me der licença, tio, minha mulher está cansada. – E erguendo-me numa posição mais firme, virou-se em direção às escadas.

Cambaleei pelo quarto, ainda com as pernas trôpegas, e desabei com grande satisfação na enorme cama de dossel a que nossa nova condição de recém-casados aparentemente nos dava direito. Era macia, convidativa e – graças à sempre vigilante sra. Fitz – limpa. Imaginei se valeria a pena o esforço de me levantar e lavar o rosto antes de sucumbir à necessidade premente de dormir.

Já havia praticamente decidido que só deveria acordar ao som da Trombeta de Gabriel, quando vi que Jamie, que não só havia lavado o rosto e as mãos, como penteado os cabelos também, dirigia-se para a porta.

– Não vai dormir? – perguntei. Achei que estivesse ao menos tão cansado quanto eu, ainda que menos dolorido da sela.

– Daqui a pouco, Sassenach. Tenho algo a resolver primeiro. – Saiu, deixando-me olhando espantada para a porta de carvalho com uma sensação muito desagradável na boca do estômago. Lembrei-me do olhar de alegre expectativa no rosto de Laoghaire quando surgiu no corredor, ao ouvir a voz de Jamie, e o olhar de espanto e raiva que o substituiu quando me viu aninhada em seus braços. Lembrei-me da rigidez momentânea nas juntas dele ao vê-la e desejei fervorosamente poder ver a expressão em seu rosto naquele momento. Achei que era provável que ele tivesse saído agora, sem descansar, mas limpo e penteado, para ir ao encontro da jovem e lhe contar sobre seu casamento. Se ao menos tivesse visto o rosto dele na ocasião, agora eu teria uma ideia do que ele pretendia dizer a ela.

Absorta nos acontecimentos do último mês, eu me esquecera inteiramente da jovem – e do que poderia representar para Jamie, ou ele para ela. Na verdade, eu pensara nela quando a questão de nosso súbito casamento foi levantada e Jamie não dera nenhuma demonstração de que ela constituísse um impedimento no que lhe dizia respeito.

Mas, é claro, se o pai dela não iria permitir que se casasse com um fora da lei – e se Jamie precisava de uma mulher a fim de receber sua parte dos aluguéis dos MacKenzie... bem, nesse caso, qualquer mulher serviria e, sem dúvida, ele pegaria a que pudesse. Achava que conhecia Jamie o suficiente agora para saber que o pragmatismo era uma característica marcante do seu caráter – como era de se esperar em um homem que passara os últimos anos de sua vida fugindo. Ele não deixaria suas decisões serem abaladas, pensei, por sentimentos ou pela atração de faces lisas como pétalas de rosa e cabelos como ouro líquido. Mas isso não significava que não existisse sentimento ou atração.

Houve, afinal, a pequena cena que eu presenciara na alcova, Jamie segurando a garota nos joelhos e beijando-a ardentemente. *(Já tive outras mulheres em meus braços antes, sua voz veio-me à lembrança, e faziam meu coração bater com força e minha respiração faltar...)* Vi que minhas mãos estavam cerradas, agarrando e enrugando a colcha verde e amarela. Soltei-a e limpei as mãos na saia, ao perceber o quanto estavam sujas, imundas com a sujeira de dois dias segurando as rédeas, sem nenhum descanso para lavá-las.

Levantei-me e me dirigi à bacia, esquecendo o cansaço. Descobri, um pouco para minha surpresa, que detestava a lembrança de Jamie beijando Laoghaire. Lembrava-me do que ele dissera a respeito disso também: "É melhor se casar do que ficar ardendo, e eu estava ardendo muito." Eu mesma estava ardendo um pouco agora, o rosto vermelho e quente ao me lembrar dos efeitos dos beijos de Jamie nos meus próprios lábios. Ardendo, sem dúvida.

Joguei água no rosto, respingando tudo à minha volta, para tentar dissipar a sensação. Eu não tinha direitos sobre os sentimentos de Jamie, lembrei a mim mesma com firmeza. Eu me casara com ele por necessidade. E ele se casara comigo por suas próprias razões, uma delas o seu desejo francamente declarado de alterar sua condição de virgem.

Aparentemente, outra razão era o fato de que ele precisava de uma mulher a fim de receber sua renda e não podia induzir uma jovem do seu meio a se casar com ele. Uma razão bem menos lisonjeira do que a primeira, e igualmente arrogante.

Totalmente acordada, troquei devagar minhas roupas sujas da viagem por uma camisola limpa, providenciada, é claro, assim como a bacia e o jarro d'água, pelas ajudantes da sra. FitzGibbons. Como ela conseguira preparar acomodações para dois recém-casados no espaço de tempo entre a brusca declaração de Jamie a Colum e o momento em que subimos as escadas era um dos mistérios que atravessam os séculos. A sra. Fitz, pensei, teria se saído muito bem se fosse encarregada do Waldorf-Astoria ou do London Ritz.

Tais pensamentos deixaram-me repentinamente mais saudosa do meu próprio mundo do que já me sentira em muitos dias. *O que estou fazendo aqui?*, perguntei a mim mesma pela milionésima vez. Aqui, neste lugar estranho, a distâncias intransponíveis de tudo que me era familiar, da minha casa, do meu marido, dos meus amigos, perdida e sozinha entre pessoas que não passavam de selvagens? Começara a me sentir segura e até mesmo feliz de vez em quando nas últimas semanas com Jamie. Mas agora percebia que a felicidade provavelmente era uma ilusão, ainda que a segurança não fosse.

Tinha certeza de que ele cumpriria o que julgava suas responsabilidades e continuaria a me proteger de qualquer ameaça. Mas aqui, de volta do isolamento irreal dos dias passados entre colinas e estradas de terra, hospedarias imundas e fragrantes montes de feno, ele certamente deveria sentir a atração de seus antigos relacionamentos, como eu sentia dos meus. Havíamos ficado muito próximos um do outro no mês de nosso casamento, mas eu sentira essa proximidade quebrar-se sob as tensões dos últimos dias e achava que agora poderia estilhaçar-se completamente, de volta às realidades práticas da vida no Castelo Leoch.

Recostei a cabeça na pedra do batente da janela, fitando o pátio. Alec MacMahon e dois dos seus auxiliares na estrebaria podiam ser vistos no extremo oposto, escovando os cavalos que usáramos. Os animais, depois de comer e beber adequadamente pela primeira vez em dois dias, irradiavam satisfação enquanto mãos cuidadosas esfregavam os flancos brilhantes e limpavam a poeira dos jarretes e machinhos com feixes de palha torcida e amarrada. Um cavalariço levou meu pequeno e gordo cavalo, que o seguiu feliz para o merecido descanso em sua estrebaria.

E com ele, pensei, se foram minhas esperanças de qualquer fuga iminente e retorno ao meu próprio lugar. Ah, Frank. Fechei os olhos, deixando uma lágrima escorrer pelo canto do nariz. Mas arregalei os olhos para o pátio em seguida, pisquei e fechei-os com força, tentando freneticamente lembrar-me das feições de Frank. Apenas por um instante, quando fechei os olhos, não vi meu amado marido, mas seu ancestral, Jonathan Randall, os lábios cheios curvados num sorriso sarcástico. E afastando-me mentalmente dessa imagem, minha mente no mesmo instante evocou um retrato de Jamie, o rosto paralisado pelo medo e pela raiva, como eu o vira na janela do escritório particular de Randall. Por mais que tentasse, não conseguia trazer de volta à lembrança a imagem clara de Frank.

Senti-me de repente congelada de pânico e agarrei os cotovelos com as mãos. *E se eu tivesse conseguido escapar e achado o caminho de volta para o círculo de pedras?*, pensei. O que aconteceria? Jamie, eu esperava, logo encontraria consolo – com Laoghaire, talvez. Antes, eu me preocupara com sua reação ao descobrir que eu fora embora. Mas fora aquele rápido momento de arrependimento na beira do riacho, não me ocorrera até então considerar como eu me sentiria ao me separar dele.

Fiquei remexendo na fita que franzia a gola da minha camisola, amarrando-a e desamarrando-a. Se eu pretendia ir embora, como era o caso, não estava fazendo nenhum favor a nós dois ao permitir que nossa ligação se fortalecesse ainda mais. Não deveria permitir que ele se apaixonasse por mim.

Se ele tivesse essa intenção, pensei, lembrando-me mais uma vez de Laoghaire e da conversa com Colum. Se ele se casara comigo tão a sangue-frio como parecia, talvez suas emoções fossem mais seguras do que as minhas.

Entre fadiga, fome, decepção e incerteza, eu conseguira a esta altura reduzir-me a um estado de confuso sofrimento que nem conseguia dormir nem ficar quieta. Em vez disso, fiquei andando pelo quarto sentindo-me infeliz, pegando objetos e colocando-os de volta aleatoriamente.

A corrente de vento da porta que se abriu arruinou o delicado equilíbrio do pente que eu estivera tentando manter em pé, anunciando a volta de Jamie. Estava ligeiramente ruborizado e estranhamente animado.

– Ah, está acordada – disse ele, obviamente surpreso e desconcertado de me encontrar assim.

– Sim. Esperava que eu estivesse dormindo para poder voltar para ela?

Franziu o cenho por um instante, depois ergueu as sobrancelhas com um ar inquiridor:

– Ela? Para Laoghaire, você quer dizer?

Ouvir seu nome pronunciado naquela descontraída cadência das Terras Altas – "L'heer" – de repente me deixou irracionalmente furiosa.

– Ah, então você esteve mesmo com ela! – esbravejei.

Jamie olhou-me intrigado e desconfiado, além de ligeiramente aborrecido.

– Sim – disse ele. – Encontrei-a perto da escada quando saí. Você está bem, Sassenach? Parece um pouco perturbada. – Fitou-me de forma avaliadora. Peguei o espelho e descobri que meus cabelos pareciam uma juba desgrenhada em torno da minha cabeça e havia olheiras escuras sob meus olhos. Coloquei-o de volta no lugar com um estampido.

– Não, estou perfeitamente bem – disse, fazendo esforço para me controlar. – E Laoghaire, como vai? – perguntei, fingindo descontração.

– Ah, bem bonita – respondeu ele. Recostou-se na porta, os braços cruzados, olhando-me especulativamente. – Um pouco surpresa de saber que havíamos nos casado, acho.

– Bonita – repeti, respirando fundo. Ergui os olhos para vê-lo rindo para mim.

– Você não ficou preocupada por causa da garota, não é, Sassenach? – perguntou ele, astutamente. – Ela não significa nada para você. Ou para mim – acrescentou.

– Ah, não? Ela não quis, ou não pôde, se casar com você. Você precisava de alguém, assim ficou comigo quando a oportunidade surgiu. Não o culpo por isso, mas eu...

Ele atravessou o quarto em duas largas passadas e tomou minhas mãos, interrompendo-me. Colocou um dedo sob meu queixo, forçando-me a encará-lo.

– Claire – disse ele, sem se alterar –, eu lhe contarei no momento oportuno por que me casei com você, ou não. Eu lhe pedi sinceridade e tenho lhe dado o mesmo. E é o que lhe dou agora. A garota não pode me pedir nada além de cortesia. – Apertou meu queixo de leve. – Mas isso ela pode exigir e eu lhe concederei isso. – Soltou meu queixo e deu umas pancadinhas de leve nele. – Você me ouviu, Sassenach?

– Ah, ouvi, sim! – Soltei-me com um safanão, esfregando o queixo com raiva. – E tenho certeza de que será muito gentil com ela. Mas, da próxima vez, feche as cortinas da alcova. Eu não quero ver.

As sobrancelhas acobreadas se ergueram subitamente e seu rosto ficou ligeiramente ruborizado.

– Está insinuando que eu a traí? – perguntou ele, incrédulo. – Chegamos de volta ao castelo há menos de uma hora, estou coberto com o suor e a poeira de dois dias na sela, tão cansado que meus joelhos tremem e, mesmo assim, você acha que saí daqui diretamente para seduzir uma menina de 16 anos? – Sacudiu a cabeça, estupefato. – Não sei se você está elogiando minha virilidade, Sassenach, ou insultando meus valores morais, mas não gosto de nenhuma das duas hipóteses. Murtagh me avisou que as mulheres eram insensatas, mas pelo amor de Deus! – Passou a mão grande pelos cabelos, fazendo as mechas curtas ficarem incrivelmente espetadas.

– É claro que não estou dizendo que acho que você andou seduzindo-a – falei, lutando para injetar um tom calmo na voz. – Tudo que quero dizer...

Ocorreu-me que Frank lidara com esse tipo de situação de uma forma muito mais elegante do que eu estava conseguindo, e ainda assim eu também ficara furiosa na ocasião. Parecia não haver nenhuma maneira apropriada de sugerir tal possibilidade a um companheiro.

– Quero dizer simplesmente que... que sei que você se casou comigo por suas próprias razões e essas razões não são da minha conta e – acrescentei apressadamente – que eu não tenho nenhum direito sobre você. Você tem plena liberdade de agir da maneira como achar melhor. Se você... se sentir alguma outra atração... quer dizer... não vou ficar no seu caminho – terminei desajeitadamente. O sangue fervia no meu rosto e podia sentir minhas orelhas ardendo.

Erguendo os olhos, vi que as orelhas de Jamie ardiam também, visivelmente, assim como todo o resto do pescoço para cima. Até seus olhos, vermelhos pela falta de dormir, pareciam flamejar um pouco.

– Nenhum direito sobre mim! – exclamou ele. – E o que você acha que um voto de casamento significa? Apenas palavras numa igreja? – Seu punho cerrado desceu sobre a cômoda com um murro tão forte que sacudiu o jarro de porcelana. – Nenhum direito – murmurou, como se falasse consigo mesmo. – Liberdade para agir como achar melhor. E não vai ficar no meu caminho?!

Agachou-se para tirar as botas, em seguida agarrou-as e atirou-as, uma depois da outra, com toda a força contra a parede. Encolhi-me quando cada uma delas bateu na parede e caiu no chão. Arrancou o xale xadrez e atirou-o para trás. Depois veio em minha direção, com os olhos chispando.

– Então, você não tem nenhum direito sobre mim, Sassenach? Me deixa livre para ter prazer onde eu quiser, é assim? Bem, é assim? – perguntou ele.

– Hum, bem, sim – disse, dando um passo para trás a despeito de mim mesma. – Foi o que quis dizer. – Ele me agarrou pelos braços e descobri que a combustão espalhara-se para as suas mãos também. Suas palmas calejadas estavam tão quentes na minha pele que dei um salto involuntário.

– Bem, se não tem nenhum direito sobre mim, Sassenach, eu tenho um sobre você! Venha cá. – Tomou meu rosto entre as mãos e colou a boca na minha. Não havia nada de gentil ou pouco exigente naquele beijo e eu lutei contra ele, tentando me livrar.

Ele se inclinou, pegou-me com um dos braços por baixo dos meus joelhos, ignorando meus esforços para descer. Eu não me dera conta do quanto ele realmente era forte.

– Solte-me! – exigi. – O que acha que está fazendo?

– Bem, pensei que isso estivesse bem claro, Sassenach – disse ele, entre dentes. Abaixou a cabeça, seu olhar claro penetrando-me como ferro em brasa. – Mas se quiser que eu diga, pretendo levá-la para a cama. Agora. E mantê-la ali até aprender exatamente qual o direito que tenho sobre você. – E beijou-me de novo, com força, cortando meus protestos.

– Eu não quero dormir com você! – falei, quando finalmente libertou minha boca.

– Não pretendo dormir, Sassenach – retorquiu ele sem se alterar. – Ainda não. – Alcançou a cama e colocou-me cuidadosamente na colcha decorada com desenhos de rosas.

– Sabe muito bem o que quero dizer! – Rolei na cama, pretendendo escapar pelo outro lado, mas fui interrompida por um aperto firme no meu ombro que me virou de frente para ele. – Também não quero fazer amor com você!

Os olhos azuis lançavam faíscas à queima-roupa e minha respiração ficou presa na garganta.

– Não perguntei sua opinião sobre o assunto, Sassenach – respondeu ele, a voz perigosamente baixa. – Você é minha mulher, como já lhe disse várias vezes. Se não queria se casar comigo, assim mesmo escolheu se casar. E se não notou na ocasião, sua parte do protocolo incluía a palavra "obedecer". Você é minha mulher e se eu a quiser, mulher, eu a possuirei e dane-se! – Sua voz foi se elevando enquanto falava, até estar quase gritando.

Ergui-me nos joelhos, os punhos cerrados junto aos lados do corpo e gritei em resposta. A angústia contida da última hora atingira o ponto de explosão e não me contive, sem maiores considerações.

– Eu é que quero que se dane se vou deixar que me tenha, seu porco nojento! Acha que pode me obrigar a ir para a cama com você? Usar-me como uma prostituta quando tiver vontade? Bem, não pode, seu filho da mãe desgraçado! Foda-se! Faça isso e vai se igualar ao seu capitão Randall!

Fitou-me espantado por um instante, em seguida levantou-se bruscamente.

– Então, vá embora – disse ele, sacudindo a cabeça em direção à porta. – Se é o que pensa de mim, vá! Não vou impedi-la.

Hesitei por um instante, observando-o. Seus maxilares estavam cerrados de raiva e ele assomava acima de mim como o Colosso de Rodes. Sua raiva dessa vez estava sob rédea curta, embora estivesse tão furioso quanto estivera à beira da estrada perto de Doonesbury. Mas falava a sério. Se eu quisesse ir embora, não iria me impedir.

Ergui a cabeça, meus próprios maxilares tão cerrados quanto os dele.

– Não – disse. – Não. Eu não fujo das situações. E não tenho medo de você.

Seu olhar fixou-se na minha garganta, onde minhas veias pulsavam num ritmo frenético.

– Sim, estou vendo – disse ele. Fitou-me por um longo instante e seu rosto gradualmente relaxou numa expressão de contrariada aquiescência. Sentou-se na cama, mantendo uma boa distância entre nós, e eu me recostei cautelosamente. Inspirou várias vezes antes de falar, o rosto perdendo um pouco o rubor e voltando ao seu bronze avermelhado natural.

– Eu também não fujo, Sassenach – disse ele, com a voz rouca. – Bem, então, o que "foda-se" quer dizer?

Minha surpresa deve ter ficado evidente na expressão do meu rosto, porque disse, irritado:

– Se vai ficar me xingando, isso é uma coisa. Mas não gosto de ser chamado de coisas a que não posso responder. Sei que é um palavrão, pela maneira como disse, mas o que significa?

Pega assim desprevenida, eu ri, um pouco trêmula.

– Significa... o que você estava prestes a fazer comigo.

Uma das sobrancelhas levantou-se e, a contragosto, pareceu achar graça.

– Ah, ter relações sexuais? Então eu estava certo; é um palavrão sujo. E o que é um sádico? Você me chamou disso no outro dia.

Reprimi a vontade de rir.

– É, hum, é uma pessoa que... que, hum, tem prazer sexual com o sofrimento de outra pessoa. – Meu rosto estava vermelho, mas não pude impedir que os cantos de minha boca esboçassem um sorriso.

Jamie resmungou um pouco.

– Bem, você não foi muito lisonjeira comigo, mas não posso culpá-la por suas observações. – Respirou fundo e recostou-se na cama, abrindo os punhos cerrados. Esticou os dedos, depois colocou as mãos espalmadas sobre os joelhos e olhou-me diretamente nos olhos. – O que é, então? Por que está fazendo isso? A garota? Eu lhe contei a pura verdade neste caso. Mas não é uma questão de prova. É uma questão de você acreditar em mim ou não. Acredita em mim?

– Sim, acredito em você – admiti, a contragosto. – Mas não é isso. Ao menos, isso não é tudo – acrescentei, tentando ser sincera. – É... Acho que é ver que você se casou comigo pelo dinheiro que vai ganhar. – Abaixei os olhos, percorrendo os desenhos da colcha com o dedo. – Sei que não tenho nenhum direito de reclamar, eu também me casei com você por razões egoístas, mas... – Mordi o lábio e engoli em seco para estabilizar minha voz. – Mas tenho um pouco de orgulho também, sabe.

Lancei-lhe um rápido olhar de esguelha e o vi fitando-me com uma expressão de absoluta surpresa.

– Dinheiro? – perguntou ele, estupefato.

– Sim, dinheiro! – exclamei, exaltando-me outra vez, com raiva por ele fingir não saber do que se tratava. – Quando chegamos, você não perdeu tempo em dizer a Colum que estávamos casados para recolher sua parcela dos aluguéis dos MacKenzie!

Olhou-me fixamente por mais um instante, a boca abrindo-se gradualmente como se fosse dizer alguma coisa. Em vez disso, começou a sacudir a cabeça devagar para a frente e para trás, e depois começou a rir. Atirou a cabeça para trás e soltou uma gargalhada, depois afundou a cabeça entre as mãos, ainda rindo histericamente. Deixei-me cair nos travesseiros, indignada. Engraçado, hein?

Ainda sacudindo a cabeça e respirando com um chiado de vez em quando, levantou-se e colocou as mãos na fivela do cinto. Encolhi-me involuntariamente quando fez isso e ele percebeu.

O rosto ainda afogueado com um misto de raiva e riso, olhou para mim totalmente exasperado.

– Não – disse ele secamente –, não pretendo bater em você. Eu lhe dei minha palavra que jamais faria isso de novo, embora não achasse que fosse me arrepender tão depressa. – Colocou o cinto de lado, procurando alguma coisa dentro da bolsa presa a ele. – Minha parte nos aluguéis dos MacKenzie não passa de cerca de 20 libras por trimestre, Sassenach – disse ele, vasculhando entre as miudezas dentro da bolsa de pele de texugo. – E em libras escocesas, não inglesas. Cerca de metade do preço de uma vaca.

– Só... só isso? – perguntei, envergonhada. – Mas...

– Só isso – confirmou ele. – E é tudo que eu conseguirei dos MacKenzie. Deve ter notado que Dougal é um homem econômico e Colum é duas vezes mais pão-duro com seu dinheiro. Mas, a meu ver, não vale a pena se casar nem mesmo pela soma principesca de 20 libras por trimestre – disse com ironia, fitando-me. – Na verdade, eu não teria cobrado isso tão bruscamente – acrescentou ele, mostrando um pequeno embrulho de papel – se não fosse porque eu queria comprar uma coisa com ele. Foi isso que eu fui fazer. Encontrar Laoghaire foi um acaso.

– E o que você tanto queria comprar? – perguntei, desconfiada.

Suspirou e hesitou por um instante, depois jogou o pequeno embrulho no meu colo.

– Uma aliança de casamento, Sassenach – disse ele. – Comprei-a de Ewen, o encarregado da manutenção das armas; ele faz objetos assim nas horas livres.

– Oh! – exclamei, quase sem voz.

– Vamos – disse ele, pouco depois. – Abra. É sua.

Os contornos do pequeno embrulho enevoaram-se nos meus dedos. Pisquei e funguei, mas não fiz nenhum movimento para abri-lo.

– Sinto muito – falei.

– Bem, deve mesmo sentir, Sassenach – disse ele, mas sua voz não estava mais com raiva. Estendendo o braço, pegou o pacote do meu colo e rasgou o invólucro, revelando uma larga aliança de prata, decorada no estilo entrelaçado das Terras Altas, uma pequena flor de cardo jacobita gravada no centro de cada enlace.

Foi o que consegui ver, depois meus olhos se turvaram outra vez.

Vi um lenço enfiado em minha mão e fiz o possível para estancar o fluxo de lágrimas com ele.

– É... lindo – disse, limpando a garganta e enxugando os olhos.

– Vai usá-lo, Claire?

Sua voz era suave agora e, ao pronunciar meu nome, fato especialmente reservado para ocasiões formais ou ternas, quase irrompi em lágrimas outra vez.

– Não precisa – disse ele, olhando-me com seriedade, a aliança na palma da mão. – O contrato de casamento entre nós é válido, é legal. Você está protegida, a salvo de quase tudo, exceto de uma ordem de prisão, mas até mesmo disso, desde que esteja no Castelo Leoch. Se quiser, podemos viver separados, se é isso que está querendo dizer com toda essa bobagem sobre Laoghaire. Não precisa ter quase nada a ver comigo, se essa for a sua escolha. – Sentou-se imóvel, aguardando, segurando o pequeno aro junto ao coração.

Portanto, ele estava me dando o direito de escolher, o mesmo que eu fizera com ele antes. Imposto a mim pelas circunstâncias, não iria mais se impor à força, se eu preferisse rejeitá-lo. E havia a alternativa, é claro: aceitar o anel e tudo que ele representava.

O sol estava se pondo. Os últimos raios de luz brilhavam através do garrafão de vidro azul sobre a mesa, lançando listras de um azul cintilante na parede. Senti-me tão frágil e tão brilhante quanto o vidro, como se fosse estilhaçar-me com um leve toque e cair em fragmentos reluzentes pelo chão. Se eu pretendia poupar os sentimentos de Jamie e os meus próprios, parecia que já era tarde demais.

Não conseguia falar, mas estendi minha mão direita para ele, os dedos trêmulos. O anel deslizou frio e brilhante pelo nó do meu dedo e se assentou comodamente na base – um ajuste perfeito. Jamie segurou minha mão por um instante, olhando-a, depois repentinamente pressionou meus dedos contra os lábios. Levantou a cabeça e vi seu rosto por um instante, forte e ansioso, antes de me puxar bruscamente para seu colo.

Abraçou-me com força, sem falar, e pude sentir os batimentos do coração em sua garganta, martelando como o meu próprio. Suas mãos deslizaram para meus ombros nus e me afastaram um pouco, de modo que eu erguesse os olhos para seu rosto. Suas mãos eram grandes e quentes, e eu me senti ligeiramente tonta.

– Eu a quero, Claire – disse ele, com a voz embargada. Parou por um instante, como se não soubesse o que dizer em seguida. – Eu a quero tanto que mal consigo respirar. Você... – Ele engoliu em seco, depois limpou a garganta. – Você me aceita?

Consegui finalmente encontrar a voz. Chiou e vacilou, mas funcionou.

– Sim – respondi. – Eu o aceito.

– Acho... – Começou e parou. Soltou a fivela do seu kilt, mas em seguida ergueu os olhos para mim, prendendo as mãos nos lados do corpo. Falou com di-

ficuldade, controlando algo tão poderoso que suas mãos tremiam com o esforço.
– Eu não vou... Não posso... Claire, não vou conseguir ser delicado agora.

Só tive tempo para menear a cabeça uma vez, compreendendo ou permitindo, antes de puxar-me contra si e de seu peso prender-me na cama.

Ele não parou para se despir mais. Pude sentir o cheiro da poeira da estrada em sua camisa e o gosto do sol e do suor da viagem em sua pele. Segurou-me, os braços estendidos, os pulsos presos. Minha mão roçou a parede e senti o leve ruído de uma aliança de casamento repicando contra a pedra. Uma aliança em cada mão, uma de ouro, uma de prata. E o metal fino repentinamente pesado como os laços do matrimônio, como se as alianças fossem minúsculas algemas, prendendo-me de braços abertos, para sempre estendida entre dois postes, mantida em correntes como Prometeu na sua rocha solitária, tendo o amor dividido como o abutre que dilacera meu coração.

Abriu minhas pernas com o joelho e penetrou-me com uma única estocada que me fez arquejar. Ele emitiu um som que era quase um gemido e agarrou-me com mais força ainda.

– Você é minha, *mo duinne* – sussurrou ele docemente, pressionando-se nas minhas entranhas. – Somente minha, agora e para sempre. Minha, quer queira ou não.

Arqueei meu corpo para ele e inspirei fundo com um débil "ah" quando ele pressionou ainda mais fundo.

– Sim, quero usá-la, minha Sassenach – murmurou ele. – Quero ter você, possuí-la, corpo e alma. – Debati-me ligeiramente e ele pressionou meu corpo para baixo, golpeando-me, em pancadas inexoráveis, firmes, que atingiam meu útero a cada ataque. – Pretendo fazê-la me chamar de "senhor", Sassenach. – Sua voz suave era uma ameaça de vingança pelas agonias dos últimos minutos. – Pretendo torná-la minha.

Eu tremia e gemia, minha carne contraindo-se em espasmos diante da presença invasora, demolidora. O movimento continuou, indiferente a tudo, por vários minutos, golpeando-me repetidamente com um impacto entre prazer e dor. Senti-me dissolver, como se eu existisse apenas à beira do ataque, sendo forçada ao limite de uma rendição total.

– Não! – exclamei, arquejante. – Pare, por favor, está me machucando! – Gotas de suor escorriam pelo seu rosto e pingavam no travesseiro e nos meus seios. Nossa carne colidia-se agora com o estalo de um golpe que rapidamente atravessava os limites para a dor. Minhas coxas doíam com a repetição do impacto e meus pulsos pareciam estar prestes a quebrar, mas ele se manteve inexorável.

– Sim, peça clemência, Sassenach. Mas não vai ter, ainda não. – Sua respiração era rápida e quente, mas não mostrava nenhum sinal de cansaço. Meu corpo inteiro sacudia-se em espasmos, as pernas erguendo-se para envolvê-lo, tentando conter a sensação.

Eu podia sentir o tranco de cada estocada no fundo da minha barriga e me encolhia, mesmo quando meus quadris se erguiam traiçoeiramente para recebê-lo com prazer. Ele sentia minha reação e redobrava o ataque, pressionando meus ombros para me imobilizar sob seu corpo.

Não havia começo nem fim em minha reação, apenas um tremor convulsivo e contínuo que se elevava ao auge a cada golpe. A persistência dos golpes era uma pergunta, repetida inúmeras vezes em minha carne, exigindo minha resposta. Ele empurrou minhas pernas para baixo outra vez e levou-me além da dor, para a sensação pura, além dos limites da rendição.

– Sim! – gritei. – Ah, meu Deus, Jamie, sim! – Agarrou meus cabelos e forçou minha cabeça para trás para olhá-lo nos olhos, vibrando com o furioso triunfo.

– Sim, Sassenach – murmurou ele, respondendo aos meus movimentos e não às minhas palavras. – Vou cavalgá-la! – Suas mãos desceram para os meus seios, apertando-os e acariciando-os, depois deslizaram para os meus quadris. Todo o seu peso descansava sobre mim agora, quando me agarrou e me levantou para maior penetração. Eu gritei e ele tampou minha boca com a sua, não um beijo, mas outro ataque, forçando minha boca a se abrir, machucando meus lábios e raspando meu rosto com a barba espetada. Arremessava-se com mais força e mais rápido, como se quisesse forçar minha alma como forçava meu corpo. No corpo ou na alma, em algum lugar ele acendeu uma centelha e uma fúria de paixão e necessidade brotou em resposta das cinzas da rendição. Comecei a arquear meu corpo a cada golpe, ao encontro do seu. Mordi seu lábio e senti o gosto de sangue.

Senti seus dentes no meu pescoço e enfiei as unhas nas suas costas. Arranhei-o da nuca às nádegas, fazendo-o erguer-se e gritar por sua vez. Atacamo-nos ferozmente numa ânsia desesperada, mordendo e arranhando, tentando arrancar sangue, um tentando puxar o outro para dentro de si, dilacerando a carne um do outro no desejo calcinante de ser um só. Meu grito misturou-se ao dele e nos perdemos finalmente um no outro naquele último instante de dissolução e conclusão.

Só voltei a mim mesma muito devagar, parcialmente deitada no peito de Jamie, os corpos suados ainda unidos, coxa com coxa. Ele respirava pesadamente, os olhos fechados. Podia ouvir seu coração sob meu ouvido, batendo com a lentidão sobrenatural e o ritmo vigoroso que se seguem ao clímax.

Ele sentiu que eu despertava e me puxou para mais perto, como se quisesse preservar por mais um instante a união que havíamos alcançado naqueles últimos segundos de nossa perigosa junção. Enrosquei-me junto a ele, passando os braços ao seu redor.

Ele abriu os olhos e suspirou, a boca curvando-se num ligeiro sorriso quando seu olhar encontrou o meu. Ergui as sobrancelhas numa pergunta silenciosa.

– Ah, sim, Sassenach – respondeu ele, um pouco melancolicamente. – Eu sou seu senhor... e você é minha senhora. Parece que não posso possuir sua alma sem perder a minha. – Virou-me de lado e curvou o corpo em torno do meu. O quarto esfriava com a brisa da tarde que entrava pela janela e ele puxou a colcha sobre nós. *Você é muito esperto, rapaz*, pensei sonolentamente comigo mesma. Frank nunca descobriu como conseguir isso. Adormeci com seus braços trancados com força ao meu redor e sua respiração quente na minha orelha.

Estava manca e dolorida em todos os músculos quando acordei na manhã seguinte. Arrastei os pés até o banheiro particular, depois até a bacia de rosto. Minhas vísceras pareciam manteiga batida. Sentia como se tivesse sido surrada com um objeto rombudo, refleti, depois pensei que isso estava bem perto da verdade. O objeto rombudo em questão estava visível quando voltei para a cama, agora parecendo relativamente inofensivo. Seu proprietário acordou quando me sentei ao seu lado e me examinou com algo muito parecido a orgulho masculino.

– Parece que foi uma cavalgada e tanto, Sassenach – disse ele, tocando de leve uma mancha roxa na parte interna da minha coxa. – Um pouco dolorida da sela, hein?

Estreitei os olhos e passei o dedo por uma profunda marca de dentes em seu ombro.

– Você também parece um pouco esfarrapado, meu caro.

– Ah, bem – disse ele com pesado sotaque escocês –, se você se deita com uma víbora, espera ser mordido. – Estendeu a mão e agarrou-me pela nuca, puxando-me para ele. – Venha pra cá, víbora. Morda-me mais.

– Ah, não, não ouse – falei, recuando. – Eu não poderia, estou muito dolorida.

James Fraser não era homem de aceitar não como resposta.

– Serei muito delicado – disse ele, tentando me persuadir e arrastando-me inexoravelmente para baixo da colcha. E ele foi gentil, como somente os homens grandes sabem ser, embalando-me como um ovo de codorna, cortejando-me com uma paciência humilde que reconheci como reparação, e uma delicada insistência que eu sabia ser uma continuação da lição tão brutalmente iniciada na noite anterior. Gentil ele seria, repelido não.

Sacudiu-se em meus braços quando ele mesmo terminou, estremecendo com o esforço para não se mover, para não me machucar com seus movimentos, deixando que o momento o dilacerasse.

Depois, ainda unidos, percorreu as marcas esmaecidas que seus dedos haviam deixado nos meus ombros junto à estrada havia dois dias.

– Desculpe-me por isso, *mo duinne* – disse ele, beijando delicadamente cada uma delas. – Eu estava num raro momento de raiva quando fiz essas marcas, mas isso não é desculpa. É uma vergonha machucar uma mulher, furioso ou não. Não acontecerá de novo.

Ri um pouco ironicamente.

– Está pedindo desculpas por essas aí? E quanto ao resto? Sou uma massa de manchas roxas e de machucados, da cabeça aos pés!

– O quê? – Afastou-se para me olhar judiciosamente. – Bem, por essas eu me desculpei – disse ele, tocando meus ombros – essas – dando um tapinha no meu traseiro – você mereceu e eu não vou dizer que sinto muito por elas, porque não sinto.

Tocando minhas coxas, ele continuou:

– E quanto a estas, não vou pedir desculpas por elas, tampouco. Você já revidou o bastante. – Esfregou o ombro, com uma careta. – Você me tirou sangue em pelo menos dois lugares, Sassenach, e minhas costas estão ardendo como o inferno.

– Bem, deite-se com uma víbora... – falei, rindo. – Não vai conseguir um pedido de desculpas por isso. – Ele riu e me puxou para cima dele.

– Eu não disse que queria um pedido de desculpas, disse? Se me lembro bem, o que eu disse foi "Morda-me de novo".

PARTE IV

Um leve sopro de enxofre

24

SOB O SIGNO DO MAU AGOURO

A comoção causada pela chegada repentina e pelo anúncio de nosso casamento foi eclipsada quase imediatamente por um acontecimento de maior importância.

Estávamos jantando no grande salão no dia seguinte, aceitando os brindes e votos de felicidades oferecidos em nossa homenagem.

– *Buidheachas, mo caraid.* – Jamie fez uma elegante mesura ao último a nos brindar e se sentou em meio aos aplausos cada vez mais esporádicos. O banco de madeira sacudiu-se sob seu peso e ele fechou os olhos por um instante.

– Um pouco demais para você? – sussurrei. Ele suportara o peso dos brindes, acompanhando cada copo esvaziado em nossa homenagem, enquanto eu até agora escapara com não mais do que alguns goles simbólicos, acompanhados por radiantes sorrisos aos incompreensíveis brindes em gaélico.

Ele abriu os olhos e olhou para mim, sorrindo.

– Está dizendo que estou bêbado? Não, eu poderia beber a noite toda.

– Praticamente é o que fez – respondi, olhando para a fileira de garrafas de vinho vazias e jarros de cerâmica de cerveja dispostos na mesa à nossa frente. – Está ficando um pouco tarde.

As velas na mesa de Colum queimavam quase junto aos castiçais e a cera derretida brilhava como ouro, a luz marcando os irmãos MacKenzie com estranhas manchas de sombra e pele brilhando conforme conversavam em voz baixa, inclinados um para o outro. Podiam se juntar à companhia das cabeças de gnomos esculpidas que guarneciam a enorme lareira, e me perguntei quantas daquelas figuras caricaturadas haviam na verdade sido copiadas das feições arrogantes dos antigos senhores MacKenzie – talvez por um escultor com senso de humor... ou com uma forte ligação familiar.

Jamie se espreguiçou em seu assento, rindo com certo desconforto.

– Por outro lado – disse ele –, minha bexiga vai explodir em mais um ou dois minutos. Volto já. – Colocou as mãos sobre o banco e pulou agilmente por cima, desaparecendo pela arcada mais baixa.

Virei minhas atenções para o outro lado, onde Geillis Duncan estava sentada, discretamente bebendo cerveja de uma caneca de prata. Seu marido, Arthur, estava na mesa seguinte com Colum, como era apropriado ao procurador fiscal do distrito, mas Geillis insistira em sentar-se ao meu lado, dizendo que não tinha a menor vontade de se cansar com conversas masculinas durante todo o jantar.

Os olhos encovados de Arthur estavam semicerrados, fundos e com bolsas escuras por causa do vinho e do cansaço. Apoiava-se pesadamente nos braços, o rosto frouxo, ignorando a conversa dos MacKenzie a seu lado. Embora a luz ressaltasse as feições angulosas do chefe do clã e de seu irmão, ela fazia Arthur Duncan parecer gordo e doente.

– Seu marido não parece muito bem – observei. – Seu problema de estômago piorou? – Os sintomas eram um pouco intrigantes; nem exatamente como úlcera, pensei, nem como câncer, não com toda aquela carne ainda nos ossos. Talvez se tratasse apenas de uma gastrite crônica, como Geillis insistia em dizer.

Ela lançou um rápido olhar a seu marido antes de se voltar de novo para mim com um muxoxo.

– Ah, ele está bem – disse ela. – Pelo menos, não está pior. Mas, e quanto ao seu marido?

– Hum, o que tem ele? – retruquei cautelosamente.

Cutucou-me com intimidade nas costelas com um cotovelo um pouco pontudo demais e percebi que também havia um bom número de garrafas do seu lado da mesa.

– Bem, o que acha? É tão bonito sem roupa quanto é com ela?

– Hummm... – comecei, buscando uma resposta, enquanto ela esticava o pescoço em direção à entrada.

– E você alegando que não gostava dele! Espertinha. Metade das garotas do castelo gostaria de arrancar seus cabelos pela raiz. Eu teria cuidado com o que como, se fosse você.

– Com o que eu como? – Olhei desconcertada para o prato de madeira diante de mim, vazio a não ser por uns vestígios de gordura e uma cebola cozida desprezada.

– Veneno – sibilou ela dramaticamente no meu ouvido, deixando escapar um bafo considerável de vapores de conhaque.

– Bobagem – retorqui, um pouco friamente, afastando-me dela. – Ninguém iria querer me envenenar simplesmente porque eu... bem, porque...

Hesitei um pouco e me ocorreu que eu devia ter tomado alguns goles a mais do que imaginara.

– Ora, francamente, Geillis. Este casamento... eu não o planejei, sabe. Eu não o queria! – Nenhuma mentira nessas palavras. – Foi apenas uma... espécie de... arranjo necessário – disse, esperando que a luz das velas escondesse meu rubor.

– Ah! – exclamou ela cinicamente. – Conheço uma mulher satisfeita na cama. – Olhou em direção à arcada por onde Jamie desaparecera. – E também duvido que essas mordidas no pescoço do jovem sejam de mosquito. – Ergueu uma sobrancelha grisalha para mim. – Se foi um acordo de negócios, diria que valeu o seu dinheiro.

Inclinou-se para junto de mim outra vez e cochichou.

– É verdade? A respeito dos polegares?

– Polegares? Geillis, em nome de Deus, do que você está falando?

Abaixou os olhos pelo nariz pequeno e reto em direção a mim, franzindo a testa em concentração. Os belos olhos cinzentos estavam ligeiramente fora de foco e eu esperava que ela não caísse para frente.

– Certamente você sabe do que estou falando, não? Todo mundo sabe! Os polegares de um homem revelam o tamanho do seu pau. Dedos dos pés grandes também, é claro – acrescentou ela judiciosamente –, mas esses geralmente são mais difíceis de julgar, com os sapatos e tudo o mais. Seu filhote de raposa – disse, indicando com a cabeça a entrada em arco, onde Jamie acabara de surgir – poderia segurar uma abóbora de bom tamanho naquelas mãos. Ou um traseiro de bom tamanho, hein? – acrescentou, cutucando-me outra vez.

– Geillis Duncan, poderia... por favor... calar...-se! – sibilei, o rosto queimando. – Alguém pode ouvi-la!

– Ah, ninguém que... – começou a dizer, mas parou, com o olhar fixo. Jamie passara direto pela nossa mesa, como se não nos tivesse visto. Seu rosto estava pálido e seus lábios cerrados com firmeza, como se resolvidos a cumprir uma missão desagradável.

– O que ele tem? – perguntou ela. – Parece o Arthur depois de comer nabo cru.

– Não sei. – Empurrei o banco para trás, hesitando. Ele se dirigia à mesa de Colum. Deveria segui-lo? Obviamente, alguma coisa acontecera.

Geillis, olhando para trás, para o fundo do salão, de repente puxou a manga do meu vestido, apontando na direção de onde Jamie viera.

Um homem estava parado logo na entrada em arco, hesitante como eu. Suas roupas estavam sujas de lama e poeira; algum viajante. Um mensageiro. E qualquer que fosse a mensagem, a passara a Jamie, que neste momento estava inclinado para sussurrá-la no ouvido de Colum.

Não, não de Colum. De Dougal. A cabeça ruiva se inclinou entre as duas cabeças negras, as feições belas e largas dos três rostos assumindo uma semelhança sobrenatural à luz das velas agonizantes. E enquanto eu observava, compreendi que a semelhança devia-se não tanto à herança física que compartilhavam, mas à expressão de choque e pesar que agora tinham em comum.

A mão de Geillis cravara-se na carne do meu braço.

– Más notícias – disse ela, desnecessariamente.

– Vinte e quatro anos – falei em voz baixa. – Parece um longo tempo para estar casado.

– Sim, é verdade – concordou Jamie. Um vento morno agitou os galhos da árvore acima de nós, levantando os cabelos dos meus ombros para fazerem cócegas no meu rosto. – Mais tempo do que tive de vida.

Olhei para ele, debruçado na cerca do curral, uma figura esbelta e graciosa, de ossos fortes. Eu costumava esquecer quanto ele realmente era jovem; parecia tão capaz e seguro de si.

– Ainda assim – disse ele, atirando uma palha na lama remexida do cercado –, duvido que Dougal tenha passado mais de três anos desses 24 com ela. Ele geralmente ficava aqui no castelo, ou por aí, pelas terras, cuidando dos negócios de Colum.

A mulher de Dougal, Maura, morrera em Beannachd, a propriedade deles. Uma febre repentina. O próprio Dougal partira ao amanhecer, na companhia de Ned Gowan e do mensageiro que viera dar a notícia na noite anterior, para cuidar do funeral e dispor dos bens de sua mulher.

– Não era um casamento muito íntimo, hein? – perguntei com curiosidade.

Jamie deu de ombros.

– Tão íntimo quanto a maioria, imagino. Ela se ocupava dos filhos e da casa; duvido que sentisse muita falta dele, embora parecesse contente de vê-lo quando ele voltava para casa.

– Você morou com eles por algum tempo, não foi? – Fiquei quieta, pensando. Perguntava-me se essa seria a ideia que Jamie fazia de casamento; vidas separadas, unidas com pouca frequência para gerar filhos. No entanto, pelo pouco que ele dissera, o próprio casamento de seus pais fora íntimo e amoroso.

Com aquele jeito estranho de ler meus pensamentos, ele disse:

– Era diferente com meus próprios pais, sabe. O casamento de Dougal foi arranjado, como o de Colum, e mais uma questão de terras e negócios do que do desejo de um pelo outro. Mas os meus pais... bem, eles se casaram por amor, contra a vontade das duas famílias, e assim nós fomos... não execrados, exatamente; porém, mais isolados em Lallybroch. Meus pais não iam visitar parentes ou fazer negócios fora com frequência e, assim, acho que se voltaram mais um para o outro do que maridos e mulheres costumam fazer.

Colocou a mão na parte baixa das minhas costas e me puxou para ele. Inclinou a cabeça e roçou os lábios pela minha orelha.

– Conosco, foi um arranjo – disse ele meigamente. – Ainda assim, espero... talvez um dia... – Parou, constrangido, com um sorriso enviesado e um gesto de abandono.

Sem querer encorajá-lo nesta direção, devolvi o sorriso da forma mais neutra possível e virei-me na direção do curral. Podia senti-lo ali ao meu lado, sem realmente me tocar, as mãos grandes agarradas à barra mais alta da cerca. Eu mesma agarrei a barra, para não segurar a mão dele. Queria mais do que tudo me virar para ele, oferecer-lhe consolo, assegurar-lhe com o corpo e com palavras que o que havia entre nós era mais do que um acordo comercial. Foi a verdade daquilo tudo que me impediu.

O que existe entre nós, ele dissera. *Quando me deito com você, quando você me toca*. Não, não era absolutamente comum. Não era uma simples paixão tampouco, como eu pensara a princípio. Nada poderia ser mais complicado.

O fato é que eu estava ligada, por votos, por lealdade e pela lei, a outro homem. E também por amor.

Eu não podia, não podia dizer a Jamie o que sentia por ele. Fazer isso e depois ir embora, como devo fazer, seria o ápice da crueldade. Também não podia mentir para ele.

– Claire. – Ele se voltara para mim, olhava-me diretamente; podia senti-lo. Não falei, mas ergui meu rosto para ele enquanto ele se inclinava para me beijar. Também não podia mentir-lhe dessa forma; e não o fiz. Afinal, pensei vagamente, eu lhe prometera dizer a verdade.

Fomos interrompidos por um alto "Ahã!" atrás da cerca do curral. Jamie, surpreso, girou na direção do som, instintivamente atirando-me para trás dele. Então parou e riu, vendo o Velho Alec MacMahon ali parado em suas calças xadrez, justas e imundas, olhando para nós sarcasticamente com seu único olho azul e brilhante.

O Velho Alec segurava um ameaçador par de tesouras de tosquiar, que ergueu numa saudação irônica.

– Ia usar isso aqui em Mahomet – observou ele. – Talvez tenha melhor aplicação aqui, hein? – Bateu as lâminas convidativamente. – Faria você manter a cabeça no trabalho e longe do seu pau, rapaz.

– Nem brinque com isso, amigo – disse Jamie, rindo. – Estava sentindo minha falta, hein?

Alec meneou uma das sobrancelhas como uma lagarta peluda.

– Não, o que o faz pensar assim? Achei que ia gostar de tentar castrar um puro-sangue de 2 anos sozinho, só pelo prazer. – Resfolegou com um chiado com seu próprio chiste, depois brandiu a tesoura em direção ao castelo.

– Fora daqui, dona. Pode ficar com ele na hora do jantar, ou o que restar dele até lá.

Aparentemente não confiando na natureza dessa última observação, Jamie estendeu o longo braço e agilmente agarrou a tesoura.

– Vou me sentir mais seguro se eu ficar com isso – disse ele, erguendo uma sobrancelha para o Velho Alec. – Vá, Sassenach. Quando eu terminar de fazer todo o trabalho de Alec para ele, irei ao seu encontro.

Inclinou-se para beijar meu rosto e sussurrou no meu ouvido:

– A estrebaria. Quando o sol estiver a pino.

A estrebaria do Castelo Leoch era mais bem construída do que muitas das cabanas que eu vira em nossa viagem com Dougal. Com piso e paredes de pedra, as únicas aberturas eram as janelas estreitas numa das extremidades, a porta na outra e as fendas também estreitas sob o espesso telhado de colmo, projetadas para abrigar as corujas que não deixavam os ratos se proliferarem na palha. Deixavam passar bastante ar e luz suficiente para que a estrebaria ficasse agradavelmente na penumbra, e não sombria.

No palheiro logo abaixo do teto, a luz era ainda melhor, lançando listras amarelas no feno empilhado e iluminando as partículas esvoaçantes de poeira como chuva de ouro em pó. O ar penetrava pelas fissuras em rajadas mornas, denso com o cheiro de madeira cortada, cravinas e alho das hortas e jardins lá fora, além do agradável cheiro dos cavalos que subia do chão.

Jamie mexeu-se sob a minha mão e se sentou, o movimento trazendo sua cabeça das sombras para o fulgor da luz solar como o acender de uma vela.

– O que foi? – perguntei sonolentamente, virando a cabeça na direção em que ele estava olhando.

– O pequeno Hamish – disse ele em voz baixa, espreitando por cima da beirada do palheiro para a estrebaria abaixo. – Quer seu pônei, acho.

Rolei desajeitadamente sobre a barriga, arrastando as dobras da minha camisola por cima de mim por recato; um pensamento tolo, já que ninguém lá embaixo poderia ver mais do que o topo da minha cabeça.

Hamish, o filho de Colum, caminhava devagar pelo corredor central da estrebaria, entre as baias. Parecia hesitar diante de algumas baias, embora ignorasse as cabeças castanha e ruiva que o espreitavam. Ele obviamente procurava alguma coisa, e não era seu pônei gordo e marrom, placidamente mastigando palha na baia perto da porta da estrebaria.

– Deus do Céu, ele vai pegar Donas! – Jamie pegou seu kilt e enrolou-o apressadamente em volta do corpo, antes de dar uma guinada por cima da borda do palheiro. Sem se incomodar com a escada, pendurou-se nas mãos e saltou para o chão. Aterrissou facilmente nas pedras semicobertas de palha, mas com um baque suficientemente alto para fazer Hamish dar meia-volta com uma exclamação de surpresa.

O pequeno rosto sardento relaxou um pouco ao perceber quem era, mas os olhos azuis continuaram desconfiados.

– Precisa de ajuda, primo? – perguntou Jamie cordialmente. Aproximou-se das baias e recostou-se em uma das pilastras, conseguindo interpor-se entre Hamish e a baia para onde o garoto se dirigia.

Hamish hesitou, mas depois se empertigou, o pequeno queixo empinado.

– Vou montar Donas – disse ele, num tom que tentava ser resoluto, mas que não conseguia de todo.

Donas – cujo nome significava "demônio", o que de forma alguma pretendia ser um elogio – ficava sozinho num cubículo no outro extremo da cavalariça, separado por segurança dos cavalos mais próximos por uma baia vazia. Um garanhão cor de canela, enorme e de mau gênio, não se deixava cavalgar por ninguém e somente o Velho Alec e Jamie ousavam se aproximar dele. Ouviu-se um relincho irritado das sombras de sua baia e uma imensa cabeça acobreada surgiu repentinamente, grandes dentes amarelos rangendo quando ele fazia uma tentativa vã de morder o ombro nu tão tentadoramente exibido.

Jamie permaneceu imóvel, sabendo que o garanhão não poderia alcançá-lo. Hamish deu um salto para trás com um berro, claramente aterrorizado com o aparecimento súbito daquela cabeça monstruosa e brilhante, com seus olhos revirados e injetados e as narinas abertas.

– Acho que não – observou Jamie calmamente. Estendeu a mão e segurou o primo pelo ombro, afastando-o do cavalo, que começou a escoicear sua baia em protesto. Hamish estremecia juntamente com as tábuas enquanto os cascos letais golpeavam a madeira.

Jamie fez o menino se virar de frente para ele e ficou olhando-o, as mãos nos quadris.

– Bem, vamos ver – disse ele com firmeza. – O que foi? O que você quer com Donas?

O maxilar de Hamish estava cerrado teimosamente, mas o rosto de Jamie era tanto encorajador quanto decidido. Deu um pequeno soco de leve no ombro do garoto, obtendo um esboço de sorriso em resposta.

– Vamos, *duine* – disse Jamie suavemente. – Você sabe que não vou contar a ninguém. Fez alguma bobagem?

Um ligeiro rubor aflorou à pele clara do garoto.

– Não. Pelo menos... não. Bem, talvez um pouco.

Após um leve encorajamento, a história veio à tona, relutante no começo, depois num fluxo desordenado de confissão.

Ele saíra em seu pônei, cavalgando com alguns dos outros meninos no dia anterior. Vários garotos mais velhos começaram a competir, para ver quem conseguia fazer seu cavalo pular um obstáculo mais alto. Admirando-os com inveja, o bom senso de Hamish finalmente foi vencido e ele tentara forçar seu pequeno e gordo pônei por cima de um muro de pedra. Não possuindo nem a habilidade nem o interesse, o pônei empacara diante do obstáculo atirando o pequeno Hamish por cima de sua cabeça, por cima do muro e desonrosamente em cima de uma moita de urtiga do outro lado. Atormentado tanto pela urtiga quanto pelas vaias dos colegas, Hamish estava decidido a sair hoje "num cavalo adequado", como ele disse.

– Não iriam rir se eu aparecesse com o Donas – disse ele, visualizando a cena com implacável satisfação.

– Não, não iriam rir – concordou Jamie. – Estariam ocupados demais juntando os seus pedaços.

Examinou seu primo, balançando a cabeça devagar.

– Vou lhe dizer uma coisa, rapaz. É preciso coragem e bom senso para fazer um bom cavaleiro. Você tem a coragem, mas ainda falta um pouco de bom senso. – Passou um braço consolador em torno dos ombros de Hamish, conduzindo-o para o fundo da estrebaria.

– Venha, rapaz. Ajude-me a juntar o feno e você irá conhecer Cobhar. Tem razão, você deve ter um cavalo melhor se estiver pronto, mas não é necessário se matar para provar isso.

Olhando para cima ao passar pelo palheiro, ergueu as sobrancelhas e deu de ombros, desamparado. Sorri e acenei para ele, sinalizando para que fosse em frente, que estava tudo bem. Fiquei observando-os, enquanto Jamie pegava uma maçã do cesto de frutas caídas das árvores que ficava junto à porta. Pegando um forcado do canto, levou Hamish de volta a uma das baias centrais.

– Aqui, primo – disse ele, parando. Assobiou brandamente entre os dentes e um cavalo baio de testa larga colocou a cabeça para fora, resfolegando pelas narinas. Os olhos escuros eram grandes e meigos e as orelhas inclinavam-se ligeiramente para frente, dando ao cavalo uma expressão de amistosa vivacidade.

– Vamos, Cobhar, *ciamar a tha thu*? – Jamie deu umas pancadinhas leves, mas firmes, no pescoço lustroso do cavalo e coçou as orelhas empinadas. – Venha até aqui – disse ele, fazendo sinal para que seu primo se aproximasse. – Isso, perto de mim. Bastante perto para que ele possa sentir seu cheiro. Os cavalos gostam de sentir nosso cheiro.

– Eu sei. – A voz aguda de Hamish era desdenhosa.

Ele mal alcançava o focinho do cavalo, mas estendeu a mão e afagou-o. Ficou firme quando a enorme cabeça do cavalo abaixou-se e ele fungou com interesse em torno de sua orelha, soprando seus cabelos de leve.

– Dê-me uma maçã – disse a Jamie, que o atendeu. A boca macia e aveludada pegou a fruta delicadamente da mão de Hamish e atirou-a para trás entre os enormes molares, onde desapareceu com um ruído suculento. Jamie observava com aprovação.

– Sim. Vocês vão se dar bem. Vá em frente, faça amizade com ele, enquanto eu termino de alimentar os outros, depois pode levá-lo para montar.

– Sozinho? – perguntou Hamish ansiosamente. Cobhar, cujo nome significava "Espuma", era bem-humorado, mas ainda assim um fogoso cavalo castrado de 1,5 metro de comprimento e muito diferente do pônei marrom do menino.

– Duas voltas em torno do cercado e comigo olhando. Se não cair ou puxar sua boca de repente, pode levá-lo sozinho. Mas nada de fazê-lo saltar enquanto eu não disser que pode. – As longas costas se curvaram, brilhando na penumbra quente da cavalariça, quando Jamie pegou um feixe de feno com o forcado da pilha que havia num canto e a levou para uma das baias.

Empertigou-se e sorriu para seu primo.

– Dê-me uma daquelas, sim? – Encostou o forcado contra uma das baias e mordeu a fruta oferecida. Os dois ficaram comendo em camaradagem, recostados lado a lado na parede da estrebaria. Ao terminar, Jamie deu o miolo da maçã a um alazão que vinha esfregando o focinho nele e pegou o forcado outra vez. Hamish seguiu-o pelo corredor, mastigando devagar.

– Disseram que meu pai era um bom cavaleiro – Hamish começou a falar, após um instante de silêncio. – Antes... antes de não poder mais montar.

Jamie lançou um olhar rápido a seu primo, mas terminou de arremessar feno na baia do alazão antes de falar. Quando o fez, respondeu à ideia, mais do que às palavras.

– Eu nunca o vi montar, mas vou lhe dizer, garoto, espero nunca precisar ter tanta coragem quanto Colum tem.

Vi o olhar de Hamish pousar com curiosidade nas costas marcadas de Jamie, mas ele não disse nada. Depois de uma segunda maçã, seus pensamentos pareciam ter mudado para outro tópico.

– Rupert disse que você teve que se casar – observou ele, com a boca cheia de maçã.

– Eu quis me casar – disse Jamie com firmeza, recolocando o forcado junto à parede.

– Ah. Bem... ótimo – disse Hamish hesitante, como se tivesse ficado desconcertado com essa notícia desconhecida. – Só estava pensando... você se importa?

– Com o quê? – Vendo que aquela conversa podia levar algum tempo, Jamie sentou-se num fardo de feno.

Os pés de Hamish não conseguiam alcançar o chão ou ele os teria arrastado. Em vez disso, batia os calcanhares de leve contra o feno firmemente comprimido.

– Você se importa de ser casado? – perguntou ele, fitando seu primo. – Ir para a cama toda noite com uma mulher, quer dizer.

– Não – respondeu Jamie. – Não, na verdade, é muito bom.

Hamish parecia duvidar.

– Não acho que gostaria muito. Mas, de qualquer modo, todas as garotas que conheço são magricelas como varas de bambu e cheiram a água de cevada. A dona Claire, sua esposa, quero dizer... – acrescentou ele apressadamente, como se quisesse evitar confusão – ela é, hum, parece que seria melhor para se deitar. Mais macia, quero dizer.

Jamie assentiu.

– Sim, isso é verdade. Tem um cheiro bom também – acrescentou ele. Mesmo na luz turva, pude ver um pequeno músculo torcendo-se perto do canto de sua boca e soube que ele não ousava olhar na direção do palheiro.

Fez-se um longo silêncio.

– Como você sabe? – perguntou Hamish.

– Sabe o quê?

– Quem é a mulher certa para se casar – disse o rapaz com impaciência.

– Ah. – Jamie se arrastou para trás e se recostou na parede de pedra, as mãos atrás da cabeça. – Perguntei isso ao meu próprio pai uma vez. Ele disse que a gente simplesmente sabe. E se não souber, é porque ela não é a garota certa.

– Mmmmhum. – Não pareceu uma explicação satisfatória, a julgar pela expressão no pequeno rosto sardento. Hamish se recostou, imitando conscientemente a postura de Jamie. Seus pés calçados com meias estendiam-se para fora do fardo de feno. Embora pequeno, sua estrutura robusta prometia um dia igualar-se à do seu primo. Os ombros largos e retos e a inclinação do crânio gracioso e maciço eram quase idênticos.

– Onde estão seus sapatos? – perguntou Jamie em tom acusador. – Não os deixou no pasto outra vez, não é? Sua mãe vai lhe dar um tapa no ouvido se você os perdeu.

Hamish deu de ombros não dando importância à ameaça. Sem dúvida, havia algo mais importante em sua mente.

– John – começou ele, enrugando as sobrancelhas claras, absorto em pensamentos. – John disse...

– John o cavalariço, John o cozinheiro ou John Cameron? – perguntou Jamie.

– O cavalariço. – Hamish sacudiu a mão, afastando essa distração. – Ele disse, hum, que para casar...

– Hummm? – Jamie fez um ruído encorajador, mantendo o rosto discretamente desviado para o outro lado. Revirando os olhos para cima, seu olhar encontrou o meu, enquanto eu espreitava por cima do palheiro. Abri um amplo sorriso para ele, fazendo com que mordesse o lábio para não rir em resposta.

Hamish inspirou fundo e soltou o ar de repente, lançando as palavras como uma explosão de chumbos de caça.

– Ele-disse-que-temos-que-servir-uma-mulher-como-um-garanhão-faz-com-uma-égua-e-eu-não-acreditei-mas-é-verdade?

Mordi o dedo com força para não rir alto. Não estando tão bem localizado, Jamie enfiou os dedos nos músculos da perna, ficando com o rosto tão vermelho quanto Hamish. Pareciam dois tomates, sentados lado a lado num fardo de feno para serem julgados num concurso de frutas e legumes do condado.

– Hum, sim... bem, de certa forma... – disse ele, com a voz estrangulada. Em seguida, recuperou o autocontrole. – Sim – disse ele com firmeza. – É verdade.

Hamish lançou um olhar horrorizado para a baia mais próxima, onde o cavalo baio descansava, com mais ou menos uns 30 centímetros de seu aparelho reprodutor projetando-se de sua bainha. Olhou em seguida, incrédulo, para seu próprio colo e tive que enfiar um bolo do tecido da minha roupa na boca até onde foi possível.

– Há uma diferença, sabe – continuou Jamie. A vermelhidão começava a esmaecer em seu rosto, embora ainda houvesse um tremor sinistro em torno de seus lábios. – Para começar, é mais... delicado.

– Então, você não as morde no pescoço? – Hamish tinha a expressão séria e concentrada de alguém que tomava sérias anotações. – Para fazer com que fiquem quietas?

– Hum... não. Nem sempre, de qualquer forma. – Exercitando sua nada desprezível força de vontade, Jamie resolveu enfrentar corajosamente suas responsabilidades de esclarecimento. – Há outra diferença também – disse ele, tendo o cuidado de não levantar os olhos. – Você pode fazer isso frente a frente, em vez de por trás. Como a mulher preferir.

– A mulher? – Hamish pareceu em dúvida a respeito dessa nova informação. – Acho que eu iria preferir por trás. Não acho que iria querer alguém olhando para mim enquanto eu estivesse fazendo algo assim. É difícil... – perguntou ele – é difícil não dar risada?

Ainda estava pensando em Jamie e Hamish quando fui para a cama naquela noite. Puxei as colchas grossas, sorrindo para mim mesma. Senti uma corrente de ar frio vindo da janela e aguardava com ansiedade o momento de entrar embaixo das cobertas pesadas e me aninhar no calor de Jamie. Imune ao frio, parecia carregar uma pequena fornalha dentro de si e sua pele era sempre cálida; às vezes, quase quente, como se ele queimasse com mais intensidade em resposta ao meu próprio toque frio.

Eu ainda era uma estranha e uma forasteira, porém não mais uma hóspede no castelo. Enquanto as mulheres casadas pareciam mais amistosas, agora que eu era uma delas, as moças mais jovens pareciam se ressentir fortemente do fato de eu ter retirado de circulação um jovem solteiro e disponível. Na verdade, observando o número de olhares glaciais e cochichos disfarçados, perguntava-me quantas solteiras do castelo haviam achado o caminho de uma alcova isolada com Jamie MacTavish durante seu curto período de residência.

Não mais MacTavish, é claro. A maioria dos habitantes do castelo sempre soube quem ele era e, quer eu fosse uma espiã inglesa ou não, agora também conhecia a necessidade do nome falso. Assim, ele se tornou Fraser publicamente e eu também. Era como sra. Fraser que eu era recebida no aposento acima das cozinhas onde as mulheres casadas costuravam e embalavam seus bebês, trocando experiências e conhecimento, bem como avaliando acintosamente a minha própria cintura.

Por causa das minhas dificuldades anteriores em conceber, não considerara a possibilidade de gravidez quando concordei em me casar com Jamie e aguardei com certa apreensão até minha menstruação ocorrer na época. Meus sentimentos desta vez foram de total alívio, sem nada da tristeza que geralmente a acompanhava. Minha vida já estava mais do que complicada no momento, sem o acréscimo de um bebê. Pensei que Jamie talvez tivesse sentido uma pontinha de pesar, embora também ele tenha se declarado aliviado. A paternidade era um luxo que um homem em sua posição não podia desfrutar.

A porta se abriu e ele entrou, ainda esfregando a cabeça com uma toalha de linho, a água pingando de seus cabelos molhados e formando manchas escuras em sua camisa.

– Por onde andou? – perguntei, atônita. Por mais luxuoso que Leoch pudesse ser em comparação com as residências da vila e do campo, não possuía instalações para banho além de uma tina de cobre que Colum usava para mergulhar as pernas doloridas e outra um pouco maior usada pelas mulheres que achavam que o trabalho de enchê-las valia a privacidade que se obtinha. Qualquer outra limpeza pessoal era feita por partes, usando uma bacia e um jarro d'água, ou fora, no lago ou numa câmara pequena, de chão de pedra, que ficava perto do jardim, onde as jovens costumavam ficar nuas, deixando que suas amigas jogassem baldes de água sobre elas.

– No lago – respondeu ele, pendurando a toalha molhada cuidadosamente no parapeito da janela. – Alguém – disse com raiva – deixou a porta da baia aberta, assim como a porta da estrebaria também, e Cobhar foi nadar no fim do dia.

– Ah, então foi por isso que você não apareceu para o jantar. Mas cavalos não gostam de nadar, gostam? – perguntei.

Ele balançou a cabeça, passando os dedos pelos cabelos para secá-los.

– Não, não gostam. Mas são como as pessoas, cada um é diferente do outro. E Cobhar gosta dos brotos das plantas aquáticas. Ele estava lá comendo na beira do lago quando um bando de cães da vila apareceu e correu atrás dele, fazendo com que entrasse no lago. Tive que afugentá-los e depois entrar no lago para tirá-lo de lá. Espere até eu colocar as mãos em Hamish – disse ele, ameaçadoramente. – Vou ensiná-lo a não deixar os portões abertos.

– Vai contar a Colum? – perguntei, sentindo uma repentina compaixão pelo acusado.

Jamie balançou a cabeça, remexendo na bolsa em sua cintura. Retirou um pãozinho e um pedaço de queijo, aparentemente roubado da cozinha no caminho para o quarto.

– Não – disse ele. – Colum é muito severo com o garoto. Se soubesse que ele foi tão descuidado, não o deixaria montar por um mês. Não que pudesse mesmo, depois da surra que ia levar. Meu Deus, estou faminto. – Deu uma mordida feroz no pão, espalhando farelos.

– Não venha para a cama com isso – falei, eu mesma deslizando para baixo das cobertas. – O que pensa fazer com Hamish, então?

Engoliu o restante do pão e sorriu para mim.

– Não se preocupe. Vou arrastá-lo até o lago pouco antes do jantar amanhã e atirá-lo lá dentro. Quando ele conseguir chegar à margem e se secar, o jantar já terá acabado. – Terminou o queijo em três mordidas e lambeu os dedos sem nenhuma cerimônia. – Ele que vá para a cama molhado e com fome para ver como é – concluiu ele sombriamente.

Espreitou esperançosamente a gaveta da escrivaninha onde eu às vezes guardava maçãs ou outros pequenos pedaços de alimentos. Mas não havia nada ali esta noite e ele fechou a gaveta com um suspiro.

– Acho que consigo sobreviver até o desjejum amanhã cedo – disse ele filosoficamente. Tirou as roupas rapidamente e enfiou-se sob as cobertas, ao meu lado, tremendo.

Embora as extremidades estivessem frias com seu mergulho no lago gelado, seu corpo ainda estava agradavelmente quente.

– Hummm, é bom ficar aconchegado com você – murmurou ele, aninhando-se junto a mim. – Está com um cheiro diferente. Andou mexendo nas plantas hoje?

– Não – respondi, surpresa. – Achei que fosse você... quer dizer, o cheiro. – Era um aroma pungente, de ervas, não era desagradável, mas tampouco familiar.

– Eu estou cheirando a peixe – observou ele, cheirando as costas da mão. – E a cavalo molhado. Não – aproximou-se ainda mais, cheirando. – Não, também não é você. Mas é aqui perto.

Saiu da cama e puxou as colchas, procurando. Nós o encontramos sob meu travesseiro.

– Que diabos...? – Peguei-o e imediatamente soltei-o. – Ai! Tem espinhos!

Era um pequeno maço de plantas, arrancadas grosseiramente pelas raízes e amarradas com um pedaço de fita negra. As plantas estavam murchas, mas um cheiro penetrante ainda era exalado pelas folhas caídas. Havia uma flor no buquê, uma prímula esmagada, cujo talo espinhoso havia picado meu dedo.

Suguei o sangue do dedo ferido, virando o maço com mais cuidado com a outra mão. Jamie permaneceu imóvel, fitando-o por um instante. De repente, pegou-o e, dirigindo-se à janela aberta, atirou-o na noite. Ao voltar para a cama, limpou vigorosamente a terra que se soltara das raízes das plantas, arrastando-a para a palma da mão, e atirou-a também pela janela, como fizera com o maço de plantas. Fechou a janela com uma pancada forte e voltou, limpando as mãos.

– Já se foi – disse ele, desnecessariamente. Entrou de novo sob as cobertas. – Volte para a cama, Sassenach.

– O que era aquilo? – perguntei, deitando-me ao seu lado.

– Uma brincadeira, acho – disse ele. – De mau gosto, mas apenas uma brincadeira. – Ergueu-se em um dos cotovelos e apagou a vela. – Venha cá, *mo duinne* – disse. – Estou com frio.

Apesar do desconcertante mau agouro, dormi bem, segura na proteção dupla da porta trancada e dos braços de Jamie. Quase ao amanhecer, sonhei com campinas cobertas de capim e cheias de borboletas. Amarelas, marrons, brancas e cor de laranja, giravam ao meu redor como folhas do outono, pousando na minha cabeça e nos ombros, deslizando pelo meu corpo como chuva, as patinhas minúsculas fazendo cócegas na minha pele e as asas aveludadas batendo como ecos fracos do meu próprio coração.

Flutuei suavemente para a superfície da realidade e descobri que as patas das borboletas no meu estômago eram as mechas flamejantes da cabeleira emaranhada, macia e ruiva de Jamie, e que a borboleta presa entre minhas coxas era sua língua.

– Hummm – murmurei, algum tempo depois. – Bem, para mim está tudo bem, mas e quanto a você?

– Em menos de um minuto se você continuar desse jeito – disse ele, afastando minha mão com um sorriso. – Mas é melhor eu deixar para mais tarde. Sou um homem lento e cauteloso por natureza, sabe. Posso pedir o favor de sua companhia esta noite, senhora?

– Pode – respondi. Coloquei os braços atrás da cabeça e fitei-o com um olhar semicerrado e desafiador. – Se estiver querendo me dizer que está tão decrépito que já não consegue mais de uma vez por dia.

Olhou-me com os olhos estreitados de onde estava na borda da cama. Só vi um lampejo branco quando ele se lançou e me vi pressionada com força no colchão de penas.

– Sim, bem – disse ele nos cachos do meu cabelo –, não vai dizer que não a avisei.

Dois minutos e meio depois, ele gemeu e abriu os olhos. Esfregou o rosto e a cabeça vigorosamente com ambas as mãos, fazendo as mechas mais curtas ficarem espetadas como um porco-espinho. Em seguida, com uma imprecação gaélica abafada, deslizou relutantemente para fora dos cobertores e começou a se vestir, tremendo no ar frio da manhã.

– Será que você não podia – perguntei esperançosamente – dizer ao Alec que está doente e voltar para a cama?

Ele riu e se inclinou para me beijar antes de tatear embaixo da cama, em busca de suas meias.

– Poder eu posso, Sassenach, mas duvido que qualquer coisa menos do que varíola, a peste ou um grave ferimento serviria como desculpa. Se eu não estivesse sangrando, Alec estaria aqui num instante, arrastando-me do meu leito de morte para ajudá-lo com os parasitas.

Olhei para suas pernas longas e elegantes enquanto ele puxava a meia para cima cuidadosamente e dobrava a beirada.

– Grave ferimento, hein? Eu poderia arranjar alguma coisa nesse sentido – falei, ameaçadoramente.

Gemeu ao se agachar para pegar a outra meia.

– Bem, cuidado onde você lança suas flechas mágicas, Sassenach. – Tentou dar uma piscadela maliciosa, mas acabou apenas estreitando os olhos para mim. – Se mirar muito para cima, não vou servir nem para você.

Arqueei uma das sobrancelhas e enfiei-me de novo sob as cobertas.

– Não se preocupe. Nada acima do joelho, prometo.

Deu uns tapinhas numa das saliências mais volumosas das cobertas e partiu para a estrebaria, cantando um pouco alto demais uma ária de "Lá em cima, entre as urzes". O refrão flutuou de volta pelo vão da escada.

Sentado com uma garota, segurando-a em meus joelhos –
Quando uma abelha me picou, bem acima do joeeeelho –
Lá em cima, entre as urzes, na cabeceira do Bendikee!

Ele tinha razão, pensei: realmente não tinha ouvido musical.

Relaxei temporariamente num estado de saciada sonolência, mas levantei logo depois para o desjejum. A maioria dos habitantes do castelo já havia feito sua refeição matinal e partido para o trabalho; os que ainda estavam no salão me saudaram com bastante cordialidade. Não houve nenhum olhar de esguelha, nenhuma expressão de hostilidade velada, de alguém imaginando como sua maldosa brincadeira havia funcionado. Mesmo assim, observei os rostos.

A manhã foi passada sozinha nos jardins e nos campos com minha cesta e minha pazinha. Meu estoque de algumas das ervas mais populares estava quase no fim. Em geral, o pessoal da vila recorria a Geillis Duncan quando precisava de ajuda, mas ultimamente vários pacientes da vila tinham aparecido no meu consultório e o tráfego de panaceias andava intenso. Talvez a doença de seu marido estivesse mantendo-a ocupada demais para cuidar de seus clientes regulares.

Passei o final da tarde no meu consultório. Havia poucos pacientes; apenas um caso persistente de eczema, um polegar deslocado e um rapaz da cozinha que derramara uma panela de sopa quente numa das pernas. Depois de aplicar uma pomada anestésica e lírio-azul, e de colocar no lugar e enfaixar o polegar, dediquei-me à tarefa de moer algumas raízes duras como pedra num pequeno almofariz do falecido Beaton.

Era um trabalho tedioso, mas adequado àquela espécie de tarde preguiçosa. O tempo estava bom e pude ver sombras azuis estendendo-se por baixo dos olmos a oeste quando subi na minha mesa para olhar para fora.

Do lado de dentro, os frascos de vidro brilhavam em fileiras bem ordenadas, pilhas bem arrumadas de bandagens e compressas nos armários ao lado. O armário do boticário fora completamente limpo e desinfetado e agora guardava estoques de folhas secas, raízes e cogumelos, cuidadosamente acondicionados em sacos de gaze de algodão. Respirei fundo os cheiros penetrantes e condimentados do meu santuário e expirei com um suspiro de satisfação.

Em seguida, parei de moer as ervas e coloquei o pilão de lado. Eu estava satisfeita, percebi com um choque. Apesar da miríade de incertezas da minha vida ali, apesar do aborrecimento do mau agouro, apesar da dor constante da saudade de Frank, eu na realidade não estava infeliz. Muito pelo contrário.

Senti-me imediatamente envergonhada e desleal. Como eu podia estar feliz, quando Frank devia estar enlouquecido de preocupação? Presumindo que o tempo de fato continuava sem mim – e não via por que seria diferente – eu devia estar desaparecida havia mais de quatro meses. Eu o imaginava vasculhando a zona rural escocesa, chamando a polícia, aguardando algum sinal, algum contato meu. A essa altura, ele já devia ter praticamente perdido as esperanças e, em vez disso, devia estar aguardando a notícia de que meu corpo fora encontrado.

Coloquei o almofariz sobre a mesa e fiquei andando para cima e para baixo na minha sala estreita, esfregando as mãos no avental em um espasmo de culpa, tristeza e arrependimento. Eu devia ter fugido há mais tempo. Devia ter tentado regressar com mais afinco. Mas eu tentei, lembrei a mim mesma. Tentara diversas vezes. E veja o que aconteceu.

Sim, veja. Estava casada com um fora da lei escocês, nós dois caçados por um sádico capitão dos dragões e vivendo com um monte de bárbaros, que matariam Jamie com a mesma rapidez com que olham para ele se o considerassem uma ameaça à preciosa sucessão do seu clã. E o pior de tudo era o fato de que eu estava feliz.

Sentei-me, fitando desamparadamente a fileira de frascos e jarros. Eu estava vivendo um dia após o outro desde nosso retorno a Leoch, deliberadamente eliminando as lembranças de minha vida anterior. No fundo, sabia que logo teria que tomar algum tipo de decisão, mas eu a estava adiando, protelando a necessidade de um dia para o outro, de uma hora para a outra, enterrando minhas incertezas nos prazeres da companhia de Jamie – e nos seus braços.

Ouviu-se uma súbita pancada e um palavrão no corredor e levantei-me apressadamente, dirigindo-me à porta a tempo de ver o próprio Jamie entrar aos tropeções, apoiado pela figura curvada do Velho Alec MacMahon de um lado e dos esforços bem-intencionados, porém magros e espigados, de um dos cavalariços do outro. Deixou-se cair no meu banco e estendeu o pé esquerdo com uma careta desagradável. A careta parecia ser mais de aborrecimento do que de dor, de modo que me abaixei para examinar o membro dolorido sem muita preocupação.

– Um leve estiramento – disse, após uma inspeção rápida. – O que você fez?

– Caí – respondeu Jamie laconicamente.

– Da cerca? – perguntei, provocando-o. Ele ficou vermelho.

– Não. De Donas.

– Você estava montando aquele animal? – perguntei incrédula. – Nesse caso, tem sorte de se sair dessa com um tornozelo distendido. – Fui buscar uma atadura e comecei a envolver a junta.

– Bem, não foi tão mal assim – disse o Velho Alec sensatamente. – Na verdade, rapaz, você estava se saindo muito bem com ele por algum tempo.

– Eu sei que estava – retorquiu Jamie, rangendo os dentes quando eu apertava a bandagem. – Uma abelha picou-o.

As sobrancelhas cabeludas se ergueram.

– Ah, foi isso? O animal agia como se tivesse sido atingido pelo dardo de um elfo – confidenciou-me Alec. – Deu um salto com as quatro patas no ar e desceu, depois ficou completamente louco, saltando por todo o cercado como um inseto numa garrafa. O rapaz continuou agarrado – disse, balançando a cabeça em direção a Jamie, que inventou uma nova expressão desagradável em resposta –, até que o enorme demônio amarelo saltou por cima da cerca.

– Por cima da cerca? Onde ele está agora? – perguntei, levantando-me e limpando as mãos.

– A caminho do inferno, espero – disse Jamie, colocando o pé no chão e experimentando cuidadosamente colocar seu peso sobre ele. – E é bom que fique por lá. – Contraindo-se, sentou-se novamente.

– Duvido que o diabo faça uso de um garanhão ainda selvagem – observou Alec –, sendo ele próprio capaz de se transformar num cavalo quando necessário.

– Talvez Donas seja o próprio demônio – sugeri, divertindo-me.

– Eu não duvidaria – disse Jamie, ainda sentindo dor, mas começando a recuperar seu habitual bom humor. – O diabo geralmente é um garanhão negro, não é?

– Ah, sim – disse Alec. – Um grande garanhão negro, que viaja rápido como o pensamento entre um homem e uma mulher.

Riu alegremente para Jamie e se levantou para ir embora.

– E por falar nisso – disse, piscando o olho para mim –, não espero você na estrebaria amanhã. Fique na cama, rapaz, e, hum... descanse.

– Por que será – perguntei, olhando o velho e rabugento chefe da estrebaria – que todo mundo acha que não temos mais nada na cabeça além de irmos para a cama?

Jamie experimentou colocar o peso do corpo sobre o pé outra vez, apoiando-se na bancada.

– Para começar, estamos casados há menos de um mês – observou ele. – Além disso – ergueu os olhos e riu, sacudindo a cabeça –, já lhe disse antes, Sassenach. Tudo que você pensa fica estampado no seu rosto.

– Caramba! – esbravejei.

À exceção de uma passada rápida no consultório para ver se havia alguma emergência, passei a manhã seguinte atendendo às necessidades um pouco exigentes do meu paciente solitário.

– Você devia estar descansando – falei em tom reprovador.

– E estou. Bem, meu tornozelo está descansando, ao menos. Está vendo?

Uma tíbia longa, sem meia, projetou-se no ar e um pé esbelto, ossudo, sacudiu-se de um lado para o outro. Parou bruscamente no meio do movimento, com um "ai" abafado do seu dono. Abaixou-o e delicadamente massageou o tornozelo ainda inchado.

– Isso vai ensiná-lo – disse, girando minhas próprias pernas para fora dos cobertores. – Agora venha comigo. Já está criando mofo na cama há bastante tempo. Precisa de ar fresco.

Ele se sentou, os cabelos caindo no rosto.

– Pensei que tivesse dito que eu precisava descansar.

– Pode descansar no ar fresco. Levante-se. Vou arrumar a cama.

Entre queixumes sobre minha insensibilidade e falta de consideração por um homem gravemente machucado, ele se vestiu e ficou sentado o tempo suficiente para eu amarrar o tornozelo enfraquecido antes de sua exuberância natural dominar outra vez.

– Está chovendo – disse ele, olhando rapidamente pelo postigo da janela, onde o leve chuvisco preparava-se para dar lugar a um grande aguaceiro. – Vamos para o telhado.

– Para o telhado? Ah, sem dúvida. Não poderia pensar numa recomendação melhor para um tornozelo estirado do que subir seis lances de escada.

– Cinco. Além do mais, tenho uma bengala. – Apresentou a bengala em questão, uma clava antiga de pilriteiro, tirando-a de trás da porta com um floreio triunfante.

– Onde conseguiu isso? – perguntei, examinando-a. De perto, era ainda mais desgastada, uma vara de madeira de lei, de cerca de 1 metro, machucada em diversos lugares e endurecida pelo tempo como um diamante.

– Alec a emprestou para mim. Ele a usa nas mulas; bate entre os olhos do animal com ela para fazê-lo prestar atenção.

– Parece bem eficaz – comentei, olhando a madeira gasta. – Talvez eu a experimente algum dia. Em você.

Emergimos finalmente em um pequeno local coberto, logo abaixo do ressalto do telhado de ardósia. Um parapeito baixo protegia a borda daquele pequeno mirante.

– Ah, é lindo! – Apesar do temporal, a vista do telhado era magnífica; Podíamos ver a curva larga e prateada do lago e os penhascos elevados mais além, arremessando-se no sólido céu cinzento como punhos negros e recortados.

Jamie se apoiou no parapeito, tirando o peso de seu pé machucado.

– É, sim. Eu costumava vir aqui às vezes, na primeira temporada que passei no castelo.

Apontou para o outro lado do lago, todo perfurado sob os pingos fortes da chuva.

– Vê aquela fenda lá, entre aqueles dois penhascos?

– Nas montanhas? Sim.

– Aquele é o caminho para Lallybroch. Quando ficava com saudade da minha casa, às vezes vinha até aqui e ficava olhando para lá. Imaginava-me voando como um corvo através daquele desfiladeiro, vendo as montanhas e os campos e descendo do outro lado da serra na mansão no fim do vale.

Toquei seu braço com ternura.

– Você quer voltar, Jamie?

Virou a cabeça e sorriu para mim.

– Bem, estive pensando nisso. Não sei exatamente se quero voltar, mas acho que devemos. Não sei o que encontraremos lá, Sassenach. Mas... sim. Estou casado agora. Você é a dona de Broch Tuarach. Fora da lei ou não, eu preciso voltar, ainda que apenas pelo tempo suficiente para ajeitar as coisas.

Senti uma emoção intensa, composta de alívio e apreensão, à ideia de deixar Leoch e suas variadas intrigas.

– Quando partiremos?

Ele franziu a testa, tamborilando os dedos no parapeito. A pedra estava escura e escorregadia com a chuva.

– Bem, acho que temos que esperar a chegada do duque. É possível que ele cuide do meu caso como forma de fazer um favor a Colum. Se ele não conseguir me inocentar, talvez consiga um perdão. Então haveria bem menos perigo de voltar a Lallybroch.

– Bem, sim, mas... – Olhou-me incisivamente quando hesitei.

– O que foi, Sassenach?

Respirei fundo.

– Jamie... se eu lhe contar uma coisa, você promete não me perguntar como eu sei?

Segurou-me pelos dois braços, olhando-me no rosto. A chuva umedecia seus cabelos e fazia pequenas gotas deslizarem pelos lados de seu rosto. Sorriu para mim.

– Eu lhe disse que não peguntaria nada que você não quisesse me contar. Sim, prometo.

– Vamos nos sentar. Você não devia ficar de pé por tanto tempo.

Voltamos para junto da parede onde o ressalto das ardósias do telhado protegia uma pequena área seca do calçamento e nos instalamos confortavelmente, as costas apoiadas na parede.

– Tudo bem, Sassenach. O que é? – perguntou Jamie.

– O duque de Sandringham – falei. Mordi o lábio. – Jamie, não confie nele. Eu não sei tudo sobre ele, mas sei... que existe alguma coisa a respeito dele. Alguma coisa errada.

– Você sabe disso? – Pareceu surpreso.

Foi a minha vez de olhá-lo com espanto.

– Está dizendo que você já sabe sobre ele? Você o conhece? – Fiquei aliviada. Talvez as ligações misteriosas entre Sandringham e a causa jacobita fossem bem mais conhecidas do que Frank e o vigário imaginavam.

– Ah, sim. Ele esteve aqui, visitando, quando eu tinha 16 anos. Quando eu... fui embora.

– Por que você foi embora?

Estava curiosa, lembrando-me subitamente do que Geillis Duncan dissera quando a encontrei pela primeira vez no bosque. O estranho boato de que Jamie era o verdadeiro pai do filho de Colum, Hamish. Eu sabia que ele não era, não poderia ser – mas provavelmente era a única pessoa no castelo que realmente sabia. Uma suspeita desse tipo poderia facilmente ter levado Dougal a atentar contra a vida de Jamie – se de fato isso ocorrera no ataque em Carryarick.

– Não foi por causa de... Letitia, foi? – perguntei com certa hesitação.

– Letitia? – Seu espanto atemorizado era evidente e algo dentro de mim que eu não sabia que estava apertado de repente relaxou. Eu realmente não acreditava que houvesse alguma verdade na suposição de Geillis, mas ainda assim...

– O que, em nome de Deus, faz você mencionar Letitia? – perguntou Jamie com curiosidade. – Eu morei no castelo por um ano e falei com ela uma única vez pelo que me lembro, quando me chamou ao seu quarto e me repreendeu por organizar um jogo de *shinty* no meio do seu jardim de rosas.

Contei-lhe o que Geillis dissera e ele riu, o hálito condensando-se no ar frio e chuvoso.

– Meu Deus, como se eu tivesse a coragem! – exclamou ele.

– Você não acha que Colum possa ter suspeitado de algo assim, acha? – perguntei.

Ele balançou a cabeça com determinação.

– Não, não acho, Sassenach. Se ele tivesse a menor suspeita de algo assim, eu não teria sobrevivido até os 17 anos, quanto mais atingir a idade madura de 23.

Isso mais ou menos confirmava minha própria impressão de Colum, mas fiquei aliviada mesmo assim. A expressão de Jamie tornara-se pensativa, os olhos azuis subitamente remotos.

– No entanto, pensando bem, não sei se Colum realmente sabe por que deixei o castelo tão repentinamente naquela ocasião. E se Geillis Duncan anda por aí espalhando tais boatos... essa mulher é uma encrenqueira, Sassenach; uma fofoqueira e uma megera, se não for a bruxa que as pessoas dizem que é... bem, nesse caso, é melhor eu fazer com que ele descubra.

Ergueu os olhos para o lençol de água que se despejava das calhas.

– Talvez seja melhor descermos, Sassenach. Está ficando úmido demais aqui fora.

Descemos por um caminho diferente, atravessando o telhado para uma escada externa que levava às hortas, onde eu queria arrancar um pouco de borragem se o aguaceiro permitisse. Abrigamo-nos junto à parede do castelo onde o peitoril avançado de uma das janelas desviava a chuva.

– O que você faz com borragem, Sassenach? – perguntou Jamie, olhando com interesse para as videiras e plantas esparsas, arriadas pela chuva.

– Quando está verde, nada. Primeiro é preciso secá-la e depois...

Fui interrompida por uma terrível algazarra de gritos e latidos, vinda de fora do muro da horta. Corri pelo aguaceiro em direção ao muro, seguida mais lentamente por Jamie, mancando.

O padre Bain, o sacerdote da vila, vinha correndo pelo caminho, as poças d'água explodindo sob seus pés, perseguido por um bando de cachorros uivando e latindo. Atrapalhado por sua batina volumosa, o padre tropeçou e caiu, espalhando água e lama para todo lado. Num instante, os cachorros estavam em cima dele, rosnando e mordendo.

Uma mancha axadrezada saltou por cima do muro ao meu lado e Jamie estava no meio deles, desfechando golpes com sua bengala e gritando em gaélico, acrescentando sua voz à algazarra geral. Se os gritos e imprecações surtiam pouco efeito, a bengala era mais eficaz. Ouviram-se ganidos agudos conforme a clava golpeava a carne peluda e aos poucos o bando recuou, finalmente virando-se e debandando em direção à vila.

Jamie afastou os cabelos de cima dos olhos, arquejando.

– Maus como lobos – disse ele. – Eu já havia avisado Colum sobre este bando; é o mesmo que perseguiu Cobhar até o lago há dois dias. É melhor mandar abatê-los a tiros antes que matem alguém. – Olhou para mim enquanto eu me ajoelhava junto ao padre caído no chão, examinando-o. A chuva escorria das pontas dos meus cabelos e eu podia sentir meu xale ficando ensopado.

– Ainda não conseguiram – disse. – Fora algumas marcas de dentes, ele está bem.

A batina do padre Bain estava rasgada num dos lados, deixando à mostra uma coxa branca e lisa com um corte feio e vários pontos de perfuração que começavam a sangrar. O padre, lívido com o choque, tentava ficar de pé; ele, era óbvio, não estava gravemente ferido.

– Venha até o consultório comigo, padre, e eu limparei esses cortes – ofereci-me, reprimindo um sorriso diante do espetáculo que o padre gordo e baixo apresentava, a batina esvoaçando e revelando as meias com desenhos de losangos.

Nos melhores momentos, o rosto do padre Bain parecia um punho cerrado. Essa semelhança ficou ainda mais pronunciada no momento pelas marcas vermelhas que riscavam sua papada e enfatizavam as rugas verticais entre as bochechas e a boca. Fitou-me como se eu lhe tivesse sugerido que cometesse alguma indecência pública.

Aparentemente eu o fizera, porque suas palavras seguintes foram:

– O quê? Um servo de Deus expor suas partes pessoais às mãos de uma mulher? Bem, vou lhe dizer, madame, não sei que espécies de imoralidades são praticadas nos círculos a que está acostumada, mas lhe digo que isso não será tolerado aqui, enquanto eu for responsável pelas almas desta paróquia! – Com isso, virou-se e saiu batendo os pés, mancando fortemente e tentando, sem sucesso, segurar a parte rasgada da batina.

– Como quiser! – gritei às suas costas. – Se não me deixar limpar esses cortes, eles vão inflamar!

O padre não respondeu, mas curvou os ombros rechonchudos e escalou a escada da horta, um degrau de cada vez, como um pinguim saltitando num bloco de gelo flutuante.

– Esse homem não gosta muito de mulheres, não é? – observei para Jamie.

– Considerando-se sua ocupação, imagino que não – respondeu ele. – Vamos comer.

Após o almoço, mandei meu paciente de volta para a cama para descansar – sozinho, dessa vez, apesar de seus protestos – e desci para o consultório. O aguaceiro parecia ter diminuído o movimento; as pessoas preferiam permanecer a salvo nos seus aposentos, em vez de andarem por aí com seus arados ou caírem de telhados.

Passei o tempo agradavelmente, atualizando os registros no livro de Davie Beaton. No entanto, assim que terminei, um visitante obscureceu minha porta.

Ele literalmente obscureceu-a, seu corpo volumoso preenchendo-a de um lado a outro. Estreitando os olhos na semiescuridão, divisei o vulto de Alec MacMahon envolvido num conjunto extraordinário de casacos, xales e um ou outro pedaço de manta de cavalos.

Aproximou-se com uma lentidão que me fez lembrar da primeira visita de Colum ao consultório comigo e me deu uma pista de seu problema.

– Reumatismo, não é? – perguntei com compaixão, enquanto ele se deixava cair rigidamente na minha única cadeira com um gemido abafado.

– Sim. A umidade afeta meus ossos – disse ele. – O que se pode fazer? – Colocou as mãos enormes e nodosas sobre a mesa, deixando os dedos relaxarem. As mãos se abriram lentamente, como uma flor-da-noite, revelando as palmas calejadas. Peguei uma das mãos retorcidas e virei-a suavemente para a frente e para trás, estendendo os dedos e massageando a palma áspera. O velho rosto marcado de rugas acima da mão se contorceu um pouco com o movimento, mas depois relaxou quando as primeiras pontadas de dor passaram.

– Como madeira – observei. – Uma boa dose de uísque e uma massagem profunda é o melhor que posso recomendar. Chá de tanásia também ajuda um pouco.

Ele riu, os xales deslizando de seus ombros.

– Uísque, hein? Eu tinha minhas dúvidas, dona, mas estou vendo que tem jeito de ser uma boa médica.

Do fundo do meu armário de remédios, retirei a garrafa marrom anônima que guardava meu suprimento de uísque da destilaria de Leoch. Coloquei-a na mesa diante dele, com um copo de chifre.

– Beba – instruí –, depois tire as roupas até onde achar decente e deite-se na mesa. Vou atiçar o fogo para que fique bem quente aqui.

O olho azul inspecionou a garrafa com satisfação e a mão deformada dirigiu-se lentamente ao gargalo.

– É melhor tomar um gole também, dona – avisou ele. – Vai ser um grande trabalho.

Gemeu, com um misto de dor e satisfação, enquanto eu lançava todo o peso do meu corpo sobre seu ombro esquerdo para soltá-lo, depois o erguia por baixo e girava a região para trás.

– Minha mulher costumava massagear minhas costas para mim – comentou ele – por causa do lumbago. Mas isso é ainda melhor. Tem um par de mãos muito forte, dona. Daria uma boa cavalariça.

– Presumo que isso seja um elogio – disse secamente, despejando mais da mistura de óleo e sebo na palma da mão e espalhando-a sobre as costas largas e brancas. Havia uma linha de demarcação bem definida entre a pele queimada, castigada pelo tempo, de seus braços, onde as mangas arregaçadas de sua camisa paravam, e a pele branca como leite de seus ombros e costas.

– Bem, você foi um belo rapaz em sua época – observei. – A pele de suas costas é tão branca quanto a minha.

Uma risada profunda sacudiu a carne sob minhas mãos.

– Agora nem dá para imaginar, não é? Sim, Ellen MacKenzie uma vez me viu sem minha camisa, ajudando um potro a nascer, e disse-me que parecia que o bom Deus havia colocado a cabeça errada no meu corpo. Devia ter um saco de pudim de leite nos ombros, em vez de um rosto do altar.

Imaginei que estivesse se referindo à cortina do crucifixo na capela, que retratava diversos demônios extremamente feios, ocupados em torturar os pecadores.

– Parece que Ellen MacKenzie era um tanto livre em suas opiniões – observei. Estava mais do que ligeiramente curiosa a respeito da mãe de Jamie. De pequenos comentários que ele fazia de vez em quando, eu formara uma ideia de seu pai Brian, mas ele nunca mencionara sua mãe e eu não sabia nada a seu respeito, além de que morrera jovem, de parto.

– Ah, ela era desbocada e tinha um temperamento voluntarioso também. – Desamarrando as ligas de suas calças curtas, presas abaixo dos joelhos, enrolei-as para cima e comecei a trabalhar os músculos das panturrilhas. – Mas tinha tanta doçura que ninguém se importava muito, além de seus irmãos. E ela não era de dar muita atenção a Dougal ou Colum.

– Hummm. Foi o que ouvi dizer. Fugiu com o namorado, não foi? – Enfiei os polegares nos tendões atrás do joelho e ele emitiu um som que teria sido um grunhido em qualquer pessoa menos digna.

– Ah, sim. Ellen era a mais velha dos seis filhos MacKenzie, um ou dois anos mais velha do que Colum e a menina dos olhos do velho Jacob. Foi por isso que demorou tanto tempo para se casar; não quis saber de John Cameron ou Malcolm Grant ou nenhum dos outros com quem poderia ter se casado e seu pai não queria forçá-la a agir contra sua vontade.

Mas quando o velho Jacob morreu, Colum tinha menos paciência com as fraquezas de sua irmã. Lutando desesperadamente para consolidar seu abalado domínio do clã, buscou uma aliança com Munro ao norte ou Grant ao sul. Ambos os clãs tinham chefes jovens, que se transformariam em úteis cunhados. A jovem Jocasta, de apenas 15 anos, obedientemente aceitou o pedido de John Cameron e foi para o norte. Ellen, à beira de se tornar uma solteirona aos 22, mostrou-se bem menos dócil.

– Imagino que o pedido de Malcolm Grant tenha sido firmemente rejeitado, a julgar por seu comportamento há duas semanas – observei.

O Velho Alec riu, a risada transformando-se num gemido de prazer quando pressionei com mais força.

– Sim. Nunca soube exatamente o que ela disse para ele, mas acho que feriu fundo. Foi durante o Grande Encontro que eles se conheceram. Foram lá para fora, para o jardim de rosas, à noite, e todos esperavam para ver se ela o aceitaria ou não. Ficou escuro e continuavam esperando. Mais escuro ainda, todos os lampiões acesos, a música foi iniciada e, ainda assim, nenhum sinal de Ellen ou de Malcolm Grant.

– Nossa Senhora. Deve ter sido uma conversa e tanto. – Despejei mais uma porção do linimento entre suas omoplatas e ele gemeu com a sensação quente e prazerosa.

– Assim parecia. Mas o tempo continuou a passar e eles não voltavam. Colum começou a temer que Grant tivesse fugido com ela; levado à força, sabe. E assim parecia, porque encontraram o jardim vazio. E quando ele me mandou chamar na estrebaria, eu lhe disse que os homens de Grant tinham ido buscar os cavalos e o grupo todo havia partido sem uma palavra de despedida.

Furioso, Dougal, então com 18 anos, montou em seu cavalo imediatamente e partiu no encalço de Malcolm Grant, sem esperar companhia nem uma conversa com Colum.

– Quando Colum soube que Dougal havia partido no encalço de Grant, enviou a mim e outros homens atrás dele, já que conhecia bem o temperamento do irmão e não queria que seu novo cunhado fosse assassinado na estrada antes do anúncio do casamento. Ele imaginou que Malcolm Grant, não tendo conseguido convencer Ellen a aceitar se casar com ele, devia tê-la sequestrado para forçá-la a se casar.

Alec fez uma pausa, pensativo.

– Tudo que Dougal podia ver era o insulto, é claro. Mas não acho que Colum estivesse tão aborrecido com o fato, para dizer a verdade, com ou sem insulto. Teria resolvido seu problema – e Grant provavelmente iria ter que se casar com Ellen sem seu dote e ainda pagar uma compensação a Colum.

Alec respirou ruidosamente, com um ar cínico.

– Colum não é homem de deixar passar uma oportunidade. Ele é rápido e cruel, assim é. – O solitário olho de um azul glacial girou para trás para me olhar por cima de um ombro curvado. – Seria bom não se esquecer disso, dona.

– Não pretendo me esquecer – assegurei-lhe, com certa amargura. Lembrava-me da história de Jamie sobre o castigo que Colum ordenara e imaginei quanto disso fora por vingança contra a rebeldia de sua mãe.

No entanto, Colum não teve chance de se aproveitar da oportunidade de casar sua irmã com o chefe do clã Grant. Quase ao raiar do dia, Dougal encontrou Malcolm Grant acampado junto à estrada principal com seus seguidores, dormindo sob um arbusto de tojo, enrolado em seu xale.

E quando Alec e os outros chegaram furiosos algum tempo depois, ficaram paralisados onde estavam pela visão de Dougal MacKenzie e Malcolm Grant, ambos despidos até a cintura e lanhados com as marcas de luta, cambaleando e oscilando de um lado para outro na estrada, ainda trocando alguns golpes aleatórios sempre que ficavam ao alcance um do outro. Os seguidores de Grant estavam empoleirados ao longo da estrada como uma fileira de corujas, as cabeças virando-se de um lado para o outro, enquanto a briga próxima do fim serpenteava para cima e para baixo na aurora chuvosa.

– Ambos bufavam como cavalos e o vapor subia de seus corpos no ar frio. O nariz de Grant estava inchado, o dobro do tamanho, e Dougal mal conseguia ver com qualquer um dos olhos, ambos com o sangue pingando e secando em seu peito.

Com o aparecimento dos homens de Colum, os homens de Grant puseram-se de pé, as mãos nas espadas, e o encontro provavelmente teria resultado num grave derramamento de sangue se um dos rapazes MacKenzie, de olho mais vivo, não tivesse observado o fato importante de que Ellen MacKenzie não estava entre os Grant.

– Bem, depois de despejarem água em Malcolm Grant para fazê-lo recuperar os sentidos, ele conseguiu contar-lhes o que Dougal não tinha parado para ouvir, que Ellen passara apenas um quarto de hora com ele no roseiral. Recusou-se a contar o que se passara entre os dois, mas o que quer que tenha sido, ele ficara tão ofendido que quis ir embora imediatamente, sem aparecer de novo no salão de Colum. E ele a deixara lá e não a vira mais, nem nunca mais queria ouvir o nome Ellen MacKenzie pronunciado em sua presença outra vez. Com isso, montou em seu cavalo, ainda um pouco vacilante, e foi embora. Desde então, nunca mais se tornou amigo de ninguém do clã MacKenzie.

Ouvi, fascinada.

– E onde estava Ellen todo esse tempo?

O Velho Alec riu, como o som de uma porta de estrebaria rangendo nas dobradiças.

– Do outro lado da montanha, bem longe. Mas eles não descobriram isso de imediato. Demos meia-volta e partimos para casa outra vez, para encontrar Ellen ainda desaparecida e Colum de pé, lívido, no pátio, apoiando-se em Angus Mhor. Seguiu-se uma confusão ainda maior, porque com todos aqueles hóspedes, os quartos do castelo estavam lotados, assim como todos os sótãos e cubículos, cozinhas e quartinhos. Parecia impossível saber quem, de todas as pessoas no castelo, estaria desaparecido, mas Colum chamou todos os empregados e percorreu tenazmente a lista de convidados, perguntando quem fora visto na noite anterior e onde e quando. Finalmente, descobriu uma criada da cozinha que se lembrou de ter visto um homem numa passagem dos fundos, pouco antes de o jantar ser servido.

Ele fez uma pausa e continuou:

– Ela só o notara porque era muito bonito; alto e forte, disse, com cabelos negros e lisos como uma *silkie*, e olhos de gato. Ela observou-o descer a passagem, admirando-o, e o viu encontrar-se com alguém na porta externa – uma mulher vestida de preto da cabeça aos pés e abrigada num manto com capuz.

– O que é uma *silkie*? – perguntei, surpresa.

– São as focas. Durante muito tempo depois, mesmo após saberem a verdade, as pessoas na vila contavam a história de que Ellen MacKenzie havia sido levada para o mar, para viver entre as focas. Sabia que as *silkies* tiram sua pele quando vêm para terra firme e caminham como seres humanos? E se você encontrar a pele de uma *silkie* e a esconder, ele, ou ela – acrescentou ele com justiça –, não poderá entrar no mar outra vez, mas terá que permanecer com você em terra firme. Diz-se que é bom arranjar uma esposa-foca dessa forma, pois são ótimas cozinheiras e mães muito dedicadas. Ainda assim – disse ele criteriosamente –, Colum não estava inclinado a acreditar que sua irmã fugira com uma foca e deixou isso bem claro. Convocou os hóspedes, um por um, e perguntou a cada um deles quem conhecia um homem com aquela descrição. Finalmente, chegaram à conclusão de que seu nome era Brian, mas ninguém conhecia seu clã ou sobrenome; ele participara dos jogos, mas lá só o chamaram de Brian Dhu.

Os olhos de Alec estreitaram-se para mim, enrugando-se nos cantos.

– A questão ficou suspensa por algum tempo, porque os homens não sabiam em que direção começar a procurar. Mesmo assim, até o melhor dos caçadores tem que parar numa cabana de vez em quando, pedir um punhado de sal ou uma caneca de leite. E, finalmente, a notícia do paradeiro do casal chegou a Leoch, pois Ellen MacKenzie não era uma jovem de aparência comum.

Como que sonhando, Alec continuou, desfrutando o calor do óleo em suas costas:

– Cabelos cor de fogo. E olhos como os de Colum: cinzentos e debruados de cílios negros. Muito bonitos, mas do tipo que o atravessam como um raio. Uma mulher alta; mais alta ainda do que você. E para dizer a verdade, os olhos doíam só de vê-la. Mais tarde, ouvi dizer que eles se conheceram durante o Grande Encontro, entreolharam-se e decidiram na mesma hora que não poderia haver mais ninguém para nenhum dos dois. Assim, fizeram os planos e fugiram, debaixo do nariz de Colum MacKenzie e de trezentos hóspedes.

Riu repentinamente, lembrando-se.

– Dougal encontrou-os finalmente, vivendo na cabana de um camponês no limite das terras dos Fraser. Haviam decidido que a única maneira de conseguirem o que queriam seria esconderem-se até Ellen ficar grávida e barriguda o suficiente para não haver dúvida de quem era o pai. Então Colum teria que dar sua bênção ao casamento, gostasse ou não. E ele não gostou.

Alec riu.

– Enquanto estava na estrada, você por acaso viu uma cicatriz que Dougal tem atravessando seu peito?

Eu vira; uma fina linha branca que cortava seu coração e ia do ombro às costelas.

– Foi Brian quem fez aquilo? – perguntei.

– Não, Ellen – respondeu ele, rindo diante da expressão do meu rosto. – Para impedi-lo de cortar a garganta de Brian, o que ele estava prestes a fazer. Eu não mencionaria isso a Dougal, se fosse você.

– Não, acho que não o farei.

Felizmente, o plano funcionou e Ellen já estava com cinco meses de gravidez quando Dougal os encontrou.

– Houve uma grande confusão em torno do assunto e um monte de cartas muito desagradáveis entre Leoch e Beauly, mas no fim tudo se arranjou e Ellen e Brian foram morar em Lallybroch uma semana antes de a criança nascer. Casaram-se na frente da casa – acrescentou ele, como uma reflexão posterior – para que ele pudesse atravessar a soleira com ela nos braços pela primeira vez como marido e mulher. Ele disse depois que quase ficou rendido quando a pegou no colo.

– Você fala como se os conhecesse bem – falei. Terminando meu tratamento, limpei o óleo escorregadio de minhas mãos com uma toalha.

– Ah, um pouco – disse Alec, sonolento com o calor do corpo. A pálpebra caía sobre seu único olho e as rugas em seu rosto envelhecido haviam relaxado, perdendo a expressão de leve desconforto que normalmente o fazia parecer tão irritado.

– Eu conhecia bem Ellen, é claro. Brian eu conheci anos mais tarde, quando trouxe o rapaz para passar uma temporada aqui. Nós nos demos bem. Ele era bom com cavalos. – Sua voz definhou e a pálpebra se fechou.

Coloquei um cobertor sobre o corpo prostrado do velho tratador de cavalos e saí na ponta dos pés, deixando-o sonhando junto à lareira.

Deixando Alec adormecido, subi para nosso quarto, apenas para encontrar Jamie nas mesmas condições. Há um número limitado de atividades adequadas para diversão dentro de casa num dia escuro e chuvoso, e presumindo-se que eu não queria nem acordar Jamie nem me unir a ele no mundo dos sonhos, sobravam apenas a leitura ou o bordado. Considerando-se as minhas mais do que medíocres habilidades nesta última, resolvi pegar um livro emprestado da biblioteca de Colum.

De acordo com os peculiares princípios arquitetônicos que governaram a construção de Leoch – baseados numa abominável fixação geral por linhas retas –, a escada que levava à suíte de Colum possuía duas mudanças de direção em ângulo reto, cada qual assinalada por um pequeno patamar. Em geral, um criado permanecia postado no segundo patamar, pronto para realizar tarefas ou prestar assistência ao chefe do clã, mas não estava em seu posto hoje. Eu podia ouvir o rumor de vozes vindo de cima; talvez o criado estivesse com Colum. Parei do lado de fora da porta, sem saber se deveria interromper.

– Sempre soube que você era um tolo, Dougal, mas não pensei que fosse tão idiota. – Acostumado à companhia de professores desde a juventude e privado de se aventurar pelo mundo lá fora como seu irmão fazia entre guerreiros e pessoas comuns, a voz de Colum geralmente não apresentava aquele escocês carregado que marcava a fala do outro. O sotaque culto havia falhado um pouco agora e as duas vozes eram quase indistinguíveis, ambas roucas de raiva. – Eu esperaria esse comportamento de sua parte se tivesse 20 e poucos anos, mas pelo amor de Deus, homem, você está com 45!

– Bem, não é uma questão sobre a qual você tenha muito a dizer, não é? – a voz de Dougal tinha um desagradável tom de escárnio.

– Não. – A resposta de Colum foi cortante. – E embora eu raramente tenha encontrado motivos para agradecer a Deus, talvez ele tenha feito mais por mim do que eu imaginava. Sempre ouvi falar que o cérebro de um homem para de funcionar quando seu pau está em pé, e agora acho que acredito nisso. – Houve um sonoro barulho de pernas de cadeira arrastadas para trás no assoalho de pedras. – Se os irmãos MacKenzie só têm um pau e um cérebro para os dois, então fico feliz com a minha parte da barganha!

Concluí que um terceiro participante nessa conversa em particular certamente não seria bem-vindo e me afastei silenciosamente da porta, virando-me para descer as escadas.

O ruído de saias farfalhando no primeiro patamar me fez parar onde estava. Não queria que me descobrissem ouvindo atrás da porta dos aposentos do chefe do clã e virei-me novamente em direção à porta. O patamar era largo e uma tapeçaria cobria uma das paredes quase do teto ao chão. Meus pés ficariam à mostra, mas não havia nada que eu pudesse fazer.

Escondendo-me como um rato atrás do tapete de parede, ouvi os passos que vinham de baixo diminuírem ao se aproximarem da porta. Pararam na ponta mais distante do patamar, quando o visitante que eu não podia ver percebeu, como eu havia percebido, a natureza particular da conversa entre os irmãos.

– Não – dizia Colum, agora mais calmo. – Não, claro que não. A mulher é uma bruxa ou algo parecido.

– Sim, mas...– A resposta de Dougal foi interrompida pelo tom impaciente do irmão.

– Já disse que vou cuidar disso, Dougal. Não se preocupe, irmãozinho; providenciarei para que ela seja tratada convenientemente. – Um tom de ressentido afeto insinuara-se na voz de Colum.

– Vou lhe dizer uma coisa, Dougal. Escrevi ao duque, já que ele talvez pretenda caçar nas terras acima de Erlick. Ele gosta de matar veados por lá. Pretendo enviar Jamie com ele; talvez, como ele ainda tem uma queda pelo rapaz...

Dougal interrompeu com alguma coisa em gaélico, evidentemente uma observação grosseira, porque Colum riu e disse:

– Não, acho que Jamie já é suficientemente grande para cuidar de si mesmo. Mas se o duque tiver a intenção de interceder por ele junto a Sua Majestade Real, é a melhor chance de o rapaz obter um perdão. Se quiser, direi a Sua Excelência que você também irá. Pode ajudar Jamie como quiser e estará fora do caminho enquanto eu acerto as coisas por aqui.

Ouviu-se uma pancada abafada na ponta mais distante do patamar e arrisquei uma olhadela. Era a jovem Laoghaire, pálida como a parede branca atrás dela. Segurava uma bandeja com uma jarra de vinho; uma caneca de metal caíra da bandeja no chão acarpetado, produzindo o som que eu ouvira.

– O que foi isso? – a voz de Colum, repentinamente aguda, ecoou de dentro do aposento. Laoghaire deixou a bandeja na mesa junto à porta, quase derrubando a jarra de vinho em sua pressa e, virando-se, fugiu precipitadamente.

Podia ouvir os passos de Dougal aproximando-se da porta e compreendi que jamais conseguiria descer as escadas sem ser descoberta. Mal tive tempo de me esgueirar do meu esconderijo e pegar a caneca que caíra, antes de a porta abrir-se.

– Ah, é você. – Dougal pareceu ligeiramente surpreso. – É o que a sra. Fitz mandou para a garganta irritada de Colum?

– Sim – respondi com desembaraço. – Ela disse que estima sua rápida melhora.

– Obrigado. – Movendo-se mais devagar, Colum surgiu na porta aberta. Sorriu para mim. – Agradeça a sra. Fitz por mim. E obrigado a você também, minha querida, por trazê-lo. Quer se sentar por um instante enquanto eu o bebo?

A conversa que ouvira por acaso na verdade me fizera esquecer meu propósito original, mas agora me lembrava da minha intenção de pedir um livro emprestado. Dougal pediu licença e eu segui Colum lentamente para a biblioteca, onde ele me ofereceu todas as suas prateleiras.

Colum ainda estava avermelhado, a discussão com o irmão continuava fresca em sua mente, mas respondeu minhas perguntas sobre os livros com uma boa aproximação de seu equilíbrio habitual. Somente o brilho em seus olhos e certa tensão na postura traíam seus pensamentos.

Encontrei um ou dois livros sobre ervas que pareciam interessantes e separei-os enquanto folheava um romance.

Colum atravessou o aposento até a gaiola de pássaros, sem dúvida pretendendo acalmar-se por meio de seu costume de observar as belas criaturinhas absortas em si mesmas saltando de um galho ao outro, cada qual um mundo em si mesmo.

O barulho de gritos lá fora atraiu minha atenção. Desse local elevado, os campos de trás do castelo eram visíveis por toda a extensão até o lago. Um pequeno grupo de cavaleiros dobrava a curva na ponta do lago, gritando de entusiasmo, enquanto a chuva os açoitava.

Ao se aproximarem, pude ver que não eram homens afinal de contas, mas garotos, a maioria adolescentes, com um garoto menor aqui e ali montado num pônei, esforçando-se para acompanhar os mais velhos. Imaginei se Hamish estaria com eles e logo descobri o revelador ponto de cabelos reluzentes, brilhando loucamente no dorso de Cobhar no meio do grupo.

O bando vinha a toda velocidade na direção do castelo, visando um dos inúmeros muros baixos de pedra que separavam um campo do outro. Um, dois, três, quatro, os garotos mais velhos em suas montarias saltaram o muro com a descuidada facilidade nascida da experiência.

Sem dúvida foi minha imaginação que fez o cavalo baio parecer demorar-se um instante, pois Cobhar seguia os outros cavalos com aparente entusiasmo. Partiu em direção ao muro, preparou-se e saltou.

Pareceu fazê-lo exatamente como os outros haviam feito, mas alguma coisa aconteceu. Talvez uma hesitação do seu cavaleiro, um puxão muito forte nas rédeas ou uma sela não muito firme. Porque os cascos dianteiros bateram no muro por uma diferença de alguns centímetros e cavalo e cavaleiro deram uma cambalhota por cima do obstáculo na mais espetacular parábola da fatalidade que eu já vira.

– Ah!

Atraído por minha exclamação, Colum virou a cabeça para a janela a tempo de ver Cobhar cair pesadamente de lado, a pequena figura de Hamish presa embaixo dele. Apesar de sua dificuldade, Colum moveu-se depressa. Estava ao meu lado, debruçado à janela, antes de o cavalo sequer começar a lutar para ficar em pé.

O vento e a chuva fustigavam pela janela, ensopando o veludo do casaco de Colum. Espreitando ansiosamente por cima de seu ombro, vi um grupo de garotos empurrando e afastando uns aos outros, na ânsia de ajudar. Pareceu que um longo tempo havia transcorrido até o grupo se apartar e eu ver a pequena e robusta figura cambalear para fora do ajuntamento segurando o estômago. Sacudiu a cabeça para as inúmeras ofertas de auxílio e saiu meio tonto, mas pisando com determinação até o muro, onde se debruçou e vomitou profusamente. Em seguida, deslizou pela parede e ficou sentado na grama molhada, as pernas abertas, o rosto virado para a chuva. Quando o vi esticar a língua para fora para pegar as gotas de chuva, coloquei a mão no ombro de Colum.

– Ele está bem – disse. – Só ficou sem ar por uns instantes.

Colum cerrou os olhos e expirou ruidosamente, o corpo subitamente frouxo com a liberação da tensão. Olhei-o com simpatia.

– Importa-se com ele como se fosse seu próprio filho, não é? – perguntei.

Os olhos cinzentos flamejaram repentinamente, penetrando os meus com a mais extraordinária expressão de sobressalto. Por um instante, não se ouviu outro som no aposento que não o tique-taque do relógio de vidro na prateleira. Então uma gota d'água rolou pelo nariz de Colum, parando na ponta, reluzente. Estendi a mão involuntariamente para enxugá-la com meu lenço e a tensão em seu rosto se dissipou.

– Sim – respondeu ele simplesmente.

Por fim, contei a Jamie apenas sobre o plano de Colum de enviá-lo para caçar com o duque. Agora eu estava convencida de que seus sentimentos por Laoghaire eram apenas de uma amizade cavalheiresca, mas eu não sabia o que ele poderia fazer se soubesse que seu tio havia seduzido a garota e a engravidado. Aparentemente, Colum não pretendia solicitar os serviços de Geillis Duncan na emergência; imaginei se a jovem seria obrigada a se casar com Dougal ou se Colum encontraria outro marido para ela antes que a gravidez começasse a aparecer. De qualquer forma, se Jamie e Dougal iam ficar confinados numa hospedaria de caça durante um longo tempo, achei que seria melhor que a sombra de Laoghaire não fizesse parte do grupo.

– Hummm – disse ele, pensativo. – Vale a pena tentar. Fica-se muito amigo quando se caça junto com alguém o dia todo e volta-se à noite para tomar um uísque junto à lareira. – Ele acabou de amarrar meu vestido nas costas e se inclinou para me beijar de leve no ombro.

– Vou lamentar ter que deixá-la, Sassenach, mas pode ser o melhor a fazer.

– Não se preocupe comigo – disse. Eu não havia percebido antes que necessariamente ficaria sozinha no castelo com sua partida e a ideia deixou-me mais do que ligeiramente nervosa. Ainda assim, estava decidida a me arranjar, se isso era o melhor para ele.

– Está pronto para o jantar? – perguntei. Sua mão se demorou na minha cintura e eu me virei para ele.

– Hummm – disse ele um instante depois. – Não me importaria de ficar com fome.

– Bem, eu me importaria – retruquei. – O senhor vai ter que esperar.

Olhei ao longo da mesa de jantar e pelo salão. Agora eu já conhecia a maioria dos rostos, alguns intimamente. E que bando diversificado eles formavam, refleti. Frank teria ficado fascinado – tantos tipos faciais diferentes.

Pensar em Frank era como tocar num dente dolorido; minha tendência era afastar o pensamento. Mas chegaria a hora em que não poderia mais adiar e forcei minha mente outra vez, desenhando-o cuidadosamente, delineando os arcos longos e bem arqueados de suas sobrancelhas com meus pensamentos como um dia eu os delineara com meus dedos. Não me importa que meus dedos formigassem repentinamente com a lembrança de sobrancelhas mais ásperas e grossas e do azul profundo dos olhos sob elas.

Apressadamente, me virei na direção do rosto mais próximo como um antídoto para pensamentos tão perturbadores. Por acaso, era o de Murtagh. Bem, ao menos ele não se parecia com nenhum dos dois homens que assombravam minha mente.

Baixo, franzino, mas vigoroso como um macaco, com braços longos que reforçavam a aparência simiesca, tinha sobrancelhas baixas e maxilar estreito que, por alguma razão, me faziam pensar em habitantes das cavernas e em desenhos do Homem Primitivo, exibidos em alguns dos artigos de Frank. Mas não um Neandertal. Um picto. Era isso. Havia algo de muito estável a respeito do pequeno escocês que me lembrava as pedras desenhadas, castigadas pelo tempo, antigas mesmo agora, que mantinham sua guarda implacável nas encruzilhadas e nos cemitérios.

Distraída com a ideia, examinei os outros comensais com um olho clínico para identificar tipos étnicos. Aquele homem perto da lareira, por exemplo, John Cameron era seu nome, um normando típico – não que eu já tivesse visto um – com maçãs do rosto altas e a testa alta e estreita, lábio superior longo e a pele escura de um gaulês.

Um ou outro saxão louro aqui e ali... ah, Laoghaire, o exemplar perfeito. Pele clara, olhos azuis e só um pouquinho rechonchuda... reprimi a observação maldosa. Ela evitava cuidadosamente olhar para mim ou para Jamie, conversando animadamente com as amigas numa das mesas mais para o final do salão.

Olhei na direção oposta, para a mesa seguinte, onde Dougal MacKenzie estava sentado, desta vez separado de Colum. Um maldito viking, é o que ele era.

Com sua altura imponente e aquelas maçãs do rosto planas e largas, eu podia facilmente imaginá-lo no comando de um navio de dragões, os olhos encovados brilhando de cobiça e ganância enquanto espreitava através da neblina para uma vila litorânea numa encosta rochosa.

A mão grande, com o pulso coberto de uma penugem cor de cobre, passou por mim para pegar um pãozinho de aveia da bandeja. Outro nórdico, Jamie. Ele me fazia lembrar das lendas da sra. Baird sobre a raça de gigantes que um dia vagou pela Escócia e fincou seus ossos longos nas terras do norte.

A conversa girava em torno de temas gerais, como sempre, pequenos grupos cochichando entre uma mordida e outra. Meus ouvidos, porém, captaram um nome familiar, pronunciado numa mesa próxima. Sandringham. Pensei que a voz fosse de Murtagh e me virei para ver. Ele estava sentado ao lado de Ned Gowan, mastigando laboriosamente.

– Sandringham? Ah, o velho Willie, o terror dos traseiros – disse Ned, pensativo.

– O quê?! – exclamou um dos soldados mais jovens, engasgando com sua cerveja.

– Nosso reverenciado duque gosta de rapazes, ou assim ouvi dizer – explicou Ned.

– Hummm – concordou Rupert de boca cheia. Engolindo, acrescentou: – Tinha uma queda pelo jovem Jamie, da última vez que visitou estas paragens, se me lembro bem. Quando foi, Dougal? Trinta e oito? Trinta e nove?

– Trinta e sete – respondeu Dougal da mesa seguinte. Estreitou os olhos para o sobrinho. – Você era um rapaz muito bonito aos 16 anos, Jamie.

Jamie assentiu, mastigando.

– Sim. E rápido, também.

Quando as risadas se acalmaram, Dougal começou a provocar Jamie.

– Não sabia que você era um favorito, Jamie. Diz-se por aí que o duque andou trocando um traseiro dolorido por terras e cargos.

– Deve ter percebido que não tenho nem um nem outro – respondeu Jamie com um sorriso, seguido de novas gargalhadas.

– O quê? Nem chegou perto? – disse Rupert, mastigando ruidosamente.

– Bem mais perto do que eu gostaria, verdade seja dita.

– Ah, mas até onde teria gostado que ele chegasse, hein, rapaz? – A voz estrondosa veio de um ponto mais distante da mesa, de um homem alto, de barba castanha, que eu não reconheci, e foi saudado com mais gargalhadas e comentários obscenos. Jamie sorriu tranquilamente e pegou outro pão, sem se deixar perturbar pelos gracejos.

– Foi por isso que deixou o castelo tão de repente e voltou para o seu pai? – perguntou Rupert.

– Foi.

– Ora, devia ter me contado que estava tendo problemas nessa área, Jamie – disse Dougal, fingindo-se preocupado. Jamie produziu um ruído escocês baixo, no fundo da garganta.

– E se eu tivesse lhe falado sobre isso, seu velho patife, você teria colocado um pouco de sumo de papoula na minha cerveja uma noite e me deixado na cama de Sua Excelência como um pequeno presente.

A mesa veio abaixo de risadas e Jamie se esquivou quando Dougal atirou uma cebola nele.

Rupert estreitou os olhos para Jamie.

– Parece-me, rapaz, que eu o vi, pouco antes de partir, entrando nos aposentos do duque no começo da noite. Tem certeza de que não está escondendo alguma coisa da gente? – Jamie pegou outra cebola e atirou nele. Não o atingiu e ela saiu rolando pelo chão.

– Não – disse Jamie, rindo –, ainda sou virgem, ao menos dessa forma. Mas se precisa saber tudo sobre isso para poder dormir, Rupert, eu lhe conto, com prazer.

Entre gritos de "Conta! Conta!", ele deliberadamente encheu uma caneca de cerveja e se recostou no banco, na pose clássica do contador de histórias. Pude ver Colum na mesa principal, a cabeça inclinada para a frente para ouvir, tão atento quanto os cavalariços e os soldados em nossa mesa.

– Bem – começou ele –, é bem verdade o que Ned diz. Sua Excelência tinha uma queda por mim, embora eu fosse um garoto inocente aos 16... – Nesse ponto foi interrompido por uma série de comentários debochados e elevou a voz para continuar. – Sendo, como disse, inocente quanto a esses assuntos, não fazia a menor ideia do que ele pretendia, embora me parecesse um pouco estranho o modo como Sua Excelência estava sempre me dando tapinhas como num cachorrinho e estivesse tão interessado no que eu pudesse ter na minha bolsa na cintura. – "Ou abaixo dela!", gritou uma voz bêbada.

Jamie continuou:

– Achei mais estranho ainda quando ele me encontrou me lavando no rio e quis esfregar minhas costas para mim. Quando terminou minhas costas e continuou com o resto, comecei a ficar um pouco nervoso e quando colocou a mão embaixo do meu kilt, comecei a compreender o que ele queria. Eu podia ser inocente, mas não era idiota, sabe. Saí dessa situação em particular mergulhando na água, com kilt e tudo, e nadando para o outro lado. Sua Excelência não tinha a intenção de arriscar suas roupas caras na lama e na água. De qualquer modo, depois disso eu tomava muito cuidado para não ficar sozinho com ele. Ele me pegou uma ou duas vezes no jardim ou no pátio, mas tive chance de escapar sem maiores danos do que ele beijando minha orelha. O outro único momento difícil foi quando ele se deparou comigo sozinho na estrebaria.

– Na minha estrebaria? – O Velho Alec pareceu horrorizado. Levantou-se parcialmente e gritou para a mesa principal do outro lado do salão: – Colum, faça com que esse homem fique longe da minha estrebaria! Não vou querer que assuste meus cavalos, duque ou não! Nem que incomode os rapazes! – acrescentou ele, numa óbvia reflexão posterior.

Jamie prosseguiu com sua história, sem se deixar perturbar pela interrupção. As duas filhas adolescentes de Dougal ouviam extasiadas, as bocas ligeiramente abertas.

– Eu estava numa baia, sabe, e ali não havia muito espaço de manobra. Eu estava debruçado sobre – mais observações obscenas – sobre a manjedoura, como dizia, retirando as cascas do fundo, quando ouvi um barulho atrás de mim e, antes que pudesse me endireitar, meu kilt foi jogado para cima, na minha cintura, e algo duro pressionava o meu traseiro.

Abanou a mão para acalmar o tumulto antes de continuar.

– Bem, não gostei da ideia de ser importunado numa baia, mas também não via saída àquela altura. Já estava trincando os dentes e desejando que não doesse muito, quando o cavalo, aquele cavalo preto, grande, Ned, que você comprou em Brocklebury, aquele que Colum vendeu a Breadalbin...

Ned assentiu.

– Bem, o cavalo não gostou do barulho que Sua Excelência estava fazendo. A maioria dos cavalos gosta que você converse com eles, e aquele também, mas ele tinha uma aversão peculiar a vozes muito agudas. Eu não podia levá-lo ao pátio quando havia crianças pequenas por perto porque ele ficava nervoso com seus berros e começava a escavar o chão e dar pinotes. Sua Excelência, como devem se recordar, tem uma voz bastante aguda e estava ainda mais aguda do que o normal nessa ocasião, já que ele estava um pouco excitado. Bem, como ia dizendo, o cavalo não gostou, nem eu, devo dizer, e começou a bater os cascos e resfolegar, girou o corpo e imprensou Sua Excelência contra a parede da baia. Assim que o duque me soltou, pulei dentro da manjedoura e passei para o outro lado do cavalo, deixando Sua Excelência para se livrar do cavalo como pudesse.

Jamie parou para tomar fôlego e um gole de cerveja. A essa altura, detinha a atenção de todos no salão, os rostos voltados para ele, brilhando à luz dos tocheiros. Aqui e ali, podia-se perceber um cenho franzido diante dessas revelações a respeito de um poderoso nobre da Coroa Inglesa, mas a reação geral era de um prazer irrestrito com o escândalo. Compreendi que o duque não era um personagem muito popular no Castelo Leoch.

– Tendo conseguido chegar tão perto, por assim dizer, Sua Excelência colocou na cabeça que iria me possuir de qualquer jeito. Assim, no dia seguinte, ele diz a MacKenzie que seu criado pessoal adoeceu e pede-lhe que me empreste a ele para ajudá-lo a se banhar e vestir. – Colum cobriu o rosto fingindo-se horrorizado, para regozijo geral.

Jamie meneou a cabeça para Rupert.

– Foi por isso que você me viu entrando no quarto de Sua Excelência à noite. Foram ordens, pode-se dizer.

– Podia ter me contado, Jamie. Eu não o obrigaria a ir – disse Colum, com um olhar de reprovação.

Jamie deu de ombros e riu.

– Fui impedido pela minha timidez natural, tio. Além disso, eu sabia que você estava tentando negociar com o sujeito; achei que poderia atrapalhar se fosse forçado a dizer a Sua Excelência que mantivesse as mãos longe do traseiro de seu sobrinho.

– Muito atencioso de sua parte, Jamie – disse Colum, secamente. – Então, você se sacrificou pelos meus interesses, não foi?

Jamie ergueu a caneca de cerveja num pretenso brinde.

– Seus interesses estão sempre em primeiro lugar em minha mente, tio – disse e achei que, apesar do tom zombeteiro, havia uma distinta verdade subjacente no que ele dizia, que Colum, assim como eu, também percebeu.

Esvaziou a caneca e colocou-a na mesa.

– Mas, não – disse ele, limpando a boca. – Nesse caso, eu não achei que o dever de família exigisse tanto assim de mim. Fui aos aposentos do duque, porque você mandou que eu fosse, mas foi apenas isso.

– E você saiu de lá outra vez com o cu intacto? – Rupert parecia cético.

Jamie riu.

– Sim, saí. Veja, assim que recebi a ordem, procurei a sra. Fitz e disse-lhe que eu precisava desesperadamente de uma dose de xarope de figos. Quando ela o deu para mim, vi onde ela guardou a garrafa e voltei silenciosamente um pouco mais tarde e tomei a garrafa toda.

O salão explodiu em gargalhadas, inclusive a sra. Fitz, que ficou tão ruborizada que pensei que fosse ter um ataque. Levantou-se cerimoniosamente de seu lugar, deu a volta à mesa com sua ginga e desfechou um peteleco bem-humorado na orelha de Jamie.

– Ah, então foi isso que aconteceu com o meu remédio, seu desgraçado! – Com as mãos nos quadris, balançou a cabeça, fazendo os brincos verdes adejarem como libélulas. – O melhor que eu já fiz!

– Ah, foi muito eficaz – assegurou-lhe ele, rindo da avantajada senhora.

– Ah, imagino que sim! Quando penso o que aquela quantidade de remédio deve ter feito às suas entranhas, rapaz, espero que tenha valido a pena para você. Deve ter ficado imprestável dias inteiros.

Ele balançou a cabeça, ainda rindo.

– É verdade, mas também fiquei imprestável para o que Sua Excelência tinha em mente. Ele não pareceu se importar nem um pouco quando pedi licença para sair. Mas eu sabia que não poderia fazer isso duas vezes. Assim, tão logo as dores de barriga melhoraram, peguei um cavalo da estrebaria e fui embora. Levei muito tempo para chegar em casa, já que tinha que parar a cada dez minutos, mas cheguei na hora do jantar no dia seguinte.

Dougal fez sinal para que trouxessem mais uma jarra de cerveja, que ele passou de mão em mão pela mesa para Jamie.

– Sim, seu pai mandou dizer que achava que talvez você já tivesse aprendido o suficiente da vida no castelo por enquanto – disse ele, sorrindo melancolicamente. – Achei que havia um tom em sua carta que eu não compreendi bem na época.

– Bem, espero que tenha preparado um novo lote de xarope de figo, sra. Fitz – interrompeu Rupert, cutucando-a com familiaridade nas costelas. – Sua Excelência deve chegar aqui em um ou dois dias. Ou está contando com sua mulher para protegê-lo desta vez, Jamie? – Lançou-me um olhar malicioso. – Pelo que ouvi dizer, você vai ter que protegê-la. Disseram que o criado do duque não compartilha as preferências de Sua Excelência, embora também seja muito ativo.

Jamie empurrou o banco para trás e se levantou da mesa, dando-me a mão para me ajudar. Passou o braço pelos meus ombros e sorriu de volta para Rupert.

– Bem, então suponho que nós dois vamos ter que enfrentá-los juntos, um de costas para o outro.

Os olhos de Rupert arregalaram-se de assombro.

– Um de costas para o outro?! – exclamou ele. – Sabia que havíamos esquecido de lhe dizer alguma coisa antes de seu casamento, rapaz! Não é de admirar que ainda não a tenha engravidado!

A mão de Jamie segurou meu ombro com força, virando-me em direção à arcada, e escapamos do salão, sob uma chuva de risadas e conselhos obscenos.

No corredor escuro do lado de fora do salão, Jamie se apoiou nas pedras da parede e dobrou-se de rir. Sem conseguir ficar em pé, deixei-me cair no chão aos seus pés, incapaz de conter o riso.

– Você não contou a ele, contou? – disse Jamie, arquejante, por fim.

Balancei a cabeça.

– Não, claro que não. – Ainda respirando com dificuldade, tateei em busca de sua mão e ele me ajudou a ficar de pé. Deixei-me cair sobre seu peito.

– Deixe-me ver se entendi agora. – Segurou meu rosto com as duas mãos e pressionou a testa contra a minha, o rosto tão perto que seus olhos se transformaram numa grande órbita azul e seu hálito soprava quente no meu queixo.

– Frente a frente. É assim? – A efervescência de riso estava arrefecendo em meu sangue, substituída por outra coisa igualmente potente. Toquei seus lábios com minha língua, enquanto minhas mãos ocupavam-se mais embaixo.

– Os rostos não são essenciais. Mas você está aprendendo.

No dia seguinte, eu estava no consultório, ouvindo pacientemente uma senhora idosa da vila, parente do cozinheiro de sopas, que detalhava um tanto loquazmente a crise de garganta inflamada de sua nora, que teoricamente tinha algo a ver com sua atual queixa de angina, embora no momento eu não conseguisse ver a ligação. Uma sombra atravessou a porta, interrompendo a lista de sintomas da velha senhora.

Ergui os olhos, surpresa, e vi Jamie entrar apressado, seguido do Velho Alec, os dois parecendo preocupados e ansiosos. Jamie removeu sem nenhuma cerimônia o depressor de língua improvisado que eu estava segurando e me colocou de pé, segurando minhas mãos entre as suas.

– O que... – comecei a dizer, mas fui interrompida por Alec, espreitando por cima do ombro de Jamie para as minhas mãos, que ele lhe mostrava.

– Sim, as mãos servem, mas e os braços, homem? Ela tem braços para isso?

– Olhe. – Jamie agarrou uma das minhas mãos e estendeu meu braço para a frente, medindo-o contra um dos seus próprios braços.

– Bem – disse Alec, examinando-o em dúvida –, pode ser. Sim, acho que servem.

– Poderiam me dizer o que acham que estão fazendo? – perguntei, mas antes de poder terminar, já estava sendo arrastada pelas escadas entre os dois homens, deixando minha paciente idosa de boca aberta atrás de nós, perplexa.

Alguns instantes depois, eu olhava com desconfiança a parte traseira grande, marrom e brilhante de uma égua, a uns 15 centímetros do meu rosto. O problema fora esclarecido no caminho para a estrebaria, Jamie explicando e o Velho Alec fazendo coro com observações, imprecações e interjeições.

Losgann, em geral uma boa parideira, e um valioso animal da estrebaria de Colum, estava com dificuldades. Isso eu mesma podia constatar; a égua estava deitada de lado e periodicamente os flancos brilhantes elevavam-se e o corpo enorme parecia estremecer. De quatro atrás do cavalo, eu podia ver os lábios da vagina abrirem-se ligeiramente a cada contração, porém nada mais acontecia; nenhum sinal de um minúsculo casco ou de um delicado focinho úmido aparecia na abertura. O potro, um temporão, estava evidentemente de lado ou completamente virado. Alec achava que estava de lado, Jamie achava que estava virado e eles pararam para argumentar sobre isso por um instante, até que eu impacientemente coloquei ordem na reunião perguntando o que esperavam que eu fizesse, qualquer que fosse o caso.

Jamie olhou-me como se eu fosse um pouco tola.

– Virar a cria, é claro – disse ele. – Girar as patas da frente para ela poder sair.

– Ah, só isso? – Olhei para a égua. Losgann, cujo belo nome na verdade significava "Rã", tinha a ossatura delicada para um cavalo, mas ainda assim extremamente grande. – Hum, quer dizer, enfiar a mão lá dentro? – Olhei minha mão disfarçadamente. Provavelmente daria – a abertura era bastante grande –, mas e depois?

As mãos de ambos os homens eram grandes demais para a tarefa. E Roderick, o cavalariço que geralmente era pressionado a cuidar de situações delicadas como essa, estava, é claro, imobilizado com uma tala e uma tipoia que eu lhe arranjara, no braço direito – quebrara o braço havia dois dias. Willie, o outro rapaz da estrebaria, entretanto, fora buscar Roderick, para dar conselhos e apoio moral. Nesse ponto, ele chegou, vestido apenas com um par de calças esfarrapadas, o peito magro brilhando com sua alvura na penumbra da estrebaria.

– Vai ser difícil – disse ele, em dúvida, avisado da situação e da sugestão de que eu o substituísse. – É complicado. Há um jeito especial, mas é preciso um pouco de força também.

– Não se preocupe – disse Jamie com confiança. – Claire é muito mais forte do que você, seu imprestável. Basta lhe dizer o que procurar no tato e o que fazer, e ela vai virá-lo rapidamente.

Apreciei o voto de confiança, mas não tinha de modo algum tanto sangue-frio. Dizendo a mim mesma com firmeza que aquilo não era pior do que dar assistência a uma cirurgia abdominal, recolhi-me a uma baia para trocar meu vestido por calças e um guarda-pó rústico de aniagem. Lavei a mão e o braço até a altura do ombro com sabão de sebo.

– Bem, ao ataque – murmurei baixinho e deslizei minha mão para dentro.

Havia bem pouco espaço de manobra e, no começo, não sabia dizer o que eu estava tateando. Fechei os olhos para me concentrar melhor e fui buscando cautelosamente. Havia áreas lisas e lugares pontudos. As partes lisas seriam o corpo e as pontudas as patas ou a cabeça. Eram as patas que eu queria – as patas dianteiras, para ser específica. Gradualmente, acostumei-me à sensação do tato e à necessidade de ficar imóvel quando vinha uma contração; os músculos surpreendentemente fortes do útero contraíam-se sobre minha mão e braço como uma braçadeira, esmagando meus próprios ossos muito dolorosamente até a contração começar a abrandar e eu poder retomar minha busca.

Finalmente, meus dedos, tateando desajeitadamente, encontraram algo que eu sabia o que era.

– Coloquei a mão no focinho dele! – gritei, triunfante. – Encontrei a cabeça!

– Ótimo, menina, ótimo! Não solte! – Alec se agachou ansioso ao meu lado, dando uns tapinhas reconfortantes na égua quando uma nova contração começou. Cerrei os dentes e apoiei a cabeça contra o traseiro brilhante enquanto meu pulso era esmigalhado pela força da contração. No entanto, ela cessou e eu não larguei o focinho do potro. Levando a mão cautelosamente para cima, encontrei a curva da órbita ocular e a testa, em seguida a pequena elevação da orelha dobrada. Esperando atravessar mais uma contração, segui a curva do pescoço para baixo, até a omoplata.

– Está com a cabeça virada sobre o ombro – relatei. – Pelo menos, a cabeça está voltada na direção certa.

– Ótimo. – Jamie, junto à cabeça da égua, deslizava a mão pelo pescoço castanho suado para acalmá-la. – É provável que as patas estejam dobradas embaixo do peito. Veja se consegue colocar a mão num dos joelhos.

Assim continuei, tateando, apalpando, com o braço enterrado até o ombro na escuridão morna do animal, sentindo a terrível força das contrações do parto e seu ansiado arrefecimento, lutando cegamente para alcançar meu objetivo. Senti-me como se eu mesma estivesse dando à luz e certamente era uma tarefa árdua.

Finalmente, minha mão segurou um casco; podia sentir a superfície arredondada e a borda aguçada da curva ainda não utilizada. Seguindo as instruções precipitadas e em geral contraditórias de meus guias da melhor forma possível, eu alternadamente puxava e empurrava, aos poucos girando o pesado volume da cria, trazendo uma pata para a frente, empurrando outra para trás, suando e gemendo com a égua.

E então, de repente, tudo funcionou. Uma contração amainou e subitamente tudo deslizou sem percalços para o lugar certo. Esperei a próxima contração sem me mover. Ela veio e um pequeno focinho úmido surgiu repentinamente, empurrando minha mão para fora com ele. As minúsculas narinas se alargaram brevemente, como se estivessem interessadas nessa nova sensação, depois desapareceram novamente.

– A próxima vai resolver! – Alec estava quase dançando de contentamento, seu corpo deformado pela artrite saltando de um lado para outro no feno. – Vamos, Losgann. Vamos, minha rãzinha!

Como se atendendo ao pedido, a égua emitiu um relinchar convulsivo. Suas ancas flexionaram-se pronunciadamente e o potro deslizou suavemente para o feno limpo, numa enxurrada de patas ossudas e orelhas enormes.

Sentei-me no feno, rindo tolamente. Eu estava coberta de secreções e sangue, exausta, dolorida e cheirando fortemente aos aspectos menos agradáveis de um cavalo. Estava eufórica.

Fiquei sentada observando enquanto Wille e Roderick, com apenas uma das mãos, cuidavam do recém-chegado, limpando-o com punhados de feno. E comemorei com o resto quando Losgann se virou e lambeu-o, cutucando-o delicadamente e empurrando-o com o focinho para que ele ficasse de pé em suas patas enormes e trôpegas.

– Um belo trabalho, dona! Belíssimo!

Alec exultava, sacudindo minha mão gosmenta em congratulações. Percebendo repentinamente que eu estava oscilando no lugar onde estava empoleirada e num estado deplorável, voltou-se e gritou para um dos rapazes que trouxesse água. Em seguida, deu a volta por trás de mim e colocou as mãos velhas e calejadas nos meus ombros. Com uma surpreendente destreza e um toque suave, pressionou e massageou, desfazendo a tensão nos músculos dos meus ombros e relaxando os nós no meu pescoço.

– Pronto, dona – disse ele, finalmente. – Trabalho duro, hein? – Sorriu para mim, depois olhou radiante, com verdadeira adoração, para o potro.

– Belo rapaz – sussurrou ele. – Então, quem é o meu lindo rapazinho?

Jamie ajudou-me a me lavar e trocar de roupa. Meus dedos estavam enrijecidos demais para conseguir fechar os botões do corpete e eu sabia que meu braço inteiro estaria coberto de hematomas pela manhã, mas sentia uma grande paz e satisfação.

A chuva parecia durar para sempre, de modo que, quando finalmente o dia amanheceu ensolarado e luminoso, estreitei os olhos na luz como uma toupeira recém-saída de sua toca.

– Sua pele é tão fina que posso ver o sangue movendo-se sob ela – disse Jamie, traçando o caminho de um raio de sol pela minha barriga nua. – Posso seguir as veias de sua mão ao coração. – Deslizou o dedo suavemente do meu pulso para a curva do cotovelo, pelo lado interno da parte superior do meu braço e pela inclinação abaixo da minha clavícula.

– Esta é a veia subclavicular – observei, olhando para baixo do meu nariz para o caminho que seu dedo percorria.

– Ah, é? Ah, sim, porque está abaixo da clavícula. Conte-me mais. – O dedo deslizou mais para baixo. – Gosto de saber os nomes originados do latim; nunca pensei que seria tão agradável fazer amor com uma médica.

– Isso – disse, com precisão – é uma aréola, e você sabe, porque eu lhe disse na semana passada.

– É verdade – murmurou ele. – E olhe só, há outra. – A cabeça brilhante afundou para deixar que sua língua substituísse o dedo, depois viajou mais para baixo.

– Umbilicus – disse com a respiração entrecortada.

– Hummm – murmurou ele, os lábios abafados abrindo-se num sorriso contra minha pele transparente. – E então o que é isso?

– Diga-me você – respondi, agarrando sua cabeça com força. Mas ele não conseguiu responder.

Mais tarde, fiquei passando o tempo preguiçosamente na minha cadeira no consultório, deleitando-me sonhadoramente com as lembranças de acordar numa cama de raios de sol, os lençóis desalinhados em ofuscantes bancos de areia branca, como as dunas de uma praia. Uma das minhas mãos descansava em meu seio e eu brinquei indolentemente com o mamilo, apreciando a sensação de avolumar-se sob a palma da minha mão, sob o algodão fino do meu corpete.

– Divertindo-se?

A voz sarcástica vinda da porta me fez levantar tão rapidamente que bati com a cabeça em uma prateleira.

– Ai! – exclamei, um pouco irritada. – Geillis. Quem mais? O que está fazendo aqui?

Ela deslizou para dentro do consultório, movendo-se como se andasse sobre rodas. Eu sabia que ela possuía pés; eu os vira. O que eu não conseguia imaginar é onde ela os colocava quando andava.

– Vim trazer um pouco de açafrão da Espanha para a sra. Fitz; ela estava precisando para a chegada do duque.

– Mais especiarias? – perguntei, começando a recuperar meu bom humor. – Se o sujeito comer metade do que ela está preparando para ele, vão ter que levá-lo rolando para casa.

– Podiam fazer isso agora mesmo. Ouvi dizer que ele é roliço como uma bola.

– Descartando o assunto do duque e seu físico, perguntou-me se eu gostaria de me juntar a ela numa expedição pelos contrafortes mais próximos.

– Estou precisando de um pouco de musgo – explicou. Sacudiu graciosamente as mãos longas. – Dá uma excelente loção para as mãos, fervido em leite com um pouco de lã de carneiro.

Lancei um olhar à abertura da minha janela, onde as partículas de poeira pareciam enlouquecidas na luz dourada. Um leve cheiro de fruta madura e feno recém-cortado flutuava na brisa.

– Por que não?

Esperando enquanto eu reunia meus cestos e garrafas, Geillis caminhou pelo consultório, mexendo nas peças e largando-as a esmo. Parou junto a uma mesinha e pegou o objeto que estava ali, franzindo a testa.

– O que é isto?

Parei o que estava fazendo e me aproximei dela. Ela segurava um pequeno feixe de plantas secas, presas com três fios enrolados; preto, branco e vermelho.

– Jamie disse que é mau agouro.

– Ele tem razão. Onde você achou isso?

Contei-lhe que o pequeno maço de plantas estava sob o meu travesseiro.

– Fui procurá-lo e o encontrei embaixo da minha janela no dia seguinte, onde Jamie o atirara. Eu pretendia levá-lo até sua casa e perguntar-lhe se sabia alguma coisa a respeito, mas me esqueci.

Ela ficou tamborilando um dedo pensativamente contra os dentes da frente, sacudindo a cabeça.

– Não, não posso dizer que saiba. Mas pode haver um modo de descobrir quem o deixou para você.

– É mesmo?

– Sim. Venha à minha casa amanhã de manhã e eu lhe direi.

Recusando-se a falar mais sobre o assunto, girou num floreio de manto verde, deixando-me para segui-la se quisesse.

Levou-me até bem alto nos contrafortes, galopando quando havia estrada para isso, caminhando quando não havia. Depois de uma hora de viagem da vila, ela parou perto de um riacho, coberto pelos galhos pendentes de salgueiros-chorões.

Vadeamos o riacho e seguimos a esmo pelos contrafortes, colhendo as plantas tardias de verão que ainda sobreviviam, frutas silvestres, em amadurecimento no começo do outono, e os grossos e amarelos cogumelos que brotavam dos troncos das árvores nas pequenas e sombreadas ravinas.

A figura de Geillis desapareceu nas samambaias acima de mim, quando parei para raspar um pouco de casca de álamo no meu cesto. Os glóbulos de seiva seca na casca papirácea pareciam gotas congeladas de sangue, o vermelho-escuro resplandecente da luz do sol preso em seu interior.

Um barulho me despertou do meu devaneio e olhei para cima da colina, na direção de onde parecia ter vindo.

Ouvi o mesmo som outra vez; um choro agudo, como um miado. Parecia vir de cima, de uma fenda na rocha, perto do cume do monte. Larguei o cesto no chão e comecei a correr para cima.

– Geillis! – gritei. – Venha até aqui! Alguém abandonou um bebê!

O barulho de alguém abrindo caminho apressadamente pelo mato e murmurando imprecações precedeu-a morro acima, conforme ela se debatia em meio aos arbustos emaranhados na encosta. Seu rosto claro estava afogueado e contrariado e tinha galhos e folhas pelos cabelos.

– O que em nome de Deus... – começou ela a dizer e, em seguida, veio correndo. – Pelo sangue de Cristo! Coloque-o no chão! – Apressadamente tirou o bebê dos meus braços, colocou-o no lugar onde eu o encontrara, numa pequena depressão na rocha. O buraco raso e liso, na forma de uma bacia, tinha menos de 1 metro de largura. Em um dos lados do buraco havia uma tigela rasa de madeira, cheia até a metade com leite fresco e, aos pés do bebê, via-se um pequeno buquê de flores silvestres, amarrado com um pedaço de cordão vermelho.

– Mas ele está doente! – protestei, inclinando-me para a criança outra vez. – Quem iria deixar uma criança doente aqui em cima sozinha?

A criança estava claramente muito doente; o rostinho contraído estava esverdeado, com profundas olheiras sob os olhos, e os pequenos punhos sacudiam-se fracamente sob o cobertor. Ela se deixara cair frouxamente quando a peguei nos braços; admirava-me que tivesse tido forças para choramingar.

– Os pais dela – disse Geillis laconicamente, segurando-me pelo braço para me impedir de pegar a criança novamente. – Deixe-a. Vamos sair daqui.

– Os pais dela? – exclamei, indignada. – Mas...

– É uma troca – disse com impaciência. – Deixe-a e venha. Agora!

Arrastando-me com ela, fugiu de volta pelo mato. Protestando, segui-a ladeira abaixo até chegarmos, afogueadas e arquejantes, no sopé da colina, onde a obriguei a parar.

– O que é isso? – indaguei. – Não podemos simplesmente abandonar uma criança doente assim a céu aberto. E o que quer dizer com uma troca?

– Uma troca – disse ela, irritada. – Certamente você deve saber o que é uma troca. Quando as fadas roubam uma criança humana, deixam uma das suas no lugar. Você sabe que é uma criança trocada porque ela chora e se queixa o tempo todo e não cresce nem se desenvolve.

– Claro que sei o que é – disse. – Mas você não acredita nessa bobagem, não é?

Lançou-me um olhar rápido e estranho, cheio de cautelosa suspeita. Em seguida, as linhas de seu rosto relaxaram para sua expressão normal e divertido cinismo.

– Não, não acredito – admitiu ela. – Mas as pessoas daqui acreditam. – Olhou nervosamente para o alto da encosta, mas não se ouviu mais nenhum barulho do buraco na pedra. – A família deve estar por perto. Vamos embora.

Relutantemente, deixei que me puxasse em direção à vila.

– Por que a colocaram lá em cima? – perguntei, sentada numa pedra para retirar minhas meias antes de atravessar um pequeno córrego. – Será que esperam que o Povo Pequeno venha curá-la? – Ainda estava preocupada com a criança; parecia terrivelmente doente. Não sabia o que havia de errado com ela, mas talvez fosse possível ajudar.

Talvez eu pudesse deixar Geillis na vila e depois voltar para pegar a criança. Mas teria que ser logo; olhei para o céu a leste, onde nuvens cinza e carregadas escureciam rapidamente o dia com um tom púrpura. Uma claridade rósea ainda podia ser vista a oeste, mas não devia restar mais do que meia hora de luz.

Geillis passou a alça de corda trançada de seu cesto pelo pescoço, arregaçou as saias e entrou no córrego, estremecendo com a água fria.

– Não – disse ela. – Ou melhor, sim. Essa é uma das colinas de fadas e é perigoso dormir ali. Se você deixar uma troca de um dia para o outro num lugar assim, o Povo virá resgatá-la e deixar a criança humana que roubaram em seu lugar.

– Mas não o farão, porque não é uma troca – retruquei, prendendo a respiração ao toque da água de neve derretida. – É apenas uma criança doente. Pode muito bem não sobreviver a uma noite a céu aberto!

– Não sobreviverá – disse ela secamente. – Estará morta pela manhã. E peço a Deus que ninguém nos tenha visto perto dela.

Parei bruscamente no meio do ato de calçar os sapatos.

– Morta! Geillis, vou voltar para buscá-la. Não posso deixar a criança lá. – Virei-me e comecei a atravessar o córrego outra vez.

Ela me pegou por trás e me fez espatifar de cara na água rasa. Debatendo-me e arquejando, consegui ficar de joelhos, espadanando água em todas as direções. Ela estava parada no meio do córrego com água até a barriga da perna, as saias ensopadas, fitando-me com raiva.

– Sua maldita inglesa idiota! – gritou ela. – Não há nada que possa fazer! Está me ouvindo? Nada! Aquela criança já está praticamente morta! Não vou ficar parada aqui e deixar que você arrisque sua própria vida e a minha por alguma ideia maluca da sua cabeça! – Bufando e resmungando, abaixou-se, pegou-me por baixo dos braços com as duas mãos, fazendo-me ficar de pé.

– Claire – disse ela ansiosamente, sacudindo-me pelos braços. – Ouça-me. Se você se aproximar daquela criança e ela morrer, e ela vai morrer, acredite em mim, eu já as vi assim, a família a culpará por isso. Não vê o perigo que isso representa? Não sabe o que dizem a seu respeito na vila?

Fiquei parada, tremendo, na brisa fria do pôr do sol, dividida entre seu óbvio pânico pela minha segurança e a ideia de uma criança desamparada, morrendo aos poucos sozinha no escuro, com flores silvestres aos seus pés.

– Não – respondi, sacudindo o cabelo molhado do rosto. – Geillis, não, não posso. Terei cuidado, prometo, mas tenho que ir. – Livrei-me de suas mãos e virei-me na direção da margem oposta, tropeçando e chafurdando nas sombras incertas do leito do rio.

Ouviu-se um grito abafado de exasperação atrás de mim, seguido de uma frenética agitação de águas na direção oposta. Bem, ao menos ela não me atrapalharia mais.

Escurecia rapidamente e abri caminho pelo mato emaranhado o mais rápido que pude. Não tinha certeza se conseguiria encontrar o monte certo se ficasse escuro antes de eu alcançá-lo; havia vários por perto, quase todos da mesma altura. E com fadas ou sem fadas, a ideia de ficar vagando por ali sozinha no escuro não me agradava nem um pouco. A questão de como eu faria o caminho de volta ao castelo com um bebê doente era algo que resolveria quando chegasse o momento.

Encontrei o monte, finalmente, ao avistar o grupo de lariços jovens que eu lembrava de ter visto no sopé. Já estava quase completamente escuro agora, uma noite sem luar, e eu tropeçava e caía com frequência. Os lariços permaneciam juntos, conversando baixinho na brisa noturna, com estalidos, cliques e suspiros sussurrados.

O maldito lugar é assombrado, pensei, ouvindo a conversa das folhas acima da minha cabeça enquanto serpenteava em meu caminho pelo meio dos troncos esguios. Não me surpreenderia se encontrasse um fantasma atrás da árvore seguinte.

Mas fiquei surpresa. Na verdade, fiquei apavorada quando o vulto sombrio saiu de trás da árvore e me agarrou. Deixei escapar um grito agudo e comecei a golpeá-lo.

– Meu Deus! – exclamei. – O que está fazendo aqui? – Encolhi-me por um instante contra o peito de Jamie, aliviada de vê-lo, apesar do susto que me dera.

Segurou-me pelo braço e virou-se para me levar para fora da floresta.

– Vim buscá-la – disse ele, com a voz baixa. – Vim ao seu encontro porque já estava anoitecendo; encontrei Geillis Duncan perto do córrego de St. John e ela me disse onde você estava.

– Mas o bebê... – comecei, virando-me para o monte.

– A criança está morta – disse ele secamente, puxando-me de volta. – Eu fui lá primeiro, para ver.

Segui-o, então, sem objeção, perturbada com a morte da criança, mas aliviada pelo fato de que não teria, afinal, que enfrentar a subida até o pico das fadas ou o longo trajeto de volta sozinha. Oprimida pela escuridão e pelas árvores sussurrantes, não falei nada até atravessarmos o córrego outra vez. Ainda molhada da imersão prévia, não me dei ao trabalho de remover as meias, mas saí chafurdando para o outro lado de qualquer maneira. Jamie, ainda seco, continuou assim, saltando da margem para uma pedra no meio do córrego que se destacava acima da corrente, depois dando um pulo para o meu lado como um atleta de salto a distância.

– Você faz ideia de como é perigoso andar por aí sozinha à noite, Sassenach? – indagou ele. Não parecia com raiva, apenas curioso.

– Não... quer dizer, sim. Desculpe-me se o deixei preocupado. Mas eu não podia deixar uma criança lá, eu simplesmente não podia.

– Sim, eu sei. – Abraçou-me rapidamente. – Você tem um bom coração, Sassenach. Mas não faz a menor ideia daquilo com que está lidando aqui.

– Fadas, hein? – Eu estava cansada e perturbada com o incidente, mas disfarçava com petulância. – Não tenho medo de superstições. – Um pensamento me ocorreu. – Você acredita em fadas, bebês trocados e tudo isso?

Ele hesitou por um instante antes de responder.

– Não. Não, não acredito em tais coisas, embora duvido que fosse passar a noite numa colina de fadas, ainda assim. Mas eu sou um homem educado, Sassenach. Tive um professor particular alemão na casa de Dougal muito bom, que me ensinou latim e grego e tudo mais. Mais tarde, quando fui para a França aos 18 anos, bem, estudei história e filosofia e vi que o mundo era muito mais do que charnecas e ravinas e monstros no lago. Mas essas pessoas... – Esticou um dos braços, abrangendo a escuridão atrás de nós. – Nunca estiveram a mais de um dia de distância de onde nasceram, exceto por alguma coisa importante como um encontro do clã, e isso talvez duas vezes na vida. Vivem entre os vales estreitos e os lagos e não sabem mais nada do mundo além do que o padre Bain lhes diz domingo na igreja. Isso e as histórias antigas.

Afastou um galho de amieiro e eu me agachei para passar por baixo. Estávamos na trilha de veados que eu e Geillis seguíramos horas antes. Senti-me encorajada pela nova evidência de que ele sabia se orientar, mesmo no escuro. Longe do monte das fadas, falou com a voz natural, apenas parando ocasionalmente para afastar algum mato do caminho.

– Essas histórias não passam de diversão nas mãos de Gwyllyn, quando ele se senta no salão bebendo vinho do Reno.

Seguiu à minha frente pelo caminho em descida e sua voz flutuava de volta para mim, suave e enfática no ar frio da noite.

– No entanto, aqui e mesmo na vila, é diferente. As pessoas vivem de acordo com essas histórias. Acredito que haja certa verdade por trás de algumas delas.

Pensei nos olhos cor de âmbar do monstro do lago e imaginei que outras seriam verdadeiras.

– E outras... bem... – Sua voz amainou-se e tive que me esforçar para ouvi-lo. – Para os pais daquela criança, talvez os console um pouco acreditar que foi a criança trocada que morreu e pensar em seu próprio filho, saudável e contente, vivendo para sempre com as fadas.

Chegamos aos cavalos e em meia hora as luzes do Castelo Leoch brilhavam na escuridão nos dando as boas-vindas. Nunca pensei que consideraria aquela construção inóspita um posto avançado da civilização, mas nesse momento as luzes pareciam as de um farol de iluminação espiritual.

Somente quando nos aproximamos é que percebi que a impressão de luz devia-se à fileira de lanternas acesas ao longo do parapeito da ponte.

– Alguma coisa aconteceu – disse, virando-me para Jamie. E vendo-o pela primeira vez na luz, percebi que não estava usando sua habitual camisa surrada e kilt encardido. Sua camisa de linho imaculadamente branca brilhava à luz das lanternas e seu melhor, seu único, casaco de veludo estava dobrado sobre a sela.

– Sim – disse ele, assentindo. – Foi por isso que fui buscá-la. O duque finalmente chegou.

O duque foi uma surpresa para mim. Não sei exatamente o que eu esperava, mas não era o entusiasta de caça de rosto vermelho, cordial, expansivo, de olhos azuis claros que estavam sempre um pouco apertados, como se olhasse para o sol seguindo o voo de um faisão.

Imaginei por um instante se toda aquela encenação anterior em relação ao duque não seria um pouco exagerada. No entanto, olhando em torno do salão, notei que todos os rapazes com menos de 18 anos exibiam um ar ligeiramente preocupado, mantendo os olhos fixos no duque enquanto ele falava e ria animadamente com Colum e Dougal. Portanto, não era apenas encenação; eles estavam avisados.

Quando fui apresentada ao duque, tive alguma dificuldade em manter uma expressão séria. Ele era um homem grandalhão, rijo e em boa forma, do tipo que se costuma ver alardeando suas opiniões em pubs, derrotando os opositores com a força do estardalhaço e da repetição. Eu fora avisada, é claro, pela história de Jamie, mas a impressão física era tão esmagadora que quando o duque se curvou sobre a minha mão e disse "Que encantador encontrar uma compatriota neste lugar remoto, madame", numa voz de rato cansado, tive que morder a parte de dentro de minha bochecha para não cometer uma gafe em público.

Cansado da viagem, o duque e sua comitiva foram cedo para a cama. Na noite seguinte, no entanto, houve música e conversas depois do jantar, e Jamie e eu nos unimos a Colum, Dougal e o duque. Sandringham ficou cada vez mais loquaz sob os efeitos do vinho do Reno de Colum e falava sem parar, discorrendo igualmente sobre os horrores de viajar nas Terras Altas e as belezas do campo. Ouvíamos educadamente e eu tentei não deixar que meus olhos encontrassem os de Jamie enquanto o duque discorria com sua voz aguda sobre a história de suas dificuldades.

– Um eixo de roda quebrou perto de Stirling e ficamos retidos durante três dias, debaixo de um aguaceiro, veja bem, até meu lacaio encontrar um ferreiro para vir consertar o maldito eixo. E menos de doze horas depois, caímos no maior buraco já visto e a droga do eixo quebrou de novo! Depois, um cavalo perdeu a ferradura e tivemos que descarregar a carruagem e caminhar ao lado dela, na lama, conduzindo o cavalo manco. E então...

Conforme a história continuava, de desgraça em desgraça, senti uma crescente necessidade de rir e tentei sufocá-la com mais vinho, o que provavelmente foi um erro.

– Mas a caça, MacKenzie, que caça! – exclamou o duque a certa altura, revirando os olhos em êxtase. – Eu mal podia acreditar. Não é de admirar que você ofereça tal mesa. – Bateu delicadamente na barriga grande e sólida. – Juro que daria meus dentes caninos para pegar um veado como o que vimos há dois dias; um esplêndido animal, simplesmente esplêndido. Saltou dos arbustos bem na frente da carruagem, minha querida – confidenciou-me. – Assustou os cavalos, de modo que por pouco não saímos da estrada outra vez!

Colum ergueu o belo recipiente de vinho em forma de sino, arqueando interrogativamente uma das sobrancelhas. Quando serviu os copos que se apresentaram, disse:

– Bem, talvez possamos arranjar uma caça para Sua Excelência. O meu sobrinho é um ótimo caçador. – Olhou significativamente por baixo das sobrancelhas para Jamie; houve um aceno de cabeça quase imperceptível em resposta.

Colum se recostou em sua cadeira, recolocando o recipiente na mesa, e disse descontraidamente:

– Sim, vamos providenciar isso. Talvez no começo da semana que vem. É muito cedo para faisão, mas a caça ao veado estará ótima. – Voltou-se para Dougal, recostado numa poltrona acolchoada, um pouco afastado para um dos lados. – Meu irmão poderá acompanhá-los. Caso pretenda seguir para o norte, ele pode lhe mostrar as terras que discutíamos anteriormente.

– Fantástico, fantástico! – O duque estava encantado. Deu um tapinha na perna de Jamie; vi os músculos se enrijecerem, mas Jamie não se mexeu. Sorriu tranquilamente e o duque deixou sua mão demorar-se apenas um instante a mais. Então Sua Excelência percebeu que eu o estava olhando e sorriu jovialmente para mim, a expressão do rosto dizendo: "Vale a pena tentar, não é?" A despeito de mim mesma, correspondi ao sorriso. Para minha grande surpresa, gostei muito do sujeito.

Com a agitação da chegada do duque, eu me esquecera da oferta de Geillis de me ajudar a descobrir quem me enviara o mau agouro. E depois da cena desagradável com a criança trocada no monte das fadas, não estava certa se gostaria de tentar qualquer coisa que ela me sugerisse.

Ainda assim, a curiosidade ultrapassou a desconfiança e quando Colum pediu a Jamie para acompanhar os Duncan ao castelo para o banquete do duque dois dias mais tarde, eu o acompanhei.

Foi assim que Jamie e eu nos encontrávamos na sala dos Duncan naquela quinta-feira, recebidos pelo fiscal com uma espécie de amizade constrangida enquanto a mulher terminava de se aprontar no andar de cima. Bastante recuperado dos efeitos de sua última crise gástrica, Arthur ainda assim não parecia muito saudável. Como a maioria dos gordos que perde muito peso de repente, a gordura desaparecera de seu rosto, mas não de sua barriga. Sua pança ainda intumescia a seda verde em sua cintura, enquanto a pele do rosto caía flacidamente em grandes rugas.

– Talvez eu possa subir e ajudar Geillis com seu cabelo ou algo assim – sugeri. – Trouxe-lhe uma fita nova. – Antecipando a possível necessidade de um motivo para conversar com ela sozinha, trouxera um pequeno embrulho comigo. Apresentando-o como uma desculpa, atravessei a porta e subi as escadas antes que Arthur pudesse protestar.

Ela estava à minha espera.

– Entre – disse ela –, vamos até meu aposento particular para isto. Temos que nos apressar, mas não levará muito tempo.

Segui Geillis pela escada estreita, em caracol. Os degraus tinham alturas irregulares; alguns eram tão altos que eu tinha que levantar minhas saias para não tropeçar. Concluí que os carpinteiros do século XVII ou usavam métodos defeituosos de mensuração ou tinham muito senso de humor.

O santuário particular de Geillis ficava no topo da casa, num dos sótãos remotos acima das dependências dos criados. Era protegido por uma porta com tranca, aberta por uma chave realmente gigantesca que ela retirou do bolso do seu avental; devia ter pelo menos 15 centímetros de comprimento, a argola decorada com arabescos em forma de flores e trepadeiras. A chave devia pesar cerca de meio quilo; segurada pela haste, daria uma boa arma. Tanto a fechadura quanto as dobradiças estavam bem azeitadas e a porta pesada se abriu para dentro silenciosamente.

O sótão era pequeno, confinado pelas águas-furtadas providas de empenas que acompanhavam a frente da casa. Todo espaço das paredes era recoberto de prateleiras, abrigando jarros, garrafas, frascos, botijas e béqueres. Inúmeros maços de ervas secando, amarrados cuidadosamente com fios de cores diversas, estavam perfeitamente pendurados em fileiras dos caibros do telhado, roçando meus cabelos com uma poeira aromática conforme passávamos por baixo.

No entanto, não se parecia nem um pouco ao herbanário claro e ordenado do andar inferior. Era apinhado, quase atravancado e escuro, apesar das águas-furtadas.

Uma das prateleiras exibia livros, a maioria antigos e desfazendo-se, sem identificação nas lombadas. Passei o dedo curiosamente pela fileira dos livros encadernados em couro. A maior parte era de couro de boi, mas havia dois ou três de um material diferente; algo macio, mas desagradavelmente gorduroso ao toque. E um que parecia encadernado com capa de pele de peixe. Retirei um dos livros e folheei-o cautelosamente. Era manuscrito, em uma mistura de francês arcaico e latim ainda mais obsoleto, mas pude decifrar o título. *L'Grimoire d'le Comte St. Germain.*

Fechei o livro e recoloquei-o na prateleira, sentindo um pequeno choque. Um grimório. Um livro de magia. Podia sentir o olhar de Geillis fixo em minhas costas e virei-me, deparando-me com um misto de malícia e cautelosa especulação. O que eu faria, agora que eu sabia?

– Então, não se trata apenas de boatos, hein? – falei, sorrindo. – Você realmente é uma bruxa.

Imaginava até onde iria tudo aquilo e se ela mesma acreditava, ou se não passava da aparência exterior de uma sofisticada simulação que ela usava para aliviar o tédio do casamento com Arthur. Também imaginava que tipo de magia ela praticava – ou achava que praticava.

– Ah, branca – disse ela, sorrindo. – Definitivamente, magia branca.

Pensei com pesar que Jamie devia estar certo sobre meu rosto – todo mundo parecia ser capaz de dizer o que eu estava pensando.

– Bem, isso é bom – retorqui. – Eu mesma não tenho vocação para dançar em volta de fogueiras à meia-noite e cavalgar em vassouras, quanto mais beijar o traseiro do diabo.

Geillis atirou a cabeça para trás e soltou uma gargalhada, encantada.

– Você não beija o de ninguém, isso eu posso ver – disse ela. – Nem eu. Embora se eu tivesse um doce e fogoso diabo como o seu na minha cama, não diria que não o fizesse com o tempo.

– Isso me faz lembrar... – comecei, mas ela já se voltara e iniciara seus preparativos, murmurando consigo mesma.

Verificando primeiro se a porta estava bem trancada atrás de nós, atravessou o aposento até a água-furtada e começou a remexer num baú sob o banco da janela. Retirou uma panela grande e rasa e uma comprida vela branca enfiada num castiçal de cerâmica. Uma nova busca revelou uma colcha usada, que ela estendeu no assoalho como proteção contra farpas e poeira.

– O que exatamente está planejando fazer, Geillis? – perguntei, examinando os preparativos com desconfiança. De imediato, não via nenhuma intenção sinistra numa panela, uma vela e uma colcha, mas eu era uma bruxa novata, na melhor das hipóteses.

– Uma invocação – respondeu ela, puxando a colcha pelas pontas, de modo que os lados ficassem alinhados com as tábuas do assoalho.

– Para invocar quem? – perguntei. Ou o quê.

Ela se levantou e ajeitou os cabelos para trás. Finos e lisos, soltavam-se de seus prendedores. Murmurando, arrancou os grampos dos cabelos e deixou-os cair numa cortina lisa e brilhante, quase dourada.

– Ah, fantasmas, espíritos, visões. Qualquer coisa de que possa precisar – disse ela. – Começa da mesma forma em qualquer caso, mas as ervas e as palavras são diferentes para cada um. O que queremos agora é uma visão. Para ver quem lhe deseja mal. Então, você poderá virar o mau agouro de volta para essa pessoa.

– Hum, bem... – Na verdade, eu não tinha nenhum desejo de vingança, mas estava curiosa, tanto para ver como era a invocação quanto para saber quem deixara o mau agouro para mim.

Colocando a panela no meio da colcha, despejou água de uma garrafa dentro do recipiente, explicando-me:

– Pode usar qualquer vasilha grande o suficiente para dar um bom reflexo, embora o livro de magia diga para usar uma bacia de prata. Até mesmo um lago ou uma poça d'água lá fora podem servir para alguns tipos de invocação, embora deva ser um local isolado. É preciso paz e silêncio para fazer isso.

Ela passou rapidamente de uma janela a outra, fechando as pesadas cortinas negras até praticamente toda a luz do aposento se extinguir. Eu mal conseguia divisar a figura esbelta de Geillis movendo-se rapidamente pela penumbra, até ela acender a vela. A chama bruxuleante iluminou seu rosto enquanto ela a levava de volta para a colcha, lançando sombras angulosas sob o nariz empinado e o maxilar cinzelado.

Colocou a vela junto à panela de água, no lado oposto a mim. Encheu a panela cuidadosamente, tão cheia que a água abaulava-se ligeiramente acima da borda, só não transbordando pela ação da tensão de sua superfície. Inclinando-me sobre ela, pude ver que a superfície da água fornecia um excelente reflexo, muito melhor do que em qualquer um dos espelhos do castelo. Como se lesse minha mente outra vez, explicou que além de servir para invocar espíritos, a panela refletora era um excelente acessório para pentear o cabelo.

– Não esbarre nela ou você vai ficar ensopada – avisou ela, franzindo a testa em concentração enquanto acendia a vela. Algo a respeito do tom prático da observação, tão prosaico em meio àqueles preparativos sobrenaturais, me fez lembrar de alguém. Erguendo os olhos para a figura pálida e esbelta, elegantemente inclinada sobre a panela, não conseguia adivinhar quem ela me fazia lembrar. Mas, é claro. Embora ninguém pudesse ser mais diferente da figura antiquada diante do bule de chá no gabinete do reverendo Wakefield, o tom de voz era exatamente o da sra. Graham.

Talvez compartilhassem uma atitude, um pragmatismo que considerava o oculto uma simples coleção de fenômenos, como as condições do tempo. Algo a ser abordado com cauteloso respeito, é claro – do mesmo modo como se deve ter cuidado ao usar uma faca de cozinha –, mas certamente nada a evitar ou temer.

Ou talvez fosse o cheiro de loção de alfazema. As roupas soltas e esvoaçantes de Geillis sempre cheiravam às essências que ela destilava: cravo-da-índia, camomila, louro, nardo, hortelã, manjerona. Hoje, entretanto, era alfazema que emanava das dobras de suas vestes brancas. O mesmo cheiro que permeava o algodão azul prático da sra. Graham e flutuava das rugas de seu peito ossudo.

Se o peito de Geillis também era escorado por baixo por tais suportes ósseos, não havia nenhum vestígio visível, apesar do decote baixo da vestimenta. Era a primeira vez que eu via Geillis Duncan *en déshabille*; normalmente, ela usava as roupas severas e volumosas, abotoadas até o pescoço, que eram adequadas à mulher de um fiscal. A generosa opulência agora revelada era uma surpresa, uma abundância cremosa quase do mesmo tom da roupa que usava e me deu uma ideia do motivo pelo qual um homem como Arthur Duncan se casaria com uma jovem sem nenhum tostão, de uma família sem nenhuma distinção. Meus olhos se dirigiram involuntariamente para a fileira de frascos cuidadosamente rotulados ao longo da parede, à procura de nitrato de potássio.

Geillis selecionou três frascos da prateleira, despejando uma pequena porção de cada um na tigela de um minúsculo fogareiro de metal. Acendeu a camada de carvão que havia embaixo com a vela e assoprou a chama fraca para animá-la. Uma fumaça aromática começou a se desprender conforme as brasas se intensificaram.

O ar no sótão estava tão parado que a fumaça acinzentada se ergueu diretamente para cima sem se difundir, formando uma coluna que reproduzia o formato da vela branca e alta. Geillis sentou-se entre as colunas como uma sacerdotisa em seu templo, as pernas graciosamente dobradas sob o corpo.

– Bem, acho que isso vai servir. – Limpando energicamente farelos de alecrim dos dedos, ela examinou a cena com satisfação. As cortinas negras, com seus símbolos místicos, impediam a entrada de qualquer raio de sol intruso, deixando a vela como única fonte de iluminação direta. A chama se refletia difusamente na panela de água parada, que parecia brilhar como se ela, também, fosse uma fonte de luz, em vez de um reflexo.

– E agora? – perguntei.

Os grandes olhos cinzentos brilharam como a água, iluminados de expectativa. Meneou as mãos pela superfície da água, depois as entrelaçou entre as pernas.

– Fique sentada em silêncio por um instante – disse ela. – Ouça os batimentos do seu coração. Pode ouvi-lo? Respire com naturalidade, devagar e profundamente. – Apesar da vivacidade de sua expressão, sua voz era calma e lenta, em distinto contraste com sua conversa normalmente animada.

Segui obedientemente as instruções, sentindo minha pulsação diminuir conforme a respiração firmava-se num ritmo regular. Reconheci o cheiro de alecrim na fumaça, mas não tinha certeza sobre as outras duas ervas: dedaleira, talvez, ou cinco-em-rama? Havia pensado que as flores roxas eram de dulçamara, mas isso não era possível. O que quer que fossem, a lentidão da minha respiração não poderia ser atribuída somente ao poder de sugestão de Geillis. Sentia como se um peso exercesse uma pressão no meu esterno, reduzindo a intensidade da minha respiração independente da minha vontade.

A própria Geillis permanecia sentada, perfeitamente imóvel, observando-me sem piscar. Balançou a cabeça uma vez e eu olhei para baixo obedientemente, para a superfície parada da água.

Ela começou a falar, de uma forma regular, coloquial, que me fez lembrar novamente da sra. Graham conversando com o sol no círculo de pedras.

As palavras não eram conhecidas, mas, ainda assim, tampouco eram desconhecidas. Era uma língua estranha, mas que eu achava que deveria conhecer, como se fossem pronunciadas logo abaixo do meu nível de audição.

Comecei a sentir minhas mãos entorpecidas e quis movê-las de sua posição, entrelaçadas no meu colo, mas recusavam-se a obedecer. Sua voz monótona continuou, suave e persuasiva. Agora eu sabia que compreendia o que estava sendo dito, mas ainda não conseguia trazer as palavras à superfície da minha mente.

Compreendi vagamente que ou eu estava sendo hipnotizada ou estaria sob a influência de alguma droga e minha mente agarrou-se com força à borda do pensamento consciente, resistindo à atração da fumaça aromática. Podia ver meu reflexo na água, as pupilas reduzidas a duas pontas de alfinete, os olhos arregalados como duas corujas cegas pelo sol. A palavra "ópio" atravessou meus pensamentos que gradualmente se desfaziam.

– Quem é você? – Não sabia qual de nós duas fizera a pergunta, mas senti minha própria garganta mover-se quando respondi:

– Claire.

– Quem a enviou aqui?

– Eu vim.

– Por que você veio?

– Não posso dizer.

– Por que não pode dizer?

– Porque ninguém acreditará em mim.

A voz em minha cabeça tornou-se ainda mais branda, amável, insinuante.

– Vou acreditar em você. Acredite em mim. Quem é você?

– Claire.

Uma voz alta e repentina quebrou o feitiço. Geillis sobressaltou-se e seu joelho esbarrou na bacia, desfazendo a superfície espelhada.

– Geillis? Querida? – Uma voz falou do outro lado da porta, hesitante, mas autoritária. – Temos que ir, querida. Os cavalos estão prontos e você ainda não se vestiu.

Murmurando baixinho algo grosseiro, ela se levantou e abriu a janela de par em par, de modo que o ar fresco soprasse em meu rosto, fazendo-me piscar e desanuviando um pouco a minha mente.

Ficou parada, olhando-me especulativamente, depois se inclinou para me ajudar a ficar de pé.

– Vamos – disse ela. – Sentiu-se um pouco estranha, não? Às vezes, as pessoas reagem assim. É melhor deitar-se um pouco em minha cama enquanto eu me visto.

Deitei-me sobre sua colcha no quarto abaixo, os olhos fechados, ouvindo o leve farfalhar que ela fazia em seu quarto de vestir particular, perguntando-me o que teria sido tudo aquilo. Nada a ver com o mau agouro ou quem o enviara, obviamente. Apenas com a minha identidade. Com as faculdades mentais retornando gradualmente à sua vivacidade, ocorreu-me se Geillis não seria talvez uma espiã de Colum. Na posição que ocupava, ela sabia dos negócios e dos segredos de toda a região. E quem mais, além de Colum, estaria tão interessado em minhas origens?

O que teria acontecido, imaginei, se Arthur não tivesse interrompido a invocação? Eu teria ouvido, em algum lugar na fumaça perfumada, a injunção padrão do hipnotizador "Quando você acordar, não se lembrará de nada"? Mas eu me lembrava e isso me fazia pensar.

Na ocasião, entretanto, não houve a menor chance de perguntar a Geillis. A porta do quarto foi aberta de par em par e Arthur Duncan entrou. Atravessando o quarto em direção à porta do quarto de vestir, ele bateu uma vez, apressadamente, e entrou.

Ouviu-se um pequeno grito de surpresa lá de dentro e, em seguida, um silêncio sepulcral.

Arthur Duncan reapareceu à porta, os olhos arregalados e desfocados, o rosto tão lívido que eu achei que talvez ele estivesse sofrendo algum tipo de ataque. Pus-me de pé num salto e corri em sua direção, enquanto ele se apoiava no batente da porta.

Entretanto, antes que eu pudesse alcançá-lo, afastou-se bruscamente da porta e saiu do quarto, cambaleando ligeiramente, passando por mim como se não me visse.

Eu mesma bati na porta de Geillis.

– Geillis! Você está bem?

Houve um momento de silêncio, depois uma voz perfeitamente serena disse:

– Sim, claro. Já vou sair.

Quando por fim descemos as escadas, encontramos Arthur, aparentemente bastante recuperado, saboreando um conhaque com Jamie. Parecia um pouco distraído, como se estivesse com o pensamento distante, mas saudou sua mulher com um ligeiro cumprimento quando ela apareceu, antes de mandar o criado ir buscar os cavalos.

O banquete estava começando quando chegamos e o fiscal e sua mulher foram conduzidos aos seus lugares de honra na mesa principal. Jamie e eu, de condição um pouco inferior, ocupamos nossos lugares em uma mesa com Rupert e Ned Gowan.

A sra. Fitz conseguira se superar e irradiava satisfação com os elogios que se acumulavam sobre a comida, a bebida e os demais preparativos.

O jantar estava, de fato, delicioso. Eu nunca provara faisão assado e recheado com castanhas ao mel e já me servia da terceira fatia quando Ned Gowan, observando-me e achando certa graça no meu apetite, perguntou se eu já havia experimentado o leitão.

Minha resposta foi interrompida por uma agitação na outra ponta do salão. Colum erguera-se de sua mesa e caminhava em minha direção, acompanhado do Velho Alec MacMahon.

– Vejo que não há limites para os seus talentos, sra. Fraser – observou Colum, fazendo uma ligeira mesura. Um largo sorriso marcava as interessantes feições. – De cuidar de ferimentos e curar doentes a ajudar potros a nascerem. Logo estaremos recorrendo à senhora para fazer levantar os mortos, suponho.

Houve uma risada furtiva geral, embora eu tenha notado um ou dois homens olhando nervosamente na direção do padre Bain, presente nessa noite, que metodicamente se empanturrava de carneiro assado num canto do salão.

– De qualquer modo – continuou Colum, enfiando a mão no bolso do casaco –, permita-me oferecer-lhe uma pequena recompensa como sinal de gratidão. – Entregou-me uma pequena caixa de madeira, com o brasão dos MacKenzie talhado na tampa. Eu não sabia quanto um cavalo Losgann era valioso e mentalmente agradeci a quaisquer espíritos benignos que houvessem presidido tais acontecimentos por nada ter dado errado.

– Não há de quê – respondi, tentando retribuir a gentileza. – Não fiz nada de extraordinário. Só tive sorte de ter mãos pequenas.

– Ainda assim. Se preferir, considere-o um pequeno presente de casamento, mas gostaria que aceitasse.

Com um aceno de Jamie, aceitei relutantemente a caixa e a abri. Continha um belo rosário de azeviche, cada conta intricadamente esculpida e o crucifixo incrustado de prata.

– É lindo – falei, sinceramente. E era, embora eu não tivesse a menor noção do que deveria ser feito com ele. Embora nominalmente católica, fora criada por tio Lamb, o mais completo agnóstico, e fazia apenas uma vaga ideia do significado de um rosário. Mesmo assim, agradeci a Colum efusivamente e entreguei-o a Jamie para guardá-lo para mim na bolsa do seu kilt.

Fiz uma reverência para Colum, feliz de ver que eu estava dominando a arte de fazer mesuras sem cair de cara no chão. Ele abriu a boca para pedir licença educadamente, mas foi interrompido pelo barulho de algo se quebrando atrás de mim. Virando-me, não consegui ver nada além de costas e cabeças, conforme as pessoas saltavam de seus bancos para se aglomerar em torno do que quer que tenha causado o tumulto. Colum deu a volta à mesa com alguma dificuldade, afastando a multidão com um aceno impaciente da mão. À medida que as pessoas recuavam respeitosamente abrindo caminho para sua passagem, pude ver a figura redonda de Arthur Duncan no chão, as pernas e os braços debatendo-se convulsivamente, afastando as mãos prestimosas dos que queriam ajudar. Sua mulher abriu caminho pela multidão sussurrante, deixou-se cair no chão ao lado dele e fez uma tentativa vã de embalar a cabeça dele em seu colo. O doente fincou os calcanhares no chão e arqueou as costas, produzindo barulhos estrangulados, como se estivesse asfixiado.

Erguendo a cabeça, os olhos cinzentos de Geillis vasculharam ansiosamente a multidão como se procurasse alguém. Presumindo que ela estivesse procurando por mim, fiz o caminho que oferecia a menor resistência, esquivando-me e engatinhando por baixo da mesa.

Conseguindo chegar ao lado dela, agarrei o rosto de seu marido entre as minhas mãos e tentei abrir seus maxilares. Pensei, pelos sons que produzia, que talvez tivesse se engasgado com um pedaço de carne, que ainda podia estar alojado na traqueia.

No entanto, seus maxilares estavam cerrados e rígidos, os lábios azulados e salpicados de uma saliva espumante que não condizia com sufocamento. Mas ele certamente estava sufocando; o peito gordo subia em vão, lutando por ar.

– Depressa, virem-no de lado – instruí. Várias mãos se estenderam imediatamente para ajudar e o corpo pesado foi habilmente virado, as costas largas de sarja preta voltadas para mim. Enfiei a base da minha mão entre as omoplatas, batendo nele repetidamente com pancadas surdas, regulares. As costas volumosas estremeceram ligeiramente com os golpes, mas não houve nenhum movimento espasmódico em resposta como o de uma obstrução repentinamente liberada.

Agarrei um ombro carnudo e coloquei-o de barriga para cima outra vez. Geillis inclinou-se bem perto do rosto com o olhar fixo, chamando o nome dele, massageando a garganta mosqueada. Os olhos agora estavam revirados para trás e os calcanhares começaram a bater com menos força. As mãos, cerradas de agonia, repentinamente se arremessaram para os lados, atingindo no rosto um espectador ansiosamente agachado.

Os ruídos engrolados cessaram subitamente e o corpo robusto ficou flácido de repente, inerte como um saco de cevada nas lajotas de pedra. Busquei sua pulsação freneticamente num dos pulsos frouxos, notando pelo canto do olho que Geillis fazia o mesmo, erguendo o queixo redondo e bem barbeado e pressionando as pontas dos dedos com força na carne sob o ângulo do maxilar, à cata da carótida.

Ambas as buscas foram inúteis. O coração de Arthur Duncan, já sobrecarregado pela necessidade de bombear sangue através daquele arcabouço enorme por tantos anos, desistira de lutar.

Experimentei todas as técnicas de ressuscitamento que conhecia, embora sabendo que seriam inúteis: flexão dos braços, massagem no peito, até mesmo respiração boca a boca, por mais desagradável que fosse, mas sem o resultado esperado. Arthur Duncan estava definitivamente morto.

Endireitei-me exausta e recuei, quando o padre Bain, com um olhar rancoroso para mim, caiu de joelhos ao lado do fiscal e começou a ministrar-lhe apressadamente a extrema-unção. Minhas costas e braços doíam e meu rosto estava estranhamente entorpecido. A algazarra ao meu redor pareceu curiosamente distante, como se uma cortina me separasse do salão apinhado de gente. Fechei os olhos e esfreguei as mãos pelos meus lábios formigantes, tentando apagar o gosto de morte.

Apesar da morte do fiscal e das subsequentes formalidades de exéquias e sepultamento, a caça ao veado do duque foi adiada por apenas uma semana.

A constatação da iminente partida de Jamie me causava uma profunda depressão; de repente, compreendi quanto eu ansiava vê-lo à mesa do jantar depois de um dia de trabalho, como meu coração saltava quando o via inesperadamente em momentos ociosos durante o dia e quanto dependia de sua companhia e de sua presença sólida e reconfortante em meio às complexidades da vida no castelo. E, para ser sincera, como eu gostava do calor e da maciez de seu corpo em minha cama à noite e de acordar com seus beijos desgrenhados e sorridentes todas as manhãs. A perspectiva de sua ausência era melancólica.

Ele me abraçou com força, minha cabeça aninhada sob seu queixo.

– Vou sentir sua falta, Jamie – disse, ternamente.

Ele me abraçou com mais força e deu uma risadinha pesarosa.

– Eu também, Sassenach. Não esperava por isso, para dizer a verdade, mas me dói muito deixá-la. – Acariciou minhas costas docemente, os dedos traçando as elevações das vértebras.

– Jamie... tome cuidado.

Pude sentir o ronco profundo do riso abafado em seu peito ao responder.

– Com o duque ou com o cavalo? – Ele estava, para minha grande apreensão, pretendendo montar Donas para a caçada ao veado. Eu tinha visões do imenso alazão mergulhando num penhasco por pura teimosia ou esmagando Jamie sob aqueles cascos letais.

– Com ambos – respondi secamente. – Se o cavalo jogá-lo no chão e você quebrar uma perna, ficará à mercê do duque.

– É verdade. Mas Dougal estará lá.

Ri com sarcasmo.

– Ele quebrará a outra perna.

Ele riu e se inclinou para me beijar.

– Terei cuidado, *mo duinne*. Você me fará a mesma promessa?

– Sim – falei, com sinceridade. – Está se referindo a quem deixou o mau agouro?

Seu semblante ficou repentinamente sério.

– Talvez. Não creio que você esteja correndo algum perigo ou eu não a deixaria. Mas, ainda assim... ah, e fique longe de Geillis Duncan.

– O quê? Por quê? – Recuei um pouco para olhá-lo. Era uma noite escura e seu rosto estava invisível, mas seu tom de voz era sério.

– A mulher é considerada uma bruxa e as histórias que contam sobre ela... bem, pioraram muito depois que o marido morreu. Não quero você perto dela, Sassenach.

– Você acha mesmo que ela seja uma bruxa? – perguntei. Suas mãos fortes seguraram meu traseiro e me puxaram para mais junto dele. Passei os braços em volta do seu pescoço, desfrutando a sensação de seu peito liso e sólido.

– Não – respondeu ele finalmente. – Mas não é o que eu acho que pode se transformar num perigo para você. Promete?

– Prometo. – Na realidade, não relutei muito em prometer. Desde os incidentes do bebê trocado e da invocação, não senti vontade de visitar Geillis. Coloquei a boca no mamilo de Jamie, tocando-o de leve com a língua. Emitiu um som rouco na garganta e puxou-me para mais perto.

– Abra as pernas – sussurrou ele. – Pretendo me assegurar de que vai se lembrar de mim quando eu tiver partido.

Algum tempo depois, acordei com frio. Tateando sonolentamente em busca da colcha, não consegui achá-la. De repente, ela recaiu sobre mim por conta própria. Surpresa, ergui-me em um dos cotovelos para olhar.

– Desculpe-me – disse Jamie. – Não pretendia acordá-la.

– O que está fazendo? Por que está acordado? – Estreitei os olhos por cima do ombro para vê-lo. Ainda estava escuro, mas meus olhos estavam tão acostumados que eu podia ver a expressão ligeiramente tímida de seu rosto. Ele estava completamente acordado, sentado num banco junto à cama, seu xale jogado em volta do corpo para se aquecer.

– É que... bem, sonhei que você tinha se perdido e eu não conseguia encontrá-la. Isso me acordou e... eu quis ficar olhando para você, só isso. Para gravá-la na mente, para me lembrar quando estiver longe. Eu virei a colcha; desculpe ter feito você sentir frio.

– Não tem importância. – A noite estava fria e muito silenciosa, como se fôssemos as únicas duas almas no mundo. – Venha para a cama. Deve estar com frio também.

Deslizou para o meu lado e aconchegou-se contra as minhas costas. Suas mãos acariciaram-me do pescoço ao ombro, da cintura ao quadril, percorrendo as linhas das minhas costas, as curvas do meu corpo.

– *Mo duinne* – disse ele, meigamente. – Mas agora eu deveria dizer *mo airgeadach*. Minha prateada. Seus cabelos têm um brilho prateado e sua pele é como veludo branco. *Calman geal*. Pomba branca.

Apertei meus quadris contra seu corpo, convidando-o, e encaixei-me contra ele com um suspiro quando seu membro firme preencheu-me. Segurou-me contra o peito e movimentou-se comigo, devagar, profundamente. Arquejei um pouco e ele afrouxou o abraço.

– Desculpe-me – murmurou ele. – Não quis machucá-la. Mas eu realmente preciso estar dentro de você, ficar dentro de você, bem fundo. Quero deixar minha semente no fundo do seu corpo. Quero ficar abraçado a você assim e ficar com você até o amanhecer, deixá-la dormindo e partir, com as suas formas ainda quentes em minhas mãos.

Pressionei o corpo para trás, contra o dele.

– Você não vai me machucar.

Após a partida de Jamie, fiquei vagando, desanimada e triste, pelo castelo. Atendia pacientes no consultório, ocupava-me a maior parte do tempo possível das hortas e dos jardins e tentava me distrair folheando os livros da biblioteca de Colum, mas ainda assim o tempo parecia não passar.

Já estava sozinha havia quase duas semanas quando me deparei com a jovem Laoghaire no corredor do lado de fora das cozinhas. Eu a observava dissimuladamente de vez em quando, desde o dia em que a vira no patamar da escada do lado de fora dos aposentos de Colum. Ela parecia bastante vivaz, mas havia um ar de tensão facilmente discernível à sua volta. Parecia alheia e melancólica – e não era de se admirar, pobre garota, pensei com compaixão.

Hoje, entretanto, ela parecia um pouco animada.

– Sra. Fraser! – chamou ela. – Tenho um recado para a senhora.

A viúva Duncan, segundo ela, mandara dizer que estava doente e pedia que eu fosse vê-la e cuidar dela.

Hesitei, lembrando-me das recomendações de Jamie, mas as forças conjuntas da compaixão e do tédio foram suficientes para me colocar na estrada para a vila em menos de uma hora, minha caixa de remédios amarrada atrás de mim, na sela do cavalo.

Quando cheguei, a casa dos Duncan tinha um ar de abandono e negligência, uma sensação de desordem que se estendia pela própria casa. Ninguém atendeu à batida na porta e quando a empurrei e entrei, vi que o vestíbulo e a sala estavam cheios de livros e copos sujos espalhados, tapetes desalinhados e uma grossa camada de poeira nos móveis. Minhas chamadas não fizeram nenhuma criada aparecer e a cozinha estava tão vazia e desordenada quanto o resto da casa.

Cada vez mais ansiosa, subi ao andar superior. O quarto de dormir em frente também estava vazio, mas ouvi um leve barulho arrastado vindo do depósito em frente ao patamar.

Empurrando a porta, vi Geillis, confortavelmente sentada numa cadeira, os pés apoiados no balcão. Ela andara bebendo; havia um copo e uma garrafa sobre o balcão e o aposento cheirava a conhaque.

Ficou espantada ao me ver, mas pôs-se de pé com dificuldade, sorrindo. Seus olhos estavam ligeiramente fora de foco, pensei, mas ela sem dúvida parecia estar bem.

– O que houve? – perguntei. – Não está doente?

Arregalou os olhos para mim, surpresa.

– Doente? Eu? Não. Os empregados foram todos embora e não há comida na casa, mas há bastante conhaque. Quer um gole? – Voltou-se para a garrafa. Agarrei-a pela manga.

– Você não mandou me chamar?

– Não. – Olhou-me fixamente, os olhos arregalados.

– Então por que... – Minha pergunta foi interrompida por um barulho lá fora. Um barulho abafado, distante, retumbante. Eu já o ouvira antes, deste mesmo aposento, e as palmas da minha mão ficaram suadas na ocasião ao pensar em confrontar a turba que o produzia.

Limpei as mãos na saia do meu vestido. O barulho retumbante se aproximou e não houve tempo nem necessidade de perguntas.

25

NÃO PERMITIRÁS QUE UMA BRUXA VIVA

Os ombros vestidos de cinza afastaram-se de mim na escuridão. Meu cotovelo bateu na madeira com uma pancada de deixar os ossos dormentes quando fui violentamente empurrada para uma espécie de soleira e caí de cabeça num lugar escuro e fétido, vivo e se remexendo com formas invisíveis. Dei um grito agudo e me debati, tentando me livrar do emaranhado de incontáveis patinhas, minúsculas e alvoroçadas, e do ataque de algo maior, que guinchou e me atingiu com uma forte pancada na coxa.

Consegui me afastar rolando, mas apenas por uns 60 centímetros, antes de atingir uma parede de barro que lançou uma cascata de poeira sobre minha cabeça. Encolhi-me o máximo que pude junto a ela, tentando sufocar minha própria respiração arquejante para poder ouvir o que quer que estivesse preso comigo naquele buraco pútrido. O que quer que fosse, era grande e respirava ruidosamente. Um porco, talvez?

– Quem está aí? – soou uma voz da escuridão lúgubre, parecendo assustada, mas desafiadoramente alta. – Claire, é você?

– Geillis! – Tateando e mal conseguindo respirar, aproximei-me dela, encontrando suas mãos que também me buscavam. Abraçamo-nos com força, balançando-nos ligeiramente para a frente e para trás na escuridão.

– Tem mais alguma coisa aqui além de nós? – perguntei, olhando à minha volta cautelosamente. Mesmo com meus olhos agora acostumados à escuridão, havia bem pouco a ser visto. Havia alguns fracos feixes de luz provenientes de algum lugar acima, mas as tenebrosas sombras chegavam à altura dos ombros ali embaixo; eu mal podia divisar o semblante de Geillis, na altura do meu e a apenas alguns centímetros de distância.

Ela riu, um pouco trêmula.

– Vários ratos, eu acho, e outros animais daninhos. E um cheiro capaz de derrubar uma doninha.

– Senti o cheiro. Onde estamos, em nome de Deus?

– No buraco dos ladrões. Para trás!

Houve um rangido acima de nossas cabeças e um súbito raio de luz. Corri de encontro à parede, bem a tempo de evitar uma chuva de lama e lixo, lançados por uma pequena abertura no teto de nossa prisão. Um único barulho frouxo seguiu-se ao dilúvio. Geillis inclinou-se e pegou alguma coisa do chão. A abertura no teto permaneceu e pude ver que o que ela segurava era um pequeno pão, velho e lambuzado de toda sorte de sujeira. Limpou-o cuidadosamente com uma dobra da saia.

– Jantar – disse ela. – Está com fome?

O buraco no teto continuou aberto e vazio, a não ser por uma ou outra imundície atirada por algum transeunte. A chuva fina começou, seguida de um vento penetrante. Estava frio, úmido e completamente deprimente. Próprio, suponho, para os malfeitores que se destinava a abrigar. Ladrões, vagabundos, blasfemos, adúlteros... e possíveis bruxas.

Geillis e eu aconchegamo-nos junto a uma parede para nos aquecer, sem falar muito. Havia pouco a dizer e menos ainda que pudéssemos fazer por nós mesmas, além de controlar nosso espírito com paciência.

O buraco acima de nós ficava cada vez mais escuro à medida que a noite caía, até diluir-se no breu que nos cercava.

– Por quanto tempo você acha que pretendem nos manter aqui?

Geillis remexeu-se, esticando as pernas para que a luz da manhã que atravessava a pequena abertura incidisse sobre o linho listrado de sua saia. Originalmente rosa-claro e branco, tinha agora uma aparência imprópria para vestir.

– Não muito tempo – disse ela. – Eles vão esperar pelos investigadores eclesiásticos. Arthur recebeu cartas no mês passado, preparando a vinda deles. Era na segunda semana de outubro. Devem chegar a qualquer momento.

Esfregou as mãos para aquecê-las, depois as colocou sobre os joelhos, no pequeno quadrado de luz.

– Fale-me sobre os investigadores – pedi. – O que acontecerá, exatamente?

– Não sei dizer com precisão. Nunca vi o julgamento de uma bruxa, embora já tenha ouvido falar, é claro. – Parou por um instante, considerando. – Não estarão esperando um julgamento de bruxas, já que vêm para resolver umas disputas de terras. Então, ao menos não terão um espetador de bruxas.

– Um o quê?

– As bruxas não podem sentir dor – explicou Geillis. – Nem sangram quando são espetadas.

O espetador de bruxa, equipado com uma grande variedade de alfinetes, bisturis e outros implementos pontiagudos, era encarregado de testar essa condição. Recordava-me de algo parecido de um dos livros de Frank, mas acreditava ser uma prática comum no século XVII, não neste. Por outro lado, pensei amargamente, Cranesmuir não era exatamente o berço da civilização.

– Neste caso, é uma pena que não tenham um – retruquei, embora me encolhendo um pouco diante da ideia de ser espetada repetidamente. – Poderíamos passar nesse teste sem nenhuma dificuldade. Ou ao menos eu poderia – acrescentei causticamente. – Imagino que obteriam água gelada, nenhum sangue, se experimentassem em você.

– Não teria tanta certeza – disse ela, pensativa, ignorando o insulto. – Já ouvi falar de espetadores de bruxas com alfinetes especiais, feitos para desarmarem quando pressionados contra a pele, de modo a parecer que não conseguem penetrar.

– Mas por quê? Por que tentar provar à força que alguém é uma bruxa?

O sol inclinava-se agora, mas a luz da tarde era suficiente para difundir-se pela nossa ratoeira com uma claridade turva. O belo rosto oval de Geillis demonstrava apenas pena pela minha ingenuidade.

– Você ainda não compreende, não é? – disse ela. – Eles pretendem nos matar. E não importa muito qual seja a acusação ou o que as evidências provem. Vamos para a fogueira, de qualquer modo.

Na noite anterior, eu ficara em estado de choque com o ataque da multidão e com as terríveis condições de nosso ambiente para fazer mais do que me encolher contra Geillis e esperar o raiar do dia. Com a luz, no entanto, o que restava do meu espírito começava a acordar.

– Por quê? – perguntei, sentindo-me um pouco asfixiada. – Você sabe? – A atmosfera no local estava densa com o mau cheiro de podridão, umidade e dejetos. Parecia que as impenetráveis paredes de barro estavam prestes a ceder e se fechar sobre mim, como os lados de uma sepultura mal escavada.

Eu senti, mais do que vi, que ela dava de ombros; o feixe de luz que vinha de cima deslocara-se com o sol e agora atingia a parede de nossa prisão, deixando-nos na fria escuridão abaixo.

– Se serve de consolo para você – disse ela secamente –, eu duvido que pretendessem prender você. É uma questão pessoal entre mim e Colum, você teve a má sorte de estar comigo quando o pessoal da vila veio me pegar. Se você estivesse com Colum, estaria completamente a salvo, *sassenach* ou não.

O termo "*sassenach*", dito em seu tom normalmente depreciativo, deixou-me de repente com uma saudade desesperadora do homem que me chamava assim afetuosamente. Passei os braços em volta do meu corpo, abraçando-me para conter o pânico solitário que ameaçava apoderar-se de mim.

– Por que veio à minha casa? – perguntou Geillis com curiosidade.

– Pensei que tivesse mandado me chamar. Uma das garotas do castelo me deu um recado... seu.

– Ah – disse ela, pensativa. – Laoghaire, não?

Sentei-me e apoiei as costas contra a parede de terra, apesar do nojo da superfície fétida e enlameada. Percebendo meu movimento, ela chegou mais perto. Amigas ou inimigas, éramos a única fonte de calor uma da outra naquele buraco; aconchegávamo-nos por força das circunstâncias.

– Como sabe que foi Laoghaire? – perguntei, tremendo.

– Foi ela quem deixou o mau agouro em sua cama – respondeu Geillis. – Eu lhe disse desde o começo que havia aquelas que não gostaram de você ter-lhes tirado o rapaz ruivo. Suponho que ela pensou que se você saísse do caminho, ela teria uma chance com ele outra vez.

Fiquei muda de espanto diante disso e foi preciso algum tempo para recuperar a voz.

– Mas ela não poderia!

A risada de Geillis soou rouca de frio e sede, mas ainda tinha aquela ironia cortante.

– Qualquer um que visse o modo como ele olha para você saberia disso. Mas não creio que ela conheça o suficiente do mundo para saber tais coisas. Deixe-a dormir com um homem uma ou duas vezes e ela saberá, mas não agora.

– Não foi isso que quis dizer! – exclamei. – Não é Jamie que ela quer. A garota está esperando um filho de Dougal MacKenzie.

– O quê?! – Ela ficou genuinamente chocada por um instante e seus dedos se cravaram na carne do meu braço. – Por que tirou essa conclusão?

Contei-lhe ter visto Laoghaire na escada para os aposentos de Colum e as conclusões a que eu chegara.

Geillis soltou o ar ruidosamente.

– Ah! Ela ouviu Colum e Dougal falando de mim; foi isso que a fez fugir com medo. Ela achou que Colum ficaria sabendo que ela viera me procurar para o mau agouro. Ele a teria mandado chicotear até sangrar; ele não permite nenhum envolvimento com bruxaria.

– Você deu o mau agouro para ela? – perguntei, perplexa.

Geillis se afastou bruscamente diante dessa acusação.

– Não, eu não o dei para ela. Eu o vendi para ela.

Fitei-a, tentando olhá-la nos olhos através da escuridão cada vez mais impenetrável.

– Há uma diferença?

– Claro que sim. – Falava com impaciência. – Foi um negócio, apenas isso. E eu não revelo os segredos dos meus clientes. Além disso, ela não disse a quem se destinava. E você deve se lembrar de que eu tentei avisá-la.

– Obrigada – falei com algum sarcasmo. – Mas... – Meu cérebro fervilhava, tentando rearrumar as ideias à luz dessa nova informação. – Mas se ela colocou o mau agouro na minha cama, era Jamie quem ela queria. Isso explicaria o fato de ela ter me mandado à sua casa. Mas e quanto a Dougal?

Geillis hesitou por um instante, depois pareceu chegar a uma conclusão.

– A garota está tão grávida de Dougal MacKenzie quanto você.

– Como pode ter tanta certeza?

Tateou no escuro à procura da minha mão. Encontrando-a, puxou-a e colocou-a com a palma aberta sobre o ventre volumoso por baixo do vestido.

– Porque eu estou – disse ela simplesmente.

– Então, não era Laoghaire – falei. – Você.

– Eu. – Falou de maneira muito simples, sem nenhum sinal de sua costumeira afetação. – Como foi que Colum disse mesmo? "Providenciarei para que ela seja tratada convenientemente." Bem, suponho que esta seja a ideia dele de uma solução adequada para o problema.

Fiquei um longo tempo em silêncio, remoendo meus pensamentos.

– Geillis – falei finalmente –, esse problema de estômago do seu marido...

Ela suspirou.

– Arsênico branco – disse ela. – Achei que acabaria com ele antes de a criança começar a aparecer muito, mas ele resistiu mais tempo do que eu julgava possível.

Lembrei-me do olhar horrorizado de Arthur Duncan quando saiu abruptamente do quarto de vestir de sua mulher no seu último dia de vida.

– Compreendo – assenti. – Ele não sabia que você estava grávida até vê-la semidespida no dia do banquete do duque. E quando ele descobriu... Suponho que tivesse boas razões para saber que não era dele.

Ouviu-se uma risada fraca do outro canto.

– O nitrato de potássio custava caro, mas valia cada peido.

Estremeci levemente, encolhida junto à parede.

– Mas foi por isso que você teve que correr o risco de matá-lo em público, no banquete. Ele a teria denunciado como adúltera... e envenenadora. Você acha que ele sabia sobre o arsênico?

– Ah, Arthur sabia – disse ela. – Certamente não admitiria, nem para si mesmo. Mas ele sabia. Sentávamo-nos um em frente ao outro à mesa de jantar e eu lhe perguntava: "Quer mais um pouco de sopa, querido?" ou "Um gole de cerveja, meu bem?" Ele ficava me olhando com aqueles olhos parecendo ovos cozidos e dizia que não, estava sem apetite no momento. Empurrava o prato e mais tarde eu o ouvia na cozinha, às escondidas, devorando sua comida de pé junto ao armário, achando-se seguro, porque ele não comia nada que viesse das minhas mãos.

Sua voz era leve e descontraída, como se contasse algum mexerico interessante. Estremeci novamente, afastando-me daquela que compartilhava a escuridão comigo.

– Ele não desconfiou que estava no tônico que tomava. Ele não tomava nenhum remédio feito por mim; encomendava um tônico vendido em Londres. Custava caríssimo. – Sua voz demonstrava ressentimento com a extravagância. – O remédio já tinha arsênico em sua composição, para começar; ele não notava nenhuma diferença no sabor quando eu acrescentava mais um pouco.

Sempre ouvira dizer que a vaidade era o ponto fraco dos assassinos; parecia ser verdade, porque ela continuou, ignorando nossa situação no orgulho de me contar seus feitos.

– Era um pouco arriscado, matá-lo diante de todo mundo assim, mas eu tinha que pensar depressa em alguma coisa.

Também não foi arsênico, para matar daquele jeito. Lembrei-me dos lábios endurecidos e azuis do fiscal e a dormência dos meus próprios lábios onde o tocaram. Um veneno rápido e mortal.

E eu pensando que Dougal havia confessado um caso amoroso com Laoghaire. Mas, nesse caso, embora Colum pudesse desaprovar, não teria havido nada que impedisse Dougal de se casar com a garota. Ele era viúvo, livre.

Mas, um envolvimento adúltero, com a mulher do fiscal? Era um problema diferente para todos os envolvidos. Eu lembrava que as punições para o adultério eram severas. Colum não poderia colocar panos quentes num caso dessa magnitude, mas não conseguia vê-lo condenando o irmão ao açoite público ou ao exílio. E Geillis poderia muito bem considerar o assassinato uma alternativa razoável a ser queimada no rosto com ferro em brasa e trancafiada por muitos anos numa prisão, socando cânhamo doze horas por dia.

Assim, ela tomara suas precauções e Colum tomara as dele. E ali estava eu, no meio.

– Mas, e a criança? – perguntei. – Certamente...

Ouviu-se uma risadinha assustadora na escuridão.

– Acidentes acontecem, minha amiga. Nas melhores famílias. E uma vez acontecido... – Eu senti que ela dava de ombros. – Eu pretendia me livrar dela, mas depois achei que podia ser uma maneira de fazê-lo casar comigo, depois que Arthur morresse.

Uma terrível suspeita acometeu-me.

– Mas a mulher de Dougal ainda estava viva. Geillis, você...?

Seu vestido farfalhou quando balançou a cabeça e percebi um leve reflexo dos seus cabelos.

– Eu pretendia – disse ela. – Mas Deus me poupou o trabalho. Achei até que isso fosse um sinal, sabe. E tudo poderia ter dado certo, se não fosse por Colum MacKenzie.

Abracei-me, agarrando os cotovelos para me proteger do frio. Eu continuava falando apenas para me distrair.

– Era Dougal que você queria ou apenas sua posição e dinheiro?

– Ah, eu tinha bastante dinheiro – disse ela, com um tom de satisfação. – Eu sabia onde Arthur guardava a chave para todos os seus documentos e anotações. E ele tinha uma bela caligrafia, devo reconhecer. Era bastante simples falsificar sua assinatura. Eu conseguira desviar perto de 10 mil libras nos últimos dois anos.

– Mas, para quê? – perguntei, completamente perplexa.

– Pela Escócia.

– O quê? – Por um instante, pensei ter ouvido errado. Então, concluí que uma de nós podia estar ligeiramente desequilibrada. E pelas evidências disponíveis, não era eu. – O que quer dizer com Escócia? – perguntei cautelosamente, afastando-me um pouco. Não sabia ao certo o quanto ela estava desequilibrada; talvez a gravidez a tivesse enlouquecido.

– Não precisa ter medo; não estou maluca. – O cínico tom de deboche em sua voz me fez ruborizar. Agradeci por estar escuro.

– Ah, não? – retorqui, provocada. – Segundo você mesma, você cometeu fraude, roubo e assassinato. Seria uma caridade considerá-la louca, porque se não for...

– Nem louca nem depravada – disse ela, com decisão. – Sou uma patriota.

Fez-se a luz. Deixei escapar um suspiro que estivera prendendo, na expectativa de um ataque de loucura.

– Uma jacobita – falei. – Santo Deus, você é uma maldita jacobita!

E era. O que explicava muita coisa. Por que Dougal, geralmente o espelho das opiniões do irmão, envolvera-se na iniciativa de levantar fundos para a Casa dos Stuart. E por que Geillis Duncan, tão bem dotada para levar qualquer homem que quisesse ao altar, havia escolhido dois espécimes tão diferentes quanto Arthur Duncan e Dougal MacKenzie. Um pelo dinheiro e posição, o outro por seu poder de influência na opinião pública.

– Colum teria sido melhor – continuou ela. – Uma pena. Seu infortúnio é o meu também. Era a ele que eu deveria ter me unido. O único homem que conheci que estaria à minha altura. Juntos, poderíamos... bem, não adianta mais. O único homem que eu queria e o único que eu não podia conseguir com as armas de que dispunha.

– Então, você ficou com Dougal em vez disso.

– Ah, sim – disse ela, imersa em seus próprios pensamentos. – Um homem forte e com certo poder. Uma boa propriedade. Os ouvidos do povo. Mas, na verdade, ele não passa das pernas... e do pau – riu debilmente – de Colum MacKenzie. É Colum quem tem força. Quase tanto quanto eu.

Seu tom pretensioso me aborrecia.

– Colum, pelo que sei, tem algumas coisas que você não tem. Tal como sentimento de compaixão.

– Ah, sim. "Entranhas de compaixão e caridade", hein? – disse ela com ironia. – Grande proveito isso vai lhe dar. A morte está pousada em seus ombros; basta olhar para ele. O sujeito não passa de uns dois anos depois do Hogmanay, não muito mais do que isso.

– E quanto mais tempo você vai viver? – perguntei.

A ironia retrocedeu, mas a voz de aço permaneceu firme.

– Um pouco menos do que isso, acho. Nada de grande importância. Consegui fazer muito no tempo que tive; 10 mil libras desviadas para a França e a região que apoia o príncipe Charles. Quando houver a Revolução, saberei que dei minha contribuição. Se eu viver até lá.

Ela parou quase embaixo do buraco no teto. Meus olhos estavam suficientemente acostumados à escuridão para vê-la como uma forma pálida nas trevas, um fantasma prematuro e inacabado. Voltou-se subitamente para mim.

– O que quer que aconteça com os investigadores, não tenho nenhum arrependimento, Claire.

– Lamenta apenas ter só uma vida para dar pelo seu país? – perguntei ironicamente.

– Muito bem colocado – observou ela.

– E não é exatamente isso?

Ficamos em silêncio enquanto a escuridão se tornava ainda mais densa. O vão negro do buraco no teto parecia uma força tangível, pressionando meu peito, fria e pesada, obstruindo meus pulmões com o cheiro da morte. Finalmente, encolhi-me o máximo que pude numa bola, apoiei a cabeça nos joelhos e desisti de lutar, resvalando numa sonolência nervosa, à beira do frio e do pânico.

– Então, você ama o sujeito? – perguntou ela repentinamente.

Ergui a cabeça dos joelhos, espantada. Não fazia a menor ideia das horas; uma estrela fraca brilhava acima de nossas cabeças, mas não lançava nenhuma luz no buraco.

– Quem, Jamie?

– Quem mais? – perguntou ela secamente. – É o nome dele que você chama quando está dormindo.

– Não sabia que eu fazia isso.

– Então, você o ama? – O frio encorajava uma espécie de torpor mortal, mas a voz instigante de Geillis arrastou-me um pouco mais para fora do meu entorpecimento.

Abracei os joelhos, balançando-me ligeiramente para a frente e para trás. A luz do buraco no teto esmaecera para a leve penumbra do começo da noite. Os investigadores chegariam no dia seguinte ou depois. Estava ficando um pouco tarde demais para subterfúgios, para mim mesma ou qualquer outra pessoa. Embora eu ainda tivesse dificuldade em admitir que pudesse estar correndo um sério risco de vida, estava começando a compreender o instinto que fazia com que os prisioneiros condenados à morte buscassem a confissão e a absolvição na véspera do cumprimento da pena de morte.

– Amar de verdade – insistia Geillis. – Não apenas querer ir para a cama com ele; sei que deseja isso e ele também. Todos querem. Mas você o ama?

Eu o amaria? Além dos anseios da carne? Nossa cela possuía a anonimidade escura do confessionário e uma alma à beira da morte não tinha tempo para mentiras.

– Sim – respondi e deitei a cabeça nos joelhos outra vez.

Fiquei em silêncio por algum tempo e pairei mais uma vez à beira do sono, quando a ouvi falar outra vez, como se falasse consigo mesma.

– Então, é possível – disse ela pensativa.

Os investigadores chegaram um dia depois. Da umidade do buraco dos ladrões, podíamos ouvir a agitação de sua chegada; os gritos dos habitantes da vila e o tropel dos cavalos nas pedras da rua principal. O alvoroço enfraqueceu à medida que a procissão desceu a rua em direção à praça distante.

– Chegaram – disse Geillis, ouvindo a turbulência acima.

Apertamos as mãos, num reflexo, os antagonismos submersos no medo.

– Bem – falei, fingindo-me corajosa –, imagino que ser queimada seja melhor do que morrer congelada.

No caso, continuamos a congelar. Somente à tarde do dia seguinte é que a porta de nossa prisão girou bruscamente para trás e fomos arrancadas do buraco para sermos levadas a julgamento.

Para poder acomodar a multidão de espectadores, a sessão foi realizada na praça, diante da casa dos Duncan. Vi Geillis erguer os olhos rapidamente para as janelas com vidros em losango de sua sala de estar, e em seguida desviar o olhar, sem expressão.

Havia dois investigadores eclesiásticos sentados em bancos com almofadas atrás de uma mesa erguida na praça. Um dos juízes era extraordinariamente alto e magro, o outro, baixo e robusto. Faziam-me lembrar irresistivelmente uma revista em quadrinhos americana que eu vira uma vez; sem saber seus nomes, batizei o alto de Mutt e o outro de Jeff.

A maioria dos aldeões estava lá. Olhando ao redor, pude ver muitos dos meus antigos pacientes. Mas os habitantes do castelo estavam notoriamente ausentes.

Foi John MacRae, o policial, carcereiro e carrasco da vila de Cranesmuir, quem leu a indiciação, ou acusação, contra as pessoas de Geillis Duncan e Claire Fraser, ambas acusadas perante o tribunal da Igreja de crime de bruxaria.

– Diante das evidências, comprova-se que a acusada realmente causou a morte de Arthur Duncan por meio de bruxaria – leu MacRae, em voz firme e regular. – Também ocasionou a morte pré-natal do filho de Janet Robinson, fez afundar o barco de Thomas MacKenzie, lançou sobre a vila de Cranesmuir uma dizimadora doença dos intestinos...

Assim continuou por algum tempo. Colum fora minucioso em seus preparativos.

Após a leitura, as testemunhas foram chamadas. A maioria era de aldeões que eu não conhecia; nenhum dos meus pacientes estava entre elas, um fato pelo qual senti-me grata.

Enquanto o testemunho de muitos dos acusadores foi simplesmente absurdo e alguns evidentemente haviam sido pagos por seus serviços, outros tinham um evidente toque de verdade em suas palavras. Janet Robinson, por exemplo, que foi arrastada para a frente do tribunal por seu pai, pálida e trêmula, com um hematoma na face, para confessar que havia concebido um filho de um homem casado e procurou os serviços de Geillis Duncan para se livrar da criança.

– Ela me deu um preparado para beber e umas palavras mágicas para dizer três vezes, quando a lua surgisse – balbuciou a jovem, olhando temerosamente de Geillis para seu pai, sem saber quem constituía uma ameaça maior. – Ela disse que isso faria minha menstruação voltar.

– E voltou? – perguntou Jeff com interesse.

– Não no começo, Excelência – respondeu a jovem, balançando a cabeça nervosamente. – Mas tomei a bebida outra vez, na lua minguante, e então voltou.

– Voltou?! A menina quase se esvaiu em sangue até a morte! – interrompeu uma mulher idosa, obviamente a mãe da jovem. – Foi somente porque ela achou que ia morrer que me contou toda a verdade. – Mais do que desejosa de acrescentar detalhes sangrentos, a sra. Robinson foi silenciada com alguma dificuldade, a fim de dar lugar às testemunhas seguintes.

Parecia não haver ninguém para dizer qualquer coisa contra mim, fora a vaga acusação de que desde que eu estava presente na morte de Arthur Duncan e colocara as mãos nele antes de morrer, obviamente devia ter tido alguma coisa a ver com seu assassinato. Comecei a achar que Geillis tinha razão; não fora eu o alvo de Colum. Assim sendo, talvez eu conseguisse escapar. Ou ao menos assim pensei até a mulher da colina aparecer.

Quando se apresentou, uma mulher magra, curvada, com um xale amarelo, compreendi que estávamos em sérios apuros. Ela não era uma moradora da vila; jamais a vira antes. Tinha os pés descalços, encardidos da poeira da estrada por onde viera para chegar ali.

– Tem uma acusação a fazer contra uma dessas mulheres? – perguntou o juiz magro e alto.

A mulher estava com medo; não levantava os olhos para olhar para os juízes. Entretanto, assentiu levemente e a multidão fez silêncio para ouvi-la.

Sua voz era baixa e Mutt teve que lhe pedir para repetir.

Ela e o marido tinham um filho doente, que nasceu saudável, mas que ficou fraco e começou a definhar. Concluindo finalmente que a criança era uma troca das fadas, colocaram-na na colina das fadas Croich Gorm. Mantendo a vigilância para recuperarem seu próprio filho quando as fadas o devolvessem, viram as duas acusadas irem até a colina, pegarem a criança e declamarem estranhos feitiços sobre ela.

A mulher torcia as mãos magras por baixo de seu avental.

– Nós ficamos de vigília até a noite, senhores. E logo depois que escureceu, surgiu um grande demônio, um enorme vulto negro que saiu das sombras sem nenhum ruído, e se inclinou sobre o local onde havíamos colocado o bebê.

Um murmúrio de assombro percorreu a multidão e senti os cabelos da nuca se arrepiarem ligeiramente, mesmo sabendo, como sabia, que o "grande demônio" era Jamie, que fora ver se a criança ainda estava viva. Preparei-me, sabendo o que vinha em seguida.

– E quando o sol nasceu, eu e meu marido fomos ver. E encontramos o bebê trocado, morto na colina, e nenhum sinal de nosso próprio bebezinho. – Com isso, ela irrompeu em prantos e atirou o avental sobre o rosto para esconder o choro.

Como se a mãe da criança encantada fosse uma espécie de sinal, a multidão apartou-se e a figura de Peter, o carroceiro, adiantou-se. Gemi por dentro quando o vi. Eu sentira as emoções da multidão voltarem-se contra mim quando a mulher falou; tudo que eu precisava agora era que esse homem contasse ao tribunal sobre o monstro do lago.

Desfrutando seu momento de glória, o carroceiro subiu no tablado e apontou dramaticamente para mim.

– É verdade que podem chamá-la de bruxa, meus senhores! Com meus próprios olhos eu vi esta mulher chamar um monstro das águas do Lago do Mal para cumprir suas ordens! Uma criatura enorme e terrível, senhores, da altura de um pinheiro, com um pescoço igual ao de uma grande cobra azul e olhos do tamanho de maçãs, com um olhar capaz de roubar a alma de um homem.

Os juízes pareceram impressionados com seu testemunho e cochicharam entre si durante vários minutos, enquanto Peter fitava-me desafiadoramente, com um olhar que dizia: "Agora você vai ver!"

Finalmente, o juiz gordo se afastou da reunião e, com um gesto imperioso, chamou John MacRae, que se posicionara num dos lados, atento a qualquer problema.

– Carcereiro! – disse ele. Virou-se e apontou para o carroceiro.

– Leve esse homem daqui e prenda-o no pelourinho por bebedeira em público. Este é um tribunal sério; não vamos desperdiçar o tempo dos inquisidores com acusações frívolas de um beberrão que vê monstros depois de tomar uísque demais!

Peter, o carroceiro, ficou tão perplexo que nem sequer resistiu quando o carcereiro caminhou a passos largos em sua direção e tomou-o pelo braço. De boca aberta, virou a cabeça para trás, lançando-me um olhar furioso, enquanto era levado dali. Não resisti e ergui meus dedos para dar-lhe um adeusinho.

No entanto, após essa ligeira quebra de tensão nos procedimentos legais, a situação deteriorou-se rapidamente. Houve uma procissão de jovens e mulheres para jurar que haviam comprado sortilégios e amuletos de Geillis Duncan, para fins como provocar doenças, livrar-se de uma gravidez indesejada ou lançar feitiços de amor em algum homem. Todas, sem exceção, juraram que os encantamentos haviam funcionado – um recorde invejável para um clínico geral, pensei com cinismo. Embora ninguém me atribuísse resultados assim, houve várias que afirmaram – com razão – terem me visto muitas vezes no herbanário da sra. Duncan, preparando remédios e triturando ervas.

Ainda assim, talvez isso não fosse fatal; havia um número igual de pessoas para alegar que eu as havia curado, usando nada além de remédios comuns, sem nenhuma menção a feitiços, encantamentos ou truques mágicos. Considerando-se a força da opinião pública, essas pessoas precisaram de certa dose de coragem para se apresentarem e testemunharem a meu favor, e fiquei-lhes agradecida.

Meus pés doíam de estar em pé por tanto tempo; enquanto os juízes ficavam sentados com relativo conforto, não havia bancos para os prisioneiros. No entanto, quando a testemunha seguinte apareceu, esqueci completamente dos meus pés.

Com um instinto para o drama que se equiparava ao de Colum, padre Bain abriu de par em par a porta da igreja e surgiu na praça, mancando pesadamente com uma muleta de carvalho. Avançou lentamente até o centro da praça, inclinou a cabeça para os juízes, depois se virou e inspecionou a multidão, até que seu olhar fixo reduzisse o barulho a um murmúrio baixo e nervoso. Quando falou, sua voz fustigou como uma chicotada.

– Quem está em julgamento são vocês, povo de Cranesmuir! "Com ele veio a peste e carvões em brasa vieram com seus pés." Sim, vocês se deixaram seduzir e se afastar dos caminhos da retidão! Vocês semearam o vento e a tempestade está entre vocês agora!

Olhei-o espantada, um pouco desconcertada por aquele insuspeito dom da retórica. Ou talvez ele fosse capaz de tais voos de oratória somente sob o estímulo de uma crise. A voz ostentosa continuou estrondando.

– A peste se abaterá sobre vocês e morrerão por seus pecados, a menos que sejam purificados! Aceitaram a meretriz da Babilônia em seu meio. – Essa era eu, imaginei, pelo olhar irado que me lançou. – Vocês venderam a alma ao inimigo, acolheram a víbora inglesa no seu seio e agora a vingança de Nosso Senhor Todo-Poderoso cairá sobre vocês. "Livrem-se da mulher estrangeira, mesmo aquela que adula com palavras. Porque sua casa se inclina para a morte e seus caminhos para os mortos!" Arrependa-se, povo de Cranesmuir, antes que seja tarde demais! Digo-lhes que caiam de joelhos e implorem perdão! Expulsem a meretriz inglesa e renunciem à sua barganha com a filha de Satanás! – Arrancou o rosário do cinto e brandiu o grande crucifixo de madeira na minha direção.

Por mais interessante que fosse tudo aquilo, pude notar que Mutt estava ficando um pouco inquieto. Inveja profissional, talvez.

– Hum, reverendo – disse o juiz, com uma ligeira mesura para o padre Bain –, o senhor tem provas a apresentar à acusação contra essas mulheres?

– Tenho, sim. – Passada a primeira explosão de oratória, o pequeno padre agora estava calmo. Apontou um dedo ameaçador em minha direção e tive que me controlar para não dar um passo atrás.

– Em uma terça-feira à tarde, há duas semanas, encontrei esta mulher nos jardins do Castelo Leoch. Usando poderes sobrenaturais, ela lançou um bando de cães de caça sobre mim, de tal forma que caí e fiquei sob grave risco de vida. Seriamente ferido na perna, levantei-me para sair de sua presença. A mulher tentou me seduzir com sua pecaminosidade, queria que eu a acompanhasse a um lugar privado e, quando resisti às suas manobras, lançou uma maldição sobre mim.

– Que grande besteira! – exclamei, indignada. – É o exagero mais ridículo que já ouvi!

Os olhos do padre Bain, escuros e cintilando como se estivessem febris, desprenderam-se dos inquisidores e fixaram-se em mim.

– Você nega, mulher, que me disse estas palavras? "Venha comigo agora, padre, ou seu ferimento putrefará"?

– Bem, reduza um pouco a veemência, mas algo parecido, talvez – admiti.

Com o maxilar cerrado em triunfo, o padre abriu bruscamente para o lado a saia de sua batina. Uma atadura manchada com sangue seco e úmida de pus amarelo envolvia sua coxa. A carne pálida da perna inchava-se acima e abaixo da atadura, com horríveis vergões vermelhos subindo do ferimento oculto.

– Meu Deus, homem! – exclamei, chocada com a visão do estado do ferimento. – Está com o sangue envenenado. Tem que cuidar disso, e imediatamente, ou vai morrer!

Ouviu-se um profundo murmúrio de choque da multidão. Até Mutt e Jeff pareciam estupefatos.

O padre Bain sacudiu a cabeça lentamente.

– Ouviram? – perguntou ele. – A ousadia dessa mulher não conhece nenhum limite. Ela me amaldiçoa com a morte, um homem de Deus, diante do tribunal da própria Igreja!

O burburinho agitado da multidão tornou-se mais alto. O padre Bain falou outra vez, erguendo um pouco a voz, para ser ouvido acima do barulho.

– Deixo-os, senhores, com seu próprio julgamento e a injunção do Senhor: "Não permitirás que uma bruxa viva!"

A prova dramática do padre Bain pôs fim aos testemunhos. Provavelmente, ninguém estava preparado para superar aquele desempenho. Os juízes determinaram um pequeno recesso e um lanche lhes foi trazido da hospedaria. Nenhuma dessas conveniências foi oferecida às acusadas.

Tentei puxar minhas amarras. O couro das tiras rangeu um pouco, mas não cedeu nem 1 centímetro. Este, pensei cinicamente para aplacar o pânico, é o momento exato em que o arrojado herói deveria surgir cavalgando em meio à multidão, açoitando a população que se encolhia de medo e arrebatando a heroína quase desmaiada para a sua sela.

Mas o meu belo e destemido herói estava em algum lugar lá longe na floresta, tomando muita cerveja com um velho efeminado de sangue nobre e massacrando veados inocentes. Era pouco provável, pensei, rangendo os dentes, que Jamie voltasse a tempo sequer de juntar minhas cinzas para uma cerimônia fúnebre, antes de eu ser espalhada pelos quatro ventos.

Preocupada com meu medo crescente, no começo não ouvi o barulho dos cascos. Somente quando os fracos murmúrios e o girar de cabeças na multidão atraíram minha atenção foi que notei os golpes ritmados, ressoando nas pedras da rua principal.

Os murmúrios de surpresa se intensificaram e as beiradas da multidão começaram a se afastar para admitir o cavaleiro, ainda fora do alcance da minha visão. Apesar do meu desespero anterior, comecei a sentir uma débil centelha de esperança irracional. E se Jamie tivesse voltado mais cedo? Talvez os avanços do duque tenham sido muito insistentes ou os veados muito escassos e esparsos. O que quer que fosse, fiquei na ponta dos pés para ver o rosto do cavaleiro que se aproximava.

As fileiras de pessoas se afastaram relutantemente quando o cavalo, um baio vigoroso, enfiou o longo focinho entre os ombros de dois espectadores. Diante dos olhos atônitos de todos – inclusive os meus – a figura empertigada de Ned Gowan desmontou lepidamente.

Jeff inspecionou o sujeito esbelto e bem-arrumado à sua frente com certo espanto.

– E o senhor, quem é? – Sem dúvida, seu tom de relutante cortesia era consequência das fivelas de prata dos sapatos e do casaco de veludo do visitante: ser empregado do senhor do clã MacKenzie tinha suas compensações.

– Meu nome é Edward Gowan, Excelência – disse ele com clareza. – Advogado.

Mutt arqueou os ombros e se encolheu um pouco; o banco que lhe fora dado não tinha encosto e suas costas estavam sem dúvida ressentindo-se do esforço. Fitei-o duramente, desejando-lhe uma hérnia de disco. Se estava prestes a ser queimada por mau-olhado, pensei, que servisse para alguma coisa.

– Advogado? – rosnou ele. – E o que o traz aqui?

A peruca cinza de Ned Gowan se inclinou na mais perfeita reverência formal.

– Vim oferecer meus humildes serviços em defesa da sra. Fraser, Excelências – disse ele. – Uma dama muito respeitosa, que eu conheço pessoalmente como sendo tão bondosa e benéfica na administração das artes da cura como detentora de grande conhecimento em suas aplicações.

Muito bem, pensei com aprovação. *Desta vez, uma aparição inesperada a nosso favor.* Olhando para o outro lado da praça, pude ver a boca de Geillis torcer-se para cima em um meio sorriso ao mesmo tempo desdenhoso e admirador. Embora Ned Gowan não fosse a escolha típica de Príncipe Encantado, eu não estava inclinada a ser exigente num momento como esse. Qualquer defensor seria bem-vindo.

Com uma reverência para os juízes e outra, não menos formal, para mim, o sr. Gowan se empertigou ainda mais em sua postura normalmente ereta, prendeu os dois polegares na cintura de suas calças e se preparou com todo o romantismo de seu coração envelhecido e galante para travar uma batalha, lutando com a arma preferida da lei – o tédio atroz.

Tedioso, sem dúvida, ele foi. Com a precisão mortal de uma trituradora automática, arrumou cada acusação do inquérito na lousa do seu escrutínio e picotou-a impiedosamente com a lâmina do estatuto e o cutelo do precedente.

Foi uma performance notável. Ele falou. E falou. E falou mais, parecendo parar respeitosamente de vez em quando para seguir as instruções dos juízes, mas na realidade apenas recuperando o fôlego para novo massacre de verbosidade.

Com a minha vida por um fio e meu futuro inteiramente dependente da eloquência daquele homenzinho franzino, eu devia ter me prendido atentamente a cada uma de suas palavras. No entanto, em vez disso, vi-me bocejando de maneira espantosa, incapaz de cobrir minha boca aberta e alternando os meus pés doloridos para apoiar-me, desejando fervorosamente que me queimassem logo e terminassem aquela tortura.

A multidão parecia sentir-se da mesma forma e, depois que a alta comoção da manhã reduziu-se ao tédio, a voz fina e pausada do sr. Gowan continuou indefinidamente. As pessoas começaram a se dispersar, lembrando-se repentinamente de animais que precisavam ser ordenhados e assoalhos que precisavam ser varridos, certos de que nada de interesse poderia surgir enquanto aquela voz fatal continuasse em seu tom monótono.

Quando Ned Gowan finalmente terminou sua defesa inicial, a noite já caíra; e o juiz atarracado que eu apelidara de Jeff anunciou que o tribunal voltaria a se reunir pela manhã.

Após uma curta e sussurrada conferência entre Ned Gowan, Jeff e John MacRae, o carrasco, fui conduzida à hospedaria entre dois cidadãos musculosos. Lançando um olhar por cima do ombro, vi Geillis sendo levada na direção oposta, as costas eretas, recusando-se a ser empurrada ou, na verdade, a atentar para o ambiente à sua volta.

No quarto escuro nos fundos da hospedaria, minhas amarras foram finalmente retiradas e uma vela foi trazida. Em seguida, Ned Gowan chegou com uma garrafa de cerveja e um prato de carne e pão.

– Só disponho de alguns minutos com você, minha querida, assim mesmo conseguidos a muito custo, portanto ouça-me com atenção. – O homenzinho se inclinou para mais perto, numa atitude conspiratória à luz bruxuleante da vela. Seus olhos brilhavam e, fora um ligeiro desarranjo em sua peruca, não dava nenhum sinal de esforço ou fadiga.

– Sr. Gowan, estou tão feliz em vê-lo – disse, sinceramente.

– Sim, sim, minha querida, mas não há tempo para isso agora. – Deu uns tapinhas na minha mão, de uma maneira afetuosa, mas perfunctória. – Consegui fazer com que considerem seu caso separado da sra. Duncan e isso pode ser de grande ajuda. Parece que não havia nenhuma intenção original de prendê-la, mas que você foi levada por causa de sua associação com ela. Ainda assim – continuou ele apressadamente –, você corre perigo e eu não vou esconder isso de você. O clima das opiniões na vila não é nada favorável no momento. O que deu em você – perguntou, com um tom acalorado que não lhe era típico – para tocar naquela criança?

Abri a boca para responder, mas ele fez um aceno descartando a pergunta com impaciência.

– Ah, bem, isso não interessa agora. O que temos que fazer é jogar com o fato de você ser inglesa, e daí sua ignorância, sabe, não sua esquisitice, e prolongar a questão até onde pudermos. O tempo está a nosso favor, porque a maioria desses julgamentos ocorre num clima de histeria, quando a veracidade das provas pode ser negligenciada para satisfazer a sede de sangue.

Sede de sangue. A expressão simbolizava perfeitamente o sentimento da emoção que eu vira emanar dos rostos do populacho. Aqui e ali, vi alguns traços de dúvida ou solidariedade, mas somente uma alma extraordinária se levantaria contra uma multidão, e Cranesmuir estava carente de pessoas dessa envergadura. Ou não, corrigi a mim mesma. Houve um – este ressequido e franzino advogado de Edimburgo, embora fosse tão feio.

– Quanto mais nos alongarmos – continuou o sr. Gowan de modo pragmático –, menos inclinados ficarão a tomar uma decisão apressada. Assim – disse, as mãos nos joelhos –, sua parte amanhã será apenas de manter-se em silêncio. Eu falarei em sua defesa e Deus queira que surta algum efeito.

– Parece um bom plano – respondi, com um cansado esboço de sorriso. Olhei para a porta que dava para a frente da hospedaria, onde vozes se erguiam. Captando o meu olhar, o sr. Gowan balançou a cabeça.

– Sim, vou ter que deixá-la agora. Consegui que você passe a noite aqui. – Olhou à sua volta, em dúvida. Um pequeno barracão anexo à hospedaria e usado para guardar quinquilharias e suprimentos extras. Era frio e escuro, mas infinitamente melhor do que o buraco dos ladrões.

A porta do barracão se abriu, desenhando em silhueta a figura da proprietária da hospedaria, espreitando na escuridão, por trás da chama pálida e bruxuleante de uma vela. O sr. Gowan se levantou para sair, mas segurei-o pela manga. Havia algo que eu precisava saber.

– Sr. Gowan... foi Colum quem o mandou aqui para me ajudar? – Ele hesitou em sua resposta, mas dentro dos limites de sua profissão, era um homem de honestidade impecável.

– Não – respondeu ele sem rodeios. Um olhar quase de constrangimento passou por suas feições ressequidas e ele acrescentou: – Eu vim... por conta própria. – Colocou o chapéu na cabeça e se virou para a porta, desejando-me um breve "boa-noite" antes de desaparecer na luz e na agitação da hospedaria.

Houve pouca preparação para me acomodar, mas uma pequena jarra de vinho e um pão – limpo desta vez – foram colocados sobre um dos barris. Havia ainda um velho cobertor dobrado no chão ao seu lado.

Enrolei-me no cobertor e sentei-me num dos barris menores para jantar, meditando enquanto mastigava a refeição frugal.

Então Colum não enviara o advogado. Ele saberia, ao menos, que o sr. Gowan pretendia vir? O mais provável é que Colum tenha proibido qualquer um de ir à vila, por medo de serem pegos na caça às bruxas. As ondas de medo e histeria que varriam a vila eram palpáveis; podia senti-las batendo contra as paredes do meu precário abrigo.

Uma explosão barulhenta da taverna ao lado distraiu meus pensamentos. Talvez fosse apenas a vigília na noite que antecede a execução do condenado, como um velório. Mas à beira da destruição, até mesmo uma hora a mais era motivo de agradecimento. Enrolei-me no cobertor, puxei-o sobre minha cabeça para abafar o barulho da hospedaria e tentei com todas as forças não sentir nada além de gratidão.

Após uma noite extremamente inquieta, fui acordada logo após o alvorecer e levada de volta à praça, embora os juízes só tenham chegado uma hora mais tarde.

Arrumados, gordos e saciados com o desjejum, debruçaram-se imediatamente sobre os trabalhos. Jeff virou-se para John MacRae, que voltara ao seu posto atrás das acusadas.

– Sentimo-nos incapazes de determinar a culpa com base unicamente nas evidências apresentadas.

Houve uma explosão de indignação da multidão novamente reunida, que fizera seu próprio julgamento. No entanto, o tumulto foi apaziguado por Mutt, que voltou um par de olhos penetrantes como brocas sobre os jovens trabalhadores na primeira fila, calando-os como cachorros que recebem um banho de água fria. Restaurada a ordem, voltou seu rosto anguloso novamente para o carrasco.

– Conduza as prisioneiras para a beira do lago, por favor.

Ouviu-se um murmúrio de satisfação e expectativa que levantou minhas piores suspeitas. John MacRae tomou-me por um braço e Geillis pelo outro, para nos conduzir, mas teve muita ajuda. Mãos cruéis rasgavam meu vestido, beliscavam e empurravam conforme eu era levada aos trambolhões. Algum idiota tinha um tambor e fazia alarde com uma esfarrapada marcha militar. A multidão cantava, destoada e sem ritmo, procurando seguir o toque do tambor. Não conseguia distinguir o que diziam entre os gritos e berros aleatórios. Acho que eu não queria saber o que estavam dizendo.

A procissão prosseguiu pela campina até a beira do lago, onde um pequeno cais de madeira projetava-se pela água. Fomos empurradas para a ponta do desembarcadouro, onde os dois juízes haviam tomado posição, cada um de um lado. Jeff se voltou para a multidão que aguardava na margem do lago.

– Tragam as cordas! – Houve um murmúrio geral e um olhar de expectativa entre eles, até alguém correr apressadamente com um pedaço de corda fina. MacRae pegou-a e aproximou-se de mim com certa hesitação. Mas lançou um olhar rápido aos inquisidores, o que reforçou sua determinação.

– Por favor, tenha a gentileza de tirar seus sapatos, madame – ordenou ele.

– O que diabo... para quê? – perguntei, cruzando os braços.

Ele piscou, obviamente despreparado para qualquer resistência, mas um dos juízes antecipou sua resposta.

– É o procedimento regular em julgamentos pela água. A suspeita de bruxaria deve ter o polegar direito amarrado com uma corda de cânhamo ao dedo grande do pé esquerdo. Da mesma forma, o polegar esquerdo deve ser amarrado ao dedo grande do pé direito. Depois...

Lançou um olhar eloquente às águas do lago. Dois pescadores estavam parados, descalços, na lama da beira do lago, as calças enroladas até acima dos joelhos e amarradas com corda. Rindo de maneira insinuante para mim, um deles pegou uma pequena pedra e atirou-a na superfície metálica. Ela resvalou uma vez e afundou.

– Ao entrar na água – acrescentou o juiz baixo –, uma bruxa culpada flutuará, quando a pureza da água rejeitar sua pessoa maculada. Uma mulher inocente afundará.

– Então, posso escolher ser condenada como uma bruxa ou ser inocentada, mas afogada, não é? – retorqui. – Não, obrigada! – Abracei meus cotovelos com mais força ainda, tentando acalmar o tremor que parecia ter se tornado parte integrante da minha carne.

O juiz baixo se estufou como um sapo ameaçado.

– Não fale diante desta corte sem permissão, mulher! Ousa recusar um exame legal?

– Se eu me recuso a ser afogada? Pode ter certeza que sim! – Tarde demais, vi Geillis balançando a cabeça freneticamente, de modo que seus cabelos louros agitavam-se em torno de seu rosto.

O juiz voltou-se para MacRae.

– Dispa-a e aplique-lhe uma surra – disse ele laconicamente.

Através de uma névoa de descrença, ouvi uma inalação coletiva, provavelmente de choque e horror – na verdade, de prazer antecipado. E compreendi o que o ódio realmente significava. Não o deles, mas o meu.

Não se deram ao trabalho de me levar de volta à praça da vila. No que me dizia respeito agora, eu tinha pouco a perder e não facilitei o trabalho deles.

Mãos brutais empurraram-me em frente, dando puxões na minha blusa e no corpete.

– Soltem-me, malditos ignorantes! – gritei e dei um chute num dos homens que me empurravam bem no lugar em que surtiria mais efeito. Ele se dobrou com um gemido, mas sua figura encolhida sumiu rapidamente numa erupção efervescente de gritos, cusparadas, olhares fulminantes. Outras mãos agarravam meus braços e me faziam avançar aos tropeções, levantando-me por cima de corpos caídos na confusão, fazendo meu corpo passar por brechas impossíveis de atravessar.

Alguém me golpeou no estômago e eu perdi a respiração. Meu corpete estava literalmente em frangalhos a essa altura, de modo que foi sem grande dificuldade que o restante foi arrancado. Nunca sofri de extremo recato, mas ficar de pé seminua diante da zombaria daquela turba rancorosa, com a marca de mãos suadas em meus seios nus, encheu-me de um ódio e um sentimento de humilhação que eu nem conseguia imaginar.

John MacRae amarrou minhas mãos à frente, passando uma corda trançada pelos meus pulsos, deixando um pedaço de mais de 1 metro. Teve a bondade de parecer envergonhado ao fazê-lo, mas recusava-se a erguer seus olhos para os meus e estava claro que eu não podia esperar nem ajuda nem complacência de sua parte; ele estava tão à mercê da multidão quanto eu.

Geillis estava lá, sem dúvida recebendo o mesmo tratamento; vi de relance seus cabelos platinados, voando numa brisa repentina. Meus braços foram esticados bem acima de minha cabeça quando a corda foi atirada por cima do galho de um enorme carvalho e firmemente esticada. Rangi os dentes e apeguei-me à minha fúria. Era a única coisa que eu possuía para combater o medo. Havia um ar de tensa expectativa, pontuada pelos murmúrios e gritos excitados da multidão de espectadores.

– Vamos, John! – gritou um deles. – Ande logo com isso!

John MacRae, sensível às responsabilidades teatrais de sua profissão, parou, o chicote mantido à altura da cintura, e inspecionou a multidão. Deu um passo à frente e delicadamente ajeitou minha posição, de modo que eu ficasse de frente para o tronco da árvore, quase tocando a casca áspera. Em seguida, recuou dois passos, ergueu o açoite e deixou-o cair.

O choque da pancada foi pior do que a dor. Na realidade, foi somente após vários golpes que percebi que o carrasco estava fazendo o que podia para me poupar o máximo possível. Ainda assim, um ou dois golpes foram suficientemente fortes para rasgar a pele; senti a ardência aguda no rastro do impacto.

Eu mantinha os olhos fechados com força, a face pressionada contra o tronco, tentando com todas as forças me distanciar da situação. Mas, de repente, ouvi algo que me trouxe imediatamente de volta para o aqui e agora.

– Claire!

Houve um pequeno afrouxamento da corda que prendia meus pulsos; o suficiente para me permitir dar uma investida que me fez dar uma meia-volta, deixando-me de frente para a multidão. Minha repentina escapada desconcertou o carrasco, que vergastou seu chicote no ar vazio, perdeu o equilíbrio e tropeçou para a frente, batendo a cabeça contra a árvore. Isso teve um ótimo efeito sobre a multidão, que urrou insultos e começou a zombar dele.

Meus cabelos cobriam meus olhos, grudavam-se no meu rosto com o suor, as lágrimas e a sujeira do confinamento na prisão. Sacudi a cabeça para soltá-los e consegui ao menos um olhar de esguelha que confirmou o que os meus ouvidos haviam escutado.

Jamie abria caminho pela multidão que bloqueava sua passagem, o rosto irado, aproveitando-se sem piedade do seu tamanho e de seus músculos.

Senti-me exatamente como o general MacAuliffe em Bastogne, ao ver o Terceiro Exército de Patton despontar no horizonte. Apesar do terrível perigo para Geillis, para mim e agora para o próprio Jamie, nunca fiquei tão feliz de ver alguém.

"O marido da bruxa!", "O maldito Fraser! O defensor da Coroa!" e epítetos similares começaram a ser ouvidos entre os insultos mais gerais destinados a mim e a Geillis. "Peguem ele também!", "Queimem todos eles!" A histeria da multidão, temporariamente dispersada pelo acidente do carrasco, elevava-se mais uma vez a um grau de febre coletiva.

Impedido de avançar pelas figuras grudadas umas às outras dos assistentes do carrasco, que tentavam detê-lo, Jamie ficara encurralado. Com um homem pendurado em cada braço, esforçava-se para levar a mão ao cinto. Achando que ele tentava pegar uma faca, um dos homens deu-lhe um forte soco na barriga.

Jamie dobrou-se ligeiramente, em seguida ergueu-se, batendo um cotovelo com toda a força no nariz do homem que o atacara. Com um dos braços temporariamente livre, ignorou as frenéticas e desajeitadas tentativas do homem que estava do outro lado para agarrá-lo. Enfiou a mão na bolsa da cintura, ergueu o braço e atirou. Seu grito atingiu-me quando o objeto saiu de sua mão.

– Claire! Fique parada!

Eu não tinha para onde ir, pensei desnorteada. Uma mancha escura veio direto na direção do meu rosto e comecei a me encolher para trás, mas parei a tempo. A mancha chocou-se com estardalhaço contra meu rosto e as contas negras caíram sobre meus ombros quando o rosário de azeviche, lançado como uma boleadeira, acomodou-se perfeitamente em volta do meu pescoço. Ou talvez não tão perfeitamente; o fio de contas prendeu-se na minha orelha direita. Balancei a cabeça, os olhos lacrimejando com a dor aguda causada pelo impacto do rosário no meu rosto, e a argola acomodou-se no lugar, o crucifixo balançando vistosamente entre meus seios nus.

Os rostos na primeira fila olhavam-no fixamente, numa espécie de bestificação horrorizada. Seu repentino silêncio afetou os que estavam mais atrás e o ruído estrondoso da fervilhante turbulência arrefeceu. A voz de Jamie, normalmente baixa e suave, mesmo quando estava com raiva, retiniu no silêncio. Não havia nada de suave naquela voz agora.

– Cortem suas amarras!

Os que o perseguiam bateram em retirada e as ondas de populacho abriam-se diante dele à medida que avançava ameaçadoramente. O carrasco via-o se aproximar, paralisado e de boca aberta.

– Eu disse para tirá-la daí! Agora! – O carrasco, libertado de seu transe pela visão apocalíptica da morte ruiva abatendo-se sobre ele, remexeu-se e tateou apressadamente em busca de sua adaga. A corda, cortada com dificuldade, finalmente cedeu com um estalido trêmulo e meus braços caíram pesadamente, doendo com a tensão liberada. Cambaleei e teria caído, se a mão forte e familiar de Jamie não tivesse agarrado meu cotovelo e me erguido. Apoiei meu rosto no peito dele e nada mais importava para mim.

Devo ter perdido a consciência por alguns instantes ou me sentido tão dominada pelo alívio que assim me pareceu. O braço de Jamie segurava-me com força pela cintura, mantendo-me em pé, e seu xale fora jogado sobre os meus ombros, protegendo-me finalmente dos olhos dos aldeões. Havia um tumulto de vozes por toda parte, mas já não era a ânsia de sangue, ensandecida e jubilosa, da multidão.

A voz de Mutt – ou seria a de Jeff – despontou na confusão.

– Quem é você? Como ousa interferir nas investigações do tribunal?

Pude sentir, mais do que ver, a multidão acotovelando-se para a frente. Jamie era grande e estava armado, mas era apenas um homem. Encolhi-me contra seu peito sob as dobras do xale. Seu braço direito apertou-me com mais força, mas a mão esquerda aproximou-se do porta-espada em seu quadril. A lâmina azul-prateada sibilou ameaçadoramente quando saiu parcialmente de sua bainha e os que estavam à frente da multidão pararam de repente.

Os juízes eram mais difíceis de intimidar. Espreitando do meu esconderijo, podia ver Jeff fitando Jamie furiosamente. Mutt parecia mais confuso do que contrariado com a repentina intrusão.

– Ousa puxar uma arma contra a justiça de Deus? – admoestou o juiz pequeno e troncudo.

Jamie retirou a espada por inteiro, com um lampejo de aço, em seguida atirou-a de ponta no chão, deixando o punho da espada tremendo com a força do golpe.

– Tiro a arma em defesa desta mulher e da verdade – disse ele. – Se alguém aqui for contra essas duas, responderão a mim e depois a Deus, nessa ordem.

O juiz piscou uma ou duas vezes, como se fosse incapaz de acreditar naquele comportamento, depois retomou o ataque.

– Você não tem lugar nos trabalhos deste tribunal, senhor! Exijo que entregue a prisioneira imediatamente. O seu próprio comportamento será tratado em breve!

Jamie examinou friamente os juízes. Podia sentir seu coração batendo com toda força sob meu rosto conforme me agarrava a ele, mas suas mãos estavam firmes como rochas, uma descansando no cabo da espada e a outra na adaga em seu cinto.

– Quanto a isso, senhor, fiz um juramento diante do altar de Deus de proteger esta mulher. Se o senhor está me dizendo que considera sua própria autoridade maior do que a de Deus Todo-Poderoso, então devo informar-lhe que não compartilho dessa opinião.

O silêncio que se seguiu foi quebrado por risinhos contidos e nervosos, ecoando aqui e ali. Embora as simpatias do povo não tivessem mudado para o nosso lado, ainda assim a atmosfera que nos levava à desgraça fora quebrada.

Jamie me virou com a mão no meu ombro. Eu não podia suportar encarar a multidão, mas sabia que precisava. Mantive o queixo o mais alto possível e meus olhos focalizaram-se além daqueles rostos, em um pequeno barco no centro do lago. Fixei meus olhos nele até lacrimejarem.

Jamie virou o xale, segurando-o ao meu redor, mas deixando-o cair o suficiente para mostrar meu pescoço e meus ombros. Tocou o rosário negro e deixou-o balançando levemente de um lado para o outro.

– O azeviche queima a pele das bruxas, não é? – perguntou aos juízes. – Mais ainda, eu imaginaria, o crucifixo de Nosso Senhor. Mas, olhem. – Enfiou um dedo sob as contas e levantou o crucifixo. Minha pele por baixo era absolutamente branca, sem nenhuma marca, a não ser pelas manchas de sujeira do cativeiro. Ouviu-se uma arfada e um murmúrio da multidão.

Uma coragem brutal, uma presença de espírito glacial e aquele instinto para o espetáculo. Colum MacKenzie tinha razão em ficar apreensivo com as ambições de Jamie. E considerando seu medo de que eu pudesse revelar a paternidade de Hamish, ou o que ele achava que eu sabia a respeito, o que fizera comigo também era compreensível. Compreensível, não perdoável.

O humor da multidão ia de um lado ao outro, indeciso. A sede de sangue que os impulsionara antes se dissipava, mas ainda podia levantar-se como uma onda e nos esmagar. Mutt e Jeff entreolharam-se, sem saber o que fazer; desconcertados com os últimos desdobramentos, os juízes haviam perdido controle da situação momentaneamente.

Geillis Duncan deu um passo à frente na clareira que se formara. Não sei se havia esperança para ela daquele ponto em diante ou não. De qualquer modo, ela atirou os cabelos louros desafiadoramente para trás de um dos ombros e jogou fora sua vida.

– Esta mulher não é nenhuma bruxa – disse ela simplesmente. – Mas eu sou.

O espetáculo encenado por Jamie, por melhor que tivesse sido, não se comparava a este. A comoção resultante abafou completamente as vozes dos juízes, que questionavam e exclamavam.

Não havia nenhuma pista quanto ao que ela pensava ou sentia, como nunca houve antes; sua fronte branca e alta estava límpida, os grandes olhos verdes brilhavam parecendo se divertir. Permaneceu ereta em seus trajes rasgados e imundos, fitando seus acusadores. Quando o tumulto amainou um pouco, ela começou a falar, sem se dignar a elevar a voz, mas obrigando-os a silenciarem para ouvi-la.

– Eu, Geillis Duncan, confesso que sou uma bruxa e amante de Satanás.

A declaração causou um novo clamor e ela esperou com absoluta paciência que se calassem.

– Em obediência ao meu Mestre, confesso que matei meu marido, Arthur Duncan, por meio de bruxaria. – Com isso, olhou para o lado, encontrando meus olhos, e um leve sorriso tocou seus lábios. Seus olhos se detiveram sobre a mulher de xale amarelo, mas não se enterneceram. – Por maldade, coloquei um feitiço na criança trocada para que morresse, e que a criança humana que ela substituía permanecesse com as fadas.

Virou-se e fez um gesto em minha direção.

– Aproveitei-me da ignorância de Claire Fraser, usando-a para meus propósitos. Mas ela não tomou parte nem teve conhecimento dos meus atos, e não serve ao meu Mestre.

A multidão sussurrava outra vez, as pessoas acotovelando-se para ver melhor, empurrando-se para se aproximar. Ela estendeu os dois braços para eles, as palmas das mãos voltadas para fora.

– Para trás! – A voz límpida estalou como um chicote, com o mesmo efeito. Inclinou a cabeça para os céus e ficou imóvel, como se ouvisse. – Ouçam! – disse ela. – Ouçam o vento de sua chegada! Cuidado, povo de Cranesmuir! Porque meu Mestre vem nas asas do vento! – Abaixou a cabeça e gritou, um som agudo e assustador de triunfo. Os grandes olhos verdes estavam fixos e arregalados, como se estivesse em transe.

O vento estava aumentando. Pude ver as nuvens de tempestade atravessando o outro extremo do lago. As pessoas começaram a olhar à volta com nervosismo. Algumas se afastaram da multidão.

Geillis começou a girar, rodopiando sem parar, os cabelos agitando-se ao vento, a mão graciosamente acima da cabeça como uma dançarina. Eu a observava numa incredulidade perplexa.

Enquanto girava, os cabelos ocultaram seu rosto. Na última volta, entretanto, sacudiu a cabeça para jogar a cabeleira loura para o lado e vi seu rosto com absoluta clareza, olhando para mim. A máscara de transe havia desaparecido momentaneamente e sua boca formou uma única palavra. Depois, girou novamente e ficou de frente para a multidão recomeçando sua aterradora gritaria.

A palavra fora "Fujam!".

Parou de rodopiar repentinamente e, com um olhar de êxtase alucinado, agarrou os remanescentes de seu corpete com as duas mãos e rasgou-o na frente. Rasgou-o o suficiente para mostrar à multidão o segredo que eu descobrira aconchegada a ela na imundície do buraco dos ladrões. O segredo que Arthur Duncan descobrira pouco antes de sua morte. O segredo pelo qual ele havia morrido. Os farrapos de sua camisola de baixo afastaram-se, revelando o volume de sua gravidez de seis meses.

Continuei imóvel como uma pedra, olhando-a sem desviar os olhos. Jamie não teve a mesma hesitação. Agarrando-me com uma das mãos e com a espada na outra, atirou-se na multidão, derrubando as pessoas em sua passagem com cotovelos, joelhos e o cabo da espada, abrindo caminho em direção à beira do lago. Soltou um assovio agudo pelo meio dos dentes.

Atentos ao espetáculo sob o carvalho, poucas pessoas perceberam inicialmente o que estava acontecendo. Em seguida, quando alguns indivíduos começaram a gritar e a tentar nos agarrar, ouviu-se o barulho de cascos a galope na terra batida acima da margem.

Donas continuava a não gostar muito de gente e estava mais do que disposto a demonstrá-lo. Mordeu a primeira mão que tentou segurar suas rédeas e um homem caiu para trás, gritando e sangrando. O cavalo empinava, relinchando e agitando as patas no ar, e os poucos ousados que ainda tentavam segurá-lo logo perderam o interesse.

Jamie jogou-me em cima da sela como uma saca de cereais e ele próprio montou com um único movimento ágil. Varrendo o caminho com violentos golpes de espada, conduziu Donas pela confusa massa formada pela multidão. Conforme as pessoas caíam sob o massacre de dentes, cascos e lâmina, ganhamos velocidade, deixando o lago, a vila e Leoch para trás. Sem conseguir respirar com o impacto, esforçava-me para falar, para gritar para Jamie.

Eu não havia ficado paralisada com a revelação da gravidez de Geillis. Foi outra coisa que vi que me enregelou até a medula dos ossos. Enquanto girava, os braços estendidos para cima, vi o que ela vira quando minhas próprias roupas foram arrancadas. Uma marca em um dos braços igual à que eu carregava. Ali, naquela época, a marca da feitiçaria, a marca de um mago: a cicatriz pequena e feia de uma vacina contra varíola.

A chuva açoitava a água, acalmando meu rosto inchado e os arranhões da corda nos meus pulsos. Enfiei as mãos em concha no córrego e bebi a água devagar, sentindo o líquido frio gotejar pela minha garganta com um sentimento de gratidão.

Jamie desapareceu por alguns minutos. Voltou com um punhado de folhas verde-escuras, achatadas nas pontas, mastigando alguma coisa. Cuspiu um bolo de folhas verdes maceradas na palma da mão, enfiou outro punhado de folhas na boca e virou-me de costas para ele. Esfregou as folhas mastigadas delicadamente em minhas costas e as pontadas diminuíram consideravelmente.

– O que é isso? – perguntei, fazendo um esforço para me controlar. Ainda estava trêmula e chorosa, mas as lágrimas involuntárias começavam a recuar.

– Agrião – respondeu ele, a voz ligeiramente abafada pelas folhas na boca. Cuspiu-as e aplicou-as nas minhas costas. – Você não é a única que sabe um pouco de cura com ervas, Sassenach – disse, com mais clareza.

– Que... que gosto tem? – perguntei, engolindo os soluços.

– Bem ruim – respondeu ele laconicamente. Terminou sua aplicação e colocou o xale suavemente de volta nos meus ombros.

– Não vai... – começou ele, depois hesitou. – Quer dizer, os cortes não são profundos. Eu... eu acho que você não ficará... marcada. – Falava com a voz rouca, mas o toque de suas mãos era muito suave, reduzindo-me às lágrimas outra vez.

– Desculpe-me – balbuciei, enxugando o nariz numa ponta do xale. – Eu... eu não sei o que há de errado comigo. Não sei por que não consigo parar de chorar.

Ele encolheu os ombros.

– Suponho que ninguém tentou feri-la de propósito antes, Sassenach – disse ele. – Provavelmente é o choque, tanto quanto a dor. – Parou, pegando uma ponta do xale. – Aconteceu o mesmo comigo, moça – disse ele com franqueza. – Vomitava e gritava enquanto limpavam os cortes. Depois, comecei a tremer.

Limpou meu rosto cuidadosamente com o xale, depois colocou a mão sob meu queixo e ergueu meu rosto para o dele.

– E quando parei de tremer, Sassenach – disse ele serenamente –, agradeci a Deus pela dor, porque significava que eu estava vivo. – Soltou-me, meneando a cabeça para mim. – Quando chegar a esse ponto, menina, avise-me; porque eu tenho uma ou duas coisas a lhe dizer.

Levantou-se e desceu para a beira do córrego, para lavar o lenço manchado de sangue na água fria.

– O que o trouxe de volta? – perguntei, quando ele retornou. Conseguira parar de chorar, mas ainda tremia e encolhi-me ainda mais nas dobras do xale.

– Alec MacMahon – disse ele, sorrindo. – Eu disse a ele para ficar de olho em você enquanto eu estivesse fora. Quando o pessoal da vila prendeu você e a sra. Duncan, ele cavalgou a noite inteira e todo o dia seguinte para me encontrar. E então eu cavalguei como o próprio diabo de volta. Meu Deus, este é um ótimo cavalo.

Olhou com aprovação para Donas em cima do barranco, amarrado a uma árvore na beira elevada da margem, seu pelo molhado brilhando como cobre.

– Tenho que levá-la para outro lugar – disse ele, pensativo. – Duvido que alguém venha atrás de nós, mas não estamos muito longe de Cranesmuir. Já consegue andar?

Segui-o pelo barranco íngreme com alguma dificuldade, pequenos cascalhos rolando sob meus pés e samambaias e arbustos espinhosos agarrando-se às minhas saias. Perto do topo da encosta havia um bosque de amieiros novos, crescidos tão juntos que os galhos mais baixos entrelaçavam-se, formando um teto verde acima das samambaias no solo. Jamie afastou os galhos para cima o suficiente para que eu pudesse me arrastar para dentro do pequeno espaço, depois rearranjou cuidadosamente as samambaias quebradas na entrada. Deu um passo para trás e examinou o esconderijo com ar crítico, assentindo com satisfação.

– Sim, assim está bem. Ninguém a encontrará aí. – Virou-se para ir, depois voltou. – Tente dormir, se puder, e não se preocupe se eu não voltar logo. Vou caçar um pouco na volta; não temos nenhuma comida e não quero atrair atenção parando numa fazenda. Puxe o xale por cima da cabeça e certifique-se de que ele cubra sua camisola; o branco chama atenção a uma grande distância.

Comida parecia irrelevante; sentia como se nunca mais fosse querer comer outra vez. Dormir era diferente. Minhas costas e braços ainda doíam, as esfoladuras da corda nos meus pulsos estavam em carne viva e sentia-me dolorida e machucada por todo o corpo; mas esgotada de medo, dor e simples exaustão, adormeci quase imediatamente, o cheiro penetrante das samambaias erguendo-se ao meu redor como incenso.

Acordei com algo agarrando meu pé. Assustada, sentei-me num salto, batendo com a cabeça nos galhos flexíveis acima. Folhas e pequenos galhos derramaram-se sobre mim e agitei os braços freneticamente, tentando desembaraçar meus cabelos dos galhinhos pontudos. Arranhada, descabelada e irritada, arrastei-me para fora do meu santuário para deparar-me com Jamie, agachado ali perto, divertindo-se com o meu surgimento. Estava quase anoitecendo, o sol já descera abaixo da faixa do córrego, deixando o pedregoso desfiladeiro às escuras. O cheiro de carne na brasa erguia-se de uma pequena fogueira ardendo entre as pedras perto do córrego, onde dois coelhos eram assados num espeto improvisado, feito de varas verdes afiadas.

Jamie estendeu a mão para me ajudar a descer o barranco. Arrogantemente, recusei a oferta e deslizei sozinha para baixo, tropeçando apenas uma vez nas pontas esvoaçantes do xale. Minha náusea anterior desaparecera e devorei a carne avidamente.

– Vamos subir mais para dentro da floresta depois do jantar, Sassenach – disse Jamie, arrancando uma perna da carcaça do coelho. – Não quero dormir perto do córrego; não posso ouvir ninguém se aproximando por causa do barulho da água.

Não houve muita conversa enquanto comíamos. O horror da manhã e a ideia do que havíamos deixado para trás nos oprimiam. E, para mim, havia um profundo sentimento de luto. Eu havia perdido não só a chance de descobrir o porquê da minha presença ali, mas uma amiga também. Minha única amiga. Eu sempre tivera dúvidas sobre as intenções de Geillis, mas não tinha a menor dúvida de que ela salvara a minha vida hoje de manhã. Sabendo que estava fadada à condenação, fizera o melhor possível para me dar uma oportunidade de fugir. O fogo, quase invisível à luz do dia, ficava mais brilhante agora, conforme a escuridão tomava conta do córrego. Fitei as chamas, vendo a pele tostada e os ossos marrons dos coelhos em seus espetos. Uma gota de sangue de um osso quebrado caiu nas chamas, chiando e desaparecendo. De repente, a carne parou na minha garganta. Coloquei-a apressadamente junto ao fogo e me virei, com ânsia de vômito.

Ainda sem falar muito, afastamo-nos do riacho e encontramos um lugar confortável à margem de uma clareira na floresta. Colinas erguiam-se em montes ondulantes à nossa volta, mas Jamie escolhera um lugar elevado, com uma boa visão da estrada que vinha da vila. A penumbra realçou momentaneamente todas as cores do campo, iluminando a terra com joias; uma brilhante esmeralda no vale, uma ametista adoravelmente matizada entre as moitas de urzes e rubis escarlates nos frutos vermelhos das sorveiras que coroavam as colinas. Frutos da sorveira, um remédio específico contra feitiçaria. Ao longe, os contornos do Castelo Leoch ainda eram visíveis ao sopé de Ben Aden. Desfizeram-se rapidamente enquanto a luz se extinguia.

Jamie fez uma fogueira num local protegido e sentou-se ao lado. A chuva reduzira-se a uma garoa fina que deixava uma neblina no ar e decorava meus cílios com arcos-íris quando olhava para as chamas.

Ficou sentado fitando o fogo por um longo tempo. Finalmente, ergueu os olhos para mim, as mãos unidas em volta dos joelhos.

– Eu disse antes que não lhe perguntaria nada que não quisesse me contar. E não lhe perguntaria agora, mas tenho que saber, para a sua segurança, assim como para a minha. – Parou, hesitante. – Claire, se nunca foi sincera comigo, seja agora, porque tenho que saber a verdade. Você é uma bruxa?

Fiquei boquiaberta.

– Uma bruxa? Você... você não pode realmente estar fazendo esta pergunta. – Achei que devia estar brincando. Não estava.

Segurou-me pelos ombros e agarrou-me com força, olhando dentro dos meus olhos como se quisesse me obrigar a responder.

– Eu tenho que perguntar, Claire! E você precisa me dizer!

– E se eu fosse? – perguntei entre os lábios secos. – Se achasse que eu fosse uma bruxa, ainda assim teria lutado por mim?

– Teria ido para a fogueira com você! – disse ele, com violência. – E até para o inferno, se necessário. Mas que Jesus Cristo tenha piedade da minha alma e da sua, diga-me a verdade!

A tensão de tudo aquilo me atingiu. Livrei-me de suas mãos e corri pela clareira. Não muito longe, somente até o limite das árvores; não podia expor-me em local aberto. Agarrei-me a uma árvore; envolvi-a com meus braços e finquei as unhas com força em seu tronco, pressionei o rosto contra ela e desatei numa risada fina e histérica.

O rosto de Jamie, pálido e chocado, surgiu do outro lado da árvore. Com a vaga percepção de que o que eu estava fazendo devia soar como uma risada assustadora, fiz um incrível esforço e parei. Arquejando, fitei-o por um instante.

– Sim – disse, recuando, ainda arfando com acessos de riso incontido. – Sim, sou uma bruxa! Para você, devo ser. Nunca tive varíola, mas posso caminhar por um salão cheio de moribundos e não pegar a doença. Posso cuidar dos doentes e respirar o mesmo ar que eles e tocar em seus corpos e, ainda assim, a doença não pode me atingir. Também não pego cólera, ou tétano ou qualquer inflamação mórbida da garganta. E você deve achar que é um encantamento, porque nunca ouviu falar de vacinas e não existe nenhuma outra forma de você explicar isso.

Parei de recuar e permaneci imóvel, respirando pesadamente, tentando me controlar. – O que eu sei... a respeito de Jonathan Randall é porque me falaram dele. Sei quando ele nasceu e quando vai morrer, sei sobre o que ele fez e o que fará, sei a respeito de Sandringham porque... porque Frank me contou. Ele sabia a respeito de Randall porque ele... ele... ah, meu Deus! – Senti-me como se fosse desmaiar e cerrei os olhos para que as estrelas acima de minha cabeça parassem de girar. – E Colum... ele acha que sou uma bruxa porque eu sei que Hamish não é seu filho. Eu sei... que ele não pode gerar filhos. Mas ele achou que eu soubesse quem é o pai de Hamish... Achei que talvez fosse você, mas depois soube que não podia ser e...

Eu falava cada vez mais rápido, tentando controlar a vertigem com o som da minha própria voz.

– Tudo que já lhe disse a meu respeito é verdade – disse, assentindo loucamente como se quisesse me acalmar. – Tudo. Eu não tenho família, não tenho ninguém, não tenho nenhuma história, porque eu ainda não aconteci. Sabe quando eu nasci?

– perguntei, erguendo os olhos. Sabia que meus cabelos estavam desgrenhados e meus olhos estatelados, mas não me importava. – No dia 20 de outubro, do ano da Graça de 1918. Você me ouviu? – insisti, porque ele piscava para mim, paralisado, como se não prestasse atenção a nenhuma palavra do que eu dizia. – Eu disse mil novecentos e dezoito! Quase daqui a duzentos anos! Está me ouvindo?

Eu gritava agora e ele meneou a cabeça devagar.

– Estou ouvindo – respondeu ele brandamente.

– Sim, você está ouvindo! – gritei, enfurecida. – E acha que estou completamente louca. Não é? Admita! É o que está pensando. Você tem que pensar assim, não existe nenhuma outra maneira de poder explicar quem sou para si mesmo. Você não pode acreditar em mim, não pode ousar acreditar em mim. Ah, Jamie...

Senti meu rosto desmoronar. Todo esse tempo tentando esconder a verdade, compreendendo que jamais poderia contar a ninguém, e agora eu percebia que podia ter contado a Jamie, meu amado marido, o homem em quem eu confiava acima de todas as pessoas, e ele também não iria, não poderia acreditar em mim.

– Foram as pedras, na colina das fadas. No círculo de pedras. As pedras de Merlin. Foi por lá que passei. – Eu arquejava, entre soluços, cada vez mais incoerente. – Era uma vez..., mas na verdade são duzentos anos. São sempre duzentos anos nas histórias... Mas nas histórias, as pessoas sempre voltam. Eu não pude voltar. – Virei-me, cambaleando, procurando onde me apoiar. Deixei-me cair sobre uma pedra, os ombros arqueados, e enterrei a cabeça nas mãos. Houve um longo silêncio na floresta. Continuou o suficiente para que as pequenas aves noturnas recobrassem a coragem e começassem seus ruídos outra vez, chamando umas às outras com um piado agudo e frágil, conforme caçavam os últimos insetos do verão.

Ergui os olhos finalmente, pensando que talvez ele simplesmente tivesse se levantado e ido embora, acabrunhado com minhas revelações. Mas ele continuava lá, ainda sentado, as mãos abraçando os joelhos, a cabeça baixa como se meditasse.

No entanto, os pelos em seus braços brilhavam, rígidos como fios de cobre à luz do fogo e compreendi que estavam arrepiados, como os pelos de um cachorro. Ele estava com medo de mim.

– Jamie – falei, sentindo meu coração partir com uma solidão absoluta. – Ah, Jamie.

Sentei-me e encolhi-me numa bola, tentando envolver o núcleo da minha dor. Nada mais importava e solucei incontrolavelmente.

Suas mãos em meus ombros me levantaram, o suficiente para eu ver seu rosto. Através da névoa de lágrimas, vi o olhar que ele ostentava em combate, de luta que ultrapassara o ponto de tensão e se tornara uma tranquila certeza.

– Eu acredito em você – disse ele com firmeza. – Não entendo nada, ainda não, mas acredito em você. Claire, eu acredito em você! Ouça-me! Existe a verdade entre nós, você e eu, e o que quer que você me diga, eu acreditarei. – Deu-me uma leve sacudidela. – Não importa o que seja. Você me contou. É o suficiente por enquanto. Fique calma, *mo duinne*. Deite-se e descanse. Você me contará o resto depois. E eu vou acreditar em você.

Eu ainda soluçava, incapaz de entender o que ele me dizia. Debati-me, tentando me desvencilhar, mas ele me ergueu e abraçou-me com força contra seu peito, pressionando minha cabeça nas dobras de seu xale e repetindo incessantemente:

– Eu acredito em você.

Finalmente, por pura exaustão, acalmei-me o suficiente para erguer os olhos e dizer:

– Mas você não pode acreditar em mim.

Sorriu para mim. Sua boca estremeceu ligeiramente, mas ele sorriu.

– Não me diga o que eu posso ou não posso fazer, Sassenach. – Parou por um instante. – Quantos anos você tem? – perguntou ele, curioso. – Nunca pensei em perguntar.

A pergunta parecia tão absurda que precisei de um instante para pensar.

– Tenho 27... ou talvez 28 – acrescentei. Isso o abalou por um instante. Aos 28, as mulheres na época dele geralmente estavam às portas da meia-idade.

– Ah! – exclamou ele e respirou fundo. – Pensei que fosse mais ou menos da minha idade... ou mesmo mais nova.

Ele não se moveu por um segundo. Entretanto, em seguida, olhou para mim e esboçou um sorriso. – Feliz aniversário, Sassenach – disse ele.

Aquilo me pegou inteiramente de surpresa e apenas fitei-o apalermada por um instante.

– O quê? – consegui finalmente dizer.

– Eu disse "Feliz aniversário". Hoje é dia 20 de outubro.

– É mesmo? – exclamei estupidamente. – Perdi a conta. – Tremia novamente, do frio, do choque e da força do meu discurso. Ele me puxou novamente contra si e me abraçou, passando as mãos grandes pelos meus cabelos, aconchegando minha cabeça contra seu peito. Comecei a chorar outra vez, mas agora de alívio. No meu estado de perturbação, parecia lógico que se ele sabia a minha idade verdadeira e ainda me queria, tudo iria ficar bem.

Jamie pegou-me no colo e segurando-me cuidadosamente nos braços, carregou-me até a beira do fogo, onde colocara a sela do cavalo. Sentou-se, recostando-se contra a sela, e ficou abraçado a mim, de leve e bem junto ao seu corpo.

Muito tempo depois, ele falou.

– Muito bem. Agora, conte-me.

Contei-lhe toda a história. Contei-lhe tudo, parando de vez em quando, mas de forma coerente. Sentia-me dormente de exaustão, mas contente, como um coelho que conseguiu fugir de uma raposa e encontra abrigo temporário debaixo de um tronco. Não é um santuário, mas ao menos é uma trégua. E contei-lhe a respeito de Frank.

– Frank – disse ele brandamente. – Então, ele não está morto, afinal.

– Ele ainda não nasceu. – Senti uma nova onda de histeria quebrar-se contra minhas costelas, mas consegui manter o controle. – Nem eu.

Ele me acariciou e alisou, até eu voltar à calma, murmurando docemente pequenas palavras em gaélico.

– Quando a resgatei das garras de Randall em Fort William – disse ele de repente – você estava tentando voltar. Voltar ao círculo de pedras. E... Frank. Foi por isso que abandonou o bosque.

– Sim.

– E eu a surrei por isso. – Sua voz era baixa de arrependimento.

– Você não tinha como saber. Eu não podia lhe contar. – Estava começando a ficar com muito sono.

– Não, imagino que não. – Ajeitou o xale mais junto de mim, prendendo as pontas delicadamente em volta dos meus ombros. – Durma agora, *mo duinne.* Ninguém vai lhe causar mal, eu estou aqui.

Aconcheguei-me na curva cálida de seu ombro, deixando que minha mente exausta deslizasse pelas camadas do esquecimento. Forcei-me à superfície o tempo suficiente para perguntar:

– Você realmente acredita em mim, Jamie?

Ele suspirou e sorriu melancolicamente.

– Sim, acredito em você, Sassenach. Mas teria sido muito mais fácil se você fosse apenas uma bruxa.

Dormi como os mortos, acordando algum tempo depois do alvorecer com uma terrível dor de cabeça e todos os músculos rígidos. Jamie tinha alguns punhados de aveia num saquinho dentro da bolsa em sua cintura e me forçou a comer um mingau de aveia com água. Ficou preso em minha garganta, mas forcei-me a engolir.

Ele foi cauteloso e delicado comigo, mas falou muito pouco. Depois do desjejum, rapidamente reuniu os apetrechos do pequeno acampamento e colocou a sela em Donas.

Entorpecida com o choque dos últimos acontecimentos, nem perguntei aonde estávamos indo. Montada atrás dele, estava satisfeita em encostar meu rosto em suas costas largas, sentindo o movimento do cavalo embalar-me a um estado de transe desmemoriado.

Descemos as escarpas próximas ao lago Madoch, avançando pela gélida névoa matinal até a borda da superfície cinza e imóvel. Patos selvagens começaram a se erguer dos juncos em bandos irregulares que voavam ao redor dos pântanos, grasnindo e chamando para acordar os dorminhocos embaixo. Em contraste, um bando de gansos bem disciplinado, voando numa formação em cunha, passou acima de nós, com gritos de desolação e tristeza.

A névoa cinza dispersou-se por volta de meio-dia no segundo dia e um sol fraco iluminou as campinas repletas de tojos amarelos e giestas. Alguns quilômetros depois do lago, saímos numa estrada estreita e viramos para noroeste. O caminho nos levou para o alto outra vez, a colinas baixas e suaves que gradualmente deram lugar a rochedos e picos de granito. Encontramos poucos viajantes na estrada e prudentemente entrávamos no mato toda vez que ouvíamos barulho de cascos de cavalos à frente.

A vegetação transformou-se em floresta de pinheiros. Respirei fundo, apreciando o ar límpido e resinoso, embora esfriasse ao anoitecer. Paramos para passar a noite numa pequena clareira a certa distância do caminho. Ajuntamos um amontoado de folhas de pinheiro, como um ninho, cobrimos com cobertores e nos aconchegamos para nos aquecer, cobertos pelo xale de Jamie e um cobertor.

Acordou-me durante a noite e fez amor comigo, com calma e ternamente, sem falar. Vi as estrelas cintilando através da trama de galhos negros acima de nossas cabeças e adormeci novamente com o peso reconfortante de seu corpo ainda quente sobre o meu.

Pela manhã, Jamie parecia mais alegre, ou ao menos mais tranquilo, como se uma decisão difícil tivesse sido alcançada. Prometeu-me chá quente para o jantar, o que era um pequeno conforto no ar gelado. Sonolentamente, segui-o de volta à trilha, limpando folhas dos pinheiros e pequenas aranhas das minhas saias. O caminho estreito diminuiu durante a manhã, dando numa trilha indistinta entre ásperas touceiras de festuca, ziguezagueando em torno de rochas mais proeminentes.

Eu prestava pouca atenção às cercanias, pois aproveitava o calor crescente do sol, mas de repente meus olhos depararam-se com uma formação rochosa familiar e acordei do meu torpor. Sabia onde estávamos. E por quê.

– Jamie!

Virou-se com a minha exclamação.

– Não sabia? – perguntou ele com curiosidade.

– Que estávamos vindo para cá? Não, claro que não. – Senti-me levemente nauseada. A colina de Craig na Dun estava a pouco mais de 1 quilômetro de distância; podia ver sua forma corcunda através dos últimos fragmentos da neblina da manhã.

Engoli em seco. Tentava chegar a esse lugar havia seis meses. Agora que finalmente estava ali, queria estar em qualquer outro lugar. As pedras eretas no topo da colina eram invisíveis de baixo, mas parecia emanar um terror sutil que me alcançava.

Bem abaixo do cume, o solo ficou acidentado demais para Donas. Desmontamos e o amarramos a um pinheiro pequeno, continuando a pé.

Eu arfava e suava quando alcançamos a saliência do rochedo; Jamie não demonstrava nenhum sinal de cansaço, a não ser um ligeiro rubor junto à gola de sua camisa. Estava silencioso ali acima dos pinheiros, mas com um vento regular zumbindo fracamente nas fendas da rocha. Andorinhas passaram zunindo, erguendo-se bruscamente nas correntes de ar à cata de insetos, mergulhando como bombardeiros, as asas delgadas estendidas.

Jamie segurou minha mão para me puxar para o último degrau da saliência larga e plana de granito na base da rocha. Não a soltou, mas puxou-me para junto dele, olhando-me cuidadosamente, como se quisesse memorizar minhas feições.

– Por que...? – comecei a dizer, tentando recuperar o fôlego.

– É o seu lugar – disse ele duramente. – Não é?

– Sim. – Eu olhava hipnotizada para o círculo de pedras. – Parece exatamente igual.

Jamie seguiu-me ao centro do círculo. Segurando-me pelo braço, caminhou com firmeza até a pedra dividida em duas.

– É esta aqui? – perguntou ele.

– Sim. – Tentei afastar-me. – Cuidado! Não se aproxime! – Olhou de mim para a pedra, obviamente cético.

Talvez tivesse razão. De repente, senti-me em dúvida da veracidade de minha própria história.

– Eu... eu não sei nada sobre ela. Talvez a... o que quer que fosse... tenha se fechado atrás de mim. Talvez só funcione em determinadas épocas do ano. Estava próximo do Beltane quando a atravessei.

Jamie olhou para o sol por cima do ombro, um disco plano pendurado no meio do céu por trás de uma fina cortina de nuvens.

– Já é quase Samhain, o início do inverno – disse ele. – All Hallows. Parece adequado, não? – Estremeceu involuntariamente, apesar da piada. – Quando você... atravessou. O que fez?

Tentei me lembrar. Sentia-me congelada e prendi as mãos debaixo dos braços.

– Andei em volta do círculo, olhando tudo. Mas aleatoriamente, não havia nenhuma forma especial. Então, cheguei perto da pedra fendida e ouvi um zumbido, como o de abelhas.

Ainda era como abelhas. Recuei como se fosse o chocalho de uma cobra.

– Ainda está aqui! – Recuei em pânico, atirando os braços em volta de Jamie, mas ele me segurou firmemente longe dele, o rosto lívido, e virou-me outra vez em direção à pedra.

– E depois? – O vento uivante penetrava em meus ouvidos, mas sua voz era ainda mais contundente.

– Coloquei a mão sobre a rocha.

– Faça isto, então. – Empurrou-me para mais perto e quando eu não reagi, ele segurou meu pulso e plantou minha mão com firmeza contra a superfície listrada.

Fez-se o caos e ele se apoderou de mim.

Finalmente, o sol parou de girar atrás dos meus olhos e os gritos agudos desapareceram dos meus ouvidos. Havia outro barulho persistente, Jamie chamando meu nome.

Sentia-me fraca demais para me sentar ou abrir os olhos, mas sacudi a mão fracamente, para que ele soubesse que eu ainda estava viva.

– Estou bem – disse.

– Está mesmo? Ah, meu Deus, Claire! – Apertou-me contra o peito, abraçando-me com força. – Meu Deus, Claire. Pensei que estivesse morta. Você... você começou a... ir embora, de certa forma. Tinha a expressão mais terrível no rosto, como se estivesse apavorada. Eu... eu a puxei de volta da pedra. Eu a impedi. Não devia ter feito isso. Sinto muito, Sassenach.

Meus olhos estavam suficientemente abertos agora para ver seu rosto acima do meu, aturdido e assustado.

– Está tudo bem. – Ainda tinha dificuldade para falar e sentia-me pesada e desorientada, mas voltava gradativamente ao normal. Tentei sorrir, mas meus lábios apenas se contorceram.

– Ao menos... sabemos... que ainda funciona.

– Ah, meu Deus. Sim, funciona. – Lançou um olhar fulminante, de ódio e temor, à pedra.

Deixou-me pelo tempo de ir molhar um lenço numa poça de água da chuva em uma depressão nas rochas. Umedeceu meu rosto, ainda murmurando palavras de conforto e desculpas. Por fim, senti-me bem o suficiente para me sentar.

– Você não acreditava em mim, não é mesmo? – Apesar de tonta e vacilante, sentia-me de certa forma vingada. – Mas é verdade.

– Sim, é verdade. – Sentou-se ao meu lado, fitando a pedra por vários minutos. Esfreguei o lenço molhado no rosto, ainda fraca e zonza. De repente, pôs-se de pé num salto, caminhou até a rocha e espalmou a mão sobre ela.

Nada aconteceu e, após um minuto, seus ombros baixaram e ele voltou para mim.

– Talvez só funcione com mulheres – disse, confusa. – As lendas sempre falam de mulheres. Ou talvez seja apenas eu.

– Bem, não funciona comigo – disse ele. – Mas é melhor me certificar.

– Jamie! Cuidado! – gritei, em vão. Ele marchou para a pedra, colocou a mão espalmada sobre ela outra vez, atirou-se contra ela, passou pela fenda e voltou por ela outra vez, mas a pedra continuou sendo apenas um monólito maciço. Quanto a mim, estremeci diante da ideia de sequer me aproximar daquela porta para a loucura novamente.

Mesmo assim. Mesmo assim, quando comecei a passar para o reino do caos dessa vez, eu estava pensando em Frank. E eu o senti, tinha certeza. Em algum lugar no vácuo havia um pontinho de luz e ele estava lá. Eu soube. Também soube que havia outro ponto de luz, que ainda estava sentado ao meu lado, fitando a pedra, o rosto brilhando de suor, apesar do frio do dia.

Finalmente, ele se voltou para mim e segurou minhas duas mãos. Levou-as aos lábios e beijou cada uma formalmente.

– Minha mulher – disse ele docemente. – Minha... Claire. Não adianta esperar. Tenho que deixá-la agora.

Meus lábios estavam rígidos demais para que eu pudesse falar, mas a expressão do meu rosto devia ser facilmente legível como sempre.

– Claire – disse ele, ansiosamente –, é a sua própria época do outro lado da... desta coisa. Você tem um lar, um lugar lá. Tudo com que está acostumada. E... Frank.

– Sim – concordei. – Frank está lá.

Jamie me segurou pelos ombros, colocando-me de pé e sacudindo-me delicadamente numa súplica.

– Não há nada para você deste lado, menina! Nada, a não ser violência e perigo. Vá! – Empurrou-me levemente, virando-me na direção do círculo de pedras. Virei-me para ele novamente, segurando suas mãos.

– Não há realmente nada para mim aqui, Jamie? – Fitei-o nos olhos, não permitindo que os desviasse de mim.

Ele se livrou delicadamente de minhas mãos sem responder e ficou parado, de repente uma figura de outra época, vista em alto-relevo sobre um fundo de colinas nebulosas, a vida em seu rosto apenas um truque da rocha sombreada, como que aplainada sob camadas de tinta, a reminiscência de um pintor de lugares e paixões esquecidas que viraram pó.

Olhei dentro de seus olhos, cheios de dor e anseio, e ele se tornou de carne e osso outra vez, real e imediato, amante, marido, homem.

A angústia que eu sentia devia estar refletida em meu rosto porque ele hesitou, depois se virou para leste e apontou para baixo do declive.

– Está vendo atrás do pequeno grupo de carvalhos lá embaixo? Mais ou menos a meio caminho.

Vi o grupo de árvores e vi o que ele estava apontando, a cabana de um lavrador, parcialmente em ruínas, abandonada na colina assombrada.

– Vou descer para aquela casa e ficar lá até o anoitecer, para ter certeza... para ter certeza de que você está segura. – Olhou para mim, mas não fez nenhum gesto para me tocar. Cerrou os olhos, como se não suportasse mais olhar para mim.

– Adeus – disse ele, virando-se e partindo.

Fiquei observando-o, paralisada, e então me lembrei. Havia algo que eu precisava dizer. Chamei-o.

– Jamie!

Ele parou e ficou imóvel por um instante, lutando para controlar seu rosto. Estava lívido e extenuado e seus lábios estavam exangues quando se voltou de novo para mim.

– Sim?

– Há uma coisa... quer dizer, tenho que lhe falar uma coisa antes... antes de partir.

Ele fechou os olhos por um instante e acho que oscilou, mas deve ter sido apenas o vento agitando seu kilt.

– Não é preciso – disse ele. – Não. Vá, menina. Não devia se demorar. Vá. – Fez menção de se virar, mas segurei-o pela manga da camisa.

– Jamie, ouça-me! Você precisa me ouvir! – Ele balançou a cabeça, desarvorado, erguendo uma das mãos como se quisesse me afastar.

– Claire... não. Não posso. – O vento fazia seus olhos lacrimejarem.

– É a Conspiração Jacobita – falei, ansiosamente, sacudindo seu braço. – Jamie, ouça. O príncipe Charles, seu exército. Colum está certo! Está me ouvindo, Jamie? Colum está certo, não Dougal.

– Hein? O que quer dizer? – Eu tinha sua atenção agora. Passou a manga da camisa pelo rosto e os olhos que se detiveram em mim estavam desanuviados e atentos. O vento uivava em meus ouvidos.

– Príncipe Charles. Haverá uma rebelião, Dougal tem razão sobre isso, mas não será vitoriosa. O exército de Charles Edward vai se sair bem por algum tempo, mas tudo terminará num grande massacre. Em Culloden, é lá que vai terminar. Os... os clãs...

Mentalmente, via as lápides dos clãs, as pedras cinza que ficariam espalhadas pelo campo, cada uma ostentando apenas o nome do clã dos homens massacrados que jaziam sob ela. Respirei fundo e agarrei sua mão para me equilibrar. Estava fria como a de um cadáver. Estremeci e fechei os olhos para me concentrar no que estava dizendo.

– Os homens das Terras Altas, todos os clãs aliados de Charles, serão destruídos. Centenas e centenas morrerão em Culloden; os que sobrarem serão perseguidos e assassinados. Os clãs serão massacrados... e não se levantarão mais. Nem em sua época, nem na minha.

Abri os olhos e me deparei com ele fitando-me, sem expressão.

– Jamie, fique fora disso! – supliquei-lhe. – Mantenha sua família fora disso se puder, mas pelo amor de Deus... Jamie, se você...

Parei de repente. Eu ia dizer "Jamie, se você me ama". Mas não pude. Eu ia perdê-lo para sempre e se não havia falado de amor com ele antes, não podia fazê-lo agora.

– Não vá para a França – falei, em voz baixa. – Vá para a América, para a Espanha, para a Itália. Mas pelo amor daqueles que o amam, Jamie, não ponha os pés em Culloden.

Ele continuava me fitando. Perguntava-me se estaria me ouvindo.

– Jamie? Você me ouviu? Você compreende?

Após um instante, ele assentiu, anestesiado.

– Sim – disse ele, serenamente, a voz tão baixa que mal pude ouvi-lo sob o gemido do vento. – Sim, ouvi. – Soltou a minha mão. – Vá com Deus... *mo duinne*.

Saiu da saliência do rochedo e continuou sua descida pelo declive íngreme, firmando os pés em tufos de capim, segurando em galhos para manter o equilíbrio, sem olhar para trás. Fiquei observando-o até ele desaparecer no bosque de carvalhos, caminhando lentamente, como um homem ferido que sabe que tem que continuar andando, mas sente que sua vida se esvai lentamente entre os dedos que aperta contra o ferimento.

Meus joelhos tremiam. Devagar, abaixei-me e sentei com as pernas cruzadas, observando as andorinhas. Abaixo, eu podia apenas ver o telhado da cabana que agora abrigava meu passado. Às minhas costas, assomava a pedra fendida. E meu futuro.

Fiquei sentada sem me mover durante toda a tarde. Tentei arrancar à força todas as emoções da minha mente e usar a razão. Jamie certamente tinha a lógica a seu favor quando argumentava que eu devia voltar; lar, segurança, Frank; até mesmo os pequenos confortos da vida de que eu tanto sentia falta de vez em quando, como banhos quentes e água encanada, para não falar de considerações maiores como tratamento médico adequado e boas condições de viagem.

Ainda assim, enquanto eu sem dúvida admitia as inconveniências e óbvios perigos daquele lugar, também tinha que admitir que apreciava muitos dos seus aspectos. Se viajar era incômodo, não havia enormes extensões de concreto cobrindo os campos nem qualquer barulho ou carros com seus escapamentos fedorentos – invenções com seus próprios perigos, lembrei a mim mesma. A vida era muito mais simples e as pessoas também. Não menos inteligentes, porém muito mais francas – com algumas autênticas exceções, como Colum ban Campbell MacKenzie, pensei implacavelmente.

Por causa do trabalho do tio Lamb, eu havia morado em muitos lugares diferentes, alguns até mesmo mais inóspitos e com menos conveniências do que este. Eu me adaptava com bastante facilidade a condições adversas e não sentia realmente falta da "civilização" quando longe dela, embora me adaptasse com a mesma facilidade à presença de máquinas e do maior conforto que proporcionavam, como aquecedores de água e aparelhos eletrodomésticos. Estremeci no vento frio, abraçando-me com força enquanto fitava a rocha.

A racionalidade não parecia estar ajudando muito. Voltei-me para a emoção e comecei, encolhendo-me diante da tarefa, a reconstruir os detalhes das minhas vidas de casada – primeiro com Frank, depois com Jamie. O único resultado disso foi deixar-me arrasada e chorando, as lágrimas formando trilhas congeladas em meu rosto.

Bem, se nem a razão nem a emoção, que tal o dever? Eu fizera votos matrimoniais a Frank e o fiz de todo o coração. Fizera o mesmo a Jamie, e o traí logo que pude. E qual deles eu iria trair agora? Continuei sentada, enquanto o sol descia cada vez mais no horizonte e as andorinhas desapareciam para os seus ninhos.

Quando a estrela vespertina começou a brilhar entre os galhos dos pinheiros negros, concluí que nesta situação a razão tinha pouca utilidade. Iria ter que confiar em alguma outra coisa; exatamente o quê, eu não sabia. Voltei-me para a pedra fendida e dei um passo em sua direção, depois outro, depois outro. Parando, virei-me e tomei a direção oposta. Um passo, depois outro, depois outro e, antes que sequer soubesse o que havia decidido, já estava na metade da encosta, lutando desvairadamente com o mato, escorregando e caindo nas áreas de cascalho.

Quando cheguei à cabana, ofegante de medo de que ele já pudesse ter ido embora, tranquilizei-me ao ver Donas amarrado ali perto, pastando. O cavalo ergueu a cabeça e me olhou de forma pouco amistosa. Caminhando silenciosamente, empurrei a porta.

Ele estava no aposento da frente, dormindo num estreito banco de carvalho. Dormia de barriga para cima, como sempre fazia, as mãos cruzadas sobre o estômago, a boca ligeiramente aberta. Os últimos raios de luz do dia que entravam pela janela às minhas costas recortavam seu rosto como uma máscara de metal; os caminhos prateados das lágrimas secas cintilavam na pele dourada e o acobreado da barba espetada brilhava foscamente.

Fiquei parada, observando-o por um instante, transbordando com uma ternura indescritível. Movendo-me o mais silenciosamente possível, deitei-me ao lado dele no banco estreito e aconcheguei-me ao seu corpo. Virou-se para mim no seu sono como sempre fazia, aninhando-me contra o peito e recostando o rosto nos meus cabelos. Semiconsciente, alisou meus cabelos para afastá-los do seu nariz; senti o violento solavanco quando ele acordou e percebeu que eu estava ali e, então, perdemos o equilíbrio e caímos no chão, Jamie sobre mim.

Eu não tinha a menor dúvida de que ele era de carne e osso. Empurrei um joelho em seu abdômen, grunhindo.

– Saia! Não consigo respirar!

Em vez disso, ele agravou minha falta de ar beijando-me apaixonadamente. Ignorei a falta de oxigênio temporariamente, a fim de me concentrar em coisas mais importantes.

Abraçamo-nos durante muito tempo sem falar. Finalmente, ele murmurou, a boca abafada em meus cabelos:

– Por quê?

Beijei seu rosto, úmido e salgado. Podia sentir seu coração batendo contra as minhas costelas e não desejava mais nada além de ficar ali para sempre, sem me mover, sem fazer amor, apenas respirando o mesmo ar.

– Tive que fazê-lo – respondi. Ri, um pouco trêmula. – Não sabe como estive por um fio. Os banhos quentes quase venceram. – Então, chorei, estremecendo, porque a escolha era tão recente e minha alegria pelo homem que tinha nos braços se misturava a um dor dilacerante pelo homem que eu jamais veria novamente.

Jamie me abraçou com força, pressionando-me com seu peso, como se quisesse me proteger, para impedir que eu fosse levada pela atração esmagadora do círculo de pedras. Por fim, minhas lágrimas cessaram e fiquei deitada, exausta, a cabeça apoiada em seu peito reconfortante. Já escurecera completamente, mas ele continuava a me abraçar, murmurando baixinho, como se eu fosse uma criança com medo do escuro. Presos um ao outro, não nos afastamos nem mesmo para acender um fogo ou uma vela.

Finalmente, Jamie se levantou e, pegando-me no colo, carregou-me para o banco, onde se sentou, aconchegando-me em seu colo. A porta da cabana continuava aberta e podíamos ver as estrelas começando a cintilar sobre o vale lá fora.

– Sabe – falei, sonolenta – que são necessários milhares e milhares de anos para a luz daquelas estrelas nos alcançar? Na verdade, algumas estrelas que vemos podem já estar mortas, mas nós não sabemos, porque ainda vemos sua luz.

– É mesmo? – disse ele, acariciando minhas costas. – Não sabia.

Devo ter adormecido, a cabeça em seus ombros, mas acordei por um instante, quando ele me colocou delicadamente no chão, numa cama improvisada com os cobertores que carregava na sela. Deitou-se ao meu lado e puxou-me para junto de seu corpo outra vez.

– Descanse, Sassenach – sussurrou ele. – Amanhã vou levá-la para casa.

Acordamos pouco antes do amanhecer e estávamos no caminho de descida quando o sol se levantou, ansiosos para deixar Craig na Dun.

– Para onde vamos, Jamie? – perguntei, alegrando-me com a perspectiva de um futuro que o incluía, ainda que deixasse para trás a última chance de retornar para o homem que me amou, que me amaria?, um dia.

Jamie freou o cavalo, parando para olhar por cima do ombro por um instante. O círculo ameaçador de pedras verticais era invisível daquele ponto, mas a encosta rochosa parecia erguer-se intransponível às nossas costas, coberta de pedregulhos e moitas de tojo. De onde estávamos, a cabana em ruínas parecia mais uma rocha proeminente, como uma articulação óssea projetando-se do punho cerrado de granito da colina.

– Queria ter lutado por você – disse ele repentinamente, olhando para mim novamente. Seus olhos azuis estavam escuros e ansiosos.

Sorri para ele, emocionada.

– Não era sua luta, era minha. Mas você venceu, de qualquer modo. – Estendi a mão e ele apertou-a.

– Sim, mas não foi isso que eu quis dizer. Se eu tivesse lutado com ele, homem a homem, por você e vencido, você não precisaria sentir nenhum arrependimento. – Hesitou. – Se um dia...

– Não há mais nenhum "se" – retruquei com firmeza. – Pensei em cada um deles ontem e ainda assim estou aqui.

– Graças a Deus – disse ele, sorrindo. – E que Deus a proteja. – Em seguida, acrescentou: – Embora eu jamais vá entender por quê.

Passei os braços em torno de sua cintura e abracei-o, conforme o cavalo resvalava pela última encosta íngreme.

– Porque – falei – eu certamente não consigo viver sem você, Jamie Fraser, e isso é tudo. Agora, para onde está me levando?

Jamie virou-se na sela, para olhar a subida da colina.

– Rezei durante todo o caminho ladeira acima ontem – disse ele baixinho. – Não para que você ficasse, não achava isso certo. Rezei para ser forte o suficiente para deixá-la ir embora. – Balançou a cabeça, ainda fitando a colina, uma expressão sonhadora nos olhos. – Eu disse: "Senhor, se nunca tive coragem em minha vida antes, que eu a tenha agora. Permita que eu seja corajoso o suficiente para não cair de joelhos e implorar-lhe que fique."

Afastou os olhos da cabana e sorriu brevemente para mim.

– A coisa mais difícil que eu já fiz, Sassenach.

Virou-se na sela e direcionou o cavalo para o leste. Era uma rara manhã luminosa e o sol matutino fazia tudo reluzir, desenhando uma fina linha de fogo ao longo das rédeas, da curva do pescoço do cavalo e nas faces e nos ombros largos de Jamie.

Ele respirou fundo e balançou a cabeça em direção à charneca, indicando uma passagem estreita e distante, entre dois penhascos.

– Agora, acho que posso fazer a segunda coisa mais difícil. – Esporeou o cavalo delicadamente, estalando a língua. – Estamos indo para casa, Sassenach. Para Lallybroch.

PARTE V

Lallybroch

26

A VOLTA DO SENHOR DAS TERRAS

No começo, estávamos tão felizes só de estarmos juntos e longe de Leoch que não falávamos muito. Para atravessar a superfície plana da charneca, Donas podia carregar nós dois sem grande esforço e cavalguei com os braços em torno da cintura de Jamie, regozijando-me na sensação dos músculos aquecidos pelo sol remexendo-se sob meu rosto. Quaisquer que fossem os problemas que pudéssemos enfrentar – e eu sabia que havia muitos – estávamos juntos. Para sempre. E isso era suficiente.

Quando o primeiro impacto de felicidade amadureceu no esplendor do companheirismo, começamos a conversar outra vez. No começo, sobre a região que estávamos atravessando. Depois, cautelosamente, sobre mim e o lugar de onde eu viera. Ele ficava fascinado com as minhas descrições da vida moderna, embora eu pudesse ver que a maioria das minhas histórias parecia contos de fadas para ele. Adorava especialmente as descrições de automóveis, tanques e aviões e me fez descrevê-los inúmeras vezes, o mais detalhadamente possível. Por um acordo tácito, evitávamos qualquer menção a Frank.

Conforme a distância percorrida aumentava, nossa conversa voltou-se mais para o tempo presente: Colum, o castelo, depois a caça ao veado e o duque.

– Ele parece um bom sujeito – observou Jamie. Quando o caminho se tornou mais difícil, ele desmontou e passou a caminhar ao lado do cavalo, o que facilitava a conversa.

– Também achei – disse. – Mas...

– Ah, sim, não se pode confiar muito no que um homem parece ser atualmente – concordou ele. – Ainda assim, nos demos bem, ele e eu. Sentávamos juntos e passávamos a noite conversando em volta do fogo na cabana de caça. Aliás, ele é bem mais inteligente do que parece; sabe a impressão que aquela voz dele causa e acho que a usa para se fazer passar um pouco por tolo, enquanto o tempo todo sua astúcia está lá, trabalhando por trás do olhar.

– Hummm. É disso que eu tenho medo. Você... contou a ele?

Deu de ombros.

– Um pouco. Ele sabia meu nome, é claro, daquela outra vez, no castelo.

Ri ao me lembrar do relato que ele fizera daquela época.

– Vocês, hum, ficaram recordando os velhos tempos?

Ele riu, as pontas dos cabelos flutuando pelo rosto na brisa de outono.

– Ah, só um pouco. Perguntou-me uma vez se eu ainda tinha problemas intestinais. Mantive o ar sério e respondi que normalmente não, mas que talvez estivesse começando a sentir um pouco de dor de barriga agora. Ele riu e disse que esperava que isso não incomodasse minha bela esposa.

Ri também. No momento, o que o duque fizesse ou deixasse de fazer não parecia de decisiva importância. Ainda assim, um dia ele poderia ser útil.

– Contei-lhe também que eu era procurado, mas não culpado da acusação, embora houvesse pouca probabilidade de prová-lo. Ele pareceu compreensivo, mas tive o cuidado de não lhe contar as circunstâncias, quanto mais o fato de que há um prêmio por minha cabeça. Eu ainda não chegara a uma conclusão se podia confiar nele quando... bem, quando o Velho Alec irrompeu no acampamento como se o próprio diabo estivesse em seu encalço e Murtagh e eu partimos no mesmo dia.

Isso me fez lembrar.

– E onde está Murtagh? – perguntei. – Ele voltou com você para Leoch? – Esperava que o pequeno membro do clã não tivesse se metido em confusão nem com Colum nem com os habitantes de Cranesmuir.

– Ele começou a voltar comigo, mas o animal que cavalgava não era páreo para Donas. Sim, você é um valoroso rapazinho, Donas, *mo buidheag*. – Deu um tapinha no reluzente pescoço do alazão e o cavalo relinchou e sacudiu a crina. Jamie ergueu os olhos para mim e sorriu.

– Não se preocupe com Murtagh. Eis um passarinho alegre que sabe cuidar de si mesmo.

– Alegre? Murtagh? – Alegre quer dizer contente, bem-humorado, o que parecia incoerente em se tratando daquele homem. – Acho que nunca o vi sorrir. E você?

– Ah, sim. Pelo menos duas vezes.

– Há quanto tempo o conhece?

– Vinte e três anos. Ele é meu padrinho.

– Ah, bem, isso explica muita coisa. Não achei que ele fosse se preocupar por minha causa.

Jamie deu um tapinha na minha perna.

– Claro que se preocuparia. Ele gosta de você.

– Vou acreditar na sua palavra.

Tendo voltado a tocar nos últimos acontecimentos, respirei fundo e perguntei algo que desejava ardentemente saber.

– Jamie?

– Sim?

– Geillis Duncan. Eles vão... vão realmente queimá-la?

Ergueu os olhos para mim, franzindo ligeiramente a testa, e meneou a cabeça, confirmando.

– Creio que sim. Mas só depois que a criança tiver nascido. É isso o que a está perturbando?

– Uma das coisas. Jamie, olhe para isto. – Tentei levantar a volumosa manga, não consegui, e contentei-me em puxar a gola da blusa para mostrar minha cicatriz de vacinação.

– Deus do céu – disse ele devagar, depois que lhe expliquei. Olhou-me incisivamente. – Então é por isso... então, ela é de sua época?

Dei de ombros, desarvorada.

– Não sei. Tudo que posso dizer é que ela provavelmente nasceu depois de 1920; foi quando a vacinação em massa foi iniciada. – Olhei por cima do ombro, mas nuvens baixas escondiam os penhascos que agora nos separavam de Leoch. – Acho que nunca mais saberei... agora.

Jamie tomou as rédeas de Donas e conduziu-o para o lado, para um pequeno bosque de pinheiros, às margens de um riacho. Agarrou-me pela cintura, levantou-me e me colocou no chão.

– Não lamente por ela – disse ele com firmeza, abraçando-me. – É uma mulher má, uma assassina, se não uma bruxa. Ela realmente matou o marido, não?

– Sim – respondi com um estremecimento, lembrando-me dos olhos vidrados de Arthur Duncan.

– Mas ainda não compreendo por que ela tinha que matá-lo – disse ele, balançando a cabeça, estarrecido. – Ele tinha dinheiro, uma boa posição. E duvido que a maltratasse.

Olhei-o com exasperada surpresa.

– E essa é a sua definição de um bom marido?

– Bem... sim – disse ele, franzindo a testa. – O que mais ela podia querer?

– O que mais? – Fiquei tão desconcertada que apenas olhei para ele por um instante, depois me deixei cair na grama e comecei a rir.

– O que é engraçado? Acho que estávamos falando de um assassinato. – No entanto, ele sorriu e passou o braço ao meu redor.

– Eu só estava pensando – disse, ainda rindo – se a sua definição de um bom marido é alguém com dinheiro e boa posição que não bate na mulher... o que isso faz de você?

– Ah! – exclamou ele, rindo. – Bem, Sassenach, eu nunca disse que era um bom marido. Nem você. "Sádico", acho que foi assim que me xingou e algumas outras coisas que eu não repetiria para bem da decência. Mas não um bom marido.

– Ótimo. Então, não me sentirei obrigada a envenená-lo com cianeto.

– Cianeto? – Olhou-me com curiosidade. – O que é isso?

– O que matou Arthur Duncan. É um veneno rápido e muito poderoso. Bastante comum na minha época, mas não aqui. – Umedeci os lábios, pensativa. – Eu senti o gosto de cianeto nos lábios dele e apenas isso foi o suficiente para fazer todo o meu rosto ficar dormente. Age quase no mesmo instante, como você viu. Eu devia ter adivinhado naquela ocasião... a respeito de Geillis, quer dizer. Imagino que ela o tenha obtido a partir de caroços de pêssego ou de cereja triturados, embora deva ter dado um trabalho incrível.

– Ela lhe contou por que fez isso?

Suspirei e esfreguei os pés. Meus sapatos haviam se perdido na confusão junto ao lago e eu estava sempre lidando com farpas e carrapichos, não tendo os pés endurecidos como os de Jamie.

– Isso e muito mais. Se há alguma coisa de comer no seu alforje, por que não vai buscar? E lhe contarei tudo sobre isso.

Entramos no vale de Broch Tuarach no dia seguinte. Quando saímos dos contrafortes, avistei um cavaleiro solitário, a certa distância, vindo mais ou menos em nossa direção. Era a primeira pessoa que eu via desde que deixáramos Cranesmuir.

O homem que se aproximava era vigoroso e de aparência abastada, com um lenço de pescoço muito branco aparecendo na gola de um resistente casaco de sarja cinza, as longas pontas deixando à mostra apenas uns 5 centímetros de suas calças amarradas abaixo dos joelhos.

Estávamos viajando havia quase uma semana, dormindo ao relento, lavando-nos nas águas frias e limpas dos córregos e vivendo bem de coelhos e peixes que Jamie conseguia pegar e de plantas e frutas comestíveis que eu conseguia encontrar. Com nossos esforços conjuntos, nossa dieta era melhor do que a do castelo, mais fresca e certamente mais variada, ainda que um pouco imprevisível.

No entanto, se a nutrição estava mais do que a contento na vida ao ar livre, a aparência era diferente e eu fiz uma rápida avaliação de nosso estado quando o cavalheiro montado hesitou, franzindo o cenho, depois veio trotando lentamente em nossa direção para investigar.

Jamie, que insistira em caminhar a maior parte da viagem para poupar o cavalo, tinha realmente uma aparência nada respeitável, as meias manchadas até os joelhos de poeira vermelha, a camisa sobressalente rasgada pelos arbustos e a barba de uma semana eriçando-se furiosamente das faces e dos maxilares.

Seus cabelos haviam crescido bastante nos últimos meses para alcançar os ombros. Em geral, presos num rabicho ou amarrados na nuca com uma fita, agora estavam soltos, espessos e desgrenhados, com pequenos pedaços de folhas e galhos presos nas desalinhadas mechas cor de cobre. Com o rosto queimado de sol num tom de bronze avermelhado, as botas rachadas, espada e adaga enfiadas no cinto, ele realmente parecia um bárbaro das Terras Altas.

Eu não estava muito melhor. Suficientemente coberta nas dobras da melhor camisa de Jamie e nos restos do meu vestido, descalça, enrolada em seu xale xadrez, parecia uma maltrapilha. Encorajada pela névoa úmida e não sofrendo nenhuma restrição em forma de pente ou escova, meus cabelos rebelaram-se em toda a minha cabeça. Também haviam crescido durante minha estada no castelo e flutuavam em nuvens e cachos pelos meus ombros, entrando nos meus olhos sempre que o vento vinha de trás, como agora.

Afastando dos olhos os cachos revoltos, observei a aproximação cautelosa do cavalheiro de cinza. Jamie, vendo-o, parou nosso próprio cavalo e esperou que ele se aproximasse o suficiente para poderem conversar.

– É Jock Graham – disse-me ele –, lá de Murch Nardagh.

O homem freou a alguns metros de distância e ficou nos examinando cuidadosamente. Seus olhos, com grandes bolsas de gordura, estreitaram-se e pousaram com desconfiança em Jamie. Em seguida, arregalaram-se repentinamente.

– Lallybroch? – perguntou ele, incrédulo.

Jamie assentiu, amavelmente. Com um ar completamente ilógico de orgulho de proprietário, colocou a mão em minha coxa e disse:

– E minha senhora Lallybroch.

A boca de Jock Graham se abriu alguns centímetros, depois se recompôs rapidamente numa expressão de agitado respeito.

– Ah... minha... senhora – disse ele, tirando o chapéu com atraso e fazendo uma mesura em minha direção. – Vocês estão indo para casa, então? – perguntou, tentando manter o olhar fascinado longe de minha perna, nua até os joelhos por causa de um rasgão na minha roupa, e manchada com o suco das bagas do sabugueiro.

– Sim. – Jamie olhou por cima do ombro dele, em direção à fenda no monte que ele me dissera ser a entrada para Broch Tuarach. – Esteve lá recentemente, Jock?

Graham afastou os olhos de mim e olhou para Jamie.

– Hein? Ah, sim. Sim, estive lá. Todos estão bem. Ficarão contentes de vê-lo, imagino. Boa viagem, então, Fraser. – E com uma cutucada apressada nas costelas do cavalo, virou-se e começou a subir o vale.

Ficamos observando-o partir. De repente, a uns 100 metros de distância, ele parou. Virando-se na sela, ergueu-se nos estribos, colocou as mãos em volta da boca e gritou. O som, trazido pelo vento, chegou a nós fraco, mas distinto.

– Bem-vindo ao lar!

E desapareceu atrás de uma elevação.

Broch Tuarach significa "torre voltada para o norte". Da encosta da montanha acima de nós, a torre que dava seu nome à pequena propriedade não passava de mais um aglomerado de rochas, bem semelhante àqueles que ficavam nos sopés dos montes que havíamos atravessado.

Descemos por uma fenda rochosa e estreita entre dois penhascos, guiando o cavalo entre as pedras. Depois, o trajeto ficou mais fácil, a terra ondeando mais suavemente através dos campos e de cabanas esparsas, até finalmente chegarmos a uma estrada pequena e sinuosa que levava à casa.

Era maior do que eu esperava; uma bela mansão de três andares de pedra branca rebocada com cal, as janelas delineadas com a pedra cinza ao natural, um teto alto de ardósia, com múltiplas chaminés, e diversos prédios menores pintados de branco amontoados ao redor, como pintinhos em volta de uma galinha. A velha torre de pedra, situada numa pequena elevação na parte posterior da casa, erguia-se a quase 20 metros de altura, com um telhado em cone, como o chapéu de uma bruxa, rodeado com três fileiras de minúsculas seteiras.

Quando nos aproximávamos, ouviu-se uma repentina e terrível algazarra vinda das construções anexas e Donas se assustou e empinou. Não sendo uma exímia amazona, fui imediatamente lançada ao chão, aterrissando de forma humilhante na estrada de terra. Com uma rápida apreciação da importância relativa dos fatos, Jamie saltou e agarrou o cabresto do cavalo, deixando-me entregue à própria sorte.

Os cachorros já estavam quase em cima de mim, rosnando e latindo, quando consegui me levantar. Aos meus olhos apavorados, parecia haver uma dúzia deles, todos com os dentes arreganhados e perigosos. Ouvi um grito de Jamie.

– Bran! Luke! *Sheas!*

Os cachorros patinaram até parar completamente, a alguns passos de mim, confusos. Correram de um lado para outro, resmungando com hesitação, até ele falar outra vez.

– *Sheas, mo maise!* De pé, seus malvados!

Eles obedeceram e a cauda do cachorro maior começou a balançar gradualmente, uma vez, depois duas, em dúvida.

– Claire. Segure o cavalo. Ele não deixará que se aproximem e sou eu quem eles querem. Ande devagar, não vão atacá-la. – Falava descontraidamente, para não alarmar ainda mais o cavalo e os cachorros. Eu não tinha tanto sangue-frio, mas fui me aproximando dele cuidadosamente. Donas balançou a cabeça e revirou os olhos quando segurei a brida, mas eu não estava disposta a aturar explosões de mau humor – dei um puxão firme nas rédeas e agarrei o cabresto.

Os grossos lábios aveludados retorceram-se mostrando os dentes, mas eu dei outro puxão ainda mais forte. Coloquei o rosto bem perto do grande olho dourado e penetrante e devolvi o olhar furioso.

– Não ouse! – adverti. – Ou vai acabar virando carne de cachorro e eu não vou levantar um dedo para salvá-lo!

Enquanto isso, Jamie caminhava devagar em direção aos cães, um dos braços estendidos para eles com o punho cerrado. O que parecera um bando resumia-se a quatro cachorros; um pequeno rat-terrier amarronzado, dois pastores peludos e malhados e um enorme monstro preto e cor de canela que poderia se passar pelo animal enorme e feroz de *O cão dos Baskervilles* sem levantar nenhuma suspeita.

Essa ameaçadora criatura esticou um pescoço mais grosso que minha cintura e cheirou delicadamente os nós dos dedos que lhe eram oferecidos. Uma cauda semelhante a um cabo de navio começou a bater de um lado para o outro com crescente fervor. Em seguida, atirou para trás sua enorme cabeça, ganindo de alegria, e pulou em cima de seu dono, derrubando-o estatelado no chão.

– "E assim Ulisses retorna da Guerra de Troia e é reconhecido pelo seu cão fiel" – recitei para Donas, que relinchou levemente, dando sua opinião sobre Homero ou sobre a indigna manifestação de emoção que acontecia na estrada.

Jamie, rindo, agitava o pelo e puxava as orelhas dos cachorros, que tentavam lamber seu rosto, todos ao mesmo tempo. Finalmente, conseguiu afastá-los o suficiente para se levantar, mantendo-se de pé com dificuldade diante de suas empolgadas demonstrações.

– Bem, ao menos alguém está contente em me ver – disse ele, rindo, enquanto afagava a cabeça do animal. – Este é Luke – disse, apontando para o terrier. – E estes são Elphin e Mars. São irmãos e excelentes cães pastores. E este – colocou a mão carinhosamente na enorme cabeça negra, que babou de satisfação – é Bran.

– Vou confiar em você – disse, cautelosamente estendendo o nó de um dedo para ser cheirado. – O que ele é?

– Um staghound, um cão veadeiro. – Coçou as orelhas empinadas, declamando:

Assim Fingal escolheu seus cães de caça:
Olhos como ameixas silvestres, orelhas como folhas,
Peito de cavalo, pernas como foicinhas
E a junta da cauda distante da cabeça.

– Se essas são qualidades, então você tem razão – falei, inspecionando Bran. – Se a junta da cauda fosse mais distante de sua cabeça, você poderia montá-lo.

– Eu costumava fazer isso quando era criança. Não com Bran, mas com seu avô, Nairn.

Deu um último tapinha carinhoso em Bran e empertigou-se, olhando na direção da casa. Pegou a brida do irrequieto Donas e conduziu-o pela descida.

– "E assim Ulisses retorna para casa, disfarçado de indigente..." – citou ele em grego, tendo ouvido minha observação anterior. – E agora – disse, arrumando o colarinho com certa amargura – acho que é hora de ir lidar com Penélope e seus pretendentes.

Quando chegamos às portas duplas, os cachorros arfando em nossos calcanhares, Jamie hesitou.

– Deveríamos bater? – perguntei, um pouco nervosa. Olhou para mim, estupefato.

– É a minha casa – disse ele, abrindo a porta.

Conduziu-me pela casa, ignorando os poucos criados surpresos pelos quais passamos, atravessando o vestíbulo e uma pequena sala de armas, até uma sala de estar, que ostentava uma enorme lareira com um console bem polido, objetos de prata e vidro brilhavam aqui e ali, refletindo o sol do fim de tarde. Por um instante, achei que a sala estivesse vazia. Então, vi um ligeiro movimento num canto, próximo à lareira.

Ela era menor do que eu esperava. Com um irmão como Jamie, eu a imaginara ao menos do meu tamanho, ou até mais alta, mas a mulher junto ao fogo tinha pouco mais de 1,50 metro. Estava de costas para nós, pegando alguma coisa na prateleira de um armário de louças, e as pontas da faixa na cintura de seu vestido quase tocavam o chão.

Jamie parou quando a viu.

– Jenny – disse ele.

A mulher se virou e vi de relance sobrancelhas negras como tinta de escrever e grandes olhos azuis num rosto branco, antes de se lançar sobre seu irmão.

– Jamie!

Apesar de pequena, deslocou seu irmão com o impacto de seu abraço. Como um reflexo, seus braços envolveram os ombros dela e ficaram abraçados por um instante, o rosto de Jenny apertado com força contra a frente da camisa dele, a mão de Jamie segurando sua nuca com ternura. No rosto dele havia uma expressão mista de incerteza e ansiosa alegria, tão forte que me senti quase uma intrusa.

Em seguida, ela pressionou-se com mais força contra ele, murmurando alguma coisa em gaélico, e a expressão do rosto de Jamie dissolveu-se em absoluto choque. Segurou-a pelos braços e afastou-a, fitando-a.

Os rostos eram muito semelhantes; os mesmos olhos azul-escuros estranhamente rasgados e as largas maçãs do rosto. O mesmo nariz fino, cinzelado, apenas um pouquinho longo demais. Mas ela era morena, enquanto Jamie era claro, com cascatas de cabelos negros e anelados, amarrados para trás com uma fita verde.

Era linda, com feições bem delineadas e pele de alabastro. Também estava obviamente em adiantado estado de gravidez.

Jamie ficara com os lábios lívidos.

– Jenny – murmurou ele, balançando a cabeça. – Ah, Jenny. *Mo cridh.*

Nesse momento, sua atenção foi atraída pela aparição de uma criança no vão da porta e ela se afastou de seu irmão sem notar seu transtorno. Pegou o menino pela mão e conduziu-o para dentro da sala, murmurando palavras de encorajamento. Ele se deixou ficar um pouco para trás, o polegar na boca para maior tranquilidade, olhando para os estranhos por trás das saias de sua mãe.

Porque obviamente ela era sua mãe. Ele possuía a sua cabeleira negra, espessa e encaracolada, e os mesmos ombros retos, embora o rosto não fosse o seu.

– Este é o pequeno Jamie – disse ela, olhando com orgulho para o menino. – E este é o seu tio Jamie, *mo cridh*, de quem você recebeu seu nome.

– Meu nome? Você o batizou com o meu nome? – Jamie parecia um lutador que acabava de levar um soco no estômago. Recuou, afastando-se da mãe e do filho, até tropeçar numa cadeira e cair sentado como se suas pernas tivessem perdido a força. Enterrou o rosto nas mãos.

Sua irmã, a essa altura, percebeu que havia alguma coisa errada. Tocou-o cautelosamente no ombro.

– Jamie? O que foi, meu querido? Está doente?

Ele ergueu os olhos para ela e pude ver que seus olhos estavam rasos de lágrimas.

– Tinha que fazer isso, Jenny? Não acha que já sofri o bastante pelo que aconteceu... pelo que eu deixei acontecer... para dar o meu nome ao filho bastardo de Randall, para ser uma acusação contra mim enquanto eu viver?

O rosto de Jenny, normalmente pálido, perdeu todos os vestígios de cor.

– Filho bastardo de Randall? – repetiu ela, atônita. – Quer dizer, Jonathan Randall? O capitão inglês?

– Sim, o capitão Randall. De quem mais eu estaria falando, pelo amor de Deus? Você se lembra dele, suponho? – Jamie recuperava o suficiente de sua habitual reação sarcástica.

Jenny analisou seu irmão atentamente, uma das sobrancelhas erguidas, desconfiada.

– Ficou maluco, homem? – perguntou ela. – Ou andou bebendo muito pelo caminho?

– Nunca deveria ter voltado – murmurou ele. Levantou-se, cambaleando ligeiramente, e tentou passar sem tocá-la. Entretanto, ela permaneceu onde estava e segurou-o pelo braço.

– Corrija-me, irmão, se eu estiver errada – disse Jenny devagar –, mas tenho a forte impressão de que está dizendo que eu banquei a vagabunda com o capitão Randall e o que estou perguntando é que minhocas você tem na cabeça para dizer uma coisa dessas.

– Minhocas, hein? – Jamie voltou-se para ela, a boca retorcida de amargura. – Quisera que assim fosse; preferia estar morto e no túmulo a ver minha irmã levada a essa situação. – Agarrou-a pelos ombros e sacudiu-a levemente, gritando: – Por que, Jenny, por quê? Vê-la arruinar-se por minha causa foi vergonha suficiente para me matar. Mas isto... – Deixou os braços caírem, com um gesto de desespero que abrangia o ventre volumoso, projetando-se acusadoramente sob o vestido largo e fino.

Virou-se bruscamente em direção à porta e uma mulher idosa, que ouvia ansiosamente com a criança agarrada às suas saias, recuou, amedrontada.

– Não deveria ter vindo. Vou embora.

– Não faça isso, Jamie Fraser – disse sua irmã, de forma contundente. – Não antes de me ouvir. Então, sente-se e eu lhe contarei sobre o capitão Randall, já que quer saber.

– Eu não quero saber! Não quero ouvir! – Quando ela avançou em sua direção, ele virou-se bruscamente para a janela que dava para o pátio. Ela o seguiu:

– Jamie... – disse ela, mas ele a repeliu com um gesto violento.

– Não! Não fale comigo! Já disse que não vou aguentar ouvir!

– Ah, é mesmo? – Jenny observou seu irmão, parado à janela, com as pernas afastadas, as mãos no peitoril e as costas teimosamente voltadas para ela. Ela mordeu o lábio e uma expressão calculada surgiu em seu rosto. Rápida como um raio, ela se inclinou e enfiou a mão embaixo do seu kilt como o bote de uma cobra.

Jamie soltou um rugido de pura indignação e se empertigou de choque. Tentou virar-se, depois parou, imóvel, quando ela aparentemente redobrou o aperto.

– Existem homens razoáveis – disse ela para mim, com um sorriso malicioso – e animais que podem ser subjugados e obrigados a obedecer. Com outros não se pode fazer nada, a não ser que os segure pelo saco. Agora, pode me ouvir de maneira civilizada – disse a seu irmão – ou vou ter que torcer um pouco? Hein?

Ele permaneceu imóvel, o rosto vermelho, respirando ruidosamente através dos dentes cerrados.

– Vou ouvir – disse ele – e depois vou torcer seu pescoço, Janet! Solte-me!

Tão logo ela obedeceu, ele girou nos calcanhares.

– O que pensa que está fazendo? – perguntou ele, furioso. – Tentando me envergonhar na frente da minha própria mulher? – Jenny não se deixou intimidar com a sua fúria. Ficou balançando-se nos calcanhares, olhando para o irmão e para mim com ironia.

– Bem, se ela é sua mulher, imagino que esteja mais familiarizada com suas bolas do que eu. Não as vejo desde que ficou com idade suficiente para tomar banho sozinho. Cresceram um pouco, não?

O rosto de Jamie passava por várias transformações alarmantes, conforme os ditames do comportamento civilizado lutavam contra o impulso primitivo de um irmão mais novo de dar um cascudo na irmã. Por fim, a civilização venceu e ele disse entre dentes, com a pouca dignidade que conseguiu reunir:

– Deixe minhas bolas fora disso. Então, já que não vai sossegar enquanto não me fizer ouvir, conte-me a respeito de Randall. Conte-me por que desobedeceu às minhas ordens e escolheu desonrar-se e à sua família.

Jenny colocou as mãos nas cadeiras e se empertigou, pronta para o combate. Menos suscetível a perder a calma; ainda assim era geniosa como o irmão, não restava a menor dúvida.

– Ah, desobedecer as suas ordens, hein? É isso que o está incomodando, Jamie, não é? Você sabe o que é certo e, se não seguirmos as suas ordens, vamos nos arruinar, sem dúvida. – Movia-se impacientemente de um lado para outro, furiosa. – E se eu tivesse feito o que você mandou, naquele dia, você teria sido morto no pátio de entrada, papai teria sido enforcado ou estaria na prisão por assassinar Randall e as terras teriam sido confiscadas pela Coroa. Para não dizer nada de mim, sem lar e sem família, precisando mendigar nas vielas para viver.

Jamie já não estava pálido, mas vermelho de raiva.

– Sim, então você preferiu se vender ao invés de mendigar! Eu preferia ter morrido no meu próprio sangue e visto papai e as terras no inferno comigo e você sabe muito bem disso!

– Sim, eu sei! Você é um tolo, Jamie, e sempre foi! – rebateu sua irmã, exasperada.

– Veja só quem está falando! Não contente em arruinar seu bom nome e o meu próprio, você tem que continuar com o escândalo e expor sua desonra para toda a vizinhança!

– Você não vai falar assim comigo, James Fraser, irmão ou não! O que quer dizer com minha "desonra"? Seu grande idiota, você...

– O que eu quero dizer? Quando você anda por aí inflada até aqui como um sapo maluco. – Imitou sua barriga com um gesto desdenhoso da mão.

Ela recuou um passo, levou a mão para trás e esbofeteou-o com toda a força que conseguiu reunir. O impacto lançou a cabeça de Jamie para trás e deixou a marca branca de seus dedos impressa no rosto dele. Ele levou a mão lentamente até o rosto, olhando fixamente para a irmã. Os olhos de Jenny cintilavam perigosamente e seu peito arfava. As palavras jorraram numa torrente entre os dentes cerrados.

– Sapo, não é? Maldito covarde, não tem mais coragem do que me deixar aqui, pensando que está morto ou preso, sem nenhuma notícia dia após dia e, de repente, chega calmamente num belo dia, e ainda com uma mulher, senta-se na minha sala de visitas chamando-me de sapo e de meretriz e...

– Não a chamei de meretriz, mas devia ter chamado! Como pôde...

Apesar das diferenças de altura, irmão e irmã estavam quase cara a cara, sibilando um para o outro num esforço para impedir que as vozes alteradas ressoassem pela velha mansão. O esforço foi em vão, a julgar pelos olhares que percebi de vários rostos interessados espreitando discretamente da cozinha, do vestíbulo e da janela. O senhor de Broch Tuarach estava tendo uma interessante recepção de boas-vindas, sem dúvida.

Achei melhor deixar que acertassem as contas sem a minha presença e, assim, caminhei silenciosamente até o vestíbulo, com um desajeitado aceno de cabeça para a mulher idosa, e continuei até o pátio. Havia um caramanchão com um banco, onde me sentei, olhando ao redor com interesse.

Ao lado, havia um pequeno jardim cercado, florido com as últimas rosas do verão. Depois dele, estava o que Jamie chamava de pombal, ou assim presumi, pelos inúmeros pombos que entravam e saíam das aberturas no topo da construção.

Eu sabia que havia um celeiro e um barracão para a silagem; deviam ficar do outro lado da casa, com o depósito de provisões, o galinheiro, a horta e a capela abandonada da fazenda, o que ainda deixava sem explicação uma pequena construção de pedra deste lado. O vento leve do outono vinha daquela direção; inspirei fundo e fui recompensada com o rico aroma de lúpulo e levedo de cerveja. Era a cervejaria, onde a bebida da propriedade era produzida.

A estrada que seguia depois do portão levava para cima e além de um pequeno monte. Enquanto olhava, um pequeno grupo de homens surgiu no topo, em silhueta contra a luz do pôr do sol. Pareceram vacilar por um instante, como se estivessem se despedindo uns dos outros. Provavelmente era isso, porque apenas um deles desceu a colina em direção à casa, os outros partindo pelos campos em direção a um aglomerado de cabanas distantes.

Quando o homem solitário descia a colina, pude notar que ele mancava bastante. Quando atravessou o portão, a razão ficou evidente. Ele não tinha a perna direita abaixo do joelho e usava uma estaca de madeira no lugar.

Apesar da dificuldade, ele se deslocava com jovialidade. Na verdade, quando se aproximou do caramanchão, pude ver que devia ter apenas 20 e poucos anos. Era alto, quase tão alto quanto Jamie, porém de ombros muito mais estreitos; na verdade, era magro, quase pele e osso.

Parou na entrada para o caramanchão, apoiando-se na treliça e olhou para dentro, para mim, com interesse. Cabelos fartos, castanhos e lisos, caíam sobre a fronte alta. Os olhos castanhos e profundos tinham um ar de paciente bom humor.

As vozes de Jamie e de sua irmã haviam se elevado enquanto eu esperava do lado de fora. As janelas estavam abertas para o ar quente e os querelantes eram perfeitamente audíveis do caramanchão, embora nem todas as palavras fossem inteligíveis.

– Interferindo, megera desgraçada! – ouviu-se a voz de Jamie, alta no ar suave do fim do dia.

– Não tem a decência de... – a resposta de sua irmã perdeu-se numa brisa repentina.

O recém-chegado balançou a cabeça na direção da casa.

– Ah, então Jamie chegou.

Confirmei com um aceno da cabeça, sem saber ao certo se deveria me apresentar. Não teve importância, porque o jovem sorriu e inclinou a cabeça para mim.

– Sou Ian Murray, o marido de Jenny. E imagino que você seja... ah...

– A Sassenach com quem Jamie se casou – concluí por ele. – Meu nome é Claire. Então já sabia? – perguntei e ele riu. Minha mente girava. Marido de Jenny?

– Ah, sim. Soubemos por Joe Orr, que soube através de um funileiro de Ardraigh. Já não se pode guardar mais nenhum segredo nas Terras Altas. Deve saber disso, embora esteja casada há apenas um mês. Há semanas que Jenny se pergunta como você seria.

– Vagabunda! – berrou Jamie de dentro da casa. O marido de Jenny não moveu um fio de cabelo, mas continuou a me examinar com uma curiosidade amistosa.

– É uma bela moça – disse ele, olhando-me da cabeça aos pés sem reservas. – Gosta de Jamie?

– Bem... sim. Sim, gosto – respondi, um pouco desconcertada. Estava começando a me acostumar à franqueza que caracterizava a maioria dos habitantes das Terras Altas, mas às vezes ainda era pega de surpresa.

Franziu os lábios e assentiu, dando-se por satisfeito. Em seguida, sentou-se a meu lado no banco.

– É melhor deixá-los a sós mais uns minutos – disse ele, com um aceno em direção à casa, onde a gritaria agora prosseguia em gaélico. Ele parecia totalmente desinteressado na causa da discussão. – Os Fraser não dão ouvidos a ninguém quando estão com raiva. Quando acabam de gritar um com o outro, às vezes conseguimos fazê-los ver a razão, mas não antes.

– Sim, percebi – concordei laconicamente e ele riu.

– Então, está casada há bastante tempo para ter notado, hein? Soubemos como Dougal fez Jamie se casar com você – disse ele, ignorando a contenda e concentrando sua atenção em mim. – Mas Jenny disse que era preciso mais do que Dougal MacKenzie para Jamie fazer algo que não quisesse. Agora que a conheço, naturalmente vejo por que ele se casou. – Ergueu as sobrancelhas, à espera de maiores explicações, mas educadamente sem forçá-las.

– Imagino que ele teve seus motivos – disse, minha atenção dividida entre meu companheiro e a casa, onde as vozes altercadas continuavam.

– Não quero... Quer dizer, espero... – Ian interpretou corretamente minhas hesitações e meus olhares em direção às janelas da sala de estar. – Ah, imagino que você tenha algo a ver com isso. Mas ela discutiria com ele quer você estivesse aqui ou não. Ela ama Jamie ardentemente, sabe, e preocupou-se muito enquanto ele estava desaparecido, especialmente tendo seu pai partido tão repentinamente. Sabe disso? – Os olhos castanhos eram perspicazes e observadores, como se medisse o grau de confiança existente entre Jamie e mim.

– Sim, Jamie me contou.

– Ah. – Meneou a cabeça em direção à casa. – E depois, é claro, ela está grávida.

– Sim, percebi isso também.

– Difícil não notar, não é? – disse Ian com um largo sorriso e nós dois rimos. – Isso deixa seus nervos à flor da pele. Não que eu a culpe. Mas seria preciso um homem mais corajoso do que eu para discutir com uma mulher no nono mês de gravidez. – Recostou-se, esticando a perna de pau à sua frente.

– Eu a perdi em Daumier com Fergus nic Leodhas – explicou ele. – Metralha de canhão. Dói um pouco ao final do dia. – Esfregou a perna logo acima da bainha de couro que prendia a estaca de pau ao toco de perna.

– Já experimentou esfregar Bálsamo de Gilead? – perguntei. – Pimenta d'água ou arruda cozida também podem ajudar.

– Não experimentei a pimenta d'água – disse ele, interessado. – Vou perguntar a Jenny se ela sabe preparar.

– Ah, terei prazer em prepará-la para você – disse, achando-o simpático. Olhei na direção da casa outra vez. – Se ficarmos aqui o tempo suficiente – acrescentei, em dúvida.

Conversamos sobre assuntos sem importância durante algum tempo, ambos com um ouvido atento ao confronto que continuava do outro lado da janela, até que Ian se deslocou para a frente, posicionando sua perna artificial cuidadosamente antes de se levantar.

– Acho que devemos entrar agora. Se um deles parar de gritar o tempo suficiente para ouvir o outro, vão ferir seus sentimentos.

– Espero que esse seja o único ferimento.

Ian deu um risinho.

– Ah, acho que Jamie não bateria nela. Está acostumado a se controlar diante de provocação. Quanto a Jenny, ela pode esbofeteá-lo, mas é só isso.

– Ela já fez isso.

– Bem, as armas estão trancadas e todas as facas estão na cozinha, exceto a que Jamie está usando. E não acho que ele vá deixá-la se aproximar o suficiente para tirar a adaga dele. Não, eles estão seguros. – Parou à porta. – Agora, quanto a você e eu... – Piscou solenemente. – Isso é outra questão.

Dentro de casa, as criadas sobressaltaram-se e bateram em retirada nervosamente com a aproximação de Ian. A governanta, no entanto, ainda pairava junto à porta da sala, fascinada, absorvendo a cena que se desenrolava lá dentro, o homônimo de Jamie aconchegado em seu peito farto. Sua concentração era tal que quando Ian falou com ela, deu um salto como se ele tivesse lhe espetado um alfinete e colocou a mão sobre o coração descompassado.

Ian cumprimentou-a educadamente com um aceno de cabeça, pegou o menino nos braços e entramos na sala de estar, ele à frente. Paramos logo depois da soleira para inspecionar a cena. Irmão e irmã haviam feito uma pausa para recuperar o fôlego, ambos ainda arrepiados e fitando-se com raiva como dois gatos furiosos.

O pequeno Jamie, vendo a mãe, debateu-se e esperneou para descer dos braços de Ian e, uma vez no chão, partiu na direção de Jenny como um pombo-correio.

– Mamãe! – gritou ele. – Colo! Jamie, colo!

Virando-se, ela pegou o menino e segurou-o como uma arma contra o ombro.

– Quer dizer ao seu tio quantos anos você tem, querido? – perguntou-lhe, reduzindo a voz a um arrulho, sob o qual um tom metálico ainda estava bem evidente. O menino percebeu-o; virou-se e enterrou o rosto no pescoço da mãe. Ela afagou suas costas mecanicamente, ainda fitando seu irmão.

– Já que ele não quer lhe dizer, eu o farei. Ele tem 2 anos, completados em agosto. E se você é suficientemente inteligente para fazer as contas, o que me permito duvidar, verá que ele foi concebido seis meses depois da última vez que vi Randall, o que foi em nosso próprio pátio, tirando sangue do meu irmão com um sabre.

– Então é assim, hein? – Jamie olhou com raiva para sua irmã. – Ouvi uma história um pouco diferente. Todo mundo sabe que você levou o sujeito para a sua cama; não só daquela vez, mas como seu amante. Essa criança é dele. – Meneou a cabeça desdenhosamente na direção de seu xará, que se voltara para espreitar, por baixo do queixo de sua mãe, aquele estranho grande e barulhento. – Acredito em você quando diz que o novo bastardo que está carregando não é dele; Randall esteve na França até março. Então, você não só é uma prostituta, mas ainda por cima pouco exigente. Quem é o pai deste último descendente do diabo que você tem aí?

O jovem alto e magro ao meu lado tossiu educadamente, quebrando a tensão no aposento.

– Sou eu – disse ele, pacificamente. – Esse também. – Avançando rigidamente em sua perna de pau, pegou o menino dos braços de sua mãe enfurecida e colocou-o na dobra do seu braço. – Parece um pouco comigo, dizem.

De fato, vistos lado a lado, os rostos do homem e do menino eram praticamente idênticos, sem contar as bochechas rechonchudas de um e o nariz adunco do outro. A mesma testa alta e lábios finos. As mesmas sobrancelhas espessas arqueadas sobre os mesmos olhos fundos, castanhos e translúcidos. Jamie, olhando-os, parecia ter sido atingido nas costas por um saco de areia. Fechou a boca e engoliu em seco, obviamente sem saber o que fazer em seguida.

– Ian – disse ele, fracamente. – Estão casados, então?

– Ah, sim – disse seu cunhado alegremente. – Não podia ser de outra forma, não é?

– Compreendo – murmurou Jamie. Pigarreou e balançou a cabeça para seu recém-descoberto cunhado. – É, hum, é muita bondade sua, Ian. Aceitá-la, quero dizer. Muita gentileza.

Sentindo que ele devia estar precisando de apoio moral a essa altura, passei para o seu lado e toquei em seu braço. Os olhos de sua irmã demoraram-se sobre mim especulativamente, mas ela não disse nada. Jamie olhou ao redor e pareceu surpreso de me ver ali, como se tivesse se esquecido da minha existência. E não era de admirar se tivesse, pensei. Mas ele pareceu aliviado com a interrupção, ao menos, e estendeu o braço para me empurrar um pouco à frente.

– Minha mulher – disse ele, um pouco bruscamente. Meneou a cabeça em direção a Jenny e Ian. – Minha irmã e seu, hum... – sua voz definhou, enquanto Ian e eu trocávamos sorrisos amáveis.

Jenny não se deixou distrair com sutilezas sociais.

– O que quer dizer com "é gentileza dele me aceitar"? – perguntou ela, ignorando as apresentações. – Como se eu não soubesse! – Ian olhou interrogativamente para ela, que sacudiu a mão num gesto de menosprezo em direção a Jamie. – Ele quer dizer que foi bondade sua casar-se comigo em minha condição, com a honra maculada! – Resfolegou com tal força que faria jus a uma pessoa com o dobro do seu tamanho. – Só fala bobagem!

– Honra maculada? – Ian parecia perplexo e Jamie de repente se inclinou para a frente e agarrou sua irmã pelo braço, apertando-o com força.

– Você não contou a ele a respeito de Randall? – Parecia realmente chocado. – Jenny, como pôde fazer isso?

Somente a mão de Ian no outro braço de Jenny impediu-a de voar na garganta do irmão. Ian puxou-a com firmeza para trás dele e, virando-se, colocou o pequeno Jamie em seus braços, de modo a forçá-la a segurar a criança para que ela não caísse. Em seguida, Ian passou o braço pelos ombros de Jamie e diplomaticamente conduziu-o a uma distância segura.

– Isso não é assunto para a sala de visitas – disse ele, a voz baixa e reprovadora –, mas talvez esteja interessado em saber que sua irmã era virgem na noite de núpcias. Afinal, estou em posição de afirmar isso.

A raiva de Jenny agora estava mais ou menos dividida igualmente entre irmão e marido.

– Como ousa dizer tais coisas em minha presença, Ian Murray? – disparou ela. – Ou mesmo na minha ausência! Minha noite de núpcias não é da conta de ninguém além da minha e da sua, certamente não é da conta dele! Só falta você lhe mostrar os lençóis de nosso leito matrimonial!

– Bem, se eu o fizesse agora, ia calar a boca de seu irmão, não? – disse Ian apaziguadoramente. – Vamos, *mi dhu*, não devia se aborrecer, é ruim para o bebê. E a gritaria também perturba o pequeno Jamie. – Estendeu os braços para seu filho, que choramingava, ainda sem saber ao certo se a situação requeria lágrimas. Ian balançou a cabeça para mim e revirou os olhos na direção de Jamie.

Captando a deixa, agarrei Jamie pelo braço e arrastei-o para uma poltrona num canto neutro. Ian, igualmente, instalou Jenny num sofá para duas pessoas, um braço firme em torno de seus ombros para mantê-la segura no lugar.

– Pronto, chega. – Apesar de seus modos despretensiosos, Ian Murray possuía uma autoridade inegável. Eu mantive a mão no ombro de Jamie e pude sentir a tensão começar a se esvair.

Achei que o aposento assemelhava-se um pouco a um ringue de boxe, com os contendores retorcendo-se, inquietos, nos cantos, à espera do sinal de ataque sob a mão calma do treinador.

Ian meneou a cabeça em direção a seu cunhado, sorrindo.

– Jamie. É um prazer vê-lo, rapaz. Estamos felizes por você estar em casa e com sua mulher. Não é, *mi dhu*? – perguntou a Jenny, seus dedos apertando-se perceptivelmente em seu ombro.

Ela não era pessoa de se deixar forçar a nada. Seus lábios comprimiram-se em uma linha fina, como se formassem um lacre, depois se abriram relutantemente para deixar uma única palavra escapar.

– Depende – disse ela, fechando-os com força outra vez.

Jamie esfregou a mão no rosto, depois ergueu a cabeça, pronto para um novo assalto.

– Eu vi você entrar em casa com Randall – disse ele teimosamente. – E pelo que ele me disse depois... Como ele pode saber que você tem uma verruga no seio?

Ela resfolegou violentamente.

– Lembra-se de tudo que aconteceu naquele dia ou o capitão o fez esquecer com seu sabre?

– Claro que me lembro! Não é provável que eu esqueça!

– Então, talvez se lembre que eu dei um bom golpe em sua virilha com meu joelho em determinado momento dos acontecimentos?

Jamie arqueou os ombros, desconfiado.

– Sim, me lembro.

Jenny sorriu com um ar de superioridade.

– Bem, então, se a sua mulher aqui... podia ao menos me dizer o nome dela, Jamie, juro que você não tem mesmo boas maneiras. De qualquer modo, se ela lhe desse tratamento similar, e você sem dúvida merece, devo acrescentar, acha que seria capaz de desempenhar seus deveres de marido alguns minutos depois?

Jamie, que começara a abrir a boca para falar, fechou-a repentinamente. Fitou sua irmã por um longo instante, em seguida um canto de sua boca contorceu-se um pouco.

– Depende – disse ele. A boca torceu-se outra vez. Ele estivera sentado curvado para a frente em sua poltrona, mas agora recostou-se, olhando-a com a expressão um tanto cética de um irmão mais novo ouvindo os contos de fadas de uma irmã, achando-se adulto demais para ficar impressionado, mas ainda assim acreditando um pouco, a despeito de si mesmo.

Jenny voltou-se para Ian.

– Vá buscar os lençóis, Ian – ordenou ela.

Jamie ergueu as duas mãos, rendendo-se.

– Não. Não, acredito em você. É que, o modo como ele agiu depois...

Jenny se recostou, relaxando na curva do braço de Ian, o filho aconchegado em seu colo o máximo que sua barriga permitia, feliz com a vitória.

– Bem, depois de tudo que ele disse lá fora, não poderia admitir ser incapaz perante seus próprios homens, não é mesmo? Tinha que fazer parecer que fizera o que prometera, não? E – admitiu – devo dizer que o sujeito foi muito desagradável em toda a situação; ele realmente me bateu e rasgou meu vestido. Na verdade, ele quase me deixou sem sentidos tentando e quando voltei a mim e consegui me cobrir decentemente, o inglês já havia partido, levando você com eles.

Jamie soltou um longo suspiro e fechou os olhos por um instante. Suas mãos grandes descansavam nos joelhos e eu cobri uma delas com um delicado aperto. Ele tomou minha mão e abriu os olhos, esboçando um leve sorriso de agradecimento para mim antes de se voltar para a irmã.

– Está bem – disse ele. – Mas eu quero saber, Jenny; você sabia quando entrou com ele que ele não poderia fazer-lhe mal?

Ela ficou em silêncio por um instante, mas seu olhar continuou firme no rosto do irmão. Finalmente, balançou a cabeça, um ligeiro sorriso nos lábios.

Estendeu a mão para impedir os protestos de Jamie e as sobrancelhas como as asas da gaivota ergueram-se em um gracioso arco interrogativo.

– E se pode dar sua vida em troca da minha honra, diga-me por que não posso dar minha honra em troca de sua vida? – As sobrancelhas uniram-se num ar de censura, como as que adornavam o rosto de seu irmão. – Ou está me dizendo que talvez eu não o ame tanto quanto você me ama? Porque se estiver, Jamie Fraser, digo-lhe agora mesmo, não é verdade!

Abrindo a boca para retrucar antes de Jenny terminar, Jamie de repente ficou desconcertado diante desta conclusão. Fechou a boca bruscamente, enquanto sua irmã tentava aumentar sua vantagem.

– Porque eu realmente o amo, apesar de você ser um cabeça-dura, um desmiolado, um turrão idiota. E não vou deixar você cair morto na estrada aos meus pés só porque é teimoso demais para manter a boca fechada uma vez na vida!

Os olhos azuis digladiavam-se, lançando chispas em todas as direções. Engolindo os insultos com dificuldade, Jamie buscava uma resposta racional. Parecia estar chegando a alguma conclusão. Finalmente, empertigou os ombros, resignado.

– Está bem, então, desculpe-me – disse ele. – Eu estava errado e peço-lhe perdão.

Ele e a irmã fitaram-se por um longo instante, mas qualquer perdão que estivesse esperando dela não estava a caminho. Ela examinou-o cuidadosamente, mordendo o lábio, mas não disse nada. Finalmente, ele ficou impaciente.

– Já disse que sinto muito! O que mais quer de mim? – perguntou ele. – Quer que eu fique de joelhos? Farei isso se for preciso, mas diga-me!

Ela balançou a cabeça devagar, o lábio ainda preso nos dentes.

– Não – disse ela, finalmente. – Não vou pedir que fique de joelhos em sua própria casa. No entanto, fique de pé.

Jamie levantou-se. Ela colocou a criança sentada no sofá e atravessou a sala, parando diante dele.

– Tire a camisa – ordenou ela.

– Não!

Ela puxou as pontas da camisa de dentro do kilt e estendeu as mãos para os botões. Sem conseguir impor uma resistência enérgica, ele claramente iria obedecer ou submeter-se a ser despido. Com o máximo de dignidade possível, afastou-se dela e, com os lábios cerrados, removeu a peça de roupa em questão.

Ela deu a volta para trás dele e examinou suas costas, o rosto exibindo a mesma expressão cuidadosamente indecifrável que eu vira Jamie adotar quando escondia alguma emoção forte. Ela assentiu, como se confirmasse algo havia muito suspeitado.

– Bem, se você foi um tolo, Jamie, parece que pagou caro por isso. – Pousou a mão delicadamente em suas costas, cobrindo as piores cicatrizes.

– Pela aparência, deve ter doído.

– Doeu.

– Você chorou?

Os punhos cerraram-se involuntariamente ao lado do corpo.

– Sim!

Jenny deu a volta outra vez para ficar diante dele, o queixo erguido, os olhos rasgados abertos e brilhantes.

– Eu também – disse ela, brandamente. – Todos os dias desde que o levaram.

As faces largas mais uma vez espelhavam uma à outra, mas a expressão que ostentavam era tal que eu me levantei e saí silenciosamente pela porta da cozinha para deixá-los sozinhos. Quando a porta fechava-se atrás de mim, vi Jamie segurar as mãos de sua irmã e dizer algo em gaélico com a voz rouca. Ela aconchegou-se em seu abraço e a cabeça brilhante e desgrenhada se abaixou para os cabelos castanhos.

27

A DERRADEIRA RAZÃO

Comemos como lobos famintos ao jantar, retiramo-nos para um quarto amplo e arejado e dormimos como uma pedra. Quando acordamos no dia seguinte, imaginei que o sol já estaria alto se o céu não estivesse encoberto de nuvens. Sabia que já era tarde pela movimentação na casa, conforme as pessoas iam e vinham em seus afazeres, e pelos aromas tentadores que vinham pelas escadas.

Após o desjejum, os homens se prepararam para sair, visitando arrendatários, inspecionando cercas, consertando carroças e, de um modo geral, divertindo-se. Quando pararam no vestíbulo para vestir seus casacos, Ian viu o cesto grande de Jenny sob a mesa diante de um grande espelho.

– Quer que eu traga algumas maçãs do pomar, Jenny? Pouparia você de uma caminhada tão grande.

– Boa ideia – disse Jamie, lançando um olhar avaliador para a enorme barriga de sua irmã. – Não vamos querer que o deixe cair no meio da estrada.

– Eu vou deixar você cair neste mesmo lugar onde está, Jamie Fraser – retorquiu ela calmamente, segurando o casaco para Ian vestir. – Seja útil ao menos uma vez e leve este diabinho com você. A sra. Crook está na lavanderia; pode deixá-lo lá. – Arrastou os pés, deslocando o pequeno Jamie, que se agarrava às suas saias, entoando "colo, colo" indefinidamente.

Seu tio obedientemente segurou o diabinho pela cintura e levou-o porta afora, de cabeça para baixo e dando gritinhos de satisfação.

– Ah – suspirou Jenny, feliz, inclinando-se para inspecionar sua aparência no espelho de moldura dourada. Molhou o dedo na língua e passou nas sobrancelhas, depois terminou de fechar os botões na gola de sua blusa. – Que bom terminar de se vestir sem alguém se agarrando às suas saias ou enrolado em seus joelhos. Às vezes, mal consigo ir ao banheiro sozinha ou pronunciar uma única frase sem ser interrompida.

Seu rosto estava ligeiramente afogueado e seus cabelos escuros brilhavam contra a seda azul de seu vestido. Ian sorriu para ela, os meigos olhos castanhos brilhando diante da figura florescente que ela exibia.

– Bem, talvez tenha tempo de conversar com Claire – sugeriu ele. Arqueou uma sobrancelha em minha direção. – Imagino que ela seja suficientemente educada para ouvir, mas, pelo amor de Deus, não declame um de seus poemas ou ela vai pegar a primeira carruagem para Londres antes de Jamie e eu estarmos de volta.

Jenny estalou os dedos embaixo do nariz dele, sem se perturbar com a chacota.

– Não estou nem um pouco preocupada. Não há nenhuma carruagem para lá antes de abril e imagino que já terá se acostumado conosco a essa altura. Vá andando, Jamie está esperando por você.

Enquanto os homens cuidavam de seus afazeres, eu e Jenny passamos o dia numa sala de estar, ela costurando, eu enrolando fios de linha soltos e separando fios de seda pelas cores.

Aparentemente amistosas, rodeávamos uma à outra cautelosamente na conversa, entreolhando-nos pelo canto dos olhos. A irmã de Jamie, a mulher de Jamie. Jamie era o ponto central, tácito, em torno do qual nossos pensamentos giravam.

A infância compartilhada os unia para sempre, como as tramas de um tecido, mas as malhas do tecido estavam frouxas, pela ausência e pela suspeita, depois pelo casamento. O fio de Ian estivera presente em sua trama desde o começo, o meu era novo. Como as tensões iriam agir nesta nova urdidura, um fio contra o outro?

Nossa conversa versava sobre assuntos banais, porém com as palavras não pronunciadas claramente audíveis por baixo.

– Você administra esta casa sozinha desde que sua mãe morreu?

– Ah, sim. Desde que eu tinha 10 anos.

Eu o alimentava e lhe dava amor desde que ele era um menino. O que você vai fazer com o homem que ajudei a criar?

– Jamie disse que você tem excelentes conhecimentos médicos.

– Cuidei do ombro dele quando nos conhecemos.

Sim, sou capaz e delicada. Cuidarei dele.

– Soube que se casaram às pressas.

Casou-se com meu irmão por suas terras e dinheiro?

– Sim, foi tudo muito rápido. Eu nem sabia o verdadeiro sobrenome de Jamie até a hora da cerimônia.

Não sabia que ele era o senhor desta propriedade; só posso ter casado com ele por ele mesmo.

E assim a conversa prosseguiu durante toda a manhã, o almoço leve e a tarde, sobre assuntos gerais, trocando pequenas informações, opiniões, piadas ligeiras e hesitantes, avaliando-nos mutuamente. Uma mulher que mantém uma mansão desde os 10 anos, que administra uma propriedade desde a morte do pai e do desaparecimento do irmão, não era uma pessoa para ser avaliada de modo leviano e superficial. Eu me perguntava o que ela estaria pensando de mim, mas ela parecia tão capaz quanto seu irmão de ocultar seus pensamentos quando assim decidia.

Quando o relógio sobre o console da lareira começou a bater as cinco horas, Jenny bocejou e se espreguiçou. A roupa que ela estava consertando deslizou pela elevação redonda de seu ventre e caiu no chão.

Ela começou a dobrar-se desajeitadamente para pegá-la, mas abaixei-me sobre os joelhos ao seu lado.

– Deixe que eu apanho.

– Obrigada... Claire. – A primeira vez que usava meu nome foi acompanhada de um sorriso tímido e eu o devolvi.

Antes que pudéssemos voltar à nossa conversa, fomos interrompidas pela chegada da sra. Crook, a governanta, que enfiou o longo nariz na sala e perguntou, preocupada, se havíamos visto o pequeno Jamie.

Jenny colocou sua costura de lado com um suspiro.

– Fugiu de novo, não foi? Não se preocupe, Lizzie, deve ter ido com o pai ou com o tio. Vamos ver, Claire? Eu gostaria de respirar um pouco de ar fresco antes do jantar.

Ela se levantou com dificuldade e pressionou as mãos na parte baixa das costas. Gemeu e deu um sorriso enviesado.

– Mais ou menos três semanas. Mal posso esperar.

Caminhamos devagar pelo terreno, Jenny mostrando a cervejaria e a capela, explicando a história da propriedade e quando as diferentes partes haviam sido construídas.

Quando nos aproximamos de um dos cantos do pombal, ouvimos vozes no caramanchão.

– Lá está ele, o patife! – exclamou Jenny. – Espere até eu colocar as mãos nele!

– Espere um minuto. – Coloquei a mão em seu braço, reconhecendo a voz mais grave que sublinhava a do garoto.

– Não se preocupe, rapaz – disse a voz de Jamie. – Você vai aprender. É um pouco difícil, não é, quando seu pau não vai além do seu umbigo?

Estiquei a cabeça pela quina do pombal e o vi sentado em um bloco de cortar lenha, engajado em uma conversa com seu xará, que lutava bravamente com as pregas da sua roupa.

– O que está fazendo com a criança? – perguntei cautelosamente.

– Estou ensinando ao pequeno James a arte de não mijar nos próprios pés – explicou ele. – Parece o mínimo que seu tio poderia fazer por ele.

Ergui uma das sobrancelhas.

– Falar é fácil. Parece que o mínimo que seu tio poderia fazer é mostrar-lhe.

Ele riu.

– Bem, já tivemos algumas demonstrações práticas. Mas tivemos um pequeno acidente da última vez. – Trocou um olhar acusatório com o sobrinho. – Não olhe para mim – disse ele para o garoto. – Foi tudo culpa sua. Eu disse a você para ficar parado.

– Ahã – pigarreou Jenny, secamente, com um olhar para o irmão e outro igual para o filho. O pequeno Jamie respondeu puxando a parte da frente de sua roupa larga acima da cabeça, mas o Jamie maior, sem se deixar envergonhar, riu alegremente e se levantou, batendo a poeira de suas calças. Colocou a mão na cabeça do sobrinho, coberta com a própria roupa, e virou o menino na direção da casa.

– "Para tudo há uma hora certa e uma hora certa para todo propósito sob o céu." – citou ele. – Primeiro o trabalho, pequeno James, depois o banho. E depois, graças a Deus, será hora do jantar.

Uma vez resolvidas as tarefas mais urgentes, Jamie aproveitou a tarde seguinte para me mostrar a casa. Construída em 1702, era realmente moderna para a época, com inovações como fogões de porcelana para aquecimento e um grande forno de tijolos construído na parede da cozinha, de modo que o pão já não era assado nas cinzas da lareira. As paredes do corredor, da escadaria e da sala de estar eram cobertas de quadros. Aqui e ali, via-se uma paisagem pastoral ou o estudo de um animal, mas a maioria era da família e suas ligações.

Parei diante de um quadro de Jenny quando menina. Estava sentada no muro do jardim, uma trepadeira de folhas vermelhas por trás. Alinhada diante dela em cima do muro, via-se uma fileira de pássaros; andorinhas, um tordo, uma cotovia e até mesmo um faisão, todos se acotovelando e empurrando para achar uma posição ao lado de sua dona, que ria. Era bem diferente dos retratos formalmente posados, em que um ancestral ou outro olhava fixamente de sua moldura como se o colarinho o sufocasse.

– Minha mãe pintou este aqui – disse Jamie, notando meu interesse. – Ela pintou vários dos que podem ser vistos no vão da escada, mas há apenas dois pintados por ela aqui. Ela mesma preferia este. – O dedo grande e rombudo tocou a superfície da tela delicadamente, percorrendo a linha da trepadeira de folhas vermelhas. – Estes eram os pássaros adestrados de Jenny. Sempre que um pássaro era encontrado mancando ou com a asa quebrada, quem o encontrasse trazia para ela e em poucos dias ela o teria curado e ele estaria comendo na sua mão. Este me faz lembrar Ian. – O dedo tamborilou em cima de um faisão, as asas abertas para manter o equilíbrio, fitando sua dona com olhos escuros e amorosos.

– Você é terrível, Jamie – disse, rindo. – Há um de você?

– Ah, sim. – Conduziu-me para o outro lado da sala, perto da janela.

Dois meninos ruivos, vestidos com seus tartãs, fitavam-nos solenemente de sua moldura, sentados com um enorme cão veadeiro. Deviam ser Nairn, o avô de Bran, Jamie e seu irmão mais velho, Willie, que morrera de varíola aos 11 anos. Jamie não devia ter mais de 2 anos quando aquele quadro fora pintado, pensei; estava de pé entre os joelhos de seu irmão mais velho, com uma das mãos sobre a cabeça do cão de caça.

Jamie me falara de Willie durante nossa viagem de Leoch, numa noite junto à fogueira no fundo de uma ravina solitária. Lembrei-me da pequena cobra, esculpida em cerejeira, que ele tirara da bolsa em sua cintura para me mostrar.

– Willie deu-a para mim quando fiz 5 anos – dissera ele, o dedo acariciando suavemente as linhas sinuosas. Era uma cobrinha engraçada, o corpo artisticamente retorcido e a cabeça virada para trás para espreitar por cima do que teria sido seu ombro, se cobras tivessem ombros.

Jamie entregou-me o pequeno objeto de madeira e eu o revirei nas mãos, com curiosidade.

– O que está gravado na parte de baixo? S-a-w-n-y. Sawny?

– Sou eu – disse Jamie, abaixando a cabeça como se estivesse ligeiramente envergonhado. – É um apelido, uma brincadeira com meu segundo nome, Alexander. É como Willie costumava me chamar.

Os rostos no quadro eram muito semelhantes; todas as crianças Fraser tinham aquele olhar franco que o desafiava a considerá-los menos do que a avaliação que faziam de si mesmos. No entanto, neste retrato, as faces de Jamie eram rechonchudas e seu nariz ainda era pequeno como o de um bebê, enquanto os ossos fortes de seu irmão começavam a demonstrar a promessa do homem que poderia vir a ser, uma promessa jamais cumprida.

– Você gostava muito dele? – perguntei suavemente, colocando a mão em seu braço. Ele assentiu, desviando o olhar para as chamas na lareira.

– Ah, sim – disse ele com um fraco sorriso. – Ele era cinco anos mais velho do que eu e para mim era Deus, ou ao menos Cristo. Costumava segui-lo por toda parte; ao menos, a todo lugar aonde ele deixava que eu fosse.

Virou-se e dirigiu-se às prateleiras de livros. Desejando lhe dar um momento consigo mesmo, permaneci onde estava, olhando pela janela.

Deste lado da casa, podia ver vagamente através da chuva o contorno de uma colina rochosa, com uma vegetação no cume, à distância. Fazia-me lembrar do monte das fadas onde eu atravessara uma rocha e emergira de uma toca de coelho. Apenas seis meses. Mas parecia muito tempo atrás.

Jamie viera ficar ao meu lado à janela. Fitando distraidamente a chuva forte, disse:

– Houve outra razão. A principal.

– Razão? – perguntei, tolamente.

– Para eu ter me casado com você.

– E qual foi? – Não sei o que eu esperava que ele dissesse, talvez alguma nova revelação sobre os assuntos emaranhados de sua família. A seu modo, o que ele disse foi um choque.

– Porque eu a queria. – Virou-se da janela para encarar-me. – Mais do que eu jamais desejara alguém na vida – acrescentou ele em voz baixa.

Continuei fitando-o, abismada. O que quer que eu esperasse, não era isso. Vendo minha expressão boquiaberta, continuou despreocupadamente:

– Quando perguntei ao meu pai como se sabia quem era a mulher certa, ele disse que quando chegasse a hora, eu não teria nenhuma dúvida. E não tive. Quando acordei no escuro debaixo daquele carvalho na estrada para Leoch, com você sentada no meu peito, xingando-me por estar esvaindo-me em sangue, disse a mim mesmo: "Jamie Fraser, por menos que saiba a respeito dela e por mais que pese tanto quanto um bom cavalo, esta é a mulher."

Parti em sua direção e ele recuou, falando rapidamente:

– Disse a mim mesmo: "Ela o consertou duas vezes em poucas horas, rapaz; com a vida entre os MacKenzie sendo o que é, parece uma boa medida se casar com uma mulher que sabe curar um ferimento e arrumar ossos quebrados." Então, disse a mim mesmo: "Jamie, meu rapaz, se o toque da mão dela é tão suave em sua clavícula, imagine como deve ser mais embaixo..."

Desviou-se de mim contornando uma cadeira.

– Claro, achei que podia ser o efeito de ter passado quatro meses em um mosteiro, sem o benefício da companhia feminina, mas depois daquela viagem no escuro juntos – parou para suspirar teatralmente, esquivando-se da minha tentativa de agarrá-lo pela manga da camisa –, com aquele traseiro grande e adorável encaixado entre minhas coxas – agachou-se evitando um golpe na orelha esquerda e tirou o corpo fora, colocando uma mesinha entre nós – e aquela cabeça dura como uma pedra batendo no meu peito – um pequeno ornamento de metal balançou-se e caiu no chão com estardalhaço –, disse a mim mesmo...

Ele ria tanto a essa altura que tinha que parar para respirar entre uma frase e outra.

– Jamie... eu disse... embora seja uma maldita Sassenach... com a língua de uma víbora... com uma bunda daquelas... que importa se ela tem uma cara de c-c-carneiro?

Eu o fiz tropeçar e aterrissei sobre seu estômago com os dois joelhos quando ele se estatelou no chão com um barulho que sacudiu a casa.

– Está querendo me dizer que se casou comigo por amor? – perguntei. Ele ergueu as sobrancelhas, lutando para conseguir respirar.

– E não foi... exatamente isso... que acabei de dizer?

Agarrando-me pelos ombros com um dos braços, enfiou a outra mão por baixo da minha saia e começou a me infligir uma série de beliscões implacáveis naquela parte da minha anatomia que ele acabara de louvar.

Voltando para pegar sua cesta de bordados, Jenny entrou nesse momento e ficou olhando o irmão, achando a situação engraçada.

– E o que você está fazendo, Jamie, meu rapaz? – perguntou ela, uma das sobrancelhas erguidas.

– Estou fazendo amor com minha mulher – respondeu ele, arfando, sem conseguir respirar entre o riso e a luta.

– Bem, podia achar um lugar mais adequado para isso – disse ela, erguendo a outra sobrancelha. – Este assoalho vai deixar farpas no seu traseiro.

Se Lallybroch era um lugar tranquilo, também era atarefado. Todos pareciam voltar imediatamente à vida com os primeiros raios do sol e, então, a fazenda inteira girava e zumbia como um complexo mecanismo de relógio até depois do pôr do sol. Então, um a um, os dentes e rodas da engrenagem que faziam a propriedade funcionar começavam a se dispersar na escuridão, em busca de jantar e cama, apenas para reaparecerem como mágica, cada qual em seu lugar, pela manhã.

Tão essencial cada homem, mulher e criança parecia ser para o funcionamento do lugar que eu não podia imaginar como se sustentara nos últimos anos sem seu mestre. Agora, não só as mãos de Jamie, como as minhas também, eram forçadas ao trabalho em tempo integral. Pela primeira vez, compreendi as severas restrições escocesas contra a indolência que antes – ou depois, dependendo do ponto de vista – me pareceram apenas uma esquisitice. A ociosidade teria parecido não só um sinal de degradação moral, mas uma afronta à ordem natural das coisas.

Havia momentos, é claro. Aquelas pequenas brechas no tempo, logo desaparecidas, em que tudo parece ficar imóvel e a existência se equilibra num ponto perfeito, como o momento de passagem entre escuridão e luz, quando ambas e nenhuma nos envolve.

Desfrutava de tal momento na tarde do segundo ou terceiro dia desde a nossa chegada à fazenda. Sentada na cerca atrás da casa, podia ver campos marrom-dourados até a beira do penhasco depois da torre, com a malha de árvores no extremo oposto do desfiladeiro, turvando-se até ficar negra diante do brilho perolado do céu. Objetos próximos e distantes pareciam estar à mesma distância, uma vez que suas longas sombras confundiam-se com a penumbra.

O ar estava frio com o prenúncio de uma geada e pensei que devia entrar logo, embora relutasse em deixar a plácida beleza do lugar. Não percebi Jamie aproximar-se, até ele colocar as dobras pesadas de um manto sobre meus ombros. Não percebera o quanto estava frio até sentir o calor contrastante da lã grossa.

Os braços de Jamie envolveram-me junto com o manto e aninhei-me nele, estremecendo ligeiramente.

– Pude vê-la tremendo lá da casa – disse ele, segurando minhas mãos. – Pode pegar um resfriado, se não tomar cuidado.

– E quanto a você? – Virei-me para olhá-lo. Apesar do frio crescente, ele parecia completamente à vontade em nada além de sua camisa e kilt, sem nada mais do que um nariz levemente vermelho para mostrar que não se tratava de uma das mais amenas noites de primavera.

– Ah, bem, já estou acostumado. Os escoceses não têm o sangue fino como vocês sulistas puritanos.

Levantou meu queixo e beijou meu nariz, sorrindo. Segurei-o pelas orelhas e ajeitei seu alvo um pouco mais abaixo.

Durou o suficiente para nossas temperaturas se igualarem quando ele me soltou e o sangue quente zumbia em meus ouvidos ao me inclinar, equilibrando-me no parapeito da cerca. A brisa soprava por trás de mim, lançando alguns fios de cabelo no meu rosto. Ele os ajeitou, espalhando os cachos desordenados com os dedos para que a luz do sol poente atravessasse as mechas.

– Parece que você tem uma auréola, com a luz assim por trás de você – disse ele, ternamente. – Um anjo coroado de ouro.

– E de você – retruquei baixinho, delineando o contorno de seu maxilar onde a luz cor de âmbar cintilava nos pelos de sua barba. – Por que não me disse antes?

Ele sabia o que eu queria dizer. Uma sobrancelha se elevou e ele sorriu, metade do rosto iluminado pelo sol dourado, a outra imersa na sombra.

– Bem, eu sabia que você não queria se casar comigo. Não quis colocar um peso em você ou fazer papel de tolo dizendo-lhe na ocasião, quando era evidente que você iria dormir comigo apenas para honrar os votos que preferia não ter feito. – Riu, os dentes brancos na penumbra, antecipando meu protesto. – A primeira vez, pelo menos. Tenho meu orgulho, mulher.

Estendi os braços e o puxei para mim, de modo que ele ficou entre minhas pernas enquanto eu estava sentada na cerca. Sentindo sua pele ligeiramente fria, envolvi seus quadris com as minhas pernas e o cobri com as abas do meu manto. Sob o abrigo do tecido de lã, seus braços abraçaram-me com força, pressionando meu rosto contra a cambraia de sua camisa.

– Meu amor – sussurrou ele. – Ah, meu amor. Eu a quero tanto.

– Não é a mesma coisa, não? – disse. – Amar e desejar.

Ele riu, um pouco rouco.

– Quase a mesma coisa, Sassenach, para mim, pelo menos. – Eu podia sentir a firmeza de seu desejo, rígido e premente. Deu um passo para trás repentinamente e, inclinando-se, levantou-me da cerca.

– Aonde estamos indo? – Afastávamo-nos da casa, em direção ao aglomerado de palhoças à sombra do bosque de olmos.

– Encontrar um monte de feno.

28

BEIJOS E CEROULAS

Gradualmente, encontrei meu próprio lugar na engrenagem da propriedade. Como Jenny já não conseguia fazer as longas caminhadas até as cabanas dos colonos, eu mesma comecei a visitá-los, às vezes acompanhada por um cavalariço, às vezes por Jamie ou Ian. Levava alimentos e remédios, tratava os doentes da melhor forma que me era possível e fazia sugestões para a melhoria da saúde e da higiene, que eram recebidas com graus variados de boa vontade.

Na própria Lallybroch, eu bisbilhotava pela casa e adjacências, tornando-me útil onde fosse possível, em geral nas hortas e nos jardins. Além do pequeno e adorável jardim ornamental, a mansão possuía um pequeno, de ervas medicinais, e uma enorme horta, que fornecia nabos, repolhos e abóboras.

Jamie estava em toda parte; no gabinete com os livros de contabilidade, nos campos com os arrendatários, na estrebaria com Ian, compensando o tempo perdido. Havia mais do que dever ou interesse nisso também, eu achava. Logo teríamos que partir; ele queria deixar tudo funcionando de tal forma que continuasse a funcionar enquanto estivesse fora, até que ele – até que nós – pudéssemos voltar definitivamente.

Eu sabia que teríamos que partir, mas cercada pela casa e pelos arredores tranquilos de Lallybroch e da companhia alegre de Jenny, Ian e do pequeno Jamie, sentia como se tivesse finalmente chegado em casa.

Após o desjejum em uma manhã, Jamie ergueu-se da mesa, anunciando que pretendia ir até o vale, para ver um cavalo que Martin Mack queria vender.

Jenny virou-se do aparador, a testa franzida.

– Acha seguro, Jamie? Tem havido patrulhas inglesas em toda a região nos últimos meses.

Ele deu de ombros, pegando o casaco da cadeira onde o deixara.

– Terei cuidado.

– Ah, Jamie – disse Ian, entrando com uma braçada de lenha para a lareira. – Queria lhe perguntar: você pode ir até o moinho hoje de manhã? Jock esteve lá ontem e disse que alguma coisa estava errada com a roda. Eu dei uma olhada rápida, mas nós dois juntos não conseguimos movê-la. Acho que há alguma sujeira presa nas engrenagens do lado de fora, mas fica bem dentro da água.

Bateu levemente com a perna de pau no chão, sorrindo para mim.

– Ainda posso andar, graças a Deus, e também montar, mas não consigo nadar. Fico me debatendo e girando em círculos como um inseto.

Jamie colocou o casaco sobre a cadeira de novo com um sorriso diante da descrição de seu cunhado.

– Não é tão ruim assim, Ian, se isso impede que você tenha que passar a manhã em um açude quase congelado. Sim, eu vou. – Voltou-se para mim.

– Quer ir comigo, Sassenach? Está uma linda manhã e você pode trazer sua cestinha. – Lançou um olhar irônico à enorme cesta de vime que eu usava para colher plantas. – Vou trocar minha camisa. Já volto. – Dirigiu-se às escadas e subiu atleticamente, três degraus de cada vez.

Ian e eu trocamos um sorriso. Se havia algum pesar por tais façanhas estarem agora fora do seu alcance, ele o ocultava sob o prazer de ver a exuberância de Jamie.

– É bom tê-lo de volta – disse ele.

– Quem dera pudéssemos ficar – disse, pesarosa.

Os meigos olhos castanhos alarmaram-se.

– Não estão pensando em ir embora já, não é?

Balancei a cabeça.

– Não, não imediatamente. Mas teremos que partir bem antes de a neve chegar. – Jamie decidira que nosso melhor roteiro seria ir para Beauly, lugar de origem do clã Fraser. Talvez seu avô, lorde Lovat, pudesse ajudá-lo; se não, ele poderia pelo menos arranjar nossa entrada na França.

Ian assentiu, mais tranquilo.

– Ah, sim. Mas ainda têm algumas semanas.

Era um belo e luminoso dia de outono, o ar pungente como a cidra e um céu tão azul que seria possível afogar-se nele. Caminhávamos devagar, para que eu pudesse ficar atenta a alguns pés de madressilvas silvestres e cardos temporãos, conversando descontraidamente.

– Semana que vem teremos o Dia do Trimestre – observou Jamie. – Seu vestido novo vai ficar pronto até lá?

– Acho que sim. Por quê? É uma ocasião especial?

Ele sorriu para mim, segurando a cesta enquanto eu me inclinava para colher um talo de tanásia.

– Ah, de certa forma, sim. Nada como os grandiosos eventos de Colum, sem dúvida, mas todos os arrendatários de Lallybroch virão pagar seus aluguéis... e prestar suas homenagens à nova senhora da propriedade.

– Imagino que ficarão surpresos por você ter se casado com uma inglesa.

– Acredito que alguns pais ficarão decepcionados com isso; namorei uma garota ou duas pelas redondezas antes de ser preso e levado para Fort William.

– Lamenta não ter se casado com uma garota do local? – perguntei, afetadamente.

– Se acha que vou responder "sim" com você aí parada, segurando uma faca de poda – observou ele –, tem uma opinião menos lisonjeira sobre o meu bom senso do que eu imaginava.

Larguei a faca de poda, com a qual começara a escavar, estendi meus braços e fiquei esperando. Quando ele finalmente me soltou, inclinei-me para pegar a faca outra vez e disse, provocando-o:

– Sempre me perguntei por que você permaneceu virgem por tanto tempo. Todas as garotas de Lallybroch são feias, então?

– Não – disse ele, estreitando os olhos para o sol da manhã. – Foi principalmente culpa do meu pai. Nós caminhávamos pelos campos no final da tarde, às vezes, ele e eu, e conversávamos sobre muitas coisas. E quando cheguei à idade em que isso era uma possibilidade, ele me disse que um homem tem que ser responsável por qualquer semente que plantar, porque é seu dever proteger uma mulher e cuidar dela. Se eu não estivesse preparado para isso, não tinha o direito de sobrecarregar uma mulher com as consequências dos meus próprios atos.

Olhou para trás, para a casa, e em direção ao pequeno cemitério da família perto da torre, onde seus pais estavam enterrados.

– Ele disse que a melhor coisa na vida de um homem é se deitar com a mulher que ama – disse ele, em voz baixa. Sorriu para mim, os olhos tão azuis quanto o céu acima de nós. – Ele estava certo.

Toquei seu rosto delicadamente, traçando a larga elevação da face para o maxilar.

– No entanto, seria um pouco difícil para você, se ele esperava que levasse tanto tempo para se casar – disse.

Jamie riu, o kilt batendo em seus joelhos com a brisa enérgica do outono.

– Bem, a Igreja nos ensina que a masturbação é um pecado, mas meu pai disse que achava que se fosse preciso escolher entre masturbar-se ou abusar de uma mulher, um homem honrado deveria escolher fazer o sacrifício.

Quando parei de rir, balancei a cabeça e disse:

– Não. Não, não vou perguntar. Mas você realmente se manteve virgem.

– Estritamente pela graça de Deus e de meu pai, Sassenach. Eu não pensava em mais nada a não ser garotas quando fiz 14 anos. Mas foi nessa época que fui enviado para morar com Dougal, em Beannachd.

– Não havia garotas lá? – perguntei. – Pensei que Dougal tivesse filhas.

– Sim, tem. Quatro. As duas mais novas não são muito atraentes, mas a mais velha era muito bonita. Molly era um ou dois anos mais velha do que eu. E não muito interessada nas minhas atenções, acho. Eu costumava ficar olhando fixamente para ela à mesa do jantar e ela me olhava com desdém e perguntava se eu estava com catarro. Porque se estivesse, deveria ir para a cama, e se não, ela ficaria muito grata se eu fechasse a boca, porque não queria ficar olhando para as minhas amígdalas enquanto comia.

– Estou começando a ver como você continuou virgem – falei, erguendo minhas saias para atravessar um mata-burro. – Mas não é possível que todas fossem iguais a ela.

– Não – disse ele, pensativo, segurando minha mão para me ajudar a atravessar o mata-burro. – Não eram. A irmã mais nova de Molly, Tabitha, era mais amistosa. – Sorriu, recordando-se.

– Tibby foi a primeira garota que beijei. Ou talvez devesse dizer a primeira garota que me beijou. Eu estava carregando dois baldes de leite para ela, do curral para a leiteria, maquinando o tempo todo como eu iria pegá-la atrás da porta, onde não havia espaço para fuga, e beijá-la. Mas minhas mãos estavam ocupadas e ela teve que abrir a porta para eu atravessar. Portanto, eu é que acabei atrás da porta e foi Tib que se aproximou de mim, me pegou pelas orelhas e me beijou. O leite também derramou – acrescentou ele.

– Parece ter sido uma primeira experiência memorável – comentei, rindo.

– Duvido que tivesse sido a primeira dela – disse ele, rindo. – Ela sabia muito mais do assunto do que eu. Mas não chegamos a praticar muito; um ou dois dias depois, a mãe dela nos pegou na despensa. Ela não fez mais do que me lançar um olhar penetrante e dizer a Tibby para pôr a mesa do jantar, mas deve ter contado a Dougal.

Se Dougal MacKenzie fora rápido em se sentir insultado pela honra da irmã, eu podia imaginar o que deveria ter feito em defesa da honra de sua filha.

– Tremo só de pensar – observei, rindo.

– Eu também – disse Jamie, estremecendo. Lançou-me um olhar de esguelha, encabulado. – Você sabe que os rapazes pela manhã, às vezes acordam com... bem, com... – Ficou ruborizado.

– Sim, eu sei – assenti. – Também os homens mais velhos de 23. Acha que não notei? Você já me fez observar isso várias vezes.

– Mmmmhum. Bem, na manhã seguinte, depois que a mãe de Tibby nos pegou, acordei assim. Eu estivera sonhando com ela, com a Tib, quer dizer, não com a mãe dela, e não fiquei surpreso de sentir a mão no meu pau. O que me surpreendeu é que a mão não era minha.

– Certamente não era de Tibby.

– Bem, não, não era. Era do pai dela.

– Dougal?! O quê?

– Bem, arregalei os olhos e ele sorriu para mim, muito satisfeito. Então, sentou-se na cama e tivemos uma boa conversa, tio e sobrinho, pai adotivo e filho adotivo. Disse quanto estava satisfeito com a minha estada lá, ele próprio não tendo um filho, e tudo o mais. E como toda a sua família gostava muito de mim e tal. E como ele detestaria pensar que se pudesse tirar vantagem de sentimentos tão belos e inocentes quanto suas filhas deveriam ter por mim, mas como, é claro, ele estava tão contente por poder confiar em mim como confiaria em seu próprio filho. E durante o tempo todo em que ele falava e eu estava lá deitado, ele mantinha uma das mãos na adaga e a outra pousada nas minhas jovens bolas. Então, eu dizia “Sim, tio” e “Não, tio” e, quando ele saiu, enrolei-me na colcha e sonhei com porcos castrados. E não beijei uma garota de novo até os 16 anos, quanto fui para Leoch.

Olhou para mim, sorrindo. Seus cabelos estavam amarrados na nuca com uma tira de couro, mas as mechas mais curtas estavam espetadas para cima, no alto da cabeça, como de costume, com reflexos vermelhos e dourados no ar límpido e frio. Sua pele bronzeada adquirira um tom dourado durante nossa viagem de Leoch e Craigh na Dun, e ele parecia uma folha de outono, voando alegremente ao vento.

– E quanto a você, minha linda Sassenach? – perguntou ele, rindo. – Os rapazes ficavam arfando nos seus calcanhares ou você era tímida e recatada?

– Um pouco menos do que você – disse, com ar sério. – Eu tinha 8 anos.

– Por Jezebel! Quem foi o felizardo?

– O filho do intérprete. Foi no Egito. Ele tinha 9 anos.

– Ah, bem, então você não teve culpa. Desencaminhada por um homem mais velho. E um maldito pagão, ainda por cima.

O moinho surgiu lá embaixo, belo como num quadro, com uma trepadeira vermelho-escura subindo, resplandecente, na lateral da parede de argamassa amarela, com persianas abertas para a luz do dia, bem arrumadas, apesar da pintura verde desbotada. A água jorrava alegremente pela barragem sob a roda-d'água parada no açude do moinho. Havia até aves no açude, marrecos e patos selvagens fazendo uma pausa para descanso em sua rota para o sul.

– Olhe – disse, parando no topo da colina, colocando a mão no braço de Jamie para fazê-lo parar. – Não é lindo?

– Seria bem mais bonito se a roda-d'água estivesse funcionando – disse ele, de modo prático. Depois, olhou para mim e sorriu. – Sim, Sassenach. É um lindo lugar. Eu costumava nadar aqui quando era garoto. Há um lago depois da curva do riacho.

Um pouco mais abaixo na colina, o lago tornou-se visível em meio aos salgueiros. Os garotos também. Havia quatro, brincando, espalhando água e gritando, todos nus em pelo.

– Brrr – disse, vendo-os. O tempo estava bom para o outono, mas havia uma friagem no ar e fiquei satisfeita por ter trazido um xale. – Fico gelada só de vê-los.

– Ah, é? – disse Jamie. – Bem, deixe-me esquentá-la.

Com um olhar para os garotos no riacho, ele recuou para a sombra de uma enorme castanheira. Passou as mãos pela minha cintura e puxou-me para junto dele na meia-luz.

– Você não foi a primeira garota que beijei – disse ele docemente. – Mas juro que será a última. – E inclinou a cabeça para o meu rosto voltado para cima.

• • •

Depois que o moleiro saiu de sua toca e fomos rapidamente apresentados, retirei-me para a margem do açude, enquanto Jamie passava vários minutos ouvindo uma explicação do problema. Quando o moleiro voltou para a moenda, para tentar girar a grande mó de pedra pelo lado de dentro, Jamie parou por um instante, fitando as águas fundas e cheias de ervas daninhas da barragem. Finalmente, com uma contração dos ombros em resignação, começou a se despir.

– Não tem jeito – observou ele. – Ian tem razão; há alguma coisa presa na roda embaixo da represa. Vou ter que descer e... – Interrompido pela minha exclamação de surpresa, virou-se para onde eu estava sentada na margem com minha cesta. – E o que há de errado com você? – perguntou. – Nunca viu um homem de ceroulas antes?

– Não... não iguais... a estas! – consegui dizer entre acessos de riso.

Precavendo-se contra a necessidade de mergulhar na água fria, vestira por baixo do kilt uma espécie de calção incrivelmente antiquado, originalmente de flanela vermelha, agora manchado com uma surpreendente variedade de cores e matizes. Obviamente, aquele par de ceroulas pertencera a alguém com muitos centímetros a mais na cintura do que Jamie. Pendiam precariamente de seus quadris, formando bolsas sobre sua barriga plana.

– Do seu avô? – arrisquei, fazendo um esforço extremamente malsucedido de reprimir o riso. – Ou de sua avó?

– Do meu pai – disse ele, friamente, olhando-me com desdém. – Não espera que eu nade pelado como um ovo diante de minha mulher e dos meus inquilinos, não é?

Com considerável dignidade, ele recolheu o excesso de pano com uma das mãos e foi entrando no açude. Caminhando na água apenas com a cabeça para fora, ele tomou posição e, em seguida, com uma respiração funda, aprumou-se e submergiu, a última visão que tive dele sendo os fundilhos inflados das ceroulas de flanela vermelha. O moleiro, debruçado à janela da casa do moinho, gritava palavras de encorajamento e instruções, sempre que a cabeça molhada e lustrosa irrompia na superfície para respirar.

As margens do reservatório eram cobertas de plantas aquáticas e eu fiquei remexendo com minha vara de escavar, à cata de raízes de malva e das folhas finas da filipêndula. Já tinha a cesta cheia pela metade quando ouvi um pigarro educado às minhas costas.

Era uma senhora muito idosa, ou ao menos assim parecia. Apoiava-se numa vara de pilriteiro, enrolada em roupas que devia usar havia vinte anos, atualmente volumosas demais para a figura encarquilhada e encolhida que a habitavam agora.

– Bom dia – disse ela, meneando a cabeça sem parar. Usava uma espécie de touca branca e engomada que escondia a maior parte de seus cabelos, mas alguns fios grisalhos projetavam-se para fora, ao lado das faces encarquilhadas como maçãs secas.

– Bom dia – respondi, procurando me empertigar, mas ela avançou alguns passos e se deixou cair ao meu lado com uma graciosidade surpreendente. Esperava que ela conseguisse se levantar de novo.

– Eu sou... – comecei, porém mal ameaçara abrir a boca quando ela me interrompeu.

– Deve ser a nova senhora, é claro. Sou a sra. MacNab, Vovó MacNab, como me chamam, sendo todas as minhas noras sras. MacNab também. – Estendeu a mão escarnada e puxou minha cesta para perto dela, espreitando o seu conteúdo.

– Raiz de malva... ah, essa é boa para tosse. Mas não vai querer usar esta, dona. – Cutucou um pequeno bulbo marrom. – Parece raiz de lírio, mas não é.

– O que é? – perguntei.

– Ofioglosso. Coma um desses, dona, e estará rolando pelo chão, se contorcendo de dor.

Tirou o tubérculo da cesta e atirou-o no reservatório, fazendo a água respingar com o impacto. Colocou a cesta no colo e examinou habilmente as demais plantas, enquanto eu observava com um misto de diversão e irritação. Finalmente satisfeita, devolveu-a.

– Bem, você não é nada boba para uma *sassenach* – observou ela. – Pelo menos, sabe diferenciar betônica de fedegoso. – Lançou um olhar para o açude, onde a cabeça de Jamie apareceu por um instante, lisa e lustrosa como uma foca, antes de desaparecer outra vez sob a casa do moinho. – Vejo que o senhor de Lallybroch não se casou com você apenas pelo seu rosto.

– Obrigada – disse, preferindo interpretar a frase como um elogio. Os olhos da velha senhora, penetrantes como agulhas, estavam presos ao meu ventre.

– Ainda não está grávida? – perguntou ela. – Folhas de framboesa. Macere um punhado com frutos da roseira-brava e beba na lua crescente, antes de ficar cheia. Depois, quando ela começar a minguar, tome um pouco de uva-espim para purificar seu útero.

– Ah! – exclamei. – Bem...

– Eu tinha um pequeno favor para pedir ao senhor – continuou a velha senhora. – Mas como vejo que ele está um pouco ocupado no momento, vou falar com você sobre isso.

– Está bem – concordei frouxamente, não vendo como poderia impedi-la, de qualquer forma.

– É o meu neto – disse ela, olhando-me fixamente com pequenos olhos cinzentos do mesmo tamanho e brilho de bolas de gude. – Meu neto Rabbie; ao todo, tenho dezesseis netos e três deles de nome Robert, mas um é Bob, o outro é Rob e o pequeno é Rabbie.

– Parabéns – disse educadamente.

– Queria que o senhor empregasse o rapaz como cavalariço – continuou ela.

– Bem, não sei se...

– É o pai dele, sabe – disse ela, inclinando-se para a frente em tom confidencial. – Não que eu não ache que um pouco de firmeza seja errado; poupe a vara e estragará a criança, tenho dito muitas vezes e o bom Deus sabe muito bem que os garotos foram feitos para apanhar ou não os teria criado com tanta parte do diabo. Mas quando se trata de empurrar uma criança na lareira e ela ficar com uma mancha roxa no rosto do tamanho da minha mão, e por nada além de pegar mais um bolinho no prato, então...

– O pai de Rabbie bate nele, quer dizer? – interrompi.

A velha senhora assentiu, satisfeita com minha inteligência ágil.

– Isso mesmo. E não é isso que eu estava dizendo? – Ergueu uma das mãos. – Bem, normalmente, é claro que eu não interferiria. Um homem faz com seu filho o que achar melhor, mas... bem, Rabbie de certa forma é meu neto favorito. E não é culpa do garoto se seu pai é um beberrão, por mais vergonhoso que seja sua própria mãe ter que dizer isso.

Apontou um dedo como uma vara, em sinal de repreensão.

– Não que o pai de Ronald não tomasse uns goles a mais uma vez ou outra. Mas nunca encostou a mão em mim ou nas crianças, ao menos não depois da primeira vez – acrescentou ela, pensativa. Piscou os olhos subitamente para mim, as pequenas bochechas lisas e rosadas como maçãs no verão, de modo que pude imaginar a jovem atraente e cheia de vivacidade que ela deve ter sido.

– Ele me bateu uma vez – confidenciou ela – e eu peguei o ferro da lareira e acertei a cabeça dele. – Balançou-se para a frente e para trás, rindo. – Achei que o tivesse matado e fiquei chorando e segurando a cabeça dele no colo, pensando o que eu iria fazer, uma viúva com dois filhos para alimentar. Mas ele se recuperou – disse, candidamente – e nunca mais encostou a mão em mim ou nas crianças outra vez. Eu pari treze, sabe – disse com orgulho. – E criei dez.

– Parabéns – falei, sinceramente.

– Folhas de framboesa – disse ela, colocando a mão em meu joelho como se me contasse um segredo. – Ouça o que eu digo, dona, folhas de framboesa darão um jeito. E, se não, venha me ver e eu lhe prepararei uma bebida grossa feita de margaridas-amarelas e sementes de abóbora com um ovo cru batido. Vão levar a semente do seu homem diretamente para seu útero, sabe, e estará redonda como uma abóbora quando a Páscoa chegar.

Tossi, ficando um pouco ruborizada.

– Mmmmhum. E quer que Jamie, hum, o senhor, quer dizer, contrate seu neto como cavalariço para afastá-lo do pai?

– Sim, isso mesmo. Rabbie é muito trabalhador e o senhor não...

O rosto enrugado da velha senhora ficou paralisado no meio de sua animada conversa. Virei-me para olhar por cima do ombro e também fiquei paralisada. Soldados ingleses. Dragões, seis deles, a cavalo, descendo cuidadosamente a colina em direção ao moinho.

Com admirável presença de espírito, a sra. MacNab se levantou e sentou-se outra vez em cima das roupas de Jamie, suas saias rodadas ocultando tudo.

Ouviu-se barulho de água e uma respiração explosiva no açude atrás de mim, quando Jamie veio à superfície outra vez. Tive medo de gritar ou me mover, atraindo a atenção dos dragões para o lago, mas o repentino silêncio atrás de mim disse-me que ele os avistara. O silêncio foi quebrado por uma única palavra que ressoou pela água, baixinho, mas intensa em sua sinceridade:

– *Merde* – disse ele.

A velha senhora e eu ficamos sentadas, imóveis, o rosto impenetrável, observando os soldados descerem a colina. No derradeiro instante, quando fizeram a última volta no caminho do moinho, ela se virou rapidamente para mim e colocou um dedo sobre os lábios ressequidos. Eu não devia falar para que não soubessem que era inglesa. Não tive tempo sequer de menear a cabeça, em sinal de que havia compreendido, quando os cascos enlameados pararam a alguns passos de distância.

– Bom dia, senhoras – disse o líder. Era um cabo, mas não o cabo Hawkins, o que fiquei feliz em constatar. Um olhar rápido mostrou-me que nenhum daqueles homens estava entre os que eu vira em Fort William e relaxei um pouco a mão que segurava a alça da cesta.

– Vimos o moinho lá de cima – disse o líder – e pensei em talvez comprar uma saca de farinha. – Dividiu uma mesura entre nós duas, sem saber a quem se dirigir.

A sra. MacNab foi fria, mas educada.

– Bom dia – disse ela, inclinando a cabeça. – Mas se veio à procura de farinha, receio que ficará decepcionado. A roda do moinho não está funcionando no momento. Talvez da próxima vez que passar por aqui.

– Ah, é mesmo? O que há de errado? – O cabo, um homem jovem e baixo, com uma compleição jovial, pareceu interessado. Caminhou até a beira do lago para olhar atentamente para a roda-d'água. O moleiro, aparecendo na moenda para relatar os últimos progressos com a mó, viu-o e rapidamente recuou e desapareceu de vista.

O cabo chamou um de seus homens. Subindo o barranco, ele gesticulou para o outro soldado, que obedientemente se agachou para que o cabo pudesse subir em suas costas. Esticando-se, conseguiu agarrar-se à beira do telhado com as duas mãos e com um impulso subiu no teto de sapê. De pé, ele mal conseguia tocar a borda da enorme roda. Esticou-se e balançou-a com as duas mãos. Inclinando-se para baixo, gritou para o moleiro, através da janela, para tentar girar a mó à mão.

Obriguei-me a manter os olhos afastados do fundo do açude. Eu não estava suficientemente familiarizada com o funcionamento de rodas-d'água para ter certeza, mas temia que, se a roda cedesse repentinamente, qualquer coisa próxima às engrenagens submersas poderia ser esmagada. Aparentemente, esse não era um temor infundado, porque a sra. MacNab falou rispidamente para um dos soldados que estava perto de nós.

– Você devia mandar seu chefe descer, rapaz. Não vai adiantar nada para ele nem para o moinho. Não deviam se meter com o que não entendem.

– Ah, não precisa se preocupar, senhora – disse o soldado descontraidamente. – O pai do cabo Silver possui um moinho de trigo em Hampshire. O que o cabo não entende de rodas-d'água caberia no meu sapato.

A sra. MacNab e eu trocamos olhares de espanto. O cabo, depois de mais algumas idas e vindas ao telhado e tentativas exploratórias remexendo e cutucando, desceu para onde estávamos sentadas. Suava copiosamente e limpou o rosto vermelho com um lenço grande e sujo antes de se dirigir a nós.

– Não posso movê-la de cima e esse moleiro idiota parece não falar nem uma palavra de inglês. – Olhou para a vara firme da sra. MacNab e suas pernas tortas, depois para mim. – Talvez a jovem pudesse vir e falar com ele para mim?

A sra. MacNab estendeu a mão num gesto protetor, agarrando-me pela manga.

– Vai ter que desculpar minha nora, senhor. Ela ficou meio perturbada da cabeça desde que seu último bebê nasceu morto. Não diz uma palavra há mais de um ano, a pobre menina. E não posso deixá-la sozinha um só instante, com medo de que ela se atire na água em sua tristeza.

Fiz o melhor possível para parecer abobalhada, o que não foi nenhum esforço no meu estado de espírito atual.

O cabo pareceu desconcertado.

– Ah! – exclamou ele. – Bem... – Andou de um lado para outro pela borda do açude, ainda franzindo a testa e olhando para a água. Olhava exatamente como Jamie o fizera havia uma hora e aparentemente pela mesma razão.

– Não adianta, Collins – disse ao velho soldado. – Vou ter que mergulhar e ver o que está prendendo a roda. – Tirou o casaco vermelho dos dragões da cavalaria e começou a desabotoar os punhos da camisa. Troquei um olhar horrorizado com a sra. MacNab. Embora pudesse haver ar suficiente embaixo da casa do moinho para sobreviver, certamente não havia espaço para se esconder adequadamente.

Estava considerando, sem muito otimismo, as chances de dar início a um convincente ataque epilético, quando a enorme roda rangeu repentinamente acima de nossa cabeça. Com o som de uma árvore sendo abatida, o grande arco fez uma súbita meia-volta, parou por um instante, depois começou a girar regularmente, as pás vertendo alegremente brilhantes riozinhos dentro do açude.

O cabo parou no meio do ato de se despir, olhando admirado para o arco da roda.

– Veja só, Collins! O que será que estava preso na roda?

Como em resposta, algo apareceu no topo da roda. Ficou pendurado numa das pás, as dobras vermelhas e encharcadas escorrendo água. A pá bateu na corrente de água e submergiu com estardalhaço no açude, o objeto se desprendeu e as antigas ceroulas do pai de Jamie flutuaram majestosamente pela águas do açude do moinho.

O soldado mais velho pescou-as com uma vareta, entregando-as cuidadosamente ao seu comandante, que as pegou da vara como um homem obrigado a pegar um peixe morto.

– Hummm – resmungou ele, erguendo a peça do vestuário com ar crítico. – De onde será que saiu isso? Deve ter ficado preso no eixo. É engraçado como algo assim pudesse causar tanto problema, não é, Collins?

– Sim, senhor. – O soldado obviamente não considerava as engrenagens internas da roda de um moinho escocês algo de grande interesse, mas respondeu educadamente.

Depois de revirar o pano uma ou duas vezes, o cabo deu de ombros e usou-o para limpar as mãos.

– Um bom pedaço de flanela – disse ele, torcendo o pano encharcado. – Vai servir para polir tachas, ao menos. Uma espécie de souvenir, não é, Collins? – Em seguida, com uma mesura cortês para nós duas, voltou-se para seu cavalo.

Mal os dragões haviam desaparecido de vista por cima da colina, um barulho de água espadanada vindo do lago do moinho anunciou a subida das profundezas do duende das águas.

Ele estava completamente sem sangue, azulado, parecendo mármore de Carrara, e seus dentes batiam de tal forma que eu mal consegui entender suas primeiras palavras, que, de qualquer forma, eram em gaélico.

A sra. MacNab não teve dificuldade em entendê-las e seu velho queixo caiu. Entretanto, fechou-o imediatamente e fez uma grande reverência ao senhor saído das águas. Vendo-a, ele parou seu avanço em direção à margem, a água ainda batendo recatadamente à altura de sua cintura. Respirou fundo, cerrando os dentes para impedir que chacoalhassem, e tirou uma fita de lentilha-d'água do ombro.

– Sra. MacNab – disse ele, cumprimentando sua velha locatária com um movimento da cabeça.

– Senhor – disse ela, inclinando-se outra vez. – Um belo dia, não é?

– Um p-pouco revigorante – disse ele, lançando-me um olhar. Dei de ombros, desarvorada.

– Estamos felizes por vê-lo de volta à sua casa, senhor, e esperamos, os meninos e eu mesma, que logo volte definitivamente.

– Eu também, sra. MacNab – disse Jamie educadamente. Fez um sinal com a cabeça para mim, olhando-me de modo incisivo. Sorri brandamente.

A senhora, ignorando esse jogo paralelo, dobrou as mãos nodosas no colo e tentou empertigar-se com dignidade.

– Tenho um pequeno favor a pedir a Vossa Senhoria – começou ela – a respeito...

– Vovó MacNab – interrompeu Jamie, avançando mais um passo ameaçador na água –, o que quer que seja, eu farei. Desde que me devolva minha camisa antes que minhas partes caiam congeladas de frio.

29

MAIS SINCERIDADE

À noite, depois de terminada a ceia, geralmente nos sentávamos na sala de estar com Jenny e Ian, conversando amigavelmente sobre assuntos diversos ou ouvindo as histórias de Jenny.

Esta noite, entretanto, foi minha vez e eu deixei Jenny e Ian arrebatados ao lhes contar sobre a sra. MacNab e os soldados ingleses.

– "Deus sabe muito bem que os garotos foram feitos para apanhar ou não os teria criado com tanta parte do diabo." – Minha imitação da Vovó MacNab fez todos desatarem em gargalhadas.

Jenny limpou as lágrimas de tanto rir.

– Meu Deus, é bem verdade. E ela sabe melhor do que ninguém. Quantos garotos ela teve, Ian, oito?

Ian assentiu.

– Sim, no mínimo. Não consigo nem me lembrar do nome de todos eles; parecia sempre haver um ou dois MacNab por perto para irmos caçar, pescar ou nadar quando Jamie e eu éramos crianças.

– Vocês cresceram juntos? – perguntei. Jamie e Ian trocaram longos olhares cúmplices.

– Ah, sim, nós nos conhecemos – disse Jamie, rindo. – O pai de Ian era o administrador de Lallybroch, como Ian é agora. Em diversas ocasiões durante a minha imprudente juventude, eu me vi lado a lado com o sr. Murray aí, explicando para um ou outro de nossos respectivos pais como as aparências podem ser enganadoras ou, quando isso não funcionava, como as circunstâncias alteram um caso.

– E quando isso também não funcionava – disse Ian –, eu me vi em um número igual de ocasiões debruçado sobre a cerca juntamente com o sr. Fraser aqui, ouvindo-o esgoelar-se enquanto eu esperava a minha vez.

– Nunca! – retrucou Jamie, indignado. – Eu nunca gritei.

– Chame aquilo do que quiser, Jamie – respondeu seu amigo –, mas você fazia um bocado de barulho.

– Vocês dois podiam ser ouvidos a quilômetros de distância – interpôs Jenny. – E não somente os gritos. Podia-se ouvir Jamie argumentando o tempo todo, até chegar à cerca.

– Sim, você devia ter sido advogado, Jamie. Mas não sei por que eu sempre deixava que você argumentasse – disse Ian, balançando a cabeça. – Você sempre acabava nos metendo em mais confusão do que já estávamos.

Jamie começou a rir de novo.

– Está falando da torre?

– Estou. – Ian se voltou para mim, fazendo um sinal para oeste, onde a antiga torre de pedra erguia-se da colina atrás da casa.

– Essa foi uma das melhores argumentações de Jamie – continuou ele, revirando os olhos. – Ele disse a Brian que não era civilizado usar a força física para fazer um ponto de vista prevalecer. O castigo físico era bárbaro, ele ponderou, e antiquado ainda por cima. Surrar alguém só porque havia cometido um ato com cujas ram-ramificações, foi assim mesmo, com cujas ramificações você não concorda, não era em absoluto uma forma construtiva de punição....

A essa altura, todos havíamos desatado a rir.

– E Brian ouviu tudo isso? – perguntei.

– Ah, sim. – Ian assentiu. – Eu só fiquei lá, em pé ao lado de Jamie, meneando a cabeça toda vez que ele parava para respirar. Quando finalmente as palavras de

Jamie se esgotaram, seu pai tossiu um pouco e disse: "Compreendo." Em seguida, virou-se e ficou olhando pela janela por alguns instantes, agitando a correia de couro e balançando a cabeça como se estivesse pensando. Nós ficamos ali de pé, lado a lado, como Jamie disse, suando. Finalmente, Brian se virou e nos disse para segui-lo até a estrebaria.

– Deu uma vassoura, uma escova e um balde a cada um e apontou em direção à torre – disse Jamie, continuando a história. – Disse que eu o havia convencido do meu ponto de vista e que, portanto, ele havia se decidido por um castigo mais "construtivo".

Os olhos de Ian se reviraram lentamente para cima, como se seguisse as pedras ásperas da torre de baixo para cima.

– Aquela torre tem 20 metros de altura – disse-me ele – e 10 metros de diâmetro, com três andares. – Soltou um suspiro. – Nós varremos tudo, de cima para baixo, e esfregamos tudo. Levamos cinco dias e até hoje, toda vez que tusso, posso sentir o gosto de palha de aveia estragada.

– E você tentou me matar no terceiro dia – disse Jamie – por ter metido a gente naquilo. – Tocou a cabeça com cuidado. – Fiquei com um corte enorme acima da orelha, onde você me atingiu com a vassoura.

– Ah, bem – disse Ian despreocupadamente –, isso foi depois de você ter quebrado meu nariz pela segunda vez, de modo que ficamos quites.

– Você pode confiar num Murray para manter um registro – disse Jamie, balançando a cabeça.

– Vejamos – falei, contando nos dedos. – Segundo você, os Fraser são teimosos, os Campbell são sorrateiros, os MacKenzie são charmosos, porém dissimulados, e os Graham são burros. Qual a principal característica dos Murray?

– Você pode contar com eles numa briga – responderam Jamie e Ian ao mesmo tempo e depois riram.

– É verdade – disse Jamie, recobrando-se. – Você só torce para que eles estejam do seu lado. – E os dois homens romperam em acessos de riso outra vez.

Jenny balançou a cabeça para o irmão e o marido com ar de desaprovação.

– E nós ainda nem tomamos vinho – disse ela. Deixando sua costura de lado, levantou-se com esforço. – Venha comigo, Claire; vamos ver se a sra. Crook fez biscoitos para acompanhar o Porto.

Voltando pelo corredor quinze minutos depois com bandejas de comes e bebes, ouvi Ian dizer:

– Então você não se importa, Jamie?

– Me importo com quê?

– Que tenhamos nos casado sem o seu consentimento, eu e Jenny.

Jenny, andando à minha frente, parou de repente junto à porta que dava para a sala de estar.

Ouviu-se um leve resfolegar do sofá de dois lugares onde Jamie se espalhara, os pés em cima de uma almofada daquelas usadas para se ajoelhar em igreja.

– Como eu não lhe disse onde estava e você não tinha nenhuma ideia de quando eu voltaria, se é que voltaria, não posso culpá-lo por não esperar.

Eu podia ver Ian de perfil, inclinado sobre o cesto de lenha. Seu rosto longo e amável tinha um ar ligeiramente preocupado.

– Bem, não achava direito, especialmente sendo eu aleijado...

Ouviu-se um resfolegar mais alto.

– Jenny não poderia ter um marido melhor, mesmo que você tivesse perdido as duas pernas e os braços também – disse Jamie bruscamente.

A pele clara de Ian ruborizou-se levemente, constrangido. Jamie tossiu e tirou as pernas da almofada, inclinando-se para pegar uns gravetos que haviam caído do cesto.

– Como você veio a se casar, então, considerando-se seus escrúpulos? – perguntou ele, um dos cantos da boca curvando-se para cima.

– Tenha piedade, homem – protestou Ian. – Acha que eu tive alguma escolha na questão? Contra uma Fraser? – Balançou a cabeça, rindo para seu amigo. – Ela veio até mim no campo uma vez, quando eu tentava consertar uma carroça que perdera a roda. Arrastei-me de baixo da carroça, todo coberto de sujeira, e a vi parada ali, parecendo um arbusto coberto de borboletas. Olhou-me de cima a baixo e disse... – Parou e coçou a cabeça. – Bem, não sei exatamente o que ela disse, mas acabou com ela me beijando, sem se preocupar com o fato de eu estar imundo, e dizendo: "Muito bem, então, nos casaremos no Dia de São Martinho." – Abriu as mãos num gesto cômico de resignação. – Eu ainda estava explicando por que não podíamos fazer tal coisa, quando me vi diante do padre, dizendo: "Eu a aceito, Janet..." e fazendo um monte de juramentos inverossímeis.

Jamie balançou-se para a frente e para trás, rindo.

– Sim, sei como é – disse ele. – Faz com que você sinta um frio na barriga, não é?

Ian sorriu, todo o acanhamento esquecido.

– Isso e tudo o mais. Eu ainda tenho essa sensação, sabe, quando vejo Jenny de repente, parada contra o sol na colina ou segurando o pequeno Jamie, sem olhar para mim. Eu a vejo e penso: "Meu Deus, não é possível que ela seja minha, não pode ser verdade." – Balançou a cabeça, os cabelos castanhos caídos na testa. – E então, ela se vira e sorri para mim... – Ergueu os olhos para seu cunhado, um amplo sorriso no rosto. – Bem, você sabe do que estou falando. Posso ver que é a mesma coisa com você e sua Claire. Ela é... muito especial, não?

Jamie meneou a cabeça, concordando. O sorriso não deixou seu rosto, mas alterou-se de certo modo.

– Sim – disse ele suavemente. – Sim, é.

Enquanto comíamos e bebíamos, Jamie e Ian continuaram com as reminiscências de sua infância compartilhada e de seus pais. O pai de Ian, William, morrera logo depois da primavera, deixando Ian para administrar a propriedade sozinho.

– Lembra do dia em que seu pai veio nos pegar na fonte e nos fez acompanhá-lo até o ferreiro para que víssemos como se conserta a trava da carroça?

– Sim, e ele não conseguia entender por que a gente continuava se remexendo e contorcendo...

– E ficava perguntando se precisávamos ir ao banheiro...

Os dois homens riam tanto que não conseguiam terminar de contar a história, então olhei para Jenny.

– Sapos – disse ela, sucintamente. – Cada um deles tinha cinco ou seis sapos dentro da camisa.

– Ah, meu Deus! – exclamou Ian. – Quando um deles subiu pelo seu pescoço e pulou fora de sua camisa para dentro da fornalha, achei que eu ia morrer.

– Não posso imaginar por que meu pai não torceu meu pescoço em diversas ocasiões – disse Jamie, balançando a cabeça. – É um milagre eu ter chegado à idade adulta.

Ian dirigiu um olhar pensativo para seu próprio filho, perto da lareira, laboriosamente empenhado em empilhar blocos de madeira.

– Não faço a menor ideia de como vou lidar com isso quando chegar a hora de ter que surrar meu próprio filho. Quer dizer... ele é, bem, tão pequeno. – Fez um gesto desalentado na direção da pequena e robusta figura, absorta em sua tarefa.

Jamie examinou seu homônimo cinicamente.

– Sim, com o tempo ele será tão levado quanto eu e você fomos. Afinal, até eu devo ter parecido pequeno e inocente um dia.

– Parecia, sim – disse Jenny inesperadamente, vindo colocar uma caneca de cidra na mão de seu marido. Deu uns tapinhas na cabeça de seu irmão. – Você era adorável quando bebê, Jamie. Lembro-me de ficar olhando-o no berço. Não devia ter mais do que 2 anos, dormindo com o dedo na boca, e nós concordávamos que jamais tínhamos visto um garoto tão bonito. Você tinha bochechas rechonchudas e lindos cachos ruivos.

O belo garoto adquiriu um interessante tom rosado e tomou sua cidra de um gole só, evitando o meu olhar.

– Mas não durou muito – disse Jenny, os dentes brancos reluzindo num sorriso malicioso para seu irmão. – Que idade você tinha quando levou sua primeira surra, Jamie? Sete?

– Não, 8 – disse Jamie, empurrando mais um toco de lenha na pilha fumegante de brasas. – Meu Deus, como doeu. Doze golpes no traseiro e ele não afrouxou nem um pouco, do começo ao fim. Ele nunca afrouxava.

Sentou-se sobre os calcanhares, esfregando o nariz com os nós dos dedos. Suas faces estavam afogueadas e seus olhos brilhavam com o esforço.

– Quando terminou, papai saiu um pouco e foi sentar-se numa pedra enquanto eu me recobrava. Então, quando parei de berrar e passei a choramingar baixinho, ele me chamou. Pensando nisso agora, lembro-me exatamente de suas palavras. Talvez possa usá-las com o pequeno Jamie, Ian, quando chegar a hora.

Jamie cerrou os olhos, relembrando.

– Ele me colocou entre seus joelhos, me fez olhar para ele e disse: "Essa é a primeira vez, Jamie. Terei de fazer isso de novo, talvez cem vezes, até você se tornar um homem." Riu um pouco e continuou: "Meu pai fez isso comigo pelo menos tantas vezes e você é tão teimoso e cabeça-dura quanto eu era." Ele disse: "Às vezes, vou ousar dizer que tive prazer em bater em você, dependendo do que fez para merecer. Na maioria das vezes, não vou gostar. Mas eu o farei mesmo assim. Então, lembre-se, rapaz. Se sua cabeça inventar travessuras, seu traseiro vai pagar por isso." Em seguida, me deu um abraço e disse: "Você é um menino corajoso, Jamie. Vá para casa agora e deixe sua mãe confortá-lo." Abri a boca para dizer alguma coisa e ele disse, com a mesma rapidez: "Não, sei que você não precisa, mas ela precisa. Vamos, vá até ela." Então, voltei para casa e mamãe me deu pão com geleia por causa disso.

Jenny desatou a rir de repente.

– Eu acabei de me lembrar – disse ela – que papai costumava contar essa história a seu respeito, Jamie, sobre a surra que lhe deu e o que você disse para ele. Disse que, depois que o mandou de volta para casa, você andou até a metade do caminho, depois parou de repente e ficou esperando por ele. Quando ele foi ao seu encontro, você ergueu os olhos para ele e disse: "Eu só queria perguntar, papai. Você gostou desta vez?" E quando ele respondeu que não, você meneou a cabeça e disse: "Ótimo. Porque eu também não gostei muito."

Todos rimos juntos, depois Jenny ergueu os olhos para seu irmão, balançando a cabeça:

– Ele adorava contar essa história. Papai sempre disse que você ia acabar matando-o, Jamie.

A alegria desapareceu do rosto de Jamie e ele baixou os olhos para as grandes mãos pousadas sobre os joelhos.

– Sim – disse ele em voz baixa. – E acabei mesmo, não?

Jenny e Ian trocaram olhares de espanto e eu abaixei os olhos para o meu próprio colo, sem saber o que dizer. Fez-se um silêncio total por um instante, a não ser pelos estalidos do fogo. Então, Jenny, com um rápido olhar para Ian, colocou seu copo de lado e tocou o joelho de seu irmão.

– Jamie – disse ela. – Não foi culpa sua.

Ele ergueu o rosto para ela e sorriu, um pouco desoladamente.

– Não? De quem foi, então?

Ela respirou fundo e respondeu:

– Minha.

– O quê? – Fitou-a, atônito, sem conseguir compreender.

Ela ficara um pouco mais pálida do que o normal, mas permaneceu controlada.

– Eu disse que a culpa foi minha, tanto quanto de qualquer outra pessoa. Pelo... pelo que aconteceu a você, Jamie. E ao papai.

Ele cobriu a mão de Jenny com a sua e afagou-a delicadamente.

– Não fale bobagem, menina – disse ele. – Você fez o que fez para tentar me salvar; você tem razão, se não tivesse ido com Randall, ele teria me matado aqui mesmo.

Ela examinou o rosto de seu irmão, as sobrancelhas franzidas numa ruga de preocupação.

– Não, não me arrependo de ter levado Randall para dentro de casa, nem mesmo se ele... bem, não. Mas não foi isso. – Respirou fundo outra vez, procurando ser forte. – Quando eu o levei para dentro, trouxe-o para o meu quarto. E... eu não sabia bem o que esperar, eu nunca... estivera com um homem. Mas ele parecia muito nervoso, todo afogueado e como se ele próprio não estivesse muito seguro, o que me pareceu estranho. Ele me empurrou para a cama e depois ficou lá em pé, se esfregando. No começo, pensei que eu o havia realmente machucado com meu joelho, embora na verdade não o tenha atingido com tanta força assim.

A cor subia ao seu rosto e ela lançou um olhar de esguelha a Ian antes de voltar a olhar apressadamente para o colo.

– Agora eu sei que ele estava tentando... ficar excitado. Eu não queria deixá-lo pensar que eu estava com medo, de modo que me sentei ereta na cama e olhei para ele fixamente. Isso pareceu enfurecê-lo e ordenou-me que virasse de costas. Mas eu me recusei e continuei a olhá-lo.

Seu rosto estava da cor de uma das rosas na soleira da porta.

– Ele... desabotoou a calça e eu... bem, eu ri dele.

– Você fez o quê? – exclamou Jamie, incrédulo.

– Eu ri. Quero dizer... – Seus olhos encontraram os do irmão com certo desacato. – Sabia bastante bem como um homem é. Já o vira nu várias vezes e Willie e Ian também. Mas ele... – Um sorrisinho apareceu em seus lábios, apesar de seus evidentes esforços para reprimi-lo. – Ele parecia tão engraçado, com o rosto vermelho e se esfregando tão freneticamente e ainda assim só...

Ouviu-se um som estrangulado partindo de Ian e ela mordeu o lábio, mas continuou corajosamente.

– Ele não gostou quando eu ri, e pude notar, de modo que ri ainda mais. Foi quando ele se atirou em cima de mim e rasgou meu vestido. Dei-lhe uma bofetada e ele me deu um soco no queixo, suficientemente forte para me fazer ver estrelas. Em seguida, gemeu um pouco, como se isso lhe desse prazer, e começou a subir na cama ao meu lado. Estava quase desmaiada, mas ri outra vez. Com dificuldade, fiquei em pé e eu... eu o ridicularizei e insultei. Disse que sabia que ele não era homem de verdade e não conseguia lidar com uma mulher. Eu...

Inclinou a cabeça ainda mais para a frente, de modo que os cachos escuros ocultassem suas faces ardentes. Falava em voz muito baixa, quase um sussurro.

– Eu... abri os pedaços da minha roupa e eu... escarneci dele com meus seios. Disse-lhe que sabia que ele tinha medo de mim porque não podia tocar numa mulher, mas apenas divertir-se com animais e rapazinhos...

– Jenny – disse Jamie, balançando a cabeça, abismado.

Ela ergueu a cabeça para olhar para ele.

– Bem, foi o que fiz – disse ela. – Foi tudo em que consegui pensar e pude ver que ele ficou fora de si, mas também era claro que ele... não conseguia. Olhei direto para suas calças e ri de novo. Então, ele me agarrou pelo pescoço, me estrangulando, e eu bati com a cabeça na coluna do dossel da cama e... e quando acordei, ele havia ido embora, e você com ele.

Seus lindos olhos azuis estavam rasos d'água quando segurou as mãos de Jamie.

– Jamie, você pode me perdoar? Sei que se eu não o tivesse enfurecido daquele jeito ele não o teria tratado como tratou, e depois papai...

– Ah, Jenny, querida, *mo cridh*, não. – Ele estava de joelhos ao seu lado, puxando sua cabeça contra o ombro. Ian, do outro lado, parecia ter sido transformado numa estátua de pedra.

Jamie balançava-a suavemente enquanto ela soluçava.

– Não chore, pombinha. Você agiu certo, Jenny. Não foi culpa sua e talvez nem minha. – Afagou suas costas. – Ouça, *mo cridh*. Ele veio aqui para nos fazer mal, seguindo ordens. E não teria feito a menor diferença quem ele tivesse encontrado aqui ou o que você ou eu pudéssemos ter feito. Ele pretendia causar problemas, rebelar o campo contra os ingleses, para seus próprios fins e do homem que o contratou.

Jenny parou de chorar e se empertigou, olhando-o com surpresa.

– Rebelar o povo contra os ingleses? Por quê?

Jamie fez um gesto impaciente com a mão.

– Para descobrir quem apoiaria o príncipe Charles se houvesse uma nova rebelião. Mas eu ainda não sei de que lado o patrão de Randall está, se ele quer saber quem são os seguidores do príncipe para poder vigiá-los, e talvez confiscar suas propriedades, ou se ele, o patrão de Randall, pretende seguir o príncipe e quer que as Terras Altas se revoltem e estejam preparadas para a guerra quando chegar a hora. Eu não sei e agora não importa mais.

Tocou carinhosamente os cabelos de sua irmã, tirando-os da testa e alisando--os para trás.

– Tudo que importa é que você não foi ferida e eu estou em casa. Logo estarei de volta definitivamente, *mo cridh*. Eu prometo.

Ela levou a mão dele aos lábios e beijou-a, o rosto afogueado. Tateou no bolso em busca de um lenço e assoou o nariz. Em seguida, olhou para Ian, ainda petrificado ao seu lado, uma expressão magoada e enraivecida no olhar.

Ela tocou-o suavemente no ombro.

– Você acha que eu deveria ter lhe contado.

Ele não se mexeu, mas continuou olhando-a.

– Sim – disse ele, a voz baixa. – Acho.

Ela colocou o lenço no colo e tomou as mãos de Ian nas suas.

– Ian, querido, não lhe contei porque não queria perder você. Meu irmão e meu pai foram embora. Não queria perder o sangue do meu próprio coração também. Porque você é mais precioso para mim até mesmo do que lar e família, meu amor. – Lançou um sorriso de viés para Jamie. – E isso não é pouco.

Olhou Ian nos olhos, suplicando, e eu pude ver amor e orgulho ferido lutando em seu rosto. Jamie se levantou e tocou meu ombro. Saímos do aposento silenciosamente, deixando-os juntos diante do fogo quase apagado.

• • •

Era uma noite clara e o luar inundava o quarto, infiltrando-se pelos altos postigos das janelas. Eu não conseguia dormir e achei que talvez fosse a luz que também mantinha Jamie acordado; ele ficou deitado, imóvel e muito quieto, mas eu sabia pela sua respiração que ele não estava dormindo. Virou-se de costas e eu o ouvi dar uma risadinha contida e abafada.

– O que está achando engraçado? – perguntei, serenamente.

Virou a cabeça para mim.

– Ah, acordei-a, Sassenach? Desculpe. Só estava me lembrando de umas coisas.

– Eu não estava dormindo.

Aproximei-me dele com um movimento rápido. A cama obviamente fora feita para a época em que toda a família dormia junta num mesmo leito; o gigantesco colchão de penas deve ter consumido toda a produção de centenas de gansos e atravessá-lo era como cruzar os Alpes sem uma bússola.

– Do que estava se lembrando? – perguntei, depois que cheguei ao seu lado a salvo.

– Ah, de meu pai, de um modo geral. Das coisas que ele dizia.

Dobrou os braços embaixo da cabeça, fitando pensativo as vigas grossas que cruzavam o teto baixo.

– É estranho – disse ele –, quando ele estava vivo, eu não prestava muita atenção nele. Mas depois que morreu, o que ele me disse passou a ter muito mais influência. – Deu outra risadinha. – Eu estava pensando na última vez que ele me deu uma surra.

– Foi engraçado, é? – observei. – Alguém já lhe disse que você tem um senso de humor muito estranho, Jamie? – Tateei em meio às cobertas à procura de sua mão, em seguida desisti e afastei-as. Ele começou a acariciar minhas costas e eu me aninhei junto a ele, emitindo pequenos sons de prazer.

– O seu tio não batia em você quando você fazia por merecer? – perguntou ele com curiosidade. Reprimi uma risada diante do pensamento.

– Meu Deus, não! Teria ficado horrorizado com a ideia. Tio Lamb não acreditava em bater em crianças. Ele achava que era preciso conversar com elas e fazê-las entender, como adultos. – Jamie emitiu um ruído escocês na garganta, indicando desdém pela ridícula ideia.

– Isso explica suas falhas de caráter, sem dúvida – disse ele, dando uns tapinhas no meu traseiro. – Disciplina insuficiente na juventude.

– Que falhas de caráter? – quis saber. O luar estava bastante claro para que eu pudesse ver seu sorriso.

– Quer que eu liste todas?

– Não. – Enfiei o cotovelo em suas costelas. – Conte-me sobre seu pai. Que idade você tinha? – perguntei.

– Ah, 13, 14, talvez. Magro e alto, com espinhas. Não me lembro por que estava apanhando; nessa época, é mais provável que tenha sido algo que eu disse do que algo que tenha feito. Tudo que me lembro é que nós dois estávamos furiosos. Essa foi uma das vezes em que ele teve prazer em me bater.

Puxou-me para ele e aninhou-me em seu ombro, o braço ao meu redor. Afaguei sua barriga bem delineada, brincando com seu umbigo.

– Pare com isso, faz cócegas. Quer ouvir ou não?

– Ah, quero ouvir. O que faremos se um dia tivermos filhos: argumentar com eles ou dar-lhes uma surra? – Meu coração acelerou um pouco diante da ideia, embora não houvesse nenhum indício de que isso pudesse ser mais do que uma pergunta retórica. Sua mão prendeu a minha, mantendo-a quieta sobre sua barriga.

– É simples. Você argumenta com eles e, quando acabar, eu os levo para fora e lhes dou uma surra.

– Pensei que você gostasse de crianças.

– Eu gosto. Meu pai gostava de mim, quando eu não estava agindo como um idiota. E ele me amava também, o bastante para me desancar quando eu estava sendo idiota.

Virei-me de bruços.

– Está bem, então. Conte-me.

Jamie sentou-se e ajeitou os travesseiros mais confortavelmente antes de se recostar, os braços atrás da nuca outra vez.

– Bem, ele me mandou para a cerca, como de costume. Ele sempre me fazia ir na frente, para que eu pudesse sentir a mistura adequada de terror e arrependimento enquanto esperava por ele, segundo me disse. Mas estava tão furioso, que veio logo atrás de mim. Eu estava debruçado na cerca, sendo surrado, cerrando os dentes e resolvido a não emitir nenhum som. Não ia lhe dar o prazer de saber o quanto estava doendo. Meus dedos estavam cravados na madeira, o suficiente para arrancar lascas, e eu podia sentir meu rosto ficando vermelho por estar prendendo a respiração.

Inspirou fundo, como se quisesse compensar aquela falta de ar, e expirou lentamente.

– Em geral, eu podia saber quando estava para terminar, mas dessa vez ele não parou. Tudo que eu podia fazer era manter a boca fechada; eu rosnava a cada golpe e podia sentir as lágrimas aflorando, por mais que eu piscasse, mas me mantive firme, como se fosse uma questão de vida ou morte.

Jamie estava despido até a cintura, quase brilhando à luz da lua, coberto de uma penugem prateada, como uma geada. Podia ver sua pulsação cardíaca logo abaixo do esterno, batimentos firmes e regulares embaixo da minha mão.

– Não sei por quanto tempo isso continuou. Provavelmente, não muito tempo, mas me parecia uma eternidade. Finalmente, ele parou por um instante e gritou para mim. Estava possesso de raiva e eu mesmo estava tão furioso que a princípio mal consegui entender o que ele dissera. Mas depois, entendi. Ele berrou: "Droga, Jamie! Não consegue gritar? Você já é crescido e eu pretendia nunca mais bater em você outra vez, mas quero ouvir um bom grito de você, rapaz, antes de parar de uma vez por todas, para que eu pense que finalmente consegui causar alguma impressão em você!"

Jamie riu, perturbando o batimento ritmado de sua pulsação cardíaca.

– Fiquei tão transtornado com aquilo, que me empertiguei, girei nos calcanhares e gritei: "Bem, por que não disse isso antes, seu velho idiota? AAAAIII!" Quando dei por mim, estava no chão, com os ouvidos zumbindo e uma dor no maxilar, onde ele me dera um soco. Ele estava acima de mim, ofegante, e com a barba e os cabelos todos arrepiados. Estendeu o braço, agarrou minha mão e me levantou. Em seguida, deu uns tapinhas no meu queixo e disse, ainda respirando com esforço: "Isso foi por ter chamado seu pai de idiota. Pode ser verdade, mas é falta de respeito. Vamos, vamos tomar banho para jantar." E ele nunca mais me bateu. Ainda gritava comigo, mas eu gritava de volta e era de homem para homem depois disso.

Riu, relaxado, e eu sorri no calor de seu ombro.

– Gostaria de ter conhecido seu pai – falei. – Ou talvez tenha sido melhor assim – disse, ocorrendo-me um pensamento. – Ele poderia não ter gostado de você se casar com uma inglesa.

Jamie me abraçou com mais força e puxou as cobertas sobre meus ombros nus.

– Ele iria achar que eu finalmente criei juízo. – Afagou meus cabelos. – Ele teria respeitado minha escolha, quem quer que fosse, mas você – virou-se e beijou minha testa meigamente –, ele teria gostado muito de você, minha Sassenach. – E eu entendi o grande elogio que aquelas palavras significavam.

30
CONVERSAS JUNTO À LAREIRA

Qualquer desavença que as revelações de Jenny pudessem ter causado entre ela e Ian pareciam estar superadas. Na noite seguinte, sentamo-nos por pouco tempo na sala de estar depois do jantar, Ian e Jamie conversando sobre os negócios da fazenda num canto, acompanhados de uma jarra de vinho do fruto do sabugueiro, enquanto Jenny finalmente relaxava, com seus tornozelos inchados apoiados numa almofada. Eu tentava anotar algumas das receitas que ela havia me lançado por cima do ombro enquanto corríamos de um lado para o outro em nossas tarefas diárias, consultando os detalhes conforme escrevia.

Para tratar furúnculos, anotei no cabeçalho de uma folha.

Três pregos, de molho por uma semana em cerveja azeda. Acrescentar um punhado de aparas de madeira de cedro, deixar descansar. Quando as aparas tiverem afundado, a mistura estará pronta. Aplicar três vezes ao dia, começando no primeiro dia de lua minguante.

Velas de cera de abelha, em outra folha.

Retire o mel do favo. Remova as abelhas mortas o máximo possível. Derreta o favo numa pequena quantidade de água num caldeirão grande. Com uma escumadeira, remova abelhas, asas e outras impurezas da superfície da água. Escorra e substitua a água. Mexa sem parar por meia hora, depois deixe descansar. Escorra a água, use-a para adoçar. Purifique com água mais duas vezes.

Minha mão estava ficando cansada e ainda nem chegara à fabricação de moldes de velas, enrolamento de pavios e secagem das velas.

– Jenny – chamei –, quanto tempo leva para fazer velas, contando-se todas as etapas?

Ela colocou a camisa de pagão que estava costurando no colo, refletindo.

– Meio dia para reunir os favos, dois para drenar o mel do favo – um, se estiver quente –, um dia para purificar a cera, a não ser que a quantidade seja muito grande ou esteja muito suja: nesse caso, dois. Meio dia para fazer os pavios, um ou dois para fazer os moldes, meio dia para derreter a cera, encher os moldes e pendurá-los para secar. Ao todo, uma semana, mais ou menos.

A luz turva do lampião e a pena de escrever borrando toda a tinta foram demais para eu suportar depois de um dia de trabalho. Sentei-me ao lado de Jenny e admirei a pequena vestimenta que ela bordava com pontos quase invisíveis.

Seu ventre redondo de repente se elevou, quando o habitante mudou de posição. Observei, fascinada. Nunca estivera tão próxima de uma mulher grávida por um período de tempo prolongado e não havia percebido a intensa atividade que acontecia internamente.

– Gostaria de sentir o neném? – ofereceu Jenny, ao me ver olhando fixamente para sua barriga.

– Bem... – Ela pegou minha mão e colocou-a com firmeza sobre a elevação.

– Bem aqui. Espere um instante; logo ele vai chutar de novo. Eles não gostam quando ficamos recostadas assim, sabe. Isso os deixa agitados e eles começam a se contorcer.

Logo um empurrão surpreendentemente vigoroso levantou minha mão vários centímetros.

– Minha Nossa Senhora! Como ele é forte! – exclamei.

– Sim. – Jenny deu uns tapinhas na barriga com uma ponta de orgulho. – Vai ser lindo, como seu pai e seu irmão. – Sorriu na direção de Ian, cuja atenção por um instante se desviou dos registros da criação de cavalos para sua mulher e seu futuro filho. – Ou até mesmo como o imprestável cabeça-vermelha do seu tio – acrescentou ela, erguendo ligeiramente a voz e me cutucando.

– Hein? – Jamie ergueu os olhos, distraindo-se da contabilidade. – Estão falando de mim?

– Será que foi o "cabeça-vermelha" ou o "imprestável" que chamou a atenção dele? – disse-me Jenny , à meia-voz, com outra cutucada.

Para Jamie, disse docemente:

– Não é nada, *mo cridh*. Só estávamos especulando sobre a possibilidade de que o neném tivesse a infelicidade de se parecer com o tio.

O tio em questão riu e atravessou a sala, sentando-se na almofada. Jenny amavelmente afastou os pés e em seguida recolocou-os no colo de Jamie.

– Esfregue-os para mim, Jamie – suplicou ela. – Você faz isso melhor do que Ian.

Ele obedeceu e Jenny se recostou, fechando os olhos de felicidade. Largou a minúscula veste sobre o ventre volumoso, que continuava a se elevar, como em protesto. Jamie parecia fascinado pelos movimentos, exatamente como eu.

– Não é desconfortável? – perguntou ele. – Ter alguém dando cambalhotas em sua barriga?

Jenny abriu os olhos e riu, enquanto uma grande protuberância movia-se pelo seu ventre.

– Humm. Às vezes, acho que meu fígado está preto e azulado de tanto chute. Mas, de um modo geral, é uma boa sensação. É como... – Hesitou, depois riu para o irmão. – É difícil descrever para um homem, já que não têm as partes adequadas. Não acho que possa lhe descrever a sensação de carregar uma criança, do mesmo modo como você não poderia me dizer como é ser chutado no saco.

– Ah, isso eu posso lhe dizer. – Instantaneamente, ele se dobrou, encolhendo-se e revirando os olhos para trás com um terrível gemido gutural.

– Não é assim, Ian? – perguntou ele, virando a cabeça na direção do banco onde Ian estava sentado, rindo, a perna de pau estendida.

Sua irmã colocou um pé delicado em seu peito e obrigou-o a endireitar-se.

– Está bem, palhaço. Sendo assim, ainda bem que não tenho bolas.

Jamie se endireitou e afastou os cabelos dos olhos.

– Não, falando sério – disse ele, interessado –, é só uma questão de as partes não serem iguais? Você pode descrever a sensação para Claire? Afinal, ela é mulher, embora ainda não tenha tido filhos.

Jenny olhou para a região da minha cintura de forma avaliadora e senti aquela pontada outra vez.

– Humm, talvez. – Falou devagar, refletindo. – Você tem a sensação de que sua pele é muito fina em todo o corpo. Sente tudo que toca em você, até o roçar de suas roupas, e não apenas na barriga, mas nas pernas, nos quadris e nos seios. – Suas mãos se dirigiram para eles, inconscientemente, percorrendo o tecido delicado de linho sobre os dois montes inchados. – Você os sente pesados e cheios... e muito sensíveis nos mamilos.

Os dedos pequenos e arredondados circundaram lentamente os seios e percebi os mamilos enrijecerem-se sob o tecido.

– E, é claro, você fica enorme e desengonçada – Jenny sorriu melancolicamente, esfregando o lugar no quadril onde batera na quina da mesa antes. – Ocupa mais espaço do que está acostumada. Aqui, entretanto – suas mãos ergueram-se protetoramente para a parte de cima da barriga –, é onde você é mais sensível, é claro.

Acariciou o volume arredondado como se fosse a pele do bebê, em vez de sua própria pele. Os olhos de Ian seguiram suas mãos conforme se moviam de cima para baixo na protuberante elevação, incessantemente, alisando o tecido sem parar.

– No começo, assemelha-se um pouco a gases intestinais – disse ela, rindo. Enfiou o dedo do pé na cintura do irmão. – Bem aqui, como pequenas bolhas ondulando pela barriga. Mais tarde, porém, você sente a criança se mover, parece um peixe que morde a isca e logo desaparece. Como um rápido puxão, mas tão rápido que você não tem nem certeza se realmente sentiu alguma coisa. – Como se protestasse contra essa descrição, seu companheiro oculto se remexeu, impelindo seu ventre para cima de um lado e, depois, do outro.

– Imagino que a esta altura você tenha certeza – observou Jamie, seguindo o movimento, fascinado.

– Ah, sim. – Colocou a mão sobre uma das protuberâncias, como se quisesse acalmá-la. – Eles dormem várias horas seguidas. Às vezes, você tem medo de que estejam mortos, quando se passa muito tempo sem nenhum movimento. Então, você tenta acordá-los – sua mão empurrou com força o lado da barriga e foi imediatamente recompensada com um forte impulso na direção oposta – e fica feliz quando chutam outra vez. Mas não é só o bebê. Você se sente toda inchada, quando chega no final. Não é doloroso... é que parece que você vai explodir. É como se você precisasse ser tocada bem de leve em todo o corpo.

Jenny já não olhava para mim. Seus olhos fitavam os do marido e compreendi que ela já não tinha consciência da presença de Jamie ou da minha. Havia um ar de intimidade entre ela e Ian, como se essa fosse uma história contada inúmeras vezes, mas da qual nunca se cansavam.

Sua voz transformara-se quase num sussurro e suas mãos se ergueram novamente aos seios, pesados e intumescidos sob o corpete leve.

– E mais ou menos no último mês, o leite começa a aparecer. Você se sente encher, um pouco de cada vez, a cada vez que a criança se mexe. E então, de repente, seus seios e barriga ficam duros e redondos. – Agarrou o ventre outra vez. – Não há dor nessa hora, apenas uma sensação de falta de ar e depois seus seios pinicam como se fossem explodir se não forem sugados. – Fechou os olhos e se inclinou para trás, afagando a enorme barriga incessantemente, com um ritmo que mais parecia a invocação de um feitiço. Veio-me à mente, ao observá-la, que se algo como uma bruxa realmente existisse, então Janet Fraser seria uma delas.

O ar enfumaçado em toda a sala estava tomado por uma espécie de transe; a sensação que está na origem da luxúria, o terrível e ardente desejo de se unir e criar. Eu poderia contar cada pelo no corpo de Jamie sem olhar para ele e todos estavam eriçados.

Jenny abriu os olhos escuros nas sombras e sorriu para o marido, uma curva lenta e plena de infinitas promessas.

– E no final da gravidez, quando a criança se mexe muito, às vezes temos a sensação de que seu homem está dentro de você, quando penetra fundo em você e se derrama dentro do seu ventre. Então, quando aquela pulsação começa lá no fundo do seu corpo juntamente com ele, é assim, mas muito mais intenso; ondula pelas paredes do seu útero e a preenche por completo. Então, a criança fica quieta e é como se fosse ele que você abrigasse dentro de você, em vez do seu filho.

De repente, ela se virou para mim e o encanto foi quebrado.

– Às vezes, é isso que eles querem, sabe – disse ela serenamente, sorrindo para mim. – Eles querem voltar.

Algum tempo depois, Jenny se levantou, flutuando em direção à porta com um olhar para trás que fez com que Ian a seguisse como o ferro é atraído pelo polo magnético. Ela parou junto à porta para esperar por ele, voltando-se para seu irmão, que estava sentado quieto, junto à lareira.

– Você apaga o fogo depois, Jamie? – Espreguiçou-se, arqueando as costas, e a curva de sua coluna imitou a curva estranhamente sinuosa de sua barriga. Ian percorreu toda a extensão de suas costas com os nós dos dedos, parando e pressionando-os com força na base da espinha, fazendo-a gemer. E então se retiraram.

Espreguicei-me também, os braços para cima, sentindo os músculos cansados estenderem-se. As mãos de Jamie percorreram as laterais do meu corpo, parando nos meus quadris. Inclinei-me para ele, puxando suas mãos para a frente, imaginando-as segurando a curva suave de uma criança no ventre.

Quando voltei minha cabeça para beijá-lo, notei a pequena figura enrolada no canto do longo banco de madeira.

– Olhe. Esqueceram-se do pequeno Jamie.

O menino geralmente dormia numa cama sobre rodinhas que ficava no quarto dos pais. Essa noite, adormecera junto à lareira enquanto conversávamos tomando vinho, mas ninguém se lembrara de carregá-lo para a cama. Meu próprio Jamie virou-se para olhar para ele, afastando meus cabelos do seu nariz.

– Jenny nunca se esquece de nada – disse ele. – Imagino que ela e Ian prefiram não ter companhia no momento. – Suas mãos dirigiram-se para o laço nas costas que prendia minha saia. – Ele pode ficar onde está por enquanto.

– Mas e se ele acordar?

As mãos errantes subiram por baixo do corpete frouxo. Jamie arqueou uma das sobrancelhas à figura deitada de seu pequeno sobrinho.

– Tudo bem. Ele vai ter que aprender qual é o seu trabalho em algum momento, não? Não quer que ele seja tão ignorante quanto seu tio era. – Atirou várias almofadas no chão diante do fogo e se deitou, arrastando-me com ele.

A luz do fogo brilhava nas cicatrizes prateadas de suas costas, como se ele realmente fosse o homem de ferro que um dia eu o acusara de ser, o âmago de metal deixando-se entrever pelos rasgos na pele frágil. Percorri cada uma das marcas com os dedos e ele estremeceu sob o meu toque.

– Você acha que Jenny tem razão? – perguntei-lhe mais tarde. – Os homens realmente querem voltar para o útero? É por isso que fazem amor com a gente? – Uma risada agitou meus cabelos junto à minha orelha.

– Bem, geralmente não é o que me vem à mente quando levo você para a cama, Sassenach. Longe disso. Mas, por outro lado... – suas mãos seguraram meus seios suavemente e seus lábios se fecharam num mamilo – também não diria que ela está completamente errada. Às vezes... sim, às vezes, seria bom estar lá dentro outra vez, seguro e... uma só pessoa. Sabendo que não é possível, imagino que essa seja a razão de querermos gerar outro ser. Se nós mesmos não podemos voltar, o melhor que podemos fazer é dar esse dom precioso aos nossos filhos, ao menos por algum tempo...

Estremeceu repentinamente, como um cachorro sacudindo a água dos pelos.

– Não dê ouvidos ao que estou dizendo, Sassenach – murmurou ele. – Eu fico muito sentimental quando tomo vinho de sabugueiro.

31

DIA DE PAGAMENTO

Houve uma ligeira batida na porta e Jenny entrou, carregando um traje azul dobrado sobre um dos braços e um chapéu na outra mão. Olhou seu irmão com ar crítico, e em seguida assentiu.

– Sim, a camisa está boa. E alarguei seu melhor casaco. Você cresceu um pouco nos ombros desde que o vi pela última vez. – Inclinou a cabeça para o lado, avaliando. – Fez um belo trabalho hoje... até o pescoço, pelo menos. Sente-se ali e eu cuidarei dos seus cabelos. – Apontou para o banco junto à janela.

– Meus cabelos? O que há de errado com meus cabelos? – perguntou Jamie, erguendo a mão para verificar.

Tendo crescido até a altura dos ombros, ele amarrara-os para trás, como de costume, com uma fita de couro para mantê-los longe do rosto.

Sem perder tempo com conversa, sua irmã empurrou-o, obrigando-o a sentar-se no banco. Desatou a tira de couro e começou a escová-los vigorosamente com as escovas de casco de tartaruga.

– O que há de errado com seus cabelos? – perguntou ela retoricamente. – Bem, vejamos. Para começar, há carrapichos neles. – Arrancou um pequeno objeto marrom delicadamente de sua cabeça e deixou-o cair em cima da penteadeira. – E pedacinhos de folhas de carvalho. Onde é que você esteve ontem? Fuçando embaixo das árvores como um porco? E mais nós do que uma meada de fios de lã lavados.

– Aaai!

– Fique quieto, *roy*. – Com a testa franzida de concentração, ela pegou um pente e desfez os nós, deixando uma cabeleira lisa e brilhante, em tons dourados, acobreados, cor de mel e castanhos, todos cintilando à luz do sol da manhã que entrava pela janela. Jenny espalhou-os nas mãos, balançando a cabeça.

– Não consigo imaginar por que o bom Deus iria querer desperdiçar um cabelo assim num homem – observou ela. – Em alguns lugares, parece o pelo de um cervo.

– É maravilhoso, não? – concordei. – Olhe, onde o sol o descorou por cima, formaram-se estas lindas listras douradas. – O objeto de nossa admiração olhou radiante para nós.

– Se vocês duas não pararem com isso, vou raspar a cabeça. – Estendeu a mão ameaçadoramente em direção à penteadeira, onde estava sua navalha. Sua irmã, ágil apesar do enorme volume da gravidez, bateu no pulso dele com a escova. Ele gritou, depois gritou outra vez quando ela puxou seus cabelos para trás.

– Fique quieto – ordenou ela. Começou a separar seus cabelos em três mechas grossas. – Vou fazer um penteado apropriado – declarou satisfeita. – Não vou deixar que receba seus colonos parecendo um selvagem.

Jamie murmurou algum protesto baixinho, mas se submeteu aos cuidados da irmã. Habilmente prendendo um ou outro fio solto pelo meio, trançou os cabelos num rabicho espesso e formal, enfiando as pontas para baixo e amarrando-as firmemente com um fio. Em seguida, enfiou a mão no bolso, retirou uma fita de seda azul e triunfalmente deu um laço.

– Pronto! – exclamou ela. – Bonito, não? Virou-se para mim para confirmar e eu tive que admitir. Os cabelos firmemente presos destacavam o formato de sua cabeça e as linhas ousadas de seu rosto. Limpo e bem-arrumado, numa camisa de linho branca como neve e calça cinza, era uma bela figura.

– Especialmente a fita – falei, contendo a vontade de rir. – Da mesma cor dos olhos dele.

Jamie olhou furioso para a irmã.

– Não – disse ele sucintamente. – Nada de fitas. Não estamos na França, muito menos na corte do rei George! Não me interessa se é da cor do manto da Virgem Maria! Nada de fitas, Janet!

– Ah, está bem, então, implicante. Pronto. – Tirou o laço e deu um passo para trás.

– Sim, está bem – disse ela, com satisfação. Em seguida, voltou os olhos azuis penetrantes para mim.

– Hummm – disse ela, tamborilando o pé, pensativa.

Como eu chegara mais ou menos vestida com trapos, foi necessário mandar fazer dois vestidos para mim o mais rápido possível; um de tecido rústico para uso diário e um de seda para ocasiões importantes como esta. Boa na costura de ferimentos e não de roupas, eu ajudara no corte e nos ajustes, mas fora obrigada a deixar os adornos e as costuras para Jenny e a sra. Crook.

Fizeram um belo trabalho e a seda amarela da cor da prímula ajustou-se ao meu corpo como uma luva, com pregas profundas caindo para trás por cima dos ombros e transformando-se num farto e pomposo drapeado de saia rodada. Curvando-se relutantes à minha recusa absoluta em usar espartilhos, haviam astuciosamente reforçado a parte de cima do corpete com barbatanas impiedosamente arrancadas de um velho espartilho.

Os olhos de Jenny percorreram-me dos pés à cabeça, onde se demoraram. Com um suspiro, apanhou as escovas.

– Você também – disse ela.

Sentei-me, com o rosto vermelho, evitando os olhos de Jamie enquanto ela cuidadosamente retirava galhinhos e pedacinhos de folhas de carvalho dos meus cachos, depositando-os na penteadeira ao lado dos removidos do cabelo de seu irmão. Finalmente, meus cabelos foram penteados e presos para cima. Ela enfiou a mão no bolso e retirou um pequeno gorro de renda.

– Pronto – disse ela, prendendo-o com firmeza por cima do monte de cachos. – Touca de renda e tudo. Está com um ar muito respeitável, Claire.

Presumi que fosse um elogio e murmurei alguma coisa em resposta.

– Mas você possui alguma joia? – perguntou Jenny.

Balancei a cabeça.

– Não, receio que não. Tudo que eu possuía eram as pérolas que Jamie me deu em nosso casamento e essas... – Nas circunstâncias de nossa partida de Leoch, pérolas eram a última coisa em que pensaria.

– Ah! – exclamou Jamie, lembrando-se repentinamente. Enfiou a mão na bolsa do seu kilt que estava sobre a penteadeira e triunfalmente puxou o colar de pérolas.

– Onde conseguiu isso? – perguntei, espantada.

– Murtagh o trouxe hoje de manhã – respondeu ele. – Ele voltou a Leoch durante o julgamento e trouxe tudo que pôde carregar, achando que iríamos precisar se conseguíssemos fugir. Procurou por nós na estrada para cá, mas nós havíamos ido para a... a colina primeiro.

– Ele ainda está aqui? – perguntei.

Jamie colocou-se atrás de mim para prender o colar.

– Ah, está. Está lá embaixo comendo tudo que há na cozinha e infernizando a sra. Crook.

Fora suas canções, eu só ouvira o homenzinho magro e musculoso pronunciar menos de três dúzias de palavras durante todo o período em que nos conhecemos e a ideia de estar "infernizando" alguém era incompatível com ele. Ele devia se sentir perfeitamente em casa em Lallybroch, pensei.

– Quem é Murtagh? – perguntei. – Quer dizer, é parente seu?

Jamie e Jenny pareceram surpresos.

– Ah, sim – explicou Jenny. Virou-se para seu irmão. – Ele é... o quê, Jamie? Tio do primo em segundo grau do papai?

– Sobrinho – corrigiu ele. – Não se lembra? O velho Leo tinha dois rapazes e depois...

Coloquei as mãos sobre os ouvidos acintosamente. Isso pareceu fazer Jenny se lembrar de alguma coisa, porque bateu as palmas das mãos.

– Brincos! – exclamou ela. – Acho que tenho uns de pérolas que irão combinar muito bem com o colar! Vou buscá-los. – Desapareceu com a sua rapidez de sempre.

– Por que sua irmã o chama de Roy? – perguntei, curiosa, enquanto ele amarrava seu lenço de pescoço diante do espelho. A expressão de seu rosto era a de um homem travando uma batalha mortal com um inimigo, a mesma que todos os homens fazem quando estão dando o nó na gravata, mas ele descerrou os lábios para sorrir para mim.

– Ah, isso. Não é o nome inglês Roy. É um apelido carinhoso em gaélico; a cor dos meus cabelos. A palavra é *ruadh*, que significa "vermelho". – Ele teve que soletrar a palavra e repeti-la várias vezes até eu poder perceber a diferença.

– Soa do mesmo jeito para mim, roy – disse, balançando a cabeça.

Jamie pegou a bolsa e começou a guardar os objetos que haviam saído quando ele puxou o colar de pérolas. Encontrando um pedaço emaranhado de linha de pescar, ele esvaziou o conteúdo da bolsa em cima da cama, formando uma pilha. Começou a separar os itens, enrolando laboriosamente os pedaços de linhas e barbantes, encontrando anzóis soltos e enfiando-os firmemente outra vez no pedaço de cortiça onde ficavam normalmente. Aproximei-me da cama e inspecionei a coleção.

– Nunca vi tanta quinquilharia em minha vida – comentei. – Você é um ladrão inveterado, Jamie.

– Não são quinquilharias – disse ele, chateado. – Todas essas coisas têm utilidade para mim.

– Bem, as linhas de pesca e os anzóis, sim. E o barbante para armadilhas. Até mesmo, admitindo-se com esforço, a bucha e as balas de pistola, realmente você às vezes carrega uma pistola. E a cobrinha que Willie lhe deu, isso eu compreendo. Mas, e as pedras? E a concha de um caracol? E um pedaço de vidro? E...

Inclinei-me para examinar de perto uma massa peluda e escura de alguma coisa.

– O que é... Não é, é? Jamie, por que, em nome de Deus, você carrega o pé seco de uma toupeira na bolsa?

– Contra reumatismo, é claro. – Arrancou o objeto de baixo do meu nariz e enfiou-o de volta na bolsa de pele de texugo.

– Ah, claro – concordei, examinando-o com interesse. Seu rosto estava ligeiramente ruborizado de vergonha. – Deve funcionar; você não tem nenhuma junta rangendo.

Peguei uma pequena Bíblia das bugigangas restantes e folheei-a, enquanto ele enfiava de novo na bolsa todo o restante do seu valioso material.

– Alexander William Roderick MacGregor. – Li em voz alta o nome na folha de rosto. – Você disse que tinha uma dívida com ele, Jamie. O que quis dizer com isso?

– Ah, isso. – Sentou-se ao meu lado na cama, pegou o pequeno livro da minha mão e delicadamente folheou as páginas.

– Eu lhe contei que ela pertencia a um prisioneiro que morreu em Fort William, não?

– Sim.

– Eu mesmo não o conheci; ele morreu um mês antes da minha chegada. Mas o médico que a deu para mim falou-me dele, enquanto fazia curativo nas minhas costas. Acho que ele precisava falar com alguém sobre isso e não podia falar com ninguém da guarnição. – Fechou o livro, mantendo-o sobre o joelho, e olhou pela janela o alegre dia ensolarado de outubro.

Alex MacGregor, um rapaz de aproximadamente 18 anos, fora preso pelo crime comum de roubo de gado. Um rapaz bom e sossegado, parecia provável que cumpriria sua pena e seria solto sem incidentes. Entretanto, uma semana antes de ser solto foi encontrado enforcado na estrebaria.

– Não havia dúvida de que ele cometera suicídio, segundo o médico. – Jamie acariciou a capa de couro do pequeno livro, passando o largo polegar sobre a encadernação. – E ele não disse exatamente o que ele próprio achava que teria acontecido. Mas disse que o capitão Randall tivera uma conversa em particular com o rapaz uma semana antes.

Engoli em seco, sentindo um frio repentino, apesar do dia ensolarado.

– E você acha...

– Não. – Sua voz era suave e firme. – Eu não acho. Eu sei, e o médico também. E imagino que o sargento-mor também tinha certeza e foi por isso que ele morreu.

Espalmou as mãos abertas sobre os joelhos, olhando para as longas juntas de seus dedos. Grandes, fortes e competentes; as mãos de um fazendeiro, mãos de um guerreiro. Ele pegou a pequena Bíblia e guardou-a na bolsa.

– Vou lhe dizer uma coisa, *mo duinne*. Um dia, Jack Randall vai morrer pelas minhas mãos. E quando estiver morto, enviarei este livro de volta à mãe de Alex MacGregor, com o recado de que seu filho foi vingado.

O ar de tensão foi quebrado pela volta repentina de Jenny, agora resplandecente em seda azul e com sua própria touca de renda, segurando uma caixa grande, vermelha, de pele de cabra, bastante desgastada.

– Jamie, os Curran já chegaram, e Willie Murray e os Jeffrie. É melhor descer e fazer outro desjejum com eles. Já coloquei na mesa arenque salgado e pão fresco e a sra. Crook está fazendo bolos de geleia.

– Ah, sim. Claire, desça quando estiver pronta. – Levantando-se apressadamente, parou o tempo suficiente para me puxar e me dar um beijo rápido, mas firme, desaparecendo em seguida. O som de seus passos ecoou ruidosamente pelo primeiro lance de escadas, arrefeceu um pouco no segundo, até adotar um ritmo mais adequado à entrada de um proprietário de terras, quando se aproximou do térreo.

Jenny sorriu na direção em que ele desaparecera, depois voltou sua atenção para mim. Colocando a caixa sobre a cama, lançou a tampa para trás, revelando uma desordenada coleção de joias e bijuterias. Fiquei surpresa ao ver isto; não parecia próprio da organizada e metódica Jenny Murray, cuja mão de ferro mantinha a engrenagem doméstica funcionando sem problemas do amanhecer ao fim do dia.

Ela remexeu a brilhante e desordenada coleção com um dedo, depois, como se lesse meu pensamento, ergueu os olhos e sorriu.

– Estou sempre pensando que tenho que organizar tudo isso um dia. Mas quando eu era pequena, minha mãe deixava eu remexer em sua caixa às vezes, e era como achar um tesouro encantado... eu nunca sabia o que ia pegar em seguida. Acho que se estivesse arrumada, o encanto desapareceria, de certo modo. Idiota, não?

– Não – respondi, sorrindo também. – Não, não é.

Remexemos lentamente o conteúdo da caixa, segurando os vários objetos de estimação de quatro gerações de mulheres.

– Este aqui pertenceu à minha avó Fraser – disse Jenny, erguendo um broche de prata.

Era no formato de uma lua crescente, trabalhado em relevo, um único e pequeno diamante brilhando acima da ponta, como uma estrela.

– E este... – Retirou um delicado anel de ouro, com um rubi cercado de brilhantes. – Este é meu anel de casamento. Ian gastou meio ano de salário com ele, embora eu lhe tenha dito que era tolice fazer isso.

O terno olhar em seu rosto sugeria que Ian não fora nada tolo. Ela lustrou a pedra no peito do vestido e admirou-a mais uma vez antes de recolocá-la na caixa.

– Estou ansiosa para o bebê nascer – disse ela, dando uns tapinhas no alto de sua barriga com uma careta. – Meus dedos ficam tão inchados de manhã que mal consigo atar minhas fitas, quanto mais usar anéis.

Percebi um estranho brilho não metálico no fundo da caixa e apontei.

– O que é aquilo?

– Ah, esses – disse ela, enfiando a mão na caixa outra vez. – Nunca os usei; não ficam bem em mim. Mas você poderia usá-los, você é alta e tem um porte majestoso, como minha mãe. Eram dela, sabe.

Era um par de braceletes. Cada qual feito de um dente de javali, polido até adquirir um brilho fosco de marfim. As pontas eram recobertas pelas duas partes de um fecho de prata, cada qual ornamentado com desenhos floreados.

– Nossa, como são lindos! Nunca vi nada tão... tão maravilhosamente bárbaro.

Jenny achou graça.

– Sim, são mesmo. Alguém os deu à mamãe como presente de casamento, mas ela nunca disse quem foi. Meu pai costumava caçoar dela de vez em quando a respeito do seu admirador secreto, mas recusava-se a lhe contar também quem ele era. Apenas sorria como um gato que tomou leite no jantar. Tome, experimente-os.

Senti o marfim frio e pesado no meu braço. Não resisti à vontade de afagar a superfície amarelada, granulada com o tempo.

– Sim, ficam bem em você – declarou Jenny. – E combinam com este vestido amarelo também. Tome os brincos. Coloque-os e vamos descer.

• • •

Murtagh estava sentado à mesa da cozinha, habilmente comendo presunto da ponta de sua adaga. Passando por trás dele com uma travessa, a sra. Crook, com grande destreza, se inclinou e fez três pãezinhos quentes deslizarem para seu prato, mal interrompendo seus passos.

Jenny movimentava-se de um lado para outro, preparando e supervisionando. Parando em suas andanças, espreitou por cima do ombro de Murtagh o seu prato que rapidamente se esvaziava.

– Não faça cerimônia – observou ela. – Afinal, há outro porco assando.

– Está bancando a avarenta com um parente, é? – perguntou ele, sem parar de mastigar.

– Eu? – Jenny colocou as mãos nos quadris. – Pelo amor de Deus, não! Afinal, você só se serviu quatro vezes até agora. Sra. Crook – virou-se para chamar a governanta que saía –, quando terminar com os pães, prepare uma tigela de mingau para este homem faminto preencher as brechas que restarem. Não queremos vê-lo desmaiar na soleira da porta, sabe.

Quando Murtagh me viu parada na porta da cozinha, se engasgou na mesma hora com um pedaço de presunto.

– Mmmmhum – disse ele, como forma de cumprimento, depois que Jenny bateu em suas costas prestativamente.

– Prazer em revê-lo também – retorqui, sentando-me à sua frente. – Aliás, obrigada.

– Mmhum? – A pergunta foi abafada por metade de um pãozinho, untado com mel.

– Por pegar minhas coisas no castelo.

– Mmhum. – Descartou qualquer agradecimento com um abano da mão que terminou na manteigueira. – Também lhe trouxe algumas plantas e coisas desse tipo – disse ele, meneando a cabeça em direção à janela. – No pátio, nos meus alforjes.

– Você trouxe minha caixa de remédios? Que maravilha!

Fiquei encantada. Algumas das ervas medicinais eram raras e não deram pouco trabalho para encontrar e preparar adequadamente.

– Mas como conseguiu? – perguntei. Depois que me recobrei do horror do julgamento de bruxaria, sempre me perguntava como os ocupantes do castelo haviam recebido a notícia da minha repentina prisão e fuga. – Espero que não tenha tido dificuldade.

– Ah, não. – Deu mais uma boa mordida no pão, mas esperou até que passasse calmamente pela garganta antes de responder. – A sra. Fitz as havia guardado, isto é, já tinha colocado tudo numa caixa. Eu a procurei primeiro, sabe, porque eu não sabia que recepção me esperava.

– Muito sensato. Imagino que a sra. Fitz não iria gritar ao vê-lo – concordei.

Os pães fumegavam no ar frio, exalando um aroma celestial. Estendi a mão para pegar um, os pesados braceletes de dentes de javali chacoalhando no meu pulso. Vi os olhos de Murtagh sobre eles e ajeitei-os de modo que ele pudesse ver as pontas de prata lavrada.

– Não são lindos? – comentei. – Jenny disse que pertenciam à mãe dela.

Os olhos de Murtagh se abaixaram para a tigela de mingau que a sra. Crook atirara sem nenhuma cerimônia embaixo do seu nariz.

– Ficam bem em você – murmurou ele. Em seguida, voltando repentinamente ao assunto anterior, disse: – Não, ela não pediria ajuda contra mim. Eu me dava muito bem com Glenna FitzGibbons há algum tempo.

– Ah, ela foi um antigo amor seu, não? – caçoei, divertindo-me com a ideia insólita de Murtagh enroscado num abraço amoroso com a enorme sra. Fitz.

Murtagh me olhou friamente por cima de seu mingau.

– Isso ela não foi e agradeço-lhe se falar educadamente dessa senhora. O marido dela era irmão de minha mãe. E ela ficou com muita pena de você, é bom que saiba.

Abaixei os olhos, envergonhada, e estendi o braço para pegar o mel, a fim de disfarçar meu constrangimento. O recipiente de pedra fora colocado numa tigela de água quente para liquefazer o mel e estava confortavelmente morno ao toque.

– Desculpe-me – disse, pingando o líquido doce e dourado no pão, com todo o cuidado para não derramar. – Eu me perguntei o que ela teria sentido quando... quando eu...

– No começo, não notaram sua ausência – disse o homenzinho de modo prosaico, ignorando minhas desculpas. – Quando não apareceu para o jantar, pensaram que talvez tivesse se demorado nos campos e fora para a cama sem comer; sua porta estava fechada. No dia seguinte, quando havia um grande alvoroço em torno da prisão da sra. Duncan, ninguém pensou em procurá-la. Não havia nenhuma menção a você quando as notícias chegaram, apenas sobre ela.

Assenti, pensativa. Ninguém teria sentido a minha falta, a não ser aqueles que buscavam tratamento; eu passava a maior parte do meu tempo na biblioteca de Colum quando Jamie estava fora.

– E Colum? – perguntei. Estava mais do que ligeiramente curiosa; ele haveria realmente planejado aquilo tudo, como Geillis pensava?

Murtagh deu de ombros. Varreu a mesa com os olhos em busca de mais provisões, aparentemente não encontrou nada do seu agrado, e se recostou, cruzando as mãos sobre o diafragma magro.

– Quando ele recebeu as notícias da vila, mandou fechar os portões imediatamente e proibiu todos no castelo de descer até lá, para que não fossem envolvidos na confusão. – Inclinou-se mais para trás ainda, olhando-me especulativamente. – A sra. Fitz tentou encontrá-la no segundo dia. Disse que perguntou a todas as criadas se a tinham visto. Ninguém a vira, mas uma das garotas disse que achava que você talvez tivesse ido à vila, talvez tivesse se abrigado em alguma casa lá.

– Uma das garotas, pensei cinicamente. A que sabia muito bem onde eu estava.

Ele arrotou baixinho, sem se preocupar em reprimir o barulho.

– Ouvi dizer que a sra. Fitz virou o castelo de cabeça para baixo e fez Colum enviar um homem à vila depois que teve certeza que você não estava no castelo. E quando souberam o que havia acontecido... – Um leve ar de divertimento iluminou o rosto escuro. – Ela não me contou tudo, mas sei que ela tornou a vida de Colum ainda mais miserável do que já é, infernizando-o para que mandasse gente para soltá-la com a força das armas. Mas de nada adiantou, ele argumentou que as coisas já tinham ido longe demais, muito além do ponto em que ele poderia fazer alguma coisa, e que agora estava nas mãos dos investigadores e isso e aquilo. Deve ter sido uma cena e tanto – disse ele, pensativo –, duas pessoas tão determinadas, uma contra a outra.

Por fim, ao que parecia, nenhum dos dois havia cedido ou vencido. Ned Gowan, com seu dom de advogado para estabelecer acordos, encontrara uma solução que satisfazia aos dois oferecendo-se para ir pessoalmente ao julgamento, não como representante do chefe dos MacKenzie, mas como um advogado independente.

– Ela achou que eu pudesse ser uma bruxa? – perguntei, curiosa. Murtagh fez um muxoxo.

– Ainda estou para ver a velha senhora acreditar em bruxas, nem quando era jovem. São os homens que acham que devem haver maus agouros e magia nas mulheres, quando esse é apenas o jeito natural das criaturas.

– Começo a entender por que você nunca se casou – retruquei.

– É mesmo? – Empurrou sua cadeira para trás bruscamente e levantou-se, jogando o xale por cima dos ombros. – Vou partir. Meus cumprimentos ao chefe – disse a Jenny, que reapareceu do vestíbulo, onde estivera recebendo os arrendatários. – Ele deve estar muito ocupado.

Jenny entregou-lhe uma grande sacola de pano, fechada na boca com um nó e obviamente contendo provisões suficientes para uma semana.

– Comida para a viagem de volta – disse ela com um sorriso. – Pode durar ao menos até você perder a casa de vista.

Ele enfiou o nó da sacola confortavelmente no cinto e meneou a cabeça rapidamente, voltando-se para a porta.

– Sim – disse ele – e, se não, você verá os abutres reunidos logo depois da montanha, para devorar minha carne.

– Não iam ganhar grande coisa – retrucou ela cinicamente, examinando sua constituição mirrada. – Já vi mais carne numa vassoura.

O rosto circunspecto de Murtagh continuou imutável, mas um leve brilho surgiu em seus olhos.

– Ah, é mesmo? – disse ele. – Bem, vou lhe dizer, menina... – As vozes retiraram-se pelo corredor, misturando-se em insultos e implicâncias amistosas, finalmente desaparecendo nos últimos ecos do vestíbulo.

Fiquei sentada à mesa por um longo instante, afagando vagarosamente o marfim dos braceletes de Ellen MacKenzie. Com a distante batida da porta, estremeci e me levantei para assumir meu lugar como a Senhora de Lallybroch.

Normalmente um lugar atarefado, no Dia do Trimestre a mansão simplesmente fervilhava de atividade. Os arrendatários iam e vinham o dia todo. Alguns ficavam apenas o tempo suficiente para pagar suas contas; outros permaneciam o dia inteiro, andando pela propriedade, visitando amigos, comendo e bebendo na sala de visitas. Jenny, resplandecente em seda azul, e a sra. Crook, em linho branco engomado, iam e vinham entre a cozinha e a sala de visitas, supervisionando as duas criadas, que se equilibravam de um lado para outro sob enormes travessas de bolos de aveia, bolos de frutas, biscoitos e outros doces.

Jamie, depois de me apresentar cerimoniosamente aos arrendatários presentes na sala de jantar e na sala de visitas, retirou-se para seu gabinete com Ian, para receber os arrendatários um a um, conversar com eles sobre as necessidades para o plantio na primavera, deliberar sobre a venda de lã e de grãos, registrar as atividades da propriedade e tomar todas as providências necessárias para o próximo trimestre do ano.

Fiquei andando ociosamente pela casa, conversando com as visitas, ajudando com as bebidas e comidas quando necessário, às vezes apenas me esgueirando para o segundo plano para observar as idas e vindas.

Lembrando-me da promessa de Jamie à velha senhora junto ao açude, esperei com certa curiosidade pela chegada de Ronald MacNab.

Ele chegou logo depois do meio-dia, cavalgando uma mula alta, desconjuntada, com um garoto agarrado ao cinto logo atrás dele. Eu os observava secretamente da porta da sala de visitas, imaginando até que ponto a avaliação que sua mãe fizera dele era correta.

Concluí que, embora "beberrão" pudesse ser considerado um pouco de exagero, as percepções da Vovó MacNab eram precisas. Os cabelos de Ronald MacNab eram longos e engordurados, desleixadamente amarrados para trás com um pedaço de corda, e o colarinho e os punhos de sua camisa eram encardidos de sujeira. Embora certamente um ou dois anos mais novo do que Jamie, parecia pelo menos quinze anos mais velho, os ossos do rosto submersos em inchaço, os pequenos olhos cinzentos embaciados e injetados.

Quanto à criança, também estava suja e maltrapilha. Pior ainda, no que me dizia respeito, vinha atrás do pai procurando se esconder, os olhos presos ao chão, encolhendo-se quando Ronald se virava e falava rispidamente com ele. Jamie, que viera à porta do gabinete, também os avistou, e eu o vi trocar um olhar significativo com Jenny, que entrava trazendo uma nova jarra de bebida em atendimento a um pedido dele.

Ela fez um sinal quase imperceptível com a cabeça e lhe entregou a jarra. Em seguida, tomando a criança firmemente pela mão, conduziu-a em direção à cozinha, dizendo:

– Venha comigo, rapazinho. Acho que temos uns biscoitos para você. Ou que tal um pedaço de bolo de frutas?

Jamie cumprimentou Ronald MacNab com um aceno formal da cabeça, dando lugar para que ele entrasse no gabinete. Estendendo o braço para fechar a porta, os olhos de Jamie depararam-se com os meus e ele meneou a cabeça em direção à cozinha. Respondi também com um movimento da cabeça e segui Jenny e o jovem Rabbie.

Encontrei-os envolvidos numa agradável conversa com a sra. Crook, que retirava ponche de um grande caldeirão com uma concha igualmente grande e o colocava num recipiente de cristal. Entornou um pouco em uma caneca de madeira e ofereceu-a ao menino, que continuou retraído, olhando desconfiado, antes de finalmente aceitar. Jenny continuou conversando descontraidamente com o garoto enquanto enchia travessas, recebendo pouco mais que grunhidos em resposta. Ainda assim, a pequena criatura semisselvagem parecia estar relaxando um pouco.

– Sua camisa está um pouco suja, rapaz – observou ela, inclinando-se para a frente para virar o colarinho. – Tire-a e vou lavá-la antes de você voltar para casa. – "Suja" era um crasso eufemismo, mas o garoto recuou defensivamente. Porém, eu estava atrás dele e, a um gesto de Jenny, agarrei-o pelos braços antes que ele pudesse escapar.

Ele esperneou e uivou, mas Jenny e a sra. Crook também o seguraram e, as três juntas, conseguimos retirar a camisa imunda.

– Ah. – Jenny inspirou com força.

Ela segurava a cabeça do garoto com firmeza embaixo do braço e as costas imundas ficaram totalmente expostas. Marcas de contusões e cicatrizes pontuavam a carne dos dois lados da espinha dorsal, algumas recém-curadas, outras tão antigas que vinham a ser apenas sobras desbotadas cobrindo parcialmente as costelas proeminentes. Jenny segurou o menino com força pela nuca, falando-lhe docemente enquanto soltava sua cabeça. Fez um movimento com a cabeça indicando o corredor, olhando para mim.

– É melhor contar a ele.

Bati na porta do gabinete, segurando uma travessa de bolos de aveia untados com mel como desculpa. Ao chamado abafado de Jamie, abri a porta e entrei.

Meu rosto, enquanto servia MacNab, deve ter sido suficiente, pois eu não tive que pedir para falar em particular com Jamie. Ele fitou-me por um instante, depois se voltou novamente para seu colono.

– Muito bem, Ronnie, a parte de grãos está acertada. Mas há outra coisa sobre a qual eu queria lhe falar. Você tem um garoto chamado Rabbie, eu soube, e estou precisando de um garoto dessa idade para ajudar na estrebaria. Você deixaria ele vir? – Os longos dedos de Jamie brincavam com uma pena de ganso sobre a escrivaninha. Ian, sentado a uma mesa menor ao lado, apoiou o queixo nos punhos cerrados, fitando MacNab com grande interesse.

MacNab eriçou-se, beligerante. Achei que ele tinha o ressentimento e a irritação de um homem que não estava bêbado, mas gostaria de estar.

– Não, eu preciso do garoto – disse ele educadamente.

– Hummm. – Jamie se recostou em sua cadeira, as mãos cruzadas em cima da barriga. – Eu pagaria pelos serviços dele, é claro.

O homem resmungou e se remexeu na cadeira.

– Minha mãe andou falando com você, não foi? Eu disse não e repito que não. O garoto é meu filho e eu faço com ele o que achar que devo fazer. E acho melhor mantê-lo em casa.

Jamie olhou pensativo para MacNab, mas voltou sua atenção para os livros de contabilidade sem maiores argumentos.

Mais tarde, no final do dia, quando os arrendatários reuniam-se nos lugares mais quentes como a despensa e a sala de visitas para fazer um lanche antes de partir, vi Jamie da janela, caminhando descontraidamente em direção ao chiqueiro, o braço no ombro do imundo MacNab como um gesto de companheirismo. A dupla desapareceu atrás do chiqueiro, provavelmente para inspecionar alguma coisa de interesse agrícola e reapareceu depois de um ou dois minutos, caminhando em direção à casa.

O braço de Jamie ainda estava sobre o ombro do sujeito mais baixo, mas agora parecia estar segurando-o. O rosto de MacNab era de um cinza doentio, molhado de suor, e ele caminhava muito lentamente, parecendo incapaz de andar ereto.

– Bem, então está combinado – observou Jamie alegremente quando se aproximaram dos outros. – Acho que sua mulher vai gostar do dinheiro extra, não, Ronald? Ah, aqui está sua mula. Um bom animal, hein? – A mula perebenta que havia trazido os MacNab à fazenda aproximou-se desengonçada, saindo do pátio onde andara aproveitando a hospitalidade da casa. Um punhado de feno ainda se projetava dos cantos de sua boca, sacudindo-se irregularmente enquanto o animal mastigava.

Jamie apoiou o pé de MacNab para ajudá-lo a montar; uma ajuda muito necessária, ao que parecia. O outro não falou nada nem acenou em resposta aos bem-humorados "Vá com Deus" e "Tenha uma boa viagem" de Jamie, mas apenas fez um aceno com a cabeça, um pouco desnorteado, enquanto partia em marcha lenta, aparentemente preocupado com algum problema secreto que absorvia sua atenção.

Jamie continuou apoiado na cerca, trocando amabilidades conforme outros arrendatários se preparavam para voltar para casa, até que a figura maltrapilha de MacNab desaparecesse de vista por cima do topo da colina. Empertigou-se, olhando a estrada, depois se virou e assoviou. Uma pequena figura numa camisa rasgada, mas limpa, e num kilt manchado saiu de baixo da carroça de feno.

– Muito bem, então, jovem Rabbie – disse Jamie alegremente. – Parece que, afinal de contas, seu pai deu permissão para você se tornar ajudante da cavalariça. Tenho certeza de que você vai trabalhar com afinco e ser um orgulho para ele, hein?

Os olhos redondos e injetados ergueram-se em silêncio no rosto sujo e o rapaz não respondeu nada, até que Jamie estendeu o braço e, segurando-o suavemente pelos ombros, virou-o na direção do cocho dos cavalos.

– Vai ter jantar para você na cozinha, rapaz. Vá se lavar primeiro; a sra. Crook é muito exigente. Ah, e Rabbie – inclinou-se para sussurrar –, limpe as orelhas ou ela fará isso por você. Ela esfregou as minhas hoje de manhã. – Ele colocou as mãos atrás das orelhas e sacudiu-as solenemente para o garoto, que abriu um sorriso tímido e saiu correndo em direção ao cocho.

– Que bom que você conseguiu – falei, dando o braço a Jamie para entrarmos para o jantar. – Com o pequeno Rabbie MacNab, quer dizer. Mas como fez isso?

Ele deu de ombros.

– Levei Ronald até a cervejaria e lhe dei um ou dois socos embaixo das costelas. Perguntei-lhe se queria perder o filho ou o fígado. – Olhou para mim, franzindo a testa. – Não está certo, mas não consegui pensar em nada melhor. E não queria que o garoto voltasse com ele. Também não foi só porque havia prometido à sua avó. Jenny me contou sobre as costas do garoto. – Hesitou. – Vou lhe contar, Sassenach. Meu pai me batia sempre que achava necessário e com muito mais frequência do que eu achava que merecia. Mas eu não me acovardava quando falava com ele. E não acho que o pequeno Rabbie vai se deitar na cama com sua mulher um dia e rir disso.

Arqueou os ombros, com aquele estranho estremecimento, algo que há meses eu não o via fazer.

– Ele tem razão; o garoto é filho dele, pode fazer o que quiser. E eu não sou Deus; apenas o proprietário das terras e isso é bem pouco. Ainda assim... – Olhou-me com um sorriso enviesado. – A linha entre justiça e brutalidade é muito tênue, Sassenach. Só espero estar do lado certo da questão.

Passei os braços pela sua cintura e o abracei.

– Você agiu certo, Jamie.

– Você acha?

– Acho.

Continuamos caminhando de volta para casa, abraçados. Os prédios brancos da fazenda brilhavam com uma cor âmbar ao pôr do sol. Mas, em vez de entrarmos em casa, Jamie conduziu-me pela ligeira elevação que havia atrás da mansão. Ali, sentados no apoio superior da cerca de um campo, podíamos ver toda a fazenda diante de nós.

Encostei a cabeça no ombro de Jamie e suspirei. Ele apertou-me levemente em resposta.

– Foi isso que você nasceu para fazer, não é, Jamie?

– Talvez, Sassenach. – Examinou toda a extensão da fazenda, os campos e construções, as plantações e as estradas, depois abaixou os olhos, um sorriso repentinamente tomando conta de seus lábios.

– E você, Sassenach? Para que foi que você nasceu? Para ser a senhora de uma mansão ou para dormir nos campos como uma cigana? Para ser uma curandeira, a mulher de um professor universitário ou uma fora da lei?

– Eu nasci para você – respondi simplesmente, estendendo os braços para ele.

– Sabe – observou ele, finalmente afastando-se –, você nunca disse isso.

– Nem você.

– Eu disse. No dia seguinte ao que chegamos aqui. Eu disse que a queria mais do que a qualquer outra coisa.

– E eu disse que amar e desejar não eram necessariamente a mesma coisa – reagi.

Ele riu.

– Talvez tenha razão, Sassenach. – Afastou ternamente os cabelos do meu rosto e beijou minha fronte. – Eu a desejei desde o primeiro instante em que a vi, mas eu a amei quando você chorou nos meus braços e deixou-me confortá-la, naquela primeira vez que chegamos ao Castelo Leoch.

O sol se escondeu atrás da fileira de pinheiros negros e as primeiras estrelas surgiram. Eram meados de novembro e o ar da noite estava frio, embora os dias ainda fossem límpidos. De pé do outro lado da cerca, Jamie inclinou a cabeça, encostando a testa na minha.

– Você primeiro.

– Não, você.

– Por quê?

– Tenho medo.

– De quê, minha Sassenach? – A escuridão avançava pelos campos, cobrindo a terra e erguendo-se ao encontro da noite. A claridade da luz crescente acentuava as elevações das sobrancelhas e do nariz, iluminando partes de seu rosto.

– Tenho medo de que, se eu começar, não pararei mais.

Ele olhou para o horizonte, onde a lua em forma de foice resplandecia, baixa no horizonte, subindo lentamente.

– É quase inverno e as noites são longas, *mo duinne.* – Inclinou-se por cima da cerca, abrindo os braços, e eu entrei neles, sentindo o calor do seu corpo e as batidas de seu coração.

– Eu amo você.

32

TRABALHO ÁRDUO

Alguns dias depois, quase ao final da tarde, eu estava na colina atrás da casa, cavando e extraindo os bulbos de um pequeno canteiro de corídalo que eu descobrira. Ouvindo o barulho de passos aproximando-se pela grama, virei-me esperando ver Jenny ou a sra. Crook para me chamar para o jantar. Em vez disso, era Jamie, os cabelos espetados com a umidade das abluções anteriores ao jantar, ainda de camisa amarrada entre as pernas para trabalhar nos campos. Veio por trás de mim e abraçou-me, colocando o queixo no meu ombro. Juntos, ficamos vendo o sol ocultar-se atrás dos pinheiros, numa aura gloriosa de ouro e púrpura. A paisagem esmaeceu silenciosamente à nossa volta, mas continuamos onde estávamos, abraçados e felizes. Finalmente, quando começou a escurecer, pude ouvir Jenny chamando da casa lá embaixo.

– É melhor entrarmos – falei, movendo-me relutantemente.

– Hummm. – Jamie não se mexeu, apenas me apertou com mais força, os olhos ainda perdidos nas sombras cada vez mais densas, como se tentasse gravar cada pedra e lâmina de capim na memória.

Virei-me para ele e passei os braços pelo seu pescoço.

– O que foi? – perguntei serenamente. – Vamos ter que partir em breve? – Meu coração desfaleceu à perspectiva de ter que deixar Lallybroch, mas eu sabia que era perigoso permanecermos muito mais tempo; a qualquer momento poderia ocorrer outra visita dos soldados ingleses, com resultados muito mais sinistros.

– Sim. Amanhã ou depois de amanhã, no máximo. Há ingleses em Knockchoilum; fica a 36 quilômetros daqui, mas é uma viagem de apenas dois dias com tempo bom. – Comecei a deslizar da cerca, mas Jamie passou um dos braços por baixo dos meus joelhos e me ergueu no colo, apertando-me contra o peito.

Eu ainda podia sentir o calor do sol em sua pele e o cheiro cálido e empoeirado de suor e aveia. Ele andara ajudando com o final da colheita e o aroma lembrava-me de um jantar na semana anterior, quando vi que Jenny, sempre amável e educada, havia finalmente me aceitado sem restrições como um membro da família.

A colheita era um trabalho árduo e Ian e Jamie geralmente já estavam cambaleando de sono ao final do jantar. Numa ocasião, eu deixara a mesa para ir buscar um pudim de sobremesa e ao retornar encontrei os dois profundamente adormecidos e Jenny rindo consigo mesma entre os restos do jantar. Ian estava desmoronado em sua cadeira, o queixo no peito, respirando ruidosamente. Jamie deitara o rosto sobre os braços cruzados, esparramado para a frente, sobre a mesa, roncando tranquilamente entre o prato e o moedor de pimenta.

Jenny pegou o pudim da minha mão e serviu para nós duas, sacudindo a cabeça diante dos homens adormecidos.

– Bocejavam tanto que imaginei o que aconteceria se eu parasse de falar. Assim, calei-me e, como previa, dois minutos depois estavam apagados, os dois. – Afastou ternamente os cabelos de Ian da testa. – É por isso que nascem tão poucas crianças em julho por aqui – disse ela, erguendo uma sobrancelha maliciosamente para mim. – Os homens não conseguem ficar acordados o tempo suficiente para fazer um filho.

Era bem verdade e eu ri. Jamie se remexeu e roncou ao meu lado. Coloquei a mão em sua nuca para acalmá-lo. Seus lábios curvaram-se uma vez num sorriso suave, por reflexo, depois relaxaram no sono profundo outra vez.

Jenny, observando-o, disse:

– Que engraçado. Nunca mais o vi fazer isso desde que era pequeno.

– Fazer o quê?

Ela meneou a cabeça.

– Sorrir durante o sono. Ele costumava fazer isso se a gente se aproximasse e o acariciasse em seu berço, e até mais tarde em sua cama de rodinhas. Às vezes, mamãe e eu nos revezávamos para acariciar sua cabeça e ver se conseguíamos fazê-lo sorrir; ele sempre sorria.

– É estranho, não é? – disse, descendo a mão suavemente pelo seu pescoço e costas.

Como previsto, fui recompensada imediatamente por um sorriso singularmente doce que se demorou por um instante antes de as linhas do seu rosto relaxarem outra vez na expressão mais ou menos severa que ele apresentava quando dormia.

– Por que será que ele faz isso? – perguntei, observando-o fascinada. Jenny deu de ombros e riu para mim.

– Imagino que signifique que está feliz.

Na verdade, não partimos no dia seguinte. No meio da noite, fui acordada por uma conversa baixa no quarto. Ao me virar no colchão, vi Ian inclinado sobre a cama, segurando uma vela.

– O bebê está a caminho – disse Jamie, vendo-me acordada. Sentou-se, bocejando. – Um pouco antes da hora, Ian?

– Nunca se sabe. O pequeno Jamie se atrasou. Melhor adiantar do que atrasar, acho. – O sorriso de Ian era rápido e nervoso.

– Sassenach, você sabe fazer parto? Ou é melhor eu ir buscar a parteira? – Jamie se virou para mim, perguntando. Não hesitei em minha resposta.

Balancei a cabeça.

– Vá buscar a parteira.

Eu vira apenas três partos durante meu curso de enfermagem; todos conduzidos numa sala de operações esterilizada, a paciente envolta em lençóis e anestesiada, nada visível, a não ser o períneo grotescamente inchado e a cabeça repentinamente emergente.

Após Jamie partir em busca da parteira, a sra. Martins, segui Ian pelas escadas.

Jenny estava sentada numa poltrona junto à janela, confortavelmente recostada. Colocara uma camisola velha, tirara tudo de cima da cama, abrira uma colcha antiga sobre o colchão de penas e agora estava apenas sentada. Esperando.

Ian andava aflito de um lado para outro à sua volta. Jenny sorriu também, mas com uma expressão distante, voltada para dentro, como se ouvisse algo longe que somente ela podia ouvir. Ian, completamente vestido, remexia em tudo pelo quarto, pegando objetos e colocando-os de volta no lugar, até que Jenny finalmente mandou que ele saísse.

– Vá lá embaixo e acorde a sra. Crook, Ian – disse ela, sorrindo para suavizar o fato de estar mandando-o embora. – Diga-lhe para aprontar tudo para a sra. Martins. Ela sabe o que tem que fazer. – Nesse instante, inspirou pronunciadamente e colocou as duas mãos no abdômen distendido. Olhei espantada ao ver sua barriga subir, repentinamente endurecida e redonda. Ela mordeu o lábio e respirou fortemente por um instante, relaxando em seguida. A barriga recuperara o formato normal, como uma lágrima ligeiramente pendente, redonda nas duas extremidades.

Ian colocou a mão hesitantemente em seu ombro e ela a cobriu com a sua própria, erguendo o rosto e sorrindo para ele.

– Depois, diga-lhe para lhe dar o que comer, homem. Você e Jamie vão precisar de alguma coisa para comer. Dizem que o segundo vem mais rápido do que o primeiro; talvez quando tiverem acabado de fazer o desjejum, eu mesma já esteja pronta para comer alguma coisa.

Ele apertou seu ombro com força e beijou-a, murmurando algo em seu ouvido antes de se virar para sair. Parou, hesitante, na soleira da porta, olhando para trás, mas ela descartou-o firmemente com um aceno da mão.

Pareceu que um longo tempo havia transcorrido até Jamie chegar com a parteira, e eu ficava cada vez mais nervosa conforme as contrações tornavam-se mais fortes. Dizia-se que o segundo bebê vinha mais rápido do que o primeiro, via de regra. E se este resolvesse chegar antes da sra. Martins?

No começo, Jenny entabulou uma conversa amena, parando apenas para se inclinar um pouco para a frente, segurando a barriga, à medida que as contrações se intensificavam. Mas logo perdeu a vontade de conversar e se recostou, descansando em silêncio entre as dores cada vez mais intensas. Finalmente, depois de uma que quase a dobrou ao meio em sua poltrona, ela se levantou, cambaleando.

– Ajude-me a andar um pouco, Claire – disse ela. Sem saber ao certo qual seria o procedimento correto, fiz o que ela pedia, segurando-a firmemente por baixo do braço para ajudá-la a manter-se em pé. Demos várias voltas, lentamente, pelo quarto, parando quando uma contração a acometia, continuando quando amainava. Pouco antes da chegada da parteira, Jenny dirigiu-se para a cama e se deitou.

A sra. Martins era uma figura tranquilizadora; alta e magra, tinha ombros largos e braços fortes, bem como o tipo de expressão amável e prática que inspirava confiança. Duas rugas verticais entre as sobrancelhas grisalhas, sempre visíveis, aprofundavam-se quando estava concentrada.

As rugas mantiveram-se superficiais enquanto fazia os exames preliminares. Portanto, até ali, tudo estava normal. A sra. Crook chegara com uma pilha de lençóis limpos e passados e a sra. Martins pegou um deles, ainda dobrado, e ajeitou-o sob Jenny. Fiquei espantada de ver a mancha escura de sangue entre suas coxas, quando se ergueu ligeiramente.

Vendo minha expressão, a sra. Martins meneou a cabeça de forma tranquilizadora.

– Sim. Amostra de sangue, é como dizem. Está tudo bem. Somente quando o sangue está vermelho-vivo e em grande quantidade de uma só vez é que temos que nos preocupar. Não há nada de errado.

Todos sentamo-nos para esperar. A sra. Martins falava em voz serena e baixa, confortando Jenny, esfregando a parte baixa de suas costas, pressionando com força durante as contrações. Conforme as dores tornaram-se mais frequentes, Jenny começou a cerrar os lábios e resfolegar ruidosamente pelo nariz. Geralmente, ouvia-se um gemido fraco, rouco, quando a dor vinha com toda a força.

Os cabelos de Jenny estavam encharcados de suor a essa altura e o rosto, vermelho com o esforço. Observando-a, compreendi perfeitamente por que é chamado de "trabalho" de parto. Dar à luz era uma tarefa extremamente árdua.

Nas duas horas seguintes, houve pouco progresso, exceto que as dores estavam obviamente mais fortes. A princípio capaz de responder a perguntas, Jenny parou de reagir, prostrada e arquejante ao final de cada contração, o rosto variando de vermelho a branco em questão de segundos.

Ela cerrou os lábios durante a contração seguinte, fazendo sinal para que eu me aproximasse quando amainou.

– Se a criança viver... – disse ela, lutando para respirar – e for menina... o nome dela é Margaret. Diga a Ian... para lhe dar o nome de Margaret Ellen.

– Sim, claro – disse, procurando acalmá-la. – Mas você mesma vai dizer isso a ele. Não vai demorar muito mais agora.

Ela apenas balançou a cabeça numa negativa determinada e cerrou os dentes quando veio a nova contração. A sra. Martins segurou-me pelo braço, afastando--me de Jenny.

– Não se preocupe, dona – disse ela sem rodeios. – Nessa hora, elas sempre acham que vão morrer.

– Ah! – exclamei, um pouco aliviada.

– Veja bem – disse ela, numa voz mais baixa –, às vezes morrem mesmo.

Até mesmo a sra. Martins parecia um pouco preocupada conforme as dores continuavam sem nenhum progresso considerável. Jenny estava cada vez mais exausta; quando cada acesso de dor amainava, seu corpo ficava frouxo e ela até parecia cochilar um pouco, como se buscasse refúgio em pequenos intervalos de sono. Então, quando o implacável acesso de dor apoderava-se dela outra vez, acordava debatendo-se e gemendo com o esforço, contorcendo-se para o lado para se curvar de forma protetora sobre a protuberância rígida da criança em seu ventre.

– A criança poderia estar... virada? – perguntei, em voz baixa, tímida em sugerir tal coisa a uma parteira experiente. Mas a sra. Martins não pareceu nem um pouco ofendida com a observação; as linhas entre suas sobrancelhas simplesmente se aprofundaram enquanto olhava para a mulher extenuada.

Quando a contração seguinte amainou, a sra. Martins jogou o lençol e a camisola para trás e começou a trabalhar rápido, pressionando aqui e ali a enorme elevação com dedos hábeis e experientes. Foram necessárias várias tentativas, uma vez que a sondagem parecia provocar mais dores e o exame era impossível durante as contrações implacáveis e debilitantes.

Finalmente, afastou-se, pensando, tamborilando um dos pés distraidamente enquanto observava Jenny se contorcendo com mais dois acessos de dores que pareceram distender sua espinha dorsal. Quando se debateu com espasmos violentos sobre os lençóis, um deles se rasgou repentinamente com um ruído rascante.

Como se tivesse sido um sinal, a sra. Martins caminhou decididamente para junto de Jenny, acenando para que eu a seguisse.

– Mantenha-a deitada, dona – instruiu-me a sra. Martins, sem se deixar perturbar com os gritos de Jenny. Suponho que já tivesse ouvido muitos gritos semelhantes.

No relaxamento seguinte, a sra. Martins começou a agir. Agarrando a criança durante a momentânea flacidez das paredes do útero, tentou virá-la. Jenny berrou e deu um puxão nos meus braços quando uma nova contração começou.

A sra. Martins fez nova tentativa. E outra. E outra. Sem poder deixar de empurrar e fazer força, Jenny estava cansando-se muito além do ponto de exaustão, seu corpo debatendo-se muito além dos limites da força comum, conforme se esforçava para empurrar a criança para o mundo exterior.

Então, funcionou. Houve uma repentina movimentação de fluidos e o volume amorfo da criança virou-se sob as mãos da sra. Martins. Imediatamente, o formato da barriga de Jenny se alterou e houve uma sensação urgente de que era necessário pôr mãos à obra.

– Agora, empurre.

Ela o fez e a sra. Martins ficou de joelhos ao lado da cama. Aparentemente, viu algum sinal de progresso, porque se levantou e apoderou-se depressa de uma pequena garrafa que colocara sobre a mesa ao chegar. Despejou uma pequena quantidade do que parecia óleo nas pontas dos dedos e começou a esfregá-lo suavemente entre as pernas de Jenny.

Jenny emitiu um som gutural e assustador de protesto ao ser tocada quando a contração seguinte veio e a sra. Martins retirou as mãos. Jenny relaxou novamente, prostrada e inerte, e a parteira retomou sua suave massagem, sussurrando para sua paciente, dizendo-lhe que tudo estava bem, para descansar e agora... empurrar!

Durante a contração que veio depois, a sra. Martins colocou a mão em cima da barriga de Jenny e empurrou com toda força. Jenny deu um grito agudo, mas a parteira continuou a empurrar até a contração abrandar.

– Empurre comigo na próxima – disse a parteira. – Está quase chegando.

Coloquei as mãos em cima das mãos da sra. Martins sobre a barriga de Jenny e, ao seu sinal, as três empurraram. Jenny deu um gemido como um rosnado, profundo e vitorioso, e uma bolha viscosa surgiu de repente entre suas coxas. Ela apoiou melhor as pernas sobre o colchão, empurrou mais uma vez e Margaret Ellen Murray lançou-se no mundo como um porquinho ensebado.

Pouco tempo depois, sentei-me direito, após ter limpado o rosto sorridente de Jenny com um pano úmido, e olhei pela janela. Já era quase hora de o sol se pôr.

– Eu estou bem – disse Jenny. – Perfeitamente bem. – O amplo sorriso de prazer com que ela recebera a chegada de sua filha transformara-se num pequeno sorriso permanente de profunda alegria. Estendeu a mão trêmula e tocou a manga do meu vestido.

– Vá contar a Ian – pediu ela. – Ele deve estar preocupado.

Aos meus olhos cínicos, não parecia. A cena no gabinete, onde Ian e Jamie haviam se refugiado, parecia-se muito uma festa prematura de comemoração. Uma jarra de vinho vazia estava no aparador, acompanhada de várias outras, e um forte cheiro de bebida alcoólica pairava no aposento como uma nuvem.

O orgulhoso pai parecia ter desmaiado, a cabeça descansando sobre a mesa do senhor da propriedade. O próprio senhor ainda estava consciente, mas com os olhos embaçados, recostado contra o painel de revestimento da parede, os olhos piscando como uma coruja.

Indignada, caminhei com passos pesados até a escrivaninha e agarrei Ian pelo ombro, sacudindo-o asperamente e ignorando Jamie, que se pôs de pé com esforço, dizendo:

– Sassenach, espere...

Ian não estava totalmente inconsciente. Sua cabeça ergueu-se relutantemente e ele me olhou com uma expressão imóvel, circunspecto, os olhos vazios, fundos e suplicantes. Percebi de repente que ele achava que eu tinha vindo lhe contar que Jenny estava morta.

Relaxei a mão em seu ombro e, em vez disso, dei-lhe uns tapinhas delicados nas costas.

– Ela está bem – falei, em voz baixa. – Você tem uma filha.

Ele abaixou a cabeça sobre os braços outra vez e eu o deixei, os ombros magros sacudindo-se enquanto Jamie batia de leve em suas costas.

Com os sobreviventes agora refeitos e limpos, as famílias Murray e Fraser reuniram-se no quarto de Jenny para um jantar de comemoração. A pequena Margaret, arrumada para inspeção e envolta num pequeno cobertor, foi entregue a seu pai, que recebeu seu novo rebento com uma expressão de abençoada reverência.

– Olá, Maggie – murmurou ele, tocando o pequeno botão do seu nariz com a ponta do dedo.

Sua filha recém-nascida, sem se deixar impressionar com a apresentação, fechou os olhos em concentração, enrijeceu o corpo e urinou na camisa do pai.

Durante a breve explosão de risadas e reparação provocada por essa falta de bons modos, o pequeno Jamie conseguiu escapar das mãos da sra. Crook e se atirou na cama de Jenny. Ela gemeu baixinho com o desconforto, mas estendeu a mão e puxou-o para si, fazendo sinal à sra. Crook para que o deixasse.

– Minha mamãe! – declarou ele, empurrando-se ao lado de Jenny.

– Ora, e quem mais seria? – perguntou ela, de modo lógico. – Aqui, rapaz.

Abraçou-o e beijou o topo de sua cabeça. Ele relaxou, tranquilizado, e se aconchegou contra ela. Jenny puxou sua cabeça ternamente, acariciando seus cabelos.

– Deite sua cabeça aqui, rapazinho, e durma. – disse ela. – Já passou da hora de ir para a cama. Durma. – Reconfortado pela sua presença, ele colocou o dedo na boca e adormeceu.

Quando chegou sua vez de segurar o bebê, Jamie mostrou-se notavelmente competente, segurando a cabecinha penugenta na palma de uma das mãos como uma bola de tênis. Pareceu relutar em devolver a criança para Jenny, que a aninhou junto aos seios, sussurrando-lhe palavras de carinho.

Finalmente, dirigimo-nos para nosso próprio quarto, que parecia silencioso e vazio, em contraste com o caloroso cenário familiar que havíamos acabado de deixar para trás: Ian de joelhos junto à cama de sua mulher, a mão pousada sobre o pequeno Jamie, enquanto Jenny amamentava o bebê. Tomei consciência pela primeira vez do quanto estava cansada; foram quase 24 horas desde que Ian nos acordara.

Jamie fechou a porta silenciosamente atrás de si. Sem falar, aproximou-se por trás de mim e começou a desamarrar o meu vestido. Suas mãos me envolveram e recostei-me com gratidão contra seu peito. Em seguida, inclinou-se para beijar-me e eu me virei, passando os braços em torno de seu pescoço. Eu não só me sentia muito cansada, mas muito sensível e bastante triste.

– Talvez seja melhor assim – disse Jamie devagar, como se falasse consigo mesmo.

– O quê?

– Que você seja estéril. – Ele não podia ver meu rosto, enterrado em seu peito, mas deve ter sentido meu corpo se enrijecer.

– Sim, sei disso há muito tempo. Geillis Duncan me disse, logo depois que nos casamos. – Acariciou minhas costas com ternura. – No começo, me ressenti um pouco, mas depois comecei a achar que era melhor assim; vivendo como temos que viver, seria muito difícil se você ficasse grávida. E agora – estremeceu levemente –, agora acho que fico contente com isso; não iria querer vê-la sofrer dessa maneira.

– Eu não me importaria – falei, após um longo instante, pensando na cabecinha coberta de penugem e nos dedinhos delicados.

– Eu me importaria. – Beijou o topo da minha cabeça. – Eu vi o rosto de Ian; era como se sua própria carne estivesse sendo dilacerada, cada vez que Jenny gritava. – Meus braços o envolviam, acariciando as cicatrizes enrijecidas de suas costas. – Eu mesmo posso suportar a dor – disse ele suavemente –, mas não aguentaria vê-la sofrer. Está acima das minhas forças.

33
A PATRULHA

Jenny se recuperou rapidamente do nascimento de Margareth, insistindo em descer as escadas até o térreo no dia seguinte ao parto. Diante da insistência conjunta de Ian e Jamie, ela relutantemente absteve-se de fazer qualquer trabalho, apenas supervisionando do sofá na sala de visitas onde ficou reclinada, a pequena Margaret dormindo no berço ao seu lado.

Entretanto, insatisfeita de ficar sentada ociosamente, em um ou dois dias aventurou-se até a cozinha e depois até a horta atrás da casa. Sentada no muro, o bebê bem enrolado em cobertas e carregado numa faixa amarrada ao corpo, fazia-me companhia, enquanto eu simultaneamente arrancava trepadeiras mortas e vigiava um enorme caldeirão em que as roupas da casa haviam sido fervidas. A sra. Crook e as criadas já haviam retirado as roupas limpas para serem estendidas para secar; agora, eu esperava que a água esfriasse o suficiente para ser descartada.

O pequeno Jamie me "ajudava", arrancando plantas de modo desenfreado e lançando gravetos em todas as direções. Gritei com ele para que tivesse cuidado quando se aproximou demais do caldeirão, depois corri em sua direção quando ignorou o aviso. Felizmente, a água esfriara rapidamente; estava apenas morna. Avisando-o para ficar afastado com sua mãe, segurei o caldeirão e virei-o da base de ferro em que se apoiava e que o impedia de cair.

Dei um salto para trás para me afastar da água suja que caía em cascatas pela borda da vasilha, lançando vapores no ar frio. O pequeno Jamie, agachando-se ao meu lado sobre os calcanhares, bateu as mãos alegremente na lama morna e pingos pretos voaram por toda a minha saia.

Sua mãe deslizou do muro, levantou-o pela gola da camisa e deu-lhe uma palmada no traseiro.

– Você não tem juízo, *gille*? Olhe só para você! Agora sua camisa vai ter que ser lavada outra vez! E veja o que fez com a saia de sua tia, seu moleque!

– Não tem importância – protestei, vendo o lábio inferior do pequeno vilão tremer.

– Mas para mim tem – disse Jenny, lançando um olhar penetrante ao seu rebento. – Peça desculpas a sua tia, rapaz, depois entre e peça à sra. Crook para lavá-lo. – Apressou-o com um tapinha no traseiro, delicado desta vez, e empurrou-o na direção da casa.

Voltávamos nossa atenção para as roupas fervidas, quando o barulho de cascos de cavalo chegou até nós, vindo da estrada.

– Deve ser Jamie de volta, espero – disse, ouvindo. – Mas está voltando cedo.

Jenny balançou a cabeça, espreitando intensamente a estrada.

– Não é o cavalo dele.

O cavalo, quando apareceu no topo de uma colina, não era conhecido, a julgar por sua testa franzida. O homem em cima dele, entretanto, não era nenhum estranho. Ela se empertigou ao meu lado, depois começou a correr em direção ao portão, envolvendo o bebê com os dois braços para mantê-lo firme.

– É Ian! – gritou ela para mim.

Ele estava esfarrapado, sujo e machucado no rosto, quando deslizou de cima do cavalo. Um machucado na testa estava inchado, com um corte feio que atravessava a sobrancelha. Jenny segurou-o por baixo do braço quando ele atingiu o chão e foi somente então que vi que sua perna de pau havia desaparecido.

– Jamie – murmurou ele, ofegante. – Encontramo-nos com a patrulha perto do moinho. À nossa espera. Sabiam que estávamos indo para lá.

Meu estômago se contorceu.

– Ele está vivo?

Ian meneou a cabeça, confirmando, tentando respirar.

– Sim. Também não está ferido. Levaram-no para oeste, em direção a Killin.

Os dedos de Jenny exploravam seu rosto.

– Está muito ferido, homem?

Ele sacudiu a cabeça.

– Não. Levaram meu cavalo e minha perna; não precisavam me matar para me impedir de segui-los.

Jenny olhou para o horizonte, onde o sol estava logo acima da linha das árvores. Talvez quatro horas da tarde, estimei. Ian seguiu seu olhar e antecipou-se à sua pergunta.

– Nós os encontramos por volta de meio-dia. Levei mais de duas horas para chegar a um lugar que tivesse um cavalo.

Ela ficou parada, imóvel, por um instante, calculando, depois se virou para mim, com ar decidido.

– Claire. Ajude Ian a ir para a casa, por favor, e se ele precisar de cuidados, faça-o o mais rápido possível. Vou deixar o bebê com a sra. Crook e pegar os cavalos.

Afastou-se antes que qualquer um de nós pudesse protestar.

– Ela pretende... mas não pode! – exclamei. – Não pode estar pensando em deixar o bebê!

Ian apoiava-se pesadamente em meu ombro enquanto percorríamos lentamente o caminho em direção à casa. Ele balançou a cabeça.

– Talvez não. Mas também não acho que ela pretenda deixar os ingleses enforcarem seu irmão.

Escurecia quando chegamos ao local onde Jamie e Ian haviam sido emboscados. Jenny desceu do cavalo e andou de um lado para outro em meio aos arbustos, farejando como um pequeno terrier, afastando galhos do seu caminho e murmurando baixinho o que pareciam ser os piores palavrões do seu irmão.

– Para leste – disse ela, saindo finalmente do meio das árvores, arranhada e suja. Bateu as folhas mortas presas às suas saias e pegou as rédeas de seu cavalo das minhas mãos entorpecidas. – Não podemos segui-los no escuro, mas pelo menos sei para que lado ir quando amanhecer.

Improvisamos um acampamento simples, amarrando os cavalos e fazendo uma pequena fogueira. Admirei a eficiência com que Jenny fizera tudo aquilo e ela sorriu.

– Eu costumava fazer Jamie e Ian me ensinarem o que sabiam, quando eram pequenos. Como fazer fogo, subir em árvores, até como tirar a pele de animais. E como seguir um rastro. – Olhou novamente na direção tomada pela patrulha. – Não se preocupe, Claire. – Sorriu para mim e sentou-se junto à fogueira. – Vinte cavalos não podem andar muito depressa pelo mato, mas dois podem. A patrulha vai pegar a estrada em direção a Eskadale, ao que parece. Podemos cortar caminho pelas montanhas e encontrá-los perto de Midmains.

Seus dedos ágeis puxavam o corpete de seu vestido. Olhei espantada quando ela desfez o franzido e arriou a parte de cima de sua blusa de baixo, expondo os seios. Estavam grandes e pareciam intumescidos, inchados de leite. Em minha ignorância, não havia pensado no que a mãe que amamentava fazia quando privada do aleitamento.

– Não posso deixar o bebê por muito tempo – disse ela, respondendo aos meus pensamentos, rindo enquanto segurava um dos seios por baixo. – Eu explodiria.

Em reação ao toque, o leite começou a pingar do mamilo ingurgitado, fino e azulado. Retirando um lenço grande do bolso, Jenny colocou-o sob o peito. Havia uma pequena caneca no chão a seu lado, que ela tirara do alforje. Pressionando a borda da caneca logo abaixo do mamilo, massageou suavemente o seio entre dois dedos, espremendo-o delicadamente em direção ao mamilo. O leite escoou mais depressa em resposta e, em seguida, de repente, a auréola em torno do mamilo se contraiu e o leite espirrou em um jato fino de força surpreendente.

– Não sabia que era assim! – exclamei subitamente, olhando fascinada.

Jenny deslocou a caneca para pegar o jato e meneou a cabeça.

– Ah, sim. A força com que o bebê suga desencadeia o fluxo, mas depois que o leite começa a sair, tudo que a criança tem que fazer é engolir. Ah, agora me sinto melhor. – Fechou os olhos por um instante, aliviada.

Esvaziou a caneca no chão, observando:

– Uma pena esse desperdício, mas não há o que fazer, não é mesmo?

Mudando de mão, colocou a caneca na posição outra vez e repetiu o processo no outro seio.

– É uma chateação – disse ela, erguendo os olhos e vendo que eu ainda a observava. – Tudo que tem a ver com crianças é uma chateação, praticamente. Mesmo assim, você jamais escolheria não tê-los.

– Não – respondi em voz baixa. – Ninguém escolheria isso.

Olhou-me por cima da fogueira, o rosto bondoso e preocupado.

– Ainda não chegou a sua hora – disse ela. – Mas terá seus próprios filhos um dia.

Ri um pouco trêmula.

– Primeiro, é melhor encontrarmos o pai.

Ela esvaziou a segunda caneca e começou a arrumar o vestido.

– Ah, nós o encontraremos. Amanhã. É preciso, porque não posso ficar longe de Maggie por muito tempo.

– E quando o tivermos encontrado? – perguntei. – O que acontece?

Ela deu de ombros e pegou os rolos de cobertores.

– Isso vai depender de Jamie. E do quanto eles o machucaram.

Jenny tinha razão; nós realmente encontramos a patrulha no dia seguinte. Deixamos nosso acampamento antes do raiar do dia, parando apenas o suficiente para que ela extraísse mais leite. Ela parecia encontrar trilhas onde não havia nenhuma e eu a segui sem fazer perguntas até uma região de floresta densa. Era impossível viajar rápido em meio à vegetação rasteira e arbustos, mas assegurou-me de que estávamos fazendo um percurso muito mais direto do que o caminho que a patrulha era obrigada a fazer, presos como estavam à estrada por causa do tamanho do grupo.

Nós os alcançamos por volta do meio-dia. Ouvi o tilintar de arreios e as vozes descontraídas que ouvira em outra ocasião. Estendi a mão fazendo sinal para que Jenny, que me seguia naquele momento, parasse.

– Há um vau que dá para cruzar o córrego lá embaixo – sussurrou ela. – Parece que pararam lá para os cavalos beberem água. – Deslizando de cima do cavalo, segurou as rédeas dos dois animais e amarrou-os. Em seguida, fazendo sinal para que eu fosse atrás dela, escorregou para dentro do mato rasteiro como uma cobra.

Da posição favorável para onde ela nos levara, em uma pequena saliência rochosa acima do córrego, podíamos ver praticamente todos os homens da patrulha, a maioria desmontada e conversando despreocupadamente em grupos, alguns sentados no chão, comendo, outros conduzindo os cavalos em grupos de dois e três até a água. O que não conseguíamos ver era Jamie.

– Acha que o mataram? – perguntei em pânico. Contei os homens duas vezes para ter certeza de que não deixara de contar ninguém. Havia vinte homens e 26 cavalos; todos bem à vista, até onde eu podia ver. Mas nenhuma pista de um prisioneiro e nenhum reflexo revelador de cabelos ruivos.

– Duvido – respondeu Jenny. – Mas só há um meio de descobrir. – Começou a se esgueirar para trás.

– Como?

– Perguntando.

A estrada estreitava-se depois do vau, tornando-se pouco mais do que uma trilha empoeirada através de densos grupos de pinheiros e amieiros de cada lado. A trilha não era larga o suficiente para a patrulha avançar em duplas, lado a lado; cada homem teria que cruzá-la em fila indiana.

Quando o último homem da fila se aproximou de uma curva no caminho, Jenny Murray entrou de repente na estrada, na frente dele. Seu cavalo se assustou e o homem lutou para controlá-lo, praguejando. Quando abriu a boca para perguntar, indignado, o que ela pretendia com aquele comportamento, eu saí dos arbustos atrás dele e atingi-o com força atrás da orelha com um galho caído.

Tomado completamente de surpresa, ele perdeu o equilíbrio quando o cavalo se assustou mais uma vez e caiu na estrada. Ele não desmaiou; o golpe apenas o derrubara. Jenny remediou essa deficiência com a ajuda de uma pedra de bom tamanho.

Agarrou as rédeas do cavalo e gesticulou freneticamente para mim.

– Depressa! – sussurrou ela. – Tire-o da estrada antes que deem por falta dele!

Foi assim que, ao recobrar os sentidos, Robert MacDonald do Regimento Glen Elrive viu-se firmemente amarrado a uma árvore, olhando para o cano de uma pistola apontada para ele pela irmã furiosa de seu antigo prisioneiro.

– O que fizeram com Jamie Fraser? – perguntou ela.

MacDonald balançou a cabeça, atordoado, obviamente achando que ela era fruto de sua imaginação. Uma tentativa de se mover pôs fim às suas dúvidas e depois da devida enxurrada de palavrões e ameaças, finalmente se apaziguou com a ideia de que o único modo de se livrar era nos contando o que queríamos saber.

– Ele está morto – disse MacDonald a contragosto. No entanto, quando o dedo de Jenny começou a apertar o gatilho ameaçadoramente, acrescentou, repentinamente tomado de pânico: – Não fui eu! Foi culpa dele mesmo!

Jamie, segundo ele, estava montado em dupla, os braços amarrados com uma tira de couro, atrás de um soldado da patrulha, cavalgando entre dois outros homens. Parecera bastante dócil e não tomaram nenhuma precaução especial quando atravessaram o rio a 10 quilômetros do moinho.

– O idiota se atirou do cavalo na parte funda do rio – disse MacDonald, dando de ombros como podia com as mãos amarradas às costas. – Nós atiramos nele. Devemos ter acertado, porque ele não veio mais à tona. Mas o rio é rápido logo abaixo do vau, e fundo. Procuramos um pouco, mas não vimos corpo algum. Deve ter sido carregado rio abaixo. Agora, pelo amor de Deus, senhoras, soltem-me!

Depois que repetidas ameaças de Jenny não conseguiram extrair mais nenhum detalhe ou mudanças em sua história, decidimos aceitá-la como verdadeira. Recusando-se a libertar MacDonald completamente, Jenny ao menos afrouxou suas amarras, de modo que com o tempo ele pudesse se libertar. Depois corremos.

– Acha que ele está morto? – perguntei, ofegante, quando alcançamos os cavalos amarrados.

– Não. Jamie nada como um peixe e já o vi prender a respiração por três minutos seguidos. Vamos. Vamos dar uma busca nas margens do rio.

Percorremos as margens do rio para cima e para baixo, tropeçando em pedras, chapinhando na água nos lugares rasos, arranhando as mãos e o rosto nos salgueiros que arrastavam seus galhos nas poças.

Finalmente, Jenny deu um grito triunfante e eu saí correndo pela água, equilibrando-me precariamente nas pedras escorregadias que forravam o leito do córrego, raso naquele ponto.

Segurava uma tira de couro, ainda amarrada num círculo. Um dos lados estava manchado de sangue.

– Desvencilhou-se disso aqui – disse ela, segurando o círculo de couro entre as mãos. Olhou na direção de onde viéramos, pelo acidentado declive de pedras, poças fundas e correntezas espumantes, e balançou a cabeça.

– Como você conseguiu, Jamie? – perguntou ela, falando consigo mesma.

Encontramos uma área plana e gramada, não muito longe da borda, onde ele evidentemente parara para descansar. Encontrei uma pequena mancha amarronzada na casca de um álamo próximo.

– Ele está ferido – disse.

– Sim, mas está se locomovendo – retrucou Jenny, olhando para o chão enquanto andava de um lado para outro.

– Você é boa em seguir rastros? – perguntei esperançosamente.

– Não sou uma grande caçadora – respondeu ela, partindo e seguida de perto por mim –, mas se não puder seguir algo do tamanho de Jamie Fraser através de samambaias secas, então sou idiota e cega.

De fato, uma trilha larga de samambaias queimadas do frio e esmigalhadas subia a encosta do monte e desaparecia em um denso amontoado de urzes. Rodeamos esse ponto, mas não nos deparamos com nenhuma outra pista, nem nossos chamados produziram qualquer resposta.

– Foi embora – disse Jenny, sentando-se num tronco e abanando-se. Achei-a pálida e compreendi que sequestrar e ameaçar homens armados não eram tarefas para uma mulher que acabara de dar à luz havia menos de uma semana.

– Jenny – disse –, você precisa voltar. Além do mais, talvez ele volte para Lallybroch.

Ela balançou a cabeça.

– Não, ele não faria isso. Independentemente do que MacDonald tenha dito, eles não vão desistir tão facilmente, não com uma recompensa à vista. Se ainda não saíram à caça dele é porque não puderam. Mas devem ter mandado alguém de volta para ficar de olho na fazenda, por precaução. Não, esse é um lugar para onde ele não iria. – Ela puxou a gola do vestido. O dia estava frio, mas ela suava ligeiramente e eu podia ver manchas escuras crescentes em seu peito, do vazamento de leite.

Ela me viu olhando e assentiu.

– Sim, vou ter que voltar logo. A sra. Crook está alimentando Maggie com leite de cabra e água açucarada, mas ela não vai poder ficar sem mim por muito mais tempo, nem eu sem ela. Mas odeio ter que deixá-la sozinha.

Eu também não gostava da ideia de andar sozinha pelas Terras Altas escocesas, à cata de um homem que podia estar em qualquer lugar, mas exibi um ar destemido.

– Vou me arranjar – falei. – Poderia ser pior. Ao menos, ele está vivo.

– É verdade. – Olhou para o sol, baixo no horizonte. – Ficarei com você hoje à noite, ainda.

Aconchegadas em volta do fogo à noite, não falamos muito. Jenny estava preocupada com sua filha abandonada, eu com a perspectiva de prosseguir por conta própria, sozinha, sem nenhum conhecimento real da geografia da região ou de gaélico.

De repente, Jenny ergueu a cabeça, ouvindo com atenção. Empertiguei-me e também fiquei prestando atenção, mas não escutei nenhum barulho estranho.

Espreitei a escuridão da floresta na direção do olhar de Jenny, mas não vi nenhum par de olhos brilhantes na escuridão, graças a Deus.

Quando me virei para o fogo outra vez, Murtagh estava sentado do outro lado, calmamente aquecendo as mãos no calor das chamas. Jenny virou-se bruscamente diante da minha exclamação de surpresa e deu uma pequena risada de espanto.

– Eu poderia ter cortado a garganta de vocês duas antes que sequer olhassem na direção certa – observou o homenzinho.

– Ah, é mesmo? – Jenny estava sentada com os joelhos encolhidos, as mãos juntas perto dos tornozelos, envolvendo as pernas. Com um movimento rápido como um raio, enfiou a mão sob a saia e a lâmina de uma *sgian dhu* reluziu à luz do fogo.

– Nada mau – concordou Murtagh, balançando a cabeça com conhecimento de causa. – A Sassenach é tão boa quanto você?

– Não – respondeu Jenny, guardando a adaga na meia outra vez. – Portanto, é bom que esteja com ela. Ian mandou buscá-lo, não foi?

O homenzinho assentiu.

– Sim. Já encontraram a patrulha?

Relatamos nosso progresso até ali. Diante da notícia de que Jamie escapara, eu poderia jurar que um músculo torceu-se junto ao canto de sua boca, mas seria exagero chamar aquilo de um sorriso.

Por fim, Jenny se levantou, dobrando seu cobertor.

– Aonde vai? – perguntei, espantada.

– Para casa. – Meneou a cabeça em direção a Murtagh. – Ele vai ficar com você; não precisa mais de mim e há outros que precisam.

Murtagh ergueu os olhos para o céu. A lua minguante era fracamente visível por trás das brumas e uns respingos de chuva murmuravam nos galhos do pinheiro acima de nós.

– Pela manhã é melhor. O vento está aumentando e ninguém vai andar muito esta noite.

Jenny balançou a cabeça e continuou prendendo os cabelos sob o xale.

– Conheço o caminho. E se ninguém vai andar por aí esta noite, não haverá ninguém para me atrapalhar na estrada, não é?

Murtagh suspirou com impaciência.

– Você é tão teimosa quanto o empacado do seu irmão, se me dá licença. Não vejo por que a pressa. Duvido que seu homem tenha levado uma rapariga para a cama durante o tempo que esteve fora.

– Você não consegue ver além do seu nariz, *duine*, e é uma visão bastante curta – respondeu Jenny rispidamente. – E se você viveu até agora sem aprender a não ficar entre uma mãe que está amamentando e seu filho faminto, não tem juízo suficiente para caçar porco-do-mato, que dirá encontrar um homem no urzal.

Murtagh ergueu os braços, rendendo-se.

– Ah, sim, siga o seu caminho. Eu não sabia que estava tentando enfiar juízo na cabeça de uma porca selvagem. Acho que vou levar uma chifrada na perna por me preocupar.

Jenny riu inesperadamente, criando duas covinhas no rosto.

– Para falar a verdade, acho mesmo que vai, seu velho patife. – Inclinou-se e ergueu a pesada sela sobre os joelhos. – Tome conta da minha cunhada e mande avisar quando tiverem encontrado Jamie.

Quando ela se virou para selar o cavalo, Murtagh acrescentou:

– Aliás, talvez encontre uma nova ajudante na cozinha quando chegar em casa.

Ela parou e olhou para ele, depois colocou a sela lentamente no chão.

– E quem será? – perguntou ela.

– A viúva MacNab – respondeu ele.

Ela ficou parada por um instante, completamente imóvel, a não ser pelo xale e o manto que esvoaçavam no vento cada vez mais forte.

– Como? – perguntou ela finalmente.

Murtagh se inclinou para pegar a sela. Levantou-a e amarrou o cinturão com firmeza com um único movimento e aparentemente sem nenhum esforço.

– Incêndio – disse ele, dando um puxão final na tira de couro do estribo. – Preste atenção quando atravessar o campo alto; as cinzas ainda devem estar quentes.

Cruzou as mãos formando um apoio para que Jenny montasse, mas ela balançou a cabeça e pegou as rédeas, fazendo um aceno para mim.

– Acompanhe-me até o topo da colina, Claire, por favor.

O ar estava frio e pesado longe da fogueira. Minhas saias estavam úmidas de ficar sentada no chão e grudavam-se em minhas pernas conforme eu andava. A cabeça de Jenny estava abaixada para se proteger do vento, mas eu podia ver seu perfil, os lábios pálidos e cerrados de frio.

– Foi MacNab quem entregou Jamie à patrulha? – perguntei finalmente. Ela assentiu devagar.

– Sim. Ian deve ter descoberto, ou um dos outros homens, não importa.

Era final de novembro, bem depois das comemorações do Guy Fawkes Day, mas tive a visão repentina de um incêndio, as labaredas galgando paredes de madeira e eclodindo com toda força no teto de palha, como as línguas do Espírito Santo, enquanto o fogo dentro da casa rugia suas preces pelos amaldiçoados. Dentro, a efígie agachada em cinzas em sua própria lareira, pronta para se desfazer em poeira negra com a próxima rajada de vento frio a varrer a carcaça de sua casa. *Às vezes, há uma linha tênue entre a justiça e a brutalidade.*

Percebi que Jenny estava me olhando de frente, questionadora, e eu devolvi o olhar com um aceno afirmativo da cabeça. Estávamos juntas, ao menos neste caso, do mesmo lado dessa linha sombria e arbitrária.

Paramos no cume da colina, Murtagh era apenas um ponto preto junto à fogueira lá embaixo. Jenny remexeu por um instante no bolso lateral de sua saia, em seguida pressionou uma pequena sacola de camurça em minha mão.

– Os aluguéis do trimestre – disse ela. – Você pode precisar.

Tentei lhe devolver o dinheiro, insistindo que Jamie não iria querer ficar com o dinheiro que era necessário à administração da fazenda, mas ela não quis nem ouvir. Embora Janet Fraser tivesse a metade do tamanho do irmão, sua teimosia era tão grande quanto a dele.

Derrotada, finalmente desisti e enfiei o dinheiro num lugar seguro nos recessos da minha própria roupa. Por insistência de Jenny, também peguei a pequena *sgian dhu* que ela pressionou em minha mão.

– É de Ian, mas ele tem outra – disse ela. – Guarde na boca de sua meia e prenda-a com sua liga. Não a tire nunca, nem quando estiver dormindo.

Parou por um instante, como se quisesse dizer mais alguma coisa. Aparentemente, queria.

– Jamie disse – prosseguiu ela cautelosamente – que talvez você pudesse... me contar coisas às vezes. E disse que se você o fizesse, eu deveria seguir suas palavras. Há... alguma coisa que queira me dizer?

Jamie e eu havíamos discutido a necessidade de preparar Lallybroch e seus habitantes para os iminentes desastres da Rebelião. Mas, na época, achamos que ainda teríamos bastante tempo. Agora não havia mais tempo algum, no máximo alguns minutos, nos quais transmitir a esta nova irmã que eu tanto amava informações suficientes para proteger Lallybroch da tempestade que se avizinhava.

Ser profeta era uma tarefa muito desconfortável, pensei, não pela primeira vez. Sentia grande simpatia pelo profeta Jeremias e seu Livro das Lamentações. Também compreendia perfeitamente por que Cassandra era tão impopular. No entanto, nada podia ser feito em relação a isso. No topo de uma colina escocesa, o vento noturno de uma tempestade de outono açoitando meus cabelos e saias como as vestes de uma *banshee*, virei o rosto para os céus carregados e me preparei para profetizar.

– Plante batatas – disse.

A boca de Jenny se entreabriu. Em seguida ela firmou o maxilar e meneou a cabeça energicamente.

– Batatas. Sim. Não há nenhuma antes de Edimburgo, mas mandarei buscar. Quanto?

– O máximo que puder. Não são cultivadas nas Terras Altas agora, mas serão. É um cultivo de raiz que pode ser guardado por bastante tempo e o rendimento é melhor do que o do trigo. Plante todo o terreno que puder com produtos que podem ser armazenados. Haverá fome, muita fome, dentro de dois anos. Se tiver terras ou propriedades que não são produtivas agora, venda-as por ouro. Haverá uma guerra e um massacre. Os homens serão perseguidos, aqui e em toda a região das Terras Altas. – Pensei por um instante. – Há um esconderijo secreto na casa?

– Não, foi construída bem depois da época do Protetorado.

– Então, construa um lugar seguro para se esconderem. Espero que Jamie não precise dele – engoli em seco diante do pensamento –, mas alguém pode precisar.

– Está bem. É tudo? – Seu rosto estava sério e resoluto à meia-luz. Abençoei Jamie por sua previdência em avisar Jenny e abençoei-a por sua confiança no irmão. Ela não me perguntou como nem por quê, apenas registrou atentamente o que eu dissera e tive certeza de que minhas apressadas instruções seriam seguidas.

– Isso é tudo. Ao menos, é tudo que consigo pensar agora. – Tentei sorrir, mas o esforço não pareceu convincente, nem mesmo para mim.

O dela foi melhor. Tocou meu rosto rapidamente num gesto de despedida.

– Que Deus a acompanhe, Claire. Nós nos veremos outra vez, quando você trouxer meu irmão de volta para casa.

PARTE VI

A busca

34

A HISTÓRIA DE DOUGAL

Quaisquer que fossem as desvantagens da civilização, refleti implacavelmente, os benefícios eram inegáveis. O telefone, por exemplo. E os jornais, que eram populares em centros metropolitanos como Edimburgo ou mesmo Perth, mas completamente desconhecidos na região selvagem das Terras Altas escocesas.

Sem nenhuma forma de comunicação de massa, as notícias se espalhavam boca a boca, à velocidade dos passos dos homens. Em geral, as pessoas acabavam sabendo o que precisavam saber, mas com um atraso de várias semanas. Em consequência, diante do problema de descobrir exatamente onde Jamie estava, havia pouco com que contar, exceto a possibilidade de alguém tê-lo visto e mandado avisar Lallybroch. Era um processo que podia levar semanas. Além do mais, logo o inverno se instalaria, tornando impossível a viagem a Beauly. Fiquei alimentando o fogo com gravetos, enquanto considerava as possibilidades.

Que rumo Jamie teria tomado a partir do local de sua fuga? Não de volta a Lallybroch, certamente, e provavelmente também não para o norte, para as terras dos MacKenzie. Para o sul, para as terras da fronteira, onde poderia deparar-se outra vez com Hugh Munro ou algum dos seus antigos companheiros de estrada? Não, o mais provável é que tivesse seguido para nordeste, em direção a Beauly. Mas se eu podia chegar a essa conclusão, os homens da patrulha também poderiam.

Murtagh voltou de suas andanças, lançando uma braçada de galhos e gravetos no chão. Sentou-se com as pernas cruzadas sobre uma ponta do seu xale, enrolando o restante em volta do corpo para se aquecer. Olhou para o céu onde a luz brilhava por trás de nuvens ligeiras.

– Não vai nevar ainda – disse ele, franzindo a testa. – Dentro de uma, talvez duas semanas. Devemos chegar a Beauly antes disso. – Bem, era bom ter confirmação de minhas deduções, pensei.

– Acha que ele estará lá?

O pequeno escocês encolheu os ombros, erguendo o xale mais para cima das costas.

– Não há como saber. A viagem não será fácil para ele, escondendo-se durante o dia e mantendo-se longe das estradas. E ele não tem cavalo. – Esfregou o queixo com a barba espetada, pensativo. – Não podemos encontrá-lo; é melhor deixar que ele nos encontre.

– Como? Lançando fogos de sinalização? – sugeri sarcasticamente. Murtagh tinha uma característica boa; por mais insólito que fosse algo que eu dissesse, podia esperar que ele se comportasse como se eu não tivesse dito nada.

– Trouxe sua caixa de remédios – disse ele, indicando os alforjes no chão com um movimento da cabeça. – E você tem uma boa reputação nas vizinhanças de Lallybroch; deve ser conhecida como uma boa curandeira na maior parte das regiões próximas. – Meneou a cabeça para si mesmo. – Sim, isso vai servir. – E sem maiores explicações, deitou-se, enrolado em seu xale, e foi dormir tranquilamente, ignorando o vento nas árvores, a chuva fina e mesmo a mim.

Logo descobri o que ele pretendia. Viajando abertamente – e devagar – pelas estradas principais, parávamos em cada fazenda, vila e aldeia que encontrávamos. Ali, ele fazia uma rápida inspeção na população local, reunia qualquer um que sofresse alguma doença ou ferimento e os trazia para mim, para que os tratasse. Os médicos sendo poucos e raramente vistos naquelas paragens, sempre havia alguém doente de quem cuidar.

Enquanto eu me ocupava com tônicos e pomadas, ele conversava displicentemente com os amigos e parentes dos aflitos, tomando o cuidado de descrever o caminho de nossa jornada em direção a Beauly. Quando não havia nenhum paciente a ser tratado em algum lugar, parávamos mesmo assim para passar a noite, buscando abrigo numa cabana ou estalagem. Nesses lugares, Murtagh cantava para entreter nossos anfitriões e pagar pelo jantar, insistindo teimosamente que eu guardasse todo o dinheiro que trazia comigo, no caso de precisarmos dele quando encontrássemos Jamie.

Não tendo inclinação natural para a conversa, ensinou-me algumas de suas canções, para passar o tempo conforme avançávamos devagar de um lugar para outro.

– Você tem uma boa voz – observou ele um dia, depois de uma tentativa mais ou menos bem-sucedida com uma canção folclórica. – Não é uma voz educada, mas é forte e melodiosa. Tente mais uma vez e cantará comigo esta noite. Há uma pequena taberna em Limraigh.

– Acha mesmo que vai funcionar? – perguntei. – Quer dizer, o que estamos fazendo?

Ele se remexeu na sela antes de responder. Não sendo um cavaleiro nato, sempre parecia um macaco treinado para montar, mas ainda assim conseguia desmontar ao fim do dia com o frescor de uma margarida, ao passo que eu mal conseguia amarrar o cavalo antes de cambalear e desmoronar no chão.

– Ah, sim – disse ele finalmente. – Mais cedo ou mais tarde. Está atendendo mais doentes nestes últimos dias, não está?

Era verdade e eu admiti.

– Então – disse ele, provando seu argumento –, isso significa que a notícia de suas habilidades está se espalhando. E é isso que queremos. Mas talvez pudéssemos fazer melhor. Por isso é que você deve cantar hoje à noite. E talvez... – hesitou, como se relutasse em fazer uma sugestão.

– Talvez o quê?

– Você sabe alguma coisa sobre previsão do futuro, não? – perguntou ele cautelosamente. Entendi o motivo de sua hesitação. Ele vira o tumulto da caça às bruxas em Cranesmuir.

Sorri.

– Um pouco. Quer que eu tente?

– Sim. Quanto mais oferecermos, mais as pessoas virão nos ver e voltarão para contar aos outros. E a notícia se espalhará, até o rapaz ouvir falar de nós. Então, nós o encontraremos. Está disposta a tentar?

Dei de ombros.

– Se pode ajudar, por que não?

Fiz minha estreia como cantora e vidente naquela noite em Limraigh, com considerável sucesso. Descobri que a sra. Graham estava certa no que me dissera – eram os rostos, e não as mãos, que lhe davam as pistas necessárias.

Nossa fama se espalhou pouco a pouco, até que no final da semana seguinte as pessoas saíam correndo de suas casas para nos saudar quando entrávamos em alguma vila e nos cobriam de trocados e pequenos presentes quando partíamos.

– Sabe, podíamos realmente ganhar alguma coisa com isso – observei uma noite, guardando a féria do dia. – Pena que não haja um teatro por perto. Poderíamos fazer um número adequado de teatro de variedades: "O mágico Murtagh e sua encantadora assistente, Gladys."

Murtagh tratou essa observação com sua taciturna indiferença de costume, mas era verdade; nós realmente nos saíamos muito bem juntos. Talvez fosse por estarmos unidos em nossa busca, apesar de nossas diferenças fundamentais de personalidade.

As condições do tempo pioraram notavelmente e nossa marcha diminuiu ainda mais. Até aquele momento, entretanto, não tivemos nenhuma notícia de Jamie. Uma noite, perto de Belladrum, sob uma forte chuva, deparamo-nos com um bando de verdadeiros ciganos.

Pisquei sem acreditar diante do minúsculo agrupamento daqueles carroções pintados que os ciganos usavam como casa, na clareira junto à estrada. Era exatamente igual ao acampamento dos grupos de ciganos que iam a Hampstead Down todo ano.

As pessoas tinham a mesma aparência também: morenas, alegres, barulhentas e expansivas. Ouvindo o tilintar de nossos arreios, uma cabeça de mulher surgiu na janela de um dos carroções. Analisou-nos por um instante, depois deu um grito e o terreno sob as árvores se animou de repente com rostos morenos e sorridentes.

– Me dê sua bolsa para eu guardar, por segurança – disse Murtagh, sem sorrir, observando o jovem que vinha pavoneando-se em nossa direção, com uma alegre indiferença em relação à chuva que encharcava sua camisa colorida. – E não dê as costas para ninguém.

Procedi com cautela, mas fomos recebidos calorosamente e convidados a compartilhar do jantar cigano. Tinha um cheiro delicioso – uma espécie de cozido – e aceitei avidamente o convite, ignorando as sombrias especulações de Murtagh quanto à natureza do animal que virara carne de ensopado.

Eles falavam mal o inglês e pior ainda o gaélico; conversamos em grande parte através de gestos e uma espécie de dialeto, que devia ao francês grande parte de sua procedência. O ambiente era acolhedor e amigável no carroção onde comemos; homens, mulheres e crianças, todos comiam sem nenhuma cerimônia, diretamente de tigelas, sentados onde encontrassem lugar, mergulhando grandes pedaços de pão no caldo do suculento ensopado. Foi a melhor refeição que fizemos em semanas e comi até achar que iria explodir. Mal consegui reunir fôlego para cantar, mas fiz o melhor possível, cantarolando nos trechos mais difíceis e deixando a melodia a cargo de Murtagh.

Nossa apresentação foi saudada com aplausos entusiasmados e os ciganos retribuíram com um jovem cantando uma espécie de sofrido lamento, acompanhado por uma rabeca. Sua apresentação era pontuada pelo retinir de um pandeiro, seriamente manejado por uma menina de cerca de 8 anos.

Enquanto Murtagh se mostrara circunspecto em suas indagações nas vilas e fazendas onde paramos, com os ciganos foi completamente franco. Para minha surpresa, disse-lhes sem rodeios quem estávamos procurando; um homem grande, de cabelos de fogo e olhos da cor do céu de verão. Os ciganos trocaram olhares ao longo do vão central do carroção, mas houve um movimento unânime de cabeças pesarosas. Não, não o haviam visto. Mas... e aqui o líder, o jovem de camisa roxa que nos recebera, disse através de pantomima que enviaria um mensageiro, caso cruzassem com o homem que procurávamos.

Agradeci com um aceno de cabeça e Murtagh, por sua vez, indicou por meio de gestos que daria dinheiro a quem desse alguma informação. Essa parte dos negócios foi recebida com sorrisos, mas também com olhares especulativos. Fiquei satisfeita quando ele disse que não poderíamos passar a noite, que devíamos seguir nosso caminho, e agradecia mesmo assim. Retirou algumas moedas da bolsa de sua cintura, tomando o cuidado de mostrar o fato de que ela continha apenas um pequeno punhado de moedas de cobre. Distribuindo-as como forma de agradecimento pelo jantar, partimos, seguidos de loquazes protestos de despedida, gratidão e votos de felicidades – ao menos, foi o que presumi que fossem.

Podiam na verdade estar prometendo nos seguir e cortar nossas gargantas. Murtagh se comportou como se esse fosse o caso, conduzindo os cavalos a galope em direção à encruzilhada a 3 quilômetros dali, depois se desviando e entrando no mato para dar uma volta considerável antes de emergir na estrada outra vez.

Ele deu uma olhada para cima e para baixo da estrada, vazia na penumbra crescente do anoitecer e encharcada de chuva.

– Acha mesmo que nos seguiram? – perguntei, curiosa.

– Não sei, mas como eles são doze e nós apenas dois, achei melhor agir como se nos tivessem seguido. – Parecia bastante sensato e eu o segui sem perguntas por várias outras manobras evasivas, chegando finalmente a Rossmoor, onde encontramos abrigo num celeiro.

Nevou no dia seguinte. Apenas o suficiente para cobrir o chão de branco como farinha no piso de um moinho, mas preocupou-me. Não me agradava pensar em Jamie, sozinho e sem abrigo no urzal, enfrentando tempestades de inverno apenas com a camisa e o xale que usava no momento em que fora capturado pela patrulha.

Dois dias depois, o mensageiro chegou.

O sol ainda brilhava no horizonte, mas já era noite nos vales estreitos, cercados por paredões rochosos. As sombras eram tão densas embaixo das árvores sem folhas que o caminho – ou o que restava dele – era quase invisível. Com medo de perder o mensageiro na crescente escuridão, andei atrás dele, tão perto que uma ou duas vezes cheguei a pisar na barra de seu manto, que se arrastava no chão. Finalmente, com um grunhido impaciente, ele se virou e me passou para a frente dele, empurrando-me nas sombras do crepúsculo com a mão pesada no meu ombro.

Parecia que caminhávamos havia muito tempo. Eu já perdera a pista de nossas voltas em meio aos altos rochedos e à vegetação rasteira densa e morta. Podia apenas desejar que Murtagh estivesse em algum lugar atrás de nós, mantendo-se a uma distância em que pudesse ouvir, ou até mesmo ver. O homem que fora à estalagem me buscar, um cigano de meia-idade que não falava nada de inglês, recusara-se terminantemente a permitir que qualquer outra pessoa o acompanhasse a não ser eu, apontando enfaticamente primeiro para Murtagh e depois para o chão, indicando que ele não deveria sair dali.

A friagem da noite caía rapidamente naquela época do ano e meu pesado manto quase não servia de proteção suficiente contra as súbitas rajadas de vento glacial que nos açoitavam nos lugares abertos das clareiras. Eu estava dividida entre o horror diante da ideia de Jamie estar enfrentando as noites frias e chuvosas do outono sem abrigo e o entusiasmo diante da ideia de vê-lo novamente. O calafrio que percorreu minha espinha nada tinha a ver com o ar gelado.

Finalmente, meu guia me puxou, obrigando-me a parar, e com um aperto de precaução em meu ombro, saiu da trilha e desapareceu. Fiquei parada, com toda a paciência que conseguia reunir, as mãos embaixo dos braços para aquecê-las. Tinha certeza de que meu guia – ou alguém – iria voltar. Para começo de conversa, eu ainda não pagara pelo serviço. Mesmo assim, o vento chacoalhava os arbustos mortos como a passagem do fantasma de um veado tomado de pânico, em fuga de seu caçador. E a umidade entrava pelas costuras de minhas botas; a impermeabilização com gordura de lontra desgastara-se e eu não tivera a oportunidade de reaplicá-la.

Meu guia reapareceu tão repentinamente quanto havia desaparecido, fazendo-me morder a língua ao reprimir um grunhido de surpresa. Com um movimento brusco de cabeça, mandou que o seguisse e pressionou para o lado uma cortina de amieiros mortos para que eu passasse.

A entrada da caverna era estreita. Havia um lampião queimando em uma saliência da rocha, delineando a silhueta de uma figura alta que se voltou para a entrada para vir ao meu encontro.

Atirei-me para a frente, mas percebi antes mesmo de tocá-lo que não era Jamie. A decepção me atingiu como um soco no estômago e tive que dar um passo para trás e engolir em seco várias vezes para conter a golfada de bílis que subiu à minha garganta.

Cerrei as mãos junto ao corpo, enfiando os punhos nas coxas até ficar suficientemente calma para falar.

– Um pouco fora do seu território, não está? – disse, numa voz que me surpreendeu pela frieza.

Dougal MacKenzie observara meu esforço para me controlar, não sem alguma simpatia no rosto sombrio. Segurou meu cotovelo e me conduziu mais para dentro da caverna. Havia vários pacotes empilhados ao fundo, muito mais do que um único cavalo poderia carregar. Portanto, ele não estava sozinho. E o que quer que ele e seus homens estivessem carregando, era algo que ele preferia não expor ao olhar curioso de donos de hotéis e hospedarias.

– Contrabando? – perguntei, com um movimento da cabeça em direção à pilha. Então, pensei melhor e respondi minha própria pergunta. – Não, não exatamente contrabando. Mercadorias para o príncipe Charles, não é?

Não se deu ao trabalho de me responder, mas sentou-se numa pedra à minha frente, as mãos nos joelhos.

– Tenho notícias – disse ele bruscamente.

Respirei fundo, preparando-me. Más notícias, e não boas, pela expressão do seu rosto. Respirei fundo novamente, engoli com força e assenti.

– Conte-me.

– Ele está vivo – disse ele, e o maior dos pedaços de gelo no meu estômago se desfez.

Dougal inclinou a cabeça para o lado, observando-me intensamente. *Para ver se eu vou desmaiar?*, imaginei vagamente. Não importava; eu não ia desmaiar.

– Foi preso perto de Kiltorlity, há duas semanas – disse Dougal, ainda me observando. – Não foi culpa dele; má sorte. Deparou-se cara a cara com seis soldados ingleses numa curva do caminho e um deles o reconheceu.

– Estava ferido? – Minha voz ainda era calma, mas minhas mãos começavam a tremer. Pressionei-as, abertas, contra as pernas para imobilizá-las.

Dougal balançou a cabeça.

– Não, pelo que ouvi. – Parou por um instante. – Está na Prisão de Wentworth – disse ele, com relutância.

– Wentworth – repeti mecanicamente. Prisão de Wentworth.

Originalmente, uma poderosa fortaleza da fronteira, fora construída no final do século XVI e acrescida de vários anexos a intervalos, ao longo dos 150 anos seguintes. A extensa pilha de pedras agora cobria quase 2 acres de terreno, lacrada por trás de sólidas muralhas de granito de 1 metro de espessura. Mas até mesmo muralhas de granito possuíam portões, pensei. Ergui os olhos para fazer uma pergunta e vi a relutância ainda estampada nas feições de Dougal.

– O que mais? – perguntei rispidamente. Os olhos cor de avelã fitaram os meus, sem pestanejar.

– Foi julgado há três dias – disse Dougal. – E condenado à forca.

O pedaço de gelo estava de volta ao meu estômago, com companhia. Fechei os olhos.

– Quanto tempo? – perguntei. Minha voz parecia distante aos meus próprios ouvidos e abri os olhos novamente, piscando para focalizá-los outra vez na luz bruxuleante do lampião. Dougal balançava a cabeça.

– Não sei. Mas não por muito tempo.

Começava a respirar com um pouco mais de facilidade agora e me senti capaz de abrir os punhos.

– Então, é melhor nos apressarmos – disse, ainda calmamente. – Quantos homens você tem?

Em vez de responder, Dougal se levantou e caminhou na minha direção. Estendendo os braços, segurou minhas mãos nas suas e me pôs de pé. A expressão de simpatia estava de volta, e uma profunda tristeza que assomava aos seus olhos amedrontou-me mais do que qualquer outra coisa que ele tivesse dito até então. Ele balançou a cabeça devagar.

– Não, dona – disse ele delicadamente. – Não há nada que possamos fazer.

Em pânico, arranquei minhas mãos das suas.

– Claro que há! – exclamei. – Tem que haver! Você disse que ele ainda está vivo!

– E eu disse "Não por muito tempo"! – retorquiu ele incisivamente. – O rapaz está na Prisão de Wentworth, não no buraco dos ladrões em Cranesmuir! Podem enforcá-lo hoje, amanhã ou somente na semana que vem, pelo que sei, mas não há a menor possibilidade de que dez homens possam entrar à força na Prisão de Wentworth!

– Ah, não? – Eu tremia de novo, mas dessa vez de raiva. – Você não sabe disso, não sabe o que deve ser feito! Só não está disposto a arriscar a pele ou seus miseráveis... lucros! – Lancei o braço acusadoramente à pilha de pacotes.

Dougal lutou comigo, agarrando meus braços agitados. Desferi vários socos em seu peito num acesso de raiva e dor. Ele ignorou os golpes e passou os braços ao redor do meu corpo, apertando-me contra ele e segurando-me até eu parar de me debater.

– Claire. – Era a primeira vez que ele usava meu nome e isso me amedrontou ainda mais. – Claire – repetiu ele, afrouxando o abraço para que eu pudesse olhar para ele –, acha que eu não faria todo o possível para libertar o rapaz se achasse que havia a mínima chance? Droga, é meu próprio filho adotivo! Mas não há a menor chance. Nenhuma! – Sacudiu-me levemente, para enfatizar suas palavras. – Jamie não ia querer que eu jogasse fora a vida de homens bons numa aventura vã. Sabe disso tanto quanto eu.

Não consegui mais conter as lágrimas. Elas queimaram pelo meu rosto gelado enquanto eu o empurrava, procurando me libertar de suas mãos. Mas ele me segurou com mais força, tentando forçar minha cabeça a descansar em seu ombro.

– Claire, minha querida – disse ele, a voz ainda mais terna. – Meu coração dói pelo rapaz... e por você. Venha comigo. Eu a levarei em segurança. Para a minha própria casa – acrescentou apressadamente, sentindo meu corpo se retesar. – Não para Leoch.

– Para a sua casa? – perguntei devagar. Uma terrível suspeita começava a se formar em minha mente.

– Sim – respondeu ele. – Certamente não pensou que eu a levaria de volta a Cranesmuir, não é? – Esboçou um sorriso antes de as feições severas relaxarem novamente numa expressão séria. – Não. Eu a levarei para Beannachd. Estará segura lá.

– Segura? – perguntei. – Ou indefesa? – Soltou os braços diante do tom da minha voz.

– O que está querendo dizer? – A voz agradável tornou-se subitamente fria.

Eu mesma me sentia fria e fechei o manto ao me afastar dele.

– Você manteve Jamie longe de casa dizendo-lhe que sua irmã tinha dado à luz um filho de Randall – falei –, para que você e seu precioso irmão tivessem a chance de atraí-lo para o seu lado. Mas agora que os ingleses se apoderaram dele, você perdeu qualquer oportunidade de controlar a propriedade através de Jamie. – Recuei mais um passo, engolindo em seco. – Você arranjou o contrato de casamento de sua irmã. Foi por sua insistência, sua e de Colum, que Broch Tuarach tenha que pertencer a uma mulher. Você acha que se Jamie morrer, Broch Tuarach pertencerá a mim... ou a você, se conseguir me convencer ou me forçar a me casar com você.

– O quê?! – Sua voz denotava total incredulidade. – Você acha... acha que tudo isso faz parte de uma conspiração? Por Deus! Acha que estou mentindo para você?

Balancei a cabeça, mantendo a distância entre nós. Não confiava nem um pouco nele.

– Não, acredito em você. Se Jamie não estivesse na prisão, você nunca ousaria me dizer que estava. É muito fácil verificar isso. Nem penso que o traiu entregando-o aos ingleses, nem mesmo você faria tal coisa a alguém do seu próprio sangue. Além disso, se o fizesse, e seus homens ficassem sabendo, se voltariam contra você no mesmo instante. Eles poderiam tolerar muita coisa de você, mas não traição contra um membro de sua própria família. – Enquanto falava, lembrei-me de outra coisa. – Foi você que atacou Jamie perto da fronteira no ano passado?

As grossas sobrancelhas se ergueram de surpresa.

– Eu? Não! Eu encontrei o rapaz quase morto e o salvei! Isso faz parecer que eu queria lhe causar algum mal?

Encoberta pelo meu manto, deslizei a mão pela coxa, sentindo o volume reconfortante da minha adaga.

– Se não foi você, quem foi?

– Não sei. – O belo rosto mostrava-se cauteloso, mas não parecia estar escondendo nada. – Foi um dos três homens, vagabundos, marginais, homens que costumavam caçar com Jamie na época. Os três acusaram-se mutuamente e não foi possível descobrir a verdade na ocasião. – Deu de ombros, o manto de viagem caindo de um dos ombros largos. – Não tem mais importância agora; dois deles estão mortos e o terceiro na prisão. Por outro crime, mas agora não faz muita diferença, não é?

– Não, suponho que não. – De certa forma, estava aliviada de descobrir que ele não era um assassino, por pior que fosse. Não tinha nenhum motivo para mentir para mim agora; até onde ele sabia, eu estava completamente desamparada. Sozinha, podia me forçar a fazer o que ele quisesse. Ou provavelmente era o que pensava. Segurei firmemente o cabo da minha adaga.

A luz era fraca na caverna, mas eu o vigiava atentamente e pude notar a indecisão flutuar momentaneamente em seu rosto quando escolheu o próximo passo. Fez um movimento em minha direção, a mão estendida, mas parou quando viu que eu me esquivava.

– Claire. Minha querida Claire. – A voz era terna e deslizou a mão levemente, de modo insinuante, pelo meu braço. Então, resolvera tentar a sedução em vez da imposição. – Sei por que fala comigo com tanta frieza e por que pensa tão mal de mim. Sabe que eu a desejo, Claire. E é verdade. Eu a quero desde a noite do Grande Encontro, quando beijei seus doces lábios. – Tocou meu ombro de leve com dois dedos e veio subindo em direção ao meu pescoço. – Se eu fosse um homem livre quando Randall a ameaçou, teria casado com você ali mesmo e mandado o sujeito para o inferno por você.

Gradualmente, aproximava seu corpo do meu, imprensando-me contra a parede de pedra da caverna. As pontas dos seus dedos moveram-se para a minha garganta, percorrendo a linha do fecho do meu manto.

Deve ter visto meu rosto nessa hora, porque interrompeu seus avanços, embora deixasse a mão onde estava, levemente pousada acima da pulsação acelerada na minha garganta.

– Mesmo assim, mesmo sentindo o que sinto, e não vou mais esconder isso de você, mesmo assim não pode imaginar que eu abandonaria Jamie se houvesse qualquer esperança de salvá-lo, não é? Jamie Fraser é o que eu tenho que mais se aproxima de um filho!

– Não é bem verdade – falei. – Há o seu filho de verdade. Ou talvez dois, a essa altura? – Os dedos na minha garganta aumentaram a pressão apenas por um segundo, depois se afastaram.

– O que está querendo dizer? – Desta vez, todos os fingimentos, todos os jogos, foram deixados de lado. Os olhos cor de avelã fitavam-me intensamente e os lábios carnudos não passavam de uma linha cruel na barba avermelhada. Ele era muito grande e estava muito perto de mim. Mas eu já tinha ido longe demais para ter cautela.

– Quero dizer que sei quem é o verdadeiro pai de Hamish – respondi.

Ele já parecia esperar por isso e manteve o rosto sob controle, mas o mês passado fazendo previsões do futuro não fora em vão. Vi o minúsculo lampejo de choque que arregalou seus olhos e o pânico repentino, rapidamente sufocado, que endureceu os cantos de sua boca.

Na mosca. Apesar do perigo, experimentei uma feroz exultação por um breve instante. Então, eu estava certa e o conhecimento talvez pudesse ser a arma de que eu precisava.

– Sabe, então? – murmurou ele.

– Sim – falei – e imagino que Colum também saiba.

Isso o fez parar por um instante. Os olhos castanho-dourados se estreitaram e me perguntei por um instante se ele estaria armado.

– Acho que durante algum tempo ele pensou que fosse de Jamie – disse, fitando-o diretamente nos olhos. – Por causa dos boatos. Você deve ter espalhado isso, através de Geillis Duncan. Por quê? Por que Colum suspeitou de Jamie e começou a interrogar Letitia? Ela não iria aguentar a pressão dele por muito tempo. Ou foi Geillis que achou que você fosse amante de Letitia e você lhe disse que era Jamie para apaziguar suas suspeitas? Ela é uma mulher ciumenta, mas não pode ter mais nenhuma razão para protegê-lo agora.

Dougal sorriu cruelmente. O gelo não desapareceu de seu olhar nem por um instante.

– Não, não pode – concordou ele, ainda falando suavemente. – A bruxa está morta.

– Morta! – O choque deve ter ficado tão claramente estampado em meu rosto quanto em minha voz. Seu sorriso ampliou-se.

– Ah, sim – disse ele. – Queimada. Primeiro, teve os pés mergulhados num barril de piche e enfiado em um monte de turfa seca. Foi amarrada a um poste e incendiada como uma tocha. Enviada para o diabo em uma coluna de fogo, sob os ramos de uma sorveira-brava.

A princípio, pensei que aquela descrição impiedosa dos detalhes tivesse a intenção de me impressionar, mas eu estava errada. Mudei de posição e a luz bateu em cheio em seu rosto. Pude ver as marcas de dor gravadas em torno de seus olhos. Não era uma lista de horrores, portanto, mas um ataque a si mesmo. Não senti nenhuma pena dele, nas circunstâncias.

– Então, você gostava dela – observei friamente. – Grande bem isso fez a ela. Ou à criança. O que fez com ela?

Encolheu os ombros.

– Fiz com que fosse para uma boa família. Um menino, e muito saudável, apesar de a mãe ser uma bruxa e uma adúltera.

– E o pai um adúltero e um traidor – retorqui. – Sua mulher, sua amante, seu sobrinho, seu irmão. Há alguém que não tenha traído e enganado? Seu... seu... – As palavras sufocaram a minha garganta e me senti nauseada de asco. – Não sei por que estou surpresa – disse, tentando falar calmamente. – Se não tem nenhuma lealdade ao seu rei, suponho que não haja razão para achar que tivesse pelo sobrinho ou pelo irmão.

Virou-se bruscamente para mim, fitando-me com raiva. Ergueu as sobrancelhas grossas e escuras, do mesmo formato das sobrancelhas de Colum, de Jamie, de Hamish. Os olhos fundos, as largas maçãs do rosto, o crânio belamente modelado. O legado do velho Jacob MacKenzie era forte.

Sua mão grande agarrou meu ombro.

– Meu irmão? Acha que eu trairia meu irmão? – Por alguma razão, aquilo o atingira; seu rosto estava sombrio de ódio.

– Você acabou de admitir que o fez! – Então, compreendi. – Vocês dois juntos – disse devagar. – Fizeram isso juntos, você e Colum. Juntos, como sempre fizeram tudo.

Retirei sua mão do meu ombro com um gesto brusco.

– Colum não podia ser o chefe do clã, a menos que você fosse à guerra por ele. Não podia manter o clã unido, sem você para viajar por ele, coletar os aluguéis e resolver as disputas. Ele não podia montar, não podia viajar. E não podia gerar um filho, que deveria herdar seu legado. E você não teve nenhum filho homem com Maura. Jurou ser seus braços e suas pernas – a essa altura, eu estava começando a me sentir um pouco histérica –, por que não poderia ser seu pau também?

A raiva de Dougal se desvanecera; ficou parado, olhando-me especulativamente por um instante. Concluindo que eu não ia a parte alguma, sentou-se num dos fardos de mercadorias e esperou que eu terminasse.

– Então você agiu com o conhecimento de Colum. E Letitia aceitou de boa vontade? – Conhecendo agora exatamente o tipo de brutalidade que possuíam, eu não desconsiderava a possibilidade de Letitia ter sido forçada pelos irmãos MacKenzie.

Dougal meneou a cabeça. Sua raiva se dissipara.

– Ah, sim, aceitou perfeitamente. Ela não gostava de mim, mas queria um filho, o suficiente para aceitar-me em sua cama pelos três meses que foram necessários para gerar Hamish. E foi uma tarefa bastante enfadonha – acrescentou Dougal, pensativo, raspando um pouco de lama seca do salto de suas botas. – Eu preferia fazer sexo com uma tigela morna de pudim de leite.

– E você disse isso a Colum? – perguntei. Ouvindo o tom cortante em minha voz, ergueu os olhos. Fitou-me diretamente por um instante, depois um leve sorriso iluminou seu rosto.

– Não – disse ele serenamente. – Não, eu não disse. – Abaixou os olhos para as mãos, virando-as como se procurasse algum segredo oculto nas linhas das palmas. – Eu disse a ele – continuou, a voz baixa – que ela era doce e meiga como um pêssego maduro e tudo que um homem poderia desejar numa mulher.

Fechou os punhos subitamente e ergueu os olhos para mim, aquele vislumbre momentâneo do irmão de Colum submergiu mais uma vez nos olhos sarcásticos de Dougal MacKenzie.

– Meiga e doce não é precisamente o que eu diria de você – observou ele. – Mas tudo que um homem poderia desejar...

Os olhos fundos, cor de avelã, viajaram de cima a baixo no meu corpo, demorando-se no volume arredondado dos seios e quadris, visíveis pelo meu manto aberto. Uma das mãos moveu-se inconscientemente para cima e para baixo nos músculos da coxa enquanto me observava.

– Quem sabe? – disse ele, como se falasse consigo mesmo. – Talvez eu ainda venha a ter outro filho, legítimo desta vez. É bem verdade – inclinou a cabeça de forma avaliadora, olhando para o meu ventre – que ainda não aconteceu com Jamie. Talvez você seja estéril. Mas correrei o risco. A propriedade vale isso, de qualquer forma.

Levantou-se de repente e deu um passo em minha direção.

– Quem sabe? – repetiu ele, a voz branda. – Se eu arasse este belo sulco de pelos castanhos e semeasse bem fundo todos os dias... – As sombras nas paredes da caverna moveram-se subitamente quando ele deu mais um passo na minha direção.

– Bem, você custou a chegar – disse, com raiva.

Uma expressão de choque e incredulidade espalhou-se pelas suas feições antes de perceber que eu olhava para além dele, na direção da entrada da caverna.

– Não me pareceu educado interromper – disse Murtagh, avançando para dentro da caverna, por trás de duas pistolas carregadas. Manteve uma apontada para Dougal e usou a outra para gesticular.

– A menos que você pretenda aceitar esta última proposta aqui mesmo e agora, sugiro que saia. E se realmente pretender aceitá-la, então eu irei embora.

– Ninguém vai embora ainda – falei, sucintamente. – Sente-se – ordenei a Dougal. Ele ainda estava de pé, olhando espantado para Murtagh como se visse uma assombração.

– Onde está Rupert? – perguntou ele, quando encontrou a voz.

– Ah, Rupert. – Murtagh coçou o queixo pensativamente com a boca da arma. – É provável que já tenha chegado a Belladrum. Volta antes do nascer do dia – acrescentou a título de informação –, com o pequeno barril de rum que ele acha que você mandou-o buscar. O resto dos seus homens ainda está dormindo em Quinbrough.

Dougal teve a elegância de rir, ainda que um pouco a contragosto. Sentou-se outra vez, as mãos nos joelhos, e olhou de mim para Murtagh e de novo para mim. Houve um silêncio momentâneo.

– Bem – disse Dougal. – E agora?

Essa era uma boa pergunta. Surpresa por ter encontrado Dougal em vez de Jamie, chocada com suas revelações e furiosa com suas propostas subsequentes, eu não tivera tempo de pensar no que devia ser feito. Felizmente, Murtagh estava mais bem preparado. Bem, afinal, ele não estivera ocupado em combater avanços libidinosos.

– Vamos precisar de dinheiro – disse ele imediatamente. – E de homens. – Lançou um olhar avaliador aos fardos empilhados junto à parede da caverna. – Não – continuou. – Aqueles serão para o rei James. Mas ficaremos com o que tem na sua bolsa. – Os pequenos olhos negros giraram de volta a Dougal e a boca de uma pistola gesticulou lentamente nas vizinhanças da bolsa do seu kilt.

Algo a ser dito em favor da vida nas Terras Altas é que ela aparentemente dava a uma pessoa certa atitude fatalista. Com um suspiro, Dougal enfiou a mão na bolsa e atirou uma pequena sacola aos meus pés.

– Vinte moedas de ouro e trinta e poucos xelins – disse ele, erguendo uma das sobrancelhas para mim. – Fique com eles e faça bom proveito.

Vendo meu olhar de ceticismo, balançou a cabeça.

– Não, estou falando sério. Pense de mim o que quiser. Jamie é filho da minha irmã e, se você puder libertá-lo, que Deus a acompanhe. Mas você não pode. – O tom de sua voz era fatídico.

Olhou para Murtagh, ainda apontando suas pistolas com firmeza.

– Quanto aos homens, não. Se você e essa mulher pretendem cometer suicídio, não posso impedi-los. Até me proponho a enterrá-los, um de cada lado de Jamie. Mas não vão levar nenhum homem para o inferno com vocês, com ou sem pistolas. – Cruzou os braços e se apoiou contra a parede da caverna, observando-nos calmamente.

As mãos de Murtagh não vacilaram. Mas seus olhos sim, olhando para mim. Eu queria que ele atirasse?

– Vou fazer um acordo com você – falei.

Dougal ergueu uma das sobrancelhas.

– Você está em melhor posição de fazer acordos do que eu no momento – disse ele. – Qual a sua proposta?

– Deixe-me falar com seus homens. E se vierem comigo por vontade própria, deixe-os vir. Se não, iremos como viemos. E ainda lhe devolveremos a sacola.

Um lado de sua boca torceu-se, num sorriso enviesado. Examinou-me atentamente, como se avaliasse minha capacidade de persuasão e minhas habilidades de oradora. Depois, sentou-se, as mãos nos joelhos. Acenou com a cabeça uma única vez.

– Combinado – disse ele.

Na realidade, deixamos a ravina da caverna com a bolsa de Dougal e cinco homens, além de Murtagh e de mim mesma: Rupert, John Whitlow, Willie MacMurtry e os gêmeos Rufus e Geordie Coulter. Foi a decisão de Rupert que influenciou os outros; eu ainda podia ver – com uma sensação de cruel satisfação – a expressão no rosto de Dougal quando seu tenente troncudo, de barba negra, olhou-me especulativamente, depois bateu nas armas em sua cintura e disse: "Sim, dona, por que não?"

A Prisão de Wentworth ficava a 56 quilômetros de distância. Um percurso de meia hora num carro veloz por boas estradas. Uma árdua tarefa de dois dias a cavalo pela lama semicongelada. *Não por muito tempo.* As palavras de Dougal ecoavam em meus ouvidos e me mantinham na sela muito depois do ponto em que eu teria caído de cansaço.

Meu corpo estava sendo levado ao limite para que eu conseguisse me manter na sela através de todo aquele extenuante trajeto, mas minha mente estava livre para se preocupar. Para mantê-la livre de pensamentos a respeito de Jamie, passava o tempo lembrando da minha conversa com Dougal na caverna.

E a última coisa que ele me dissera. Parado do lado de fora da pequena caverna, esperando que Rupert e seus companheiros trouxessem os cavalos de um esconderijo mais acima do barranco, Dougal virou-se para mim repentinamente.

– Tenho uma mensagem para você – dissera ele. – Da bruxa.

– De Geillis? – Dizer que fiquei espantada era o mínimo.

Eu não podia ler a expressão de seu rosto na escuridão, mas vi sua cabeça se inclinar, confirmando.

– Eu a vi uma única vez – disse ele em voz baixa –, quando fui pegar a criança. – Em outras circunstâncias, eu talvez tivesse sentido alguma compaixão por ele, separando-se definitivamente de sua amante, condenada a morrer na estaca, segurando o filho que haviam gerado juntos, um filho que ele jamais poderia reconhecer. Mas, na situação real, minha voz foi glacial.

– O que ela disse?

Ele parou; não sei se era apenas a falta de vontade de revelar informações ou se estava tentando se certificar de suas palavras. Aparentemente, era por esta última razão, porque ele falou com muito cuidado.

– Disse que, se eu tornasse a vê-la algum dia, deveria dizer-lhe duas coisas, exatamente como ela me dissesse. A primeira era: "Acho que é possível, mas não sei ao certo." E a segunda... a segunda era apenas uma série de números. Ela me fez repeti-los, para ter certeza de que eu os decorara corretamente, pois deveria repeti-los para você numa determinada ordem. Os números eram um, nove, seis e oito. – A figura alta virou-se para mim no escuro, curiosa.

– Significam alguma coisa para você?

– Não – respondi, virando-me para o meu cavalo. Mas certamente significavam algo para mim.

"Acho que é possível." Havia apenas um significado possível para essa frase. Ela achava, embora não tivesse certeza, que seria possível voltar, através do círculo de pedras, à minha época e lugar de origem. Obviamente, ela mesma não havia tentado, mas preferira – à custa da própria vida – permanecer. Como se tivesse suas próprias razões. Dougal, talvez?

Quanto aos números, também achei que sabia o que significavam. Ela dissera os algarismos separadamente, para manter um segredo que devia guardar a sete chaves, mas na realidade todos faziam parte de um único número. Um, nove, seis, oito. Mil novecentos e sessenta e oito. O ano de seu desaparecimento no passado.

Senti certa emoção causada pela curiosidade, além de um profundo pesar. Que pena que eu não havia visto a marca de vacina em seu braço até já ser tarde demais! E no entanto, se a tivesse visto antes, teria voltado ao círculo de pedras, talvez com sua ajuda, e deixado Jamie?

Jamie. O pensamento pesava como chumbo em minha mente, um pêndulo balançando lentamente na ponta de uma corda. *Não por muito tempo.* A estrada estendia-se infindável e sombria à nossa frente, às vezes reduzindo-se completamente a pântanos congelados ou amplos lençóis d'água que um dia haviam sido prados e charnecas. Numa garoa congelada que logo se transformaria em neve, chegamos ao nosso objetivo no início da noite do segundo dia.

A construção assomava, negra, contra o céu nublado. Construída no formato de um cubo gigantesco, com 120 metros de lado e uma torre em cada canto, podia abrigar trezentos prisioneiros, mais os quarenta soldados da guarnição e seu comandante, o governador civil e sua equipe e os 48 cozinheiros, ordenanças, cavalariços e outros subalternos necessários à administração do estabelecimento. Prisão de Wentworth.

Ergui os olhos para as muralhas assustadoras de granito esverdeado da região de Argyll, com 60 centímetros de espessura na base. Pequenas janelas perfuravam as muralhas aqui e ali. Algumas começavam a cintilar com luz. Outras, que presumi serem as celas dos prisioneiros, permaneciam às escuras. Engoli em seco. Vendo o sólido edifício, com suas muralhas intransponíveis, seu portão monumental e os guardas ingleses em seus casacos vermelhos, comecei a ter dúvidas.

– E se... – Minha boca estava seca e tive que parar e umedecer os lábios com a língua. – E se não conseguirmos?

A expressão de Murtagh era a mesma de sempre: a boca implacável e o queixo estreito e obstinado, retraindo-se para dentro do colarinho sujo de sua camisa. Não se alterou quando se voltou para mim.

– Então, Dougal nos enterrará com ele, um de cada lado – respondeu. – Vamos, há trabalho a fazer.

PARTE VII

Santuário

35

PRISÃO DE WENTWORTH

Sir Fletcher Gordon era um homem baixo e corpulento, cujo colete de seda listrada caía-lhe como uma segunda pele. De ombros curvos e barriga saliente, parecia um grande pernil sentado na cadeira de espaldar oval do governador.

A cabeça careca e o rosado intenso de sua compleição não ajudavam a desfazer essa impressão, embora poucos pernis pudessem ostentar olhos azuis tão brilhantes. Ele virou o maço de papéis sobre sua escrivaninha com o dedo indicador, lenta e deliberadamente.

– Sim, aqui está – disse ele, após uma pausa interminável para ler uma página. – Fraser, James. Culpado de assassinato. Condenado à forca. Agora, onde está a Autorização de Execução? – Fez nova pausa, remexendo os papéis como um míope. Enfiei os dedos com força no cetim da minha pequena bolsa, esforçando-me para manter uma expressão impenetrável.

– Ah, sim. Data de execução, 23 de dezembro. Sim, ainda estamos com ele.

Engoli em seco, relaxando as mãos que agarravam a bolsa, dividida entre exultação e pânico. Então, ele ainda estava vivo. Por mais dois dias. E estava perto, em algum lugar no mesmo prédio que eu. O conhecimento desse fato alvoroçou o sangue em minhas veias com uma descarga de adrenalina e minhas mãos tremeram.

Sentei-me mais para a frente na cadeira de visitas, tentando parecer comoventemente suplicante.

– Posso vê-lo, sir Fletcher? Só um instante, no caso de ele... ele querer mandar uma mensagem à sua família?

Disfarçada de uma amiga inglesa da família Fraser, achara razoavelmente fácil ser admitida em Wentworth e ao gabinete de sir Fletcher, governador civil da prisão. Era perigoso pedir para ver Jamie; sem saber sobre a história que eu inventara, ele poderia muito facilmente entregar quem eu realmente era se aparecesse de repente, sem aviso. Na verdade, eu mesma poderia me entregar; não tinha certeza, em absoluto, de que poderia manter meu precário autocontrole se o visse. Mas o passo seguinte era evidentemente descobrir onde ele estava; naquele enorme e superpovoado viveiro de coelhos, as chances de encontrá-lo sem saber para onde se dirigir eram praticamente nulas.

Sir Fletcher franziu o cenho, pensando. Obviamente, ele considerava um aborrecimento este pedido de uma mera conhecida da família, mas não era um homem insensível. Finalmente, sacudiu a cabeça com relutância.

– Não, minha querida. Receio que realmente não possa permitir isso. Estamos superlotados no momento e não temos instalações adequadas para permitir entrevistas particulares. E o homem no momento está – consultou sua pilha de papéis outra vez – numa das celas grandes na ala oeste, com diversos outros criminosos condenados. Seria extremamente perigoso para a senhora visitá-lo lá, ou simplesmente visitá-lo. O homem é um prisioneiro perigoso, sabe; estou vendo aqui que nós o estamos mantendo acorrentado desde que chegou.

Agarrei minha bolsa outra vez; desta vez, para não agredi-lo.

Balançou a cabeça de novo, o peito gordo subindo e descendo com sua respiração laboriosa.

– Não, se fosse um membro da família dele, talvez... – Ergueu os olhos, piscando.

Cerrei o maxilar com força, determinada a não deixar transparecer nada em minhas feições. Sem dúvida, uma leve demonstração de agitação seria razoável, nas circunstâncias.

– Mas talvez, minha querida... – Pareceu atingido por uma súbita inspiração. Levantou-se com dificuldade e se dirigiu a uma porta interna, onde um soldado uniformizado montava guarda. Murmurou alguma coisa para o sujeito, que meneou a cabeça uma única vez e desapareceu.

Sir Fletcher retornou à sua escrivaninha, parando no meio do caminho para retirar uma jarra de vinho e copos da parte de cima de um armário. Aceitei sua oferta de clarete; estava mesmo precisando.

Estávamos no meio do segundo copo quando o guarda retornou. Entrou sem bater, colocou uma caixa de madeira sobre a escrivaninha, junto ao cotovelo de sir Fletcher, e se virou para sair marchando outra vez. Percebi seu olhar demorando-se em mim e recatadamente abaixei os olhos. Estava usando um vestido emprestado de uma conhecida de Rupert na cidade vizinha e, pelo perfume que saturava o vestido e pela bolsinha de seda combinando com ele, eu fazia uma boa ideia de qual era a profissão daquela senhora em particular. Esperava que o guarda não reconhecesse o vestido.

Esvaziando o copo, sir Fletcher colocou-o sobre a escrivaninha e puxou a caixa para si. Era uma caixa simples e quadrada de madeira rústica, com uma tampa de correr. Havia letras escritas a giz na tampa. Eu podia lê-las, mesmo de cabeça para baixo. FRAYSER, diziam.

Sir Fletcher deslizou a tampa, espreitou dentro da caixa por um instante, em seguida fechou-a e empurrou-a na minha direção.

– Os objetos pessoais do prisioneiro – explicou ele. – Normalmente, nós a enviamos para quem o prisioneiro designar como o parente mais próximo após a execução. Este homem, entretanto – balançou a cabeça –, recusou-se a dizer qualquer coisa sobre sua família. Algum desafeto, sem dúvida. Não é incomum, é claro, mas lamentável, nas circunstâncias. Hesito em fazer o pedido, sra. Beauchamp, mas achei que talvez, já que conhece a família, poderia se encarregar de entregar os pertences dele à pessoa adequada.

Não me considerei em condições de falar, mas concordei com um aceno da cabeça e enterrei o nariz no copo de clarete.

Sir Fletcher pareceu aliviado, por conseguir se livrar da caixa ou pela ideia da minha partida iminente. Recostou-se em sua cadeira, chiando levemente ao respirar, e sorriu abertamente para mim.

– É muita bondade sua, sra. Beauchamp. Sei que isso só pode ser um dever doloroso para uma jovem sensível e agradeço muito a sua bondade em aceitá-lo, asseguro-lhe.

– N-não há de quê – balbuciei. Consegui levantar-me e pegar a caixa. Media aproximadamente 20 por 15 centímetros, com 10 ou 12 de altura. Uma caixa pequena, leve, para conter os pertences da vida de um homem.

Eu sabia o que ela continha. Três linhas de pescar, cuidadosamente enroladas; uma cortiça com anzóis presos; um pedaço de sílex e um de metal; um caco de vidro, as bordas desgastadas pelo uso; diversas pedras pequenas que pareciam interessantes ou proporcionavam uma sensação gostosa entre os dedos; um pé seco de toupeira, carregado como um amuleto contra reumatismo. Uma Bíblia – ou talvez o tivessem deixado ficar com ela? Esperava que sim. Um anel de rubi, se não tivesse sido roubado. E uma pequena cobra de madeira, esculpida em cerejeira, com o nome SAWNY gravado na parte de baixo.

Parei junto à porta, agarrando-me ao batente para me firmar.

Sir Fletcher, que me acompanhava educadamente até a porta, numa fração de segundo estava ao meu lado.

– Sra. Beauchamp! Está se sentindo tonta, minha querida? Guarda, uma cadeira!

Podia sentir o suor frio aflorando nos lados do meu rosto, mas consegui sorrir e fazer um aceno descartando a necessidade de uma cadeira. O que eu mais queria era sair dali – precisava de ar fresco, em grandes quantidades. E precisava ficar sozinha para chorar.

– Não, estou perfeitamente bem – disse, tentando parecer convincente. – É que... está um pouco abafado aqui, acho. Não se preocupe, vou ficar bem. Meu cavalariço está me aguardando lá fora, de qualquer modo.

Forçando-me a ficar empertigada e a sorrir, tive uma ideia. Talvez não ajudasse, mas não custava tentar.

– Ah, sir Fletcher...

Ainda preocupado com minha aparência, era todo cavalheirismo e atenções.

– Sim, minha querida?

– Ocorreu-me... Como é triste para um homem nesta situação estar alienado de sua família. Achei que talvez... se ele quisesse escrever para eles... uma carta de reconciliação, talvez? Eu teria prazer em entregá-la a... sua mãe.

– Você é a consideração em pessoa, minha querida. – Sir Fletcher mostrava-se alegre, agora que ficara claro que, afinal de contas, eu não iria desmaiar em seu tapete. – É claro. Vou mandar perguntar. Onde está hospedada, minha querida? Se houver uma carta, eu a enviarei à senhora.

– Bem – eu estava me saindo melhor com um sorriso, embora ele parecesse petrificado em meu rosto. – Isso é meio incerto no momento. Tenho vários parentes e amigos na cidade, com quem receio terei que alternar minha estada, para ninguém ficar ofendido, entende? – Consegui esboçar um sorriso. – Assim, se isso não for perturbá-lo demais, será que meu cavalariço poderia vir perguntar sobre a carta?

– Claro, claro. Excelente ideia, minha querida! Excelente!

E com um olhar rápido de volta à sua jarra de vinho, segurou meu braço para me escoltar até o portão.

– Está melhor, dona? – Rupert empurrou para trás a cortina dos meus cabelos para espreitar meu rosto. – Está parecendo uma barriga de porco malconservada. Tome, é melhor beber mais um gole.

Balancei a cabeça ao frasco de uísque oferecido e sentei-me, tirando o trapo molhado que ele colocara sobre meu rosto.

– Não, estou bem agora. – Escoltada por Murtagh, que se disfarçara de meu cavalariço, mal esperei ficar fora da vista da prisão para deslizar de cima do meu cavalo e vomitar na neve. Permaneci ali, chorando, com a caixa de Jamie agarrada ao peito, até Murtagh me obrigar a me recompor fisicamente e montar, conduzindo-me em seguida a uma pequena hospedaria na cidade de Wentworth onde Rupert encontrara alojamentos. Estávamos num quarto no andar de cima, de onde o vulto do edifício da prisão mal era visível na penumbra cada vez mais fechada.

– Então, o rapaz está morto? – O rosto largo de Rupert, parcialmente oculto pela barba, era grave e compassivo, sem nenhum traço do seu habitual ar fanfarrão.

Balancei a cabeça e respirei fundo.

– Ainda não.

Depois de ouvir minha história, Rupert ficou andando devagar pelo quarto, cerrando e descerrando os lábios, enquanto pensava. Murtagh permanecia sentado, imóvel, como de costume, nenhum sinal de agitação nas feições. Ele daria um excelente jogador de pôquer, pensei.

Rupert voltou, deixando-se afundar na cama ao meu lado com um suspiro.

– Bem, ele ainda está vivo e isso é o que importa. Mas não faço a menor ideia do que devemos fazer em seguida. Não temos como entrar no lugar.

– Sim, temos – disse Murtagh, subitamente. – Graças à ideia da moça sobre a carta.

– Mmmmhum. Mas apenas um homem. E apenas até o gabinete do governador. Já é um começo. – Rupert tirou sua adaga e coçou a espessa barba com a ponta, distraidamente. – É um lugar desgraçadamente grande para procurar.

– Sei onde ele está – falei, sentindo-me melhor com o planejamento e com a constatação de que meus companheiros não estavam desistindo, por mais impraticável que nossa operação pudesse parecer. – Ao menos sei em que ala ele está.

– Sabe, então? Hummm. – Recolocou a adaga na bainha e retomou suas passadas pelo quarto, parando para perguntar: – Quanto dinheiro tem, dona?

Remexi no bolso do meu vestido. Eu tinha a sacola de Dougal, o dinheiro que Jenny me obrigara a aceitar e meu colar de pérolas. Rupert rejeitou as pérolas, mas pegou a sacola, despejando uma fileira de moedas na palma da mão espaçosa.

– Será o suficiente – disse ele, fazendo-as retinir experimentalmente na mão. Virou-se para os gêmeos Coulter.

– Vocês dois e Willie venham comigo. John e Murtagh podem permanecer aqui com a moça.

– Aonde vão? – perguntei.

Guardou as moedas na bolsa em sua cintura, conservando uma, que atirou pensativamente no ar.

– Ah! – exclamou ele vagamente. – Acontece que há outra estalagem, no outro lado da cidade. Os guardas da prisão vão lá quando estão de folga, porque é mais perto e a bebida é um centavo mais barata. – Lançou a moeda no ar para tirar cara ou coroa e, virando a mão, pegou-a entre dois nós dos dedos.

Observei-o, com uma ideia cada vez mais clara de suas intenções.

– É mesmo? – falei. – Por acaso eles também jogam cartas lá?

– Eu não sei, dona, não sei – respondeu ele. Atirou a moeda no ar mais uma vez e bateu as duas mãos, pegando-a, depois abriu as mãos, para mostrar as palmas vazias. Sorriu, os dentes brancos na barba negra.

– Mas temos que ir ver, não é? – Estalou os dedos e a moeda apareceu outra vez entre eles.

Pouco depois de uma hora da tarde seguinte, passei novamente por baixo do portão corrediço e provido de estacas afiadas que guardava a entrada de Wentworth desde a sua construção no final do século XVI. Tinha perdido muito pouco do seu aspecto ameaçador nos duzentos anos seguintes e eu toquei a adaga no meu bolso para ganhar coragem.

Sir Fletcher devia estar agora absorvido em sua refeição do meio do dia, segundo as informações que Rupert e seus assistentes espiões haviam extraído dos guardas da prisão durante sua incursão à noite passada. Chegaram cambaleando, os olhos vermelhos e cheirando a cerveja, pouco antes do raiar do dia. Tudo que Rupert conseguiu dizer em resposta às minhas perguntas foi: "Ah, dona, para ganhar basta ter sorte. Mas para perder, é preciso habilidade!" Depois, enroscou-se no canto e foi dormir profundamente, deixando-me frustrada, andando de um lado para o outro no quarto, como fizera a noite inteira.

No entanto, acordou uma hora depois, com os olhos e a mente claros, e explicou os rudimentos do plano que eu estava prestes a pôr em execução.

– Sir Fletcher não permite que ninguém ou nada perturbe suas refeições – disse ele. – Qualquer um que queira falar com ele tem que ficar esperando até acabar sua comida e bebida. E depois da refeição do meio-dia, tem o hábito de se retirar para seus aposentos para uma soneca.

Murtagh, disfarçado de meu cavalariço, chegara quinze minutos antes e fora admitido sem dificuldade. Provavelmente, seria conduzido ao gabinete de Fletcher e solicitado a esperar. Enquanto estivesse lá, deveria dar uma busca no escritório, primeiro para encontrar uma planta da ala oeste e, depois, uma possibilidade remota, para encontrar as chaves que pudessem abrir as celas.

Demorei-me um pouco, olhando para o céu para avaliar as condições do tempo. Se eu chegasse antes de Fletcher sentar-se para almoçar, poderia ser convidada a juntar-me a ele para o almoço, o que seria altamente inconveniente. Mas os parceiros de jogos de Rupert entre os guardas asseguraram-lhe que os hábitos do governador eram imutáveis; o sino para anunciar o almoço era tocado pontualmente à uma hora e a sopa servida cinco minutos depois.

O guarda de serviço na entrada era o mesmo do dia anterior. Pareceu surpreso, mas cumprimentou-me educadamente.

– Tão constrangedor – falei –, mandei meu cavalariço trazer um pequeno presente para sir Fletcher, como agradecimento pela sua gentileza comigo ontem. Mas descobri que o tolo veio sem ele e assim fui obrigada a segui-lo com o presente eu mesma, na esperança de alcançá-lo. Ele já chegou? – Mostrei o pequeno embrulho que trouxera e sorri, pensando que ajudaria se eu tivesse covinhas. Como não tinha, me contentei com uma brilhante exibição de dentes.

Pareceu o suficiente. Fui admitida e conduzida pelos corredores da prisão em direção ao gabinete do governador. Embora esta parte do castelo fosse decentemente mobiliada, não havia como negar que se tratava de uma prisão. Havia um cheiro característico no lugar, que eu imaginava ser o cheiro do medo e da infelicidade, embora provavelmente não passasse do fedor de imundícies antigas e ausência de esgoto encanado.

O guarda deixou que eu o precedesse pelo corredor, seguindo-me discretamente com cuidado para não pisar no meu manto. E isso foi ótimo, porque virei o corredor em direção ao gabinete de Fletcher alguns passos à sua frente, bem a tempo de ver Murtagh pela porta aberta, arrastando a figura desacordada do guarda do gabinete para trás da enorme escrivaninha.

Dei um passo para trás e deixei cair o pacote no chão de pedra. Ouviu-se um barulho de vidro estilhaçado e o ar encheu-se do aroma asfixiante de conhaque de pêssego.

– Ah, meu Deus! – exclamei. – O que foi que eu fiz?

Enquanto o guarda chamava um criado para limpar a sujeira, diplomaticamente murmurei alguma coisa sobre aguardar sir Fletcher em seu escritório particular, deslizei para dentro e apressadamente fechei a porta atrás de mim.

– Que diabos você fez? – perguntei rispidamente a Murtagh. Ergueu os olhos do corpo que ele vasculhava, indiferente ao tom da minha voz.

– Sir Fletcher não guarda chaves em seu gabinete – informou-me ele em voz baixa –, mas este sujeitinho aqui tem um molho. – Retirou a enorme argola do casaco do guarda, com cuidado para que as chaves não retinissem.

Caí de joelhos atrás dele.

– Ah, bom serviço! – exclamei. Olhei para o soldado prostrado; ao menos, ainda respirava. – E quanto à planta da prisão?

Ele balançou a cabeça.

– Também não, mas meu amigo aqui me contou alguma coisa enquanto esperávamos. As celas dos condenados ficam neste mesmo andar, na metade do corredor oeste. Mas há três celas e não pude perguntar mais do que isso. Ele já estava ficando desconfiado.

– É o suficiente, espero. Tudo bem, me dê as chaves e saia.

– Eu? É você quem deve sair, dona, e agora mesmo. – Lançou um olhar para a porta, mas não se ouvia nenhum ruído do outro lado.

– Não, tem que ser eu – falei, estendendo as mãos para as chaves outra vez. – Ouça – insisti, com impaciência. – Se o encontram perambulando pela prisão com um molho de chaves, e o guarda aqui inerte como um peixe, estamos os dois perdidos. Como vamos explicar o fato de eu não ter gritado pedindo ajuda? – Arranquei as chaves da mão dele e enfiei-as no bolso, com alguma dificuldade.

Murtagh ainda parecia cético, mas se pusera de pé.

– E se você for apanhada? – perguntou ele.

– Eu desmaio – disse rispidamente. – E quando acordar, finalmente, direi que o vi aparentemente matando o guarda e saí correndo apavorada, sem a menor ideia para onde estava indo. Me perdi buscando ajuda.

Ele assentiu devagar.

– Sim, está bem. – Dirigiu-se para a porta, depois parou. – Mas por que eu... ah.

Atravessou a sala rapidamente até a escrivaninha e abriu uma gaveta atrás da outra, remexendo o conteúdo com uma das mãos e atirando objetos no chão com a outra.

– Roubo – explicou ele, voltando para a porta. Abriu uma fresta e espreitou o corredor.

– Se é roubo, não deveria levar alguma coisa? – sugeri, olhando em volta, em busca de alguma coisa pequena e fácil de ser levada. Peguei uma pequena caixa de rapé esmaltada. – Isto, talvez?

Fez um gesto impaciente para mim para que a recolocasse no lugar, ainda espreitando pela pequena abertura.

– Não, dona! Se for encontrado com algum objeto de sir Fletcher, é crime para enforcamento. Tentativa de roubo é apenas açoite ou mutilação.

– Ah. – Devolvi a caixa apressadamente ao seu lugar e me posicionei atrás dele, espreitando por cima de seu ombro. O corredor parecia vazio.

– Eu vou primeiro – falei. – Se encontrar alguém, os atrairei para fora daqui. Conte até trinta, depois vá. Nós a encontraremos na pequena floresta ao norte. – Abriu a porta, em seguida parou e voltou.

– Se for apanhada, lembre-se de jogar as chaves fora. – Antes que eu pudesse falar, ele passou pela porta como uma enguia e desceu o corredor, movendo-se silenciosamente como uma sombra.

• • •

Pareceu uma eternidade até encontrar a ala oeste, esgueirando-me pelos corredores do velho castelo, espreitando pelos cantos e escondendo-me atrás de colunas. Mas vi apenas um guarda no caminho e consegui evitá-lo recuando até um canto, comprimindo-me contra a parede com o coração disparado até ele passar.

No entanto, quando encontrei a ala oeste, não tive dúvidas de que estava no lugar certo. Havia três portas grandes no corredor, cada qual com uma minúscula janela com barras de ferro, pela qual eu não conseguia mais do que um frustrante vislumbre da cela.

Sem pensar, dirigi-me à cela do meio. As chaves na argola não estavam identificadas, mas tinham tamanhos diferentes. Obviamente, apenas uma das três maiores serviria na fechadura à minha frente. Naturalmente, era a terceira. Respirei fundo quando ouvi o clique da fechadura, depois limpei o suor das mãos na saia e abri a porta.

Procurei freneticamente entre a massa fétida de homens na cela, tropeçando em pés e pernas estendidas, empurrando corpos pesados que se deslocavam do meu caminho com uma indolência enlouquecedora. A agitação ocasionada pela minha entrada repentina se espalhou; os que estavam dormindo em meio à imundície no chão começaram a se sentar, acordados pelo ondulante murmúrio de espanto. Alguns estavam algemados às paredes; as correntes rangiam e chocalhavam na semiescuridão conforme se moviam. Agarrei um dos homens de pé, um escocês de barba castanha num tartã esfarrapado, verde e amarelo. Os ossos do seu braço sob minha mão estavam assustadoramente junto à pele; os ingleses não desperdiçavam nenhuma sobra de comida com seus prisioneiros.

– James Fraser! Um homem grande, ruivo! Ele está nesta cela? Onde ele está?

Ele já se deslocava para a porta com os outros que não estavam acorrentados, mas parou por um instante para me fitar. Os prisioneiros agora haviam percebido o que se passava e atravessavam a porta aberta num fluxo arrastado, espreitando e murmurando uns com os outros.

– Quem? Fraser? Ah, eles o levaram hoje de manhã. – O homem deu de ombros e empurrou minhas mãos, tentando livrar-se de mim.

Segurei-o pelo cinto com tal força que o fiz parar onde estava.

– Para onde o levaram? Quem o levou?

– Não sei para onde; foi o capitão Randall que o levou, um monstro mal-encarado, é o que ele é. – Com um safanão impaciente, livrou-se de mim e se dirigiu para a porta com passos determinados por um propósito havia muito acalentado.

Randall. Fiquei parada, perplexa, por um instante, empurrada pelos homens em fuga, surda aos gritos dos acorrentados. Finalmente, consegui sair do meu estupor e tentei pensar. Geordie observara o castelo desde o amanhecer. Ninguém deixara o castelo de manhã, a não ser um pequeno grupo da cozinha que saíra em busca de mantimentos. Portanto ainda estavam ali, em algum lugar.

Randall era um capitão; provavelmente não havia ninguém com mais autoridade na guarnição de uma prisão, a não ser o próprio Fletcher. Assim, certamente poderia usar as dependências do castelo de modo a criar para si um local onde pudesse torturar um prisioneiro como bem lhe aprouvesse.

E sem dúvida tratava-se de tortura. Ainda que fosse terminar em enforcamento, o homem que eu vira em Fort William era um felino por natureza. Ele não resistiria a brincar com aquele camundongo em particular, tão certo como dois e dois são quatro.

Respirei fundo, afastando da mente com determinação qualquer pensamento do que poderia ter acontecido desde a manhã e corri para a porta eu mesma, esbarrando violentamente em um soldado inglês que entrava apressado. O sujeito cambaleou para trás e tentou manter o equilíbrio com vários passinhos em zigue-zague. Eu mesma perdi o equilíbrio e me choquei com o batente da porta, ficando com o lado esquerdo dormente e batendo a cabeça. Agarrei-me ao batente da porta para me apoiar, o tilintar de sinos repicando nos meus ouvidos com ecos das palavras de Rupert: *Se tiver um momento de surpresa, dona, use-o!*

Era difícil dizer, pensei atordoada, quem estava mais surpreso. Tateei desvairadamente o bolso onde estava a adaga, amaldiçoando minha estupidez por não ter entrado na cela já armada.

O soldado inglês, uma vez recuperado o equilíbrio, fitava-me espantado com a boca aberta, mas pude sentir que meu momento de surpresa já escapara de minhas mãos. Abandonando o bolso fugidio, inclinei-me e arranquei a adaga da minha meia num movimento que continuou para cima com toda a força que pude arregimentar. A ponta da faca atingiu o soldado bem embaixo do queixo enquanto ele levava a mão à cintura. Suas mãos se ergueram a meio caminho da garganta, depois, com um olhar de surpresa, cambaleou para trás até a parede e deslizou por ela em câmara lenta, conforme a vida esvaía-se de seu corpo. Como eu, ele fora investigar sem se dar ao trabalho de sacar a arma primeiro e esse pequeno descuido custara-lhe a vida. A graça de Deus salvara-me deste erro; não podia cometer mais nenhum. Sentindo muito frio, passei por cima do corpo que se contorcia, tendo o cuidado de não olhar.

Retornei correndo pelo caminho por onde viera, até a curva junto às escadas.

Havia um lugar ali junto à parede de onde eu não poderia se vista de nenhum dos lados. Apoiei-me na parede e me permiti um momento de náusea e tremor.

Limpando as mãos suadas na saia, tirei a adaga do bolso. Agora, era minha única arma; não tive nem tempo nem estômago para recuperar a faca que levava na meia. Talvez fosse melhor assim, pensei, esfregando os dedos no corpete; houve bem pouco sangue e encolhi-me diante da ideia do jato que se seguiria se eu tivesse retirado a faca.

Com a adaga firmemente segura na mão, espreitei cautelosamente o corredor. Os prisioneiros que inadvertidamente libertara haviam ido para a esquerda. Não tinha a menor ideia do que pretendiam fazer, mas certamente iriam manter os guardas ocupados. Sem nenhum motivo para preferir uma direção a outra para a minha busca, fazia sentido me afastar de qualquer tumulto que estivessem causando.

A luz que penetrava pela fenda da alta janela caía enviesada sobre mim; portanto, aquele era o lado oeste do castelo. Eu tinha que manter minha orientação enquanto me deslocava, já que Rupert estaria esperando por mim perto do portão sul.

Escadas. Forcei minha mente entorpecida a pensar, tentando raciocinar onde deveria ficar o local que estava procurando. Se você quisesse torturar alguém, provavelmente iria querer privacidade e isolamento de som. Ambas as considerações apontavam para uma masmorra isolada como o lugar mais provável. E as masmorras em castelos como aquele em geral ficavam no subsolo, onde toneladas de terra abafavam qualquer grito e a escuridão escondia todas as crueldades dos olhos dos responsáveis.

A parede arredondava-se numa curva no final do corredor; eu alcançara uma das quatro torres do castelo – e as torres tinham escadas.

A escada em espiral abria-se em outra curva, os degraus triangulares mergulhavam em lances que davam vertigens e enganavam os olhos, fazendo-me torcer os tornozelos. O mergulho da luz relativa do corredor para a escuridão do poço das escadas tornava ainda mais difícil avaliar a distância de um degrau para o outro e escorreguei várias vezes, esfolando os nós dos dedos e arranhando as palmas das mãos nas paredes de pedra quando tentava me equilibrar.

A escadaria proporcionava uma vantagem. De uma janela estreita que impedia que o vão das escadas ficasse em total escuridão, eu podia ver o pátio principal. Ao menos, eu agora podia me orientar. Um pequeno grupo de soldados estava alinhado em perfeitas fileiras vermelhas para inspeção, mas não, aparentemente, para testemunhar a execução sumária de um rebelde escocês. Havia um cadafalso no pátio, negro e assustador, mas desocupado. A visão do cadafalso foi como um soco no estômago. Amanhã de manhã. Desci as escadas ruidosamente, indiferente aos cotovelos arranhados e aos dedos dos pés machucados.

Alcançando o pé das escadas com um farfalhar de saias, parei para ouvir. Um silêncio mortal em toda a volta, mas pelo menos aquela parte do castelo estava sendo usada; havia tochas nos candelabros de parede, transformando os blocos de pedra em poças vermelhas e bruxuleantes, cada qual dissolvendo-se na escuridão antes que a poça da tocha seguinte se filtrasse em luz outra vez. A fumaça desprendida pelas tochas pairava em redemoinhos cinza ao longo do teto abobadado do corredor.

Havia um único caminho a tomar a partir dali. Eu o segui, a adaga pronta na mão. Era estranho caminhar silenciosamente pelo corredor. Eu já vira outras masmorras, como turista, visitando castelos históricos com Frank. Mas, nessas ocasiões os sólidos blocos de granito estavam despidos do seu ar ameaçador pela luz ofuscante de tubos fluorescentes presos aos arcos do teto. Lembrei-me de ter me esquivado dos aposentos pequenos e úmidos, ainda naquela época, depois de já estarem desativados havia mais de cem anos. Vendo os remanescentes de métodos antigos e horripilantes, as portas grossas e as algemas enferrujadas nas paredes, pude imaginar os tormentos dos que foram mantidos prisioneiros naquelas celas assustadoras. Eu teria rido agora da minha ingenuidade. Havia coisas, como Dougal dissera, que a imaginação simplesmente não podia alcançar.

Passei na ponta dos pés por portas de 7 centímetros de espessura, trancadas com pesados ferrolhos; eram grossas o suficiente para abafar qualquer som que viesse lá de dentro. Agachando-me junto ao chão, procurei uma fresta de luz debaixo de cada porta. Os prisioneiros eram deixados para apodrecerem na escuridão, mas Randall iria precisar ver o que estava fazendo. O chão era pegajoso e encardido, coberto com uma grossa camada de poeira. Tudo indicava que aquela parte da prisão não estava em uso no momento. Mas as tochas indicavam que alguém estava ali.

A quarta porta no corredor mostrava a luz que eu procurava. Parei para ouvir, ajoelhando-me no chão com o ouvido de encontro à fenda, mas não ouvi nada além de fogo crepitando.

A porta não estava trancada. Abri uma pequena fresta e espreitei cautelosamente para dentro. Jamie estava lá, sentado no chão, encostado na parede, curvado sobre si mesmo com a cabeça entre os joelhos. Estava sozinho.

A cela era pequena, mas bem iluminada, com um braseiro que de certa forma dava ao lugar um ar aconchegante e onde queimava um fogo vivo. Para uma masmorra, era notavelmente confortável; as lajes de pedra do assoalho estavam bastante limpas e havia um pequeno catre encostado a uma das paredes. O aposento ainda estava mobiliado com duas cadeiras e uma mesa, abarrotada de inúmeros objetos, inclusive uma grande jarra de metal e copos de chifre. Era uma visão surpreendente, depois de ter visto ratos correndo de um lado para outro e paredes úmidas de infiltrações. Ocorreu-me que talvez os oficiais da guarnição tivessem mobiliado aquele lugar quente e agradável como um refúgio onde pudessem receber as companhias femininas que conseguissem convencer a visitá-los dentro da prisão; obviamente, tinha a vantagem da privacidade que os alojamentos não ofereciam.

– Jamie! – chamei baixinho.

Ele não levantou a cabeça nem me respondeu e senti um calafrio de medo. Parando apenas o tempo suficiente para fechar a porta atrás de mim, atravessei o aposento rapidamente até ele e toquei em seu ombro.

– Jamie!

Ele ergueu os olhos; seu rosto estava lívido, barbado e brilhante com uma fina camada de suor frio que ensopara seus cabelos e sua camisa. O aposento cheirava a vômito e medo.

– Claire! – exclamou ele, falando com voz rouca entre os lábios rachados e secos. – Como você... tem que sair daqui agora mesmo. Ele vai voltar logo.

– Não seja ridículo. – Avaliei a situação o mais rápido possível, na esperança de que a concentração na tarefa mais urgente diminuísse a sensação de estrangulamento e ajudasse a desfazer a enorme bola de gelo na boca do meu estômago.

Ele estava acorrentado à parede pelo tornozelo, mas fora isso não estava algemado ou amarrado. No entanto, um pedaço de corda entre a miscelânea de objetos sobre a mesa obviamente fora usado; havia marcas em seus pulsos e cotovelos.

Eu estava intrigada com seu estado físico. Estava obviamente em estado de choque e cada contorno do seu corpo bradava de dor, mas eu não conseguia ver nenhum dano aparente. Não havia sangue ou qualquer ferimento visível. Caí de joelhos e comecei a experimentar metodicamente as chaves da minha argola no aro em torno de seu tornozelo.

– O que ele fez com você? – perguntei, mantendo a voz baixa por medo da volta de Randall.

Jamie oscilava ali sentado, os olhos fechados, o suor aflorando em centenas de minúsculas pérolas em sua pele. Ele obviamente estava prestes a desmaiar, mas abriu os olhos por um instante ao ouvir minha voz. Movendo-se com extremo cuidado, usou a mão esquerda para erguer o objeto que segurava no colo. Era sua mão direita, quase irreconhecível como um apêndice humano. Grotescamente inchada, agora era apenas uma bolsa inflada, manchada de vermelho e roxo, os dedos balançando-se em estranhos ângulos. Um fragmento branco de osso projetava-se da pele rasgada do dedo médio e um fio de sangue tingia os nós dos dedos, inchados e disformes.

A mão humana é uma delicada maravilha de engenharia, um sistema intricado de articulações e roldanas, servido e controlado por uma rede de milhões de minúsculos nervos extremamente sensíveis ao toque. Um único dedo quebrado é suficiente para fazer um homem forte arriar de joelhos com uma dor tão forte a ponto de provocar náusea.

– Pagamento – disse Jamie – pelo seu nariz. Com juros. – Fitei aquela visão por um instante, depois disse numa voz que não reconhecia como minha:

– Vou matá-lo por isso.

A boca de Jamie retorceu-se ligeiramente enquanto um lampejo de humor forçou-se na máscara de dor e tontura.

– Eu segurarei seu manto, Sassenach – murmurou ele. Seus olhos fecharam-se outra vez e seu corpo sucumbiu contra a parede, incapaz de continuar seu protesto contra a minha presença.

Voltei a trabalhar na fechadura do tornozelo, contente de ver que minhas mãos já não tremiam. O medo desaparecera, substituído por uma ira gloriosa.

Eu experimentara todas as chaves da argola duas vezes e não conseguira encontrar nenhuma que abrisse a fechadura. Minhas mãos estavam ficando suadas e as chaves escorregavam pelos meus dedos como peixinhos quando comecei a experimentar as mais prováveis outra vez. Minhas imprecações murmuradas entre dentes acordaram Jamie de seu estupor e ele se inclinou lentamente para trás para ver o que eu estava fazendo.

– Não precisa encontrar uma chave que gire na fechadura – disse ele, apoiando um ombro contra a parede para manter-se ereto.– Se uma entrar até o fim da haste, você pode fazer o fecho saltar com uma boa pancada na argola da chave.

– Você já viu este tipo de fechadura antes? – Eu queria mantê-lo acordado e falando; ele iria ter que andar se conseguíssemos sair dali.

– Já estive preso a uma. Quando me trouxeram para cá, acorrentaram-me numa cela grande com muitos outros prisioneiros. Um rapaz chamado Reilly estava acorrentando ao meu lado; um irlandês. Disse que já havia estado na maioria das prisões da Irlanda e resolvera tentar a Escócia para mudar de cenário. – Jamie se esforçava para conversar; percebia tão bem quanto eu que precisava despertar. Conseguiu esboçar um sorriso fraco. – Me contou muita coisa sobre trancas, fechaduras, esse tipo de coisas. Mostrou-me como podíamos quebrar as que estávamos usando se tivéssemos um pedaço reto de metal, o que não tínhamos.

– Conte-me. – O esforço para falar estava fazendo com que ele suasse copiosamente, mas parecia mais alerta. Concentrar-se no problema da fechadura parecia ajudar.

Seguindo suas instruções, encontrei uma chave apropriada e enfiei-a completamente na fechadura. Segundo Reilly, uma pancada forte sobre a chave forçava a outra extremidade com força contra as engrenagens, soltando-as. Olhei à minha volta, procurando um objeto adequado para bater.

– Use a marreta que está em cima da mesa, Sassenach – disse Jamie. Percebendo um tom sinistro em sua voz, olhei do seu rosto para a mesa, onde havia uma marreta de tamanho médio, de madeira, com o cabo enrolado em barbante alcatroado.

– Foi isso que... – comecei, horrorizada.

– Sim. Prenda o aro contra a parede antes de bater.

Segurando o cabo cuidadosamente, peguei a marreta. Era difícil conseguir posicionar o aro de ferro corretamente, de modo que um dos lados ficasse contra a parede, já que isso exigia que Jamie cruzasse a perna acorrentada por baixo da outra e pressionasse o joelho contra a parede mais distante dele.

As duas primeiras pancadas que desferi foram tímidas e fracas demais. Reunindo toda a determinação que conseguia, desfechei um golpe na ponta arredondada da chave com toda força. A marreta escorregou da chave e atingiu Jamie de raspão, mas com bastante força no tornozelo. Recuando, ele perdeu seu precário equilíbrio e caiu, instintivamente estendendo a mão direita para se apoiar. Emitiu um gemido sobrenatural quando seu braço direito dobrou-se em baixo do corpo e seu ombro bateu no chão.

– Ah, droga! – exclamei, cansada. Jamie desmaiara, não que eu pudesse censurá-lo. Aproveitando sua momentânea imobilidade, virei seu tornozelo de modo que o aro ficasse bem firme e bati tenazmente na chave enfiada na fechadura, sem aparentemente nenhum resultado. Eu estava remoendo pensamentos sombrios sobre chaveiros irlandeses, quando a porta atrás de mim se abriu subitamente de par em par.

O rosto de Randall, como o de Frank, raramente demonstrava o que ele estava pensando, apresentando, em vez disso, uma fachada impassível e inescrutável. No momento, entretanto, a serenidade habitual do capitão o abandonara e ele ficou parado na soleira da porta, com o queixo caído e uma expressão no rosto não muito diferente do homem que o acompanhava. Um homem muito grande, num uniforme manchado e esfarrapado, seu assistente tinha a testa inclinada sobre os olhos, o nariz achatado e os lábios proeminentes e flácidos, características de alguns tipos de retardamento mental. Sua expressão não se alterou enquanto olhava por cima dos ombros de Randall, não demonstrando nenhum interesse em particular nem em mim, nem no homem inconsciente no chão.

Recobrando-se, Randall entrou no aposento e inspecionou o aro de metal em torno do tornozelo de Jamie.

– Pelo que estou vendo, andou danificando propriedade da Coroa, minha jovem. Isso é crime passível de prisão por lei, como você sabe. Sem falar na tentativa de ajudar um prisioneiro perigoso a escapar. – Havia uma centelha de divertimento em seus olhos cinza-pálidos. – Teremos que arranjar alguma coisa adequada a você. Enquanto isso... – Com um puxão, obrigou-me a levantar. Puxou meus braços para trás, amarrando meus pulsos com a corda.

Lutar era obviamente inútil, mas pisei nos seus dedos do pé com toda a força, simplesmente para dar vazão a um pouco da minha frustração.

– Aaai!

Virou-se e deu-me um empurrão, de modo que minhas pernas bateram na cama e eu caí, parcialmente deitada no cobertor áspero. Randall inspecionou-me com uma soturna satisfação, esfregando a ponta arranhada de sua bota com um lenço de linho. Fitei-o com ódio e ele soltou uma risadinha.

– Você não é nenhuma covarde, tenho que admitir. Na verdade, você combina bem com ele – com um gesto da cabeça, indicou Jamie, que começava a se remexer um pouco – e não posso lhe fazer um elogio melhor do que este. – Apalpou cuidadosamente a garganta, onde se via uma mancha escura pelo colarinho aberto. – Ele tentou me matar, com uma das mãos, quando eu o desamarrei. Aliás, quase conseguiu. Pena que eu não tenha percebido que ele é canhoto.

– Uma atitude despropositada da parte dele – retorqui.

– Sem dúvida – disse Randall, balançando a cabeça. – Não creio que você vá ser tão descortês, não é? Mesmo assim, por via das dúvidas... – Voltou-se para o enorme criado, que estava simplesmente parado na soleira da porta, os ombros arriados, aguardando ordens. – Marley – disse Randall. – Venha aqui e dê uma busca nesta mulher para ver se encontra alguma arma.

Observou com um ar divertido, enquanto o sujeito tateava desajeitadamente pela minha pessoa, finalmente encontrando e retirando minha adaga.

– Não gosta do Marley? – perguntou o capitão, observando-me enquanto eu tentava me esquivar dos dedos grossos que me apalpavam com intimidade demais. – É uma pena. Tenho certeza de que ele está muito interessado em você. – O pobre Marley não tem muita sorte com as mulheres – continuou o capitão, um brilho malicioso nos olhos. – Não é, Marley? Nem as prostitutas o querem. – Fitou-me com um olhar significativo e um sorriso malévolo. – Grande demais, é o que dizem. – Ergueu uma das sobrancelhas. – O que é uma opinião interessante, vinda de uma puta, não é? – Ergueu a outra sobrancelha, deixando bem claro o que pretendia dizer.

Marley, que começara a arfar ruidosamente durante a busca, parou e limpou um fio de saliva do canto da boca. Afastei-me o máximo que pude, enojada.

Randall, observando-me, acrescentou:

– Imagino que Marley iria gostar de diverti-la em particular em seu alojamento, quando tivermos terminado nossa conversa. Claro, mais tarde talvez ele resolva compartilhar sua sorte com os amigos, mas isso é ele quem decide.

– Ah, não quer assistir? – perguntei com sarcasmo.

Randall riu, genuinamente se divertindo.

– Posso ter o que chamam de "gostos depravados", como imagino que já saiba a esta altura. Mas, por favor, me dê algum crédito por princípios estéticos.

Lançou um olhar ao imenso ordenança, desengonçado em suas roupas imundas, a barriga caindo por cima do cinto. Os lábios flácidos e protuberantes mastigavam e balbuciavam constantemente, como se buscassem algum fragmento de comida, e os dedos grossos e curtos remexiam-se nervosamente na virilha das calças manchadas. Randall estremeceu delicadamente.

– Não – disse ele. – Você é uma mulher adorável, apesar da língua ferina. Vê-la com Marley... não, acho que não quero ver isso. Além da aparência, os hábitos pessoais de Marley deixam muito a desejar.

– Os seus também – disse.

– Pode ser. De qualquer forma, não terá que se preocupar com eles por muito tempo. – Parou, olhando-me desdenhosamente. – Eu ainda gostaria de saber quem você é, sabe. Uma jacobita, é óbvio, mas de quem? Dos Marischal? Dos Seaforth? Provavelmente dos Lovat, já que está com os Fraser.

Randall cutucou Jamie delicadamente com a ponta bem lustrada da bota, mas ele continuou inerte. Eu podia ver seu peito erguendo-se e abaixando-se com regularidade; talvez ele tivesse simplesmente saído do estado de inconsciência e adormecido. As olheiras sob seus olhos evidenciavam que ele não tivera muito descanso ultimamente.

– Até ouvi dizer que você é uma bruxa – continuou o capitão. Seu tom de voz era descontraído, mas observava-me atentamente, como se eu pudesse de repente transformar-me numa coruja e sair voando. – Houve um certo tumulto em Cranesmuir, não foi? Algo a ver com uma morte? Mas, sem dúvida tudo isso não passa de superstições tolas.

Randall olhou-me especulativamente.

– Talvez possa me convencer a fazer um acordo com você – disse ele, repentinamente. Inclinou-se para trás, parcialmente sentado em cima da mesa, desafiando-me.

Ri amargamente.

– Não posso dizer que esteja em condições ou com disposição de barganhar no momento. O que pode me oferecer?

Randall olhou para Marley. Os olhos do idiota estavam fixos em mim e ele balbuciava baixinho.

– Uma escolha, ao menos. Conte-me, e me convença, de quem você é e quem a mandou para a Escócia. O que está fazendo e que informações mandou para quem. Diga-me isso e eu a levarei a sir Fletcher, em vez de entregá-la a Marley.

Mantive os olhos firmemente desviados de Marley. Eu vira os cacos podres de dentes embutidos em gengivas pustulentas e a simples ideia de ele me beijar, quanto mais... sufoquei o pensamento. Randall tinha razão; eu não era covarde. Mas também não era boba.

– Você não pode me levar a Fletcher – disse –, e eu sei disso tão bem quanto você. Levar-me a ele e arriscar-se a que eu lhe conte sobre isto? – Meu gesto com a cabeça abrangeu o quartinho escondido, o fogo aconchegante, a cama onde eu estava sentada e Jamie deitado aos meus pés. – Quaisquer que sejam seus defeitos, não imagino que sir Fletcher fosse aturar, oficialmente, que seus oficiais torturassem prisioneiros. Até mesmo o Exército inglês tem que ter alguns padrões de conduta.

Randall ergueu as duas sobrancelhas.

– Tortura? Ah, isso. – Acenou negligentemente indicando a mão de Jamie. – Um acidente. Caiu em sua cela e foi pisoteado pelos outros prisioneiros. As celas estão superlotadas, sabe. – Sorriu desdenhosamente.

Permaneci em silêncio. Embora Fletcher pudesse ou não acreditar que os danos à mão de Jamie tivessem sido causados por um acidente, era bastante improvável que ele acreditasse em qualquer coisa que eu dissesse, uma vez desmascarada como espiã inglesa.

Randall me observava, os olhos alertas a qualquer sinal de fraqueza.

– E então? A escolha é sua.

Suspirei e fechei os olhos, cansada de olhar para ele. A escolha não era minha, mas dificilmente eu poderia dizer a ele a razão.

– Não importa – disse, cansada. – Não posso lhe contar nada.

– Pense um pouco no assunto. – Levantou-se e passou cuidadosamente por cima do corpo inerte de Jamie, tirando uma chave do bolso. – Posso precisar da ajuda de Marley por um instante, mas depois eu o mandarei de volta para o seu alojamento, e você com ele, se não quiser cooperar.

Inclinou-se, abriu a argola no tornozelo de Jamie e levantou o corpo inconsciente com uma impressionante exibição de força para alguém de constituição tão delgada. Os músculos de seus antebraços sobressaíram-se por baixo do tecido fino da camisa imaculadamente branca ao carregar Jamie, a cabeça pendente, até um banco no canto do quarto. Indicou o balde próximo com um movimento da cabeça.

– Acorde-o – ordenou Randall secamente ao silencioso brutamontes. A água fria bateu na parede de pedra do canto do quarto e espalhou-se no chão, formando uma poça suja. – Outra vez – comandou, inspecionando Jamie, que gemia baixinho, a cabeça movendo-se contra as pedras da parede. Encolheu-se e tossiu sob a segunda enxurrada.

Randall deu um passo à frente e pegou Jamie pelos cabelos, puxando sua cabeça para trás, sacudindo-a como um animal afogado, de modo que gotas de água fétida salpicaram as paredes. Os olhos de Jamie eram apenas dois traços embaciados. Randall atirou a cabeça de Jamie para trás com repugnância, limpando a mão na lateral da calça ao se virar. Seus olhos devem ter percebido a tremulação de um movimento, porque ele começou a se voltar para Jamie outra vez, mas não a tempo de se preparar para o bote repentino do enorme escocês.

Os braços de Jamie envolveram o pescoço de Randall. Impossibilitado de usar a mão direita, agarrou o pulso direito com a mão esquerda hábil e puxou, o antebraço firmado na traqueia do inglês. Quando Randall ficou roxo e começou a afrouxar, ele soltou a mão esquerda o tempo suficiente para dar uma estocada no rim do capitão. Mesmo enfraquecido como Jamie estava, o golpe foi suficiente para fazer os joelhos do outro fraquejarem.

Largando o capitão lânguido, Jamie girou nos calcanhares para enfrentar o monstruoso ordenança, que até então ficara observando os acontecimentos sem o menor lampejo de interesse no rosto abobalhado. Embora sua expressão se mantivesse quase inerte, ele na verdade se moveu, pegando a marreta da mesa quando Jamie começou a caminhar em sua direção, segurando o banco por uma das pernas na mão esquerda. Um certo ar de aborrecimento aflorou ao rosto do ordenança quando os dois homens começaram a cercar um ao outro, devagar, à procura de uma oportunidade.

Com uma arma mais adequada, Marley tentou primeiro, brandindo a marreta na direção das costelas de Jamie, que se desviou e simulou um ataque com o banco, forçando o monstrengo para trás, em direção à porta. A tentativa seguinte, um golpe assassino para baixo, teria rachado o crânio de Jamie se tivesse acertado o alvo. Em vez disso, o banco se partiu, uma das pernas e o assento arrancados.

Com impaciência, Jamie estraçalhou o restante do banco contra a parede no arremesso seguinte, reduzindo-o a um porrete pequeno, porém mais manejável; um taco de madeira de uns 60 centímetros com a ponta lascada e dentada.

O ar na cela, sufocante com a fumaça das tochas, estava parado, exceto pela respiração arquejante dos dois homens e o baque ocasional, surdo e doloroso, de madeira em carne humana. Com medo de falar e perturbar a precária concentração de Jamie, coloquei os pés em cima da cama e encolhi-me contra a parede, tentando ficar fora do caminho.

Era evidente para mim – e pelo leve sorriso de expectativa, também para o ordenança – que Jamie estava se cansando rapidamente. Já era surpreendente que ele estivesse conseguindo ficar em pé, quanto mais lutar. Estava claro para nós três que a luta não poderia durar muito mais; se tivesse alguma chance por menor que fosse, teria que ser logo. Com estocadas curtas e fortes com a perna do banco, avançou cautelosamente para Marley, forçando o grandalhão a recuar para o canto, onde os movimentos dele seriam restringidos e ele ficaria imprensado. Percebendo isso por algum instinto, o ordenança deu uma guinada para a frente com um violento arremesso horizontal da marreta, na expectativa de forçar Jamie para trás.

Em vez de dar um passo para trás, Jamie avançou e recebeu todo o impacto do golpe no lado esquerdo, enquanto descia o porrete com toda a força na têmpora de Marley. Atenta à cena que se desenrolava diante de mim, eu não prestara atenção ao corpo de Randall, deitado de barriga para baixo no chão junto à porta. Mas, quando o ordenança cambaleou, os olhos embaciados, ouvi o arrastar de botas no chão de pedra e uma respiração entrecortada rangeu no meu ouvido.

– Lutou muito bem, Fraser. – A voz de Randall era rouca por causa do estrangulamento, mas controlada como de costume. – Mas custou-lhe algumas costelas, não é?

Jamie se apoiou contra a parede, respirando em grandes arfadas, ainda segurando o bastão, o cotovelo apertado com força contra o lado do corpo. Seus olhos se abaixaram para o chão, medindo a distância.

– Nem tente, Fraser. – A voz não se alterou. – Ela estará morta antes que você dê dois passos. – A lâmina fina e fria da faca deslizou pela minha orelha; pude sentir a ponta espetando de leve o canto do meu maxilar.

Jamie avaliou a situação com olhos imparciais por um instante, ainda amparado pela parede. Com um esforço repentino, endireitou-se dolorosamente e ficou em pé, oscilando. O porrete caiu com um baque surdo no chão de pedra. A ponta da faca espetou uma fração infinitesimal a mais de profundidade, mas fora isso Randall manteve-se imóvel enquanto Jamie lentamente deu alguns passos até a mesa, inclinando-se cuidadosamente no caminho para pegar a marreta com cabo recoberto de barbante. Segurou-a, pendente entre dois dedos, diante dele, deixando clara sua intenção de não atacar.

A marreta bateu com estardalhaço na mesa diante de mim, o cabo girando com força suficiente para carregar a ponta pesada até quase a borda da mesa. Ficou ali parada, escura e maciça, no carvalho, uma ferramenta sólida, simples. Um cesto de junco de pregos pequenos para serem usados com a marreta misturava-se à confusão de objetos no outro extremo da mesa; algo talvez esquecido pelos carpinteiros que mobiliaram o quarto. A mão ilesa de Jamie, os dedos retos e elegantes coroados de ouro sob a luz, agarrou a borda da mesa com força. Com um esforço que eu podia apenas imaginar, sentou-se lentamente em uma cadeira e deliberadamente espalmou as duas mãos diante dele na superfície marcada da madeira, a marreta a pequena distância.

Seu olhar estava travado ao de Randall durante a dolorosa travessia do quarto e não hesitou agora. Inclinou a cabeça levemente em minha direção sem olhar para mim e disse:

– Solte-a.

A mão que empunhava a faca pareceu relaxar um pouco. A voz de Randall era irônica e curiosa:

– Por que faria isso?

Jamie agora parecia com total domínio de si mesmo, apesar do rosto lívido e do suor que escorria livremente pelo seu rosto como lágrimas.

– Você não pode segurar uma faca em duas pessoas ao mesmo tempo. Mate a mulher ou saia de perto dela e eu o mato. – Falou em voz baixa, um fio metálico sob o sereno sotaque escocês.

– E o que me impediria de matar vocês dois, um de cada vez?

Eu teria chamado a expressão no rosto de Jamie de um sorriso apenas porque seus dentes estavam à mostra.

– E decepcionar o carrasco? Um pouco difícil de explicar quando chegar de manhã, não? – Indicou o monstrengo inconsciente no chão com um movimento da cabeça. – Deve se lembrar de que teve que mandar seu ajudante me amarrar com corda antes de você quebrar minha mão.

– E daí? – A faca permanecia firme junto à minha orelha.

– Seu ajudante não vai lhe ser útil ainda por um bom tempo.

Isso era incontestavelmente verdadeiro; o monstruoso ordenança estava caído de cara no chão no canto do aposento, respirando com difíceis e ruidosos roncos. Concussão grave, pensei, mecanicamente. Possível hemorragia cerebral. Eu não podia me importar menos se ele morresse diante dos meus olhos.

– Você sozinho não pode comigo, mesmo só com uma das mãos. – Jamie balançou a cabeça devagar, avaliando o tamanho e a força de Randall. – Não. Sou maior e um lutador muito melhor. Se não tivesse a mulher aí com você, eu tiraria essa sua faquinha e a enterraria em seu pescoço. E você sabe disso. É por esse motivo que ainda não a machucou.

– Mas eu estou com ela. Você mesmo poderia ir embora, é claro. Há uma saída, bem perto. Isso deixaria sua mulher – você disse mesmo que ela era sua mulher? – para morrer, é claro.

Jamie deu de ombros.

– E eu também. Não conseguiria ir muito longe, com toda a guarnição no meu encalço. Levar um tiro a céu aberto deve ser melhor do que ser enforcado aqui, mas não o suficiente para fazer diferença. – Uma breve careta de dor atravessou seu rosto e ele prendeu a respiração por um instante. Quando voltou a respirar, foi em arfadas superficiais, ofegantes. Qualquer que fosse o choque que o estava protegendo do pior da dor, estava claramente se esgotando.

– Então, parece que chegamos a um impasse. – O tom do inglês bem-educado de Randall era descontraído. – A menos que você tenha alguma sugestão?

– Eu tenho. Você me quer. – A voz fria escocesa era direta. – Deixe a mulher ir e terá a mim. – A ponta da faca moveu-se ligeiramente, dando um pequeno corte na minha orelha. Senti uma pontada e o fluxo quente do sangue. – Faça o que quiser comigo, não lutarei, embora deixe que me amarre, se achar necessário. E não falarei sobre isso amanhã. Mas primeiro faça com que ela saia da prisão em segurança.

Meus olhos estavam fixos na mão arruinada de Jamie. Uma pequena poça de sangue sob o dedo médio estava aumentando e percebi com um choque que ele estava pressionando o dedo deliberadamente na mesa, usando a dor como um estímulo para se manter consciente. Estava barganhando para salvar a minha vida usando a única coisa que lhe restava – ele próprio. Se ele desmaiasse agora, essa única chance estaria perdida.

Randall relaxara completamente; a faca descansava negligentemente no meu ombro direito enquanto ele analisava a oferta. Eu estava ali diante dele. Jamie deveria ser enforcado ao amanhecer. Mais cedo ou mais tarde, dariam pela falta dele e o castelo seria revistado. Embora uma certa dose de brutalidade fosse tolerada entre oficiais e cavalheiros – tenho certeza de que se estenderia a açoites e mãos quebradas – as outras inclinações de Randall provavelmente não seriam ignoradas. Independentemente da condição de Jamie como prisioneiro condenado, se ele proclamasse, do cadafalso, pela manhã, que sofrera abusos e torturas nas mãos de Randall, suas acusações seriam investigadas. E se o exame físico comprovasse a veracidade de suas alegações, a carreira de Randall estaria arruinada e provavelmente sua vida também. Mas com Jamie jurando silêncio...

– Você me dá sua palavra de honra?

Os olhos de Jamie pareciam duas chamas azuis no rosto macerado. Após um instante, ele assentiu lentamente:

– Em troca da sua.

A atração de uma vítima ao mesmo tempo completamente avessa e completamente complacente era irresistível.

– Feito. – A faca saiu do meu ombro e ouvi o sussurro de metal embainhado. Randall passou lentamente por mim, deu a volta à mesa, pegando a marreta no caminho. Ergueu-a, questionando ironicamente:

– Permite-me um pequeno teste de sua sinceridade?

– Sim. – A voz de Jamie era tão firme quanto suas mãos, espalmadas e imóveis sobre a mesa. Tentei falar, proferir algum protesto, mas minha garganta se ressecara a ponto de obrigar-me ao silêncio.

Movendo-se sem pressa, Randall inclinou-se por cima de Jamie para pegar um prego delicadamente do cesto de junco. Posicionou a ponta com cuidado e bateu a marreta, cravando o prego na mão direita de Jamie e pregando-a na mesa com mais quatro marretadas certeiras. Os dedos quebrados torceram-se e estenderam-se, como as pernas de uma aranha pregada num quadro de coleção.

Jamie urrou de dor, os olhos arregalados e inexpressivos com o choque. Randall recolocou a marreta sobre a mesa com cuidado. Segurou o queixo de Jamie na mão e virou sua cabeça para cima.

– Agora, beije-me – disse ele suavemente e abaixou a cabeça para a boca de Jamie, que não ofereceu nenhuma resistência.

O rosto de Randall quando ergueu a cabeça era sonhador, os olhos afáveis e distantes, a boca longa enviesada num sorriso. Um dia eu amei um sorriso como aquele e aquele olhar sonhador me excitara em expectativa. Agora, me enojava. As lágrimas escorriam pelo canto da minha boca, embora eu não me lembre de ter começado a chorar. Randall permaneceu por um instante em seu transe, fitando Jamie. Em seguida, estremeceu, lembrando-se, e retirou a faca mais uma vez da bainha.

A lâmina cortou descuidadamente as cordas em torno dos meus pulsos, esfolando a pele. Eu mal tive tempo de esfregar os pulsos para restabelecer a circulação do sangue nas mãos até ele me obrigar a ficar em pé segurando-me pelo cotovelo e me empurrar em direção à porta.

– Espere! – falou Jamie atrás de nós e Randall se virou com impaciência.

– Podemos nos despedir? – Era uma afirmação, mais do que uma pergunta e Randall hesitou apenas um instante antes de assentir e me dar um empurrão de volta em direção à figura imóvel à mesa.

O braço bom de Jamie rodeou com força meus ombros e eu enterrei meu rosto molhado em seu pescoço.

– Você não pode fazer isso – murmurei. – Não pode. Eu não vou deixar.

Sua boca era quente no meu ouvido.

– Claire, vou ser enforcado pela manhã. O que acontecer comigo daqui até lá não importa mais. – Afastei-me e fitei-o.

– Importa para mim! – Os lábios tensos tremeram quase num sorriso e ele ergueu a mão livre e colocou-a na minha face úmida.

– Sei que importa, *mo duinne*. E é por isso que você deve ir agora. Para que eu saiba que há alguém que ainda se importa comigo. – Puxou-me para junto dele outra vez, beijou-me ternamente e sussurrou em gaélico: – Ele deixará você partir porque acha que você está sozinha e desamparada. Sei que não está. – Soltando-me, disse em inglês: – Eu a amo. Agora, vá.

Randall parou enquanto me apressava pela porta.

– Voltarei logo.

Era a voz de um homem afastando-se relutantemente de seu amante e tive uma ânsia de vômito.

Delineado em vermelho pela luz da tocha atrás dele, Jamie inclinou a cabeça cortesmente em direção à mão pregada na mesa.

– Pode ter certeza de que vai me encontrar aqui.

Black Jack. Um apelido comum para canalhas e crápulas no século XVIII. Um dos principais componentes da ficção romântica, o nome invocava charmosos assaltantes de estrada, com chapéus de plumas e espadas arrojadas. A realidade caminhava ao meu lado.

Ninguém nunca para e pensa no que se baseiam os romances. Tragédia e terror, modificados pelo tempo. Acrescente-se um pouco de arte à redação e voilà!, um enredo emocionante, capaz de fazer o sangue correr mais rápido nas veias e as mocinhas suspirarem. Meu sangue estava correndo depressa, sem dúvida, e nunca uma donzela suspirou como Jamie, segurando sua mão destruída.

– Por aqui. – Era a primeira vez que Randall falava desde que deixáramos a cela. Indicou uma alcova estreita na parede, sem tochas de iluminação. A saída, da qual falara a Jamie.

Agora, eu já recobrara domínio suficiente de mim mesma para falar e o fiz. Dei um passo para trás, para que a luz da tocha caísse em cheio sobre mim, porque eu queria que ele se lembrasse do meu rosto.

– Você me perguntou, capitão, se eu era uma bruxa – falei, a voz baixa e firme. – Vou responder-lhe agora. Sim, sou uma bruxa. E lanço sobre você a minha maldição. Você se casará, capitão, e sua mulher terá um filho, mas não viverá o suficiente para ver seu primogênito. Eu o amaldiçoo com conhecimento, Jack Randall. Eu lhe dou a hora de sua morte.

Seu rosto estava oculto nas sombras, mas o brilho em seus olhos disse-me que ele acreditava em mim. E por que não? Pois eu falava a verdade e sabia disso. Eu podia ver as linhas do mapa genealógico de Frank como se tivessem sido desenhadas nas linhas de argamassa entre as pedras da parede, e os nomes listados ao lado de cada uma.

– Jonathan Wolverton Randall – disse devagar, lendo nas pedras. – Nascido em 3 de setembro de 1705. Morto em... – Ele fez um movimento convulsivo em direção a mim, mas não rápido o suficiente para me impedir de falar.

Uma porta estreita no fundo da alcova se abriu com um rangido das dobradiças. Esperando uma escuridão ainda maior, meus olhos ficaram cegos por um lampejo ofuscante de luz sobre neve. Um rápido empurrão por trás me lançou de cabeça, aos tropeções, diretamente numa espécie de montes de neve acumulada pelo vento. A porta fechou-se com um estampido atrás de mim.

Eu estava caída numa vala, atrás da prisão. Os monturos de neve à minha volta deviam encobrir depósitos de alguma coisa – o lixo da prisão, sem dúvida. Havia algo duro embaixo do monte de neve no qual eu havia caído; madeira, talvez. Erguendo os olhos para a muralha que se erguia verticalmente acima de mim, pude ver estrias e córregos de água suja descendo pelas pedras, marcando o caminho dos refugos despejados de uma porta de correr uns 12 metros acima. Ali deviam ficar os cômodos da cozinha.

Rolei sobre o próprio corpo, preparando-me para levantar e me vi fitando um par de olhos azuis. A cara era quase tão azul quanto os olhos e tão dura quanto o toco de madeira pelo qual eu o confundira. Sufocando e aos tropeções, consegui ficar em pé e cambaleei de volta para a muralha da prisão.

Abaixe a cabeça, respire fundo, disse a mim mesma com firmeza. Você não vai desmaiar, você já viu pessoas mortas antes, muitas, você não vai desmaiar – Meu Deus, ele tem olhos azuis como – você não vai desmaiar, droga!

Minha respiração finalmente desacelerou e, com ela, minha pulsação desenfreada. Quando o pânico cedeu, obriguei-me a voltar à patética figura, limpando as mãos convulsivamente na saia. Não sei se foi compaixão, curiosidade ou simplesmente choque o que me fez olhar outra vez. Visto sem a brusquidão da surpresa, não havia nada de assustador no homem morto; nunca há. Por pior que seja a maneira como um homem morre, somente a presença de um ser humano em sofrimento é aterradora; uma vez morto, o que resta é apenas um objeto.

O estranho de olhos azuis fora enforcado. Não era o único habitante da vala. Não me dei ao trabalho de escavar o monte de neve, mas agora que sabia o que continha, podia ver com clareza os contornos de membros congelados e as cabeças suavemente arredondadas sob a neve. Pelo menos uma dúzia de homens jazia ali, esperando por um degelo que tornaria mais fácil o seu enterro ou por uma remoção mais rude pelos animais ferozes da floresta próxima.

O pensamento me arrancou da minha imobilidade pensativa. Eu não tinha tempo a perder em meditações à beira de sepulturas ou mais um par de olhos azuis, arregalados e sem visão, iria ficar olhando para cima, para a neve que caía.

Precisava encontrar Murtagh e Rupert. Talvez aquela porta dos fundos escondida pudesse ser usada. Obviamente, não era fortificada ou protegida por guardas como os portões principais e outras entradas da prisão. Mas eu precisava de ajuda, e rápido.

Olhei para cima, para a borda da vala. O sol já estava bem baixo, filtrando-se por uma camada de nuvens logo acima dos topos das árvores. O ar estava pesado de umidade. Provavelmente iria nevar outra vez ao cair da noite; o céu estava encoberto por nuvens espessas a leste. Restava talvez uma hora de luz.

Comecei a seguir a vala, não querendo escalar os lados rochosos e íngremes enquanto não fosse necessário. A vala estreita e funda fazia uma curva logo depois da prisão e dava a impressão de que descia em direção ao rio; provavelmente o escoamento da água da neve derretida carregava o lixo da prisão. Eu estava quase na curva da alta muralha quando ouvi um som leve atrás de mim. Dei meia-volta. O som fora produzido por uma pedra que caíra da borda da vala, deslocada pela pata de um enorme lobo cinzento.

Como alternativa aos itens soterrados na neve, eu tinha determinadas características desejáveis, do ponto de vista de um lobo. Por um lado, eu me locomovia, era mais difícil de ser apanhada e oferecia a possibilidade de resistência. Por outro, eu era lenta, desajeitada e, acima de tudo, não estava congelada, não oferecendo, assim, perigo de dentes quebrados. E também cheirava a sangue fresco, tentadoramente quente naquele esgoto enregelado. Se eu fosse um lobo, pensei, não hesitaria. O animal chegou a uma decisão ao mesmo tempo que cheguei à minha própria conclusão quanto às nossas relações futuras.

Havia um americano no hospital de Pembroke chamado Charlie Marshall. Era um sujeito agradável, amistoso como todos os americanos e muito divertido quando o assunto era animais de estimação. Os seus eram os cachorros. Charlie era sargento na unidade canina. Ele fora atingido, juntamente com dois dos seus cachorros, pela explosão de uma mina na periferia de um vilarejo perto de Arles. Ele lamentava a perda dos cachorros e frequentemente me contava histórias sobre eles quando eu me sentava ao seu lado durante os escassos momentos de descontração no meu turno.

Mais objetivamente, ele também me contara uma vez o que fazer, e o que não fazer, se um dia fosse atacada por um cachorro. Era muita bondade chamar de cachorro a assustadora criatura que vinha escolhendo seu caminho cuidadosamente pelas pedras do barranco, mas esperava que ainda compartilhasse alguns traços básicos de caráter com seus descendentes domesticados.

– Cão malvado – disse com firmeza, fitando um olho amarelo. – Na verdade – disse, recuando lentamente em direção à muralha da prisão –, você é um cão absolutamente horrível. (*Fale alto e com firmeza*, ouvi Charlie dizendo.) – Provavelmente o pior que já vi – falei, alto e com firmeza. Continuei a recuar, subindo, uma das mãos estendida para trás para sentir a muralha de pedras e, uma vez lá, fui me deslocando de lado, em direção à curva a uns 10 metros.

Desamarrei os laços na minha garganta e comecei a apalpar o broche que prendia meu manto, ainda dizendo ao lobo, em voz alta e firme, o que pensava dele, de seus ancestrais e de sua família imediata. O animal parecia interessado na ladainha, a língua relaxada e os dentes à mostra, como um cachorro. Não parecia ter pressa; mancava levemente, pude notar quando se aproximou, e era magro e sarnento. Talvez tivesse dificuldade em caçar e a enfermidade é que o atraía à pilha de lixo da prisão para catar comida. Eu certamente esperava que assim fosse; quanto mais doente, melhor.

Encontrei minhas luvas de couro no bolso do meu manto e calcei-as. Em seguida, enrolei o manto várias vezes em torno do braço direito, abençoando a espessura do veludo. "Eles procuram atacar a garganta", Charlie instruíra-me, "a menos que seu treinador lhes ensine de outra forma. Continue a olhá-lo nos olhos; você verá quando ele decidir atacar. Esse é o seu momento".

Eu podia ver inúmeras coisas naquele perigoso globo ocular amarelo, inclusive fome, curiosidade e especulação, mas ainda não uma decisão de atacar.

– Criatura nojenta – continuei –, não ouse saltar na minha garganta! – Tive outras ideias. Eu havia envolvido meu braço direito em várias voltas frouxas do meu manto, deixando a maior parte pendurada, mas conseguindo um acolchoamento suficiente, eu esperava, para impedir que os dentes da fera penetrassem em meu braço.

O lobo era magro, mas não emaciado. Calculei que devia pesar um pouco menos de 40 quilos; menos do que eu, mas não o suficiente para me dar uma grande vantagem. A balança definitivamente pendia para o lado dele; quatro pernas contra duas proporcionavam mais equilíbrio na escorregadia crosta de neve. Esperava que o fato de apoiar minhas costas contra a parede ajudasse.

Uma sensação de vazio atrás de mim disse-me que eu havia chegado à curva. O lobo estava a uns 6 metros de distância. Esse era o momento. Raspei a neve sob os meus pés o suficiente para me dar firmeza e esperei.

Nem cheguei a ver o lobo sair do solo. Eu podia jurar que estava vigiando seus olhos, mas se a decisão de saltar tivesse sido registrada ali, fora seguida depressa demais pela ação para que eu pudesse notar. Foi o instinto, e não o pensamento, que ergueu meu braço quando uma mancha cinza-esbranquiçada se arremessou sobre mim.

Os dentes cravaram-se no acolchoamento com uma força que machucou meu braço. Era mais pesado do que eu imaginara; eu não estava preparada para aquele peso e meu braço afrouxou. Planejara atirar a fera contra a parede, talvez deixando-o desacordado. Em vez disso, arremessei o corpo contra a muralha, esmagando o lobo entre os blocos de pedra e meu quadril. Lutei para envolvê-lo com a parte solta do meu manto. Garras rasgaram minha saia e arranharam minha coxa. Arremeti o joelho com uma força assassina no seu peito, extraindo um uivo estrangulado. Somente então percebi que os queixumes vinham de mim, e não do lobo.

Estranhamente, eu já não estava nem um pouco aterrorizada, embora tivesse ficado apavorada quando o lobo estava me perseguindo. Só havia espaço em minha mente para um único pensamento: vou matar este animal ou ele me matará. Portanto, eu iria matá-lo.

Chega-se a um ponto, numa intensa luta física, em que uma pessoa se abandona ao uso desenfreado de força e recursos corporais, ignorando os custos até a luta acabar. As mulheres encontram este ponto no parto; os homens na batalha.

Passado esse ponto, você perde todo medo da dor ou do ferimento. A vida se torna muito simples a essa altura; você fará o que está tentando fazer ou morrerá na tentativa e, na verdade, não importa muito o desfecho.

Eu vira este tipo de luta durante meu treinamento nas enfermarias, mas nunca o experimentara antes. Agora, toda a minha atenção se concentrava nas mandíbulas agarradas ao meu antebraço e no demônio se contorcendo e lançando as garras no meu corpo.

Consegui bater a cabeça do animal contra a muralha, mas não com força suficiente. Eu estava ficando cansada; se o lobo estivesse em boas condições, eu não teria tido nenhuma chance. Não tinha muita agora, mas tentei aproveitar o pouco que restava. Joguei-me sobre o animal, prendendo-o sob o meu corpo e extraindo todo o ar de seus pulmões num sopro putrefato. Ele se recuperou quase imediatamente e começou a se contorcer sob o meu corpo, mas o segundo relaxamento me permitiu arrancá-lo do meu braço, uma das mãos grampeada por baixo de seu focinho molhado.

Forçando meus dedos nos cantos de sua boca, consegui mantê-los fora dos dentes carnívoros e cortantes. A saliva escorria pelo meu braço. Eu estava deitada, o corpo achatado sobre o animal. A curva da muralha da prisão estava cerca de meio metro à minha frente. Tinha que dar um jeito de chegar até lá sem libertar a fúria que me empurrava e se contorcia sob mim.

Arrastando os pés no chão, pressionando o corpo para baixo com todas as minhas forças, avancei pouco a pouco, o tempo todo me esforçando para manter as presas do animal longe da minha garganta. Não posso ter levado mais do que alguns minutos para transpor aqueles 50 centímetros, mas parecia que eu passara a maior parte de minha vida ali, lutando e presa àquela fera cujas garras traseiras arranhavam minhas pernas, procurando uma boa oportunidade de rasgar minha barriga.

Finalmente, pude ver do outro lado da curva. O ângulo rombudo da pedra estava diretamente diante do meu rosto. Agora, era a parte mais difícil. Eu tinha que manobrar o corpo do lobo de modo que pudesse colocar as duas mãos sob o focinho; jamais teria a força necessária com apenas uma das mãos.

Rolei bruscamente para fora e o lobo imediatamente escorregou para o pequeno espaço livre entre meu corpo e a muralha. Antes que pudesse ficar de pé, atingi-o com o joelho com todas as forças que consegui reunir. O lobo grunhiu quando meu joelho se chocou contra a lateral do seu corpo, prendendo-o, ainda que apenas por alguns instantes, contra a parede.

Agora eu tinha ambas as mãos sob suas mandíbulas. Os dedos de uma das mãos estavam na verdade dentro de sua boca. Podia sentir a ferroada esmagadora sobre os dedos enluvados, mas ignorei o fato enquanto forçava a cabeça peluda para trás e para trás e novamente para trás, usando o ângulo da muralha como ponto de apoio de uma alavanca que era o corpo do animal. Achei que meus braços iriam quebrar, mas essa era a única chance.

Não houve nenhum ruído audível, mas eu senti a reverberação pelo corpo todo quando o pescoço dele se quebrou. Os membros tensos – e a bexiga – imediatamente relaxaram. Com o esforço insuportável dos braços agora relaxados, caí, tão fraca quanto o lobo moribundo. Podia sentir o coração da fera fibrilando sob a minha face, a única parte do seu corpo ainda capaz de lutar contra a morte. O pelo áspero fedia a amônia e cabelo molhado. Queria me afastar, mas não conseguia.

Creio que devo ter adormecido por um instante, por mais estranho que isso possa parecer, tendo um animal morto como travesseiro. Abri os olhos e vi as pedras esverdeadas da prisão a poucos centímetros do meu nariz. Somente o pensamento do que deveria estar ocorrendo do outro lado daqueles muros me fez levantar.

Arrastei-me com dificuldade pelo resto da vala, o manto pendurado num dos ombros, tropeçando em pedras escondidas sob a neve, batendo as pernas dolorosamente em galhos semienterrados. Inconscientemente, devia saber que lobos geralmente andam em matilhas, porque não me lembro de ter ficado surpresa com os uivos que reverberavam da floresta atrás e acima de mim. Se tiver sentido alguma coisa, foi um ódio mortal ao que parecia uma conspiração para me frustrar e me atrasar.

Exausta, virei-me para ver de onde vinha o som. Já estava em campo aberto a essa altura, longe da prisão; não havia nenhuma muralha em que me apoiar, nem nenhuma arma à mão. A sorte me ajudara com o primeiro lobo; não havia nem uma chance em mil de que eu pudesse matar outro animal de mãos vazias – e quantos mais deveria haver? A matilha que eu vira se alimentando ao luar no verão reunia pelo menos uns dez lobos. Podia ouvir na memória os ruídos de seus dentes raspando e o estalido de ossos se quebrando. A única pergunta agora era se eu sequer me daria ao trabalho de lutar ou se iria apenas me deitar na neve e desistir. Essa opção parecia extraordinariamente atraente, levando-se em conta as circunstâncias.

No entanto, Jamie abrira mão de sua vida, e consideravelmente mais do que isso, para me tirar da prisão. Eu tinha que ao menos tentar. Devia isso a ele.

Mais uma vez, procurei me afastar, continuando a descer o valão. A luz definhava; logo a ravina se encheria de sombras. Duvidava que isso me ajudasse. Os lobos indubitavelmente tinham uma visão noturna melhor do que a minha.

O primeiro predador apareceu na borda da vala como seu antecessor; uma figura desgrenhada, imóvel e alerta. Foi com uma espécie de choque que percebi que dois outros já estavam na ravina comigo, avançando devagar, os passos dos dois quase sincronizados. Eram quase da cor da neve à luz do crepúsculo – cinza sujo – e quase invisíveis, embora se movessem sem nenhuma tentativa de se esconder.

Parei onde estava. Correr era obviamente inútil. Curvando-me, retirei um galho morto de pinheiro do meio da neve. A casca estava escura da umidade e áspera mesmo através das minhas luvas. Brandi o galho acima da cabeça e gritei. Os animais pararam, mas não recuaram. O que estava mais próximo abaixou as orelhas, como se protestasse contra o barulho.

– Não gosta? – berrei. – Dane-se! Para trás, maldito, desgraçado!

Pegando uma pedra semienterrada, atirei-a contra o lobo. Não o atingiu, mas a fera correu para o lado. Encorajada, comecei a atirar mísseis freneticamente; pedras, galhos, bolas de neve, tudo que eu podia pegar com uma única mão. Berrei até minha garganta ficar dolorida com o ar frio, uivando, esganiçada, como os próprios lobos.

No começo, pensei que um dos meus projéteis tivesse atingido o alvo. O lobo mais próximo ganiu e pareceu ter um espasmo. Mas a segunda flecha passou a uns 30 centímetros de mim e vi a minúscula mancha em movimento antes de se alojar com um ruído surdo no peito do segundo lobo. Esse animal morreu ali mesmo onde estava. O primeiro, não atingido mortalmente, esperneava e se debatia na neve, não mais do que um torrão contorcendo-se na crescente escuridão.

Fiquei parada estupidamente por algum tempo, depois ergui os olhos por instinto para a margem da ravina. O terceiro lobo, sabiamente procurando passar despercebido, desaparecera de volta à floresta, de onde um uivo arrepiante se elevou.

Eu ainda fitava as árvores escuras quando a mão de alguém agarrou meu cotovelo. Girei nos calcanhares com um grito sufocado e deparei-me com o rosto de um estranho. Maxilares estreitos e um queixo pontudo, mal disfarçado por uma barba rala, era realmente um estranho, mas seu xale xadrez e sua adaga o identificavam como um escocês.

– Ajude-me – disse, desmaiando em seus braços.

36

MACRANNOCH

Estava escuro na cabana e havia um urso no canto da sala. Em pânico, recuei para perto de meu acompanhante, não querendo ter mais nada a ver com animais ferozes. Ele me empurrou com força para dentro da cabana. Quando cambaleei em direção ao fogo, a monstruosa figura virou-se para mim e percebi que não passava de um homem grandalhão numa pele de urso.

Uma capa de pele de urso, para ser exata, amarrada no pescoço com um broche de prata do tamanho da palma da minha mão. Tinha o formato de dois cervos num salto, as costas arqueadas, as cabeças encontrando-se para formar um círculo. O alfinete do fecho era uma espécie de leque afunilado e curto, a cabeça modelada como a cauda de um cervo em fuga.

Notei os detalhes do broche porque estava diretamente diante do meu nariz. Erguendo os olhos, considerei por um instante a possibilidade de estar errada. Talvez ele realmente fosse um urso.

Ainda assim, os ursos provavelmente não usavam broches nem tinham olhos como mirtilos: pequenos, redondos e de um azul-escuro brilhante. Estavam afundados em faces carnudas, cujas elevações inferiores estavam cobertas com uma floresta de pelos negros entremeados de fios grisalhos. Cabelos semelhantes desciam em cascata até os ombros fortes, misturando-se com os pelos da capa, os quais, apesar de seu novo uso, ainda recendiam ao seu antigo dono.

Os penetrantes olhinhos tremeluziram sobre mim, avaliando tanto as condições esfarrapadas do meu traje quanto sua boa qualidade, inclusive as duas alianças de casamento, de ouro e de prata. O discurso do urso condizia com sua aparência.

– Parece ter enfrentado algumas dificuldades, madame – disse ele, formalmente, inclinando a cabeça enorme ainda salpicada de neve amolecida. – Podemos ajudá-la?

Hesitei, sem saber o que deveria dizer. Precisava desesperadamente da ajuda daquele homem, mas seria imediatamente vista com desconfiança quando minha fala revelasse que era inglesa. O arqueiro que me levara até ali se antecipou a mim.

– Encontrei-a perto de Wentworth – disse ele laconicamente. – Lutando contra lobos. Uma inglesa – acrescentou, com uma ênfase que fez os olhos de mirtilo de meu anfitrião fixarem-se em mim com uma especulação um tanto desagradável em suas profundezas. Empertiguei-me na postura mais ereta possível e arregimentei toda a atitude de uma respeitável mulher casada que pude.

– Inglesa de nascimento, escocesa pelo casamento – disse com firmeza. – Meu nome é Claire Fraser. Meu marido é prisioneiro em Wentworth.

– Compreendo – disse o urso, devagar. – Bem, meu nome é MacRannoch e no momento estamos nas minhas terras. Vejo pelo seu vestido que é uma mulher de alguma família tradicional. Como pode estar sozinha na floresta de Eldridge numa noite de inverno?

Aproveitei a abertura; ali estava uma oportunidade de estabelecer minha boa-fé, bem como encontrar Murtagh e Rupert.

– Vim para Wentworth com alguns homens do clã de meu marido. Por ser inglesa, achamos que eu conseguiria entrar na prisão e talvez encontrar alguma maneira de retirá-lo de lá. Entretanto, eu... eu tive que deixar a prisão de outra maneira. Estava procurando meus amigos quando fui surpreendida pelos lobos, dos quais este cavalheiro bondosamente me salvou. – Tentei um sorriso de agradecimento para o arqueiro de ossos angulosos, que o recebeu com um silêncio tumular.

– Sem dúvida a senhora encontrou algo com dentes – comentou MacRannoch, examinando os enormes rasgos em minha saia.

A suspeita cedeu temporariamente às exigências da hospitalidade.

– Está ferida, então? Apenas um pouco arranhada? Bem, está com frio, sem dúvida, e um pouco abalada, imagino. Sente-se aqui junto ao fogo. Hector lhe trará uma sopa e depois poderá me contar um pouco mais sobre esses seus amigos. – Com um dos pés, levantou um banco rústico de três pernas e sentou-me firmemente nele empurrando meu ombro com a mão grande e pesada.

Fogo de turfa não fornece muita luz, mas produz um calor agradável. Estremeci involuntariamente quando o sangue começou a fluir novamente nas minhas mãos congeladas. Uns dois goles do frasco de couro fornecido de má vontade por Hector também fez o sangue fluir internamente.

Expliquei minha situação da melhor maneira que pude, o que não foi muito bem. A breve descrição da minha saída da prisão e subsequente luta corpo a corpo com o lobo foi recebida com particular ceticismo.

– Considerando-se que realmente tenha conseguido entrar em Wentworth, não parece provável que sir Fletcher fosse permitir que ficasse vagando pelo local. Também não parece provável que, se este capitão Randall a tivesse encontrado nas masmorras, fosse simplesmente empurrá-la pela porta dos fundos.

– Ele... ele tinha razões para me deixar partir.

– E quais foram? – Os olhos de mirtilo eram implacáveis.

Desisti e coloquei a questão francamente; estava cansada demais para delicadezas ou circunlóquios.

MacRannoch parecia parcialmente convencido, mas ainda relutante em tomar alguma atitude.

– Sim, compreendo sua preocupação – argumentou ele –, mas, ainda assim, isso talvez não seja tão ruim.

– Não seja tão ruim?! – Levantei-me num salto, indignada.

Ele balançou a cabeça como se estivesse atormentado por insetos.

– O que quero dizer – explicou ele – é que se ele está atrás do traseiro do rapaz, não deve feri-lo gravemente. E, com licença de sua presença, madame – arqueou uma sobrancelha peluda na minha direção –, ser sodomizado dificilmente mata uma pessoa.

Para me apaziguar, ergueu as palmas das mãos do tamanho de pratos de sopa.

– Ora, não estou dizendo que ele vai gostar, veja bem, mas digo que não vale a pena um grande desentendimento com sir Fletcher Gordon apenas para salvar o rapaz de um traseiro dolorido. Tenho uma posição precária aqui, sabe, muito precária. – E ele inflou as bochechas e levantou as sobrancelhas como um besouro para mim.

Não pela primeira vez, arrependi-me do fato de não haver bruxas de verdade. Se fosse uma bruxa, eu o teria transformado em sapo na hora. Um sapo gordo e grande, com verrugas.

Sufoquei minha raiva e tentei argumentar mais uma vez.

– Acho que seu traseiro já não pode ser salvo a esta altura; é com seu pescoço que estou preocupada. Os ingleses pretendem enforcá-lo pela manhã.

MacRannoch resmungava consigo mesmo, andando de um lado para outro como um urso numa jaula muito pequena. Parou bruscamente diante de mim e enfiou o nariz a 1 centímetro do meu. Eu teria me encolhido, se não estivesse tão cansada. No estado em que estava, apenas pisquei os olhos.

– E se eu dissesse que a ajudaria, de que adiantaria? – rosnou ele.

Retomou suas voltas, dois passos até a parede, meia-volta num volteio de pele de urso e mais dois passos até a outra parede. Falava enquanto andava, as palavras no mesmo ritmo dos passos, parando para um suspiro ao dar a volta.

– Se eu mesmo fosse à presença de sir Fletcher, o que iria dizer? O senhor tem um capitão em sua equipe que tortura prisioneiros em seu tempo livre? E quando ele perguntar como eu soube disso, eu lhe digo que uma inglesa perdida que meus homens encontraram vagando no escuro disse-me que o sujeito tem feito propostas indecentes ao seu marido, que é um malfeitor com um prêmio por sua cabeça e um assassino condenado, ainda por cima?

MacRannoch parou e bateu com a pata sobre a frágil mesa.

– E quanto a levar homens ao lugar! Se, veja bem, estou dizendo *se* pudéssemos entrar...

– Poderiam entrar – interrompi. – Posso lhes mostrar o caminho.

– Mmmmhum. Pode ser. Se pudéssemos entrar, o que aconteceria quando Fletcher encontrasse meus homens vagando pela sua fortaleza? Enviaria o capitão Randall na manhã seguinte com um par de canhões e deixaria a Mansão Eldridge no chão, isso é o que aconteceria! – Balançou a cabeça outra vez, fazendo os cachos negros voarem.

– Não, moça, não vejo...

Foi interrompido pela porta da cabana, aberta de supetão para admitir outro arqueiro, desta vez empurrando Murtagh à sua frente na ponta da faca. MacRannoch parou e fitou-o, estupefato.

– O que é isso? – perguntou ele. – Até parece que é Primeiro de Maio, com todos os rapazes e moças por aí, colhendo flores nos bosques, e não o velho e ermo inverno se aproximando com sua neve!

– É um dos homens do clã do meu marido – expliquei. – Como eu lhe disse.

Murtagh, sem se deixar perturbar pela recepção nada cordial, olhava atentamente para a figura com capa de urso, como se removesse cabelos e anos mentalmente.

– MacRannoch, não é? – disse ele, em tom quase acusador. – Você esteve no Grande Encontro, acho, há algum tempo, no Castelo Leoch?

MacRannoch ficou mais do que espantado.

– Há algum tempo, essa é boa! Ora, deve ter sido há mais de trinta anos. Como sabe disso?

Murtagh assentiu, satisfeito.

– Ah, foi o que pensei. Eu estava lá. E me lembro daquele Encontro, provavelmente pelo mesmo motivo que você.

MacRannoch analisava o homenzinho ressequido, tentando subtrair trinta anos de sua fisionomia enrugada.

– Sim, eu me lembro de você – disse ele, finalmente. – Não do nome, mas de você. Você matou um javali ferido sozinho, com uma adaga, durante o *tynchal*. Um belo animal, na verdade. Isso mesmo, o MacKenzie lhe deu as presas afiadas, um belo par, quase uma volta completa. Belo trabalho, rapaz. – Uma expressão perigosamente próxima de satisfação enrugou o rosto marcado de Murtagh por um instante.

Sobressaltei-me, lembrando dos braceletes selvagens e magníficos que vira em Lallybroch. *São da minha mãe* – dissera Jenny –, *presente de um admirador.* Olhei para Murtagh, incrédula. Mesmo considerando a passagem de trinta anos, ele não parecia um candidato provável a uma terna paixão.

Pensando em Ellen MacKenzie, lembrei-me de suas pérolas, que eu ainda carregava, costuradas na bainha do meu bolso. Tateei até encontrar a ponta aberta e puxei o colar para a luz do fogo.

– Posso lhe pagar – falei. – Não espero que seus homens se arrisquem por nada.

Movendo-se muito mais rapidamente do que eu imaginava ser possível, ele arrancou as pérolas da minha mão. Fitou-as, incrédulo.

– Onde conseguiu isto, mulher? – perguntou ele. – Disse que seu nome é Fraser?

– Sim. – Apesar de exausta, empertiguei-me. – E as pérolas são minhas. Meu marido me deu de presente no dia do nosso casamento.

– Ah, deu, hein? – A voz rouca se abrandou repentinamente num sussurro. Virou-se para Murtagh, ainda segurando o colar.

– O filho de Ellen? O marido desta moça é filho de Ellen?

– Sim – respondeu Murtagh, inexpressivo como de costume. – Como você saberia imediatamente se o visse. É a cara dela.

Atento novamente ao colar que agarrava, MacRannoch abriu a mão e tocou delicadamente as pérolas lustrosas.

– Eu dei este colar a Ellen MacKenzie – disse ele. – Como presente de casamento. Eu o teria dado a ela como marido, mas ela preferiu outro. Bem, tenho pensado nele muitas vezes, em volta do seu adorável pescoço, eu lhe disse que não poderia vê-lo em nenhuma outra mulher. Assim, pedi-lhe que o guardasse e só pensasse em mim quando o usasse. Hummm! – Resfolegou brevemente diante de alguma lembrança, em seguida devolveu as pérolas cuidadosamente para mim. – Então, são suas agora. Bem, use-as em boa saúde, moça.

– Terei uma chance muito melhor de fazê-lo – disse, tentando controlar minha impaciência diante daquelas demonstrações sentimentais – se me ajudar a resgatar meu marido.

A pequena boca rósea, que estivera esboçando um sorriso com os próprios pensamentos de seu dono, apertou-se repentinamente.

– Ah – disse sir Marcus, puxando a barba. – Compreendo. Mas já lhe disse, moça, não vejo como isso possa ser feito. Tenho mulher e três filhos em casa. Sim, eu faria alguma coisa pelo filho de Ellen. Mas o que está pedindo é demais.

De repente, minhas pernas cederam completamente e sentei-me com um baque, deixando meus ombros arriarem e minha cabeça pender. O desespero me arrastava como uma âncora, puxando-me para baixo. Fechei os olhos e retirei-me para um lugar escuro no meu íntimo, onde não havia nada além de um vazio cinzento e dolorido, e onde o som da voz de Murtagh, ainda argumentando, não passava de uma tagarelice indistinta.

Foram os bramidos do gado que me tiraram do meu estupor. Ergui os olhos e vi MacRannoch dar meia-volta e sair às pressas da cabana. Quando abriu a porta, uma rajada do ar gelado do inverno entrou, carregada dos mugidos do gado e dos berros dos homens. A porta se fechou com um estampido atrás da figura enorme e peluda e eu me virei para perguntar a Murtagh o que ele achava que deveríamos fazer em seguida.

A expressão de seu rosto me fez parar, muda. Eu raramente o vira com qualquer expressão além de uma espécie de severidade paciente em suas feições, mas agora ele positivamente resplandecia com um entusiasmo contido.

Agarrei-o pelo braço.

– O que foi? Conte-me, depressa!

Ele só teve tempo de dizer, antes de o próprio MacRannoch precipitar-se de volta na cabana, empurrando um jovem magro à sua frente:

– As vacas! São de MacRannoch!

Com um último empurrão, encostou o rapaz na parede recoberta de argamassa da cabana. Aparentemente, MacRannoch achava o confronto eficaz; tentava a mesma técnica nariz a nariz que usara comigo anteriormente. Com menos autocontrole, ou menos cansado, do que eu, o jovem arqueou-se nervosamente contra a parede o máximo que pôde.

MacRannoch começou mostrando-se amistosamente razoável.

– Absalom, meu rapaz, eu o enviei há três horas para trazer para dentro quarenta cabeças de gado. Eu lhe disse que era importante encontrá-las, porque uma terrível tempestade de neve está para acontecer. – A voz agradavelmente modulada elevava-se. – E quando ouvi o barulho das vacas mugindo lá fora, disse a mim mesmo, "Ah, Marcus, Absalom foi e encontrou todo o gado, que rapaz excelente, agora todos nós podemos ir para casa e nos aquecermos junto ao fogo, com o gado a salvo em seus estábulos".

Um punho forte e musculoso fechara-se no casaco de Absalom. O material, agarrado entre aqueles dedos rombudos, começou a se deformar.

– E, então, eu saio para lhe dar os parabéns por um excelente trabalho e começo a contar os animais. E quantos eu conto, Absalom, meu belo rapazinho? – A voz elevara-se a um rugido a plenos pulmões. Embora não possuísse uma voz particularmente profunda, Marcus MacRannoch tinha uma força nos pulmões suficiente para três homens de compleição normal. – Quinze! – gritou ele, erguendo o infeliz Absalom na ponta dos pés. – Ele encontra quinze animais, de quarenta! E onde estão os outros! Onde? Lá fora, perdidos na neve, para morrerem congelados!

Murtagh desaparecera discretamente nas sombras do canto da sala enquanto a cena se desenrolava. Mas eu observava seu rosto e vi o repentino brilho de divertimento em seus olhos diante daquelas palavras. De repente, compreendi o que ele começara a me dizer e eu sabia onde Rupert estava agora. Ou, se não exatamente onde ele estava, ao menos o que ele estava fazendo. E comecei a ter um pouco de esperança.

Estava completamente escuro. As luzes da prisão lá embaixo brilhavam fracamente através da neve, como os lampiões de um navio inundado. Esperando sob as árvores com meus dois companheiros, revi mentalmente pela milésima vez tudo que podia dar errado.

MacRannoch desempenharia sua parte no acordo? Teria de fazê-lo, se quisesse obter de volta seu valioso gado de raça pura das Terras Altas.

Sir Fletcher acreditaria em MacRannoch e ordenaria uma busca nas masmorras imediatamente? Era provável – o baronete não era um homem que pudesse ser considerado levianamente.

Eu vira o gado desaparecer, um animal de cada vez, pela vala que levava à oculta porta dos fundos, sob a condução experiente de Rupert e seus homens. Mas conseguiriam forçar o gado a entrar por aquela porta, um ou mais de cada vez? Se assim fosse, o que fariam uma vez lá dentro, o gado desvairado, preso repentinamente num corredor de pedra iluminado com tochas ofuscantes? Bem, talvez funcionasse. O próprio corredor não seria muito diferente de seu estábulo de chão de pedras, inclusive as tochas e o cheiro de seres humanos. Se haviam chegado até lá, o plano devia funcionar. Era pouco provável que o próprio Randall pedisse socorro diante da invasão, por medo de ver seus pequenos segredos revelados.

Os condutores do gado deveriam fugir da prisão o mais depressa possível, assim que os animais estivessem bem e verdadeiramente lançados em seu caminho caótico e, então, deveriam cavalgar a toda a brida para as terras dos MacKenzie. Randall não tinha importância; o que poderia fazer sozinho naquelas circunstâncias? Mas e se o barulho atraísse o resto da guarnição da prisão cedo demais? Se Dougal relutara em tentar tirar seu sobrinho de Wentworth, eu podia imaginar sua ira se vários MacKenzie fossem presos por invadirem o lugar. Eu também não queria ser responsável por isso, embora Rupert tivesse se mostrado mais do que disposto a correr o risco. Mordi o polegar e tentei me tranquilizar, pensando nas toneladas de granito sólido, capazes da abafar qualquer barulho, que separavam as masmorras das dependências superiores da prisão.

O mais preocupante de tudo, é claro, era o temor de que tudo pudesse funcionar, mas já fosse tarde demais. Com um carrasco à espera ou não, Randall poderia ir longe demais. Eu sabia muito bem, por meio de histórias contadas pelos soldados que retornavam de campos de prisioneiros de guerra, que nada era mais fácil do que um prisioneiro morrer por "acidente" e o corpo ser convenientemente descartado antes que perguntas embaraçosas pudessem ser feitas pelos oficiais. Ainda que fizessem perguntas, e Randall fosse descoberto, pouco adiantaria para mim – ou para Jamie.

Estava decidida a me impedir de imaginar os usos possíveis da miscelânea de objetos que havia sobre a mesa naquele quarto. Mas não conseguia deixar de rever incessantemente as pontas dos ossos daquele dedo pressionado contra a mesa. Esfreguei os nós dos meus próprios dedos com força contra o couro da sela, tentando apagar a imagem. Senti uma leve queimação e tirei a luva para examinar os arranhões deixados pelos dentes do lobo. Nada muito ruim, apenas algumas esfoladuras, com uma única perfuração pequena onde uma ponta aguda perfurara o couro. Lambi o ferimento distraidamente. Não servia de consolo dizer a mim mesma que eu fizera o melhor possível. Eu fizera apenas a única coisa possível, mas saber disso não tornava a espera mais fácil.

Finalmente, ouvimos uma gritaria confusa, fraca, vinda da prisão. Um dos homens de MacRannoch colocou a mão na brida do meu cavalo e indicou a proteção das árvores. A neve era bem mais fraca no abrigo e as rajadas de neve perdiam a força sob os galhos entrelaçados do bosque; havia apenas linhas finas de neve, duras e imprevistas, no solo rochoso e coberto de folhas. Embora a neve fosse menos espessa ali, a visibilidade ainda era tão precária que as árvores a alguns passos de distância assomavam repentinamente, os troncos surgindo de repente, negros à luz rosada, conforme eu conduzia meu cavalo com impaciência pela pequena clareira.

Abafado pela neve espessa, o tropel que se aproximava já estava quase junto a nós quando o ouvimos. Os dois homens MacRannoch sacaram suas pistolas e pararam seus cavalos junto às árvores, à espera, mas eu ouvira o mugido surdo do gado e esporeei meu cavalo para fora do bosque.

Sir Marcus MacRannoch, inconfundível por seu cavalo malhado e sua capa de pele de urso, liderava a tropa encosta acima, a neve saltando em pequenas explosões dos cascos de sua montaria. Era seguido por vários homens, todos de muito bom humor, ao que parecia. Outro grupo de seus homens cavalgava mais atrás, acossando pela retaguarda o gado que tentava se dispersar, conduzindo o rebanho desnorteado em torno do sopé de um monte, em direção ao seu merecido refúgio nos estábulos de MacRannoch.

MacRannoch freou ao meu lado, rindo efusivamente.

– Tenho que lhe agradecer, sra. Fraser! – gritou ele através da neve –, por uma noite muito divertida.

Suas suspeitas anteriores haviam desaparecido e cumprimentou-me com fervorosa cordialidade. Com as sobrancelhas e o bigode cobertos de neve, parecia o Papai Noel em dia de festa. Segurando as rédeas do meu cavalo, conduziu-o de volta ao ar mais sereno do bosque. Com um aceno da mão, dispensou meus dois acompanhantes, enviando-os encosta abaixo, para ajudar com o gado. Em seguida, desmontou e me ajudou a descer da sela, ainda rindo consigo mesmo.

– Devia ter visto! – disse ele, gargalhando, extasiado. – Sir Fletcher ficou vermelho como o peito de um pintarroxo quando interrompi seu jantar, gritando que ele estava escondendo propriedade roubada em suas dependências. Então, quando descemos e ele ouviu os animais rugindo que nem trovão, pensei que ele tivesse sujado as calças. Ele... – Sacudi seu braço com impaciência.

– Não importa as calças de sir Fletcher. Encontrou meu marido?

MacRannoch conteve-se um pouco, limpando os olhos na manga.

– Ah, sim. Nós o encontramos.

– Ele está bem? – perguntei com calma, embora tivesse vontade de gritar.

MacRannoch meneou a cabeça em direção às árvores atrás de mim. Girei nos calcanhares e vi um cavaleiro abrindo caminho cuidadosamente entre os galhos de árvores, uma figura volumosa envolta num manto atravessada sobre o arco da sela, à sua frente. Saí correndo em sua direção, seguida por MacRannoch, explicando para tentar me tranquilizar.

– Ele não está morto, ou pelo menos não estava quando o encontramos. Mas foi muito maltratado, o pobre rapaz. – Afastei o manto que recobria a cabeça de Jamie e o examinei ansiosamente da melhor forma possível, com o cavalo se remexendo, inquieto e irritado com a cavalgada gélida e a carga extra. Pude ver contusões escuras e sentir áreas de sangue coagulado no meio de seus cabelos desgrenhados, porém pouco mais além disso na penumbra. Achei que sentia uma pulsação no pescoço gelado, mas não tinha certeza.

MacRannoch segurou meu cotovelo e me afastou.

– É melhor levá-lo para dentro depressa, moça. Venha comigo. Hector o trará para a casa.

Na sala principal da Mansão Eldridge, o lar dos MacRannoch, Hector desceu sua carga sobre o tapete em frente à lareira. Segurando uma das pontas do cobertor, desenrolou-o cuidadosamente, e uma figura inerte, nua, desmoronou sobre as flores amarelas e cor-de-rosa do tapete que era o orgulho e a alegria de lady Annabelle MacRannoch.

Diga-se a favor de lady Annabelle que ela nem pareceu notar o sangue encharcando seu valioso tapete Aubusson. Uma mulher pequena e frágil como um passarinho, de 40 e poucos anos, arrumada como um pintassilgo, resplandecente em seus trajes de seda amarela, enviou criados atarefados em todas as direções com um enérgico bater de palmas e logo cobertores, lençóis de linho, água quente e uísque apareceram junto ao meu cotovelo quase antes de eu ter conseguido tirar meu manto.

– É melhor virá-lo de bruços – avisou sir Marcus, servindo duas grandes doses de uísque. – Ele teve as costas açoitadas e deve ser terrível deitar sobre elas. Não que ele pareça conseguir sentir alguma coisa – acrescentou, examinando cuidadosamente o rosto lívido e as pálpebras cerradas e azuladas de Jamie. – Tem certeza de que ele ainda está vivo?

– Tenho – respondi secamente, esperando estar certa. Virei o corpo de Jamie com dificuldade. A inconsciência parecia ter triplicado seu peso. MacRannoch ajudou e conseguimos posicioná-lo sobre um cobertor, as costas para a lareira.

Uma triagem rápida confirmou que ele, de fato, ainda estava vivo, com todas as partes de seu corpo e sem perigo imediato de uma hemorragia mortal. Assim, eu podia fazer um inventário menos apressado dos ferimentos.

– Posso mandar buscar um médico – disse lady Annabelle, olhando em dúvida para o homem, que mais parecia um cadáver, junto à lareira –, mas duvido que consiga chegar aqui em menos de uma hora; está nevando terrivelmente lá fora. – A relutância em seu tom de voz devia-se apenas em parte à neve, pensei. Um médico seria apenas mais uma testemunha perigosa à presença de um criminoso fugitivo em sua casa.

– Não se preocupe – disse distraidamente. – Sou médica. – Indiferente aos olhares de surpresa de ambos os MacRannoch, me ajoelhei ao lado do que restava do meu marido, cobri-o com cobertores e comecei a aplicar compressas embebidas em água quente às extremidades. Minha principal preocupação era aquecê-lo; o sangue de suas costas gotejava lentamente e eu poderia lidar com aquilo mais tarde.

Lady Annabelle desapareceu ao longe, sua voz aguda de pintassilgo convocando, chamando e tomando providências. Seu marido se agachou junto a mim e começou a esfregar metodicamente os pés congelados entre as mãos grandes e de dedos rombudos, parando de vez em quando para tomar um pequeno gole do seu uísque.

Tirando os cobertores por partes, inspecionei os danos. Ele havia sido chicoteado da nuca aos joelhos com algo que devia ser um chicote de montaria, as marcas cruzando-se perfeitamente como ponto de bainha. A absoluta ordenação das marcas, revelando uma deliberação que se regozijava em cada golpe aplicado, me fez sentir nauseada de ódio.

Alguma coisa mais pesada, talvez uma bengala, fora usada com menos moderação em seus ombros, provocando cortes tão fundos em alguns pontos que se via o brilho do osso em uma das omoplatas. Pressionei um grosso chumaço de algodão delicadamente sobre o ferimento em pior estado e continuei o exame.

O ponto na lateral do corpo onde a marreta o atingira tinha uma aparência feia, inchada e contundida, um hematoma roxo e negro maior do que a mão de sir Marcus. Costelas quebradas, sem dúvida, mas elas também podiam esperar. Minha atenção foi atraída para as áreas lívidas no pescoço e no peito, onde a pele estava enrugada, vermelha e com bolhas. As bordas de uma dessas áreas estavam chamuscadas, com um aro de cinza branca.

– Diabos, o que fez isso? – Marcus terminara suas massagens e espreitava por cima do meu ombro com profundo interesse.

– Um atiçador de lareira, em brasa. – A voz era fraca e indistinta; foi necessário um instante até eu perceber que fora Jamie quem falara. Ergueu a cabeça com esforço, mostrando a razão para a sua dificuldade em falar; o lábio inferior estava profundamente mordido em um dos lados e inchado como uma picada de abelha.

Com considerável presença de espírito, sir Marcus colocou a mão atrás do pescoço de Jamie e pressionou a caneca de uísque em seus lábios. Jamie se encolheu quando sua boca machucada ardeu com a bebida, mas bebeu todo o conteúdo da caneca antes de deitar a cabeça outra vez. Seus olhos, apenas dois riscos ligeiramente embaciados de dor e uísque, mas ainda assim bem-humorados, voltaram-se para mim.

– Vacas? – perguntou ele. – Eram mesmo vacas ou eu estava sonhando?

– Bem, foi tudo que consegui arranjar com o tempo que tínhamos – disse, radiante de alívio ao vê-lo vivo e consciente. Coloquei a mão sobre sua cabeça, virando-a para inspecionar uma grande contusão na face. – Você está com uma aparência horrível. Como se sente? – perguntei, por força do hábito há muito tempo adquirido.

– Vivo. – Apoiou-se com dificuldade sobre um dos cotovelos para aceitar com um sinal da cabeça uma segunda caneca de uísque das mãos de sir Marcus.

– Acha que deve beber tanto de uma só vez? – perguntei, tentando examinar suas pupilas em busca de sinais de concussão. Ele me frustrou cerrando os olhos e inclinando a cabeça para trás.

– Sim – disse ele, devolvendo a caneca vazia a sir Marcus, que a levou de volta em direção à garrafa de uísque.

– Bom, por enquanto chega, Marcus. – Lady Annabelle, reaparecendo como o sol no Oriente, impediu seu marido com um gorjeio pleno de autoridade. – O rapaz precisa de um chá forte e quente, não de mais uísque. – O chá vinha atrás dela, num bule de prata, carregado por uma criada cujo ar de superioridade natural não foi alterado pelo fato de ainda estar vestida em sua camisola de dormir.

– Chá quente e forte, com muito açúcar – completei.

– E talvez umas gotas de uísque também – acrescentou sir Marcus, removendo cuidadosamente a tampa do bule quando passou por ele e acrescentando uma generosa dose de sua garrafa. Aceitando com gratidão a xícara de chá fumegante, Jamie ergueu-a num tributo mudo a sir Marcus, antes de levar o líquido quente cuidadosamente à boca. Sua mão tremia incontrolavelmente e eu a envolvi nas minhas para guiar a xícara.

Novos criados trouxeram uma cama de campanha, um colchão, mais cobertores, mais ataduras e água quente, bem como uma grande arca de madeira contendo os suprimentos médicos da casa.

– Achei melhor trabalharmos aqui junto à lareira – explicou lady Annabelle em sua encantadora voz de passarinho. – Há mais luz e certamente é o lugar mais quente da casa.

Com uma ordem sua, dois dos criados mais robustos seguraram, cada um de um lado, as pontas do cobertor sobre o qual Jamie estava deitado e o transferiram, e a seu conteúdo, sem solavancos, para a cama de campanha, armada diante do fogo, onde outro criado atiçava laboriosamente as brasas empilhadas para a noite e alimentava a chama crescente. A criada que trouxera o chá acendia com eficiência as velas finas de cera nos candelabros de vários braços que havia sobre o bufê. Apesar da aparência de pintassilgo, Annabelle obviamente tinha a alma de um sargento.

– Sim, agora que ele está acordado, quanto mais cedo melhor – disse. – Tem uma tábua reta com cerca de 60 centímetros de comprimento – perguntei –, uma tira forte e talvez algumas varetas planas e retas, mais ou menos deste tamanho? – Indiquei o comprimento com a distância de aproximadamente 10 centímetros entre os dedos. Um dos criados desapareceu nas sombras, sumindo de vista com um estalido, como um gênio da lâmpada, para atender meu pedido.

A casa inteira parecia mágica, talvez por causa do contraste entre o frio assustador do lado de fora e o suntuoso calor ali dentro – ou talvez apenas por causa do alívio de ver Jamie a salvo, após tantas horas de medo e desespero.

A mobília pesada e escura brilhava com o polimento à luz das velas, objetos de prata reluziam em cima do bufê e uma delicada coleção de porcelanas e cristais ornamentava o console da lareira, num contraste bizarro com a figura ensanguentada e suja à sua frente.

Nenhuma pergunta foi feita. Éramos hóspedes de sir Marcus e lady Annabelle comportava-se como se fosse um acontecimento cotidiano receber pessoas, à meia-noite, que sangravam no tapete. Ocorreu-me pela primeira vez que uma visita semelhante já devia ter acontecido antes.

– Um trabalho asqueroso – disse sir Marcus, examinando a mão esmigalhada com um conhecimento adquirido em campos de batalha. – E terrivelmente doloroso também, imagino. Ainda assim, isso não vai matá-lo, não é? – Empertigou-se e referiu-se a mim em tom confidencial. – Achei que poderia ser pior, considerando-se o que ela me disse. Fora as costelas e a mão, não há ossos quebrados e o resto logo estará curado. Eu diria que teve sorte, rapaz.

A figura deitada na cama emitiu um resfolegar fraco.

– Suponho que possa chamar a isso de sorte. Pretendiam me enforcar pela manhã. – Moveu a cabeça impacientemente no travesseiro, tentando olhar para sir Marcus. – Sabia disso... sir? – acrescentou ele, avistando o colete bordado de Marcus, com seu brasão trabalhado em fios de prata entre pombos e rosas.

MacRannoch balançou a mão, descartando esse detalhe menor.

– Bem, se ele pretendia mantê-lo apresentável para o carrasco, foi um pouco longe demais em suas costas – observou sir Marcus, retirando o algodão ensopado e substituindo-o por uma nova compressa.

– Sim. Ele perdeu um pouco a cabeça quando... quando ele... – Jamie se esforçou para pronunciar as palavras, depois desistiu e virou o rosto para o fogo, os olhos fechados. – Meu Deus, estou cansado – disse ele.

Nós o deixamos descansar até que o criado se materializou junto ao meu cotovelo com as talas que eu solicitara. Em seguida, peguei a mão machucada de Jamie com todo cuidado, aproximando a luz do candelabro para examiná-la.

Teria que ser imobilizada o mais rápido possível. Os músculos machucados já faziam os dedos dobrarem-se para dentro como uma garra. Fiquei perdida quando vi a extensão dos ferimentos. Mas se ele algum dia pudesse fazer uso da mão novamente, eu tinha que tentar.

Lady Annabelle não se afastara durante o exame, observando com interesse.

Quando coloquei a mão sobre a cama outra vez, ela se adiantou e abriu a pequena arca de suprimentos médicos.

– Imagino que vá precisar de eupatório e talvez de casca de cerejeira. Não sei... – Olhou pra Jamie com ar de dúvida. – Sanguessugas? O que acha? – A mão bem cuidada pairava em cima de um pequeno recipiente tampado e cheio de um líquido escuro.

Estremeci e balancei a cabeça.

– Não, creio que não; pelo menos, não agora. O que eu realmente precisava... por acaso tem algum tipo de entorpecente? – Ajoelhei-me ao lado dela para examinar o conteúdo da caixa.

– Ah, tenho, sim! – Sua mão se dirigiu sem hesitação para um pequeno frasco verde. – Flores de láudano. – Leu o rótulo. – Serve?

– Perfeito. – Aceitei o frasco com gratidão.

– Muito bem – disse energicamente a Jamie, despejando uma pequena quantidade do líquido de cheiro forte num copo –, você só precisa ficar sentado o tempo suficiente para engolir isso. Depois, irá dormir e permanecerá assim por bastante tempo.

Na realidade, eu tinha dúvidas sobre a prudência de administrar láudano depois de todo aquele uísque, mas a alternativa – reconstruir aquela mão enquanto ele estivesse consciente – era impensável. Inclinei o frasco para despejar um pouco mais.

A mão esquerda de Jamie no meu braço me impediu.

– Não quero drogas – disse ele com firmeza. – Talvez apenas mais uma pequena dose de uísque – hesitou, a língua tocando o lábio mordido. – E talvez alguma coisa para morder.

Sir Marcus, ouvindo aquilo, atravessou a sala até a graciosa e brilhante escrivaninha Sheraton no canto e começou a fazer uma busca minuciosa. Retornou em poucos instantes com uma pequena peça de couro envelhecido. Olhando mais de perto, pude ver as dezenas de endentações semicirculares sobrepostas no couro grosso – marcas de dentes, percebi com um choque.

– Aqui está – disse sir Marcus, prestativamente. – Eu mesmo o usei em St. Simone. Ajudou-me enquanto retiravam uma bala de mosquete cravada em minha perna.

Continuei olhando, de boca aberta, enquanto Jamie pegava o couro com um aceno da cabeça em agradecimento, passando o polegar sobre as marcas. Falei devagar, estupefata:

– Você realmente espera que eu coloque nove ossos no lugar com você acordado?

– Sim – respondeu ele laconicamente, colocando o couro entre os dentes e mordendo-o experimentalmente. Mudou-o de posição de um lado para o outro, procurando o jeito mais confortável.

Dominada pela absoluta teatralidade daquela cena, o precário autocontrole que eu havia conseguido reunir de repente desmoronou.

– Quer parar de bancar o maldito herói! – esbravejei, furiosa. – Todos nós sabemos o que você fez, não tem que provar o quanto pode aguentar! Ou você acha que nós vamos nos desesperar se você não estiver no comando, dizendo a todos o que fazer a cada minuto? Quem, com todos os diabos, você pensa que é? John Wayne?!

Fez-se um silêncio constrangedor. Jamie olhou para mim, boquiaberto. Finalmente, falou.

– Claire – disse ele suavemente –, estamos talvez a uns 3 quilômetros da prisão de Wentworth. Eu deveria ser enforcado pela manhã. Independente do que tenha acontecido a Randall, os ingleses logo vão notar meu desaparecimento.

Mordi o lábio. O que ele dizia era verdade. A inadvertida libertação de outros presos que eu provocara poderia confundir por algum tempo, mas por fim fariam uma contagem e a busca começaria. E graças ao espalhafatoso método de fuga que eu escolhera, era de se prever que todas as atenções se voltariam para a Mansão Eldridge imediatamente.

– Se tivermos sorte – continuou a voz serena –, a neve retardará a busca até termos partido. Se não... – encolheu os ombros, fitando as chamas. – Claire, não deixarei que me peguem de novo. E ficar drogado, deitado aqui indefeso se eles vierem, e talvez acordar acorrentado em uma cela outra vez... Claire, eu não suportaria.

Havia lágrimas nos meus olhos turvando a minha vista. Fitei-o com os olhos arregalados, sem querer piscar e deixar que escorressem pelo meu rosto.

Ele cerrou os olhos por causa do calor do fogo. A incandescência emprestava uma aparência de saudável rubor às suas faces pálidas. Eu podia ver os longos músculos em sua garganta moverem-se enquanto ele engolia em seco.

– Não chore, Sassenach – disse ele, tão suavemente que mal pude ouvi-lo. Estendeu a mão ilesa e deu uns tapinhas em minha perna, tentando me tranquilizar. – Acho que estamos bastante seguros, menina. Se eu achasse provável que fôssemos capturados, certamente não iria perder uma das minhas últimas horas deixando que você consertasse a minha mão, que eu não iria mais usar. Vá chamar Murtagh para mim. Depois, me dê uma bebida e acabaremos com isso.

Ocupada à mesa com os preparativos médicos, não pude ouvir o que ele dizia a Murtagh, mas vi as duas cabeças juntas por um instante, depois a mão musculosa de Murtagh tocou delicadamente a orelha do homem mais novo – um dos poucos lugares sem ferimentos.

Com um rápido aceno de cabeça de despedida, ele se dirigiu para a porta. Como um rato, pensei, movendo-se ao longo dos painéis da parede para não ser notado. Fui atrás dele quando saiu para o vestíbulo e agarrei-o pelo xale de seu kilt pouco antes de desaparecer completamente pela porta da frente.

– O que ele lhe disse? – perguntei impetuosamente. – Onde está indo?

O homenzinho escuro e vigoroso hesitou por um instante, mas respondeu sem se alterar:

– Devo ir com o jovem Absalom em direção a Wentworth e ficar de vigia. Se algum soldado inglês estiver vindo para cá, devo chegar aqui antes dele e, se houver tempo, esconder você e ele, depois partir com três cavalos, para atrair os perseguidores para longe da mansão. Há um porão; pode servir de esconderijo se a busca não for muito rigorosa.

– E se não houver tempo para nos escondermos? – Fitei-o atentamente, desafiando-o a deixar de me responder.

– Então, devo matá-lo e levar você comigo – respondeu ele prontamente. – Mesmo contra sua vontade – acrescentou, com um sorriso maldoso, virando-se para ir embora.

– Espere um minuto! – falei asperamente. Ele parou. – Tem uma adaga extra?

Suas sobrancelhas imundas se ergueram subitamente, mas levou a mão à cintura sem hesitar.

– Precisa de uma adaga? Aqui? – Seu olhar abrangeu a opulência e a serenidade do vestíbulo, com seu teto no estilo Adam, artisticamente pintado, e seus painéis ornamentais na forma de dobras de tecido.

O bolso onde costumava guardar a adaga estava completamente rasgado. Peguei a adaga que ele me apresentou e enfiei-a entre a blusa e o corpete nas costas, como vira as ciganas fazerem.

– Nunca se sabe, não é? – respondi tranquilamente.

Terminados os preparativos, sondei o mais delicadamente possível, avaliando os danos, decidindo o que devia ser feito. Jamie prendeu a respiração com força quando toquei um local especialmente dolorido, mas manteve os olhos cerrados enquanto eu tateava devagar ao longo de cada junta e osso separados, observando a posição de cada fratura e deslocamento.

– Desculpe-me – murmurei.

Peguei sua mão intacta também e tateei cuidadosamente cada dedo das duas mãos, fazendo comparações. Sem raios X ou qualquer experiência para me guiar, teria que contar com a minha própria sensibilidade para encontrar e realinhar os ossos esmagados.

A primeira junta estava boa, mas achei que a segunda falange estava fraturada. Apertei com mais força para determinar o comprimento e a direção da fratura. A mão ferida permaneceu imóvel em meus dedos, mas a mão boa fez um pequeno gesto involuntário de retraimento.

– Desculpe-me – murmurei de novo.

A mão em perfeitas condições se retraiu das minhas quando Jamie se ergueu num dos cotovelos. Cuspindo fora o pedaço de couro, fitou-me com uma expressão entre divertimento e exasperação.

– Sassenach – disse ele –, se pedir desculpas toda vez que me machucar, vai ser uma noite muito longa, e já durou bastante.

Devo ter parecido chocada, porque ele começou a estender o braço para mim, depois parou, contraindo-se de dor com o movimento. Entretanto, controlou o sofrimento e falou com firmeza:

– Sei que não tinha intenção de me machucar. Mas não tem outra escolha, assim como eu não tenho, e não há necessidade de mais de um de nós sofrer por isso. Faça o que for necessário e eu gritarei se tiver que gritar.

Recolocando o pedaço de couro, exibiu os dentes cerrados ferozmente para mim. Depois, devagar e deliberadamente, focalizou os olhos como se fosse vesgo. Isso o fez parecer um tigre aturdido e explodi numa gargalhada um tanto histérica antes que pudesse me conter.

Tampei a boca com as mãos, as faces em chama quando vi os olhares atônitos nos rostos de lady Annabelle e dos criados, que, de pé atrás de Jamie, naturalmente não podiam ver seu rosto. Sir Marcus, que captara um vislumbre da careta de Jamie de sua cadeira ao lado da cama, exibiu um largo sorriso em sua barba avantajada.

– Além do mais – continuou Jamie, cuspindo o couro outra vez –, se os ingleses aparecerem depois disto, acho que vou implorar para que me levem de volta.

Peguei o pedaço de couro, coloquei-o entre seus dentes e empurrei sua cabeça para baixo outra vez.

– Palhaço – disse. – Sabe-tudo. Maldito herói. – Mas ele me livrara de um peso e pude trabalhar com mais tranquilidade. Se ainda notava cada estremecimento ou careta de dor, pelo menos já não me sentia tão mal.

Comecei a me desligar do ambiente à minha volta, concentrando-me inteiramente na tarefa, direcionando toda a minha atenção às pontas dos meus dedos, examinando cada ponto ferido e decidindo a melhor maneira de realinhar os ossos quebrados. Felizmente, o polegar foi o que menos sofreu; apenas uma fratura simples na primeira junta. Iria se recuperar inteiramente, sem sequelas. A segunda articulação do dedo anular estava completamente destruída; senti apenas um ruído de fragmentos de ossos quando a girei delicadamente entre o polegar e o indicador, fazendo Jamie gemer. Nada poderia ser feito em relação a isso, a não ser entalar a articulação e torcer pelo melhor.

A fratura múltipla do dedo médio era a pior. O dedo teria que ser puxado para ficar reto, recolocando o osso proeminente de volta pela carne dilacerada. Eu já vira isso ser feito antes – sob anestesia geral e com o auxílio de raios X.

Até então, o procedimento não passara de um problema mais mecânico do que real, tendo que decidir como reconstruir a extremidade esmagada de um membro, desconectada de um corpo. Percebi de repente por que os médicos raramente tratam pessoas de sua própria família. Alguns procedimentos em medicina exigem uma dose de brutalidade para serem realizados com sucesso; o distanciamento é necessário para que se possa infligir dor no processo de efetuar uma cura.

Silenciosamente, sir Marcus trouxera um banco para junto da cama. Instalou seu corpanzil confortavelmente enquanto eu terminava de enfaixar e segurou a mão boa de Jamie entre as suas.

– Pode apertar o quanto quiser, rapaz – disse ele.

Desprovido de sua pele de urso e com seus cachos grisalhos cuidadosamente penteados e amarrados na nuca, MacRannoch já não parecia o selvagem assustador da floresta, mas um homem de meia-idade, sobriamente vestido, com uma barba bem aparada e uma postura militar. Nervosa com o que estava prestes a tentar, achei sua sólida presença reconfortante.

Respirei fundo e rezei para conseguir manter o distanciamento.

Foi um trabalho longo, horrível, devastador, embora não destituído de fascínio. Algumas partes, como entalar os dois dedos com fraturas simples, transcorreram sem dificuldades. Outras, não. Jamie realmente gritou – bem alto – quando encanei os ossos do dedo médio, aplicando uma força considerável, necessária para conduzir as pontas lascadas dos ossos através da carne. Hesitei por um instante, desalentada, mas sir Marcus disse energicamente: "Continue, moça!"

Lembrei-me subitamente do que Jamie me dissera, na noite em que o bebê de Jenny nasceu: *Eu mesmo posso suportar a dor, mas não aguentaria vê-la sofrer.*

Está acima das minhas forças. Tinha razão; era necessária muita coragem; esperava que cada um de nós tivesse o suficiente.

O rosto de Jamie estava desviado do meu, mas eu podia ver os músculos do maxilar se contraírem quando ele fincava os dentes com mais força no couro. Cerrei meus próprios dentes e continuei; a extremidade pontiaguda do osso desapareceu lentamente de volta pela pele e o dedo se estendeu com uma agonizante relutância, deixando nós dois trêmulos.

Enquanto trabalhava, comecei a perder a consciência de qualquer outra coisa além da tarefa à minha frente. Jamie gemia de vez em quando e teve que parar duas vezes com ânsias de vômito, expelindo praticamente apenas uísque, já que comera muito pouco na prisão. No entanto, durante a maior parte do tempo, ele manteve um murmúrio constante em gaélico, a testa pressionada com força contra os joelhos de sir Marcus. Eu não sabia, através da mordaça de couro, se ele estava rezando ou xingando.

Todos os cinco dedos por fim ficaram retos como pinos novos, rígidos como pedaços de pau em suas talas enfaixadas. Eu tinha medo de infecção, particularmente no dedo médio dilacerado, mas fora isso estava bastante confiante de que a recuperação seria boa. Por sorte, somente aquela articulação em particular fora drasticamente danificada. Provavelmente perderia os movimentos daquele dedo, mas os outros voltariam ao seu funcionamento normal – com o tempo. Não havia nada que eu pudesse fazer a respeito dos ossos do metacarpo fraturados ou da perfuração com prego, exceto aplicar um antisséptico e um cataplasma, depois rezar para que não tivesse tétano. Dei um passo para trás, com todos os membros tremendo com a tensão da noite, meu corpete ensopado de suor do calor do fogo às minhas costas.

Lady Annabelle surgiu ao meu lado imediatamente, conduzindo-me a uma cadeira e pressionando em minhas mãos trêmulas uma xícara de chá com um pouco de uísque. Sir Marcus, como o melhor assistente de uma sala de operações que um médico poderia ter, desamarrava o braço preso de Jamie e esfregava as marcas onde as tiras haviam machucado os músculos retesados. Sua mão estava vermelha, notei, onde Jamie a agarrara.

Não percebi que havia cochilado, mas despertei com um solavanco, a cabeça aprumando-se no pescoço. Annabelle instava-me a subir, a mão macia sob meu cotovelo.

– Venha, querida. Você está morta de cansaço; seus próprios ferimentos precisam ser tratados e precisa dormir um pouco.

Desvencilhei-me dela o mais delicadamente possível.

– Não, não posso. Tenho que terminar... – Minhas palavras se perderam em meu estado de confusão mental, quando Marcus tirou suavemente de minhas mãos a garrafa de vinagre e um pedaço de pano.

– Eu cuidarei do resto – disse ele. – Tenho alguma experiência em tratar feridos em campo de batalha, sabe. – Atirando os cobertores para trás, começou a limpar o sangue dos cortes das chicotadas, com movimentos suaves mas eficazes, que realmente impressionavam. Vendo-me observá-lo, riu, a barba vistosamente empinada. – Já limpei muitos cortes de chicotadas na minha época – disse. – E apliquei algumas também. Isso não é nada, moça; estarão curados em poucos dias. – Sabendo que ele tinha razão, dirigi-me à cabeceira da cama. Jamie estava acordado, o rosto levemente contorcido numa careta de dor por causa da ardência provocada pela solução antisséptica aplicada nos ferimentos em carne viva. No entanto, suas pálpebras estavam pesadas e os olhos azuis escurecidos de dor e cansaço.

– Vá dormir, Sassenach. É o que vou fazer.

Se ele conseguiria ou não, eu não sabia. Era claro, entretanto, que eu não poderia dormir, ao menos não por muito tempo. Estava cambaleando de exaustão e os arranhões nas minhas pernas começavam a arder e doer. Absalom os havia limpado para mim na cabana, mas precisavam de um curativo.

Assenti, entorpecida, e atendi à pressão delicada, mas insistente, de lady Annabelle em meu cotovelo.

No meio das escadarias, lembrei-me de ter esquecido de dizer a sir Marcus como enfaixar os cortes. Os ferimentos profundos nos ombros teriam que ser firmados com tiras e acolchoados, para que Jamie pudesse usar uma camisa quando fugíssemos. No entanto, as marcas mais leves deveriam ser deixadas ao ar livre, para cicatrizarem. Dei uma rápida olhada no quarto de hóspedes para onde Annabelle me conduzira, depois pedi licença e voltei aos tropeções pelas escadas, dirigindo-me à sala de visitas.

Parei na penumbra da soleira da porta, Annabelle atrás de mim. Os olhos de Jamie estavam fechados; aparentemente, ele caíra numa espécie de sonolência causada pelo uísque e pela fadiga. Os cobertores foram atirados para trás, dispensáveis pelo calor do fogo. Sir Marcus casualmente descansou a mão no quadril nu de Jamie ao estender-se por cima da cama para pegar um pedaço de pano. O efeito foi elétrico. As costas de Jamie arquearam-se subitamente, os músculos de suas nádegas firmemente retesados, e ele deixou escapar um grunhido involuntário de protesto, arremessando-se de costas, apesar das costelas quebradas, para fitar o outro com olhos arregalados e atordoados. Ele mesmo assustado, Marcus parou imóvel por um instante, depois se inclinou para a frente, segurou Jamie pelo braço, cuidadosamente colocando-o de barriga para baixo outra vez. Pensativo, passou o dedo com cuidado pela pele de Jamie. Esfregou os dedos juntos, deixando uma película oleosa visível à luz do fogo.

– Ah! – exclamou ele. O velho soldado puxou o cobertor até a cintura de Jamie e vi os ombros tensos relaxarem ligeiramente sob os curativos.

Sir Marcus sentou-se de forma social e amistosa junto à cabeça de Jamie e serviu mais duas doses de uísque.

– Ao menos, ele teve a consideração de untá-lo um pouco antes – observou ele, entregando uma caneca a Jamie, que se ergueu com dificuldade nos cotovelos para aceitá-la.

– Sim, bem. Não acho que tenha sido pela minha conveniência – disse ele secamente.

Sir Marcus tomou um gole de sua bebida e estalou os lábios, meditativo. Não se ouviu nenhum som por alguns instantes, a não ser os estalidos do fogo, mas nem Annabelle nem eu fizemos qualquer movimento para entrar na sala.

– Se isto lhe serve de consolo – disse sir Marcus de repente, os olhos fixos na garrafa de uísque –, ele está morto.

– Tem certeza? – o tom de voz de Jamie era indecifrável.

– Não vejo como alguém possa sobreviver depois de ser pisoteado por trinta bestas de meia tonelada cada uma. Ele surgiu no corredor para ver o que estava causando o barulho, depois tentou voltar quando viu o que era. Um chifre pegou-o pela manga e puxou-o para fora. Eu vi quando ele caiu junto à parede. Eu e sir Fletcher estávamos na escada, fora do caminho. Naturalmente, Fletcher ficou desatinado e enviou alguns homens para resgatá-lo, mas não puderam nem se aproximar, com todos os chifres furando-o e os animais jogando-o de um lado para outro. Até as tochas caíram da parede com o tumulto. Nossa, rapaz, você devia ter visto! – Sir Marcus assoviou diante da lembrança, agarrando a garrafa pelo gargalo. – Sua mulher é uma jovem de fibra, não há dúvida!

Resfolegando, serviu outra dose e tomou-a de uma só vez, engasgando-se um pouco quando o riso interferiu com o ato de engolir.

– De qualquer forma – continuou ele, batendo no próprio peito –, quando conseguimos afugentar o gado dali, não restava nada mais do que um boneco de trapos envolto em sangue. Os homens de Fletcher o levaram dali, mas, se ainda estivesse vivo, não durou muito. Mais um pouco, rapaz?

– Sim, obrigado.

Fez-se um breve silêncio, quebrado por Jamie.

– Não, não posso dizer que me sirva de grande consolo, mas obrigado por me contar.

Sir Marcus olhou-o com sagacidade.

– Mmmmhum. Você não vai conseguir esquecer isso – disse ele, subitamente. – Nem se dê ao trabalho de tentar. Se puder, deixe curar como o resto de seus ferimentos. Não fique remexendo neles e cicatrizarão perfeitamente. – O velho guerreiro exibiu um antebraço tortuoso, do qual a manga da camisa fora puxada para cima quando ministrava seus cuidados médicos, para mostrar a cicatriz de traços irregulares que ia do cotovelo ao pulso. – Cicatrizes não devem incomodá-lo.

– Sim, é verdade. Algumas cicatrizes, talvez. – Aparentemente lembrando-se de alguma coisa, Jamie se esforçou para se virar de lado. Sir Marcus largou a caneca com uma exclamação.

– Ei, rapaz, cuidado! Virando-se de lado, você pode perfurar o pulmão com a costela quebrada. – Ajudou Jamie a se equilibrar no cotovelo direito, calçando seu corpo com um cobertor dobrado para mantê-lo na posição.

– Preciso de uma faca pequena – disse Jamie, ofegando. – Bem afiada, se estiver à mão.

Sem fazer perguntas, sir Marcus caminhou pesadamente até o lustroso bufê francês de imbuia e vasculhou as gavetas com um prodigioso barulho, emergindo finalmente com uma faca de fruta, de cabo de madrepérola. Atirou-a na mão incólume de Jamie e sentou-se novamente com um grunhido, retomando sua bebida.

– Não acha que já tem cicatrizes suficientes? – perguntou ele. – Vai acrescentar mais algumas?

– Apenas uma. – Jamie se equilibrou precariamente num dos cotovelos, o queixo pressionado no peito, enquanto mirava a faca afiada desajeitadamente embaixo do peito esquerdo. A mão de sir Marcus lançou-se para a frente, um pouco instável, e agarrou o pulso de Jamie.

– É melhor deixar-me ajudá-lo, rapaz. Vai cair em cima dela agora mesmo. – Após uma breve pausa, Jamie relutantemente entregou a faca e se deitou de costas no cobertor acolchoado. Tocou o peito uns 5 centímetros abaixo do mamilo.

– Aqui. – Sir Marcus pegou um lampião de cima do bufê, colocando-o sobre o banco onde estivera sentado. Àquela distância, eu não conseguia ver o que ele examinava; parecia uma pequena queimadura vermelha, de forma grosseiramente circular. Tomou outro gole decidido de sua caneca de uísque, recolocou-a em seguida ao lado do lampião e pressionou a ponta da faca no peito de Jamie. Devo ter feito um movimento involuntário, porque lady Annabelle agarrou a manga do meu vestido murmurando para eu ter cautela. A ponta da faca penetrou na carne e foi girada rapidamente, com o movimento enérgico que se usa para extirpar um ponto podre de um pêssego maduro. Jamie grunhiu uma vez e um fino fio vermelho deslizou pela curva de sua barriga e manchou o cobertor. Ele girou o corpo sobre o estômago, estancando o ferimento contra o colchão.

Sir Marcus colocou de lado a faca de fruta.

– Assim que tiver condições, rapaz, leve sua mulher para a cama e deixe que ela o reconforte. As mulheres gostam de fazer isso – disse ele, rindo em direção à entrada da sala, mergulhada em sombras. – Só Deus sabe por quê.

Lady Annabelle disse afavelmente:

– Venha agora, querida. É melhor deixá-lo sozinho um pouco.

Decidi que sir Marcus poderia cuidar do curativo sozinho e a segui com dificuldade pelas escadas estreitas até o quarto.

Acordei com um sobressalto por causa de um pesadelo de escadarias intermináveis em caracol, o horror espreitando ao final. O cansaço fazia minhas costas e minhas pernas doerem, mas me sentei na cama, em minha camisola emprestada, e tateei em busca da vela e da caixa de sílex. Sentia-me inquieta, tão distante de Jamie. E se ele precisasse de mim? Pior ainda, e se os ingleses viessem, enquanto ele estava sozinho lá embaixo, desarmado? Pressionei o rosto contra o postigo frio, tranquilizada pelo chiado constante da neve contra as vidraças. Enquanto a tempestade continuasse, provavelmente estaríamos a salvo. Enrolei-me numa colcha e, pegando a vela e a adaga, dirigi-me às escadas.

A casa estava silenciosa, exceto pelo crepitar do fogo. Jamie dormia, ou ao menos tinha os olhos cerrados, o rosto virado para o fogo. Sentei-me no tapete junto à lareira, silenciosamente, para não acordá-lo. Esta era a primeira vez que ficávamos sozinhos desde aqueles poucos minutos desesperadores na masmorra da prisão de Wentworth. Parecia que fora há muitos anos. Examinei Jamie cuidadosamente, como se inspecionasse um estranho.

Não parecia muito mal fisicamente, no cômputo geral, mas ainda assim eu estava preocupada. Tomara uísque suficiente durante a cirurgia para derrubar um cavalo de tração e uma boa parte obviamente ainda estava em seu sistema, apesar do vômito.

Jamie não era meu primeiro herói. Os homens passavam depressa demais pelo hospital de campanha, de um modo geral, para que as enfermeiras pudessem conhecê-los bem, mas de vez em quando se via um homem que falava muito pouco ou fazia pilhérias demais, que se mantinha mais tenso e reservado do que a dor e a solidão poderiam explicar.

E eu sabia, grosso modo, o que podia ser feito por eles. Se houvesse tempo, e se fossem do tipo que conversavam para manter a escuridão à distância, sentava-me com eles e ouvia. Caso ficassem calados, eu os tocava sempre que passava por eles e ficava à espreita do momento oportuno, quando poderia fazê-los se abrir, e os abraçava enquanto exorcizavam seus demônios. Se houvesse tempo. Se não houvesse, aplicava-lhes morfina e esperava que conseguissem encontrar alguém que os ouvisse, enquanto seguia em frente, para atender aqueles cujos ferimentos eram visíveis.

Jamie falaria com alguém, mais cedo ou mais tarde. Havia tempo. Mas eu esperava que não fosse comigo.

Ele estava descoberto até a cintura e me inclinei para a frente para examinar suas costas. Era uma visão impressionante. Apenas alguns centímetros separavam os cortes dos açoites, infligidos com uma regularidade que chocava a mente. Ele devia ter permanecido imóvel como uma sentinela enquanto era açoitado. Olhei seus pulsos – sem marcas. Ele, portanto, mantivera sua palavra de não reagir. E não se movera durante seu sofrimento, pagando o resgate combinado pela minha vida.

Limpei os olhos na manga da camisola. Não iria ficar agradecido, eu imaginava, por debulhar-me em lágrimas sobre seu corpo prostrado. Mudei de posição com um leve farfalhar de saias. Ele abriu os olhos com o ruído, mas não pareceu particularmente assustado. Esboçou um sorriso, débil e cansado, mas real. Abri a boca e repentinamente percebi que não sabia o que dizer a ele. Agradecer era impossível. "Como se sente?" seria ridículo; obviamente, estava péssimo. Enquanto pensava, ele falou primeiro.

– Claire? Você está bem, meu amor?

– Se eu estou bem? Meu Deus, Jamie! – As lágrimas assomaram aos meus olhos e pisquei com força, fungando. Ele ergueu a mão boa devagar, como se estivesse pesada de correntes, e acariciou meus cabelos. Puxou-me para si, mas eu me afastei, consciente pela primeira vez da minha aparência, o rosto arranhado e coberto de seiva de árvore, os cabelos duros, emplastados em vários pontos de substâncias impossíveis de mencionar.

– Venha cá – disse ele. – Quero abraçá-la por um instante.

– Mas estou coberta de sangue e vômito – protestei, fazendo um débil esforço para arrumar os cabelos.

Ele emitiu um som sibilante, a expiração fraca que era tudo que suas costelas quebradas permitiam em termos de risada.

– Nossa Senhora, Sassenach, é meu sangue e meu vômito. Venha aqui.

Seu braço era reconfortante em torno dos meus ombros. Descansei a cabeça no travesseiro ao lado dele e permanecemos em silêncio junto ao fogo, extraindo força e paz um do outro. Seus dedos tocaram delicadamente o pequeno ferimento sob meu maxilar.

– Achei que nunca mais a veria outra vez, Sassenach. – Sua voz era baixa e um pouco rouca do uísque e dos gritos. – Fico feliz por você estar aqui.

Sentei-me.

– Não me ver outra vez?! Por quê? Achava que eu não conseguiria tirá-lo de lá?

Ele sorriu, um sorriso enviesado.

– Bem, não, não esperava que conseguisse. Mas achei que se eu lhe dissesse isso, você poderia ficar teimosa e se recusar a ir embora.

– Eu ficar teimosa?! – exclamei, indignada. – Veja só quem está falando!

Houve uma pausa, que se tornou um pouco embaraçosa. Havia coisas que eu deveria perguntar, necessárias do ponto de vista médico, mas sensíveis do aspecto pessoal. Finalmente, contentei-me em perguntar apenas:

– Como se sente?

Seus olhos estavam fechados, com olheiras fundas e escuras à luz da vela, mas os contornos das costas largas estavam tensos sob as ataduras. A boca larga, machucada, se contorceu, algo entre um sorriso e uma careta.

– Não sei, Sassenach. Nunca me senti assim. Tenho vontade de fazer inúmeras coisas, tudo de uma vez, mas minha mente luta contra o meu corpo e meu corpo virou um traidor. Quero sair daqui imediatamente e correr o mais rápido e mais longe que puder. Quero bater em alguém. Meu Deus, como eu quero bater em alguém! Quero incendiar a prisão de Wentworth e transformá-la em cinzas. Quero dormir.

– Pedras não pegam fogo – disse, de forma prática. – Em vez disso, talvez fosse melhor dormir.

A mão ilesa procurou a minha e encontrou-a, a boca relaxou um pouco, embora seus olhos permanecessem fechados.

– Quero abraçá-la com força e beijá-la e nunca deixá-la ir embora. Quero levá-la para a cama e usá-la como uma prostituta, até esquecer que existo. E quero colocar a minha cabeça no seu colo e chorar como uma criança.

O canto de sua boca se virou para cima e um olho azul abriu-se de esguelha.

– Infelizmente – disse ele –, não posso fazer nada disso, exceto a última, sem desmaiar ou vomitar de novo.

– Bem, então, suponho que terá que se contentar com isso e colocar o resto sob o rótulo de providências futuras – disse, rindo um pouco.

Foram necessárias algumas acomodações e ele quase vomitou outra vez, mas finalmente eu estava sentada no catre, as costas apoiadas contra a parede e sua cabeça descansando na minha coxa.

– O que foi que sir Marcus extraiu de seu peito? – perguntei. – Uma marca de ferro em brasa? – insisti delicadamente, já que ele não me respondera. A cabeça brilhante se moveu ligeiramente em confirmação.

– Um selo, com as iniciais dele. – Jamie riu brevemente. – Já basta ter que carregar suas marcas pelo resto da vida sem ter que carregar sua assinatura também, como um maldito quadro.

Sua cabeça relaxou pesadamente na minha coxa e sua respiração finalmente se acalmou em exalações sonolentas. As ataduras brancas em sua mão destacavam-se fantasmagoricamente contra o cobertor escuro. Tracei delicadamente uma queimadura em seu ombro, brilhando debilmente com azeite de oliva.

– Jamie?

– Hummm?

– Você está muito ferido? – Acordado, ele olhou de sua mão enfaixada para o meu rosto. Seus olhos se fecharam e ele começou a estremecer. Assustada, pensei ter despertado alguma lembrança insuportável, até perceber que ele estava rindo, o suficiente para que lágrimas escorressem do canto de seus olhos.

– Sassenach – disse ele finalmente, arquejando –, devem restar talvez uns 15 centímetros do meu corpo que não estão esfolados, queimados ou cortados. Se eu estou ferido? – E sacudiu-se outra vez, rindo, fazendo a cama chiar e guinchar.

Um pouco irritada, retruquei:

– O que eu quis dizer... – Mas ele me interrompeu colocando a mão sobre a minha e levando-a aos lábios.

– Sei o que quis dizer, Sassenach – disse ele, virando a cabeça para erguer os olhos para mim. – Não se preocupe, os 15 centímetros que sobraram estão entre as minhas pernas.

Apreciei o esforço para fazer uma piada, por mais fraca que fosse. Bati de leve em sua boca.

– Você está bêbado, James Fraser – disse. Parei por um instante. – Quinze, hein?

– Bem, sim. Talvez uns 18, então. Ah, meu Deus, Sassenach, não me faça rir outra vez, minhas costelas não vão aguentar.

Limpei seus olhos com uma ponta da minha saia e dei-lhe um pouco de água, mantendo sua cabeça alta com o joelho.

– De qualquer forma, não foi isso que eu quis dizer.

Sério, ele pegou minha mão outra vez e apertou-a.

– Eu sei – disse ele. – Não precisa ser delicada a respeito disso. – Respirou fundo com muito cuidado e se contraiu de dor. – Eu tinha razão, realmente doeu menos do que ser açoitado. – Fechou os olhos. – Mas foi muito menos divertido. – Um rápido lampejo de humor negro levantou o canto de sua boca. – Pelo menos, não ficarei constipado por algum tempo.

Esquivei-me repentinamente e ele rangeu os dentes, respirando em arfadas curtas e fracas.

– Desculpe, Sassenach. Eu... não pensei que fosse me importar tanto. O que você quer dizer... isso... está tudo bem. Não estou ferido.

Esforcei-me para manter a voz firme e direta.

– Não precisa me contar, se não quiser. Mas se isso o aliviar... – Minha voz perdeu-se num silêncio embaraçoso.

– Eu não quero. – Sua voz soou repentinamente amarga e enfática. – Nunca mais quero pensar nisso outra vez, mas para não cortar minha própria garganta, acho que não tenho escolha. Não, Sassenach, não quero lhe contar, tanto quanto você não quer ouvir... mas acho que vou ter que arrancar tudo isso para fora antes que me sufoque.

As palavras jorravam agora numa explosão de amargura.

– Ele queria me fazer rastejar e suplicar e, por Deus, ele conseguiu. Eu lhe disse uma vez, Sassenach, você pode dobrar qualquer pessoa se estiver disposto a feri-la o suficiente. Bem, ele estava disposto. Ele me fez rastejar e me fez suplicar; me obrigou a fazer coisas piores do que isso e, antes de terminar, me fez desejar muito estar morto.

Ficou em silêncio por um longo instante, fitando as chamas na lareira, depois seu peito se ergueu num suspiro profundo e seu rosto se contraiu de dor.

– Queria que você pudesse me acalmar, Sassenach, é o que desejo fervorosamente, pois tenho pouca paz em mim agora. Mas não é como um espinho venenoso, que se você souber como puxar, pode arrancar totalmente. – Descansou a mão boa em meu joelho. Flexionou os dedos e estendeu-os, ruivos à luz do fogo. – Não é nem mesmo como uma fratura em alguma parte. Se pudesse consertá-la aos poucos, como fez com minha mão, eu suportaria a dor com alegria. – Fechou a mão num punho cerrado e pousou-o em minha perna, franzindo o cenho.

– É... difícil de explicar. É... é como... acho que é como se todo mundo tivesse um pequeno lugar no íntimo, talvez um lugar particular que guardasse para si mesmo. É como uma pequena fortaleza, onde vive a sua parte mais pessoal... talvez seja a sua alma, talvez apenas aquela parte que faz de você quem você é e ninguém mais.

Sua língua sondou o lábio inchado inconscientemente enquanto pensava.

– Você não mostra a ninguém essa parte de você normalmente, a menos às vezes para alguém que você ame muito. – A mão relaxou, envolvendo meu joelho. Os olhos de Jamie se fecharam outra vez, as pálpebras cerradas contra a luz.

– Agora, é como... como se minha fortaleza tivesse voado pelos ares com pólvora. Não resta mais nada, a não ser cinzas e uma viga fumegante do telhado, e o ser pequeno e vulnerável que viveu ali um dia está desprotegido a céu aberto, choramingando de medo, tentando esconder-se sob uma lâmina de capim ou um pedacinho de folha, mas... mas... sem muito sucesso. – A voz embargada, virou a cabeça de modo que seu rosto ficasse escondido em minha saia. Impotente, não pude fazer mais nada além de afagar seus cabelos.

Ergueu a cabeça de repente, o rosto tenso como se fosse se despedaçar na junção dos ossos.

– Já estive perto da morte algumas vezes, Claire, mas na verdade nunca quis morrer. Dessa vez, sim. Eu...

Sua voz falhou e ele parou de falar, agarrando meu joelho com força. Quando voltou a falar, tinha a voz aguda e estranhamente ofegante, como se tivesse corrido uma longa distância.

– Claire, você poderia... eu só queria... Claire, me abrace com força. Se eu começar a tremer de novo agora, não vou conseguir parar. Claire, me abrace! – Ele estava, de fato, começando a tremer violentamente, o tremor fazendo-o gemer quando alcançava as costelas quebradas. Eu tinha medo de machucá-lo, porém mais medo ainda de deixar que continuasse a tremer.

Inclinei-me sobre ele, envolvi seus ombros com meus braços e segurei-o o mais ternamente que pude, balançando para a frente e para trás, como se o ritmo reconfortante pudesse estancar os violentos espasmos. Coloquei uma das mãos na sua nuca e cravei meus dedos bem fundo nos músculos do seu pescoço, massageando o sulco profundo na base do crânio, desejando que os movimentos o relaxassem. Finalmente, os tremores cessaram e ele deixou a cabeça pender para a frente, sobre a minha coxa, exausto.

– Perdão – disse ele um minuto depois, em sua voz normal. – Não pretendia me descontrolar. A verdade é que estou realmente sofrendo muito e além do mais terrivelmente bêbado. Não estou com muito controle sobre mim mesmo. – Para um escocês admitir, ainda que em particular, que está bêbado, era uma indicação, pensei, do quanto ele realmente estava sofrendo.

– Você precisa dormir – falei suavemente, ainda esfregando sua nuca. – Precisa muito dormir. – Usei os dedos o melhor que pude, pressionando e esfregando, como o Velho Alec me ensinara, e consegui fazê-lo relaxar até a sonolência outra vez.

– Estou com frio – murmurou ele. O fogo estava forte e havia vários cobertores na cama, mas seus dedos estavam gelados.

– Você está em choque – disse, de maneira prática. – Perdeu muito sangue. – Olhei à minha volta, mas os MacRannoch, assim como os criados, haviam desaparecido para as suas próprias camas. Murtagh, eu presumia, ainda devia estar lá fora na neve, mantendo a vigilância na direção de Wentworth no caso de uma busca. Descartando mentalmente a opinião de qualquer pessoa sobre decência e decoro, levantei-me, tirei a camisola e deslizei para baixo dos cobertores.

O mais delicadamente possível, ajeitei-me junto ao seu corpo, dando-lhe meu calor. Ele enfiou a cabeça no meu ombro como um menino. Acariciei seus cabelos, acalmando-o, esfregando os tendões e músculos rígidos em sua nuca, evitando os locais feridos.

– Deite sua cabeça aqui, rapaz – disse, lembrando-me de Jenny e seu filho.

– Minha mãe costumava fazer isso comigo – murmurou ele –, quando eu era criança.

Jamie deu um grunhido, achando graça.

– Sassenach – disse ele, o rosto enterrado em meu ombro, um minuto depois.

– Hummm?

– Quem diabos é John Wayne?

– É você – respondi. – Durma agora.

37

FUGA

Pela manhã, Jamie estava com uma cor mais saudável, embora as contusões tivessem escurecido durante a noite e agora cobrissem grande parte do seu rosto. Suspirou fundo, depois se enrijeceu com um gemido e soltou a respiração com muito mais cuidado.

– Como se sente? – Coloquei a mão em sua cabeça. Fria e úmida. Nenhuma febre, graças a Deus.

Ele fez um careta, os olhos ainda fechados.

– Sassenach, meu corpo inteiro dói. – Estendeu a mão boa, tateando. – Ajude-me a levantar, estou todo rígido.

A neve parou no meio da manhã. O céu continuava cinzento como lã, ameaçando novas tempestades de neve, mas a ameaça de busca dos soldados de Wentworth era ainda maior. Assim, partimos da Mansão Eldridge pouco antes de meio-dia, bem agasalhados em mantos pesados. Murtagh e Jamie estavam cobertos de armas por baixo de seus mantos. Eu não levava nada além de minha adaga e, ainda assim, muito bem escondida. Contra a minha própria vontade, eu deveria me fingir de refém inglesa de um sequestro se o pior viesse a acontecer.

– Mas eles me viram na prisão – argumentara. – Sir Fletcher já sabe quem eu sou.

– Sim. – Murtagh carregava as pistolas cuidadosamente, uma fileira de bolas, buchas, pólvora, varetas e sacolas cuidadosamente espalhadas sobre a lustrosa mesa de lady Annabelle, mas ergueu os olhos para me focalizar com um olhar negro. – Essa é a ideia, moça. Temos que mantê-la longe de Wentworth, a qualquer custo. Não vai adiantar nada ficar presa lá junto conosco.

Calcou uma vareta curta pela boca da arma, socando a bucha no lugar com golpes fortes e econômicos.

– O próprio Fletcher não vai sair à caça de fugitivos, não num dia como este. Qualquer soldado inglês que encontrarmos provavelmente não a conhecerá. Se formos descobertos, você deve dizer que nós a obrigamos a nos acompanhar contra a sua vontade e convencer os ingleses de que você não tem nada a ver com uma dupla de patifes escoceses como eu e esse seu vagabundo. – E apontou para Jamie, que se equilibrava desajeitadamente num banco com uma tigela de pão e leite quente.

Sir Marcus e eu havíamos acolchoado os quadris e as coxas de Jamie o máximo possível com ataduras por baixo de uma ceroula e de calças de cor escura para esconder qualquer mancha de sangue incriminadora que pudesse vazar. Lady Annabelle rasgara as costas de uma das camisas do marido para acomodar a largura dos ombros de Jamie e a espessura das bandagens que os envolviam. Mesmo assim, a camisa não fechava na frente e as pontas das tiras que enfaixavam seu tronco podiam ser vistas. Ele se recusara a pentear os cabelos, alegando que até seu couro cabeludo estava dolorido e era uma figura selvagem e desgrenhada de se ver, as mechas duras e vermelhas espetadas em volta de um rosto roxo e intumescido, com um dos olhos fechado pelo inchaço.

– Se forem presos – acrescentou sir Marcus –, diga-lhes que é minha hóspede, sequestrada quando cavalgava pelas proximidades da minha propriedade. Faça com que a tragam a Eldridge para eu identificá-la. Isso deverá convencê-los. Diremos a eles que é uma amiga de Annabelle, de Londres.

– E agora saiam daqui em segurança antes que Fletcher apareça para uma visita de cortesia – acrescentou Annabelle, com senso prático.

Sir Marcus nos oferecera a escolta de Hector e Absalom, mas Murtagh salientou que isso certamente iria incriminar Eldridge, caso encontrássemos soldados ingleses. Assim, havia apenas nós três, agasalhados contra o frio, na estrada em direção a Dingwall. Eu carregava uma bolsa recheada e um bilhete do Senhor de Eldridge, um dos quais, ou ambos, garantiriam a travessia do canal.

Era difícil atravessar a neve. Com menos de 30 centímetros de profundidade, a camada branca e traiçoeira escondia pedras, buracos e outros obstáculos, tornando o piso escorregadio e perigoso para os cavalos. Torrões de neve e lama voavam a cada passo, respingando as barrigas e os jarretes, e nuvens da respiração dos cavalos desapareciam como fumaça no ar gélido.

Murtagh ia à frente, seguindo a leve depressão que marcava a estrada. Eu cavalgava ao lado de Jamie, para ajudá-lo caso perdesse a consciência, embora estivesse, por sua própria insistência, amarrado ao cavalo. Somente sua mão esquerda estava livre, pousada na pistola amarrada à sela e oculta sob seu manto.

Passamos por algumas cabanas dispersas, a fumaça erguendo-se dos tetos de sapê, mas os habitantes e seus animais pareciam todos recolhidos, abrigados contra o frio. Aqui e ali, um homem solitário passava da cabana para o barracão, carregando baldes ou feno, mas a estrada era quase sempre deserta.

A 3 quilômetros de Eldridge, passamos sob a sombra do Castelo de Wentworth, um vulto cinzento incrustado na encosta do morro. A estrada era acidentada naquele trecho; o tráfego dentro e fora do castelo era incessante, mesmo nas piores condições de tempo.

Nossa passagem fora programada para coincidir com a refeição de meio-dia, na esperança de que as sentinelas estivessem imersas em pastelões e cerveja. Avançando penosamente, passamos pela estrada curta que levava aos portões, apenas um grupo de viajantes com a má sorte de estar longe de casa num dia como aquele.

Uma vez longe da prisão, paramos por um instante para descansar os cavalos, abrigados em um pequeno bosque de pinheiros. Murtagh se inclinou para olhar por baixo do chapéu desengonçado que disfarçava os cabelos reveladores de Jamie.

– Tudo bem, rapaz? Você está calado.

Jamie ergueu a cabeça. Seu rosto estava pálido e o suor escorria pelo seu pescoço apesar do vento glacial, mas ele conseguiu esboçar um meio sorriso desolado.

– Vou conseguir.

– Como se sente? – perguntei, ansiosa. Ele estava desmoronado na sela, sem resquício de sua postura graciosa e ereta de costume. Fui presenteada com a outra metade do sorriso.

– Venho tentando decidir o que dói mais: minhas costelas, minha mão ou meu traseiro. Enquanto tento escolher entre eles, afasto a mente das minhas costas. – Tomou um grande gole do frasco que sir Marcus oportunamente lhe oferecera, estremeceu e passou-o para mim. Era bem melhor do que a bebida nada refinada que eu bebera a caminho de Leoch, mas igualmente forte. Continuamos a viagem, um calor alegre queimando em meu estômago.

Os cavalos se esforçavam para subir uma encosta modesta, a neve esguichando de seus cascos, quando vi a cabeça de Murtagh se erguer com uma guinada. Seguindo a direção de seu olhar, vi soldados ingleses, quatro ao todo, montados, no topo da encosta.

Não havia saída. Fôramos vistos e um grito de desafio ecoou pelo monte abaixo. Não havia para onde fugir. Teríamos que tentar enganá-los. Sem olhar para trás, Murtagh esporeou o cavalo e partiu ao encontro do grupo.

O cabo que fazia parte do grupo era um soldado de carreira, de meia-idade, empertigado em seu sobretudo de inverno. Inclinou-se educadamente para mim, depois voltou sua atenção para Jamie.

– Com sua licença, senhor, madame. Temos ordens para interceptar qualquer grupo que esteja viajando por esta estrada para indagar sobre detalhes de prisioneiros que fugiram recentemente da prisão de Wentworth.

Prisioneiros. Então eu conseguira libertar outros além de Jamie ontem. Fiquei satisfeita, por várias razões. Para começar, teriam que diluir um pouco a busca. Quatro contra três era melhor do que poderíamos esperar.

Jamie não respondeu, mas arriou o corpo ainda mais para a frente em sua sela e deixou a cabeça pender. Eu podia ver o brilho de seus olhos sob a aba do chapéu; ele não estava inconsciente. Ele devia conhecer aqueles homens; sua voz seria reconhecida. Murtagh conduziu o cavalo mais para frente, colocando-se entre mim e os soldados.

– Sim, o patrão está muito doente, senhor, como pode ver – disse ele, servilmente puxando as rédeas. – Talvez pudesse me indicar a estrada para Ballagh? Não estou convencido de que estamos no caminho certo.

Perguntava-me o que ele estaria pretendendo fazer, até que nossos olhos se encontraram. Seu olhar adejou para trás e para baixo, depois de volta ao soldado, tão rápido que o soldado presumiria que ele estava ouvindo com toda atenção o tempo inteiro. Jamie estaria correndo o risco de cair da sela? Fingindo ajeitar meu gorro, lancei um olhar de esguelha, distraidamente, por cima do ombro, na direção que ele indicara e quase fiquei paralisada com o choque.

Jamie estava sentado ereto, a cabeça abaixada para encobrir o rosto. Mas o sangue pingava devagar da ponta do estribo sob seus pés, salpicando a neve com pontos vermelhos desprendendo um leve vapor.

Murtagh, fingindo grande ignorância, conseguira atrair os soldados para o alto do morro, para que pudessem mostrar que a estrada para Dingwall era a única estrada à vista e que descia pelo outro lado da colina. Ela atravessava Ballagh e seguia direto para a costa, ainda a uns 5 quilômetros de distância.

Desmontei apressadamente, puxando febrilmente a tira do cinturão do meu cavalo. Patinando pelos montes de neve, consegui chutar bastante neve para baixo do cavalo de Jamie, o suficiente para encobrir os pingos reveladores. Um olhar rápido mostrou que os soldados aparentemente ainda estavam ocupados com Murtagh, embora um deles tenha olhado para baixo da encosta, diretamente para nós, como se quisesse se certificar de que não estávamos fugindo. Acenei alegremente e, em seguida, assim que o soldado virou a cabeça, inclinei-me e arranquei uma das três anáguas que estava vestindo. Afastei o manto de Jamie e enfiei a anágua embolada sob sua coxa, ignorando sua exclamação de dor. Com um movimento rápido, o manto voltou para o lugar, bem a tempo de eu retornar depressa para o meu próprio cavalo e ser descoberta remexendo no cinturão da sela, quando Murtagh e os ingleses chegaram.

– Parece que se soltou com o movimento – expliquei com ingenuidade, pestanejando para o soldado mais próximo.

– Ah, é? E por que você não está ajudando a senhora? – perguntou a Jamie.

– Meu marido não está bem – disse. – Eu mesma posso resolver isso, obrigada.

O cabo pareceu interessado.

– Doente, hein? O que há com você? – Impeliu o cavalo para a frente, olhando atentamente o rosto pálido de Jamie sob o chapéu inclinado. – Não parece nada bem, é verdade. Tire o chapéu, rapaz. O que há com seu rosto?

Jamie atirou nele através das dobras do manto. O inglês não estava a menos de 2 metros de distância e caiu da sela antes que a mancha em seu peito ficasse maior do que minha mão.

Murtagh tinha uma pistola em cada mão antes que o cabo alcançasse o solo. Uma bala errou o alvo quando seu cavalo se esgueirou do barulho e do alvoroço repentino. A segunda acertou em cheio, rasgando a parte superior do braço de um soldado e deixando um tufo de tecido retalhado ondulando de uma manga que rapidamente tingia-se de vermelho. No entanto, o homem se manteve na sela e tentava sacar seu sabre com uma única mão, enquanto Murtagh mergulhava embaixo do seu manto para pegar novas armas.

Um dos dois soldados restantes virou seu cavalo, escorregando na neve, e partiu em disparada, na direção da prisão, provavelmente para buscar ajuda.

– Claire! – O grito veio de cima. Ergui os olhos, espantada, e vi Jamie acenando na direção da figura em fuga. – Faça-o parar! – Ele teve tempo de me atirar uma segunda pistola, depois se virou, arrancando a espada para se defender do ataque do quarto soldado.

Meu cavalo era treinado para batalhas; suas orelhas estavam abaixadas junto à cabeça e ele batia e arrastava os cascos com o barulho, mas não fugira com os tiros e ficou firme onde estava enquanto eu tateava para agarrar o arção da sela. Feliz em abandonar o campo de batalha, lançou-se para a frente assim que montei e partimos em disparada atrás da figura que batia em retirada.

A neve atrapalhava nossa marcha tanto quanto a dele, mas meu cavalo era melhor e tínhamos a vantagem de um caminho menos escorregadio, sulcado na neve fofa pelo soldado em fuga. Aos poucos, adquiríamos vantagem sobre eles, mas eu podia ver que isso não seria suficiente. No entanto, ele tinha uma subida à sua frente; se eu cortasse pela direita, talvez pudesse ganhar tempo no terreno plano e encontrá-lo na descida do outro lado. Dei um puxão na rédea e me inclinei para a frente, agarrando-me com força para me manter na sela enquanto o cavalo resvalava numa atrapalhada mudança de direção, se equilibrava e se precipitava para a frente.

Não o alcancei totalmente, mas conseguira reduzir a distância entre nós para não mais do que 10 metros. Se prosseguíssemos indefinidamente, provavelmente eu o alcançaria, mas não podia me dar a esse luxo; a muralha da prisão assomava a menos de 2 quilômetros à frente. Se nos aproximássemos muito, seríamos vistos das torres.

Freei e desci do cavalo. Treinado para batalhas ou não, eu não sabia o que o cavalo faria se eu disparasse a pistola de cima da sela. Ainda que ele ficasse parado como uma estátua, não acreditava que minha mira fosse tão boa. Ajoelhei-me na neve, firmando o cotovelo no joelho, a arma apoiada no antebraço como Jamie me mostrara. "Apoie aqui, mire lá, dispare aqui", dissera ele. Foi o que fiz.

Para minha grande surpresa, atingi o cavalo em disparada. Ele escorregou, caiu sobre um joelho e rolou numa confusão de neve e pernas. Meu braço ficou dormente com o coice da pistola; fiquei parada, esfregando-o, observando o soldado caído.

Ele estava ferido; levantou-se com dificuldade, depois caiu de novo na neve. Seu cavalo, sangrando na espádua, fugiu aos tropeções, as rédeas penduradas.

Não percebi senão mais tarde o que estivera pensando, mas sabia, quando me aproximei dele, que não poderia deixá-lo vivo. Perto como estávamos da prisão, e com outras patrulhas perseguindo fugitivos, ele certamente seria encontrado em pouco tempo. E se fosse encontrado com vida, não só nos descreveria – nesse caso, podíamos dar adeus à nossa história de sequestro! –, como diria para onde viajávamos. Ainda tínhamos 5 quilômetros de percurso até a costa; duas horas de viagem na neve intensa. E um barco a encontrar quando chegássemos lá. Eu simplesmente não podia correr o risco de permitir que ele contasse a ninguém a nosso respeito.

Ele se esforçou para se levantar sobre os cotovelos quando me aproximei. Seus olhos se arregalaram de surpresa ao me ver, depois relaxaram. Eu era uma mulher. Não tinha medo de mim.

Um homem mais experiente teria ficado apreensivo mesmo assim, mas ele era um garoto. Não mais do que 16 anos, pensei, nauseada de choque. Suas faces pontilhadas de espinhas ainda retinham as últimas curvas arredondadas da infância, embora o lábio superior exibisse a penugem de um desejado bigode.

Ele abriu a boca, mas apenas gemeu de dor. Apertou a mão contra o lado do corpo e pude ver o sangue encharcando sua túnica e seu casaco. Portanto, ferimentos internos; o cavalo deve ter rolado por cima dele.

Era possível, pensei, que ele fosse morrer de qualquer modo. Mas eu não podia contar com isso.

A adaga em minha mão direita estava escondida sob meu manto. Coloquei a mão esquerda em sua testa. Exatamente como eu havia tocado a cabeça de centenas de homens, confortando, examinando, preparando-os para o pior. E eles erguiam os olhos para mim exatamente como aquele garoto; com esperança e confiança.

Não poderia cortar sua garganta. Deixei-me cair de joelhos ao seu lado e virei sua cabeça delicadamente. Todas as técnicas de Rupert para uma morte rápida supunham alguma resistência. Não houve nenhuma resistência quando curvei sua cabeça para a frente, o máximo possível, e mergulhei a adaga em seu pescoço, na base do crânio.

Deixei-o com o rosto para baixo, enterrado na neve, e fui me juntar aos outros.

Com nossa pesada carga embarcada clandestinamente e escondida sob cobertores num banco no porão, Murtagh e eu nos encontramos no convés do *Cristabel* para inspecionar os céus agitados por uma tormenta.

– Parece um vento moderado, estável – disse, esperançosa, mantendo um dedo molhado erguido no ar.

Com um ar sombrio, Murtagh examinou as nuvens que pairavam, negras e ameaçadoras, acima do porto, a carga de neve que arremessavam perdendo-se ao se desmancharem nas ondas geladas.

– Ah, bem. Vamos torcer por uma travessia sem sobressaltos. Caso contrário, talvez cheguemos lá com um cadáver nas mãos.

Meia hora depois, lançados nas águas turbulentas do Canal da Mancha, descobri o que ele queria dizer com essa observação.

– Com enjoos? – perguntei, incrédula. – Os escoceses não ficam enjoados no mar!

Murtagh ficou irritado.

– Bom, então talvez ele seja um hotentote de cabelos vermelhos. Tudo que sei é que ele está verde como um peixe podre e vomitando as tripas. Vai descer e me ajudar a impedir que suas costelas saiam pelo peito?

– Droga! – exclamei para Murtagh, enquanto nos debruçávamos sobre a balaustrada pegando um pouco de ar fresco durante um breve intervalo na atmosfera desagradável do porão. – Se ele sabia que ficava enjoado no mar, em nome de Deus, por que insistiu em usar um barco?

O olhar de basilisco permaneceu fixo, sem piscar.

– Porque ele sabe muito bem que nunca conseguiríamos viajar por terra, no estado em que se encontra. Além disso, não queria permanecer em Eldridge para não comprometer a segurança dos MacRannoch.

– Então, em vez disso, ele vai se matar silenciosamente no mar – disse, com amargura.

– Sim. Ele acha que dessa forma apenas matará a si mesmo e não levará ninguém com ele. Magnânimo, sabe. Mas não há nada de silencioso nisso – acrescentou Murtagh, dirigindo-se à escada de tombadilho em resposta aos sons inconfundíveis que vinham lá de baixo.

– Parabéns – disse a Jamie uma ou duas horas mais tarde, afastando uns fios de cabelos úmidos do rosto. – Acredito que você vai entrar para os anais da medicina como a única pessoa de que se tem notícia a morrer no mar por causa de enjoo.

– Ah, bom – balbuciou na confusão de travesseiros e cobertores. – Detestaria pensar que todo esse esforço foi em vão. – Ergueu-se repentinamente para um lado. – Meu Deus, lá vem de novo.

Murtagh e eu saltamos mais uma vez para as nossas posições. A tarefa de segurar um homem corpulento imóvel enquanto ele sucumbe a implacáveis espasmos de vômito não é para uma pessoa fraca.

Mais tarde, tomei seu pulso novamente e coloquei a mão em sua testa pegajosa. Murtagh leu meu rosto e seguiu-me sem falar pelo passadiço até o convés superior.

– Ele não está indo muito bem, não é? – perguntou ele serenamente.

– Não sei – respondi, impotente, sacudindo meus cabelos molhados de suor no vento frio. – Eu sinceramente nunca ouvi falar de alguém que tivesse morrido de enjoo por causa do mar, mas agora ele começou a vomitar sangue também. – A mão do homenzinho apertou a balaustrada com força, as articulações dos dedos projetando-se pela pele curtida de sol. – Não sei se ele se feriu internamente com as pontas afiadas das costelas ou se é apenas seu estômago, irritado com os vômitos. Seja como for, não é um bom sinal. E seu pulso está bem mais fraco, e irregular. É muito esforço para o coração, sabe.

– Ele tem o coração de um leão – falou ele baixinho e, a princípio, não tive certeza de ter entendido bem. Podia ser apenas o vento salgado que mantinha as lágrimas em seus olhos. Voltou-se bruscamente para mim. – E uma cabeça de boi. Você ainda tem um pouco daquele láudano que lady Annabelle lhe deu?

– Sim, todo ele. Ele não quis tomar; disse que não queria dormir.

– Ah, bem. Para a maioria das pessoas, o que elas querem e o que elas ganham não são a mesma coisa; não vejo por que ele deva ser diferente. Vamos.

Segui-o ansiosamente de volta ao porão.

– Não creio que possa parar no estômago.

– Deixe isso comigo. Pegue o frasco e ajude-me a levantá-lo.

Jamie estava semi-inconsciente, um fardo incômodo que protestava por estar sendo forçado a se sentar, encostado ao tabique.

– Eu vou morrer – disse ele com voz fraca, mas clara – e quanto mais cedo, melhor. Vão embora e me deixem morrer em paz.

Segurando com força os cabelos flamejantes de Jamie, Murtagh forçou sua cabeça para cima e levou o frasco aos seus lábios.

– Engula isso, cabeça-dura, ou vou quebrar seu pescoço. E trate de manter isso aí dentro. Vou segurar sua boca e seu nariz fechados; se vier para cima, vai sair pelos ouvidos.

Pela força conjunta de nossa determinação, transferimos o conteúdo do frasco lenta, mas inexoravelmente para dentro do jovem senhor de Lallybroch. Engasgando e sufocando, Jamie corajosamente bebeu o máximo que pôde antes de se deixar cair, esverdeado e arquejando, contra o tabique. Murtagh impedia cada ameaça de explosão de náusea apertando cruelmente o nariz do paciente, um recurso nem sempre bem-sucedido, mas que permitiu o acúmulo gradual do entorpecente na corrente sanguínea. Finalmente, deitamos seu corpo lânguido na cama, as chamas vivas dos cabelos e dos cílios formando a única cor sobre o travesseiro.

Murtagh surgiu ao meu lado no convés pouco depois.

– Olhe – falei, apontando. A luz turva do crepúsculo, brilhando em raios fugidios sob as nuvens, dourava os rochedos da costa francesa adiante. – O capitão disse que estaremos em terra dentro de três ou quatro horas.

– Já não era sem tempo – disse meu companheiro, afastando os cabelos castanhos e lisos dos olhos. Virou-se para mim com a expressão mais próxima de um sorriso que eu já vira em seu semblante circunspecto.

Assim, finalmente, acompanhando o corpo inerte de nossa carga, deitado numa prancha entre dois monges robustos, atravessamos os altos portões do Mosteiro de Ste. Anne de Beaupré.

38

O MOSTEIRO

O mosteiro era uma gigantesca construção do século XII, fortificado com muralhas para resistir tanto à força de tempestades marítimas quanto aos ataques de invasores por terra. Agora, em épocas mais tranquilas, seus portões permaneciam abertos para facilitar o tráfego com a aldeia vizinha e as pequenas celas de lajes de pedra da ala destinada aos hóspedes foram suavizadas pelo acréscimo de tapeçarias e mobiliário confortável.

Levantei-me da cadeira acolchoada do meu próprio quarto, sem saber ao certo como se cumprimenta um abade: deveria ajoelhar-me, beijar seu anel ou isso era apenas para o papa? Decidi-me por uma reverência respeitosa.

Os olhos de gato ligeiramente puxados de Jamie realmente vinham do lado dos Fraser. Da mesma forma o seu sólido maxilar, embora aquele diante de mim estivesse um pouco obscurecido pela barba preta.

O abade Alexander tinha a mesma boca larga de seu sobrinho, embora parecesse sorrir menos com ela. Os olhos azuis rasgados continuaram frios e especulativos ao me cumprimentar com um sorriso caloroso e agradável. Era bem mais baixo do que Jamie, mais ou menos da minha altura, e troncudo. Usava a batina de um sacerdote, mas caminhava como um guerreiro. Achei que tivesse sido as duas coisas em sua época.

– Seja bem-vinda, *ma nièce* – disse ele, inclinando a cabeça. Fiquei um pouco surpresa com a saudação, mas fiz uma reverência em resposta.

– Obrigada por sua hospitalidade – disse, sinceramente. – Já... já viu Jamie?

Os monges haviam levado Jamie para ser banhado, um processo do qual achei melhor não participar.

O abade assentiu.

– Ah, sim – disse ele, um leve sotaque escocês transparecendo no inglês culto. – Eu o vi. Pedi ao irmão Ambrose que cuide de seus ferimentos. – Devo ter externado um ar de dúvida diante dessa informação, porque ele disse: – Não se preocupe, madame; o irmão Ambrose é muito competente. – Olhou-me da cabeça aos pés com um ar de franca avaliação, surpreendentemente semelhante ao de seu sobrinho.

– Murtagh disse que a senhora é médica.

– Sou, sim – respondi com simplicidade.

Isso provocou um sorriso de verdade.

– Vejo que a senhora não sofre do pecado da falsa modéstia – observou ele.

– Tenho outros – respondi, devolvendo o sorriso.

– Como todos nós – disse ele. – Tenho certeza de que o irmão Ambrose está ansioso para conversar com a senhora.

– Murtagh lhe contou... o que aconteceu? – perguntei, hesitante.

A boca larga retesou-se.

– Contou. Até onde ele sabe que aconteceu. – Fez uma pausa, como se esperasse uma contribuição da minha parte, mas permaneci em silêncio.

Era óbvio que ele gostaria de fazer perguntas, mas foi suficientemente gentil para não me pressionar. Em vez disso, ergueu a mão num gesto de bênção e despedida.

– Seja bem-vinda – disse ele mais uma vez. – Vou mandar um irmão lhe servir algo para comer. – Examinou-me novamente. – E o necessário para sua higiene pessoal. – Fez o sinal da cruz sobre mim, como adeus ou talvez como um exorcismo da imundície, e saiu num redemoinho de vestes marrons.

Sentindo repentinamente o quanto estava cansada, deixei-me afundar na cama, imaginando se conseguiria ficar acordada o suficiente para comer e me lavar. Ainda estava imaginando quando minha cabeça atingiu o travesseiro.

Tive um terrível pesadelo. Jamie estava do outro lado de uma sólida parede de pedra sem porta. Podia ouvi-lo gritar, sem parar, mas não conseguia chegar até ele. Eu batia desesperadamente na parede, mas minhas mãos afundavam na pedra como se fosse água.

– Aaaaai! – Sentei-me no catre estreito, agarrando a mão que batera na parede dura ao lado de minha cama. Balancei o corpo para a frente e para trás, apertando a mão latejante entre as coxas, depois percebi que os gritos continuavam.

Parei bruscamente quando corri para o corredor. A porta do quarto de Jamie estava aberta, a luz bruxuleante de um lampião inundando o corredor.

Um monge que eu não vira antes estava com Jamie, segurando-o com força. Uma infiltração de sangue vivo manchava as ataduras nas costas dele e seus ombros sacudiam como se estivesse com calafrios.

– Um pesadelo – disse o monge como explicação, vendo-me na soleira da porta. Entregou Jamie em meus braços e se dirigiu à mesa para pegar um pano e a jarra de água.

Jamie ainda tremia e seu rosto brilhava de suor. Seus olhos estavam fechados e ele respirava pesadamente, com um som arquejante e áspero. O monge se sentou ao meu lado e começou a limpar seu rosto delicadamente, afastando os cabelos úmidos e pesados da fronte.

– Deve ser a esposa dele, é claro – disse-me ele. – Acho que logo estará melhor.

Os tremores realmente começaram a diminuir em dois ou três minutos e Jamie abriu os olhos com um suspiro.

– Estou bem – disse ele. – Claire, estou bem agora. Mas pelo amor de Deus, livre-se deste cheiro!

Somente então percebi conscientemente o perfume no quarto – um aroma floral, picante e suave, um perfume tão comum que nem me chamou a atenção. Lavanda. Uma fragrância para sabonetes e águas de colônia. A última vez que senti aquele cheiro foi nas masmorras da prisão de Wentworth, perfumando as roupas ou a própria pessoa do capitão Jonathan Randall.

A fonte do aroma era um pequeno recipiente de metal cheio de óleo perfumado com essência de ervas, suspenso de uma base de ferro pesada, com rosas em relevo e pendurada acima da chama de uma vela.

Destinada a aplacar a mente, seus efeitos evidentemente não eram os pretendidos. Jamie respirava com mais facilidade, sentando-se sozinho e segurando a caneca de água que o monge lhe dera. Seu rosto, entretanto, continuava lívido e o canto de sua boca retorcia-se nervosamente.

Fiz sinal com a cabeça para que o franciscano atendesse o pedido de Jamie e o monge rapidamente abafou o recipiente quente de óleo em uma toalha dobrada e levou-a para longe pelo corredor.

O peito de Jamie se ergueu num profundo suspiro de alívio, depois se contraiu de dor nas costelas.

– Você abriu um pouco os ferimentos das costas – falei, virando-o um pouco para ter acesso às ataduras. – Mas nada de mais.

– Eu sei. Devo ter rolado sobre as costas durante o sono.

O calço grosso de cobertor dobrado destinado a escorar seu corpo na posição de lado havia escorregado para o chão. Peguei-o e ajeitei-o novamente na cama.

– Acho que foi esse cheiro que me fez ter pesadelos. Sonhei que estava sendo açoitado. – Estremeceu, tomou um gole de água, entregando-me a caneca em seguida. – Preciso de algo mais forte, se estiver à mão.

No momento certo, nosso prestativo ajudante atravessou a porta com uma jarra de vinho numa das mãos e um pequeno frasco de xarope de papoula na outra.

– Álcool ou entorpecente? – perguntou a Jamie com um sorriso, erguendo os dois recipientes. – Pode escolher sua forma de esquecimento.

– Ficarei com o vinho, por favor. Já tive sonhos suficientes para uma noite – disse Jamie, com um sorriso enviesado. Bebeu o vinho devagar, enquanto o franciscano me ajudava a trocar as ataduras ensanguentadas, passando uma nova camada de pomada de cravo-da-índia nos ferimentos. Somente quando eu já havia acomodado Jamie para dormir, firmemente escorado e coberto, é que o monge se virou para sair.

Passando pela cama, inclinou-se sobre Jamie e fez o sinal da cruz acima de sua cabeça.

– Descanse bem – disse ele.

– Obrigado, padre. – respondeu Jamie sonolento, obviamente já meio adormecido. Vendo que Jamie provavelmente não iria precisar de mim até o amanhecer, toquei em seu ombro como despedida e segui o monge para o corredor.

– Muito obrigada – disse. – Sou muito grata por sua ajuda.

O monge fez um gesto gracioso com a mão, dispensando meus agradecimentos.

– Foi um prazer ajudá-la – disse ele, e percebi que falava inglês muito bem, embora com um ligeiro sotaque francês. – Eu passava pela ala dos hóspedes a caminho da capela de St. Giles quando ouvi os gritos.

Encolhi-me diante da lembrança daqueles gritos, roucos e horripilantes, e desejei nunca mais ouvi-los. Olhando para a janela ao fim do corredor, não vi nenhum sinal da alvorada por trás das persianas.

– Para a capela? – perguntei, surpresa. – Mas pensei que as preces matinais fossem cantadas na igreja principal. E certamente ainda é um pouco cedo, de qualquer forma.

O franciscano sorriu. Era bastante jovem, talvez 30 e poucos anos, mas seus sedosos cabelos castanhos estavam entremeados de fios brancos. Usava-os curtos e a barba castanha fora elegantemente aparada a ponto de apenas roçar a gola enrolada de seu hábito.

– Muito cedo para as orações matinais – concordou ele. – Eu estava a caminho da capela porque é a minha vez da adoração perpétua do Santíssimo Sacramento a esta hora. – Olhou para trás, para o quarto de Jamie, onde uma vela-relógio marcava a hora como duas e meia.

– Estou muito atrasado – disse ele. – O irmão Bartolomeu deve estar querendo ir para a cama. – Erguendo a mão, abençoou-me rapidamente, girou nos calcanhares de seus pés calçados em sandálias e atravessou a porta de vaivém no final do corredor antes que eu pudesse ter a presença de espírito de perguntar seu nome.

Entrei de novo no quarto e me inclinei para ver como Jamie estava. Adormecera outra vez, respirando superficialmente, com o cenho levemente franzido. Passei a mão de leve pelos seus cabelos. A testa relaxou um pouco e depois retomou a expressão preocupada. Suspirei e ajeitei os cobertores ao seu redor.

Sentia-me bem melhor pela manhã, mas Jamie estava com olheiras profundas e irritado depois da noite mal dormida. Rejeitou enfaticamente minha sugestão de um mingau ou uma sopa para desjejum e falou rispidamente comigo quando tentei verificar os curativos de sua mão.

– Pelo amor de Deus, Claire, me deixe em paz! Não quero mais ser cutucado!

Arrancou a mão das minhas, com uma expressão mal-humorada. Desviei o rosto sem dizer nada e fui me ocupar em ajeitar os pequenos potes e saquinhos de remédios sobre a mesinha de cabeceira. Arrumei-os em pequenos grupos, por função: pomada de cravo-da-índia e bálsamo de álamo para aliviar, casca de salgueiro, casca de cerejeira e camomila para chás, erva-de-são-joão, alho e milefólio para desinfecção.

– Claire. – Virei-me outra vez e o vi sentado na cama, olhando-me com um sorriso envergonhado. – Desculpe, Sassenach. Estou com dor de barriga e terrivelmente mal-humorado esta manhã. Mas não tenho nenhuma razão de gritar com você. Pode me perdoar?

Atravessei o quarto rapidamente e abracei-o de leve.

– Você sabe que não há nada para perdoar. Mas o que quer dizer com estar sentindo dor de barriga? – Não pela primeira vez, refleti que intimidade e romance não são sinônimos.

Ele fez uma careta, inclinando-se ligeiramente para a frente e cruzando os braços sobre o abdômen.

– Quero dizer que gostaria que me deixasse sozinho por um instante. Por favor? – Atendi seu pedido apressadamente e fui fazer meu próprio desjejum.

Quando retornava do refeitório pouco depois, avistei uma figura delgada no hábito preto dos franciscanos atravessando o pátio em direção ao claustro. Corri para alcançá-lo.

– Padre! – chamei e ele se virou, sorrindo ao me ver.

– Bom dia – disse ele. – Sra. Fraser; é este o nome? E como vai o seu marido esta manhã?

– Melhor – respondi, esperando que fosse verdade. – Queria agradecer-lhe outra vez por ontem à noite. O senhor saiu antes que eu pudesse perguntar seu nome.

Os olhos claros, cor de avelã, brilharam quando se inclinou numa reverência, a mão sobre o coração.

– François Anselm Mericoeur d'Armagnac, madame. – Ou este é meu nome de batismo. Conhecido agora apenas como padre Anselm.

– Anselm do Coração Feliz? – perguntei, sorrindo. Ele deu de ombros, um gesto completamente gaulês, imutável havia séculos.

– Eu tento – disse ele, com um sorriso irônico nos lábios.

– Não quero atrasá-lo – disse, olhando na direção do claustro. – Só queria agradecer por sua ajuda.

– Não está me atrasando nem um pouco, madame. Na realidade, eu estava protelando minha ida para o trabalho; entregando-me à ociosidade de forma muito pecaminosa.

– Qual é o seu trabalho? – perguntei, intrigada. Obviamente, aquele homem era um visitante no mosteiro, seu hábito preto franciscano ressaltando-se como uma mancha de tinta entre as vestes marrons dos beneditinos. Havia vários visitantes como esse, ou assim o irmão Polydore, um dos que serviam à mesa, me dissera. A maioria era de estudiosos, ali para consultar as obras guardadas na famosa biblioteca da abadia. Anselm, ao que parecia, era um deles. Dedicava-se, como vinha fazendo há vários meses, à tradução de diversas obras de Heródoto.

– Já conhece a biblioteca? – perguntou ele. – Venha, então – disse, quando balancei a cabeça. – É realmente impressionante e tenho certeza de que o abade, seu tio, não faria nenhuma objeção.

Estava curiosa para ver a biblioteca e ao mesmo tempo relutante em voltar imediatamente para o isolamento da ala dos hóspedes, de modo que o segui sem hesitação.

A biblioteca era esplêndida, de pé-direito muito alto, com elevadas colunas góticas que se uniam em ogivas no teto em abóbada. Janelas do chão ao teto enchiam os espaços entre as colunas, inundando o local de luz. A maioria era de vidro transparente, mas algumas ostentavam vitrais de aparência enganadoramente simples. Passando silenciosamente pelas figuras curvadas dos monges que estavam ali estudando, parei para admirar um vitral da Fuga do Egito.

Algumas das prateleiras pareciam com as que eu estava acostumada, os livros lado a lado. Em outras, os livros ficavam deitados, para proteger as capas antigas. Havia até uma prateleira fechada com vidro, guardando inúmeros rolos de pergaminhos. No geral, a biblioteca possuía um júbilo silencioso, como se os preciosos volumes cantassem sem voz dentro de suas capas. Deixei a biblioteca sentindo-me apaziguada e atravessei devagar o pátio principal na companhia de padre Anselm.

Tentei agradecer-lhe outra vez por sua ajuda na noite anterior, mas ele deu de ombros, descartando meus agradecimentos.

– Não foi nada de mais, minha filha. Espero que ele esteja melhor hoje.

– Eu também – disse. Não querendo insistir nesse assunto, perguntei: – O que exatamente é adoração perpétua? Disse que era para lá que estava indo ontem à noite.

– A senhora não é católica? – perguntou ele, surpreso. – Ah, eu me esqueci, a senhora é inglesa. Assim, portanto, suponho que seja protestante.

– Não sei ao certo se sou uma coisa ou outra, em termos de fé – respondi. – Mas tecnicamente, ao menos, suponho que seja católica.

– Tecnicamente? – As sobrancelhas lisas se ergueram de espanto. Hesitei, cautelosa depois de minhas experiências com padre Bain, mas aquele homem não parecia do tipo que começaria a brandir crucifixos no meu rosto.

– Bem – disse, inclinando-me para arrancar uma pequena erva daninha do meio das pedras do calçamento –, fui batizada como católica. Entretanto, meus pais morreram quando eu tinha 5 anos e fui viver com um tio. Tio Lambert era... – parei, lembrando-me do apetite voraz por conhecimento de tio Lambert e aquele cinismo objetivo e jovial que considerava todas as religiões simplesmente uma das marcas de identificação pelas quais uma cultura podia ser catalogada. – Bem, ele era tudo e nada, eu acho, em termos de fé – concluí. – Conhecia todas as religiões, não acreditava em nenhuma. Assim, nada mais foi feito a respeito de minha educação religiosa. E meu... primeiro marido era católico, mas receio que não muito praticante. Assim, acho que na verdade sou meio pagã.

Olhei-o cautelosamente, mas em vez de ficar chocado com minhas revelações, ele riu com grande entusiasmo.

– Tudo e nada – disse ele, saboreando a frase. – Gosto muito disso. Mas quanto à senhora, acho que não. Uma vez membro da Santa Igreja Católica, é considerada eternamente sua filha. Por menos que você saiba a respeito de sua fé, é tão católica quanto o Santo Padre, o papa.

Fitou o céu. Estava nublado, mas as folhas das moitas de amieiro perto da igreja permaneciam imóveis.

– O vento amainou. Eu ia dar uma volta para clarear meus pensamentos ao ar livre. Por que não me acompanha? Precisa de ar e de exercício, e talvez eu possa tornar a ocasião espiritualmente proveitosa também, esclarecendo-a quanto ao ritual da Adoração Perpétua enquanto caminhamos.

– Três coelhos de uma cajadada só, hein? – disse secamente. Mas a perspectiva de tomar ar, ainda que pesado, era atraente, e fui buscar meu manto sem hesitação.

Lançando um olhar à figura lá dentro, a cabeça inclinada em oração, Anselm conduziu-me pela escuridão tranquila da entrada da capela e pelo claustro, saindo na extremidade do jardim.

Longe da possibilidade de perturbar os monges na capela, ele disse:

– É uma ideia muito simples. Você se lembra, na Bíblia, da história de Getsemâni, onde Nosso Senhor aguardava seu julgamento e crucificação e seus amigos, que deveriam lhe fazer companhia, todos adormeceram?

– Ah – falei, compreendendo imediatamente. – E ele disse: “Não podem fazer vigília comigo por uma hora?” Então, isso é o que está fazendo, permanecendo em vigília com Ele por aquela hora, para compensar. – Gostei da ideia e a escuridão da capela de repente pareceu-me habitada e reconfortante.

– Oui, madame – concordou ele. – Muito simples. Nós nos alternamos na vigília e o Santíssimo Sacramento no altar aqui nunca fica sozinho.

– Não é difícil permanecer acordado? – perguntei, curiosa. – Ou sempre faz vigília à noite?

Ele assentiu, uma brisa leve levantando os sedosos cabelos castanhos. A área de sua tonsura precisava ser raspada; cabelos curtos e espetados cobriam-na como musgo.

– Cada um escolhe a sua melhor hora para a vigília. Para mim, é às duas da madrugada. – Olhou para mim, hesitante, como se imaginasse como eu iria receber o que estava prestes a me dizer. – Para mim, nessa hora... – Parou. – É como se o tempo parasse. Todos os humores do corpo, todo o sangue, a bílis e os vapores que constituem um homem; é como se todos eles, apenas nessa hora, estivessem trabalhando em perfeita harmonia. – Sorriu. Seus dentes eram ligeiramente tortos, o único defeito em seu semblante perfeito. – Ou como se parassem completamente. Eu sempre imagino se este momento é o mesmo do nascimento, ou da morte. Sei que seu compasso é diferente para cada homem... ou mulher, suponho – acrescentou ele, com um sinal cortês da cabeça para mim. – Mas naquele instante, naquela fração de tempo, parece que tudo é possível. Você pode olhar através das limitações da sua própria vida e ver que não significam nada. Nesse momento, quando o tempo para, é como se você soubesse que poderia embarcar em qualquer aventura, terminá-la e voltar para si mesmo, para encontrar o mundo da mesma forma, e tudo exatamente como você deixou um momento antes. E é como se... – hesitou por um instante, escolhendo cuidadosamente as palavras. – Como se, sabendo que tudo é possível, de repente nada seja necessário.

– Mas... o senhor realmente faz alguma coisa? – perguntei. – Hum, rezar, quero dizer?

– Eu? Bem – disse ele devagar –, eu me sento e olho para Ele. – Um largo sorriso estendeu os lábios bem desenhados. – E Ele olha para mim.

Jamie estava sentado quando retornei ao quarto e ensaiou uma pequena caminhada para cima e para baixo no corredor, apoiado em meu ombro. Entretanto, o esforço o deixou pálido e suado. Deitou-se sem protestar quando puxei a coberta sobre ele.

Ofereci-lhe um caldo leve com leite, mas ele balançou a cabeça, cansado.

– Não tenho nenhum apetite, Sassenach. Se comer ou beber alguma coisa, acho que vou ficar enjoado outra vez.

Não o forcei, mas levei o caldo de volta em silêncio.

No jantar, fui mais insistente e consegui persuadi-lo a experimentar algumas colheradas de sopa. Ele conseguiu tomar bastante, mas não conseguiu mantê-la no estômago.

– Desculpe, Sassenach – disse ele, depois. – Sou repugnante.

– Não tem importância, Jamie, e você não é repugnante. – Coloquei a tigela do lado de fora da porta e sentei-me a seu lado, alisando os cabelos desalinhados para trás.

– Não se preocupe. É que seu estômago ainda está irritado dos enjoos no mar. Talvez eu tenha insistido cedo demais para que comesse. Deixe-o descansar e curar-se.

Ele fechou os olhos, suspirando sob a minha mão.

– Vou ficar bem – disse ele, sem interesse. – O que fez hoje, Sassenach?

Ele obviamente estava irrequieto e desconfortável, mas se acalmou um pouco quando lhe contei sobre as minhas explorações do dia; a biblioteca, a capela, a prensa de vinho e, por fim, o herbário, onde finalmente conheci o famoso irmão Ambrose.

– Ele é incrível – falei, com entusiasmo. – Ah, mas eu me esqueci, você já o conhece. – Irmão Ambrose era alto, até mais alto do que Jamie, e cadavérico, com o rosto comprido e caído de um cão bassê. E tinha uma boa mão para plantas. – Ele parece conseguir fazer qualquer coisa crescer – completei. – Tem todas as ervas normais lá e uma estufa tão minúscula que ele nem consegue ficar em pé lá dentro, com plantas que normalmente não cresceriam nesta estação do ano ou que não crescem nesta região ou que simplesmente não deveriam crescer. Sem mencionar especiarias importadas e drogas.

A menção de drogas me fez lembrar a noite anterior e olhei para fora da janela. A luz turva do inverno desaparecia cedo e já estava completamente escuro lá fora, os lampiões dos monges que cuidavam das cavalariças e do trabalho externo balançando-se para a frente e para trás, conforme passavam em suas andanças.

– Já está escuro. Acha que consegue dormir sozinho? O irmão Ambrose tem algumas coisas que podem ajudar.

Seus olhos estavam turvos de cansaço, mas ele balançou a cabeça.

– Não, Sassenach. Não quero nada. Se eu adormecer... não, acho que vou ler um pouco. – Anselm lhe trouxera uma seleção de obras filosóficas e históricas da biblioteca e ele estendeu a mão para pegar um exemplar de Tácito que estava sobre a mesa.

– Você precisa dormir, Jamie – disse suavemente, observando-o. Ele abriu o livro à sua frente, recostado em um travesseiro, mas continuou a fitar a parede acima.

– Eu não lhe contei o que sonhei – disse ele repentinamente.

– Você disse que sonhou que estava sendo açoitado. – Eu não estava gostando da aparência de seu rosto; já pálido sob as manchas roxas, estava ligeiramente luzidio de suor.

– Isso mesmo. Eu podia olhar para cima e ver as cordas, cortando meus pulsos. Minhas mãos haviam ficado quase negras e a corda raspava o osso quando eu me movia. Eu pressionava o rosto contra o poste. Podia sentir as pontas de chumbo das tiras do chicote cortando a carne dos meus ombros. Os golpes continuaram, muito tempo depois de quando já deveriam ter parado e eu percebi que ele não pretendia parar. As pontas das tiras arrancavam pequenos pedaços da minha carne. O sangue... o sangue escorria pelas minhas costas e pelos lados do corpo, ensopando meu kilt. Eu sentia muito frio.

Ele fez uma pausa e prosseguiu:

– Então, ergui os olhos outra vez e vi que a carne começava a se desprender das minhas mãos e os ossos dos meus dedos arranhavam a madeira do poste, deixando marcas longas e fundas. Os ossos dos meus braços estavam visíveis, sem carne e sem pele, e somente as cordas os mantinham unidos. Acho que foi quando comecei a gritar. Eu podia ouvir um estranho som chocalhante toda vez que ele me atingia e depois de algum tempo compreendi o que era. Ele havia arrancado toda a carne dos meus ossos e os pesos de chumbo do chicote batiam nas costelas secas. E eu sabia que estava morto, mas não importava. Ele continuava implacavelmente e nunca iria parar, continuaria até eu me desfazer em pequenos pedaços e desmoronar pelo poste, e mesmo assim não pararia e...

Aproximei-me para abraçá-lo e fazê-lo se acalmar, mas ele já parara, agarrando a borda do livro com a mão intacta. Os dentes estavam cravados com força na pele dilacerada de seu lábio inferior.

– Jamie, vou ficar com você hoje à noite – falei. – Posso colocar um colchão de palha no chão.

– Não. – Apesar de estar muito fraco, não havia dúvidas quanto à sua teimosia. – Vou ficar melhor sozinho. E não estou com sono agora. Vá jantar, Sassenach. Eu... vou ficar lendo um pouco. – Inclinou a cabeça sobre o livro. Após um minuto observando-o e sentindo-me impotente, atendi seu pedido e saí.

Eu estava ficando cada vez mais preocupada com o estado de Jamie. A náusea continuava; ele não comia quase nada e o que ele conseguia engolir raramente permanecia em seu estômago. Estava cada vez mais pálido e irrequieto, não mostrando interesse por nada. Dormia bastante durante o dia, porque dormia muito pouco à noite. Ainda assim, apesar do medo dos pesadelos, não permitia que eu compartilhasse seu quarto para que sua insônia não perturbasse meu próprio descanso.

Não querendo ficar rondando-o, ainda que ele permitisse, eu passava a maior parte do meu tempo no herbário ou no barracão de secagem com o irmão Ambrose ou andando a esmo pelo mosteiro, em longas conversas com padre Anselm. Ele aproveitou a oportunidade para se dedicar a uma branda catequese, tentando me instruir nos fundamentos do catolicismo, embora eu reiterasse muitas vezes minha condição de agnóstica.

– *Ma chère* – disse ele, finalmente –, lembra-se das condições necessárias para a perpetração do pecado de que lhe falei ontem?

Não havia nada de errado com a minha memória, quaisquer que fossem minhas falhas morais.

– Primeiro, que seja errado e, segundo, que você dê pleno consentimento a isso – repeti o que ele dissera.

– Que dê pleno consentimento a isso – repetiu ele. – E essa, *ma chère*, também é a condição para que a graça ocorra. – Apoiávamo-nos na cerca do chiqueiro da abadia, observando vários porcos grandes e marrons aconchegados no fraco sol de inverno. Ele virou a cabeça, descansando o rosto nos antebraços, dobrados sobre a cerca.

– Não sei como posso fazer isso – protestei. – Certamente, a graça é algo que você tem ou não tem. Quer dizer – hesitei, não querendo ser rude –, para você o que está no altar da capela é Deus. Para mim, é um pedaço de pão, por mais belo que seja o invólucro em que esteja.

Ele suspirou com impaciência e se empertigou, espreguiçando-se.

– Tenho observado, a caminho da minha vigília noturna, que seu marido não dorme bem – disse ele. – E consequentemente, você também não. Como não está dormindo de qualquer forma, eu a convido para vir comigo esta noite. Junte-se a mim na capela por uma hora.

Olhei-o, estreitando os olhos.

– Por quê?

– Por que não?

Não tive a menor dificuldade em acordar para meu compromisso com Anselm, principalmente porque não tinha conseguido dormir até então. Nem Jamie. Sempre que eu espreitava o corredor, podia ver a luz bruxuleante de uma vela pela fresta de sua porta semiaberta e ouvir o barulho das páginas folheadas e um ou outro gemido de desconforto, conforme ele mudava de posição.

Incapaz de descansar, não me dei ao trabalho de trocar de roupa e, assim, estava pronta quando uma batida na minha porta anunciou a presença de Anselm.

O mosteiro estava silencioso, como todas as grandes instituições ficam silenciosas à noite; o ritmo intenso das atividades diurnas diminuíra, mas o pulsar continuava, mais lento, mais suave, porém incessante. Sempre há alguém acordado, caminhando em silêncio pelos corredores, fazendo vigília, mantendo a instituição viva. E agora era a minha vez de me juntar à vigília.

A capela estava às escuras, exceto pela luz vermelha do santuário e algumas velas votivas brancas, as chamas erguendo-se retas no ar parado diante dos santuários escuros dos santos.

Segui Anselm pela curta nave central, ajoelhando-me quando ele o fez. A figura delgada do irmão Bartolomeu estava ajoelhada diante do altar, a cabeça baixa. Não se voltou ao leve ruído de nossa entrada, mas continuou imóvel, em adoração.

O próprio Sacramento estava quase oculto pela magnificência de seu recipiente. O enorme ostensório, um sol irradiante de ouro de mais de 30 centímetros de diâmetro, estava serenamente pousado no altar, guardando o humilde pedaço de pão em seu centro.

Sentindo-me meio deslocada, sentei-me onde Anselm indicou, perto da frente da capela. Os assentos, ornamentados com esculturas de anjos, flores e demônios, dobravam-se contra os painéis de madeira dos recostos para facilitar a passagem. Ouvi o rangido leve de um assento abaixado atrás de mim, quando Anselm ocupou seu lugar.

– Mas o que devo fazer? – eu lhe perguntara, a voz baixa em respeito à noite e ao silêncio, quando nos aproximávamos da capela.

– Nada, *ma chère* – respondera ele simplesmente. – Apenas esteja lá.

Assim, sentei-me, ouvindo minha própria respiração e os minúsculos sons de um lugar silencioso; as coisas inaudíveis normalmente ocultas em outros sons. A acomodação de uma pedra, o estalido de madeira. O chiado das chamas minúsculas e inextinguíveis. O leve agitar de alguma diminuta criatura, desgarrada de seu lugar e perdida na casa do poder supremo.

Era um lugar tranquilo, tinha que admitir. Apesar da minha própria fadiga e da preocupação com Jamie, gradualmente me senti relaxar, a tensão em minha mente cedendo aos poucos, como o relaxamento da mola de um relógio. Estranhamente, não me sentia nem um pouco sonolenta, apesar da hora tardia e das dificuldades dos últimos dias e semanas.

Afinal, pensei, o que eram dias e semanas na presença da eternidade? E é isso que era, para Anselm e Bartolomeu, para Ambrose, para todos os monges, até e inclusive para o temível abade Alexander.

Era, de certa forma, uma ideia reconfortante; se havia todo o tempo do mundo, então os acontecimentos de um determinado momento tornavam-se menos importantes. Podia compreender, talvez, como uma pessoa buscava se retrair um pouco, buscar algum alívio na contemplação de um Ser infinito, qualquer que fosse a Sua natureza.

O vermelho do lampião do santuário ardia firmemente, refletido no ouro polido. As chamas das velas brancas diante das imagens de St. Giles e de Nossa

Senhora bruxuleavam e saltavam de vez em quando, conforme os pavios cediam a uma imperfeição ocasional, um crepitar momentâneo de cera ou umidade. Mas o lampião vermelho ardia serenamente, sem nenhuma oscilação inconveniente para trair sua luz.

E se havia eternidade, ou mesmo a ideia de eternidade, talvez Anselm tivesse razão; tudo era possível. E todo amor?, perguntei-me. Eu amara Frank; ainda o amava. E amava Jamie, mais do que a minha própria vida. Mas cerceada pelos limites da carne e do tempo, não podia ter ambos. No além, talvez? Haveria um lugar onde o tempo não mais existisse ou onde ele parasse? Anselm achava que sim. Um lugar onde tudo era possível. E nada era necessário.

E haveria amor nesse lugar? Além dos limites da carne e do tempo, todo amor seria possível? Seria necessário?

A voz dos meus pensamentos parecia a de tio Lamb. Minha família e tudo que eu conheci como amor quando criança. Um homem que nunca me falara de amor, que nunca precisara, porque eu sabia que ele me amava, tão certo como eu sabia que estava viva. Porque onde todo o amor existe, não há necessidade de palavras. É tudo. É imortal. E se basta.

O tempo passou sem que eu percebesse e surpreendi-me com a repentina aparição de Anselm diante de mim, entrando pela pequena porta junto ao altar. Mas ele não estava sentado atrás de mim? Olhei para trás e vi um dos monges jovens cujo nome eu desconhecia ajoelhando-se perto da entrada dos fundos. Anselm fez uma profunda reverência diante do altar, depois fez um sinal com a cabeça para mim, indicando a porta.

– Você saiu? – perguntei, uma vez fora da capela. – Mas eu pensei que você não poderia deixar, hum, o Sacramento sozinho.

Ele respondeu serenamente.

– Não deixei, *ma chére*. Você estava lá.

Contive a necessidade de argumentar que eu não contava. Afinal, suponho, não existia tal coisa como um Adorador Oficial Qualificado. Bastava ser humano e eu imaginava que ainda era um ser humano, embora às vezes mal o sentisse.

A vela de Jamie ainda queimava quando passei por sua porta e ouvi o farfalhar de páginas sendo manuseadas. Eu teria parado, mas Anselm seguiu em frente, para deixar-me à porta do meu próprio quarto. Parei ali para desejar-lhe boa-noite e agradecer por me ter levado à capela.

– Foi... repousante – disse, buscando a palavra certa.

Ele balançou a cabeça, observando-me.

– *Oui*, madame. Realmente, é. – Quando me virei para entrar, ele disse: – Eu lhe disse que o Santíssimo Sacramento não estava sozinho porque você estava lá. Mas, e quanto a você, *ma chère*? Estava sozinha?

Parei e olhei para ele por um instante, antes de responder.

– Não, não estava.

39

O RESGATE DA ALMA DE UM HOMEM

De manhã, como de costume, fui verificar como Jamie estava, esperando que ele tivesse conseguido comer alguma coisa. A poucos passos de seu quarto, Murtagh saiu de uma alcova na parede, barrando meu caminho.

– O que foi? – perguntei, assustada. – O que está acontecendo? – Meu coração disparou e as palmas da minha mão ficaram úmidas de repente.

Meu pânico deve ter sido óbvio, porque Murtagh balançou a cabeça para me tranquilizar.

– Não, ele está bem. – Deu de ombros. – Ou tão bem quanto tem estado. – Me fez dar meia-volta segurando delicadamente meu cotovelo e começou a me levar novamente pelo corredor. Pensei com um instante de choque que essa era a primeira vez que Murtagh deliberadamente me tocava; sua mão em meu braço era leve e forte como a asa de um pelicano.

– O que há com ele? – perguntei. O rosto marcado do homenzinho permaneceu inexpressivo como sempre, mas as pálpebras enrugadas tremeram nos cantos.

– Ele não quer vê-la no momento – disse ele.

Parei onde estava e retirei bruscamente o braço de sua mão.

– Por que não? – quis saber.

Ele hesitou, como se escolhesse as palavras cuidadosamente.

– Bem, é que... ele decidiu que seria melhor para você deixá-lo aqui e voltar para a Escócia. Ele...

O resto de suas palavras se perdeu no corredor quando passei bruscamente por ele.

A porta pesada fechou-se com um leve baque atrás de mim. Jamie cochilava, de bruços na cama. Estava descoberto, vestido apenas com uma túnica curta dos noviços; o braseiro de carvão no canto deixava o aposento confortavelmente aquecido, embora enfumaçado.

Ele deu um salto quando o toquei. Os olhos, ainda embaciados de sono, estavam fundos e seu rosto assombrado por pesadelos. Tomei sua mão entre as minhas, mas ele retirou-a violentamente. Com um olhar quase de desespero, fechou os olhos e enterrou o rosto no travesseiro.

Procurando não demonstrar nenhum sinal de minha própria perturbação, puxei um banco silenciosamente e sentei-me perto de sua cabeça.

– Não vou tocá-lo – disse –, mas você precisa conversar comigo. – Esperei vários minutos enquanto ele permaneceu imóvel, os ombros encolhidos defensivamente. Finalmente, suspirou e se sentou, movendo-se devagar e penosamente, lançando as pernas para fora da cama.

– Sim – disse ele sem rodeios, sem olhar para mim. – Sim, creio que precisamos. Já devia ter feito isso antes... mas fui covarde o suficiente para esperar que não precisasse. – Sua voz era amarga e ele mantinha a cabeça abaixada, as mãos entrelaçadas frouxamente em volta dos joelhos. – Não me achava um covarde, mas sou. Devia ter feito Randall me matar, mas não o fiz. Eu não tinha nenhuma razão para viver, mas não fui corajoso o suficiente para morrer. – Sua voz definhou e falou tão baixo que eu mal podia ouvi-lo. – E eu sabia que teria que vê-la uma última vez... contar-lhe... mas... Claire, meu amor... ah, meu amor.

Pegou o travesseiro da cama e abraçou-o como se quisesse se proteger, um substituto pelo conforto que não podia buscar em mim. Descansou a fronte sobre ele por um instante, reunindo forças.

– Depois que você me deixou em Wentworth, Claire – disse ele em voz baixa, a cabeça ainda abaixada –, ouvi seus passos, distanciando-se nas pedras do lado de fora e disse a mim mesmo, vou pensar nela agora. Vou me lembrar dela; do toque de sua pele, do perfume de seus cabelos e da sensação de seus lábios nos meus. Pensarei nela até aquela porta se abrir outra vez. E pensarei nela amanhã, quando estiver no cadafalso, para me dar coragem no fim. Entre o momento em que a porta se abrir e o momento em que deixar este lugar para morrer simplesmente não pensarei em nada – concluiu num sussurro, as mãos se fechando e depois relaxando.

Na pequena masmorra, fechara os olhos e ficara à espera. A dor não era insuportável, desde que ele permanecesse quieto, mas ele sabia que logo iria piorar. Temendo a dor, ainda assim ele já lidara com ela muitas vezes antes. Ele a conhecia, como conhecia sua própria reação a ela, e estava resignado a suportá-la, esperando apenas que ela não excedesse suas forças muito cedo. A perspectiva de violação física também era apenas uma questão de leve repugnância agora. O desespero era, a seu próprio modo, também um anestésico.

Não havia nenhuma janela no quarto pela qual julgar a hora do dia. Era fim de tarde quando ele foi levado para a masmorra, mas não podia confiar em sua noção do tempo. Quantas horas ainda se passariam até o alvorecer? Seis, oito, dez? Até o fim de tudo. Pensou com um humor sombrio que Randall ao menos lhe fizera o favor de desejar a morte.

Quando a porta se abriu, erguera os olhos, esperando – o quê? Havia apenas um homem, de constituição esbelta, bonito e um pouco desarrumado, a camisa de linho rasgada e descabelado, apoiado contra a porta de madeira, observando-o.

Após uns instantes, Randall atravessou o quarto sem falar e ficou parado ao lado dele. Encostou a mão por um momento no pescoço de Jamie, depois se inclinou e libertou a mão presa à mesa com um puxão no prego que deixou Jamie à beira do desmaio. Um copo de conhaque foi colocado diante dele e a mão firme de Randall ergueu sua cabeça e ajudou-o a bebê-lo.

– Ele ergueu meu rosto depois, entre suas mãos, e lambeu as gotas de conhaque dos meus lábios. Quis esquivar-me dele, mas eu dera minha palavra, de modo que apenas fiquei imóvel.

Randall segurou a cabeça de Jamie por um instante, olhando especulativamente dentro de seus olhos, depois o largou e sentou-se em cima da mesa, ao seu lado.

– Ficou ali sentado por um bom tempo, sem dizer nada, apenas balançando uma perna para a frente e para trás. Eu não fazia a menor ideia do que ele queria e não estava disposto a imaginar. Estava cansado e um pouco nauseado da dor em minha mão. Assim, após algum tempo, apenas descansei a cabeça nos meus braços e desviei o rosto.

Ele suspirou pesadamente.

– Depois de um instante, pude sentir sua mão em minha cabeça, mas não me movi. Ele começou a acariciar meus cabelos, muito delicadamente, sem parar. Não havia nenhum som a não ser a pesada respiração do assistente desmaiado e o estalido do fogo no braseiro, e eu acho... acho que adormeci por alguns instantes.

Quando acordou, Randall estava em pé diante dele.

– Está se sentindo um pouco melhor? – perguntou Randall num tom longínquo, gentil.

Sem dizer nada, Jamie assentiu e se levantou. Randall o havia despido, tendo cuidado com a mão ferida, e levado-o para a cama.

– Eu dera a minha palavra de que não iria resistir a ele, mas também não pretendia ajudar, de modo que apenas fiquei ali parado, como se fosse feito de madeira. Pensei em deixar que ele fizesse o que quisesse, eu não teria nenhuma participação naquilo. Manteria uma distância dele, ao menos mentalmente.

– Randall sorriu e segurou a mão direita de Jamie, apertando-a o suficiente para fazê-lo cair na cama, sentindo-se enjoado e tonto com a súbita pontada de dor. Randall ajoelhou-se no chão ao seu lado e ensinou-lhe, em alguns minutos arrasadores, que a distância é uma ilusão.

– Quando se ergueu, pegou a faca e passou-a pelo meu peito, de um lado ao outro. Não foi um corte profundo, mas sangrou um pouco. Observou meu rosto por um instante, depois estendeu o dedo e molhou-o no sangue. – A voz de Jamie era instável, tropeçando e gaguejando de vez em quando. – Lambeu o meu sangue do seu dedo, com pequenas lambidas com a língua, como um g-gato se limpando. Sorriu um pouco, depois, muito delicadamente, inclinou a cabeça para o meu peito. Eu não estava amarrado, mas não poderia me mexer. Eu apenas... fiquei ali, enquanto ele usava sua língua para... Não doeu, mas era uma sensação muito estranha. Após algum tempo, levantou-se e limpou-se cuidadosamente com uma toalha.

Observei a mão de Jamie. Com o rosto virado, era o melhor indicador de seus sentimentos. Ele cerrava-a convulsivamente na beirada da cama enquanto falava.

– Ele... ele me disse que eu... eu era delicioso. O corte havia praticamente parado de sangrar, mas ele pegou a toalha e esfregou-a com força em meu peito para abrir o ferimento outra vez. – As articulações da mão apertada no catre eram nós de ossos exangues. – Ele desabotoou as calças, espalhou o sangue vivo sobre si mesmo e disse que agora era a minha vez.

Depois, Randall segurou sua cabeça e ajudou-o a vomitar, limpou seu rosto delicadamente com uma toalha úmida e lhe deu um pouco de conhaque para ajudar a tirar o mau cheiro da boca. Assim, alternando crueldade e delicadeza, pouco a pouco, usando a dor como arma, ele destruiu todas as barreiras da mente e do corpo.

Eu queria fazer Jamie parar de falar, dizer-lhe que ele não precisava continuar, não devia continuar, mas mordi o lábio com força para me calar e apertei minhas próprias mãos, com força, para me impedir de tocá-lo.

Então, ele me contou o resto da história; os lentos e deliberados açoites, entremeados de beijos. A dor aguda das queimaduras, administradas para arrancá-lo de uma inconsciência desesperadamente desejada para enfrentar novas humilhações. Contou-me tudo, com hesitações, às vezes com lágrimas, muito mais do que eu poderia suportar ouvir, mas eu o ouvi até o fim, silenciosa como um confessor. Erguia os olhos rapidamente para mim, depois os desviava.

– Eu poderia ter aguentado ser ferido, por pior que fosse. Eu esperava ser... usado e achei que poderia aguentar isso também. Mas eu não podia... Eu... ele...

– Eu cravei as minhas unhas com violência nas palmas das minhas mãos na luta para continuar calada. Ele se balançou em silêncio por um momento, e em seguida sua voz voltou, embargada mas desesperadamente constante.

– Ele não apenas me machucou ou me usou. Ele fez amor comigo, Claire. E me machucou muito enquanto o fazia, porque para ele isso era amor. E ele me fez corresponder... maldito seja! Ele fez com que eu me excitasse com ele! – Sua mão agarrou-se à cama, sacudindo-a com uma fúria impotente. – Na primeira vez, ele foi muito cuidadoso comigo. Usou um óleo e levou muito tempo esfregando-o por todo o meu corpo... pelas minhas partes, suavemente. Eu não podia deixar de ficar excitado assim como não pude deixar de sangrar quando ele me cortou. – A voz de Jamie estava cansada e cheia de desespero. Ele ficou em silêncio e me olhou pela primeira vez desde que entrei no quarto. – Claire, eu não queria pensar em você. Eu não suportava ficar ali nu e... daquele jeito... e me lembrar de que eu a amava. Era blasfêmia. Quis varrê-la da minha mente e apenas... existir, enquanto tivesse que viver. Mas ele não permitiria. – Seu rosto estava molhado, mas ele não estava chorando agora. – Ele falava. Durante todo o tempo, ele falava comigo. Em parte, eram ameaças e, em parte, palavras de amor, mas em geral ele falava de você.

– De mim? – Silenciosa há algum tempo, minha voz saiu da garganta tensa, parecendo um grasnido. Ele assentiu, olhando para o travesseiro outra vez.

– Sim. Ele tinha muito ciúme de você, sabe.

– Não, eu não sabia.

Ele meneou a cabeça outra vez.

– Ah, sim. Perguntava-me... enquanto me tocava... perguntava-me: "Ela faz isso com você? Sua mulher pode e-excitá-lo assim?" – Sua voz tremia. – Eu não respondia... nem poderia. Então, ele perguntava como eu achava que você se sentiria de me ver... de me ver... – Mordeu o lábio com força, sem conseguir continuar. – Ele me feria um pouco, depois parava e me amava até eu começar a ficar excitado... então, me machucava com força e me possuía enquanto me feria. E o tempo todo falava de você e a mantinha diante dos meus olhos. Eu resisti, mentalmente... tentei me manter longe dele, manter minha mente separada do meu corpo, mas a dor atravessava, sem cessar, toda barreira que eu erguia. Eu tentei, Claire... Deus, como eu tentei, mas...

Ele afundou a cabeça entre as mãos, os dedos pressionando as têmporas com força. Falou bruscamente.

– Eu sei por que Alex MacGregor se enforcou. Eu faria o mesmo, se não soubesse que é um pecado mortal. Se ele me condenou em vida, não fará o mesmo comigo no céu. – Houve um instante de silêncio enquanto ele lutava para se controlar. Notei automaticamente que o travesseiro em seus joelhos estava manchado de suor e quis me levantar para trocá-lo para ele. Ele balançou a cabeça devagar, ainda olhando fixamente para os pés.

– Tudo está interligado para mim agora. Não posso pensar em você, Claire, nem mesmo em beijá-la ou tocar sua mão sem sentir o medo e a dor e a náusea voltarem. Fico aqui deitado sentindo que vou morrer sem o toque de suas mãos, mas quando você me toca, acho que vou vomitar de vergonha e nojo de mim mesmo. Não posso nem mesmo vê-la agora sem... – Pousou a testa nos punhos cerrados, os nós dos dedos enfiados com força nas órbitas. Os tendões de seu pescoço estavam retesados de tensão e sua voz veio abafada. – Claire, quero que você me deixe. Volte para a Escócia, para Craigh na Dun. Volte para o seu lugar, para seu... marido. Murtagh a levará em segurança, eu contei a ele. – Ficou em silêncio por um instante e eu não me movi.

Ergueu os olhos novamente com uma coragem desesperadora e falou de maneira muito simples.

– Eu a amarei enquanto viver, mas não posso mais ser seu marido. E não serei menos que isso para você. – Seu rosto começou a desmoronar. – Claire, eu a desejo tanto que meus ossos tremem em meu corpo, mas Deus me ajude, tenho medo de tocar em você!

Comecei a me levantar para ir até ele, mas ele me fez parar com um sinal repentino da mão. Seu corpo estava dobrado, o rosto contorcido com a luta interior, e sua voz era sufocada e arquejante.

– Claire... por favor. Por favor, vá. Vou ficar muito enjoado e não quero que você veja. Por favor.

Ouvi a súplica em sua voz e compreendi que precisava poupar-lhe mais esta indignidade, ao menos. Levantei-me e, pela primeira vez em minha vida profissional, deixei um homem doente entregue a si mesmo, indefeso e sozinho.

Deixei seu quarto entorpecida e me encostei na parede branca de pedra do lado de fora, refrescando o rosto afogueado contra os blocos maciços, ignorando os olhares fixos de Murtagh e do irmão William. *Deus me ajude*, ele dissera. *Deus me ajude, tenho medo de tocar em você.*

Empertiguei-me e fiquei parada. Bem, por que não? Certamente não havia mais ninguém.

• • •

Na hora em que o tempo começa a passar lentamente, ajoelhei-me na nave da capela de St. Giles. Anselm estava lá, os ombros retos e elegantes sob o hábito, porém ninguém mais. Ele não se moveu nem olhou ao redor, mas o silêncio vivo da capela me envolveu.

Permaneci de joelhos por um instante, tentando absorver a silenciosa escuridão, acalmando o turbilhão em minha mente. Somente quando senti meu coração desacelerar e começar a bater ao ritmo da noite é que deslizei para um banco nos fundos da capela.

Fiquei sentada rígida, não conhecendo a forma e o ritual, as cortesias litúrgicas que facilitavam aos irmãos o acesso às profundezas de sua conversa sagrada. Eu não sabia como começar. Por fim, eu disse, silenciosamente, sem rodeios, que precisava de ajuda. Por favor.

Então, deixei que o silêncio jorrasse em ondas à minha volta, envolvendo-me como as dobras de um manto, confortando-me contra o frio. E esperei, como Anselm me ensinara, e os minutos transcorreram, incontáveis.

Havia uma mesinha no fundo da capela, coberta com uma toalha de linho, onde estava a pia de água benta, e ao lado uma Bíblia e outras duas ou três obras de inspiração. Para serem usadas por fiéis para quem o silêncio era insuportável, creio eu.

O silêncio estava se tornando insuportável para mim e eu me levantei e peguei a Bíblia, levando-a de volta para o genuflexório comigo. Dificilmente eu seria a primeira pessoa a recorrer a Sortes Virgilianae em momentos de confusão e dificuldades. Havia luz suficiente das velas para eu ler, virando as páginas delgadas cuidadosamente e esforçando-me para discernir as linhas de letras pretas e minúsculas.

"...e ele os flagelou com o azorrague e eles ficaram muito feridos." Não era de admirar que tivessem ficado, pensei. O que afinal seria azorrague? Em vez disso, tentei os Salmos.

"Mas eu sou um verme e nenhum homem... meu corpo está desfeito como água e todos os meus ossos estão desconjuntados; meu coração parece de cera; está derretido e misturado às minhas entranhas." Bem, sim, um diagnóstico competente, pensei, com alguma impaciência. Mas haveria algum tratamento?

"Mas não te afastes de mim, ó Deus; Senhor, apressa-te para me socorrer. Livra minha alma da espada; meu amado das garras do cão." Hummm.

Voltei-me para o Livro de Jó, o preferido de Jamie. Certamente, se alguém estava em posição de oferecer um conselho útil...

"Mas a carne em seu corpo sofrerá e a alma dentro dele se lamentará." Hummm, sim, pensei, e virei a página.

"Ele está prostrado de sofrimento em sua cama e todos os seus ossos clamam de dor... A carne é consumida de seus ossos e desaparece; e seus ossos, que não eram visíveis, projetam-se para fora." Exatamente, pensei. E depois?

"Sim, sua alma se aproxima do túmulo e sua vida dos seus destruidores." Não tão bom, mas o próximo trecho era mais alentador. "Se houver um mensageiro com ele, um intérprete, um entre mil, para mostrar sua honradez, então, ele tem piedade e diz: Livre-o do abismo, eu encontrei um resgate. Sua carne será mais viçosa do que a de uma criança; ele retornará aos dias de sua juventude." E qual seria o resgate, então, que recuperaria a alma de um homem e livraria meu amado das garras do cão?

Fechei o livro e os meus olhos. As palavras se confundiam, toldando-se com minha necessidade urgente. Uma tristeza avassaladora apoderou-se de mim quando pronunciei o nome de Jamie. E no entanto havia um pouco de paz ali, um abrandamento da tensão quando disse, inúmeras vezes, "Ó Senhor, em tuas mãos confio a alma de seu servo James".

Ocorreu-me o pensamento de que talvez fosse melhor para Jamie que estivesse morto; ele dissera que queria morrer. Eu estava moralmente certa de que se eu o deixasse entregue à própria sorte, como ele queria, logo estaria morto, quer pelas consequências da tortura e da doença, na forca ou em alguma batalha. E eu não tinha a menor dúvida de que ele também sabia disso. Deveria fazer o que ele pedira? De jeito nenhum, disse a mim mesma. De jeito nenhum, disse com raiva ao sol irradiante no altar e abri o livro outra vez.

Passou-se algum tempo até eu perceber que a minha súplica já não era um monólogo. Na realidade, só soube disso quando compreendi que havia respondido uma pergunta que não me lembrava de ter formulado. Em meu transe de insone tristeza, algo me fora solicitado, e eu não sabia exatamente o que, e eu respondera sem hesitar:

– Sim, eu o farei.

Parei bruscamente de pensar, ouvindo o silêncio palpável. Então, mais cautelosamente, repeti, sem voz:

– Sim. Sim, eu o farei. – E um pensamento fugaz atravessou minha mente: *As condições do pecado são as seguintes: primeiro, você tem que dar seu pleno consentimento a isso... E as condições da graça também*, veio em eco a voz tranquila de Anselm.

Havia um sentimento, não repentino, mas completo, como se tivessem me dado um pequeno objeto para esconder em minhas mãos. Precioso como a opala, liso como o jade, pesado como um cascalho do rio, mais frágil do que o ovo de um pássaro. Infinitamente imóvel, vivo como a raiz da Criação. Não um presente, mas um depósito em confiança. Para amar febrilmente, para guardar carinhosamente. As palavras falaram por si mesmas e desapareceram nas sombras dos arcos do teto.

Ajoelhei-me diante da Sua presença e deixei a capela, sem duvidar nem por um instante, na eternidade do momento em que o tempo para, que eu tinha uma resposta, mas não fazia a menor ideia do que era. Sabia apenas que aquilo que eu guardava nas mãos era a alma de um ser humano; a minha própria alma ou a de outra pessoa, isso eu não sabia.

Não parecia ser a resposta a uma prece, quando acordei para a retomada do tempo comum pela manhã e encontrei um irmão laico de pé junto à minha cama, dizendo que Jamie estava ardendo em febre.

– Há quanto tempo ele está assim? – perguntei, colocando a mão experiente na fronte e na nuca, na axila e na virilha. Nenhum sinal de suor aliviando a febre; apenas a pele seca e distendida do persistente ressecamento, ardente de calor. Ele estava consciente, mas tonto e com as pálpebras pesadas. A origem da febre era evidente. A mão direita ferida estava inchada, com uma secreção malcheirosa ensopando as ataduras. Veios vermelhos sinistros subiam do pulso. Uma grave infecção, pensei comigo mesma. Uma terrível infecção, supurada, envenenando seu sangue, ameaçando sua vida.

– Eu o encontrei assim quando vim dar uma olhada nele depois das preces matinais – respondeu o irmão servente que fora me buscar. – Dei-lhe água, mas ele começou a vomitar logo depois do amanhecer.

– Deveria ter me chamado imediatamente – disse. – Bem, não importa. Traga-me água quente, folhas de framboesa e chame o irmão Polydore, o mais rápido possível. – Saiu assegurando-me de que iria providenciar um desjejum para mim também, mas descartei a oferta com um gesto da mão, enquanto pegava a jarra de água.

Quando o irmão Polydore apareceu, eu já havia tentado a aplicação interna da água, apenas para ver Jamie vomitá-la violentamente, e em vez disso, estava aplicando-a externamente, molhando os lençóis e envolvendo-os frouxamente sobre a pele quente.

Simultaneamente, mergulhei a mão infeccionada em água recém-fervida, o mais quente que seria possível aguentar sem queimar a pele. Não dispondo de remédios à base de sulfa ou dos modernos antibióticos, o calor era a única arma contra uma infecção bacteriana. O corpo do paciente estava fazendo o melhor possível para fornecer este calor por meio da febre alta, mas a febre em si colocava um grave problema, desgastando os músculos e danificando as células cerebrais. O truque era aplicar bastante calor local para destruir a infecção, enquanto mantinha o resto do corpo suficientemente frio para evitar danos e suficientemente hidratado para manter as funções normais. Um maldito ato de equilíbrio de três vértices, pensei desoladamente.

Nem o estado de espírito de Jamie nem seu desconforto físico eram mais relevantes. Era uma luta direta para mantê-lo vivo até que a infecção e a febre fossem debeladas; nada mais importava.

Na tarde do segundo dia, ele começou a delirar. Nós o amarramos à cama com tiras macias para evitar que se arremessasse ao chão. Finalmente, como uma medida desesperada para reduzir a febre, pedi a um dos irmãos que me trouxesse lá de fora um grande cesto de neve, que arrumamos ao seu redor. Isso resultou em violentos tremores que o deixaram exaurido, mas que logo fez sua temperatura abaixar.

Infelizmente, o tratamento tinha que ser repetido de hora em hora. Ao pôr do sol, o quarto parecia um pântano, com poças de neve derretida pelo chão, pilhas de panos encharcados amontoados entre elas e vapores como os de gás de pântano erguendo-se do braseiro no canto. O irmão Polydore e eu mesma estávamos encharcados também, de suor, enregelados de água da neve e à beira da exaustão, apesar da ajuda de Anselm e dos irmãos laicos. Antitérmicos como margarida-amarela, hidraste, gatária e hissopo haviam sido experimentados, sem resultado. O chá de casca de salgueiro, que poderia ajudar com seu componente de ácido salicílico, não podia ser consumido em quantidades suficientes para produzir o efeito desejado.

Em um de seus intervalos de lucidez cada vez mais raros, Jamie pediu-me para deixá-lo morrer. Respondi concisamente, como na noite anterior, continuando com o que estava fazendo:

– De jeito nenhum.

Quando o sol se pôs, ouviu-se o ruído de homens aproximando-se pelo corredor. A porta se abriu e o abade Alex, o tio de Jamie, entrou, acompanhado do irmão Anselm e de três outros monges, um deles carregando uma pequena caixa de cedro. O abade aproximou-se de mim e abençoou-me rapidamente, em seguida tomou minha mão nas suas.

– Nós vamos ungir o rapaz – disse ele, a voz grave e gentil. – Não tenha medo.

Virou-se para a cama e olhei desesperada e transtornada para Anselm, em busca de uma explicação.

– A extrema-unção – explicou ele, aproximando-se de modo que sua voz baixa não perturbasse os monges reunidos em volta da cama. – Os últimos sacramentos.

– Extrema-unção! Mas isso é para pessoas que estão à beira da morte!

– Sssh. – Afastou-me da cama. – Deveria ser chamado mais adequadamente de unção dos doentes, embora na verdade geralmente seja reservada para os que correm risco de vida. – Os monges haviam girado Jamie delicadamente de costas, acomodando-o cuidadosamente para que pudesse ficar deitado naquela posição com o mínimo de dor nos ombros feridos. – O sacramento tem um duplo propósito – continuou Anselm, murmurando em meu ouvido conforme os preparativos continuavam. – Primeiro, é um sacramento de cura; rezamos para que a saúde do sofredor seja restaurada, se este for o desejo de Deus para ele. A crisma, o óleo consagrado, é usada como um símbolo de vida e de cura.

– E o segundo propósito? – perguntei, já sabendo a resposta.

Anselm confirmou, assentindo.

– Se não for a vontade de Deus que ele se recupere, então ele é absolvido de seus pecados e nós o encomendamos a Deus, para que sua alma parta em paz. – Ele percebeu que eu me retesava em protesto e colocou a mão em meu braço, em sinal de advertência. – Estas são as últimas cerimônias da Igreja. Ele tem direito a elas e toda paz que possam lhe trazer.

Os preparativos foram concluídos. Jamie continuava de costas, um lençol cobrindo recatadamente seus quadris, com velas acesas à cabeceira e ao pé da cama, que me faziam lembrar de forma extremamente desagradável de velas de defunto. O abade Alexander sentou-se ao lado da cama, acompanhado por um monge que segurava uma bandeja com um cibório coberto, dois pequenos frascos de prata contendo água benta e óleo perfumado, e uma toalha branca dobrada sobre cada braço. Como um maldito garçom de vinhos, pensei com raiva. O procedimento todo me enervava.

Os ritos foram conduzidos em latim, os versículos cantados pelo celebrante eram murmúrios suaves e tranquilizadores aos ouvidos, embora eu não entendesse o significado. Anselm murmurava em voz baixa para mim o significado de algumas partes da cerimônia; outras eram autoexplicativas. Em determinado momento, o abade fez um sinal a Polydore, que deu um passo à frente e segurou um pequeno frasco sob o nariz de Jamie. Devia conter uma solução de amônia ou algum outro estimulante, porque ele fez um movimento brusco e virou a cabeça, os olhos ainda fechados.

– Por que estão tentando acordá-lo? – sussurrei.

– Se possível, a pessoa deve estar consciente a fim de concordar com a declaração de que ele se arrepende dos pecados que cometeu em sua vida. Além disso, se for capaz de recebê-lo, o abade lhe dará o sacramento da Eucaristia.

O abade tocou o rosto de Jamie, virando sua cabeça para o frasco, falando-lhe em voz baixa. Deixara de lado o latim e falava com forte sotaque escocês.

– Jamie! Jamie, meu rapaz! É Alex, rapaz. Estou aqui com você. Precisa acordar um pouco agora, apenas por um instante. Vou lhe dar a absolvição agora e depois a hóstia sagrada. Tome um pequeno gole agora, para que possa me responder quando for necessário. – O monge de nome Polydore segurou a caneca junto aos lábios de Jamie, cuidadosamente entornando umas gotas de cada vez, até que a língua e a garganta ressecadas pudessem aceitar mais. Seus olhos estavam abertos, ainda pesados de febre, mas agora suficientemente alertas.

O abade continuou, as perguntas em inglês, mas tão baixas que eu mal conseguia compreendê-las. "Renuncia ao diabo e a todos os seus atos?", "Acredita na Ressurreição de Nosso Senhor Jesus Cristo?" e assim por diante. A cada uma, Jamie respondia "Sim", num murmúrio rouco.

Uma vez consagrado o sacramento, Jamie relaxou com um suspiro, fechando os olhos mais uma vez. Eu podia ver suas costelas conforme o peito saltado movia-se com a respiração. Ele havia se consumido terrivelmente com a doença e a febre. O abade, pegando os frascos de água benta e de óleo sagrado, um de cada vez, fez o sinal da cruz sobre seu corpo, ungindo a testa, os lábios, o nariz, as orelhas e as pálpebras. Em seguida, ele fez o sinal da cruz com o óleo sagrado na cavidade do peito sobre o coração, na palma de cada uma das mãos e no arco de cada pé. Ergueu a mão ferida com infinito cuidado, passando o óleo de leve sobre os ferimentos e recolocando-a sobre o peito de Jamie, onde descansou sobre o talho lívido da cicatriz da faca.

A unção foi rápida e extremamente delicada, um toque de pena com o polegar rápido do abade. "Magia supersticiosa", dizia o lado racional do meu cérebro, mas estava profundamente emocionada pelo amor visível nos rostos dos monges enquanto rezavam. Os olhos de Jamie se abriram mais uma vez, mas estavam muito calmos e seu rosto estava em paz pela primeira vez desde que deixáramos Lallybroch.

A cerimônia foi encerrada com uma curta prece em latim. Colocando a mão na cabeça de Jamie, o abade disse em inglês:

– Senhor, em Vossas mãos encomendamos a alma de Vosso servo, James. Curai-o, rogamos, se esta for a Vossa vontade, e fortalecei sua alma, para que ele seja pleno de graça e conheça a Vossa paz por toda a eternidade.

– Amém – responderam os outros monges. E eu também.

• • •

À noite, o paciente havia caído num estado de semiconsciência outra vez. À medida que as forças de Jamie se exauriam, tudo que podíamos fazer era acordá-lo para os goles d'água que o mantinham vivo. Seus lábios estavam rachados e descascados, já não conseguia falar, embora ainda abrisse os olhos embaciados quando sacudido com firmeza. Já não nos reconhecia; seus olhos fitavam o vazio, depois gradualmente se fechavam enquanto ele virava a cabeça, gemendo.

Permaneci junto ao seu leito, olhando-o, tão exausta com os rigores do dia que não sentia nada além de um desespero entorpecido. O irmão Polydore tocou-me devagar, tirando-me do meu torpor.

– Não pode fazer nada mais por ele agora – disse ele, afastando-me dali com firmeza. – Tem que descansar.

– Mas – comecei a dizer, depois parei. Ele tinha razão, concluí. Havíamos feito tudo que era possível. Ou a febre cedia por si mesma dentro de pouco tempo ou Jamie morreria. Nem mesmo um corpo extremamente forte podia aguentar a devastação consumidora da febre alta por mais de um ou dois dias e restavam poucas forças a Jamie para sustentá-lo durante esta provação.

– Eu ficarei com ele – disse Polydore. – Vá para sua cama. Eu a chamarei se... – Não terminou a frase, mas fez sinal delicadamente para que eu seguisse na direção de meu próprio quarto.

Fiquei deitada, insone, na minha cama, fitando a viga do teto. Meus olhos estavam secos e febris, minha garganta doía, como se estivesse com febre também. Seria esta a resposta à minha prece, de que morrêssemos juntos ali?

Finalmente, levantei-me e peguei a jarra e a bacia da mesa junto à porta. Coloquei a pesada bacia de louça no centro do quarto, no chão, e enchi-a cuidadosamente, deixando a água transbordar e logo se transformar numa bolha trepidante.

Eu passara rapidamente pelo herbanário do irmão Ambrose antes de ir para o meu quarto. Desfiz os pequenos pacotes de ervas e espalhei o conteúdo no meu braseiro, onde as folhas de mirra exalavam uma fumaça aromática e nacos de cânfora queimavam em pequenas chamas azuis entre a incandescência vermelha dos pedaços de carvão.

Coloquei a vela atrás da superfície refletora da água, tomei posição à sua frente e preparei-me para evocar um fantasma.

• • •

O corredor de pedras estava frio e escuro, iluminado a intervalos pela luz fraca de lamparinas de óleo penduradas do teto. Minha sombra alongava-se à minha frente, sob os meus pés, quando passava embaixo de cada uma delas, estendendo-se até parecer mergulhar de cabeça e desaparecer na escuridão adiante.

Apesar do frio, eu estava descalça e usando apenas uma camisola de algodão rústico branco. Um pequeno invólucro de calor movia-se comigo por baixo da camisola, mas o frio das pedras subia pelos meus pés e pernas.

Bati uma vez, de leve, e abri a porta pesada sem esperar resposta.

O irmão Roger estava com ele, sentado ao lado da cama, rezando o terço com a cabeça baixa. O rosário de madeira chacoalhou quando ele ergueu a cabeça, mas seus lábios continuaram a se mover silenciosamente por alguns segundos, terminando a ave-maria antes de reagir à minha presença.

Veio ao meu encontro junto à porta, falando em voz baixa, embora fosse óbvio que ele podia gritar que não iria perturbar a figura imóvel sobre a cama.

– Nenhuma alteração. Acabo de trocar a água do banho da mão. – Algumas gotas brilhavam nas laterais da pequena chaleira cheia outra vez e recolocada sobre o braseiro.

Fiz um sinal afirmativo com a cabeça e coloquei a mão em seu braço em agradecimento. Era surpreendentemente sólido e cálido depois das fantasias da última hora e, de certa forma, reconfortante.

– Gostaria de ficar sozinha com ele, se não se importar.

– Claro. Vou para a capela. Ou deveria ficar por perto caso... – sua voz definhou, hesitante.

– Não – tentei sorrir de maneira tranquilizadora. – Vá para a capela. Ou melhor ainda, vá para a cama. Eu não consigo dormir; ficarei aqui até o amanhecer. Se precisar de ajuda, mandarei chamá-lo.

Ainda em dúvida, virou-se para olhar para a cama. Mas era muito tarde e ele estava cansado; havia olheiras sob seus meigos olhos castanhos.

A pesada porta rangeu nas dobradiças e eu fiquei sozinha com Jamie. Sozinha e com medo, e com muita, muita dúvida em relação ao que eu pretendia fazer.

Parei ao pé da cama, observando-o por um instante. O quarto estava fracamente iluminado pelo braseiro e dois círios, cada um com cerca de 1 metro de altura, sobre a mesa num canto do aposento. Ele estava despido e a luz minguada parecia acentuar as cavidades deixadas pela febre debilitante. A contusão multicor sobre suas costelas manchava a pele como um fungo que se propagava.

Um homem à beira da morte adquire uma tonalidade levemente esverdeada. No começo, apenas um pouco no maxilar, essa palidez vai se espalhando gradualmente pelo rosto e descendo para o peito, conforme a força da vida começa a se esvair. Já a vira inúmeras vezes. Bem poucas vezes, eu vira esse avanço mortal parar e se reverter, a pele ficar rosada de sangue outra vez e o sujeito viver. Mais frequentemente, porém... sacudi-me vigorosamente e me afastei da cama.

Tirei a mão das dobras da minha camisola e coloquei sobre a mesa os objetos que eu reunira na visita clandestina que fizera à oficina às escuras do irmão Ambrose. Um frasco de amônia. Um pacote de lavanda seca. Outro de valeriana. Um pequeno queimador de incenso de metal, no formato de uma flor aberta. Duas pelotas de ópio, de cheiro adocicado e pegajosas de resina. E uma faca.

O quarto estava fechado e abafado com a fumaça do braseiro. A única janela estava coberta com uma tapeçaria pesada, retratando a execução de São Sebastião. Olhei para o rosto do santo, voltado para cima, o peito cravado de flechas, perguntando-me uma vez mais o que levaria uma pessoa a escolher aquela decoração em particular para o quarto de um doente.

Apesar da maneira indiferente como fora colocada ali, a pesada tapeçaria de lã e seda barrava todas as correntes de ar, a não ser as muito fortes. Levantei sua parte inferior e sacudi-a, fazendo a fumaça do carvão sair pelo arco de pedra. O ar úmido e frio que entrou era revigorante e acalmou um pouco minhas têmporas, que começaram a latejar quando eu fitava o espelho de água, recordando-me.

Ouvi um fraco gemido atrás de mim e Jamie remexeu-se na corrente de ar. Ótimo. Portanto, não estava profundamente inconsciente.

Deixando a tapeçaria voltar à sua posição na janela, peguei o queimador de incenso. Fixei uma das pelotas de ópio no pino do queimador e acendi-o com uma vela fina usada para acender as velas maiores nos castiçais. Coloquei-o na mesinha de cabeceira de Jamie, tomando cuidado para eu mesma não inalar os vapores enjoativos.

Não havia muito tempo. Precisava terminar meus preparativos rapidamente, antes que a fumaça do ópio o deixasse drogado demais para despertar.

Desatei o laço da frente da minha camisola e esfreguei rapidamente grandes porções da lavanda e da valeriana no meu corpo. Era um cheiro picante, agradável, peculiar e carregado de lembranças. Um aroma que, para mim, invocava a sombra do homem que usava este perfume e a sombra do homem atrás dele; sombras que traziam de volta imagens confusas de terror atual e amor perdido. Um aroma que, para Jamie, devia trazer de volta as horas de dor e raiva passadas em meio a suas ondas. Esfreguei o resto vigorosamente entre as palmas das mãos e espalhei os pequenos fragmentos pelo chão.

Inspirando profundamente para reunir coragem, peguei o frasco de amônia.

Fiquei parada junto à cama por um instante, segurando-o, olhando para o rosto macilento, a barba espetada. No máximo, duraria mais um dia; no mínimo, apenas mais algumas horas.

– Muito bem, seu maldito escocês filho da mãe – disse baixinho. – Vamos ver até onde vai sua teimosia. – Levantei a mão machucada, escorrendo água, e coloquei de lado a vasilha onde estava mergulhada.

Abri o frasco e passei-o bem junto ao seu nariz. Ele resfolegou e tentou desviar a cabeça, mas não abriu os olhos. Enfiei os dedos nos cabelos da sua nuca para impedir que desviasse o rosto e levei o frasco de novo ao seu nariz. Ele sacudiu a cabeça devagar, balançando-a de um lado para o outro como um boi acordando de seu repouso. Seus olhos abriram apenas uma estreita fenda.

– Ainda não acabei, Fraser – sussurrei em seu ouvido, tentando da melhor forma possível reproduzir o ritmo das consoantes reduzidas do modo de falar de Randall.

Jamie gemeu e se encolheu. Agarrei-o pelos ombros e sacudi-o vigorosamente. Sua pele estava tão quente que quase o soltei.

– Acorde, escocês filho da mãe! Ainda não acabei com você! – Ele começou a lutar para se apoiar nos cotovelos, num lamentável esforço de obediência que quase partiu meu coração. Sua cabeça ainda balançava para a frente e para trás e os lábios rachados murmuravam alguma coisa que soava como "por favor, agora não", incessantemente.

Sem forças, rolou para o lado e caiu de rosto no travesseiro outra vez. O quarto começava a se encher de fumaça de ópio e me senti ligeiramente tonta.

Cerrei os dentes e enfiei a mão entre suas nádegas, agarrando uma parte redonda. Ele soltou um grito agudo, sem ar, e rolou dolorosamente de lado, curvando-se numa bola com as mãos juntas entre as pernas.

Eu passara a última hora em meu quarto, pairando acima do reflexo na água, evocando lembranças. De Black Jack Randall e de Frank, seu descendente. Homens tão diferentes, mas com semelhanças físicas tão surpreendentes.

Dilacerava meu coração pensar em Frank, lembrar de seu rosto e de sua voz, seus maneirismos, seu modo de fazer amor. Eu tentara apagá-lo de minha lembrança, quando fiz minha escolha no círculo de pedras, mas ele estava sempre lá, uma sombra nos recessos de minha mente.

Sentia-me nauseada por tê-lo traído, mas por fim forçara minha mente a livrar-se dele como Geillis me ensinara, concentrando-me na chama da vela, respirando a adstringência das ervas, acalmando-me até conseguir trazê-los da escuridão, ver as linhas de seu rosto, sentir outra vez o toque de sua mão sem chorar.

Havia outro homem nas sombras, com as mesmas mãos, o mesmo rosto. Os olhos iluminados pela chama da vela, eu o trouxera para a luz também, ouvindo, observando, vendo a semelhança e as diferenças, construindo – o quê? Um simulacro, uma persona, uma imitação, uma pantomima. Um rosto sombreado, uma voz sussurrada e um toque amoroso que eu pudesse usar para enganar uma mente levada pelo delírio. E finalmente eu deixara meu quarto, com uma prece pela alma da bruxa Geillis Duncan.

Jamie estava deitado de costas agora, contorcendo-se levemente com a dor de seus ferimentos. Seus olhos estavam fixos e arregalados, sem nenhum sinal de reconhecimento.

Acariciei-o da maneira que tão bem conhecia, delineando a linha de suas costelas do esterno até as costas, de leve, como Frank teria feito, pressionando com força sobre a mancha dolorida, como tinha certeza que o outro faria. Inclinei-me e passei a língua devagar em volta de sua orelha, lambendo e sondando, e sussurrei:

– Lute contra mim! Revide, seu desgraçado!

Seus músculos retesaram-se e seu maxilar trincou-se, mas ele continuou olhando fixamente para o teto. Então, eu não tinha escolha. Teria que usar a faca. Eu sabia o risco que estava correndo, mas era melhor que eu mesma o matasse, pensei, do que ficar sentada ao seu lado, deixando-o morrer.

Peguei a faca que estava em cima da mesa e passei-a com firmeza de um lado ao outro de seu peito, ao longo da cicatriz recém-fechada. Ele arquejou com o choque e arqueou as costas. Pegando uma toalha, esfreguei-a asperamente no ferimento. Antes que eu pudesse fraquejar, forcei-me a correr os dedos pelo seu peito, lambuzando-os no sangue, que passei em seus lábios. Havia uma frase que eu não tive que inventar, tendo eu mesma ouvido dos seus lábios. Inclinando-me sobre ele, murmurei:

– Agora, beije-me.

Eu não estava absolutamente preparada para o que sobreveio. Ele me lançou do outro lado do quarto ao sair da cama. Cambaleei e caí contra a mesa, fazendo os círios oscilarem. As sombras correram e balançaram-se quando os pavios flamejaram e apagaram-se.

Eu havia batido as costas com força contra a borda da mesa, mas recuperei-me a tempo de me esquivar quando ele se arremessou sobre mim. Com um rosnado desarticulado, veio ao meu encalço, as mãos estendidas.

Ele estava mais rápido e mais forte do que eu esperara, embora cambaleasse atabalhoadamente, batendo nos móveis. Encurralou-me por um instante entre o braseiro e a mesa e pude ouvir sua respiração arranhando sua garganta enquanto tentava me agarrar. Arremessou a mão esquerda sobre meu rosto; se suas forças e reflexos estivessem normais, o golpe teria me matado. Em vez disso, dei um salto para o lado e seu punho cerrado raspou minha testa, derrubando-me no chão, atordoada.

Engatinhei para baixo da mesa. Tentando me alcançar, ele perdeu o equilíbrio e caiu sobre o braseiro. Brasas incandescentes espalharam-se pelo chão de pedra. Ele uivou quando seu joelho triturou pesadamente um pedaço de carvão em brasa. Peguei um travesseiro da cama e bati até apagar um punhado de fagulhas chamejantes que caíra sobre a coberta de cama que se arrastava pelo chão. Preocupada com isso, não notei sua aproximação até que um golpe em cheio na minha cabeça me estatelou no chão.

O catre virou quando tentei me erguer, apoiando-me em sua estrutura com uma das mãos. Fiquei abrigada atrás dele por um instante, tentando recuperar os sentidos. Podia ouvir Jamie caçando-me na penumbra, a respiração áspera e arquejante entre imprecações incoerentes em gaélico. De repente, avistou-me e atirou-se sobre a cama, os olhos enlouquecidos à luz turva.

É difícil descrever detalhadamente o que aconteceu em seguida, principalmente porque aconteceu várias vezes e todas as vezes se sobrepõem em minha lembrança. Parece que as mãos ardentes de Jamie fecharam-se em meu pescoço apenas uma vez, mas essa única vez continuou indefinidamente. Na realidade, aconteceu inúmeras vezes. Toda vez eu conseguia livrar-me de suas mãos e empurrá-lo, recuava novamente, esquivando-me e agachando-me em volta da mobília destruída. E de novo ele vinha em meu encalço, um homem arrancado das garras da morte pela fúria, praguejando e soluçando, cambaleando e chocando-se violentamente contra tudo à sua volta.

Privadas da proteção do braseiro, as brasas apagaram-se rapidamente, deixando o aposento negro como breu e povoado de demônios. Nos últimos estertores de luz, eu o vi agachado contra a parede, com uma juba de fogo e coberto de sangue, o pênis rígido contra os pelos de sua barriga, os olhos azuis vidrados com um brilho assassino no rosto lívido e encovado. Um viking furioso. Como os demônios nórdicos que irromperam de seus navios ornados de carrancas de dragões na névoa da antiga costa escocesa para matar, saquear e incendiar. Homens que matariam ainda que estivessem no fim de suas forças. Que usariam estas últimas forças para estuprar e semear sua violenta semente nos ventres dos conquistados. O minúsculo queimador de incenso não emitia nenhuma luz, mas o enjoativo cheiro de ópio entupia meus pulmões. Embora as brasas estivessem extintas, eu via luzes na escuridão, luzes coloridas que flutuavam nos cantos da minha visão.

Estava cada vez mais difícil me mover; parecia que estava tentando atravessar o mar e era perseguida por um peixe monstruoso. Erguia meus joelhos bem alto, correndo em câmara lenta, sentindo a água respingar no meu rosto.

Balancei a cabeça, tentando livrar-me do pesadelo, e percebi que na realidade havia algo úmido em meu rosto e nas mãos. Não lágrimas, mas o sangue e o suor da criatura de pesadelo com quem me atraquei no escuro.

Suor. Havia algo de que eu devia me lembrar a respeito de suor, mas não conseguia. A mão do monstro agarrou meu braço, eu me desvencilhei e ela deixou uma película escorregadia na minha pele.

Girando e girando, a caça e o caçador. Mas havia algo errado, eu era a caça, perseguida por um animal de dentes brancos e afiados que se cravaram no meu antebraço. Golpeei-o e ele me soltou, mas as garras... girando e girando...

O demônio me imprensou contra a parede; podia sentir pedra atrás de minha cabeça e pedra embaixo dos meus dedos que tentavam se agarrar a ela. E um corpo duro como pedra pressionando-se com força contra o meu, o joelho pontudo entre os meus, pedra e osso, entre minhas próprias... pernas, mais rigidez de pedra... ah. Uma suavidade entre as dificuldades da vida, um frescor agradável em meio ao calor, conforto em meio à desgraça...

Caímos entrelaçados no chão, rolando sem parar, enredados nas dobras da tapeçaria que despencara, banhados nas correntes de ar frio que entravam pela janela. As névoas da loucura começaram a recuar.

Batemos contra alguma peça do mobiliário e ambos permanecemos imóveis. As mãos de Jamie estavam agarradas aos meus seios, os dedos dolorosamente cravados na carne. Senti gotas caindo no meu rosto, de suor ou lágrimas, eu não sabia, mas abri os olhos para ver. Jamie me olhava, o rosto impenetrável à luz da lua, os olhos arregalados, desfocados. Suas mãos relaxaram. Um dos dedos traçou o contorno do meu seio delicadamente, da curva ao mamilo, incessantemente. Sua mão moveu-se e segurou meu seio por inteiro, os dedos abertos como uma estrela-do-mar, macia como a mão de uma criança que está sendo amamentada.

– M-mamãe? – disse ele. Os cabelos da minha nuca eriçaram-se. Era a voz aguda, límpida, de um menino. – Mamãe?

O ar frio nos banhou, levando a fumaça doentia num redemoinho de flocos de neve. Estendi o braço e coloquei a palma da minha mão em sua face fria.

– Jamie, meu amor – disse, sussurrando através da garganta dolorida. – Venha, deite sua cabeça aqui, rapazinho. – A máscara estremeceu e desmoronou e eu abracei o corpo imenso com força contra o meu, nós dois tremendo com a força dos seus soluços.

• • •

Para nossa grande sorte, foi o inabalável irmão William quem nos achou pela manhã. Acordei zonza com o ruído da porta se abrindo e despertei inteiramente quando o ouvi pigarrear enfaticamente antes de dizer, com seu suave sotaque de Yorkshire:

– Bom dia para vocês.

O pesado fardo sobre mim era o corpo de Jamie. Seu cabelo secara em mechas de bronze e caía em caracóis sobre meus seios como as pétalas de um crisântemo chinês. A face pressionada contra meu esterno estava quente e ligeiramente pegajosa de suor, mas as costas e os braços que eu podia tocar estavam tão frios quanto minhas coxas, resfriados pelo ar de inverno que soprava sobre nós.

A luz do dia que penetrava pela janela sem cortina revelava toda a extensão da destruição que eu apenas percebera indistintamente na noite anterior; móveis e louças quebrados entulhavam o quarto e as duas velas maciças estavam atiradas ao chão como troncos caídos em meio a uma confusão de cortinas rasgadas e roupas de cama espalhadas. Pelo padrão das marcas dolorosamente impressas nas minhas costas, eu devia estar deitada sobre a tapeçaria de São Sebastião, a almofada de alfinetes humana; não era uma grande perda para o mosteiro.

O irmão William ficou parado, imóvel, na soleira da porta, jarra e bacia na mão. Com grande precisão, fixou os olhos na sobrancelha esquerda de Jamie e perguntou:

– E como se sente nesta manhã?

Houve uma pausa um tanto longa, durante a qual Jamie, com grande consideração, permaneceu onde estava, cobrindo a maior parte do meu corpo. Finalmente, no tom rouco de alguém ao qual fora concedida uma revelação, ele respondeu:

– Com fome.

– Ah, que bom – disse o irmão William, ainda fitando intensamente a sobrancelha. – Vou dizer ao irmão Josef. – A porta se fechou silenciosamente atrás dele.

– Obrigada por não se mexer – observei. – Não gostaria que fôssemos responsáveis por dar pensamentos impuros ao irmão William.

Densos olhos azuis fitaram-me de cima.

– Ah, bem – disse ele criteriosamente. – Uma visão do meu traseiro não vai corromper os votos sagrados de ninguém; não nas condições atuais. Já o seu... – Parou para limpar a garganta.

– O que tem o meu? – perguntei.

A cabeça ruiva se abaixou devagar para plantar um beijo em meu ombro.

– O seu colocaria um bispo em perigo.

– Mmmmhum. – Eu mesma, pensei, estava ficando boa em sons escoceses. – Seja como for, é melhor sair daí agora. Acho que nem mesmo o tato do irmão William é infinito.

Jamie deitou a cabeça ao lado da minha com cuidado, numa dobra da tapeçaria, de onde me olhou de viés.

– Não sei quanto da noite passada eu sonhei e quanto foi real. – Sua mão inconscientemente deslizou sobre o arranhão que atravessava seu peito. – Mas se metade do que acho que aconteceu tiver realmente acontecido, eu devia estar morto agora.

– Não está. Eu verifiquei. – Com alguma hesitação, perguntei: – Você desejaria estar?

Ele sorriu devagar, os olhos semicerrados:

– Não, Sassenach.

Seu rosto estava macilento e sombrio da doença e do cansaço, mas estava em paz, as linhas em volta da boca haviam desaparecido e seus olhos azuis estavam límpidos.

– Mas estou bem perto disso, queira ou não. A única razão para eu achar que não estou morrendo agora é porque estou com fome. Não estaria faminto se estivesse prestes a morrer, não acha? Parece um desperdício. – Um dos olhos se fechou totalmente, mas o outro permaneceu semiaberto, fixo em meu rosto com uma expressão cômica.

– Não consegue se levantar?

Ele pensou cuidadosamente na pergunta.

– Se minha vida dependesse disso, eu talvez conseguisse erguer a cabeça outra vez. Mas levantar-me? Não.

Com um suspiro, esgueirei-me de debaixo dele e ajeitei a cama antes de tentar alavancá-lo para a posição vertical. Ele conseguiu ficar em pé apenas alguns segundos antes de seus olhos se revirarem para trás e ele cair atravessado na cama. Tateei freneticamente em seu pescoço para achar a pulsação e a encontrei, lenta e forte, logo abaixo da cicatriz de três pontas na base de sua garganta. Pura exaustão. Após um mês aprisionado e uma semana de intenso estresse físico e mental, fome, ferimentos, doença e febre alta, até mesmo aquela compleição vigorosa havia finalmente chegado ao fim de suas forças.

– O coração de um leão – disse, balançando a cabeça – e a cabeça de um boi. Pena que não tenha também o couro de um rinoceronte. – Toquei um vergão em seu ombro que se abrira e começara a sangrar de novo.

Ele abriu um olho.

– O que é um rinoceronte?

– Pensei que estivesse inconsciente!

– Estava. Estou. Minha cabeça está girando como um pião.

Cobri-o com um cobertor.

– O que você precisa agora é de comida e descanso.

– O que você precisa agora – disse ele – é de roupas. – E fechando os olhos outra vez, adormeceu imediatamente.

40

ABSOLVIÇÃO

Não me lembro de ter encontrado o caminho para a minha cama, mas devo tê-lo feito porque acordei ali. Anselm estava sentado junto à janela, lendo. Sentei-me na cama com um salto.

– Jamie? – perguntei com a voz rouca.

– Dormindo – disse ele, deixando o livro de lado. Olhou para a vela de marcar horas sobre a mesa. – Como você. Esteve com os anjos nas últimas 36 horas, *ma belle*. – Encheu uma caneca de uma jarra de cerâmica e segurou-a junto aos meus lábios. Em outra época, eu teria considerado o fato de beber vinho na cama antes de escovar os dentes a última palavra em decadência. Quando realizado num mosteiro, na companhia de um franciscano em seu hábito, o ato parecia menos degenerado. E o vinho realmente cortou a sensação musgosa em minha boca.

Lancei os pés para fora da cama e fiquei sentada, oscilando. Anselm segurou-me pelo braço e me ajudou a deitar outra vez. De repente, ele parecia ter quatro olhos e mais narizes e bocas do que o estritamente necessário.

– Estou um pouco tonta – disse, fechando os olhos. Abri um deles. Um pouco melhor. Pelo menos, havia apenas um Anselm, ainda que um pouco embaçado nos contornos.

Anselm se inclinou sobre mim, preocupado.

– Quer que eu vá buscar o irmão Ambrose ou o irmão Polydore, madame? Tenho pouca habilidade em medicina, infelizmente.

– Não, não preciso de nada. É que me levantei rápido demais. – Tentei novamente, mais devagar. Dessa vez, o quarto e tudo que havia nele permaneceram relativamente imóveis. Notei inúmeras manchas roxas e contusões antes submersas na minha tontura. Tentei limpar a garganta e senti que doía. Fiz uma careta de dor.

– Realmente, *ma chère*, acho que talvez... – Anselm estava parado junto à porta, pronto para sair em busca de ajuda. Parecia bastante assustado. Estendi a mão para o espelho sobre a mesa e depois mudei de ideia. Não estava realmente pronta para o que veria. Em vez disso, agarrei a jarra de vinho.

Anselm voltou devagar para dentro do quarto e ficou me observando. Uma vez convencido de que afinal eu não ia desmaiar, sentou-se outra vez. Tomei o vinho em pequenos goles enquanto minha mente clareava, tentando me livrar dos efeitos colaterais dos sonhos induzidos pelo ópio. Então, estávamos vivos, afinal. Nós dois.

Meus sonhos foram caóticos, repletos de violência e sangue. Sonhei inúmeras vezes que Jamie estava morto ou morrendo. E em algum lugar na neblina havia a imagem do garoto na neve, seu rosto redondo e surpreso sobrepondo-se à imagem do rosto ferido e espancado de Jamie. Às vezes, a penugem patética do bigode parecia surgir no rosto de Frank. Lembrei-me distintamente de ter matado todos os três. Sentia como se tivesse passado a noite num massacre e todos os meus músculos doíam com uma espécie de depressão apática.

Anselm ainda estava ali, observando-me pacientemente, as mãos nos joelhos.

– Há uma coisa que poderia fazer por mim, padre – disse.

Ele se levantou imediatamente, ansioso para ajudar, estendendo a mão para a jarra.

– Claro. Mais vinho?

Sorri debilmente.

– Sim, porém mais tarde. No momento, quero que ouça minha confissão.

Ele ficou surpreso, mas rapidamente recompôs o ar profissional como se fosse o hábito que vestia.

– Mas, é claro, *chère madame*, se assim o deseja. Mas não seria melhor se eu fosse buscar o padre Gerard? Ele é famoso como confessor, ao passo que eu – deu de ombros do jeito gaulês – tenho permissão para ouvir confissões, é claro, mas na verdade raramente o faço, sendo apenas um pobre estudioso.

– Eu quero o senhor – disse com firmeza. – E quero fazer isso agora.

Ele suspirou, resignado, e saiu para pegar sua estola. Arrumando-a em volta do pescoço de modo que a seda roxa ficasse reta e lustrosa sobre a frente preta do hábito, sentou-se no banco, abençoou-me rapidamente e recostou-se, aguardando.

E eu lhe contei. Tudo. Quem eu era e como fora parar ali. Sobre Frank e sobre Jamie. E sobre o jovem soldado inglês dos dragões com o rosto pálido, cheio de espinhas, morrendo sobre a neve.

Ele não mostrou nenhuma mudança de expressão enquanto eu falava, exceto que os olhos castanhos e arredondados ficaram ainda mais redondos. Quando terminei, ele piscou uma ou duas vezes, abriu a boca para falar, fechou-a outra vez e balançou a cabeça como se quisesse desanuviá-la.

– Não – falei, pacientemente. Limpei minha garganta outra vez, pois minha voz soara rouca. – Não esteve ouvindo coisas. E não as está imaginando, tampouco. Entende agora por que eu queria que ouvisse sob o sigilo da confissão?

Assentiu, um pouco distraído.

– Sim. Sim, claro. Se... mas, sim. Claro, não queria que eu contasse a ninguém. Além disso, como falou comigo sob o sigilo do sacramento, espera que eu acredite. Mas... – Coçou a cabeça, depois ergueu os olhos para mim. Um amplo sorriso espalhou-se lentamente pelo seu semblante. – Mas que maravilha! – exclamou ele em voz baixa. – Que extraordinário! Maravilhoso!

– "Maravilhoso" não é exatamente a palavra que eu teria escolhido – disse secamente –, mas "extraordinário" certamente. – Tossi e peguei a caneca para tomar mais um gole de vinho.

– Mas é... é um milagre – disse ele, como se falasse consigo mesmo.

– Se prefere assim – concordei, com um suspiro. – Mas o que eu quero saber é o que devo fazer. Sou culpada de assassinato? Ou de adultério? Não que haja muita coisa a ser feita em nenhum dos dois casos, mas eu gostaria de saber. E já que estou aqui, como devo agir? Posso... quer dizer, devo... usar o que sei para... mudar os acontecimentos? Nem sei se isso é possível. Mas se for, tenho esse direito?

Ele se balançou no banco, para a frente e para trás, pensando. Lentamente, ergueu os dois dedos indicadores, uniu suas pontas e fitou-os por um longo tempo. Finalmente, sacudiu a cabeça e sorriu para mim.

– Não sei, *ma bonne amie*. Não é, deve compreender, uma situação que uma pessoa esteja preparada para encontrar em um confessionário. Vou ter que pensar e rezar. Sim, certamente rezar. Esta noite meditarei sobre sua situação quando fizer minha vigília junto ao Santíssimo Sacramento. E talvez amanhã eu possa aconselhá-la.

Indicou-me gentilmente que ajoelhasse.

– Mas por enquanto, minha filha, eu a absolvo. Quaisquer que tenham sido seus pecados, tenha fé que serão perdoados.

Ergueu uma das mãos para a bênção, colocando a outra sobre minha cabeça.

– *Te absolvo, in nomine Patri, et Filii...*

Erguendo-se, ajudou-me a levantar.

– Obrigada, padre – agradeci. Não sendo uma crente, usei a confissão apenas para forçá-lo a me levar a sério e fiquei um pouco surpresa ao sentir que o fardo em meu espírito tornara-se mais leve. Talvez fosse apenas o alívio de contar a verdade a alguém.

Ele fez um aceno com a mão, em despedida.

– Eu a verei amanhã, *chère madame*. Por enquanto, devia descansar mais, se puder.

Dirigiu-se para a porta, dobrando sua estola cuidadosamente. Na soleira, parou um instante, voltando-se para sorrir para mim. Uma animação infantil iluminava seus olhos.

– E talvez amanhã... – disse ele – talvez possa... contar-me como é essa experiência?

Devolvi o sorriso.

– Sim, padre. Eu lhe contarei.

Depois que ele saiu, fui arrastando-me com dificuldade até o quarto de Jamie. Eu já vira inúmeros cadáveres em condições muito melhores, mas seu peito levantava-se e abaixava-se regularmente e o sinistro tom esverdeado havia desaparecido de sua pele.

– Eu o acordo a um intervalo de algumas horas, apenas o suficiente para ele engolir algumas colheradas de sopa. – O irmão Roger estava junto a mim, falando em voz baixa. Seu olhar moveu-se do paciente para mim e horrorizou-se perceptivelmente com a minha aparência. Eu deveria ter penteado o cabelo. – Hum, talvez a senhora aceitasse... um pouco?

– Não, obrigada. Acho... acho que vou dormir mais um pouco. – Já não me sentia sobrecarregada de culpa e depressão, mas uma sensação de tranquilidade e sonolência se espalhava pelo meu corpo, deixando minhas pernas e braços pesados. Se eram os efeitos da confissão ou do vinho, descobri, para minha surpresa, que estava ansiando pela cama e pelo esquecimento.

Inclinei-me para tocar em Jamie. Sua temperatura era tépida, mas sem nenhum resquício de febre. Acariciei sua cabeça suavemente, alisando os cabelos ruivos desgrenhados. O canto de sua boca moveu-se ligeiramente e voltou ao normal. Mas ele esboçara um sorriso. Eu tinha certeza.

O céu estava frio e úmido, enchendo o horizonte com um vazio cinzento que se misturava à névoa cinza das colinas e à neve enlameada da semana anterior, de tal modo que o mosteiro parecia envolto numa bola de algodão sujo. Mesmo no interior do claustro, o silêncio do inverno pesava sobre os habitantes. Os cânticos das Horas de Louvor na capela quase não eram ouvidos e as grossas paredes de pedra pareciam absorver todos os sons, abafando a agitação da atividade diária.

Jamie dormiu durante quase dois dias, acordando apenas para tomar um pouco de sopa ou de vinho. Uma vez acordado, começou a se recuperar à maneira normal de um homem jovem e saudável, repentinamente privado da força e da independência a que está acostumado. Em outras palavras, ele aproveitou os mimos e excessos de atenção por aproximadamente 24 horas e depois passou a ficar alternadamente nervoso, irrequieto, impaciente, irritado, irascível, rebelde e extremamente mal-humorado.

Os cortes nos ombros doíam. As cicatrizes nas pernas coçavam. Estava cansado de deitar de bruços. O quarto estava quente demais. Sua mão doía. A fumaça do braseiro fazia seus olhos arderem tanto que não conseguia ler. Não aguentava mais sopas, mingaus e leite. Queria carne.

Reconheci os sintomas da recuperação da saúde e fiquei contente com eles, mas só estava preparada para aturar uma fração de tudo aquilo. Abri a janela, troquei os lençóis, apliquei pomada de cravo-da-índia em suas costas e esfreguei suas pernas com seiva de babosa. Depois chamei um irmão e pedi mais sopa.

– Não quero mais este caldo ralo! Quero comida! – empurrou a bandeja com irritação, fazendo a sopa derramar-se no guardanapo junto à tigela.

Cruzei os braços e o fitei. Olhos azuis arrogantes encararam-me sem pestanejar. Estava magro como um palito, os contornos do maxilar e das maçãs do rosto sobressaindo-se na pele. Embora estivesse se recuperando bem, os nervos sensíveis de seu estômago levariam um pouco mais para ficarem curados. Às vezes, ainda não conseguia manter no estômago a sopa e o leite.

– Vai ter comida quando eu disser que pode – informei-o – e não antes.

– Vou comer agora! Acha que pode me dizer o que vou comer?

– Sim, pode apostar que sim! Sou a médica aqui, caso já tenha esquecido.

Ele jogou as pernas para fora da cama, obviamente pretendendo sair andando. Coloquei a mão em seu peito e o empurrei de volta.

– Seu dever é ficar nessa cama e fazer o que mandam, ao menos uma vez na vida – disse rispidamente. – Não está em condições de sair da cama e não está pronto para alimentos sólidos ainda. O irmão Roger disse que vomitou outra vez hoje de manhã.

– O irmão Roger tem que cuidar da vida dele e você também – falou ele entre os dentes, esforçando-se para ficar em pé outra vez. Estendeu o braço e agarrou a borda da mesa. Com considerável esforço, pôs-se de pé e ficou ali parado, cambaleando.

– Volte para a cama! Você vai cair! – Estava assustadoramente pálido e mesmo o pequeno esforço de ficar em pé fez com que começasse a suar frio.

– Não, não vou – disse ele. – E se cair, é problema meu.

Dessa vez, fiquei realmente furiosa.

– Ah, é mesmo? E quem você acha que salvou sua maldita vida? Fez tudo sozinho, hein? – Agarrei-o pelo braço para fazê-lo voltar para a cama, mas ele desvencilhou-se com um safanão.

– Eu não lhe pedi isso, pedi? Disse que me deixasse, não foi? E, aliás, não sei por que se deu ao trabalho de salvar minha vida se é para me matar de fome, a menos que goste de ficar olhando!

Aquilo já era demais.

– Seu ingrato desgraçado!

– Víbora!

Empertiguei-me o mais que pude e apontei ameaçadoramente para a cama. Com toda a autoridade adquirida em anos de prática de enfermagem, eu disse:

– Volte para a cama agora mesmo, seu teimoso, cabeçudo, maldito...

– Escocês – concluiu ele para mim, sucintamente. Deu um passo em direção à porta e teria caído se não tivesse se apoiado num banco. Desmoronou pesadamente sobre ele e ficou sentado, oscilando, os olhos um pouco desfocados de tontura. Cerrei os punhos e fitei-o com raiva.

– Tudo bem – disse. – Parabéns! Vou pedir pão e carne para você e, depois que vomitar no chão, pode ficar de quatro e limpar o chão você mesmo! Eu não vou limpar e se o irmão Roger fizer isso, eu o esfolo vivo!

Saí intempestivamente para o corredor e bati a porta atrás de mim no exato instante em que a bacia de porcelana se espatifou no lado de dentro. Virei-me e me deparei com uma plateia curiosa parada no corredor, sem dúvida atraída pela algazarra. O irmão Roger e Murtagh estavam lado a lado, fitando meu rosto afogueado e peito arquejante. Roger parecia desconcertado, mas um leve sorriso se espalhou pelo semblante enrugado de Murtagh quando ouviu a série de obscenidades em gaélico proferidas do outro lado da porta.

– Ele já está melhor – disse ele com satisfação. Recostei-me na parede do corredor e senti um sorriso espalhar-se lentamente pelo meu próprio rosto.

– Bem, sim – disse. – Ele está.

• • •

No caminho de volta ao prédio principal depois de uma manhã inteira passada no canteiro de ervas medicinais, encontrei-me com Anselm, vindo do claustro ao lado da biblioteca. Seu rosto se iluminou ao me ver e apressou-se ao meu encontro no pátio. Caminhamos juntos pelas instalações do mosteiro, conversando.

– O seu problema é muito interessante, sem dúvida – disse ele, quebrando um galho fino de um arbusto junto à parede. Examinou os botões ainda bem fechados com ar crítico, depois atirou o galho fora e ergueu os olhos para o céu, onde um sol fraco procurava se infiltrar pela leve camada de nuvens.

– Está mais quente, mas ainda falta muito para a primavera – observou ele. Ainda assim, as carpas devem estar alegres hoje. Vamos descer até os lagos de peixes.

Longe de serem as delicadas estruturas ornamentais que eu imaginara, os lagos de peixes eram uma espécie de reservatórios utilitários, forrados de pedra, convenientemente localizados junto às cozinhas. Recheados de carpas, forneciam o alimento necessário para as sextas-feiras e os dias de jejum quando as condições do tempo eram ruins demais para a pesca no mar de hadoques, arenques e linguados, mais comuns à mesa.

Confirmando as palavras de Anselm, as carpas estavam alegres e cheias de vida, os corpos gordos e afunilados deslizando uns pelos outros, as escamas brancas refletindo as nuvens acima, o vigor de seus movimentos ocasionalmente agitando pequenas ondas que espirravam nas bordas de sua prisão de pedras. Quando nossas sombras recaíram sobre a água, as carpas viraram-se para nós como agulhas de bússola atraídas para o norte.

– Esperam ser alimentadas quando veem pessoas – explicou Anselm. – Seria uma vergonha decepcioná-las. Um momento, *chère madame*.

Lançou-se em direção às cozinhas, retornando logo depois com dois pães dormidos. Ficamos parados na beira do lago, jogando migalhas de pão para as bocas insaciavelmente famintas abaixo.

– Sabe, há dois aspectos curiosos em sua situação – disse ele, absorto em cortar migalhas do pão. Olhou-me de relance, um sorriso súbito iluminando seu rosto. Balançou a cabeça, admirado. – Eu ainda mal posso acreditar, sabe. Que maravilha! É verdade, Deus foi muito bom em me mostrar tudo isso.

– Bem, isso é bom – falei, um pouco secamente. – Não sei se Ele foi tão bom assim comigo.

– É mesmo? Eu acho que foi. – Anselm se agachou, esfarelando pão entre os dedos. – É bem verdade que a situação não lhe causou poucas inconveniências pessoais...

– Essa é uma das maneiras de colocar a questão – murmurei.

– Mas também pode ser encarada como um sinal da graça de Deus – continuou ele, indiferente à minha interrupção. Os brilhantes olhos castanhos olharam-me especulativamente. – Eu rezei para que Deus me iluminasse, de joelhos diante do Santíssimo Sacramento e, enquanto estava ali no silêncio da capela, eu parecia vê-la como uma sobrevivente de um naufrágio. E me parece que este é um bom paralelo para a sua situação atual, não acha? Imagine uma alma de repente atirada numa terra estranha, sem amigos ou familiares, sem nenhum recurso, a não ser os que a nova terra possam oferecer. Tal acontecimento é um desastre, sem dúvida, e no entanto pode significar a abertura para grandes oportunidades e bênçãos. E se a nova terra for rica? Novos amigos a conquistar e uma nova vida a iniciar.

– Sim, mas... – comecei a protestar.

– Portanto – continuou ele com autoridade, erguendo um dedo para que eu me calasse –, se você foi privada de sua vida anterior, talvez Deus tenha achado melhor abençoá-la com outra, que pode ser mais rica e mais completa.

– Ah, é mais completa, sem dúvida – concordei. – Mas...

– Agora, do ponto de vista da lei canônica – disse ele, franzindo a testa –, não há nenhum problema em relação a seus casamentos. Ambos foram válidos, consagrados pela Igreja. E estritamente falando, seu casamento com o jovem cavalheiro que está lá dentro antecedeu seu casamento com monsieur Randall.

– Sim, "estritamente falando" – concordei, pretendendo desta vez terminar ao menos uma frase. – Mas não na minha época. Não creio que a lei canônica tenha sido criada com tais contingências em mente.

Anselm riu, a barba pontuda agitando-se na brisa leve.

– É bem verdade, *ma chère*, é bem verdade. Tudo que quis dizer foi que, do ponto de vista estritamente legal, você não cometeu nem pecado nem crime naquilo que fez com respeito a esses dois homens. Esses eram os dois aspectos de sua situação que mencionei antes: o que você fez e o que você fará. – Tomou minha mão nas suas, puxando-me para que me sentasse ao seu lado, de modo que nossos olhos estivessem no mesmo nível. – Foi isso que me perguntou quando ouvi sua confissão, não foi? O que eu fiz? E o que devo fazer?

– Sim, foi. E está me dizendo que não fiz nada de errado? Mas eu...

Ele era, pensei, quase tão propenso a interromper a fala dos outros quanto Dougal MacKenzie.

– Não, não fez – disse ele com firmeza. – É possível agir em absoluto acordo com as leis de Deus e com a própria consciência, e ainda assim deparar-se com dificuldades e tragédia. É a dolorosa verdade que nós ainda não sabemos por que *le bon Dieu* permite que o mal exista, mas temos a Sua palavra de que isso é verdade.

"Eu criei o bem", Ele diz na Bíblia, "e Eu criei o mal". Consequentemente, até mesmo pessoas boas, acho, especialmente as boas – acrescentou ele pensativamente –, podem deparar-se com grande confusão e dificuldades em suas vidas. Por exemplo, veja o rapaz que você teve que matar. Não – disse, erguendo a mão para que eu não o interrompesse –, não se engane. Você foi obrigada a matá-lo, por exigência de sua situação. Até a Santa Igreja, que prega a santidade da vida, reconhece a necessidade de uma pessoa defender a si e à sua família. E tendo visto a condição em que seu marido estava – lançou um olhar na direção da ala dos hóspedes –, não tenho dúvidas de que foi obrigada a tomar o caminho da violência. Assim sendo, não tem nada com que se reprovar. Certamente, sente pena e lamenta o ato extremo, porque é, madame, uma pessoa de grande compaixão e sentimentos. – Bateu delicadamente na minha mão, pousada sobre meus joelhos. – Às vezes, nossas melhores ações resultam em acontecimentos lamentáveis. No entanto, você não poderia ter agido de outra forma. Não sabemos qual era o plano de Deus para o rapaz, talvez fosse Sua vontade que o rapaz se juntasse a Ele no céu naquela ocasião. Mas você não é Deus e há limites para o que pode esperar de si mesma.

Estremeci ligeiramente quando um vento frio nos envolveu e me enrolei mais no meu xale. Anselm viu e fez um gesto indicando o lago.

– A água está morna, madame. Talvez queira mergulhar os pés?

– Morna? – Fiquei boquiaberta, olhando incrédula para a água. Eu não havia notado, mas não havia camadas de gelo quebradas nos cantos dos reservatórios, como havia nas fontes de água benta do lado de fora da igreja. Além disso, pequenas plantas verdes flutuavam na água, brotando das fendas entre as rochas que forravam o lago.

Como ilustração, Anselm retirou suas próprias sandálias de couro. Apesar do rosto e da voz cultos, possuía mãos e pés robustos, vigorosos, de um camponês da Normandia. Erguendo a saia de seu hábito até os joelhos, enfiou os pés no lago. As carpas bateram em retirada, voltando quase em seguida para investigar com curiosidade aquela nova intrusão.

– Não mordem, não é? – perguntei, vendo a miríade de bocas vorazes com desconfiança.

– Não, carne, não – assegurou-me ele. – Não têm dentes para isso.

Tirei minhas próprias sandálias e cuidadosamente enfiei os pés na água. Para minha surpresa, estava agradavelmente morna. Não quente, mas um delicioso contraste com o ar úmido e frio.

– Ah, que bom! – Retorci os dedos com satisfação, causando grande consternação entre as carpas.

– Há várias fontes de água mineral perto do mosteiro – explicou Anselm. – As águas saem quentes e borbulhantes da terra, e têm grandes poderes curativos. – Apontou para a outra extremidade do lago, onde se podia ver uma pequena abertura nas pedras, parcialmente obscurecida pelas plantas aquáticas em movimento. – Uma pequena quantidade da água mineral quente é canalizada para cá da fonte mais próxima. É isso que permite ao cozinheiro manter peixes vivos para a mesa em todas as estações; normalmente, o inverno seria frio demais para eles.

Patinhamos nossos pés na água por algum tempo num agradável silêncio, os corpos pesados dos peixes passando de raspão, às vezes batendo em nossas pernas com um impacto surpreendentemente forte. O sol saiu outra vez, banhando-nos com um calor fraco, mas perceptível. Anselm fechou os olhos, deixando que a luz lavasse seu rosto. Falou novamente, sem abri-los.

– Seu primeiro marido... O nome dele era Frank, não? Ele também, acho, deve ser recomendado a Deus como uma das coisas lamentáveis sobre a qual você nada pode fazer.

– Mas eu podia ter feito alguma coisa – argumentei. – Eu poderia ter voltado... talvez.

Ele abriu um dos olhos e olhou-me com ceticismo.

– Sim, "talvez" – concordou ele. – E talvez não. Não deve se censurar por hesitar em arriscar sua vida.

– Não foi o risco – disse, agitando meus dedos para uma enorme carpa pintada de branco e preto. – Ou ao menos não inteiramente. Foi... bem, em parte foi medo, mas principalmente foi porque eu... eu não pude abandonar Jamie. – Dei de ombros, desamparada. – Eu... simplesmente não pude.

Anselm sorriu, arregalando os olhos.

– Um bom casamento é uma das dádivas mais preciosas de Deus – observou ele. – Se teve o bom senso de reconhecer e aceitar a dádiva, não pode se condenar por isso. E pense bem... – Inclinou a cabeça para o lado, como um pardal marrom. – Está longe de sua época há quase um ano. Seu primeiro marido já deve ter começado a aceitar sua perda. Por mais que a tenha amado, a perda é comum a todos os seres humanos e temos meios de superá-la para nosso próprio bem. Talvez ele tenha começado uma nova vida. Seria bom para você deixar o homem que precisa tanto de você e a quem você ama, a quem está ligada pelos laços do sagrado matrimônio, para retornar e perturbar essa nova vida? E, em particular, se voltasse por um sentimento de dever, mas sentindo que seu coração ficara em outra parte... não. – Balançou a cabeça decididamente. – Nenhum homem pode servir a dois patrões, assim como uma mulher também não. Agora, se aquele fosse seu único casamento válido e este – meneou a cabeça novamente em direção à ala dos hóspedes – um simples arranjo irregular, então seu dever poderia estar longe daqui. Mas vocês foram unidos por Deus e acho que pode honrar seu compromisso com o *chevalier*.

Tirou os pés da água e secou-os no seu hábito.

– Agora, quanto ao outro aspecto: o que deve fazer. Isso requer alguma discussão. Vamos transferir esta conversa para a cozinha do mosteiro, onde talvez o irmão Eulogius possa ser persuadido a nos fornecer uma bebida quente.

Achando um pedacinho de pão no chão, atirei-o às carpas e parei para calçar as minhas sandálias.

– Nem sei lhe dizer o alívio que representa para mim poder conversar com alguém sobre isso – disse. – E ainda não consigo me convencer do fato de que realmente acredita em mim.

Ele deu de ombros, oferecendo-me educadamente o braço para eu me segurar, enquanto passava as tiras das minhas sandálias por cima do peito do pé.

– *Ma chère*, sirvo a um homem que multiplicou os pães e peixes – sorriu, meneando a cabeça para o lago, onde os redemoinhos causados pelos movimentos das carpas se alimentando ainda se diluíam –, que curou o doente e ergueu o morto. Devo ficar espantado que o mestre da eternidade tenha trazido uma jovem mulher pelas pedras da terra para cumprir Sua vontade?

Bem, refleti, era melhor do que ser denunciada como a meretriz da Babilônia.

As cozinhas do mosteiro eram quentes e assemelhavam-se a cavernas, o teto abobadado enegrecido por séculos de fumaça engordurada. O irmão Eulogius, até os cotovelos num tonel de massa de pão, acenou com a cabeça em forma de cumprimento para Anselm e chamou, em francês, um dos irmãos laicos para vir nos servir. Encontramos um lugar longe da azáfama e nos sentamos com duas canecas de cerveja e uma travessa com uma espécie de bolinhos quentes. Empurrei a travessa para Anselm, preocupada demais para me interessar por comida.

– Deixe-me colocar a questão da seguinte forma – falei, escolhendo cuidadosamente as palavras. – Se eu soubesse que algum mal seria causado a um grupo de pessoas, deveria me sentir obrigada a tentar evitar isso?

Anselm esfregou o nariz na manga do hábito, refletindo; o calor da cozinha estava começando a fazer seu nariz escorrer.

– Em princípio, sim – concordou ele. – Mas iria depender também de inúmeros outros fatores: qual o risco para si mesma e quais são suas outras obrigações? E quais as chances de ser bem-sucedida?

– Não faço a menor ideia. De nada disso. Exceto obrigação, é claro. Quero dizer, há Jamie. Mas ele pertence ao grupo que deverá sofrer reveses.

Ele partiu um pedaço de um bolinho e passou-o para mim, fumegando. Eu o ignorei, estudando a superfície da minha cerveja. – Os dois homens que matei – disse – poderiam, cada um deles, ter tido filhos, se eu não os tivesse matado. Poderiam ter feito... – fiz um gesto de impotência com a caneca –, quem sabe o que poderiam ter feito? Eu posso ter afetado o futuro... não, eu realmente afetei o futuro. E não sei de que maneira e isso é o que tanto me assusta.

– Hummm. – grunhiu Anselm pensativo e fez sinal para um irmão laico que passava, o qual se apressou a trazer mais bolinhos e cerveja. Ele encheu novamente as duas canecas antes de prosseguir. – Se você tirou a vida, por outro lado também a preservou. Quantos dos doentes de quem tratou teriam morrido sem a sua intervenção? Eles também afetarão o futuro. E se uma das pessoas a quem salvou cometer um ato de extrema crueldade? Seria culpa sua? Deveria, por causa disso, deixar essa pessoa morrer? Claro que não. – Bateu com a caneca de cerveja na mesa para dar mais ênfase.

– Você diz que tem medo de realizar uma ação aqui por medo de afetar o futuro. Isso é ilógico. Todas as ações afetam o futuro. Se tivesse permanecido em seu próprio lugar e época, suas ações, ainda assim, afetariam o que viesse a acontecer, exatamente como agora. Ainda tem as mesmas responsabilidades que teria lá, que qualquer ser humano tem em qualquer época. A única diferença é que pode estar em condições de ver mais claramente as consequências dos seus atos. E, novamente, talvez não. – Balançou a cabeça, olhando diretamente para mim por cima da mesa.

– Nós desconhecemos os desígnios do Senhor e sem dúvida por um bom motivo. Tem razão, *ma chère*; as leis da Igreja não foram formuladas com situações como a sua em mente, e portanto você dispõe de pouca orientação além de sua própria consciência e da mão divina. Não posso lhe dizer o que deve ou o que não deve fazer.

– Você tem livre-arbítrio, assim como todas as outras pessoas neste mundo. E a história, acredito, é a soma de todas essas ações. Alguns indivíduos são escolhidos por Deus para afetar os destinos de muitas pessoas. Talvez você seja uma delas. Talvez não. Não sei por que você está aqui. Você não sabe. Provavelmente nenhum de nós jamais saberá. – Revirou os olhos, de maneira cômica. – Às vezes, nem eu mesmo sei por que estou aqui! – Eu ri e ele devolveu um sorriso. Inclinou-se para mim por cima das tábuas rústicas da mesa, fitando-me intensamente.

– O seu conhecimento do futuro é um instrumento que lhe foi concedido, como um náufrago de posse de uma faca ou de uma linha de pescar. Não é imoral usá-lo, desde que o faça de acordo com os ditames da lei de Deus, da melhor forma possível.

Parou, respirou fundo, e soltou o ar num explosivo suspiro que agitou o bigode sedoso. Sorriu.

– E isso, *ma chère madame*, é tudo que posso lhe dizer. Não mais do que posso dizer a qualquer alma transtornada que vem a mim em busca de conselho: confie em Deus e reze para que Ele a oriente.

Empurrou os bolinhos quentes em minha direção.

– Mas o que quer que resolva fazer, vai precisar de forças para isso. Portanto, aceite um último conselho: quando estiver em dúvida, coma.

Quando entrei no quarto de Jamie à noite, ele dormia, a cabeça sobre os antebraços. A tigela de sopa vazia cuidadosamente colocada na bandeja, o prato de pão e carne intocado ao lado. Olhei do rosto sonhador e inocente para o prato e novamente para ele. Toquei o pão. Meu dedo deixou uma depressão na superfície úmida. Fresco.

Deixei-o dormindo e saí à procura do irmão Roger, que encontrei na despensa.

– Ele comeu o pão e a carne? – perguntei, sem preliminares.

O irmão Roger sorriu em sua barba fofa.

– Sim.

– Manteve no estômago?

– Não.

Eu o fitei com os olhos apertados.

– Você não limpou o quarto depois, espero.

Ele se divertia, as bochechas rechonchudas e rosadas acima da barba.

– E eu ousaria? Não, ele tomou a precaução de deixar a bacia à mão.

– Maldito escocês astuto – falei, rindo mesmo contra a minha vontade. Voltei ao seu quarto e o beijei de leve na testa. Ele se mexeu, mas não acordou. Seguindo o conselho do padre Anselm, levei o prato de carne e pão fresco para o meu próprio quarto para o jantar.

Pensando em dar a Jamie tempo para se recuperar, tanto do mau humor quando da indigestão, permaneci em meu próprio quarto a maior parte do dia seguinte, lendo um livro sobre ervas que o irmão Ambrose me emprestara. Depois do almoço, fui verificar como estava meu recalcitrante paciente. Em vez de Jamie, entretanto, encontrei Murtagh, sentado num banco inclinado contra a parede e com uma expressão divertida no rosto.

– Onde ele está? – perguntei, olhando à minha volta.

Murtagh sacudiu o polegar indicando a janela. Era um dia frio e cinzento e as lamparinas estavam acesas. A janela estava descoberta e a corrente de ar frio fazia a pequena chama bruxulear em seu recipiente.

– Ele saiu? – perguntei, incrédula. – Para onde? Por quê? E o que está vestindo? – Jamie passara a maior parte do tempo despido nos últimos dias, já que o aposento estava aquecido e qualquer pressão sobre seus ferimentos era dolorosa. Usava a túnica externa de um monge quando deixava o quarto em curtas incursões necessárias, com o apoio do padre Roger, mas a túnica ainda estava ali, cuidadosamente dobrada aos pés da cama.

Murtagh balançou seu banco para a frente e olhou-me com ar grave.

– Quantas perguntas são essas? Quatro? – Ergueu uma das mãos, o dedo indicador apontando para cima. – Uma: sim, ele saiu. – O dedo médio se levantou. – Duas: para onde? Quisera saber. – O dedo anular juntou-se aos outros dois. – Três: por quê? Ele disse que estava cansado de ficar preso aqui dentro. – O dedo mínimo mexeu-se brevemente. – Quatro: também quisera saber. Não estava usando nada da última vez que eu o vi.

Murtagh dobrou os quatro dedos e esticou o polegar.

– Você não me perguntou, mas ele já saiu há mais de uma hora.

Fiquei furiosa, sem saber o que deveria fazer. Já que o criminoso não estava presente, voltei minha raiva contra o outro.

– Não sabe que está quase congelando lá fora e já começa a nevar? Por que não o impediu? E como ele não está vestindo nada?

O homenzinho não se abalou.

– Sim, eu sei. Acho que ele sabe também, já que não é cego. Quanto a impedi-lo, eu tentei. – Indicou a túnica sobre a cama com um sinal da cabeça. – Quando disse que ia sair, eu falei que ele não estava em condições de fazer isso e que você iria cortar minha cabeça se eu o deixasse ir. Peguei sua túnica, barrei a porta e lhe disse que ele não ia sair, a menos que passasse por cima de mim.

Murtagh parou, depois disse aleatoriamente:

– Ellen MacKenzie tinha o sorriso mais doce que já vi; aquecia um homem até a medula só de ver.

– Assim, deixou o filho cabeçudo dela sair e morrer congelado – disse com impaciência. – O que tem o sorriso da mãe dele a ver com tudo isso?

Murtagh esfregou o nariz, pensativo.

– Bem, quando eu disse que não o deixaria passar, Jamie apenas olhou para mim por um instante. Depois, me deu um sorriso igual ao de sua mãe e saiu pela janela completamente pelado. Quando cheguei à janela, já havia desaparecido.

Revirei os olhos para cima.

– Imagino que devia lhe dizer para onde ele foi – continuou Murtagh – para que não ficasse preocupada com ele.

– Para que não ficasse preocupada com ele! – murmurei entre dentes enquanto caminhava a passos largos para a estrebaria. – É melhor que ele fique preocupado quando eu colocar as mãos nele!

Havia apenas a estrada principal saindo da costa para o interior. Cavalguei ao longo dela a uma boa velocidade, perscrutando os campos que atravessava. Aquela parte da França era uma rica área cultivada e felizmente a maior parte da floresta fora abatida; lobos e ursos não deviam representar um grande perigo, já que deviam ter se refugiado mais para o interior.

Acabei encontrando-o a quase 2 quilômetros além dos portões do mosteiro, sentado num dos antigos marcos romanos de distância que pontilhavam as estradas.

Estava descalço, mas vestia um casaco curto e calças finas, de propriedade de um dos cavalariços, a julgar pelas manchas nos tecidos.

Freei o cavalo e fitei-o por um instante, apoiando-me no arção da sela.

– Seu nariz está azul – observei em tom casual. Olhei para baixo. – E seus pés também.

Ele riu e limpou o nariz nas costas da mão.

– Minhas bolas também. Quer aquecê-las para mim? – Com ou sem frio, ele obviamente estava de bom humor. Desci do cavalo e parei diante dele, balançando a cabeça.

– Não adianta nada, não é? – perguntei.

– O quê? – Esfregou a mão nas calças rasgadas.

– Ficar zangada com você. Não se importa nem um pouco se pegar pneumonia ou for devorado por ursos ou me matar de preocupação, não é?

– Bem, não estou muito preocupado com ursos. Eles dormem no inverno, sabe.

Perdi o controle e ergui minha mão para ele, pretendendo dar um tapa em sua orelha. Ele agarrou meu pulso e segurou-o sem dificuldade, rindo de mim. Após um instante de luta inútil, desisti e ri também.

– Vai voltar agora? – perguntei. – Ou tem mais algo a provar?

Indicou a estrada com o queixo.

– Leve o cavalo de volta até aquele carvalho grande e espere por mim. Vou andar até lá. Sozinho.

Mordi a língua para reprimir os diversos comentários que efervesciam à superfície e montei. Junto ao carvalho, apeei e olhei para a estrada. Após um instante, entretanto, vi que não suportava observar seu difícil avanço. Quando caiu da primeira vez, segurei as rédeas com força em minhas mãos enluvadas, depois virei as costas resolutamente e esperei.

Mal conseguimos retornar à ala dos hóspedes, arrastando-nos pelo corredor, seu braço por cima do meu ombro para se apoiar. Avistei o irmão Roger, espreitando ansiosamente o corredor, e o mandei ir correndo buscar uma panela de água quente, enquanto eu conduzia meu desajeitado fardo para o quarto e o largava na cama. Ele gemeu com o impacto, mas permaneceu imóvel, os olhos cerrados, enquanto eu retirava as roupas imundas e esfarrapadas.

– Muito bem; entre debaixo das cobertas.

Ele rolou obedientemente para baixo dos cobertores que eu segurava para ele. Enfiei a panela de água quente apressadamente entre as cobertas ao pé da cama e empurrei-a de um lado para outro. Quando a retirei, ele esticou as longas pernas e relaxou com um suspiro de felicidade quando seus pés alcançaram o bolsão quente.

Andei silenciosamente pelo quarto, pegando as roupas sujas, arrumando os pequenos objetos sobre a mesa, colocando mais carvão no braseiro, acrescentando uma pitada de ênula para adocicar a fumaça. Achei que ele tivesse adormecido e surpreendi-me quando ouvi sua voz atrás de mim.

– Claire?

– Sim?

– Eu amo você.

– Ah. – Fiquei ligeiramente surpresa, mas inegavelmente satisfeita. – Eu também amo você.

Ele suspirou e abriu parcialmente os olhos.

– Randall – disse ele. – Quase no final. Era isso que ele queria.

Fiquei ainda mais surpresa com aquilo e retruquei cautelosamente:

– Ah, é?

– Sim. – Seus olhos estavam fixos na janela aberta, onde as nuvens de neve preenchiam o espaço com um cinza uniforme e escuro. – Eu estava deitado no chão e ele estava deitado ao meu lado. A essa altura, ele também estava nu e nós dois estávamos sujos de sangue... e de outras coisas. Lembro-me de tentar erguer a cabeça e sentir meu rosto grudado na pedra do chão com sangue seco. – Franziu a testa, um olhar distante enquanto evocava a imagem. – Eu estava quase inconsciente; a ponto de quase nem sentir mais dor. Estava apenas terrivelmente cansado e tudo parecia muito distante e não muito real.

– Ainda bem – comentei, com alguma aspereza, e ele deu um breve sorriso.

– Sim, ainda bem. Eu estava quase sem sentidos, meio inconsciente, acho, de modo que não sei por quanto tempo ficamos deitados ali, mas acordei com ele me abraçando e aconchegando-se contra mim. – Hesitou, como se a parte seguinte fosse difícil de expressar em palavras. – Eu não lutara contra ele até então. Mas estava tão cansado e achei que não conseguiria suportar mais nada... De qualquer modo, comecei a me esquivar, a me arrastar para longe dele, não lutando realmente, mas tentando me afastar. Seus braços envolviam meu pescoço e ele me puxava, enterrando o rosto em meu ombro. Pude sentir que ele chorava. Por alguns instantes, não consegui entender o que ele dizia, mas depois entendi. Ele dizia: "Eu amo você, eu amo você" sem cessar, com suas lágrimas e saliva escorrendo pelo meu peito.

Jamie estremeceu ligeiramente, com o frio e a lembrança. Soltou um longo suspiro, perturbando a nuvem de fumaça aromática que volteava junto ao teto.

– Não posso imaginar por que fiz aquilo. Mas eu passei os braços em torno dele e apenas ficamos ali deitados por uns instantes. Finalmente, ele parou de chorar, me beijou e me acariciou. Depois, sussurrou: "Diga que me ama."– Parou no meio da narração, sorrindo debilmente. – Eu me recusei. Não sei por quê. Mas, por outro lado, eu teria lambido suas botas e o chamado de rei da Escócia, se ele quisesse. Mas isso eu não podia dizer. Nem me lembro de ter pensando no assunto; eu simplesmente não diria.

Suspirou e a mão sã se contorceu, agarrando a coberta.

– Ele me usou outra vez... violentamente. E repetia sem parar: "Diga que me ama, Alex. Diga que me ama."

– Ele o chamou de Alex? – interrompi, sem conseguir me conter.

– Sim. Lembro-me de ter ficado intrigado com o fato de ele saber meu segundo nome. Não me ocorreu imaginar por que o usara, ainda que sabendo. – Deu de ombros. – De qualquer modo, não me mexi nem disse uma palavra e, quando ele terminou, pôs-se de pé, como se tivesse enlouquecido, e começou a me bater com alguma coisa, não sei o quê, xingando e gritando comigo, dizendo: "Você sabe que me ama! Diga que me ama! Eu sei que é verdade!" Ergui os braços acima da cabeça para me proteger e depois de uns instantes devo ter desmaiado outra vez, porque a dor em meus ombros foi a última coisa de que me lembrava, exceto por uma espécie de pesadelo com gado urrando. Então, acordei por alguns instantes, oscilando de barriga para baixo sobre a sela de um cavalo, e perdi a consciência outra vez, até despertar junto à lareira em Eldridge, com você me olhando. – Cerrou os olhos novamente. Seu tom de voz era sonhador, quase apático. – Eu acho... que se tivesse lhe dito o que ele queria... ele teria me matado.

Algumas pessoas têm pesadelos povoados por monstros. Eu sonhava com árvores genealógicas, ramos finos e negros, carregando pencas de datas em cada haste. As linhas semelhantes a cobras, com morte entre as mandíbulas. Ouvi a voz de Frank mais uma vez, dizendo: *Ele se tornou um soldado, uma boa escolha para um segundo filho. Houve um terceiro irmão que se tornou padre, mas não sei muita coisa a seu respeito...* Eu também não sabia muito a seu respeito. Apenas seu nome. Lá estavam os três filhos registrados na árvore, os filhos de Joseph e Mary Randall. Eu os vira inúmeras vezes; o mais velho, William; o segundo, Jonathan; e o terceiro, Alexander.

Jamie voltou a falar, arrancando-me de meus pensamentos.

– Sassenach?

– Sim?

– Lembra-se da fortaleza de que lhe falei, a que tenho dentro de mim?

– Lembro.

Sorriu sem abrir os olhos e estendeu a mão para mim.

– Bem, ao menos tenho uma estrutura na qual me apoiar. E um teto para me proteger da chuva.

Fui para a cama cansada, mas em paz, e pensando. Jamie se recuperaria. Quando isso estava em dúvida, eu não pensava além da próxima hora, da próxima refeição, da próxima administração de remédio. Mas agora eu precisava olhar mais para a frente.

O mosteiro era um santuário, mas apenas temporário. Não podíamos ficar ali indefinidamente, por mais hospitaleiros que fossem os monges. A Escócia e a Inglaterra eram perigosas demais; a menos que lorde Lovat pudesse ajudar – uma contingência remota, nas circunstâncias. Nosso futuro devia estar naquele lado do canal. Sabendo o que eu sabia agora sobre o enjoo de Jamie no mar, compreendi sua relutância em considerar uma imigração para a América – três meses de náusea era uma perspectiva assustadora para qualquer um. Então, o que restava?

A França era o mais provável. Nós dois falávamos francês fluentemente. Enquanto Jamie podia sair-se igualmente bem em espanhol, alemão ou italiano, eu não era tão abençoada em termos de idiomas. Além disso, a família Fraser tinha muitas conexões por lá; talvez pudéssemos encontrar um lugar na propriedade de um parente ou amigo. A ideia parecia bastante atraente.

Mas restava, como sempre, a questão do tempo. Era início de 1744 – o ano-novo fora há apenas duas semanas. E, em 1745, o príncipe Charles Edward partiria da França para a Escócia, o Jovem Pretendente iria reivindicar o trono de seu pai. Com ele, viria o desastre; guerra e massacres, a eliminação dos clãs das Terras Altas, o extermínio de tudo que Jamie amava – e eu também.

E entre agora e esse momento, restava um ano. Um ano, quando tudo deveria acontecer. Quando os passos certos deveriam ser dados para evitar o desastre. Como? E por que meios? Eu não fazia a menor ideia, mas também não tinha a menor dúvida sobre as consequências da inércia.

Os acontecimentos poderiam ser alterados? Talvez. Meus dedos buscaram minha mão esquerda e acariciaram lentamente a aliança de ouro no dedo anular. Pensei no que eu dissera a Jonathan Randall, fervendo de ódio e pavor nas masmorras da prisão de Wentworth.

"Eu o amaldiçoo com a hora de sua morte." E lhe contara quando ele iria morrer. Disse-lhe a data inscrita no mapa genealógico, na caligrafia preta e elegante de Frank – 16 de abril de 1745. Jonathan Randall deveria morrer na batalha de Culloden, envolvido no massacre que os ingleses iriam causar. Mas, não. Em vez disso, morreu algumas horas mais tarde, pisoteado, sob os cascos da minha vingança.

E morreu solteiro e sem filhos. Ou ao menos, assim eu acreditava. O mapa – o maldito mapa! – dava a data de seu casamento, em algum momento de 1744. E o nascimento de seu filho, o ascendente de Frank, pouco depois. Se Black Jack Randall estava morto e sem filhos, como Frank nasceria? E, no entanto, sua aliança ainda estava em meu dedo. Ele existia, iria existir. Reconfortei-me com o pensamento, esfregando sua aliança no escuro, como se contivesse um gênio que pudesse me aconselhar.

Acordei de um sono pesado algum tempo depois, com um pequeno grito.

– Sssh. Sou eu. – A mão enorme se ergueu de minha boca. Com a vela apagada, o quarto estava escuro como breu. Tateei às cegas, até minha mão bater em algo sólido.

– Não devia estar fora da cama! – exclamei, ainda sonolenta. Meus dedos deslizaram por uma pele lisa e fria. – Está gelado!

– Bem, claro que estou – disse ele, um tanto irritado. – Estou sem roupas e está terrivelmente frio no corredor. Posso entrar aí com você?

Esgueirei-me o mais que pude no catre estreito e ele se deitou ao meu lado, nu, agarrando-se a mim para se esquentar. Sua respiração era irregular e achei que seu tremor era tanto de fraqueza quanto de frio.

– Meu Deus, como você está quente. – Aconchegou-se ainda mais, suspirando. – Ah, é bom abraçá-la assim, Sassenach.

Não me dei ao trabalho de perguntar o que ele estava fazendo ali; isso estava ficando perfeitamente claro. Nem perguntei se ele tinha certeza. Eu tinha minhas próprias dúvidas, mas não iria proclamá-las, por medo de fazer profecias que acabavam se cumprindo. Virei-me de frente para ele, tomando cuidado com a mão ferida.

Houve aquele repentino e surpreendente momento de união, aquela rápida e escorregadia estranheza que imediatamente se torna familiar. Jamie suspirou profundamente, com satisfação e, talvez, alívio. Permanecemos imóveis por um instante, como se tivéssemos medo de perturbar nossa frágil ligação. A mão esquerda de Jamie me acariciou devagar, tateando seu caminho no escuro, os dedos abertos como o bigode de um gato, sensíveis à vibração. Investiu uma vez, como se fizesse uma pergunta, e eu respondi na mesma linguagem.

Começamos o delicado jogo de movimentos lentos, um ato de equilíbrio entre seu desejo e sua fraqueza, entre a dor e o prazer crescente do corpo. Em algum lugar na escuridão, pensei comigo mesma que eu devia contar a Anselm que havia outra maneira de fazer o tempo parar, mas depois achei melhor não contar, já que não era um caminho aberto a um sacerdote.

Segurei Jamie, apoiando-o com a mão pousada de leve em suas costas marcadas. Ele estabeleceu o nosso ritmo, mas deixou que eu carregasse a força de nosso movimento. Ficamos ambos em silêncio, a não ser pela nossa respiração, até o fim. Sentindo que ele se cansava, agarrei-o com firmeza e puxei-o para mim, mexendo meus quadris para recebê-lo ainda mais fundo, forçando-o ao clímax.

– Agora – disse suavemente –, goze comigo. Agora! – Ele apoiou sua testa com força na minha e rendeu-se a mim com um suspiro trêmulo.

Os vitorianos chamavam a isso de "pequena morte", e não sem razão. Ele deixou-se ficar, tão relaxado e pesado, que teria achado que estava morto, se não fosse pelas batidas surdas de seu coração contra as minhas costelas. Pareceu que um longo tempo havia se passado até ele se mexer e murmurar alguma coisa contra meu ombro.

– O que foi que disse?

Ele virou a cabeça de modo que sua boca ficasse logo abaixo de minha orelha. Senti seu hálito quente em meu pescoço.

– Eu disse – respondeu ele baixinho – que minha mão não está doendo nem um pouco agora.

A mão intacta explorou ternamente meu rosto, limpando o suor das minhas faces.

– Você temeu por mim? – perguntou ele.

– Sim – respondi. – Achei que era cedo demais.

Ele riu baixinho na escuridão.

– E era; quase morri. Sim, eu também tive medo. Mas acordei com a mão doendo e não conseguia voltar a dormir. Fiquei virando de um lado para o outro na cama, sentindo sua falta. Quanto mais eu pensava em você, mais a desejava e já estava no meio do corredor antes de me preocupar com o que eu iria fazer quando chegasse aqui. E quando pensei... – parou, acariciando meu rosto. – Bem, não sou grande coisa, Sassenach, mas talvez não seja um covarde, afinal de contas.

Virei a cabeça para ir ao encontro de seu beijo. Seu estômago roncou alto.

– Não ria – resmungou ele. – A culpa é sua, por me deixar faminto. É de se admirar que eu tenha tido forças, sem nada além de caldo de carne e cerveja.

– Está bem – disse, ainda rindo. – Você venceu. Pode comer um ovo no desjejum amanhã.

– Ah! – exclamou ele, em tom de profunda satisfação. – Sabia que você iria me alimentar se eu lhe oferecesse um incentivo adequado.

Adormecemos nos braços um do outro, os rostos colados.

41

DO VENTRE DA TERRA

Nas duas semanas seguintes, Jamie continuou sua recuperação e eu continuei a pensar. Em alguns dias, eu sentia que devíamos ir para Roma, onde a corte do Pretendente imperava, e fazer... o quê? Em outras ocasiões, desejava de todo o coração simplesmente encontrar um lugar seguro e isolado para vivermos nossas vidas em paz.

Era um dia quente e luminoso e os pingentes de gelo que pendiam dos narizes das gárgulas não cessavam de pingar, cavando buracos na neve sob as calhas. A porta do quarto de Jamie fora deixada aberta de par em par e a janela descoberta para arejar o aposento e livrá-lo dos resquícios de fumaça e doença.

Enfiei a cabeça cautelosamente pelo umbral da porta, não querendo acordá-lo caso estivesse dormindo, mas o catre estreito estava vazio. Ele estava sentado junto à janela aberta, parcialmente de costas para a porta, de modo que seu rosto estava praticamente escondido.

Ele ainda estava extremamente magro, mas os ombros eram largos e retos sob o tecido rústico do hábito de noviço. Além disso, o encanto de sua força aos poucos retornava; estava firmemente sentado, sem nenhum tremor, as costas empertigadas e as pernas dobradas para trás embaixo do banco, os contornos de seu corpo firmes e harmoniosos. Segurava o pulso direito com a mão esquerda, girando a mão direita devagar ao sol.

Havia uma pequena pilha de tiras de pano sobre a mesa. Ele removera as ataduras da mão machucada e examinava-a detidamente. Fiquei parada na entrada do quarto, imóvel. Dali, podia ver a mão com clareza, conforme ele a movia para a frente e para trás, sondando atentamente.

A marca do ferimento do prego na palma da mão era bem pequena e a ferida, fiquei feliz de ver, estava bem cicatrizada; não passava de um pequeno ponto rosado de tecido de cicatriz que desapareceria gradualmente. Nas costas da mão, a situação não era tão favorável. Corroído pela infecção, o ferimento ali cobria uma área do tamanho de uma moeda, ainda recoberto com uma crosta e a pele fina de uma nova cicatrização.

O dedo médio também exibia uma cicatriz alta e irregular de tecido rosado, estendendo-se da primeira junta até quase o nó do dedo. Libertados de suas talas, o polegar e o dedo indicador estavam retos, mas o dedo mínimo estava bastante torto. Ele sofrera três fraturas distintas, eu me lembrava, e aparentemente eu não conseguira encaixar todas elas adequadamente. O dedo anular estava estranho, já que se projetava levemente para cima quando ele espalmava a mão aberta sobre a mesa, como fazia agora.

Virando a palma da mão para cima, ele começou a manipular os dedos delicadamente. Nenhum deles dobrava-se mais do que 3 ou 4 centímetros; o dedo anular não se dobrava de jeito nenhum. Como eu temia, era provável que a segunda articulação ficasse irremediavelmente paralisada.

Ele virou a mão de um lado para o outro, erguendo-a diante do rosto, observando os dedos rígidos e tortos, as horríveis cicatrizes, cruelmente vívidas à luz do sol. Então abaixou a cabeça repentinamente, agarrando a mão ferida junto ao peito, cobrindo-a protetoramente com a mão perfeita. Não emitiu nenhum som, mas seus ombros largos sacudiram-se ligeiramente.

– Jamie. – Atravessei o quarto rapidamente e ajoelhei-me ao lado dele, colocando a mão de leve em seu joelho. – Jamie, sinto muito – disse. – Fiz o melhor que pude.

Ele olhou para mim, surpreso. Os cílios, espessos e ruivos, cintilavam de lágrimas à luz do sol e ele os limpou apressadamente com as costas da mão.

– O quê? – exclamou ele, engolindo em seco, claramente desconcertado com a minha súbita aparição. – Sente muito? Por quê, Sassenach?

– Sua mão. – Tomei-a nas minhas, traçando de leve as linhas tortas de seus dedos, tocando a cicatriz funda nas costas da mão. – Vai melhorar – assegurei-lhe ansiosamente. – É verdade. Sei que parece rígida e inútil agora, mas é só porque ficou imobilizada tanto tempo e os ossos ainda não se emendaram completamente. Posso lhe mostrar como se exercitar e massagear. Você vai conseguir a maior parte de seus movimentos com ela, sinceramente...

Ele me fez calar deslizando a mão esquerda pelo meu rosto.

– Você quis dizer...? – começou ele, depois parou, balançou a cabeça sem poder acreditar. – Você pensou...? – parou outra vez e começou de novo. – Sassenach, você não pensou que eu estivesse me lamentando por causa de um dedo paralisado e mais algumas cicatrizes, não é? – Sorriu, meio de viés. – Sou vaidoso, talvez, mas não tanto assim, espero.

– Mas você... – comecei. Ele segurou minhas mãos nas suas e se levantou, fazendo-me ficar de pé também. Estendi o braço e limpei a única lágrima que rolara pelo seu rosto. Senti o calor da minúscula gota em meu polegar.

– Eu estava chorando de alegria, Sassenach – disse ele suavemente. Estendeu os braços devagar e segurou meu rosto entre as mãos. – E agradecendo a Deus por ter duas mãos. Por ter duas mãos para segurar você. Para acariciá-la, para amá-la. Agradecendo a Deus por ainda ser um homem completo, por sua causa.

Ergui minhas próprias mãos, colocando-as sobre as dele.

– Mas por que não seria? – perguntei.

E então me lembrei da parafernália de açougueiro, entre serras e facas, que eu vira entre os instrumentos de Beaton em Leoch, e compreendi. Compreendi o que eu havia esquecido diante da emergência. Que antes dos antibióticos, a cura comum – a única – para um membro infeccionado era a amputação.

– Ah, Jamie! – exclamei. Meus joelhos ficaram fracos diante da ideia e me sentei no banco repentinamente.

– Nunca pensei nisso – disse, ainda perplexa. – Sinceramente, nunca pensei nisso. – Ergui os olhos para ele. – Jamie, se eu tivesse pensado nisso, provavelmente o teria feito. Para salvar sua vida.

– Não é assim... eles não fazem isso desse modo, então, na... sua época?

Balancei a cabeça.

– Não. Há remédios para combater a infecção. Então, eu nem considerei essa possibilidade – disse, admirada. Ergui os olhos de repente. – E você? Considerou?

Ele meneou a cabeça, confirmando.

– Eu esperava por isso. Foi por isso que lhe pedi que me deixasse morrer, naquela vez. Estava pensando nisso, entre os acessos de confusão mental, e naquele único momento eu achei que não seria capaz de suportar viver assim. É o que aconteceu com Ian, sabe.

– Foi mesmo? – Estava chocada. – Ele me disse que a havia perdido com um tiro de canhão, mas não pensei em perguntar os detalhes.

– Sim, o ferimento em sua perna piorou. Os médicos a cortaram para evitar que envenenasse seu sangue. – Fez uma pausa. – Ian se sai muito bem, no geral. Mas – hesitou, puxando o dedo anular paralisado – eu o conheci antes. Ele só está tão bem como o vimos por causa da Jenny. Ela... o mantém inteiro. – Sorriu timidamente para mim. – Como você fez por mim. Não consigo imaginar por que as mulheres se dão ao trabalho.

– Bem – disse suavemente –, as mulheres gostam de fazer isso.

Ele riu baixinho e me puxou para junto de si.

– Sim. Só Deus sabe por quê.

Permanecemos abraçados por algum tempo, sem nos mover. Minha cabeça descansava em seu peito, meus braços em volta de suas costas e eu podia ouvir seu coração batendo, devagar e com força. Finalmente, ele se mexeu e me soltou.

– Tenho algo para lhe mostrar – disse ele. Virando-se e abrindo a pequena gaveta da mesa, retirou dali uma carta dobrada que me entregou.

Era uma carta de apresentação, do abade Alexander, recomendando seu sobrinho, James Fraser, à atenção do Chevalier-St. George – também conhecido como Sua Majestade o rei James da Escócia – como um linguista e tradutor muito apto.

– É um lugar – disse Jamie, observando-me enquanto eu dobrava a carta. – E logo vamos precisar de um lugar para onde ir. Mas o que você me disse na colina de Craigh na Dun era verdade, não?

Respirei fundo e assenti.

– É verdade.

Ele pegou a carta da minha mão e bateu-a de leve no joelho, pensativo.

– Então isto – agitou a carta – implica algum risco.

– Pode ser.

Atirou o pergaminho na gaveta e ficou sentado fitando-o por alguns instantes. Em seguida, levantou a cabeça e os olhos azuis se encontraram com os meus. Passou a mão em meu rosto.

– Falo sério, Claire – disse ele serenamente. – Minha vida lhe pertence. E você pode decidir o que devemos fazer, para onde devemos ir. Para a França, para a Itália, até mesmo de volta à Escócia. Meu coração é seu desde a primeira vez em que a vi e você teve a minha alma e meu corpo em suas mãos aqui e os salvou. Faremos o que você disser.

Ouviu-se uma leve batida na porta e nos afastamos como amantes culpados. Ajeitei meus cabelos apressadamente, pensando que um mosteiro, embora um excelente lugar de convalescença, não era um retiro romântico apropriado.

Um irmão laico entrou ao comando de Jamie e colocou um pesado alforje sobre a mesa.

– De MacRannoch da Mansão Eldridge – disse ele com um largo sorriso. – Para a senhora de Broch Tuarach. – Fez uma reverência e saiu, deixando para trás um leve sopro de maresia e ar gelado.

Desatei as fivelas das tiras de couro, curiosa para ver o que MacRannoch teria mandado. Dentro, havia três coisas: um bilhete, sem endereço e sem assinatura, um pequeno pacote endereçado a Jamie e a pele curtida de um lobo, com um cheiro forte dos produtos usados pelo curtidor.

O bilhete dizia: "Porque uma mulher virtuosa é uma pérola de alto preço e seu valor é maior do que o de rubis."

Jamie abrira o outro pacote. Segurava um objeto pequeno e brilhante numa das mãos e olhava, intrigado, para o couro de lobo.

– É um pouco estranho. Sir Marcus enviou-lhe uma pele de lobo, Sassenach, e para mim uma pulseira de pérolas. Será que ele trocou as etiquetas?

A pulseira era uma bela joia, uma única fileira de grandes pérolas barrocas, unidas por elos de ouro.

– Não – disse, admirada. – Está certo. A pulseira combina com o colar que você me deu quando nos casamos. Foi ele quem deu o colar de pérolas à sua mãe, sabia?

– Não, não sabia – respondeu ele em voz baixa, tocando as pérolas. – Meu pai o deu para mim para que eu desse à minha esposa, quem ela viesse a ser – e um rápido sorriso torceu seus lábios –, mas ele não me disse de onde elas vieram.

Lembrei-me da ajuda de sir Marcus na noite em que irrompemos tão bruscamente em sua casa e a expressão em seu rosto quando o deixamos no dia seguinte. Eu podia ver pelo rosto de Jamie que ele também estava se lembrando do baronete que poderia ter sido seu pai. Estendeu o braço e segurou minha mão, prendendo a pulseira em torno do meu pulso.

– Mas não é para mim! – protestei.

– É, sim – disse ele com firmeza. – Não é adequado que um homem envie uma joia para uma respeitável mulher casada, então ele a deu para mim. Mas é claro que é para você. – Olhou para mim e sorriu. – Para começar, não dá no meu pulso, mesmo magro como estou.

Virou-se para a pele de lobo embolada sobre a mesa e sacudiu-a.

– Mas por que MacRannoch lhe enviou isto? – Envolveu os ombros com o couro peludo do animal e eu me encolhi com um grito agudo. A cabeça, também cuidadosamente raspada e curtida, bem como dotada com um par de olhos de vidro amarelos, olhava desagradavelmente para mim com os olhos arregalados de sua posição no ombro esquerdo de Jamie.

– Eca! – exclamei. – Tem a mesma aparência de quando estava vivo!

Jamie, seguindo a direção do meu olhar, virou a cabeça e viu-se de repente cara a cara com a fera de dentes arreganhados. Com uma exclamação de espanto, deu um puxão na pele de lobo e atirou-a do outro lado do quarto.

– Meu Deus! – exclamou ele, fazendo o sinal da cruz. A pele ficou esparramada no chão, brilhando ameaçadoramente à luz da vela. – O que quer dizer com "quando estava vivo", Sassenach? Era um amigo pessoal? – perguntou Jamie, olhando de viés a cara do animal.

Contei-lhe, então, tudo que não tivera a chance de lhe contar; sobre o lobo e os outros lobos, sobre Hector, a neve, a cabana com o urso e a discussão com sir Marcus, a entrada de Murtagh, o gado e a longa espera na encosta do monte em meio à neblina rosada do crepúsculo varrido pela neve, esperando para saber se ele estava vivo ou morto.

Mesmo magro, seu peito era largo e seus braços quentes e fortes. Apertou meu rosto contra seu ombro e embalou-me enquanto eu soluçava. Tentei me controlar, mas ele apenas me abraçou com mais força, dizendo palavras ternas e amorosas em meus cabelos. Finalmente, eu não resisti e chorei com o completo abandono de uma criança, até chegar à completa exaustão, fraca e soluçante.

– Por falar nisso, eu também tenho um presentinho para você, Sassenach – disse ele, alisando meus cabelos. Limpei meu nariz na saia, não tendo mais nada à mão.

– Desculpe não ter nada para lhe dar – falei, olhando-o enquanto se levantava e começava a procurar alguma coisa embaixo das cobertas desfeitas. Provavelmente, procurando um lenço, pensei, fungando um pouco mais.

– Fora alguns presentinhos como minha vida, minha masculinidade e minha mão direita? – perguntou ele secamente. – Basta isso, não, *mo duinne*? – Endireitou-se com a túnica de um noviço na mão.

– Dispa-se.

Fiquei boquiaberta.

– O quê?

– Dispa-se, Sassenach, e vista isso. – Entregou-me a túnica, rindo. – Ou quer que eu vire de costas primeiro?

Apertando a túnica de pano rústico ao redor do corpo, segui Jamie por mais um lance de escadas escuras. Era o terceiro e o mais estreito; o lampião que ele segurava iluminava as paredes de pedra distantes uma da outra não mais do que 40 centímetros. Parecia que estávamos sendo engolidos para dentro da Terra, à medida que penetrávamos cada vez mais fundo no poço escuro das escadas.

– Tem certeza de que sabe aonde está indo? – perguntei. Minha voz ecoou no vão da escada, mas com um curioso som abafado, como se falássemos embaixo d'água.

– Bem, não há muita chance de pegar o caminho errado, não é?

Alcançáramos outro patamar, mas, de fato, o caminho à frente seguia numa única direção – para baixo.

Entretanto, no pé desse lance de escadas, chegamos a uma porta. Havia um pequeno patamar, escavado na própria rocha da encosta de uma montanha, ao que parecia, e uma porta larga e baixa, feita de tábuas de carvalho e dobradiças de latão. As tábuas de carvalho eram cinzentas de tão antigas, mas sólidas, e o patamar estava limpo e varrido. Obviamente, aquela parte do monastério ainda era usada. Seria a adega?

Havia um candeeiro preso à parede junto à porta servindo de suporte a uma tocha, parcialmente consumida pelo uso anterior. Jamie parou para acendê-la com um pedaço de papel torcido da pilha já pronta embaixo do candeeiro, em seguida empurrou a porta, que não estava trancada, e se agachou para passar por baixo do umbral, sinalizando para que o seguisse.

No começo, não conseguia ver nada além da claridade do lampião de Jamie. Tudo estava às escuras. O lampião balançava-se, afastando-se de mim. Fiquei parada, seguindo a bolha de luz com os olhos. A intervalos de alguns passos, ele parava, depois continuava, e uma pequena chama erguia-se em seu rastro, queimando com um pequeno clarão vermelho. À medida que meus olhos se acostumavam, as chamas tornavam-se uma fileira de lamparinas, instaladas em pilastras de pedra, brilhando no escuro como faróis.

Era uma caverna. A princípio, pensei que fosse uma caverna de cristais, por causa da estranha cintilação negra além das lamparinas. Mas avancei até a primeira pilastra e olhei mais à frente, então eu vi.

Um lago límpido e escuro. Água transparente, brilhando como vidro sobre areia vulcânica, negra e fina, lançando reflexos vermelhos à luz das lamparinas. O ar estava úmido e quente, pesado com o vapor que se condensava nas paredes frias da caverna, escorrendo pelas ásperas colunas de pedra.

Uma fonte de água quente. O leve cheiro de enxofre penetrou em minhas narinas. Portanto, uma fonte de água mineral quente. Lembrei-me de ter ouvido Anselm mencionar as fontes que borbulhavam do chão perto do mosteiro, famosas por seus poderes curativos.

Jamie ficou parado atrás de mim, admirando o lago de rubis e azeviches de onde se elevava um leve vapor.

– Um banho quente – disse ele orgulhosamente. – Gostou?

– Jesus Cristo! – exclamei.

– Ah, então gostou – disse ele, rindo diante do sucesso da surpresa. – Vamos entrar, então.

Tirou sua própria túnica e ficou parado, reluzindo indistintamente no escuro, malhado de vermelho nos reflexos cintilantes da água. O teto abobadado da caverna parecia engolir a luz das lamparinas, de modo que a claridade atingia apenas uma certa altura, antes de ser engolfada pela escuridão.

Com certa hesitação, deixei a túnica escorregar dos meus ombros.

– É quente demais? – perguntei.

– O suficiente – respondeu ele. – Não se preocupe, não vai queimá-la. Mas se ficar mais ou menos uma hora, ela vai cozinhar sua carne até soltar-se dos ossos como num ensopado.

– Que ideia agradável – disse, livrando-me totalmente da túnica.

Seguindo sua figura esbelta e empertigada, entrei cautelosamente na água. Havia degraus escavados na pedra, levando ao fundo do lago, com uma corda com nós presa ao longo da parede para servir de apoio.

A água atingiu meus quadris e a carne em minha barriga estremeceu de prazer quando o calor me envolveu. No final dos degraus, fiquei de pé em areia fina e escura, a água pouco abaixo dos meus ombros, meus seios flutuando como boias de vidro de pescadores. Minha pele ficou avermelhada com o calor e gotículas de suor começaram a surgir na minha nuca, sob os cabelos pesados. Era pura felicidade.

A superfície da fonte era lisa e sem ondas, mas a água não era parada; eu podia sentir pequenas agitações, correntes percorrendo a massa d'água como impulsos nervosos. Foi isso, suponho, acrescentado do calor incrivelmente relaxante, que me deu a ilusão momentânea de que a fonte estivesse viva – uma entidade calorosa e receptiva que abria os braços para tranquilizar e consolar. Anselm dissera que as fontes tinham poderes curativos e eu não podia duvidar.

Jamie surgiu atrás de mim, ondulações mínimas marcando sua passagem pela água. Segurou meus seios por trás, delicadamente banhando as elevações superiores com a água quente.

– Gosta, *mo duinne*? – Inclinou-se e beijou meu ombro.

Deixei meus pés flutuarem, apoiando-me nele.

– É maravilhoso! É a primeira vez que me sinto inteiramente aquecida desde agosto. – Ele começou a me puxar, recuando lentamente pela água; minhas pernas estendiam-se no rastro de nossa passagem, o surpreendente calor correndo pelos membros do meu corpo como mãos acariciadoras.

Ele parou, virou-me de frente e me colocou delicadamente sobre uma madeira rígida. Parcialmente visíveis à luz turva, sob a água, pude ver pranchas assentadas num nicho da rocha. Sentou-se no banco ao meu lado, estendendo os braços para a saliência da rocha atrás de nós.

– O irmão Ambrose me trouxe aqui no outro dia para mergulhar na água – disse ele. – Para amaciar um pouco as cicatrizes. Dá uma ótima sensação, não é?

– Mais do que ótima. – A água fluía tão agradavelmente que eu senti que poderia sair flutuando se soltasse a mão com que me segurava ao banco. Olhei para cima, para a escuridão do teto.

– Alguma coisa vive nesta caverna? Morcegos, por exemplo? Ou peixes?

Ele sacudiu a cabeça.

– Nada além do espírito da fonte, Sassenach. As bolhas de água saem da terra através de uma pequena fenda lá atrás – indicou a escuridão inviolável do fundo da caverna com um movimento da cabeça – e escorre para fora através de uma dezena de pequenas aberturas na rocha. Mas não há nenhuma abertura verdadeira para o lado de fora, a não ser a porta que dá para o mosteiro.

– O espírito da fonte? – perguntei, achando graça. – Soa um pouco pagão, esconder-se sob um mosteiro.

Ele se espreguiçou com vontade, as longas pernas oscilando sob a superfície vítrea como os caules de plantas aquáticas.

– Bem, seja como for que você queira chamá-lo, está aqui há muito mais tempo do que o mosteiro.

– Sim, compreendo.

As paredes da caverna eram de rocha vulcânica lisa e escura, quase como vidro preto, escorregadias com a umidade da fonte. A câmara inteira parecia uma bolha gigantesca, parcialmente cheia daquela água curiosamente viva, mas estéril. Senti-me como se estivéssemos embalados no ventre da Terra e que, se encostasse meu ouvido na rocha, ouviria o batimento infinitamente vagaroso de um grande coração não muito longe dali.

Ficamos em silêncio por um longo tempo, em parte flutuando, em parte sonhando, esbarrando de vez em quando um no outro, conforme éramos levados pelas correntes invisíveis da caverna.

Quando finalmente falei, minha voz parecia lenta e arrastada.

– Já decidi.

– Ah. Vai ser Roma, então? – A voz de Jamie parecia vir de uma grande distância.

– Sim. Uma vez lá, não sei...

– Não importa. Faremos o que for possível. – Estendeu a mão para mim, com movimentos tão lentos que pensei que nunca me tocaria.

Puxou-me para junto dele, até que as pontas sensíveis dos meus seios roçassem o seu peito. A água não era apenas quente, mas também pesada, quase oleosa ao tato, e suas mãos flutuaram pelas minhas costas, seguraram-me pelas nádegas e me ergueram.

A penetração foi surpreendente. Quente e escorregadia como nossa pele estava, deslizamos por cima um do outro apenas com uma leve sensação de toque ou pressão, mas sua presença em mim era sólida e íntima, um ponto fixo num mundo aquático, como um cordão umbilical aleatoriamente levado pelos líquidos no útero. Emiti um pequeno som de surpresa com o pequeno influxo de água quente que acompanhou sua entrada, depois me agarrei com firmeza ao meu ponto fixo de referência com um pequeno gemido de prazer.

– Ah, gostei desse – disse ele, de modo apreciativo.

– Gostou de quê?

– Desse som que você acabou de fazer. Esse gritinho.

Não era possível ficar ruborizada; minha pele já estava tão vermelha quanto era possível. Deixei meus cabelos ondularem para a frente para encobrir meu rosto, os cachos relaxando-se ao arrastarem a superfície da água.

– Desculpe; não pretendia fazer barulho.

Ele riu, o som profundo ecoando suavemente nas colunas do teto.

– Eu disse que gostei. E é verdade. É uma das coisas que eu mais gosto em me deitar com você, Sassenach, os pequenos ruídos que você faz.

Puxou-me para mais perto, para que minha fronte descansasse em seu pescoço. Nossos corpos deslizaram um contra o outro, escorregadios como a água carregada de enxofre. Ele fez um ligeiro movimento com os quadris e eu prendi a respiração, arquejando.

– Assim... – disse ele num sussurro. – Ou... assim?

– Hummm! – exclamei. Ele riu outra vez, mas não parou.

– Isso era tudo em que eu pensava – disse ele, acariciando minhas costas, apalpando, traçando as curvas dos meus quadris. – Na prisão à noite, acorrentado em uma cela com uma dezena de outros homens, ouvindo os roncos, as ventosidades, os gemidos. Pensava nesses pequenos e meigos sons que você faz quando eu faço amor com você e podia senti-la ali comigo no escuro, respirando devagar e depois mais depressa, e o pequeno gemido que você dá assim que eu a possuo, como se estivesse preparando-se para fazer sua parte.

Minha respiração estava definitivamente se acelerando. Sustentada pela água densa, saturada de minerais, boiava como uma pena oleosa, que só não era levada pela corrente porque se agarrava nos músculos curvilíneos de seus ombros e por estarmos firmemente presos mais embaixo.

– É ainda melhor – murmurava sua voz quente em meu ouvido – quando eu a procuro com sofreguidão e ardor e você choraminga sob mim, e luta como se quisesse escapar, e eu sei que está apenas lutando para ficar mais perto, e eu também estou travando a mesma batalha.

Suas mãos estavam explorando, suave e lentamente, como pescando uma truta, escorregando pela fenda entre as minhas nádegas, deslizando mais para baixo, tateando, acariciando o local distendido e ardente de nossa união. Eu estremeci e arquejei involuntariamente.

– Ou quando eu a procuro com avidez e você me recebe dentro de você com um suspiro e aquele zumbido tranquilo como uma colmeia de abelhas ao sol, e me leva junto com você para a paz com o som de um gemido baixinho.

– Jamie – disse em voz rouca, seu nome ecoando da água. – Jamie, por favor.

– Ainda não, *mo duinne*. – Suas mãos agarraram-me com força pela cintura, movendo-me devagar, pressionando-me para baixo, até eu realmente gemer. – Ainda não. Temos tempo. E pretendo ouvi-la gemer assim outra vez. E gemer e soluçar, mesmo que não queira, porque não pode se conter. Quero fazê-la suspirar como se seu coração fosse se despedaçar e gritar de desejo e finalmente berrar em meus braços e eu saberei que realmente lhe dei muito prazer.

A precipitação começou entre minhas coxas, disparando como um dardo nas profundezas do meu ventre, fazendo minhas articulações amolecerem até que minhas mãos afrouxaram-se e languidamente abandonaram seus ombros. Minhas costas se arquearam e meus seios firmes e escorregadios pressionaram-se com força contra seu peito. Estremeci na escuridão quente, as mãos firmes de Jamie eram tudo que me impedia de submergir.

Descansando em seu peito, sentia-me mole como uma água-viva. Não sabia e nem me importava com os ruídos que andei fazendo, mas sentia-me incapaz de dizer uma frase coerente. Até ele começar a se mexer outra vez, com a força de um tubarão sob as águas escuras.

– Não – falei. – Jamie, não. Não vou aguentar desta forma outra vez. – O sangue ainda latejava nas pontas dos meus dedos e seu movimento dentro de mim era uma deliciosa tortura.

– Aguenta, sim, porque eu a amo. – Sua voz chegava até mim abafada pelos meus cabelos encharcados. – E aguentará, porque eu a desejo. Mas desta vez, eu vou com você.

Segurou meus quadris firmemente contra ele, arrastando-me com a força de uma contracorrente. Meu corpo amorfo bateu de encontro ao dele, como as ondas da arrebentação num rochedo, e ele me recebeu com a força brutal do granito, minha âncora no caos das águas agitadas.

Lânguida e mole como as águas ao nosso redor, contida apenas pelo apoio de suas mãos, eu gritei, o grito engasgado, borbulhante, fraco, de um marinheiro tragado pelas ondas. Então, ouvi seu próprio grito, em resposta, e vi que havia lhe dado muito prazer.

Lutamos para subir à superfície, para sair do ventre da Terra, molhados e fumegantes, com as pernas frouxas de vinho e calor. Caí de joelhos no primeiro patamar e Jamie, ao tentar me ajudar, caiu ao meu lado num amontoado de túnicas e pernas nuas. Rindo baixinho, sem conseguir parar, mais embriagados de amor do que de vinho, subimos rastejando lado a lado o segundo lance de escadas, mutuamente nos atrapalhando mais do que ajudando, empurrando-nos e tropeçando no espaço estreito, até desmoronarmos finalmente nos braços um do outro no segundo patamar.

Ali, uma antiga janela envidraçada abria-se, sem vidraças, para o céu e o clarão da lua cheia banhou-nos de prata. Ficamos deitados, abraçados, a pele úmida esfriando-se ao ar do inverno, à espera de que nossos corações acelerados voltassem ao normal e o fôlego retornasse aos nossos corpos arfantes.

A lua sobre nós era uma lua de Natal, tão grande que quase preenchia o vão da janela. Não era de admirar que as marés do oceano e as mulheres fossem sujeitas à influência daquela esfera majestosa, tão próxima e tão dominante.

As minhas próprias marés, entretanto, já não se moviam segundo aqueles comandos estéreis e castos e o conhecimento da minha liberdade corria perigosamente pelas minhas veias.

– Eu também tenho um presente para você – disse repentinamente a Jamie. Voltou-se para mim e sua mão deslizou, grande e firme, sobre meu ventre ainda plano.

– É mesmo? – disse ele.

E o mundo nos envolveu, pleno de novas possibilidades.

AGRADECIMENTOS

Gostaria de agradecer a:

Jackie Cantor, editor por excelência, cujo permanente entusiasmo contribuiu para a concretização deste projeto; Perry Knowlton, agente literário de discernimento impecável, que disse: "Vá em frente e conte a história do jeito que deve ser contada; nós nos preocuparemos em editá-la depois"; meu marido, Doug Watkins, que apesar de ocasionalmente ficar por trás da minha cadeira, dizendo: "Se é ambientada na Escócia, por que ninguém diz Hoot, mon?", também passou boa parte do tempo correndo atrás das crianças e dizendo: "Mamãe está trabalhando! Deixem-na em paz!"; minha filha Laura, por informar com orgulho a uma amiga: "Minha mãe escreve livros!"; meu filho Samuel que, ao ser perguntado em que sua mãe trabalhava, respondeu cautelosamente: "Bem, ela passa um bocado de tempo olhando para o computador"; minha filha Jennifer, que diz: "Chegue pra lá, mamãe; é a minha vez de digitar!"; Jerry O'Neill, o leitor-mor e chefe de torcida, e o resto da minha gangue fiel de amigos – Janet McConnaughey, Margaret J. Campbell e John L. Myers – que leem tudo que escrevo e, assim, me mantêm escrevendo; Dr. Gary Hoff, por verificar os detalhes médicos e gentilmente explicar a maneira correta de recolocar um ombro deslocado; T. Lawrence Tuohy, pelos detalhes sobre figurinos e história militar; Robert Riffle, por explicar a diferença entre betônica e briônia, por listar todos os tipos de miosótis conhecidos pelo homem e por constatar que álamos realmente crescem na Escócia; Virginia Kidd, por ler os primeiros capítulos do manuscrito e encorajar-me a continuar; Alex Krislov, por hospedar, juntamente com outros operadores de sistemas, a mais extraordinária incubadora eletrônica de escritores literários do mundo, o CompuServe Literary Forum; e aos numerosos membros do LitForum – John Stith, John Simpson, John L. Myers, Judson Jerome, Angelia Dorman, Zilgia Quafay e outros – pelas canções folclóricas escocesas, poesia romântica em latim e por rirem (e chorarem) nas passagens certas.

CONHEÇA A COLEÇÃO OUTLANDER

LIVRO 1
A viajante do tempo

LIVRO 2
A libélula no âmbar

LIVRO 3
O resgate no mar

LIVRO 4
Os tambores do outono

LIVRO 5
A cruz de fogo

LIVRO 6
Um sopro de neve e cinzas

LIVRO 7
Ecos do futuro

LIVRO 8
Escrito com o sangue do meu coração

LIVRO 9
Diga às abelhas que não estou mais aqui

COLETÂNEA
O círculo das sete pedras